U0564974

惠恕 —— 著

神州觅胜录

上册

上海三联书店

劉惠恕旅游散記

乙未冬日吳良墨題

作者简介

刘惠恕(1949.6—)，山东蓬莱人。上海师范大学历史系 1982 年毕业，中共上海市委党校（原上海建设党校）教授，已退休。系上海炎黄文化研究会原理事、中国新四军研究会与上海市新四军历史研究会原理事、上海党史学会会员、中华诗词学会会员。传入《中国专家大辞典》、《中华诗人大辞典》等辞书。代表性学术著作有《南京大屠杀新考——兼驳田中正明的"南京大屠杀之虚构"论》（上海三联书店 1998 年 9 月版，获全国党校系统第三届优秀科研成果一等奖）、《中国政治哲学发展史——从儒学到马克思主义》（上海社会科学院出版社 2001 年 12 月版，获全国党校系统第四届优秀科研成果二等奖、上海市党校系统 2001—2002 年优秀科研成果一等奖）、《刘惠恕文存》（百家出版社 2006 年 9 月版）、《中国共产党政治哲学思想发展史研究》（江西人民出版社 2009 年 11 月版）、《中国近现代疆域问题研究》（世界知识出版社 2009 年 12 月版，与兄长刘恩恕合著，韩国国防部军史编纂研究所徐相文博士 2012 年 4 月将该书译为韩文）。主编《社会治安综合治理理论》（上海社会科学院出版社 2006 年版，上海市马克思主义学术著作出版资金资助出版，获上海市党校系统 2005 — 2006 年优秀科研成果一等奖），《论礼的精神》（上海人民出版社 2011 年 8 月版）。主编《中华当代诗词风赋二百家》（学林出版社 1998 年 4 月版）、《今人言志别裁》（香港天马图书公司 2000 年 2 月版）、《中华百年来优秀诗词选暨三江诗论》（香港天马图书公司 2003 年 3 月版，黄斌华副主编）、《华夏百年词苑英华暨吟友文存》（上海文化出版社 2006 年 4 月版，黄斌华副主编）、《神州纪游》（中华诗词出版社 2008 年 12 月版，黄斌华副主编）等 5 部诗著。

目 录

第七卷 江浙散记

第八卷 雁荡山、仙都、方岩山、金华、杭州纪行

第九卷 东天目山纪行

第十卷　过杭州，千岛湖纪行

第十一卷　南京镇江纪行

第十二卷　参加中央党校廉政建设文化学习班纪行

序　言

唐培吉

刘惠恕教授是我的同行也是挚友,长期以来一起开会,共同切磋学术问题,还合作编写过《毛泽东新民主主义革命思想产生的历史研究》①专著,却浑然不知刘先生是个云游天下的散仙。在做好出色的教学与研究工作之余,竟然撰写了《神州觅胜录》23卷、152篇文章、逾百万字数。它记载了作者始自青年时代直到退休之后的主要旅游经历,地域约遍及中国中部、西部以及东南沿海地区的主要旅游景点,可谓洋洋大观,丰富多彩。刘惠恕教授能在业余时间和开会间隙,进行云游、调查访问、翻阅资料,上自天文,下至地理,横向研究各地民情风俗,纵向剖析中华历史,将其心得体会都融入游记《神州觅胜录》,可见其内容的博大精深,创作毅力。

讲到游记,人们可能首先联想到的是明代的《徐霞客游记》,作者徐霞客(1586—1641年)用30余年的时间(始于22岁,终于54岁),游历了当时中国的14省地区(含现今中国16省区与北京、天津、上海等地),写下了10卷、60余万字以个人名字名命的游记,成就了世界上第一部系统探索和记载中国岩溶地貌的地理学巨著。② 但是我要请读者注意的是:相比于《徐霞客游记》揭示了祖国自然山川之美,刘教授的个人游记,却有自己的独到特点,它并非局限于山山水水的描述,而是揭示了作者所到景点所蕴含的深刻人文精神。说得具体一些是:普通人游山逛庙,往往是一去了之。而在刘教授的游记《神州觅胜录》中,西至少林寺、峨眉山的大庙,东至泰山名观、沿海地区名寺,对于老百姓进什么山,烧什

① 见唐培吉、刘惠恕主编:《毛泽东新民主主义革命思想产生的历史研究》,江西人民出版社 2011 年 12 月第 1 版。

② 见《徐霞客游记·前言》,周宁霞撰。上海古籍出版社 2016 年 6 月第 1 版,第 1—3 页。

么香,拜什么佛,求什么道,均有详尽考证。因此刘教授贡献给读者的游记,具有重要的中国民俗学价值。

但刘教授《神州觅胜录》的意义,并非仅限于此。作为中国史学工作者的一员,作者的游记具有深刻的史学哲理。如他曾两上中国革命摇篮井冈山,细考革命圣地延安,在他该著的有关篇章中,结合自己的亲历体会,揭示了中国新民主主义革命胜利的必然性。作者的有关篇章,并非是单纯的颂德之著,而是有着严谨的学术精神。如作者1997年8月间曾应邀赴南京参加"南京大屠杀国际史"学术研讨会,作者利用会议间隙,根据自己所掌握的文献资料,实地考察在1937年南京保卫战中曾发挥过重要作用的一条古地道,而这条古地道几乎不被当时南京学界所知晓。作者为此撰文《南京挹江门简史与挹江门古地道的再发现》,将其发现致函南京市府,建议能够将原址维修,作为抗战纪念遗址向世人开放,以增加南京城的旅游资源。此文后发表于《大江南北》杂志2015年第二期上,并被评选为该杂志年度优秀论文。作者2001年曾入川参加学术会议,结合实地考察中国三线建设的历史成败经验,撰文《西上重庆》,后改题名为《由西上重庆之行感中国三线建设的历史成败经验》,被邀请参加由中共中央党史文献研究院、中共四川省委党史研究室、中共德阳市委2019年12月间在四川德阳举办的"'三线建设与新中国发展'专家论坛"全国学术会议,并入选大会主编的《"三线建设与新中国发展"专家论坛》论文集。而作者在入川之行结合实地参观红岩烈士纪念馆所写的《红岩遗恨》一文,深刻揭示了罗广斌从狱中带出的《狱中八条》被掩藏的原因及在"文革"中被"四人帮"反革命集团迫害致死的实质因素。此文节选后以《罗广斌从狱中带出的重要报告始末》为题,发表于上海《炎黄子孙》杂志。

刘教授《神州觅胜录》的第三个重要价值,则是结合自己的实地考察心得,深入阐述中国传统文化价值与中华民族生生不息的关系,以及对于现今"中国特色社会主义精神文明"建设的价值。如在《泰山朝圣》系列游记中,作者阐述了儒家文化与中华民族生生不息的关系,由中国古代"泰山封禅"文化的延续,联想到世界其他四大文明古国——埃及、巴比伦、印度、希腊文明败亡的原因。在《上天一阁》文中,作者细考了中国古代书院文化的源流。在《南京夫子庙古今谈——中国古代科举制度的实践》文中,作者细考了中国古代科举制度与古代中国政治统一的关系。在《北陵悼古》文中,作者阐述了中国古代"孝"文化对于中华民族的团聚作用。在《访王国维旧居》文中,作者探讨了王国维先生的重要史学成就。在《泰山登顶》、《登黄鹤楼》等文中,作者探讨了中国古代道教文化与神话传说的关系。应该说在作者的这些文章中,不乏真知灼见。其中《中国古代科举制度的实践》、《上天一阁》、《登黄鹤楼》、《访王国维旧居》四文,分载上海《炎黄子孙》杂志。由此足见作者深厚的学术与文字功底,且有自己独到的见解,难能可贵。

最后尚需指出的是,刘教授的《神州觅胜录》一著,渗透着对祖国的热爱,这构成了全书的主线。作者足迹曾遍及泰山、华山、嵩山、峨眉山、青城山、庐山、九华山、黄山以及祖国其他一些名山,作者曾数登长城,其所写下的游记,共点都是歌颂祖国山川的美好,表达对于祖国的深爱。作者曾专祭黄陵、炎陵,以表达华夏后人对先祖的崇敬。在作者一些游记中,寄托了对为国献身的先贤的敬仰。作者曾专程赴成都祭拜武侯祠,登吉安白鹭洲悼念文天祥(见《登白鹭洲悼文天祥》),多次过杭州祭岳坟(见《西湖掠影》、《过杭州》等文),这些活动,体现了作者的心路历程。

值得注意的是作者所写《岳坟遗恨》一文,作者提出:从世界历史角度来看,岳飞之死是人类文明的悲剧。因为相比较而言,当野蛮的"宗教裁判"制度与宗教战争尚在西方盛行之时,有着"弱宋"之名的宋王朝,却是当时世界文明的曙光,因为尽管当时中国尚未找到抑制君主专制的善法,但无论是从经济与文化发展水准来看,还是从文官制度的完备性来看,宋王朝都是中国传统社会最为完善的时期;彻底反宗教的人文主义的"理学"光辉,此时已开始照耀神州大地,并开始向周边国家波及,宗教势力(释、道两教)已被放逐于山林之中,这是人类历史上的第一次启蒙运动。当时宋王朝所缺的,是一位有着"扫平四夷"能力的天才武将,而岳飞以他的文武才能,完全能承担这一历史重任。如果岳飞不死,其志可现,不但可以再现一统中华的历史上的"汉唐盛世",同时也可以促进世界文明的发展,而后来蒙古游牧文化征服世界的现象也绝不会出现。应该说这一段话体现了作者独到的史识,提出了岳飞悲剧的世界影响。当然历史是不容假设的,这只能使这位民族英雄终生抱憾。而作为本文附录的《论有关岳飞评价的争议》一文,被《中国社会科学网》2012年12月20日登载,并被国内多家网站所转载,此文歌颂了中国历史上的爱国主义精神,批驳了国内有的学人为秦桧卖国行为翻案的亚文化文风,维护了社会的正能量。此文体现了与《岳坟遗恨》文章的同一心声。

概括的评价:古有徐霞客,今有刘惠恕,各领风骚,扬我中华!

最后我衷心祝愿刘惠恕游记《神州觅胜录》一书早日出版,并简介作者的学术成就如下:

刘惠恕,上海师范大学历史系1982年毕业,原中共上海市建委党校历史专业教授(现属中共上海市委党校)。代表性学术著作有：

《南京大屠杀新考——兼驳田中正明的"南京大屠杀之虚构"论》，上海三联书店 1998 年版，获全国党校系统第三届优秀科研成果一等奖，被当时报纸誉为新中国成立后的"第一部考证体史学论著。"

《中国政治哲学发展史——从儒学到马克思主义》，上海社会科学院出版社 2001 年版，获全国党校系统第四届优秀科研成果二等奖、上海市党校系统 2001—2002 年优秀科研成果一等奖，曾被国内多所高校用作学习中国古代政治哲学史的参考教材。《中国共产党政治哲学思想发展史研究》，江西人民出版社 2009 年版。《论礼的精神》，上海人民出版 2011 年版。后二书与前书共同构成作者研究中国政治哲学史的完整系列，也是国内学界研究有关专史的不可或缺文献。

主编《社会治安综合治理论》，上海社会科学院出版社 2006 年版，由上海市马克思主义学术著作出版资金资助出版，获上海市党校系统 2005—2006 年优秀科研成果一等奖，为当时国家维护社会治安，提出了诸多切实可行的建议。

《中国近现代疆域问题研究》，世界知识出版社 2009 年版，刘惠恕与其兄刘恩恕合著，韩国国防部军史编纂研究所徐相文博士 2014 年 4 月将该书译为韩文。

刘教授共发表学术论文 200 余篇，早期文论收《刘惠恕文存》，由上海百家出版社 2006 年出版。

作者另主编有传统诗著《中华当代诗词风赋二百家》、《今人言志别裁》、《中华百年来优秀诗词选暨三江诗论》、《华夏百年词苑英华暨吟友文存》、《神州纪游》五部，不一一列举出版部门了。这是一个有趣的话题，作者有较为扎实的中国传统诗词知识，早年热衷于创作旧体诗，而这部卷帙浩繁的《游记》的产生，居然与作者早年从事旧体诗词创作活动有着直接关系。所以，刘惠恕先生不仅是位史学家和旅游家，而且是位诗词学家，真是博学多才，值得我钦佩。

谨序。

唐培吉

(作者为上海同济大学教授，原上海市中共党史学会会长、上海市新四军研究会副会长，现为上海市中共党史学会与上海市新四军研究会荣誉会长)

自 序

刘惠恕

《神州觅胜录》,可能是有生之年我所能完成的最后一部著作了。其写作约从2009年6月份我退休之时正式启动,时至结集,已逾十一年的时间。十一年时间对于人的一生来说,不能算是一个太短的时间,但集中仍有一些我想写而未能写出的东西,这主要是指三类景点:

一是我未曾去过之处,如中国西北地区、内蒙古、西藏以及福建、云南等地。二是一些曾去过的知名旅游景点,如张家界、桂林、海南、九寨沟等地,这些景点如能写出,可增加本著内容。但我已年逾七秩,精力不足,不知上苍尚能赐予多少时间,如因无止境地延长这一工作,而导致本文集最终不能出版,我将终身抱憾。第三类是我曾去过想写,但因旅游日记遗失而无法写的地方。我曾有过几次重要旅游日记的遗失:

一次为1992年上庐山参加学术会议,此后访白鹿洞书院、攀秀峰而归。庐山是近代中国政治风云的重要发生地,颇多可记之处,但旅游日记遗失,我不能再凭空杜撰。另一次为2004年7月间赴四川郫县开学术会议之时,先赴广元攀剑门关,访江邮李白纪念馆,再赴德阳参观三星堆纪念馆,又过成都参拜武侯祠与杜甫草堂,最后赴郫县祭望丛祠,攀青城山。这一次旅游活动内容相当丰富,但因旅游日记遗失,只得缺记。还有一次为2005年10月间赴安庆参加中华传统诗学暨陈独秀学术讨论会时,访陈独秀故居,悼陈独秀墓,这一次学术会议的内容颇有意义,陈独秀的两个女儿均与会。会后攀九华山,访合肥包拯墓。我很想为这位中共首任总书记留下一些文字记录,也为中国古代的清官楷模包拯留下一些文字记录,但因旅游日记遗失,无法再写。后两次旅游日记可能是记在同一个本子中,因家庭装修而遗失的。

但上三次旅游日记的遗失,都不如我1988年旅游日记的遗失来得重要。该年夏我赴曲阜祭"三孔"(孔庙、孔府、孔林),攀泰山,访京华十三陵,登八达岭长城,随后又赴大连市委党校参加一个有关中共党建的学术研讨会议,坐海轮返沪。这次旅游日记因次年我赴京参加学术会议,书包被窃而遗失。这一次旅游日记的遗失,一直使我心痛不已,其丢失过程,我在《北京廉政文化学习班纪行》文中有述。我之所以为这一次旅游日记的丢失而心痛,是因为我一直视齐鲁大地(孔孟故乡)为中国传统文化——儒学的发祥地,而此后中国的历史(或政治边界),大致是这一文化所产生的政治影响的结果,这也自然应成为我旅游散记不能不写的核心内容。当然万幸的是,当年旅游日记虽失,我旅途创作的旧体诗尚存,可以根据所创作诗作日期,大致回想起旅途所见。因此本游记的最后一卷(第23卷),纯属回忆之作,将其命名为《泰山朝圣》,是因为我认为本卷所记,在我全游记中,具有标帜地位,我将此行视作是"朝圣"之旅,哪怕是有关旅游日记丢失,我也得将其写出来,否则的话,这一部冗长的游记《神州觅胜录》的出版,将失去其内涵价值。

　　下面我想讲一下本著的产生背景。我青少年时代曾有过三大心愿,一是尽忠国家,浴血沙场;二是读尽天下书,完成一部贯通古今的大著作;三是走遍祖国的大好河山。

　　关于第一个愿望的产生,是因为我青少年时代深受岳飞精忠报国事迹的影响,特别是在读过一本《岳飞抗金事略》的书后,常为之热血沸腾。遗憾的是,在我适龄当兵之时,正值"文革"开始之际,家父因职业牵连(上海科影厂编导),被关入"牛棚"受审,我自然也失去了当兵的机会。为了继续这一梦想,我1968年夏约邻友爬货车同赴黑龙江851军垦农场,欲成边报国。支撑这一做法的依据是:851农场在中苏边界,是半军事化设置,当"反修"战争爆发时,可以最先拿起枪杆保卫祖国。可惜的是这一愿望也不能实现,因为出门时未带户口本,农场视我为"流民",拒绝接收。

　　关于第二愿望的产生,是我自黑龙江返沪未久,被学校分配至大丰农场务农,在农场四年,我被抽调至上海中学界任教。初时我满腔热情,欲为"无产阶级教育事业"贡献终身。但我年轻不谙世事,组织学生写了一份《论闵行四中教育革命的方向》的大字报,建议恢复高考制度以杜绝"读书无用论"。时值"文革"之中,我的论文自然犯了大忌,受到了当时徐汇区教育局所组织的十个中学的批判,罪名是"替刘少奇修正主义教育路线招魂","替邓小平提供向党进攻的炮弹"。我从此心灰意冷,开始沉心于学术,走上了欲"读尽天下书,完成一部贯通古今大著作"的道路。然而"天下书"是不可能读尽的,专业书我倒是读了不少,最终撰写、出版了三部学术专著：《中国政治哲学发展史——从儒学到马克思主义》《中国共产党政治哲学思想发展史研究》与《论礼的精神》。这也算是对自己人生的一个交代，未徒糜光阴。

关于我第三个愿望的产生，是源自"文革"之中学校图书馆被砸，我与邻友在废墟中拾到了一本《中华活页文选》，内有唐王勃的《滕王阁序》一文，参照页下注释，我读懂并几乎背出了全文，我怎么也无法忘怀文中华美的字句"落霞与孤鹜齐飞，秋水共长天一色"。从此我深受古代士大夫山水情怀的影响，试图有朝一日能像古代文人一样，游历祖国大好河山，吟诗作赋。而这一心愿的产生，实质上已使我超脱了当时一个普通中学生的精神境界。大致是受到这一思想的影响，在"文革"混乱之中，我曾由上海外出步行串联，一直走到南昌，用时近两个月。又从上海外出扒货车直至黑龙江密山及折返，用时也近两个月。而在走上教育工作岗位，自从受到不公正批判之后，我几乎利用每年暑期外出游历，常独自在深山野林中一日行走六七十里路，而其中的孤独、野外迷途时的焦虑，以及乐趣，也只有我自己方能品尝。这一漫游活动直至我成家方结束，但此后我仍利用不时外出参加学术会议之机，去尽可能多的地方。而作为这一游历活动的文化结果，则是这部游记《神州觅胜录》的诞生。当时尚无"驴友"之说，在我孤独一身、积极从事野游时，同时代的年轻人尚很少有人从事这一活动，因此要说"驴友"，我大概也可以算得上是"先驱"了。

下面我想谈一下本著的写作过程。我原无写作游记的"雄心"，出门游山玩水，只是为了借景创作我自青年时代热衷的旧体诗词，以消解心中烦恼。但是创作旧体诗，往往需要时间、地点、背景等。于是我在旅途之余，开始记旅游日记。而出自一个偶然的机会，我发现可以把当时所记的散乱游记，升华为散文。此事始自1982年我的普陀山之行，当时因台风困于海岛七日。闲得无聊，我把此行所见，写成散文《普陀山五记》，给我当时在大学（上海师范学院）读书时的历史授课教师李培东教授看，不意颇得好评。这实际上也成了我这部《神州觅胜录》中第七卷的第一篇文章。当时我便心生意愿，待退休有暇时，将旅游所记，全部改写成散文。

本于这一意愿，我2009年将行退休时，作为试笔，先写了一组散文，将其陆续发表于个人在"起点中文网"与"凤凰网"所设博客上，这些文章的篇目包括：《说兽灵》《贪官趣谈》《说情》《地球上有无矮人存在（类人动物之谜一）》《地球上有无野人存在（类人动物之谜二）》《地球上有无雪人存在（类人动物之谜三）》《关于人类的进化与分支（类人动物之谜四）》。此后为了充数，我又补入了

2007年6月在返务农旧地时所写的散文《大丰农场纪行》,补入了2003年我在主编《中华百年来优秀诗词选暨三江诗论》①时所收录的旧文三篇:《我与诗歌创作》、《普陀山五记》、《孙中山学术研讨会记盛》。这样,就合成了我以《新聊斋系列之散文随笔》命名的散文系列稿85000余字。

不意这一组发表于网上的散文,颇得当时网友好评,被评价为:"文笔流畅,题材新颖,情节感人。""搜求古今,熔炼今古;博采众长,广收百家,点石成金,自出机杼,独成一派,顺应潮流不如开创潮流。"这一组文章当时被收录于《百度文库》中,并被多家网站转载,迄今仍能从"百度网盘"中查找到原文。这无疑对于我这样一个一直视文学创作为余事的人来说,是一种鼓励。此后,受到友人邀请为"K网"撰文,我便将自己的旅游散文陆续发表于该网,直至现今结集为《神州觅胜录》全稿。

最后想借本《自序》,谈一下个人的写作要求。我在写自己的旅游散记时,力求以三条标准来要求自己:一是真实性,即非本人亲历之地、亲历之事,文中不记,决不捏造虚假故事,欺世盗名。二是知识性,即凡文中所涉人物、掌故,必考其详,以使读者有所得。三是时代性,不虚美,不意贬,凡有所疑,当取其中。笔者生性愚钝,拙于言辞,但叙事言理,当竭其所能,以求至公,决不耽搁读者的宝贵时间。而我对自己所提出的这三条写作要求,大致是从中国当代散文名家杨朔先生的散文中所获得的启示。

杨朔是山东蓬莱人,我有幸与之为同乡。尽管我生也晚,未能睹先生尊容,但在我少年时代的心目中,一直视其为实际的文学导师。尽管在"文革"之后,有人把他的散文批得一无是处,但我始终认为与同时代的作家相比较,杨朔的散文可以说是鹤立鸡群,独辟蹊径。我强调这一点,是认为他的散文,更接近于中国古典文学中"性灵"派的风格,从他的代表作《泰山极顶》、《蓬莱仙境》、《雪浪花》中尤其可以看出这一点。杨朔自评他的散文追求的是诗化文字。② 有评论者认为杨朔散文的特点是"结构严谨","散而不散"。③ 而我个人认为:杨朔散文成功的全部秘密在于:以事系文,以人系事,这使他的文章可以不受时间、地点的制约,把不同时代、不同地点发生的事物信手拈来,融入文字,却又不着痕迹。在这里,我想顺便谈一下我所听到的有关杨朔的逸闻。据说这位抗日战争扛过枪、解

---

① 《中华百年来优秀诗词选暨三江诗论》,香港天马图书公司2003年3月第1版。
② 见杨朔:《海市小序》。
③ 见林林:《忆杨朔》。

放战争渡过江、抗美援朝跨过桥的老革命前辈，为守信诺，终身未娶。为实现他所崇信的理想，他以饱蘸的笔墨歌颂了战争年代为国献身的革命军人，以及社会主义建设年代为国贡献的工人与农民的爱国精神，但最终遭到的则是"文革"中饱受批斗、愤而自杀的悲剧性命运。在听到了他的死讯后，我心中十分难过。但是我想先辈开创的文风，后人总得传承下去。而在写作中不拘一草一木的描述，力图揭示那一时代的人文精神，以给正在成长中的青年一代以健康的精神食粮，这正是我读杨朔散文所获得的心得。也借此，表达我对这位文学前辈的敬意。

本卷《初游纪行》含两部分内容：其一《狼山松云》，记我由农场返沪后，1973年游南通狼山的往事；其二《苏州飘零》（共三节），记我1975年因撰写《论闵行四中教育革命的方向》论文建议恢复高制度，遭当时徐汇区教育局组织的十个中学的批判后，浪迹苏州陵园消遣的经过。这两组散文写作时，由于原始记录遗失，只能是凭借记忆及参考有关文献资料写出。好的是，当年出行时，所创作的诗词稿尚在，可以佐证时间。之所以将本卷定名为《初游纪行》，是因为它是我由农场回城任教师工作后，最早从事的旅游活动，特此说明。

第一卷 初游纪行

狼山松云

　　1973 年夏,我在华东师大历史系培训班读书尚未满年,暑期,陪家兄及其女友共游杭州,随后,独自游南通狼山。

　　选择南通作为我回城后出游的第一站,首先是因为对旧地的眷恋。我曾在苏北大丰农场务农四载,1972 年 9 月才得到抽调回城任教师的机会。以往每次由上海去农场,都得先乘船赴南通后再转车,当江轮驶进南通港时,在很远的地方就能看到狼山高耸于长江岸边,山顶的宝塔像宝剑直插云天,这使我对狼山产生了莫名的崇拜。但由于狼山位于南通城郊,我每过南通,又都是来去匆匆,未能登临。

　　我成行的那一天是 8 月 8 日清晨,船抵达南通港的时间为下午 2 时许。当时由上海赴南通,并无苏通大桥可跨,唯一的交通工具,是在十六铺码头乘坐"长江航运公司"所属的"东方红号"四层江轮。船一日两班,早晚皆 8 时发,四等舱票价为 1.50 元(两人共一张窄床),抵达南通港用时 6 到 7 个钟点。而当时由南通对开上海的江轮也是一日两班,早、晚各 10 时发。由于从南通到上海是顺水,旅程稍快,约 5 到 6 个小时可达。

　　下船之后,我乘公交车匆匆赶往城里的新华书店,后又在街上游荡了很久,在城里找了一家旅馆住下,准备明日攀爬狼山。

　　晚间旅馆发生的一件趣事是:同住旅客闲得无聊,拖我打"40 分"磨时,两人一组,赢一局记 10 分奖励。时值顺风牌局,我与搭档连连赢场,竟积下了 200 余分。晚间 9 时许,我精力不济,让位给立在我旁边高声吆喝、似牌技甚佳的一位旅客,回房睡觉。不意同房的两位小青年甚不讲公德,不断嬉闹,互讥对方来南通是为了"车小妹妹"。我无法入眠,只得起身再看打牌,竟发现那位接我班的"高手"不但输光了我先前赢下的积分,还倒欠了对手 300 余分,我哈哈大笑。

　　时已深夜 12 时许,我回屋见那两位小青年仍在嬉闹,只得到旅馆总台要求调换房间。总台服务员同意给我另安排一间房间住宿,但不肯退钱,要求我重新支付住宿费用。那时中国旅馆费大致分三个等级,最低为通铺,约数十人共宿一间大房,室内或置长铺,或置单人床;二是四人一房;三是二人或一人一间住宿。一晚的住宿费用按级差约从5角到1元5角递增。我住的是4人一间的客房,房钱每晚1元,那时我的月工资是24元,住宿一晚实占我月收入的相当比重。由于我遇上了如此不讲公德的房客,只能自认倒霉,支付双倍房钱。

次日清晨,街上匆匆早餐后,我搭公交车前往狼山。那时由南通去狼山,尚无直达公交车,欲去,须乘车到曹顶墓过路车站下车后,步行上山。狼山距南通城的距离为18华里,由曹顶墓步行至狼山的距离约9华里。我抵达狼山的时间为上午8时许。

狼山位南通城南长江岸边,海拔106.94米,山不算高,却有着"江海第一山"的称号。这是因为就地理特点而言,狼山有极重要的军事意义,它扼守长江口岸,突兀于江海平原之上,是从长江口进入内陆的第二要塞(第一要塞为上海吴淞口),而成为清代狼山镇总兵的驻地所在。狼山得名,据说缘于山形似狼,一说因古有白狼居山巅而得名。狼山因多紫岩,又有"紫狼山"之名。至北宋淳化年间(990—994年),州牧杨钧认为狼字不雅,更狼为琅,南通市也因而得"紫琅"古名。狼山又有"狼五山"之名,这是由于它与马鞍山、黄泥山、剑山、军山四山相连形成组山(总面积共11.27平方公里),其中以狼山最为险峻,居五山之首,因此组山以"狼"字为统。根据文献资料,狼山原位长江之中,鉴真第三次东渡日本时,曾驻狼山避风,至北宋时,狼山才与陆地连接。有关鉴真东渡时曾在狼山避风的史实,见于《唐大和尚东征传》一书之所记:天宝七年(748年)"六月二十七日(鉴真)发自崇福寺,乘舟下至常州界狼山,风急浪高,旋转之山。"

由于南通属中国历史名城,在狼山一隅汇聚了颇多文化遗迹。参文献所记,其大致布局可分为山南景点、山上广教禅寺、山北景点三个部分:

山南景点

在山脚东南麓有"唐初四杰"之一的骆宾王坟,骆墓左右两侧,尚有南宋金应将军之墓及清名士刘名芳之墓与之并列。

骆宾王,义乌(今浙江义乌)人。根据正史所记,骆氏追随扬州刺史徐敬业起兵反武则天失败后,死乱军之中。但根据南通地方史志记载:徐敬业兵败后,骆追徐欲从长江口逃亡高丽,行至海陵,①遇大风阻船东行,将士哗变,跳水逃生者众,骆亦亡命于"邗自白水荡"。②追兵怕承担对朝廷重犯追捕不力的罪名,杀了与徐、骆相貌相似的两人交差,骆得以隐名存活,死后葬于南通。骆氏的墓直到明末才被发现。据朱国桢《涌幢小品·骆宾王冢记》所记:明正德九年(1514年),南通有曹姓农夫在城北黄泥口开荒,发现一冢,墓铭为"唐骆宾王之墓"。打开坟墓,发现一人衣冠如新,甚惧,将墓用土掩埋后,带回石碑,后怕仍在,又将碑打碎,扔回原处。清乾隆十三年(1748年),有闽处士刘名芳居军山编撰《五山志》,闻知此事后,到黄泥口重寻旧址,"掘地得断石'唐骆'二字,唐字未损,骆字蚀其下半矣。"因此请于太守董权文"效前守彭士圣移金将军墓故事",将骆氏坟移葬狼山。在此需作说明的是:骆因属唐才子,其乡人在义乌另立有骆宾王衣冠冢以示悼念,但狼山所存却是骆氏真坟。

金应,吉水(今属江西吉水)人,曾任南宋承信郎和江南西路兵马都监官职,追随文天祥从事抗元战争二十年,与文同被元军拘押。文天祥北上时,其他随从星散,唯独金应追随不已,病死于南通途中。文天祥甚哀,有文为悼:"予之北行也,人情莫不观望,僚丛皆散,虽亲仆亦逃去,唯应上下相随,更历险难,奔波数千里,以为当然。盖委身以从,死生休戚,俱为一人者。至通州,③住十余日,闰月五日,忽伏枕,命医三四,热病增剧,至十一日午气绝,予哭之痛。其殓也,以随身衣服,其棺如常,翌日葬西门雪窖边。"祭文所指"西门雪窖",即今南通城西盐仓坝。至清顺治十六年(1659年),王猷定访金应墓于城西,见其倾于水中,告通州知州彭士圣移葬狼山,并作《改葬宋金应将军墓碑》以记经过。金墓后又倾颓,乾隆十二年(1747年),清名士刘名芳寻之于瓦砾中,掘土得文天祥《金应墓碑记》断碑,感慨不已,典衣重建墓穴,事见张廷《重修金将军墓记》所记。

刘名芳(? —1759年),字南庐,号七山外史、十六洞山人,闽人。曾编《宝华山志》、《金山志》、《焦山志》。乾隆三年(1738年),抵通州,居军山"水云窝"修编《南通州五山全志》,同时出力移葬骆宾王墓与金应墓,死后亦葬于狼山。诗人袁枚与刘名芳交善,有《过诗人刘南庐墓下作》为怀:

衰年旧雨意难忘,凭吊诗人到紫狼。

---

① 今江苏泰州,当时领有南通。

② 今江苏启东吕四地区。

③ 今南通。

一榻昔曾留稚子,九原今喜傍宾王。

闲云踪迹人难问,断碣欹斜冢渐荒。

深庭鲍家诗再唱,天风海水应宫商。

狼山诗僧芥舟和尚亦有诗为怀:

荒草深山迷古冢,桃花流水仰高风。

与君隔世成知己,为买轻绡画放翁。

过骆宾王墓,顺山南大道上山,有法乳堂。在堂左山道上有三仙祠,在堂右山道上有金沧江墓。

法乳堂始建于唐总章二年(669年),供奉释迦牟尼佛坐像。堂名寓意源于《涅槃经》"饮我法乳,常养法身"句,意指:以"佛教正法滋养弟子法身,犹如母乳之于幼儿"。法乳堂经清代重修后,称"法乳堂东梵行庵",是清代著名的"狼山七房"之一。其余六房分别为:狼山东山门福兴庵、三仙祠法聚庵、山腰葵竹山房中准提庵、望江亭下福慧庵、望江亭西白衣庵、山上鼎新庵。新中国成立后,在广教寺主持育枚法师倡议下,七房合一,成立统一的广教寺,法乳堂也成为广教寺的大雄宝殿,又名释迦殿。法乳堂东有俯涛轩,为明万历学人卢纯学隐居读书处,轩因地近长江,俯身可揽江涛而得名。俯涛轩入清后倾颓,康熙五十七年(1718年),南通绅士及营为狼山总兵施丙宽建"施公祠"于此。法乳堂后有藏经楼,原藏佛经《万历藏》一部,光绪十二年(1886年),狼山僧人近岸又从北京请回《龙藏》一部藏此,此二藏为广教寺的镇山之宝。

三仙祠始建于明代,在清雍正三年(1725年)重修时,更名法聚庵,但原名未废。三仙祠原祀隐居于狼山仙人洞的虞真人、军山炼丹台的燕真人、黄泥山仙人洞的龙舒仙女,事见清修《南通州五山全志》之所记。一说清中叶重修三仙祠时,祀吕洞宾与张果老二仙,又暂置文昌帝君像于祠内,遂讹为另"三仙"。三仙祠有台可窥长江月映,风景极佳。三仙祠集贤堂有长联以诵狼山风光:"青山叠翠咫尺接层楼朝听钟声暮听潮独此处风光万种;秀水柔情千年育吴楚西接雪山东接海唯故乡气象。"

金沧江(1850—1927年),名泽荣,字于霖,别号沧江、长眉翁、韶濩生,官至朝鲜三品通政大夫。历史学家与诗人,张謇挚友。朝鲜亡于日本后,应张謇之邀,旅居南通,任翰墨林书局编校,欲借中国之力复国。1926年张謇去世后,他伤感不已。次年,中国政局动荡,金感借中国之力复国无望,服毒自杀。南通各界为其爱国精神所感,举行公葬,立墓于狼山。

过法乳堂沿山路再上,有一座七级四面的实心砖塔,称幻公塔,系明嘉靖四十五年(1566年)为纪念广教寺中兴祖师智幻和尚而建。智幻,临沂人,俗家田姓,早年习进士业,后遁入空门,专修《三摩地法》。北宋太平兴国年间(976—983年),被狼山僧众迎为主持。智幻主持广教寺的主要业绩,是建大圣殿,供奉僧伽像;另始筑支云塔,以彰佛法。此后,江淮地区的寺院多供奉僧伽像。据传智幻圆寂时有偈:"当初不肯住长安,现相西归泗水间。今日又还思展化,东来海上镇狼山。"信徒由此悟智幻原为大圣菩萨(僧伽)化身,来到狼山是为了教化江淮众生。狼山山门东有寒玉泉,亦传为智幻所掘,俗称幻公井。

过幻公塔再上,有立于明嘉靖三十九年(1560年)的《抚台李公平倭碑》。碑上有亭为遮,因此亭称"平倭碑亭"。阅碑可知:嘉靖年间,倭寇常犯江浙地区,南通岁岁受害,计在嘉靖三十一年(1552年)前后的三四年间,沿海被杀害民众达数十万之多。李遂,嘉靖进士,时任巡抚都御史,善用兵。嘉靖三十六年开始指挥江北抗倭战争,先后转战于泰州、海安、如皋诸地。三十八年(1559年),倭寇万余人乘战舰百艘欲犯扬州,李遂邀战,经大小数十仗,全歼犯境之寇,朝廷为之刻碑筑亭以嘉奖其战功,碑文由明人马坤撰写。由此亦可见李遂是一位值得怀念的历史人物。

过平倭碑亭再上,有葵竹山房。过葵竹山房,便是康熙御碑亭,御碑亭附近有振衣亭,右侧绝岭上有望江亭,三亭皆可俯瞰长江。

葵竹山房位于狼山山腰,前身为始建于明嘉靖十年(1531年)的四贤祠,祠祀与南通历史相关的宋代四位名臣。其中,范仲淹曾在南通修范公堤,促进盐业与农业发展,使当地民众免受海患之苦。岳飞收复建康后,曾任通泰镇抚使,驻军狼山,至今南通尚留有传为岳家军饮水的"度军井"。文天祥曾从通州渡海,留有《扬子江》名诗:"几日从风北海游,回头扬子大江头。臣心一片磁针石,不指南方死不休。"胡安国为宋代经学大师,曾任南通知州,为官清正。葵竹山房院内有一株两百多年的古罗汉松,枝干扶疏,象征着先贤的高洁志向。

康熙御碑亭有碑文两块,其一铭康熙皇帝诗作《夜对月再成》:"明月中秋节,驰书海外来。自今天汉上,万里烟云开。"另一块铭康熙帝手书朱熹诗:"竹几横陈处,韦编半掩时。寥寥三古意,此地有深期"。据说康熙帝从未到过南通,因此狼山不该有其"御碑",而"御碑"现此的原因是:康熙帝中秋节时曾驰书慰问驻南通的两位官员,两位官员得书后诚惶诚恐,在狼山上立碑以示不忘。振衣亭因明文人潘允谐曾在此处留有"振衣"诗而知名,全诗为:千仞岗头一振衣,朗吟长啸澹忘归。江山今古空陈迹,日日孤亭送落晖。振衣亭为明嘉靖十八年(1539年)通州同知舒缨始建,万历四十二年(1614年)重建。望江亭始建于宋,明复建时,更名为望江楼,又称望海观音祠。其后有白衣庵。

过康熙御碑亭再上,有白雅雨烈士墓。白雅雨(1867年4月17日—1912年1月7日),名毓昆、字雅雨、号铣玉,南通市人,李大钊启蒙老师,辛亥革命发起人之一。辛亥革命期间,因领导滦州起义失败,壮烈牺牲。其就义时所留下的《绝命诗》,曾被人们广为传诵。全诗为:

> 慷慨赴死易,从容就义难。
> 革命当流血,成功总在天。
> 身同草木朽,魂随日月旋。
> 耿耿此心志,仰望白云间。
> 悠悠我心忧,苍天不见怜。
> 希望后起者,同志气相连。
> 此身虽死了,主义永流传。

山上广教禅寺

过白雅雨烈士墓再上,入大山门后,便进入初始的广教寺地界。广教禅寺始建于唐总章二年(669年),是全国重点寺院之一。据《通州志》所记:"唐总章二年,由上即建大雄宝殿、殿阁、方丈室,山在巨浸中,设舟以济,号慈航院,后改广教寺。"全寺的主体建筑群包括:大观台、庙门、萃景楼、圆通宝殿、支云塔、大圣殿等。

大观台为庙门外的一块平台,初建于明嘉靖十八年,是狼山风景的最佳观赏处。当时通州同知舒缨将山顶庙门前移于现址,并扩门前地为台,称"大观音台"。后人以立此台四望无涯,遂称大观台。

广教寺的庙门,又称山顶山门,原址位现萃景楼处,为明嘉靖十五年(1536年)僧圆恺初建。至嘉靖十八年(1539年),通州同知舒缨将庙门前移,于山门之上,铭宋米芾所题"第一山"三字。至清道光年间,通州知州平翰又于山门外石柱上镌联:"长啸一声山鸣谷应,举头四顾海阔天空。"

步入现广教寺的庙门,有一两层木结构古代戏楼,称"萃景楼"。据载,该楼的旧址是宋代的"三会亭",取义"宋薛球、臧师颜、吴天常皆故人,会此,因名。"亭后废,而成为广教寺的初始大门位置所在。明嘉靖十八年(1539年),通州同知舒缨在此建楼,楼名取义为汇万方景象于一,此见于舒缨《萃景楼记》所述:"楼既成,山若增而高也,万象奔赴如在几席","君子登斯楼也,以此洗心,敷之为景,敛之为心,夫是之谓景与心融,取诸心不逐于景,适于景不累于心,乐莫大焉。"萃景楼底楼有匾"更上一层",为清代南通知州唐仲冕所书。前人登萃景楼时,曾留下过诸多诗篇,著名的有明人范凤翼的《再登萃景楼》诗:

> 万顷烟峦涌画楼,四周灵气学丹丘。
>
> 山驱骤雨来无次,江曳长空去不收。
>
> 离立云屏盘日月,阴森岩树变春秋。
>
> 生涯已许沧波老,绿酒黄庭一钓舟。

萃景楼前,是著名的古战场所在地,当年明政府军与刘六、刘七农民起义军在此曾进行过殊死的战斗。事情经过为:正德五年(1510年),刘六、刘七发动起义,转战于镇江和江阴,江南振动,后被官军合围于狼山江面。正德七年(1512年)七月十八日,义军在长江水战不利,被迫登岸据狼山庙门固守。入夜,官军向山上猛攻,纵火焚烧庙门,突破了起义军的防御,守庙的起义军将领齐彦明战死,刘七率数十人从后山突围而去。《清五山志》记其事为:"总兵刘晖、陆永星夜袭之,贼据庙门,矢石如雨,官军不能入,因纵火焚庙门,久之不燃,晖、永默祷如破贼,当葺庙如旧,火焰随炽,贼惶骇四窜,官军乘势追斩。"战后刘晖、陆永念神助之功不可忘,乃捐金重修庙门,正德癸酉(1513年)落成,宰相王鏊为作《江淮平乱碑》和《重建狼山庙门记》。

过萃景楼,迎面为圆通宝殿,内供大势至菩萨。圆通宝殿取义,见于《楞严经·大势至菩萨念佛圆通章》中句:"佛问圆通,我无选择,都摄六根,净念相继,得三摩地,斯为第一。"圆通宝殿原址为僧伽(大圣菩萨)殿,明正德七年(1512年),因刘六、刘七农民起义军据此,遭官火焚毁。战后,通州知州高云朋奏请朝廷重修,供大势至菩萨,始称圆通宝殿,将原供大圣菩萨像移于支云塔后殿内供奉。正德九年(1514年),知州蒋孔奉旨重修,以祭祀江神,改称"江海神祠",清初又改称禹王殿,但殿内供奉的大势至菩萨始终未变。

大势至菩萨,又称"大精进"菩萨,简称"势至",系阿弥陀佛的右胁侍者,与阿弥陀佛、观世音菩萨（阿弥陀佛的左胁侍者）合称为"西方三圣"。根据佛教说法：大势至以智慧光照一切，能断众生烦恼，使人摆脱苦海。传大势至菩萨的生日是农历七月十三日，因此每年逢大势至菩萨生日时，都有成千上万的信众前来圆通宝殿进香，其中不乏港、澳、台佛教界人士及海外日本、美国、新加坡等国的信徒。广教寺既以供奉大势至菩萨像而知名，也就逐渐被认为是大势至菩萨的道场所在，狼山也由此也成为中国佛教的"八小名山"之一。

在圆通宝殿中与大势至菩萨同供的，尚有坐于两厢的"十八罗汉"像。

过圆通宝殿，便是立于狼山之巅的支云塔。塔高共 38.6 米，五级四面，是南通著名的三塔之一，另两塔分别为位于南通市内的文峰塔与光孝塔。根据文献所记，支云塔始建于唐总章二年（669 年），到北宋太平兴国年间（977—979 年）智幻任狼山寺主持时，率众复修，而成今形。此后塔屡毁屡修，大事有：明正德十六年（1521 年），刘六、刘七农民起义军与官兵战于狼山，塔遭火焚复修；万历四十二年 1614 年，南通大震，支云塔被坏一角，复修。事见明顾养谦（1537—1604 年）《重修狼山寺记》文及王扬德编《狼五山志》（万历四十四年刻本）所记。民国年间支云塔再遭雷击，复修。"文革"中塔又遭破坏，1984 年重修，这次重修时，于塔内发现有铜佛、金钱、银圆、玉器、数块记载修塔历史的银牌铜牌等文物，另有翡翠、玛瑙、琥珀、珊瑚等宝物所制的挂件饰件，修后又重新放入镇塔。支云塔位于南通城中轴线南端，塔尖与南通的南城门、江山门（已拆，址在今长桥）和城中心的谯楼三点成线，形成南通的风水门户，此即民谣所谓的："山海拥金莲，乾坤落天柱。"登支云塔可眺南通市全景，明人殷学思登支云塔曾有诗为怀：

宝塔支青云，去天无尺五。
天上星与辰，历历皆可数。

宋陆游《老学庵笔记》记有一则有关支云塔的传说，讲宣和末年，有巨商曾施三万缗（千文为缗）整修古泗洲城普照塔，数年后经商回归，舟行江中，见普照塔由上游水面飘浮而来，塔中走出一个和尚，合掌向商人道，修塔施主，淮南大水，大师命我将此塔送往东海神山，说罢江面狂风大作，宝塔如飞东去，至狼山落定，狼山自此有塔。

大圣殿的位置在支云塔后，供唐代高僧、狼山开山祖师释僧迦像，是全山香火的中心。该殿旧址在今圆通宝殿处，初名僧伽殿，明成化十八年（1482 年），千户王纲、僧德清募建，明正德八年（1513 年），通州知州高云朋将原供僧迦像移于支云塔后殿内供奉。明嘉靖四年(1525年),僧圆恺、郡人袁汝器等重建,万历年间又重茸,并更名"大圣殿"。释僧迦,被民间尊称为"狼山大圣"或"大圣"菩萨。传为唐高宗时人,曾游长安、洛阳,为人治病,名声大噪。后又南游江淮,适值当地大疫,他采集草药,以杨柳洒水,救治百姓。又兴修水利,化解水患,被唐中宗尊为国师。而民间传说则称他为观音菩萨的化身,以慈悲为怀,先照远后照近,救苦救难,有求必应。在民间还流传着两则与其相关的神话故事,一是讲狼山初被白狼精占据,大圣菩萨与之斗法,以一袭袈裟遮遍全山降伏恶狼,方建得佛教乐土广教寺。另一则讲水母为患江淮,"泗州大圣"与之斗法,降服水母,老百姓方得过平安生活。僧伽真实事迹见于《宋高僧传·唐泗州普光王寺僧伽传》所记:

> 伽者,葱岭北何国也,详其何国,在碎叶国东北,是碎叶附庸耳。伽在本土少而出家,为僧之后,誓志游方,始至西凉,次历江淮。当龙朔初年也,登即隶名于山阳龙兴寺,自此始露神异。尝卧贺跋氏家,身长其床榻各三尺许,莫不惊怪,次现十一面观音形,由此奇异之踪,旋萌不止。中宗孝和帝景龙二年,遣使诏赴内道场,帝御法筵,言谈造膝,占将休咎,契若合符,乃褒饰其寺曰"普光王",四年庚戌示疾,敕自内中往荐福寺安置,三月二日俨然坐亡,神彩犹生,止暝耳目,俗龄八十三,法腊周知,在本国三十年,化唐土五十三载,……帝以仰慕不忘,因问万回师曰:彼僧伽者何许人也,对曰:观音菩萨化身也。中宗敕恩度弟子三人:慧岸、慧俨、木叉。代宗敕中官马奉诚宣放,仍施绢三百匹,杂彩千段,金澡罐、皇太子衣一袭,令写像入内供养。天下凡造精庐,必立伽真相,额曰:大圣僧伽和尚;有所愿,多遂人心。

综上记可知:僧伽原本西域胡僧,唐显庆二年(657年)来华,唐中宗景龙四年(710年)坐化,由于在中土多显灵异,越传越神,而被唐中宗崇奉,民间也以之为宗,在寺庙中供像侍候。据传僧伽生日为农历三月初三日,因此每年逢僧伽生日时,广教寺都要接待成千上万来自海内外的香客。一说李白与僧伽交厚,僧伽去世后,李白曾有诗为怀:"真僧法号曰僧伽,有时与我论三车。问言诵咒几千遍,口道恒河沙复沙。此僧本住南天竺,为法头陀来此国。戒得长天秋月明,长如世上青莲色。"历代帝王所赐僧伽圣号包括:"证圣大师"(唐懿宗赐)、"大圣僧伽和尚"(周世赐)、"泗州僧伽普照明觉大师"(宋哲宗赐),清同治帝亦曾赐匾"功昭淮海"。由此可见僧伽确为中国佛教史上一个值得研究的人物。

山北景点

在狼山北麓的主要景点有林溪精舍、啬园、狼山天主教堂与曹顶墓四处。

林溪精舍,在狼山北坡下,系晚清状元张謇居住与讲学之所。根据文献所记:张謇 1916 年规划建立南通植棉试验场时,在狼山北麓荒地开凿护山运河经小洋港通长江。水利既通,山水相环,林木相依,景致优雅。由于张謇晚年喜静,就在此处依溪辟书斋居住与讲学,门上则贴有张謇手书"啬庵居士习静之所"的字条。书斋取名"林溪精舍",前二字寓书斋地利,后二字寓佛教修行"六度"(布施、持戒、忍辱、精进、禅定、智慧)中"精进"之意。

啬园,又称啬公墓园,为张謇坟址所在,距狼山北麓约 3 华里,内有张謇父子墓茔、张謇铜像等,占地面积共 11.68 公顷。该园 1926 年建成,初由张氏家人管理,1956 年交国家管理,1958 年 5 月据张氏家属提议,改名"南郊公园"。1983 年经南通市政府复修后,重更旧名。

狼山天主教堂,又名"狼山露德圣母堂",位狼山北城山路花园路口处,属天主教海门教区,也是中国长江以北华东地区唯一的天主教圣地。教堂为仿哥特式立体建筑,总面积约 500 平方米,民国时期二十五年(1936 年)始建,次年 5 月 9 日落成,可同时容纳教徒近千人。教堂区内有天主教第一位中国籍主教朱开敏的墓穴。该教堂由民国时期上海三大建筑设计师之一的潘世义设计。潘氏为江苏青浦赵巷乡(今属上海市)人,中国首批留法巴黎大学毕业生,上海首席测绘师。该教堂钟楼的外形设计为立体战斗机型,以寓意中国人民自立自强,不畏强权,早日腾飞。设计灵感缘于其胞兄潘世忠(1889—1930 年)当年曾独身由法国驾战斗机飞回中国。① 根据中国天主教徒的说法,狼山天主堂曾多次出现圣母玛利亚"显圣"现象,因此 1933 年被罗马教廷指定为天主教的十二大朝圣圣地之一,由教皇比约十一世亲自颁赐"全大赦"(天主教中最高的一种特恩)。新中国成立之前,欧美诸多国家信徒皆来此朝圣,著名音乐家朱希圣并为之谱写《狼山圣母歌》,被广泛传唱。

---

① 潘世忠,江苏青浦赵巷乡(今属上海市)人。中学毕业后,以勤工俭学赴法国深造,在飞行学校学习。以技术优秀获得法兰西国际航空联合会证书。回国后,任航空学校教官,兼任学校工厂厂长。潜心研制各种类型飞机。以自制飞机作飞行表演,为航空界人士所折服,系我国第一个驾驶自制飞机的人。1915 年,在南苑航校研究设计的航空炸弹获得成功。1917 年张勋复辟时,驾机讨伐,迫其投降。1920 年 1 月,被任命为航空厂厂长。后以脑伤致疾卒。

曹顶墓,位南通市南郊城山路旁,距狼山北麓不到 10 华里。根据文献资料,曹顶(1514—1557 年)为南通余西人,盐工家庭出身,明嘉靖间的抗倭英雄。年少时曾给富户做佣工,因头顶长有三个发穴,被人称为曹顶。嘉靖三十二年(1553 年)应募入伍,大败倭寇于江上。次年倭寇 3000 余人围攻通州城,又被曹顶击败。嘉靖三十六年(1557 年)四月,曹顶追击倭寇,战于城北 50 里之单家店(今平潮镇),因天雨泥泞,坐骑滑倒,跌入壕沟,被倭寇乱刀砍死,时年 44 岁。曹顶传入《通州志》"忠义"类,称:"州人称顶为长城,闻其死无不痛泣者。"清人朱玮有《曹顶将军歌》,称"将军殁今三百载,英气棱棱至今在,祠上荒鸡夜半鸣,志士击剑观东海。"曹顶殉国后,通州人在去狼山的路上建"曹义勇祠"(亦称"曹将军庙")和"曹义勇墓"以示怀念,并尊称其"曹义勇将军"。清张謇为之撰楹联:"匹夫犹耻国非国,百世以为公可公。"曹顶墓原为土冢,民国十年(1921 年)砌以石,成为方台式,并塑曹顶横刀跨马像于墓上。像 1945 年又重塑。曹顶祠内原祀彩塑曹顶坐像,因祠堂有碍交通,1965 年被拆除,唯留下祠前的两棵银杏树。此外,距曹顶墓不远处有一高土墩,为明代抗倭报警的烽火屯遗址,墩上嵌有"倭子坟"三个大字,民间传其中埋有被曹顶所杀的倭寇尸骸。而在平潮曹顶殉国处,亦建有曹公亭以示怀念。

以上所述,为见于文献的狼山所承载的历史文化遗迹。但我上狼山,正值"破四旧"未久的特殊时期,已无缘目睹全貌。我上午 8 时许抵曹顶墓过路站,由此步行上狼山,耗时约两个钟点。下午由后山小路步行下山至曹顶墓车站,也用了相仿的时间。限于路线,位狼山北麓的林溪精舍、啬园、狼山天主教堂三处景点我未能去,情况不明。其余凡我足迹所到之处的景点,除曹顶墓外,均遭到了毁灭性的破坏。

大多数景点是被砸毁,如庙宇中的佛像、塔的外观、前人所立的碑记等等,但寺观、塔基或建筑尚存。还有的景点则遭到了彻底的拆除,如始建于宋代的望江亭,以及属于"狼山七房"的望江亭下的福慧庵与望江亭西的白衣庵等。这一带景点,原依狼山的孤岭绝壁而建,楼宇相依,南有长江浩淼烟波的衬托,显得十分壮观,充分体现了中国古代建筑艺术的美。而被拆除后的景点,只留下了依稀可见的殿基和数株百年银杏,向游客诉说着往日的辉煌。被彻底拆除的景点尚有始建于清乾隆年间的狼山大山门,以及位于山门东侧的寒玉泉。狼山大山门亦名五山拱北门,系乾隆年间邑人王景献捐资兴建,晚清状元张謇为之题写"入山之门"匾,属古代狼山的标志性建筑。寒玉泉亦名幻公井,传为宋太平兴国年间

(977—979 年)智幻主持狼山寺事务时,因山上缺水,率僧徒所修,它象征着古代佛教信徒的苦行生涯。但这一切,都因新时代的政治因素而付之劫灰。上述遭毁坏的景点,"文革"后大多经复修,游人又能重新看到,但它们已失去了历史的本真。而有的景点则永久地消失了。

我攀狼山时值盛夏,当挥汗如雨地登上狼山峰顶,留给我深刻印象的,不是历史积淀下来的丰富文化遗产,而是支云塔下空荡的圆通宝殿中替代了往日神佛、充满了苦相的"收租院"群塑,以及亘古不变的狼山松云。

"收租院"为"特殊时期"前夕四川美术学院师生和部分民间艺人共同创作的泥塑作品,①创作时间为 1965 年 6 月至 9 月间。泥塑以四川大邑县安仁镇刘文彩地主庄园为背景,共分农民送租、验租、风谷、过斗、算账、逼租、反抗等七段 26 组情节,揭露了地主对农民的血腥剥削,表现了农民的反抗精神。泥塑当年 10 月 1 日陈展于大邑"地主庄园陈列馆",11 月 18 日,成都市委机关报《成都晚报》发表评论《战斗的创作,愤怒的控诉》,介绍泥塑艺术成就。从当年 12 月 24 日至次年 3 月 6 日,40 具复制泥塑和大型系列照片组成的《收租院》在北京展出,参观人数约达 200 万人之众。此后,"收租院"泥塑被成批量复制,在全国各地展出,并先后在阿尔巴尼亚、越南、日本、德国巡回展出。1966 年 4 月,北京电视台根据泥塑组群拍摄成电视纪录片《收租院》播出,反响巨大,当年 4 月中旬,国家文化部把电视纪录片《收租院》扩制成 35 毫米电影拷贝向全国城市发行,又制成 16 毫米拷贝向全国农村发行,连放八年。该电视纪录片的解说词并在"特殊时期"结束后,被收入国家中小学语文教材之中。从艺术角度来看,"收租院"泥塑是成功的,被评价为:"世界美术史上一件里程碑式的杰作","因新中国阶级斗争需要而诞生,因旧中国阶级矛盾刻画而不朽。"并在 1999 年"威尼斯第 48 届艺术双年展"上,以《威尼斯收租院》名参展,获国际大奖。但在"特殊时期"结束后,亦有批评意见,指责该作品创作失真,因渲染"阶级斗争"残暴性,而引发极端事件。如地方主管部门为增加阶级教育素材,强迫新津川剧团女演员罗某承认曾被刘文彩及三儿子(实为仅十余岁尚未成年的娃娃)共同强奸过,已身为人母的罗某为维护自身名节,拒不承认,不堪精神羞辱,跳楼自杀。罗死后,当地主管部门却在刘庄园佛堂右侧的女客房门口,布置了刘文彩父子强奸罗某的现场对外展出

---

① 创作组共 19 人,其中 14 人为四川美术学院师生。泥塑共含 114 个和真人大小相同的人物形象,其中包括 82 个男人、32 个女人、17 个老人、18 个少年儿童,正面人物有 96 个,反面人物有 18 个,还有一条狗,此外,还有风谷机等真道具 50 多具。

（事情发生于 1966 年 4 月）。① 另有刘文彩的二孙子刘世伟一家，因为家庭成分和"收租院"有关，"逃到四千公里外的新疆库尔勒上游公社独立大队落户，但最终逃不过《收租院》'牢记血泪仇'的宣传攻势，当地农民把他用绳索勒死，他的老婆和两个小孩（大的两岁，小的还在吃奶）被斧头劈死。"②

我在狼山圆通宝殿看到"收租院"泥塑的日子为 1973 年 8 月 9 日，先此我还在其他寺观中看到过"收租院"泥塑的陈展（具体地点记不清了，可能是杭州岳庙）。当时的做法，无一例外地是将原先在大殿中陈列的神、佛塑像或古代器物砸毁，再替换上"不忘阶级苦，牢记血泪仇"的政治展品。由此亦可见当时中国文物所遭的灾难之重。

参观"收租院"，留给我的是一种压抑心情。而走出"收租院"，站在狼山顶上举目四眺，却使我感受到了空旷通灵的心情。山顶上的天总是那么的蓝，云总是那么的白，随着山风吹荡，后山的万顷松柏如绿浪般翻滚，脚下是浩无涯际的长江奔流向海，远处的南通城在云雾中若隐若现，景色壮丽极了。再看狼山的山势，是起伏逶迤，五峰相接。据说在古代，狼五山的各山头都修有烽火台，斥堠相望，它仿佛长江的水上长城，拱卫着六朝古都的京畿南京城。可惜这一切，都被后人作为"四旧"拆除了。这使我深感到历史是人创造的，但人也可以毁灭历史，而一个民族的兴盛与否，关键在于其理性的自我把握。而亘古不变的，只有狼山上的青松与白云，因为其受制约的，是人类社会外在的自然规律。

我沿着后山的小路缓步下山，向曹顶墓过路公交车站走去。时已近下午 4 时，但距离末班车的到达尚有近 40 分钟（当时南通郊县公交车是 40 分钟一班），这使我有时间在曹顶墓曹公横刀跃马的塑像前仔细瞻仰，墓铭上"民族英雄曹顶"的字样赫赫在目，这使我肃然起敬。"文革"中南通所有的名胜古迹皆被作为"四旧"砸毁，而唯独曹顶墓丝毫未动，这不能不说是一个奇迹。我想这是由于墓铭上所刻的曹顶抗倭事迹，教育了前来砸墓的红卫兵，使他们良心发现，拯救了坟地。这也说明哪怕是在最为狂热的政治极端时期，我们民族仍存在明辨大是大非的能力，这也是我们民族未来的希望所在。

我来去南通时，都值晴朗天气，因此乘江轮时，始终站在甲板上欣赏长江的波涛与吟诗。我那时刚掌握诗词格律未久（是在农场务农时，自习王力《诗词格

---

① 刘小飞：《刘文彩庄园的真相》（2008 年 10 月 8 日），http://bbs. tiexue. net/post2。——作者刘小飞系刘文彩之孙。

② 材料出处参《泥塑收租院，不能忘记的经典》（记者王若冰），《成都日报》2009 年 9 月 11 日；《大型泥塑〈收租院〉诞生的台前幕后》，《重庆晚报》2009 年 8 月 27 日。另参《百度百科》"收租院"词条。

律》书所得),竟然用狗屁不通的文字,写了8首七绝,经后来加工,勉强可读的为以下三首:

其一、感怀

长江枫色到秋浓,异地飘零念玉容。

花落花开春永在,别君何日再相逢。

其二、攀狼山

曲径野花各展芳,孤帆远去白云乡。

登高忘却身依病,谁凭山水不心伤?

其三、别离

浮沉四载运何从? 江畔已发旧日红。

远航终日天连水,谁使今生岁月重。

此外,在农场四载务农,数度江上往返南通申城,作有《烟波行赋》一首,一并录此存念。

游梦赋(1972.6.10 原作)①

苏北四载,几泛烟波。感少年之壮志,悲年华之飞逝,遂作《游梦赋》以励志。

湘竹杯,芙蓉笺,昏黄灯光下,诗书堆满案。夜钟已敲二更半,银霜映无眠。起身门轻掩,乌啼送征鞍。八骏为伴旅,四季替眼前。东行阻险关,崔嵬蠡壑涧。关前有老汉,款客且赠言:沧溟有三岛,飘渺烟波间。仙家常聚蟠桃宴,姮娥舞袖翻。锦江浣锦丝,可织彩霞冠。得者皆富贵,俨然侍金殿。武陵有芳园,四季桃花斓。日夜长流桃花水,隐者耕种桃花田。星辰倾西北,女娲为筑昆仑山。上接银汉之瀑布,下泻无际之深渊。又闻汉阳②连北斗,一径竹柳垂荫蕃。下有如意谷,登临解百烦。对酒可当歌,隐世寿永延。遨游能尽欢,霓裳把乡还。学子今从此关过,可自择一端。余言春风不染苍苍发,熟酣难还童少颜。人生百岁终何有,荣华尸骨俱潺湲。或曰男儿千秋业,当磨雨花石碧静尘寰。欧美曾横四洋水,倭俄铁蹄踏河川。春风虽暖神州土,尚有凄凄黎民怨。古有岳武穆,报国有赤胆。今有彭元帅,碎骨祭民天。余虽苟且辈,食民粟以安。衣食即父母,自当为民事万难。是以淡味而少寐,布被旧衣衫。读书常通晓,铭志于红岩。耻作烟酒客,励节苏子坚。

淡泊时自娱,不敢须臾贪欢求逸以流年。祖生击楫誓中流,武穆不做白发叹。江河后浪有前浪,窃心慕先贤。老汉壮余言,告之三更天虽暗,道路崎岖却能行,终有东风送长夜,终有灿烂大地斑。沙场战火度青春,黔南塞北亦等闲。尔既许身祭轩辕,大同壮志终实现。

①1972 年 6 月 10 日原作,后屡改而定稿。此赋初稿于由大丰农场返沪省亲与治病期间。
②指庐山汉阳峰。

2013 年 1 月 31 日完稿

苏州虎丘山猎奇（苏州飘零之一）

苏州是我的旧游之地，由于它离上海近，我已不能准确说出去了几次。根据留下的文字记录，我尽兴游苏州有过三次：1975 年 11 月 2 日，游虎丘、留园、西园；1978 年 12 月 24 日，游寒山寺；1979 年 8 月 7 日到 9 日之间，游东山镇各景点，上灵岩山。

1975 年游苏州，是缘于精神不快。当时我在上海闵行四中任教，因组织学生撰写论文，指责教育失当产生的"文盲加流氓"现象，建议恢复高考制度，而受到徐汇区教育局组织的十个中学的批判（闵行地区当时属上海徐汇区管辖），罪名是"全面复辟修正主义的教育路线"。除我本人受批判之外，受株连的还有参与这一活动的近十名学生。我的论文《论闵行四中教育革命的方向》在全市被转印万份，并出现了手抄本。对于批判，我心不能服，写了一封致中央的长信重申观点，但又不敢把信由上海寄出，生怕被截下，因此选择了一个星期天坐火车至苏州，在车站附近邮局挂号投信后，再搭公交车赴虎丘游览。

虎丘位于苏州阊门外西北约 7 华里，山的得名，缘自吴王夫差葬父的传说。根据古书所记：春秋晚期，吴王阖闾与越国作战失败，负伤身死（前 496 年），子夫差征调军民十万，穿土凿池，积壤为丘，葬父于此，陪葬之物有其父生前深爱的"扁诸"、"鱼肠"等宝剑三千把。葬后三日，"金精"化为白虎蹲其上，因号"虎丘"。此事见于汉袁康《越绝书·外传记吴地传》与汉赵晔《吴越春秋·夫差内传》二书所记。

上古时期，江南荒芜，有白虎蹲于山上，本非奇事。但讲剑气（"金精"）能化作白虎，则只能说是臆测了。因为根据近代地理学家的考察，虎丘成山的真实原因，缘于海底火山的喷发。对此，证据之一是山道两侧至今尚存大量当年被海浪冲刷成圆滑状的怪石。证据之二是虎丘遗存的历史称谓。虎丘别名"海涌山"，山上曾有过"望海楼"、"海泉亭"、"海宴亭"诸景点等，这说明虎丘脱离不了与海的干系。当年白居易游此曾有诗："海当亭两面,山在寺中心。"①这说明虎丘现今尽管离海很远,但是在唐代站在山上却是能够看到海的。

而我以一个普通游山者的眼光来看虎丘,虎丘最奇之处有四点,一是山奇。虎丘之奇,并不是以高大或险峻而知名。根据国家有关部门公布的数据,虎丘山仅高 34.3 米,占地约 20 公顷。虎丘之奇是在于它与一个千古之谜相联系,据说山中有吴王阖闾之坟,坟中是否真藏有三千把宝剑。

虎丘二奇是它的石奇。虎丘山上有一块巨石约可站立千人,称"千人石"。根据传说:东晋高僧竺道生(355—434 年)来虎丘山寺讲学,因观点不被寺庙住持认同,只能站在法堂之外,不意巨石上竟坐有千人听讲,此即"生公讲座,下有千人列坐"典故的出处。因此,"千人石"又名"千人坐"。由此又引出了"生公说法,顽石点头"的典故,因此巨石又名"点头石"。在中国佛教史上,竺道生是"一阐提人皆得成佛"②、"顿悟成佛"和"一切众生悉有佛性"学说的创立者,因此虎丘山在一定意义上是中国禅宗的发祥地。

虎丘三奇是在于水奇。虎丘山上有一口古井,传为唐代"茶圣"陆羽所挖,因此被称为"陆羽井",由于井水甘甜,而被评为"天下第三泉"。根据《苏州府志》所记:陆羽曾长期寓居虎丘,他一边品研用"陆羽井"泡煮的茶叶,一边完成了中国历史上第一部茶书——《茶经》的写作。因此在一定意义上,可以说虎丘是中国茶文化的发祥地。

虎丘四奇是在于它的塔奇,号称"世界第二斜塔"。大致在南北朝时,虎丘已有塔,此可从陈张正见诗句:"远看银台竦,洞塔耀山庄"③中得到印证。陈塔后毁,隋文帝仁寿九年(601 年)又建有木塔,亦毁。现存虎丘塔系后周显德六年(959 年)至北宋建隆二年(961 年)间,由吴越国建成。由于这一时期虎丘寺佛教极盛,知州魏庠奏改寺名为"云岩禅寺",于是虎丘塔又名"云岩寺塔"。塔高47.5 米,砖砌,七级,呈平面八角状。由于地基变化,虎丘塔建成未久即向东北倾斜,根据有关部门提供的数据,目前塔顶心偏离底层中心 2.34 米,斜度为2.48 度,成了地道的"东方比萨斜塔"。奇的是"东方比萨斜塔"屹立千年不倒,而成为苏州古城的标志性建筑。

在上述虎丘四奇中,我认为虎丘山最奇之处是在于它与一个千古之谜相联

---

① (唐)白居易:《题东虎丘寺六韵》。
② "一阐提"为"一阐提迦"的简称,为极难成佛意。"一阐提人"指有大邪见、断除善根之人。
③ (南朝·陈)张正见:《从永阳王游虎丘山》。

系，即山中是否真有吴王阖闾之坟？坟中是否真藏有三千把宝剑？根据《史记集解》引《越绝书》的记载："阖闾冢在吴县昌门外，名曰虎丘。下池广六十步，水深一丈五尺。铜棺三重，澒池六尺。玉凫之流、扁诸之剑三千，方圆之口三千，槃郢、鱼肠三千在焉。卒十余万人治之，取土临湖。葬之三日，白虎居其上，故号曰虎丘。"

受到吴王坟中藏有三千把宝剑传说的诱惑，历史上越王勾践、秦始皇、东吴孙权都曾派人来此寻剑，但均无结果。现虎丘山顶有一泉称"剑池"，系唐代颜真卿题字。[①] 泉广六十余步，深二丈，终年不涸。据唐李吉甫《元和郡县图志》所述："秦皇凿山以求珍异，莫知所在；孙权穿之亦无所得，其凿处遂成深涧。"这也是现今"剑池"的来由。

另据近人李根源上世纪20年代在虎丘实地考证，发现"石刻二块，一为明吾翁等见阖闾幽宫题记。内载：'长洲令吾翁、吴令胡文静、昆山令方豪，闻剑池枯，见吴王墓门，偕往观焉。万年深闷，一旦为人所窥，岂非数耶？命掩藏之。正德七年上元前一日志。'一为王山椿等见阖闾幽宫题记。内载：'正德七年正月，郡士王山椿、侯权、任云藩、祖与之登虎丘，于时剑池水涸，传观阖闾之幽宫。千年神秘，一朝显露，可悼也已。'"[②]

"上元"，指中国农历传统节日上元节，后世俗称为"元宵"节。根据上述刻石，长洲令吾翁、吴令胡文静、昆山令方豪三人探"阖闾幽宫"的时间为上元前一日，亦即中国农历的正月十四日。而苏郡名士王山椿、侯权、任云藩、祖与之探寻"阖闾幽宫"注明时间为"正德七年正月"，即同一年的同一个月。两拨探坟人何者为先，无法从石刻中得到证明，但有一点是可以肯定的，即自剑池水干后，长洲令吾翁等三人绝不是探"阖闾幽宫"的第一批人，但他们手中有权，出自"万年深闷，一旦为人所窥，岂非数耶？"的顾虑，命人掩盖了"阖闾幽宫"的坟门。因此，此后再来此探寻的人群便无法得窥"阖闾幽宫"的真相。

而李根源有关明人曾探寻"阖闾幽宫"的说法，后又被苏州市文管会1955年疏浚剑池的发现所证实。事情的经过为：当时工作人员抽干剑池积水刷洗岩壁苔藓时，发现了剑池石壁上的一批刻字题记，其中东侧岩壁上所刻的即为李根源所述明代长洲、吴县、昆山三县令吾翁等人题记，以及苏郡名士王山椿、侯权、任云藩、祖与之等人的题记。根据所记，大致内容为：明正德七年（1512年）正月，

---

① 全字为"虎丘剑池"，见明王宾《虎丘山志》。
② 原出李根源《吴郡西山访古记》、《虎丘金石经眼录》，转见民国年间林森著《虎丘新志》。

苏州大旱,剑池见底,苏郡名士王山椿、侯权、任云藩、祖与之等人闻知前来探寻"阖闾幽宫",陪同者有少傅王鏊、解元唐寅(唐伯虎)等人。此后,地方官府要员长洲令吾翕、吴令胡文静、昆山令方豪等人也赶来探寻,并派人封闭了墓门。① 事后,王鏊写有《吊阖闾赋》述及,文徵明也赋诗一首记述此事。②

此后,工作人员在清除剑池底污泥时,发现剑池两壁齐削,池底平坦,属人工凿出无疑。池南另有人工筑坝一个,与石壁三面相连,面积约四张八仙桌大小,低于平时水面三尺,用作蓄水。而池北最狭处,有一个洞穴向北延伸约丈余形成隧道,可容人单独出入,举手触顶,上下方正笔直,亦属人工开凿。隧道尽头为喇叭口,前有一米多隙地,可容四人并立。再前有人工琢出的麻砾石长方形石板四块,一块平铺土中作底座,另三块横砌叠放,似一大碑石。每块石板的面积约二尺半高,三尺多宽。第一块已脱位,斜倚在第二块上。第二块石板门的石质不同于虎丘本山的火成岩,表面平整,显然为进入洞室墓的墓门。以此推论,阖闾墓就在剑池的北面,剑池下的洞穴是进入吴王墓室的甬道。此与春秋战国时代的墓制形式相符。③

根据疏浚剑池的发现,苏州市文管会准备发掘吴王阖闾墓,并经江苏省文管会请示国家文化部,文化部长郑振铎特为此签署文件,经国务院办公厅主任齐燕铭转呈周恩来总理批示。④ 但发掘阖闾墓的难处是:陵寝修建时工程浩大,夫差曾用工十万,先在石山下穿穴造宫,其父入葬后,又临湖(太湖)取土覆山为坟。后人在其上又筑有虎丘塔等诸多景点。如果要挖掘吴王坟,势必要将整个虎丘山挖开,若此,山上之虎丘塔等诸多景点必将不保,而所挖出的文物出自当时中国的科学水准,亦难保存。因此经综合平衡考虑,国务院最终下达了不予发掘的指示。这样,阖闾陵寝再度沉入剑池底,成为千古之谜。

现剑池上方有一拱形石桥高出水面数米,不知始建于何时? 桥上有两个并列的圆孔,后人附会为西施照妆处。但由此伏栏下望,只能看见凌乱的水影,且

---

① 见百度网《"剑池"虎丘摩崖石刻(三)》图片。
② 材料出处见百度网《"剑池"虎丘摩崖石刻(三)》图片。
③ 参胡觉民 1956 年 7 月 27 日至 29 日《新苏州报》上载文。——1955 年疏浚剑池时,苏州市文管会主任谢孝思等人进入剑池北面的洞穴考察,陪同者有胡觉民,在次年 7 月 27 日至 29 日《新苏州报》上,胡撰文介绍经过。据记:"洞穴里面阴森潮湿,没有一点亮光,用手电筒照射,发现有人工建筑的石墙一垛,拦住去路。这垛石墙由 3 块石头组成,每块石头的面积约 2 尺半高,3 尺多阔,下面 2 块是直叠的,中间接缝处平直紧密,最高 1 块不规则地斜拔在上面,可能因为受不住上面的压力,或者受了地震的震动,才和第 2 块脱节而歪斜下来的。这 3 块石头的石质颜色,不同于虎丘本山山石……"
④ 参施晓平:《阖闾墓究竟在哪里?》,《城市商报》2008 年 6 月 12 日。

会产生头晕目眩的感觉。根据古史所记,虎丘曾是吴王阖闾的行宫,后又成为他的坟地,因此断不可能成为西施照妆之处。站在被后人附会为"西施临妆"的石桥上,我久久俯视传说下面藏有"阖闾幽宫"的剑池水面,陷于无穷的遐思之中。随后,我到虎丘茶室久久品味曾被"茶圣"陆羽品研过的茶水,一直到红日西斜。由于次日有课,当晚必须赶回上海,而回沪之前,我还想到附近的景点留园与西园去浏览一下,只能不舍地离去。

留园位于虎丘东南、苏州阊门之外,在苏州"四大名园"中,居于首位。另外三大园分别为:沧浪亭,始建于宋;狮子林,始建于元;拙政园,始建于明。此外,留园与苏州拙政园、北京颐和园、承德避暑山庄并称为中国四大名园,由此足见它在中国古典园林中的地位。

根据文献记载,留园原为明嘉靖年间太仆寺卿徐泰时私家花园的东园。嘉庆年间,清举人刘恕购得此园加以改建,更名寒碧山庄,又称"刘园"。同治年间,盛宣怀购得此园,再加以扩建,取刘字的谐音,更名为"留园"。留园经三代人修建后,汇聚了明清两朝的园林建筑艺术精华,因此被清名士俞樾评价为"吴下名园之冠"。[1]

对于中国古典园林建筑,由于我是门外汉,无可置评。游留园,留给我的最深印象是:细品委曲长廊(约近千米)石壁上嵌刻的前人书法、诗作,仿佛重临科举制时代士大夫的意境。此外,看池塘中的肥硕金鲤成群追抢游人抛洒的食物,也排解着我的愁闷。

西园全名为西园寺,位于留园的斜对门,穿越一条小径即可达。根据文献资料,西园前身是建于元至元年间(1264—1294年)的归元寺,后残败。明嘉靖(1522—1566年)末,太仆寺卿徐泰时(1540—1598年)购其地筑私家花园,由于其位于东园之西,而称为"西园"。徐故世后,子徐溶崇佛,舍园为寺,仍沿用古名"归元寺",后又把该寺作为弘扬律宗的道场,而改称"戒幢律寺"。但人们仍习惯称其俗名"西园寺"。咸丰十年(1860年),西园寺毁于兵燹。光绪年间,浙江按察使盛康与吴郡士绅协商,集资重修西园寺,至民国十五年(1926年)完工。重修后的西园寺以"五百罗汉堂"知名,其与北京碧云寺、武汉归元寺和成都宝光寺中的罗汉堂并称为中国现存的四大罗汉堂。

"五百罗汉堂"在"文革"中得以保全,而未被红卫兵当"四旧"砸毁,这不能不说是一个奇迹。据说对此,当时任西园寺方丈的明开法师居功甚伟,他不顾个人

---

[1] 见(清)俞樾:《留园游记》。

安危,亲率僧众日夜巡逻,多方奔走呼号保护国家文物,而使西园寺成为当时苏州唯一没有遭受严重破坏的寺庙,同时被保护下来的还有西园寺珍藏的六万多册古版经书。明开法师的这一精神实值得我们"化内之人"的学习。

我站在"五百罗汉堂"前久久徘徊,但见两侧的罗汉群塑或怒目狰狞,或闭目沉思,或笑口常开……没有一个的表情是重复的。这真正体现了中国传统雕塑艺术的智慧。我又不时见到几位目光痴呆、脸色发青的妇女跪在罗汉像前把头磕得乒乒作响。而这一景象是发生在主张"破四旧、立四新"的"文革"时代,使人多少有些吃惊。这些妇女以老年人为主,但亦不乏年轻的姑娘。这一景象后来我在步入寺庙时,曾反复见到。我知道她们心中有难以倾诉的苦恼,只能与神交流。而此时的我,心情又何尝不是如此呢? 只是我读的书多一些,相信孔子所说的"人能弘道,非道弘人"[①]的道理,做事总试图通过主观努力,来改变自我命运。

有关"五百罗汉"的起源,根据中国学界的一般说法,是指佛的从业弟子。如《十诵律》卷四谓:"今日世尊与五百罗汉入首波城。"《法华经·五百弟子受记品》谓:"佛为五百罗汉授记。"一说"五百罗汉"起自佛释迦去世后参加第一次佛经结集的五百比丘,其中以"大迦叶"和"阿难"为首,其他人并无名号的记载。[②] 另据古印度传说:在憍萨里国有五百强盗占山为王,后与官军交战被俘后,都被挖下双眼,放逐山林,强盗在林中绝望呼号,佛陀听到后大发慈悲,用神药使之复明。五百强盗从此弃恶从善,皈依佛门,修得正果,成为罗汉。[③]

古印度所说的"五百",原指数量众多,并非确指。但自佛教传入中国后,随着佛教在印度本土的衰落及中国成为世界佛教的中心,"五百罗汉"也被中国佛教的崇奉者按照中国人的习惯添加了名号。此见于《大明续藏经》所收明高道素录南宋江阴军《乾明院五百罗汉名号碑》(一卷),文中列举了从第一罗汉"阿若娇陈如"到第五百罗汉"愿事众"的名号。而从中国绘画史与雕塑史来考察,为"五百罗汉"添加名号的现象最晚不会迟于五代。如历代画家绘五百罗汉图像,见于著录的有:梁朱繇,见宋中兴馆阁储藏;宋李公麟,见《清河书画舫》八、《法书名画见闻表》《式古堂书画考》三;南宋刘松亭,见《秘殿珠林》十;吴彬,见《石渠宝笈》三。另据《天台山志》引《五百应真居方广寺感应异记》云:"永嘉长史全亿,画半千罗汉形象。"到五代时,吴越王钱氏造五百铜罗汉于天台山方广寺;显德元年

---

①《论语·卫灵公》。

② 参《百度词条·五百罗汉》。

③ 参《百度词条·五百罗汉》。

（954年），道潜禅师得吴越钱忠懿王的允许，迁雷峰塔下的十六大士像于净慈寺，创建五百罗汉堂；宋太宗雍熙二年（985年），造罗汉像五百十六身（十六罗汉与五百罗汉），奉安于天台山寿昌寺。此外，宋仁宗《供施石桥五百应真》敕书，载《天台山志》；宋苏轼集中有元符三年（1100年）为祖堂和尚作《广东东莞县资福寺五百罗汉阁记》，见《东坡文集·后集》卷二十。等等。

在此需要做三点说明的是：一是中国佛所崇奉的"五百罗汉"并不包括"十六罗汉"或"十八罗汉"之数，因此宋太宗雍熙二年（985年）在天台山寿昌寺须造"罗汉像五百十六身"（十六罗汉加五百罗汉）供奉。二是"罗汉"的地位在佛学中低于佛与菩萨，他们只能修得"阿罗汉"果（小乘佛教谓断一切嗜欲和烦恼并出三界生死者），因此他们居的地方只能称"堂"，不能称"殿"（"殿"高于"堂"）。三是中国佛教信徒所供奉的"五百罗汉"找不到佛学经典的支持，因此可以根据政治需求随意更改身份。如清朝皇帝信佛，自称"金身罗汉"转世。于是建于四川新都县宝光寺的罗汉堂，其中第295罗汉"阇夜多尊者"系康熙皇帝；第360罗汉"直福德尊者"为乾隆皇帝。等等。

当我走出西园寺时，已近日暮。在返沪途中我细思一天所得，作有《姑苏行赋》一首，算是此行的最大收获。仅录此作念：

姑苏行赋（1975.11.2）

攀虎丘而四览兮，感岁暮将临。观落日烟霭兮，染西岗之晚枫。因发愤而为国事兮，做姑苏苦行。铁辙飞滚兮，辗千山碎石。望小桥潺湲兮，缀绿水村庄。有沃野禾香兮，染大地为黄。瞻阳澄万顷兮，涌千重愁浪。白帆朵朵兮，织碧蓝为锦。留园之浪迹兮，嘻金鲤争食。依苍苍碑石兮，仰前贤之绝笔。循幽径而入孤庵兮，遇面壁神佛。仿处往古兮，见虔诚修女。余留连而忘返兮，祖国之山川。非为尔之昌盛兮，岂忍冤而负屈。闻车笛之呜呜兮，思故园诸友。迎风而挥泪兮，铭我之誓言：神州膏土，赤县烟云，必为君郁，献吾之躯。

每当读起这首青年时代的习作，我仍感到深深的无助。反思当时所为，是想改变混乱的教育状况。而当时中国教育所存在的本质问题——学生德育缺失及高考制度被废，不但我看到了，其他许多人也都看到了。但公开提出问题的仅有我一人。在我受批判时，不但得不到支持，还有人试图通过批判我，作为晋身的台阶。而反观后来中国教育的发展，高考制度尽管恢复了，但学生德育缺失的问题却始终未能解决,且越演越烈,终派生出了青少年违法犯罪现象日趋严重的社会问题。在此后多年中,我一直反思为什么人们都能看到的问题偏要由我提出?得出的结论是:我少年时代读历史书较多,在潜意识中也较多地受到古人"精忠报国"思想的影响。反思当时所为,我终于认识到个人无助改变政治现状的事实,当时所付出的是一种无谓的牺牲。但我也不后悔所为,因为这毕竟是为社会利益所做出的牺牲,在社会需要之时,与我的批判者相比,起码是体现出了更多的社会责任意识。

2013 年 4 月 18 日

枫桥忆旧（苏州飘零之二）

　　1978 年末，离"文革"结束已有两年，[①]但我的心情并不愉快，一直生活在"文革"中因写《论闵行四中教育革命的方向》而遭受批判的阴影之中。现回过头来看当初我写的《论闵行四中教育革命的方向》论文的价值，其首先不在于敢冒天下之大不韪建议恢复高考制度，而是在于文中所提出的要重视学生德育的问题迄今未能被教育体制成功解决。我当时预感到"文革"结束之初所推行的"教育市场化"路线，可能会对民族根本利益造成危害，但又无可奈何。这对于"文革"前曾受过国家正统教育、相信"无产阶级只有解放全人类，才能最后解放自己"的我来说，思想上日趋苦闷，我需要找一个清净的地方来认真思考一下今后所要走的道路，于是就有了 1978 年 12 月 24 日的苏州枫桥之行。

　　枫桥的知名，是缘自 1300 多年前唐朝文人张继过此时，写下了一首千古传颂的诗篇《枫桥夜泊》。全诗为：

　　　　月落乌啼霜满天，江枫渔火对愁眠。

　　　　姑苏城外寒山寺，夜半钟声到客船。

　　这首诗的写出，创造了四个奇迹，一是因诗改地名。根据文献记载，枫桥原名"封桥"，桥的得名，源于古时这里曾是水陆交通要道，每当漕粮北运经此时，需要设卡护粮，故名为"封桥"。[②] 张继过此时题诗，可能未弄清桥的原名，将"封"

---

①　"文革"时期为 1966 年 5 月至 1976 年 10 月。

②　现今枫桥已非当年张继所过之唐桥，而是后修的。据说老枫桥毁于战乱，清同治六年（1867 年）重建。民国 34 年（1945 年），国民党军李默庵部进驻此，以"枫桥有碍交通"为由，又下令拆桥。

字误作为"枫"字。但因为此诗把一个不出名的小地方搞出了名，到北宋丞相王珪"顷居吴门"时，便"亲笔张继一绝于石，而'枫'字遂正。"此见于宋朱长文在《吴郡图经续记》之所记。[①]

张诗所创作的第二个奇迹是后人和诗无数，但无一首能超出《枫桥夜泊》的意境，张继遂以此诗垂名于世。

有关张继诗出后的和诗盛况，见于南宋范成大《吴郡志》之所记："枫桥，在阊门外九里道旁，自古有名，南北客经由，未有不憩此桥而题咏者。"有关张继题枫桥诗为诸诗之冠的说法，见于乾隆皇帝在寒山寺所立御碑。为了核定乾隆皇帝有关评价的准确性，我特地检阅了一下前人过枫桥的题诗。尚可一提的有三首：

一是唐杜牧的《枫桥》：

> 长洲苑外草萧萧，却算游城岁月遥。
> 惟有别时今不忘，暮烟疏雨过枫桥。

二是宋人孙觌的《过枫桥寺》：

> 白首重来一梦中，青山不改旧时容。
> 乌啼月落桥边寺，倚枕犹闻半夜钟。

三是明高启的《泊枫桥》：

> 画桥三百映江城，诗里枫桥独有名。
> 几度经过忆张继，乌啼月落又钟声。

若论诗名，杜牧比张继响得多。但仅就咏枫桥诗而言，杜诗的着眼点是枫桥的自然景观一句："暮烟疏雨过枫桥"。而张诗在短短的 28 个字中，出现了弯月、客船、江枫、渔火、乌啼、钟声等各种景观，可谓明暗、动静、音画结合。全诗未直接写桥，却全是以桥为中心。此外，诗的内涵则寄托了作者深深的愁思，这绝非

[①] 原文为："在吴县西十里枫桥。枫桥之名远矣，杜牧诗尝及之，张继有《晚泊》一绝。孙承祐尝于此建塔。近长老僧庆来住持，凡四五十年，修饰完备，面山临水，可以游息。旧或误为封桥，今丞相王郇公顷居吴门，亲笔张继一绝于石，而'枫'字遂正。"——见朱长文《吴郡图经续记》。文中"王郇公"即王珪（1019—1085 年），字禹玉，北宋宰相，祖籍成都华阳。

是杜诗的意境可企,因此它能够成为千古绝唱。至于宋人孙觌的《过枫桥寺》与明人高启的《泊枫桥》,二诗虽寄托了个人的情思,较杜诗耐读,但诗的结句均套用张诗意境,自然也无法超越张继原诗的艺术水准。

为了探寻张继创作《枫桥夜泊》诗成功的秘径,我特查了一下有关张继的资料:约公元715年至779年间在世,字懿孙,襄州人(今湖北襄阳),唐天宝十二年(753年)进士,大历中,以检校祠部员外郎为洪州(今江西南昌市)盐铁判官(掌财赋)。

在唐人眼中,张继大概算不得大诗人。在《唐诗三百首》中,也仅收录了《枫桥夜泊》一首,但这一首诗,却把张继的名字向后世传下了。我由此得出的结论是:人若想靠写诗出名,不必写得很多,只要写出一首好诗即可。

张继诗所创造的第三个奇迹,是在宋代引发了一场诗学公案。事情是围绕着"夜半钟声到客船"句展开的。

欧阳修在作《六一诗话》时指出:"诗人贪求好句而理有不通,亦语病也。唐人有云:姑苏台下寒山寺,半夜钟声到客船。说者亦云:句则佳矣,其如三更不是打钟时。"欧阳修有关唐代寺庙无"夜半钟"的说法,引起了同代诗家的质疑。王直方(1069—1109年)在其诗论著作中,反驳欧氏说法,引于鹄(唐大历、贞元年间诗人)诗"定知别往宫中伴,遥听维山半夜钟"、又引白居易诗"新秋松影下,半夜钟声后",证明唐代寺庙实有夜半钟。① 宋南渡诗人叶梦得在《石林诗话》卷中指出:"'姑苏城外寒山寺,夜半钟声到客船。'此唐张继题城西枫桥寺诗也。欧阳文忠公尝病其夜半非打钟时。盖公未尝至吴中,今吴中山寺,实以夜半打钟。"②南宋胡仔在其诗论著作《苕溪渔隐丛话前集》卷二十三"半夜钟"条指出:"温庭筠诗亦云:'悠然逆旅,频回首,无复松窗半夜钟。'"又引古籍《诗眼》③中的话说:"欧公以'夜半钟声到客船'为语病,《南史》载齐武帝景阳楼有三更五更钟。丘仲孚读书,以中宵钟为限。阮景仲为吴兴守,禁半夜钟。至唐诗人如于鹄、白乐天、温庭筠,尤多言之。今佛宫一夜鸣铃,俗谓之定夜钟。不知唐人所谓半夜钟者,景阳三更钟邪? 今之定夜钟邪? 然于义皆无害,文忠偶不考耳。"等等。

综上述诗家对欧阳修的反驳可见:唐代吴中地区寺庙确实存在着夜半敲钟的习惯,而且一直延续至宋代,张继"夜半钟声到客船"句为实写,并非是"诗人贪

---

① 见《王直方诗话》。
② 叶梦得(1077—1148年)宋南渡诗人。字少蕴。苏州吴县人。绍圣四年(1097年)登进士第,曾任翰林学士、户部尚书、江东安抚大使等官职。晚年隐居湖州弁山玲珑山石林,号石林居士。
③ 《潜溪诗眼》,宋范温撰,今存一卷。

求好句"的臆造。由此亦可见大文豪欧阳修也有失察之时。

张继诗创造的奇迹之四是捧红了一座古庙，为今日苏州带来了无穷的物质财富。

根据文献记载，寒山寺始建于六朝梁代的天监年间（502—519 年），初名"妙利普明塔院"。唐代贞观年间，有诗僧寒山曾由天台山来此任住持，遂易名寒山寺。数年之后，又有寒山密友、天台僧拾得来投，共同主持寺内僧务。寒山善诗，共留下了诗作 300 余首，后人辑为《寒山子诗集》。拾得亦善诗，后人辑其诗附于《寒山子诗集》之后。两人留下的佛学名言是："寒山问拾得世间有谤我，欺我，辱我，笑我，轻我，贱我，恶我，骗我，如何处治乎？拾得曰：只是忍他，让他，由他，避他，敬他，不要理他，过十年后，你且看他！"

上述是有关寒山寺的早期情况。但处于初创时期的寒山寺，香火并不旺盛，这一状况直至天宝年间张继科举落第、过此写下了《枫桥夜泊》诗作后，才得到改变。这是因为自张继题诗起，后世文人均以不到枫桥为憾事，而到枫桥，又无不去瞻仰一下发出夜半钟声的寒山寺，由此导致庙内香火费大增，跻身于中国十大名寺之一。另据文献记录，历史上寒山寺曾 5 次毁于火灾（一说 7 次），最后一次重建是清光绪年间。寒山寺之所以能屡毁屡建，显然是得益于张继的题诗光大了寺名。自近代以来，寒山寺在政治上经历过两次劫难，一为抗战时期，日军侵占苏州，把寒山寺殿堂房舍作为仓库马厩，寺内仅余二三僧人，靠经营浴室、菜馆与卖字、卖帖维生。二是"文革"时期，寒山寺的佛像、法器、殿阁被严重损毁，寺藏文物被查抄，僧人被逐，寺庙被造反派侵占，用作关人、逼供的牢房，不乏在此被拷打致死者。但寺内主体建筑被保存下来了，包括：大雄宝殿、庑殿（偏殿）、藏经楼、碑廊、钟楼、枫江楼、霜钟阁等（其中大多属清代建筑）。此外，当时寺庙主持性空对部分寺藏文物，包括碑刻、藏经、罗汉等，有预见地采取了保护措施，使它们得以传世。自 1978 年开始，寒山寺迎来了它的好日子，11 月 15 日，全国政协副主席、中国佛教协会会长赵朴初专程至寒山寺视察并指导修复工作，被放逐到农村的原寺僧，也重新被召回延续寺庙香火。

我是当日 10 时 20 分抵达苏州的（乘早晨 8 时 28 分由上海始发的 404 次慢车），然后坐公交车来到枫桥。在枫桥岸边我坐了很久，看着过往征帆，苦苦思索今后欲走的道路，同时也想像张继一样，留下一首能传颂于世的诗篇。可惜我无此诗才，仅写了一首庸作存此作念：

七绝 岁末访枫桥

黎民苦楚难分挑,欲报国家非栋雕。

但郁愁思无诉处,凄凄岁晚访枫桥。

随后,我又步入寒山寺闲逛。由于我到访的时间,是赵朴初会长视察的一个月之后,"文革"期间被性空主持掩藏的文物已重见天日。这些文物包括前人题刻的张继《枫桥夜泊》诗碑、寒山与拾得禅师石刻像、历代名人碑刻、铜钟等等。这也是我 1978 年参观寒山寺时,能够目睹的全部文物。

碑廊中陈列着历代名人岳飞、文徵明、唐伯虎、董其昌、康有为等人题写的碑刻,以及晚清俞樾书写的张继诗碑。在寒山寺,最使我激动的是看到了两块岳飞题碑,分别为:"文章华国,诗礼传家。""三声高蹀阕氏血,五伐旗枭克汗头。"岳飞曾何时到过寒山寺已无可考,这两块由他署名的碑记,使我再一次领略了这位民族英雄的杰出书法艺术与爱国主义的激昂人生观。

钟楼为二层,呈八角状,据说为解放后按原样修复的,铜钟悬于二楼。但这口钟已非当年张继聆听的唐钟了。唐钟据传在明代嘉靖年间被倭寇劫往日本,已不可寻。康有为曾有诗为悼:"钟声已渡海云东,冷尽寒山古寺枫。"现存的钟为清光绪三十二年(1906 年)江苏巡抚陈夔龙督造,有一人多高,需三人合抱,重达两吨,钟声悠扬。寒山寺的除夕钟声很出名,是因为每年除夕夜半,寺僧都要敲钟 108 响,最后一响正好是新年零点开始。钟声的含义约有两指:一是指按中国农历,一年有 12 个月、24 节气、72 候(五天为一候),相加为 108,敲钟 108 下,表示一年的终结及辞旧迎新之意。二是按佛教《大般涅槃经》经义,人生共有 84000 种烦恼,可归之为 108 项,走出这 108 项烦恼,方可进入"涅槃"境界。因此,唐代大智禅师怀海创立《百丈清规》佛教典仪,规定在晨昏二时鸣大钟 108 声,以"觉醒百八烦恼之迷梦"。此称之为"洪钟初叩,宝偈高吟,上彻天堂,下通地府";又称之为:"闻钟声,烦恼清,智慧长,菩提生"。所以敲一下钟声,能除去人的一个烦恼,敲 108 下,就除尽人的所有烦恼。

我游寒山寺时,正值"文革"结束未久,旅游业不旺,因此寺内显得清寂,枫桥上的游客则更少。但在这样的环境中,多少能追寻到张继当年的诗境。游寒山寺唯一遇到的不快是:我是饿着肚子游寺的。原因是我到枫桥镇饭店午餐,用的是"伍斤"一张的全国粮票,饭店工作人员却表示无全国粮票可找,只能找出江苏省地方粮票,这是明占我的便宜。年轻朋友现在可能已很难理解这一现象。当时买粮、吃饭均须用粮票,买布则须用布票,而这类票证大多分为全国与地方两种。全国粮票在全国各地通用，且无年限，而江苏省粮票则只能在江苏一省使用，隔年作废。因此，全国粮票在价值上要远高于地方粮票，人们粮食有结余，一般都要想方设法用多于等量全国粮票的地方粮票去换取全国粮票，以便于隔年储用或旅游时到外地使用。[①]

　　寒山寺游毕，下午 1 时许，我在一家名为"石路"的饭店午餐，随后到留园、西园、虎丘诸景点匆匆浏览后返沪。进入 21 世纪，我陪同家人又重去了一次寒山寺，这已完全不是我记忆中的景象了。古庙早已被大量现代仿古建筑包围，手工艺品店到处都是，充满着商业气氛，曾经是宁静的枫桥，早已被嘈杂的人声掩盖，再也无法寻找到"姑苏城外寒山寺，夜半钟声到客船"的清寂诗境了。

　　据说寒山寺早在 1980 年已"脱贫致富"，和尚们再也不用过往日的苦修生活了。这得益于该年寒山寺被批准为"全国首批重点开放寺院"之一，共接待国内外游人 47 万人次（其中海外游人 4 万人次），门票收入加上其他收入共达 10 多万元，寺庙从此收入盈余。而构成寒山寺经济来源的重要支撑，是每年举办的听钟活动收入。在 1980 年除夕，在苏州市对外友协倡导与配合下，寒山寺举办了第一届听钟声活动，参加者有日本友人 120 人。此后，来寒山寺听钟人数逐年扩大，成为年度节日活动。而在 2001 年，寺庙共接待游人、香客约 150 万人次，与"改革开放"初期的 1980 年 47 万人次相比，增加了 3 倍多。至当年年底，寒山寺

---

① 当时上海实施的票证制度大致为：粮食定量供应，成年女性每月 28 斤粮，成年男性、事业单位员工，每人每月 32 斤粮，厂矿企业工人，每人每月 38 斤粮。每人每月的定量中，规定了供应大米和籼米的比例，这个比例每月在粮店公布。买米仅有粮票不行，还得带购粮证，到住家附近指定粮店购买。此外，一切点心类食品购买，原则上都要收取粮票。上海粮票最微至"半两"，"半两"粮票约可买油条 1 根、小馄饨 1 碗、白粥 1 碗或"奶油"蛋糕 1 块。当时与吃食相关的物价：食堂里吃一顿饭约需大概 0.15—0.20 元；红烧肉 0.8 到 0.10 元之间；大排骨 0.12 元到 0.20 元之间；素菜约 0.03 元一盘；汤约 0.01 元一碗；米饭每两约 0.02 元。大饼：咸的 3 分一个，甜的 4 分一个，油酥大饼 5 分；糍饭团，约 1 角起价（有 1 两、1 两半、2 两筹，内夹油条 1 根、白糖少许）；肉馒头 5 分一个；豆沙馒头 4 分一个；白馒头 3 分一个。买肉需凭"肉票"，上海每人每月"配给"猪肉约 1.50 元，猪肉均价约每斤不超过 1 元。买鱼需凭"鱼票"；买蛋需凭"蛋票"；买豆制品需凭"豆制品"；买糖要"糖票"。只有蔬菜和酱菜不要票。鸡、鸭、鹅每年春节，国庆供应一次。买水果不要票，但有限量。病人发高烧，可凭医生证明，可到水果店买西瓜一只。洗衣肥皂，是每人每月半块，洗衣粉是每户 1—2 两袋；香皂凭证每户每月两块。草纸，卫生纸、牙膏亦凭证限量供应，买线要线票。买自行车、缝纫机、手表均需凭证，但非定量供应，需向所在单位申请，但很难申请到。自行车、缝纫机每台约 150 元。国产手表价从 80 元到 120 元不等。国产照相机售价 120—180 元之间，亦凭票购买。华侨另有""侨汇票"，可在侨汇商店购买紧俏商品。每人每年供应 1 丈 2 尺"布票"，可购买普通衣料和衣服。买棉花（棉花胎、大衣等）需凭"棉花票"，"棉花票"每人年供应量约 7 两。此外，每家另发有"工业品券"，可用做购买彩色被面、呢绒大衣、呢绒中山装、绒线、羊毛衫、牛皮皮鞋、套鞋、尼龙袜子、卡普龙袜子等等。——数据参阅《上世纪五六十年代，我国城市人口粮食供应定量》，载百度网。另参 ernie：《文革中的上海细事》，载《文学城》2010 年 12 月 23 日。

已连续举办了 23 届"除夕听钟声活动",有 5 万余人参加。而据说敲头遍钟、烧头炷香的日本香客承担的香火费用竟高达万元之巨。

当然,寒山寺的和尚懂得"发财不忘张懿孙"的道理。因为日本香客之所以愿意出巨资除夕夜到寒山寺听钟,是因为张继的《枫桥夜泊》诗,在日本被收录于小学教材,日本人对此诗几乎是家喻户晓。日本人也由此对于寒山寺产生了一种莫名的崇拜心情,无不以到苏州旅游,一睹张继诗碑、听一下寒山寺的钟声为快。于是乎,寒山寺的经营者用所赚取的香火费,铸了一口仿唐铜钟,钟重 108 吨,高 8.588 米,钟底直径 5.188 米,号称"天下第一钟"。同时,又在寺内立有一块"中华第一诗碑",碑高 15.9 米,重 388.188 吨,上面镌有清俞樾所书张继《枫桥夜泊》诗。2008 年 11 月,经中国上海大世界吉尼斯总部审定,该钟与碑均入选世界"吉尼斯"记录。先此,寒山寺经营者在寺内新造了普明宝塔(1996 年 10 月 30 日落成),并完成了弘法堂、上客房、斋堂、藏经楼等诸多翻建工程。而在枫桥东侧明代的残墙上,则修起了"铁铃关"①,在桥周拦起了围墙,成为公园,园内设有唐灯、明清街坊、江枫草堂等景观,另增添了古戏台、渔隐村、听钟桥等民俗建筑以及漕运展示馆与苏艺名人坊。枫桥现已十分热闹,但游人到此,再也无法寻找到当年张继过此的宁静诗境了。此外,游人得自掏腰包买票,才能登枫桥一游,真是世转时迁了。

1978 年的枫桥之行,可以说是我反思人生道路的一次重要出游。思考的结论是:以后要走学术报国的道路,不再过问现实政治;此外,要像古代许多大诗人一样,游遍祖国的名山大川,留下"千古不朽"、供后人传颂的诗篇。不意这青年时代的荒唐想法,居然成就了到老后我的 7 部学术专著、主编的 5 部传统诗集,②以及正在写作中的《神州觅胜录》旅游札记。现回首往事,真是不胜感慨。

① 铁铃关,又名枫桥敌楼,明巡抚御史尚维持为抗倭,于嘉靖三十六年(1557 年)兴建,与浒墅关、白虎关合称"苏州三关"。现在铁铃关上的楼阁为 1987 年重建,下部基台为明清旧物。
② 本人写的 7 部学术著作为:《南京大屠杀新考——兼驳田中正明的"南京大屠杀之虚构"论》(上海三联书店 1998 年版)、《中国政治哲学发展史——从儒学到马克思主义》(上海社会科学院出版社 2001 年版)、《中国共产党政治哲学思想发展史研究》(江西人民出版社 2009 年版)、《中国近现代疆域问题研究》(世界知识出版社 2009 年版,与家兄合著,2012 年 4 月韩国国防部军事史编撰研究室徐相文博士译为韩文)、《论礼的精神》(上海人民出版 2011 年版)、《社会治安综合治理论》(上海社会科学院出版社 2006 年版,主编)、《刘惠恕文存》(上海百家出版社 2006 年版)。主编的 5 部传统诗集为:《中华当代诗词风赋二百家》(学林出版社 1998 年版)、《今人言志别裁》(香港天马图书公司 2002 年版)、《中华百年来优秀诗词选暨三江诗论》(香港天马图书公司 2003 年版)、《华夏百年词苑英华暨吟友文存》(上海文化出版社 2006 年版)、《神州纪游》(中华诗词出版社 2008 年版)。

如果借用古人的诗来说是："二十余年如一梦，此身虽在堪惊。闲登小楼望新晴，古今多少事，渔唱起三更。"（宋陈与义）只是对我来说，往事已过了整整 35 年。

2013 年 6 月 1 日

东山极顶（苏州飘零之三）

洞庭东山，又称东洞庭山，是伸入太湖东麓的一个半岛，总面积 96.6 平方公里。其以东山镇为中心，距苏州城区 37 公里。岛上的著名景点有紫金庵、雕花大楼、雨花禅寺、莫厘峰、轩辕宫、席家花园等。我游东山诸景点，是 1979 年夏季出门长游的强弩之末。先此已过宁波、宝幢、天童山、保国寺、雪窦山、四明山、天台山、绍兴、杭州诸地，但仍强忍疲劳，游览了东山的主要景点。在返沪旅途中，又顺上灵岩山。

紫金庵的泥塑罗汉

久闻紫金庵的泥塑有名，因此到紫金庵，是我游洞庭东山的首选景点。

8 月 8 日清晨，在苏州长途汽车站买了 173 次 6 时 50 分发东山的车票，8 时 30 分，车抵东山镇。在镇上未做停留，转车抵紫金庵，时为上午 9 时，同车游客共 20 人。

紫金庵又称金庵寺，位于东山镇西 10 华里的西卯坞内。该庵始建于南朝梁陈时期，唐贞元年间废后复建，至今已有 1400 多年历史。庵中最为著名的是大殿左右两壁所塑的十六尊泥塑彩绘罗汉像。这些罗汉，也即佛经所谓释迦牟尼圆寂时，嘱托住世护法的 16 位弟子。他们均为西域人，分别为：

宾度啰跋惰阇、迦诺迦伐蹉、迦诺迦跋厘惰阇、苏频陀、诺距罗、跋陀罗、迦理迦、伐阇罗弗多罗、戍博迦、半托迦、啰怙罗、那迦犀那、因揭陀、伐那婆斯、阿氏多与注荼半托迦。

我仔细端详这十六尊罗汉，可谓造型生动，神态各异，衣服、颜色各不相同。清人邱赓熙曾评价为："罗汉像怪伟陆离，塑出名手，余游于苏杭名山诸大刹，见应真象特高以大,未有精神超忽,呼之欲活如金庵者。"①明代大灯和尚则赋诗称:"金庵罗汉形貌雄,慈威嬉笑惊神工,当年制塑出奇巧,支那国中鲜雷同。"②

有关紫金庵十六尊罗汉像的作者,有两种说法,一说是出自唐代雕塑名家杨惠之之手,出处见上海旅行服务社公私合营时期(1956年)编《旅行介绍》一书。其说似从明代《甫里志》称"保圣寺罗汉十八尊为圣手杨惠之所摹"说中化出。另说为出自南宋雕塑名家雷潮夫妇之手。此说见清康熙年间《苏州府志》所载:紫金庵罗汉像,"系雷潮装塑。潮夫妇俱称善手,一生只塑三处,本庵尤为称首。"上二说似以后说近实。

但我细数了一下,紫金庵大殿罗汉泥塑像实存24尊。后8尊罗汉像根据文献记载,为明末邱弥陀增塑。其所塑分别为唐代的禅月大师与诗僧贯休,居左侧。右则为祖胸露乳、笑口常开的弥勒佛。其余六尊则是当时中国寺庙所尊的中土高僧。紫金庵大殿罗汉泥塑由18尊增至24尊的历史进程,展现了自唐以降佛教在中国大盛后,佛教中国化的特色。

紫金庵泥塑在中国雕塑美术史上负有盛名,有"天下罗汉二堂半"的说法,紫金庵居其中的"一堂"。有罗汉堂的寺院在中国比比皆是,为什么称天下罗汉只有"二堂半"呢?我查了一下此说法出处,系指:

中国现存唐宋年间的彩绘泥塑罗汉,仅有苏州角直保圣寺、苏州东山紫金庵和济南长清灵岩寺三处。其中,保圣寺创于梁天监二年,寺内十八罗汉据《吴郡甫里志》所记,"为圣手杨惠之所摹"。按,杨惠之,生卒年不详,唐开元年间著名雕塑家。他与吴道子同师张僧繇学画,后由于吴道子画名日著,便专攻雕塑而成名。当时就有"道子画,惠子塑,夺得僧繇神笔路"的说法。③紫金庵,始建于南朝梁陈时期,庵内的十六罗汉像相传为南宋雕塑名手雷潮夫妇所为,已见前述。济南长清灵岩寺,始建于东晋时期,后毁。北魏孝明帝正光年间(520年至525年)重建。寺内千佛殿中的40尊彩塑罗汉像,大都完成于宋代,少量是明代塑的。塑像符合近代人体解剖学原理,透过衣纹可以体察到人体的筋骨。而自宋以后,由于文人画家只重绘画和书法,很少关注雕塑,佛教雕塑重返工匠之手,所塑罗汉像自然无法超越保圣寺、紫金庵和长清灵岩寺"三堂"的水准。至于保圣寺的罗汉堂之所以称为"半堂",其原因为:1918年,学者顾颉刚在角直意外发现保圣寺

---

① 见《净因堂碑记》。
② 见(明)释大灯有《金庵十八罗汉歌》。
③ 出处见(宋)刘道醇:《五代名画补遗》。

"罗汉像错列两壁,高下不齐,为他处丛林所未见","皆奕奕有神采"。但保圣寺大殿行将坍塌,便积极呼吁抢修无功。至 1928 年,保圣寺大殿坍塌半壁,砸毁了半堂罗汉。其后,蔡元培、马叙伦、叶恭绰、顾颉刚等人发起组织"保存甪直唐塑委员会",由教育部和地方政府拨出款项,并动员社会各界捐款抢救,最终保存下来了保圣寺所余完好的 9 尊罗汉像。因此,保圣寺的罗汉堂只称"半堂"。①

紫金庵泥塑始筑于宋,增补于明朝,历经近九百年的风雨沧桑,既免于战火的毁坏,又免于"文革"的劫难,实非易事。下午到雨花禅寺参观时,我才知道:紫金庵泥塑得以免于"文革"劫难,当地农民居功甚伟。

雕花大楼的过往与现今

雕花大楼位东山镇上,距紫金庵路程非远。游完紫金庵后,我步行前往东山镇,10 点 3 刻抵。在镇上匆匆午餐后,我前往雕花大楼。楼系呈多边形的四合院木结构建筑,多雕饰。楼的四周围有一道约 5 华里长的木栏围墙。由于当日为星期天,工作人员休息不得入,我便沿大楼周边的木栏围墙走了一圈。但见木栏围墙上,每隔三五步便雕有一幅精美的以《三国演义》故事为题材的木雕人物画,约有数百幅之多。这是"雕花大楼"得名的直接原因。据说雕花大楼原为东山巨商金锡的私宅,建于民国 11 年,耗资 17 万银元,折合黄金 3741 两,用功三年建成。楼原取名"春在楼",典出清代诗人俞樾(苏州人)的名句:"花落春仍在。"但由于大楼围墙上精美的木雕人物画,使参观者先入为主,原名无法叫响,而衍变成"雕花大楼"。

由于过雕花大楼不得入,我深以为憾事,本世纪又陪同家人又去了一次。这次去雕花大楼留给我的印象,可以用"大吃一惊、深表遗憾"的话语来形容。原来原雕花大楼周边的木栏围墙已被全部拆除,而围墙上原雕的美轮美奂的人物画像,不仅是中国艺术史上的宝贵财富,同时也是"雕花大楼"得名的实质原因。这道围栏的被拆除,使雕花大楼徒具空名。据说雕花大楼周边木栏围墙被拆除的原因,是因为上世纪 80 年代初东山镇政府要建东山宾馆(1992 年起更名雕花楼宾馆),作为政府的主要涉外接待窗口,而缺少土地。为建五星级宾馆,竟不惜破坏已经历了"文革"劫难保存下来的国家宝贵文物,我真为东山镇政府的无知与

① 参张志新:《滑田友与甪直保圣寺》,《苏州杂志》2003 年第 6 期(总第 91 期),2003 年 12 月 15 日出版,苏州市文联主办,陆文夫主编。

野蛮做法而感到遗憾。依我的管见,哪怕是再建十座星级宾馆,也难抵雕花大楼原 5 里围墙上数百幅木雕人物画像的价值。

过雨花禅寺

雨花禅寺的位置,在莫厘峰的山腰雨花坞。我下午游览的目的地,是要攀爬莫厘峰,但要往莫厘峰,就必须过雨花禅寺。下午 1 时许,在当地人的指引下,我来到了雨花禅寺前。

根据文献记载:雨花禅寺又名雨花禅院、雨花庵、雨花台,始建于明代万历二十七年(1599 年),清顺治五年(1648 年)重建,同治六年(1867 年)募修。民国九年(1920 年),东山叶氏子弟为纪念族人叶翰甫①再修,成为叶氏家庵。此后,捐于地方,成为公产。"雨花禅院"系晚清名士叶恭绰题字,内有大雄宝殿,供"普门大士"②塑像,金碧辉煌,十分壮观。

但我来到雨花禅寺时,寺门口既未见叶恭绰题字,寺内亦未见"普门大士"塑像及其他菩萨像。我所见到的是寺门口高悬的江苏省"五七干校"的牌子,以及进门处用朱漆写在白木牌上的《干校准则》。出自好奇,我随手抄了下来。三条准则分别为:

(1)服从国家分配;

(2)甘当人民公仆;

(3)为大多数人幸福,愿终生过清贫禁欲的生活。

步入寺内,既未见僧人,亦未见来此学习的江苏省下放干部。仅余空荡的殿堂以及残败殿墙上所贴的一些类以"学习小结"的文章,见证着这里不久前曾是江苏省下放干部集中学习、反省之地。我惊问当地人原因,当地人告诉我:雨花

---

① 叶翰甫(1845—1917 年),初名懋鎏,后名祥鎏。号伟成,以字行。清末民初吴县东山茶叶弄人。早年在松江、青浦典业当学徒。后从事运输业,左持筹,右握管,对答肆应,从不失误,为浙江南浔大盐商刘氏赏识,委以重任,佐刘氏及吴门王氏操办票盐,运输长江沿岸,家业因此兴旺,至自行立业。翰甫先后在扬州设大生钱庄,在淮阴设德生(后改泰生)钱庄,在镇江设道生钱庄;在高作、睢宁等地设当铺;在苏、沪有永生、鼎康、大德等钱庄及协盛典当,声名鹊起。光绪年间淮南盐产渐衰,翰甫与歙县汪鲁门在淮北苇荡营地首创同德昌盐垣,继而改为大德制盐公司,江淮南北无知其名。于家乡公益事业,曾数次慷慨捐资。民国六年(1917 年)冬,病逝于苏州。
② 普门大士,观音菩萨别号。"普门"谓其门在因位、在果位、周遍法界通达无碍,"大士",即菩萨别称。

禅寺是在"文革"中,被下放到此的"五七干校"干部捣毁。同时被拆除的,尚有寺西南的"醉墨楼"与寺东吟风岗上的"还云亭"。[①] 这批下放干部当时还想砸毁紫金庵,却被当地"一大队"农民极力保了下来。农民之所以保护紫金庵,是因为他们认为庵里的菩萨灵验。当时两派人差点打起来,结果闹到中央,最后经中央下令,将紫金庵保了下来。当地人告诉我:雨花禅寺被砸毁的时间为 1968 年夏,但据我推断,寺院被毁的时间应在 1966 年的年中以后。因为老人家发出"五七指示"的时间为 1966 年 5 月 7 日,[②]此后江苏省才会有在雨花禅寺设立"五七干校"之举,而在"五七干校"被设立之后,才会有下放干部的砸寺之举。

讲起紫金庵被保之事,有讽刺意味的是:有文化的干部起的作用是破坏中国传统文化,而没有文化的农民最终却保护了中国传统文化的传承。

雨花禅寺枕山面湖,风景绝佳。由于其所处山坞栽满桃林,每至春末,花瓣摇落,似花雨天降,因而自明代起,便得到了"雨花胜境"的雅称。雨花禅寺在佛教建筑上的特色是:一般佛教殿堂在中轴线上的修建顺序大致为:山门——山门殿——弥勒殿(天王殿)——大雄宝殿。而雨花禅寺属专供菩萨的寺庙,因此其建筑布局依次为:主供佛菩萨殿——法堂——藏经楼。

攀莫厘峰

出雨花禅寺,我便向莫厘峰顶峰攀登。莫厘峰一名大尖顶,属洞庭东山的主峰。其位置在东山镇之北,海拔 293.6 米,据传因隋朝莫厘将军隐居并埋葬此地而得名。

我一路急行,不意误入歧途,来到了一处前面已无路可行的平台之处,立此平台处可远眺太湖。我怀疑此处即"文革"中被"五七干校"下放干部拆除的"还云亭"旧址。不得已,我由原路折还,向当地人问路。当地人指给我上莫厘峰的正途,并告诉我:当地的许多退休工人经常早晨顺此路攀上山顶打拳,然后下山吃早饭。看来在中国经济最困难的时期,中国大多数平民百姓仍未丧失对生活

---

① 1986 年重建雨花禅寺。1996 年东山旅港侨胞 80 多岁的郑先生,捐资 60 多万元,重建了雨花台醉墨楼和吟风岗上的"还云亭",并在醉墨楼中辟"念慈堂"。

② 1966 年 5 月 7 日,老人家写了一封信,这封信后来被称为"五七指示"。在这个指示中,要求全国各行各业都要办成一个大学校,学政治、学军事、学文化,又能从事农副业生产,又能办一些中小工厂,生产自己需要的若干产品与国家等价交换的产品,同时也要批判资产阶级。五·七指示也成为"文化大革命"中办学的方针,造成了教育制度和教学秩序的混乱。

的积极态度。

下午 2 时许,莫厘峰顶在望,当时烈日当空,我汗流如雨,心跳急促,内外衣衫湿透,并喝完了水壶中全部的水。2 时 20 分,我终于登上了山顶。尽管这时我口渴难当,但山顶上凉风四起,感到一阵阵的舒适。在山顶,我举目四眺,但见不知始建于何朝的慈云古庵的残基断垣深深淹没于荒草之中,身后为平原,左侧为绵延起伏的东山山脉,前方则是浩淼无际的太湖烟波。

根据文献记载,莫厘峰原系太湖中小岛,约至元、明时,方与陆地相连成半岛。至于"洞庭东山"的称谓,则是后起的名称。莫厘峰又是一座有着丰富历史文化内涵的山。在古代,莫厘峰与洞庭西山曾并称为"夫椒山",这里是著名的古战场。春秋晚期,吴王夫差曾在此大败越王勾践,迫使越王称臣,此后才有了越王献西施、越王"卧薪尝胆"的故事。① 莫厘峰又有胥母山的称谓,据传因春秋时期伍子胥由楚奔吴后,在此迎母而得名。此后到了隋代,因隋将军莫厘居此,又有了"莫厘山"的称谓。

"莫厘远眺",是洞庭东山的古八景之一,其与洞庭西山的缥缈峰隔水相峙,远处有邓尉、穹窿、灵岩、清明、尧峰诸峰,在烟云中依稀可辨,它们皆属太湖的72 峰之一。关于太湖 72 峰的称谓,出自《苏州府志》所记。② 但从严格的意义来说,太湖中并无 72 峰,这是一个夸张的说法。据有人统计:太湖中共分布有 48 个岛屿,这些岛屿连同沿途的山峰和半岛,号称 72 峰,它们是由浙江天目山脉绵延南来,或止于湖畔,或入于湖中,而形成了山外有山、湖外有湖的奇观。站在莫厘峰顶向下俯视,果树成林。当地有"杨梅为夏橘为秋"的俗语,但真正使洞庭东山中、外知名的,是其盛产的碧螺春茶叶。莫厘峰的植被十分丰茂,据我攀山观察,其山脚多果木林,自山腰开始,则多为长得不高的马尾松。

寻访席家花园、柳毅井

下午 2 时 40 分,我由莫厘峰西向小路下山,目标是寻访太湖边的席家花园与柳毅井。不意下山迷途,居然走到了东山公墓。入内向工人要了一壶茶水,痛

---

① 夫椒之战发生于周敬王二十六年(前 494 年),吴王夫差率水军在太湖中全歼越国水军,越王勾践率残兵 5000 人退守会稽山(今浙江绍兴南),复被吴兵包围,无奈请降,并采纳大夫范蠡、文种建议,以美女、财宝贿赂吴太宰伯嚭,请其劝吴王准许越国为吴属国。伍子胥劝吴王灭越,吴王拒谏,与越讲和,率军回国。

② (清)卢腾龙修:《苏州府志》,清康熙 32 年(1694 年)刻本。

饮解渴。山角有一口池塘清彻多鱼,我捧水洗了一把脸,小歇,约下午 3 时 20 分,行至席家花园。

席家花园位于东山镇翁巷村北的太湖边侧,其园并不古老,始建于抗战期间的 1933 年。其园得建,据传是因东山席氏后人为纪念其先祖曾在此处恭迎过康熙皇帝。事情的经过为:

康熙三十八年四月(1699 年),清帝南巡过东洞庭山,由于席家是当地望族,参与了接待工作,这自然是席家后人值得光耀的事。1933 年,旅沪经商成功的东山翁巷村人席启荪(1871——1943 年)承资白银十万两,置地 70 亩,背山(莫厘峰)面湖,开始建园,园以席姓为名,称"席家花园"。三年后园林初具规模,但席氏却因经营的钱庄倒闭,被迫将园子出售给东山杨湾人、旅沪棉商徐子星(字介启)。徐氏接手后,再建两年,得以完工。园以其字为名,又称"启园"。园内胜景包括"东山康熙御码头"、"古杨梅树"、"古柳毅井",称启园"三宝"。但建园后不久,日寇入侵东山,占用启园,园内景观受到很大破坏。直至新中国成立后,园子才由政府接收,改私家园林为"苏州专区干部疗养院",重加维修。不意时至"文革"中,席家花园再度遭受毁灭性破坏。其状为我来到园前所目睹。

我是下午 3 时 20 分下莫厘峰来到席家花园的,但园子在"文革"中已改为苏州"电子元件厂"。由于受门卫阻拦,不得入内,我只得从门墙外举目遥望。但见园内布满工厂厂房,旧有景观,已尽行毁坏。一当地人告诉我:顺公路走到太湖边,绕至"电子元件厂"后面,仍可找到柳毅井旧址。

根据当地人的指点,在"电子元件厂"后的太湖边,我果然找到一口废井,井周的建筑已被砸成一片断瓦残垣,在太湖边夕阳的照耀下,反射着刺眼的白光。这就是与"柳毅传书"美好神话传说联系在一起的"柳毅井"。在"柳毅井"近旁的太湖水面上,有几个人正在游泳,而在湖的深处,则有几叶白帆随波逐流。据当地人说,柳毅井是在"文革"中,被造反派作为"四旧"砸毁的,目前准备重修。看着被捣毁的"柳毅井",我心中一片茫然。令我不解的是:究竟有何政治必要,非得把这一与美丽神话传说相联系的风景胜地,砸得只余残山剩水?

有关"柳毅传书"神话传说,原自唐人李朝威传奇小说《柳毅传》,内容大致为:唐仪凤年间(676—678 年),有秀才柳毅赴京应试落第,还乡时过泾河畔,见有牧羊女悲啼,询问原因,得知为洞庭龙女三娘,奉父命嫁泾河小龙,婚后受虐待无诉处,希代传家书。柳毅仗义前往面见洞庭龙王,叔钱塘君闻之,怒诛泾河小龙,救出龙女三娘。三娘得救后,感柳毅传书之义,欲以身相许,请叔父钱塘君作谋。柳毅为避施恩图报之嫌,拒婚而归。三娘矢志苦等,与柳毅终结眷属,柳毅也因为与龙女结为伉俪,而得证仙缘。① 我尚看过另一篇有关"柳毅传书"的唐人传奇,出处记不得了。其内容与《柳毅传》大异,讲的是柳毅代为龙女入龙宫传书,龙女母时犯疯病,数度想吞食柳毅,皆为龙女所阻。后龙女厚赠柳毅,护送出龙宫。此故事情节颇为凶险,毫无浪漫之处可言,因此不被后世欢迎。而李朝威的《柳毅传》因能迎合人民追求幸福生活的愿望,被后人改编为戏曲、电影,在中国社会广为传播。

而据李朝威《柳毅传》所记,柳毅传书的故事发生于洞庭湖,因此柳毅井的位置应在洞庭湖边,而非是太湖。但不知何时,在太湖边却冒出了一个柳毅井。此井的位置,至迟在南宋范成大编的《吴郡志》书中已有记。② 至明正德九年(1514年),大学士王鏊③又为之手书了"柳毅井"三字石碑。由此算来,太湖柳毅井的历史,不会少于900年。于是,东山镇席家花园这一片土地,也成为"柳毅传书"神话故事产生的策源地之一。

寻"路文贞公禄堂"不遇,访轩辕宫

下午4时15分,我告别"柳毅井",步行前往东山镇,5时15分抵。在街上匆匆晚餐后,入住东山旅社。

根据文献资料,我知道东山镇有一个"路文贞公祠堂"。路文贞公即明末抗清志士路振飞(1590—1647年),据说清兵南下之时,他率兵奋战,退保东山一隅,后又转战于闽粤,战死于广州,谥文贞,尸骨还葬东山,乡人立祠纪念。由于我青年时代景仰那些为国献身的志士仁人,因此寻访、瞻仰路文贞公祠堂,是我此次游洞庭东山的重要目的之一。

晚上6时30分,我上街闲逛,向多位当地人打听"路文贞公禄堂"位置所在,但令我不解的是,街上竟无一人知晓。他们告诉我:附近杨湾有个轩辕宫,建筑风格奇特,很值得一看,当时建造此宫时,因木匠与铁匠打赌,而未用一根铁钉。又有人告诉我:"路文贞公禄堂"不在东山镇上,而在苏州市内。

夜间,我又向同室旅客打听"路文贞公祠堂"的位置,他们也不知晓,但是却告诉我了一则当地小商贩赚钱的趣闻。他们说:有一徐州"投机倒把"者带100

① (唐)李朝威:《柳毅传》,收入《太平广记》419卷。另编鲁迅校辑《唐宋传奇集》。
② 《吴郡志》,又作《吴门志》,即南宋平江府志,(宋)范成大撰。范成大(1126—1193年),字致能,号石湖居士,平江府吴县(今江苏苏州)人,绍兴二十四年进士,官至参知政事。
③ 王鏊(1450—1524年),字济之,号守溪,晚号拙叟,人称震泽先生,吴县(今江苏苏州东山)人。

斤生姜到东山镇贩卖,每斤价1元,已脱手30斤。待货物出清后,他准备到上海买泡泡糖,再转手卖给徐州当地的小贩,这时泡泡糖的价格可翻倍。而徐州当地的小贩转手再卖泡泡糖,每支糖可增值1角。对江苏小商贩这种赚钱手法,我颇感兴趣,不由想起了明人凌濛初所写的《倒运汉巧遇洞庭红》的小说。故事也是发生在洞庭东山,讲的是:

明成化年间苏州人文若虚经商屡遭败绩,人称"倒运汉",便随同友人去海外经商散心。由于无本钱购物置货,便花一两银子买了一篓"洞庭红"(产自洞庭东山的一种桔子),准备路上解渴。没想船抵海外吉零国后,"洞庭红"被当成珍品抢购一空,净赚一千多两银子。回国途中,文氏又偶得一大乌龟壳,到福建后被一个波斯商人用5万两银子买去,他便用所得钱款在当地置家立业,成为巨商。①

看来中国民众自古以来就有经商头脑,他们懂得商品的巨额利润产生于异地流通的这一重要原理。哪怕是在"文革"劫难时,生活于艰难环境中的中国最底层民众,也没有放弃通过经商致富,改善生活的人生理想。

夜间与同室旅客长谈至深夜1时许方入眠,9日清晨5时15分起床,颇感困顿。由于我终未能打听到"路文贞公祠堂"的准确地址,寻访轩辕宫便成为我一天行程的首选目标。

街上匆匆早餐后,坐上6时15分发杨湾的车子,7时抵。又步行里许,来到轩辕宫前。轩辕宫位东山碧螺峰角下、太湖边侧。根据文献所记:

轩辕宫始建于唐贞观二年(628年),初称"灵顺宫"。因奉祀春秋时吴国吴子胥像,又称"胥王庙"。此后正殿供奉轩辕黄帝塑像,遂称轩辕宫。又因地处杨湾村,当地俗称杨湾庙。现存大殿为元代至元四年(1338年)重建,采用了中国古建筑中十分少见的"断梁"纯木结构设计,明、清、民国以及新中国成立后均加以重修。

但我来到轩辕宫前,仅见殿门上悬挂着江苏省文物局所书"杨湾庙正殿"字匾,庙门却紧锁。透过门隙内望,殿内空无一物。当地人告诉我:轩辕宫在"文革"中遭受了毁灭性破坏,殿内佛像被砸光,周围房子也被拆除了一部分。

由于对中国古建筑,我是外行,又不得入内,自然很难置评,只得转身离去,心中尚为无法寻访到"路文贞公祠堂"而感到遗憾。事隔许多年之后,我才弄明白"路文贞公禄堂"的准确位置,是在洞庭东山东南向太湖边侧龙头山上的莫厘寺附近,只是不知当时东山镇的居民为何都不知晓。

出轩辕宫,逢一渔民指路,来到太湖边。据该渔民说:他们夫妻二人打鱼,

---

① (明)凌濛初:《倒运汉巧遇洞庭红》,《初刻拍案惊奇》第一卷。

年捕鱼量约三四千斤,须卖给国家,年纯收入扣除口粮钱后,约余 1100 元,平均每人月收入 40 余元,远较农民为高。而当时我的月工资收入为 36 元,因此这一收入尚要高于上海大城市职工的月工资收入。渔民又告诉我:他在村镇里有家,住老人及正在读书的小孩。至于他们夫妻两人,则常年住湖上的船中,一年能回家住的时间为两个月,时为冬天,湖上太冷,无法打鱼。至于吃的东西,他告诉我:平时在船上不吃素菜,只吃鱼虾,最多花钱买一些肉吃。至于口粮,国家每人每月给公粮 30 余斤,收入则不固定,多劳多得。

二上灵岩山寺

告别太湖渔民时,已是上午 8 时许,我得考虑返沪行程了。因为我自 7 月 24 日离家游浙东地区,至今日已达 17 天之久,不但体力上疲劳难支,同时几乎耗光了身上携带的全部钱款。但尽管如此,当日返沪前,我仍有时间顺路上一上苏州名山灵岩山。

8 时 30 分,我返杨湾汽车站,买了 9 点钟发木渎的车票。在车站听人说,距轩辕宫 2 公里有碧云洞,洞在太湖边,由洞中可直步太湖湖底。可惜我已无时间拜访了。

上午 10 点 30 分,车抵木渎。午餐后在车站少歇,徒步上灵岩山。在山顶寺外见一卖茶青年一边卖茶,一边跟着半导体在学习外语。甚感佩其苦学精神。入寺,殿内空无佛像,亦无一僧人。唯见前殿壁上用斗大的字写着:"不忘阶级苦,牢记血泪仇。"。在右殿则陈列着"出租院"泥塑群。工作人员告诉我:"文革"中灵岩寺中佛像被"造反派"砸毁,和尚全部被遣送回乡务农了。灵岩山是我第二次登临,听了工作人员的话,我不仅回想起第一次登临灵岩山的情形。那是"文革"中的 1968 年 5 月 1 日。

当时家兄与友人在苏州用自行车带我与一位同学赴灵岩山游玩,登临留下的印象十分有趣。灵岩山寺当时是苏州佛教协会的所在地,尽管时值"文革"运动,庙中的佛像已被砸毁,但山寺中却贴满了和尚"造反派"们所写的声讨"妙真"与"皖峰"(原灵岩寺方丈)罪状的大字报。此外,山墙上贴了许多和尚"造反派"们书写的毛主席诗词,仅从笔锋来看,字迹显得雄健有力,足见这批隐居山林的出家人的文化功底。另有人在山寺外墙上写着大标语:"爬墙头的一定不是好人!"家兄笑指墙头标语与我们说:"和尚也会使用'四大'武器了。"不意这些和尚"造反派"们费尽心思,最终也落得一个被遣送回乡的命运。

灵岩山为中国历史文化名山之一,位木渎镇西侧,高 182 米,距太湖约 1.5 公里。因山多灵芝石而得名,又因山的西麓产砚石,有"砚山"之称。但真正使灵岩山在中国历史上得以垂名的是:这里曾是春秋晚期吴王夫差的行宫所在,当时称"馆娃宫"(古代吴人称美女为"娃"),山顶留有与西施事迹相关的玩花池、弄月池、琴台以及吴王井等遗迹。

根据传闻资料与历史文献所记:春秋晚期吴越夫椒之战,越国大败,越王勾践和大夫范蠡被押为人质,囚居灵岩山石室中三年。后越王用范蠡计,向夫差献上越国美女西施,得以归国。吴王夫差得西施后,为之在灵岩山上建造行宫,耽于淫乐,从此荒废朝政。而越王得机归国后,则卧薪尝胆,"十年生聚"(发展生产),"十年教训"(练兵),①终于公元前 473 年(周元王四年),趁吴王出兵争霸中原之时,由水路攻进吴国,一举灭吴,并将吴王行宫"馆娃宫"付之一炬。此后,直至东晋元熙二年(420 年),高官陆玩(278—342 年)才在灵岩山吴宫遗址建宅,后又舍宅为寺。至南朝梁天监二年(503 年),扩宅为"秀峰寺"。至唐代,改称为"灵岩寺"。灵岩寺的这一段历史,也就是李太白诗中所说的"吴宫花草埋幽径,晋代衣冠成古丘"。②

至于西施其人,根据散乱的古史资料所记,其大致情况为:名施夷光,春秋末期浙江诸暨苎萝村浣纱女,中国古代四大美女之首。因其居村西,而称"西施"。一说其为"临浦苎萝山卖薪女",名"西施郑旦"。③ 关于西施的结局,有两种说法:一说是吴国亡国后,西施作为"女祸"(女色亡国)祸首,被越王沉之于江。此说见《墨子·亲士》:"是故比干之殪,其抗也;孟贲之杀,其勇也;西施之沈,其美也;吴起之裂,其事也。"另见《吴越春秋·佚文》:"吴亡后,越浮西施于江,令随鸱夷(皮革制成的口袋)以终。"④第二种说法是吴国亡国后,西施随范蠡同老江湖。此说见《吴地记》:"(嘉兴)县南一百里有语儿亭,勾践令范蠡取西施以献夫差,西施于路与范蠡潜通,三年始达于吴,遂生一子。至此亭,其子一岁能言,因名语儿亭。"⑤另见《越绝书》:"西施亡吴国后,复归范蠡,同泛五湖而去。"⑥

关于这两种说法何者为是? 如以历史逻辑推断,当属前者。但中国老百姓

---

① 见《左传·哀公元年》:"越十年生聚,而十年教训,二十年之外,吴其为沼乎!"
② (唐)李白:《登金陵凤凰台》。
③ 见《越绝书》、《吴越春秋》。
④ 《吴越春秋》,东汉范晔著。
⑤ 《吴地记》,唐人陆广微著。
⑥ 《越绝书》作者,《隋书·经籍志》指为子贡,或谓"袁康"或"吴平"。

显然认为西施入吴救越,命运值得同情,认可后说。因此,西施的故事能被搬上舞台,在中国社会广泛传播。

出灵岩寺殿堂,其后为山顶花园,也就是西施遗迹玩花池、弄月池的所在地。入口处有荷花池,盛开芙蓉数朵,颇雅观。时值山顶空寂,游客寥寥,仅闻蝉声。我在荷花池侧的茶室中坐了很久,品茶,读唐诗,甚得自然之乐。仅摘两首与灵岩寺相关的唐诗如下:

游灵岩寺(白居易)

高高白月上青林,客去僧归独夜深。

荤血屏除能对酒,歌钟放散只留琴。

更无俗物当人眼,但有泉声洗我心。

最爱晓亭东望好,太湖烟水绿沉沉。

西施(罗隐)①

家国兴亡自有时,吴人何苦怨西施。

西施若解倾吴国,越国亡来又是谁?

出茶室,在山顶影室留影一张作念。下午 2 时下灵岩山。与山相关的另两处景点未能寻访到,估计均在"文革"中遭毁。其一为宋代名将韩世忠与夫人梁红玉合葬坟;其二为清代诗人张永夫(1672—1724 年)之墓,称"再来人之墓"。后者为灵岩山有名的"鬼坟"。据传张永夫一生贫困,但拒受官府赠物,以致饿死,但死后十余年,却来寻访生前旧友,出黄金百两,还清生前所欠债务而去,是以得"再来人"坟碑。

下午 2 时 15 分,抵山脚汽车站。发苏州火车站车次分别为: 2 时 43 分;2 时 52 分;3 点 23 分;3 点 54 分;4 点 54 分;5 时 19 分。下午 3 时 45 分抵苏州火车站,买了 3 点 58 分发上海的 213 次火车快客票,另买了糕点两条带上。晚 5 时 20 分,车抵上海北站,旅游结束。计离家共 17 天,耗资 57 元,日均 1.9 元。

2013 年 7 月 24 日

---

① 罗隐(833—909 年),字昭谏,新城(今浙江富阳市新登镇)人,唐代诗人,生年晚于白居易(772—846 年)。

1976 年七八月间天气持续晴朗,我利用暑期长假到大连与山东旅游,颇多际遇,随记如下。

第二卷　大连山东纪行

登白玉山的感受（大连山东纪行之一）

　　大连旅顺口有一座白玉山，是著名的军事要塞，又是近代史上中华民族耻辱的象征。山不甚高，就百把米。当我迎着满山的松柏攀爬到山顶时，映入眼帘的首先是旅顺军港的全貌。左侧是金山（又称黄金山），右侧是老虎尾半岛，金山与老虎尾隔海环峙，恰好形成隘口内的港湾，港内停泊着万舰千舟，均归属于英勇的中国海军部队。据说旅顺口的得名，即缘于金山与老虎尾的隔海环峙，形成天然海口。

　　站在白玉山上，可俯视旅顺整个城区。正南面是著名的旅顺军港，隘口外是茫茫无际的大海。东南向为白银山，西向为鸡冠山，西南向为老铁山，而整个旅顺城区，都在群山的包围之中，这凸显出了旅顺之所以能够成为军港的得天独厚的自然条件。

　　白玉山顶有一座高60余米的石塔，呈蜡烛状。我正望塔出神，一位来自当地的游客与我聊了起来。他问我来自何方？我回答："上海"。当地游客有点惊疑地说：听你的口音，怎么有点像我们这一带的人？我笑着说：我也算得上是半个当地人。因为我祖籍山东蓬莱，祖辈大多当年"闯关东"，到东北生活了，我本人出生在长春，只是后来因家父工作调动，才随同到南方生活，而听说现今大连市的一多半人，祖籍都是来自山东。

　　由于谈话贴切，当地游客打开了话匣子。他指着白玉塔对我说：这个山上的每一处坑洼，都有自己的故事。就如你所看到的这座白玉塔，原名叫"表忠塔"，是日俄战争后，日本为纪念阵亡将士修建的，塔基石料，全是来自日本的花岗岩。听说当年日俄开战时（1904年），日本人先从海面上进攻白玉山炮台，屡攻不下，阵亡将士无数，日本指挥官杀死亲生儿子督阵，仍无济于事。最后找了一个叫"张本正"的汉奸带路，由后山小路上山攻下了炮台。战后，日本天皇为了"表忠"死者，从国内征集了千余名工匠，又强征了两万多名中国劳工，花了近3

年时间,才修起此塔。现塔身呈蜡烛状,是寓意战死者长明灯永不熄灭意。

在说完了白玉塔的来历后,当地游客又指着白玉山西面的一座塔对我说:那叫"胜利塔",是苏联红军 1945 年 8 月进驻旅顺口后,在太阳沟修起的,修塔的目的明说,是为了悼念在东北与关东军作战阵亡的苏联军人,但寓意却是怀念日俄战争中阵亡的俄国军人,表示已代报了一箭之仇,因此,塔名"胜利"。直到 1955 年最后一批苏联军人撤离旅顺回国后,白玉山才回到了中国人手里,并将"表忠塔"更名为"白玉山塔"。解放后,有关在白玉山顶是否还要保留"表忠塔"的问题,曾引起过不小的争论,结论是:前事不忘,后事之师,为了让子孙后代永记国耻,予以保留。

与我谈话的当地游客约 40 来岁,体形微胖,健康的脸膛,对于白玉山的历史似乎了如指掌,有说不完的话。我随即问道:听说白玉山也是中日甲午战争的重要战场? 当地游客说道:不是吗? 现在山南坡的一门钢炮,就是"甲午古炮"。听说当年洋务派官员李鸿章为了修旅顺口炮台,从德国购进了 5 门"加农炮",这是其中之一。结果战争打起来,日本人抄了白玉山的后路,5 门大炮没派上多大用处,都被日军缴获,其中 4 门被日军运回国内,留下的这一门,在日俄战争中曾被俄军所使。日本人攻下白玉山后,对"北洋第一军港"旅顺口进行了 4 天屠城,全城有两万多居民被杀,仅留下了 36 人作为收尸的民工而免死。现在山下的"万忠墓",就是清政府为了埋葬无辜被杀的旅顺口居民尸体,在光绪二十二年(1896 年)修起的。

离开白玉山后,我的下一个游览目的地是到大连星海公园划船,该公园里出租一种可供单人划的双桨摇船。星海公园的海滩,黄沙十分柔软,海岸线高高地耸出海面,悬崖边的礁石稀奇古怪。这里海面尽管显得开阔,但由于受到星海湾的包裹,海浪十分平静,在这里划船,无疑是一件十分适意的事。但是,由于先前在旅顺口听了当地人所讲述的白玉山历史后,我的心潮久久不能平静,于是边划船边思考,最终把我攀白玉山的体会写成了一首赋,附记如下:

登旅顺口白玉山赋

攀白玉之峰兮,望旅顺军港。群山相环兮,陈千舰万舫。听故人指旧兮,悉日俄战况。耻神州之膏土兮,为异邦疆场。愤甲午之败兮,整华夏纪纲。祖国欲雄振兮,待我辈之图强。

2011 年 4 月 12 日稿

我所经历的唐山大地震
（大连山东纪行之二）

　　1976年7月28日唐山大地震发生时,我在大连,也被震了一下。当时我住在友人家里。友人系我上海旧邻的表弟,为人挺讲义气,其父母皆高级知识分子,父亲在"文革"中被"造反派"无端整死,为了消解心中悲情,曾在上海陪母亲住了很长时间,并因此与我相识。

　　这天早晨3点50分,我尚在熟睡之中,突然被友人惊声叫起,友人喊道:"地震了,快跑!"我飞速跳起身来,穿上长裤衬衫后,与友人狂奔到大街上。这时的感觉是:整个大地都在颤抖摇晃,在屋内人根本无法站稳。当跑到大街后,见到的是一片衣着不整的黑压压的逃难人群,人们口中发出恐怖的"嗡"声在大街上回荡。如果加以形容,则这时街头的人群就像蚂蚁一般的拥挤。我们在大街上待了半个多钟头,由于大地不再颤动,街上的人群才陆续返回家中。

　　当晚,我由大连坐船赴烟台,第二天早晨,又由烟台乘车赴蓬莱阁。在长途汽车上听旅客说:昨天北京发生了地震,他给家中打电话线路无法接通,心中十分焦急。再迟两天听到的消息是:震中不在北京,而是在河北唐山,整个唐山市已被地震抹平,死于地震的人数是20万人,但由于这次地震波及面广,京津、河北以及整个东三省都有震感,与唐山离得较近的京、津地区亦有房屋被震倒或出现裂缝现象。又有人说:这次地震的特点是震中浅,距地表近,当时在煤矿里上夜班的工人都没事,甚至没有感到地震,只是发觉煤矿突然断电了,当煤矿里的人返上地面查找断电原因时,才发现唐山发生了地震,整个市区都已不存在。

　　数日后当我返回上海时,又陆续听人们讲起有关这次地震的传闻,一则是:一对恋人到唐山结婚,当晚恰逢地震将旅馆震塌,二人未受伤,但狼狈至极,从废墟中爬出后,在死人身上扒了两件衣服穿上,匆匆返乡。另一则是:一个刑满释放人员遇地震未死,大笑,说"我解放了!"随即赶着大车外出,遇见死者就扒下所戴的手表,当他扒下 200 个手表时,被戒严人员发现逮捕,很快就被处决。另一则是:唐山震后难民无粮,部队运来一车土豆给难民充饥,有难民饥饿难忍进行哄抢,部队维持不住秩序,当场开枪镇压,秩序始安。此后又听人说:此次唐山地震原本已被国家地震部门预测出,但"四人帮"不组织民众避险,却要求继续"批邓"、"反击右倾翻案风",以致坐失救灾时机。还有人说:唐山大地震之所以死那么多人,是由于唐山的房屋建筑结构太差,当时的住房大多为水泥板块构筑,水泥板块中的钢筋不与墙体连结,相互间也不连结,以致地震时,墙体左右晃动一下,房顶上或楼层中的水泥板块便掉落,将室内人砸死。

上述这些传闻真假如何,当时无法验证,但从后来报纸上披露的一些信息来看,最起码是有关唐山地震死难人数的传闻及因房屋建筑质量差而导致地震死亡人数剧增的传闻是接近于事实的。而反观我国的近邻日本,2011 年 3 月间发生的仙台地震震级尽管要高于唐山地震(达 9 级),但因房屋倒塌而死的人数却远比唐山地震为少,此外,日本国民在这次地震中所表现出来的随遇而安的淡定精神也有值得中国国民的学习之处。反思中国的唐山地震,我认为值得总结的经验教训是:在平时无灾时,应注重对国民的防灾意识教育。此外,民房建筑以及社会公用设施建筑必须确保质量,这样,在地震灾难来临时,才能最大限度地减少人员损失。

2011 年 4 月 14 日

忆回蓬莱（大连山东纪行之三）

我祖籍山东蓬莱,自童年告别故乡后,曾两次返乡,都给我留下了难忘的印象。

其中第一次返乡是正值"十年动乱"即将结束的 1976 年 7 月。记得是当日凌晨 3 点 30 分,我坐头晚由大连发出的海轮抵烟台,在码头胡乱早餐后,坐 6 时 15 分首发的长途汽车赴蓬莱,全程共 210 华里,9 点 30 分抵达。到蓬莱后,我吃了一个包子充饥,便开始攀登蓬莱阁。

蓬莱阁位于蓬莱城北郊临海的丹崖山顶,占地 3000 余平方米。我因在家乡时年幼(6 岁离乡),并未曾到过这里,却听说过许多有关传闻,因此,这里保留着我许多神秘的记忆。曾听祖母说:海外有蓬莱、瀛洲、方丈三座仙山,是神仙的居所,而我以为"蓬莱"仙山也就是蓬莱阁。奶奶告诉我:蓬莱阁中居住着一个神通广大的东海小人,能踩着高跷过海,如履平地。奶奶还与我讲过八仙过海、哪吒闹海、孙悟空龙宫借宝等神话传说。她说:孙悟空原有 73 变,比二郎神多一变,后因变成屎,被天狗吃了,少了一变,因此被二郎神所擒。大凡奶奶讲给我听的这些故事,都与海有关,这自然就保留在我童年时代与蓬莱阁相关的记忆之中。

但是,登上蓬莱阁后,却大大出乎我的意料。这时正逢"文革"末期,山上原有的中国佛、道两教供奉的人物塑像均被以"破四旧"的理由砸毁,我童年心目中的蓬莱神仙体系已不再存在,原阁上遍布的前人刻碑、题匾,有的被砸毁、砸残,有的则侥幸保存下来了。我上山时,游人稀少,山道两侧的野草长得足有膝盖高,快遮盖住了石径。我共游了蓬莱阁的三个景点,一是玉后宫(又叫天后宫),传说为玉皇大帝的皇后即王母娘娘的居所。宫内空无一物,宫院的铜钟被砸毁,摊放于地,但院内有一株传说为唐太宗手植的唐槐尚显得雄壮。另一处景点为避风亭,正在上油漆。此亭位蓬莱阁西侧,向海。据当地人说:秉烛于此亭,任凭海风吹啸,烛火不灭,因此得名。此亭的建造,体现了中国古建筑艺术的杰出。
我游的第三处景点是仙人洞,位蓬莱阁脚下近海处。此洞为传说中"八仙"——
吕洞宾、铁拐李、张果老、汉钟离、曹国舅、何仙姑、蓝采和、韩湘子欢宴与醉后各
操宝器渡海处,但在我去时,洞内原塑神仙像早已被红卫兵铲除。

蓬莱阁的其他景点我也都游了,但不知其名,因为一切记名标志都被红卫兵
砸毁了,当时是残碑遍地,又无人相询,而当时游阁人数寥寥,都是外地人,谁都
不明就里。登蓬莱阁,唯一使我感到欣慰的是:在丹崖山顶可以眺望大海,此处
为渤海与黄海的交界处,时值晴天,头顶白云朵朵,海面波涛涌动,白帆点点,海
鸥翱翔,远处,长山岛在烟雾之中时隐时现,真有一些"海市蜃楼"的味道。此时
居身阁上,确实能让人体会到心胸开朗、超尘脱俗的快感。

在丹崖山顶,我眺望大海久久,最后吟得七言律诗一首纪行:

> 山门久扣无人来, 古迹幽幽满绿苔。
> 佛去殿空蛛网密, 楼颓榭倒碑牌摧。
> 铜钟半毁声犹在, 海浪如潮浸阁台。
> 三岛人云皆化境, 莫非此地非蓬莱。

下山时,在阁西的避风亭上,我们游客围着正在上油漆的老者长聊。话题沿
着红卫兵"破四旧"展开。老人说:红卫兵砸蓬莱阁当时是大势所趋,哪怕是国
务院总理周恩来当时也不敢说"不",只能对尚未砸毁的文物说一声"好好保护"!
由于亭畔有赵朴初的题字,而赵因林彪事件发生(1971年9月13日)后题写《反
听曲》名闻天下,《反听曲》四首分别为:

听话听反话,不会当傻瓜。可爱唤做"可憎",亲人唤做"冤家"。夜里演
戏叫做"旦",叫做"净"的恰是满脸大黑花。圣明的王爷偏偏要称"孤"道
"寡",你说他还是谦虚还是自夸?君不见,"小小小小的老百姓",却是大大
大大的野心家,哈哈!

听话听反话,一点也不差。"高举红旗",却早是黑幡一片从天挂。"公
产主义",原来是子孙万世家天下。大呼"共诛共讨"的顶呱呱,谁知道,首逆
元凶就是他。到头来,落得个仓皇逃命,落得个折戟沉沙,这件事儿可不假,
这光头跟着那光头去也。这才是,代价最小、最小、最小,收获最大、最大、最
大,是吗?

听话听反话,精怪现原形,一个说:"我是一个普通的党员",一个说:"我是一个小小的百姓"。腔儿相似声相应,骆一丘兮狼一群,五百年前早是一家人。好一个"战友"和"学生",病床前你干的是思念行径? 难道还有一丝丝"悼念"之意?

听话听反话,此理倍不差。高举红旗却是黑幡高挂,"四个伟大"到头来四番谋杀。"共产主义"原来是子孙后代家天下。看他耍了多少魔法。千年出一个,"烧香拜菩萨"! 句句是真理,念经又打卦。抬高自己是真,拥护领袖是假。反正"马列主义"、马赫主义都是姓马。大叫共诛声讨的英雄,却原来是坏蛋野心家!

因此,当时一个在场的中年军官问道:"老大爷,赵朴初是个什么人?"老人回答:"赵朴初是一个假和尚!"老人意指赵为佛教的俗家弟子。当时我亦不明赵的真实身份,事隔多年后才闻知:赵朴初(1907.11—2000.5)为中共高级地下党员,因出身佛门,有深厚的佛教知识,奉中共指令打入佛教界从事统战工作,自上世纪80年代以后,曾任中国佛教协会会长多年。

离开蓬莱阁后,我又到蓬莱县城游览。我童年时代曾随家母及二姑姑进蓬莱城赶过一次早集,在我童年的记忆中,快进城时先看见一堵黑蒙蒙的古城墙围绕着城周,城墙下有护城河,进城后,在跨越城内小河的石拱桥上,密密麻麻地挤满着人头,城内街道狭隘,密布着古老的房屋。但当我这次进城时,却早已不见了古代的城墙,城内的小河及石拱桥也不知去向,大街的两旁都是后盖起的平房,汽车从街道上开过,扬起的灰尘一直扑入我正在吃饭的小饭店。我沿着大街上匆匆走了一圈,再也无法寻找到童年的记忆,只得于下午2时半坐上返回烟台的长途汽车。

我的第二次回蓬莱是1995年6月在威海参加"华东七省市纪念抗日战争胜利50周年"学术研讨会期间,当时会议组织到蓬莱阁参观。我第一次回蓬莱时,因事前听父母告诫:不要给乡亲们添麻烦,未回老家探望,一直感到遗憾,曾用诗句来追思心境:甘载别离今又来,溪边小树鸣飞蝉;蓬莱故土山和水,曾经伴我度童年。因此,此次决定补去。在车抵蓬莱城时,我未上阁,而是去了老家。

我的老家在蓬莱汤丘村,距原县城约2里路,后被并入蓬莱市内。在我童年记忆中,站在汤丘村举目四望,到处都是油绿色的小山,雨天时,这些小山的顶端都盖着一层灰蒙蒙的云气,尤显美丽。听大人说:戚继光的坟在庙山,离我们村不远。而这次返乡时,令我大吃一惊的是:村边的小山一座都不见了,我仿佛置身于平原地带,而地理书上所写的胶东半岛地貌属丘陵地带,如非我童年时代曾居此,完全会认为地理书在瞎说。我惊问陪同我的乡亲:我童年扒过草的小山"南耩顶"到哪里去了? 乡亲带我来到一块高出平地约 20 米的高地对我说:"就在这里,山去年就被铲平了,准备在这里盖高楼!"至于其他山冈,听乡亲说:自 1958 年修水库起,就陆续被铲平了。

而家乡的小山"南耩顶"曾保留着我童年时代美好的记忆。记得山顶上有一个泉眼,泉水由此流下,变成一条布满细沙的小溪。我们夏天在溪里洗澡,水深处可掩住肚子,溪中有成群的小鱼游串,一种带圆叶的水草上蹲着青蛙在鸣叫。有一座石板桥跨溪而过,我们有时站在桥上用钓竿钓鱼,记得有一次我未能钓到鱼,却用鱼钩钓到了一只蹲在水草叶片上的青蛙眼部。在小溪周边的空地与田埂中,长着长长的青草,在青草中长有"波波丁"(蒲公英)、"苦菜丁"(苦菜)、"小泽蒜"(野蒜)等野菜,那时奶奶常带我来挖取,这也是在奶奶的教诲下,我人生初识的野菜。此外,在青草中还有一种叫"香水牛"的甲壳虫,样子和天牛一样,但身上散发着香味,拾回家让大人在油锅中煎炸,会散发出满屋的香味,味道十分好吃。在冬天,小溪的水结成了冰,村里的孩子会站在冰面上抽陀螺,或用薄石片沿着冰面,比谁击打石片最远。而现在,当年的小溪早已消失,石板桥的大半也没入了土中,仅余半截桥面尚可供游人忆旧。我问乡亲小溪消失的原因,回答是:谁也说不清楚这一点。乡亲又带我看他种植的麦地,又低又矮。乡亲告诉我:他从不给麦田浇水,仅靠雨水润地,亩产约数百斤,供自己家吃。我向他问起香水牛的事,他说:这个东西现在还有,只是十分少见了,在城里饭店有时尚能吃到。我心中暗想:人对自然环境如此破坏,小溪中的水便会干涸,原地物产也就自然消失了。

乡亲随后带我去看刘家老坟和刘家老宅。刘家老坟由于位于路边,已只余 3 个浅浅的坟坡,这里埋葬着我的曾祖父、曾祖母和祖父。看着先人的遗迹,我心中不由浮起一阵淡淡的忧伤,并回想起童年为先祖送葬时披麻戴孝的情景。我想,我早晚有一天会与先人一样地入土,活着的唯一价值,是完成我能对于社会所做的贡献。而在我童年记忆中,与祖坟相连的是成片的坟地,在清明节的晚上,每一个坟墩前都点着用挖空的白菜根做成的油灯,我则与一个名叫小七的童年伙伴,从这个坟墩上跳上另一个坟墩。现在一切都已成为往事,我自己也已步入了中年,真是不胜感慨。

刘家老宅是我童年的住所,房屋尚在,周围约 20 平方米,后由亲戚代管使用。在我童年记忆中,老宅进门后有一个院子,旁边为牲口栏,养着一条骡子。院子后部为正屋3间,两侧供爷爷、奶奶和叔叔们居住,中间客厅既是伙房,又是吃饭的地方。正屋两侧厢房对住着我家和二婶家。小院中有一棵老杏树,结的杏子很甜,我常与堂兄弟在树下扒泥玩,这时卧病的红脸爷爷就拄着拐棍出来,拿拐棍打我屁股,这是我童年时代最为害怕的事,一见爷爷就逃。在正院的后面还有一个更小的院子,墙缝中长着椿树,另有一棵斜长的榆树杆上不时在雨后生出黑木耳,这时奶奶就会带我摘木耳或剥香椿叶。此外,对家养的骡子我也有很深的情感。记得有一段时间我得肾炎病得要死,母亲经常用骡子驮我到县医院去打针,坐一会快滑下来了,母亲又重新用手把我抱上骡背坐正。

在我这次回老宅时,旧的布局尚在,只是前院老杏树与后院老榆树已死,其中一间厢房呈倾斜状,墙垣倾危。此外,房屋中的旧家具仅余一张桌子和一条凳子,似乎均为红木。我童年时代为之着迷的一箱绘有阎王与小鬼的线装插图古书和一盒识物画片早已不见踪影,听说家中的旧书后被二叔带到丹东去了。曾听家父说:我的曾伯祖父当时是蓬莱城有名的书法家,蓬莱阁的许多对联,都是出自他的手笔。他还当过吴佩孚军中幕僚和宋庆(湘军将领,住蓬莱城)的家庭教师。此外,曾伯祖和吴佩孚还是同学,吴佩孚少时常来我家下棋,家中还存有二人用过的一副象牙制象棋。这副棋子现在自然也是人去物空了。正当我沉思往事时,乡亲与我商量能否用4万块钱买下这块代管的祖宅?我回答:这需要长辈做主,我只能转达意见。这片祖宅后被四叔由丹东返乡时,以7万元地价售出。现在回想起来十分可惜,若当时能把这片祖宅保留下来,现在地价已不知几何了。

看了祖宅之后我又要求乡亲带我上村西头外祖母家旧居参观(我家居汤邱村东头)。我小时候常到外祖母家讨“树叶子”(椿树叶)吃,在我童年记忆中,外祖母家住宅要大于我家,后院是一片果园,后外祖母到上海与我家同住(“文革”中),原宅以200元价售出。由于新房主不在,房门紧锁,我们只得绕垣墙一周,抱憾而归。看到外祖母家旧居,我不由想起“文革”中外祖父收藏书画被毁的往事。听外祖母说:外祖父早年经过商,懂英语,收藏有不少线装古书和一些“扬州八怪”的字画,这些东西在“文革”中均被红卫兵扔到火里烧了,外祖父为此事差点被气死!我记得外祖父上世纪60年代曾携数张“扬州八怪”字画到上海找朵云轩出售,朵云轩鉴定后认为是真迹,每张给价一二十元,外祖父嫌给价太低,未能成交,不意这批真品竟毁于“文革”浩劫中,着实令人心痛。

利用午饭前闲隙,我买了一些礼品送与乡亲。下午二时许,由蓬莱阁返威海的"华东七省市纪念抗日战争胜利 50 周年"学术会议专车带我驰离故乡,在车上沉思久久,我把这次返蓬莱故乡的体会用一首七律诗来加以表述:

> 别去故乡隔卅载, 童年好景难寻观。
> 乡邻半去村容改, 南耩顶平溪水干。
> 椿树新芽老杏死, 旧屋尚在壁垣残。
> 思乡梦断有多少, 一曲离歌和泪弹。

2011 年 5 月 2 日

爬崂山，穿越葫芦峪（大连山东纪行之四）

1976年8月我去青岛玩，曾用两天的时间爬崂山，目标是上崂顶，尽管因为受到当时环境的阻挠，未能遂愿，但仍留下了难忘的印象。

我头天早晨5时起床，坐1路车转3路车抵达李村，欲在李村车站买票赴崂山，女售票员听说我准备上崂顶后，极力劝阻说：你要去的哪个地方荒无人烟，多豺狼和野兽，去后会有生命危险的，你不如买票去仰口玩，那里有山有海，十分好玩。在女售票员的劝阻下，我违心地花8角6分钱买了一张赴仰口的汽车票。意外收获是：到仰口要经过王哥庄，这里是白毛女故事发生的故乡。出错的是：我下错了车站，步行了整整10里路后，才抵达仰口，时已9时30分。

仰口位于崂山东峰脚下、黄海岸边，此处有良好的海水浴场。在仰口我没有停留，而是沿着山径直攀崂山东峰的主峰白云山。"白云山"是当地人的叫法，因为山上有著名的道教胜地白云洞而得名。但这时白云山展现在我面前的却完全是一片未经开发的荒野景象，上山仅有一条人迹踩出的小路，荒草没径，有的地方荒草一直长到人腰的高度，几乎已看不见路。我几度迷途，想折还。当时山上空无一人，伴随着我的，只是满山野花和不停地在树上鸣叫的知了。这时我心中极度恐慌，大骂李村车站女售票员撒谎，认为这里才是荒无人烟、豺狼野兽出没的地方，但我还是坚持下去了。当太阳已经偏西的时候，我终于爬到了白云洞。

所谓的白云洞，是由数块巨岩架构起的天然石洞，洞不甚深，有如庐山仙人洞的形状。洞口遮盖着一对粗约三围、生长约千年的古银杏树，见证着岁月的沧桑。白云洞的海拔高度约400米，因洞口经年被白云缭绕而得名。白云洞外有一片约数十平方米的空地。后从文献资料得知：此处原有建于唐代的古建筑，后因元代长春真人丘处机、明代武当派道士张三丰曾来此修道，而成为名闻天下的道观。至清代，大文学家蒲松龄亦曾游此而题诗：

古洞深藏碧山头，羽士一到白云留。

愿叩柴扉访逸老，不登朱门拜公侯。

砚水荡净海底垢，笔尖点消九天愁。

不求人间争富贵，但做沧桑一嘹鸥。

由蒲松龄的诗中，可推知他创作《聊斋志异》中名篇《崂山道士》的灵感来源。

但是当我到白云洞时，洞口的古道观早已消失不见，所见到的，仅是断瓦残垣、荒草没膝的景象。据说导致白云洞道观消失的原因有两点：一是抗战期间白云洞曾为兵工厂，日寇为此攻洞烧山（1939年），白云洞部分古建筑被毁；二是"文革"中红卫兵"破四旧"，原居观中的道士被遣返还乡，剩余古建筑被毁。在我登临白云洞时，唯一感到欣慰的是：此处面临危崖，伫立其上，可以眺望崂山湾的万顷烟波和感受到松风的吹拂，而在青山沧海背景的衬托下，白云洞显示出一种凄凉的美。

由白云洞再上，已无路可走，我强攀危岩，直达崂山东峰白云山的顶端。在此处，我向南、北、东三面眺望大海，一吐胸中所沾染的尘世俗气。

在山顶少歇，我循山径行至关帝庙游览。关帝庙位仰口西南侧山腰，庙门正对崂山湾。根据当地文献记载：该庙为明万历年间道士张通元始建，供奉"协天护国忠义大帝"关羽的神像，后经清代复修，成为有大殿3间、长方形四合院式布局的二进道观院落。但是在我去时，同样因"文革"政治因素，庙内原供塑像、法器均遭破坏，壁画被泥封，庙宇残破已极，成了守林人居所，我只得无趣而出，下山趋仰口。

仰口镇有着长度约达2公里的海滩，海滩上铺着细软的黄沙，坐在这里望海，可称得上是人生的一大享受。我在此稍歇，又步行刻把钟至附近的道观太平宫参观。

太平宫位于仰口西的上苑山麓，背山面海。据当地文献记载：该宫初名"上苑宫"，由宋道士刘若拙始建。刘原系全真派华山道士，宋太祖曾敕封为"华盖真人"。"上苑宫"未待建成，太祖驾崩，太宗继位，更年号为"太平兴国"，上苑宫遂改称"太平兴国院"。南宋末，端宗妃谢安、谢丽假扮农人，漂海至此出家，太平兴国院又易名为太平宫。据说崂山道教全盛时，共有"九宫八观七十二庵"和上千名道士，太平宫因属御敕，在崂山道教中，具有重要地位。但是当我赴太平宫时，其道教文化氛围如同白云洞一样，因"文革"政治因素而烟飞云散，观中已无道士与供物，成了民宅，未待我走近，即被半人高的猛犬轰出。

我只得返仰口汽车站,坐车返李村,此时已是下午4点多钟了。我由李村再坐3路公交车回青岛亲戚家中时,已是晚上7时了。由于头天爬崂山未能达到上崂顶的目的,我决定第二天再去。因听李村车站女售票员说崂顶多豺狼野兽,我决定约上一位与我有远亲关系的堂弟同行。堂弟约小我四五岁。

次日早晨5点10分,我与堂弟坐车由青岛抵李村,时6点50分,又由李村坐车抵地处崂山腹地的北宅,时7点30分。我们由北宅步行25里山路,抵达北九水。

在北九水,我们就着山涧水吃了一些干粮,继续往靛缸湾方向攀行,这一段路程约10华里,也是我所看到的崂山风景的最佳处。基本情形是:山势九折,水路九曲,不断地形成瀑布与深潭,到处可见奇峰异石,周边则是荒草没径,野花盛开,完全是一派大自然的荒野景象,不见丝毫的人工雕凿痕迹。

当我们走到靛缸湾时,也就看到了鱼鳞瀑。该瀑布为崂山第一大瀑布,自山顶挂下,长度约10米,鸣声如雷,因此又称"潮音瀑"。瀑布之水汇成广潭,约相当于城市中的游泳池规模,因其大于一般山潭,人可在其中游泳,因此不称潭,而称之为"靛缸湾"。靛缸湾为书面用语,当地人则呼为"电广湾",究竟是讹音所致,还是另有其名,我则不得而知。靛缸湾周围石壁上刻有"潮音瀑"、"春泉玉龙"、"空潭鸣水"等字样,其水向北穿越石峡而下,称之为"鱼鳞峡",此处即"北九水"的起点之处。石峡门宽约3米,水自门中出,下为数十丈高岩。之所以以"鱼鳞"名峡,有二说:一是峡壁多纹,状似鱼鳞;二是峡底遍布卵石,状似鱼鳞。鱼鳞瀑的西岩顶端有亭名"观瀑亭",根据亭周刻字,知晓其建于民国八年,至今已近60年。

我们爬上"观瀑亭"后少歇,与山里农民闲聊。山民告诉我们:由鱼鳞瀑下泻而成的靛缸湾,水中多矿物质,是崂山矿泉水厂与崂山啤酒厂的取水之处。由靛缸湾北下之水沿山势凡九折,共形成了18个潭,称之为"九水十八潭","九水"与"十八潭"各有其名。由靛缸湾沿山势南泻之水也九折,称"南九水",南九水也各有其名。听了山民的这一番话,我才理解了地名"北九水"与"南九水"的真正含义。

坐在观瀑亭中我久久眺望高涧流水和满山野花,最终吟成七言绝句一首:

题崂山鱼鳞瀑(1976.8.5)

崂山八月紫红发, 突起子规惊落花。
鱼鳞飞瀑成双水, 中分峰峦浣石沙。

观瀑亭中歇后,我们沿着山阶欲上崂顶。但走了一段路后,发现石阶已经消失,在依稀可辨的山路上,长满着野草。野草的高度最初没足,但路越走,草也就越高,最终野草高度已经没腰,完全淹没了山路。堂弟开始怀疑这条路是否为上崂顶的正路,面露难色,不愿再行。我虽认为这条路可直达崂顶,但一是担忧草中有蛇伤人,万一出事,很难与堂弟的父母交代。此外,我也无法确知沿这条路要走多久才能到达崂顶?因为我曾听友人说他们同学4人结伴爬崂山,一直走到天黑也未能登顶,只能宿在山民家中,直到第二天才登崂顶看日出。而我们欲登崂顶之时,在北九水虽遇到过不少游人,却无人攀崂顶,我们无法向人问路。无奈之下,我只得接受堂弟的下山建议,至下午2时零5分,折返北九水。

鉴于我们上崂山时,是经北宅攀上北九水,走的是西北坡,因此出山时,决定由北九水翻越崂山山脊,经十八盘、南九水,取道南坡下山,从汉河镇方向出山,这一段路程共21华里,稍短于由北宅的进山路程。

走南道下山时,总的感觉是:山势变缓,水流也变缓。所谓"十八盘",是指崂山公路曲折蜿蜒,有18个盘口,沿南坡上山。"南九水"总长度约10里路,它的截止点是崂顶西南九水村的观川台。以其水势与北九水相比较,则前者可称之为高山深涧,后者则是山湾细流。走到这里,也就基本走到了崂山的谷底葫芦峪的起点,再前行,已无山路可走。

而之所以称崂山的底部为葫芦峪,这是因崂山的山势为中空,两头狭小,中间谷底却有很大一片平地。人行于此,可以看到两侧险峰压顶,盘山公路委婉上山,农舍依山涧散布,梯田层层,山花、野草、绿竹及各种果树点缀山湾。走到这里,我不仅想起童年时代看《三国演义》连环画时,诸葛亮的军队都是在这样的山谷中安营扎寨,两头派兵把守,则敌军无力袭营。

当我们快走出谷底时,遇到一位居住于峪中的老人问我们来自何方,我们回答从北九水来。老人问:是否上过崂顶?我们回答:欲从北九水石阶登顶,却因石阶消失,无路可寻,只得下山。老人笑道:你走的路是上崂顶的正途,原先有石路达顶,只因为崂顶有驻军,不愿意游人上山,把原来的石路扒了,旧径上因此长草,使游人登顶无路可寻。老人又说:崂山风景最胜处在崂顶,高出海面1100多米,晴天登临,可以三面望海,俯视群山,遥望青岛市区,看得到云海。天如无云,登山早,还可以看得到东海日出。

听了老人的话后,我为未能登临崂顶而感到懊丧。我认为名山属于人民,部队扒除山路不让游人登顶的做法是不对的。但是,在那强调"阶级斗争"高于一切的时代,对部队的做法我也可以充分理解。因为当时凡驻军之处,皆属军事秘密,而不欲人知。否则的话,李村的女售票员就不会无缘无故地骗我去仰口了。因为当日我游北九水,虽不能说游人如织,却碰到了来自上海的游客,这说明此地决非荒野之地。而女售票员之所以要骗我,唯一说得通的理由就是出自政治动机,要保守住崂顶的驻军秘密。

下午 4 时 25 分,我们穿出葫芦峪,抵达汉河车站坐车,5 点 10 分抵达李村转车,晚上 7 时返回青岛。计一天实际步行山路 70 余里,与堂弟两人就着崂山涧水吃完了我所带的一罐炼乳和全部干粮,充分展现了青年人才能付出的体力。当天的另一收获是对山区人的生活水平之低有了一个感性认识。听山民说:他们的日常主粮是玉米和地瓜干,有很少一些面粉,已 8 年未见到大米,每人每月或 3 个月能吃到 2 两猪肉(当时青岛市每人月供应猪肉量是 1.5 斤),平日很少能吃到蔬菜。此外,山区民众衣着简朴,七八岁大的女孩子在河里裸体洗澡不避生人,这一方面说明当时社会风尚的纯良,女孩子及她们的家长都不担心会受到性侵犯,但另一面也说明了山区民众生活水平之低。我想,我这个来自大城市的人有义务努力工作,以为提高山区人民的生活水平做出贡献。

2011 年 5 月 15 日

望海（大连山东纪行之五）

我喜欢一个人坐在大海边发呆。这一嗜好多半来自于童年时代对海的记忆。

记得那时随家母由故乡蓬莱徙居北京，得先坐汽车到烟台，然后再从烟台转火车赴北京。由蓬莱到烟台的公路，有很长一段是沿着海岸延伸。在我童年的记忆中，悬挂在大海上的太阳映在汽车玻璃窗上显得鲜红鲜红，海潮拍打在黄色沙滩上又退去，留下了一排排不规则的白色水线。远方的海是碧蓝色的，在大海的深处究竟隐藏着什么？这在我童年的心中充满着神秘。

成人后，为了看清海的真相，我多次赴海边眺望。记得上山下乡前夕，为了到吴淞口望东海，我与弟弟及邻友一日步行往返宝山70余里路。吴淞口的海水是混浊的，这是因为地处长江入海口，长江把大量内陆泥沙带入了海中。但尽管如此，吴淞口的海面仍显得雄壮，一面是大海的浊浪排空，另一面是长江口内的白帆点点，而远方的崇明岛与长兴岛则在烟波中时隐时现。

1968年至1972年我在苏北大丰农场务农，又有了亲近黄海的经历。苏北沿海的水看上去是黄蓝色的，并不澄清，只有晴天向远方望，天与水的颜色才交汇到了一起，出现了"水天一色"的景观。苏北沿海的水之所以不澄清，是由于历史上黄河曾由淮河入海，在海的滩涂上堆积起了一层厚厚的淤泥，影响了水质，并非是如渤海与南海海滩那样纯属沙质海滩。当然，这也给苏北沿海地区带来了适合于在海滩淤泥中生长的蛤蜊、黄泥螺等丰厚的海产品。苏北海滩的坡度较缓，只有8月份的大潮，海水才能抵达海堤之下。平素要到海水边，须从堤岸向海走10至20里的滩涂路。而在滩涂中有河流、沼泽，生人进入是十分危险的。我第一次亲临苏北海水边，是有幸发现了当地渔民出海打鱼时走出的滩涂小路，我是沿着渔民的足迹，来到海边的。当时凉凉的海风阵阵吹拂，远方的几只帆船在缓缓地移动。当我手捧海水，从淤泥中捞取蛤蜊，尽情享受大海带来的欢乐时,突然间涛声滚滚,海水齐天而来,犹如万马奔腾,原来是涨潮了。我以前曾听说海水涨潮时,留在海滩上会有生命的危险,我拔腿就跑,但后来却发现涨潮并不如传说中那么可怕,进速甚慢,其原因是苏北海滩坡度较缓。于是,我迎着海水边退,边抓海蟹,海蟹后被队友煮吃了,据说味道甚佳。

　　数日之后农场组织员工挑海堤,我又有了在海边看日出的机会。当时红日尚未升起,东方地平线上霞光万道,由淡转红,由红转紫,突然,一点金色的光点猛地向上一跃,太阳出现了。随后,一轮火红的球从地平线上冉冉升起,天边的几朵白云也被映红了。红日逐渐脱离了大海,海面上可见美丽的倒影。这是我一生中唯一一次真切地看到大海日出。以前从电影中所看到的日出,往往是在红日已出海平面时的景象,而无初始时刻。而即便住在海边的人,也并不是经常能看到日出。这是因为,即便是晴天,在海平线上边往往有云,只要海平线上一有云,就无法目睹太阳跃出地平线的初始时刻仅显现为一点金色光点的奇景。

　　当时,为了表达对大海的向往,我曾作赋《登大丰农场川东闸歌(1971.4.2)》以纪:"望大海兮白鸥翔,渔夫撒网兮波浪长。扁舟四海兮驾波浪,白帆点点兮接云壤。"那时我还想写一首歌颂大海的长赋,但限于文学水准,同时也是因为历次看海都是岸上看,未能深入海中,体会不深,因此未能写出。

　　成就我这一心愿的契机,是1976年暑期赴大连、山东旅游。当时我是坐船由上海赴大连,由大连坐船抵烟台,再由青岛坐船返沪。在短短的两周旅游之中,我在船上渡过了4天5夜的时间,得以从不同的角度望海。

　　记得船出长江口时,展现在我面前的是东海浊浪排空、四望无涯的景象。第二天凌晨我走上甲板欲看日出,却发现海水已变蓝,而且是出奇地蓝,用"水天一色"来形容也罢,用"澄碧无底"来形容也罢,都不算过分。有老年船客告诉我:若在白日行船,可以看见东海之水与黄海之水交界的奇观,即东海的水是混的,黄海的水是清的,海面上水界分明。这一天在海上看日出不甚分明,因为天边有云。上午,轮船开始进入雾海,红日时隐时现,又成奇观。当时曾即兴赋诗:"下有碧涛上有云,瞬息日匿两消形。举目茫茫皆不见,只有船在雾中行。"傍晚,海面雾散,见海鸥逐船尾掠食,海面上绿岛簇立,宛如珍饰。次日凌晨船抵大连港,但闻船笛长鸣,码头上明灯万盏,如临仙境。我由大连港坐船赴烟台时,正值月朗风清,甲板上人头攒动,我与众多的游客一起仰观海上秋雁掠月的奇景。又隔了几天,我由青岛坐船返沪,一向给我以博大、宽容印象的大海,不知何故翻脸。

发船后不久,海面上狂风大作,暴雨倾盆,远方为莽莽一片白浪。我坐的船尽管属载客巨轮,却像小舟一般颠簸摇晃,体质差的乘客开始呕吐。直到次日,海面才恢复平静。

持续的海上之旅,最终使我领悟了大海的人格力量。即有时它像多情的少女,细浪淘沙,海面上白帆点点,海鸥翱翔,小岛如缀。这时你会感到海的柔美。有时它又像愤怒的巨人,鸣声如雷,挟拥着连天的巨浪,直扑岸边。这时你会感到海的雄壮。长久地望海,你会感到自然界的伟大和人生的渺小,行旅匆匆,真如过客。人生所经历了多少艰苦磨难,最终也都会消失在这滚滚波涛之中,今人能留给后人的,至多也只是一些可引起情感共鸣的吟唱。千百年后,月还是这样的明,海还是这样的蓝,却又有谁知前人对大海的吟怀? 仅作《大海赋》为纪:

大海赋(1976 年 7 月 31 日)

望大海兮卷惊涛,风威相助叩天阍。水天莽莽皆不见,不知何处是君乡? 望大海兮浪淘沙,浪淘千年不尽沙。坐岸静听涛声语,宛如湘女诉衷肠。渔舟行兮海鸥翔,万顷翡翠做锦裳。小岛簇立缀珍饰,来年许谁作君郎? 夜风吹兮众星朗,明月如璧挂前舫。不知谁歌海上曲,依栏万目眺雁翔。夜色消兮红日茫,灿灿朝霞映海洋。巨舰远航奔天堑,波浪滔滔碧水长。千年流兮万年淌,闻道海外有仙乡。三岛飘渺望不见,水天相映尽沧沧。碧水幽幽不见底,不知龙宫在何场? 我欲驾风寻君去,又恋神州难为扬。精卫衔石何足信? 张生煮海亦荒唐。千古沧桑悲风壮,我今为君写新章。

2011 年 5 月 22 日初稿

1977年暑期,我抽出一周的时间连攀莫干山、玲珑山、西天目山三座山峰,深深感受到莫干山的秀丽、玲珑山的历史沧桑和西天目山的浑朴,随记所感。

第三卷　莫干山、玲珑山、西天目山纪行

一

上莫干山
（莫干山玲珑山西天目山纪行之一）

    莫干山在浙江省德清县境内，因春秋末年吴国铸剑名师干将、莫邪曾在此铸剑而得名。如果与中国的其他名山相比，莫干山并不算高，它缺少峨嵋的庞大、华山的险峻、泰山的雄伟、黄山的松石、崂山的清奇，但是，它却以其秀丽，跻身于中国的名山之列。

    莫干山的秀丽是靠竹子衬托出来的。如果晴天在莫干山的景点中华山、金家山、屋脊山、莫干岭、炮台山等处举目四望，可以看见漫山遍野的竹海。莫干山不但竹子多，而且竹子的种类也多，除了有碗口粗、高达三四丈的毛竹外，还有所谓孵鸡竹、木竹、苦竹、淡竹、花竹、桃枝竹、孝顺竹、凤尾竹、象牙竹、红壳竹、箬竹、紫竹、乌筋竹、早元竹等许多的名目。这些竹子皆四季常青，周围点缀着松、柏、杉、樟、银杏等名贵树种，把整个山区衬托成一片绿色的海洋。因此，莫干山堪称是中国的"竹乡"，它的基本特色，可以用"竹气"来加以形容。而莫干山的"竹气"，也就是莫干山的秀气。当年曾过此的郭沫若，留下了"久识东南有此山，千章修竹翠琅轩"的诗句。而曾久居莫干山疗养的陈毅元帅，亦曾题有名为《莫干好》的咏竹词：

    莫干好，遍地是修篁。夹道万竿成绿海，风来凤尾罗拜忙。小窗排队长。

    与莫干山绿竹对映成趣的是，在绿竹掩映下，沿起伏的山峦密布着许多精致的别墅，这些别墅荟萃了英、法、美、德、日、俄等不同国家的建筑风格。有统计数据说：自近代以来，莫干山共修筑了大小别墅173座，因此堪称是世界建筑博物馆。而在这些别墅之中，曾居住过民国时代的蒋介石、宋美龄、张静江、黄郛（国民党第一任外交部长）、杜月笙和新中国创立时期的毛泽东、周恩来、陈毅、张云逸等许多历史名人。我 8 月 5 日游莫干山天桥景点时,经过一个当地人称作"屋脊头"的地方,这里矗立着一座优雅的别墅,当地人亦称"屋脊头"。听他们说:蒋介石与毛泽东都曾在此住过。"屋脊头"并不对外开放,而与我同时过此的游客中,有一位来自上海的女画家和两位来自广州的年轻姑娘,见门口无人阻拦,在上海女画家的鼓动下,一并涌入。正当我们细看别墅的回曲长廊、静谧窗轩时,别墅中突然走出一位身材壮实、年约 50 余岁、操着山东口音的老干部模样的人,他对我们说:"同志,这里不让参观!"我们只得退出。女画家相询:"这里住着什么人?"老干部模样的人笑着回答:"这可不好说。"事后我通过查询资料得知:这座别墅的准确名称当为"松月庐"或"武陵村",据传,蒋介石与宋美龄曾在此度过蜜月。

莫干山之所以多别墅,是得益于其特殊的地理位置:山不甚高,适于老年人攀爬;距离大城市近,交通方便;气温夏季凉爽,平均温度约二十四五度,白天不用开空调,晚间睡觉还得盖棉被,再加上满山"竹气"的烘托,使人不寒自寒。因此,便与庐山、北戴河、鸡公山共同跻身于中国的四大避暑胜地之列。

但是讲莫干山秀丽,却并不乏荒芜的一面。我从文字资料上得知:莫干山北麓 15 里有一个叫碧坞的地方,古木参天,泉汇龙潭,深不可测,上挂飞瀑。我决心一游,却未达目的。我行走的路线是:早晨 6 时半由住宿的黄庙 77 号旅馆出发,过花厅、荫山洞、剑池、天桥、旭光台,抵达天池寺旧址。在此少歇,见颓壁残垣、野花绕殿、金针吐蕾的凄美景色,附近又有老银杏一棵,粗约十围,上遮云天。由此处上公路,过观日台、芦花荡公园,攀中华山,午餐。下中华山后,经当地人指路,由小径登使塔山。塔山为莫干山主峰,高 758 米,但未能登顶即被阻拦,告知:上有解放军雷达部队,游客不得登临。于是,我沿山腰一条宽度约有公路规模的大路向西北折,欲由此取道下山赴碧坞。但是,路越走越荒,野草长到了人腰高度,再往前走,则遇到了大片长得比人还高的芦苇,完全阻住了去路。我无奈退回,但由于荒草完全淹没了来路,一度迷途。当我最终找到来路退出,向当地人探问去碧坞路途时,当地人说:你走的路是去碧坞的,这是当年香客进山时所走的路,但你所依据的资料是解放初印的,自从莫干山修起盘山公路后,由碧坞进山的路由于无人走而完全荒芜,你已无法沿此路再去碧坞了。

听了当地人的话后,我十分丧气。当地人指给我绕过中华山、沿小路攀上"望月台"回返公路的路线。根据当地人的指点,我攀上望月台,但发现当地人所说的"望月台",也即我从旅馆临摹的地图上所标志的"观日台",只是叫法不同罢了。由观日台出发,我沿公路行至天桥,又沿小路下行至阜岗亭,再次迷路。下午2时许，我终于行走至花厅，在此处长歇，品高山云雾茶磨时，至下午4时半，折还旅馆晚餐。在旅馆大厅玻璃橱窗中，见陈有陈毅手迹《莫干好》词7首，字走龙蛇，势如莫干山的行云流水。词一《咏竹》已上引，其二至七首分别为：

> 莫干好，大雾常弥天。时晴时雨浑难定，迷失楼台咫尺间。夜来喜睡酣。
> 莫干好，夜景最深沉。凭栏默想透山海，静寂时有草虫鸣。心境平更平。
> 莫干好，雨后看堆云。片片层层铺白絮，有天无地剩空灵。数峰长短亭。
> 莫干好，最好游人多。飞瀑剑池涤俗虑，塔山远景足高歌。结伴舞婆娑。
> 莫干好，请君冒雨游。千级石磴试腰脚，百寻涧底望高楼。天外云自流。
> 莫干好，好在山河改。林泉从此属人民，清风明月不用买。中国新文采。

我细品陈毅词，回想一天所行，两度迷途，最终未能去成碧坞，颇感丧气。因此仿陈毅词体为《塔山荒》一首：

> 莫干山，赤日独登攀。塔山迷途石径野，碧坞无路折胆还。小酣再向前。

以上讲了莫干山的秀丽与荒芜。但是，莫干山尚具有所有名山大川都有的雄伟、壮阔的一面，这是指在剑池一隅所体现出的莫干山的"剑气"。

在莫干山所住的三天中，我曾三上剑池。第一次是来的当天傍晚，我乘着暮色苍茫，一访剑池。当时山深无人，泉声淙淙，归鸟啼鸣。此地距我所住的旅馆虽然不远，但当时天已快黑下来了，我十分担心在山中迷路，幸好遇上一位家住附近山村的宾馆女服务员欲回宾馆，我紧跟她的身影得以回还。次日清晨6时半我二访剑池，只见来自山崖的水流倒挂而下，借着日光的折射，形成了七彩瀑布，景观十分壮丽。瀑布之水下泻形成了一个数米见方的深潭，即人们所称的"剑池"，因为潭上方石壁的题字"剑池"二字，可以证明这一点。由剑池之水再下，形成曲折深涧，涧四周的石壁均为青色，上面一线直临蓝天。我第三次下剑池是因为隔天路逢一位来自上海的女画家和两位来自广州的年轻姑娘，她们要求我担任义务导游，结果我再一次领悟了剑池的壮观景象。

若仅以剑池瀑布的规模而言，它绝对比不上我曾观赏过的崂山鱼鳞峡飞瀑。而之所以说剑池的景象体现了莫干山的"剑气"，这是因为它与一则在我国已传颂了二千余年的剑侠故事——"干将、莫邪"的故事紧密相联。事出《战国策·齐策五》，苏秦说齐闵王曰："今虽干将莫邪，非得人力，则不能割刿（割断）矣。"故事的详情见东晋干宝所撰《搜神记》,近人鲁迅又据之翻写成小说《铸剑》,此后故事又被搬上了戏剧舞台。其内容大致为:干将、莫邪(亦作镆铘)夫妇为春秋末年吴国的铸剑名师,居吴山中铸剑,其剑淬以剑池之水,磨以山中之石,则锋利倍于常剑。吴王阖闾闻知后,为争当盟主,称霸天下,命干将、莫邪在三个月内铸就无匹宝剑来献。干将、莫邪于是采山中之铜铸剑,冶炉不沸,妻子莫邪剪指甲、断发,拌黄土成人形,投炉中,宝剑始成,为雌雄二剑,雄剑名干将,雌剑名莫邪,二剑合则为一。干将知吴王险恶,将雌剑呈吴王,将雄剑传其子。吴王得剑后,欣喜无比,怕干将为他国另铸新剑,将干将杀死。干将子长成后,携雄剑欲入吴宫为父报仇,遇父友之光老人,告诫吴宫禁卫森严,不得入。但愿意借干将子首及雄剑入吴宫代为报仇,干将子从其所请。之光至吴宫见吴王后,以油鼎煮干将子头,吴王近视,之光拔剑斩吴王首落鼎中,又自刎其首落鼎中,雄雌二剑则化龙飞空。后人为怀念干将、莫邪,将二人生前所居之山更名为"莫干山"。

这一则故事可谓中国最早的剑侠故事,据传,它亦使毛泽东动容。事情经过为:1954年3月毛泽东在杭州主持制订中华人民共和国第一部宪法,根据浙江省公安厅长王芳的建议,到莫干山一游。毛泽东站在剑池边传说为干将、莫邪的"磨剑石"旁沉思久久,自云:"十年磨一剑,霜刃未曾试。"当离开莫干山时,毛泽东欣然为诗:

> 翻身复入七人房,回首峰峦入莽苍。
>
> 四十八盘才走过,风驰又已到钱塘。

而我个人认为:莫干山的"剑气",体现了古代中国民众不畏强暴的精神。如对这一精神加以引申,则是:莫干山的"秀气",代表了祖国山河的美。莫干山的荒芜,代表了国家发展中的不完善。而莫干山的"剑气",则代表了历史上中华民族反抗压迫,争取独立、自由的精神。而对于一个国家的存在来说,这一精神最为重要,它使中华民族的历史得以由古繁衍至今。

2011年6月2日初稿

登临安玲珑山
（莫干山玲珑山西天目山纪行之二）

我 1977 年上玲珑山，实出自偶然的际会，因为先此，并不知晓浙江临安有玲珑山胜境。

我当天清晨从杭州坐车出发，目标是西天目山，但是要到西天目山，须从临安转车。我抵达临安的时间是 8 点 20 分，在长途汽车站打探发往西天目山的车次，被告知：每天一班，下午 3 时零 5 分发车，也就是说我必须在临安停留 7 个小时。如何打发闲时呢？我正在踌躇之间，恰好街上有一个抱婴儿的年轻妇女经过。我问她临安附近有何好玩之处？妇女回答：离临安城 10 里有一座玲珑山十分好玩，山上有庙，住了一些老和尚，"文革"前常有人去进香；另外，山上还有一个琴操墓。从文献资料中我略知苏东坡与琴操的逸事，但不知事发地点。听青年妇女说琴操墓在玲珑山后，勾起了我的兴趣，决心往玲珑山一游。

9 点 20 分我坐车抵山前，开始攀爬。山不甚高，但树木长得十分葱郁。我顺着山径缓行，先经过一道小瀑布，便来到了据传苏东坡曾在此醉酒题诗的"醉眠石"。石如卧榻，立涧水旁，上有刻字，系民国年间书法家姚祖显手迹。沿"醉眠石"再上，有巨岩名"九折岩"，"九折岩"三字据传为苏东坡手书。沿"九折岩"再上，原有"东坡遗像亭"，因"文革"被毁，仅余残基。过"东坡遗像亭"，便来到了玲珑山寺"卧龙寺"。

根据文献记载，卧龙寺系始建于唐代的古建筑。但在我去时，显然是出自"文革"中的"破四旧"因素，古庙已严重毁坏，仅余空殿堂一间，无一佛像。殿内居住着十多个老和尚，相互间隔得很远，各有卧榻与方桌。在寺外东侧山冈上，尚见有残旧钟楼一座，呈八角形。我为了休憩，向其中一位老和尚奉上茶资 2 角，求茶一杯，与之闲聊。老和尚年约 70 余岁，走路腿瘸。据他说，病足肿。而我的直观是：老和尚显然有重病在身，在世已不能太久。

　　我问和尚：俗家人学佛有何好处？老和尚对我的提问十分吃惊，因为当时去"文革"未远，"学佛"尚属禁忌话题。老和尚细瞥一眼周围并无其他游客，对我尊重有加，回答道："定力。"我问："何为定力？"老和尚回答道："心自生魔。"我问："何为'心自生魔'？"老和尚说："我说一个故事给你听就明白了"。他随即说道：

　　某书生与友二人游寺院，见"老僧说法"壁画，听法人群中有一少女美目流光。书生不觉心动，似身入画中，与画中人共听老僧说法。不觉间有人从身后拉动衣襟，回首看即人群中听法的少女。书生随少女过曲径入一小舍，与之欢会两日，忽有天神入内搜索下界凡人。书生惊恐之余躲入少女床下。忽听其伴大声呼唤，书生顿从画中逸下，面色如死灰。

　　听了这一则故事，我顿时弄明了老和尚所说"心自生魔"的含义。和尚的话意是：人若无自持之力，必自生心魔，不时陷入惊怖之中。我谢过老和尚所讲的禅语，又向他问起琴操旧事。和尚说：琴操为北宋名妓，善说禅，与苏东坡友善。一日与苏共游西湖，苏东坡指湖光山色问琴操"此究如何？"琴操不解，苏东坡拍案道："门前冷落车马稀，老大嫁作商人妇！"琴操顿悟，出家玲珑山寺，而苏学士为之解除娼籍。

　　此故事我以前亦知晓，只是我从来认为琴操参错了苏东坡的话意。因为苏东坡作为一代名士，决不会说出叫琴操出家这样不近人情的话来。苏东坡的本意是想让琴操从良。琴操显然是误解了苏东坡的话意，或者说她宁可出家，也不愿意从良，而选择了出家玲珑山。老和尚告诉我琴操墓就在山顶，距钟楼不远，山脚下尚有龙潭可供一游。

　　我向老和尚道别后，出山门直向山顶攀去。在过钟楼不远接近山顶的一片松林旁，我找到了琴操坟的旧址，但此地仅余一片平地，全无坟陵旧貌，这显然又是"红卫兵"在"文革"中破"四旧"留下的"战果"。看着被平毁的琴操坟，我不禁浮出一种历史沧桑感。我想这位生前凄楚遁入佛门的江南名妓，大概不会想到在900多年后，她的坟墓又被人当作"四旧"平去。我向看管钟楼的老和尚询问"文革"中平毁琴操墓的情况，和尚回答：琴操墓里什么东西都没有，就挖出了一个瓷瓶，里面装着琴操的骨灰，被挖坟"红卫兵"扬去。另外坟前还有一块刻着"琴操墓"的碑碣，也被挖坟的"红卫兵"砸了。老和尚在与我说话时，脸部表情颇感凄切。据说近人作家郁达夫亦曾登临琴操墓，面对"一捧荒土，一块粗碑"的坟地以及《临安县志》仅有"玲珑虽小，苏轼曾登"的一行小字颇感不平，留下了"山既玲珑水亦清，东坡曾此访云英；如何八卷临安志，不记琴操一段情"的诗句。我不知道郁达夫如能活到今天，再临故地，当发何感想？

离开琴操坟后，我向山的最顶端攀去，但山上遍布荆棘，已无路可走。于是，我循山径右折下行，直赴龙潭。所谓龙潭，是有一道瀑布由山崖直泻，下成深潭，深不可测，使人望之头晕目眩。龙潭之水顺山涧再下，被人工坝拦阻，形成了一个不大的人工水库，水库三面为青山相环，使人望之赏心悦目。

尽管眼前有美景，但是目睹了琴操坟被平毁的惨况后，我的心情却愉快不起来，即景赋诗一首：

小山玲珑秀百寻，古庙沧桑话俗情。
老僧答语声凄切，削发琴操留空名。

诗毕，顺山路下山，在玲珑车站旁饭店午餐，价廉，但卫生条件极差，群蝇叮饭，亦无人过问。下午 1 点 10 分返临安车站，距赴西天目山车次发车的时间尚有两个小时，无事上街闲逛，但见街道狭窄，人头攒动，汽车开过，尘土飞扬，此处与龙潭的幽静已形成太大的反差。见梨价便宜，1 角 1 斤，买了两斤充干粮。上车以后，遇到三位到西天目山旅游的当地游客。与之说起在玲珑山寺所见，一位年轻游客对我说：玲珑山的这些老和尚处境悲惨，"文革"中"破四旧"，浙江省庙宇均被砸毁，年轻的和尚遭遣返家乡还俗，一些无处可去的老弱病残和尚则被收容在玲珑山卧龙寺，每月只有不多的口粮。前年去玲珑山时，尚看到有二十几位老和尚，到今年再去时，就剩下了十几个人，其余人均已过世。他又告诉我和尚的性格十分孤僻，尽管共居一殿，但相互间都间距很远，不大说话。听了年轻游客的话后，我不由浮起了一种悯然之情，我十分同情玲珑山寺和尚们的命运，特别怀念那位与我说禅的老者。数年后我又一次上玲珑山，年我曾遇到的老和尚们已一个不见了，当年我曾去过的大殿仍未添置佛像，但墙的四壁贴满了用楷书在白纸上抄写的佛经，一位红脸膛约五十余岁讲东北口音的和尚坐在门口，他显然就是抄经人。我向他请教佛理，他十分不耐烦地指着墙上的佛经叫我自读，这使我再次回想起当年曾向我说过禅的老和尚。

2011 年 7 月 20 日

西天目山三日游
（莫干山玲珑山西天目山纪行之三）

　　8月6日下午5时许，由临安坐长途汽车抵西天目山脚，入住天目山宾馆。下车后映入眼帘的是一片望不到边的原始森林，树木显得十分高大粗壮，常需要二三个人才能合抱。树枝浓荫蔽日，这使山区的气候显得十分凉爽。在入山的路前横着一道长长的米黄色山墙，山墙的下面是流淌着的山溪，妇女在溪中浣衣，男子和孩子们在溪中洗澡。这道山墙据说是冯玉祥当年在此疗养时所修。山墙的修建使天目山显得高大、宁静、神秘，而充分展现出中国山水画的美。

　　晚饭后沿森林间小路散步，不远处是一座小村庄，过小村庄就来到了禅源寺旧址。禅源寺俗名"大殿"，为日本佛教临济宗永源寺的发祥地。根据文献记载，该寺始建于清康熙四年（1666年），雍正十一年（1733年），由皇帝御笔赐匾得名。寺在全盛时，占地40余亩，有房500余间，拥僧众1300余人，系全国最大的寺院。据当地人说：正中大殿可同时供食800名寺僧。禅源寺初毁于抗战时1941年3月19日日本飞机的轰炸，所存建筑为天王殿、官客堂、西客堂、云水堂，这些仅存的建筑在"文革"初期又被狂热的"红卫兵"砸毁。因此，我面对的禅源寺仅是断瓦残垣，未倒的房屋则已入住了当地村民。

　　晚间回宾馆入宿，气温凉爽宜人，但天目山的蚊子甚大，约有我在上海所见蚊身的三至四倍，睡觉时只能靠蚊帐防护。在客厅见有来自沪上的4名老人打牌消闲，据他们说：年年都要来此避暑。其闲逸精神使我这个当时充满着"为世界无产阶级解放事业献身"思想的青年人感到羡慕，同时也使我感受到世上尚有人按另一种生活方式存活。

　　次日6时早餐，在宾馆摹下《天目山导游图》后，便循山路至太子庵。太子庵始建于梁代，为昭明太子（梁武帝长子萧统）读书处，内存一口古井名"洗眼池"。据传昭明太子因读书过度，双目失明，用该井中水洗目，得以复明。在我去时，古井已塞,旧居残破并入住了当地村民。见我到来,房主接待颇勤,带我指看"洗眼池"旧迹。

出太子庵后,沿山路上行,过"三里亭",遇在南京任教的本地籍叶姓教师带几位朋友游山,与之同行。过一片树林时,叶老师说天目山遍地是宝,他指给我看高树上一片缠树绿苔状植物说:这便是天目山有名的"云雾草",可治咳嗽、哮喘等病。再前,有"山腰石"半遮路边。所谓"山腰石",系一块巨岩拦阻山路,上遮云天,下临深渊,人经"山腰石",只能俯身而过。

由"山腰石"再前,过五里亭、七里亭、"眠牛石"等景点后,便来到西天目山第一险胜"狮子口"。所谓"狮子口",系挺立于路侧的狮状巨岩,海拔高度为970米,下临数十丈深谷,岩中有凹处,仿佛狮口,因此得名。站在狮子口西望,有象鼻、香炉诸峰,其南面则有"千丈崖"对峙。据碑记,狮子口是元代高僧高峰禅师的参禅和坐化之处。而与我同行的叶老师则说:据当地人传说,名医李时珍曾到此采过药,李时珍的弟弟即摔死在狮子口。听了这位殉道医师的事迹后,我不由肃然起敬。

过"狮子口"再上行,有奇岩"狮子尾巴",再上行,就来到了"大树王"。此处的海拔高度为1100米。所谓"大树王",是一棵高约近30米、粗约五六人才能合围的柳杉。据记载,宋代称此树为"千秋树",清乾隆帝过此时,曾用玉带量树身而封为"大树王"。可惜的是进山香客迷信此树皮为"神药饵",年年过此剥皮,致使树在上世纪50年代后期枯死,我去时,已仅见枯干,但仍显示出了顶天立地的雄姿。

过"大树王"再上行,便来到了"老殿"。"老殿"的正式名称为"狮子正宗禅寺",与禅源寺对称,则名"老殿"(因建寺时间早于禅源寺),而"禅源寺"则称"大殿"。"老殿"始建于元至元十五年(1279年),开山祖师为坐化于狮子口的高峰禅师。老殿的海拔高度为1020米。在我登临时,由于历史沧桑,寺庙早毁,仅余殿基可寻。"老殿"附近尚有"西茅棚"、"旧茅棚"、"新茅棚"、"东茅棚"等与佛教文化相关的寺庙遗址,但也因同样的原因,只剩下了房屋残基。在"新茅棚"附近的荒草堆中,我发现了一座和尚坟,细观碑铭,上写有"临济正宗四十二世能和英老和尚之坟"字样。这位"能和英老和尚"的事迹究竟如何,已无从可考了。

离开老殿后,沿山路下行至"倒挂莲花峰"。"倒挂莲花峰"为西天目山风景最为优美之处,远看犹如云雾中一座方台,台上有亭,亭旁有一石笋耸出,高约三丈余,状似莲花倒挂,峰当由此得名。近看,则峰之四壁皆如斧削,下临深谷,四周为群峰环峙,高呼一声,山谷回为双声。在"倒挂莲花峰"稍稍午休,久吟得句:

少有壮志蕴心田，老大无为浪山川。
天溪阻我横头路，荒棘折我妙瀑前。
狮口堪称天目险，名医殉道心肃然。
飞鸟啼啼当有意，来年伴尔在清潭。

午休后沿山路上行，直攀顶峰。由老殿登顶峰的山路为7里路，由老殿下行至大殿的山路为10里路，但一上一下，景致如两重天。上行，则荒草盈野，遍地荆棘，下行则举目皆是千年古木，一派原始森林风光，由此亦可见大自然造化之奇。西天目山的顶峰称"仙人顶"，海拔高度1507米。此处设有气象站，气象站之西有巨岩高两丈余、五尺见方，称"天柱峰"，峰上原刻有"天下奇观"四字，因抗战时被日本飞机炸去"天下"二字，因此在我登临时，已只能看到"奇观"二字。

由顶峰下行数百步，有"仙人锯板石"，系成堆的青色石岩，每堆皆裂为二三寸宽的大石板。据当地传说，石板为四位仙人锯成，原想在东、西天目山之间架起一座天桥，因意见分歧未成，留下这堆石板。由"仙人锯板石"再下，有"天目池"旧址。根据文献资料记载，东、西天目山顶各有泉池，似目，长年不枯，二山因此得名。但是当我登临时，由于久无游人到此，"天目池"已完全没入荒草荆棘丛中。我向气象站工作人员查询确址，费了很大劲才在荆棘中找到了"天目池"，但发现泉眼已为泥沙所涸，"天目"成了空名。走出没胫荒草时，突感腿肚一阵剧痛，俯首下看，发现叮上了两只山蚂蟥，急用手掌拍下，由此亦可见当时天目山游客之稀。

返气象站少歇，用水壶在水池中取水，发现池水尽管碧清，池底却多红色线状虫，不知何名？但口干，水不能不喝。顺山路返老殿，过红蛇洞、七里亭，想经"妙瀑"（瀑布名），走东圩坪小路下山返宾馆，但此路已久无行人，荒草没胫，"妙瀑"无法抵达，只得由原路折返下山，返宾馆的时间为下午4时30分。

夜晚风清月朗，一觉天明。次日早餐后，6点30分出发，取道后山林场，过红庙、仙人亭，直达龙潭。一路上山溪相伴，溪涧水生植物盛开一种蓝色的野花，盎然成趣。此花似童年时代祖母告知的马兰花，但不知是否确切。龙潭的景观十分壮丽，两壁陡崖高约百尺，如一斧劈开，中间间隔约一丈宽度。涧水自崖顶下泻，形成瀑布，下汇清潭，深不可测，使人望之目眩。由于我去时，龙潭下方正在修建水库，估计来年水库修成后，龙潭瀑布奇观将不可再睹。坐在龙潭边久吟得诗：

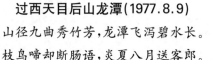

过西天目后山龙潭(1977.8.9)

山径九曲秀竹芳,龙潭飞泻碧水长。

枝鸟啼却断肠语,炎夏八月送客郎。

下午 1 时许离开龙潭,寻七星岩不见,顺原路返还,至山前禅源寺,坐溪边小石上长歇,时人稀景幽,小桥横卧,树蝉高鸣,深得自然之趣。

次日坐车返杭州,由杭州坐车抵湖州,原想在湖州坐船沿苕溪、京杭运河下苏州西洞庭山,但因船次早已取消,未能成行。又因身体不舒,在湖州旅馆住宿一夜,次日上午坐车匆匆返沪。次湖州旅途久吟得句:

低云疏雨暗星天,异地方知身影单。

寄意归鸿捎家信,儿郎思你苕溪边。

数年后我又重去西天目山,发现当年冯玉祥所修的山墙已被拆除,许多古木被伐,修起了宾馆,景区到处人头攒动,西天目山浑朴的自然风貌完全被旅游商业文化破坏。而我当年去西天目山时,大多景点仅一身独游,感受是不一样的。

2011 年 7 月 24 日

1978 年暑期游九华山、黄山、歙县、杭州四地，颇多感受，谨记所见。

第四卷 九华山、黄山、歙县、杭州纪行

九华山寻赋

（九华山黄山歙县杭州纪行之一）

我 1978 年上九华山，是人生的寻赋之旅，实际上走了三站路，一是长江水路观光；二是上九华山问佛；三是下后山寻幽，颇多收益。

长江水路观光

我上九华山选择走长江水路，想法的产生尚始自"文革"时代的"大串联"。那时我从岳阳乘江轮抵沪，深为长江两岸的风光陶醉，当时就想：以后如有钱和时间，要从上海坐船直抵重庆，然后再坐返，以便像古代的许多大诗人一样，饱览祖国的大好河山，留下千古传诵的诗句。当时从上海坐江轮抵渝，约需 10 天 10 夜的时间，返回的路程因系顺流，约为 7 天 7 夜。实现这一愿望需要一定的体力与时间，我终未能成行，但却始终存在心中，而促成了水路赴九华山之旅。

7 月 28 日上午，我由上海十六铺码头上船，当日天空晴朗，一直在甲板上眺望两岸风光，累了就吟诵近人高步瀛选编的《唐宋诗举要》磨时，心情十分放松。但下午 5 时许，却发生了有人投江的不愉快事情。事情经过是：有一青年男子一直坐在底层甲板船舷上吃西瓜（江轮高约 4 层），其他乘客均不介意，男子却突然跃入江中，在水中向乘客们挥手道别。当时观者均以为男子失足落水，高呼停船，在船开离很远才返航救人时，男子早已不见踪影。一会儿船上响起了广播声，讲经工作人员搜查，该男子在一黑色手提包中留有遗书，要求转告家人他已投江自尽。该男子身材健壮，命不该绝，不知为何事竟寻短见？乘客们皆为之惋惜。

次日凌晨 4 时 30 分起床，上甲板看日出，因天边有云，日出未见，却看到了长江两岸茫无涯际的壮观景色，又有勇敢的渔家姑娘不畏艰险，驾轻舟在江心捕

鱼,我想,这也是历史上中华民族不畏艰辛精神的体现。即兴题句:

> 群山远峙连云排,近有飞鸟翔舰台,
> 江中最俊渔家女,孤舟轻棹破浪来。

第三天清晨 7 时 1 刻,船抵南京下关码头,需要停留两个小时。无事可做,下船前往参观南京长江大桥,从桥面上步行往返共用了一个小时的时间,回船时,险些误点。晚饭后在甲板上散步,见一老妪打翻油瓶,又用手将油从甲板上捧回瓶内,所带干粮即放于鞋子中及甲板上,亦不嫌脏,深感中国农村民众生活水平之低。近晚,在船上看落日得句:

> 水天茫茫无尽头,猎猎风起送归舟。
> 白云徐徐催落日,夕霭映红大江流。

当晚 10 时 10 分,船抵铜陵,坐车至市内长江旅社住宿。次日凌晨 4 点 3 刻起床,坐上 5 点 30 分由铜陵发往青阳的头班车。过铜陵江边码头时,有疯女在江边裸浴,观者皆笑。车抵青阳后再转车,于当天下午 3 时 15 分抵达九华山脚的二圣车站,开始了步行上山之旅。

九华山问佛

九华山是与五台山、普陀山、峨眉山齐名的中国佛教四大名山之一,它的知名,大致缘自两件事:一是九华山的得名,据说是由于唐天宝年间李白到此的题诗:"妙有分二气,灵山开九华。"李白的诗意,是颂扬九华山九峰像九朵盛开的莲花,此后,名人雅士纷至游山,歌颂九华山色的秀丽。二是九华山根据佛教界的说法,是"地藏王"显灵说法的道场,因此,每年都有大批佛教信徒进山供香。而九华山所披盖的神秘中国佛教文化色彩,是激起我上九华山的更直接因素。

我所到的二圣车站,又名"二圣殿",在这里我听到了第一个有关"地藏王"的传说:"地藏王"名金乔觉,系新罗国(古朝鲜国名)王子,开元年间渡海来华,入九华山修炼,终于唐贞元十年(794 年),寿 99 岁。由于弟子认为他是地藏菩萨(佛教大乘菩萨,时间在释迦牟尼死后、弥勒出世之前)转世,而尊之为"地藏王"。在闻知"地藏王"出家九华山后,他的两个舅舅来此相寻,由于寻找到新罗王子后,王子不肯归国，二人无法回国复命，亦老死于此地，后人因此建寺纪念，命名"二圣殿"。但是我在二圣车站下车时，并未见附近有寺，可能是寺庙在"文革"中已被拆毁。《全唐诗》收有金乔觉写的《送童子下山》诗一首：

> 空门寂寞汝思家，礼别云房下九华。
> 爱向竹栏骑竹马，懒于金地聚金沙。
> 添瓶涧底休招月，烹茗瓯中罢弄茶。
> 好去不须频下泪，老僧相伴有烟霞。

由此诗判断，金乔觉入九华山学佛不归、二舅相寻老死当地的传闻皆有可信性，而并非妄传。

九华山的中心区为"九华街"，系九华镇镇政府所在地，这如同牯岭为庐山镇镇政府所在地一样。由二圣殿到九华街，尚需爬 15 里山路，但山路相对平缓。我由二圣上山，在过甘露寺时，逢大雷雨，只得入寺躲避。甘露寺原名甘露庵，又名甘露禅林，根据当地文献，为康熙六年（1667 年）玉琳禅师与洞安和尚始建，因建寺时，满山树顶挂满了白露而得名。在我去时，因"文革"中"破四旧"，寺内佛像除入门处"四大天王"外，其余均被砸毁。但寺内却保存下了原民国少将孟存仁为宽馀禅师所立的石碑一块，内容大致为：自云半生戎马，不知人生目标，经宽馀禅师说禅，顿悟人生宗旨，特为之立碑。

半个小时后雨停，继续前行，当晚 6 时许，抵达山上的"九华街"，在"九华山旅社"办理住宿手续。晚饭后，沿山镇散步，参观附近的"化城寺"。根据当地传说，化城寺为九华山的开山祖寺，为"地藏王"金乔觉在唐开元年间（713—741年）亲建。寺名则出自《法华经》中的故事：佛与弟子传播佛法，遇阻山川，弟子饥渴交加，佛指前方说："有一座城，速去化斋。"弟子闻之振起，而该城实为佛祖点化出来的，故名"化城寺"。"化城寺"内有塔名"娘娘塔"，传为地藏王母亲寻子不归，留山助儿护佛的葬身之处，后人在此建塔纪念。寺内藏有明神宗朱翊钧所赐《明藏经》6700 卷及古代高僧用身血掺合朱砂所抄录《血经》一部。我去时，因时间已晚，寺内所藏《明藏经》及《血经》皆未得见。

次日，5 点 15 分起床，与同住旅客闲话佛教史。早餐后，6 点 45 分出发，开始攀登九华山主峰"天台正顶"，途经主要景点有凤凰松、慧居寺、"骆驼献宝"岩、狮子峰、仙桃峰等。在慧居寺遇武汉地质学院勘探系矿床教研室梅姓讲师正在用笔记抄录佛寺布局，此后便一路同行。梅老师有十分精湛的佛学知识，对于寺庙布局,洞悉就里,能说出寺庙内所有菩萨的名称,遇有不明,则向寺内和尚请教,口问手写。这种向实践求知的精神给了我很大的启发。我以前出门所记的《旅游日记》,大多为从事传统诗词创作所写的背景资料,十分简略,此后所记的《旅游日记》,亦开始注重所见的人文景观、传闻、逸事等等。而到老翻看当年所记的《旅游日记》,其价值其实超出了我所创作的传统诗词,因为它反映了那一时代的人文精神,是我创作忆旧散文的取之不尽的人生"富矿"。

在"古吊桥"遇风雨小停。"古吊桥"的正式名称为"翠云庵",又叫"半山寺",因距下面的慧居寺和上面的"天台正顶"各5里路而得名。由此再上,便来到了"古拜经台"。"古拜经台"实为一块突出地面的长方形岩石,上有凹痕,似一对脚印,传为地藏王当年在此拜读《华严经》时留下。台后崖壁上有石,状似老鹰,称"大鹏听经石"。

由古拜经台再上,便登临到了人们心目中的九华山主峰"天台正顶"(实为第三峰),此处海拔高度为1306米,有寺名"地藏禅寺",寺内有楼名"万佛楼",亦与"地藏王"在山修行的故事有关。由山寺左望,见"一"字形青色石崖南北向延伸50余米,称"青龙脊"。寺前两峰有石桥相连,称"渡仙桥",过桥有亭名"捧日亭"。此处为九华山看云海和日出的最佳景点,亦系九华山风景区最为壮观之处,晴天居此,可北眺长江,南望黄山,俯视九华群山。

由"天台正顶"下,我与梅老师欲顺小路赴大慈悲寺、罗汉敦,但因此路久无人走,已是荒草没膝,荆棘遍地,被迫折回。后问当地人得知,二处早毁,仅余空名。约下午二时许,我们顺山路来到"百岁宫",腹饥难忍。老和尚真果热情接待,给每人用糖拌炒糯米粉一碗充饥。我们每人奉上饭费5角(当时物价低),老和尚力拒方收。

百岁宫是九华山的主要寺庙之一,藏有明代无瑕禅师的不灭真身。我们边吃糯米粉,边与真果禅师聊天。真果告诉我们无瑕禅师为明代僧人,万历年间由山西五台山来此结茅修行,费时38年,用指血掺合朱砂抄录《大方广佛华严经》一部共81册传世,被后人称为《血经》。无瑕126岁圆寂,时为天启三年(1623年),真身不腐。后人于崇祯三年(1630年)在此处立庙,供奉无瑕禅师真身,崇祯皇帝认为他是地藏菩萨转世,救封为"应身菩萨",并赐"钦赐百岁宫,护国万年寺"字匾,"百岁宫"由此得名。真果带我们打开寺内一间小屋的门锁,观看无瑕禅师的真身,但见其头部与常人相差无几,躯干却已缩如小孩,遍体涂金。先前我与梅老师听了真果和尚所述说的无瑕禅师事迹后将信将疑,现见了无瑕真身后,不信也得信。

真果又告诉我们："文革"中红卫兵"破四旧"，欲烧毁无瑕真身，被他置于暗柜中得免。又自云系中国佛教协会副会长，曾给毛主席等中央领导人讲过佛教史课，自撰有《中国佛教史》和《十六国佛教史》手稿，均在"文革"中自己烧毁。我们听后，甚为惋惜，又十分敬佩真果禅师这种捍卫佛教文物的无畏信仰，尽管我们本人都不信佛。我们见到真果禅师时，其年 80 余岁，安徽口音，面色红润，十分健康，讲话和蔼，一位留着长头发的侄子在一小房间中正在随他学佛经。当本世纪初期我再上九华山、向山上和尚问起真果禅师时，一些晚辈和尚已不知其人，显然过世已久。

离开百岁宫后，我们经东岩钟亭抵祇园寺，时为下午 2 时半。祇园寺原名祇园庵，又名祇树庵，属九华山四大丛林之一，寺内尚存"文革"中砸剩的佛像可观。此外，寺内原藏有梵文贝叶经文一套，已移送老爷岭处的"月身宝殿"保存。在祇园寺少歇，与梅老师共同办理了当晚的住宿手续，然后，我们步行至老爷岭，参观"月身宝殿"。

"月身宝殿"全称"护国月身宝殿"，俗称"肉身宝殿"，系在地藏王墓地上建造的塔形寺庙。寺门有匾"东南第一名山"，另有民国总统黎元洪当年为地藏王题写的联语"地狱未空誓不成佛，众生度尽方证菩提。"殿内有"月身塔"一座，传说塔下即地藏王肉身埋葬处。另据当地传说，此处系地藏王晚年居住读经的"南台"，地藏王 99 岁时圆寂（时为唐贞元十年、公元 794 年，农历 7 月 30 日，地藏王在山修行共 75 年），圆寂后三年，面色如生，门徒遂在此建三层石塔安藏肉身。至于现塔是否为地藏王门徒当年所修建的石塔，则已不得而知了。"月身宝殿"内尚藏有梵文贝叶经等其他佛教文物，到此参观，须买门票 1 角。

晚饭后，与梅老师散步至九华街，又赴化城寺参观所藏《明藏经》与《血经》。接待我们的为一位老尼，年 70 余岁。她告诉我们："文革"中寺内全部佛像均被红卫兵砸毁，佛经则被烧毁，唯独《明藏经》与《血经》被置于暗柜之中，得以保存下来，这也是九华山享誉国际佛学界的最珍贵文献。老尼给我们指看装了整整 6 大书箱的《明藏经》，以及《血经》，此部《血经》无疑就是下午在百岁宫听真果禅师述说的明僧无瑕禅师所抄录的《大方广佛华严经》81 册。老尼在带我们指看寺内所藏佛经时，脸上颇有得色。

听了老尼的话后，我不由肃然起敬。我认为：九华山寺庙经"文革"劫难，之所以能保存下来一定数量的佛教文献、佛像以及前辈高僧的真身，未像普陀山那样佛教文物连同寺庙一同被毁，其原因离不开真果禅师、化城寺老尼等一批佛教信徒的献身精神。当梅志师向老尼询问出家原因时，老尼面带凄然之色，回答：

她父母早亡，由姑母领养，十余岁时，因家贫，出家九华山，现已 70 余岁，孤身一人，时感寂寞，不如早死。听后，我当时的感觉是：老尼对于遁入空门，颇生悔意。但随着年龄的增长，我逐渐理解到：老尼讲话的真实含意，是怕我们误入佛门，耽误青春年华，而故意用反话来启发我们。因为当时梅老师向老尼询问的一些佛教问题颇为专业，而我个人尽管有着信儒不信佛的人生观，但为了表示对出家人的尊重，也不能道出真实信仰，老尼可能误以为我们都是佛教信徒，且有出家的想法，才对我们讲了这样一通言论。

出化城寺后，我们散步至九华镇派出所，该派出所内保存了一些"文革"中未毁的佛像，可供参观。在这里巧遇来九华山绘制古建筑图的上海同济大学学生，与之闲聊多时。随后，我向当地人打听下九华山的路径，当地人告诉我：九华山后山有一条小路，共 6 华里路，由此路下山，可经陵阳、太平直达黄山。我听后甚喜，与梅老师协商，准备明日共走此路上黄山。因为根据我们走山路的经验，一个小时之内，足可以走完 6 里下山路程。

后山探幽

次日早餐后，备足干粮与水，我与梅老师 7 时 1 刻出发，翻越老爷岭，沿着当地人指给我们的"六里小道"下九华山。这条路径越走越荒，有的地方荒草过膝，几乎无路可行；有的地方丛木遮天，山溪流水淙淙，溪边长满野百合花和盛开的黄花菜（又名金针菜），风景显得美丽、幽静；有的地方又时遇断崖飞瀑。这条路显然是一条久无行人之路，但比较而言，它较我进山时，由二圣殿步行上山的北山正道，显得平缓一些。这条路实际上是穿越九华山的主峰"十王峰"（海拔1342 米）山谷下山的山南小道。

中午 12 时许，我们终于走到九华山后山的小镇南阳，此地已处九华山山脚地带。经向当地人打听方知："六里小道"为解放前香客由黄山后山下山、经太平上九华山进香的路，自由铜陵经青阳、过五溪抵达二圣的公路修通后，人们上九华山一般均走由二圣步行上山的北山正道，由山南进山的小道遂废。此路因久无行人，以至有的地方荒草过膝，径不可辨。而由九华街抵达陵阳的"六里小道"的实际路程是 60 华里，并非是什么 6 里路。至此，我们才弄明白：住在九华街的山民只看到有人从后山（山南）上山，自己却从未由此路下过山，以至以误传误，将 60 里的小路误作 6 里路，告知游人。

在南阳小歇，我们继续往陵阳方向前进。梅老师不愧为地质勘察队员出身，一路上背负约 40 斤重、装满矿物标本和找矿工具的旅行袋健步如飞,而我却背了重仅 10 斤的书包一瘸一拐地跟着行走。梅老师告诉我武汉地质学院原名北京地质学院,是根据毛主席的指令,由北京迁往武汉的;他不同意李四光的"新华夏构造论",有自己的找矿理论。他充满激情地给我唱了《地质勘察队之歌》,歌声十分雄壮。他告诉我曾带学生到神农架勘矿,由瀑布前悬崖上跌落,幸无大碍。他又告诉我武汉地质学院中有一位老师被称作当代"李时珍",已利用勘矿工作之便,验证了李时珍在《本草纲目》中所记载的全部药物,正准备写书,对于植物叶,他只要用手指一搓,便知道属酸性还是碱性,有毒无毒,可治何病,他用自己开的草药方治好了许多山区居民的痼疾,而被视为"神医"。听了梅老师所介绍的武汉地质学院的"神医"事迹后,我十分敬佩,衷心祝愿他早日完成自己的中医学大作,以造福人类。

在经过一山坡时,我们看见坡上有一茅草屋,距我们约数十米,屋前立有一老妪和一怀抱婴儿的袒胸青年妇女向我们微笑招手,我们原本口渴,已用完了壶中水,想前往讨水,但见该青年妇女模样,一致认为是疯女,于是继续前行。约至下午 3 时半,我们终于走出了九华山区,抵达陵阳,来到了公路旁边。我们在此办理了住宿手续,准备明天上午搭车,经太平上黄山。

回忆 1978 年的九华山之行,实为我人生的寻赋之旅。此行的背景是:我1975 年因写论文《论闵行四中教育革命的方向》,倡言恢复高考制度和重视对青少年学生的道德教育,而受到当时上海市徐汇区教育局所组织的十所中学的批判,罪名是:"为修正主义教育路线招魂","为邓小平提供向党进攻的炮弹"。而回顾"文革"对中国社会所造成的危害,实际体现在三个方面:一是知识的荒漠化,二是道德的荒漠化,三是文化的荒漠化。"文革"结束之后,尽管由于高考制度的恢复,解决了知识荒漠化的问题,但是,后两个"荒漠化"的问题却并未能得到有效解决,而是伴随着"教育市场化"口号的提出,通过庸俗化的方式表现出来,即教育走向了功利主义道路,成为获取物质利益的工具,丧失了育人的社会作用,这便导致了"文革"之后中国青年一代社会人文素质的下降(廉耻心淡薄、道德约束力降低)和社会治安秩序的日趋恶化,并迫使国家加大社会管理的行政成本,把原本可用于提高人民生活水准的费用,用于维护社会治安。而导致问题产生的原因是:"文革"后有的学校基层管理者,实为"文革"中的既得利益者,他们以"文革"中坚持原则的干部受冲击下台,作为他们上台的先决条件。"文革"结束之后,他们在认识了"路线错误"后,继续执掌权力,自然无视中国社会道德

"荒漠化"和文化"荒漠化"问题的严峻性。而当时社会的少数智者尽管逐渐认识到问题的本质,但是既无权力改变现状,又无途径发表观点引起社会的重视,终导致青年一代人文素质下降和社会治安秩序恶化现象,成为当今社会无法回避的现实问题。而回顾"文革",尽管因政治因素导致社会陷入动乱,但那时社会治安秩序尚未大坏,很少听到有恶性刑事案件的发生,这是因为人的道德行为受制约于人文素质,那时的人文素质尚未大坏。这也是"文革"结束之初解决"道德荒漠化"和"文化荒漠化"问题的有利条件。而我当时作为一名普通中学教员,因思考了本不应由我思考的社会问题,陷入了苦闷彷徨之中。我作九华山之行的目的,是为了求得精神解脱。但是,九华之行并未能使我找到解决问题的答案,却成了人生的寻赋之旅。九华之行,我得赋一首,命名为《风杨赋》,"风杨"是树名,又名相思树,仅附于下:

风杨赋(1978.8.7)[①]

我乘孤舟任徜徉,来到湘水女神乡。湘君送我上碧江,遥指关河海云苍。余言凡骨不敢当,欲追青莲赋华章。余涉楚水几断肠,为寻诗境到青阳。九华山高多古寺,万壑青松气雄昂。山涧或作清清水,古潭深处宿鸳鸯。芙蓉岭陡"天都"险,[②]奇芳未见黄山障。黄山极顶望长江,江水突卷滔天浪。余欲渡江渡不得,一杯浊酒且吟唱。湘君怜我命多舛,收敛清波赠桅樯。告以东溟沧桑儿,人生百年堪可伤。余言秋菊有清香,奈何三月折断花。[③]人间尚多不平事,耻学杨子醉梦长。蒙君相赠桨与樯,三生有幸岂能忘。余虽有情言不得,来年邙丘树风杨。敬献秋枫愁云赋,求神赐我翠玉桨。劝我留伴清宵月,韩湘箫声韵正长。感君款待殷勤意,当牺热血为心纲。甘露寺前惊雷雨,山民茅茨绕稻梁。百岁宫僧名真果,转言后山多奇芳。权遵佛旨下陵阳,夜行百里少人烟。

①1978年7月28日至8月7日间游九华山、黄山,旅途中吟成此赋。 ②芙蓉岭在黄山后山,天都峰为黄山险峰。 ③时见有人投江死。

2011年8月6日

二上黄山（九华山黄山歙县杭州纪行之二）

　　我平生曾三上黄山，第一次是由上海坐车抵歙县，再转车至汤口温泉，由此步行上山，走的是前山道。这一次上山，我对黄山的奇松、怪岩充满着新奇，领略的是自然情趣。我第二次上黄山，走的是后山道，即由九华山后山步行下山，坐车抵太平，由太平步行至芙蓉岭，再由芙蓉岭上山。由于我已上过一次黄山，这次上山对山色不再感到新奇，着重领略的是人文精神。我的第三次上山，具有过路性质，被暴雨淋下，匆匆而返，很难谈得上体会。因此，写黄山游记，我只能依据前二次的游山笔记，但实际依据的却是第二次的上山日记，这是因为我的第一次上黄山日记已经遗失。其经过为：

　　1972 年 9 月我从苏北大丰农场抽调回城，就读上海华东师大，后任教，有了暑期出游的条件。1973 年游杭州、南通，1974 年游杭州、黄山，我把这两年的《旅游日记》记在一本《工作手册》上。1975 年暑期我因组织学生写《论闵行四中教育革命的方向》大字报，倡言恢复高考制度及重视对学生德育，而受到了上海市徐汇区教育局所组织的定点批判（闵行地区时属上海徐汇区），当时徐汇区教育局工宣队的负责人亲自带队驻校整理我的材料，我的这本《工作手册》也从办公桌内失踪。我想一定有人对这本《工作手册》中记录的东西感兴趣，当然，我也知道他们从中什么东西都无法得到，因为我一生中从未定心坐下来练过十分钟的书法，我在颠簸不断的长途汽车中所记录下来的"花字"（我的《旅游日记》大都在这样的环境中写下），有时自己都看不明白，更何况他人。但是，这本《工作手册》的遗失，却使我的《旅游散记》不得不从 1976 年开始写起，而少了 1973 年与1974 年的记录。以下言归正传。

　　我 8 月 1 日下午与梅老师从九华山后山下山后，住宿陵阳客栈，欲搭次日上午 7 时由陵阳发往太平的车，由太平走后山道上黄山。但因上错了车，一直坐到广德才下车，时为上午 10 点 50 分。下车后，我听说附近有陈村水库可供一游，决心前往。而梅老师由于假期有限,急于上黄山后返校,因此与之告别。我由广德步行至陈村水库,坐船游览,直达对岸,船票为 5 分钱。水库三面环山,风景十分幽静。据说该水库产鱼甚丰,常年供应四方。

下午 2 时返广德,坐车回太平,时为 3 点 30 分,买了 3 个馒头充干粮,开始步行前往黄山的后山芙蓉岭。太平至芙蓉岭的路程为 30—35 华里之间,途经辅村及二龙桥景点。我攀上岭时,已是晚上 7 点 30 分,天完全黑了下来,住宿岭上农户王姓与周姓家中。先此二户农家已有游客数人寄宿,见我为独身一人黑夜上山,均感惊奇,齐夸我胆大。其实当时社会治安秩序良好,很少有恶性案件发生,我一人上山,并不感到害怕,虽手持短棍一根,主要用作攀山工具,兼防野兽袭击,并不担忧其他。寄宿二农户家,收费为一宿 3 角,听他们说:“文革”中上黄山的游客不多,而由后山上山的人更少之又少。“文革”结束后,上黄山的游客渐多,由后山上山的人也络绎不绝。有游人走到芙蓉岭后,无力再行,要求寄宿,二农户看到其中有商机可趁,同时也是为了给游客带来方便,便设置床铺,联手办起了家庭旅馆。

次日清晨 7 时,在农家早饭后,开始由芙蓉岭向黄山主峰攀爬,途经景点有翡翠池、松谷庵、乌龙潭、白龙潭等,至中午 11 时 25 分,抵达接近黄山主峰的北海宾馆,办理住宿手续。由后山(北坡)上黄山,总的特点是坡缓、林密,多猴,虽有一些景点可观,但却远不如从前山(南坡)上山时,经慈光阁、半山寺、玉屏楼等处所能看到的松奇与山险景观。

我所到的北海宾馆,为看黄山云海的最佳位置之一。按照常人的评价,黄山有“四奇”,即奇松、怪石、云海、温泉,其中“云海”为一绝。黄山云海如果以“天平矼”(位黄山气象站所在地光明顶之下)景点为中心位置来划分,大致可分成五片,矼(gang,石桥意)前称“天海”(位天平矼南),矼北称“北海”(同“后海”),矼西称“西海”,矼南称“南海”(同“前海”),矼东称“东海”。由于黄山一年中有云雾的天气达 200 多天,因此云海随时可见。据见者说:黄山云海如同汪洋中的汹涌波涛与翻空白浪,惊险、迷人,这也是其之所以知名的原因。但是我上黄山时,头两次均晴空万里,末次又值暴雨倾盆,自然无云海可观,只能转述他人所见。

午休后,漫步至排云亭参观,虽看不到云海,但远天浮云、近峰怪岩奇松却历历可见,颇感欣慰。黄山最奇处是松姿各异,能够在无土甚至是无法蓄水的岩端石缝中生长,其中最有名的有中笔架峰(黄山共有 72 峰)上的“梦笔生花”松和生长在玉屏楼前的“迎客松”。黄山“迎客松”在“文革”中被红卫兵当作“四旧”砍了一斧,差点砍断,后被人用布包了起来,但在我去时,该松尽管斧痕依旧,却已创口全愈,生机重发,这真是大自然的奇迹。我想,人若有黄山松这样的生命力,也一定也能够创造出种种的奇迹。在排云亭吟成了此次旅途次第创作的九华山行赋大半。

8月5日,天气仍为晴好,早饭后由北海上行,攀始信峰,峰上见有古人碑记,云携友及仆,各带利刃砍除杂木,终上得此峰。由此可见古人上黄山之难。黄山的石阶路是前人一代代凿出的,这使后人可以容易上山,欣赏美景,这是今人应该感谢古人之处,而不应该像"文革"中红卫兵那样,以"破四旧"之名肆意毁坏前人的文化成果。当然,现今黄山已架起索道,人们上山比我当年又要容易了许多,但是这种做法亦有不良之处,即一是在修索道过程中,黄山的许多自然美景都遭到了破坏,人们今天上黄山所看到的景观,肯定不如我当年看到的美;二是人们在坐缆车上山的过程中,虽然节省了体力,却丧失了许多爬山乐趣。因此,我对欲上黄山年轻人的建议是:为了珍惜青春活力,最好不乘缆车。

7点30分,我由始信峰折还北海,往玉屏楼方向前行。此条山径颇多险峻,堪称黄山风景之胜,其中又以"百步云梯"为最胜。登上"百步云梯"之后,便来到了黄山主峰莲花峰。此处海拔高度为1873米,可环视黄山群峰,当年大诗人李白亦曾登临,留下了"西上莲花峰,素手摘芙蓉"的名句,而当年明代大旅行家徐霞客亦曾登临,留下了"五岳归来不见山,黄山归来不见岳"的名句。能攀上历史名人登临过的山峰,我心情颇感自蒙。

下莲花峰后,抵达玉屏楼午餐,此处海拔高度约为1600米,长有黄山最奇的"迎客松",属黄山风景中心区,附近有玉屏峰、石笋峰、狮岩、象岩等景观可供眺望。

午餐毕,小歇,然后抓着生锈的铁链攀天都峰。天都峰的海拔高度为1810米,要低于莲花峰与光明顶(海拔高度1841米),算不上黄山的最高峰,但就险峻程度而言,却绝对是黄山的第一峰。攀爬此峰,先须过"天桥"、"鲫鱼背"等景点,方能看到顶峰"登峰造极"的石刻。有心脏病患者,此路绝对不可行,因为路太高、太陡,稍有不慎失足从山道摔下,便会粉身碎骨。而上天都峰顶的路均为85度陡坡,为了保护登山者的安全,山径两侧都设置了铁链(长约2华里),攀爬者则必须借助双手抓铁链的牵引力,才能登顶。可以想见,古人是很难登临天都峰顶的。在攀爬天都峰时,我听到了两侧有关登天都峰的趣闻,一则是唐代大文学家韩愈好奇险,独身登临此峰后却无路可下,写罢遗书放声痛哭,准备坐而待毙,幸有家人发现主人失踪,带人上山搜索,利用攀岩工具,将韩愈救下。另一传闻是上世纪50年代越南国家主席胡志明访华时游黄山,他抵达天都峰后,因高年无力登顶,向毛主席请求派一架直升飞机将他送上,意见转至空军部队后,得到的回复是无法保证安全,胡志明只得望峰兴叹。

下天都峰后,步行5里路至半山寺,少歇。我久闻此寺主持为一还俗和尚,谈吐幽默,逢人便说他平生最大的恩人是陈毅元帅,因在山寺品茶时,劝其还俗,得以结婚育子。我特意奉上茶资2角请茶一杯,与之闲聊。老和尚告诉我他属佛教中小乘教派的净土宗,主张自己先修成"菩萨果"后再渡他人。修行方法是:口念"阿弥陀佛",外加打坐、念经。而之所以口念"阿弥陀佛"亦可修炼成正果,是因为"我心即佛,佛就是我心。"我问老和尚:如果所有的人都去出家修炼成佛,世界上的人口越来越少怎么办?又问和尚既然"我心即佛",西方如来又在何处?老和尚回答不出这两个问题,恼甚,逐我下山,我大笑起身。其实老和尚大可不必为回答不出我的提问而着恼,他只要说上一句"人各有志,不必强求"即可。

而回顾历史上的儒家与释、道之争,此类问题的提出估计不会少于千次,其中语词最为激烈的是韩愈,要求对释、道信徒"火其居,人其人"(烧毁庙宇道观,还俗其人)。韩愈的所指是出家人不事生产,坐糜社会财富,而使民生变穷。但是从今天的角度来看,僧、道均为名山寺观的管理者,创造着可观的旅游财富,韩愈的指责已不能成立。历史上儒、释、道三派争论的本质问题涉及:人生的价值究竟应该是入世,出世,还是避世(厌世)?儒家主张人类社会只有通过自我改造才能完善,手段则是忠孝守身,克己复礼。当时士大夫的信仰是:"以天下为己任",平民百姓则主张个人为家族集体利益而存活。这种人生观无疑是一种积极入世的人生观,本质上的利他主义。而释家主张为躲避社会矛盾出世,道家则主张通过避世以求长生不老。这三种学说相比较,儒家讲的是个人的社会责任,无疑更可贵。后二者实质上求的是个人利益,但是并不损害社会公利。因此在古代中国,它们有时亦成为失意文人人生观的补充。

至于我个人,少年时代常读史书,深为岳飞精忠报国的事迹所感召,自然以儒家的人生观为尚。1972年下乡务农开河,将身弄伤,始终受伤病折磨,1975年暑期又因倡言恢复高考制度倍受批判,这自然使我精神上苦闷不堪。我一度怀疑国家是否需要我报效?我对于社会是否为多余?但思考后所得出的结论是:即便他人以我为多余,我也应该找到在社会的位置,因为人的生命只有一次,生者有责任珍惜,以还报社会。这一结论的得出,源自我所读过的儒学经典,并最终使我走上了治学道路。因为我想:即便国家无需我报效,我把自己认真思考过的问题写出来,给读者以启发,也是一种还报社会的方式。当然,当学者、老死书房,这是我少年时代做梦也未曾想过的道路,看来人生确实有许多的无奈。听说现在青年人中情绪低落甚至有自杀想法的人并非仅有,我建议这些人不妨也像当年的我一样去做一下人生价值的长思。可以读一读孔子的《论语》与李翱的《复性书》,看一看书中所阐述的人生哲理有无启发?如无济于事,不妨也到绿水青山中去徜徉一番,与和尚、道士们去对对话,看看他们的活法对自己有无启发?身有残疾、愁苦不堪者,不妨学学古希腊哲学家伊壁鸠鲁的"快乐主义",据说伊壁鸠鲁少年时代即有重病在身,却活到了 70 余岁的高寿,他的人生哲学是:人对痛苦的忍受也是幸福(事见罗素《西方哲学史》)。如果有上述想法者看了我这篇短文后,其中有一人能改变自己的原有想法,本文便算是积下了无量功德。其实在上世纪五六十年代,中国社会普遍贫困,看轻自己生命的年轻人不在少数,但那时的年轻人大多信仰集体主义,认为人生的价值是"为无产阶级解放事业献身",因此,投身缅甸共产党反政府战争乃至献身疆场的云南支边知青的事迹时有所闻,却很少听到有青年人自杀的新闻。当然,时代不同了,不可能让当代青年人去重受上世纪 60 年代青年人理想主义的教育和接受他们的价值观,更何况那一时代青年人的价值观是对是错,亦众说纷纭。但是,珍爱生命,使人生价值不与社会相矛盾,却是上世纪 60 年代青年人与当代青年人的共同义务。这些议论,也算是我到老的随想。

出半山寺后,下午 6 时许步行至慈光阁,体力已乏,原想办理住宿手续,但因慈光阁已住满了游客,只得继续沿山路下行 3 里,抵达汤口温泉后办理住宿手续,住黄山宾馆,睡通铺,价 1.50 元一夜,这相对于我当时的月工资标准 36 元来说,似嫌太高。但是,总算享受到了温泉沐浴,一觉天明。据说汤口温泉的水温常年保持摄氏 42 度,久沐可以治疗人体多种疾病,这是其得以知名的原因所在。

次日早餐后,在汤口坐上 8 点 50 分发往歙县的班车,11 点 30 分抵,在私人旅馆办理完住宿手续后,在城里闲逛。歙县是中国历史文化名城之一,以产徽墨、歙砚驰名。在近代,它是国粹京剧的发源地;在明清,它是"徽商"文化的发祥地,"徽商"主张"官、贾、儒"三位一体,对当时社会经济发展产生过积极影响,有"无徽不成镇"之说。而根据有关文献资料:"歙县"之名始自公元前 221 年秦始皇统一中国后所设置的郡县;南朝时在此置新安郡;宋徽宗宣和三年又诏改为徽州。清康熙六年(1667 年)置"安徽"省,省名取字源自安庆府与徽州府的首字,由此亦可见古徽州城在中国历史上的地位。一说歙县之名源自河名,此说见《旧唐书·地理志》:"县南有歙浦,因为名。"

而在歙县闲逛,不可不提及两件事:一是城中表彰名节的古牌坊。尽管经历了"十年动乱",但是歙县城内的古牌坊仍随处可见,有统计数据称:明清时期建造的石坊、牌楼共有250座之多,遍及全县各地。其中最有名的是立于十字街口的"许国牌楼"。许国为明代武英殿大学士,历仕嘉靖、隆庆、万历三朝的元老,官至太子太保。该牌楼为万历十二年皇帝为表彰许国功绩,御敕所建,共分12楼、十二柱,另配12只石狮子相守,显得八面威风。另有统计数据表明:明清两代歙县共产生了542位进士、1513位举人,"十里四翰林"、"父子宰相"、"四世一品"的现象并不罕见,这无疑是古代歙县"牌坊"文化得以诞生的背景所在。

游歙县,必须提及的另一件事则是流经城侧的美丽的练江,此江可能即是《旧唐书》中所说的"歙浦"。练江处新安江上游地区,基本景观是水浅、沙清,青山相衬。据说练江与李白大有渊源,唐天宝年间,此处居隐士许宣平,有诗:

> 隐居三十载,筑室南山巅。
> 静夜玩明月,闲朝饮碧泉。
> 樵夫歌陇上,谷鸟戏岩前。
> 乐矣不知老,都忘甲子年。

李白闻之相访,不遇,亦有诗为怀:

> 我吟传舍诗,来访真人居。
> 烟岭迷高迹,云林隔太虚。
> 窥庭但萧索,依柱空踟蹰。
> 应化辽天鹤,归当千岁余。

后人为此纪念,在练江南岸建有太白楼。但是在我去练江时,并未能看到歙县在历史上的文化繁荣,看到的却是当地生活的贫困。给我印象最深的是两件事:一是临晚步练江岸散步时,见千妇挥木棰在江边浣衣;二是清晨步练江岸散步时,见应为学龄的少女不去读书,却在江边担沙。心中甚为不忍,而赋《练江晚霞赋》与《练江早霞赋》各一:

练江晚霞赋

步练江晚霞兮，见千妇浣衣。

木棰声声兮，吾心依依。

愧不能共尔楚兮，徒縻时为诗。

练江早霞赋

步练江早霞兮，见少女挑沙。

摧折柳腰兮，行陡峭江崖。

挥汗如雨兮，举目望家。

尔何不整装求学兮，重担自压？

8月7日晨7时，我坐上歙县赴杭州的长途汽车，终于结束了黄山之游。回顾1978年的黄山之行，对我人生观的改变，实有着重要影响。黄山是中国著名风景区，不可无诗。我1974年登黄山时，写有诗、赋各一，仅附于下：

七绝　咏黄山晚菊(1974年7月27日　天都峰)

万紫争妍不上台，千般呼唤更谁来？

秋霜过后娇花尽，不为风姿寂寞开。

攀黄山赋(1974年7月27日)

上有青山，下有深渊。路径崎岖，车行簸颠。碎石不断，滚雷声阵阵。荒草盈野，根须缠绵。有咆哮之飞涧，走晶莹玉龙。雪舞珠溅，激中流之巨卵。有独木危桥，架万丈壑前。雌雄神蛟，卧无底之幽潭。有苍苍古木，立兀石突岩。千年古藤，滋生蕃衍。有啾啾飞鸟，翔万仞之云端。凶猛野兽，嚣无际之林间。松涛滚滚。微风婵婵。翠竹青青，野花漫漫。有孤独之菊，开寂寞之岚。有晌午之炊烟，绕山湾之人家。有攀援壮士，履步维艰。嗟呼！有灿烂之万物，争自由霜天。有不屈之人民，役物于苦难。常梦逐鲲鹏，观四海之山川。无太白神笔，写蜀道之佳篇。嗟呼！人生百岁，几入名川？祖国壮秀，当有此山。

2011年8月17日

97

浪迹杭州——西湖的美
（九华山黄山歙县杭州纪行之三）

在中国所有的城市中，我独对杭州持有一种特殊的情感，这是缘于杭州秀丽的山水，象征着祖国山河的美，激起我对国家的爱。而挺立在西子湖畔的岳坟，则体现了中华民族的千秋正气，始终是激励我青年时代进取的精神力量。

西湖风景的美与湖后山色的幽与奇

我已经无法准确说出到过多少次杭州，直至1985年成家之前，我几乎每年都要到杭州去，有时是专程去玩，有时是过路，顺便到龙井去品品茶，吟吟诗。那时我去杭州，走得最多的是三条线路：先是坐船游西湖，或是沿白堤、苏堤散步，观赏湖中与湖边风景；然后坐公交车去岳坟祭奠，这是我到杭州的主要目的；最后从岳坟出发，步行至龙井长时间品茶（那时由岳坟到龙井尚未通公交车），再沿山路经烟霞洞、水乐洞、石屋洞等景点抵虎跑泉品茶，由此再坐车返市内住宿旅馆，此时已是天黑。

青年时代在杭州无数次的浪迹，深深体会到西湖风景的美与湖后山色的幽与奇。

西湖景区若以湖滨为中心位置划分，大致可分为左右两片：居于右片的有断桥残雪、平湖秋月、宝淑塔、曲院风荷、岳坟等景点，居于左片的有柳浪闻莺、雷峰塔、花港观鱼、南屏晚钟、净慈寺等景点。湖上景点是三个小岛：小瀛洲（三潭印月）、阮公墩、湖心亭，另有白堤与苏堤穿越湖中。而与西湖相衬的，则是湖后群山景点，包括：北高峰麓的灵隐寺、玉泉；狮峰麓的天竺、龙井；南高峰麓的烟霞洞、水乐洞、石屋洞与虎跑泉。而南北高峰相峙，则构成了西湖上著名的"双峰插云"景点。这一评价见于宋人所评出的西湖十景，其余九景分别为：苏堤春

晓、曲院风荷、平湖秋月、三潭印月、南屏晚钟、断桥残雪、雷峰夕照、花港观鱼、柳
浪闻莺。

　　而上述景观之所以知名,甚至是为杭州赢得了"天堂"的声誉,我个人认为其
中原因为四点:

　　一是湖光与山色的结合,把整个杭州景区衬托成了一幅国画中的山水画卷。
宋人苏轼有诗:"欲把西湖比西子,浓妆淡抹总相宜",是说出了其中的真谛。有
人曾把武汉东湖与杭州西湖相比较,朱德元帅有诗:"东湖暂让西湖好,将来定比
西湖强。"而以我个人的体会,东湖大则大矣,沿着湖中长堤直达行吟阁,水清则
清矣,但总显得湖空无物,这是由于东湖周围无群山相衬,"湖光"与"山色"中少
了一项,东湖的自然景观自然也就无法与西湖相比较了。而听说东湖由于不注
意环境保护,近年已变成了一湖臭水,因此连水清一项,亦无可自豪于西湖了。
如把湖光与山色的结合,作为评定全国城市景观的标准,则中国尽管拥有湖区的
城市不少,但是却没有一个可与杭州相媲美,因此,杭州的"天堂"地位是不可撼
动的。

　　西湖景观之所以知名,原因之二是自然景观与人文精神的高度结合。如"断
桥"有着白娘子的传说,净寺有着济公的传说等等。而杭州自南宋成为帝都至
今,经近 900 年的开发,遍布着帝王、文人的碑廊遗迹;一些著名的寺院、道观、陵
墓、饭店、社所等,大多依山凭水而建,具有着建筑学上的美和成为西湖自然景观
不可分割的一部分,使其可满足社会上各类人群的精神需求。如有宗教信仰的
人,可到灵隐烧香拜佛;有着英雄情结的人,有岳飞坟、秋瑾墓等可供凭吊;平头
百姓,可泛舟西湖或问茶龙井;儿女情长的人,可去苏小小坟发思古幽情;而什么
兴趣都没有的人,只要钞票在手,亦可到"楼外楼"去大快朵颐。西湖景观这一具
有满足社会各类人群精神需求的特点,使之成为最适合于国人居住的生活区,能
生活在杭州的人无疑是幸福的,因此,这成为杭州"天堂"地位不可动摇的又一
原因。

　　西湖景观之所以知名,原因之三是各个景区的自成特点。关于西湖的美,古
往今来有许多文章加以颂扬,最有名的是明人张岱的《西湖七月半》,大抵说出了
夏季在西湖荷花丛中听笛入眠的乐趣。但西湖之美尚不止如此,闲来无事,到苏
堤、白堤去散散心,到花港去观观鱼,到孤山去读读碑,夜间到平湖去望望月,三
四月间去观赏一下湖滨的桃红柳绿或听一听柳浪的莺声,都会使人赏心悦目。
此外,游湖后群山亦可使人领略到难忘的清幽与奇趣,如灵隐的松涛,烟霞洞、水
乐洞、石屋洞山径的幽静等等。如果想沉吟,最好的去处是问茶龙井或虎跑。如

想探奇,则不妨到紫来洞一游。以我亲历,此洞虽无瑶琳洞、灵山洞大,但洞内石笋之怪,却毫不逊色。在我去该洞时,因洞内无照明设备,只得与两位同游的同济大学学生打着手电、燃着草纸进入。初入洞时,洞口尚宽,前行数百米后,路变陡,变窄,因滴水湿滑,且多深渊,有的地方须侧身而过,人易下难上。再前行,遇有歧洞,见有前人遗弃的帽子、饮具等。再前行,有后洞可出,但高于地面七至八米,须在洞口竖起长竿,方可滑下。如此奇特的洞,实留给游人以无穷的想象,我怀疑此洞当为前辈高僧或武林高手的坐禅之处。

西湖景观之所以知名,原因之四则是天工与人造的结合,人最终按主观审美标准改造了西湖。根据文献资料,西湖原系海湾,由海湾演化为泻湖,再由泻湖演变成普通湖泊。此说见于竺可桢《杭州西湖生成的原因》一文。而1975年对西湖底部的钻孔考察,证实了其海相沉积的性质,也证实了竺说的可信性。但西湖既已变湖,必然要经历泥沙淤积、葑草蔓生、湖底变浅,由湖泊而沼泽,由沼泽而平陆的过程。西湖至今之所以仍保持着一洼清水,是由于古人出自取水需求,给予了其定期的疏浚,在疏浚过程中,又根据主观认可的审美标准,改造了西湖,使其逐渐由自然湖的性质变成了人工湖。

根据文献记载,历史上的西湖曾经历了23次疏浚工作,其中大规模的有七次。第一次为唐大历年间(766—779年)杭州刺史李泌修“六井”。事情经过为:隋初升钱塘县为杭州州治,稍后,大运河开通,杭州成为江南运河的终点,又因其处运河与钱塘江的交汇处,而成为国家重要商业城市,居住人口迅速增加。至唐初,杭州户口已经超过十万户,为解决居民饮水问题,刺史李泌不得不修建“六井”,通过瓦管与竹筒从西湖中引水,以供人们饮用。“六井”具体指相国井、西井、方井(今杭州“四眼井”)、白龟井、小方井、金牛池。“六井”的修建,实为西湖人工疏浚的第一次,也是人们按主观愿望改造西湖的第一次。那时的西湖面积,比今天大得多,它的西部边界,直抵今湖后群山的山脚。但西湖的沼泽化过程实是十分迅速的,到白居易任杭州刺史的长庆二年(822年),距李泌修“六井”不过50年,湖中已出现葑田数十顷,严重阻塞了“六井”的水道,因此,白居易决定再一次疏浚西湖,以通“六井”水道。白居易把疏湖时所取的淤泥筑成现今挺立于西湖上的“白堤”,并撰有《钱塘湖(西湖)石记》一文以记其事,刻石于湖边。白居易疏湖后百年,西湖又被葑草蔓合,这就有了五代十国时期吴越王钱镠对西湖的疏浚及通“六井”之举。此后,西湖淤积现象日重,宋仁宗时期(1023—1063年),有杭州知州沈遘再通“六井”及增设“沈公井”。宋哲宗元祐元年间(1086—1093年),苏轼任杭州知州,这时西湖的淤积已到了不得不疏的程度。苏轼向朝廷上

《乞开杭州西湖状》奏章说:"熙宁中,臣通判本州,湖之葑合者,盖十二三耳;而今者十六七年之间,遂塞其半。父老皆言,十年以来,水浅葑横,如云翳空,倏忽便满,更二十年,无西湖矣","唐李泌始引湖水作六井,然后民足于水,邑日富,百万生聚待此而后食。今湖狭水浅,六井渐坏,若二十年之后尽为葑田,则举城之人复饮咸苦,势必耗散。"苏轼疏湖工作的重点是拆毁湖中私围的葑田,在湖深处(今三潭印月一带)建石塔三座,禁止在标志范围内养殖菱藕;又把由湖中取出的葑泥,筑起贯通湖南北的长堤,此即现今挺立于西湖上的"苏堤"。苏轼不仅重新疏通当时已渐淤塞的"六井"和"沈公井",在井下汲水通道用瓦筒取代竹管,再盛以石槽,使之经久耐用,同时还在仁和门外新建二井,使"西湖甘水,殆遍一城。"这便为南宋时杭州成为国都奠定了基础。元朝代宋后,由于认为宋亡于湖(朝廷耽于西湖安逸亡国),废西湖不修,以至严重淤积,至明初已是"苏堤以西,葑田连片,六桥流水如线",直接影响了城内民众的饮水。因此,正德三年(1508年)知府杨孟瑛再一次疏浚西湖,"拆毁田荡三千四百八十一亩",复宋代旧颜(见明《西湖游览志》卷一)。杨孟瑛疏浚西湖,挖出的葑泥,部分加宽苏堤,所余,在里湖西部堆筑"杨公堤"(今西泠桥一带),另在外湖旧三塔塔基筑一方圆形堤埂,埂外仿苏轼三塔建空心石塔3座,而完成今西湖上"三潭印月"的基本景观。这一次疏湖意义犹如杨孟瑛在上朝廷奏疏中所指出的:"唐宋以来,城中之井,皆藉湖水充之","若西湖占塞,水脉不通,则一城将复卤饮矣。"至清,西湖又淤,嘉庆五年(1800年),浙江巡抚阮元再一次主持疏浚西湖,用疏浚挖出的泥土堆筑成"阮公墩"。(本节材料出处参竺可桢《杭州西湖生成的原因》、炎黄网《古代西湖的疏浚》等文)

以上所述,为历史上西湖疏浚与西湖今貌形成的关系。总的来说是:自西湖由海湾演化成普通湖泊后,未淤塞成陆,其原因在于西湖供水与杭州经济发展的联系。当时杭州城内的大小河流,水源均来自西湖,人们为了从西湖取水,就得不断疏湖。因此,在一定意义上可以说古代西湖是杭州的母亲湖,没有西湖,也就没有杭州。但是,历史上主持疏浚西湖的士大夫,都有着很高的艺术修养,他们在疏湖过程中,也按照自己的美学标准改造着西湖,以使之能更好地与杭州山色结合,这样,就逐渐把杭州景区打造成了一幅我们今天所能看到的国画中的"山水画卷"。因此,今天的西湖景区,是古人留给我们的一笔宝贵文化遗产,谁都无权破坏。

西湖人文景观所遭受的两次毁灭性破坏及教训

在本文中,我对西湖风景推崇备至,但并非无批评意见。我的意见主要为两点:一是在柳浪闻莺景点设儿童乐园,商业气氛太浓,与隔湖相对的岳坟形成太大的文化氛围反差。我从来认为西湖人文景点的最佳布局,是应该让其在优美自然环境的衬托下,成为一个让后人凭吊英灵的场所,以育国民精神。而古代西湖人文景点的布局,事实上一直起着这样的作用,如湖西栖霞岭下设置岳坟等。而此后前人也是一直按照这样的理解来规划湖周的人文景点的,如立张苍水坟,立秋瑾坟,立徐锡麟坟,立陶成章坟等等。当年章太炎夫人汤国梨(1881—1980年)在西湖畔买地葬夫时,曾写有题为《为外子卜葬西湖苍水公墓右首》的诗:

> 南屏山下旧祠堂,郁郁佳城草木香。
> 异代萧条同此志,相逢应共说兴亡。

"外子",为旧时妇女对丈夫的称谓,张苍水墓当时在西湖畔南屏山荔枝峰北麓。这首诗大致体现了前人对在西湖畔置英灵陵墓的仰慕心情,同时也体现了前人对西湖周围人文景观设置的一般认识。而我个人认为现在西湖柳浪闻莺景点处设儿童乐园,属西湖人文景观的布局失当,应迁往他处。"柳浪闻莺"原属南宋时期的皇家御花园,如在此处设名人陵墓,我认为最好的规划是立彭德怀庙。这是因为就彭德怀对当代中国的历史贡献及个人的悲剧命运而言,均与宋岳飞有相似之处,在柳浪闻莺设立"精忠彭庙",将能使民众长久怀念,同时也会使湖南的"精忠彭庙"与湖西的"精忠岳庙"相映生辉,与西湖上的自然景观"双峰插云"对应成"双忠贯日"的人文景观,以励后人。

我的第二点意见是:自新中国建立以来,西湖的人文景观曾遭受过两次历史性破坏,已难复旧,因此,应该认真总结经验教训,以防止再次发生。

据我所知:西湖人文景观第一次遭受破坏,是因为1964年有人发表了"西湖与鬼为邻"的指示。在这一指示精神下,杭州开展了以清理墓葬为突破口的"西湖文化大扫除"活动,当时遭到清理的坟地有苏小小坟、武松坟、冯小青坟、秋瑾坟、徐锡麟坟、陶成章坟等等。其中有的坟地的清理尚可说出道理,如苏小小为妓女出身,名声不佳。但有的清理则毫无道理可言。如清理武松坟的理由是:武松为传说中人物,坟为假坟。但是关于武松的事迹,《临安县志》、《西湖大观》、

《杭州府志》《浙江通志》等古代文献均有记载,称其曾为杭州提辖,因刺杀杭州新任知府奸臣蔡鋆(太师蔡京儿子)而身死狱中,百姓因感其德,葬于西泠桥畔。又据《水浒》所述,武松在征讨方腊的战争中曾丧失一臂。而在清理武松坟时,挖出的骸骨果然少了一臂。由此可见《水浒》中有关武松的事迹并非全属虚构。此外,秋瑾、徐锡麟、陶成章等人均为近代爱国义士,理应尊重有加,将他们的坟"开膛破肚",从道理上是说不过去的。这些坟在"文革"后尽管都被修复了,但骸骨由于在当年毁坟时都被扬去,因此,后修的坟实际上都成了假坟。

1964年杭州之所以会发生平毁古人陵墓事件,从后来事态发展来看,倡导者并非是对古人有成见,而是为了当时政治斗争的需要,所采取的"引蛇出洞"的打击政治对手的策略,亦即通过这一做法,让一部分文化界人士跳出来反对,然后再通过发动"无产阶级文化大革命"的方式,彻底清除这些"牛鬼蛇神"。能够证明这一点的依据是:"西湖文化大扫除"活动开展的高潮时间为1964年秋,当时主管国家宣传工作的胡乔木在浙江一家大报头版上发表了《沁园春·杭州感事》词:

> 穆穆秋山,娓娓秋湖,荡荡秋江。正一年好景,莲舟采月;四方佳气,桂国飘香。雪裹棉铃,金翻稻浪,秋意偏于陇亩长。最堪喜,有射潮人健,不怕澜狂。　天堂,一向宣扬,笑古今云泥怎比量!算繁华千载,长埋碧血;工农此际,初试锋芒。土偶欺山,妖骸祸水,西子羞污半面妆。谁共我,舞倚天长剑,扫此荒唐!

这首词中值得注意的是"土偶欺山,妖骸祸水,西子羞污半面妆。谁共我,舞倚天长剑,扫此荒唐"句。从"文革"结束后公布的胡乔木原词手稿来看,系经过毛泽东本人的修改,如将胡词中"西子犹污"句,改为"西子羞污";将"谁与我,吼风奇剑,灭此生光"句,改为"谁共我,舞倚天长剑,扫此荒唐"。此外,尤其值得注意的是,毛在原词稿中所加的批语:"杭州及别处,行近郊原,处处与鬼为邻,几百年犹难扫尽。今日仅仅挖了几堆朽骨,便以为问题解决,太轻敌了,且与事实不合,故不宜加上那个说明。至于庙,连一个也未动。"(材料出处参《文汇报》2011年1月14日载文:《毛泽东批改胡乔木词作〈沁园春〉》,作者伍隼)

通过上举论据可以看出:1964年杭州发生的以清理前人墓葬为突破口的"西湖文化大扫除"活动,仅是为两年后在杭州开展的彻底扫除杭州一切前人遗留的人文景观的"破四旧"活动铺垫声势。

西湖人文景观遭受第二次历史性破坏,发生于 1966 年"文革"开始后红卫兵的"破四旧"活动中。西湖人文景观遭受的这一次破坏可以说是毁灭性的。以我在"文革"大串联中两次到杭州的亲见:岳坟遭到了彻底平毁,岳飞的"忠骨"据说被挫骨扬灰,岳庙旧址中办起了"革命造反有理"展览馆。灵隐大庙中的佛像尽管被浙江大学历史系的学生保护了下来,但是寺外飞来峰周围的石雕佛像已大多被砸毁。黄龙洞的龙头泉的龙头被砸毁。紫云洞内所有的佛雕均被砸毁。石屋洞中五代时雕凿佛像大多被砸,所剩无几。水乐洞内的石头佛像基本被砸毁,有的佛像身子尚存,但已不见了头颅。烟霞洞内的石碑及石雕佛像被砸了一半,另一半未砸是因为被当地农民保了下来。南高峰上的"古雄国寺"被彻底砸毁,有红卫兵在古雄国寺的残壁上用木炭写了"历史潮流淹五狗"的字样。上天竺、中天竺与下天竺中的佛像十之八九被砸毁,未被砸毁的,则被封于寺内不让游人参观。等等。

我个人从来认为:古人留下的西湖人文景观,是古代中华民族精神的凝聚,它起着激励后人的作用,并成为西湖自然景观的不可分割的部分。不论是出自什么样的政治斗争需要,都不应该以毁灭这些前人留下的文化遗产作为开展斗争的手段,反之即为犯罪行为,并应该受到追究。明末爱国志士张苍水曾有诗:

> 国亡家破欲何之?西子湖头有我师。
> 日月双悬于氏墓,乾坤半壁岳家祠。

这首诗实际上也是西湖人文景观对后人起激励作用的历史象征,因此,希望今后杭州市政府应该像保护西湖自然景观一样,来保护西湖的人文景观,再不要让 1964 年和 1966 年毁坏西湖人文景观的事件发生了。

杭州是我的旧游之地,仅附以前过杭州时所写的诗作数首以示怀念:

龙井品茶(1974.7.25)

葱郁一峰古木参,小溪悠荡绕河湾。
蝉声阵阵喧空谷,古井澄澄心浪翻。
年少豪言牺国事,而今无奈对潺湲。
十杯龙井淡如水,拙笔无诗慕谪仙。

应使余生何处系？茫然游客问青山。

龙井品茶(1978.8.7)

曲园亭下开荷花，玉带桥旁柳绽芽。

无事虎跑三盅酒，闲来龙井慢品茶。

题西湖平湖秋月音乐茶座(1985.8.22)

船系碧波头，彩灯挂玉楼。

夜深人不寐，一曲动湖洲。

过西湖侧见老山守卫战士与女友相会有感赋诗(1985.8.23)

日日登高望碧楼，莫说兄长一人忧。

心疑可问西湖月，昨夜依栏谁为愁。

2011 年 8 月 29 日

　　1979年暑期游浙东，历地颇多，递经宁波、雪窦山、四明山、天台山、绍兴，后又由杭州泛舟古运河至苏州，上洞庭东山。顺记途中所见，以飨读者。

2013 年 10 月 17 日

静谧的东钱湖

　　我 1979 年暑期游浙东,第一站是东钱湖。7 月 24 日下午 3 时,船由上海十六铺码头出发,次日 4 时 40 分抵宁波港,误时一小时。码头匆匆早餐后,坐公交车于 7 时 15 分抵达东钱湖边的"海军司令部"。"海军司令部"是当地人的称谓,此处是否真为中国海军或某航队的司令部所在地,我不得而知,仅见门口进出的多为海军军官。此处后更名为海军疗养院。

　　东钱湖位于宁波市东 15 公里,古有"钱湖"之称,以其上承"钱埭之水"而得名。宋代因县治在湖东的三江口,又有"东湖"之称。二名的合璧,便成了东钱湖的今名。

　　站在东钱湖边远眺,留给我的第一印象是湖的浩大。东钱湖虽然比不上杭州西湖美,但水面面积却是西湖的四倍(约 20 平方公里),四周青山环绕,山涧缓缓下淌。这一景色与西湖有点相像。据说东钱湖周边青山上共有七十二条溪流下泻,才汇聚成了现今的东钱湖水。

　　东钱湖是浙东地区最大的淡水湖,它的浩大,孕育着中华民族的正气。据说我脚下的"海军司令部",即宋代月波寺的旧址(以位于东钱湖北月波山麓而得名)。该寺为南宋名相史浩(1106—1194 年)所建。史浩,字直翁,明州鄞县(今浙江宁波)人,绍兴十五年(1145 年)进士。主政时,力主赵鼎、李光无罪,岳飞冤狱必须平反。建议后被宋孝宗接受,岳飞冤案终得平复。由于岳飞冤案平复,宋人得以在杭州西湖畔为岳飞立坟建庙,并于端平年间(1234—1236 年)在东钱湖一土墩上修建岳鄂王庙。史浩死后葬吉祥安乐山(位今东钱湖镇横街村)。月波寺后废,而成为"余相书楼"的所在地。"余相",即明代士大夫余有丁(1526—1584 年),字丙仲,号同麓,浙江鄞县(今宁波市)人,官至礼部尚书,授文渊阁大学士。致仕(退休)后,于万历元年(1573 年)在月波寺旧址建书楼读书自娱,世称"余相书楼"。"余相书楼"可能在"特殊时期"中被毁,原址成为"海军司令部",

但人们仍习惯称其旧名。

东钱湖又与范蠡携西施归隐的传说相连。据说春秋时越国大夫范蠡在越王勾践灭吴后,为了避免"狡兔死,走狗烹"的命运,携美女西施隐居于东钱湖畔的伏牛山上,自号"陶朱公",经商自娱,"三致千金"。后人为了纪念这位智者与"中国商祖",把伏牛山更名为"陶公山"。陶公山实为伸入东钱湖西北方向的一个半岛,三面环湖,其后有一条河(里河)将两侧湖水相连,因此又有"陶公岛"之名。又传范蠡曾在陶公山近湖之处牛头渚垂钓过,因此当地又有"陶公钓矶"之名。

站在东钱湖边,看着烈日下的万顷烟波,我怀古思今,甚想环湖走一圈,以体会山水之乐。但东钱湖实在太大,绕湖一周据说有40余公里,走一天的路也不一定能绕得过来。我只能择精华之处游览。当地人建议我:沿环湖公路西行6华里可达莫枝镇(现名东钱湖镇),附近有岳鄂王庙可供瞻仰。由莫枝镇坐渡轮,可上陶公岛一游。我决心按当地人的建议,上陶公岛一游。

根据当地人的建议,我沿环湖公路步行不到一小时,抵达莫枝镇。一入镇,即见商店的玻璃橱窗上用红笔写着邓副主席的语录:"少说空话,多干实事,实事求是,建设国家。"可能是由"特殊时期"中的毁坏,在镇上我并未找到岳鄂王庙。于是便来到湖边码头,花5分钱买船票,坐小汽轮抵达陶公山,水路行程约半个小时。

陶公山的高度是240米,但是来到山前,我既不能登顶,也无法找到与陶朱公相关的古迹,因为山的半腰拦有宁波师范大学的围墙。而我去时正值暑期,宁波师大的校门紧锁,无法入内。在我记忆之中,宁波师大的教学楼是传统的中国古建筑式样,楼墙及校园围墙的颜色呈黄色,甚像现今的庙宇建筑。据我判断,此地在成为宁波师大校园之前,应是当地人祭祀陶朱公的庙宇。宁波师大的门前有几棵古树,有一群松鼠跳上跳下地觅食,与我近在咫尺,却一点也不怕人,但是当我试图用手抓松鼠尾巴时,它们则机警地跳上了树端。

在宁波师大校门的台阶上我坐了很久,眺望远方的湖面。这里的游客实在太少了,偌大的陶公山上,仅有我一人。在这里,我深深感受到东钱湖的第二个特点,也就是它的静谧。湖中没有游船,也很少有作业的渔船。湖上烟波中漂浮着二岛,前方一个稍大的岛称"霞屿",左侧一个小岛,根据我当年手持的《旅行介绍》,[①]名"大慈山",而现今地图的称谓则是"蚌壳山",不知当以何者为准。根据有关记载,这两个小岛上"古迹很多",但据我站在陶公山上的目力所及,岛上只

----

① 上海旅行服务社公私合营时期编《旅行介绍》。

有乱石与树木,无任何建筑。可能是这两个小岛上原有的古建筑在"特殊时期"中都被砸光了。俯视陶公山的东南麓,可见一个颇具规模的小镇,它当是由渔村发展而来。

上午 10 时 30 分,我在陶公山码头登上小汽轮返莫枝镇,坐上了中午 11 时发往宁波市的公交车。一路上我都静听两位海军军官的对话。他们谈话的大致内容,是一位军人向另一位军人叙说在北京所看美国影片《被侮辱与被损害的》中所充斥的色情味。这部片子不久前我在上海也看过,大致内容是讲一个白人妓女与一个美国黑人如何受到白人侮辱与伤害的事。凭良心说,这部片子如以今天的眼光来看,主题尚算严肃,其与后来纯以表现"性交"为主题、获奥斯卡大奖的影片相比较,可以说连一个色情镜头都没有。而这两位海军军官之所以发此宏论,是因为那时中国摆脱"特殊时期"禁锢仅 3 年时间,人们的思想还比较纯朴,中国传统社会"设男女之防"的藩篱尚未被"欧风美雨"打破,社会治安秩序十分稳定,很少听到有关"性侵"的案件。假如在电视台公开转播跳肚皮舞女郎的娱乐节目、大街小巷都充斥着卖低俗录像带摊位的今天,这两位海军军官重新回顾他们当年的对话,不知当作何感受了? 而我当时作为一个旁听者的感受是:中国正面临着十年政治动乱结束后短暂平静的社会大变革前夜。而不久之后,中国经济体制改革的大幕便拉开,社会贫富分化及相应带来的矛盾日趋尖锐。若是我重临东钱湖,起码是再也无法坐到 5 分钱就能到陶公岛游览的汽轮了。

2013 年 10 月 20 日

过宝幢访阿育王寺

　　1979 年 7 月 25 日中午 12 时 40 分,在宁波东站坐上发宝幢(育王山)的公交车,下午 2 时抵。我到宝幢镇的目的,是为了拜访闻名已久的阿育王寺。

　　阿育王寺亦称育王寺,距宁波市东约 50 华里。有关该寺的建立,见于《法苑珠林》一书的陈述。其过程大致为:晋太康二年(281 年),并州人刘萨诃出家为僧,法名惠达(又作慧达),病中梦受梵僧嘱托,须访遍名山大川以求得佛舍利宝塔。当他走到郧县乌石岙时,忽闻地下钟磬之声,于是在此祈祷三日三夜,果然有一塔从地下涌出。塔高一尺四寸,阔七寸,"非金非石,四面空虚,内悬宝磬,中缀舍利,光芒四射,其色绀青,灿烂眩目。"惠达于是就地结庐静修,守护舍利塔。东晋义熙元年(405 年),晋安帝敕令造塔亭供奉此塔,并建禅房,令僧人守护。梁武帝普通三年(522 年),正式赐名"阿育王寺"。由于刘萨诃对于阿育王寺供奉的"佛舍利宝塔"有首发之功,因此被后世佛教徒尊为育王寺的开山祖师与"利宾菩萨"。

　　关于《法苑珠林》一书,又名《法苑珠林传》、《法苑珠林集》,系唐僧人释道世(? —683 年)总章元年(668 年)所著,共 100 卷。传今有中华书局 2003 年 12 月版周叔迦、苏晋仁的校注本。其内容所述,大致为汇其兄释道宣(596—667 年)所著《大唐内典录》与《续高僧传》二书,并续编之。全书博引众经、律、论、纪、传等文献资料约四百种,其中多有现今已不传世的古代经典著作。因此,该书堪称截至唐代的"佛教百科全书"与佛经索引大全。释道世,京兆(今西安市)人,俗名韩玄恽。今引证该书有关阿育王寺的记载,需要提出的问题有三个:

　　一是何者为"舍利"? 根据佛教界的说法,佛祖释迦牟尼涅槃后,其弟子欲用香木将遗体火化,却屡点不着,结果佛自运神力,上涌三昧真火,将遗体烧作一堆佛骨。佛骨按梵文 Sarira 译音读舍利,意为遗骨、灵骨。其中颗粒状的称"舍利子",细者如芝麻、大者如黄豆。而舍利子的颜色亦有区别。其中,白色的为骨所化,红色的为肌肉所化,黑色的为毛发所化。另有混生五色的,光彩夺目,坚硬无比。此外,尚有未焚化的佛指、佛牙、佛骨等,亦均称"舍利",被佛教徒目为至宝圣物。①

二是释迦牟尼涅槃后,其舍利骨本应在印度,如何会来到了中国? 根据《大般涅经》的说法是:佛涅槃后,舍利有"八斛四斗"之多,分别被摩揭陀国、迦毗罗国等八王瓜分,建塔供奉;此外,装舍利的瓶子、火葬后留下的炭与骨灰也算做两份,建塔供奉。此即:"八王起八塔;金瓶及灰炭,如是阎浮提,始起于十塔"。而在佛涅槃约二百年后,孔雀王朝的阿育王(前273—前232年在位),以武力统一印度,建立起庞大的帝国。为了弘扬佛法,阿育王巡礼佛迹,将舍利塔中的舍利掘取出来广为分奉,而其中的两座因塔身坚固,掘取不开,阿育王便将所得舍利分盛入84000个宝函之中,派使者分送印度各地及邻近的欧亚国家传播。于是,佛舍利塔的数目,便由最初的10座,增至84000座。② 而刘萨诃在鄮县乌石岙发现的"佛舍利宝塔",无疑也属于阿育王派送周边的84000座佛舍利塔之一。另据《阿育王传》记载:"佛寂百年后,有阿育王出世,取前舍利,夜役鬼神,碎七宝末,造八万四千塔。尊者耶舍,舒指光八万四千道,令羽飞鬼,各随一光尽处,安立一塔,于一日中,遍南瞻部州。震旦国者,一十九所。"③这19座塔的分布情况,在《法苑珠林》卷三十八中均有记载。

三是从现代医学角度来看,"舍利子"成分究竟由何构成? 提出这一问题是因为普通人遗体火化,并不见舍利子产生,只有出家人遗体火化,才能看得到舍利子。对此,有两种不同的说法。一是寻常医学界的说法,即认为所谓"舍利子"是出家人常年吃素,因体内缺钙所导致的一种特殊骨结石。另说是舍利子是修行人在修行中的"精气的凝结",它不同于我们所知的任何物质。此说见于百度网。④ 此二说究竟应该以何者为是? 我非医学专家,不敢妄下结论。但我个人认为:如从后说,则过往武林高手遗体火化后,均应该有舍利子产生,却未曾闻

① 见《至宝圣物佛舍利》(2009年4月12日),佛教导航网 http://www.fjdh.com/wumin/。
② 《大般涅经》,亦名《大般涅槃经》、《大涅槃经》,简称《涅槃经》,北凉昙无谶译,共40卷,大乘佛教五大部经之一,其中心思想主张如来常住;涅槃"常乐我净";一切众生皆有佛性。大乘佛教的五大部经分别为:般若部、宝积部、大集部、华严部、涅盘部。此外,小乘佛教亦有《大般涅槃经》,在南传佛教巴利文经藏中收长部尼柯耶第十六经,相当于汉译《长阿含经》中的《游行经》(又译《佛般泥洹经》)。内容是叙述佛涅槃前三个月的最后游行教化,以及涅槃后八国得舍利供养的情形。
③ 《阿育王传》,西晋安息三藏安法钦译,七卷本。该传又作《阿育王经》,十卷本,梁僧伽婆罗(古扶南国来中国僧人)译,系西晋安法《阿育王传》的同本异译。书的内容是记印度阿育王崇护佛法的事迹,以及摩诃迦叶至优波毱多等异世五师传持法藏等因缘始末事迹。
④ 《舍利子是怎样形成的》,http://zhidao.baidu.com/。

知。由此可见要想解开"舍利子"的秘密,仍应以寻常医学界的说法为尚。

以上所述,是有关阿育王寺建立的传闻。鉴于根据阿育王寺僧众的说法,被阿育王分派至中国的 19 座佛舍利塔,多毁于乱世,仅存者只有始建于西晋的会稽鄮县塔(即今浙江省宁波市鄞县阿育王寺塔)。一说释迦牟尼真身舍利传世者仅有三颗,一颗在印度,一颗在北京,另一颗则在阿育王寺中。① 因此,上述说法为育王寺在佛教丛林中赢得了崇高地位。根据文献所记:远在南宋宁宗(1195—1225 年在位)年间,太师右丞相史弥远(1164—1233 年)即奏请朝廷定禅院"五山十刹"制,阿育王寺被定为"禅院五山"之二。史弥远当时做法的实质是,确定中国官寺中最高与次高等级。当时被定为"禅院五山"的其他寺庙包括:余杭径山寺、杭州灵隐寺与净慈寺、宁波天童寺。而定为"禅院十刹"的则为:杭州中天竺寺、湖州道场寺、温州江心寺、金华双林寺、宁波雪窦寺、台州国清寺、福州雪峰寺、建康灵谷寺、苏州万寿寺与虎丘寺等。此事见明郎瑛撰《七修类稿》之所记。② 至明洪武十五年(1382 年),育王寺被诏定为"天下禅宗五山之第五",赐名"阿育王禅寺"。清康熙十七年(1678 年),又于寺内起舍利殿,供奉藏有"释迦文佛真身舍利"的舍利塔,塔后塑长约四米的释迦牟尼卧佛像。

其实,有关育王寺中供奉的是否为佛祖的"真身舍利",古人即有怀疑。清初大儒黄宗羲曾于康熙九年(1670 年)十一月十三日过育王寺,当时寺方丈从铜塔中取出藏有"佛舍利"的小匣让其观赏,黄宗羲观后认定匣中所藏已非原物,原因是:明嘉靖年间,倭寇侵扰宁波,胡宪宗(1512—1565 年,抗倭名将)曾屯兵于此,夺去舍利,和尚只好以一颗珍珠裹金充之。倭寇再犯,和尚将假舍利寄于乡民李台桓家,李妻好奇,取出"舍利"把玩,失手落地,寻觅不见,只得从首饰盒中取出一相似珍珠以充之。战事平息后,舍利被迎回寺中,已是轮换多次的赝品了。此事见黄宗羲文章《阿育王寺舍利记》。③

除舍利塔外,由于阿育王寺的历史十分久远,寺内的一些其他景点亦十分知名,包括:位于寺前的妙喜泉,始建时代不会迟于宋代,因为寺内存有宋张九成

---

① 见《宁波阿育王寺,国内唯一现存千年古刹》,《百度百科》2013 年 4 月 25 日。

② 《七修类稿》,共五十一卷,另有《继稿》七卷,系郎瑛撰写的笔记类著作,全书按为天地、国事、义理、辩证、诗文、事物、奇谑等七类编排而得名。五代时,吴越王钱镠改江南之教寺为禅寺。宋室南迁之后,在江南大兴禅寺。宁宗(1195—1225 年)时,史弥远之奏请定禅院之等级,始有"五山十刹"之制。

③ 《阿育王寺舍利记》,载《黄梨洲文集·记类》,(清)黄宗羲著,陈乃乾编,超星学习中心 1959 年 1 月第 1 版。

书的《妙喜泉铭》可以为证。位于舍利殿后的母乳泉,始建时代不会迟于清代,因为泉上方刻有清人高振霄所书"散曼陀华"四字。"散曼陀华"词出《妙法莲华经·卷一》,又作"曼珠沙华"或"曼陀罗华",当为古梵文 man da ra ge 的译音,意指天降香花或天界之花(大白莲花)的意思。位于寺园中的仙书岩,据传说岩上隐约可辨的"才坤"二字,是东晋道教祖师葛洪(284—364 年)所书。如果传说属实,阿育王寺尚与中国道教文化有一定的历史联系。位于寺界的上、下塔,"上塔"建于山上,"下塔"建于山下,并因此得名。上塔已残,下塔已知建筑时间为元至正二十五年(1365 年)。此外,寺内尚存有近代名人章太炎、徐世昌等多人撰写的碑铭。

综上所述有关阿育王寺建立的传闻,从今人角度来看,阿育王"夜役鬼神""造八万四千塔"、"令羽飞鬼,各随一光尽处,安立一塔"的说法,以及刘萨诃在乌石岙祈祷三天地下涌塔的说法等等,当纯属古代佛教徒杜撰的神话。但是这些神话的出现,却增添了阿育王寺的神秘色彩,并吸引着成千上万的佛教信徒以及类似我这样充满着好奇心的游子前往。但是我来到育王寺前,却几无所睹,原因是军犬拦路。其过程大致为:

抵宝幢后,我在镇上私人旅舍办理住宿手续后,步行二华里前往阿育王寺。阿育王寺位育王山(亦称"阿育王山")下,围墙高大,门口有古松林一片,将寺庙衬托得十分庄严。但我来到寺前,除得窥位于寺门外的妙喜泉外,欲进寺内时,却被门人阻拦,告知寺内有驻军,不得入内。我只得退出。育王寺旁有一条石阶山路可直通育王山顶,我欲顺此路上山,以观寺庙的全貌,路边却突然窜出两只半人高的军犬,对我狂吠不止。我无奈后退,向当地人打听育王寺内的景观。当地人告诉我:你即便进得了育王寺,也看不到任何东西了,因为育王寺内的全部佛像包括母乳泉、仙书岩、前人碑刻等,在"特殊时期"中均已被红卫兵当做"四旧"砸毁了。

由于育王寺不得入,我心中十分懊丧,只得缓步走回宝幢镇的私人旅馆。但返回途中,宝幢镇的田园风光却带给了我意外的惊喜。宝幢镇位于群山之间,显得秀美与宁静。镇旁有一条溪流顺着山坡缓缓下行,绕镇而走,水清彻见底,不少儿童在水中戏耍取乐。另有几位成年人在溪边与桥头垂钓。其中一位钓上了一条 20 余斤重的金尾鲤鱼,高兴得手舞足蹈。而街上是一条约二百米长的青石板路,两侧对立着稀疏的店铺,向寥落的行人诉说着过往的历史。我当时的体会是:这才是真正的"世外桃源",并即兴题诗:

过宝幢(1979.7.26)

溪流九曲绕柴门,十尺烟波一橹分。

非为神州图振奋,当学宝幢钓鱼人。

事后我查了一下有关宝幢的文献资料,发现"宝幢"实为后起之名。此地因处天童、画龙、东吴三溪的汇流之处,水路通畅,古时贸易发达,称谓是"鄮地"、"鄮国"。至秦、汉设郡县时,此地称鄮县,属会稽郡,唐时仍沿用旧名。宝幢另有古名"官奴城",得名据传源自南朝宋武帝刘裕戍守宁波平乱时,为孙恩所败,逃至宝幢,被一个正在种地的官奴所救。刘裕后得天下,为报答这个官奴的救命之恩,便以整座鄮城相赠并赐名"官奴城"。至宋,合并鄞、鄮、句章三县为鄞县,始用"宝幢"之名。① 而"宝幢"之名得用,据当地传说,是晋时并州人刘萨诃于凤凰山(后称"阿育王山"、"育王山")得装佛祖真身舍利的宝塔,在此建育王寺以供奉,"寺成之日,东边璎珞连绵、西面宝幡幢幢。"②"宝幢",原指佛教的教旗,其形状为圆顶垂幔式,以黄色或其他色泽的锦缎制成,以象征佛法的庄严。"璎珞",原指古代印度佛像颈间的颈饰,后随佛教一起传入中国,在唐代,被女性模仿和改造成项链类饰品。而阿育王寺成,"璎珞"与"宝幢"遂成为育王寺东、西两村的代名。至宋,鄮县既废,原育王寺西的"宝幢"村名,便成了当地的镇名。

镇上晚餐后,沿宝幢溪边散步,颇感清凉。次日清晨4时45分起床,街上早餐。由于昨日过育王寺不得入又被军犬吠退,我心有不甘,决心再去一次育王寺。因接受昨日的教训,我寻找到一根手臂粗细、半人高的木棍护行。5点30分,来到育王寺前,见一队民工正在往育王寺内担物,我十分高兴,想趁机跟人。不意昨日守在道旁向我狂吠的两只军犬,突然从寺门内窜出,向我猛扑。由于我心中早有准备,使用手中木棍向军犬猛挥,军犬不敢近前。但我突然失手,将木棍打到近旁一棵古松上断为两截。由于我失去了防身武器,吓出一身冷汗,但两只军犬却被我的气势吓退,逃入寺内。

我正在盘算是否还要登育王山,一位当地居民见我勇气可嘉,主动上前告诉我:育王山顶有解放军的雷达部队,山道前则有军犬守护,不可攀登,但后山有一条砍柴人小道,可以沿之登顶。根据当地人的指点,我沿育王寺左侧一条砍柴

---

① 见古本《鄞县志》:"鄮县县治在宝幢,旧称鄮山、同谷口,或称鄮谷,鄮廓、官奴城。"参森清:《话说宝幢》,《宁波晚报》2008年10月13日。

② 参森清:《话说宝幢》,《宁波晚报》2008年10月13日。

人的小道向山顶攀行。约上行一个小时,发现山径险陡,荆棘阻拦,已无路可寻,当中又一度在山林中迷途,好不容易才折返到砍柴人小路。我只得稍歇,向育王寺方向遥望。我发现攀登的方向是育王山的一座支峰而非主峰,而支峰与主峰之间有悬崖相阻,荆棘拦道,并无路可通。我查了一下手头资料,讲育王山共九峰,形状像八叶莲花,主峰华顶峰居中,似花蕊,而育王寺则在主峰之下。我登上的显然是距育王山主峰最近的支峰之一。我知道再攀育王山主峰已无望,于是折返下山,7时1刻抵宝幢公交车站,买了7时30分赴天童寺的车票。

访天童寺

1979 年 7 月 26 日,星期四,天气晴朗。早上 7 时 30 分坐上宝幢发往天童寺的公交车,8 时 15 分抵。

天童寺位于太白山麓,距天童镇约 5 华里路,寺前古松林参天,旧称作"二十里松径"。我沿着山阶须先过三道山门(旧称"三道亭"),才能抵达天童寺前。"一道亭"又名"伏虎亭",两侧有署名"江南提督"的题联。"二道亭"系古山门,有"龙飞凤舞"题字。"三道亭"又名"景倩亭",有梵文刻砖,据说内容是"南无阿弥陀佛"。过"三道亭"后,有桥名"清关",桥下之水由西溪汇太白山诸涧而成,绕经天童寺外的著名景点"内万工池"与"外万工池",宣泄而下。如是雨后溪水暴涨,便能看到急流穿越桥洞的壮观景象,此景被称之为"天童十景"中的"清关喷雪"。人过清关桥后,便来到了天童寺前。

天童寺与阿育王寺同属江南名寺,规模庞大,有着"东南佛国"的雅号。有关其历史开端,起自一个传说,讲西晋永康年间(300 年),僧人义兴云游至鄞县(今鄞州)东 60 里处之东谷,因留恋山水之美,住下结茅修行,附近并无人烟,却有一童子日日送柴送水。不久精舍建成,童子对义兴道:我乃太白金星,因为大师笃于道行,奉玉帝命前来护持,今大功告成,特此辞行。言讫不见。此后东谷遂名太白山,寺名天童寺。而据我考证,此传说出自明张岱著《夜航船》卷五"天童山"条之所记。而张岱文又引自宋释志磐撰《佛祖统纪》卷三十七。原文如下:

> 天童山,在鄞县东六十里,有寺。……晋僧义兴卓锡(僧人持锡杖挂单修行,又称"住锡")于此,有童子给役薪水,久之,辞去,曰:"吾,太白神也,上帝命侍左右。"言讫不见,遂名太白山,又名天童山。【凤麟按:《佛祖统纪》三十七曰:晋永康中,沙门义兴庐于山上,有童子来给薪水,曰:"吾太白星

118

也,上帝遣侍左右。"言讫不见。】①

　　而我个人怀疑这一传说是历史上佛教斗争的产物,且很可能是古代道教徒编造出来贬损佛教的。而宋释志磐将这一传说收录于《佛祖统纪》,实是将泻药当做补药吃。因为众所周知,道教是中国的土生宗教,其宗旨是想通过服药炼丹的方式修炼成仙,长生不老。而佛教是自东汉以降从印度传入的外来宗教,主张通过现世苦修,摆脱轮回之苦,以追求来世之福。当佛教传入中国并在势头上压倒中国的土生宗教道教之后,道教徒心有不甘,势必挑起佛、道两派宗教优劣的论争。在这一论争过程中,佛、道两派信徒会各自编造一些贬损对方的宗教神话。而其中最有名的事件是西晋惠帝时,天师道祭酒王浮泡制的《老子化胡经》一卷。其内容是记述老子入天竺变化为佛陀,教胡人为佛教之事。此书后陆续增编至10卷,成为道教徒攻击佛教并借此主张道教地位应在佛教之上的理论依据。此书并因此引起了道佛两派的激烈斗争,唐高宗、唐中宗时都曾下令禁止,元世祖至元二十二年(1285手)下令焚毁《道藏》伪经,其中第一种即《老子化胡经》,此书后亡佚,不存于明《正统道藏》。但清末敦煌又发现此书在唐代的写本残卷,名字或作《老子西升化胡经》,或作《太上灵宝老子化胡妙经》。而有关太白金星佐义兴修建太白精舍(古天童寺)的传说,就其性质而言,与《老子化胡经》同出一辙,即抬高道教地位而贬低佛教。因为众所周知,"太白金星"是道教始祖太上老君在天上的星座,即便不是,也是道教仙班(神仙系列)中的主神,至于"上帝",即道教仙班中的领班"玉皇大帝"。而太白精舍(古天童寺)之建,既然缘因于"太白神"奉"上帝命"佐义兴修建,这无疑寓意了道教地位在中国应高于佛教。

　　此后,天童寺的历史开始变得较为可信,其概况据文献所记为:唐开元二十年(732年),僧法璇在太白山谷重建"太白精舍"(即古天童寺)。唐至德二年(757年),僧宗弼迁太白精舍于太白峰下之天童寺今址。宋景德四年(1007年),真宗皇帝赐寺匾"天童景德禅寺",这当是历史上"天童寺"的正式得名。宋建中靖国元年(1101年),徽宗皇帝因其祖神宗皇帝在世时,曾多次与寺僧惟白研讨佛理,赐惟白"佛国禅师"尊号,这当是天童寺"东南佛国"雅号的出典之处。南宋高宗建炎三年(1129年),曹洞宗禅师正觉(1091—1157年)主持寺务,住山30年,倡导"默照禅"。正觉主持寺务之第五年(绍兴四年,1134年),始修能够容纳千人的僧堂,寺内常住僧人上千,又扩大山门为"千佛阁",内供千佛。嘉定年间

① 见(明)张岱:《夜航船》卷五,李小龙整理,中华书局2012年2月第1版。

（1208—1224 年），太师右丞相史弥远奏请定"禅院五山十刹"制，天童禅寺列为"禅院五山之第三山"。至明洪武皇帝十五年（1382 年），定天童寺为"中华禅宗五山之第二山"，并赐名"天童禅寺"。清代，天童寺与镇江金山寺、常州天宁寺、扬州高雯寺并列为"禅宗四大丛林"。

在回顾天童寺的这一段历史时，必须指出天童寺在中国佛教史上的两大荣光。一是宋代名宰王安石在任鄞县知县时，于庆历七年（1047 年）和庆历八年（1048 年）曾两游天童寺，[①]并留下名诗《游天童寺》：

> 村村桑拓绿浮空，春日莺啼谷口风。
> 二十里松行欲尽，青山捧出梵王宫。

王安石的这一首诗使天童寺天下知名。天童寺的第二项荣光是在历史上曾充当中日佛教文化交流的纽带。据文献所记：南宋淳熙十六年（1189 年），日本僧人千光荣西赴天童寺习禅，承临济宗法脉，回国后创立日本临济宗，千光荣西并从日本募得大批百围巨木，协建天童寺千佛阁。南宋嘉定十六年（1223 年），日本著名学僧道元赴天童寺参禅，回国后创立了日本曹洞宗，成为日本佛教三大派之一，迄今拥有信徒 800 万人，奉道元禅师为宗祖，视天童寺为祖庭。

历史上的天童寺曾屡毁屡建，最后一次修建导因于天童寺在明万历时为山洪所毁，因此，崇祯四年（1631 年）在密云禅师的主持下，用时 10 年进行重建。据称寺成后，占地 60000 平方米，有殿屋 999 间，重要建筑包括：外万工池、七塔、内万工池、天王殿、大雄宝殿、法堂（藏经楼）、先觉堂、罗汉室、钟楼、御书楼等等，奠定了该寺的基本布局。但时至"文革"，寺院又遭毁灭性破坏，寺内佛像全部被毁，其他文物亦大多被捣毁。至我去时，所能目睹的文物包括：建于明崇祯八年（1635 年）的佛殿，系寺内最古建筑，高 21.5 米，宽 39 米，深 29.25 米，未曾被毁。铸于崇祯十四年（1641 年）的"千僧锅"，锅直径 2.36 米，深 1.07 米，重 4000 公斤，未曾被毁，据说一锅煮饭，可供千僧之食。位于寺门外的内、外"万工池"，万工池为寺院的放生池，外池面积约 150 平方米，内池倍之，用石块砌边，围以铁栏，池水清澈，晴时可见山峰倒影，游鱼争食，因此又名"双镜池"，属"天童十景"之一的"双池印景"。

尽管天童寺在"特殊时期"中毁坏严重，但是当我步入时，却有着与参观阿育

---

① 参(宋)王安石：《鄞县经游记》。

王寺的不同感受。这是因为在阿育王寺,我是被军犬吠出的,而我步入天童寺时,天童寺却在重修,并对游客免费开放。当时寺的正门上,已恢复了民国名人戴传贤(戴季陶)题写的"东南佛国"字样。寺庙的大殿,也已被漆得金碧辉煌。在大殿中有二三十位 20 余岁的青年人正在雕塑佛像。我相询来历,告之为宁波工艺美术学校的应届毕业生,被分配到工厂工作,又被从工厂借调到天童寺,参与天童寺的重修工作。在大殿之后有"藏经楼",藏经楼内的一排排大柜上书有"钦赐龙藏"的字样。

步入天童寺,最使我难忘的是与 80 余岁的老僧常乐的长谈。常乐告诉我:他俗名唐恒岳,河南人,青年时代出家于阿育王寺,后转至天童寺。天童寺寺僧最多时,有千余人,至"文革"前,尚余百余人,而现今仅 10 余人。他属寺内的"五保户",靠国家每月发放的 18 元生活费、25 斤粮票生活。常乐师傅对佛学经典有着高深的修养。他告诉我:天童寺藏经楼原藏有《钦赐龙藏》,其中包含唐宋至明清时期的历版佛经,他大多读过。此外,他本人尚收藏有数百担佛经,可惜这些佛经都烧毁于"特殊时期"之中。他又告诉我:佛祖的舍利子有成千上万块,都藏于天堂龙宫,地上仅阿育王寺存有 18 块。太平天国时,"长毛"欲放火烧毁这些舍利子,舍利子自动跑到了树上,太平天国失败后,这些舍利子又被请回寺中。

听了常乐师傅所叙述的这些佛教知识,我心中颇为矛盾。凭我的直观感受到:真正的佛教信徒大多心地善良,能够忍受生活中的苦难,并能劝人为善,这是佛教的长处所在。能够佐证这一点的是:在中国古代,佛、道两派曾经历过长期的论争,但基本上都处于和平说法阶段,而未曾发生过宗教战争。相比较主张野蛮"宗教裁判"制度与宗教战争(所谓"圣战")的中世纪天主教与伊斯兰教,中国古代佛教显然要文明得多。但是,佛教的人生观却并非是科学的,因为在佛学的虔诚说教中,往往夹杂着当代人出自自然科学常识难以理解或难以认同的宗教神话传说。相比较而言,我更赞同古代儒家主张士人应该以天下为己任的积极入世的人生观。

常乐又告诉我:天童寺属佛教中的禅宗门派,"百丈祖师"始创禅宗清规,"马门祖师"始创禅寺。据我所知晓的情况,常乐师傅所说的"马门祖师"与"百丈祖师",当是指禅宗六世祖慧能(亦作惠能)的再传弟子马祖道一(707—786 年,盛唐人)与马祖道一的嫡传弟子怀海(720—814 年,中唐人)。按中国禅宗的发展史,禅宗共有六祖,初祖为印僧达摩(? —536 年),二祖慧可、三祖僧璨(生卒年月均不详),四祖道信(580—651 年),五祖弘忍(601—674 年),六祖慧能

(638—713 年,初唐人)。禅宗至六祖以后,分化成五宗七派,不再称祖。[①] 而后世佛教弟子之所以称马祖道一为祖,是因为其俗姓马,当年六祖慧能传法钵给弟子南岳怀让(677—744 年)时曾说:汝足下生一马驹,能踏杀天下人。意指马祖道一必能将禅学光大。因此门人私下称其为"马祖"。但真正光大禅宗的,并非是马祖道一本人,而是他的嫡传弟子怀海禅师。怀海俗姓王,福州长乐人,曾师从马祖道一六年,后至洪州新吴(今江西奉新县)大雄山另创禅林。大雄山有"严峦峻极,故号之百丈"。[②] 怀海禅师对于光大禅宗所做出的重要贡献主要为两点:一是自立禅宗寺院,严格规定寺僧的生活方式,而此前禅宗信徒或岩居穴处,或是寄居于律宗寺院之中。二是订立佛门法式《百丈清规》,规定僧人必须参加农业生产劳动,"上下均力","一日不作,一日不食。"其劳动包括开山、垦荒、耕作、种菜、担水等等。这一农禅并重的规定改变了以往游僧乞食、好逸恶劳的不良习惯,使禅宗在中国农业经济社会中得以立足。《百丈清规》后在朝廷的倡导下,为各门派佛教寺院所遵行。至元,朝廷令百丈山禅僧德辉重编清规,题名为《敕修百丈清规》,共 8 卷。这是中国佛教史上的重要文献。由于怀海禅师对中国佛教事业发展做出了如此重要的贡献,因此也被后世禅宗信徒尊为"百丈祖师"。

上午 10 时许,我告别常乐师傅,向天童山顶走去。天童山即太白山,高 420 公尺,为古天童寺("太白精舍")的所在地。但山上旧址已无存,尚有玲珑岩、观音阁、玉涛泉、盘陀石、飞来峰、观音洞、拜经台等胜景可供欣赏。距山巅约百尺,山势险陡,已无路可寻,于是我折返下山。中午 11 时返天童寺,在民工餐厅午餐,少歇,步行 5 华里,至天童镇,坐上下午 1 时发往宁波的班车,2 时 30 分抵,根据售票员的建议,前往参观天封塔与天一阁。

2013 年 11 月 27 日

---

① 一说达摩把禅宗从印度传华前,达摩的师父般若多罗对达摩说:这个法脉只传六代。
② 见《景德传灯录·怀海禅师章》。

登天封塔

1979年7月26日下午2时30分,我由天童寺坐公交车抵宁波市,3时10分,来到天封塔前,开始攀登。

天封塔位于宁波市区东南隅,为全市制高点。塔高50余米,呈六边形砖石结构,共14层,7明7暗,明层每面一窗,共6窗。回旋登临塔顶后,可俯视整个宁波城区及周围群山。炎夏登临塔顶,清风徐来,十分惬意。据称历史上的天封塔,原为砖木结构,飞檐画栋,十分的气派,只可惜屡屡毁于雷击火灾。天封塔最后一次失火,是嘉庆三年(1798年)十二月,烧得只剩下一座砖石塔身。而我得以登攀之塔,是新中国成立之后于1957年重修的,但重修的仅是旧塔的塔心,我自然无以得窥其旧日风采了。

根据历史文献《四明六志》、《鄞县通志》的记载,天封塔的得名,源自其建于武周"天册万岁"至"万岁登封"年间(695—696年),前人因此取"天册万岁"年号的首字"天"与"万岁登封"年号的末字"封",而连结成塔名。

现今中国寺庙所存的大大小小的塔,大多为佛教文化的产物。其原产于印度,初为葬佛祖"舍利"(佛骨)之所,因用佛家"七宝"(又称"七珍")装饰,故美誉为"宝塔"。[①] 关于佛家"七宝",并无统一说法。鸠摩罗什译的《阿弥陀经》指"七宝"为金、银、琉璃、玻璃、砗磲(亦名车渠,大型双壳类海螺)、赤珠(红色珍珠)、玛瑙;《般若经》指"七宝"为金、银、琉璃、珊瑚、琥珀、砗磲、玛瑙,等等。佛家后为彰显功德,将塔越造越高,高塔亦称"浮图"或"浮屠",佛家有"救人一命,胜造七级浮图"的说法。

但天封塔之建,却并非是佛教文化的产物,而是供古明州(今宁波市)"镇海"之用。这就如同杭州六和塔之建,最初是用作镇压钱塘江水患一样。指出这一

---

① "塔"为印度梵语译音,本义是坟墓,系古代印度高僧圆寂后用以埋放骨灰的地方。

点是因为：由于海岸线的变化，现今宁波市距离海边已十分遥远了，即使是站在天封塔顶，也无法看到大海了。但是从唐代至清代，宁波市都处在大海岸边，并不时受到海患的侵扰。能够证明这一点的，首先来自宁波地区流传的一则古老传说，讲古代宁波东临大海，又位于甬江、姚江和奉化江的三江交汇地，时受海潮之患。一年，居镇海招宝山外的鳖鱼精兴风作浪，水淹宁波城。为了拯救民众，一老者从四明山顶取得宝珠，用宝珠之光诛杀鳖精，退去水淹宁波城区的海浪、江潮。为了使宝珠能永镇东海以保护宁波城，老者决心在城中建造一座宝塔以供奉宝珠。百姓闻之，从四方赶来帮助搬石块、运泥沙，造塔一层，即堆一层沙包，而18层高的天封宝塔，终于在次年落成。因此此后当地有民谣流传：

> 天封塔，十八格，
> 唐朝造起天封塔，
> 沙泥堆聚积成塔，
> 鲁班师傅会呆煞。

上述民间传说在一定意义上揭示了天封塔之建，与镇海的关系。此外，另有三条材料能证明古代宁波城区截至清代，一直位于东海岸边。其一是元代无名氏的《登天封》塔诗：

> 天封宝塔镇明州，乘暇登临倦未休。
> 举目仰瞻银汉近，荡胸平见百云浮。
> 远穷海宇三千界，高出风尘十二楼。
> 忽听下方钟磬响，回看星斗挂檐头。

其二是明人李堂的《咏天封塔》诗：

> 风暖正月闲，危栏怯近攀。
> 眼中分世界，岛外列江山。
> 南斗云霄上，东溟浩渺间。
> 乘槎余兴逸，高处不愁寒。

其三是在莱比锡的 Otto Spamer 出版社 1910 年出版、由 Josepf Lauterer 编

著的《中国——中央帝国的前世今生》(英文名:《China-Das Reich der Mitte einst und jetzt》)一书中有关天封塔的记载:这座高达 50 米的"上天册封之塔"存世已千年有余,沿着螺旋形的楼梯拾级而上,在古塔之巅远眺,景色蔚为壮观,大海之上,千帆竞发,一览无余。[①]该书并附有天封塔的插图,塔下有留着长发辫的清人。

上举三条资料,无一不证明截至清代,宁波城区始终位于大海岸边。由此所提出的问题是:唐时(武则天当政时期)为何要在宁波城区造塔镇海,而不选择他址?这是缘自古明州(今宁波市)地区在中国古代所处的重要对外贸易地位。查之史料可知:自唐以来,明州港(今宁波市)成为中国著名的三大对外贸易港口之一,各国使节、留学生与商旅多由明州港进入内地口岸,途经浙东运河、京杭大运河,以直达京都。因此,法国学者在《中国出口贸易实地考察》文献中曾指出:"中国最美的宁波城……具有大量的历史古迹,其中最引人注目的……名为敕封塔(即天封塔),……在塔壁上发现了法国三帆阿尔克梅纳号上多名海员题画的名字,该船曾于前一年访问过宁波。"[②]此外,宁波行政区划历史变迁的趋显性,也说明了这一点。在唐代以前,浙东地区以鄮县、鄞县、句章县设鄞州,治鄮(mào)县(即宝幢,属今宁波市鄞州区鄞江镇)。唐开元二十六年(738 年),将鄮县分为慈溪、翁山(今舟山定海)、奉化、鄮县四个县,始设明州以统辖之,州治在鄮县(宝幢)。至唐长庆元年(821 年),明州州治始迁三江口(今宁波城区)。至南宋庆元元年(1195 年),明州升为庆元府,府治设于鄞县(三江口)。元至正二十七年,庆元府改称明州府。明洪武十四年(1381 年),为避国号讳,朱元璋根据鄞县文人单仲友的建议,取"海定则波宁"之义,将明州府改称宁波府。此后,宁波地名未再更改,沿用至今。

当我迁回登临天封塔顶时,再也无法看到大海了,只能俯视塔下的城区及周边的群山,因为宁波去海,早已有上百里之遥。假如我今日再度登临,恐怕连俯视塔下城区及周边群山的历史沧桑感都没有了,因为天封塔在 1989 年虽经重修恢复了飞檐画栋的旧貌,但周边却已被林立的高楼包围,天封塔再也不是宁波城的制高点了。回顾天封塔的古今变迁,真有沧海桑田之慨。然而不应该忘记的是:古明州城曾是重要的"海上丝绸之路"的起点之一,而天封塔即是它的历史见证。

2013 年 12 月 3 日

---

① 转引舒雅闲人:《宁波天封塔》,http://blog.sina.com.cn/s/blog_454c617901016b5g.html。
② 见中国中外关系史学会会长耿升教授有关讲演,转载百度网:《天封塔的历史》。

上天一阁

下天封塔后,我步行至天一阁,由于两个景点隔得很近,很快就抵达。

天一阁是中国现存最古老的私人藏书楼,位于宁波市月湖西的天一街,系木结构二层硬山顶建筑,坐北朝南,前后开窗,阁前有池塘。据后人实测,书楼通高8.5米,纵深500余米。书楼的底层面积开阔,为一排六开间书房。有关天一阁的建筑布局,据当时奉乾隆皇帝命前往查看的杭州织造寅著所述为:"阁共六间,西偏一间安设楼梯,东偏一间以近墙壁,恐受湿气,并不贮书。惟居中三间,排列大橱十口,内六橱前后有门,两面贮书,亦为可以透风。后列中橱二口,小橱二口,又西一间排列中橱十二口,总计大小书橱共二十六口。"此见于《宫中档乾隆朝奏折》第三十六辑之所记(台湾故宫博物院 1985 年影印本)。

上楼梯后,二层为一大通间,中间用书橱分隔。如果不明就里的人登楼,很难区别出它与中国传统木楼建筑的不同特点。而"天一阁"的神奇,正在于它"天一地六"的布局,蕴涵着中国传统文化的深刻哲理,这也是书楼得以命名的原因。

据查"天一"二字,出自东汉郑玄(127—200 年)《易经注》中的"天一生水,地六成之"句。此说参人民网宁波视窗《亚洲最古老私人藏书楼——天一阁》(2005年 9 月 28 日)一文所解:相传范钦在阅览所藏碑帖时,偶得吴道子《龙虎山天一池记》拓本,经查,出于元代揭溪斯手笔,又对照碑阴考证"天一"两字,乃出于汉郑玄注《易经》注释"天一生水,地六成之",故取名为天一阁。"天一生水,地六成之"究竟为何意,众说纷纭。本人不懂《易经》,不敢乱释。但《尚书大传·五行传》有语:"天一生水,地二生火,天三生木,地四生金,地六成水,天七成火,地八成木,天九成金,天五生土。"这段话的大意是用古人的阴阳五行说来解释宇宙的起源。意即天为阳,以水为本;地为阴,以"五行"为本。天与地互动,化生出地上水、火、木、金、土"五行"(五种物质元素),五行相生相克,进而化生出宇宙万物,故称"成之"。而地上五行(水、火、木、金、土),与天合而为六,比即"天一生水,地六成之"句的本意。而结合天一阁的发展历史来看,书楼主人最初对书楼的命名,显然是有远见的,因为天一阁的历史,从建楼之初的明嘉靖四十年(1561年),历尽艰辛,居然一直延续到了今天。

天一阁最初的楼主名范钦(1506—1585年),官至明朝的兵部右侍郎。"兵部右侍郎"用今语来转译,即国防部副部长。但范钦似乎并无军事业绩,真正能使他垂名史册的原因,是他有一个嗜好,即雅爱搜书。他在当官之余,搜罗一切所能得到的有价值书籍,如书无复本,则用手抄录。范钦早年与鄞县(今浙江宁波)书法家丰坊(1492—1563年)交厚,丰家藏书丰厚,书阁称"万卷楼"。范钦与丰坊曾互抄所无书籍,丰坊并曾为范钦的书藏作《藏书记》。丰氏晚年病疯,"万卷楼"中的"十之六"藏书被门生和晚辈窃走,书阁后又遭失火,残书尽售范钦。此说见全祖望《天一阁藏书记》。一日范钦当厌了官,于嘉靖三十九年(1560年)归隐故乡,并于嘉靖四十年至四十五年间(1561—1566年),构建了自己的书楼"天一阁"。此说源自乾隆帝《文渊阁记》语:"既图(得天一阁设计图)以来,乃知其阁建自明嘉靖末,至今二百一十余年。"这时范氏的私人藏书已达7万余卷,其中多宋、明木刻本和手抄本,其中不少是稀有的珍本或孤本。在明刻本书籍中,多地方志、政书、实录、诗文集等著作,其中尤显珍贵的是地方志与登科录类书著。为了使藏书能够传世,范钦颇下了一番功夫。首先是居室与书楼分离(范钦的居室称"东明草堂[①]"),以防灶火进入;书楼的设计则为南北通风,以防霉防潮(底层为一排六间),阳光又不能直射入室内。鉴于书以木为本,惧火,因此范钦于楼前凿有"天一池",池下有暗沟通月湖,以便蓄水防火。至于以"天一阁"命名书楼,更则寓意着天以水为本("天一生水"),能够克火,因此可葆书楼永存之意。

从今天的角度来看,天一阁之建在中国文化史上起码有三大意义:

一是为真正的读书人能传承中华文脉,辟出了一块静土。"书中自有颜如玉,书中自有黄金屋。"把书本本身当作宗教来崇拜,是只有在有古老文化传统的中华大地上才会产生的情感。而天一阁之建,也即开辟出了一个属于中国真正读书人的"圣殿"。平心而论,天一阁的创立,既不是中国第一座,也不是最后一座私人藏书楼,浙江地区所出的藏书家也绝非范钦一人。有统计数据表明:中国自北宋以降,所建知名藏书楼不会少于800座,目前传世的书楼也有100余座,其中,属于浙江的占11处。此外,仅浙江一地所出的古代知名藏书家即有

---

① 东明草堂为天一阁建成前,范钦的藏书处与居处,位月湖西,以范钦号东明而命名,又称"一吾庐",早毁。今东明草堂为1980年重建。

850 人之多。① 但是,范钦所创立的天一阁,却绝对是保存下的中国最古老的藏书楼。② 这正如清乾嘉学者阮元所评:"范氏天一阁,自明至今数百年,海内藏书家,唯此岿然独存。"③

而天一阁之所以能够保存下来,与范钦对于书本的珍惜与虔诚态度有着直接关系。根据刻于天一阁北墙上的范钦遗嘱:范钦临终前,曾把长子范大冲(1540—1602 年,字子受,官至光禄寺大官署丞)和次儿媳(次子大潜早故)叫到榻前,把遗产分成两份,一份是白银 1 万两,另一份是天一阁的全部藏书,任其挑选。但是挑书之人,决不可将天一阁书楼折抵为白银财产,而是要受到三条不近人情的家规的制约:其一,烟酒切忌登楼;其二,子孙无故开门入阁者,罚不与祭三次,私领亲友入阁及擅开书橱者罚不与祭一年,擅将藏书借出外房及他姓者,罚不与祭三年,因而典押事故者,除追惩外,永行摒逐不得与祭;其三,阁上门槛、橱门锁钥、封条,房长每月会同子姓稽考,并察视漏水、鼠伤等情,以便即行修补;阁下每月设立巡视二人,其护程及阁下各门锁钥,归值月轮流经营。

上述家规,也即今立于天一阁书室门口的《范氏禁牌》三块。这一家规的实质,是要将天一阁书楼变为范氏家族的公产,集体守候,哪一小家都不得私分。至于违规者要受到"不与祭"(不得祭祀祖先牌位)的惩处,这在中国传统社会是一种十分严厉的处罚,其意味着为子不孝,有可能要被逐出家族,其严厉程度,有甚于身受鞭、杖之刑。而面对这一奇怪的遗嘱,范钦长子大冲义无反顾地选择了书楼。他拨出自己部分良田的田租收入,充作保养书楼的经费,又制定了新的家规以遗后人,这便是:"代不分书,书不出阁。"而这一家规竟然被范氏族人整整守候了 13 代。

可能令范钦始料未及的是,他对于藏书的这种心态,居然搞得家族不睦。范钦有侄范大澈(1524—1610 年,字子宣),系明代重官,亦嗜书。一日向叔父借书,范钦不舍,大澈心中不快,立誓要另建"西园"书楼(又名"卧云山房"),以与其叔竞争。"西园"书楼建成后,其藏书规模当不亚于天一阁,范大澈每有重金访得秘本,必置案上,任叔父翻阅,范钦皆一笑置之。但范大澈过世后,"西园"藏书却

---

① 数据见段菁菁《〈浙江藏书楼〉专题片首发忆中国藏书文化"前世今生"》,新华网 2012 年 2 月 29 日。
② 世界现存三大私人藏书楼,天一阁为其中之一。另两座位意大利,其一为意大利贵族马拉特斯塔(?—1465 年)1452 年在意大利北部的切泽纳(cesena)所设的马拉特斯塔图书馆;其二为意大利佛罗伦萨共和国统治者柯西莫·美第奇(1389—1464 年)及其孙洛伦佐·美第奇(1449—1492 年)所建之美第奇家族图书馆,该馆 1808 年并入洛伦佐图书馆,现名美第奇·洛伦佐图书馆。
③ (清)阮元:《定香亭笔谈》。

因保存不善,几代之后,便流失殆尽。① 另有宁波知府丘铁卿的内侄女钱绣芸(清嘉庆年间人),自幼爱书,对天一阁充满着神秘,但苦于外姓人不得登楼的规定,竟求丘太守为媒,将其嫁与范氏"后裔"范邦柱秀才为妻,不料婚后仍不得登楼阅书,其原因是:范氏家规中早有不允许外姓人登楼的规定,此外,其所嫁新郎已属于范氏旁支,夫君亦不得登楼,以至钱小姐守候于天一阁前一生,却终郁郁而终。②

但是范钦的遗嘱尽管不近人情,却守候住了中华民族的文脉,这具体表现为它以其极为丰富的藏书,支持了中国文化巨人黄宗羲两部不朽学术巨著《明儒学案》与《宋元学案》的编撰工作;此外,它还支持了乾隆年间《四库全书》的编修工作。这也是天一阁之建,在中国文化史上的另两点伟大意义之所在。

康熙十二年(1673 年),范氏家族突然得到一个惊人的消息,大学者黄宗羲(1610—1695 年)求访,并要求登天一阁阅书。黄宗羲的引领人是范氏宗族中曾做过嘉兴府学训导的范光爕。③ 此时的黄宗羲已是名满天下。他在 19 岁时,因父亲黄尊素(1584—1626 年,东林党领袖人物,号称"东林七君子"之一)被魏忠贤阉党所杀,在府衙审理魏忠贤余党案时,袖携长锥,刺杀仇人,按《明律》当斩,由于崇祯皇帝网开一面,得以不死。明亡,黄宗羲与两兄弟在家乡组织六百子弟兵(称"世忠营")抗清。南明诸政权相继败亡后,黄宗羲知道复国无望,开始潜心于学术活动,以求保存中华文脉。他当时想完成的最重要学术著作是《明儒学案》与《宋元学案》,而要完成这两部著作,就需要参阅大量古文献资料。为此,黄宗羲求访了绍兴钮氏"世学楼"与祁氏"淡生堂"的藏书。随后,黄宗羲来到了宁波天一阁。而在来到天一阁之前,黄宗羲显然不会不知晓天一阁范氏有关不准外姓人登楼的家规。但是,出自传承中华文脉的社会责任,黄宗羲不能不向范氏家族晓以民族大义。出乎黄宗羲预料的是:范氏家族各房竟然一致同意黄宗羲登楼,并为此拿出了由各房分掌的天一阁各书房的钥匙。黄宗羲登阁之后,认真翻阅了阁藏的全部图书。为了表示对楼主人盛情接待的感谢,黄宗羲撰写了《天一阁藏书记》一卷以传世。在该记中,黄宗羲感慨:"尝叹读书难,藏书尤难,藏之久而不散,则难之难矣!"黄宗羲又取天一阁藏书中"流通未广者",编为《天一阁

---

① 参李玉安、黄正雨:《中国藏书家通典》,中国国际文化出版社 2005 年版。另参(清)李邺嗣:《甬上耆旧诗·范大澈传》。
② 事见(清)谢堃《春草堂集》所记。
③ 范光爕(1613—1698 年),字友仲,范钦曾孙,范汝楠次子,范光文弟。

书目》,该《书目》后被人们广为传抄,从而增加了天一阁的知名度。①

在离开天一阁后,黄宗羲倾尽全力,于康熙十五年(1676 年)完成了《明儒学案》62 卷的写作工作。《明儒学案》以王阳明心学发展为主线,分列出 17 个学案,记载了明代 210 位学者的思想。但黄宗羲倾尽余生之力,仅完成了《宋元学案》头 17 卷与序的写作工作而卒,其子黄百家(1643—1709 年)又续作 8 卷而卒。黄百家的弟子全祖望(1705—1755 年)最终于乾隆二十年(1755 年)续完了《宋元学案》100 卷。全祖望在续作《宋元学案》时,不得不再次借助天一阁的藏书。当他来到天一阁提出登临要求时,仍受到了范家的礼遇。因此,当他离开天一阁时,也像他的师祖黄宗羲一样,撰写了一篇《天一阁藏书记》以谢主人。《宋元学案》共分 87 个学案和 2 个学略(《荆公新学略》、《苏氏蜀学略》)、2 个党案(《元祐党案》、《庆元党案》),记述了超过 2000 人的宋、元学者的生平与思想。但是,全祖望在世时,并未能完成《宋元学案》的刊刻工作,已完成的书稿也因后人保存不善,而部分流失。此书此后又经后人补写,直至光绪五年(1879 年),才由张汝霖②在长沙翻刻问世。因此,《宋元学案》实质上是一部历经几代人,写了200 余年才最终出版的巨著。

笔者在这里之所以强调天一阁与《明儒学案》、《宋元学案》学术巨著完成的关系,是因为己心是与黄宗羲、全祖望等学人相通的。我在完成拙著《中国政治学发展史——从儒学到马克思主义》(上海社会科学院出版社 2001 年 12 月版)时,也需要参阅大量古籍文献。当时上海华东师大图书馆古籍阅览室有大量的古文献资料,却不对外校教师开放。承蒙我的史学启蒙老师杨廷富教授的儿子杨同甫先生当时在该阅览室担任管理员,他不但允许我天天到馆阅书,甚至还违规将清代俞正燮的书著《癸巳存稿》与《癸巳类稿》代我借至家中翻阅,终使我顺利完成《中国政治学发展史——从儒学到马克思主义》一书的写作工作。"特殊年代"中我曾听华东师大图书馆老馆长说过:"特殊年代"前中苏边界谈判时,外交部曾派人到该校图书馆借阅有关清代中国的地图,由此足见华东师大图书馆收藏的古籍资料的珍贵,因此亦可感知杨先生对我当时著述的帮助之大。当然时代不同了,今人著述借阅资料的艰难性,已不可与黄宗羲先生当年到天一阁看书同日而语,但事情的性质总是一致的。因此,我由个人著述的际遇,深深感受到当年天一阁开放图书对于黄宗羲、全祖望先生编撰《明儒学案》与《宋元学案》

---

① 见(清)黄宗羲:《天一阁藏书记》。
② 晚清民初人,曾任民国京师高等审判厅庭长。

两学术巨著的贡献之大。

　　大致是在黄宗羲登天一阁之后二百年间，陆续获得登阁资格的除全祖望之外，尚有万斯同①、徐乾学②、袁枚③、钱大昕④、阮元⑤、薛福成⑥、缪荃孙⑦等十余人。而这些人都是真正的学者、曾在中国文化史上留下痕迹的人。由此亦足见天一阁范氏族人的博大胸怀，他们守书决非是为一姓之私，而是为天下之公。他们精心守护的是中华民族的文脉，而非其他。

　　乾隆三十七年（1772 年）是天一阁藏书在中国文化史上产生重要影响的一年。该年，乾隆下诏修纂《四库全书》，要求各省加意采访遗书，进呈备用，并要求民间献书支持，保证书抄录后归还。为此，范钦的八世孙范懋柱进献珍本藏书638 种，后被收录于《四库全书》中的有 96 种，而被列入《四库全书存目》中的书有 377 种。⑧ 然而，天一阁所献之书大多未能归还，其原因估计除少数书属清代违禁书被销毁外，多数都当被经手官员侵吞。经此次献书之后，天一阁丧失了大多宋版书，所余则多为明版图书。因此，此次献书在一定意义上是天一阁藏书的首次浩劫。⑨ 然而，天一阁却以其藏书，丰富了《四库全书》。鉴于《四库全书》修成在中国文化史的伟大意义，也使天一阁这次献书的积极意义要远超出它的损失。

　　然而，事情并未到此而止。为了表彰天一阁献书对于修订《四库全书》的贡献，乾隆三十九年（1774 年）六月，皇帝特颁旨嘉奖天一阁武英殿铜活字印本《古今图书集成》一部，计 10000 卷；⑩又赐《平定回部得胜图》、《平定金川图》各一套。⑪《平回图》共 16 幅，作者为意大利籍清宫廷画家郎世宁，每幅图上都有乾隆皇帝题诗与"御印"，极其珍贵，此图至今仍存天一阁。《四库全书》修成后，共抄录 7 部，需要确定藏书之所。由于有文臣上奏天下藏书楼设计之完美，无有过

① 万斯同（1638—1702 年）清初史学家，《明史稿》作者。
② 徐乾学（1631—1694 年），清人，《读礼通考》作者，《明史》总裁官。
③ 袁枚（1716—1797 年），清诗人，著有《随园诗话》。
④ 钱大昕（1728—1804 年），清经学家，著有《十驾斋养新余录》。
⑤ 阮元（1764—1849 年），经学家，著有《揅经室集》，刊刻宋本《十三经注疏》。
⑥ 薛福成（1838—1894 年），洋务运动倡导者之一，著有《庸庵文编》。
⑦ 缪荃孙（1844—1919 年），近代教育家，著有《艺风堂藏书记》、《艺风堂金石文字目》、《艺风堂文集》等。
⑧ 数据见《百度词条·范钦》条。
⑨ 根据有关统计数据：嘉庆十三年（1808 年），阁内的藏书实有 4094 部，共 53000 多卷。——见《宁波天一阁》，载中国网 http://www.china.com.cn/chinese/zhuanti/gdyl/566668.htm。
⑩《古今图书集成》今存 8300 余卷。
⑪ 参骆兆平、袁元龙、洪可尧：《我国现存的最古藏书楼——天一阁》，载《宁波文史资料》第二辑。

天一阁者，其"纯用砖甃，不畏火烛，自前明相传至今，并无损坏，其法甚精。"乾隆皇帝又于当月二十五日特命杭州织造寅著前往宁波考察天一阁房屋构造、书橱款式与排列方式，丈量尺寸，绘图进呈。① 根据所呈，乾隆皇帝遂下旨以天一阁为样式，在全国建立7座藏书楼以分别收藏《四库全书》。这7座藏书楼分别为：北京故宫太和殿之文渊阁；北京圆明园之文源阁；承德避暑山庄之文津阁；沈阳故宫之文溯阁（合称"北四阁"）；扬州之文汇阁；镇江之文淙阁；杭州西湖边之文澜阁（合称"南三阁"，"南三阁"与"北四阁"合称"南北七阁"）。② 为了体现出天一阁"天一生水"，以葆书楼永存的深刻内涵，乾隆皇帝命令这7座书楼均须以水字做偏旁。③ 自此，天一阁更是名震天下。

但是当中国历史推进到近代，天一阁开始迎来它的厄运期。鸦片战争时期，道光二十一年（1841年）九月，英军占领宁波，从天一阁掠走《一统志》等舆地书（即历史地理书）数十种。④ 咸丰十一年（1861年），太平军占领宁波，有小偷乘乱拆毁天一阁后墙垣，偷运藏书，论斤贱卖给奉化棠岙制纸作坊作造纸原料，又将其中的部分转卖给法国传教士。⑤ 有识货的奉化人出数千金购天一阁散出之书，藏于私人书屋，这部分书却不幸于同治二年（1863年）十一月毁于火灾。⑥ 至清末民初，天一阁已是"阁既破残，书亦星散"，"但见书帙乱叠，水湿破烂，零篇散帙，鼠啮虫穿。"⑦更为不幸的是，1914年，又有窃贼薛继渭受上海不法书商指使，潜入天一阁盗书，其白天蜷伏阁中以枣充饥，夜间则将所盗之书送东垣外小仓弄口湖西河舟上，有同伙接应，将书送上海书铺中出售。经此次偷盗，天一阁藏书损失过半，所余仅3万余卷。薛继渭后在上海租界遇捕，在西人牢中关押9个月，"瘐死狱中"，但天一阁被盗之书已无法追回。⑧ 当时民国著名藏书家张元济先生（1867—1959年）闻知有不法奸商欲将天一阁散失之书，以高价售与洋人，特用巨资购回部分，藏于其所主持的东方图书馆涵芬楼中，但这一部分散书在

① 见中国第一历史档案馆编：《纂修四库全书档案》上册，上海古籍出版社1997年版，第212页。
② 《清高宗御制诗文全集御制文二集》卷十三，《文渊阁记》。
③ 《清高宗御制诗文全集·御制文二集》卷十三，《文源阁记》。参见黄爱平：《文渊阁与〈四库全书〉》，中华文史网。
④ 见（晚清）缪荃孙《天一阁始末记》，《艺风堂文漫存[Z]乙丁稿卷3》，北京图书馆馆藏。
⑤ 见（晚清）缪荃孙《天一阁始末记》，《艺风堂文漫存[Z]乙丁稿卷3》，北京图书馆馆藏。
⑥ （清）徐时栋：《烟屿楼笔记》，转引自骆兆平、袁元龙、洪可尧：《我国现存的最古藏书楼——天一阁》。——经笔者核对原书，并未查到有关记载，不知是作者使用版本有别或是骆文引证有误，特此存疑。
⑦ 见（晚清）缪荃孙《天一阁始末记》，《艺风堂文漫存[Z]乙丁稿卷3》，北京图书馆馆藏。
⑧ 参骆兆平、袁元龙、洪可尧：《我国现存的最古藏书楼——天一阁》，《宁波文史资料》第二辑。

1932年"一·二八"淞沪战争爆发时,全部焚毁于日军飞机的轰炸中,而同时被毁的尚有张先生精心收藏于馆中的其他书籍46万册(其中含宋、元、明、清各朝刊刻的善本古籍3700余种、35000余册)。①

截至新中国成立前夕,历尽劫难的天一阁保存下来的古籍除清代续增的《古今图书集成》外,仅余"一万三千多卷",为原藏书的"五分之一左右",而保存下来的藏书中,不少已是"虫蛀霉烂,成了断简残篇"。但尽管如此,这劫后残存的一万三千多卷古籍,仍然是价值连城,其中包括明代方志271种;登科录、会试录、乡试录379种,大多属海内孤本,另有很多极具价值的明代史料与抄本。②

新中国成立后,根据总理有关"要保护好宁波天一阁"③的指示精神,浙江省政府拨专款对天一阁进行维修,又多方访求得天一阁散失图书3000余卷,④1961年公布天一阁为浙江省重点文物保护单位。在地方政府带动下,民间藏书家纷纷向天一阁献书,这使天一阁藏书重现生机。这里特别值得一提的是宁波著名藏书家冯贞群先生(1886—1962年,字孟颛)去世前,向国家无偿捐赠"伏跗室"书楼10万卷古籍给天一阁的事迹。我之所以知晓此事,是因为冯老先生的独女冯姨、女婿周叔与家父长期在上海科影厂共事。当冯老先生遗嘱向国家捐赠藏书与书楼时,冯阿姨一家三口尚居于一间20余平方米的斗室之中,与我家及隔壁王叔家三家合用一间卫生间与灶间,而且这一状况数十年中未曾改观。对于此事,我心中始终不平。我一直认为:对于国家有重要贡献的文化名人后代,其生活应该受到政府的关心,特别是当线装古籍一套拍卖价已达数十万元人民币时,更应该是如此。

值得庆幸的事是,"特殊年代"之中,尽管天一阁的范钦樟木雕像被破坏,正厅屏风上雕刻的《藏书记》亦被生漆封住,但天一阁的藏书却并未受到破坏,天一阁文物管理委员会的管理者并想方设法收集被当作废纸送到废品回收站的线装古书,以充实天一阁的藏书,这一做法使天一阁的古籍藏量最终递增至"30余万卷,其中,珍椠善本8万余卷,除此,还收藏大量的字画、碑帖以及精美的地方工

① 数据见《百度词条·张元济》。
② 参骆兆平、袁元龙、洪可尧:《我国现存的最古藏书楼——天一阁》,《宁波文史资料》第二辑。另有数据称:到1940年,阁内的藏书仅存1591部,共13038卷。——见《宁波天一阁》,中国网 http://www.china.com.cn/chinese/zhuanti/gdyl/566668.htm。
③ 见《缅怀周总理对文物考古工作的亲切一关怀》,文物出版社1977年第1版。
④ 数据见骆兆平、袁元龙、洪可尧:《我国现存的最古藏书楼——天一阁》,《宁波文史资料》第二辑。

艺品。"①

这一做法从保护中华文脉的角度来看，应该说是功德无量的事。而当时天一阁的管理人员之所以能做到这一点，其重要原因，是他们队伍的内部意见较为统一，未曾出现"造反派内奸"。而从当时的中国社会环境来看，要做到这一点并非易事。因为处于"特殊年代"之中的当时社会，正是高调"破四旧、立四新"的时刻。仅以北京的"红卫兵五大领袖"②之一谭厚兰为例，1966 年 11 月 9 日至 12月 7 日她在山东曲阜捣毁孔庙时，共毁坏文物 6000 余件，烧毁古书 2700 余册、各种字画 900 多轴，砸毁历代石碑 1000 余座，其中包括国家一级保护文物的国宝 70 余件，珍版书籍 1700 多册。③ 当时发生的极端事件尚有：杭州岳坟被掘，岳武穆尸身被"挫骨扬灰"；在北京定陵，万历皇帝与两皇后的棺椁被开，尸身遭石砸火焚，金丝楠木的棺椁被抛入山沟。而在定陵棺椁被当地农民拾走后，据说又发生了"万历皇帝诅咒"的怪事，白搭上了 6 条人命。其中两人为一对夫妇，以楠木棺椁打造棺材，但不出一个月，两人相继殒命。另一农民以所拾棺椁打造了两具躺柜，一日下工后，发现 4 个孩子躺在柜中已被闷死，其原因为孩子躲入柜中戏耍，无意中碰落了柜盖而无法爬出。因此，结合当时的历史环境而论，我们是很应该向当时力保天一阁古籍不失的工作人员表示一些敬意的。

当我走下天一阁时，心情变得十分沉重。我认为当年范钦创建天一阁时，不为名，不为利，图的是为真正的读书人留下一块清寂之地。至于他的后人谨遵遗嘱，二百年间只允许 10 余人登楼阅书，这种做法的目的，只能解释作为守住中华文脉不失，不计任何私利。至于不远万里来此登楼阅书的黄宗羲、全祖望等人的目的，也是同本于一，即为传承中华文脉不失，而著书立说。使我心情感到沉重的原因是：当代文人能否真正传承得下我们祖先留下的这一文脉？要知道这是一笔过于丰厚的文化遗产。而我个人认为：中国科举时代的知识分子（或可称之为"士阶层"）与当代文人的不同之处在于，他们长期受到儒家积极入世人生观的影响，具有独立的人格，他们中间的精英者具有"为天地立心，为生民立道（又作命），为去（又作往）圣继绝学，为万世开太平"④的思想信仰，因此在政治实践

---

① 参骆兆平、袁元龙、洪可尧：《我国现存的最古藏书楼——天一阁》，《宁波文史资料》第二辑。另参虞逸：《天一阁保护与扩建》，《宁波文史资料第二十辑·宁波文物古迹保护纪实》。
② "特殊年代"之中北京的"红卫兵五大领袖"分别指：北京师范大学谭厚兰、清华大学蒯大富、北京大学的聂元梓、北京航空学院的韩爱晶、北京地质学院王大宾。
③ 数据见《百度词条·谭厚兰》条。
④ 见《张子语录》卷中，《张载集》，中华书局 1978 年版。

上能够做到"官辇毂（皇帝车舆，意指当京官），志不在君父，官封疆，志不在民生，居水边林下，志不在世道，君子无取焉。"[1]有这种思想信仰的人，如果抱定宗旨要传承中华文脉，自然也能守得住清寂，做到"君子安贫，知人达命"[2]，有如范钦辞高官不当、回乡静候书庐一样。相比较而言，中国当代文人中并不缺乏品格高尚者，但是他们的生活实践往往受到政治立场（阶级观点）、经济利益或其他功利主义动机的驱动，而难以具备独立的人格，因此，他们能否像古先贤一样，甘于宁寂地传承中华文脉以造福后人是一个值得探讨的问题。对此，"特殊年代"中的批孔焚书以及当今"富人"的争相出国，已留下了太多的教训。

听说近年来天一阁已变得不太宁静，某些当代文人的书著也被请进了天一阁。对于这些当代文人，我并无成见，但我想，最好还是把他们的书著请出去。因为当年范钦造天一阁，留给后人的是一个真正读书人的"圣殿"，至于当代文人的作品哪些该进天一阁，哪些不该进天一阁，最好是由下一代人来决定，这样可多一些理性选择，少一些功利主义的驱动。天一阁管理者在"文革"中能保护古籍，这一点值得尊重。但我也希望其继任者今天能继续发扬君子守寂的精神，守护好先哲留下的遗产，切不可受功利主义的驱使，把不该请入的今人著作请入天一阁，搞得天一阁不伦不类。说这些话，也算是我写作本文时，对天一阁管理者的寄意，仅供参考。

当我离开天一阁时，尚有插曲值得一叙。即我登阁时，天一阁二楼大厅经整顿，已恢复对外国人开放，但因时值"特殊年代"结束未久，尚不允许国内人士参观。我事先知此情况，是趁工作人员陪同一群外宾登楼时，从边门进入的。上楼见有全祖望题碑及大厅中陈列的一橱橱古书，心中颇生对古先哲的敬意。待我下楼时，却让守护在门口的几位年轻工作人员大吃一惊，他们拦住我不让离去，询问我是如何进来的？我告知是旅游过此，由边门进入时，未见人阻拦，又反问工作人员是否怀疑我拿了天一阁的书？随即我将左右裤袋翻示，告知盛夏时身上无法藏书，又打开书包，请工作人员检查包内是否有馆藏图书。工作人员回答并无此意，但登阁者必须填写一份《参观单》。无奈之中，我拿出教师工作证请天一阁管理人员核实，并当即填写了一份上天一阁的《参观单》。当日是 1979 年 7 月 26 日下午的 4 时 30 分。如果天一阁有保存旧表的习惯的话，迄今尚可找到这一张《参观单》。

---

[1]《顾宪成传》，《明史》卷二三一。
[2]（唐）王勃：《滕王阁序》。

　　离天一阁后过月湖,见有人说书,围听者约二百人。我在人群中站了一会,由于说书人讲的是宁波土话,我一句都听不懂,只得离去,在大街上闲逛,寻找住宿旅馆。可能是过东方红大街时,见一区级图书馆阅览室内人头济济(时值高考制度恢复未久,备考学子颇为勤奋),于是我也走入,在后排找了一个空位,放下书包水壶,向四周扫了一眼,开始拿出笔记本,记一天之所见。不意这一行动把年轻的女馆员吓了一跳。她一定是见我一身"戎装"打扮,一言不发,一书不借,坐下来拿笔便记,怀疑我是否是上级部门派来的"密探",专门跑来考察她的工作是否尽职,因此不时绕到我背后,偷看我写了些什么。幸好我在馆内坐时不久,便起身离去。当夜在滨江旅馆住宿。

2013 年 12 月 24 日

136

访保国寺

1979 年 7 月 27 日,天气多云。清晨 4 时 50 分起床,早餐后,便匆匆前往赴保国寺的公交车站。保国寺位于宁波市西北郊洪塘镇灵山山腰,距宁波市区约 15 公里,当时属洪塘公社(今洪塘镇)安山大队。要去保国寺,须乘坐 11 路市郊车先抵东邵。但由于当地人指错路径,误时甚多,在车站买到的是 6 时 20 分始发的车次,抵东邵后,又步行了 12 华里山路,直至 7 时 50 分,方抵达保国寺前。

保国寺属于宁波市辖的三大历史名寺之一,另两所寺院——阿育王寺与天童寺,我头天已去过。而保国寺与阿育王寺、天童寺相比较,主要有两大特点:

特点之一是有关保国寺的起源,笼罩着一团历史迷云。

根据有关文献记载,保国寺立寺的历史可上溯至东汉王朝的初期。此见于现存的清嘉庆年间的保国寺碑记所记:"城东二十里,有山名灵山,山有寺,名保国寺。相传是山,又名骠骑山。东汉世祖时,张侯名意者为骠骑将军,其子中书郎隐于此山,今之寺基即其宅基。"①又据保国寺藏清雍正碑记所记:"若夫寺所由来,缘张侯舍宅开基,名灵山寺。"②和这两条记载相类,能够佐证张意身份的记载尚有:《太平御览》引《东观汉纪》卷十九所记谓:"张意拜骠骑将军,讨东瓯,备水战之具,一战大破,所向无前。"③三国吴人谢承修《后汉书》卷六所记为:"张意为骠骑将军,讨东瓯贼。意画策,各修水战之具,浮海就攻,一战大破,所向无敌。"④《四明谈助》谓:"山之西,峰联,耸如马鞍,又名'马鞍山'乃府治后镇山

---

① 碑文转引《千年悠悠保国寺》,http://u.8264.com/?33823134。
② 碑文转引《千年悠悠保国寺》,http://u.8264.com/?33823134。
③ 《东观汉纪》,东汉史官集体修成,记光武帝建武年间(始 25 年)至灵帝时事(终 190 年),共 114 卷。始名《汉记》,写作地点位汉宫兰台与仁寿闼,后南宫东观,故名。今佚。
④ 谢承修《后汉书》共 143 卷,由于以东吴为正朔,不符合魏、晋正统说,被斥为"疏谬少信"。今佚。《太平御览》屡引之,近人鲁迅有辑本。

也"。"山以汉时骠骑将军张意隐居于此,又名骠骑山。山脉东南至夹田桥,东北直至鄞之江北岸青墩,为府治后托。"①

上述有关保国寺的文献记载,可以简要归结为"张意开寺"说。而能够佐证这一说法的,尚有在当地流传的有关保国寺起源的历史传说。谓之:新末,刘秀起兵宛城,定都洛阳,建立东汉王朝。由于张意随同征战有功,官拜"骠骑将军",张意有独子齐芳,亦因随父立功,授"中郎将"。此后由于光武帝(25—58年)杀功臣,先后有三任大司徒获死罪,张意便师邓禹功成身退隐居吴中光福山的榜样,在一次出征获胜后,偕子隐于灵山之岙,盖房、凿泉、安居,垂惠于民,以致民间有谣:"饥食侯粮,寒着侯衣,病服侯药,渴饮侯浆。"当地民众并把张意生前隐居的灵山称为"骠骑山",将其凿山泉称"骠骑泉",将其常立的小丘前平地称"骠骑坪",在坪上设祠、雕像,称"骠骑将军庙",四时祭祀。此后,到汉明帝时(58—76年),佛教传入中国,张意便托梦后嗣,献出宅地,改建成"灵山寺",此即保国寺的前身。②

但核之正史,上举有关"张意开寺"的说法,大可怀疑。首先是范晔的《后汉书》中,终光武一朝,并无张意其人及其事迹的记载。对照该书卷二十二所载新末随刘秀征战,得以开国封侯的"云台二十八将"的姓名可知,其中并无张意之名。"云台二十八将"命名的过程为:汉明帝在永平年间(58—75年)为纪念随先帝征战有功的开国将领,命人在洛阳南宫云台绘像,世称"云台二十八将"。其姓名分别为:

太傅高密侯邓禹、大司马广平侯吴汉、左将军胶东侯贾复、建威大将军耿弇、执金吾雍奴侯寇恂、征南大将军舞阳侯岑彭、征西大将军夏阳侯冯异、建义大举将军鬲侯朱祐、征虏将军颍阳侯祭遵、骠骑大将军栎阳侯景丹、虎牙大将军安平侯盖延、卫尉安成侯铫期、东郡太守东光侯耿纯、城门校尉朗陵侯臧宫、捕虏将军杨虚侯马武、骠骑将军慎侯刘隆、中山太守全椒侯马成、河南尹阜成侯王梁、琅邪太守祝阿侯陈俊、骠骑大将军参蘧侯杜茂、积弩将军昆阳侯傅俊、左曹合肥侯坚镡、上谷太守淮陵侯王霸、信都太守阿陵侯任光、豫章太守中水侯李忠、右将军槐里侯万脩、太常灵寿侯邳彤、骁骑将军昌成侯刘植。③ 此外,汉平帝又追加4人绘像,分别为:横野大将军山桑侯王常、大司空固始侯李通、大司空安丰侯窦融、

① (清)徐兆昺著,周冠明点注:《四明谈助》,宁波出版社2003年7月版。
② 传说见林芳:《保国寺故事:将军隐居——汉代自我保全的功臣》,保国寺古建筑博物馆网 http://www.baoguosi.com.cn/viewnews559.aspx。2013年12月25日发。
③ 见(南朝·宋)范晔《后汉书》卷二二《朱景王杜马刘傅坚马列传第十二》。

太傅宣德侯卓茂。① 与上述 28 人，合称"云台三十二将"。而后世民间传说，则以云台 28 将对应天上的 28 星宿下凡转世。

按汉代"骠骑将军"一职，原为汉武帝"以霍去病为剽姚校尉，征匈奴，累有功，宠冠群臣"②所设置，地位仅次于大将军，但不常置。《东观汉记》谓："光武中兴时诸将皆称大将军，建武二十年复置骠骑将军。"应劭《汉官仪》谓："汉兴，置骠骑将军，位次丞相。"综上陈史料，可以想见：如果张意真如保国寺碑记或有关历史传说所述、属光武朝的开国侯爵及"骠骑将军"的话，是不可能不跻身于"云台二十八将"或"云台三十二将"之列的。

其次，查之《后汉书·光武帝本纪》，并无杀戮功臣、先后使三任大司徒获死罪的事实，由此可见张意为避祸隐居灵山的民间传说非真。历史上不杀开国功臣的开国帝王，仅汉光武帝刘秀与唐太宗李世民两人，其不杀的原因其实很简单，即此二人皆以贵族身份起兵，与从征诸将的君臣关系在起兵之时已定，在他们得了天下之后，从征诸将自然也不会产生觊觎帝位的野心，皇帝也就没有必要开杀功臣之戒了。

再次，有关张意献宅建"灵山寺"的说法与佛教传入中国的文化背景不相符合。根据中国历史记载，佛教正式传入中国的时间，始自东汉明帝永平年间（58—75 年），此见于北魏杨炫之《洛阳伽蓝记》之所记："白马寺，汉明帝所立也，佛入中国之始。寺在西阳门外三里御道南。帝梦金神，长丈六，项背日月光明。金神号曰佛。遣使向西域求之，乃得经像焉。时白马负经而来，因以为名。"③此事又见《后汉书·西域传》所记："世传明帝梦见金人，长大，顶有光明，以问群臣。或曰：'西方有神，名曰佛，其形长丈六尺而黄金色。'帝于是遣使天竺问佛道法。"

上引即中国佛教界著名故事"白马驮经"的出处，故事大意谓汉明帝夜梦金人，次日诉朝臣问吉凶，傅毅说：所梦为佛。于是汉明帝派遣郎中蔡和博士及弟子秦景等出使天竺，摹写浮屠像。蔡和后携天竺高僧迦叶摩腾、竺法兰同归洛阳，并带回佛经《四十二章经》及释迦牟尼的立像。明帝令画工绘制佛像，置清凉台与显节陵上，经则藏兰台石室。因蔡和是用白马驮回佛经的，明帝便命人在洛阳城雍关之西，建"白马寺"，供迦叶摩腾和竺法兰居寺中译经。此是中国佛寺出现之始。此后，至永平八年（65 年），明帝诏令天下死罪者可以纳丝帛请赎，楚王

① 见（南朝·宋）范晔《后汉书》卷二二《朱景王杜马刘傅坚马列传第十二》。
② 《太平御览》引《汉书》。
③ （北魏）杨炫之：《洛阳伽蓝记》卷四。

英奉献丝帛以赎愆罪，明帝答诏说："楚王诵黄老之微言，尚浮屠之仁祠，洁斋三月，与神为誓，何嫌何疑。"①由此事可见当时佛教在中国社会已开始产生影响。而张意如属光武朝人，当时佛教尚未及传入中国（至多是零星进入，而无社会影响），自然也不可能产生捐宅建寺的思想。

综上所述，足见"张意开寺"说之非。但是，凡碑志所记、历史传说所述，总有其真实的历史背景。而要揭开有关保国寺起源的历史谜云，仍须从正史考订着手。

那么，隐藏在"张意开寺"说之后的真实历史背景又何在呢？如果核对范晔《后汉书》可知，该书虽未载"张意"其人，却有"张禹"（？—123年）其人，"张意"身份，实为"张禹"之误。有关张禹的事迹，见于《后汉书·张禹传》所记：

> 张禹字伯达，赵国襄人。永平八年（65年）举孝廉。建初（76—83年）中，拜扬州刺史。元和二年（85年），转兖州刺史。三年（86年），迁下邳相。永元十五年（103年），南巡祠园庙，禹以太尉兼卫尉留守。延平元年（106年），迁为太傅，录尚书事。邓太后以殇帝初育，欲令重臣居禁内，乃诏禹舍宫中。给帷帐床褥，太官朝夕进食，五日一归府。每朝见，特赞，与三公绝席。及安帝即位，数上疾乞身。永初元年（107年），以定策功封安乡侯，食邑千二百户。五年（111年），以阴阳不和策免。七年（113年），卒于家。

从这一段记载可知：张禹是历东汉明帝、章帝、和帝、殇帝、安帝五朝的老臣，曾当过"太尉"的高官，封"安乡侯"，最后因与邓太后政见不和，永初五年（111年）被邓太后用策书免去官职（"以阴阳不和策免"），两年后病死家中。至于张禹在做"太尉"时打过何仗？在免职回家后，死于何方？《后汉书·张禹传》均无记载。但对照本文前引的有关"张意"的资料，起码可以找出三点一致之处：

一是均有侯爵身份。《后汉书·张禹传》谓张禹封"安乡侯"，而保国寺藏清雍正碑记谓："张侯舍宅开基，名灵山寺。"

二是均有高级武将身份。《东观汉纪》谓："张意拜骠骑将军，讨东瓯，备水战之具，一战大破，所向无前。"《后汉书·张禹传》尽管未云张禹"拜骠骑将军"、指挥过"讨东瓯"战役，但却指出其官拜"太尉"。东汉太尉，其职责相当于现今的国防部长，但由于汉代尚武功，其地位又高于国防部长，而跻身于"三公"之首。东

① 见《后汉书·楚王英传》。

汉以太尉、司徒、司空为三公，太尉掌兵，亦即其地位是以国家丞相职兼国防部长。可以想见，张禹以太尉职"拜骠骑将军"、指挥"讨东瓯"战役，完全是有可能的。

三是张禹生活的时代（历东汉明帝、章帝、和帝、殇帝、安帝五朝），正是佛教开始传入中国的时期，张禹产生舍宅建寺的思想完全是有可能的。尽管《后汉书·张禹传》并未指明张禹丢官后是否隐居"灵山之岙"，是否有一个当"中书郎"或"中郎将"、名叫"张齐芳"的独子，但是也并不否定这一点。假如张禹丢官后确"隐于灵山之岙"，其子自然也得陪父同隐，此后秉承父志献宅建寺的可能性也是完全存在的。由此，也就不难理解为何灵山又名"骠骑山"，灵山寺又名"骠骑将军庙"，当地何以有"骠骑坪"（保国寺东围墙外 900 平方米）、"骠骑井泉"等地名。

综上所述可见：保国寺碑记以及其他文献记载中有关"张意开寺"的说法，应该纠正为"张禹开寺"，这样，我们也就揭开了笼罩于保国寺起源上的历史谜团。至于产生于这一历史谜团的原因，可以归结为《东观汉纪》称名"张意"，[①]《后汉书》称名张禹，此实为古人修史，因音近而一人两名之误。到范晔修《后汉书》成，而《东观汉纪》废佚，后人便再也无法弄清"张意"、"张禹"二者间的关系，甚至把后朝张禹的事迹，误载作光武朝"张意"的事迹，此实为古代中国社会因文化交流条件不便，所开的历史玩笑。因此，保国寺碑文中有关"张意开寺"的错误记载，应该纠正为"张禹开寺"。

保国寺与阿育王寺、天童寺相比较，其特点之二则是佛教事业不永，但在中国文化发展史上却留下了地位。其概况为：

"张禹开寺"之后，灵山寺所经历的第一次劫难是唐武宗李炎会昌五年（845年）下诏毁佛，当时灵山寺亦在被毁之列。次年，唐武宗死，唐宣宗李忱立，大中元年（847年）四月又颁诏恢复佛教。唐僖宗李儇广明元年（880年），有四明国宁寺[②]僧可恭赴长安上书请求重建灵山寺，获准。时值灾害连年、黄巢王仙芝农民起义军逼近长安之际，为保大唐王朝永安，唐僖宗赐寺名为"保国寺"，同时被赐名的尚有位于当时长安京城的"护国寺"（今西安乐游原之青龙寺）。[③] 保国寺的赐名并没有能保住唐王朝永安，但其名称却沿用至今。

至北宋大中祥符四年（1011 年），保国寺已变得残败不堪，有僧人则全（？ —

---

① 《东观汉纪》，东汉史官集体修成，记光武帝建武年间（始 25 年）至灵帝时事（终 190 年），共 114 卷。始名《汉记》，写作地点位汉宫兰台与仁寿阁，后南宫东观，故名。今佚。

② 国宁寺后更名"天宁寺"，新中国成立后拆除，寺址位今宁波市咸通塔前。

③ 参《宋元四明六志》中《宝庆四明志》《延祐四明志》。

1045 年)率众重修保国寺,历六年完成。由于则全对保国寺有再造之功,被寺院尊为"中兴祖",明道年间(1032—1033 年),宋仁宗赐号"德贤尊者"。① 关于则全的事迹,有关记载为:"开元寺②僧则全,字叔平,世号'三学法师'。南湖竞推十大弟子,全首冠焉。""复过灵山,见寺已毁,扶手长叹,结茅不忍去。""真宗大中祥符四年辛亥(1011 年),来主寺事,弟德诚与徒众,募乡鸠工庀材,山门琉璃瓦大殿悉鼎新之。③ 所述有《四明实录》。"④

综上述有关僧则全零星事迹的记载来看,其佛学造诣不明,但却绝对是中国古建筑学史与古琴史上的宗师。则全主修的大雄宝殿(北宋大中祥符六年[1013 年]完成),是迄今保存下来的江南最古老、最完整的木结构建筑,因传其修建时不用一根房梁,又称"无梁殿"。此外大殿还隐藏着"鸟不栖、虫不入、蜘蛛不结网、梁上无灰尘"的"千古建筑之谜",据称其原因是大殿建造时,使用了一种能散发香气驱虫的黄桧木材。清华大学古建筑专家郭黛姮先生曾评价保国寺大殿之建,比世界建筑学巨著《营造法式》所著录的营造方式,还早 90 年,是《营造法式》的实例见证。⑤ 按《营造法式》一书,系李诫熙宁年间(1068—1077 年)在两浙工匠喻皓《木经》基础上始编、由北宋官府崇宁二年(1103 年)首刊的一部有关中国古代建筑设计、施工的最完整的技术规范书,它标志着中国古代建筑艺术已发展到了高峰。由于保国寺大殿之建时所体现出的高超的古建筑艺术成就,它曾对于古代日本、高丽等国的佛教建筑产生过较大影响,也是宁波"海上丝绸之路"的重要遗产,在 1961 年被国务院列为全国第一批重点文物保护单位。而则全得以完成主修保国寺大殿功绩的历史背景是:北宋真宗时期(998—1022 年)对寺院实行免徭役、赋税的优待政策,以致当时全国的寺院发展到近 4 万所。

关于则全的习琴过程,据有关记载是:太平兴国年间(976—983 年),"鼓琴为天下第一"者,系宫廷琴师朱文济。朱后传琴于京师的慧日大师夷中,夷中传琴于知礼、知白、义海。则全则为知礼的嫡传弟子。此见于咸淳年间(1265—1274 年)四明东湖沙门志磬撰《佛祖统纪》所述:"三学法师,名则全,字叔平,四

---

① 见保国寺雍正碑记。
② 开元寺,位唐国宁寺旧址,宁波市城南五台、莲桥东,始建于武则天垂拱二年(686 年),原名"莲花寺",开元二十六年(738 年),唐玄宗令全国各州create一座开元寺,遂改为现名。
③ 见《四明谈助》、《敬止录》,转引曲阜市至圣琉璃瓦厂:《保国寺是我国长江以南最古老保存最完整的木构古建筑》(2012 年 1 月 31 日发布),http://www.fangguwa.com/html/925.html。
④ 转引《百科百度·保国寺》条。
⑤ 见郭黛姮:《东来第一山——保国寺》。

明施氏,是延庆寺知礼门下高足,又称'南湖十大弟子之首'。"则全后秉承师命,先学琴于师叔知白(即慈云遵式),后又习琴于师叔义海,尽得义海真传。义海实为则全得以完成琴业的授业恩师。义海坐化后,则全整理完成了北宋琴史上的名著《则全和尚节奏指法》,而被后人尊为"琴门圣手"。该书直接开启了宋代词乐名家周邦彦(1056—1121 年,曾任明州[今宁波市]知府)、吴文英(约 1200—1260 年,南宋人)的词学音律创作。由于则全在古琴学上的成就,使宋代百余年间,始终存在着一个师徒相传、人才辈出的琴僧系统。对此,明代正德年间(1506—1521 年)所编钞本《琴苑要录》亦有阐述。①

在三学则全法师之后,保国寺于宋英宗治平元年(1064 年)一度更名"精进院",②后仍用旧名。此后,保国寺又经屡衰与屡度扩建、重修的过程。截至民国时期,沿山势中轴线上,保国寺依次分布着山门、天王殿、大雄宝殿、观音殿和藏经楼等建筑,大殿左右侧则对称地分布着钟楼、鼓楼、僧房与客房等等。其占地面积约 1.3 万余平方米,建筑面积为 0.6 万余平方米。其中,大雄宝殿是保国寺建筑群中唯一的北宋建筑物,其余则为明、清、民国时重修的建筑。

在民国年间,保国寺出了两位名僧。一位是清末民初入主该寺的宏远和尚,其武功了得,惯使铁制双铜,僧徒泼水,不能湿身,十余人亦不能近身。③ 这使民初的保国寺,甚少受散兵游勇、地痞流氓的骚扰。另一位是近代三大名僧之一、与虚云禅师(1840—1959 年)、④弘一法师(1880—1942 年)⑤齐名的太虚大师(1890—1947 年)。他于民国十三年(1924 年)十一月自雪窦寺进入保国寺养病,并根据孙中山先生口谕,完成了《人生观的科学》(1925 年)、《大乘与人间两般文化》(1925 年)及《大乘起信论唯识释》(1926 年)三著的写作,后交上海泰东图书局发行。太虚大师在保国寺对于佛学进行重要反思的结果,是提出了"人生佛教"理论,即主张佛教修行的真谛在于:"仰止唯佛陀,完成在人格,人成即佛成,是名真现实"。⑥ 这一主张在民国年间曾对青年人的思想产生过一定影响。但从佛教外行的角度来看,很难区别这一理论与儒家"内省"说的差异。

此后,至 1937 年上海"八一三"淞沪抗战爆发,保国寺进入到了它的第二次

---

① 参北京全国图书馆文献缩微中心原藏瞿氏铁琴铜剑楼《琴苑要录》不分卷善本缩微制品考证。

② 见保国寺存雍正十年(1732 年)《培本事实碑》记载。

③ 见张行周:《宁波风物述旧》,民主出版社 1974 年 11 月版。

④ 虚云禅师(1840—1959 年),1953 年发起成立中国佛教协会,任名誉会长。

⑤ 即李叔同,又名李息霜、李岸、李良,谱名文涛,幼名成蹊,学名广侯,字息霜,别号漱筒。系著名音乐家、书法家,中国话剧的开拓者之一。

⑥ 见太虚:《真现实颂》(1936 年)。

历史劫难期。即当时保国寺被禁止宗教活动,由国民党陆军 194 师驻守,成为该师 1127 团的团部所在地。新中国成立以后,已很少有人知晓保国寺其名。

保国寺的重新被发现,得益于 1954 年夏天身为南京工学院学生的戚德耀、[①]窦学智、方长源三人组成暑期实习小组,在杭州、绍兴和宁波一带进行浙东民居和古建筑的调查。据当事人回忆:在调查接近尾声的时候,"我们与该县(慈溪)文教科联系,根据科内吴同志的介绍,除城内普济寺外,离此 10 华里鞍山乡洪塘北面'无名山'的山坳处有座规模很大的古刹,寺宇建筑讲究,其中大殿为'无梁殿',装饰特别,为唐代所建。"[②]三人心生疑惑,冒雨前往调查,结果发现大殿是有梁的,但被天花板上三个镂空藻井绝妙地掩饰了;此外,大殿斗栱结构复杂,不用一枚钉子,具有很好的防风抗震能力;此外,房柱取点合理,节约木材,坚固美观。整座大殿有很高的历史、艺术和科学价值。[③] 三位调查者断定此建筑非同寻常,遂于次日匆匆地赶回南京,向其指导老师、中国著名古建筑学家刘敦桢教授汇报情况,刘教授听后非常惊异,要求他们重新返寺调查,提供测绘、摄影和文字资料,最终确定为宋代古建筑。1957 年,国家文物局征集第一批全国重点文物保护单位名单,经刘敦桢教授推荐,保国寺于 1961 年 3 月 4 日,被列入由国务院公布的第一批全国重点文物保护单位。至此,保国寺重见天日。[④]

但保国寺此次重见天日未久,便经历了"文革"时期的红卫兵"破四旧"运动,这也是保国寺历史上所经历的第三次劫难。待我访保国寺之时,山门早毁,寺内无一僧徒。据说山门是毁于解放初年,[⑤]得以映入眼帘的,只剩下了残旧不堪的空殿三间了。第一殿是建于清宣统三年(1911 年)的"天王殿"。但天王殿内未见"四大天王"像,原因是在"文革"之中被红卫兵当做"四旧"捣毁了。第二殿即由三学则全法师在北宋时期主修的极负盛名的大雄宝殿,由于该殿建成于大中祥符六年(1013 年),又称祥符殿,当地民众认为该殿无房梁,又称"无梁殿"。而大雄宝殿中亦无一个菩萨像,显得空荡之极。第三殿是修成于乾隆五十二年

---

① 戚德耀(1921—),曾任南京大学工学院中国建筑研究室主任、江苏省文化厅古建筑专家组组长、江苏省文物专家组组长。2011 年获江苏省文物局授"江苏省文化遗产保护终身成就奖"。

② 转引自《天南海北:宁波保国寺,千年古建,江南一绝》,http://z943631. blog. 163. com/blog/static/16626521320101010104912208/。

③ 参陈朝霞《揭开千年保国寺沉淀的历史故事》,《宁波日报》2013 年 4 月 18 日。另参《中国现存历史最悠久的木结构建筑——保国寺》,宁波档案网 2008 年 9 月 19 日。

④ 参徐建成:《正说保国寺的历史细节》,http://blog. sina. com. cn/s/blog_489e6c98010093r8. html。另参保国寺三位发现者合著:《浙江余姚保国寺大雄宝殿》(保国寺所在地一度划归余姚),《文史资料参考》1957 年第 8 期。

⑤ 现山门为 1988 年移建之民宅大门。

（1787年）的法堂，由于法堂后用以供观音像，又称"观音殿"、"大悲阁"。在我去之时，观音殿正在重修，不得入内，但据我判断，殿内肯定空无一物。至于寺内残存的其他建筑如钟楼（建于清代）、鼓楼（建于清代）、藏经楼（建于民国）等等，外观均极残破，不对外开放，此处亦无法多述。

站在保国寺大殿前，我感慨良多。我认为使保国寺得以自豪的有两点：一是本寺的前身，是始自东汉张禹创立的灵山寺。而彼时正值佛教开始传入中国之际，因此可以肯定地说：历史上的保国寺（灵山寺），与今陕西西安的白马寺一样，是佛教开始传入中国的策源地之一。其二则是始修于北宋大中祥符年间、屹立近千年不倒的大雄宝殿。而当时与之并存的南宋王朝钦定的江南"五山十刹"的木结构建筑，至今已无一存世。因此，保国寺大殿的屹立，实是创造了人类建筑史上的奇迹。据我所知晓的情况，经历了"文革"劫难后而能保存下来的中国长江以南的古老木构建筑，仅有3座，其一为福州华林寺大殿。该殿始建于北宋乾德二年（964年），稍早于三学则全法师主修的灵山大雄宝殿（1013年）。另一座则是位于上海的静安古寺。该寺始建于三国孙吴赤乌年间，北宋大中祥符元年（1008年）重建，更名静安寺。但静安古寺的木构建筑在2003年底至2004年初已被彻底平毁，在原址上新建了外表富丽堂皇、实则为仿西洋钢筋混凝土结构的现代建筑。在静安寺被拆毁过程中，我曾先后致函上海主流媒体《解放日报》、《文汇报》、《新民晚报》，希望阻止，但无任何回复。无奈之下，我又致电中央电视台总编室反映情况，希望曝光事件，以诫来者，而中央电视台总编室电话接待人夏老师建议我致函当时中央电视台驻上海记者站站长反映情况。我依建议发函后（2004年2月11日），仍是石沉大海。我深感个人人微言轻，对于保护国家文物的无助。静安寺被拆的宋代土木建筑构件后被立志于保护中国古建筑的加拿大商人杰佛里·黄买下，准备适时在美国重建。此事见加拿大《环球邮报》2007年1月8日报道。[①] 我不知毁坏和出售上海静安寺宋代土木建筑的权力掌控者真实用心何在？由于野蛮拆毁静安古寺的违法行径未得到任何惩处，至2006年初，上海又发生了拆毁嘉定孔庙科举制考场的更为野蛮的破坏国家文物的事件。上海嘉定孔庙又名"江南贡院"，原址系新中国成立后保存下来的、江南地区唯一的中国古代科举制考场，即便是在经历了"文革"动乱之后，其原土木建筑结构也未曾遭受任何破坏。但2006年6月10日当我赴嘉定孔庙原址参观时，却发现

---

① 《以自己微薄之力保护中国古迹》，转引《参考消息》2007年1月10日报道：《加富商出资挽救中国古建筑》。

"江南贡院"科举制考场原址,在年初已被嘉定孔庙管委会以修建"中国科举制博物馆"的名义拆除,原址在拆毁时,有约上百块未及处理的前人刻碑,都堆放在大成殿后的石阶上,有的石牌具有明显的新近砸坏的痕迹。而嘉定孔庙管委会更为不堪的做法是:在拆毁科举制考场遗址后,又在大成殿后彻了一排状似鸽子笼的钢筋混凝土结构的小屋,有的小屋前置玻璃板代门,屋内则置仿真人比例的蜡像,以代考生。嘉定孔庙管委会试图用这种障眼法,来掩盖他们拆毁中国古代科举制考场的劣行。我当时十分震惊这一破坏中国古代文物的行径,特向上海主流媒体致函或致电反映情况,希望媒体出面责成嘉定孔庙管委会重修旧址,但上海主流媒体对这种违法行为再一次保持了沉默。更令我费解的是:某媒体编辑听说我摄有科举制考场遗址被拆毁时未及处理的约上百块前人刻碑照片,特打电话到我家中,要求我把所摄照片寄到报社,结果是照片寄上后,既不发表,也不退还。该报社编辑大概没有想到的是,我手中尚存有该照片的底片,可以随时翻印。而导致嘉定孔庙管委会拆毁中国古代科举制考场的真实目的,完全是出自商业行径,即在原址上新建的"中国科举制博物馆",每张参观卷现要收取人民币 20 元整。我后将此情况致函设在北京故宫的"国家文物委员会",亦无任何答复。在无奈之余,我唯一能做的事,是把我所知晓的情况汇作一篇论文《从"翠屏居"搬迁看对国家文物的保护》,与任冠正老师联名,发表于南通市的《江海纵横》杂志上。①

现就保国寺的发现,讲了这么多题外话,我唯一的目的,是想唤醒某些人对于保护民族文物的良知。先人留下的文化遗产,在一定意义上见证着我们民族的足迹与灵魂。而肆意毁灭这些文化遗产,亦即毁灭民族的灵魂,而一个丧失了灵魂的民族,也即缺少自制力和不知何去何从的野蛮民族。希望我在此所说的话,能够引起人们的注意。

保国寺之游,留给我深刻印象的是保国寺的山水。保国寺所属灵山,为四明山余脉,南北向绵延数十里。保国寺位于灵山南麓山坳台地中,三面青山相环,南临慈江。过慈江约 100 米,即可达灵山山脚。依山阶逐级而上,有山涧下泻。再前,有石桥一座跨涧而立,称"仙人桥"。站在桥上,可以目睹一潭清泉自一个幽深的山洞流出,此处称"灵龙泉",据说系灵山八大水脉之一。潭口有一岩雕龙头口中吐水,山潭之水自龙口下泻而形成山涧。自灵龙泉再上,有一百米长亭,亭上倒挂紫藤。过了紫藤长亭,便来到了保国寺前。寺前有古井一口,称"骠骑

---

① 《从"翠屏居"搬迁看对国家文物的保护》,《江海纵横》杂志 2007 年第 2 期。

井",据当地传说,系"汉骠骑将军张意"(实为张禹)居此时所挖。入保国寺后,穿越天王殿,便可见大雄宝殿前的一池清泉,称"净土池",池长约13米,宽6米,池中栽有四色莲花。根据寺内文献所记,该泉凿于南宋绍兴年间,池壁额"一碧涵空",系明万历二十二年御史颜鲸所题。出寺西望,可见有左右两峰,用古人的话来说是:"山之西,峰联,耸如马鞍,又名马鞍山。"①其中,左侧的山峰稍高,为灵山的主峰,称"象鼻峰"。右侧的山峰稍矮,可称"狮峰"。两峰顶皆有凉亭。而保国寺的位置,正位于"马鞍"的最凹点,亦即灵山之岙的平地上。

出保国寺门后,我选择右侧稍矮的山峰缓步上行。据说灵山有六景,分别为:保国寺、灵龙泉、青幛亭、望海尖、梅林、涵秀潭,但限于旅游时间的紧促,我下午还得赶往奉化,自是无法一一遍览了。沿右峰上攀,石阶两旁松树夹道,清风不断,虽时当盛暑,却并不感到热。上午9时许登"狮峰"顶,我在山顶凉亭中坐了很久,眺望前方的平原。灵山古时距海不远,前人有"深山藏古寺","院中观海曙"之说。清人陈梦兰曾步此题诗:

> 登高回望隔尘寰,自是东来第一山。
> 叠锦亭前清涧转,放生池畔翠屏环。
> 钟鸣午后僧归寺,犬吠云中客扣关。
> 多少繁华新世界,独余萝葛几人攀。
>
> (注:前明颜襄毅公有题"东来第一山"额。)

而待我登高之时,在灵山上已看不到海了,但能眺望远方的平原,胸襟亦足感宽慰。我时值"文革"中因提教改建议受批判而情绪低落,看着灵山的青山绿水,顿时产生了出世之心,很想找一块无人踪之地隐居起来,体验一下"化外之人""朝耕白云暮种竹"的生活情趣,但我又因自幼受到儒家入世思想的影响,知道不能走这条道路。上灵山时因过于匆忙,无暇题诗,但1998年我游浙江大慈岩江南悬空寺时,曾题诗一首,表达了相同的心境,移此作念。

五绝　题大慈岩江南悬空寺(1998.7.12)

突岩万丈前,古刹临空悬。
常羡云崖客,朝夕对涧泉。

---

① 《四明谈助》。

上午 9 点 10 分，我开始下山前往洪塘汽车站。由保国寺至洪塘，有大路与小路两条，大路走公路，约 10 里路。小路走山路，约 8 里路。我怕迷途，走的是大路。在车站买了上午 11 时 50 分发奉化的车票。

2014 年 4 月 5 日

游雪窦山

溪口夜宿

1979 年 7 月 27 日中午 11 时 50 分,我坐上由宁波洪塘发往奉化的市郊车,下午 1 时许抵。我赴奉化的目的,自然是去知名的"蒋氏故居"旅游。出站时,一位年长的车站工作人员见我背书包挎水壶的装束,已猜出了我来此的目的,他吞吞吐吐地告诉我:你来错了地方,你应该去溪口,那才是"蒋氏故居"的所在地,哪里山清水秀,十分好玩。他又告诉我:居溪口镇的过半数人家,或因与蒋家有亲属关系,或因有海外关系,在"特殊年代"中都曾受到过冲击。此时我方知蒋氏祖籍是在溪口,而非奉化。而奉化县位于宁波市南郊,溪口则在宁波西南郊,由洪塘坐车赴蒋氏故居,可直抵溪口,不必绕道奉化。而奉化站工作人员之所以对我讲话吞吞吐吐,许多话语都是暗示,是因为时值"特殊年代"结束未久,他生怕祸从口出,但又不忍心让我走冤枉路。

我向工作人员道谢后,买了下午 3 时 20 分由奉化发溪口的车次,又利用候车有 1 小时的间隙,在奉化县城走了一圈。当时的奉化,分新城区与老城区两部分,新城区因后建而较为整洁,集中了百货商店、新华书店等服务性部门,老城区是所谓的"城里",建筑破旧,苍蝇在饭店门口摆放的米饭与馒头上成群飞舞,汽车过后,街道上尘土飞扬,与奉化所处的山清水秀的地理位置,形成了鲜明对比。游奉化老城,我心中十分不快,心想国家欲强盛,尚有待于我们这一代年轻人的多年奋斗。

下午 4 时 10 分,车抵溪口镇。溪口镇是一条沿山脊而建的三里长街,有"烟霞古镇"的旧称。山名"武岭",据说是源自陶渊明《桃花源记》中所述"武陵园"的头二字谐音,以象征山川的美好。来到镇前,首先映入眼帘的是一座古城楼建筑,称"武岭门",城门上的"武岭"二字,据说是出自老蒋亲笔。楼上有亭,可以远眺群山,下看剡溪,仰望白岩山。听当地人说:武岭门所在地原是个小庵堂,蒋母信佛,生前常到这里念经拜佛,1930 年,小庵堂被老蒋改建为三间两层的城门建筑。

入武岭城门,便是"烟霞古镇",但见三里长街与脚下流淌而过的剡溪蜿蜒相伴,确给人以"桃源仙境"的感觉。步入武岭门百步,即有旅馆,办理完住宿手续后,我即前往镇上的"蒋氏故居"。所谓的"蒋氏故居",系群体建筑,包括丰镐房、小洋房、玉泰盐铺等。其中玉泰盐铺位于溪口中街篾匠弄口,属蒋家祖业,也是老蒋的出生之地。房屋为前后两进的中国旧式建筑,前楼房,后平房,建筑面积约 600 平方米。据说蒋介石出生后,盐铺曾两次失火,现房为蒋介石在 1946 年重建的。小洋房为 1930 年建 3 间 2 层西式楼房,共 310 平方米,面剡溪,依武山,景致优美。据说小蒋由苏联归国后,曾偕妻方良、子孝文居此。我主要参观的是丰镐房。丰镐房位于溪口中街,属蒋家祖居,当时为"溪口区委员会"的所在地,但允许游客参观。房屋为中国旧式别墅建筑,面积近 2000 平方米,其中部分为清代建,其余为蒋氏 1929 年扩建。据说"丰镐房"的得名,源自溪口旧俗为祖房立名,须力求古雅。老蒋父辈三兄弟,其祖房分别名"夏房"、"商房"和"周房"。蒋父排行第三,所得房为"周房"。蒋父病亡后,蒋氏兄弟分家,以西周文王所建丰京和武王所建镐京①分别命名所得两房。老蒋得"丰房",其弟瑞青得"镐房"。而瑞青早死,其房由老蒋一人"兼祧"(继承祖业)承袭,因此称"丰镐房",据说老蒋承袭祖房时,尚未满 10 岁。

"溪口区委员会"设有餐厅,在餐厅晚餐后,沿剡溪岸散步。剡溪位甬江上游段,是中国古代十分知名的风景区,号称"九曲剡溪"。其水源自雪窦山山涧,流经奉化县方桥三江口与县江、剡江、东江之水汇合后,称奉化江。剡溪也是中国古代"唐诗之路"的重要组成部分,唐代许多著名诗人都曾到此,并留下过诗篇,如卢照邻、骆宾王、贺知章、崔宗之、孟浩然、李白、杜甫等等。杜甫曾在剡溪漂流四年,有诗称:"剡溪蕴秀异,欲罢不能忘。"李太白亦曾慕名自蜀来访,有诗称:"此行不为鲈鱼脍,为爱名山入剡中。"又有诗《梦游天姥吟留别》云:"我欲因之梦吴越,一夜飞渡镜湖月。湖月照我影,送我至剡溪。"这些诗大多歌颂了剡溪的美丽,也衬托出了溪口镇实为中国最美丽的乡镇和天然疗养院,人生有暇,如能到溪口沿剡溪散步,也算是一件幸事。

剡溪溪面不宽,深约半人许,清澈见底,水自山上缓缓流下,无数儿童在溪中

---

① 今址位西安市长安区马王镇、斗门镇一带的沣河两岸。

嬉戏。岸边修有数百米溪栏,以便于人们上下攀爬,对岸则为连绵的青山。岸边有亭名"武岭亭",我在亭中坐了很久,与当地老人闲聊。据老人相告:岸边溪栏为当年老蒋回乡省母时所修,蒋每年都要回乡一次。亭旁原另有亭名"蒋居亭",又名"文创界",抗战期间被日本飞机炸毁。而蒋母坟地,即在剡溪对岸的白岩(山名)上。

访雪窦寺

7月28日,星期六,天气晴朗。早餐后6时,攀山前往雪窦寺。一路上所经景点有入山亭、二道亭(华塞亭)、三道亭、御书亭、青锁亭、关山桥等,最终抵达雪窦寺前。过二道亭时,见亭柱有对联写得颇为超脱,随手记了下来,内容为:"下界烟云闲处看,上方钟鼓静处闻"。

雪窦寺所处的位置,为雪窦山风景最胜处。寺前有瀑布,名"雪窦飞瀑",其水源自乳峰。乳峰有窦,水自窦出,色白如乳,因此泉名"乳泉",窦称"雪窦",山亦因此得名。乳泉之水流经"锦镜池",自山崖泻下。因瀑布之下有千丈危岩,故名"千丈岩瀑布"。瀑布水穿越一座石拱桥(名"仰止桥")后,汇作深潭。潭旁原有亭可仰观瀑布,称"飞雪亭"。瀑布高约200米,经日光照耀,形成五彩长虹。深潭水溢出下泻,即形成"九曲剡溪"的上游,晋代"书圣"王羲之曾在该地隐居。在我去时,该地正在修建水库,工程已于1978年1月动工,据称所拦水面为6平方公里,库岸线长40公里,蓄水量为1.53亿立方米,约相当于7个杭州西湖。此处距溪口镇6公里,后被辟成一个新的旅游景点,因其位于雪窦山御书亭下的亭下村,而称"亭下湖"。

雪窦山瀑布在宋代已闻名,王安石曾有诗题咏:"拔地万里青嶂立,悬空千丈素流分。共看玉女机丝挂,映日还成五色文。"元初的"三教外人"(指儒、道、佛之外)、中国著名的空想共产主义先驱邓牧(1246—1306年)在记述其所观雪窦山瀑布的体会时说:"出寺右偏登千丈岩,流瀑自锦镜出,泻落绝壁下潭中,深不可计;临崖端,引手援树下顾,率目眩心悸。初若大练,触崖石,喷薄如急雪飞下,故其上为飞雪亭。憩亭上,时觉霭醉,清谈玄辩,触喉吻动欲发,无足与云者。坐念平生友,怅然久之。寺前秧田羡衍,山林所环,不异乎地。然侧出见在下村落,相去已数百丈;仰见在上峰峦,高复称此。"[①]

---

① (元)邓牧:《雪窦游志》。

站在雪窦寺前，尽管可以欣赏飞瀑奇观，但也有憾事，即该寺因历史上与蒋家的密切关系，在"特殊年代"已被彻底拆除，只有屹立于寺基前的两棵汉代植古银杏树，象征着寺院往日的辉煌。但鉴于雪窦寺在中国佛教史上的重要地位，在此，我不能不追述一下其历史。

据文献所记，雪窦寺始建于晋代，初有尼结茅于千丈岩瀑布口，称"瀑布院"。① 可能是由于寺院所处位置太低，易遭水患，于唐会昌元年（841 年）移建于可俯视瀑布的山顶今址，寺名改称"瀑布观音院"。唐昭宗景福元年（892 年），僧人常通主持寺务，因得刺史施田 1300 亩，扩建寺院，经阁藏经万卷，天下知名，世称"崇于景福"，常通也被尊为雪窦寺的"第一祖师"。后周广顺二年（952 年）至北宋建隆元年（960 年）间，有天台山国清寺名僧智（知）觉延寿禅师（904—975年）主持寺务，延寿在主持寺务期间，广收僧徒，并完成了佛学巨著《宗镜录》100卷。该书针对当时禅宗轻视读经的弊端，指出："今时学者，全寡见闻，恃我解而不近明师，执己见而罔披宝藏，故兹遍录，以示后贤，莫踵前非，免有所悔。"②因此，被尊为禅宗法眼宗第三祖、净土宗第六祖以及雪窦寺的"复兴之师"。③ 咸平二年（999 年），宋真宗始赐寺名"雪窦资圣禅寺"，沿用至今，简称"雪窦寺"。宋仁宗天圣初年（1023 年），有杭州灵隐寺名僧重显（980—1052 年）应邀主持寺务，历时 29 年。④ 主持期间，重显著述《颂古百则》阐述云门宗教义，被尊为"雪窦山第六世祖"与"云门中兴之祖"，宋仁宗赐号"明觉大师"。此后，宋徽宗时夹山灵泉禅院主持圆悟克勤编《碧岩录》一书，⑤阐述《颂古百则》教义，而使该书成为禅宗名著。南宋淳熙十四年（1187 年），有日僧荣西来雪窦寺学习佛经，回国后，创日本临济宗。又有日僧道元来雪窦寺学习佛经，归国后创日本曹洞宗，两派皆尊雪窦寺为祖庭。宋仁宗时，因弥勒感应梦游名山，请天下画匠绘图寻找，最后确定为雪窦山，南宋理宗赵昀为此于淳祐五年（1245 年）赐匾"应梦名山"，在寺前建"御书亭"。至此，雪窦寺香火益旺，与杭州灵隐寺、天台国清寺、宁波天童寺齐名，被敕为禅宗的"五山十刹"之一。明代，雪窦寺为"天下禅宗十刹之五"。民国年间，雪窦寺仍为"五大佛教名山"之一。鉴于在民国年间雪窦寺与蒋王朝的密

---

① 见清《雪窦寺志》。

②《宗镜录》卷六一。

③ 智（知）觉延寿，五代十国时吴越国人。俗姓王，字仲玄，号抱一子，早年为官。其离开雪窦寺后至去世前，主持杭州灵隐寺寺务。

④ 释重显（980—1052 年），俗姓李氏，字隐之，遂州（今四川省遂宁市）人。

⑤ 圆悟克勤又名佛果圆悟，《碧岩录》全称《佛果圆悟禅师碧岩录》，共 10 卷。灵泉禅院又名灵泉寺，位于湖南澧州。

切关系,其一度被蒋用以做关押张学良将军的囚室,张在被囚时所植楠木二株,至今枝叶繁茂。

在历史上,雪窦寺于元、明两朝曾三度被毁,清顺治八年(1651 年),石奇禅师率弟子在废址上重建寺院。民国时,佛界泰斗太虚大师应邀住持,倡"人生佛教"。由于蒋母王彩玉信佛,曾拜雪窦寺果如禅师为师,因此,雪窦寺也成了幼年老蒋的常去之所,以至立业后的蒋每年回乡,都要去雪窦寺休憩,1927 年,尚为寺中题匾"四明第一山"。1968 年秋,雪窦寺因政治因素被彻底拆除。"特殊时代"结束之后,1986 年雪窦寺又开始重建。

历史上雪窦寺之所以能屡毁屡建,与其是传说中的布袋和尚的道场有着直接关系。布袋和尚也即中国民间尽人皆知的"笑面和尚"弥勒佛。据说其俗名张契此(? —917 年),号长汀子,明州奉化(今浙江宁波奉化)大桥镇长汀村人,后梁僧人。其常背一布袋云游四方。有关于布袋和尚的文献记载,最早见于《宋高僧传》,谓之:"形裁腲脮,蹙頞皤腹,言语无恒,寝卧随处",常用僧杖负布袋进出街市乞食,醯酱鱼菹皆入口,又分少许食物放入布袋之中,曾卧雪中而身上无雪,众人皆奇。后梁明州评事蒋宗霸因此师之,随之云游三年,一日两人共浴长汀溪中,宗霸视布袋和尚背有四目。[①] 有关于布袋和尚的记载尚见于《景德传灯录》,谓之:"梁贞明二年(917 年)丙子三月师将示灭,于岳林寺东廊下端坐磐石。而说偈曰:'弥勒真弥勒,分身千百亿。时时示时人,时人自不识'。后有他州见此公,亦荷布袋行。"[②] 由于布袋和尚圆寂时自称"弥勒真弥勒",因此时人认为他是弥勒佛的化身,竞绘其像供于家中,并塑其像于寺庙天王殿中供奉,这也就是今人在寺院中常见的"大肚弥勒佛"像。后世流传着许多有关他的传说,有的与济公传说相似,其精神被阐述为:"量大福大",要求世人学会包容。与之相关的一些著名联语例如:

> 眼前都是有缘人,相见相亲,怎不满腔欢喜;世上尽多难耐事,自作自受,何妨大肚包容。
>
> 大肚包容,了却人间多少事;满腔欢喜,笑开天下古今愁。

---

① 见《宋高僧传》卷二一《感通篇·唐明州奉化县释契此》。《宋高僧传》,又名《大宋高僧传》,共 30 卷。宋赞宁(919—1002 年)著。

② 见《景德传灯录》卷二七。《景德传灯录》,宋真宗年间释道原撰,禅宗灯史,集录自过去 7 佛,及历代禅宗诸祖 5 家 52 世,共 1701 人之传灯法系。道原书成后诣阙奉进,宋真宗命大臣杨亿等人加以勘定,系中国权威禅宗史。

大肚包容,忍世间难忍之事;笑口常开,笑天下可笑之人。

关于弥勒佛原形,全称是"弥勒菩萨摩诃萨"(梵文 Maitreya,巴利文 Metteyya),意译为慈氏,音译为梅呾利耶、梅怛俪药。其属中国大乘佛教的八大菩萨之一,又称"阿逸多菩萨摩诃萨",被尊为释迦牟尼的继任者,称"未来佛"。① 因为根据佛经的说法:阿逸多为姓,弥勒为名,生于南天竺婆罗门家,随同释迦牟尼出家,成为弟子,其在释迦入灭(圆寂)之前先行入灭(圆寂),待因缘成熟时,将从兜率天宫下生人间,绍(继)释迦如来之佛位。② 鉴于弥勒佛在佛界中有着如此崇高的地位,因此被印度佛教"唯识学派"和中国佛教唯识宗(唐玄奘创)奉为鼻祖,被中国民间作为财神供奉(形象为手提布袋、和气生财),而传至日本后,则被作为"七福神"之一供奉。由于奉化岳林寺是布袋和尚的坐化之处,③雪窦寺则是其日常驻足之处,④因此这两所寺院便成为布袋和尚的"弥勒应迹圣地"和"道场"所在,④香火兴旺。又由于布袋和尚的嫡传弟子蒋宗霸,据传系溪口蒋氏的第二代始祖,而蒋母彩玉又一生礼佛,年幼时蒋亦常随其母赴雪窦寺诵经,这便使雪窦寺院涂抹上了近代中国的政治色彩。站在雪窦寺前回顾其今往,可平添历史沧桑之感。

登商量岗

访雪窦寺旧址后,我的下一目标是攀商量岗,以看沿途景观。商量岗为雪窦山主峰,属四明山东北支脉的最高峰,制高点为海拔 915 米。商量岗得名源自一个当地传说,讲有三位神仙曾在岗上相商选址造雪窦寺事宜,此说见光绪年间编《奉化县志》所记。商量岗又名"相量岗",因为奉化方言发音"商量"作"相量"。

上午 8 时 50 分,我离开雪窦寺旧址,自千丈岩下行约 200 米,过仰止桥,在桥上仰望雪窦飞瀑。随后,从飞雪亭旧址西北向上山,登"妙高台"。

妙高台又名妙高峰、天柱峰,海拔 396 米,位于飞雪亭西约 500 米。峰顶呈平形,三面临深谷,多见烟云,台上布满古松。妙高台在宋代已知名,宋人楼钥(1137—1213 年)过此时,曾题咏:"一峰高出白云端,俯瞰东南千万山,试向冈头

---

① 见《阿弥陀经疏》。
② 见《弥勒下生成佛经》。
③ 传其真身舍利至今存岳林寺大殿东堂。
④ "道场"原指佛成道之所,后借指供佛祭祀或修行学道的处所所在。

转圆石，不知何日到人间"。① 在清代，妙高台上建有栖云庵及石奇禅师舍利塔，后毁于火。老蒋 1930 年又曾在此建有别墅，但毁于"特殊年代"（1968 年秋），待我登临时，仅余残基。又据清《雪窦寺志》所记：妙高台左有伏虎洞，宋高僧知和禅师每日五更在台上诵经，洞内两虎日日听经，野性渐收，该洞因此称"伏虎洞"。又传蒋介石 1949 年 5 月逃离大陆前，曾登临此台，面对旧日山河，黯然泪下。看来登妙高台，从中不只是能领略到自然风光的壮美，同时还能感受到近代中国的历史风云变幻。

由妙高台山道下行里许，便来到了雪窦山著名的景点——"三隐潭"之一的"下隐潭"水电站。潭面显得清幽，有一粗一细两道瀑布自崖口泻下，称"鸳鸯瀑"。但下隐潭处新修有跨越山谷的木桥，由桥上穿越，景色仍显壮观。听当地人说：三处"隐潭"原都可以看到大瀑布，但自从为修水电站拦坝蓄水后，瀑流已变短变弱。

由下隐潭上行，攀登倪家山，便来到了"中隐潭"。中隐潭又称"红卫水电站"，潭面不是很大，但水深幽无底。电站的左侧为水泥渠道，右为山涧，有一道瀑布自山崖转下。潭的两侧，均是高山，山路趋于陡峭。当地人告诉我：由此处走小路赴东岙村仅有 5 里山路，不必翻越倪家山。

在中隐潭与同行的三位上海游客告别。这三位上海游客年龄与我相仿，听说在上海药材公司工作，昨晚与我同宿溪口旅馆，其来雪窦山的目的是赴商量岗东岙村采购药材，溪口有发东岙的隔日车次，车沿盘山公路上山。我建议他们不妨随我沿山路步行上山，这样一来可以游雪窦山"三隐潭"与商量岗景区，二来当晚即可住宿东岙村。他们接受了我的建议，随同我步行上山。不意他们三位中的一位胖子不能走山路，当走到中隐潭时已是气喘如牛，连呼"上当"，我帮他手提拎包，他仍无力上行。因此来到赴东岙的岔道前，我与他们只能是各奔东西了。

由中隐潭上行 2 里，山涧转弯处，住有人家，此处山道较缓。由此再上，经过 4 道瀑布，便是倪家山的顶峰。此处为雪窦山最为险峻之处，两侧均为高山，下临深涧，沿山道上行，有直步云天的感觉。我举头仰视，但见电站水闸，拦山崖而筑，水坝接引处，有两块巨岩挡道，险不可行。坝中之水源自东岙村，流入崖口，沿两侧相距只有三四米宽的危岩下泻，震耳欲聋，雾气弥漫，形成三四十米长的飞瀑。瀑布之水落入深潭，便形成"上隐潭"。跨越深潭有桥，称"红卫桥"，在桥

---

① （宋）楼钥：《妙高峰》。

上行走，头晕目眩。潭下又拦坝作堤，以给其下的"中隐潭"电站提供水力。而仰望"上隐潭"水电站，可深感人征服自然的伟力。

计由上隐潭之水下泻至下隐潭，落差 1600 多米。今天游人步此，因沿途难行之处已修起了栈道，行走不会太困难。而我当年临此，则完全是沿着倪家山的山道绕圈子，在记录之中，我攀商量岗一天上下共行走山路 60 里，其中由溪口镇到雪窦寺是 20 里路；由雪窦寺经仰止桥、三隐潭至倪家山顶水电站是 18 里路；由倪家山顶过东岙村上商量岗，再返回东岙村是 22 里路。而由雪窦寺经仰止桥，过三隐潭的 18 里路是最为险阻与难走的，一路上走走歇歇，耽误了我最多的时间，但这一带风景，却是雪窦山最为壮观之处，不攀三隐潭，就不能说到过雪窦山。当年老蒋过此时，亦曾题绝为赞，诗曰："雪山名胜擅幽姿，不到三潭不见奇；我与林泉盟在夙，功成退隐莫迟疑。"①

由中隐潭步上隐潭的路上，我做了一件助人好事。当时遇一年轻山民挑担上山，我与之同行，不意山道湿滑，挑担青年连人带担跌入道左一人多高的山崖下。好的是山崖下是山民收割未久的稻田，青年伤不甚重，仅擦破胳膊。我跳下山崖将青年扶起，并从书包中拿出携带的消毒药水帮助其擦洗伤口并包扎，为此事耽搁了 20 分钟的时间。这时我留意到稻田中盘踞着数条腕口粗细的黄斑大蛇，幸好蛇离我们距离尚远，不能伤人。但在我帮青年人包扎伤口时，却有许多大蚂蚁乘机爬入我放于稻田中的书包里，啃吃我携带的馒头。

倪家山登顶后，山道开始变得平缓易行。由上隐潭水电站至东岙村村口，仅有数百米的距离。在村口小店中，我就着生蒜吃了四个包子充做午餐，之所以就着生蒜吃包子，是因为包子上苍蝇成群，我生怕受病，只能是将吃生蒜权充吃抗菌素药。东岙村在商量岗东南，处高山盆地中。据相询，东岙村占地面积约 2 平方公里，有 400 余户人家，逾千口人，也算得上是成一定规模的高山小镇了。

中午 12 时 50 分，我离开东岙村，沿上商量岗的山道继续前行，行走约 1 华里路，来到岗底的小村"陈家"，询问当地人得知：由此上岗有路两条，右侧岔道可直赴"712 电视台"，电视台所在位置即商量岗的最高峰，这条路程为 10 华里。左侧岔道须经"土连塘"与"二十四间"两个居民点后上岗，路程也是 10 华里。我决定按右上左下的方式，完成商量岗的攀爬。但上商量岗的山势十分平缓，远不能与我上午攀爬过的倪家山的险峻山势相比较。初攀时，见到的是一些长得不

---

① 毛翰：《民国历史上首脑人物们的诗》，《书屋》2006 年 8 月 31 日，http://view.QQ.com。

高的中等松木;再前,是万竿茅竹当道;而渐至岗顶,连茅竹也不见了,山道两旁仅稀疏地分布着一些细小松木。

下午 2 时 10 分,我终于攀登上商量岗顶峰,来到了"712 电视台"前。举目所见,门牌上写的是"宁波电视台"字样,围墙内除房屋建筑外,就是山顶常见的不规则的巨岩。"712 电视台"不是创台之初的临时叫法,便是"特殊年代"中人们起的时髦名称,而当地人则沿用成习惯称谓。在"712 电视台"前,使我深感遗憾的是:门人坚拒我入内参观,理由是电视台属国家"战略要地",游人不得入内。我询问山的高度,亦拒绝回答,仅指着对面的山头对我说:"那座峰叫'百丈峰',比电视台所在位置还要高 50 公尺,你可前去攀爬。"我当时孤身一人,无力与门卫纠缠,只得转身向电视台对面的"百丈峰"攀爬。上行数百步,已来到百丈峰顶,时为下午 2 时 30 分,但见环山公路的下坡之处,就在眼前,而我站立的山头位置,一点都不比电视台高,电视台所处位置为孤峰,并无他路可攀。我知道门卫讲"百丈峰"的位置高于电视台是在诓我,亦无可奈何,只得下岗,沿着经"二十四间"、"土连塘"的山道,前往东岙村。

由商量岗步行至"二十四间"的路程约为 2 华里,由此再下百米即为"土连塘"。在土连塘,我恰巧碰到攀上隐潭路上救助过的青年人,原来他的家就住在土连塘的山腰上,他的年龄约十七八岁。该青年十分感谢在危难中我对他的帮助,坚邀我到他家中喝茶,并与我说:今晚如不想下山,可住在他家里。我在他家中闲聊片刻,告诉他时间尚早,来得及走到东岙过夜,谢绝了他的挽留美意,继续前行。

由土连塘步行至"陈家"小村的路程约 3 华里,陈家距东岙村的距离约 2 华里,中间隔有一片小平原。下午 3 时半,我抵达东岙村,在公社招待所办理了住宿手续,更衣,少歇,至公社食堂买了饭菜票就餐。晚饭后沿公路散步至上隐潭水电站山崖,坐了很久。下视水坝,蔚然壮观,瀑布飞泻,汇作深潭。两侧高山,宛如刀劈。见有少女沿羊肠山道牧羊上岗,颇为艰辛,相助无力,心生感慨,得句:

> 壑深谷风凉,山道尽羊肠。
>
> 瀑泻惊雷响,落日走群羊。
>
> 少女何辛苦,秉鞭无好妆。
>
> 乌啼声声泪,游子心愧伤。

晚 6 时 45 分返回旅馆休息。旅馆女服务员年轻漂亮，热心为旅客服务，听说我晚餐后要去上隐潭水电站散步，曾特地送我到道口，并询问我所攀名山中最喜欢哪一座山的风景，我告诉她：特别欢喜雪窦山的山水。对这位女服务员我颇生好感，但与我同宿的两位当地客人却不以为然。我听他们私下议论："公社书记的女儿可以当服务员不下田种地，其他社员如何心服？"至此，我才知道这位年轻服务员还属当地的权势之家。当然，我这位外乡人是管不了这么多闲事的，我还得盘计明天如何上四明山的事。

2014 年 5 月 7 日

上四明山

1979 年 7 月 29 日,星期日,雨转阴。晨起,仍步上隐潭吟诗。9 时 40 分,坐上东岙发四明山镇的车次,中午抵。街上午餐,在四明山招待所办理完住宿手续后,根据当地人提供的旅游线路,12 时 50 分出游。所行线路为:

出镇沿山道南行,经医院、702 档案室,至保密厂;再前经溪下、庙下、湖里三地,至甘竹林林场,由林场折返,顺公路北行,返回四明山镇。时为下午 2 时 30 分,共走了约 20 里山路。这一片地区,亦现今四明山森林公园的所在地。

由于四明山镇本身处于山间平原中,地势平缓,因此周围亦无大景致可观。按山民指导的路线游览,周围景观给人的印象是闲山静水,清幽辽远,犹如在山村徜徉,远非雪窦山“高川大涧”的气势。唯一可记之处是出镇不远处有单孔石拱桥名“镇东桥”,桥位于镇东梨洲庙下村的“梨洲溪”上,长 7.8 米,宽 4.6 米,拱高 4.7 米,横跨于山崖两侧的狮山与象山的峡谷之上而建,颇为壮观。据传,该桥为明末乡贤王裕仁集资,率山民共建,因设计合理,历经三百年洪水冲刷而不倒。因桥坐落在村东首,故名“镇东桥”。而该桥值得记述,还因为它与明末清初的大学者黄宗羲(1610—1695 年)的抗清事迹相连。据文献所记:

明亡,黄宗羲变卖家财,组织乡兵,据此结寨抗清并著述讲学,时为顺治三年(1646 年)六月。黄驻兵的具体地点为桥下“梨洲”(今四明山镇所在)之“上痒庙”(又名“杖锡寺”)。而梨洲溪两侧多梨树,每年梨熟,下落塞涧。据传,梨为“仙真所遗”,事见《四明山志》之所记:“晋孙兴公与兄承公同游于此,得梨数枚,人迹杳然,疑为仙真所遗。故名其地曰梨洲。”[1]这一典故也成为黄宗羲自号“梨洲山人”、“梨洲老人”以及世称其“黄梨洲”的来历所在。[2]

---

[1] (清)黄宗羲辑:《四明山志》,清康熙四十二年(1703 年)抑抑堂刻版。
[2] 四明山镇现有梨洲村,位于镇中心,为镇政府所在地。

　　回镇招待所后,我向服务员说起出游所见,对四明山的风景甚感失望。服务员回答我:四明山并非无胜景可观,只是今天你去不得了。我问有哪些胜景,服务员回答我:可攀四明山主峰"华山"以看瞭望哨,距此 10 公里;可去大俞老革命根据地观"四窗岩",系刘晨与阮肇遇仙处;还可去大横山看看水库。只是后两处的距离更远些。

　　由于回旅馆的时间尚早,我只得拿出携带的《唐宋诗举要》磨时。下午 4 时 30 分,在镇上餐馆就餐,又是苍蝇四起。晚饭后,沿溪边散步,见路边无遮挡厕所中男女同厕,由此可见当时山村文化条件的落后。6 时 30 分返住处。

　　次日清晨 4 时 3 刻起床,坐上 6 时发华山的车次,6 时 25 分抵山脚,开始攀山。由于此"华山"非西岳华山,山路平易,6 时 53 分即登顶。此时山顶正置大雾,四周什么东西都看不到。我来到山顶的瞭望哨前,但见铁门紧锁,哨中并无人站岗。但从哨所中传出的微鼾声中,可以断定其中有人正在睡觉。

　　早晨 7 时 15 分,太阳升空,山顶雾散。我举目四望,但见"华山瞭望哨"是由两座旧岗亭及一所新建的岗亭所组成。两座旧岗亭当为战争年代留下的山顶碉堡,无人看管,始修者,可能是抗战期间驻兵于此的新四军浙东游击队。新岗亭即我先前发现有人在睡觉的岗亭,尚在使用之中。山顶上余为荒石,周围则布满了低矮的马尾松。在山顶上远眺,西北是群山,东山脚下是碧波粼粼的大横山水库,东南向正值云海翻滚,一轮淡日穿云而出。稍许,山风四起,山雾尽去,太阳升起,可以看到山湾人家的炊烟冉冉升起。此时山寂无人,仅闻啼鸟,我心中顿时涌起了一种孤寂、恐怖的情感。

　　7 时 25 分,开始下山,步行前往大俞大队。由于华山平缓,尽是泥路,昨日又逢天雨,因此下山之路较上山更显泥泞难行。下山时在荆棘中抓了两只肥胖蝈蝈,不忍伤害,又将其放走。上午 9 时 25 分,经大元基大队后,抵达大俞大队。由华山脚步行至大俞大队,走山间小路为 5 公里路程,其中由大元基至大俞的路程为 2 华里。

　　大俞大队占地面积约 3 平方公里,居住人家约 200 户。由于其分布在一宽阔山涧的两侧,因此风景颇显秀丽。大俞是中国的老革命根据地,抗战期间,新四军浙东分队曾驻此,与前来进剿的日伪军数经浴血恶战,终未弃土,许多当地村民也都为民族事业献出了生命。① 当然我来此,并不只是为了瞻仰先哲的遗业,还因为该地与中国的一个美好神话传说相联系着。据传大俞山顶有岩洞名

---

① 四明山为中国 19 个革命根据地之一、南方七大游击区之一。

"四窗岩",岩有四穴,远望犹楼之四窗,通日月星光,因此得名。四明山亦因之得"四明"之名。东汉永平年间(58—75年),有浙江剡县人刘晨与阮肇赴天台山采药,过此,遇二女,容貌娇艳,邀入洞中,食胡麻饭,睡前行夫妇之礼。居半年,天气和适,常如二三月。刘、阮回家心切,二女说:"罪根未灭,使君等如此。"遂作歌送别。二人还家,发现子孙已传至七代,无人相识,想再返旧处,则迷途难寻。此事见南朝刘义庆(403—444年,刘宋人)《幽明录》之所记,另见北宋类书《太平广记》与黄宗羲编《四明山志·灵迹篇》。对于此则神话传说,古人亦多有诗咏怀。唐曹唐《刘阮洞中遇仙子》诗云:"天和树色霭苍苍,霞重岚深路渺茫,云实满山无鸟雀,水声沿涧有笙簧。碧纱洞里乾坤坦,红树枝前日月长,愿得花间有人出,不令仙犬吠刘郎"。明张瓒《石窗诗》云:"自从刘阮游仙后,溪上桃花几度红。"留给了游人无穷遐思。

但我由华山顶峰一直走到大俞大队,始终未能找到"四窗岩"。无奈向正在路边锄地的山民打探路径,当地人笑着告诉我:四窗岩距大俞约有四五里路,抗战期间蒋介石曾来此以躲避日本飞机的轰炸。但附近小路横叉甚多,如无当地人带路,外来客是无法找到的。由于我急于当天赶往天台山,无暇逗留,只得放弃了寻找四窗岩的计划。

在大俞村口小店买了一个油饼充饥,巧遇一来此村度假的上海学生,与之闲聊,甚感亲切。9时50分,离大俞,沿公路前往大横山水库。途经大横山发电站,停留参观,站内工作人员热情接待,告知发电量供应整个四明山区使用,稍嫌不足。10时37分,抵大横山水库,水库建得十分宏伟,大坝拦山谷而筑,据我目测,高数十丈,水面面积数百平方米。

中午11时,抵北溪,北溪位于山坳间,当因建于山溪北侧而得名。村中约居百余户人家,多卢姓,据传为六百多年前由山东范阳境内迁入,先祖为梁山好汉卢俊义。由于北溪无饭店,只能在供销社买了4块糕饼,向店主要了些开水,冲奶粉就餐。女店主热情接待,笑问客来何方? 有感得句:

过四明山(1979.8.5)

四明山麓有小庄,酒家含笑问客乡。

余言本是青山客,常住五岳松谷堂。

中午11时30分,由北溪抵四明山镇汽车站,候中午12时零5分发往溪口的车次。一天所行大致路程为:由明山镇抵华山10公里,由华山走小路至大俞大队5公里,由大俞至大横山水库为1.1公里,由大横山水库至北溪约2—3公里,由北溪返四明山汽车站的距离为7公里。

下午1时3刻,车抵溪口。到站后才得知由溪口至天台的车次已于中午11时发出,至于明天能否买到上天台山的车票尚不得而知。无奈中办理了当晚宿溪口的手续。此时我发现犯了一个原则性错误,即我原本可在四明山镇坐车南穿四明山抵嵊县,再由嵊县坐车到天台山,这是上天台山的正路。我却轻信当地人的话,懒得连地图都没看,买票欲东折溪口上天台山,走的是一条迂途。

午歇后,先是到溪口中山公园旧址闲逛,园址已改建成奉化微型电机厂。下午3时半还旅馆吃西瓜消暑,随后去溪口饭店晚餐。饭店的菜价低得令人难以置信,一碗豇豆0.15元,一碗丰盛的猪血豆腐汤仅收0.10元。晚餐后照例沿剡溪散步,在溪边凉亭中望月,与当地人闲聊。当地人相告:蒋介石曾在溪口设黄埔军校,军校旧址即今溪口医院。

夜间反思平生,辗转难眠。我生性孤寂好游。明代文人屠本畯曾说:"仆僻处海滨,朋俦或寡,间有一、二同志之士,往往遨游燕赵秦楚之间,踪迹靡定。"[1]"裹三月粮,跟跄走数千里,泛长江,渡黄河,浮淮泗而上,观波涛之灏。"[2]我的性格比屠本畯更显孤寂,每年出游,均独自一身,常在深山中一日行走数十里,碰不到一人。深夜1时半得句,即记:

> 荒山险道路行艰,林密水重黯云天。
>
> 虎啸猿啼丧人胆,江南游客一身单。
>
> 逢临险胜身即死,志壮何须悲晚年。
>
> 纵有此生千种难,亦当羞守小栅栏。

2014年5月23日

① (明)屠本畯:《与王百谷》,收凌迪知(1529—1600年,凌濛初父):《名公翰藻》,《四库全书存目丛书》卷五〇,齐鲁书社1995年版。
② (明)屠本畯:《与张东沙》,收凌迪知(1529—1600年,凌濛初父):《名公翰藻》,《四库全书存目丛书》卷五〇,齐鲁书社1995年版。

国清寺夜宿问道

1979 年 7 月 31 日,星期二,多云。晨 4 时 3 刻起床,早餐后,步溪口汽车站欲买赴天台山的车票,至 6 时许得知:溪口到天台仅有隔日车次,如想当日往,须中午来车站候邻地发天台的过路车。无奈,只能去游附近的"蒋母坟道",以打发上午的时间。

"蒋母坟道"即蒋介石生母王彩玉的坟址所在地,位于溪口镇西约 3 华里的白岩山鱼鳞岙,始建于 1923 年,规模甚大。上山后,有细卵石铺就的千米石道,依次过下轿(马)亭、八角亭、墓庐等处,直抵坟前。但在我去时,由于值"文革"平毁未久,尚未及修复,所能看到的,仅是保留下来的孙中山为蒋母坟所题写的墓志残碑。碑被毁三分之二,但从残字中,可猜出孙题字为"蒋母之墓"。蒋母坟道的两侧多青松,不经意中,发现了一块由蒋经国题写的"齐鲁松风"的石匾。我想,这一定是"文革"中红卫兵"破四旧"时漏砸得存。

7 时 20 分,下白岩山,在武岭山亭附近礁岩上看人垂钓,中午 11 时 30 分,终于坐上了宁波发天台的过路车,算是不幸中的大幸。沿途观天台山山势,似较四明山壮阔。下午 3 时 20 分,车抵天台县城(城关镇),步行 8 里路,4 时许抵天台山麓的国清寺,在可明和尚处办理了住宿手续。

国清寺占地面积约 2.4 平方公里,附近有两道山涧穿越,由于位于五座山峰的包围之中,而称"五峰胜景"。五峰分别为:寺北八桂峰,寺东灵禽峰与祥云峰,寺西映霞峰与灵芝峰,仅在寺南有缺口通往天台县城。而中国的古刹,大多选址于三面环山的谷地,如宁波之天童寺、杭州之灵隐寺等等。国清寺所处的这一独特地理位置,曾得到宋人夏竦(985—1051 年)的诗赞:

穿松渡双涧,宫殿五峰围。

小院分寒水,虚楼半落晖。

国清寺之所以选址在群山相环之处,据说与佛教天台宗的开创者智颛(538—597 年,尊称"智者大师")有关。① 根据文献所记,智颛创天台宗后,甚想在天台山麓选址建寺作为该宗祖庭,并手绘出寺院样式,但苦无资金。临终前遗书晋王杨广(后之隋炀帝)说:"不见寺成,瞑目为恨"。晋王见书后受感动,派司马王弘据智颛生前选定的寺址监造该寺,于隋文帝开皇十八年(598 年)落成。寺初名"天台寺",后更名的原因,据称源自天台宗的一则传说,讲智者大师从江陵赴天台山路上,拜博学老僧定光为师,定光指一山环水绕的福地让其寻找,并云:当今世道,战乱遍地,百姓遭殃,寺若成,国即清,百姓乐业。智者后找到福地先逝,其弟子灌顶承师志建成寺庙后,依据定光"寺若成,国即清"的箴言,定名为"国清寺"。

由于我平生第一次在古刹中寄宿,对于寺内寺外充满着新奇。国清寺起码是在两个方面留给了我深刻印象:一是其悠久的佛教历史;二是寺内僧人的劳作精神及对于佛教真谛的不懈追求。

来到国清寺前,最先映入眼帘的是 7 座低矮的石塔,称作"七佛塔",据说塔为隋唐时期天台宗为纪念"过去七佛"而建。② 七佛分别指:毗婆尸佛、尸弃佛、毗舍浮佛、拘留孙佛、拘那含牟尼佛、迦叶佛和释迦牟尼佛。我查了一下有关"过去七佛"记载文献,除释迦牟尼(民间俗称的"佛祖如来")之外,其他六佛的大略事迹为:

毗婆尸佛,又译毗钵尸佛、惟卫佛(意译胜观、种种见),刹帝利种姓,姓拘利若,出世时间距今 91 劫(佛教认为一劫为 13 亿 4 千万年),在波波罗树下成道,举行过三次说法集会,共有弟子 34 万。③ 尸弃佛,又译式式弃、严那尸弃(义译顶髻、最上),刹帝利种姓,姓拘利若,在过去"三十一劫"时出世,在分陀利树下成佛,举行过三次说法集会,共有弟子 25 万。④ 毗舍浮佛,又译毗湿婆部、毗湿波浮毗舍等(意译遍一切自在、广生),于娑树下成道,初会说法度化 7 万人,次会说法度化 6 万人。⑤ 拘留孙佛,又译拘楼秦佛,婆罗门种姓,姓迦叶,于人寿四万岁

---

① 智颛(538—597 年),隋代荆州华容(今湖北潜江西南)人,俗姓陈,字德安。国清寺天台宗开宗祖师,世称智者大师、天台大师。一说为天台宗三祖,即以慧文、慧思为初祖、二祖。

② 或云隋唐时的七佛塔已不存在,今塔为 1973 年在旧址上的重建。此说令人难以置信,因为 1973 年尚为"文革"时期,不砸旧塔已是万幸,岂有人敢再建新塔。

③ 事迹见《地藏菩萨本愿经》等。

④ 事迹见《长阿含经》卷一《大本经》。

⑤ 事迹见《长阿含经》卷一《大本经》。

时出世,于尸利沙树下成道,初会说法,度化弟子 4 万。① 拘那含牟尼佛,又译拘那含佛、拘那伽牟尼(意译金色仙、金儒),婆罗门种姓,姓迦叶,于人寿三万岁时出生,于乌暂婆罗树下成道,初会说法,度化弟子 3 万人。② 迦叶佛,又译迦叶波佛、迦摄波佛、迦摄佛、大迦叶(意译饮光佛、隐光佛,),姓迦叶,于尼拘律树下成佛,出世于贤劫中,骑一头狮子,降生于释迦牟尼佛之前,为释迦牟尼佛的因地本师与前世之师,举行过一次说法集会,有 2 万弟子参加。预言释迦将来必定成佛。③

从上述佛教文献中有关前六佛的记载来看,其与释迦牟尼的生平既有相似之处,又有不同之处。而我个人的理解只有两种可能性,一是前六佛均为释迦牟尼在不同时代的化身;二是前六佛为释迦牟尼佛学思想的前源,释迦牟尼正是继承了他们的思想,才得以创立佛教理论。如果是从历史逻辑来看佛学,我更愿意相信后一种可能性。

由七佛塔上行,便来到了唐代著名天文学家一行和尚的坟前,墓铭是:"唐一行禅师之塔",附近还有一块石碑,写着"一行到此水西流"的字样。一行和尚,俗名张遂(683—727 年),河北巨鹿人,唐初功臣剡国公张公谨(凌烟阁二十四功臣之一)之后。在天文学上的重要贡献,是编制了《大衍历》,并在世界上首次推算出了子午线的长度。而一行和尚的坟之所以会设在国清寺前,据说与其编制《大衍历》的历史有关。即一行在编制《大衍历》时遇到了数学难题,当时国清寺的主持达真法师精通算学,于是一行不远千里来此求教。达真法师有先知之能,谓弟子说:待今日门前涧水西流时,会有贵客自远方求访。不久寺前涧水暴涨西流,而门人通报一行到来。于是,国清寺前便留下了这块"一行到此水西流"的石碑。在一行的努力下,两年后(727 年)《大衍历》修成。唐人孙浦因此事神奇,特地赋诗《一行算法》为纪:

> 一行寻师触处游,到天台后始应休。
>
> 因知算法通天地,溪水寻常尽逆流。

而一行所修的《大衍历》,有很高的科学价值。欧阳修曾给予评价:"自太初

---

① 事迹见《长阿含经》卷一《大本经》。
② 事迹见《长阿含经》卷一《大本经》。
③ 事迹见《长阿含经》卷一《大本经》。

至麟德历，凡二十三家，与天虽近而未详，至一行则详且密矣。其倚数立法，固无以易也，后世虽有作者，皆依仿而已！"①欧阳修这里所说的"凡二十三家"，系指汉武帝太初年间至唐高宗麟德年间，其他历法家所修的 23 家历书，欧阳修认为其均不如一行历法精密。

据说一行访国清寺后，因留恋天台山水之美，死前遗言葬天台山麓，于是国清寺前便有了这座"一行禅师之墓"。而达真法师所说的西流涧水，即现今天台山八景之一的"双涧回澜"。其中，西涧发源于灵芝峰黄泥山岗与映霞峰，汇合于寺前的丰干桥畔，向东入溪，因为流程短，水自映霞峰上直泻而下至广国清寺前，仅二三公里，水常泛黄。东涧水自北山（八桂峰）而下，奔流数十里后，才到达国清寺前，水常清澈。而夏季多雨时节，二水相汇，一清一黄，便形成了"双涧回澜"的奇观。若下雷雨时，北涧有雨，形成山洪，西涧方向却无雨，因河道狭窄，泄洪不及，东涧之水便会在越过丰干桥时，漫向西涧，造成"一行到此水西流"的奇观。

距离一行坟不远，在国清寺前祥云峰的西麓，有一座"五峰胜景亭"，左依山涧，右有隋塔，风景显得十分幽静。隋塔历今已 1300 余年，原为砖木楼阁结构，六面九层中空，每面都有壶门，内有楼梯可盘旋登顶。但因年久失修，塔周木檐已尽失，壶门亦被水泥封死，仅剩砖身，游人不得入内。根据文献所记，隋塔原名报恩塔，系晋王杨广（后为隋炀帝）为报答智者大师授其菩萨戒，于隋开皇十八年（598 年）遣司马王弘监建，在南宋建炎三年（1129 年），又经重修。② 现塔身残高 59.4 米，边长 4.6 米，仍为浙江现存的最高古塔之一。隋塔下面有一片松林，松鼠上下奔窜，一点都不怕游人。游人至此，虽不得登塔远眺，亦可体会到人与自然的贴近。

离开隋塔，趋国清寺，首先看到的是寺匾"国清讲寺"四个大字，此四字据说出自清雍正帝的亲笔。寺以"讲"字阐义，而不称"禅"，是专指注重研修佛教义理的天台宗与华严宗寺庙而言。因为国清寺属中国佛教天台宗的祖庭，自然得称"讲寺"，而不能称"禅寺"。而在"国清讲寺"对面照壁上，留有近代书画名家王震（1867—1938 年，字一亭）所题写的"教观总持"四个大字。据佛教界的说法，"教观总持"四字，出自明末高僧、天台宗三十一世祖藕益大师的《教观纲宗》一著，其谓："佛祖之要，教观而已矣。观非教不正，教非观不传。有教无观则罔，有观无教则殆。"其意谓"教、观"二字，系"教相门"与"观心门"的并称，其中"教相门"指：

---

① （宋）欧阳修：《新唐书·历律志》。
② 见（清）张联元辑《天台山全志》。

自形式到内容,加以分类、整理、推判、科释而令学人掌握教法精髓,深究其义理;而"观心门"则指:为体验教法精髓,而依之实修的种种方法。而天台宗典籍"天台三大部",其中,《法华玄义》、《法华文句》主说"教相门",旁及"观心门";而《摩诃止观》则主说"观心门",旁及"教相门"。而教中有观,观中有教,"教观双美",则为天台宗之特色,亦为中国佛教之精华。而"总持"者,即持一切善法,不使漏失也。[①] 用今人的语言来诠释天台宗"教观总持"的涵义,颇有一些理论联系实际的意味。

步入国清寺,其大致布局为:过韦陀殿,左有鼓楼,右有钟楼。再前为雨花殿,殿左为观音殿、文物陈列室,殿右为僧舍及游人住宿处。再前为大雄宝殿,殿左为妙法堂(藏经阁),殿右有隋梅亭。在寺的西南角有国清寺的著名庭院"鱼乐国"(近"双涧萦流"小门),而附近寺廊中,则有东晋大书法家王羲之所书的"鹅"字碑。

韦陀殿,民间俗称"门神殿"。根据佛教的说法,韦陀是佛的护法神,在释迦佛入涅时,邪魔把佛的遗骨抢走,韦陀及时追赶夺回。因此韦陀在佛教中便取得了驱除邪魔、保护佛法的天神地位。从宋代开始,中国寺庙中供奉韦陀,尊称韦陀菩萨,认为其属南方增长天王手下的八大神将之一,位居 32 员神将之首(四大天王每人手下有八神将)。其在寺庙中的塑像常站在弥勒佛像背后,面向大雄宝殿,护持佛法与出家人。由于韦陀在佛教中的地位不高,供奉之处常在偏殿、寺院大门口、影壁后面,承担门神责任。国清寺中的韦驮佛双手捧一柄金色宝杵,意味着云游僧人可来寺中"挂单"食宿(如宝杵单手相拄则意味不可挂单)。

过韦陀殿,即为"雨花殿",该殿实为金刚殿,因为其内供奉着"四大天王"的神像。而之所以称"雨花殿",传说是:天台宗祖师智者大师曾在此讲述《妙法莲花经》,精诚所至,感动天庭,天上下起法雨天花,故得此名。而金刚殿中之所以要供奉"四大天王"的神像,是因为印度佛教认为:有东、南、西、北"四天",每一"天"都有一"天王"掌管。"天王"亦称"天神"或"金刚",所以一般寺庙中均设"金刚殿"或"天王殿"。而中国民间传说中的"四大天王",象征着"风调雨顺",这是因为守护南方的"增长天王"名"毗琉璃",着青盔青甲,手执青锋宝剑,"锋"与"风"谐音;守护东方的"持国天王"名"多罗吒",着白盔白甲,手弹琵琶,足踩乐器,象征音调中的"调"字;守护北方的"多闻天王"名"毗沙门",着绿盔绿甲,一手托宝幢,一手擎雨伞,象征"雨"字;守护西方的"广目天王"名"留博叉",着红盔红

---

① 月悟:《略释"教观总持"》,《台州佛教》2001 年第 6 期。

甲,手提一条蜃龙(蛇形),蜃音慎(shèn),与"顺"谐音。"四大天王"在佛教中肩负着"视察"众生善恶和"保护"佛法的神圣职责,因此即佛教中的护法神。

过韦陀殿、雨花殿,再穿越大雄宝殿,在殿右可以看到隋梅亭,在殿左寺廊中立有晋代大书法家王羲之所书的"鹅"字碑,而在寺的西南角则有国清寺的著名庭院"鱼乐国"。而这些古迹得以存留,与历史上国清寺处于"唐诗之路"的核心地带,许多名人雅士曾到此题咏有关。

"鹅"字碑据传为当年王羲之入天台山向白云先生(居华顶峰旁灵墟山)学书时所留,后遭雷劈,仅存碑文右侧,至晚清时,又有天台山人曹抢选补书左侧,合成一体。隋梅亭中的"隋梅",据传为智者大师弟子、天台宗五世祖灌顶法师(561—632年)手植。灌顶,俗姓吴,名非凡,号法云,法名灌顶,因为是章安人,后人尊称章安大师。其手栽梅树当为中国现存最古老的梅树了。一说隋代临海白水洋地方有杨姓夫妇喜种梅,生女名"梅女",美丽非凡,为躲避当地富户刁少爷逼婚,匿身于国清寺中,事过后,到国清寺植梅以谢灌顶法师。"鱼乐国"实为国清寺的放生池,多金鲤,池边所立石碑"鱼乐国"三个大字,为明礼部尚书董其昌来寺中避暑时所书。此后,乾隆皇帝下江南时,又在池侧清心亭中题写了御碑。如果查阅有关国清寺的文献,中国历史上的文化名人柳公权、孟浩然、李白、贾岛、皮日休、陆龟蒙、杜荀鹤、黄庭坚、米芾、朱熹、洪适等等,都先后到此,留下了咏怀文字。这足见国清寺深厚的文化底蕴,这也是历史上国清寺能屡毁屡建的基本原因。根据文字记载,国清寺曾先后毁于唐武宗灭佛和北宋宣和二年,至宋建炎二年重建,列名为朝廷认定的"五山十刹"之一。此后,清雍正十一年又下诏重修国清寺,清末、民国时期又经增建,终形成现今规模。而我作为后生晚辈,能践先贤足迹到此凭吊,亦感荣幸之至。

入夜,与接待我的可明师傅闲聊,可明师傅告诉我:自唐代怀海禅师创《百丈清规》,提出"一日不作一日不食"的理论以来,国清寺可以说是典范的实践者,因为国清寺僧人从事农业生产劳动的传统,从古时一直延续至今。现在,国清寺不仅是一个佛教寺庙,同时也是一个农业生产单位,称"国清寺生产大队"。据可明师傅相告:他21岁时出家,先在寺中当牵牛和尚,后受法识字,30岁开始研习佛理,但仍须从事农业生产。他去年还担任生产队长,今年因提升为寺内"衣钵师傅"(地位仅次于方丈),才脱离体力劳动,专一从事客人的接待工作。目前寺内共有僧人60余人,其中除日常脱产管理寺务者8—9人之外,其余人均得参加农业生产。现"国清寺生产大队"生产的粮食自食有余,并有余粮卖给国家。此外,寺内现养猪20余头,养兔80余只,年分红人均可得百余元钱。国清寺僧人从事农耕的时间是：早上 5 时出工，晚上 7 时收工，中午 11 时至 1 时为休息时间。至于国清寺脱产人员，主要职责是管理寺务，兼搞卫生等。对于这些脱产人员，国家每年贴补 2000 元，人均一天贴补 9 角钱。其中，方丈为唯觉师傅，现年 60 余岁，系省里"常委"及省政协委员，属国清寺最高负责人。

而根据我的直观，国清寺僧人从事农业生产劳动的传统，对于国清寺佛业的发展起码是造成了两点影响：一是避免了像"文革"中许多寺院僧人食无饱餐、被扫地出门还乡的悲惨命运（如浙江玲珑山之玲珑寺等），同时也最大限度地保存了寺庙文物在"文革"中不受红卫兵的破坏。如据我亲见，国清寺内"四大金刚"等佛像、文物室中陈列中的"五峰古藏"等文物，以及寺外的隋塔、七佛塔、一行碑等，"文革"中均未曾遭受大的破坏。此外，当时国清寺僧人吃饭放量，无须使用粮票，生活质量要远高于其他寺庙的僧人，这导因于当时"国清寺生产大队"生产的粮食自食有余。二是使寺内僧人的生活习惯最大限度地平民化。如当时国清寺僧人食堂中荤、素菜俱全，面食中则有肉包子，僧人们并不忌口。而且，当时有多位寺僧抽烟。我曾就此事向可明师傅请教，可明的回答是：寺僧原有烟、肉之戒，但"文革"中曾被强迫破戒，此后寺僧也就不再讲究这一套了，现在国清寺僧人除不可讨老婆一条之外，其他已与常人无异。

但国清寺僧人生活习惯的平民化，并不妨碍他们对于佛教真谛的追求。从佛学传承关系来看，国清寺属天台宗（法华宗）的祖庭，不该有其他佛教宗派的僧人入驻。但在我去时，因距"文革"中"破四旧"未久，其他佛教宗派如净土宗、禅宗中的一些僧人亦被集中到了国清寺，他们都能接受天台宗的管理，农忙之余，研经养性。广厚和尚告诉我：他原为家中独子，20 岁时，为逃避国民党"抓壮丁"出家天台寺，现专攻《法华经》。目前身体尚好，认为出家后清闲，无牵挂，只是感到成佛很难。现年 72 岁的净土宗和尚若融（俗名章兴海）告诉我：国清寺新近出家了四位年轻僧人，出家原因不明，由天台宗显广和尚统一教习佛法。四位青年僧人的情况分别为：有两位来自浙江温岭，年约 20 岁。一位 17 岁的吉林青年由叔叔送来出家。另一位叫"了念"（俗名冯红）的年轻人 18 岁，亦浙江温岭人，家中从事农业生产，条件很好，去年自己来此出家后，父母叫不回去，母亲送来了四条棉被。

而接待我的可明师傅，无疑是国清寺中最有学问的和尚之一，他用了一整个晚间，与我介绍天台宗的哲理。他告诉我：天台宗亦名法华宗，因其教义主要依奉《妙法莲华经》（简称《法华经》）而得名。又因为该宗创始人智颐常住浙江天台山，而得名天台宗。天台宗是中国佛教最早创立的宗派，并于 9 世纪初被日本僧人最澄传到了日本。天台宗有九祖，包括：龙树、慧文、慧思、智顗（智者大师）、灌顶（章安大师）、智威、慧威、玄朗、湛然。但人们一般均以智顗大师为天台宗初祖。从学理上来说，天台宗主张"一念三千"与"圆融三谛"。"一念三千"谓"三千大千世界"，不出于众生"一念之心"。"圆融三谛"谓有空（真）、假（俗）、中三观，对应真、俗、中三谛。看问题要不偏空，不偏假，立中道。是以称"圆融三谛"。前者为天台宗的世界观，后者为天台宗的方法论。

我没有研习过佛经，无法领悟可明师傅所述"圆融三谛"的深刻哲理，但我依稀感觉该哲理似与儒学的"中庸之道"有相通之处。

可明师傅又告诉我：天台宗与禅宗的主要区别在于：天台宗"有格有教"，禅宗"有格无教"，因此天台宗要高于禅宗。可明师傅所说的"格"，系指寺院寺规，"教"是指的佛教经典。由于禅宗只讲"公案学"而不立文字，因此要逊于天台宗。按可明师傅所说的"公案学"，原指官府判决是非的案例，后被禅宗借用，指前辈祖师的言行范例，用来判断是非迷误，而成为佛教专用名词，以这种方法来发展的禅学，称"公案学"。可明师傅对于禅宗的批判，显示了他深刻的佛学修养。

夜半，拥裘不寝，得句：

七律　国清寺夜宿

雨打芭蕉玉漏深，拥裘不寐夜沉沉。
韶华已付东流水，壮志未酬寄瑟琴。
曾上天台聆落涧，何时古刹再登临。
伊人谁阻天涯路，謦竹难明一片心。

国清寺是我青年时代曾去过的、留下了较深印象的寺庙，原因是在此曾聆听过可明师傅的说法。两年前我又去了一次国清寺，但见游客喧喧，人头攒动，寺内增添了我以前未曾见到过的许多新建筑，寺庙是繁华了，但是却丧失了历史沧桑感。

2014 年 6 月 29 日

上石梁,夜宿中方广寺

1979 年 8 月 1 日,星期三,多云有阵雨。

清晨 5 时起床,餐后本想早行,今日的计划是访塔头寺、高明寺、龙王堂、赤城山,游石梁,夜宿中方广寺。可能是可明师傅知我今日要过多所寺庙,怕我受异说影响,一早找我说法,再度回答我昨晚相询的两个问题:一是何为佛教的"大千世界";二是何为佛教的"判教"标准。我只能留下来静听。

可明师傅告诉我:"大千世界"主要是指三个"世间",一是"国土依返世间",指的是人肉眼所及之山河大地。二是"五阴实法世间",指的是人"色"、"受"、"思"、"行"、"识"的五种主观认识,"色"为目所睹;"受"为心所爱;"思"为"六根"(眼、耳、鼻、舌、心、意)对外在物质世界的主观反映;"行"为行动;"识"为人的理性分辨能力(别善恶)。三为"众生假名世间",众生包括上至佛、下至地狱、魔鬼及人世间之一切事物(具体含佛界、菩萨界、缘觉界、声闻界、天界、人界、阿修罗界、饿鬼界、畜生界、地狱界等"十界"),之所以称"假名",是因为"十界"中的一切事务均有名无实,最终幻灭而仅余空名,如一个烟灰缸毁坏后即无存,而仅余空名。至于佛教的"判教"标准,亦即佛学各派的内部争议,并非是佛法的不平等,而是学佛者对佛学认识的偏差,如玄奘法师创立的"法相宗"对于"五阴实法世间"持"八识"论,而天台宗持"五识"论,玄奘法师过世后,其学说无人光大而衰亡了,而天台宗的"五识"论却被佛界光大,这既说明天台宗对于佛学发展的重要贡献,同时也说明佛教"判教"的重要意义。

在聆听了可明师傅对于天台宗教义的深刻阐述后,已是上午 10 时许,我告别国清寺,开始了一天新的征程。

我先是攀越金鸡岭,在跨过瀑布、深谷之后,于中午 11 时 40 分抵达塔头寺。这一段山路有 10 余里。塔头寺距附近山村塔头约里许,内有天台宗开创者智颛(538—597 年)的肉身塔及历代天台高僧的画像,此外,寺的檐栏上绘有孙悟空辅唐僧西天取经的图案多种。据文献所记：塔头寺始建于隋开皇十七年（597年），又名"智者塔院"、"真觉寺"，系智者大师（智颛）的最早出家之地，因此也是天台宗诞生的策源地。智者圆寂后葬于塔内。此见载古籍《天台山全志》。现塔身高7米许，是凡来天台山国清寺朝拜"祖庭"的日本、韩国及东南亚国家宗教界人士必来朝拜的"圣塔"。

在塔头寺少歇10分钟，11时50分继续前行。塔头寺前有一片开阔的松林，林前为公路，在公路的边侧，可以看到一座陡峭的山峰矗于天台山大峡谷的中间，山峰的顶端有一块巨大的岩石似座椅，当地人称"仙人座"。由"仙人座"前行10里许，则可以看到"桃源洞"景观。一路与当地医院的一位医生同行，医生告诉我一个与桃源洞相关的"仙女送乌药"的传说。传说梗概为：

古时有一对双胞胎兄弟名刘惊、刘阮，赴天台山采药，过桃源洞时因无粮饿死。桃源洞中住有两位替王母娘娘掌管乌药①的仙女，见之，用水调乌药送于两兄弟嘴中，将人救活。随后，两仙女与两兄弟成婚，共同生活了半年。一日，弟弟刘阮思乡想归，哥哥无奈伴行，仙女亦不留，仅以乌药相赠，并询问归期？兄弟俩回答：少则半年，多则一年。但两兄弟回乡后发现：当地已无人可识，询问两人当年情况？回答是：听先人说二人是当地的七世祖，一年入天台山采药后不知所终。二人无奈重返天台山桃源洞，却发现二仙女因违犯天条，将乌药私赠凡人得传人间，已被王母娘娘处死，尸身化作桃源洞附近"仙女峰"的两座峰头。而兄弟二人在桃源洞中又活了百余年亦亡。后人由于感激仙女通过二兄弟将乌药传入人间救人病患，仍希将来有神人能将其救活，只是不知何年。

医生又告诉我：天台山石梁附近有一处景观叫"龙头颈"，是一巨岩自百米高岗蜿蜒而下伸直入深涧，状似龙颈。"龙头颈"处有一山洞名"旱龙洞"。古传有一条旱龙居洞中99天，为非作歹，天不降一滴雨，天台山民众无法生活。后来上帝派来一条雨龙将旱龙赶往沙漠，天始降甘露，百姓得以重生。

医生又告诉我："文革"结束尽管已三年，天台形势仍然不稳，两派武斗不断，都是基干民兵参与，手中各有武器，县里工厂有人下来指挥，打死了3个人，其中两人是农民，一人为工人。公社党委毫无用处，县长亦无处可住。省里最近又派出10多个人的工作队下来解决问题。

对于医生所陈述的天台县政治形势我无可置评，因为我非当地人。但是对于医生告诉我的"仙女盗乌药"的神话传说，我却颇感兴趣，认为这如同古希腊神

---

① 乌药为名贵中药，属常绿灌木，根茎可治胃病、胸痛病等。

话中普罗米修斯偷盗天上火种下传人间而受到宙斯(上帝)惩处一样的悲壮。为此,我后来查了一下古文献中的有关记载,发现出处均为晋代干宝的《搜神记》与南朝刘义庆的《幽明录》。其故事大略谓东汉永平年间(58—75年)浙江剡县人刘晨、阮肇赴天台山采药,饥饿待毙,逢仙女得救成婚、还乡已为七世祖事。这一故事与我过四明山"四窗岩"山洞时所听到的故事差不多。而据我理解:这一故事体现了中国古代道教"长生不死"的思想,但由于原记载并未注明仙女居洞的具体位置,因此在后世流传过程中变了样,四明山人附会作发生于"四窗岩"山洞,而天台山人则附会成发生于"桃源洞"中。此外,关于此故事的文献记载与口头传说也发生了差异。口头传说如上陈医生转述的故事,已与干宝《搜神记》、刘义庆《幽明录》的原记载大别。至于文献记载,清康熙年间台州知府张联元主修的《天台山志》谓之:"刘阮洞,又名桃源洞,在护国寺东北。先是汉永平中,有刘晨、阮肇入山采药失道,见桃实食之,觉身轻,行数里,有二女方笄,迎以归留半载谢去,至家,子孙已七世矣。元祐二年,天台县郑至道凿山开道,夹岸植桃数百本。随山曲折,水穷道尽,则有洞潜通山底,深不可测。其林木瑰异殆不类人间。"①这一记载显然也大别于干宝《搜神记》、刘义庆《幽明录》的初记。

天台山现"桃源洞",实由一高一矮的两个山洞组成,均不深。根据传说,大洞为刘、阮与仙女共居处,小洞则为侍婢居所。仅就山洞所处的位置来看,颇险胜,但山洞本身似并无奇绝之处。

由塔头寺前行15里山路,抵达高明寺,与沿途给我讲了许多故事的县医院医生告别。高明寺位于高明山腰、幽溪边侧,系天台宗创始人智𫖮创立的"天台山十二古刹"之一,当时的称谓是"幽溪道场"。该寺在唐昭宗天祐年间(904—907年)获得较大发展,因为寺处山腰,其位置似凹形镜的聚集处,日、月之光常聚不散,使山寺显得高大明亮,始改称"高明寺"。寺后废。明万历年间(1573—1619年),有天台宗名僧传灯大师(1553—1627年)驻此立"幽溪讲堂"讲学,重建寺院,复兴天台宗,而被尊为天台宗第三十代传人、"智者大师再来"。该寺现存智者大师圆寂时用过的衣钵及贝叶经,因其在天台宗发展史上的重要地位,亦为天台宗信徒朝拜的圣地之一。

高明寺附近有天台山的两个重要景点,寺东北"螺溪钓艇",属"天台八景"之一。所谓"钓艇",实为一座孤峰凸起的石笋,处两山夹峙的山潭之中,直插云天,飞瀑自笋后泻下,撞击岩根,配以蓝天白云的景观,甚显壮观。山潭称"螺蛳潭",

---

① (清)张联元修:《天台山全志》,台郡尊经阁藏版,清康熙间刻版。

其得名原因相传为智者大师曾放螺于此。

寺西南景观称"赤城山",因山上赤石排列如城,望之如霞而得名。据传山上有石洞十八,与中国道教渊源甚深,其中以紫云洞(俗称"下岩")和玉京洞(道教第六洞天)最为著名。紫云洞内依岩构筑楼屋数间,洞前立有"建文帝度岁处"石碑一块,估计为后人附会之作。[①] 山顶有古塔一座,高约 30 米。传为南朝梁大同四年(538 年)岳阳王萧察为其妃子所建,故称"梁妃塔"。塔下有洞称"白蛇洞",据传当年曾有白蟒踞中作祟。塔下另有尼姑庵一所。赤城山亦属"天台八景"之一,一般被视作天台山的南门标志,李太白《梦游天姥吟留别》诗谓:"天姥连天向天横,势拔五岳掩赤城。"诗中"赤城"二字即指的天台之赤城山。

下午 1 时 20 分,步抵"龙王堂"。龙王堂位置处天台山东南苍山坦头镇榧树村,可能因当地多山潭而得名。附近共有九口山潭,分别为:绒丝潭、畚斗潭、砚台潭、捣臼潭、蜂桶潭、浴桶潭、牛草桶潭、草糊潭、水井潭,合称"苍山龙湫",亦称"九龙潭"。九口山潭均发源于苍山顶峰,向东蜿蜒下泻,次递形成天台山地貌中的悬崖、飞瀑、碧潭奇观。根据当地传说:掌管浙东地区行雨的有四处龙王,分别为天台东乡的苍山龙、宁海南乡的江百沙龙、湫水山龙和海游附近的双尖山龙。而当地所称的"九龙潭"无疑是苍山龙的居所。

在龙王堂少歇,午餐,向当地老人问路,下午 4 时 20 分步抵中方广寺,办理住宿手续,品茶、擦洗、晚餐。由高明寺抵龙王堂的山路约 22 华里(有公路可达),由龙王堂抵中方广寺的山路约 10 华里。

中方广寺的位置,居天台山最著名的景观石梁瀑布西侧的山坡上。根据文献所记,中方广寺始建于东晋兴宁年间(363—365 年),开山祖师为昙猷尊者,寺中的著名景点有两处,一是由南宋宰相贾似道(天台籍)承资 5 万两白银修建的昙华亭(亦作"昙花亭")。贾似道之父贾涉(1178—1223 年)为南宋抗金名将、山东忠义军领袖,其据山东时,金兵七年间不敢窥淮东,后归宋,位至制置使。此亭之修,是为了纪念其父。二是始建于五代的五百罗汉铜殿。据佛经所说,"五百罗汉"为较早追随释迦牟尼学习的从业弟子,事见《法华经·五百弟子受记品》之所记。但是在印度佛教传入中国被中国化后,中方广寺铜殿中的"五百罗汉"被附会成了秦末汉初追随齐相国田横逃海岛、羞为汉臣慷慨自杀的 500 壮士化身。此后,天台山一带不断传出"罗汉显圣"、"罗汉化身"、"罗汉转世"的传说,中方广寺也成了"五百罗汉"现身应化的道场。但可惜的是,在我赴中方广寺时,昙华亭

---

① 据《明史》所记,建文帝削藩失败,明成祖入京,宫火起,建文帝不知所终。

与五百罗汉堂这两个景点均未能见到,原因是中方广寺在1958年已毁于火灾,所剩下的,仅是当年寺院的厨房,住着接待我的一位老和尚和一位小和尚。老和尚法名通和,60余岁,青年时代出家上海静安寺,后流落于天台山。小和尚法名定基,年18岁,浙江台州临海人,1976届中学毕业生,征得父母同意后出家。

在中方广寺晚餐后,前往石梁参观。石梁无疑是天台山的代表性景观,它是一块跨山崖两端的巨大天然石梁,梁长二丈许,梁面似巨蟒背拱起。从梁身上走过,使人胆寒心颤。石梁上方有四叠飞瀑顺山崖转流飞泻,穿越石梁坠入几十丈的深谷之中,发出惊雷之声。据当地人说:站在石梁上仰看瀑布,称作"龙摇尾",即瀑布细长似尾。而俯看瀑布,则成了"龙头颈",因为瀑布量大而粗。我到石梁,时值傍晚5点50分,天色尚白,但弯月已升,上见蓝天、白云、明月,下见深涧、巨卵石,两侧山坳则多劲竹、古木。我可以说此时所见到的石梁飞瀑,应为天台最壮美的景观。

过石梁,顺石阶下行未远,在溪边可见"下方广寺"。据文献所记,下方广寺亦为东晋高僧昙猷始建,初名"石桥庵"。智者大师初来天台山时,曾在此夜宿,与定光禅师交换学禅心得。该寺后屡毁建,但在我去时,下方广寺已仅余残殿,因为寺中佛像,在"文革"中被红卫兵作为"四旧"捣毁,而寺的残殿,当时作为当地生产大队队部以及林场驻处,有的残殿,则成为当地百姓的住家。下方广寺前有一片竹林,颇显秀丽。

过下方广寺,顺溪流再前,有小石桥一座,在桥上可仰观石梁飞瀑,石桥之下,则为"金溪"与"大兴坑"两条溪水相汇之处。距下方广寺不远,在金溪边侧另有"上方广寺"地名,但寺庙本身在历史上因两度失火,原址已不存。

晚间6时55分,阵雨过后,归鸟啼晚,涧泻如雷,尚可仰观飞云弯月。由于夜幕将垂,我只能沿着溪径慢慢走回中方广寺。

夜间无事,向通和师傅买了茶叶一杯,慢慢品味,向其讨教佛理。通和师傅为上海市人,青年出家,其后可能因战乱因素流落天台山。他与我说经时讲的是一口上海普通话,使我似闻乡音,颇感亲切。因为我虽为北方人,但自学龄时代起就在上海生活。如果说在国清寺与我说经的可明师傅是一位天台宗大师的话,那么在中方广寺与我说经的通和师傅则可称之为禅宗大师,他对天台宗的教义似乎颇为不屑,告诉我:在"会昌法难"(唐武宗灭佛)[①]之后,天台宗实已失传,

---

① 唐武宗崇信道教,会昌年间因佛教寺院土地不输课税,僧侣免除赋役,损害国库收入,于会昌五年(845年)四月,下令清查天下寺院及僧侣人数,规定长安、洛阳左右街各留二寺,每寺僧各30人。天(转下页)

后来又派人到日本取回，一说是日本僧人到中国二度传教，天台宗才得以流传下来。因此真正能代表中国佛教正宗的是禅宗，而非天台宗。听了通和师傅的这一般言论，我才明白国清寺可明师傅为何一早起来便找我来谈佛教的"判教"标准，原来他料定我今晚宿中方广寺时，会听到通和师傅不同的说法标准。

通和师傅又告诉我：禅宗的真谛在于"六即"与"四教"。"六即"是指人成佛的六个阶段，佛教术语又称之为"六即佛"、"六是"、"六绝"或"六如"，说的都是同一个意思。"六即"具体指：

"理即"（又称"理即佛"），谓初闻佛理。

"名字即"（又称"名字即佛"），谓始信佛理，但说不准确。

"观行即"（又称"乃至究竟即佛"），谓力行佛理不休。

"相似即"（又称"或理佛"），谓修行已积德行，但尚有缺憾。

"分真即"（又称"名字佛"），谓修行用功，分证佛理，有一分功夫，得一分力量，断一分烦恼，增一分功德。

"究竟即"（又称"乃至究竟佛"），谓无明之惑全尽，最终修炼（"圆教"）成佛。

"四教"指：藏教、通教、别教、圆教，具体讲的是成佛的四种性质。"藏教"又称"三藏教"，属佛教中的小乘教，讲究苦、集、灭、道四谛。其中"苦"谛讲世间的果报，即人（有情众生）皆有生老病死，死后为生，永在轮回之中。"集"谛是讲"苦"的成因，即人为什么会有生死轮回，指出生死轮回是因果报应，即你生时起惑造"业"，"业"有善、恶，而导致的后果也就不同，于是就有"六道"（六种"果报"）。其中，"天"、"阿修罗"、"人"为三善道；"地狱"、"饿鬼"、"畜生"为三恶道。而上述"苦"谛与"集"谛是世间的因果成因。至于如何超越"六道"？则有待于出世间的因果成因"灭"谛与"道"谛来解决。其中"灭"谛是指把"三界六道"中的因给灭掉，因没有了，果自然就没有了。"灭"即是灭烦恼、灭妄想，灭是出世间的果报，因此也称"圆寂"（梵语音译"涅槃"）。而把"三界六道"中的因给灭掉了，人自然也就超越了"三界"的轮回。但怎样才能达到"灭"谛的效果呢？这就需要修道。所以"道"为"灭"之因，"灭"是"道"之果。而怎样修道呢？小乘佛教主张依佛经所讲的经、律、论之"三藏"来修道，通过自渡方式，修得个人的"罗汉果"。但这只是佛教中的初果。其经典为《阿含经》，讲经藏；《毗奈耶》经，讲律藏；《阿毗

（接上页）下诸郡各留一寺，寺分三等，上寺20人，中寺10人，下寺5人。八月，下令拆毁天下寺院4600余所，兰若（私立的僧居）4万所。拆下来金银佛像上交国库用以铸钱与制造农器。另没收寺产良田数千万顷，奴婢十五万人，迫令僧尼260500人还俗。此事称会昌法难。

达摩经》,讲论藏。而"通教"以上属大乘佛教,讲求通过"渡人"来修行,要普渡天下众生,自己方能成佛。因此大乘佛教的意境要高于小乘佛教,在中国赢得了更多信众。其中,"通教"修行的最高境界是"菩萨果";"别教"又高于"通教",修行初达佛境;"圆教"又高于"别教",其通过修炼,得以"破一品无明,证一分法身",最终达到成佛的境界。

在给我讲完了佛教的"六即"、"四教"真谛后,通和师傅又给我简要介绍了禅宗"五家七宗"(又称"五派七流")的发展历史。其大略为:

禅宗初祖为古印度南天竺僧人菩提达摩,在中国北魏时期,于嵩山少林寺开创禅宗祖庭传教。此后次递下传的弟子有二祖慧可、三祖僧璨、四祖道信、五祖弘忍。弘忍之后,出于对禅宗主旨的不同理解,禅宗分裂为南方禅宗与北方禅宗两派。其中南宗主"顿悟"("直指人心,见性成佛"),代表人为惠能(又作慧能);北宗主张"渐悟",代表人为神秀。不久北宗衰落,因此惠能被尊为禅宗六祖,其代表性著作为《坛经》。在中唐以后,禅宗大兴,压倒了佛教各宗派,成为中国佛教的主流,而禅宗本身,亦衍生出"五家七宗"诸派,具体为:

六祖惠能门下有青原行思、南岳怀让、南阳慧忠、菏泽神会等弟子,其中以南岳和青原两系为最盛。南岳怀让的门下马祖道一(707—786 年,盛唐)立庭于江西,其弟子百丈怀海(720—814 年,中唐)创《百丈清规》,规定僧人"一日不作,一日不食",并带头从事农业生产劳动,奠定了禅宗的经济基础,创立了独立的禅院,从而使禅僧摆脱了以往寄居律寺或岩洞的状况,以利于讲学。因此,中国禅宗的真正历史,是从怀海禅师开始的。

此后,怀海禅师的弟子沩山灵佑(771—853 年)与仰山慧寂(804—890 年)创立了沩仰宗。而怀海禅师的另一弟子黄檗希运(?—850 年),传临济义玄(?—867 年),义玄创立临济宗。此后临济宗下又衍生出了黄龙派和杨歧派。

而青原行思一系传石头希迁(700—790 年),石头希迁的三传弟子洞山良价(807—869 年)及其弟子曹山本寂(840—900 年),创立曹洞宗。石头希迁的另一四传弟子云门文偃(864—949 年),创立云门宗。而石头希迁的另一七传弟子法眼文益(885—958 年)创立了法眼宗。法眼文益有著《宗门十规论》,初次区分了禅宗五派的不同学理特点。

上述禅宗流派合称"五家七宗",唐宋时期,"五家七宗"中以临济宗和曹洞宗为最盛,有"临天下,洞一隅"之说。其中"临"指临济宗,"洞"指曹洞宗。此后,禅宗诸家学说中,临济、曹洞与云门三系的学说延续至今,其中尤以临济宗杨歧派的学说为盛,在宋代五祖法演以后,几乎囊括了临济宗的全部道场,成为中国汉传佛教的主流。而其他禅宗流派的学说则大多失传。

上述通和师傅的说法，对于我这一个佛学门外汉来说，自然是受教多多。因此，中方广寺的夜宿，自然也就成为我旅游生涯中的难忘一夜。但使我遗憾的事是，两年前我因学术活动重过中方广寺，却再也无法找到通和师傅当年与我说法的禅堂，原因是当地政府 1980 年开始拨款重修中方广寺，通和师傅当年与我说法的禅堂早已被拆除。

2014 年 8 月 1 日

访铜壶滴漏，登天台山华顶峰

1979年8月2日，星期四，阴有阵雨。

晨5时起床，在中方广寺早餐后，开始了一天的行程。今日的行程安排是：经上方广寺旧址访"铜壶滴漏"，然后由原道折返，攀天台山主峰华顶峰，下峰后至"大树卡"山区公交车站，由此搭车至天台县城宿夜。

6时25分抵上方广寺旧址，但见寺庙残殿尚存，已成当地山民的住家。经查询得知：该寺原藏雍正御赐经文72函，另藏有清代名臣阮元、钱大昕、陆润庠、俞樾等人的墨迹，后因两度失火，藏物已无存，但寺院仍为佛寺。该寺是在"文革"中被红卫兵作为"四旧"拆除的，此后残殿方成为山民的住家。考证"上方广寺"的得名，是较为有趣的事。据文献所记，上方广寺为天竺僧人昙猷尊者（？—396年，又名法猷）在东晋时始建，亦为昙猷在天台山"开山"的第一寺。因寺附近有石桥一座，初名"石桥寺"。[①] 此后，昙猷尊者又于山下石桥边建有"石桥庵"，于寺附近的石梁瀑布西侧山坡上建有"方广寺"，时在兴宁年间（363—365年）。由于这三寺相距甚近，"方广寺"在三寺中又规模居大，对这三座寺，人们便都以"方广寺"相称。为了对三寺加以区别，人们便按三寺所处山势高低，称石桥山上的"石桥寺"为"上方广寺"；称位于石梁瀑布之侧的"方广寺"为"中方广寺"；而称居于石梁瀑布之下的"石桥庵"为"下方广寺"。久而久之，三寺本名尽失。

过上方广寺遗址后，下溪涧，我沿着溪径西北向前行，试图寻找"铜壶滴漏"。小路甚窄，仅容一人之身，两侧均是峡谷丛林。约7时半，我见到两块大岩相抱似壶，中间有细流下泻，形成深潭，潭底周围奇石林立。我以为这就是天台山著名的景观"铜壶滴漏"，只是规模似乎嫌小。我发现溪边仍有可上行的路，于是继续前行2里许，至8时20分，又发现了两块规模与我前面所见要大得多的巨岩，

---

① 见梁慧皎，《高僧传》卷一一。

其状仍为两岩相抱似壶,中间有细流下泻成潭。我认为这必是真正的"铜壶滴漏"景观,于是折身返还。

上午9时20分抵中方广寺,我向通和师傅领取寄放于寺中的书包,并向他陈述我所见到的"铜壶滴漏"。不意通和师傅说:"不是的!不是的!你搞错了'铜壶滴漏'的方向。"听说未能找到真正的"铜壶滴漏",我心中十分懊丧,但又不愿意放弃这次可瞻仰的机会,于是向通和师傅提出:愿出5元香火费(当时我的月工资为36元),能否请其徒弟定基小和尚带我前往,通和师傅慨然允许。

于是,在定基和尚的带领下,我又重新走上了寻访"铜壶滴漏"的路程。所行路线大致为:过上方广寺,下溪涧,沿溪径东北向前行约5华里,所经路段可以用怪岩对峙、浓荫蔽天来形容。9点50分,暴雨倾盆,我们终于来到了真正的"铜壶滴漏"景观之前。所谓"铜壶滴漏",实为亿万年前因大自然造山运动所导致的地层陷裂,在天台山形成的一个腹大口小的壶形瀑布,其形状与我先前所看到的假"铜壶滴漏"相似,只是规模要大了许多。"壶"身系由悬崖合围成的天然大石瓮组成,似壶状。"壶"高近20米,横径约达10米,"壶"壁光滑,呈古铜色,"壶口"则为开裂成一条约2米宽的石缝,涧水自裂缝中呼啸而下,形成深潭。由于瀑布所泻之处山岩封闭,因此瀑布落入潭中,水花四腾,声似奔雷,蔚然壮观。

定基带我走过"铜壶滴漏",顺溪径又下行数十步,见有巨岩似鱼脊卧于水中,涧水自两侧涌过。定基告诉我:此处景观称"黄鱼涧"。过"黄鱼涧",顺山路再下行约百步,见巨崖之上有一窄一宽两道瀑布下泻。左侧瀑布长十余米、宽尺许,顺山峰岩缝中下泻,汇作清潭,因这一条瀑布上宽下狭,状似游龙,因此得名"龙游涧"。右侧较宽瀑布长40余米,自崖端贴岩壁下坠,状似白练。人自瀑布下仰望,水珠四溅,若折射日光,恰似银珠下挂,因此名之"水珠帘",古人则称其为"珠帘春水"。在"水珠帘"久望得句:

> 寒涧急雨渡轻舟,荒棘歧途几度秋。
> 写诗搜穷青山境,放踵摩顶死方休。

中午11时27分,与定基返中方广寺,午餐。路上与定基闲聊,他告诉我:他是台州临海人,今年18周岁,经父母同意,出家已一年多,现随通和师傅学习《金刚经》《地藏经》,以后还要读《妙法莲花经》。我问他信不信佛?定基回答:以前很难说,现随师傅读经后,已开始信佛。

中午12时30分与通和师傅告别,开始攀登华顶峰之行。通和师傅叮嘱我:

上华顶时间要抓紧,必须在下午 4 时前赶到"大兴坑"(山涧名)岭头车站,才能坐得上赴天台县城的山区公交车。定基一直送我到上华顶峰的石阶小路道口,我与定基告别时说:以后如有机会再上天台山,一定会前来看望你和通和师傅。

此后,我沿着石阶山路上攀华顶峰,由于天时阴时雨,路上竟未逢一个行人。一人登华顶,留给我的最深体会是:华顶峰自然景观与此前入天台山所看到的"石梁"、"铜壶滴漏"等景观的反差甚大。如果说此前我所见到的景观,体现了天台山奇与险的一面的话,那么现时所见,则体现了天台山壮阔的一面。但见群山远峙,梯田层层,时而丛林密布山谷葱郁,时而农房炊烟缭绕。太阳偶尔会自阴霾中露出,这时远方便会出现云海翻腾的景象。我正眺望远山出神,突然发现路边盘有一条手臂粗的土黄色巨蛇,顿时吓出了一身冷汗。幸好蛇无伤人之意,我急步离开。由此亦联想到古时良医入山采药的艰辛,我不知道李时珍是否上过天台山?但天台山迄今流传的"仙女赠乌药"的神话传说,足以证明古人对于良医的怀念。

下午 1 时 35 分,距华顶峰顶尚有七八里路,见有一道细长的涧流自山湾转下,颇有诗意。跨越山涧未久,即将走上盘山公路时,突见一条体型硕壮的黄牛自上坡道迎面走来。我见牛后大吃一惊,因为当时所处山路狭猛,让无可让,且不知山中野牛是否会伤人?我只得立身不动,看着牛的所为。幸好牛怕人,见我立于道中不动,稍微犹豫了一下,朝山的斜坡走去。我长吐了一口气,继续前行未远,见一山民自上坡道急急走下,询问我是否见有一头黄牛?原来我所见之牛非野牛,而是山民走失的家牛。我连忙告诉山民牛所行的路线。

上盘山公路未久,即有暴雨由左至右下泻山谷,遥望远山,似云,似雾,颇为壮观。下午 2 时 10 分,登上华顶峰。先过一道山涧,涧上有桥名"安泰桥"。过桥前行 20 分钟,抵达海军部队驻地华顶寺旧址前。此处距华顶峰至高点"拜经台"尚有里许。

根据有关文献记载,华顶峰是一座有着丰厚中国传统文化底蕴的名峰。华顶峰的得名,缘自四周群峰相叠,状似莲花,而华顶峰正当"花"之顶端,故名"华顶"。而在古时,天台山距东海岸未远,天气晴朗时站在华顶峰上观东海日出,可谓天台景观一绝,当时是紫气氤氲,金光万道,晓雾初散,群峰叠翠。现今天台山离海已远,登华顶已无法看到海日初升的景观了,但白云缭绕、群峰叠翠的景观则随处可见,因此被称之为"华顶归云"。

由于华顶峰景观壮丽,因此它是古代诗家行吟的必到之处。也是所谓的"唐诗之路"的核心地段。所谓"唐诗之路",据今人研究,大致有两种说法:一说为晋、唐以来文人自钱塘江入绍兴古镜湖,而后由浙东运河、曹娥江至剡溪,再溯源至石梁而登天台山华顶。[①] 一说为:晋、唐以来文人从钱塘江经萧山的西陵、义桥与绍兴的柯桥、绍兴、上虞、嵊州到达新昌;由新昌到天台山登华顶,再经临海转至温岭、温州;或从上虞、余姚到宁波、舟山,从宁波到奉化,再抵新昌上天台山登华顶。[②] 但不论上述说法中哪种正确,我们都可以看到赴天台山登华顶,在古代诗家心目中的重要位置。而唐代大诗人李白(701—762 年),也正是沿着这一条古道,攀登上了天台山华顶望海日初升,留下了千古绝唱《天台晓望》,并因为他曾在华顶峰旅居读书,而留下"太白堂"古迹。李太白《天台晓望》全诗为:

> 天台邻四明,华顶高百越。
>
> 门标赤城霞,楼栖沧岛月。
>
> 凭高远登览,直下见溟渤。
>
> 云垂大鹏翻,波动巨鳌没。
>
> 风潮争汹涌,神怪何翕忽?
>
> 观奇迹无倪,好道心不歇。
>
> 攀条摘朱实,服药炼金骨。
>
> 安得生羽毛? 千春卧蓬阙。

而将近 9 个世纪之后,中国明代的大旅行家徐霞客(1587—1641 年),又步李太白的足迹,两赴天台山登华顶,他在记载所见到的华顶峰"太白堂"景象时指出:"至太白(堂),循路登绝顶,荒草靡靡,山高风冽。草上结霜高寸许;而四山回映,琪花玉树,玲珑弥望。岭南山花盛开。顶上反不吐色,盖高寒所勒乎。"[③]

华顶峰的至高点叫"拜经台",海拔 1138 米。相传此处为天台宗创始人智者大师拜求《楞岩经》的地方,台前有碑题"台山第一峰",又传智者大师曾在此降妖伏魔,因此后人在台后建有"降魔塔"。"拜经台"之下,也就是我的站立之处华顶寺,旧名"圆觉道场",又名"兴善寺",为五代后晋天福元年(936 年)释德韶

---

① 见文潇:《浙东"唐诗之路"的来龙去脉》,《宁波晚报》2011 年 6 月 11 日。
② 见新昌唐诗之路研究院、新昌浙东唐诗之路研究社:《浙东唐诗之路 24 年研究情况综述》,《学术文汇》2014 年 6 月 29 日。
③ (明)徐霞客:《徐霞客游记·游天台山记》。

（891—972 年）始建。① 宋治平三年（1066 年），"圆觉道场"更名为"华顶寺"，后
屡经火焚，仅存大雄宝殿。华顶寺的西南面有"右军墨池"遗址，相传是王羲之草
《黄庭经》的地方。而在寺的后面，另有"归云洞"，传为东汉末道士吴葛玄所辟天
台山茶圃的遗址所在地。这里要特别提一下天台山的"云雾茶"，这是因为天台
山"云雾茶"十分有名，且是日本国的茶文化之源。据文献所记：

　　东汉末年，道士"葛玄植茶之圃已上华顶山"。至智者大师居华顶，戒酒坐
禅，靠饮茶驱睡。其后隋炀帝患疾，智者大师徒智藏献茶治病得愈。至此，饮茶
习惯在中国北方普及。② 至唐德宗贞元二十一年（804 年），有日僧最澄来天台山
学佛，回国时将所带茶籽播种于比睿山，称"日吉茶园"，这是日本有茶树之始，天
台山云雾茶亦随佛教东传。③ 南宋时，日本临济宗始祖荣西两次上天台，回国时
带有天台山茶种，在日本提倡种茶、饮茶，并著有《吃茶养生记》，指出："茶是养生
之仙药，延年益寿之妙术"。④ 而被誉为"日本的陆羽"。由此可见：天台山华顶
寺实为日本茶道的发源地，中日文化亦由佛缘而结茶缘，这使华顶寺成了日本茶
家的朝圣地。

　　华顶峰另有一奇，是在两侧山坡间，分布着许多"茅篷"。茅篷的别称是
"庵"，其形状大致为石块砌墙、木板拦壁、屋顶盖茅草的木建筑，大者十余间，小
者两三间。茅篷的实质，是昔年和尚、尼姑们苦修来世的僧舍。这些茅篷中最著
名的有"药师庵"、"妙峰庵"等，药师庵后来在很长时期内曾是天台林校的所在
地。在全盛时期，华顶峰的茅篷约达 65 所之多，此见于清初潘耒（1646—1708
年）的题咏诗：

　　　　　　天台六十五茅篷，总在悬崖绝壑中。

　　　　　　落尽山花人不见，白云堆里一声钟。⑤

　　潘耒另有诗咏华顶峰茅篷为："深山佳处结茅新，买地无劳问主人。耐得封

---

① 参《宋高僧传》卷一三、《禅林僧宝传》卷七、《联灯会要》卷二七。——德韶（891—972 年），处州龙泉（今
　浙江龙泉）人，一说缙云（今浙江缙云）人，俗姓陈，宋代法眼宗二世祖，著有《传灯录》。
② （清）张联元：《天台山全志》台郡尊经阁藏版，康熙年间刻本。
③ 《天台山云雾茶：江南茶祖、韩日茶源》，中国台州网 2012 年 5 月 15 日。
④ （南宋）荣西：《吃茶养生记》，全 2 卷，日本第一部茶的著作，收《大藏经补编》第三十二册。
⑤ （清）潘耒：《遂初堂诗集》。

山三丈雪,从君高卧一千春。"①清人袁枚(1716—1797 年)亦有诗咏华顶茅篷为:"为访寺僧去,空山不见踪。茅篷无锁钥,自有白云封。"②由后引两诗亦足见古时僧尼在华顶峰茅篷伴青灯古佛修行时的艰辛与乐趣。

以上列举种种有关华顶峰的记载,足见其所积淀的深厚中国传统文化内涵。但是在我登华顶时,峰上的大多古迹已毁于"文革"中的"破四旧"。记得上山之前,通和师傅曾对我说:华顶峰上除了"降魔塔"尚存外,其他已看不到什么东西。但事实上在我登上华顶之后,连"降魔塔"也未看成。原因是:

登上华顶之后,我尚未走近华顶寺旧址,门前一堵残墙上,有一只半人多高的健壮狼犬猛地跳下墙向我扑来,寺门口则有海军战士背枪站岗。幸好我上天童寺时,有被部队狼犬追咬的经历,事先已准备了一根半身长的坚实松木棍做防身之用,因此见狼犬逼来,便手持木棍指向狗嘴,高呼:"你过来!你过来!"狼犬围我转了三圈,见我手中有防身武器,不敢近身,我亦不敢主动出击。因为当年在大丰农场务农时,我曾向军管战士学过刺杀之术,要领之一是不主动出击,等待对手攻击你露出空门时,再加以还击。而当时人犬相斗,出手的最佳时机是待狗扑上来无法调整姿势之后,将木棍直捅入狗嘴之中。正在相持之时,寺门口站岗战士朝我走来,打了一声口哨,军犬迅速退回,跳上原先所蹲的矮墙。站岗战士问我来此何干?我回答是登山游客,想参观峰顶的"降魔塔"。战士回答:峰顶是海军部队的雷达阵地,不让游客参观。我无奈转身下山。战士叮咛:部队军犬会咬人,叫我下山时小心一些,我回答不怕。由于登华顶峰时一日三惊,一惊巨蛇阻路,二惊野牛抢道,三惊军犬咬人,我心中十分恼怒,在经过军犬所蹲的矮墙时,将手中木棍举起,朝狗狠狠晃了几下,以解心中之气。不意这次军犬却变老实了,看着我一声不哼。我心中暗笑:这真是狗仗人势。而在现实生活中这种景象亦随处可见,但你真狠过了头,狗反而怕了。

顺着盘山公路自东南向下山,约下午 3 时 1 刻,我来到一个叫"小××"的地方,之所以称作"小××",是因为根据当地人的土音,我无法分辨出"小"后面的两个字是什么。此处距我所必须赶到候山区公交车的"大树卡"车站尚有 10 里路,也就是说我无论如何也无法在下午 4 时,坐上经"大树卡"赴天台县城的过路车了。这时有一位当地山民指给我一条赴"龙王堂"的石阶小路,告诉我由此到"龙王堂"仅有 6 里山路,在"龙王堂"车站尚来得及搭上赴天台县城的过路车。

---

① (清)潘耒:《遂初堂诗集》。
② (清)袁枚:《小仓山房诗文集》。

我向山民千谢万谢后急行,终于在 4 时差 2 分,赶至"龙王堂"车站,幸好赴天台县城的过路公交车尚未到。下午 4 时 20 分,我坐上过路车,约 5 时半,车抵天台县城,在车站旅馆办完住宿手续后,上街上饭店吃饭。饭店里有几个要饭的衣衫褴褛,不忍下目。我饭尚未及吃完,因故转身,一个要饭的已从桌上端起我未吃完的饭菜倒入口中,我回身看了一眼,只得苦笑离去,不知天台山区人的生活何以贫困至此? 夜间歇宿,计算了一天行程,共走了 65 里山路,深感腰酸背疼。

2014 年 8 月 19 日

过鲁迅故居，瞻仰秋瑾烈士纪念碑

1979 年 8 月 3 日，星期五，少云。

清晨 5 时起床，原计划是赶 6 点 30 分的班车赴新昌看大佛。因为早就听说新昌城西南明山中，有一座依山崖凿就的晋代弥勒佛石像，高有四五层楼，佛像的手掌中可放下一张八仙桌，供 10 人喝酒。但由于汽车站女售票员的刁难，我未能去得新昌。原因是我动作迟缓，未能赶上 6 时 30 分由天台发浙江新昌县的班车，只能等待 7 时 20 分经天台赴杭州的过路班车。可能是由于我多问了几句有关车票的事，引起了女售票员的不满，也许是女售票员为了多赚我的车票钱，告诉我至杭州的过路车在新昌不停站，但是站内其他工作人员均告知停站。我又等 7 时 40 分经天台赴杭州的过路班车，女售票员仍说班车在新昌不停站。无奈，我只得买了该班车赴绍兴的过路车票。但是在车过新昌时，却有多位同车旅客下车和其他旅客上车，这时我才发现女售票员所说的过路班车经新昌不停站的话，是彻头彻尾的谎言。对于那个时代利用手中一点微小的权力欺压旅客的女售票员，我十分愤怒，但由于当时工资低微，我舍不得放弃已买的赴绍兴车票，只得舍弃这次顺路瞻仰新昌大佛的机会。由于这位女售票的恶作剧，未得瞻仰新昌大佛，对我来说是终生的遗憾，因为新昌大佛素有"江南第一大佛"的美誉，是古代工匠用功 30 年凿就，曾被南朝文学家刘勰赞之为"不世之宝，无等之业，旷代之鸿作。"它有别于今人用现科技手段后起的徒糜民财的巨佛伪迹。

约下午 1 时半，车抵绍兴城。先在街上"大众旅馆"办理了住宿手续，然后步行至周总理纪念馆参观。据馆前告示，每逢周五下午为馆内学习时间，闭门谢客。我只得转赴鲁迅故居参观。

鲁迅故居位于绍兴市东昌坊口(后更名鲁迅路)19 号周家新台门内，约始建于十九世纪初叶。故居原为两进，头进为周家的三间平房，早已拆除，后进为五间二层楼房，东首楼下小堂前半间，供饭厅与客厅之用，后半间系鲁迅母亲居所。

西首楼下前半间为鲁迅祖母居所,次间则为鲁迅诞生地。楼后隔一天井,有灶间和三间平房,平房供堆放杂物之用。据有关介绍,鲁迅的童年、少年时期均在此度过,直至1899年外出求学。而1910年至1912年鲁迅回乡任教期间,以及此后1912年至1919年间鲁迅几度回乡,仍居于此。

参观鲁迅故居,留给我总的印象是房间宽敞、整洁,显示了官宦之后的气度。而根据有关文献记载,周氏家族是当地的一个大家族,居地极广。其历史发端于清乾隆十九年(1754年),当时周家七世祖周绍鹏购得绍兴城内覆盆桥赵氏住宅,修建成为颇具规模的台门宅院,称"周家老台门",聚族繁衍。由于覆盆桥周氏子孙人丁兴旺,老台门房屋已不够容纳,又于嘉庆年间在老台门以南、以西各购建住宅一所,称之为"过桥台门"与"新台门"。新台门位于东昌坊口西侧,其规模、结构与老台门大致相同,共分六进,有大小房屋80余间,连同后面的百草园在内,占地约4000平方米。新台门内共居住着覆盆桥周氏中的六个房族,而鲁迅故居则位于新台门西侧,其临街两扇黑色石库台门,系原周家新台门的边门,亦即鲁迅青少年时代的进出之处。

大致在鲁迅祖父周福清在世时,是覆盆桥周氏家族最为昌盛之时。周福清(1838—1904年),原名周致福,字震生,又字介孚,三十七岁中进士,属同治十年(1871年)辛未科,殿试三甲,在同治年间被钦点为翰林院庶吉士,曾任官江西金溪县知事、内阁中书。由于周福清是钦点翰林,这无疑成为周氏家族的最大荣耀,当时其家族的三个台门仪门上都挂有翰林匾,匾额两旁各有一行泥金小楷,分别为:"巡抚浙江等处地方提督军务节制水陆各镇兼管两浙盐政杨昌浚为"与"钦点翰林院庶吉士周福清立"。而"覆盆桥房最有钱的时候,三个台门共有三千多亩田和几爿当。"①

但是周福清在世时,既是覆盆桥周氏家族昌盛之极,亦为衰败之始。其原因为周福清科场行贿案发,被光绪帝判为"斩监候",后虽因家人不断"打点",得以不死出狱,但家财已败光,子周凤仪(字伯宜,1861—1896年,鲁迅父)被革除秀才,酗酒病死,时年36岁。鲁迅三兄弟当时被送到外婆家避难,生活变得艰辛。此后1918年底,经新台门周家六房共议,将整座新台门连同后面的百草园,一并卖给了东邻朱崇。朱家在购得新台门后,将其连同自己原宅一起拆毁重建。因此,今人能够看到的新台门大部分房屋已非原貌,好的是位于原台门西侧的鲁迅故居主要建筑物未被改建,这使后人尚能目睹鲁迅故居的原貌。

---

① 参张能耿:《鲁迅的家世》,党建读物出版社2000年第1版。

覆盆桥周氏家族的衰败,使少年时代鲁迅的生活由安逸转为动荡,这自然是鲁迅的不幸,但动荡的生活却加深了鲁迅对中国社会的理解,成就了中国历史上的一位大文学家。鲁迅(1881—1936 年),原名周树人,字豫才,后改为豫亭,属覆盆桥周家致房之后。覆盆桥周家共分出致房、中房、仁房三房,致房下又分智、仁、勇三房,智房下分兴、立、诚三房,鲁迅三兄弟属于兴房。

有趣的是,共和国总理周恩来与覆盆桥周氏家族竟然有着血亲关系。根据周恩来本人的查证:他与鲁迅均为宋代理学名家周敦颐十世孙周澳的后代,澳有四子:德(又名寿一,字俊德)、完一、完二、完三,鲁迅属德之后,周恩来属完一之后。周澳生于南宋景定四年(1263 年),卒于元至治三年(1323 年)。周树人是二十世,周恩来是二十一世。因此新中国成立后的 1952 年,鲁迅夫人许广平到中南海周恩来家作客时,周恩来戏称许广平为"婶母",并说:"已经了解到,和鲁迅先生确属本家,不过是很疏远的关系,按辈分,鲁迅要长一辈。"[1]1969 年"九大"期间,周恩来在北京饭店与鲁迅二弟周建人见面时又说:"已查过了,你是绍兴周氏二十世孙,我是绍兴周氏二十一世孙,你是我的长辈,我要叫你叔叔喽。"[2]又据其他学者考证:周恩来、鲁迅同是迁居吴江的周敦颐十世孙周澳的后裔,周澳的两个儿子周德、周完一系同父异母兄弟,是鲁迅与周恩来的各自先祖。所谓:"先世(鲁迅家称祖先)与后马(周恩来族系)同为澳长子名德之后。此族支派有……保佑桥系、覆盆桥等处。此称鱼化桥者就其宗祠所在地而言。"[3]其中,鲁迅属鱼化桥支覆盆桥分支,周恩来属鱼化桥支保佑桥分支,整个鱼化桥支与后马支都是周敦颐十世孙周澳"长子周德"的后代。[4]

鲁迅妻朱安(1878—1947 年),绍兴城内丁家弄人,缠足,思想守旧,自然不讨鲁迅欢喜。鲁迅是奉母之命,1906 年夏从正在留学的日本东京返绍与之成亲的,婚后没几日,鲁迅重回日本。此后,鲁迅又娶了年轻漂亮的许广平为妻,朱安则以大老婆的身份,侍奉鲁迅母亲终生。鲁迅去世后,朱安欲卖掉鲁迅的全部藏书,鲁迅的旧友加以阻拦,说:"鲁迅遗物"应当保护。朱安反诘:"我也是鲁迅遗物,谁来保护?"直到鲁迅旧友答应帮助朱安解决生活费用后,卖书事方作罢。

鲁迅母亲鲁瑞(1858—1943 年),绍兴乡下安桥头人,其父曾为晚清户部主事。鲁瑞原不识字,但经自修,能够看懂小说,且经常与鲁迅讨论小说问题,但有

① 李永清:《周恩来家世》,党建读物出版社 1998 年版。
② 见周建人秘书冯仰澄回忆资料。
③ 见《绍兴县志姓氏篇》鱼化桥周氏载。
④ 参《鲁迅和周总理有什么亲戚关系?》,百度网。

趣的是，她并不赞同其子所写的小说。鲁瑞晚年独居北京，与朱安为伴。

鲁迅二弟周作人（1885—1967 年），新文化运动中的著名作家，《新青年》撰稿人，散文风格冲淡，有人甚至认为他的散文写得比其兄还好。抗战期间曾任汪伪南京政府"国立北京大学图书馆馆长"职，后任"华北政务委员会常务委员兼教育总署督办"等职，抗战结束后，在北平以"汉奸"罪被国民政府逮捕，押南京受审，判处 14 年有期徒刑（1947 年 12 月 9 日改判为 10 年），1949 年李宗仁接任中华民国总统后，下令释放政治犯，周作人同时被释。新中国成立后，从 1952 年 8 月起出任北京人民文学出版社编制外特约译者，每月预支稿费 200 元人民币，直至 1966 年 6 月起，因"文革"因素影响，人民文学出版社停发稿费。

鲁迅三弟周建人（1888—1984 年），早年研究生物学，从事翻译与其他文化工作，当过大学教授。抗战期间，拥护中共抗日民族统一战线政策。抗战胜利后，1945 年 12 月，与马叙伦、王绍鳌、许广平、林汉达等在上海发起成立中国民主促进会，当选为第一届理事会理事。1948 年 4 月加入中国共产党。新中国成立后，历任中央人民政府出版总署副署长、高等教育部副部长、浙江省人民政府副主席、浙江省省长、全国人大常委会副委员长、全国政协副主席等职。

鲁迅三兄弟走上了不同的政治道路，且都成为中国近代史上的名人，此事足见覆盆桥周氏家族文化底蕴之厚。以上所述，为鲁迅家族的逸事。

穿过鲁迅故居的住宅区，便来到了"百草园"。百草园对于童年时代的鲁迅来说，是一座充满着童趣的田园，他在散文名篇《从百草园到三味书屋》中写道："我家的后面有一个很大的园，相传叫作百草园。……其中似乎确凿只有一些野草，但那时却是我的乐园。"鲁迅又写道："不必说碧绿的菜畦，光滑的石井栏，高大的皂荚树，紫红的桑椹；也不必说鸣蝉在树叶里长吟，肥胖的黄蜂伏在菜花上，轻捷的叫天子（云雀）忽然从草间直窜向云霄里去了。单是周围的短短的泥墙根一带，就有无限趣味。油蛉在这里低唱，蟋蟀们在这里弹琴。"我中学时代的语文课本收有这篇散文，在读此文时，对于曾被鲁迅先生着力描写过的"百草园"，我也充满了神秘。但作为成年人的我身临其境后，却发现这不过是一处方圆数亩的小园，内中种有瓜蔬，长有野草，南侧有十余枝细竹，西侧当年鲁迅描述的短墙仍在，因为园子周围被高墙围起，而显得狭窄，"百草园"实为当年居于新台门的周氏族人共有的一个普通菜园。

走出百草园后，我自边门进入"鲁迅纪念馆"。鲁迅纪念馆始建于"文革"中的 1973 年，其位置在鲁迅故居的东侧，亦属当年周家新台门的居地，馆内陈有鲁

迅的生平事迹。① 在纪念馆中,我抄录了两段鲁迅语录,分别为:

世界决不和我同死,希望是在于将来的。

只要能培一朵花,就不妨做做会朽的腐草。

前一段语录的出处不明,后一段注明是鲁迅为《近代世界短篇小说集》所写的"小引"。鲁迅早年学医,崇奉西学,全盘否定中国的传统文化,对于中医药学,批得一无是处。鲁迅思想较为偏激,喜与人论战,"文革"中有人利用他说过的话,伤了不少人,这些都是不能为我所赞同的,但是,对于鲁迅在文学上的成就,则当别论。在鲁迅纪念馆,我各买了纪念章与书签一枚以留作纪念。然后,我由正门走出,穿越马路,来到了对面的鲁迅图书馆。

"鲁迅图书馆"五字为郭沫若手书,馆的前间为阅览室,陈各类报刊杂志,后间为书库与借书处所在地。在阅览室,我看见了几位认真的读者。据查,鲁迅图书馆的前身,为山阴乡绅徐树兰于清光绪二十八年(1902 年)独资创办的古越藏书楼,1904 年始对外开放,因此被认为是中国近代公共图书馆的发端。该书楼1932 年更名为绍兴县立图书馆,1958 年 6 月,又与绍兴市文化馆图书室合并,更名为鲁迅图书馆,此后便有了郭沫若题名。

下午 4 时 55 分,我离开鲁迅图书馆,到位于馆东的"三味书屋"参观。12 岁至 17 岁的鲁迅曾在此读书。据鲁迅回忆:"出门向东,不上半里,走过一道石桥,便是我的先生的家了。从一扇黑油的竹门进去,第三间是书房。中间挂着一块匾道:三味书屋。"②而我来到三味书屋,所能看到的仅是钱君梁的题匾及一间宽仅方丈的斗室,屋后的花园则不得入内。

根据文献资料所记,三味书屋所在的寿家台门(绍兴东昌坊口 11 号,今鲁迅路 198 号),是鲁迅先生的塾师寿镜吾家的住室,也是当时全城中最严厉的私塾。寿镜吾(1849—1930 年),名怀鉴,字镜吾,一生厌恶功名,自考中秀才后便不再应试,终身以坐馆授徒为业。寿镜吾每年只招收 8 个学生,因为他认为多收学生,教不过来。鲁迅在此从学 5 年,读有《四书》、《五经》、《唐诗》、汉魏六朝辞文

---

① 为恢复鲁迅故居旧貌,我所去过的鲁迅纪念馆已于 2003 年初拆除重建,原址恢复为周家新台门,新馆位于鲁迅故居之东,东接覆盆桥周氏老台门(鲁迅祖居),西邻周家新台门。
② 鲁迅:《从百草园到三味书屋》。

以及课外书《尔雅音图》、《癸巳类稿》、《诗画舫》、《红楼梦》、《水浒传》、《儒林外史》等等，为其日后从事的文学创作，奠定了坚实的基础。鲁迅曾赞美其师为"本城中极方正，质朴，博学的人"。

"三味书屋"之名，据称原自"三余书屋"（三味书屋原名），"三余"之义见《三国志》裴松之注董遇语，谓："为学当以三余，冬者岁之余，夜者日之余，阴雨者晴之余。"意指学子要抓住一切空余时间学习。但是环绕着"三味书屋"的出处，尚有不同的说法。一说出之寿镜吾侄寿洙邻，谓："三味是以三种味道来形象地比喻读诗书、诸子百家等古籍的滋味。幼时听父兄言，读经味如稻粱，读史味如肴馔，读诸子百家味如醯醢（音希海，指醋与肉酱）。但此典出于何处，已难查找。"鲁迅的三弟周建人亦赞同此说。① 据查此说实引申自宋代李淑《邯郸书目》的有关说法，谓之："诗书味之太羹（同大羹，不和五味的肉汁，祭礼用），史为折俎（音组，折俎同刀俎，指菜刀与砧板），子为醯（音希，指醋）醢（音海，指用肉、鱼制成的酱），是为三味。"一说出自寿镜吾孙寿宇，谓之："我小的时候，我祖父寿镜吾亲口对我说，三味是指布衣暖，菜根香，诗书滋味长。"亦即"不许自己的子孙去应考做官，要甘于布衣暖，菜根香，品尝诗书的滋味"，"这三味的含义不能对外人说，也不能见诸文字，这是祖先韵樵公定的一个家规，因为'三味'精神有明显的反清倾向，一旦传出去可能要招来杀身之祸。"② 如从寿宇所释，寿家先祖似为明代遗民，具有强烈的"反清复明"的政治取向。一说"三味书屋"本义出自佛教"三昧"的意转，而佛教"三昧"，是梵文 samadhi 的音译，原指诵读佛经的三重境界，一为"定"（诵经前止息杂念，神思专注），二为"正受"（领悟经义态度须端正虔诚），三为"等持"（学习过程要专一）。

上举诸种有关"三味书屋"的不同解释，说明绍兴城内这座原本不知名的私塾，因为塾生鲁迅后来的知名，而逐渐演变为中国文学史上的一段公案。

离开三味书屋后，我漫步向附近的府山走去。府山的正式称谓叫"卧龙山"，但当地人更多地使用"府山"这一俗称。我上府山的原因，是因为看见山顶有一座凉亭，而当地人告诉我：此处即古越王台的所在地，当年越王勾践为了报吴王夫差几近亡国之恨，每天四到五更，都要跑步上山，在山亭位置上打拳舞剑。但是当我攀至府山顶时，看到的仅是远峙的群山，山下的绍兴城区，以及城北的鉴湖，却并未见到什么"越王台"。我只得沿着右侧山道下山，下山途中方得知，刚

---

① 参《"三味"的说法》，百度网。
② 参《"三味"的说法》，百度网。

才登上的山亭叫"望海亭",越王台的位置在府山右侧的边峰上。

下午 5 时 30 分,我来到府山东南麓的革命烈士纪念碑前。碑文所题,为"革命烈士永垂不朽",两侧有"浩气长存"、"万古流芳"的联语,碑背为记载先烈丰功的祭文,立碑时间为 1959 年 9 月。在纪念碑后有墓,墓铭为:"革命烈士之墓,公元一九五三年,绍兴市人民政府建。"据介绍,共有 60 名革命先烈,安葬于此,他们分别牺牲于 1949 年 5 月解放浙江的渡海作战以及后来的剿匪战斗。在革命烈士纪念碑前我默哀片刻后,继续前行。

下午 6 时 20 分,我来到位于绍兴闹市区解放路与府横街相交的丁字路口秋瑾烈士纪念碑前。此处有古地名,称"轩亭口",但我未见亭子,仅见人来人往,车辆川流不息。据传唐代确曾在此建有轩亭,但早废,只因 1907 年 7 月 15 日凌晨秋瑾在此就义,方使"轩亭"地名知名。

据文献资料所记,秋瑾烈士纪念碑始建于 1930 年,碑文由蔡元培先生撰稿,于右任题写,碑身正面镌有张静江书"秋瑾烈士纪念碑"七字,碑东侧壁墙上镌有孙中山"巾帼英雄"题字。此外,与纪念碑同建的,尚有位于府山西南麓的"风雨亭",亭两侧石柱上刻有 1916 年孙中山赴绍兴时所撰挽联:"江户矢丹忱,感君首赞同盟会;轩亭洒碧血,愧我今招侠女魂。"此处原为晚清典史署,秋瑾被捕后曾被关押于此。但在我去时,因离"文革"结束未久,破坏痕迹尚在,主要为:秋瑾纪念碑上的铭文,均被用水泥涂封,"风雨亭"则被拆除(后于 1981 年在原址重建)。至于秋瑾烈士纪念碑、亭在"文革"中遭受破坏的原因,无疑是当时红卫兵认为为秋瑾铭碑建亭者,均为民国时期的资产阶级政治家,其所为属必须予以扫除的"四旧"。

看到秋瑾烈士纪念碑、亭的被破坏状况,我心中十分难过,因为秋瑾一直是我中学时代崇拜的侠女,她的一些诗文,曾深深影响过我的思想。我特别牢记的两首诗是:

其一:宝刀

不惜千金买宝刀,貂裘对酒亦堪豪。
一腔热血勤珍重,洒去犹能化碧涛。

其二:黄海舟中日人索句并见日俄战争地图

万里乘风去复来,只身东海挟春雷。
忍看图画移颜色,肯使江山付劫灰。

浊酒不销忧国泪，救时应仗出群才。

拼将十万头颅血，须把乾坤力挽回。

　　在这两首诗题就未久，秋瑾便以自己英勇就义的热血，践行了拯救祖国危亡的誓言。以下，仅简要追述一下秋瑾的生平事迹。

　　秋瑾（1875—1907 年），号鉴湖女侠。出身于官宦人家，少时即读书习武，立志报国。光绪三十年（1904 年），她冲破中国传统家庭束缚，东渡日本求学。在日期间，她参加了孙中山领导的同盟会反清革命活动，提倡男女平权。1905 年，秋瑾归国，经徐锡麟介绍，参加光复会。同年 7 月，秋瑾再赴日本，在黄兴寓所加入同盟，被推举为评议部评议员和浙江主盟人。1906 年，秋瑾因抗议日本政府颁布取缔留学生规则，愤而归国，在上海创办中国公学，又先后在绍兴女学堂、湖州南浔镇浔溪女校任教，发展同盟会会员，以"锐进学社"名义，筹备长江一带会党起义，后因萍浏醴起义失败，停止活动。1907 年 1 月 14 日，创刊《中国女报》，撰文提倡女权，宣传革命。1907 年 2 月，秋瑾任大通学堂督办，与徐锡麟分头准备在浙、皖两省组织光复军起义，因事泄，7 月 13 日在大通学堂被捕，7 月 15 日就义于绍兴轩亭口。而据近年国内学界的研究意见，秋瑾原可不死。其经过为：

　　7 月 6 日，徐锡麟在安庆提前举事失败，其弟徐伟被捕，供出徐锡麟妻王氏游学东洋，更名徐振汉，"与秋瑾同主革命"。安徽官府把这一情况密报给浙江巡抚张曾敭。7 月 7 日，《上海时报》披露徐锡麟案发消息，秋瑾沪上友人获知后，派专人赴绍兴通报安庆起义失败之事，劝秋瑾到上海暂避，还为她在法租界安排了隐居之地。秋瑾断然拒绝了朋友的安排，[①]仅把一些往来函件，托学生吴珉带走烧毁。7 月 11 日（农历六月初二），秋瑾集合大通师范学堂学生议事，有人建议提前起事，秋瑾认为必须等到约定的时间（农历六月初十），并把一些学生派往杭州分头埋伏。同日，浙江巡抚派清兵三百赴绍兴。7 月 13 日（农历六月初四）上午 9 时，王金发自嵊县赴绍与秋瑾面议六月初十举事之约，午后离去。当时山阴县士绅聚集县署，要求知县李钟岳保全地方，李为秋瑾同情者，有意拖延时间。大通师范学堂的学生闻知清兵入城消息后，劝秋瑾离校，被拒绝，仅安排学生离校。同日下午，王金发听到清兵入城的消息，复返大通师范学堂力劝秋瑾暂避，再被拒绝，并回答：己为女身，官府无确证，被捕亦无妨。下午 4 时许，绍兴知府贵福、山阴县令李钟岳、会稽县令李瑞年率清兵围校，王金发无奈，逾墙走。清兵

① 见（晚清）陶成章：《浙案纪略》，《辛亥革命》第 3 册，第 21 页。

在大通师范学堂搜出手枪 1 支、毛瑟枪 41 支、子弹 6000 余发、文件及秋瑾诗词作品 1 包，遂逮捕秋瑾。当晚，绍兴知府贵福、山阴知县李钟岳、会稽知县李瑞年一审秋瑾，秋瑾未落口供，仅说："革命党之事，不必多问"。[①] 次日，贵福令李钟岳将秋瑾押回山阴县审讯，李为秋瑾设座问审，秋瑾未留口供，仅用笔写下了"秋风秋雨愁煞人"的句子。[②] 当晚，李钟岳赴绍兴府衙向贵福通报审讯情况，贵福怒斥李钟岳何不用刑？李回答：秋瑾是读书人，且为女子，不便用刑。同晚，贵福得到浙江巡抚同意将秋瑾"先行正法"的复电后，召见李钟岳，令其立即执行，李钟岳回答："供、证两无，安能杀人？"[③]但被迫于次日凌晨 3 时（7 月 15 日）行刑。临刑前，李钟岳从狱中提出秋瑾相告："余位卑言轻，愧无力成全，然汝死非我意，幸亮之也。"[④]言毕，"泪随声堕"，身边吏役均"相顾恻然"。秋瑾则提出了三点要求：一、准写家书诀别；二、不枭首；三、不剥衣。李答应了秋瑾的后两项请求，维护了她做人的尊严。[⑤] 但按清律，死罪者临刑枭首、剥衣为常规，李钟岳为维护秋瑾人格尊严，未依清律行事，便构成了"庇护女犯"罪，在秋瑾死后未久被革职。革职后的李钟岳寄居杭州，为自己未能救出秋瑾深感愧疚，于 1907 年 10 月 29 日自杀，距秋瑾死日仅 68 天，消息传出后，浙江士民前往吊唁，三日不绝。[⑥]

以上所述，为秋瑾遇难过程。从中可以看出秋瑾起码有过两次可以不死的机会，一是 7 月 7 日徐锡麟案发后沪上友人的通报；第二次则是 7 月 13 日的学生力劝、王金发返校力劝及知县李钟岳有意拖延逮捕秋瑾的时间。如果说数日前秋瑾不跑，是因为对于 7 月 19 日（农历六月初十）与王金发的共同举事尚抱有希望的话，那末 7 月 13 日事危不逃，则只能用革命不成而殉死的这一条理由来加以解释了。中国俗语是："留得青山在，不怕没柴烧。"而秋瑾见死不逃，坐而等死，在此不能不探讨其原因。而个人认为，秋瑾之死，实为徐锡麟之牺牲悲痛至极，殉情而死。这里可以举出两条证据来说明这一点：

一是 7 月 7 日《上海时报》披露徐锡麟案发消息，沪上友人派专人赴绍兴向秋瑾通报情况，劝秋瑾到上海暂避。秋瑾的反映是："执报纸坐泣于内室，不食也不语，又不发一令。"[⑦]二是 7 月 10 日（秋瑾就义前五天）秋瑾致浔溪女校学生徐

---

① 《浙抚奏报绍案情形折》，《辛亥革命》第 3 册，第 96 页。
② 秋宗章：《大通学堂党案》《越风》杂志，第 810 期。
③ 《辛亥革命浙江史料续辑》，第 361 页。
④ 《辛亥革命浙江史料续辑》，第 358 页。
⑤ 秋瑾遇难过程参《绍兴秋瑾烈士就义处有感》，《齐鲁晚报》2012 年 2 月 23 日。
⑥ 《绍兴秋瑾烈士就义处有感》，《齐鲁晚报》2012 年 2 月 23 日。
⑦ （晚清）陶成章：《浙案纪略》，《辛亥革命》第 3 册，第 21 页。

双韵《绝命词》中有句"虽死犹生,牺牲尽我责任;即此永别,风潮取彼头颅。"①由于此词写得悲壮,谨全文抄录于下:

> 痛同胞之醉梦犹昏,悲祖国之陆沉谁挽! 日暮穷途,徒下新亭之泪;②残山剩水,谁招志士之魂? 不须三尺孤坟,中国已无干净土;好持一杯鲁酒,③他年共唱摆仑④歌。虽死犹生,牺牲尽我责任;即此永别,风潮取彼头颅。壮志犹虚,雄心未渝,中原回首肠堪断!

鉴于秋瑾是有家室、子女之人,是何原因导致秋瑾愿意为徐锡麟殉情而死? 笔者认为主要原因有点:

一是秋瑾对于其夫君人格不满。有材料说秋瑾丈夫王廷钧系湘潭富绅子,为人无信义,无情谊,好嫖赌,给婚后秋瑾生活带来了极大精神痛苦。⑤当然另有材料证明秋瑾夫君人格并非如所说的那么坏(以下另作说明),但秋瑾对于其夫君人格不满而导致婚后精神痛苦却是事实。此处可举出秋瑾1903年与其夫君同居北京时所写的《满江红》词作证明:

> 小住京华,早又是中秋佳节。为篱下,黄花开遍,秋容如拭。四面歌残终破楚,八年风味徒思浙。苦将侬,强派作蛾眉,殊未屑。　身不得,男儿列,心却比,男儿烈;算平生肝胆,因人常热。俗子胸襟谁识我? 英雄末路当磨折。莽红尘,何处觅知音? 青衫湿。

由此词可见,秋瑾对于其夫君人格的不满,首先不是因为其人品不好,而是认为其夫君在国难当头的情况下,缺少一种忧国忧民、慷慨悲歌的英雄气概,所谓:"俗子胸襟谁识我? 英雄末路当磨折。"而这种精神,正是秋瑾所具备的,因此她哀叹:"身不得,男儿列,心却比,男儿烈","莽红尘,何处觅知音? 青衫湿。"

其二,秋瑾正是从徐锡麟的身上,看到了她始终敬仰的忧国忧民、慷慨悲歌

---

① 徐双韵:《记秋瑾》,《辛亥革命回忆录》第4册,第218页。——徐双韵(1882—1962年),别名小淑,女,浙江崇德人,同盟会员,秋瑾好友,曾任中国女报编辑,贞丰、竞雄女校教师,崇德师范校长。
② "新亭之泪"语出《晋书·王导传》,谓东晋初南渡名士宴饮于新亭,感国土沦丧,相对垂泪。
③ 鲁酒,指薄酒。
④ 摆仑,今译拜伦,19世纪初英国诗人,曾投身希腊民族解放斗争。
⑤ 参秋瑾纪念馆编《秋瑾活动年谱》、林逸撰《清鉴湖女侠秋瑾年谱》,台湾商务印书馆1985年初版。

的英雄人格。此处可以举出徐锡麟的《出塞》诗作证：

> 军歌应唱大刀环，誓灭胡奴出玉关。
> 只解沙场为国死，何须马革裹尸还。

如果以徐锡麟的这首《出塞》诗，比较前引秋瑾的《宝刀》诗（"不惜千金买宝刀，貂裘对酒亦堪豪。一腔热血勤珍重，洒去犹能化碧涛。"），我们会发现秋瑾与徐锡麟精神气质的完全一致性。也正是在秋瑾与徐锡麟所同具的"忧国忧民、慷慨悲歌"的精神气质基础上，才可能寻找到秋瑾愿意为徐锡麟殉情而死的原因。

当然在说明这一点时，需要强调的是：出自当时的历史条件，同时也是本于秋瑾与徐锡麟的各自人格，可以负责任地说，二人之间绝无儿女私情，但是这并不妨碍他们之间有可能产生一种为国家社稷献身，惺惺相惜，不求同生，但求共死的"反满"革命豪情。为了加深理解这点，仅简介徐锡麟的生平：

徐锡麟（1873—1907 年 7 月 7 日），字伯荪，号光汉子，浙江绍兴人，出生于官宦人家。1901 年任绍兴府学堂教师，后升副监督。1903 年赴日本，结识陶成章、龚宝铨等人，始参与反清活动。1904 年在上海加入光复会。1905 年在绍兴创立体育会、大通学堂，用以发展光复会会员，准备反清起义，同年，介绍秋瑾参加光复会。1906 年赴安徽任武备学堂副总办、安徽巡警学堂会办，将管理大通学堂事务的权力让与秋瑾。1907 年 2 月，与秋瑾约定当年 7 月 19 日在安徽、浙江两省同时举行反清起义。由于事泄，1907 年 7 月 6 日徐锡麟在安庆提前举事，刺杀安徽巡抚恩铭，但在率领学生军攻占军械所时，失败被捕，次日慷慨就义，在恩铭妻的要求下，先剜心，后斩首，心肝被用于炒菜。徐锡麟在一定意义上是秋瑾走上反清革命道路的引路人，而秋瑾之所以能够接受徐锡麟的"引路人"地位，又是由于两人精神气质的接近。由于徐是为国而死的，死状甚惨，这一事件显然深深刺激了秋瑾，使她痛不欲生，最终殉情而死。

以下仅简述秋瑾与其夫君王廷钧关系及死后安葬之事，以见秋瑾完整人格。

秋瑾父名秋星侯（名寿南，字益三），1895 年在湘乡县任督销总办时，结识了曾国藩长孙曾重伯，又经曾重伯，结识了湘潭义源当铺老板王黻臣，①将秋瑾许配给王黻臣第四子王廷钧（1879—1909 年）。王廷钧，原名昭兰，谱名廷钧，字子

---

① 王黻臣，字国华，湖南湘潭人，曾国藩表兄弟。以开设"王大兴"豆腐店和经营造纸为业，成为成为湘中巨富，有"王十万"别名。

芳,号纯馨。"体清腴,面皙白,有翩翩佳公子之誉",但"读书善悟,不耐吟诵";"作文写大意,不喜锤炼";"两应童子试,一赴乡闱不与选,遂弃帖括"。1900年,王廷钧以钱捐得"工部主事"官职赴京,秋瑾随夫同往,光绪二十六年(1900年)三月十二日,清廷诰封秋瑾为"恭人"。但入京未久,即逢"庚子之乱",王廷钧夫妇只得返乡避难。1903年,王廷钧携妻秋瑾第二次去北京复任。① 显然是"庚子之乱"中外国军队侵华的野蛮暴行,深深激起了秋瑾的爱国热情。1904年(光绪三十年),秋瑾决心东渡日本求学。这一活动未得丈夫王廷钧支持,秋瑾只好当掉簪珥等饰品东渡,王廷钧无奈,请求日本女子服部繁子做秋瑾的"引路人"。② 秋瑾出洋后,王一度辞去京官,带着孩子返乡过"隐居"生活,以期望妻子早日还乡。③ 秋瑾与王廷钧实际共同生活8年,为王家育有一子(王沅德④)、一女(王灿芝⑤)。⑥ 1907年初,为了替大通学堂与"光复军"筹款,并兼带探望儿女,秋瑾最后一次返乡,向婆家筹款得钱款2000—4000元之间,当时王廷钧并未在家。关于此事,记载有差异,分别为:

秋瑾弟秋宗章记其事为:"迨光复会(军)组织成立,筹饷购械,难以为继。……先大姊目击心伤。……专赴湘潭,子身至王宅,时子芳宦京未返,君舅健在,谈及,悉姊近况,即畀数千金。"⑦秋瑾侄王蕴琏回忆:"我家原住湘乡荷叶神冲。我四五岁时,看见秋瑾婶母来我家,她每天在我母亲房里看书,不出大门。她在湘乡住了一个月,便回湘潭去了。听我母亲说,秋瑾婶母曾向她家娘要钱,家娘不理她。秋瑾婶母就把刀子向桌上一砸,扬言要杀一个人,她家娘家爷见她这样凶猛,就要管家的拿了四千元给她。"⑧又据其他记载:"秋瑾这次从日本回国,向王黻臣家索取二千金,办大通学校。曾一度回神冲故里,和家人诀别,声明脱离骨肉关系。当时乡里亲友,莫不骇怪,认为疯癫,而加以唾骂,实则女士服侍翁姑、对待丈夫、儿女,感情极好。自立志革命后,恐株连家庭,故有脱离家庭之

① 参秋瑾、王廷钧的儿女亲家张翊六为之所写的墓志铭。
② 《秋瑾故居》,《湖南日报》2014年9月8日。
③ 见赵世荣:《女杰之乡:荷叶纪事》,湖南人民出版社2005年版。
④ 王沅德(1897—1956年),秋瑾子,湖南省双峰县荷叶镇人,企业家,新中国成立后任湖南省文史馆馆员。
⑤ 王灿芝(1901—1967年),秋瑾女,湖南省双峰县荷叶镇人,毕业于美国纽约大学,中国第一位女飞行员。
⑥ 秋瑾与王廷钧夫妇关系参张翊六:《子芳先生夫妇合传》,《上湘城南王氏四修族谱》。——张翊六为王廷钧、秋瑾夫妇儿女亲家。
⑦ 秋宗章:《六六私乘》。
⑧ 王蕴琏:《回忆婶母秋瑾》。

举,乃借以掩人耳目。"①

1907年7月15日,秋瑾在绍兴轩亭口就义。由于秋瑾遇难前,已经通知家人防范,亲属恐遭株连之罪,均躲入深山,以致秋家无人收尸,遗骨后由绍兴同善局草殓于绍兴府城外卧龙山西北麓。此是秋瑾首葬。秋瑾死后,家人为其不得入土为安自责,两个月后(1907年10月),秋瑾兄誉章②秘密雇人,将秋瑾遗体挖出迁往绍兴常禧门外严家潭附近荒地草葬,此是二葬。1908年2月,秋瑾生前结拜姐妹徐自华、吴芝瑛承资于杭州购地,"卜地西湖西泠桥畔,筑石葬之",吴芝瑛书墓碑"鉴湖女侠秋瑾之墓",此为秋瑾三葬。当年10月,清廷御史常徽即上折奏请平秋瑾墓、严惩营葬发起人吴芝瑛与徐自华等人,吴、徐二人并不畏惧,吴芝瑛发电给两江总督端方,声言:"彭越头下,尚有哭人;李固尸身,犹闻收葬","愿一身当之",只求"勿再牵涉学界一人,勿将秋氏遗骸暴露于野"。③ 迫于舆论,清政府未惩办责任人,但强令秋瑾墓迁葬。1908年12月,秋瑾兄秋誉章出面与湖南王廷钧家协商,希望将秋瑾棺梓迁入王家祖茔,但遭秋瑾公婆拒葬,指秋瑾为"女匪",不肯承认这"不孝之媳"。④ 秋誉章无奈,将其妹灵柩暂置绍兴城外严家潭义冢地里,上复茅亭,此为四葬。⑤ 此后,1909年王廷钧病逝,近半年后,王廷钧的母亲屈氏感念秋瑾为王家传宗,嘱孙王沅德赴绍兴迎还母亲灵梓。同年11月,王沅德赴绍兴迎灵梓,将其与父王廷钧合葬于湘潭昭山。此为五葬。⑥ 此后,辛亥革命成功,在长沙岳麓山建烈士陵园,1912年夏,湖南政府把秋瑾墓迁葬于此,黄兴、蔡锷殁后亦落葬该处,此是秋瑾六葬。1913年秋,根据南京临时总统孙中山指令,将秋瑾坟还葬于杭州西湖西泠桥西侧原址,并修建了风雨亭和秋瑾祠堂以示纪念,这是秋瑾七葬。时至1964年,有人提出:"不能再让死人占据美丽的西湖。"秋瑾坟连同附近的徐锡麟坟,被迁西湖边陲无人知处鸡笼山,此是秋瑾八葬。但此事很快引起社会反响,有关部门无奈,又于1965年初,将秋瑾坟由鸡笼山迁回西泠桥原葬处,并改为圆丘墓,墓表铭石上刻冯玉祥

---

① 谭日峰:《湘乡史地常识》(1935年著)。

② 秋誉章(1873—1909年)又名应奎,字徕绩,又号秋莱子。绍兴和畅堂(原籍福全山)人,秋瑾长兄,光复会会员。

③ 孙俊:《鉴湖女侠秋瑾史料》,国家图书馆古籍馆、国家古籍保护中心办公室编:《文津流觞》杂志第35期。

④ 参秋经武(秋瑾侄)回忆,见《湖南王廷钧之墓被炸盗,秋瑾后人称内无女侠衣冠》,《鉴湖新闻》2012年9月7日。

⑤ 参《百度词条》"秋誉章"条。

⑥ 参王廷钧、秋瑾夫妇儿女亲家张翊六为此撰:《子芳先生夫妇合传》。

题联："丹心已结平权果；碧血常开革命花"。此是秋瑾九葬。而一年后（1966年），在"文革"之中，秋瑾坟又被平毁，尸骨迁杭州鸡笼山东山脚下的辛亥革命烈士陵园附近，日久，农民在墓地上种庄稼、树木，已无人可识，此为秋瑾十葬。时至上世纪 80 年代，有人上书邓颖超，要求重建秋瑾墓，有关文物管理部门在鸡笼山原烈士陵园旧址寻秋瑾遗骨不着，恰逢当地一位知事路人经过，告诉文管部门："秋瑾的遗骨埋在山下边。"根据路人所指，文管部门在棕榈树丛中的一株柏树旁，挖出一陶罐，将遗骨拼接，断定为女性，由于秋瑾是被清政府在绍兴用刀杀害的，颈部骨骼与常人死亡不同，经有关部门鉴定，确定遗骸属秋瑾无疑，再葬于杭州西湖孤山西北麓、西泠桥南侧，墓顶设汉白玉雕像，时在 1981 年 10 月，此是秋瑾十一葬。[①]

　　回顾秋瑾身后葬事，真是不胜感慨。这位"鉴湖女侠"生前为国奔忙，不得安闲，死后也卷入政治斗争，尸身不得安宁。

　　在秋瑾烈士纪念碑前，我徘徊久久，深深体会到这位侠女"杞人忧"的无奈悲境：

　　　　幽燕烽火几时收，闻道中洋战未休。
　　　　膝室空怀忧国恨，难将巾帼易兜鍪。

我亦赋诗一首以怀：

七绝　怀秋瑾烈士
　　神州民众苦煎熬，侠女十八佩宝刀。
　　依旧秋风山月改，空余图画祭征袍。

2014 年 11 月 21 日

[①] 秋瑾坟屡迁过程，参《十葬秋瑾》，光明网 2009 年 10 月 15 日。原文自思公著《晚清尽头是民国》（广西师范大学出版社版）摘录。

游绍兴东湖、访大禹陵

1979年8月4日，星期六，晴。全天的计划是：游绍兴东湖、访禹陵、登会稽山。

清晨5时起床，6时10分，抵绍兴市汽车站，直发东湖的车已开，只得坐6时15分的车赴泗水桥，又步行了一段路，于6时58分抵东湖畔。

东湖因位于绍兴城东而得名，距城区约4公里。此处古时无湖，仅有一座山，称箬簧山。箬音若，指箬竹，簧音溃，指筐子。箬簧山意释为竹筐山，据传当年秦始皇东巡会稽，于此山取亠草而得名。箬簧山在当地另有俗名称"绕门山"。由于此山产优质青石，自汉以降，便开山取石，至隋，越国公杨素为修越城，更大规模取石，因此久而久之，凿空了两座岩峰，形成巨洞；又移去了半座青山，形成了高达五六十米，探地深四五十米的悬崖峭壁，崖下积水，而成为湖面。至清末，有乡绅陶浚宣慧眼独到，利用周围采石场空地筑起围墙，于镇旁河道引水拓宽湖面，便形成山水相映的今日东湖景观。

上述是东湖简史。早晨7时许，我来到湖边，但见水面狭长，清波荡漾，星散着许多绍兴水乡特有的脚划船。湖左有一条狭长的水道，与东湖镇相连，这是东湖的水源所在。湖面又多石亭、石拱桥的点缀，使游人如置画中。

我坐上游船，不一会，来到陶公洞前。洞口呈螺旋状，甚狭，仅可容小舟通行，但进入洞中，却发现其为中空，上可仰天，四周围以奇岩，形似巨井或铜钟罩水，游人入洞，如同井蛙观天。据船夫介绍：此洞湖底水深18米，距山顶47米，洞为越王勾践造宫殿时，取山石时凿就。当年郭沫若先生入洞时，曾题有四言诗吟诵，诗为：

箬贲东湖，凿自人工。
壁立千尺，路隘难通。

> 大舟入洞，坐井观空。
>
> 勿谓湖小，天在其中。

7时15分，船出陶公洞，进入仙桃洞。远观此洞，仅是一个普通的石框门，近前却发现洞口与水影相叠，酷似桃形，"仙桃洞"亦因此得名。据船夫介绍：此洞水深约18米，洞口原有"仙女散花"石雕及颇多前人题诗，但"文革"中均被凿毁。仙桃洞的奇特之处在于：洞中有门，一块厚不逾尺的石壁中央，凿有一道宽约两米的石门，贯通了两个原本不相连的石洞，使绍兴的乌篷船可以从容穿越于两洞之间。石门两侧刻有前人联语："洞五百尺不见底，桃三千年一开花"，横批为"仙桃洞"。

坐船游东湖，我最深的感受是陶公洞与仙桃洞之奇，未入此二洞，等于未游东湖。

船出仙桃洞，我未返码头，而是加了1角5分的船票钱，要求船夫将我送到可攀箬篑山的石道前。山上有亭，可俯视陶公洞底及整个东湖景观，由亭再上，则为山农的茶园。攀上箬篑山，可以发现整个东湖景观，实为经过千百年人工雕凿后，形成的一座巧夺天工的山水大盆景，步入其中，游人可以在不大的范围内，坐享山崖奇趣、水洞清幽。

由箬篑山下山途中，碰上游客一行四人，其中两位是上海宝山人，赴绍兴出差，他们在亲戚的陪同下，赴东湖游玩，听说我来自上海，攀谈亲切。他们告诉我有一部中巴，车位有空，愿意用车带我同赴禹陵一游，我十分感谢。我随同他们赴停车场上车，发现车中另有两人已在等候，其中一位中学生模样的青年，对我颇生好感。

上午9点15分，车抵禹陵，与车上6人同游。禹陵位于浙江绍兴城东南会稽山麓，距市区约6公里。据《史记》所记："禹会诸侯江南，计功而崩，因葬焉，命曰会稽。会稽者，会计也。"[1]

如果查证历史可知：禹陵是中国历史上第一个有准确地理位置可考的帝王陵墓。话之所以这样说，不只是因为它见于《史记》的记载，同时还鉴于下举两项因素：

其一是在禹之前的帝王陵墓，虽有史书记载，但所记仅是相对方位，且多有

---

[1] 《史记·夏本纪》。

矛盾。如黄帝陵,《史记》所记为:"黄帝崩,葬桥山。"①而据《史记正义》:"黄帝陵在宁州罗川县东子午山。"关于尧帝陵,《史记》未记方位,汉刘向认为:"尧葬济阴,丘垄皆小。"②《吕氏春秋》认为:"尧葬穀林。"《括地志》认为:"尧陵在濮州雷泽县西三里。"③关于舜帝陵,《史记》所记为:舜"践帝位三十九年,南巡狩,崩于苍梧之野,葬于江南九疑,是为零陵。"④而据《礼记》所记:"舜葬苍梧,二妃不从。"而《山海经》则指出:"苍梧山,帝舜葬于阳,丹朱葬于阴。"⑤

讲禹陵是中国历史上第一个有准确地理位置可考的帝王陵墓,原因之二则是自为禹立陵以降,在陵区右侧设有禹庙,供祭奠之用;在陵区左侧设有禹祠,供守陵之用;而守陵人则居于陵前。这样便基本框住了禹陵位置的不移。

关于禹庙之设,据传起于夏启和少康。《史记正义》有注:"越州会稽山上有夏禹穴及庙。"⑥如果参《史记》"三十七年(前210年)十月癸丑,始皇出游","上会稽,祭大禹"⑦的有关记载可知:至迟于秦代,中国历史上的第一位皇帝秦始皇曾到此祭祀过大禹。而据可考资料,禹庙始建于梁大同十一年(545年),此后屡毁屡建,其中大规模修建主要为四次:北宋政和四年(1114年)复修;南宋绍熙三年(1192年)复修;明嘉靖二十九年(1550年)复修;清嘉庆五年(1800年)复修;民国二十二年(1933年)复修。而今存禹庙,为民国时所遗,其基本上保留了明代建筑规模和清代建筑风格,其中部分,当为明、清原建。

关于禹祠之设,据传始自夏朝六代君主少康,封其庶子无余赴此守陵并立祠堂,以供定居在禹陵附近的姒姓宗族祭祀之用(禹姒姓)。而据《地理志》所记:"(会稽)山上有禹井、禹祠,相传以下有群鸟耘田者也。"⑧禹祠中存有《姒氏世谱》及记载历代祭禹情况的《祀禹录》。久之,为禹守陵的姒姓后代繁衍成村,位今禹陵前,称"禹陵村"。有统计数据表明:今居禹陵村的姒氏后代已传至145代,共数百人。⑨ 至后世,为禹守陵的制度愈严,宋代设有守陵吏,明代则禁止在

① (汉)司马迁:《史记·五帝本纪第一》。
② 见《史记集解》。
③ 见《史记正义》。
④ (汉)司马迁:《史记·五帝本纪第一》。
⑤ 见《史记集解》。
⑥ (唐)张守节撰。
⑦ 见《史记·秦始皇本纪第六》。
⑧ 见(南朝·宋)裴骃纂:《史记集解》。
⑨ 数据参《绍兴会稽山下祭禹陵,领略水乡的独特魅力》,(2012年10月25日),http://www.nanrenwo.net。

陵庙周围五百步内砍伐,文武百官过此必须下马。历史上的禹祠亦几经毁建,今祠系 1986 年绍兴政府重修。论及禹祠,涉及的一个有趣话题是禹的后人的分布问题。根据《姒氏世谱》所记,大禹后人从第五代开始在绍兴定居,主要职责是守陵,传代至今,最高辈分为 141 代,最低是 146 代,其中分布于绍兴地区的姒姓后裔 150 余户人家,400 余人,主要居于禹陵附近的禹陵乡禹陵村。而分布在全国的姒姓后人,总数不过 2000 人。此外,在今中国台湾以及南非、韩国、美国等世界各地,亦都有姒姓后人。此外,古代禹的分封子孙,在当时的各自封地中,陆续派生出了夏、禹、侯、包、曾、费、越、顾等 23 个姓氏。看来,造成"姒"姓这一古老姓氏人数不蕃的直接原因是:在中华民族漫长的历史发展过程中,从姒姓中分化出了诸多不同的姓氏,而有的姒姓后人则融入了他姓。因此,今存姒姓后人,其实都是当年大禹王的直系后裔,也是当今中国真正的贵族姓氏。

步入陵区,顺山势渐上,时虽距"文革"结束未久,破坏痕迹尚见,但我仍可感受到华夏先祖陵园气氛的庄严。首先见到的是一石亭,亭中有碑,介绍禹陵与禹庙的历史沿革情况。其大意谓禹陵与庙始建于汉唐,后屡经重修,今址保留了清初风格。亭中另有一块石碑,字迹模糊奇古,非楷非隶,非草非篆,也不是甲骨文。学年时代我曾听家父说起,禹陵前有奇碑一块,字体无人可识,或谓之夏文。今我亲自瞻仰,亦不胜惊奇。后查阅有关文献记载得知:此碑称"岣嵝碑",因其最早立于湖南衡山岣嵝峰而得名,明嘉靖二十年(1541 年)冬,绍兴知府张明道据湖南岳麓书院拓本摹勒于此,清咸丰年间又于碑上立亭。碑文凡 77 字,明大学者杨慎(升庵)曾为之释文,释文为:

> 承帝日咨,翼辅佐卿。洲诸与登,鸟兽之门。参身洪流,而明发尔兴。久旅忘家,宿岳麓庭。智营形折,心罔弗辰。往求平定,华岳泰衡。宗疏事裹,劳余神堙。郁塞昏徙。南渎愆亨。衣制食备,万国其宁,窜舞永奔。

如将杨慎释文译作白话文,其大意如下:

> 尧舜时期,洪水滔天。田地变成洲渚与鸟兽之家。帝王登临,与群臣协商,命禹治水。禹受命以来,经年旅外治水忘家,住宿山岭,劳形费神。奔走于华山、泰山、衡山之间,疏通水道。在已恢复的田地,划分出了贡赋等级,为此劳尽心神。疏导淤塞,使江、淮、河、济四渎(大河)入海。丰衣足食,万国安宁。黎民欢呼歌舞,永远奔向光明未来。

关于岣嵝碑的记载，最早见于东汉罗含的《湘中记》、赵晔的《吴越春秋》，其后，郦道元《水经注》、徐灵期《南岳记》、王象之《舆地记胜》均有记述。因为相传此碑的内容，为颂扬夏禹功德，亦被称作"禹碑"、"禹王碑"、"大禹功德碑"。然而令我不解的是：岣嵝碑既为夏文，杨慎又是如何识得夏文的？

过岣嵝碑亭，便来到大禹庙前。庙顶立有人像，当为大禹像。庙前有乾隆皇帝当年祭禹时所书御碑，左侧有邵元冲书《民国重修大禹陵碑》，右侧有章太炎撰、余绍守书碑记，及民国李协书碑记。后三碑的内容除对大禹歌功颂德外，主要是记述民国重修禹陵的经过。步入庙堂，但见高大宏伟，画栋雕梁，令人叹为观止。与我同游的来自上海宝山的汽车司机感慨地说：现代人的工艺水准都退化了，一个六七级工的老师傅，也无法造出这样的建筑。而据实测数据，禹庙大殿面宽23.96米，进深21.55米，殿高24米。瞻仰禹庙，使我感到遗憾的是，大殿中空无一物。据当地人相告："文革"中绍兴禹陵受破坏最小，仅砸掉了禹庙中梁代所塑6米余高的大禹像及另3尊神像，其他古迹都保留下来了，被砸大禹像正准备重修，"文革"中禹陵受破坏程度小的原因是，来"破四旧"的两派红卫兵环绕着对禹的评价，意见有分歧，大概是主张禹陵为国家文物的意见占了上风，因此仅做了不大的破坏。

出禹庙，沿道左上坡，坡上有石亭，亭中有圆锥状的巨石一块，称"窆（音边）石"，石亭亦因此得名"窆石亭"。据实测，石高2.3米、围径2.1米，石顶端有圆孔。或云此石为禹下葬时所用的一种工具；亦有人说此石为禹下葬后的镇石，作为陵墓碑志以昭示后人。石上刻古人铭文多种，但大多已模糊不清。颇有围观青年朝窆石圆孔中投以小石。据当地人的说法，投石中孔，便可生子，不中，则生女。亭后另有明天顺年间（明英宗时）所立石碑，记窆石亭来历。根据碑文所记：会稽山原名"苗山"，禹死之后更名，而窆石之下，即禹的葬身之处。如此说属实，今窆石所站立的位置，亦即古人所说的"禹穴"。当年太史公"上会稽，探禹穴"，[①]登临的也即是此地。关于"禹穴"二字，刘宋裴骃《史记集解》引张晏话说："禹巡狩至会稽而崩，因葬焉。上有孔穴，民间云禹入此穴。"而个人认为：刘宋裴骃《史记集解》所注未全，其原因可能是裴骃本人未曾亲临过禹陵。而"禹穴"二字本义即指立于禹坟葬之上窆石顶端的圆孔。而窆石之所以会有孔，是先民安葬大禹时，有意凿磨出来的。而何以在巨石上凿孔？是因为先民受限于当时的科学水准，认为人死后灵魂能够由此进出。而窆石之立，是作为禹的坟标出现

---

① （汉）司马迁：《史记·太史公自序》。

的,窆石凿孔,则是寓意入土后的大禹,灵魂能够由窆石自由进出,继续察视民间,以保佑夏人江山的长久。

　　与窆石问题相关的另一个话题是大禹入土时的安葬仪式。《史记集解》引三国魏编《皇览》中的话说:"(禹)因病死,葬,苇棺,穿圹(音矿,坟穴)深七尺,上无泻泄,下无邸水,□高三尺,土阶三等,周方一亩。"①意谓:禹死时,以芦苇为棺下葬,坟坑深 7 尺,坟地广 1 亩,高 3 尺,上无流涧,下无暗泉。《吕氏春秋》说:"禹葬于会稽,不烦人徒。"意指为大禹立墓时,不侵占民田、民宅。《墨子》说:"禹葬于会稽,衣裘三领,桐棺三寸。"意谓禹安葬时,仅穿了三层衣服,用三寸薄棺。《史记索引》对上述说法提出质疑,反诘:"禹虽俭约,岂万乘之主而臣子乃以蘧蒢(苇编粗席)②裹尸乎?墨子言'桐棺三寸',差(不)近人情。"而我却宁可相信《皇览》、《吕氏春秋》与《墨子》的有关记载是真实的,因为大禹生前至勤至俭,安葬时不縻民财,仅立石为铭,这正体现出上古帝王"以天下为公"的精神风貌与后世帝王"以天下为家"的精神风貌的天壤之别。如果查《论语》,我们会发现孔子对大禹有着至高无上的评价,他说:

　　　　禹,吾无间然矣。菲饮食,而致孝乎鬼神;恶衣服,而致美乎黻冕;卑宫室,而尽力乎沟洫。禹,吾无间然矣。③(句意:"禹,我找不出批评意见。菲薄饮食,而祭祀祖先丰厚;衣服蓝缕,而祭服华美;住房低矮,却尽力为民疏通水道,我真找不出对禹的批评意见。")

　　而回顾上古中华史,洪水滔天,灾民流离失所。为拯救世人,大禹治水十三年,"陆行乘车,水行乘船,泥行乘橇",④三过家门而不入,恶衣菲食,终年劳碌于沟渎,以致手掌和足底都生满了老茧("手足胼胝"),这是多么伟大的精神啊!我完全赞同孔子对大禹的评价。可以无可置疑地说:大禹是华夏族历史上的第一位人民英雄。在禹穴前我徘徊久久,不忍离去,向这一位中华民族的先祖表示深深的敬意。

　　　　　　　　　　　　　　　　　　　　　　　　2014 年 12 月 3 日

---

① 中华书局标点本《史记》,1959 年 9 月第 1 版,第一册,第 90 页。
② 蘧蒢,音 qú chú,亦作蘧篨、蘧除,用苇或竹编成的粗席。
③ 《论语・泰伯第八》。
④ 《史记・夏本记第二》。

会稽山上朝圣女

　　1979 年 8 月 4 日上午 10 时 30 分,离开禹穴,与同行的 6 名游客告辞,并感谢他们允许我搭车共游禹陵。我的下一目标是登上会稽山的主峰香炉峰。

　　香炉峰位于龙山的右侧,龙山的另一名称是"禹王峰",这是因为禹陵位于龙山山脚。有当地人告诉我:翻越禹王峰至香炉峰,有一条小路可走,仅有 3 里路。根据当地人的指向,我决心翻越禹王峰前往香炉峰。不意当地人所指,是一条砍柴人所走的小道,岔口甚多,山上又多当地人的坟冢,我沿着小道上行,不是小道突然消失、陷入丛林包围,便是走入山上的坟场,先后四次迷途,始终无法找到上会稽山的正道,只得重返禹陵。时为 12 时 33 分,汗流如雨,买了 3 角钱的葱油桃酥和着奶粉充饥,在禹陵区的一个竹亭中少歇。

　　下午 1 时 45 分,我顺着禹穴的下山石道,走到山脚的一村庄,一位年约 40 岁的农妇见我走路辛苦,力邀我到她家中喝水。但见其家小且挤,人与猪共处一室。适值其女儿挑担回家,人却长得健壮、漂亮。经问,其家共 8 口人,包括二老、两个女儿、两儿子及其夫妇二人。属禹陵公社永生大队,丈夫名徐百荣。全家共有 4 个劳动力,包括夫妇二人及两个女儿,年收入扣除队里所给口粮钱及杂钱外,共约 90 元,属队里中上等收入人家,供养两个儿子读书,大儿子 15 岁,现读初二年级(已读 7 年半书),小儿子 10 岁,现读小学 3 年级。至于两个女儿,则因家贫,未供其读书。我因为急于要上会稽山,不便久坐,起身告辞。该妇女特地为我加满了水壶,为了表示感谢,我留下了 1 角钱水资。

　　下午 2 时 15 分,我沿着攀山的石阶大道,走到了香炉峰的半腰。时烈日当空,汗流如雨,浸透内外衣衫,汗滴纸上,几不能持笔。当时的室外气温达 40 余度,幸好我小学至中学期间,从事过六年日光浴锻炼,因此不用担心中暑。2 时 50 分,已接近会稽山顶峰,时心跳加快,气喘急促,只是停下来时,才感到阵阵山风的吹拂。又前行未久,见道边巨崖上刻有《波罗蜜多心经》,只是年代久远,字迹显得模糊不清,不知刻于何时。[1] 此当为会稽山一绝,未亲临此山,不能目睹。而此处脚下的山道,均是劈山崖凿就,甚感险要。沿山道再上,有三块巨岩拦路,岩上有古人题字"云门"、"揽月"等字样。两块巨岩相间仅咫尺。由二岩钻过,见到第三块巨岩上刻有"慈尘"、"海上飞来"等古人题字。再前,则见一巨岩似士兵,头上带盔,不知在当地是何称谓。

　　下午 3 时 40 分,抵香炉峰顶峰,山顶植被以矮竹与灌木为主。举目四望,但见西北向是绍兴城区,由西北至东北向,基本为平原,其余三面则为起伏的峰峦,中间点缀着小块平原。至于山顶所见,除所经 3 块巨岩之外,左侧有平台丈余,看得出是古代寺庙的遗址。根据文献所记,此处原为刘宋时所建天柱山寺遗址,至唐代,大诗人白居易登临吟诗有句:"石凹仙药臼,峰峭佛香炉。"此后,山便有了"香炉峰"之名。至宋代,因山寺中供奉玉雕观音像,始称"南天竺",被认作是观世音菩萨的道场。据当地人叙说:该寺香火之旺,在浙江省仅次于普陀山,"文革"之中,绍兴市公安局派出一个治安大队,将山庙拆除。

　　能登上会稽山,我心中十分高兴。回想上午走禹王峰小路上香炉峰,由于歧途难辨,四次迷路。现在终于也能一睹这禹会万邦诸侯、司马迁等古先贤不远万里前来凭吊的历史名山了,看来胜利应属于不畏艰险的人。根据文献资料,会稽山在禹会诸侯之前,原有"茅山"、"亩山"、"苗山"诸名,它是中国历代帝王加封祭祀的"镇山"之一,称"南镇",亦是中国古代"九大名山"中的第一山。所谓"九大名山"之说,见于《吕氏春秋·有始览》:"何谓九山? 会稽、太山、王屋、首山、太华、岐山、太行、羊肠、孟门。"又见于《淮南子·地形》:"何谓九山? 会稽、泰山、王屋、首山、太华、岐山、太行,羊肠、孟门。"关于"九山"的说法,尚见于《周礼·职方氏》,其谓:"东南曰扬州,其山镇曰会稽。"《职方氏》所列举的"九山"秩序分别为:会稽、衡、华、沂、岱、岳、医巫闾、霍、垣诸山。[2] 而回顾史书上有关大禹治水的记载,我们会发现:与禹一生行迹相关的四件大事:封禅、娶妻、计功、下葬,都是发生在会稽山,而夏王朝的建立,也是始自会稽山。因此,会稽山实为中华古文明的重要发祥地之一,它积淀着深厚的中华文化底蕴。

　　我正在会稽山顶发思古之幽情,记登山之所见,忽然发现山顶左侧平台下方

---

[1] 一说摩崖题刻《般若波罗蜜多心经》,前半部为近代越中书法名家徐生翁所书,后半部遭损经人补刻。但我所目睹的石经,字迹脱落,模糊不清,当非近人所为。
[2]《周礼·夏官司马第四·职方氏》。

有一农家搭建的简陋茅棚。出自好奇，便走了过去。只见茅棚内有两位妇女，一位年轻，相貌秀丽，颈戴佛珠，腕戴手串，手捻佛珠，口念"阿弥陀佛"。一位年老，五六十岁，装束同一。二女见我后神态紧张。我向二女讨水洗脸少歇，问她们居此何因？她们招呼我到茅棚外山岩上少坐，讲棚外风凉。年轻妇女对我说：她今年33岁，尚未结婚，居此念佛治病，两位老年妇女是陪同她共住，适逢一位有事下山，我未能遇上。年轻妇女又说：此山顶原住一和尚，已死，并问我刚才拿笔记了些什么？我回答是外来游客，记登山所见风景，无其他内容，该妇女面色稍缓。我问年轻妇女生有何病，为何不到医院治病？该女避而不答。我只得告辞下山。在山弯处回首，仍见二女坐山岩上念佛。颇生恻隐之心，感慨因十年"文革"，导致农村教育事业落后，山民信佛不信医。得句：

> 崖陡走云梯，乱石荆棘侵。
> 山岩二修女，隐隐伤客心。

当我走到香炉峰山脚时，碰上当地一放羊农民，出自好奇，相询山上所逢二修女事。牧羊人笑答：她们看了你这一身装束，一定认为是公安局派来的便衣，会吓得半死。我惊问何故？因为我当时上山，除身背书包水壶，手中持一根半人高的木棍外，并无其他。我手持木棍上山的原因主要是为了助力，此外也是因为上阿育王寺、天台山时，曾有被军犬追咬的经历，心存后怕，有棍在手，可以防身。以前我攀山时，遇有游客见我持棍上山，曾戏称为"过景阳岗的武松"，但持棍上山可以节省体力，是攀山者的共识和经常使用的方式，不该把二女吓得要死。牧羊人笑道：该二女，年轻者为外队人，原有丈夫，因不会生育，男方另娶小妾，该女从此上山念佛，但当地法院已做出判决，该女口粮应由男方供给。陪同此女上山念佛的两位老年妇女，其中一人为本村人，另一人为邻村人，邻村人因公安局规定其不下山，即不发口粮，已下山取口粮去了，因此我未能遇到。而几位妇女之所以要上香炉峰顶念佛，是因为根据当地传说：会稽山香炉峰是南海观世音的"三大道场"（居所）之一（其他二道场分别为南海普陀山、杭州中天竺①），山上的两块巨岩系一雌一雄的"神石"，由南方飞来，行人由石下弯身走过，腰可以不痛，信众在石下念经，则可以治病。牧羊人又说：两妇女在山顶念经，久居不归，实为搞迷信活动。此山顶原有寺庙一座，"文

---

① 一说与香炉峰南天竺相呼应的观音菩萨道场，是指绍兴城中的戟山北天竺，而非杭州的中天竺。

革"中由公安局派人拆除。两人以集资修庙为名,号召附近迷信民众,去年每天有七八十人上山,布施钱、粮票、瓜果等。此外,过路的夜宿行人也总留钱给她们。因此,山上各类瓜蔬多得吃不完。去年绍兴市公安人员曾两度将两女铐入公安局,搜出钱款 500 余元,这相对于当地农民年收入来说,是一个天文数字。年轻妇女又交代山顶茅棚中尚有现金 200 余元,公安局派人去取钱,由于当地公社领导不知情,号召民众火烧山顶茅棚以破除迷信,将钱一并烧毁,以致公安人员上山时未能取到钱款。公安局曾告诫二女:你们念佛我们不干涉,但不得到山顶搞迷信活动蛊惑民众,二女则扬言死也要死在该山上。牧羊人又说:去年曾有两位男子上山帮助二女搞迷信活动,一人解说刻于山崖上的《波罗蜜多心经》,另一人则出售佛教签语赚钱。签语如火柴盒大小,稍长,上写有四句话、16 个字(四字一行),大致内容是预言人生祸福。签语置于签筒之中,签筒则代表观音菩萨,买签者需向签筒磕头,从中抽取。签语初卖 8 分 1 张,后涨到 1 角 1 张。当时附近迷信民众每天有近百人上山买签,有的老太婆七八张一买,15000 张签语一天就卖完了,以致这一迷信活动搞了十来天,发起人共赚取了上万元,但是他们并没能拿到这笔钱,因为绍兴市公安局派出便衣上山半日,将说经者与卖签者一并逮捕,搜出现款,又将两人的家产封住,要其加倍罚款。经此打压后,上会稽山香炉峰的附近民众人数大减,但今年以来上山人数又呈增势,估计到 9 月份会达高峰,因为在当地信众心目中,观音菩萨之灵永远存在于香炉峰顶峰。

听完牧羊人所介绍的情况后,我十分惊讶佛教在当地的号召力。因为当时中国民众的收入甚低,我那时的月工资仅 36 元。而佛教信众在十来天中竟能筹得上万元巨款,这在当时来说,绝对是一个天文数字。听说二女在香炉峰上搞的是迷信活动,我顿时丧失了对她们的同情心。下午 5 时 15 分,步抵禹陵下禹陵公社永生大队时,又碰到了中午邀我进家喝茶的妇女,她仍热情邀我到她家中喝茶,并补充了一些有关山顶二女的情况。据其所说,在山顶念佛的老年妇女,是本队人,家中有儿子、媳妇,经济条件不错,但是就是不肯听村干部劝诫,欢喜上山念佛。

傍晚 5 时 40 分,与永生大队徐百荣夫妇告辞。约晚间 7 时,步抵绍兴城,在大众旅社对面的一家旅馆歇宿。反思一天所见,颇感收获之丰。此后我再未能上得香炉峰,因此也无法知晓会稽山上两位朝圣女的后事如何?但是从近年的有关报道中得知:会稽山两位朝圣女当年抵死相争的欲在香炉峰顶建庙的心愿,1990 年已由新加坡籍华人徐春荣先生捐巨资、在山顶重建"炉峰观音宝殿"

帮助实现了。同年,中国佛教协会会长赵朴初先生并亲笔题写了"炉峰禅寺"字匾。这真是时事变异,此时一是非,彼时一是非了。

2014 年 12 月 17 日

兰亭忆旧、周府拾零、沈园寻踪
与越王台悼古

1979年8月5日,星期日,晴。

这一天是在绍兴的最后一天,有待游览的景点包括:兰亭、沈园、周恩来故居、越王台,因此时间显得十分仓促。

清晨5时起床,早餐后坐赴新桥的汽车,于7时零5分抵兰渚山下,这是东晋大书法家王羲之《兰亭集序》的诞生地,位于绍兴市西南,距市区约14公里。循小径步入兰亭景区,发现可参观之处为纪念王羲之生平的几处亭阁。

其一为"兰亭"碑亭。"兰亭"两字,为康熙皇帝御笔,"文革"中碑被红卫兵砸成四块,在我去时,石匠正在修复。亭两侧另有被砸毁的古人刻碑无数,均倒于路边,只有一块碑是完整的,据辨认,是清同治年间山阴县知事杨恩澍所书《孙丞公兰亭后序》。"孙丞公"系东晋人孙绰,当时为兰亭集会的参加者之一,根据王羲之《兰亭集序》,其职位为"右将军司马"。而现今流传下来的与兰亭集会相关的作品共三部分,其一为与会者所写诗作;第二部分为孙绰所写的《兰亭后序》;第三部分为王羲之本人书写的《兰亭集序》。关于孙绰的后序,全名为《三月三日兰亭诗序》,其始见于唐编类书《艺文类聚》卷四。对于此序的真伪,尽管今人有存疑意见,[1]但是它却是兰亭聚会的重要见证材料。《孙丞公兰亭后序》刻碑在"文革"中之所以未毁,据当地人相告,是因为碑文内容重要,红卫兵中无人敢砸,结果是将碑涂黑放倒了事,并拆除了陈列碑文的亭阁。

其二为御碑亭。碑立于清康熙三十四年(1695年),保存完好。观碑文内容,正面为康熙皇帝三十二年(1693年)南巡时,御笔所书王羲之《兰亭集序》全文。碑的背面则刻有乾隆皇帝十四年(1749年)游兰亭时写的《兰亭即事》诗。全诗为:

---

[1] 见周燕:《孙绰〈三月三日兰亭诗序〉并非兰亭后序》,《励耘学刊(文学卷)》2002年第2期。

向慕山阴镜里行,清游得胜惬平生。

风华自昔称佳地,觞咏于今纪盛名。

竹重春烟偏澹荡,花迟禊日尚葳荣。

临池留得龙跑法,聚讼千秋不易评。

比较碑文内容,可以看出康熙爷的字写得恭整厚实,如同其人。乾隆爷的诗写得不咋地,但其书法却写得飘洒俊逸,当代书家少有能与之比肩者。由于此碑系祖孙二代皇帝共书,在当地有"祖孙碑"的谐名。"御碑"经历"文革"劫难得以完整保存下来,其原因是红卫兵要砸碑的计划,被当时驻兰亭血吸虫防治所的医生们预知,医生们出自保护国家文物古迹的良心,连夜在碑石上涂满石灰,并用红漆于碑的正面写上毛主席的《送瘟神》诗词,在碑的背面则写上毛主席语录"千万不要忘记阶级斗争",以致次日红卫兵到来后,看着"御碑"上的"红字",目瞪口呆,无人敢砸。

其三为"鹅池碑亭",该亭因存有王羲之亲书"鹅池"二字碑而得名。一说碑上"鹅"字为王羲之书,"池"字则为其子献之书,因此该碑又有"父子碑"的谐称。碑亭边有池,称"鹅池",又称"墨池"。"墨池"二字为清人杨思题写。据说王羲之生前喜养鹅,每写字毕,则于池中洗笔,洗笔之池亦因此得名"鹅池"与"墨池"。鹅池两侧多古人刻碑,但均被人用石灰涂没,涂石灰者,估计也是"文革"中驻兰亭的血防站医生所为。而在左侧石碑群中,有的刻碑石灰已被游人刮除,其内容可辨认出为古人游兰亭时题写的七律诗。鹅池碑亭与墨池周围,原为清康熙年间所修"王右军祠"的所在地,但在我去时,祠堂已在"文革"中被当做"四旧"拆除,因此无法目睹原建规模。

其四为"曲水流觞"亭。亭位于高台之上,其得名缘自亭前有小溪,呈"之"字形蜿蜒南向,两岸砌石,犬牙交错,称"曲水"。据记载:东晋"永和九年(353 年),岁在癸丑,暮春之初",朝廷高官"会于会稽山阴之兰亭,修禊(水边祈福)事也。"[1]"修禊"事了,右将军、会稽内史王羲之在此宴请宾客。贵宾坐于曲水两岸,自溪水上游放下盛有酒的觞(酒杯),称"流觞",觞停在谁的身边,就必须作诗一首,如做不出诗来,则须"罚酒三斗"。据王羲之《兰亭集序》所记,当年兰亭之宴的盛况是:"右将军司马太原孙丞公等二十六人,赋诗如左。前余姚令会稽谢胜等十五人,不能赋诗,罚酒各三斗。"亦即在这一次山水盛会上,共产生了 26 位

---

① (东晋)王羲之:《兰亭集序》。

作者的 37 首山水诗(其中有 11 人各作诗两首,另 15 人各作诗 1 首),汇集成册,而称之为《兰亭集》,主人王羲之则应宾客推荐,为之作序,称《兰亭集序》。① 而其他与会的 15 位宾客因未能在规定时间中写出诗,各被罚酒 3 斗。当时的"一斗"酒,可折算成多少斤不得而知,如果以一斗折算一市斤计,则"罚酒 3 斗",即罚酒三斤,可见此次盛会饮酒之豪。

以上所述,兰亭历"文革"后所存景观大略。由于兰亭在"文革"之中遭受严重破坏,许多石碑被砸毁,许多亭阁被拆除,这不能不使游人抱憾。我去之时,兰亭正在维修,据在亭边维修的石匠相告:兰亭现为小修,用款约需四五十万元,要彻底恢复至"文革"前规模,则需要钱款一百四五十万元。由此亦可见兰亭在"文革"中历难之惨烈。

兰亭之宴是中国历史上的一次重要文化集会。讲其重要,原因之一是因为它诞生了千古书法名帖《兰亭集序》,而标志着中国书法艺术已进入到了它的巅峰时期。据传王羲之在写《兰亭集序》时,是处于醉酒状态,以致笔走龙蛇,变化无穷,仅其中的一个"之"字,便写出了 20 余种不同的字样,而王在酒醒之后曾多次重写《兰亭集序》,却终无法写出酒酣之时的书法神韵。由于《兰亭集序》极高的书法成就,而被后人尊为"天下第一行书",王羲之本人也被人们尊为"书圣",它对于中国后世书法艺术的发展,产了极大的影响。而根据何延之《兰亭记》与刘𫗧《隋唐嘉话》两书的记载,《兰亭集序》后传到唐太宗之手,唐太宗爱不释手,遗嘱将其带入昭陵,②因此后人永远无法见到《兰亭集序》真迹了。但好的是《兰亭集序》的诸多摹本都流传下来了,通过这些摹本,我们仍可领略到王羲之的行书艺术。而在《兰亭集序》的诸多摹本中,最有名的是据传为贞观时书家冯承素所临摹的"神龙本兰亭",其得名的原因是在该序卷首,有唐中宗李显的神龙年号小印。此摹本之妙,在于把王羲之原本中"断笔"、"破锋"、"贼毫"等诸多细微的特征都临摹出来了,使观者能领略到王羲之书法的原貌。而《兰亭集序》的诸多摹本之所以会产生,是因为唐太宗曾命朝中善书者广为临摹,以赏赐王公大臣。

讲兰亭之宴是中国历史上的一次重要文化集会,原因之二是这次盛宴,标志着中国山水文学的诞生。强调这一点,是因为在晋室南迁以前,中国士大夫的汇

---

① 《兰亭集序》,又名《兰亭宴集序》、《兰亭序》、《临河序》、《禊序》和《修禊帖》。修禊,古代汉族习俗,谓夏历三月上旬的已日(魏以后始固定为三月三日),官、民赴水边嬉游,由女巫主导,举行沐浴除灾祈福仪式。由于《兰亭集序》的产生,缘自东晋穆帝永和九年(353 年)三月三日,王羲之与谢安、孙绰等 41 位军政高官,在山阴兰亭"修禊",因此该序又名《禊序》和《修禊帖》。
② 此说出处见(唐)何延之《兰亭记》、(唐)刘𫗧《隋唐嘉话》。

聚之地主要是在陕、洛平原地区，其兴趣则主要集中于国家政治上，而未能深入领略江南的山水之美，亦少有文人的有关著述。只是在晋室南迁之后，由于当时国家政治昏暗，使士人视之如畏途，方才把兴趣逐渐转移到了欣赏会稽山水之美的自然情趣上来，而王羲之则是当时士大夫中志向转移的代表者。对此，如同《晋书·王羲之传》所评价：羲之"初渡浙江，便有终焉之志。会稽有佳山水，名士多居之。谢安未仕时亦居焉。孙绰、李充、许询、支遁等皆以文义名世。并筑室东土，与羲之同好。"而在东晋文人的影响之下，中国后世的山水文学进一步壮大，成为中国文化史上的奇葩。

讲到《兰亭集序》的产生，涉及的一个学术问题是兰亭真址何在？对此，王羲之本人的说法是："会于会稽山阴之兰亭"，"此地有崇山峻岭，茂林修竹；又有清流激湍，映带左右，引以为流觞曲水，列坐其次。"①但历史上的"山阴"，是其因位于会稽山之南而得名，指的是很大的一片地方，其范围大致包括现今的整个绍兴市及郊区。至于在山阴地域内的兰亭，历史上亦几易其地。其得名之初，相传是春秋末期，越王"勾践种兰渚田"于此，汉时设驿亭，故名兰亭。②但后因政治因素导致兰亭原址迁移，也便导致了对于王羲之设兰亭宴准确地址矛盾重出的记载。如梁郦道元（？—527年）《水经注》谓："浙江东与兰溪合，湖南有天柱山，湖口有亭，号曰兰亭，亦曰兰上里。太守王羲之、谢安兄弟，数往造焉。吴郡太守谢勖封兰亭侯，盖取此亭以为封号也。太守王羲之移亭在水中。晋司空何无忌之临也，起亭于山椒，极高尽眺矣，亭宇虽坏，基陛尚存。"③陈顾野王（519—581年）《舆地志》谓："山阴郭西有兰渚，④渚有兰亭，王羲之谓曲水之胜境，制序于此。"⑤而宋施宿（1164—1222年）《会稽志》谓："兰渚山在县西南二十七里，王右军《从修禊》云'此地有崇山峻岭，茂林修竹'。"⑥如从郦道元、顾野王的说法，兰亭当在湖中，从施宿的说法，兰亭则位于绍兴兰渚山下的今址。而现今兰亭景点之修，始自明嘉靖年间吴郡郡守沈启（1490—1563年），不知所本，清代沿之，近现代又沿之。因此，对于《兰亭集序》的诞生地，我们不必过于较真，仅把它当作山阴道上一处风景秀丽处即可。

---

① （东晋）王羲之：《兰亭集序》。

② 见东汉袁康、吴平撰《越绝书》。"勾践种兰渚田"又作"勾践种兰渚山"。

③ （北魏）郦道元：《水经注·浙江水注》。

④ 兰渚，湖名。唐朝诗人施肩吾有《兰渚泊》诗，谓之："家在洞水西，身作兰渚客。"

⑤ 见《寰宇记》卷九六，越州条目引文。

⑥ 见《会稽志》卷九。

上午 8 时 10 分,离兰亭,步行至分水桥,用时 30 分钟。由此搭上赴绍兴市的公交车,9 点 20 分,抵周恩来故居参观。

周恩来故居原名锡养堂,位于绍兴市区劳动路东端,属明清建筑风格。根据文献记载:周恩来祖上属宋代理学名家周敦颐之后"保佑桥周氏",其先辈于元代迁绍兴,至洪武十四年(1381 年)始定居于此。至康熙三十七年(1698 年),周先祖周懋章之妻王氏寿至百岁,浙江巡抚授"百岁寿母之门"匾,因此锡养堂又有"百岁堂"之称。周恩来的祖父、父亲均生长于绍兴。其祖父谱名骏龙,后改名攀龙、起魁,字云门。父周劭纲(1874—1942 年),原名周贻能,字懋臣,晚清"国学生"、官阶为"主事"(正六品)。此后,周祖父任官山阳(今江苏淮安)知县,举家迁居淮安。周恩来(1898—1976 年)本人出生于淮安,但 11 岁时(1909 年春),曾随伯父返绍兴老家,居住了约一年。此外,1939 年 3 月 28 日至 31 日,周恩来以国民政府军委会政治部副部长的身份赴绍兴宣传抗日,在故居少住,并在亲属陪同下,祭扫祖墓,在族谱上填上了自己与邓颖超的名字。上述这些,是周恩来与其故居的关系。

步入周恩来故居,发现其已被改造成周生前事迹的陈列室。第一室陈列有周恩来生活照片、使用过的生活物品,其中包括一条与董振堂、朱德三人互赠的毛毯;还有一张警卫人员 1967 年 2 月 2 日贴在周恩来办公室门上的一张大字报,十分有趣。其内容为:

> 恩来同志:我们要造你一点反,就是请求你改变现在的工作方式和生活习惯,才能适应你的身体变化情况,从而你才能为党工作得长久一些、更多一些。这是我们从党和革命的最高的长远的利益出发,所以强烈请求你接受我们的请求。

在这张大字报上签名的除周恩来身边工作人员外,还有常去周恩来办公室的陈毅、聂荣臻、叶剑英、李先念等中央领导人及中南海的其他工作人员,共二十个人。邓颖超又在大字报上提出了五点补充建议:

> (一)力争缩短夜间工作时间,改为白天工作。(二)开会、谈话及其他活动之间,稍有间隙,不要接连工作。(三)每日工作安排应留有余地,以备临时急事应用。(四)从外面开会、工作回来后,除紧急事项,恩来同志和其他同志不要立即接触,得以喘息。(五)会要开短些,大家说话简练些。恩来同

志坚持努力实践,凡有关同志坚持大力帮助。

据介绍,周恩来看到大字报后,为了表示对工作人员意见的尊重,在大字报上写下了"诚恳接受,要看实践"八个字。但此后未久,周恩来4月份在处理广交会问题时,又连续工作84小时未睡眠。这张大字报虽产生于"文革"之中,但在一定意义上体现了中共领导人与民众的血肉联系,对于当今如何处理好党民关系,亦具启发意义。

步入第二室,发现其为周恩来当年居此时的客厅,陈列物品有周恩来少年时代的照片与手迹。随手抄录了两段语录于下:

> 人人尽力,人人享受,人人快乐,这才是大同世界。——周恩来

> 青年是黄金时代,要学习,学习,再学习!——周恩来

步入第三室,发现主要陈列物为新中国成立之后周恩来的照片。稍作浏览,于10时30分离去。

在穿越许多狭密的居民住宅区后,于中午11时步抵沈园。沈园对于少年时代的我来说,曾是一个充满着神秘的地方,因为它与南宋爱国诗人陆游及其表妹唐婉的凄美爱情故事相联系。读宋人的词作我知道,陆游曾写过一首名为《钗头凤》的词:

> 红酥手,黄縢酒,满城春色宫墙柳。东风恶,欢情薄,一怀愁绪,几年离索。错,错,错! 春如旧,人空瘦,泪痕红浥鲛绡透。桃花落,闲池阁,山盟虽在,锦书难托。莫,莫,莫!

这首词的写作背景是:陆游从小与表妹唐婉青梅竹马,二十岁时(南宋绍兴十四年)结为夫妻,相亲相爱。但此事却引起了陆游母亲的不满,她认为陆游沉溺女色,不思进取,又认为唐婉婚后三年,未能生育,于是强逼陆游休妻。陆游万般无奈,遵从母命休妻,不久,另娶王氏为妻,而唐婉也从父命另嫁给越中名士赵士程。但是在两人的各自心头上,却始终难舍亲情。而十年之后的一个春日,[①]陆游在游

---

① 一说陆游重遇唐婉为7年之后,即1151年,南宋绍兴二十一年。

沈园时,意外地碰到赵士程、唐婉夫妇,唐婉在征得夫君同意后,给陆游送上一杯酒。陆游饮酒之后,十分伤感,题下了《钗头凤》词。唐婉读词后,竟伤感过度,回家后一病不起,不到一年郁郁而终。在病中,唐婉写有《钗头凤·世情薄》和词一首:

世情薄,人情恶,雨送黄昏花易落。晓风干,泪痕残,欲笺心事,独倚斜栏。难,难,难! 人成各,今非昨,病魂常似秋千索。角声寒,夜阑珊,怕人寻问,咽泪装欢。瞒,瞒,瞒!

此后,陆游仕途得意,四海为官,但是他心中始终无法忘怀青年时代这段刻骨铭心的爱情。宋光宗绍熙二年(1191 年),已是 67 岁的陆游告老还乡,在沈园附近买房定居,以寄托对唐婉的哀思。次年,他重游沈园,看到当年题写《钗头凤》的半壁残墙,感慨万千,题诗道:

枫叶初丹槲叶黄,河阳愁鬓怯新霜。
林亭感旧空回首,泉路凭谁说断肠?
坏壁旧题尘漠漠,断云幽梦事茫茫。
年来妄念消除尽,回向蒲龛一炷香。

诗前有序,谓:“禹迹寺南,有沈氏小园。四十年前,尝题小阕壁间。偶复一到,而园已三易主,读之怅然。”

75 岁,唐婉逝世四十年,陆游再游《沈园》,题诗道:

城上斜阳画角哀,沈园非复旧池台。
伤心桥下春波绿,曾是惊鸿照影来。

84 岁,是陆游辞世前的最后一年,他不顾年迈,再游沈园,作《春游》诗怀唐婉:

沈家园里花如锦,半是当年识放翁。
也信美人终作土,不堪幽梦太匆匆!

根据文献所记，沈园原系宋代越中富商沈氏的私家花园，因此又名"沈氏园"。其全盛时期，占地约 80 亩以上，园内有亭台楼阁，小桥流水，花草绿树，一派江南景色。因此成为宋人的踏青之处，也成为陆游与唐婉的爱情平台。但是沈氏园的衰落，自宋代已开始，此已见于上引陆游 68 岁（绍熙三年，1192 年）重游沈园时所写的诗及诗前小序，其称当年题诗的墙壁为"坏壁"，并称沈园已"三易主"。

斗转星移，沈氏园更趋衰落，但陆游诗序中所说的"禹迹寺"以及 75 岁游沈园诗中所称的"伤心桥"（春波桥）等，尚有迹可寻，此见于周作人散文名篇《禹迹寺》中的引语：

> 予昔客绍兴，曾至禹迹寺访之。寺在东郭门内半里许，内有大禹神像，仅尺余耳。寺之东有桥，俗名罗汉桥，桥额横勒春波二字。吾家老屋在覆盆桥，距寺才一箭之遥，有时天旱河浅，常须至桥头下船，船户汤小毛即住在罗汉桥北岸，所以那一带都是熟习的地方。[①]

但是当我步临沈园之际，无论如何也没有想到它已残败到了我所见到的模样。即沈园仅剩下了一块方约数亩的小园：园左为池塘，塘水浮满了绿萍，塘上有一石板小桥可供通行，塘周分布着一些树木、花竹，其下积满了落叶，无人清扫。园右有屋，原存与陆游事迹相关的文物，文物在"文革"中尽毁，已入住人家，据该住户相告：此房原为陆游表妹唐婉的家。园后另有小屋，已入住养蜂人家。园中长满了荒草，在"文革"中被推倒的假山石，深深地没于野草之中。沈园作为一个文化符号，之所以能够在中国民众心目中长存，不只是因为它寄托了陆游对于唐婉的情思，同时还由于它寄托了历史上中国民众对于纯真爱情的渴望，它实为中华民族的"爱情圣殿"，不知人们为何如此粗暴地对待它？我不胜伤感而赋诗：

七绝　游沈园

徘徊久久沈园寻，芳径无人落叶深。
千古伤心双泪尽，人生难觅一知音。

[①] 周作人：《禹迹寺》（1939 年 10 月），收《药味集》。

　　下午 1 时许离开沈园，我根据陆游诗中的线索，寻找春波桥与禹迹寺的遗址。当地人相告：春波桥早已无存，禹迹寺现已改为"绍兴塑料厂"。在"绍兴塑料厂"的门房间小歇，下午 2 时，步抵秋瑾故居。秋瑾故居位塔山南麓，仅余 3 间旧屋，正在维修，屋中一无所有。随后攀上塔山，稍停，以眺绍兴城区。

　　塔山不甚高，位绍兴城区南门内，与附近的府山、蕺山鼎足为三。因古籍《吴越春秋》称其系"琅琊东武海中山一夕自来"，又有"怪山"之名。因山上有石塔一座，当地人多称山为"塔山"。我向当地人询问山上的石塔建于何时，竟无一人知晓。多年后查阅文献资料方知：该塔本名"应天塔"，始建于东晋。山上原有宝林寺，早毁于火。

　　下午 2 时 45 分，翻越塔山，来到鉴湖边。鉴湖为古镜湖水体的一部分，因此有"镜湖"的别名。根据文献资料，古镜湖总面积约 200 平方公里，有"三百里镜湖"之称。李太白有诗："我欲因之梦吴越，一夜飞渡镜湖月。"诗中所称"镜湖"，即含今鉴湖水域，称其为"镜"，系取其水明如镜意。但至宋代，因地理变化，古镜湖逐渐湮废，仅剩下了现绍兴鉴湖的 8 公里水域。因此，今鉴湖的风景显得十分平常，远不如它的名头来得大。而当地人告诉我：鉴湖之所以知名，一是靠得"鉴湖女侠"的名头；其二，也是更重要的原因，是它的水质淳厚，用以酿造的"绍兴花雕"，举世闻名。

　　下午 3 时 20 分，翻越府山，来到前日未能找到的"越王台"前。展现在我面前的，是一座高约数丈的残旧拱形宫门，以及一片布满断瓦残砖的宫殿残基，残基与宫门的间距约 200 米，其上长满了荒草，而宫门的周围也布满了荒草。一种历史沧桑感顿时涌上我的心头。据当地人说："越王台"又称"越王殿"，这是春秋时期越王勾践的宫殿遗址，也是他"卧薪尝胆"、"十年生息，十年教训"，最终得以灭吴雪耻的生活处所。1939 年 3 月，周恩来回绍兴时，曾在此向各界代表发表抗日演说，并题写了"生聚教训，廿年犹未为晚"的题词。而根据文献上的说法，"越王台"系古人为缅怀越王勾践卧薪尝胆的事迹而建，其规模甚大，据《越绝书》所记为："周六百二十步，柱长三丈五尺三寸，溜高丈六尺。宫有百户，高丈二尺五寸。"这两种说法究竟哪种正确，不得而知，所能确知的仅是：南宋嘉定十五年（1222 年），绍兴知府汪纲重建越王台城楼。此后中国抗战期间，越王台于 1939 年被日本飞机炸毁，也就剩下了我眼前所能看到的这些东西。越王台所在的府山，也是中国历史上的名山，因为古传此山有"帝脉"，是以称"卧龙山"，简称"龙山"。由于春秋越国名臣文种受谗被杀后，葬于山的东北隅，因此又有"文山"之称。此见于《越绝书》："种山者，句践所葬大夫种也。"此后，由于绍兴的官府机构多设于此,所以山又有了"府山"之名(因该山位于绍兴市中心)。

越王台是中国古代文人的旧游之地,当年唐李太白(701—762 年)临此有诗:

越中览古

越王勾践破吴归,义士还家尽锦衣。

宫女如花满春殿,只今惟有鹧鸪飞。

约 600 年后,元诗人萨都剌(约 1272—1355 年)又登此有诗:

越台怀古

越王故国四围山,云气犹屯虎豹关。

铜兽暗随秋露泣,海鸦多背夕阳还。

一时人物风尘外,千古英雄草莽间。

日暮鹧鸪啼更急,荒台丛竹雨斑斑。

而我今临此,思古鉴今,亦不能无诗,仅附下为纪:

七律　越王台悼古

越王台上草初黄,尝胆卧薪愿未偿。

陶氏先知湖海去,子孙不肖楚荆亡。

开疆辟土持强力,守业安邦赖制章。

青史千秋明鉴在,我今到此思久长。

下午 3 时半,离开越王台,到附近茶室品茶,晚 6 时许,抵大众旅馆歇宿。由于当晚酷热,无法入眠,我像许多当地人一样,坐在桥头望月纳凉。时有雁阵掠空而过,我不禁感到了一丝秋意。得句:

七绝　山阴月夜(1979.8.5)

月光冷冷照行舟,北雁南归不胜秋。

今夜山荫身是客,曹娥江上独依楼。

　　深夜，反思白天所历，感受颇多，重要的是领略到了历史沧桑，自勉当珍惜短暂人生，为国为民多做力所能及的事。当然，在此需要说的几句后话是：我当时所去的兰亭、沈园、越王台等景点，已经重修，再也不是我当年所见到的模样了。这里要特别提一下沈园，1998 年我随单位旅游团重游时，无论如何也无法找到当年的旧园了，因为周围的许多民宅都被拆除以扩园，新园占地约数十亩，内存亭台楼阁、小桥流水……修得奢华无比。但是我再也无法将其与陆游、唐婉凄美的爱情故事连在一起了。造成我心理错位的原因是：古迹修得太假，致使游客失去了历史沧桑感。

2015 年 1 月 16 日

西湖掠影、泛舟苏杭古运河断想

今天将离开绍兴赴杭州,再转乘江轮游苏杭大运河,因此本篇所记,已脱离了浙东地界。但《浙东纪行》总得有一个结束,权充本文。

1979 年 8 月 6 日,星期一,晴。

清晨 5 时起床,6 时 15 分赶抵绍兴汽车站,想买 6 时 30 分由绍兴发杭州的汽车票,但票已售罄,只得转赴绍兴火车站,买 474 次上午 9 时宁波发往杭州的过路车票。曾一度想买绍兴发江西鹰潭的车票游龙虎山,但因已离家 15 天,连续爬山,深感体力不支,终止了继续南游的想法。

绍兴火车站打扫得十分干净,甚少瓜皮果屑,这是我南行所仅见。但走进火车厢内,却见列车员与一乘客大声骂架,破坏了我的良好心绪。当时乘客指责列车员服务态度不好,列车员则反唇相讥:"你到上面去提意见好了,你提意见难道我就拿不到工资了么?"而工作人员服务态度恶劣,也是"铁饭碗"时代中国社会的通病。在火车上听两位公社干部高谈阔论,其中一位说:阶级斗争不应扩大化,但仍存在,该社"五类分子"(指"地、富、反、坏、右")中仅两人未"摘帽",一老一新,其余人中有的还在从事捣乱活动,也被上面指名摘帽。10 时许,列车在将进萧山车站时突然刹车,见铁路两侧有大批人群朝车头方向奔去,显然是有人卧轨自杀,而导致火车的临时停顿。

10 时 48 分,车抵杭州火车站。先坐 7 路公交车赴岳坟参观。岳坟因"文革"平毁,正在修复过程中,不对外开放,我只得步行至龙井品茶吟诗,时为下午 2 时半。由岳坟至龙井约 20 华里,沿途风景幽雅,也是我每到杭州时的必游之地。龙井品茶,感受与往年无他,只是茶价由以前的每杯 1 角涨至 1 角 5 分。

下午 4 时零 5 分,买龙井茶与菊花茶各一包,离开龙井,搭公交车返岳坟。时岳坟尽管尚在修复之中,但大门与围墙已漆得焕然一新,大门顶端的"岳王庙"

三字匾十分耀眼。我对守门师傅说：我是上海专程来杭旅游的中学教师，自幼崇拜岳飞精忠报国的事迹，希望能让我能入岳庙参观一下。守门师傅竟然被我的诚意打动，同意我入内，但时间不能太长。这样我便有幸成为"文革"后重修岳坟的第一位游客。

进入岳庙，但见碑林中陈列有岳飞手书的诸葛亮《前后出师表》，字迹刚劲雄浑，变化无穷，真有天马行空之姿，足见这位以武略出名的民族英雄的超凡文采。碑林旁边尚陈列有乾隆皇帝游岳坟时的题诗，字亦写得十分潇洒，只是不及细看。在"文革"中被平毁的岳飞坟及子岳云坟已被重新修起，坟前立有今人的石铭："正邪自古同冰炭；毁誉于今判伪真。"在岳坟近旁，尚恢复了对于陷害岳飞负有直接罪责的"四奸"跪像。而据我所知，秦桧、秦桧妻王氏、张俊以及万俟卨"四奸"跪像（铁像），在"文革"中曾被砸碎，碎铁欲送熔炉冶炼。步入岳王庙正殿，但见新塑的岳飞坐像栩栩如生，像顶有岳飞手书的"还我山河"四个大字，使人肃然起敬。两侧墙上则为明人洪珠题写的"精忠报国"四个大字。看到岳坟被重修，我心中十分高兴。这位为民族事业献身的英雄，生前受奸人陷害，屈死风波亭，不意死后800余年，又再蒙不白之冤，坟地被平毁。如今终可地下安暝了。

我甚想在岳坟逗留，但与守门师傅有约在先，只得匆匆离去，时为下午4时45分。出门时，我向守门师傅道别，千谢万谢，又顺问起"文革"中砸毁岳坟的"造反派"，在"文革"结束后是否遭到查处？守门师傅回答：重修岳坟的钱款约30万元至40万元之间，砸岳坟的"造反派"如何处置，未曾听到正式消息，但民间传言很多。一种说法是"造反派"在平毁岳坟时，从地下掘得万两黄金，传为当年抗金义士留下，为备抗金之用，"造反派"头头得此钱款后，席卷而去，不知所终。一种说法是"造反派"头头得此钱款后，上下打点，得以逃脱"文革"后的查处。另一种说法是"造反派"当年得此钱款后，因分赃不均，引起斗殴，相互间打得头破血流。至于这三种说法何者准确，却不得而知。

下午5时许，坐公交车抵湖滨轮船售票处，买了次晨5时30分由杭州发苏州的内河船票，在西湖边的中华旅馆歇宿。晚6时30分，在西湖边散步，观落日。但见夕霭如血，把湖边群山及湖水均染成了紫色，景色甚为壮观。当时的湖滨石凳上坐了不少归国侨胞，奇装异服，有的女青年竟穿着俄国"安娜"式的低胸长裙。由于当时出"文革"未久，我认为穿戴如此出格，似有伤风化。

8月7日，星期二，阴。

　　清晨 4 时 30 分起床,赶赴卖鱼桥船码头,买了两个大饼一根油条充作早餐,排队上船,船次为 081801 次,5 时 30 分发往苏州。接下来我要做的事,也就是坐在船侧欣赏苏杭古运河两侧的江南水乡了。

　　而一路坐船,给我的最深刻印象是:穿土布青衫、戴耳环的江南妇女在运河边汲水涤衣;江洲的古柳枝条几乎垂至水面,任凭河水冲刷着根叶;不时有白鸥在云下翱翔,围绕着江轮希图拾捡游人抛入水中的食物。我似乎感到时空的停滞,又重新回到了一千多年前隋炀帝开大运河的时代。

　　泛舟苏杭古运河,是我这次出行之前的设计。而之所以专选这一河段游览,是因为当年隋炀帝所开的大运河,北方的许多河段至今都已接近于湮没,无法通航了,而仍能有效起到水上交通枢纽的河段,可能仅剩下了江南大运河中苏杭古运河的这一段了。如查之历史可知:

　　大运河始修,起自春秋(前 221—前 481 年)末年吴王夫差开邗沟。邗沟之水,南端自邗城(今扬州市,前 486 年夫差始筑)南引长江北流,①绕经许多湖泊后,其北端由末口(淮安以北)入淮。自此,长江与淮河的两大水系被打通。夫差修邗沟的目的,是为了运兵北上伐齐以争霸中原,其功劳则是开大运河修筑的先声。

　　至隋代(581—618 年),由于水文的变化,长江之水已不能引入运河。而急于加强对中国统治的隋炀帝(569—618 年),决心以洛阳为中心,开凿一条北达涿郡(今北京),南至余杭(今杭州),贯通海河、黄河、淮河、长江和钱塘江五大水系的全国性运河。而按中国民间的说法,隋炀帝修大运河的初始目的,是为了到扬州观琼花。大业元年(605 年),隋建大运河动工,当年,挖通连接黄河与淮河的通济渠。同年,又疏通古邗沟,使淮河与长江段相接。大业四年(609 年),挖通了永济渠南端接涿郡(今北京)部分。大业六年(611 年),又开挖了北起长江南岸之京口(今镇江)、南达余杭(今杭州)的江南河。至此,大运河便可由其北端起点的涿郡(今北京),直达其南端终点的余杭(今杭州)。

　　隋炀帝自登基起,在短短的 6 年间,共动用了 500 余万民工,修起了这条全长共 2700 余公里,贯通中国五大水系的世界上最古老、最长的运河,其工程量堪与秦始皇修万里长城相比。当时中国人口约 890 万户,5000 万口,几乎家家都得有人服劳役,以致天下共愤,揭竿而起,隋王朝很快灭亡。但是,隋炀帝开挖大运河做的却是一件罪在当代、利在千秋的大事,因为大运河的修通,使之成为贯

---

① 扬州蜀冈古"邗城"下的瘦西湖是"邗沟"最早的开凿地。

通中国南北交通的经济大动脉(地跨北京、天津,以及河北、山东、河南、安徽、江苏、浙江6省),"半天下之财赋,悉由此路而进。"①大运河的修通,还承担了往京城运粮的重要漕道作用,并因此导致运河沿岸城市的兴起。

上举因素,无疑有助于中国社会的统一。因此自隋以后的唐、宋、元、明、清各朝,因地理与水文条件变化,大运河屡受湮塞,又屡被疏通。这一现象一直持续至清末,随着蒸汽机轮的使用,中国漕运形式(内河运输)开始改为海运,大运河的疏通才不再被政府所重视。因此,在我泛舟苏杭古运河时,大运河的中国北方段,有许多地方是已被湮塞而不能通航的。但是,这一现象近年却得到了很大的改观,其原因主要有两点:

一是自2002年12月23日国务院正式批复《南水北调总体规划》以来,②大运河是中国东部地区的基础输水路线。二是中国大运河在第38届世界遗产大会上(2014年6月22日),获准列入世界遗产名录。③ 为了配合国家"南水北调"工程的实施,同时也是为了达到"联合国文化遗产"的申请标准,大运河段的许多地方政府纷纷疏通古运河,将其辟为风景区或旅游景点。据统计,目前整条大运河,除北京到天津、临清到黄河两段之外,其余河段均已能通航。

泛舟苏杭古运河,眺望两岸的江南风光,回忆大运河的修筑历史,我深感人生的短暂与无奈。当时曾赋诗咏怀,仅志此为纪念:

七绝　过古运河

几株古柳立河洲,寂寞年年碧水流。

短棹轻舟多过客,白云相伴一孤鸥。

下午5时55分,船抵苏州港,较原定时间提前15分钟。夜宿苏州人民桥招待所。次日游洞庭东山,由于内容已见拙游记《东山极顶》,此处略过。

2015年4月11日

---

① 《宋史·河渠志》。

② 2002年12月27日南水北调工程正式开工。

③ 项目共含:中国8个省与直辖市、27座城市、大运河河道遗产27段,以及运河水工遗存、运河附属遗存、运河相关遗产共计58处遗产,河道总长度1011公里。

1980 年暑期,游杭州,攀鹳山,泛舟富春江,探瑶琳洞,上桐君山,步七里泷拦江大坝,登严子陵钓台,过梅城,攀乌龙山,游金华两个岩洞,访西子故乡诸暨,登五泄山。旅程内容颇丰,仅记所见。

第六卷 富春江、金华纪行

过杭州（富春江、金华纪行之一）

1980 年 8 月 8 日，星期五，多云。

晨 4 时起床，5 时许赶抵上海北火车站，买了 6 时 20 分发杭州的慢车票，一路上除品读所携《秋瑾诗词选》磨时外，便是与一浙江籍旅客闲聊，询问有关富春江一带的风光。该旅客所述，实成为我暑期之行的旅游指南。他告诉我：

游富春江的起点是浙江富阳，此处有鹳山，三面临江，江矶上有"严子陵钓鱼台"，山上原有古迹"春江第一楼"建筑与郁达夫坟，可惜均毁于"文革"时期。由富阳可坐船至桐庐，这一江段为富春江的精华，船为杭州始发，一日两班，过富阳的时间分别为上午 8 时 30 分与下午 3 时 30 分。在桐庐镇江边有桐君山可游，山上原有古迹桐君庙，为纪念"桐君老人"而建。桐君老人据传为上古名医，为人治病不收钱，人民因感恩，建庙祭奠。在桐君山附近 10 公里处新发现景区"仙灵洞"（当为"瑶琳洞"），在杭州和平门有专车可达，车须绕经桐庐。由桐庐过七里陇可达建德，由建德再上 60 里路有梅城，系建德县老县城，此处有山名乌龙山，山上有庙，此即《水浒传》中所写"卢俊义大战乌龙山"的旧战场。梅城旧属严州府，其所产"五加皮"酒中外闻名。由建德可坐船游淳安，此处一路烟水迷茫，偶有山头露出江面，其下原为修新安江水电站时，被淹没的淳安县旧址，前几年西哈努克亲王游新安江时，亦曾临此。淳安有"鱼味观"，可品尝新安江所产的各类鱼种。等等。

中午 12 时 45 分，火车抵杭州站，我与浙江旅客辞别，在湖滨中华旅馆办理完住宿手续后，下午 3 时 10 分重游岳坟。此时的岳坟已在"文革"平毁后重修，恢复对外开放。与我去年游此所见相比较，给我的新印象是增添了不少名人题字，如正殿上有叶剑英元帅所书"心昭日月"匾额，坟前有时人陆维钊与沙孟海所书历史名联，分别为："青山有幸埋忠骨，白铁无辜铸佞臣"与"正邪自古同冰炭，毁誉于今判伪真。"坟前另有重铸的"四奸"跪像，见有儿童往铁像上吐唾沫、打耳光。

　　看到在"文革"中被平毁的岳坟已修复一新，我心中十分高兴，但心中亦不免疑惑，因为杭州岳坟的被平毁，是"文革"中所发生的诸多著名"打砸抢"事件中最具诡异色彩的事件。疑惑之一是此事件的发生来无踪，去无影，始终无责任认领人。它不像曲阜砸了孔庙，知道责任人为谭厚兰（1937—1982 年）；明定陵万历皇帝的尸骨被焚烧，知道责任人是该馆"红旗造反队"的三个头头，其中一人原为定陵的女解说员，等等。① 而在"文革"之中，尽管政治思潮狂热，但在绝大多数民众心目中，岳飞仍为值得尊崇的民族英雄，他的坟址应该得到很好保护。近来有人在网上发文，指出："当年砸'岳坟'的是杭州商校（现在的浙江工商大学）的红卫兵，具体的打砸人员是杭州商校里最勇猛的'红卫兵'组织'华东 0506'"；又称："知道四个跪像铁人埋在哪里的，因为当时看见了，并找了杭州文物所所长说了此事，他嫌麻烦：重新挖出来还不如埋那儿；他说是铁的，几百年之后就烂没了。他不管，后来也不了了之。"② 但作者对于砸坟经过所述语焉不详，署名是"微观天下"，仍令读者一头雾水。

　　我的疑惑之二是："文革"中的砸岳坟者究竟从坟中取走了什么？现在已知的结果是"岳武穆被挫骨扬灰"。但去年我过岳坟时，守门人告诉我民间流言砸坟者曾从坟中起出黄金万两。而查之文献资料可知：

　　"岳鄂王死，狱卒隗顺负其尸，逾城至北山以葬。后朝廷购求葬处，顺之子以告。及启棺如生，乃以礼服殓焉。"③ 这一段记载见之于《西湖梦寻》。隗顺是当时的大理寺狱卒，正史上并未留下他具体事迹的记载，他显然是感昭于岳飞的爱国精神，偷葬岳飞的尸身于北山（当指今杭州北高峰）的九曲丛祠，并于墓侧栽双橘作记号，中立"贾宜人墓"以避人眼目。而岳飞蒙冤 21 年（隆兴元年，1163 年④）后，宋孝宗赵眘下令给岳飞昭雪，并以五百贯高价悬赏求索岳飞遗体，隗顺子向朝廷告知岳飞遗体所在，孝宗皇帝将岳飞遗体从九曲丛祠迁出，以"孤仪"（一品礼）改葬于栖霞岭下，这一地址亦今岳坟位置之所在。

① 参《定陵洞开之后的厄运》，中国网 2007 年 11 月 19 日。
② 见《今天才知道精忠报国的岳飞居然被挫骨扬灰》，发布时间：2014 年 11 月 15 日，作者署名：微观天下。
③ （明末清初）张岱：《西湖梦寻·岳王坟》，江苏古籍出版社 2002 年 3 月版。
④ 此年亦作宋绍兴三十二年（1162 年）七月十三日，当时朝廷颁发给岳飞平反诏书，写得十分有趣，全文为："三省同奉圣旨，故岳飞起自行伍，不逾数年，位至将相，而能事上以忠，御众有法，屡立功效不自矜夸，余烈遗风，至今不泯。去冬出戍，鄂渚之众，师行不扰动，有纪律，道路之人，归功于飞。飞虽做事以没，而太上皇帝念之不忘，今可仰承圣意，以复原官，以礼改葬访求实其后，特与录用。"

综上述文献记载可知，风波冤狱后，岳飞的遗体因狱卒隗顺的义举，得以完好保存。此后宋孝宗以王侯礼改葬岳飞于栖霞岭（岳坟今址）。而按宋代的葬礼，陪葬品不会不丰厚。因为仅以北宋名臣包拯坟的发掘情况来看，死者生前官阶与岳飞相当（任副枢密使），坟址为成规模的地宫，尽管陪葬品历史上已被盗，但从残留物来看，仍可推知当年陪葬品的丰厚程度。[1] 因此，当年平毁岳坟的"造反派"，不可能只做了将岳飞遗骸"挫骨扬灰"这一件事，他们究竟从岳坟中取出了哪些陪葬物，又将其弄到哪去了，这是必须提出的问题。之所以发此问，是因为宋代社会经济发达，岳坟中的陪葬品得见天日，必然是有极高价值的文物，其所有权应属于国家。

我的疑惑之三是："文革"中"造反派"平毁岳坟，是杭州发生的较大政治事件，其参与者也决非一人所能为。为何事后却从未见媒体报道？这些犯事者究竟是用何种手段逃脱了当时政府的查处与媒体的追讨？其背后是否还隐藏着其他猫腻？这也是不能不提出的问题。

概而言之，我认为"文革"间杭州岳坟的被砸，是一件隐藏着很深秘密的事件。[2] 鉴于岳坟在1961年3月4日已被国务院公布为"第一批全国重点文物保护单位"，因此它的被毁，理应受到政府的追查。为了对国家负责，史学工作者也有义务将这一历史事件的真相，告白于天下。

在岳坟留影2张，即兴吟诗一首：

七律　观岳坟重修有感

曲院风荷西子头，岳王陵庙再重游。

断垣旧日遮荒冢，画栋而今接紫楼。

自古权臣执国柄，豪杰沥血志难酬。

佞人休喜云蒙日，散尽迷瘴万民仇。

下午4时30分出岳庙，游"曲院风荷"，过"风雨亭"，经"西泠印社"，至"楼外楼"饭店晚餐。饭店已修得焕然一新，完全有别于我"文革"中过此所睹旧貌。晚餐后沿湖滨散步。

---

[1] 见河间市包拯廉政建设研究会编辑整理：《大宋名臣包拯墓发现始末》，历史学专业研究生基础课教学网 http://www.hjlzzx.gov.cn/newsview.asp? id=395。

[2] 岳坟被平毁的具体时间为1966年11月底至12月初之间。

8月9日,星期六,阴。

晨4时40分起床,6时30分抵岳坟,再入参观。据门口售票员相告,每日参观岳坟观众约1万人。8时许,由岳坟步抵龙井,品茶吟诗。随后,沿山径,过烟霞洞、水乐洞、石屋洞,中午12时45分抵虎跑泉餐厅,饭后吟诗。这条山径是我游杭州的必行之路,因为我认为它是杭州风景的最精华处。当时曾有诗为纪:

龙井品茶

曲园亭下开荷花,玉带桥旁柳绽芽。

无事虎跑三盅酒,闲来龙井慢品茶。

至下午3时15分,步抵六和塔,上塔稍停,望钱塘江。坐车至九溪,原想游十八涧,但至富阳的时间已紧,只得中途折返。下午4时30分坐上杭州发富阳的34路车,5时45分抵,宿富阳旅社。在街上富阳饭店晚餐,餐厅内乞食者众,苍蝇飞舞,污垢遍地,不堪入目,与富阳所处的秀丽山川位置形成太大的反差。晚饭后沿鹳山散步,富春江水蔚然壮观。

2015 年 5 月 31 日

攀鹳山，泛舟富春江，游瑶琳洞
（富春江、金华纪行之二）

1980 年 8 月 10 日，星期日，阴。

夜半 2 时醒，辗转难眠。晨 4 时 20 分起床，5 时 40 分攀鹳山，过山腰郁华坟址，上"春江第一楼"。郁华坟址在"文革"中已被平毁，"春江第一楼"旧址尚存。

根据文献资料，郁华（1884—1939 年），字曼陀，浙江富阳人，郁达夫胞兄，中国近代爱国法学家。曾任中华民国最高法院东北分院刑庭庭长、江苏高等法院第二分院刑庭庭长等职，因严惩日伪汉奸，积极营救爱国人士与中共党员（廖承志等人），1939 年 11 月 23 日在上海租界被汪伪特务刺杀。1952 年经中央人民政府批准，追认为革命烈士。郁华尚为中国近代知名学者，曾任东吴、法政等大学教授，能文，善诗画，著有《刑法总则及判例》、刊有《静远堂诗画集》等著作传世，是中国近代史上一位值得怀念的有气节的文人。过郁华坟址，方知昨日火车上听浙人所述鹳山有郁达夫坟的说法为误传，因为读文献可知，郁达夫 1945 年 8 月 29 日，在印尼苏门答腊岛被投降后的日本宪兵秘密杀害，至今遗骨无着。

"春江第一楼"始建于清道光年间，因前人题写的有关匾额而知名，属鹳山尚存的古迹。山顶尚有新建的"毛主席纪念堂"，颇雅观。堂后有纪念碑，上题"伟大领袖和导师毛主席永远活在我们心里"。据当地人说，此为郭沫若题字，但据我直观，碑上的字体与郭体书法相差甚远。山顶平台上正聚有不少老年人在晨练，另有一些年轻姑娘在踢腿、练嗓，我估计她们一定是当地剧团的演员。

鹳山不甚高（海拔 42.9 米），但因三面环富春江水，而显得秀美。山后有"放鹤观"，山脚接富春江面石矶上，则有"严子陵钓鱼台"，台上有亭，亭中原有石碑，在"文革"中已被砸毁。据当地传说，东汉光武帝时高士严子陵曾在此处隐居、垂钓，而山后亭子，则是其放鹤之所。站钓鱼台上，可目睹富春江上的轻舟、汽轮在晨雾中穿梭。

　　参文献记载,鹳山初名"观山",因唐代在山上设道观而得名。至宋代,成为文人墨客的游览胜地,因山形似临江俯瞰的鹳鸟,始称"鹳山",鹳头即伸入江中的石矶("严子陵钓鱼台")。"鹳",鹤状水禽的通称,常人很难将其与鹤相区别。《康熙字典》谓:"鹳生三子,一为鹤。"因此,无鸟类学常识的人,不妨认"鹳"为鹤即可。

　　6时45分下鹳山,返富阳旅社早餐,餐后沿富春江岸散步,8时45分,坐上由杭州发往桐庐经富阳的机轮,一路上傍船舷欣赏富春江两岸的风光,只可惜当时江上有雾,看得不能太远。

　　由富阳至桐庐的水段为富春江风景的精华之处,两岸青山相对,古木参天,碧波见底,素有"小三峡"之称。古人曾评价:"天下佳山水,古今推富春"。梁代文学家吴均曾描绘富春江风景是:"自富阳至桐庐一百许里,奇山异水,天下独绝"[①]我当时曾有诗记述所感。2001年重游这一江段,亦曾题诗咏怀,仅附诗作念:

七绝　过富春江(1980.8.12)

吴山越水送归船,一沐江风又历年。

翻首空悲过往事,且听隔岸叫春鹃。

　　中午11时45分,船抵桐庐,匆忙赴汽车站买了12时20分发往林场的车票,下午1时10分抵,又步行6公里,来到了"瑶琳洞"景区,该景区后更名称"瑶琳仙境"。其具体位置在浙江省桐庐县境内,距省城杭州市80公里,离县城为23公里,以"喀斯特"地貌而著称。"喀斯特"又称岩溶,系指岩石裸露、草木不生,具有洞穴、落水洞、地下河,却缺乏地表河流与湖泊为特征的地区。由于地下水对可溶性块状石灰岩亿万年间的溶蚀,而导致洞内瑰丽多彩的钟乳石景区。"瑶琳洞"无疑是中国华东地区"喀斯特"地貌的代表景观。而在我去时,由于该景区开发未久,内洞尚在整修,须凑足30名游客,方能开灯入洞。我只能买了一张5角钱的门票,记旅游日记以磨时。不一会儿,聚30名游客的人数已满,由一名漂亮的少女担任导游,带领我们开灯入洞,边引路,边讲解。据她所说:

　　"瑶琳洞"的发现,缘自当地农民有一次失羊,在到处寻找的过程中,发现羊在地下叫唤,寻迹追踪,而发现了该洞。洞共2.8万平方米,分6个大厅,目前仅

---

① (南朝·梁)吴均:《与朱元思书》。

开放了第一厅约 5000 平方米,要行走半个小时。6 个厅全走完,约需要 3 个小时。其中第六厅景致最好,水声淙淙,如迷雾一般,当地人传说为"七仙女"的洗澡处。来到第六洞,始见天光,目前此处正在施工,开凿后洞出口。附近尚有"仙女洞"、"水晶洞"等景观。

我随女导游入洞,不时遇有暗河、暗泉,举目所见,则均为象形钟乳石,有的自洞顶垂挂至洞底,导游则据其形状所像,命以各种名称,如"石笋"、"定海神针"、"猴子偷桃"、"银河飞瀑"等等。女导游有一定的文学水准,口才很好,所述绘声绘色,游客听了哈哈大笑,出洞时一齐报以掌声。

事后我查了一下有关瑶琳洞的记载,发现并非如导游所说的农人失羊得洞那番简单。事实上古人对此洞早有所知。如见之于洞内石壁刻诗,宋人柯约斋始称该洞为"仙境"。光绪十二年(1887 年),桐庐知县杨保彝在洞壁刻字"瑶琳仙境"。另据乾隆朝《桐庐县志》记载:"瑶琳洞,在县西北四十五里,洞口阔二丈许,梯级而下五丈余,有崖、有地、有潭、有穴;壁有五彩,状若云霞锦绮;泉有八音声若多鼓琴笙;人语犬声,可惊可怪。盖神仙游集之所也。"此外,在三洞厅石壁上,尚留有"隋开皇十八年"、"唐贞观十七年"等字样。在洞内另发现有 2900 多年前西周人用火的余烬以及散落于各洞厅间的东汉印纹陶片、五代与北宋的古钱、元朝的青瓷碎片等等,其中有一面古铜镜上刻有桐庐籍诗人徐舫的字号"方舟"。综上所述可见,瑶琳洞实见证着古桐庐史的发展。只是到了中国晚清时期,由于洞口坍塌,同时也是由于近代战乱因素,才导致瑶琳洞口渐被荒草淹没,被人忘怀。而到 1979 年的某天,由于农人失羊寻找的这一偶然的机会,而使这一历史名洞重见天日,被作为旅游资源开发了出来。

出洞后急行 6 里,抵林场汽车站,候分水发往桐庐的过路车。下午 4 时车至,5 时抵桐庐,在汽车站附近的"东风旅馆二部"办理了歇宿手续。

2015 年 6 月 1 日

上桐君山，步七里泷拦江大坝，严子陵钓台惊魂（富春江金华纪行之三）

1980 年 8 月 11 日，星期一，阴。

晨 4 时 50 分起床，喝奶粉一杯，前往桐君山，6 时 15 分抵。桐君山立富春江中（天目溪与富春江汇合处），上山有两条路可行，一条为自江边坐摆渡船前往；另一条为自桐庐镇走公路，绕经富春江大桥，自后山上山。我走的是经水路上山。

桐君山不甚高，约六七分钟即可登顶。登顶可远眺富春江水与俯视桐庐镇，颇为壮观。山上有古庙一座，即桐君庙，"文革"中已被捣毁，仅余残屋，周围堆满了建筑材料。山顶尚存古塔一座与清同治年所立石碑一块。步入庙内僧人旧居，颇感阴森。庙的正殿边侧住有守山人二人，为父子俩。他们告诉我：此庙即桐君庙，是前人为纪念"药圣"桐君所修，"文革"中被毁，现正准备重修。由于我不解"桐君"的来历，事后查了一下有关资料，发现历史上确有桐君其人，其大致情况为：

黄帝时人，著有《桐君采药录》传世。其书依草木金石性味，定三品药物，以"君"（主药）、"臣"（辅药）、"佐"（佐药）、"使"（引药）四格，制定中药药方，其法沿用至今，而被尊为"中药鼻祖"。《隋书》、《旧唐书》、《本草序》、《本草纲目》对桐君的事迹均有记载。后人将其与春秋战国时扁鹊、东汉张仲景、三国华陀、东晋葛洪、唐代孙思邈、宋代王维一、明代李时珍、清代王清任并尊为中国历史上的九大名医。又据当地传说：黄帝时有老者结庐炼丹于此山，悬壶济世，不收报酬，乡人感念，问姓名，不答，指桐为名，当地人遂称"桐君老人"，山也因"桐君"得名，所属县则称之为"桐庐县"。[①] 为桐君起庙，始自北宋元丰（1078—1085 年）年间，称

---

① 见《舆地纪胜》（南宋中叶时的地理总志）："桐君山在桐庐。有人采药结庐桐木下，人问其姓，指木示之，因名山曰桐君山。"

"桐君祠"。至于在山巅立塔的时代当更早一些,因为北宋名臣范仲淹曾以"佑司谏礼阁校理知睦州军"职治理桐庐,[1]写有"钟响三山塔,潮平七里滩"的诗句。而"三山塔"据考,指的是为桐君山上的桐君塔、船底山上的圆通塔以及安乐山上安乐塔。[2] 由于"桐君祠"与"桐君塔"的修建,而使桐君山成为中国的"药祖圣地"。

查阅桐君事迹,我的疑惑是:关于中国中医药的起源,一说始自"神农",有"神农尝百草,一日而遇七十毒"的说法,[3]现在"中药鼻祖"怎么又成了"桐君老人"? 而个人认为:远古传说,往往有真实影子,但又不确切,"桐君老人"与"神农"的事迹,实为一人事迹的重出,只是因为时代久远,在传说过程中,其人格逐渐发生了分离,即政治上的"神农",成了华夏人文始祖之一的"炎帝",而医药学上的"神农",则演化为"桐君老人"。我作此猜想的依据是:"桐君老人"与"神农"都是生活于同一时代的人,而中国中医学的源头应本于一而非二。当然我做此猜想不论能否成立,桐君老人都应该是中国历史上一位值得纪念的人,他的宗庙应该得到很好的保护,而不是被捣毁。2001 年我重过已修复后的桐君庙时,曾赋诗一首,仅志此为纪:

七绝　过桐君山(2001.8.7)

扬帆七里富春江,两岸云山映翠苍。
上有桐君采药处,悬壶济世永留芳。

晨 6 时 45 分,沿桐君山后山小路下山,后山多竹无路,只得折返前山石阶大路下山,7 时许抵江边汽车站,早已误 6 时 10 分发往七里泷的车次,下班车的发车时间为中午 12 时 40 分,我嫌太晚,决定步行至七里泷,再由七里泷取道去"严子陵钓台"。据当地人说,路程共 30 华里,途经牌门山,抵七里泷后,可先上水电站拦江大坝一览,再去钓鱼台。

7 时 45 分起程,先是顺沿江公路行走,路右为牌门山,其下为富春江,公路劈山而筑,因此多处为陡峭江崖。8 时 30 分,江面的雾散去,隔岸青山,倒映于水中,不时有江轮经过,碧波扬起,可谓秀色可餐。江崖公路共 10 华里,走出这

---

① 睦州,桐庐唐宋时古称。
② 参裘乐春:《桐君塔:塔影中流见,渔火半夜沉》,《青年时报》2014 年 3 月 26 日。
③ 见《淮南子·修务训》。

一路段,也即翻越了牌门山界,进入平原地区。上午 10 时 10 分,步抵七里泷汽车站,30 华里路程,共行走了 2 小时 25 分。由汽车站又前行 2 华里,抵七里泷水电站大坝,攀坝览江。大坝拦江而筑,十分雄伟,此处也是富春江上的第二大水电站。据当地人说:坝内为中空,可观富春江水下的景观,如有介绍信,可至大坝底下参观。可惜我无介绍信,无法做水下欣赏。在大坝停留 25 分钟,返镇午餐。

中午 12 时 20 分,出发前往"严子陵钓台"。我向当地人问路,当地人说:由七里泷前往钓鱼台有两条路可走,一条为大道,约 10 里路,要翻越一座很高的山。另一条为江边小路,只有 5 华里,其起点在江边码头。我贪图小路近,决定走小路。不意这位当地人并没有走过这条小路,他的"小路"概念是沿用老一辈人的说法,在七里泷水电站修起之后,这条江边小路早已被富春江水淹没,我听信了他"走小路"的话,可谓一路惊魂,吃尽苦头。

我先是步行至江边船码头,然后顺江边山崖路往钓鱼台方向前行,但不久之后,发现江边的山崖小道已沉入江内,前面无路可行。我只得折返船码头,向另一位当地人问路,走这段回头路共耗时约 1 个小时。当地人笑道:"江边 5 里小路",是七里泷水电站修起之前的说法,水电站建起后,这条小路早已沉没江中。但沿着江边,你确实可以走到钓鱼台,只是要翻越两道山谷,这两道山谷均无路径,你可沿着富春江纠正前进方向,不致迷路,昨天有两男一女,也是沿着这条小路走到钓鱼台的。你现在若是走回头路,顺大道翻山至钓鱼台,路也不会近。听了当地人的话,我决心仍沿江边小道赴钓鱼台。

结果是在无路之处,连续翻越了两道很高的山谷(山的高度近千米)。第一道山谷尚勉强可以看出山民走出的草径,第二道山谷则已完全无路可循,因为旧径上长满着半人至一人高的荆棘与荒草。在第二道山谷,我欲退不行,汗水湿透了背包,只得硬着头皮前行,数度迷途,先后跌倒 4 次,有一次还差点从山崖上跌入富春江丧命,腿上有三处被碰出血,胳膊上则被荆棘拉出了多处伤口。我当时最担心的,还是在荒草中碰到毒蛇,不时用手持的木棍,拨打前面的荒草。这可谓我一生中最艰险的行程。下午 3 时许,我终于翻过山坡,走到了距钓鱼台不远的山谷,谷内可见一片竹林及一座守林人住的简陋住房,但屋内无人。此外,在屋前可见一条上山的大道。我认为此条路一定是通往钓鱼台的。

少歇,我沿着上山的大道继续前行,约 10 分钟,遇上了一位守林老人,向其询问去钓鱼台的道路。守林人告诉我:路的方向搞错了,这条路是去"山门大队"的,由"山门大队"再前行,则是下山返回七里泷方向的正道。守林人带我折返旧路,在前过木屋少歇,继续前往钓鱼台。

在守林人带领下,又走了半个小时的路,终于来到了慕名已久的富春江"严子陵钓台"下。这段路虽无我先前已走之路那么艰险,但很不好找,如无守林人带路,估计我很难找到钓鱼台。守林人告诉我:你走的这段山路实际 15 里路,路不算长,但是很险,有的地方无路可寻,你能用时 3 个小时走到,很不容易了。昨天有 3 个上海人(二男一女)亦沿你走的这条道上钓鱼台,共用了 5 个小时,后来迷路,沿着富春江边陡峭的山崖上攀爬,十分危险,也是我把他们带上了钓鱼台。

由于守林老人的殷勤带路,使我能来到钓鱼台下,为了表示谢意,我给了老人 6 角钱报酬(当时我的月工资为 36 元钱),老人推辞了一下,也就收下了。老人自云年已 65 岁,但由于长年在山岭生活,脚步尚健。据老人相告,他的编制在大队,属"半劳动力",年终分红可拿到 200 元钱,另能分得口粮 500 斤。山中农活,以种水稻、番薯为主,一个强劳力年底分红能拿到 400 多元。

向老人谢别后,我沿着一条陡峭的石阶路,开始攀爬钓鱼台,时为下午 3 时 40 分。所谓的"钓鱼台",共有两座,它们皆为富春山所属、高出富春江面约数十丈的江岸陡崖,其下即富春江之万丈深渊。我正在攀爬的钓台称"东钓台",它是当年严子陵钓鱼之处,又称"严子陵钓台"。另一台位西向,又称"西钓台",据传说此台为宋亡谢翱哭文天祥处,因此又称"谢翱台",而在西台富春江的对岸,有地名叫"庐茨",据传为当年谢翱垂钓处。

攀上"东钓台",举目四望,除了头晕目眩的感觉外,很难想象当年严子陵能在此高出江面数十丈的石台上钓鱼。估计"钓鱼台"的命名,仅具象征意义,其得名缘自后人对严子陵高风亮节的怀念。如果当年严子陵真能在此台上钓鱼,那一定是由于汉代富春江的水位,要比今天高得多。东台上有石亭一座,为民国年间修筑,亭内原有碑,在"文革"中已毁。

由东台稍下,有巨岩称"棋盘陀",亦为高出富春江面数十丈的平顶陡崖,其位置在东西钓台之间,崖边立有古木,攀古木下望,直临江心,令人头晕目眩,如突起江风吹拂,对游客来说,是十分危险的事。据当地人的说法,此巨岩为严子陵的下棋处。而离"棋盘陀"数步之遥,尚有一根直插富春江中、高亦数十丈的石柱(石笋),当地人称之"严子陵钓鱼竿"。

"西钓鱼台"的布局基本上与东台相似,台上原有石亭,在"文革"中已拆毁。查之文献可知:宋亡,遗民谢翱曾在此痛哭,泛舟富春江,以竹如意击石,歌《楚辞》为文天祥招魂,并撰《西台恸哭记》以记其事。此为成语"西台痛哭"典的出处。谢翱死后,后人感其义,将其葬于钓鱼台之南。谢翱(1249—1295年),字皋羽,一字皋父,福建福安人,宋危,破家支持文天祥抗元,任参军,文天祥败死,流落江湖,郁郁终于杭州,年仅47岁,有著《晞发集》、《浦阳先民传》等传世。谢翱在西台痛哭文天祥的时间当为元至元二十六年(1289年),此事见《谢氏宗谱》。[①]

下"棋盘陀"的时间为下午3时50分,再攀西台,时间已不允许,因为当地人说,经钓鱼台返七里泷的船为下午4时20分。我只能在钓鱼台下江边空地留连。此处原有严子陵庙,在"文革"中已被毁,仅余残碑两块,一块为古碑,字迹严重风化,仅辨得末8字为:"先生之风,山高水长。"另一块为明嘉靖年间所立,因时间匆忙,来不及细阅。事后经查文献得知:第一块碑文为北宋名臣范仲淹(989—1052年)所写的《严先生祠堂记》,第二块碑文,当为弘治十年(1497年)明学者薛敬之(1435—1508年)所写、嘉靖年间镌刻的《重修严先生祠堂记》。

关于范仲淹撰文,末四句为"云山苍苍,江水泱泱。先生之风,山高水长。"此文后因被收入《古文观止》,[②]而成为历史名文。范仲淹撰写此文的背景是:景佑元年(1034年),因朝内党争,他由右司谏被贬至睦州(后改严州)任知州。睦州治梅城,辖区为今浙江之桐庐、分水、建德、寿昌、淳安、遂安六县。范仲淹在任上所做的重要事情之一是,于富春江畔钓鱼台下修建了这座"严先生祠堂"。范仲淹当时已46岁,对人生有较深的体会,他撰写的这篇《严先生祠堂记》,不只是表达了对严子陵甘于淡泊精神的崇敬,同时也寄托了个人厌倦宫廷斗争的出世情怀。

严子陵,名光,字子陵。浙江会稽余姚(今宁波余姚市)人,东汉隐士,年八十而卒。其事迹见《后汉书·严光传》,大意谓:少时曾与光武帝刘秀游学,刘秀登基后,顾念旧谊,三次征召入京为谏议大臣,被婉拒,终生隐居富春江一带,老于林泉,因此被后人当作不慕权贵、甘于过淡泊、艰辛生活的榜样来崇仰。据称子陵入京,与光武帝同榻而睡,夜间以足压刘秀腹,刘秀不以为然。次日太史奏:"客星犯帝座,甚急。"刘秀笑道:"朕与故人严子陵共卧耳。"[③]光武帝善待严子陵的事,也说明刘秀为人的肚量,刘秀尚另有为"凌烟阁功臣"立像的故事。这些历史旧事亦可给当今从政人员以启示。在历史上,有颇多文化名人曾到钓鱼台吟咏,其中以南宋中兴名相张浚诗《题严子陵钓台》最为突出,谨录:

---

① 转引谢荣、陈新伟:《南宋爱国诗人谢翱及其在揭阳的家族》,《潮学》1994年第2期。

② 吴楚材、吴调侯于清康熙年间编。

③ 见《后汉书·严光传》。

古木烟笼半锁空，高台隐隐翠微中。

长间不羡三公贵，宁与渔樵卒岁同。

　　在已毁"严先生祠堂"残基上，堆满了建筑材料，近旁的残屋中，住着建筑工人，据悉因严祠在"文革"中遇毁，现正准备修复。我当时候船无事，与维修工人闲聊。维修工人告诉我：目前来钓鱼台的游客，每天多时约三四十人，但都是自水路坐船而来，只有昨天来的 3 位上海游客和你一样，是从江边小路走来的。他们又指着屋右一块方形江边巨石（宽约数尺）对我说：这叫"搓麻将石"，巨石再上为原严子陵后人住所，其家的老母亲 80 多岁时，尚在此石上搓麻将。严家后人世代住钓鱼台，只是在"文革"中因"严先生祠堂"被砸毁，才举家迁往江西居住。

　　下午 4 时 20 分由建德方向开来的船停靠钓鱼台，上船后，我立于船头欣赏富春江美景，并记录一天的旅游日记。此处三面临江，江风徐至，十分爽意，只是旁边一位年轻漂亮的女卖票员老是看着我出神，搞得我十分尴尬，只能假装未见。据这位女船员相告：她来船上工作未久，月工资为 33 元（当时我的月工资收入为 36 元），生活水平在当地尚可，只是无假日，经年在船上漂行，颇感艰辛，老工人的月收入约可达 50 余元。

　　下午 5 时许，船抵码头，我又碰到了中午给我指路的当地人。我对他说：以后千万不可给其他游客再指这条小路了，我走这条小路，差点把命送掉。5 时 30 分，在七里泷招待所办理住宿手续，晚餐。餐后，记录当天的游记，并盘算明日坐船赴梅城的事。

2015 年 6 月 6 日

过梅城，攀乌龙山，夜宿兰溪
（富春江、金华纪行之四）

1980 年 8 月 12 日，星期二，阴。

清晨 4 时 50 分起床，6 时 15 分抵七里泷船码头，候 6 时 30 分发往梅城的船。上午 9 时 30 分抵梅城，水路行程共 70 华里。梅城镇位于富春江、新安江、兰江三水交合处，北枕乌龙山，由七里泷至此，为富春江景致精华处，素有"小漓江"之称，一路上水路九折，青山相环，令人赏心悦目。只是船抵码头后，见有疯女在江中裸浴，一时游客皆笑。

梅城是中国历史文化名城之一，根据文献记载：三国时吴黄武四年（225年），孙权册封将领孙韶（梅城人）为建德侯，始置建德县，县治为梅城。唐神功元年（697 年），以梅城为睦州州治，此后直至上世纪 50 年代，梅城一直是州、府、路、专署的所在地。梅城的得名，缘自唐僖宗中和四年（884 年）为爱妃（梅城人）修筑睦州城，可能因该妃子喜梅，特在城墙临江一段，将城堞砌为半朵梅花状。此后始有梅城之名。至于乌龙山，则因山石乌黑、山形似龙而得名，《水浒传》中的《宋江大战乌龙岭，乌龙神助宋公明》节，即以梅城为背景而写出。

步入梅城，我当然无缘再目睹梅花形的临江城堞，因为古城墙早已拆除。上街之后，我急需做的事是先去药店买消炎粉、纱布，包扎昨日上"严子陵钓台"留下的创伤，随后前往乌龙山。乌龙山位梅城北，山脚有清泉一潭与石桥一座，潭旁长有芭蕉数株。过桥，便是上山的石板道，道左有涧水自山顶泻下，当地人称作"白水"，"白水"两旁长满了野花。再越过两块悬着飞瀑的巨岩（当地人称作"跌水岩"），距离山腰的"乌龙庙"便不远了。在庙前立有千年古银杏一棵，浓荫蔽日。总的来说，乌龙山山势算不得险，但却充满着野象。我是 10 时 50 分开始攀爬乌龙山的，至 11 时 58 分已抵达"乌龙庙"前。

步入庙内，既不见佛像，也不见和尚，僧房内仅住有一位 55 岁的守山老人，墙边放了一大缸被老鼠咬得斑斑癫癫的老南瓜。但寺庙旧址保存尚算完整，显得幽静美观。寺院正殿外，有老桂树两株，一棵开白花，一棵开黄花，当地人称"金桂"、"银桂"。据守山人相告：桂花开时，香气沁人。据传这两棵桂树为明代所栽，树旁原有古亭"青柯亭"，清人蒲松龄《聊斋志异》的第一版"青柯亭本"（乾隆三十年刻本），即出自此处。现空地上，种满了蔬菜。爬上大殿二楼依栏远眺，可见富春江水如带，穿越梅城城区而过，当地人称这一段江段作"梅城江"。

守山人陪我在庙中走了一圈，告诉我：人们习惯称此庙为"乌龙庙"，但真正的"乌龙庙"在此山山脚，即你刚才上山之处，遗址在"文革"中已毁。本庙的准确的叫法应该是"祖师殿"，亦称"澄清道院"，据传由唐代净土宗五祖少康大师（734—805年）所创建，庙中的菩萨，"文革"中也已被红卫兵拆除。五祖少康大师的"道场"，原在山南的"玉泉寺"（亦称"石佛坳"），这里也算作一处，只是"玉泉寺"1942年已毁于日军轰炸。有关少康大师的事迹，据守山人相告并参之文献，其大致情况为：

俗姓周，浙江缙云仙都人，7岁之前不会说话，7岁时随母到灵山寺拜佛，突然发声："这是释迦牟尼佛。"其母惊异，送之出家为僧。15岁时，通晓《法华经》、《楞严经》等佛教五部大经。唐贞元初年，赴洛阳白马寺，见净土宗二祖善导大师的《西方化导文》大放光明，光明之处，隐现菩萨。遂赴长安光明寺善导和尚影堂礼敬二祖，忽见善导大师遗像化成佛身，口吐真言，对少康说道："遵我教导，南下新定（今浙江淳安县），必生净土。"少康大师遂赴新定乌龙山，建立寺庙百座，成为净土宗道场。这批寺庙保存至近代尚存的，有玉泉寺（在乌龙山南麓，俗称"石佛坳"）、乌龙寺（位在乌龙山北麓），以及位于北麓山腰的"祖师殿"。由于少康大师平生竭力弘扬净土佛法，而使净土宗风行海内外，并在日本、朝鲜等国产生了很大影响。少康生前撰有《往生西方净土瑞应传》，被收录入《大藏经》，成为研究净土宗的重要文献。

中午12时30分出"祖师殿"，守山人相送至门口说：此庙距乌龙山顶尚有三分之二的路程，山顶无甚风景。又告诉我：他属生产大队编制，拿队里的工分，月收入40余元。平日吃自种蔬菜，每月能吃一次肉，由于自种蔬菜太多吃不完，均送林场食堂。平时口粮以吃自种南瓜为主，到12月份南瓜吃完了，就吃芋头，因此冬季生活较为艰苦。此外山中鼠患甚重，自种瓜薯多被噬咬。他又告诉我：守山多年，身体健康，从不生病，昨日突然"发痧子"、头晕、吃不下饭，问我是否带有药物？我估计守山人得的病是中暑或急性感冒，于是将随身所带的一包治感冒的"克感敏"药片全部相赠，告诉他立即以水送服2粒，晚间睡觉前服用一粒,此后一天3次,每次服一粒,把我这包药吃完了,病也就好了。守山人问要给多少钱？我回答,是送的,以谢他对我的热情接待。

出寺后急行12里路,抵达梅城轮船码头,时为下午1时45分,买了即时发往兰溪的船票。船上晚餐,下午4时55分抵兰溪,在火车站附近兰溪旅社办理了住宿手续,晚6时10步抵兰溪大桥散步,记当天的旅游日记。这一段江面开阔,在当地称兰江,属浙江富春江的上游段,亦为婺江、衢江两水的汇合之处。兰江古名"兰溪",因附近有兰阴山相峙,山岩多兰茝,是以江名"兰溪"。在桥左下方的中洲公园正在建设之中,公园中聚集了不少晚饭后的散步人群。

2015年6月9日

游金华双龙洞与冰壶洞，夜宿诸暨
（富春江、金华纪行之五）

1980 年 8 月 13 日,星期三,雨。

晨 4 时 45 分起床,在兰溪旅社早餐后,赴火车站买了 6 时 34 分发往金华的 458 次客车票,上午 9 时 10 分抵。当天的计划,是游位于金华北山的两个岩洞——"双龙洞"与"冰壶洞"。这两个岩洞曾因著名教育家叶圣陶先生(1894—1988 年)1957 年写有一篇游记《记金华的两个岩洞》,而闻名全国。

金华北山距市区约 15 公里,海拔千米,双龙洞位北山南坡三四百米处,冰壶洞则位于北山南坡中腰。上午 10 时,由火车站坐公交车于抵北山山脚的双龙车站。此处有桥名"吟凤桥",桥下有山涧下泻而形成飞瀑,顺着山涧上行约七八里路,便来到了双龙洞前。

双龙洞分内、外两洞,其中外洞又有正洞与边洞两个入口。据明徐霞客考察:"此洞初止一门。其南向者,乃万历间水倾崖石而成者。"[1]步入外洞,给人以高大明亮的感觉,其原因是外洞的两个洞口光亮均可透入洞中。据介绍,外洞高 60 余米,深广 30 余米,总面积达 1000 余平方米。洞内陈放有诸多的石桌、石椅,可供千余人在此品茶纳凉。外洞的石壁上,颇多前人的题刻。其中洞口北壁"双龙洞"三字,据传为唐人手迹;另有"十三洞天"的题字,显然是出自古道家的手笔。

游外洞,有趣的是有关"双龙洞"的得名。个人认为:由于外洞大厅有两个入口,且洞内多水(有地下暗河),因此古人将其附会作双龙进出,称之为"双龙洞"。我这一推论,与当地传说相符。据传古时婺州(隋置,治金华)连年大旱,有青龙与黄龙偷天池水,拯救百姓,因触犯天条,被王母娘娘用巨石压颈,锁于双龙

---

① 见《徐霞客游记·浙游日记》。徐霞客明崇祯九年(1636 年)十月初十游"双龙洞"。

洞内,但双龙仍仰头吐水,使得清泉不绝。但与我的持论相左,关于"双龙洞"的得名,尚有不同说法。

一说为:双龙洞外洞口两侧分别悬着钟乳石一青一黄,酷似两个龙头,而龙身却藏于内洞,故名"双龙洞"。此说见于1992年版的《金华市志》。

一说以外洞多钟乳石,似龙体升降而得名。此说见于郑东白(明金华知县)嘉靖二十七年游双龙洞时所述:"洞门轩豁如大厦,石盖如砥错,有石乳下垂,如龙升降状。"①此外,明旅行家徐霞客亦道:"外洞,轩旷宏爽,如广厦高穹。而石筋夭矫,石乳下垂,作种种奇形异状,此双龙之名所由起。"②

一说以内洞洞顶有钟乳石,状似双龙。此说见于南宋学人方凤(1241—1322年)所述:"伛偻踏水入内洞,有形蜿蜒,头角须尾,凡二,屈蟠隐见,爪尖皆白,石如玉,所谓双龙也。"③

顺外洞向内行走,至厅北,见有一道黄色钟乳石,高约5米许,似飞瀑倾泻,人们称之为"石瀑",此处被当地人附会作八仙之一的吕洞宾修道处。又传有某村姑被财主逼嫁,锁于此洞中,幸遇吕洞宾得救。此处另有"骆驼"、"石蛙"、"雄狮"、"金鸡展翅"等诸多象形钟乳石。由此再前,步入外洞尽头时,遇有一块巨大的石屏相阻隔,此处为内、外洞间的分界线。据介绍,外洞与内洞实际间距仅5米,但因此块巨屏相阻,需要通过石屏之下的一道长约10米、宽3米、高仅30公分的地下暗河,方可由外洞进入内洞。入洞者,须仰卧小舟之上,由人牵引。至于过胖之人,即便仰卧于小舟之上,亦因身体阻岩,不得入内。而当年徐霞客入此洞,靠的是向当地人借浴盆,脱衣盆内,裸身"伏水推盆"得入,此见于他《浙游日记》所述:"瑞峰为余借浴盆于潘姥家,姥居洞口。姥饷以茶果。乃解衣置盆中,赤身伏水推盆而进隘。"④由这一段记载,亦可看出徐霞客在旅游中所体现出的值得后人钦佩的不畏艰险精神。

我走至巨屏之下的船码头,仰身卧于舟上,一船可容两客,当然得男女分船,以免意外。在进入内洞洞口的巨崖上,有前人"水石奇观"的刻字。在小舟进入地下暗河的初时,眼前一片漆黑,岩洞周围的岩石,似乎一齐朝身前压挤,但不久之后,豁然开朗,因为人已置身于后洞之中。古人称此行为:

---

① (明)郑东白:《金华杂记·金华记游》,收劳亦安辑:《古今游记丛钞》,上海中华书局民国十三年(1924年)初版、民国二十五年(1936年)三版,卷十八。
② 见《徐霞客游记·浙游日记》。徐霞客明崇祯九年(1636年)十月初十日游"双龙洞"。
③ (宋)方凤:《存雅堂遗稿·金华洞天记》。
④ 《徐霞客游记·浙游日记》。

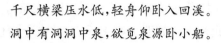

千尺横梁压水低，轻舟仰卧入回溪。

洞中有洞洞中泉，欲觅泉源卧小船。

　　此诗见于明戏剧家屠隆(1541—1605年)在后洞入口小石碑上的题刻，用韵虽不一，我却认为就意境而言，此诗实为游"双龙洞"题诗中，最优秀的作品。

　　步入后洞，所见大厅似较前洞大厅更显壮观，因为其总面积达3000余平方米，厅内布满了各类象形钟乳石，被分别命之以有"遮月彩云"、"蝙蝠倒挂"、"行空天马"、"海龟"、"寿桃"等等。其中最奇的是在小船内洞上岸处，抬头可见一条青色钟乳岩纹自东北洞顶蜿蜒而来，另一条黄色钟乳岩纹自西北洞顶蜿蜒而来，人们称其为"双龙"，此当为"双龙洞"得名的又一依据。

　　当然说到双龙洞的钟乳石，话需要说回来的是：我刚去过"瑶琳洞"未久，在"喀斯特"地貌下生成的碳酸盐岩洞，其洞穴所拥有的钟乳石景观，包括石笋、石幔、石柱、石钟、地下泉等等，基本上都是大同小异，而双龙洞与瑶琳洞相比较，不论是就规模而言，还是就地下景观而言，均无出奇之处。双龙洞之所以比瑶琳洞知名，是占了所处地理交通位置便捷以及历史文化久远的便宜。根据有关文献记载：

　　西汉元帝年间(前48—前33年)，汉将刘仲卿受诬被贬，隐居于"金华洞"("双龙洞"古称)中，唐柳宗元曾为之撰文《刘仲卿隐金华洞》，此为双龙洞知名之始，距今达2000余年。

　　东晋时有金华兰溪黄湓村人黄初平(约328—约386年)[①]隐双龙洞修道，得道后易名赤初平，号称"赤松仙子"，这使得"金华山"(北山)成为当时的"江东名山"，与"五岳"齐名。至宋代，敕封黄初平为"养素净正真人"。鉴于黄初平的事迹，后被东晋道教名家葛洪写入《神仙传》，称其能"叱石成羊"，尊为"黄大仙"，而使"黄大仙祠"向国内及东南亚地区辐射。有关中国民间传说的"黄大仙"事迹大致为：初为牧羊童，18岁时赴金华山洞中修道炼丹，后羽化登天，法力极强，能点石成金和以"药方"渡人成仙。其兄黄初起久寻弟不见，向街市上一位占卜道士探问，道士回答："在金华山中放羊。"黄初起随道士到金华山中寻找到其弟后，问："羊在哪里？"黄初平指着一片白色山石道："就在那儿！"，并喊："羊起来！"于是白色山石化作数万头羊。其兄大惊，亦随弟学道，而终登仙籍。

[①] 一说为金华义乌赤岸人。

至唐代,双龙洞成为道家的"第三十六洞天金华山洞"。此见于唐五代道士杜光庭(850—933年)书著《洞天福地记》。至明代,大旅行家徐霞客曾四游金华山。另据统计,从梁武帝萧衍到明太祖朱元璋,共有十六位帝王曾驻足金华山洞,而中国历史名人李白、王安石、苏轼、陆游等,均曾游双龙洞题诗咏怀。

上述情况足以说明双龙洞历史文化的久远。

上午10时45分离双龙洞,顺山道上行约300米,10时55分抵达冰壶洞前。见洞外有碑亭一座,石碑正面为郭沫若题写的"冰壶洞"三字,碑的反面为郭沫若1964年5月游冰壶洞时所题写的一首诗,全诗为:

> 银河倒泻入冰壶,道是龙宫信是诬。
>
> 满壁珠玑飞作雨,一天星斗化为无。
>
> 瞬看新月轮轮饱,长有惊雷阵阵呼。
>
> 压倒双龙何足异,嵚崎此景域中孤。

郭沫若的诗我读过多首,总的感觉是诗写得多,写得快,但锤炼不够,不耐读,从行文来看是流畅的,却不能给读者留下深刻印象。但唯独此诗,想象力丰富,写得虎虎生威。郭沫若的字当是一绝,可惜我平生与书法无缘,不敢妄评。

冰壶洞以口小肚大,形似酒壶而得名,洞口岩壁上亦多古人题字。入洞后顿感凉气逼人,下行约50余米,但见一道飞瀑自高高的洞顶直挂而下,轰鸣如雷,珠玑四溅。当时洞外正值暴雨,因此瀑布的流量之大可以想见。据有关统计,此瀑布在丰雨季节,流量达每秒200升以上,落差高近20米,实属国内最大的溶洞瀑布。仰望冰壶飞瀑,直觉是死水成澜,枯木逢春,心旷神怡。我当时很想题诗一首,可惜未能写出,其原因作戏言是:眼前有景写不得,郭老题诗在上头。

由瀑布再下,可见各种形状的石笋、钟乳石等遍布洞中,有所谓"雷峰塔"、"观音井"、"仙牛角"、"百鸟朝凤"、"莲花宝塔"、"金华佛手"等名目,只是这些命名并无实际意义,因为任何游人都可以根据自己的意会,给予其不同的命名。

走至冰壶洞底,尚有水洞、暗洞与双龙洞相连,因为双龙洞地下暗河的水源,原本来自冰壶洞的瀑布,但是游人无法下行。我此后无缘再去冰壶洞与双龙洞,但通过查阅文献得知:冰壶洞与双龙洞之间的暗洞,1991年底已打通,由双龙洞内洞上行至冰壶洞,仅有50余米。而在清理被打通的暗洞时,发现了大量堆积物,堆积物中有颇多古脊椎动物化石,如苏门羚、巨貘、大象、大熊猫、犀牛等等(共24种),其时间距今约70万年前的中更新世至10万年前的晚更新世初;堆积物中尚发现了石制工具和两只玉璧,属距今 5200 年前至 4300 年前的新石器时代的良渚文化遗物。① 这些堆积物的存在,印证了古书中所说的话:"上古穴居而野处"。② 由此亦可知冰壶洞与双龙洞之间的暗洞,实为金华古文明的重要标志。

而进入文字时代之后的冰壶洞历史,已知最早始于晋代。此后南宋学者王柏、方凤均有游冰壶洞的记载。③ 元士人黄溍(1277—1357 年)游此洞时曾有诗:"坐爱春泉响翠微,玉花吹湿萍罗衣。何人为梦冰壶破,卧看青天白练飞。"④明崇祯八年(1636 年),徐霞客临此,他详尽记述了游冰壶洞的情况:"洞门仰如张吻。先投杖垂炬而下,滚滚不见其底。乃攀隙倚空入其咽喉,忽闻水声轰轰。愈秉炬从之,则洞之中央,一瀑从空中坠,冰花玉屑,从黑暗处耀成洁采。"⑤由徐霞客的记述,可见古人游冰壶洞的不易。古人游此洞,是靠点火把,而今人游洞,靠的是灯光照明。

中午 11 时 10 分出冰壶洞。由冰壶洞沿山道上行 4 里,尚有朝真洞,据传为古代"石真人"的修炼处,因此又叫"真人洞"。一说此洞为"黄大仙"的修炼得道处。也可能"石真人"与"黄大仙"原本为一人。另据介绍,朝真洞附近 3 里之处新发现了"九龙洞"。只是此二洞当时尚在修建,无法前往。当年徐霞客曾遨游北山三洞,对三洞的不同特点加以比较,仅志此,供再游者参阅:"朝真以一隙天光为奇;冰壶以万斛珠帘为异;而双龙则外有二门,中悬重幄,水陆要奇,幽明凑异者矣!"⑥

下山时,在双龙洞下餐厅午餐,随即坐公交车返回金华市,时为中午 12 时 10 分。步行至火车站,买了下午 2 时 30 分发往诸暨的 222 次客车票,下午 5 时 20 分抵诸暨,在诸暨旅社办理了歇宿手续,明日的首要计划,是游西施故居。

2015 年 6 月 18 日

---

① 数据参《百度词条·冰壶洞》。
②《周易·系辞》。
③ (宋)王柏《鲁斋集》谓:"下危梯、观瀑布。"(元)方凤《游北山三洞记》谓:"束数炬,相后先若入井然。"
④ 见《金华黄先生集》。
⑤《徐霞客游记·浙游日记》。
⑥《徐霞客游记·浙游日记》。

过西施故里，登五洩山
（富春江、金华纪行之六）

1980年8月14日，星期四，雨。今日的旅游目标，是访位于浦阳江畔的"西施殿"旧址，攀青口五洩山。

清晨4时30分起床，5时40分，在诸暨汽车站买发往青口的车票，在"诸暨人民医院"住院部下车，此处位于浦阳江西岸，距离江边约一二里路，是当地人所告知的"西施殿"旧址位置所在。但走到江边，只见正在修造的"西施亭"，却未见什么"西施殿"。江岸正在做运煤码头，但见满地黑渣，被雨水紧紧粘在路面上，与美丽的滨江环境形成太大的反差。顺江亭而下，见岸边有巨石一块，上仿王羲之书体刻有"浣纱"二字，凿迹清新，显然刚完工未久。江对岸有矮山一座，但江矶悬崖上却未见《旅游指南》上所描述的王羲之书写的"浣纱"二字。经向当地人查询，回答是：

"西施殿"旧址，位老诸暨城西门外（今诸暨县城区南侧），即现"诸暨人民医院"与"诸暨人民俱乐部"的所在地。此处古有村名"苎萝村"，据传为西施的出生地，因此又称"西施故里"。由于西施是中国古代知名美女，因此唐代便有人在此处为西施立庙，屡毁屡建，称"西施殿"。殿的规模很大，但可惜在抗战期间被日本军队拆除。日本人拆除"西施殿"的目的，是为了在浦阳江上修桥，将"西施殿"的砖石，用作建筑材料，但保存了后殿一角。而在"文革"中，残殿被红卫兵彻底拆除，因此"西施殿"仅剩下了空名。

当地人又告诉我：流经江段，古称"若耶溪"（亦作"若取溪"），因以西施浣纱知名，又称"浣纱江"。江边亭下巨石，据传为西施浣纱之处，称"浣纱石"。对岸小山，古称"苎萝山"，山下有渔村名"罗树湾"与"三家坡"，村里人多姓郑，亦称"西施故里"，因为据传西施姓郑。一说与西施同时入吴的美女郑旦，即生长于此村。对岸江矶巨岩上，原有晋代大书法家王羲之题写的"浣纱"二字，可惜"文革"

中已被红卫兵凿除。

根据当地人的实地指说,再参阅文献记载,我终于从多条有关西施出身的矛盾记载中,大致弄明白了"西施故里"情况。即:西施,原名施夷光,世居苎萝山下苎萝村。苎萝村分东西二村,以浦阳江("浣纱江")为界。江西,即我现在身处的"诸暨人民医院"与"诸暨人民俱乐部"位置,称"苎萝西村";江东,即当地人指述的"罗树湾"与"三家坡"村位置,称"苎萝东村"。由于施夷光居西村,故称"西施"。而东村,则是著名典故"东施效颦"的诞生地。此见于《庄子·天运》篇所述:"故西施病心而矉其里,其里之丑人见而美之,归亦捧心而矉其里。其里之富人见之,坚闭门而不出;贫人见之,絜妻子而去之走。"庄子文中丑女,并未点明为"东施"。此后至宋编《太平御览》,其卷九六载越州诸暨县苎里有西施家、东施家,后人乃确指丑女为东施。估计也是随着"东施效颦"这一成语的流传,在人们的概念中,也开始把苎萝村分作东西二村,而两村之中,居住的原都是施姓家族,浦阳江一水,不能阻断两岸的血缘关系,这是由于江面甚狭,两村水上交往方便,对江可以喊话。

至于苎萝山,当即指现位于浦阳江东岸的"金鸡山"的古名。对此,古籍《舆地志》、《十道志》、《嘉泰会稽志》等说得较为含糊,称:"勾践索美女以献吴王,得诸暨苎萝山卖薪女,曰西施。山下有西施浣纱石"。而南北朝刘宋孔灵符撰《会稽记》则说得较为明确,称:"诸暨苎萝山,有西浣纱石。"由此可见:古苎萝山当在浦阳江之东,因此称现存西施浣纱石作"西浣纱石"。此外,近代著名文学家郁达夫(1896—1945年)民国年间曾采访西施故里,在撰文中提到:"有人说,西施生在江的东面金鸡山下郑姓家,系由萧山迁来的客民之女,外祖母在江的西面姓施,西施寄住在外祖母家,所以就生长在苎萝村里。幼时常在江边浣纱。"[①]由此可见古代苎萝山的位置,实即现位于浦阳江东岸的"金鸡山",对西施生地的准确认定,方能使古文献中记载的西施生地与现今民间传说中的西施生地达成一致。

而讲到西施的历史公案,有三个问题是不能不回答的,一是西施之"美",究竟美到了何种程度?

笔者认为:西施是中国传说中的美女,且在古代四大美女中(与王昭君、貂蝉、杨玉环并列),居于首位,今人虽无法目睹,但神韵一定是十全十美的"美",即多一分则显胖,少一分则显瘦,长一分则显高,低一分则显矮,因此她才能把原精明强干的吴王夫差,搞得神魂颠倒,最终亡国。至于西施的精神气质,看了诸多

---

① 郁达夫:《诸暨苎萝村》。

当今演员的扮相及画家的画像,我均感不像,能近似者,是一位少数民族女歌唱家(出自对人的尊重,我不便说出其名字),以及当代画家刘旦宅在"文革"前画的一幅《西施图》。这幅画像的原稿在"文革"中,曾被上海教育出版社的造反派作为"阿飞画",连同刘所画的另三幅美女图原稿(王昭君、貂蝉、杨玉环),贴在大字报栏中批判,估计今已无存。

问题之二是西施与郑旦究竟是一人还是二人?

有关西施事迹的史料,唯《吴越春秋》与《越绝书》所述最详,《吴越春秋》谓:"越王……乃使相者国中得苎萝山鬻薪之女,曰西施、郑旦。饰以罗縠,教以容步,习于土城,临于都巷。三年学服而献于吴。乃使相国范蠡进曰:'越王勾践窃有二遗女,越国泑下困迫,不敢稽留,谨使臣蠡献之。大王不以鄙陋寝容,愿纳以供箕帚之用。'吴王大悦,曰:'越贡二女,乃勾践之尽忠于吴之证也。'"①《越绝书》谓:"越乃饰美女西施、郑旦,使大夫种献之于吴王,曰:'昔者,越王句践窃有天之遗西施、郑旦,越邦泑下贫穷,不敢当,使下臣种再拜献之大王。'"②

按:《吴越春秋》,东汉赵晔撰;《越绝书》,汉代袁康、吴平撰。③ 但两书的作者距离西施的时代已远,而此前论及西施的古书,只有片言只语,且只言"西施",不及"郑旦"。这便留给了后人无穷的争论:西施与郑旦究竟是一人,还是两人?认为西施与郑旦实为一人的说法,代表性意见有:

北宋丞相韩琦曾孙、端明殿大学士韩膺胄在《三溪忟》中说:"相国范少伯访西施之家,得采薪者之女,姓郑名旦字夷光者,入选吴宫。"此说见引于北宋名臣范仲淹(知越州事)和南宋状元王十朋(越州金判)为《绍兴姒氏世谱》一书所写的序言。④ 此外,"西施殿"的长期管理者、晚清举人陈蔚文(诸暨人)指出:"西施郑旦实为同一人。因西施母姓施,父姓郑,乃施家之赘婿。"⑤

而个人认为:讲西施与郑旦同为一人的说法应能成立。其原因是春秋时期有名与字连呼的习惯,如秦穆公名臣蹇叔,有子名术,字西乞,蹇姓,史书连称作"西乞术";另有子名丙,字白乙,蹇姓,史书连称作"白乙丙"。而以此推理,西施父郑姓,名旦,随母姓作施,连称作"施郑旦",姓前再冠以地籍所属,称"西施郑旦",亦当符合当时人的称谓习惯。只是到秦汉以后,中国社会这种名与字连呼

---

① 《吴越春秋·勾践阴谋外传第九》。
② 《越绝书·越绝内经九术第十四》。
③ 以《四库全书总目提要》的说法为准。
④ 越王勾践与大禹均姒性,禹为一世,勾践为禹的44世孙。
⑤ 见郑逸梅《艺林散叶》。

或父母姓氏连呼的习惯已逐渐消亡，并不再被后人所理解，《吴越春秋》才将"西施郑旦"误作二人。

问题之三是西施的结局究竟如何？

历史上西施当确有其人，因为其事迹不仅见于《吴越春秋》与《越绝书》，尚散见于多种先秦古籍。如《墨子·亲士》篇谓："西施之沈（沉），其美也。"《孟子·离娄》篇谓："西子蒙不洁，则人皆掩鼻而过之。"《庄子·齐物论》谓："厉与西施，恢诡谲怪，道通为一。"等等。所存在的争议是：西施的结局究竟是被越王沉江，还是随范蠡归隐江湖？

关于沉江说始见于《墨子·亲士》篇，谓："是故比干之殪，其抗也；孟贲之杀，其勇也；西施之沈（同沉），其美也；吴起之裂，其事也。"此说尚见于东汉赵晔（？—约83年）撰《吴越春秋·佚文》，谓："吴亡后，越浮西施于江，令随鸱夷（皮革）以终。"至北齐编《修文殿御览》转引《吴越春秋》，亦称："越浮西施于江，令随鸱夷以终。"此后明文人冯梦龙著小说《东周列国志》，取此说，称："勾践班师回越，携西施以归。越夫人潜使人引出，负以大石，沉于江中，曰：'此亡国之物，留之何为？'"

关于西施随范蠡归隐于江湖说，始见唐人陆广微著《吴地记》所征引的汉代袁康、吴平撰《越绝书》①材料，称："吴亡后，西施复归范蠡，同泛五湖（指太湖②）而去。"《吴地记》又称："（嘉兴）县南一百里有语儿亭，勾践令范蠡取西施以献夫差，西施于路与范蠡潜通，三年始达于吴，遂生一子。至此亭，其子一岁能言，因名语儿亭。"

此后，"明代胡应麟著《少室山房笔丛》、明陈耀文著《正杨》卷二《西施》条，明戏曲家梁辰鱼著《浣纱记》等，均取《吴地记》的说法，称西施原系范蠡的情人或妻子，吴亡后，随范蠡归隐江湖。而这一说法也成了后世有关西施文艺创作的基础。

但笔者曾两度查阅乐祖谋点校本《越绝书》，③却未见有关"吴亡后，西施复归范蠡，同泛五湖而去"的记载。有关西施的材料，仅见其《越绝内经九术第十

---

① 以《四库全书总目提要》的说法为准。
② 五湖，近代多指洞庭湖、鄱阳湖、太湖、巢湖、洪泽湖为"五湖"。《国语》、《史记》中的五湖专指太湖，如《国语·越语下》谓："果兴师而伐吴，战于五湖。"韦昭注："五湖，今太湖。"《史记河渠书集解》谓："五湖，湖名耳，实一湖，今太湖是也。"
③ 上海古籍出版社1985年10月第1版，该书以文渊阁《四库全书》本、《四部丛刊》本、《汉魏丛书》本、《增订汉魏丛书》本为底本。

四》篇所收之一条:"越乃饰美女西施、郑旦,使大夫种献之于吴王,曰:'昔者,越王句践窃有天之遗西施、郑旦,越邦涝下贫穷,不敢当,使下臣种再拜献之大王。'吴王大悦。"由此可见《吴地记》所征引《越绝书》材料并不可信,该书中有关吴亡后西施随范蠡"同泛五湖"的说法纯属文学创作。

此处还能举出一条佐证材料反驳《吴地记》所述之谬的是:由当时越国首都会稽(今金华)走到吴国首都姑苏(今苏州),路程非远,范蠡当时从越国护送西施至吴国,绝对用不着走3年的时间。我在"文革"大串联时,从上海走到南昌仅用了不到两个月的时间,而这段路程远比范蠡当时从越国护送西施至吴国的路程要长。此外,司马迁《史记·陶朱公列传》中对范蠡事迹叙述甚详,却一字未言及西施事迹,如果确实存在西施与范蠡同隐江湖的传闻,当时注意收集民间逸闻的司马迁,在《陶朱公列传》中是不会不写的。

综上所述可见,有关西施的结局,先出的古籍,均指其沉江;晚出的史籍,才出现了随同范蠡归隐的说法。而墨子(约前480年,春秋末年周敬王四十年—?)是中国最早谈到西施的人,其出生年代距吴国之亡(前473年,东周元王四年),仅有7年,因此其有关"西施之沈(沉),其美也"的说法,是完全值得相信的。至于中国后世,何以出现了有关吴亡后西施随同范蠡归隐的说法,这显然是因为后人认为西施入吴,对于救越有功,死得冤枉,因此用文学创作的手法,编出了有关西施故事的美好结局,以寄托对这一位"爱国美女"的怀念。

而出自同一原因,中国最迟至唐代,便开始在浣纱江畔为西施立庙,此见于李商隐(约813—约858年)在唐开成年间(836—840年)所写下的《蝶》诗,其中有句:"西子寻遗殿,昭君觅故村。"[1]此外,晚唐女诗人鱼玄机亦题有名为《西施庙》的诗,现存于《全唐诗》中。此后,西施庙屡毁屡建,"文革"后重修西施殿始自1986年,至1990年落成,只是我无缘再访,不知具体布局如何。

上午7时离西施故里,返汽车站,前往五洩山。五洩山位于诸暨市西北23公里处,海拔约千米,因山水奇绝,而有"小雁荡"之称。山的入口处在青口,由诸暨坐车至此,需要一个钟点的时间。我上午8时坐上公交车,9时抵青口。

由青口攀五洩山,原先是有路可走的,要途经"夹岩寺"。该寺当年香火旺盛,寺上有洞名"夹岩洞",洞高16米,深20米,洞内曾供奉千手观音像,亦是香客甚众。但是自青口水库建成后,夹岩寺已沉入水底,成为水下宫阙。夹岩洞尚位于水面上,驾舟过时可目睹。我现在攀五洩山,先需要渡过这一水库。水库

---

[1] 见《全唐诗》卷五三九,第73页。

1973年7月修起,长2800米,深38米,总面积达56.8万平方米。水库大坝约高30余米,宽20米,长百余米,峙立于两侧陡峭的山崖间,甚为雄壮。我步行至水库未久,摆渡汽轮至,船票5分钱。上船后,恰逢暴雨倾盆,船上仅我一个渡客。船在水库中航行了整整20分钟,但见波涛翻滚,两岸青山相夹,一派烟水迷茫景色。我甚担心翻船,葬身水乡,幸好船老大掌舵技术高明,一切无虞。

下船后,步行2里路,至"五泄林场"。此处为原"五泄禅寺"旧址所在。据查,该寺又名"永安禅寺",传为五台山灵默禅师(747—818年)在唐元和三年(808年)所建,[①]禅宗曹洞宗创始人良价禅师(807—869年)即在此寺出家。[②]据记载,中国历史文化名人白居易、陆游、王冕、徐霞客、徐渭、袁宏道、唐寅等都曾步此游览。只是在"文革"中,该寺庙被毁,成为"五泄林场"的办公驻地。

10时45分,在林场食堂午餐后,少歇,11时40分,前往"东龙潭"。"东龙潭"位五泄山脚,三面皆峡谷,山上飞瀑下泻成潭,此处为"一泄"。泄,同泄,当地土话指瀑布。"五泄山",顾名思义即指该山有五道瀑布。顺山势再上,穿越一片竹林,便来到了"二泄"。在"二泄"所看到的景象,与"一泄"相近,只是山势更高,瀑布也愈急。此时暴雨更大,山路泥泞,难以分辨至"三泄"的山径,无意中走上了赴"西龙潭"的岔道。恰逢两位戴斗笠、披雨具、穿草鞋的当地人经过,为一男一女。我拦住问路,他们回答:路走岔了,这条道是去"西龙潭"的。他们又告诉我:他们是当地的公社干部,冒暴雨出行,主要是检查群众生活以及农田是否安全。他们又劝我:如此暴雨,再往山顶攀爬十分危险,劝我不妨去"西龙潭"一游,那里的景色也优美。我听后甚为感动。

下午1时20分抵"西龙潭"。"西龙潭"与"东龙潭"相隔山道7里,此潭与东潭实为同一山涧水源朝东西不同流向下泻所形成。五泄山的顶峰称"天堂岗",泉水自山顶涌出,顺东、西两道分流,其东向流水顺着涵漱峰与碧云峰之间的裂口下泄,依山崖陡阶形成五级瀑布,此即山之"五泄"。而西向流水下行至五泄山西脚,形成了"西龙潭"。从瀑布气势来看,"西龙潭"似不如"东龙潭",但此处三面环山,风景较"东龙潭"更幽。由"西龙潭"山道前行,尚有"一线天"景观可观,但我下午2时40分必须赶往平阳汽车站,等待返诸暨的过路班车,只得离去。

在这里要插一段后话是:1998年11月间我随单位旅游团重游五泄山,景色

---

① 灵默禅师,俗姓宣,毗陵(今江苏常州)人,从马祖道一禅师出家,后以石头希迁为师,集青原、南岳两派佛学大成,成为禅宗九代著名高僧。
② 良价禅师,俗姓俞,唐会稽(今浙江绍兴)诸暨人,中国曹洞宗开山祖师。于江西宜丰县洞山创建禅宗曹洞宗新法,本寂居曹山续承光大此法,后世称为"曹洞宗",系中国禅宗五家之一、中国禅宗主流。

与我当年所见已大不一样。首先是青口水库已更名"五洩湖",在湖前码头上修起了一个长长的紫藤架。坐游船过湖后,当年吃过饭的林场已不见踪影,"五洩禅寺"被修整一新,附近的村庄称"桃园村"。爬上五洩山顶,但见山上挤满了"人头"。这次上山正值天气晴朗,山是青了,水是明了,"五洩"自然都看全了。但是我当年在暴雨中孤独一身望瀑布,瀑布似自头顶淋下的豪气感,已消失得干干净净,这是因为瀑布流量过小,与我当年所见瀑布相比,似已成了涓涓细流。此外,我当年过青口水库时心惊肉跳的感觉也消失得干干净净。1998年游五洩山时曾赋诗一首,仅志此纪念:

七绝　过浙江五泄禅寺(1998.11.27)

船过五泄湖,有桃园村焉,在五泄山麓。村内有唐曹洞宗高僧灵默禅师所建之五泄禅寺,意境颇近陶公《桃花源记》,赋诗为纪:

万亩杉林霜叶黄,烟波汩汩鱼龙乡。

桃园更有秋光好,暮鼓晨钟宝刹藏。

离"西龙潭"后,我自五洩山后山翻越一道岭,共走了约10里山路,于下午2时30分抵平阳汽车站,利用候车时间记当天的旅游日记。不久车到,于下午3时40分返诸暨。随后赴火车站买了下午5时21分发往杭州的222次火车票,晚7时10分抵。下火车后,匆忙坐4路车赶至湖滨找旅社,不意连跑三家,都是客满,最后找到西湖饭店有空位,但需要2元住一晚,无奈入住,这是我这些年出游时所住过的最贵旅馆。次日坐8时56分杭州发往上海的92次快车,于中午12时15分抵沪,富春江金华之行结束。

2014年6月29日

　　1981 年 7 月 17 日晚 7 时 30 分,坐海星号 112 次轮船赴普陀山旅游,次日 7 时零 5 分抵沈家门码头。7 时 20 分坐上沈家门发普陀山的小客轮,8 时 20 分抵,住岛上居民蔡思松私家旅馆。7 月 22 日晨 7 时 40 分由普陀山坐船返沈家门,8 时 30 分抵,住船码头对面的代营旅社。原想买次日沈家门赴宁波的船票,无奈困于台风,航班不通行,被迫买当天下午 2 时 30 分的船票,再返普陀山游览,夜宿三圣堂招待所。23 日晨 5 时起床,在招待所仍无法买到赴宁波的船票,只得再坐船至沈家门,在船码头买到一张 7 月 24 日下午 6 时发往上海的退票站位票。次日 6 时 30 分,船抵上海十六铺码头。

　　此行因困于台风,未能完成原定的旅游计划,在普陀实际上呆了 7 天,闲着无事,只能写旅游日记,并打散文《普陀山五记》的腹稿。《普陀山五记》是我习作的第一篇散文,原发拙编《华夏百年词苑英华暨吟友文存》(上海文化出版社 2006 年 4 月第 1 版)与《神州纪游》(中华诗词出版社 2008 年 12 月第 1 版)附录部分,但写作时间误作 1984 年,实为 1981 年。

　　在此卷中,顺将作者 1996 年参加南京孙中山国际学术会议时所写《南京"孙中山与中国现代化"国际学术研讨会记盛》、1997 年参加南京大屠杀国际学术会议时所写《南京挹江门简史与挹江门古地道的再发现》、2007 年返曾经务农的大丰农场时所写《江苏大丰上海农场纪行》,以及 1986 年所写《温州考察纪行》四文补入,统称《江浙散记》。

普陀山五记

    1981年对我来说决非是顺心的一年,报考上海师范学院古籍专业研究生,已通过了初试和复试,却得到了不录取通知,原因是超龄四十天。尽管导师程应镠先生为我说了不少好话,却无济于事。我本非佛家弟子,一向相信人的自立精神,但是现在竟感到前程莫测。为了解晦气,也学着众香客的样子,到普陀山一游。7月17日下午整装成行,次日8时20分,船抵普陀山。原想住3天,却困于台风而呆了7天。闲得无聊,走遍了普陀山所有的大庙小庵,寻佛访古,记我所能记。以下这些,便是当时所历。

善才洞的签语

    善才洞签语是普陀山一奇,到此观察求签者,可知社会百态。

    7月19日下午到此,见近百老妪与一些中青年妇女排队求签。一老妪用头把签柜撞得砰砰作响,然后询问女儿中学毕业后能否找到工作。得签下下,垂头而去。又上来一老妪,目光痴呆,焚香拜佛,询问儿子病何时可好。得签上吉。签云:"努力吃药,来春可好"。老妪欣然离开。又上来一个姑娘,问能否调回杭州工作,婚事若何? 得签下下。解签者云:"避远就近,如抱虎在身,命多跌跎,婚事难成。"姑娘满脸通红,却细问避祸方法。我正心中暗笑,又上来一个带着三个孩子的中年妇女,把手中签桶摇得哗哗作响,口中念念有词,一问孩子学业是否顺利? 二问丈夫开汽车能否平安? 三问自己今年能否通过考试,由民办教师转入公校。每当得签下下,便弃之另求。我也戏抽一签,询问学业如何? 恰逢上吉。签云:"努力向前,事有必济,沾涂胼胝夏秋冬天。冬月阳过粟满庑,频年总比下农高。"再抽一签,又是观音感应第二十二签上吉。签云:"四郊田亩皆枯竭,久旱俄然三尺霖。花果草芽俱润泽,始知一雨值千金。田蚕倍熟,谋望相谊。病

259

逢妙剂,行人便回。此卦久旱逢雨之象,亿事难中有救。解:家门迪吉,造作安康,功名有望,鸾凤庇双。曰:田蚕丰熟,行人还乡,出外贸易,获利无疆。"

我看后哈哈大笑。得上签总比得下签愉快,但是我知道,今生与研究生再也无缘了。

解签者多为当地农民,签书不能句读,遇到偏难字,随意胡说,却偏能大把大把地赚钱。为子女求免灾的老妇,为自己求幸福的姑娘,不远千里来到这里。当她们求到这些似是而非的签语后,不知是祸是福?为我解签的是一位中年妇女,严酷的海风,不能遮掩往昔美丽的容颜。刚才那位求签的民办教师悄声告诉我:此即当地有名的"华东美女",年轻时许多海军军官向她求爱,一一被拒,遂得此雅号,后来却嫁给了一个农民。我听后心情颇为矛盾。"华东美女"不慕名利,委身于农民,情实可嘉。但又为何在此处设签愚民呢?

虔诚的信徒

游普陀山,最使我感动的,莫过于佛教信徒们的虔诚信念了。

7月19日攀佛顶山,烈日当午,汗流如雨,坡陡七十度。青年人爬山都感到累,却有不少老妪和姑娘三五步一磕头地跪拜上山。跪拜者身上一律背黄色香袋,上书"南海进香,阿弥陀佛。"我惊问路人所以?相告曰:这些人都是苦命人,想借菩萨的神灵,解脱自己的不幸。

我好不容易走到山顶慧济寺,但见四个年轻姑娘正围着一个老和尚乞求出家。和尚回答:"出家须经政府批准,个人无权作主。"一个带女儿的五十岁汉子仍上前哀求:小女两次考大学未中,精神苦闷,望师傅帮助。老和尚教之咒语:"翁阿拉、巴扎哪、的的的。"云久念可以开拓智慧。老和尚名普光,属密宗,少时出家普陀。这时在普光身旁有一女青年正在抄录经文。据说为上海插队至安徽的知青,这次是以探亲为名,到普陀山要求出家的。因和尚无法收留,便在此抄经。我询问其出家原因,回答是:"人皆有生、老、病、死诸苦,只有出家,方能免去轮回。"我欲再问细因,普光插嘴:"不要问什么原因,只要问有无善根。"我顿时语塞。

晚间沿佛顶山小路下山时,已是星光满天。但见普济寺前明月高悬,人潮如涌。一位中年妇女正在用越剧唱腔陈叙学佛体会。其大意是:"少小只会唱戏文,长大方知学礼文。人生纵有千般苦,诚心拜佛脱苦海。"每唱一段便问旁边一老和尚能否听懂?老和尚连声说懂,众围观者则齐声叫好。而这时普济寺内则是香烟缭绕，数名和尚手敲木鱼，近百香客向佛像一齐下跪。在跪拜人群中，我注意到有几位胸佩"××学院"徽章的男女大学生。

普济寺之夜，众香客可以说是如醉如痴。我估算了一下，聚集于寺内外的人数少说也有上千。我向香客们打听原因，才知道观音菩萨共有三个生日，阴历二月十九为出生日，六月十九为成佛日，九月十九为出家日。在"文革"前，每逢三个"十九"日，来此进香守夜的香客甚多，而在解放前，进山者甚至是"三百里内，木帆云集，木鱼之声相衔"。我在普济寺度过的这一个夜晚，恰逢阴历六月十九日观音成佛日，是以香客甚众。

具有讽刺意味的是：在普济寺香客狂欢时，紫竹林前明代总督李分明所立的《禁止舍身燃指碑》却在夜风中挺立。碑文大骂佛教徒背弃人伦，不事生产，不礼君王，舍身燃指，愚昧之极。要求令行禁止。这碑文是古代儒家反对宗教迷信的历史见证。我十分欣赏碑文的内容，而身旁一位干部模样的人却发表了与我相反的意见。他指着旁边一块已被凿毁的上有"毛主席是我们心中的红太阳"字样的岩石对我说："文革"中毁佛，是因为当时只允许有一个偶像存在。但允许佛教存在，对社会并无坏处。因为佛教徒温顺守法，工作认真，又不会造反。我听了一时无言可答。但后来细想，却认为：既然人类社会发展是朝着理性前进的，一千多年前，儒家就曾理直气壮地和佛教展开过斗争，韩愈甚至为写《谏迎佛骨表》险些丢了脑袋，今天我们又为什么不能在加强对民众理性教育和解决他们实际问题方面多下一些功夫呢？说教徒温顺、守法，而在西藏、新疆等地，不也正有人利用宗教力量来进行分裂祖国的活动吗？

信女净英

在回沪的海轮上，我遇上了信女净英，这也许是我一生中最值得回味的往事之一。

7月24日傍晚，在海星轮甲板上，我巧逢同校外语系学生兄妹二人（当时我正在上海师院历史系就读）。畅谈间，旁边一位漂亮的姑娘突然插语："你们是上海'寺院'的？"原来她把我们所说的"上海师院"误听作"上海寺院"了。在此后我与她数度长谈，大致了解了她的身世。

姑娘法名净英，李姓，山东青岛人。1968届初中毕业生。年幼丧父，在母亲影响下信佛，九岁起食素，当时在青岛某厂工作。姑娘平常在工作中任劳任怨，多次被评为厂先进工作者，但是她的信仰却不被人们尊重。工厂干部不断地做她的思想工作，有人甚至当面骂她"神经病"。这自然给她带来了诸多苦恼。几年前她已拜九华山尚悟和尚为师，使用法名，并杜绝了看电影、电视等一切娱乐活动。每天坚持打坐三刻钟，一经产生杂念，便自我忏悔。这次到普陀山，是因为师傅也在，想前往探望，并正式削发出家。但是师傅告诉她：佛教协会刚刚成立，还发不出工资，此外在工作之余自修，也同样可以得到正果。听从师傅劝告，净英正准备乘船由沪返青岛。我暗自庆幸信女净英遇到的是一位通达事理的师傅，阻止了她的愚蠢。净英告诉我现在青年人出家有四个原因：（1）受父母影响出家；（2）父母为还愿，送子女出家；（3）迫于生活出家；（4）因婚恋挫折出家。净英还向我现身说法，讲述了佛教的轮回说、四谛说和十二因缘说。她告诉我：善有善报，恶有恶报，"四人帮"毁佛，来世必变马牛。系统地听佛教理论，这在我一生中还是第一次，而给我说法的又是这样一位美丽的姑娘，这真使我终生难忘。净英又告诉我：她这次在普济寺守夜时，看到了观世音现身。观音当时身披白衣，脚踩莲花，从井中出来，美丽之极。这一时间持续约 10 分钟，而未见者则纷纷给钱，向她借缘。

对净英所说的话我自然不能相信。我告诉她：她所看到的当是自己的幻觉。并又尽我所知，向她介绍了马克思的唯物论、达尔文的进化论和摩尔根的五种家庭形态说。说实话，至今我仍后悔向净英说了这些话，因为像我这样的凡俗夫子，有什么权力不尊重她的信仰呢？美丽的姑娘不论在什么地方都能遇到，但是像净英这样充满着佛教圣洁的贞女，我今生只遇到过一次。

僧侣的生活

到普陀山不能不记僧侣的生活，因为他们从唐代至今，一直是这一块土地的主人。

所谓佛教四大名山之一的普陀山，实际上是舟山群岛中的一个小岛，纵横约10 里，与附近舟山大岛上的沈家门渔港隔海相望。

普陀山历史上亦名洛迦山。传唐大中年间，有天竺僧人来此，遂得梵名"补恒洛迦"，意为"小白花"。后梁贞明二年（916 年），日本僧人慧锷从五台山得观音像归国，经此遇风受阻，遂与当地居民同建"不肯去观音院"于紫竹林，此为普陀山成为中国佛教活动中心之始。一说唐大中十二年（858 年），日本僧人慧锷过此，留观音像造寺，后因《华严经》有"善财参观音普提洛加"之说，后人遂附会此地为普陀山。

现今普陀山佛教胜地是由三大寺院组成的。主寺普济寺在岛的南端，又名前寺，为普陀山第一大寺，建于宋神宗元丰三年（1080年），原名宝陀观音寺。法雨寺在普陀山中端，又名后寺，建于明万历八年，初名海潮庵、海潮寺，后又更名为护国镇海禅寺，直至清康熙二十八年重修大殿时，方定名为法雨禅寺。慧济寺在佛顶山顶，又称佛顶山寺，亦建于明清年间。除这三大寺外，普陀山还有一些小的寺庵，如紫竹林（又名"不肯去观音院"）、善才洞、盘陀庵、梅福庵、圆通庵、悦岭庵、大乘庵、杨枝庵等等。

普陀山的僧侣"文革"前约600人，管理寺院和生产自给。至我去时，仅140余人，其中尼姑人数不超过二十。僧侣们主要居于普济寺，有百余人，其余则散居法雨寺、慧济寺及其他小寺庵。

据和尚们说，造成普陀山僧侣减少的原因，是"文革"间受遣散还乡，结果有的老年僧侣因磨难而死，年轻僧侣则还俗成家。待"文革"结束后政府重新召集时，只存此数了。普陀山僧侣现由禅宗支派法眼宗、曹洞宗组成，主张禅、律、教三者合一。此外还有少数的密宗、净土宗、律宗信徒。僧侣们都能服从长老，和睦相处。

普陀山僧侣的日常生活为三件事，一是"做功课"。"做功课"一日两次，即和尚们按时集体诵经拜佛。早课为2时45分打钟，3时10分至5时10分，和尚们集体咏诵《楞严咒》、《大悲咒》、《十小咒》、《发愿文》。晚课为下午4时45分打钟，5时至7时和尚们集体咏诵《阿弥陀经》、《大忏悔文》、《蒙山施食仪》、《大悲咒》。7时30分以后，长老们开始讲解经文，晚上9时睡眠。"做功课"主要是用于培养僧侣们对佛的信仰，以提高佛学修养。"做功课"集中于普济寺后堂。

二是"做佛事"。"做佛事"即给活人做"功课"，以保佑他们健康长寿，来世幸福。一般来说，"做佛事"客户给酬要高于给死者的超度费。我21日赴普济寺，目睹百余僧人在给人"做佛事"。只见庙堂中钟鼓齐鸣，经曲动人。念经实为唱经，它有固定的佛教音乐曲调，再配以木鱼、铜钟等乐器，使听者留连忘返。在"做佛事"的和尚中，我发现夹有四个尼姑，年龄皆在二十上下，相貌匀称。和尚、尼姑共做"佛事"，我不知道是否与古法有违。

三是"做焰口"。"焰口"传为印度饿鬼名，以身形焦枯、口内燃火、咽细如针而得名。"做焰口"亦名"放焰口"，实为给死者超生。和尚们"做焰口"时，咏诵经文为《瑜珈焰口经》，经是念给地藏菩萨听的。我目睹了普济寺一场"做焰口"的盛会。只见大殿中堂正面坐着四个身披红色禅衣的长老，两侧各横坐三名身披黑色禅衣的长老，皆手敲木鱼、铜钟，口诵《瑜珈焰口经》，其余和尚百余人，分聚于中堂和后堂,跟着长老们念经。整个道场中气氛庄严,经曲悠扬。我站在一个老和尚身后细看经文,其大意为:一切阵亡将士、文人骚客、商贾道士、美女婢妾、屈死冤鬼等,愿尔等摆脱饿鬼噬咬,灵魂永升天国。经文辞藻华丽,显然是有极高文学修养的佛学者所作。据说"做焰口"最盛时,普济寺每日有客数十人,须分上下两堂同做,客家给酬约60元至100元上下不等(给者自愿)。该晚是四家同做,每家给酬130元,寺院共收入520元。普济寺"做焰口"每日所得的最高收入约数千元至上万元不等。

普陀山僧侣的生活现在是安定的,这主要应归功于国家的口粮补贴制度。国家给每个和尚的月贴约25—30元不等,粮票为20—30斤之间,每个和尚因在寺院中的地位不同,而差别有等。和尚们其他的辅助性收入则为"做佛事"、"做焰口"及海内外香客的慷慨施舍。多者数万,少者5角、1元。这是一笔极大的收入。因和尚不肯吐实,我无法知道确数。一个山东籍和尚告诉我:僧人们平日吃素,消费极少。这笔钱除了生活自补之外,主要是用于修缮寺庙。因为在"文革"中,普陀山寺庙几乎全部被毁,房屋的木料亦被当地农民拆光烧光。现在普陀山寺庙都是按原样重建的。而这笔修建费用除了国家投资部分之外,主要是靠僧侣们"做佛事"等自筹。

山东籍和尚自叙二十四岁出家,出家的原因是为了追求人生不死的真理。出家后他懂得了"六识"、"四大"(地、水、火、风)等哲理,共四次目睹观音、如来、琉璃光佛等现身。他告诉我:人死,精神不死,现存于普济寺中的不腐古代高僧遗体,即是证明。因为他经前世苦修,已免去了轮回之苦。

听了这位和尚的宏论,我不禁为之肃然。面对这金钱铺路、人欲横流的现实世界,想不到仍有愿意为理想而献身的禁欲主义者。不是吗?前天我在佛顶山洞中遇到一位由华山来此打坐的道士。据人介绍:道士现年74岁,已经坐禅五十四年,晚间从不睡觉亦从不用床被,仅每日下午出禅时,稍事活动,食一餐靠施舍而得的食物维生。听了道士的事迹,我为之咋舌。这些人辛辛苦苦地度过自己的一生,孑然一身,无欢无乐,这种苦行精神难道不值得尊重吗?只可惜他们没有走上一条为社会造福的道路,这比较古代儒家"先天下之忧而忧,后天下之乐而乐"的积极入世精神,尚差了一步。但无可否认的是:古代僧侣不事生产,今天僧侣却创造着巨大的旅游财富,中国的名山大刹,几乎都有他们的管理者足迹,因此对于他们的作用,亦当别论了。

沈家门的物价与海

我 7 月 22 日早晨抵沈家门,原想搭船去宁波,却因阻于台风,直到 24 日晚才等到一张回沪的退票。在沈家门闲得无聊,不是逛街,就是望海。

沈家门原为舟山一渔港,现为普陀县府所在地。给人的直观是:街道肮脏,市场繁荣,物价低廉。有幸我记录下了当时沈家门的菜价,这有助于我们对比现今的物价:

小鱼干或虾干:每斤 0.45 元

鲜青鲇鱼:每斤 0.10—0.20 元

茄子:每斤 0.07 元

青菜:每斤 0.05 元

西红柿:每斤 0.10 元

青椒:每斤 0.12 元

土豆:每斤 0.14 元

沈家门的海给我的最初印象是出奇地蓝,用"水天一色"来形容也罢,用"澄碧无底"来形容也罢,都不算过分。除了蓝之外,沈家门的海还具有它的拟人性格。有时它像愤怒的巨人,鸣声如雷。挟拥着连天的巨浪,直扑岸边。这时你会感到海的雄壮。有时它又像多情的少女,细浪淘沙。海面上白帆点点,海鸥翱翔,小岛如缀。这时你会感到海的美。长久地望海,你会感到自然界的伟大和人生的渺小,行旅匆匆,真如过客。不是吗?我寻访普陀山七天,瞬息即过。我与生俱来的三十五载春秋,也是瞬息即过。从牙牙学语,到入学求知,到"上山下乡",到闵行任教,再到赴上海师范学院历史系就读,这其中经历了多少艰苦磨难,不也都消失在这滚滚波涛之中吗?今人能留给后人的,至多也只是一些可引起情感共鸣的吟唱。千百年后,月还是这样的明,海还是这样的蓝,却又有谁知一千年前曾有过一位刘姓上海教员在此感叹过!一千年前曹操过渤海时,曾留下了"秋风萧瑟,洪波涌起"的绝唱,于是乎我也学着古人的榜样,作古风二首,以志此行:

其一:普陀山望海

坐岩望大海,海浪连云排。

鸣声雷动地,远峙群山矮。

金沙千步雪，崖挂碧绿苔。
时有阵风雨，莽莽一片白。
天地造化功，观此怡心怀。
又见弄潮儿，皆随波浪来。
海潮既有信，逆之岂可哉。
千古愁病客，到此当登台。
生当浮云过，苦乐两相载。

其二：沈家门寄怀

只身游鱼市，意岂在仙山。
人性本真善，广宇自然天。
昨日遇道士，服气日一餐。
又见超亡僧，击鼓披金禅。
长生等于死，何如驾云帆。
有缘今生会，无缘来世言。
忆昔少年日，其志在边关。
填词寄壮语，依马望河川。
有国惭无报，无聊赋韵篇。
轻舟娱吴渚，纸币赌杯盘。
余生有一志，为民历万难。
纵是身躯死，亦可悲歌弹。
死是神州鬼，何慕守潺湲。

1981 年 8 月一稿于上海师范学院

1999 年 8 月 23 日三稿

南京"孙中山与中国现代化"
国际学术研讨会记盛

1996 年 11 月中旬,天气初寒,"孙中山与中国现代化"国际学术研讨会在南京隆重召开。我有幸因论文《黄兴与孙中山关系考》入选,赴南京参会。会期 3 天虽短,却留下了难忘的印象。

11 日晚 7 时,由沪抵会址——南京中山大厦,即受到会务组同志的热情接待。

次日上午,天有微雨。全体与会代表谒中山陵。一入陵区,我即被壮观的建筑所吸引。中山陵位于钟山南麓,呈"警钟"状,以寓国人毋忘国忧意。陵道落差 70 米,平距 700 米,有平台 10 个,台阶 392 级,另有牌楼、陵门、碑刻、灵室、柩室、陵后花园诸建筑。陵区周围有两千亩松林为伴,体现了先哲英灵与松柏常青的意境。中山陵为吕直彦所设计,构思极其精巧,而获当年陵区平面设计一等奖。陵区 1926 年破土动工,历时三年,直至 1929 年 6 月 1 日孙先生灵柩方始入葬,而吕直彦却因设计操劳过度,未及建筑奠基,即以 36 岁之身,英年早逝,令人扼腕。

我随众代表缓步上陵。但见陵前有国民政府民国十八年六月一日所立碑文:"中国国民党葬孙总理孙先生于此"。碑文至今保存完好,体现了我党争取第三次"国共合作",以完成祖国统一大业的诚心。步入灵堂,堂前高悬孙先生手迹"天下为公"。两侧堂壁则镌有《总理遗嘱》:"革命尚未成功,同志们仍须努力!"这一切都使我肃然起敬。谒陵仪式开始后,江苏省政府领导为纪念孙中山先生130 周年诞辰作简短祭词,随后会议代表三鞠躬并绕灵柩一圈,以示缅怀。参加谒陵的代表有专程为出席纪念先祖学术会议而来自美国的孙中山孙女孙穗芳女士,有来自台湾、日本、英国剑桥大学的学者,此外还有来自祖国大陆各省市的代表学者合 120 余人,这是一次名副其实的国际学术会议。

祭陵时,我适与台湾淡江大学教授王甦先生为伴,王甦先生即兴作联语相赠,联曰:

文章拥抱同胞爱,海峡难分两岸情。

我亦即兴作绝句回赠:

陵园肃穆业高崇,两岸同瞻情意浓。
天下为公昭日月,先生遗志九州同。

下午 2 时,学术研讨会在中山大厦会议厅正式开幕。先是江苏省政府政协领导杨保华、童傅,江苏省社科院院长茅家琦,为这次学术会议召开资助巨款的中山集团总经理张宝成等先生祝词,接下来为五位学术代表发言。内容大抵为:论述孙中山的祖籍、孙中山与南京的关系、孙中山的海权观、孙中山开发祖国边疆的思想等等。其中发言最具吸引力的是来自台湾政治大学的蒋永敬教授。蒋先生介绍了孙中山的祖国统一观,并指出:近年来台湾对孙中山的纪念活动日趋冷淡,大陆籍人士不断受排斥,有悖于中华民族的根本利益。而要从根本上完成祖国统一大业,必须如孙中山所说:"固其国势,顺其民情",召开两岸国民会议。蒋先生的发言立场虽有别于我方,但亦见台湾人民希望祖国最终统一的良好心愿。

13 日,全天学术代表发言。上午 9 人,下午 4 人。会议最后由南京大学教授、中华民国史研究著名专家张宪文先生作学术综述。张教授指出:今日海峡两岸学者共聚南京,我们应学习孙先生坚韧不拔的革命精神,追求真理的献身精神以及勤政无私的奉献精神。张教授兼带回顾了新中国成立以来史学界研究孙中山的三次高潮:第一次为 1950 年孙中山先生诞辰 90 周年学术纪念会议。会后出版了《孙中山文集》两卷本及有关学术论文集。这一过程至"文革"中断。在"文革"十年间仅发表有关孙中山研究的论文六篇,其中包括宋庆龄的一篇纪念文章。第二次为 1986 年纪念孙中山诞辰 120 周年学术会议,会后陆续出版了《孙中山全集》及有关研究论文集。这应归功于用党的十一届三中全会精神指导史学研究所结下的丰硕成果。第三次则为 90 年代初至今,出版了一系列有关孙中山研究的论著及论文集,这些研究揭示了孙中山先生关于中国社会现代化的主要思想主张是:以暴力推翻封建专制;确立独立统一的国家主权思想;看到中西差距,坚持对外开放;坚持中国特点,走有别于欧美国家的中国式的民主革命道路。张教授高度评价了这一次学术讨论会,指出:大会收到了有关论文近百篇,涉及孙中山政治、经济、军事、哲学、文化、道德全方位思想的研究。张教授亦指出本次研讨会的不足之处在于:宏观研究多而微观研究少,涉及孙中山与同时代人物关系比较研究的论文仅有两篇,张先生特地提到了拙文《黄兴与孙中山关系考》,使我不胜荣幸。

14日,会议全天安排参观。上午参观总统府、中山书院、藏经楼等。这些都是与孙中山先生生前活动有着重大关系的文物场址。特别是藏经楼存有当时书法家11人手书的孙中山先生《三民主义讲义》碑文十三块(其中一人书写了三块)。这不仅使参观者领会到孙先生忧国伤时的爱国精神,同时也可以一瞻当时书法家的风采。

下午,参观无梁殿、南京国际会议中心、南京电子网板公司、华东电子管厂等处。无梁殿原建于明洪武年间,现存青石110块,镌有民国年间阵亡将士名录。殿后有灵谷塔,塔下为淞沪抗战中阵亡之国民党十九路军、第五路军将士纪念碑。这些文物即便是在"文革"中也未曾受到破坏。这体现了我党与人民对于为国捐躯的国民党将士的深切怀念之情。我有感而题诗:

浴血沪淞抗日侵,长眠忠骨青山林。
陵园胜境花香远,祭吊无人怆楚深。

南京国际会议大酒店为近年江苏省兴建的最具国际水准的五星级宾馆。南京电子网板公司与华东电子管厂均属中山集团下辖技术与效益俱佳之企业。南京国际会议大酒店款饭,二企业各有礼品相赠,极尽主人之谊。

晚上车过秦淮河畔,文德桥边华灯齐放,再现了唐杜牧"烟笼寒水月笼沙,夜泊秦淮近酒家"的诗境。会务组在"秦淮人家"(酒店)举行了盛大的告别宴会。江苏省府代表作简短欢送词后,宾主各尽其欢。台湾基督教国际学院副院长、北大访问学者吴仪教授即兴高歌一曲"中华民族一定要统一",把告别宴会推向高潮。

南京国际学术会议是短暂的,但是主人的好客精神却使代表们永久难忘。特别是与会台湾学者们的发言使我深感到:尽管"台独"势力可以猖獗一时,但孙中山先生"中国一定要统一"的思想却为海峡两岸人民所共同接受。中华民族一定会统一,海峡难隔两岸情。

1996年12月29日稿,1999年8月24日改稿

南京挹江门简史与挹江门古地道的再发现

一

南京鼓楼区明城墙段有一座著名的城门叫"挹江门"。此处原本无门，1853年3月19日太平军在攻打南京城时，在距现门南侧约152米城墙拐角处，炸开了一个约27.5米宽的豁口入城，[1]攻占了当时的江宁府，建立起太平天国政权。此事为挹江门城墙段开始有门洞之始。太平天国起事失败后，光绪十一年（1885年），清地方政府重修这段城墙，并在外墙上嵌碑以记其事。

但由于现挹江门城墙段濒临长江边侧，属交通要道，随着清末沪宁铁路、津浦铁路的开通，经南京下关转运的货物剧增，靠原仪凤门附近的江边码头，已无法满足运输需求。现挹江门城墙段若无门，显然不利于南京经济的发展。因此，最初是为了出行方便，当时的南京市民在明城墙上挖了一个门洞，称之为"土城门"。此事当在1913年或更早。[2] 此后，在南京商界呼吁下，由下关商埠局帮办金鼎主持，1914年5月至1915年3月间，在"土城门"内侧的四望山（今名"八字山"）上取土筑路，填平小南河（今南京热河路），于"土城门"旧址（仪凤门南）建正式城门，城门由当时的江苏巡按使（后称省长）韩国钧命名，韩以江苏泰县别称"海陵"，遂移用作新城门名，称"海陵门"，城门外的地方则称"海陵洲"。[3] 1928年7月，刘纪文任国民政府南京首任市长时，下令更海陵门为"挹江门"，同时更

---

① 数据转引贺宇晨《挹江门今昔》，《档案与建设》2006年第1期。

② 见陈勋、杜福垄：《新京备乘》，民国二十一年（1932年）十月北京清秘阁南京分店初版。——此书系民国南京方志，记当时南京上元、江宁两县事，时间上起明清，下止于1930年，尤详咸丰、同治两朝太平天国史事。

③ 参陈勋、杜福垄：《新京备乘》，民国二十一年（1932年）十月北京清秘阁南京分店初版。

名的尚有南京城的多座城门。① 1929 年，为迎接孙中山灵榇安葬中山陵，南京市政府将挹江门原单孔拱门改建为三孔拱门，同年 4 月，国民政府考试院院长戴季陶为挹江门题写匾额。②

至抗日战争期间，挹江门受到炮火严重破坏，并成为侵华日军进行南京大屠杀的重要见证场地之一。具体见于拙著《南京大屠杀新考》下编第二章之所述。③ 其大致过程为：1937 年 12 月 8 日，侵华日军进逼南京城郊，南京保卫战开始。当时为抵御日军入城，中国守军将挹江门三孔门堵塞了两孔，仅留中孔供人通行。12 月 12 日，中国守军不支，各部队纷拥至挹江门，准备由此出城渡江。混乱中挹江门附近拥挤不堪，军民争道，相互踏踩，日军追兵从后掩杀，从挹江门城内直至下关江边，中国死难军民浮尸蔽野，堆积如山。据日本战犯太田寿南在抚顺战犯管理所中所写的供文，他与安达少佐在扬子江岸共处理了 10 万具尸体，其中 3 万具烧埋，7 万具抛江中。而在 10 万具尸体中，军人尸身仅 3 万具。④ 另据日本记者河野公辉的证言："长江漂流着 50—100 人抱成团的尸体，南京城外的池塘变成鲜红的血海，真是好看。"⑤

抗战胜利后，为迎接国民政府还都南京，1946 年四五月间，挹江门城楼按原图纸重建，一度更名为"凯旋门"。⑥ 而 1949 年 4 月 23 日中国人民解放军解放南京时，又是由挹江门进的城。1984 年 4 月 23 日，南京市政府为纪念南京解放 35 周年，在此城楼建立了"渡江胜利纪念馆"。⑦

二

以上所述，为挹江门简史。但此文并非仅是为了考证挹江门的历史，同时还因为此城门下隐藏了一个重要的历史秘密，即有一条甚少人知的古代地道，这条

---

① 见李源：《首任市长刘纪文在南京的"政绩"》，《南京晨报》2006 年 3 月 18 日。
② 见李源：《首任市长刘纪文在南京的"政绩"》，《南京晨报》2006 年 3 月 18 日。
③ 见刘惠恕：《南京大屠杀新考》下编第二章《南京保卫战失败，国民党守军四万余人阵亡五万战俘被杀》，上海三联书店 1998 年 9 月第 1 版，第 108—127 页。
④ 见《太田寿男口供 1954.11.10》，《日本帝国主义侵华档案资料选编·南京大屠杀》，中华书局 1995 年 7 月版，第 868 页。
⑤ 《日军特约摄影记者河野公辉证言》，收森山康平编《南京大屠与三光作战》，《日本帝国主义侵华档案资料选编·南京大屠杀》，中华书局 1995 年 7 月版，第 1015 页。
⑥ 见陶菲《挹江门曾改名凯旋门》，《南京日报》2005 年 11 月 9 日。
⑦ 见百度词条。

地道曾为当时中国军队抗击日军侵略、减少伤亡发挥过重要军事作用。

我最早知晓挹江门下存在一条古地道,源自在撰写拙著《南京大屠杀新考》时所接触到的一条史料,讲原国民党军官马崇兴(时任宪兵教导第 2 团第 2 营营长)回忆:南京保卫战时,宪兵教导队有 3 个团的兵力投入战斗,当接到撤离命令后,有 3 个连成功渡江,而其中第 9 连是从挹江门脚下,通过古时地下暗道,撤至江边,然后安全渡江。①

看到这条史料后,我对南京挹江门下的古地道产生了极大的兴趣,甚想以后有机会身往考察。这一机会来到了。1997 年 8 月间南京市举办"侵华日军南京大屠杀国际学术研讨会"时,我得到了邀请函。参会期间,我曾向与会南京学者查询这一条地道的情况。令我感到惊异的是:竟然没有一位研究南京大屠杀问题的南京学者知晓有这样一条地道存在。显然随着时代的逾越,这条古地道已被南京市民集体忘怀。仅有一位来自南京某海军军校的教师告诉我,他数年前曾听到一则传闻,讲有一群小孩在挹江门内八字山上玩耍时,突然跌入一个深洞,无法爬出,其他玩伙喊来大人将小孩救出,发现小孩跌入的竟是一条地道。听了这一传闻后,更激起我到挹江门考察古地道的兴趣。

1997 年 8 月 16 日,星期六,天气晴朗。这一天是会议结束期,我一大早赶往南京火车站办理完行李寄存手续后,便坐公交车于 9 时 30 分抵达挹江门。当我向当地老年居民了解这一条古地道情况时,大多数人的回答是:听老一辈人讲过挹江门下有一条古地道,但是未曾下去过,不知入口在何处。只有村民马成富(时年 58 岁)告诉我:挹江门下确有一条古地道,入口在挹江门内的"八字山"上,他十一二岁时,曾与小伙伴们打着火把下去玩过,发现地道内有水牢、房子、电线等。据说地道可以一直通到鼓楼下,他们下去走了 100 多米后,因火把将燃尽,不敢再深入,返了回来。此后长辈们怕孩子擅入地道闯祸,将地道入口封了起来,挹江门下古地道的事也逐渐被当地人忘怀。我向马成富询问"八字山"的来历,回答是:此山原名"四望山",据说是三国时东吴帝孙权与葛元仙翁②登高四望之地,故称"四望山"。1929 年,为迎接孙中山灵柩自此处经过,当时国民政府在山腰用花岗石砌筑出"忠孝、仁爱、信义、和平"八个大字,从此后山改称为"八字山"。新中国成立后,将原字改为"发展生产、繁荣经济"八个字,山名不变。

---

① 《伤亡殆尽的宪兵教导第 2 团》,见《南京保卫战·原国民党将领抗日战争亲历记》,中国文史出版社 1987 年 8 月版,第 201 页。
② 葛元(164—244 年),即葛玄,字孝先。东汉末道教天师,葛洪祖父。

至"文革"间，又将八个字改为毛泽东语录："团结、紧张、严肃、活泼"。我又向马成富问起有关小孩掉入古地道的传闻，马成富回答：确有此事，救人者为当地园林局职工蔡以权，随后将我带到蔡以权处。

蔡以权当时年龄约60岁，原在安徽工作，两年前调南京鼓楼区园林局园林绿化所工作。他告诉我：1991年有几个小孩在八字山上的碉堡玩耍，碉堡为抗日战争期间国民党军队所修，其中一个孩子不慎从碉堡边的暗缝中掉入地下。接报后，他与当地派出所的同志一起，把碉堡边的暗缝弄大进入，发现下面是一条地道。此后，他抱着孩子，打着手电，走了整整半个小时，最后从挹江门内侧的城墙下走出。事后经查，八字山上共有7个地道入口，挹江门城墙内侧有一个地道入口，至于挹江门城墙外侧的地道出口情况则不详。随后，蔡以权带我指看了八字山上的5个地道入口和挹江门边城墙下的一个地道入口，告诉我：现在这些地道入口，有的被当地商贩用以储放水果、蔬菜，道路已塞，有的入口已被当地人封闭，怕的是小孩子擅入出事。因此，挹江门下的古地道实已不可进入。

向蔡以权辞别后，我登上挹江门城楼参观"渡江纪念馆"，随后开始了返沪之旅。返沪后，我把考察挹江门下古地道的情况写了一封信致南京市政府，希望他们能够将原址维修，作为抗战纪念遗址向世人开放，以增加南京城的旅游资源。可惜我的建议未曾得到回复。后应《大江南北》杂志韩鸿森老师的约稿邀请，将我当年考察挹江门古地道所知晓的情况写出来，呼吁人们重视这一抗战遗址的保护。此外，据我推断，挹江门下古地道当为洪武元年（1368年）明太祖朱元璋修建南京城墙时的伴生物，当时朱元璋根据学士朱升"高筑墙，广积粮，缓称王"的建议，[①]耗时21年，修起了蜿蜒35.3公里的南京历史上最具规模的城墙，史称"明城墙"。如果说今存南京城周的"石头城"，是当年保卫明都的"地上长城"的话，那么今存挹江门下的古地道，则是当年保卫明都的"地下长城"（用以囤粮藏兵），而且很可能不止这一条，只是人们迄今尚未发现其他而已。因此，对这一条古地道的维修，实亦对中国古代文化遗产的保护。

2014年8月12日

---

① 《明史·朱升传》。

江苏大丰上海农场纪行

2007 年 6 月 16 日我有幸重返大丰农场（现已更名上海农场），遇大丰市文化局朱贻生局长热情征稿，谨写此文，以保留自己生活中的记忆。

梦魂时牵

江苏省大丰县有一个小镇叫四岔河，因位于三卯酉河与四卯酉河的交叉点而得名。卯酉河的挖掘是晚清状元张謇 1895 年创南通大生纱厂时，在今大丰县辟植棉场的产物。因此，四岔河镇虽小，却在一定意义上与中国历史文化名城南通有着不可割舍的联系。以四岔河镇为中心，有 20 万亩沿黄海滩涂地长满了芦苇与茅草，新中国成立初期，曾在这里设立上海农场，用以收容城市无业游民和劳动教养人员。此后，上海农场发展为时丰、庆丰、元华、下明、川东五大分场，这也就是今天上海海丰农场的前身。从 1968 年 10 月间至 1973 年，共有五千余名上海老知青来此生活战斗过。自 1973 年以后，又有六万余名上海知青来此生活战斗过，上海农场又以大丰干河为界，分出海丰农场，处河东，属知青农场，河西仍属劳改农场。

作为当年上海老知青的一员，我曾在苏北大丰农场庆丰二队生活与工作过，因此，四岔河镇周围这一块土地，事实上也是我的第二故乡。尽管我在这里只生活与工作了四年的时间，但是，这却是我一生中最有活力的青春时代，我总感到与这块土地有着难以割舍的故土联系，而且愈是随着年华的逾越，这种感情也就越是强烈。我有几次梦断于苏北故土，一次记得梦境是坐在庆丰二队东大河堤眺望；另一次是在庆丰二队知青住的宿舍草棚中与队友们喧哗，当时梦醒后不胜感慨，特赋诗为记，以示怀念：

草房如旧海风频，容貌依稀少岁情。

昨夜梦惊苏北月，故朋喧笑到天明。

庆丰二队怀旧

来到当年我曾经生活与工作过的庆丰二队，面貌已发生了很大的变化。以队部为中心位置的东西格局尚在，西庆丰在我们时栽种的是棉花，现部分田地已改成水田，另一部分土地改种了其他作物，唯独未见棉花。西庆丰当年随处可见的盐碱地结晶早已消失。东庆丰仍种水稻，但当年区分东庆丰南北两侧水田、可直达东大河的人行路已被犁除，举目尽见贯通西庆南北两侧的一长陇一长陇的稻田。田中大路被犁除的原因也很自然，因为当年西庆丰的稻地须用人工插秧收割，而今天全用机械，留人行之路只会占用耕地面积。我深感近年来在江苏省委与上海农场党委的正确领导之下，农业生产力发展的飞跃。在我记忆之中，当年的大丰农场经营连年亏损，农场种的粮食尚不够本场职工吃半年，上海市政府每年的财政补贴额约从 200 万元到 400 万元人民币不等。这一个数字从今天来看虽不算大，但是在 20 世纪六七十年代却是一个天文数字。而今日的上海农场听陪同同志说，自 1992 年起便摘除了"亏损"帽子，仅庆丰二队去年的盈利即达数百万人民币。队里现在的主要劳动力已非当年知识青年与刑满释放的劳教人员，而是来自四川、湖南的合同承包工。真是物是人非了！

再参观我当年曾居住过的地方，大队部、知青食堂以及分场部（当时庆丰分场的分场部设在庆丰二队）的残房尚在。大队部、食堂的残房现已改作储存仓库。当年的知青食堂，是庆丰二队的文化活动中心，知青不仅在这里举行各类会议，还从事文艺表演活动。当时来到庆丰二队的一些知识青年，受当时社会因素影响，常在晚饭后到食堂阅读马列著作，直至深夜。我也跟着一起学习，这对于我后来从事社会科学研究，受益匪浅。分场部的墙上尚可见当年（"文革"时期）留下的红字标语口号："全心全意为人民服务"、"要斗私批修"等。室内墙上也还悬挂着当年的马、恩、列、斯、毛画像，只是画的纸质已变黄。分场部残房现已改作庆丰二队队史资料陈列室。我随手翻到了当年我曾参与管理过的场员二中队队员名册，不仅感慨油然而生（当时我任场员二中队中队长，后又任指导员）。

庆丰二队当年知青宿舍均已拆除，房基尚存。中间操场种了一些绿化作物并长满杂草。在我记忆中的庆丰二队布局，大致是以分场部（居东）和大队部为中心线,朝南为食堂,朝北为操场。操场东侧为厕所,操场北为三排知青住茅草房,其中两排男生住,一排女生住。再后又有两排茅草房,为场员住。再后为两排已婚场员住房(系长排土基茅草房分割成小间)。而一、二中队的场员办公室分别位于这两排长房的第一间。再后为场员食堂与老虎灶。

参观完庆丰二队生活旧址后,我又赴东大河参观。东大河是当时知青对大丰干河(人工运河)流经庆丰二队一段的俗称,1969年在开挖此河时,当时庆丰二队的知青都参与了劳动。此后,每逢夏季,二队知青常来这一段河段游泳,我则有时一个人来此吟诗。记得当年有词《卜算子》(1970年3月4日作)咏东大河芦荡,仅录此以纪:

> 冷僻险滩涂,芦荡遮无路。宿露餐风恶水邻,黄鹂鸣深处。　临危不折节,为是培基固。纵有刀斫野火燃,来岁终如故。

东大河可以说是我在庆丰二队生活时寄情最深的地方。它之所以使我怀念,是因为它寄托了我青春时代曾经历过的队友间平等互助、患难与共、重视情谊、毫无机心的社会和谐精神。在回城后的许多年间,在经历了许多波折之后,尽管经惨淡经营,个人学业小有所成,但平心而论,我的心情并不愉快。如果时光能够倒转,我宁愿抛弃自己的全部学术荣誉,以换回以前那种平等无忧的岁月。今重上东大河堤,堤上与堤坡两侧的茅草早已无存,大堤已辟出种上花生、豆类等作物,东大河似已变浅变窄,近岸处布满了水草与芦苇。人与自然争地,生态危机亦体现在大丰干河的变易中。

晚饭后,沿四岔河镇散步,见星光满天,蛙声四鸣,深感四岔河小镇人们生活的舒闲。因为,我们这帮来自大城市的人已许许多多年看不到天上的星星了,这一是由于城市空气的污染,二是由于城市灯光的污染,我们用肉眼望天,总感到天上蒙着一层膜。

告别大丰

6月17日清晨6时起床,天晴朗无云。沿四岔河镇小跑。上午赴原庆丰二队东大河东侧盐场与隆丰草场(当时我们呼之为隆丰三角滩)地带参观。"文革"期间,华东师范大学曾在此办"五七干校"。在我当年务农时,这里还是茫无际涯的茅草原与芦苇荡,一直延伸至黄海边,景色与蒙古草原十分接近,那时知青常来此割纲草,我有赋为记。不意现今均已辟为良田,草原不知何方,真有沧海桑田之慨。仅抄录当年在此所作的《盐场草原赋》(1970年11月24日)作为怀念:

> 草原上,塞风吹;百草枯萎。几只野鸭号秋水,几只海鸟盘旋飞。举目望,四无边;芦棚远云天。海风吹不断,愁云竟日悬。牛羊平野下,伴细草萧瑟声。风雨吹万古,寂寥唯晨星。草原一岁一枯荣,人何不相从。昨晚夜皓难寐,心自恨;起来独自对明镜,历秋霜,容颜改,人枉瘦,春花非我求。悠悠二十年,弹指过;此身如飞雁,飘零无寄所。寡言语,常自哀,人生百年太惶惶,岂可如枯草默默而消亡。夜半睡梦常惊起,几次按剑常息叹。烽火犹未灭,战马嘶眼前。人生不可为原草,此身只合沙场老。

当天下午参观《水浒》作者施耐庵纪念馆,这也是我大丰之行的最后一站。施耐庵纪念馆现坐落于大丰市白驹镇水浒街上,1992年修建,处河网交叉地带。河网多芦苇,颇近于《水浒》一书中所描述的梁山泊环境。纪念馆本身约为三进传统建筑,门口塑有施耐庵立像,馆内四壁则以图画形式陈列了当地有关施耐庵的传闻。

由于头天朱贻生局长的关照,窦应元馆长早已专此等待。根据窦馆长的介绍,此地原名花家庄,为施耐庵写《水浒》的直接地点,亦为施耐庵祠堂所在地。祠堂初毁于抗战期间日寇的轰炸,后在1946年因内战因素,所余部分被彻底拆除,木料交还施氏后裔三家所有者。施氏后裔现居距此20华里的施家桥,今属江苏省兴化县。"施家桥"地名因施耐庵直系子孙以龙桥、柳桥、板桥排辈而得名,并非因当地有桥名"施家桥"。施氏今在苏北的遗迹合称"三桥一氏祠"。施家桥现存"施氏祖坟",施耐庵作为当地施氏一世祖,其坟墓在"文革"时期亦保存完好(纪念馆存有施耐庵墓照)。据窦馆长介绍:施耐庵因元末参加张士诚举事失败,隐居白驹水网地区专著《水浒》,由此可以解释何以《水浒》书中多苏北方言以及其所写梁山泊芦苇荡环境与白驹地貌相近。罗贯中系施耐庵的学生,《三国演义》一书为在施氏指导之下完成,而《水浒》一书则由罗氏在施氏病亡后,替老师刊行,这是导致后来《水浒》与《三国》著作权施、罗不明的基本原因。对于一度闻名全国的大丰县与兴化县有关施耐庵故里的争论,窦馆长的说明是:大丰县长亲自拜访兴化县县长,双方本着文化资源共享的原则,白驹地区称"施耐庵故居",修施耐庵纪念馆;兴化地区称"施耐庵故里",得修"施耐庵事迹陈列室"。最后告别时,窦馆长根据朱贻生局长的嘱托,赠送馆存《〈水浒〉施耐庵面面观》、《施耐庵》(连环画册)、《明清小说研究》以及朱局长杂文集《正午时光》等四书。我向主人致谢后,开始了返沪旅程。

　　应该说拜访施耐庵纪念馆,是我一生中有意义的时刻。首先是它续了我三十多年前的心愿。记得当年(可能是 1970 年)我与队友老刘用了大半天时间从庆丰二队骑自行车至白驹镇,欲谒施耐庵陵墓,后因路途不明而返,此次终圆旧梦。

2007 年 7 月 4 日修改稿

温州考察纪行

1986 年 10 月间，我随同上海建设党校处级干部研修班师生前往温州考察"中国横向经济联系的产生和发展"，对当时正在起步中的温州经济模式，留下了宝贵的考察记录，可惜文章当时未能发表。退休后得暇，重新整理当年的考察报告，并参当年日记，增补旅途中所见。

10 月 23 日，周四，多云天气。

下午 2 时，发往温州的客轮自上海公平路码头启航，团队成员有学员 27 人、教师 7 人、上海建科所随行人员 3 人，共计 37 人，学校教育处长薛老师带队。船上无事，读唐人绝句磨时。入夜，船行大海，在甲板上俯吟得句：

> 轻舟远上碧水茫，因访鹿城辞沪乡。
>
> 虽是云多时见岳，一轮秋月挂海疆。

晚 8 时 30 分入眠。

次日，晨 5 时 15 分起床，立甲板上欲望海上日出，因天边多云而不得见。中午 12 时 20 分船抵温州码头，下午 2 时，团队驻温州海员俱乐部午餐，宿 110 室。海员俱乐部位于海坛山上，下临瓯江，位置甚佳。山上有海军战士赵尔春纪念碑，记其舍己救人的事迹。

下午 2 时 30 分，在海员俱乐部会议室集中，有温州农委办公室副主任刘化标做报告，介绍温州农村经济发展模式，至 5 时 30 分结束。报告甚周详。

晚饭后 6 时 30 分，在导游带领下，散步至解放街、五马街，参观温州夜市。但见数步一店，百货俱全。至晚 8 时半，夜宵市场大张，街巷油烟撩人，人头攒动，各类点心俱全，只是不知卫生状况如何。但仅就街面所见商品经济之繁华程度,显然胜过上海多多。晚9时许,返海员俱乐部,楼上舞厅正在举办舞会,门票1元一张。我随同导游及同行的周姓《新民晚报》记者入内看热闹10分钟,见跳舞者青年人众,但举止均守规矩。

25日,周六,仍多云天气。

晨5时起床,再攀海坛山,在山脚见有南宋士人叶适坟,墓志为:"宋叶文定公之墓"。据介绍:叶适,字正则,绍兴二十年(1150年)生,永嘉县(今温州)水心村人,死后葬于"慈山之麓"(今海坛山),谥"文定"。该坟1963年被定为省级文物,"文革"中毁,1983年重建。我原知道叶适为南宋功利学派的代表者,却不知其祖籍为温州人,且被当地作为温州商祖来加以纪念。

由海坛山上行至华盖山,再上积谷山,三山山势相连。但见积谷山上人流如潮,打拳、健身者众,此处位于温州中山公园内。但有趣的是,公园却无围墙阻隔,这显然是市政者考虑到温州民众的健身习惯,而有意为之。

上午8时30分,坐车前往桥头纽扣市场参观。此处位于"中雁荡山"山脚,摊位甚多,大多是卖纽扣的。据桥头镇镇长王浩本介绍:该市场1980年始建,1983年开放,1985年大发展,迄今共有摊位1034家,其中经营纽扣者为700余家,其余300家为经营其他小商品。市场内的摊位月收入人民币200元至300元之间(当时我月工资约60元),但需要承担管理费26元、税收22元,城乡建设税5元(占比0.5%)。

下午2时40分,坐车离桥头镇,过瓯江大桥。桥甚壮观,桥侧有东晋文人谢灵运的纪念像,惜未停车,不得瞻仰。谢灵运(385—433年),谢玄孙,封康乐公,晋代山水文学的领袖,因反对刘宋代晋被杀。下午4时15分,车返海员俱乐部,坐海坛山头慈山亭眺瓯江远景并吟诗,得句:

> 隔岸秋菊寂寥开,瓯江秀色天衣裁。
>
> 登高尚有叶公墓,能看孤蓬万里来。

稍后,再上华盖山,见山顶有任政题"临望亭",亭柱有今人李岳琳1985年1月间书联,亭下有当年2月间修亭时所立碑记。闲来无事,特抄录四联于下:

> 远眺孤屿风光皆入画;俯瞰鹿城景色尽宜人。
>
> 派派细流汇作滔滔瓯水奔腾入海;绵绵群巘由来穆穆苍天高耸连云。
>
> 近看瓯潮滚滚滔滔浩浩荡荡;远望挂彩重重叠叠郁郁葱葱。

临风把酒,意雁远山,欣看群巘竞添秀;对月当歌,胸怀大海,似见瓯潮长畅流。

我不懂书法,似感亭联字写得不错,但联对得却不甚工整,如第三联以"远望挂彩"对"近看瓯潮",末联以"意雁远山"对"胸怀大海",都甚感牵强。

次日,周日,天大晴。

晨5时起床,再攀华盖山,由华盖山又上积谷山。7时返住处早餐。7时45分,车发温州风景区江心屿游览。

江心屿位于温州市北端瓯江中游,屿上现存解放军大将粟裕骨灰播撒处,旁有温州市府1984年5月5日立碑。屿上另有红十三军军长胡以晃坟。顺屿道前行,见有"宋文信国公祠"(沙孟海书)与江心寺,均系浙江省重点文物保护单位。时江心寺因"文革"毁坏,正在修复中,后寺之"三圣殿"已修复完工。宋文信国公祠即南宋末代丞相文天祥的祠堂。根据历史记载:南宋德佑二年(1276年),文天祥自元兵押解途中脱逃来温,在江心屿召集宋将协商抗元事宜,此举奠定了文天祥在中国历史上的民族英雄地位。至明宪宗成化十八年(1482年),邑人为之立祠纪念。江心寺是与南宋王室历史有着密切关系的一座寺庙。建炎四年,宋高宗赵构在金人追逐下,曾南渡"驻跸"于此,后又由此寺下海逃亡。我数年前攀雁荡山途经江心屿时,曾专程考察该寺与南宋史事的关联,并撰有专文阐述,此处略过。

江心寺庙前有古树一棵,称"樟抱榕",树间有大洞。据树前"樟抱榕传说碑"所述:明末有前礼部尚书顾锡畴寓居江心寺,见永嘉总兵贺君尧鱼肉百姓,欲上书朝廷弹劾,贺惧事败,夜遣人刺杀顾全家,唯余幼子一人藏身于树洞中得以脱险。

顺屿路再前有澄鲜阁,阁上有亭名"谢公亭"。传东晋名士谢灵运当年寓居屿上,常散步至亭前坐晚观海。北宋崇宁元年(1102年),始在此处建阁纪念,明、清时又复修。澄鲜阁是一座两层三间木结构阁楼,阁的得名,源自据谢灵运《登江中孤屿》诗中的名句:"云日相辉映,空水共澄鲜。"澄鲜阁另有"水上阁"、"江上楼"的别名。

澄鲜阁附近有"来雪亭",亭柱上有传为南宋名臣王十朋(1112—1171年,号梅溪,浙江乐清人)当年旅屿读书时所书的名联:"云朝朝朝朝朝朝朝朝散,潮长长长长长长长长消"(念"yun, zhaochao, zhaozhaochao, zhaochaozhaosan; chao, changzhang, changchangzhang, changzhangchangxiao")。此联其巧妙地利用了古汉语中的谐音字,形容了白云与潮水的变化。

屿上另有东西二塔,其中东塔始建于唐咸通十年(869年),西塔则建于北宋开宝二年(969年)。

下午是自由活动,2时前往妙果寺小商品市场参观,转攀松台山,于妙果寺茶室品茶。妙果寺,考之文献,原为唐神龙年间(705年)释宿觉始创的千年古刹,宋真宗大中祥符元年(1008年)继忠法师主持时,因寺内拥有神钟一口,呈两猪头相抵状,称"猪头钟"(猪象征多福),而名声大噪,成为东南沿海朝圣名寺。但时至民国八年,有汉奸任某从上海请来外国技师将神钟钟钮截断,窃往国外,从此寺运大衰。而在我去时,因"文革"破坏,妙果寺已全毁,沦为茶室。"妙果"者,据说语出梵典,意为三密相应成就殊妙胜果。据此推断,妙果寺当属中国佛教中的密宗寺院。

出茶室,坐4路车前往西山寻晋代窑址,但当地农民皆云不知,只得返妙果寺,翻越松台山至木杓巷布料市场,再穿越解放街,坐4路车返海员俱乐部。

晚6时,参与3组学员讨论。讨论问题集中于:温州模式是否是在走资本主义回头路?浙江全省铺开搞商品经济行不行?童工问题的重新出现是进步还是退步?有意见认为温州模式从微观上讲是进步的,因为它帮助国家解决了就业问题,并能富民。

次日,周一,雨。

晨5时30分起床,前往华盖山气功研究所,传此处为当年文天祥抗元过温州时居住地。见气功师潘尚清老师。当时我校正在请人教授气功鹤翔桩法,我于是向潘先生请教气功原理。潘先生以手托我右臂肘部,顿感凉气入身。潘先生问我进房后有何特殊感觉,我当时初学气功,并不知道是潘先生在发功试我,因此讲无。潘先生微微一笑,说你与气功的缘分可能不深,便不肯深谈。我只得告辞而返。

早餐后,坐海坛山亭望瓯江。9时30分,有《温州日报》记者前来作报告,并就温州模式答学员问。记者观点大致为:国营工厂因无个人风险责任制,无活力,搞不好;而温州新兴私营企业因为有个人风险责任制,因此有活力,可发展。学员提问大致集中于温州私营企业是否有剥削?如何看待温州的童工问题?如何看待温州模式对于农业经济的影响?记者基本上都从肯定方面加以答复。最后指出:社会主义模式好,还是温州模式好,应该根据温州人民的意志办事,起码从目前温州模式的实践情况来看,社会秩序稳定,未见人们有吵闹打架现象。

11时30分座谈会结束。中午会餐。下午1时45分坐4路车至清明桥,沿九山路前行,寻落霞潭景观。落霞潭风景雅致,公路两侧皆河,但似未建设好,周边显得脏乱。下午4时,步行至船码头,登上由温州返沪的客轮。

次日,周二,多云。

晨5时伏客轮甲板远眺,海面风浪甚大,略感恶心。一路上见海鸟相陪,得句:

海燕(1986.10.28温州)
千里烟波君伴行,朝夕相顾一片情。

我愿化作海空月,向君剖白一颗心。

下午2时15分船入上海吴淞口,温州考察之行结束。在温州考察期间,我做有详细记录,返沪后,据此撰有《温州模式记简》一文,对温州模式发展趋势可能会对中国社会造成的影响进行了预测,并四处投稿,但均不得发表。

1983 年暑期，我过温州江心屿，攀雁荡山，复游仙都、方岩山、金华诸景观，归途过杭州祭岳坟，旅途内容颇丰，仅记所见。

第八卷　雁荡山、仙都、方岩山、金华、杭州纪行

过温州江心屿（浙中纪行之一）

1983 年 8 月 6 日，星期六，晴。

上午 9 时，抵上海公平路船码头买票，由于码头售票处已无票可售，从一温州青年人手中买了由上海发往温州的肇新轮五等舱票，票号 264。票的原价 6.8 元，温州人却从我手中要走了 9 元钱。据他相告：现在温州有 1000 多人在上海从事倒卖车船票及其他走私活动。

上午 10 时 17 分，船发，较原定时间迟开了 17 分钟。船出吴淞口后，一路上都是依着船舷望海，最深的感受是：吴淞口附近海水浑黄，下午 3 时许，海水开始变清。晚上在船上看了一场招待电影《琵琶魂》。由于我买的船票是五等舱"卧票"，亦即旅客晚间睡觉只能睡地上，无床铺，服务员不肯出借毛毯，夜间两度被冻醒，最后只好睡在马达边走廊上挨到天明。

次日清晨 6 时，船入瓯江口，7 时 10 分，抵温州港，但见江水泥泞，温州口岸显然水土流失严重。在温州汽车西站买了中午 11 时 30 分发往乐清的汽车票，随后步行一刻钟至江心屿游览，8 时 30 分，坐船摆渡上岛。

江心屿，位于温州市区北面的瓯江中，是一个狭长的小岛，据统计，东西长度 1250 米，南北宽度约 200—450 米之间，总面积约 70 万平方米。但是它却有着厚重的历史文化积累，而被称为"瓯江蓬莱"。其中最重要的事件是宋高宗与文天祥都曾经在该屿上驻足过。根据文献记载：

江心屿原先分为东西两小岛，上面分别建有佛塔与塔院。其中东塔建于唐懿宗咸通七年（866 年），东塔院"普寂禅院"，建于唐咸通十年（869 年）。西塔建于宋开宝二年（969 年），西塔院"净信讲寺"同年建成。南宋建炎四年（1130 年），金兀术举兵犯京城临安（今杭州），宋高宗逃亡于温州江心屿普寂禅院，为之御书

"清辉""浴光"二刻石。① 翌年，宋高宗再度登基，改年号绍兴，并于绍兴七年（1137年）书招蜀僧青了禅师由普陀山渡海赴温州江心屿主持"普寂禅院"与"净信讲寺"寺务。青了禅师见两寺院分列于二屿，往来不便，便于绍兴七年（1137年）趁川流淤积之时，率众抛石围堤填淤，将两屿连成一屿，并于新填土地上建立了"中川寺"。宋高宗后赐中川寺名为"江心寺"，改普寂禅院名为"龙翔寺"，改净信讲寺名为"兴庆寺"，并将江心寺奉为宋"宗室道场"，同时赐地"香灯田"一千亩。此时为江心寺的全盛时期，海外僧侣也慕名前来参拜不已。宋高宗如此器重江心寺，显然是认为"普寂禅院"曾保佑其大难不死。宋宁宗后品选天下禅宗丛林时，将江心寺列为全国的"五山十刹"之一，号称"禅宗六刹江天佛国"。

此后德祐元年（1275年），元兵侵宋南下。次年，任右丞相兼枢密使的文天祥受命去元军营谈判被扣，押解至京口（今镇江），与少卿杜浒、正将徐臻等12人脱逃，为寻找渡海南奔的宋室益王赵星和广王赵昺，辗转来到温州江心屿。其所撰《自淮归浙东》诗"小序"称："是行，寄一生于万死，不复望见天日，至永嘉（今温州）惟存六人"。其《至温州》诗称："万里风霜鬓已丝，飘零回首壮心悲，罗浮山下雪来未，扬子江心月照谁？祗谓虎头非贵相，不图羝乳有归期，乘潮一到中川寺，暗读中兴第二碑。"②此外，古籍《孤屿志》亦载："宋德佑二年夏四月八日，公浮海至温州，求益、昺二王所在。至则二王已去，乃痛哭于龙翔寺高宗御座下。留一月，候命召赴侍在，有诗谗于石。"③

文天祥在江心屿实际停留了一个月，在此期间，他曾召集温州、台州、处州（丽水古称）三州义士，共商抗元大业，他的事业尽管最终未能成功，但是他为拯救国家危亡、不惜牺牲自我的"人生自古谁无死，留取丹心照汗青"的爱国主义精神，却永远鼓舞后人进取，并奠定了他在中国历史上的民族英雄地位。

登上江心屿，我先上东塔。东塔始建于唐咸通七年（866年），历史上曾屡毁于兵火，宋、元、明、清各朝都曾加以维修。据实测数据，东塔高28米，底径8米，6面7层，中空，四周围砌青砖。奇特的是，塔顶上长满了杂树，树叶葱郁。亦有文字资料称该塔顶长的是一株已有百年树龄的榕树，根系直垂塔中。由于我无法登顶，亦无法断定该记载是否准确。另据文字记载：东塔原有围栏与扶梯，可以登顶俯瞰。但清光绪二年（1876年）《中英烟台条约》签订后，温州辟为商埠，

---

① 见《浙江通志》卷224《寺观九》。
② 见黄兰波选注：《文天祥诗选》，人民文学出版社1979年7月北京第1版，第67页。
③ （清）陈咨春舜堤订修：《孤屿志》，江心屿办事处2004年影印本。

1895年英国在东塔山下建成驻温领事馆,借口警卫工作需要,强迫温州地方当局拆除东塔内外的围栏与扶梯,留下了这座中空无顶的塔身。

东塔下有亭,可远眺瓯江,俯瞰温州城区。登亭但见孤帆远影,四围青山,浪打石堤,蔚然壮观。东塔的对岸即为温州市区。温州别名"鹿城",此缘自于一则古老的"白鹿衔花"的民间传说。据《温州府志》记载:东晋明帝太宁元年(323年),析临海郡温峤岭以南地区置永嘉郡,治所位永宁(今温州),辖永宁,安固、横阳、松阳四县,郡城立于瓯江南岸。立城之时,太守郭璞登西山说:建城山外平原上,能聚集财富,但难免兵戈水火之灾;建城于山上,则寇不入侵,可长保安逸。于是围山筑城。适时有白鹿衔花奔来,吐花于城墙上。众人以为是吉兆,遂称温州为"白鹿城"或"鹿城"。①

由东塔亭而下,沿护岛江堤前行,经过"小飞虹亭"、"百步荷花"、"紫红争艳"等景观,便来到了屿西小山之上的西塔。塔下有古碑,字迹已不可辨。西塔较东塔稍高。据实测数据,塔身高32米,底径7米,6边形,7层,塔亦中空。塔身周围神龛中,多置小佛像。西塔是建于宋太祖赵匡胤时代的古塔,与东塔一样,因历史上的兵、火因素,受毁坏严重,元、明、清三代曾对该塔屡加修缮。西塔景观与东塔相近,唯一不同的是:塔下聚集了多位"能掐会算"的老太太,强拦游客算命。

下西塔前行,有"温州简史陈列馆",此馆的前身,即建于宋开宝二年(969年)的西塔寺院"净信讲寺"。此后宋高宗南逃江心屿时,将其更名为"兴庆寺"。新中国成立后,将"兴庆寺"改建成温州市博物馆,常年展出历史文物。我大致看了一下馆陈内容,从原始时代直至宋代的历史,颇为详尽。此外,馆内尚陈列有宋代永嘉学派的书著;陈列有王羲之手书"墨池"字迹、宋高宗手书"清辉"字迹、文天祥手迹,以及近人郭绍虞书写的文天祥《过零丁洋》诗。此外尚值得一提的是:馆内尚存有南宋状元王十朋(1112—1171年)②所撰写的历史名联:

> 云朝朝朝朝朝朝朝朝散;
> 潮长长长长长长长长消。

---

① 见(明)王瓒:《弘治温州府志》卷一《建置沿革郡邑名分野形胜疆域城池风俗岁时附入》,上海社会科学院出版社2006年3月版。

② 王十朋,字龟龄,号梅溪,乐清四都左原(今浙江省乐清市)梅溪村人,南宋名臣。

此联原书写于"中川寺"（后更名"江心寺"）门口，据传为王十朋未举之前，一次借宿中川寺，应方丈要求题写。此联巧妙地利用了中文一音多读、同字不同义的原理，正确的断句应为：

云，朝朝，朝朝朝，朝朝朝散；

潮，长长，长长长，长长长消。

正确的读音应为：上联二、四、五、七、九这五个"朝"字，都读成"zhao"，阴平声，意指早晨或白天，其余则读"cháo"，是指朝见、拜会的意思。下联三、六、八这三个字，都读为"zhang"，第三声。其余的均读"cháng"音。该联意指：云，早会，日日会，早会早散；潮，常涨，常常涨，常涨常消。由于此联构思巧妙，得以从宋代流传至今。

"温州简史陈列馆"两侧，有清泉两口，称"琉璃泉"，泉水清甜，与西山上的"玉眉泉"、华盖山脚的"蒙泉"，并称为温州的三大名泉。由"温州简史陈列馆"再前，为江心寺，当时正在整修，不对外开放。只有一名少女在楼上鼓瑟，以取悦游客。由江心寺东行，为文天祥祠堂（旧称"宋文信国公祠"）。文天祥与江心屿的历史渊源，已见于前述。至明宪宗成化十八年（1482 年），当地人为纪念这位民族英雄殉国 200 周年，而建此祠。祠内原陈文天祥石像及古人凭吊的诗词碑刻等，至"文革"中，被毁坏殆尽，据讲解员说：保留下来的仅存文天祥《正气歌》残碑。

由文天祥祠堂再前，在江心屿东峰下有"温州区革命烈士纪念馆"，此馆正在维修，不对外开放，馆前聚集着贩牡丹牌香烟的小贩，1.1 元一包（当时购买香烟需要烟票，因此黑市烟烟价甚贵）。"温州区革命烈士纪念馆"的前身，即唐懿宗咸通十年（869 年）所建的"普寂禅院"，此后宋高宗为躲避金兵，逃难于此，更名"龙翔寺"。至清乾隆年间，有僧人通濂重建此寺。1956 年 7 月 1 日，浙江省政府为纪念战争年代在浙南地区牺牲的烈士，将原寺址改建成"革命烈士纪念馆"。由于"革命烈士纪念馆"不对外开放，只得离去。

游江心屿，总的体会是风景秀丽。其号称"中国四大名屿"之一，应当之无愧。另外三大名屿是指福建"鼓浪屿"、福建东山县"东门屿"、台湾台东县"兰屿"，由于我没有去过，不敢妄评。但是风景秀丽仅是江心屿的一个方面，更重要的是它凝聚着厚重的中国人文精神。根据史料记载：江心屿的知名，始自东晋刘宋间西域高僧诺巨罗尊者①于此结茅,而永嘉太守谢灵运(385—433 年)与之交善,②临此曾咏诗"云日相辉映,空水共澄鲜。"因此名声渐隆。至唐,著名诗人孟浩然、李白、杜甫、韩愈等都曾相继临此吟怀,而当时日本、新罗(朝鲜)等国僧人则纷纷来此参禅。至宋,更因为宋高宗、文天祥曾因政治因素与江心屿结缘,而使其名声到达了顶点。因此今人开发江心屿,应重视其所蕴含的人文精神以教育后人,而不应该让美丽的祖国河山被商业精神淹没。我 1983 年登此岛时,中国当代旅游事业尚处于开端,旅游景点仅是象征性地收费,如登岛不收费,"温州简史陈列馆"收门票 2 分,文天祥祠堂收门票 3 分。而 1986 年我随单位旅游团重临此屿时,发现全岛已被商业气氛笼罩,景点处处要钱,而且价钱不菲,从民族精神文明建设角度来说,这不能不说是一件令人悲哀的事。

中午 11 时许,离江心屿,摆渡过江,步行至东站。11 时 40 分,坐上汽车前往乐清,下午 1 时 45 分抵,随即买了下午 2 时 50 分发往雁荡山的汽车票。利用候车的闲时,到县城里转了一圈,但见汽车经过,街上尘土飞扬。有人却告诉我:这是全国最富的县,银行存款最多的人家有 50 万元。而按当时全国平均工资水准,家有万元存款即是巨富,号称"万元户"。在街上药房花 1.35 元买了一瓶治支气管炎的药。

下午 4 时许,汽车抵白溪渡口摆渡,停留时间稍长,恰逢一辆运苹果的敞篷货车经过。同车一群当地的年轻姑娘,不顾货车押车员的高声喝骂,纷纷从公交汽车窗口中伸手抢夺货车车厢中的苹果,一位年轻姑娘为躲避押车人员的阻拦,竟然跌到了我身上。看了这一场混乱的抢苹果闹剧,我目瞪口呆。下午 5 时许,车抵雁荡山脚,夜宿一农村人家中,住宿费 1 元,晚间 9 时入眠。

2015 年 7 月 5 日

---

① 诺距罗尊者,在中国民间传说中属十八罗汉之一,又称静坐罗汉。

② 谢灵运(385—433 年),南北朝人,原名公义,字灵运,以字行,会稽始宁(今绍兴市嵊州市)人,时任永嘉(今温州)太守。

雁荡山四日游（浙中纪行之二）

过三折瀑、铁城障、灵岩景区、大龙湫、西石梁

1983 年 8 月 8 日，星期一，晴。

昨晚住宿之地，称"响岭头"，是一个不大的山村，又名"雁荡山"（车站用名），位于白溪北岸、白溪镇（又名"选坑"）西侧。这是人们通常游北雁荡山的入山口。这里之所以要在山名前加"北"字，这是因为人们通常所说的"雁荡山"，实际上是一个很大范围的地理概念，如以瓯江自然断裂带划分，可分为北雁荡山和南雁荡山，北雁荡山属乐清市管辖范围；而南雁荡山则属福鼎市管辖范围。如以景观位置来划分，又可以将雁荡山区分为北、南、西、东、中五座雁荡山。而古人游记中所说的"雁荡山"，通常是指北雁荡山，亦即我今天准备登临之山。而雁荡山之所以得名，据以往说法是：缘自其山顶有湖，芦苇丰茂，结草为荡，南归秋雁多宿于此。而该山所在地的浙江温州市境至台州市南部总面积达 450 平方公里之地，亦均是芦苇茂密，结草为荡。因此古人又称雁荡山为"雁岩"、"雁山"等。而雁荡山作为旅游景点被发掘，据称始自南朝梁昭明太子在芙蓉峰下建寺造塔。此后至唐代，有西域高僧诺讵那因仰慕雁荡山"花村鸟山"之美，率弟子三百前来弘法，遂被后人奉为雁荡山开山之祖。[①] 此后，道家临此立观，而中国的文人墨客亦纷纷来此吟咏。因此我今天所攀之山，实亦有着深厚宗教氛围与文人情缘的历史名山。

晨 5 时 30 分起床，7 时许，过景点"三折瀑"。三折瀑实际上是由三个瀑布

---

① 诺讵那，事见《西域书》，称："第五位尊者，诺讵那大阿罗汉居震旦东南大海际雁荡山。"传说其为来自印度的高僧，唐初自蜀之中岩山飞锡来居雁荡，于大龙湫观瀑坐化。后被尊为雁荡山的开山祖师。诺讵那又作"诺讵罗"，事见怀素《与律公书》："雁荡自古图牒未尝言……西竺经：诺讵罗尊者居震旦东南大海际，山以鸟名，村以花名。"（《广雁荡山志》）

组成,最底下的称"下折瀑",沿山路再上,分别为"中折瀑"与"上折瀑"。但因天旱无水,均无瀑可观。向山里人询问,相告是:天雨时,"下折瀑"瀑布长度可达50米,仰望天空,呈葫芦状,亦称"葫芦瀑";中折瀑的长度可达120米,"上折瀑"的长度约达百米。而在这三个瀑布中,以"中折瀑"所处位置最险,三面陡崖,瀑布自山顶下泻成潭,十分壮观。

上午8时许,离开"上折瀑",开始翻越"铁城嶂"。铁城嶂与"游丝嶂"对峙,两山峰之间的空地称"净名谷"(旧称"净名坑")。谷广约200米,两侧陡崖高耸入云,仰望天空,状如弯月,因此又称"初月谷"。两"嶂"色泽呈深褐色,古人临此,认为左嶂"势若长城,色若铁黑,故名铁城。"而右嶂中部石纹,如缕缕游丝,因此称"游丝嶂"。据说雁荡山共15嶂,其中以铁城嶂最为雄伟。翻越铁城嶂,见半山腰有小屋一间,依天然山洞而建,问当地人是何景观? 回答是"天娥洞"。由"天娥洞"再下,回首望天,天仅存一线,因为两侧空间均被青山遮盖,因此称"一线天"。

上午8时40分,翻过铁城嶂,抵"达摩洞"。洞内立有佛像,由一名老和尚驻守。老和尚当时正在抄写《天降度劫经真言》。向其询问,自诉祖籍南京,俗名黄贤宝。又言洞内观音菩萨签语灵验,可预知人生祸福。我花钱2角,自签筒诸多竹签中抽得"二十一签中上"一支,签语为:

莫把功名看得轻,朝中将相苦中求。
嬉荡错过今机会,不修何得上天堂。

看罢签语,我哈哈大笑,继续前行。由"达摩洞"下行数米,有"水帘洞",洞宽约40米,高10米,洞口有潭,半在洞内,半在洞外,因洞檐泉珠散落如帘,洞因此得名。洞内另有甘乳泉,天旱,泉亦不绝。上午9时10分,步抵"净名寺"旧址,现已改作林场招待所。由此再下,便走到山间公路上。9时40分,抵达雁荡山著名的景点"灵岩"。来到道口,竟然设卡收费,票价1元,使我心中十分不快。因为此前中国社会所达成的共识是:山川自然风光,属民众共享,任何政府部门都不得擅自圈占谋利,杭州湖滨一段,长期被某些部门圈占,曾屡遭诟病。而政府部门擅自圈占自然风光谋利现象一开又未得制止,此后这一现象愈演愈烈。

灵岩景区位于雁荡山的中心区,主要景点包括屏霞嶂、天柱峰、展旗峰、小龙湫以及人文景观灵岩寺等。其主要特点是绝壁回环,峰峦雄壮,古木蔽日。古人游雁荡山,认为其有"三绝",分别指灵峰、灵岩与大龙湫景区,由于灵岩正当其中，而被视作"明庭"。

来到灵岩，首先看到的是"屏霞嶂"，又名"灵岩"。古人形容其高广数百丈，壁立于霄，色五彩相间，如大锦屏，因此称之为"屏霞嶂"。[①] 由于灵岩位于景区入口南端，高大似门，因此又号称"南天门"。位灵岩之下，背依灵岩而建有古寺"灵岩寺"旧址，该寺属"雁荡十八古刹"之一，始建于宋太平兴国四年（979 年），宋真宗时赐额"灵岩禅寺"。

位于"屏霞嶂"之后，有"天柱峰"与"展旗峰"二峰对峙，间距约 200 米。其中"天柱峰"状似石柱兀立，擎天立地，十分奇特。据实测，天柱峰高 266 米。"展旗峰"则状似大旗飘扬，据实测，高约 260 米。据当地传说，展旗峰是远古时黄帝征蚩尤时战旗所化，因此清袁枚有《展旗峰》诗颂："黄帝擒蚩尤，旌旗不复收。化为石步嶂，幅幅生清秋。"又有清人喻长霖有联语描述灵岩的景色是："左展旗，右天柱，后屏霞，数千仞，神工鬼斧，灵岩胜景叹无双。"

沿山路再前，有"小龙湫"，位灵岩寺右隐龙嶂底，三面均陡崖相环，高约数十丈，水贴岩壁倾泻而下成潭，四周石块乌黑。瀑布入潭后，旋成急流，又自乱石中冲出，汇作"卧龙溪"下行。小龙湫的水源来自雁荡山的主峰"百岗尖"，[②]据有关数据，该峰海拔 1150 米，自小龙湫走小路，可查达"百岗尖"顶。我沿着这条小路约走了三分之二的路程，只见山路甚陡，游客全无，群峰均在脚下，白云亦绕在山腰。据说攀上百岗尖，可以看到"百岗云海"的奇观。但是我当日必须赶到大龙湫歇夜，而登顶不知尚需多少时间，能否保证赶到大龙湫？此外认为即便登顶，所能看到的景象也与当下无异，于是中途折返。

下岗后，在山民家用款 5 角 5 分，吃了碗鸡蛋面，中午 11 时 15 分，前往大龙湫。12 时 35 分，走到马鞍岭，遇见浙江工学院应届留校生小马，一路同行。见 4 个小女孩拦路强卖汽水，拖着我不让走，未加理睬，花 6 分钱买了一碗大麦茶，喝下少歇。下午 1 时 15 分，走到"燕尾瀑"。但见山巅之水，分成两道，自"锦溪岩"下泻，因形似燕尾，而得名。瀑下成潭，名"霞映潭"，潭底卧巨石，状似铁锅。据说每当晚霞夕映时，潭面尽赤，因此得名。周围小山四环，有山村一个，风景幽静。

下午 1 时 30 分，步抵"能仁寺"残址，见寺内有一口极大的大铁锅，据说重达37000 斤，"文革"时红卫兵来此造反，将寺庙砸毁了，但这口铁锅实在太大了，造

---

① 《徐霞客游记·游雁宕山日记》。

② 百岗尖与雁湖尖、凌云尖、乌岩尖，合称雁荡四大尖。

反的红卫兵用尽九牛二虎之力,将其砸残了一个边,实在无力继续破坏,只得弃之而去,这也是我步抵能仁寺时,尚能目睹这口铁锅的原因。南方人称铁锅作镬,因此能仁寺又名"大镬寺"。我去之时,该寺尚未及修复。而查之文献得知:能仁寺始建于北宋咸平二年(999 年),曾是"雁荡十八古刹"中最大的一座,在南宋鼎盛期,曾有僧人三百,香客日达千人,为当时全国最著名的三十所寺院之一。该铁锅高 1.38 米,直径 2.4 米,周长 7.5 米,镬边宽 0.2 米,周边可立人。据"大铁镬"内壁铭文记载,该锅系信士刘化晟于北宋元祐七年(1092 年)所铸,用以施舍给能仁寺作饭锅,而该"镬"所烧之饭,可供寺僧三百、游客千人同日饮食。

　　下午 2 时 30 分,步抵"大龙湫"瀑布。该瀑布之水源亦来自雁荡山主峰"百岗尖",流经"龙湫背",自"连云峰"泻下,以其落差达 190 余米而知名,与贵州黄果树瀑布、黄河壶口瀑布、黑龙江吊水楼瀑布并称中国四大瀑布。来到大龙湫前,仰见瀑布自数十丈高的危崖巅奔流而下,鸣声如雷,可谓气壮天地。其下成潭,称"湫","湫"字本义即指水潭,号称"龙湫",即龙卧之潭。大龙湫前有"剪刀峰",侧看则成为"一帆峰",其旁有"乌龟朝天"景观。巨岩上有民国二十三年(1934 年)阮尚傅题字:"千尺珠线"。大龙湫实为我过雁荡山时所目睹的风景最为壮观之处。宋人沈括当年过此曾形容:"雁荡经行云漠漠,龙湫宴坐雨蒙蒙。"[①]又传印度僧人诺矩罗唐初进山建寺,过大龙湫时,因恋此地风景之美,于瀑前坐化。因此后人在此处建有"观瀑亭"以示怀念。

　　下午 2 时 50 分,与浙江工学院应届留校生小马告辞,前往西石梁。下午 3 时 20 分过"罗汉寺",见寺内有佛像数尊,这当是经历"文革"劫难后,寺内的幸存之物。经查,罗汉寺始建于宋太宗太平兴国二年(977 年),创建人为永嘉僧人全了(? —999 年),宋神宗熙宁元年(1068 年)赐名。因寺西有芙蓉峰,初名"芙蓉庵"。此后至宋仁宗康定元年(1040 年),因有人于寺右悬崖上发现有石形似罗汉,始称"罗汉寺"。而寺前五十米处有石板桥,是建于淳祐八年(1248 年)的雁荡山现存唯一宋桥。全了在创建罗汉寺后,又先后创建了能仁寺、宝冠寺、古塔寺等,均属雁荡山"十八古刹"之列。有趣的是,僧人全了的坟址,近年已被发现,位于雁荡山"三官堂"自然村后的小山包上,处大锦溪和小锦溪之间,北距大龙湫约三里,西至罗汉寺一里多。坟铭有字:"开发雁荡山全了祖师",左右两行分别是"宋咸平二年建"和"民国念二年重修"。而据当地老人回忆:民国年间,每年都有僧人到这里做一次法事,下午法事结束,便把部分供品分给前来观看的小孩

---

① 见《梦溪笔谈》。

吃,该山民有一次观看时,分到一包饼干。这座小山当地人的一直称谓是"祖师坟山"。①而全了坟址的发现起码说明两点:一是全了和尚的去世时间为宋真宗咸平二年(999年);二是雁荡山真正的开山祖师应该是全了和尚,至于"印僧诺讵那"开山的说法,仅是佛教徒杜撰的传说。

下午4时20分,将行至凌云(旧称"石门村"),过一山涧,见涧水清澈,水中多游鱼,却捕捉不着。4时半步抵凌云,在一山民家歇宿,放下书包水壶后,手持攀山木棍一根,前往"西石梁"。路遇两位上海财经学院的学生同行,遇狗狂吠,欲持棍驱赶却不敢动手,因近旁路边有山民锄地,此狗无疑是其豢养。下午5时10分,抵"西石梁洞",见有一紫白色相间的石梁长约十余丈,横于两侧洞壁,此当为"西石梁"得名原因。洞内分左右两洞,其中右洞较大,宽约20米,高约30米,深约10米,内有清代木建筑遗存,显然为古代道家修身之处。左洞较小,上小下大,呈圆锥形,有石壁挡道而难入。古时,因该洞周围多芭蕉,因而又有"芭蕉洞"、"蕉林洞"之名。由西石梁洞下行,即"西石梁大瀑布",瀑布夹于两侧高崖之间,鸣声如雷,水量甚大,下成深潭。据有关数据,该瀑布高160米,仅次于大龙湫,当为雁荡山第二大瀑布。明旅行家徐霞客当年过此曾评价为:"其高亚龙湫,较似壮胜。"显然他认为该瀑布与大龙湫各有千秋。由西石梁大瀑布再下行约3里路,有"含珠峰",即两峰相贴,高约100米,峰腰裂缝中间夹有一巨大圆石,景观十分奇特。此处幽谷四环,山蝉怪鸣,左上方是"童子峰",再下则为景点"龙嘴巴"。

晚6时许,我携带两位上海财院学生同返凌云山民家,腹中打鼓,吃了一碗米饭、一个皮蛋、一碗山芋条充饥。仍腹饥难忍,要求住宿人家给烧一碗山芋叶充饥,山民不肯,讲这是猪吃的东西,我们只得作罢。同赴山溪擦身,晚8时入眠。

翻越雁湖岗,过雁南潭、攀老虎山狮子洞

次日,周二,天大晴。

晨5时起床,在山民家早餐后与女主人结账,计两餐一宿,共收费1.50元。6时45分,陪同两位上海财院学生重返西石梁大瀑布拍照,因为他们携带有"120"相机,昨晚去西石梁时,因光线太暗,他们无法拍照。他们并为我免费拍了

---

① 见《雁荡山发现开山祖师全了和尚千年古墓》,《温州手机报》2012年10月17日。

一张照片,在返沪后寄给了我,这也是我一生留下的较为珍贵的旅游照片。

6时50分离西石梁瀑布,开始攀爬"雁湖岗"之旅。7时15分,过雁湖岗南麓"梅雨潭"。但见有洞流似细雨,自数丈高岩下泻,其下为潭。但因雁荡山连续大旱,潭水不多。梅雨潭对面山上有洞,不知何名。而据相关记载:该瀑布位石柱门左侧,岩高约百米,环而成壑,壑口两崖似门,瀑布从壑中下注,落在半崖突出岩石上,似碎玉飘洒,状若梅雨,因此得名。清人梁祖过此曾有诗诵:"岩上飞泉高百尺,岩前碎玉击寒石。"瀑下有潭,浅而清,有巨石横卧。7时20分过"罗带瀑",见有洞水顺山岩曲折下泻,瀑高约30余米,其下成潭,广约数丈。岩壁上有朱镜宇书"罗布瀑"三字。据记载:因该瀑位于深谷,其前有巨石挡路,直至民国二十四年(1935年),才被潘耀庭等人发现。其水量小时,分成左、右两条,水量大时,合作一条,其状颇似从织机中织出来的绫罗而得名。由罗带潭沿山路上行有"阳明洞",洞高约数丈,顾名思义,当为明代哲学大家王阳明的练功之处。王阳明是否曾在此洞中练功,不得而知,由于山民正于此洞中堆草,只得离去。

8时15分,攀雁湖岗至半,回览众山皆小,稍歇,等待两位上海财院的学生拍照。再前行三刻钟,已无上山路可寻,因为山路变成了75度至90度的石壁陡坡,人只得爬行上山。但见山坡上堆满了大石块,石缝间长满了荒草与荆棘,却绝无大树一棵。有许多大蚂蚁在石板上爬行,蚂蚁的长度约有人的一节手指,咬人一口生痛。另见有人在青石板上写着"河南女杰×××到此"的字样。有女子竟然能攀上如此陡坡,我不由肃然起敬。时烈日当空,汗流如雨,10时10分,在山涧汲水饮食,继续爬行,10时45分,终于攀登至雁湖岗顶。岗顶共有三个湖,分别为头湖(东湖)、中湖、北湖。上岗即见头湖(东湖);11时零5分由头湖抵中湖;11时30分由中湖返雁湖林场食堂午餐,12时55分午餐毕,下午1时零5分至北湖。北湖参观毕,顺雁湖岗北坡下山。

雁湖岗,海拔最高处为1050米。根据文献记载是:"长老相传,绝顶上有大湖,冬春雁过入南海,常栖止其中,居人以为名。"这一说法记述了雁荡山得名的原因,此说见于元人李孝光撰《雁名山记》。①《浙江通志》又谓:"雁荡山……上有湖,方可十里,水常不涸,春雁归时多宿于此,故名。"②但我登上雁湖岗,却并未见山顶有如此大的湖,看到的仅是3个小湖。其中头湖(东湖)已干涸无水,但

---

① 见《李孝光集校注》(温州文献丛书),上海社会科学院出版社2005年9月第1版。李孝光(1285—1350年),字季和,乐清田岙村(今大荆镇)人,元代中后期重要文学家,与萨都剌、张雨、杨维桢等人有诗歌唱和。

② 见(明)胡宗宪修《浙江通志》,上海古籍出版社1991年版。

湖心中生有一些芦苇荡。中湖已基本干涸，湖床上长着芦苇，在湖的北头尚存一水塘，方约数丈，深约丈许。此处湖床低洼，群山四环，估计在雨季湖面可达数亩。第三个湖（北湖）的湖面最大，湖底基本干涸，长着芦苇，但湖心仍为淤泥，人不可行。看了三个湖，我的感受有两点：一是该山顶虽有芦苇，但并无想象中那么多，明徐霞客曾三上雁岗，感慨这里是"鸿雁之乡"，我却一只未见；二是可能在古时雁岗的三个湖是连成一片的，有十里之广，周围芦苇成群，此处确为"鸿雁之乡"，但是由于地理环境之变迁，这一现象当已不再。登上雁湖岗，我还有一点疑惑是：山上设有林场，但这么大的山峰上为何连一棵树都看不见，整个雁岗都成了秃山？吃午饭时我曾向林场工人请教这一问题，回答是："山上的树都被山下农民偷砍了，一点预防办法都没有。"

下午 2 时 55 分，下岗路经"湖南潭"。该潭处深谷夹缝中，实际上是由上、中、下三口潭组成的。上潭不大，但泉水清甜，其水顺陡崖下泻成瀑，形成中潭。中潭所处位置最险，周围陡崖高约数丈，潭呈长方形，长约 20 米，宽约 4 米，相当于上海的一个游泳池面积，水深不可测。下潭的面积要逊于中潭，却大于上潭。

下午 3 时 30 分，下雁湖岗北坡，与两位上海财经学院的学生告辞，前往础头村方向。此处距"龙溜"1 里路，距础头村 4 里路。计雁湖岗一上一下，共走了约 40 里山路。顺山路再前，过雁湖岗北侧的第四潭与第五潭。在第五潭遇到了 6 位到此旅游的上海青年教师，拦道问我随身是否携带药品？原来他们当中的一位喝了一点凉水，突然腹痛，抱着肚子蹲在地上。我拿出随身携带的抗菌素药"吡瓜酸"4 片，让其喝水服下，却毫无作用，我亦无可奈何，只得别去。

下午 3 时 50 分行至"龙溜"，但见一道拦水坝沿两侧山崖而筑，坝中溢出之水成瀑，顺着弯曲山谷婉转下行。可惜因天旱，坝中蓄水不多，因此水势不壮。4 时 10 分，步抵"费头"（村名），见附近有"仙岩"与"乌石岗"景观。仙岩似仙人站立，乌石岗可能因山石黑而得名。此处距"散水瀑"与"狮子洞"约 3 华里。下午 4 时 50 分，步抵"散水瀑"，但因天旱，未见"散水"，仅见一道细瀑自数丈高岩上流下，其下为深潭，水声淙淙，山蝉细鸣，风景甚是幽静。而听山民说，雨天之时散水瀑为另一种景观，即瀑布自峭壁下泻，触石腾空抛落，散为雨雾；经阳光反射形成彩虹，景色十分壮观。

在散水瀑少歇，前往攀爬老虎山"狮子洞"，5 时 40 分抵。狮子洞位于"老虎山"山顶，三面皆深壑，甚为险峻，其下有村"庄屋"。入洞，见洞口有清光绪年间刻《狮子石洞院》碑，石碑尽管已被推倒，但字迹尚可辨。洞广约数丈，未见供佛像，但多有当地人所陈列的香烛。洞左有灶一口，另有石缸一口在承接岩洞壁的滴水。洞内显然有人生活。此处实为雁荡山一险胜处,只是所处位置在雁荡山最西端,游人甚少。出洞继续前行,误入迷途数百米,在山腰见有小松鼠在身前串过。折返,时左腿关节疼痛不能行,强忍前行,顺山路下山,见有巨蛇一条盘路边,小心绕过。再下,见有山民四合院,旁为山溪,有小孩子在游泳。

晚6时20分,在庄屋车站傍农家歇宿,晚餐收取0.86元,这是我入雁荡山以来吃的最贵的一顿饭。

过显胜门、南阁牌楼群,游灵峰景区观音洞、北斗洞

次日,周三,晴。

早晨5时10分起床,早餐后,6时零5分启程前往显胜门景区。7时20分抵碰头村,见"仙岩"、"双门岩"景观。所行一路,均沿着山溪,此溪为大荆溪的上游段,水源当来自雁湖岗北麓的山泉,溪边颇多妇女用棒槌捣衣,捣衣之声不绝,成为山路一奇,山路位于雁荡山的北麓,相对平坦易行。

8时20分至仙人坦村,顺山路南上,距"显胜门"里许,有巨岩数块挡道,系"三谷坑"景观。由此再前,便是"显胜门"了,9时20分抵。但见有数十丈高的两块巨岩,对峙如门。入门后,跨过一道由山岩筑成的天然石桥,见巨石上刻字"天下第一门"。后查阅有关记载,云显胜门又名"仙门山",属大荆镇龙西乡,对峙两崖高两百米,间距约10余米,是以称"门"。据说雁荡山中称"门"的景点有十多处,而尤以此处为胜,因此夸张地称"天下第一门"。而这一景观在明代已知名,当年徐霞客临此,称"以路芜不能入。"[1]此后王绾(明人)又临此,云:"仰视巨石两两数丈,上覆复合,中空一线仅尺许,入可数百步,如丹阙开阖于层霄飘渺中,曰显胜门。"[2]顺山路再上,但见夹谷四周皆巨岩,洞水顺石隙下流,形成瀑布,称"飞湫瀑",瀑布下有"小龙潭"。回首可见山腰有一山洞,当地人称"石佛洞"。在此处少歇,吃所带可可粉充饥,一当地小孩强要东西吃,给了他一勺可可粉,又嫌苦不吃。

中午11时,返仙人坦村午餐,前往南阁。入雁荡山两天,总的感觉是山里大人殷勤好礼,小孩较为油滑,但亦不失纯朴本性,其平均道德水准似高于城里人,我入山两天,未闻偷盗之事。不知为何受教育程度较高的城里人,治安状况反不

---

① (明)徐霞客:《徐霞客游记·游雁荡山后记》。
② (明)王绾:《游石佛洞》。

如农村？看来老子主张"原始返终"，亦有其道理。当然山乡文明，也有待提高之处。如我行往南阁的路上，即见一青年妇女在路边无遮掩的厕所中如厕。

　　下午1时，步抵南阁，准备候3时发往响岭头的山区公交车。南阁是位于雁荡山北麓的一个热闹山镇，傍大荆溪水。因为这里出了一个明代的礼部尚书章纶，而使当地人倍感荣光。章纶（1413—1483年），字大经，号葵心，浙江乐清仙溪镇南阁村人，明朝正统四年进士。景泰三年（1452年）因言帝位继承事触犯景泰帝下狱，拷打濒死不屈。三年后英宗复位，出狱，擢礼部侍郎，因"好直言，不为当事者所喜"，成化十二年（1476年）辞官回乡。死后被明宪宗追封为"南京礼部尚书"，谥"恭毅"，有《章恭毅公集》传世。章纶的坟址在仙人坦村附近龟山西北麓，我去显胜门时当经过，只是经"文革"劫难，尚未及修复，我路过时，未得瞻仰。而走在南阁古镇上，最为显眼之处为保留至今的明代牌坊群，共五座，坐南朝北，依次为"会魁"、"尚书"、"方伯"、"恩光"、"世进士"，沿南阁主街道，一字排开，长约百余米。这些牌坊立于明正统至嘉靖年间，均高7米，宽约6米，深4米。这些牌坊象征着章氏几代人在中国传统社会所取得的功名和地位。据说牌坊原有7座，在以往动乱中，被毁有两座。[①]

　　下午4时45分，由南阁坐车抵灵峰。在车上，见一群奉化中学的男女学生不断打闹取乐，女学生一律穿超短裤，一位衣着轻佻的年轻漂亮女教师，跟着学生一起起哄，后来他们又唱起了流行歌曲。可能这是中国社会风尚朝着坏的方向发展的先兆。下车之后，我开始前往攀爬"合掌峰"。在峰前遇到一对老年夫妻，其中女的见我拄着木棍、背着书包水壶一瘸一拐地走来，放声大笑，问我从何处而来，如此狼狈？我告诉她我已用3天的时间，翻越了整个雁荡山脉。男的连声说：精神可嘉！精神可嘉！女的又问我做何工作？我回答是上海的一位中学教师。女的又问我是否认识上海教育局的吕型伟副局长？我回答：不好意思，我在上海闵行地区任教，不认识吕副局长。女的告诉我：男的即是吕副局长，他们夫妇是来此休养的。与吕局长夫妇告辞后，我开始攀爬合掌峰。

　　合掌峰位于灵峰景区，高约270米，双峰相合，形似老僧双手合掌，故名。其右峰称"灵峰"，左峰称"倚天峰"。而随着昼夜的不同变化或所站立位置的不同，合掌峰又有"夫妻峰"、"双乳峰"、"少女峰"、"老鹰峰"等不同名称。昔年郭沫若临此曾有诗赞："灵峰有奇石，入夜化为鹰，势欲凌空去，苍茫万里征。"合掌峰周

---

① 2001年6月25日，南阁牌楼群作为明代古建筑，被国务院批准列入第五批全国重点文物保护单位名单。

围还有犀牛峰、双笋峰、金鸡峰、碧霄峰等等。

合掌峰上有"观音洞"景观。观音洞号称"洞",实为建于合掌峰两峰"掌心"间的一寺庙建筑,其顶有一线通天,号称"一线天",洞内有一石柱由洞顶直垂至底。观音洞依合掌峰两峰夹缝间山高的自然走势,共建有九层寺庙式建筑,据实测数据,洞高113米,深76米,宽14米,约可容纳千人。自洞门口拾级而上,共要走377级石阶,方可到达洞最高层大殿。殿内供奉有观音塑像和十八罗汉像等。当年学者邓拓过此曾有诗:

两峰合掌即仙乡,九叠危楼洞里藏。
玉液一泓天一线,此中莫问甚炎凉。

我过观音洞时,只见底层"天王殿"内所供"四大金刚"像。四层以上正在维修,因老和尚阻拦,不得再登,十分遗憾。据介绍,洞顶有泉水三处,分别名"洗心"、"漱玉"、"石釜"。而根据文献所记,观音洞始建于宋徽宗崇宁五年(1106年),当地人刘允升为此出费"二千金",于洞内塑观音大士、十八罗汉,于岩上塑五百罗汉,因此称"罗汉洞"。此后一直游人如织。至元时,五百罗汉被人取走。"罗汉洞"成了空名。至清同治年间,始改称"观音洞"。

出观音洞,沿山路再上数百米,有道观"北斗洞",亦建于巨大的自然山洞之中,又名"凌霄宫",共四层。入得洞中,但见洞门右侧刻有弯月与北斗七星。入洞,见一老道,自云年已71岁,祖师为长春真人丘处机。上得二层,见门匾书"禄"字,两旁联语分别为:"忠孝传家宝;诗书处世长。"题款人为宋代朱熹。上得顶楼,发现大殿中间陈玉皇大帝像,左侧为"孤海观音"像,右侧为"斗姥天尊"像。

我不解"斗姥天尊"为何人,后查阅有关文献得知:斗姥天尊系道教信奉的女神,据传为北斗众星之母,故名斗姥。原为龙汉年间周御王之妃,封紫光夫人,生有九子,其大儿子和二儿子是"四御"中的"勾陈大帝"和"紫微大帝"。其中,"勾陈上宫天皇大帝"协助玉皇执掌南北极与天、地、人三才,并主宰人间兵革之事;"中天紫微北极大帝"协助玉皇执掌天经地纬、日、月、星、辰、四时气候。另二辅"南极长生大帝",协助玉皇执掌人间寿夭祸福;"承天效法后土皇地祇"协助玉皇执掌阴阳生育、万物生长与大地河山之秀。后二辅与斗姥无血缘关系。斗姆所生的后七子即"北斗七星君",他们分别为:贪狼、巨门、禄存、文曲、廉贞、武曲、破军七星",北斗七星分别掌管世人的生辰,人们只要服从管辖其之星神,就能得到该星神的保佑,一生平安、幸福。至于斗姥天尊的神职则是:"斗母降以大药垂医治之功,燮理五行升降二炁,解滞去窒,破暗除邪,愆期者应期,失度者得度。安全胎育,治疗病疴,职重大医。生诸天众月之明,为北斗星之母。斗为之魄,水为之精,主生。"①在道教传说中,斗姥形象为:有"三目"、"四头八臂乘七豕之车,现紫金巨光,大施法力,而扶危护驾。以能消灾解厄,保命延生也。"因此又被尊为"圣德巨光天后"、"圆明道姥天尊"、"斗母元君"。现存各地的道观"斗母宫",祭祀的都是斗姥天尊。而据民间传说,斗姥是掌管人世间生死祸福的天神,信奉斗姥天尊,能够消灾解难,远离厄运,保命延生

关于"孤海观音"的形象,据我目视,与佛寺中所陈列的观音像并无区别。我为之不解,向正在拱桌上捧读道经《玄门早晚诵》的女道士请教,她告诉我:"儒释道三教同根,在道观内供观音像并无希奇,只是叫法与释家有异。"女道士年约20岁出头,长得漂亮。据其自诉:法名孙银招,小学尚未读完,因家长信仰道教,送其出家。北斗洞是雁荡山最大的道观,古称"伏虎洞",因洞口面对着伏虎峰而得名,后因道教崇拜"北斗元君",而更今名。其前殿称"灵霄宝殿",后殿名"大罗宝殿",洞有一泉名"石髓泉"。登北斗洞,我心中的疑惑是:雁荡山现今释、道两教并立,开山祖师各有其说,至于何者历史更久,则是不得而知的事。

下午5时40分出北斗洞,前往"将军洞",6时抵。该洞高约30余米,深20余米,内中建一座三层高佛殿。此洞原名"南碧霄洞",此见于乾隆年间刻《雁荡山志》卷二所记:"南碧霄峰在灵峰后,下有洞北向,与碧霄洞相对,故曰南。"又该书卷三云:"南碧霄洞,一名将军洞,北与碧霄洞隔涧相对,狭而高,以阴向,故无居之者。按旧志,南北碧霄相对,今人以雪洞为南碧霄者,误。"据说"将军洞"的得名,缘自石洞内右侧有一岩石状如披甲立壁将军。"将军洞"内的佛寺建筑,据记载始于光绪十七年(1891年)僧人钟山在此洞内清修;民国初,又有僧人若净驻此弘法。此后"文革"中,佛像被毁。在我去之时,已经修整,顶层置佛像,富丽堂皇。有一老和尚及一老太负责管理。经相询,老和尚法名常德,自云属佛教密宗,老太太为其徒弟,日常工作是负责打扫卫生。老和尚月贴12元,由国家发放,其他收入靠卖茶水,每日到此参观的游客有百来人。

与常德和尚告辞后,返灵峰景区,在山民家晚餐,晚8时返响头岭车站旧房东家住宿,9时入眠。

---

① 见《太上玄灵斗姆大圣元君本命延生心经》。

翻越谢公岭，过接客僧岩、东石梁洞，至泽国

8月14日，星期四，雨。

昨夜大雨，久旱的雁荡山终逢甘霖。今天是在雁荡山的最后一天，晨5时起床，6时20分，全副雨具，出发前住"接客僧"岩，时山中云雾四起，景色与常时不同，生怕迷路，中途折返，7时45分抵灵峰北斗洞品茶吟诗。至9时零5分，山雨愈急，好的是山雾已散去，决定东向走小路翻越谢公岭出雁荡山，前往大荆，由大荆坐车前往泽国。

行未久，过灵峰亭，亭下有潭，不知何名，亭建于危崖之上，甚险。9时45分，至谢公岭顶，岭顶有亭，当为"落屐亭"，亭中立有财神赵公明像。而"谢公岭"与"落屐亭"的得名，显然与南朝文人谢灵运有一定的关系。此见于《乐清县志》之所记，云谢灵运任永嘉太守时，曾"过落屐亭，经老僧拜塔，至东石梁洞"，赋《从斤竹涧越岭溪行》诗。[①] 而清人叶廷琯《吹网录·记雁荡山》亦云："余近观潘稼堂《游雁荡山记》，言石梁寺南出，过谢公岭，旧有落屐亭，云康乐至此而返。"我查了一下谢灵运原诗，全文如下：

从斤竹涧越岭溪行

猿鸣诚知曙，谷幽光未显。

岩下云方合，花上露犹泫。

逶迤傍隈隩，迢递陟陉岘。

过涧既厉急，登栈亦陵缅。

川渚屡径复，乘流玩回转。

苹萍泛沉深，菰蒲冒清浅。

企石挹飞泉，攀林摘叶卷。

想见山阿人，薜萝若在眼。

握兰勤徒结，折麻心莫展。

情用赏为美，事昧竟谁辨？

观此遗物虑，一悟得所遣。

---

① （明）李登云、钱宝镕：《乐清县志》据清光绪27年（1901年）刻本，民国二十年（1931年）印本。

按：谢灵运在任永嘉太守期间（刘宋永初三年至景平元年，422—423年），曾写过一篇《游名山志》，文中提到"斤竹涧"仅有一句："神子溪南山与七里山分流，去斤竹涧数里。"却未点明斤竹涧的具体地理方位（因古今地名变化，"神子溪"与"七里山"今人均已不知其所指），这就给后人留下了争论。或以为今绍兴东南有斤竹岭，去浦阳江约十里，斤竹涧当在其附近；而近人余冠英在所注《汉魏六朝诗选》中则认为斤竹涧在今浙江乐清县东，因为乐清是在永嘉附近的。笔者在此持"斤竹涧"为谢公岭附近"大荆溪"的说法，立论依据是这段路我走过，与谢诗所云"过涧既厉急，登栈亦陵缅；川渚屡径复，乘流玩回转"的意境大体相附。

上午10时下谢公岭，岭脚有亭，入内躲雨，顺向山民问路。10时25分抵"接客僧"岩，该岩远望似老僧披袈裟，朝东南向拱手迎客。古人有诗形容此景为："兀然山口立，笑引往来人。"山岩因此得名。该岩高约150米，在当地尚有"石佛峰"、"老僧岩"、"和尚岩"等不同叫法，其下为岩下村。

10时35分，抵"东石梁洞"，实亦佛寺依自然山洞而建。该洞在山的半腰，对山即"接客僧"岩。洞口有联："何日幻成飞石窟；经日看视老僧岩。"洞上石崖上刻有"石虹洞"、"南无阿弥陀佛"字样。洞前有一巨大石梁似长虹凌空横跨，其下即寺庙的前殿。寺的后殿筑于石洞之中，共二层，陈有十余尊佛像。时有十几位老太太在焚香磕头，旁有老僧二人陪同。洞内墙上贴满了和尚们的题字及所抄经文，书法功力颇为可观。洞内有二泉眼，称"半月池"，以石梁的倒影落入池中，形似两轮弯月而得名。时暴雨猛下，顺着洞前石梁与后洞落入天井，门前巨崖上亦暴雨倾泻而下，景观颇壮。与焚香的老妪们闲聊，答为附近5里的大荆镇人，或为家人平安、或为丈夫病体康复、或为买卖是否兴隆前来烧香。寺内和尚共2人，一人51岁，一人61岁，自云属佛教禅宗中的"临济宗"。向其问起该寺历史，回答是：旧名"石梁禅院"，又名"东石梁寺"，属雁山"十八古刹"之一，始建于宋庆历二年（1042年），熙宁元年（1068年）赐名。清光绪间，台州农民起义军黄金满被官兵追赶至此，自后洞通。民国五年（1916年）重新整修，乐清县长蒋叔南曾为之立碑作记。至1966年"文革"时，寺庙全毁，僧人还俗。1983年重新整修，添置佛像，距我来时未久。

中午11时雨停，花2角钱向前来烧香的老太太买了两个大白米粽充饥，前往大荆。11时45分，重返"接客僧"岩下。此处与东石梁洞之间的山口，实为把持雁荡山的东大门，出此口，也即走出了雁荡山界。中午12时15分，步抵"水涨"村前渡口，摆渡需钱款5分，我身无零钱，拿出一元钱请找，摆渡青年找不出钱，我建议送上1斤全国粮票充作渡资，小伙子坚决不收，义务将我摆渡过河，此事足见雁荡山人的好客热情。下船后，经当地人指示小路，未赴大荆镇，而是步行过数百米卵石河滩，于 12 时 45 分直抵"水涨"汽车站。在车站匆匆午餐。原定下午 1 时 20 分有温州发黄岩的 614 次过路班车、下午 1 时 30 分有虹桥发黄岩的 604 次过路班，不知是何原因均未见。终于于下午 2 时 50 分坐上了雁荡山发温岭的过路班车，至泽国下车，时为下午 4 时，仍未能赶上赴黄岩的汽车，只能在车站附近的海军招待所宿夜。晚 5 时 10 分晚餐，饭或 2.5 两、或半斤起卖，少买不行。菜以 5 角起卖，给的量很多，少买也不行，吃不了只得倒掉，菜上苍蝇横飞叮咬，生怕吃坏肚子，要求服务员帮助热一下亦不肯。

晚饭后沿泽国街上散步，见有吹喇叭送丧队伍。街口车子经过，尘灰四扬。街上有不少卖西瓜者，价 2 角至 2 角 5 分一斤，苍蝇成群，围着切开的西瓜横飞。我当时去过的不少江南小镇，都是如此景象，即衬托于青山绿水之中，自然风光极好，但舍不得城建投资，铺不起柏油马路，环境卫生搞得很差。但是当时也难怪，因为那时中国的吃饭问题尚未解决，城里人吃饭有定量粮票，农村人吃饭得靠天、靠收成，自然顾不得那么多。步入一理发店剃头，见店里挂着华国锋的像与雷锋的像，感到十分诧异，因为当时华国锋已不再担任党的总书记与国家主席了。入雁荡山已 5 天，不可无诗。晚 6 时 15 分返旅馆，吟成长诗《雁荡山纪行》，仅志此留念：

雁荡山纪行（1983.8.8—8.12 歌行）

蝉鸣飞鸟寂，八月雁荡秋。

登崖望壑谷，觅水到龙湫。

崔嵬燕岗险，滴水贵如油。

农妇捣衣苦，涧涧隔青丘。

暮投乡民院，孤烛夜雨稠。

环山七百里，几多茅舍漏？

寻胜访古路，有女栖"北斗"。①

僧道亦何苦？百年总有休。

拄拐上石颠，梯田眼底收。

雨洗谢岭碧，②客心始解忧。

"水涨"有好男，③义渡不要酬。

游子亦慕此，沥血把心呕。

弹歌入小镇,布衣破烂裘。

无人识此子,朽表炎黄胄。

嗟呼!

衣装虽破精神爽,终经风雨到瀛州。

①洞名,道教居所。　②谢公岭为雁荡山中的一个山岗名。　③"水涨"为雁荡山麓一地名。

在写这篇游记时,我年已六十有七,腿脚已不太灵便,不只是当年攀爬雁荡山的豪情已不再,即便是对一般出门旅游,也已兴趣不大。但是我知道,把我当年的出游经历写下来,对于国家旅游文化未必不是贡献,这实际也是在攀登一座新的山峰,只是用的是老年人的形式。我当勉力在自己尚未丧失工作能力之时,完成心愿。

2015 年 7 月 23 日

游黄岩九峰公园，过灵江，夜宿仙居
（浙中纪行之三）

1983年8月12日，星期五，阴雨转晴。

晨4时30分起床，5时45分至泽国汽车站买赴临海的票，票已售空，只得买7时发黄岩的车票，8时抵。但黄岩站发临海的车票也已售空，只得讨价还价，从当地青年人手中买了一张9时30分发临海的黑市车票，票原价0.90元，青年人要求加价一元，最后以1.47元成交。

利用候车时间在黄岩街头闲逛，见颇多地摊卖黑市香烟，"凤凰"牌0.90元一包，"牡丹"牌1.10元一包。8时55分步抵"九峰公园"，门口有联"桔乡峰生九子抱谷；山麓泉地古木参天。"对联似欠工整。入园稍停，但见山头古木苍苍。

九峰公园位黄岩县东郊九峰山麓，因周围有灵台、文笔、华盖、接引、宝鼎、灵鹫、双阙、卧龙、翠屏九个峰相环而得名。其前身为始建于宋初开宝年间（968—976年）的"瑞隆感应院"，后改称"兴善寺"，俗称"九峰寺"。清咸丰十年（1861年），太平军攻占黄岩，火烧九峰寺，寺僧无力修复，此处成瓦砾场。此后至同治八年（1869年），根据知县孙熹提议，在原址建"九峰书院"，由清末著名经史方志家王棻任第一任山长，九峰山麓重新恢复清幽环境。当年康有为临此，盛赞为："九峰环立，峻碧摩天，分雁荡之幽奇。"1959年，书院始改建为县属公园。园内著名古迹有"瑞隆感应塔"和"望娘双塔"，其中瑞隆感应塔始建于宋初建隆四年（963年）。

10时15分，所坐汽车将抵临海时，突然撞上停于路侧的一辆故障车，前车玻璃尽碎，所幸司机未负伤。全体乘客下车，一刻钟后，换上后一班车，于11时抵临海。午餐时，在雁荡山向农民买的一根松木棍被窃。餐后，坐上12时20分发白水洋的汽车，在白水洋车站买到下午3时发往杭州方向可在仙居停站的过路车票。

白水洋距括苍山甚近,约 20 华里路程。括苍山甚高,海拔约 1400 米,但从远处观望,山上竟无一棵大树,近似秃山。山上无树的原因,估计如同我攀雁湖岗所见一样,皆被附近的农民偷砍了。我向当地人打听括苍山的景观,回答是:山顶有省电视台与气象台,在小海门车站有上山的大道。我甚想攀爬,无奈在攀雁荡山时伤左膝,心有余而力不足。白水洋车站位于灵江侧,灵江水碧清,两岸草木丰茂,杞柳成行,江心有渚,野鸭成群。我利用候车时间在江边洗脸,灌水,久坐得诗,志此纪念:

七绝　过浙江灵江(1983.8.12)

灵江秀水括苍①云,夹岸野花鸡豕群。

愁绪有朝都了断,隐身渚上事耕耘。

①括苍山,在浙江灵江畔。

下午 3 时 45 分,车抵仙居,在车站买了次日 6 时 20 分赴壶镇的车票。在车站对面旅馆办理了住宿手续。在白水洋车站发生的一件不幸事情是,跟随我走了千山万水的军用水壶,在匆匆上车时遗失,无奈在仙居百货商店买了一个新水壶,用款 2.91 元。"仙居"号称仙人居住的地方,但城镇卫生环境搞得极差。晚饭后顺着公路徜徉,遥望城郊的南峰山,山高约百米,山顶有塔,奇的是无顶。据说塔为宋时当地人为纪念县令陈襄"兴学宫,课诸生"而建。塔后即高矗的括苍山。时山顶人家炊烟四起,回首望落日,山映如火烧。

晚 7 时返旅馆,读所带《唐宋诗举要》磨时。同房宿客问我是否见到过毛主席或邓小平?他告诉我:他向公社与大队月交租金 90 元,又用款 1000 余元买了公社的公房,林业队不批准,公社与大队又不肯退钱,他准备写信向中央申诉。当时的 1000 余元是一笔巨款,我估计该旅客是生意人,赚了一点闲钱,当时公社、大队与林业队三者均眼热他的钱,故意唆他买产权不清的房子,钱到手后,既不肯给房子,又不肯退钱。但我亦无法帮助他,只得告诉他:我无福分见到毛主席与邓小平,对他无力相助,请求谅解。

2015 年 8 月 7 日

穿越浙中大峡谷，过壶镇，游仙都
（浙中纪行之四）

1983 年 8 月 13 日，星期六，晴。

晨 5 时起床，6 时 20 分坐上仙居发壶镇的汽车，票价 2.10 元，9 时 25 分抵。因昨晚在餐馆吃坏了肚子，从昨晚到今晨，腹泻数次，困极。在车入缙云县境后，很长一段时间都在峡谷地貌中穿行，十分有趣。但见左右皆山，山不甚高，山林甚茂，沿途多奇峰、怪石与涧流。峡谷的最底端为溪涧，涧不甚深，明净见沙，公路则沿着山涧边沿修筑延伸，低于两侧路面约数丈。筑路于此，可谓深得自然之奇趣。我一直以为我曾坐车穿行过的这一路段，属著名的浙东大峡谷的一部分，后查阅相关资料方知有误。浙东大峡谷位于浙江省宁海县境内，距宁波 114 公里，距宁海县城 29 公里，而距我所穿行的这一路段，尚有数百公里之遥。我所穿行的这一路段接近于浙江省中部，如果地理学尚无名，不妨命名为"浙中大峡谷"。

在车上向一老太太询问由壶镇去仙都的走法，老太太回答：仙都距缙云有 35 里，由壶镇至仙都，需要搭乘往缙云方向的车，中途下车，车次上午 10 时与下午 2 时各一班。但车抵壶镇车站后，发现老太太与我说的情况与事实完全不符，去缙云的公交车早已开走。我只得买了下午 1 时 20 分去仙都的车票，余时在壶镇闲逛。

壶镇属浙江省缙云县，位于瓯江支流好溪的上游，水明见沙，水边颇多垂钓儿童，妇女则在水边洗衣。在溪边久坐得句：

题好溪（1983 年 8 月 13 日）

好溪水明尽见沙，沿溪斜插万枝花。

有桥飞架从头过，天河堕此景色佳。

壶镇古名"胡陈",已有千年历史,属古代浙南地区的三大古镇之一,此说见于宋编《元丰九域志》,谓:"上(指上县)缙云,州(处州)东北一百一十里,五乡(万安、景福、官政、仙都、美化),胡陈一镇。"①另外两镇分别指处州府管辖六个县(丽水、龙泉、松阳、遂昌、缙云、青田)中的丽水县所属"九龙"镇,以及相邻婺州府辖七县中金华县所设"孝顺"镇。由于历史久远,因此在壶镇街头闲逛,尚能见到一些文化古风,即街头、巷尾布满了连环画书摊,不少儿童坐在书摊前捧读。这一情景使我回想起童年时代在北京护国寺以及在上海弄堂口读"小人书"的情景。当时的经历,曾给过我不少童年的欢乐,我特别喜欢看古代将军骑马打仗的连环画,只可惜经历"文革"之后,这一景象在上海已不再(连环画在"文革"均已被作为"四旧"烧毁)。但愿壶镇人能将这一文化古风传承下去。

中午12时30分赶赴壶镇车站候车,见一六十老翁在车站门口摆古象棋残谱赌钱,5角钱一局,据说一个上午已赢了两局。一位旁观青年对我说,你如应战,棋下得再好也准输。我尽管读中学时象棋下得不错,但只是从清王再越编《梅花谱》中学会进攻局,却未学会防守局,此外自1968年上山下乡以来,再未碰过象棋,棋艺早已生疏,自是不敢应战,只是在旁闲观。不久车发,见一中年人送一老太太至缙云县城医院治病,行动颇为困难,深感人世艰辛,暗佑自己老时,但一死了之,切勿拖累他人。下午2时,车抵仙都。

出站,举目所见,多象形山岩,山不甚高,沿着好溪两岸展开,像一盆盆放大了的山水盆景。先上"鼎湖峰",该峰在当地又名"五老峰",峰高约170米,状似石笋,东南以步虚山、仙都山为屏,西北环好溪(又名"练金溪")水,山后有湖名"鼎湖",胡心有亭。据当地传说:古时黄帝在此炼丹,不慎将丹鼎推倒,鼎倒压地成湖,故此得名。我去之时,因天旱少雨,湖底的二分之一已成干地。有关黄帝炼丹倒鼎成湖的传说十分久远,当年唐诗人白居易过此有诗称:"黄帝旌旗去不回,片云孤石独崔嵬;有时风激鼎湖浪,散作晴天雨点来。"②而古代的神话传说,常有真实的影子。这则神话传说说明:古代的仙都大地,有可能是华夏古文明的策源地之一。

由鼎湖峰下山,有"独峰书院"。据记载:该书院为宋代理学名家朱熹讲学之地。入内,见有近人沙孟海所题"海翁遗迹"字样,内院正在修建,一无所陈。我怀疑沙孟海写错了字,因为朱熹晚岁自号"晦翁",而不作"海翁",只有刘海粟

---

① 《元丰九域志》,北宋王存主编,曾肇、李德刍共同修纂。
② (唐)白居易:《咏鼎湖峰》。

(1896—1994年)晚年自号"海翁"。如果沙孟海字未写错字,便是指刘海粟当年曾临此作画,但是刘海粟当时尚健在,不该使用"遗迹"二字。临独峰书院,使我深感惊异的是院右公共厕所修建得十分豪华,胜过民宅,我初以为该处为旅游景点。

出独峰书院,见有"问渔亭"依溪上巨岩而建,亭匾"问渔亭"三字为民国人题写。附近另有石名"君子石",石上有"山亦萍踪"题字,题款为"明万历庚寅岁,上海李伯春题。""万历庚寅岁"即万历十八年(1590年),距今已500余年。对面山崖上尚有"漱石枕流"题字,题款为民国四年(1915年)邹可权。看了这些前人的题字,深感人世沧桑,这些古人和我一样曾有过青春岁月,但现在均已作古。

沿山路再上有初阳山,位于鼎湖峰西好溪边,山上有"凭虚阁",另有"旭山"题刻。山顶有洞名"倪翁洞",直贯山底。这是中国古文化史上一座大大有名的山。传说老子学生、越国名臣范蠡的老师计倪,因嫉俗避世,隐居于本山此洞,该洞又名"初阳谷"。步入洞内,见有唐、宋、元、明、清直至民国以降文人的临崖石刻数十处,其中"倪翁洞"三字篆体,是唐代大书法家李阳冰(唐玄宗时人,李白族叔)于乾元年间任缙云县令时所书。步入洞内,我感到庆幸的是:这么多珍贵的古人题字经历"文革"的磨难被保留下来了,显然当年红卫兵"破四旧"时,忘了此洞。我感遗憾的是,公路是沿着山洞边侧而建,汽车驰过,即扬起尘埃,使洞内洞外,均蒙上厚厚的尘垢,美丽的自然风光被损减了三分之一的风采。此外,山洞有明显的今人改建的痕迹。

出倪翁洞,沿公路前行里许,向东过溪,有"小赤壁"与"小蓬莱"等景观。此处因山路变狭,溪流被堵成湖而形成景观。所谓"小赤壁",系指一段东西横陈、长约数里的陡崖,石壁下部呈赭红色如火烧而得名,悬崖间有一段长数百米的天然栈道,称"龙耕路",传为东汉光武帝刘秀驾龙耕出,是名。小赤壁一带湖中有岛,有"八仙亭",风景甚佳,被称为"小蓬莱"。

在八仙亭少歇,见一群当地小孩在溪中嬉水。下午4时许,急返仙都汽车站,但赴缙云的末班车已开走,只得在仙都留宿。由于当地招待所已被来此拍电影的上影厂包去,只好在车站附近的农民家住宿,住宿费5角一夜。向当地人询问每日来仙都游客,回答少则数十人,多则上百人。但是我当日游仙都,除遇到三位永康青年骑自行车来此游览外,再未遇到一位游人。晚饭后沿好溪散步,逢雨而返。

2015年8月10日

步抵缙云，夜攀方岩山（浙中纪行之五）

1983 年 8 月 14 日，星期日，晴。

昨晚 7 时 30 分入眠，因汽车站附近无饭店，吃了 4 碗小馄饨难以果腹，凌晨 3 时半即饿醒。晨 5 时起床，在农家吃了一碗米饭当早餐，然后赴汽车站候车，直至 7 时，连续两部赴缙云的过路车都不肯停站，决定步行至缙云。仙都赴缙云的公路基本上是沿好溪岸展开，共约 30 华里，一路上山清水秀，边走路，边欣赏自然自然风光，一点都不感觉单调。遗憾的是公路为石沙铺就，质量太差，汽车一过，尘土飞扬，使美丽的自然风光蒙尘。

顺好溪边公路前行 7 里许，见有"姑妇岩"，又称"婆媳岩"，像极。其中站者为媳，容颜秀丽，坐者为婆，面容苍老。改换其他角度看，则媳妇无头，因此当地另有传说云：媳妇心肠狠毒，常虐待年迈的婆婆，一日被天雷劈去头颅，岩下有山塘，塘水至今仍赤。再换角度看。姑妇岩形象又变，似婆婆手中持棍，其背后立有一猫。姑妇岩一名"子母山"，此见于明嘉靖年间刻版的《浙江通志》所记："在小蓬莱之东五里，上有二石相上下，又名子母山。"姑妇岩对面另有"仙释岩"，其中瘦者像仙，胖者似和尚，岩石因此得名。如果由缙云方向至仙都，姑妇岩则位于仙都景区的入口处，因此，该岩又可称之为仙都把门的界石，出姑妇岩，也即步入缙云地界。

上午 9 点 40 分步抵缙云县城，但见路右石峰上有民国年间人题刻的"迎晖门"字样，而道左的拦溪石坝建得颇为壮观。

缙云县是中国一座古老的县城，根据文献所记，始建县于武周万岁登丰元年（696 年），以境内古缙云山而得名。置县后，先后隶属于括州（后更名处州）、丽州，新中国成立后，隶属于丽水专区。古代缙云，又是与华夏人文始祖黄帝有着密切关系的地方，此见于唐《元和郡县志》之所记："缙云山，一名仙都，一曰缙云，黄帝炼丹于此。"而《元和郡县志》所述的"仙都山"或"缙云山"，也即我昨日所去的仙都鼎湖峰一带的山脉。而根据中国古代神话传说,这也是黄帝炼丹修仙升天之处,此见于《史记·封禅书》之所记:"黄帝采首山铜,铸鼎于荆山下。鼎既成,有龙垂胡涘(此处指龙须)下迎黄帝。黄帝上骑,群臣后宫从上者七十余人,龙乃上去。馀小臣不得上,乃悉持龙涘,龙涘拔,堕,堕黄帝之弓。百姓仰望黄帝既上天,乃抱其弓与胡涘号,故后世因名其处曰鼎湖,其弓曰乌号。"而这一段记载中所述的"首山"、"荆山",亦即今仙都山一带的山峰名。由此亦可推断,今存鼎湖峰上的鼎湖,即黄帝时代人们采铜后所留下的矿坑。另据其他中国古籍所记:黄帝升天的大致情节为:黄帝问道广成子,登王屋山,得丹经。又问道于玄女与素女修道之法,随后回到缙云堂修炼,先采首山铜,再于荆山下铸九鼎,鼎成龙至,带黄帝升天。[1] 因此后人常以"龙去鼎湖"语,来形容帝王的去世。一说黄帝定天下后,以云名官,来定国家官职名,掌管宗族事务的称"青云",掌管军事事务的称"缙云",等等。如是,则古代缙云地区又曾是黄帝时代的军事重镇。

但是,古代缙云尽管与美好的神话传说相联系,但是步入缙云县城,给我的印象却是街道肮脏,尘土四扬,我不仅联想到人衣衫的整洁,也应该是人类步入文明的重要标志。上午10时,在缙云汽车站买了下午1时40分发永康的车票,午餐后,至城内城隍山腰的县文化馆午休,见馆前数百年古樟矗立,我不觉精神一振。但走到馆前,门却不开,门口《开放通知》上写着:上午、下午、晚上开放,周一休息。有人在《开放通知》旁留言,询问为何周日不开放? 再朝山上走,有城隍庙,但也是大门紧锁,当地人告诉我:庙里已变成了展览馆,其他一无所有。

下午3时,坐汽车由缙云抵永康,在车站买了3时35分发方岩的汽车票,当日下午4时30分抵方岩,在车站买了次日下午1时30分发金华的车票,然后在方岩"国营旅馆"办理了住宿手续。

晚餐后,缓行至方岩山顶广慈寺,时风清月朗,满天星斗,似伸手可掇。我从未见到过如此好的夜色,特赋诗为纪:

方岩月夜(1983.8.15)

方岩山中夜,伸手可摘月。

星辰八万亩,流萤时明灭。

在广慈寺内,见一浙江医大的女学生与婆婆一起来此求谶。共求得二谶,一

---

[1] 见《山海经·西山经》等。

谶为自己终身大事求,得谶上上;另一谶为弟弟今年考大专求,得谶上中。由于姑娘所得谶语中有偏难词"氤氲生气",说谶人无法说通,姑娘亦无法理解。我在旁边代为解说,姑娘甚为感谢,一定要给钱,被我回绝。其婆婆抓了一把糖给我,我从中抓了一粒,算是接受了谢意。谶,全称"谶语",又作"签"或"签言",古人认为其为能应验未来的预言。大抵写在纸上的称"谶",写在竹片上的称"签"。其大致可归类上、中、下三等,如果每一等级再划分作三等(如上上、上中、上下),又可划分成三类九等。它集中出现于中国佛寺、道观等宗教场所,被用作筹集香火费的手段,也被一些巫婆、神汉用以谋利,而对自己前途渺茫的抽签或抽谶者,则容易受自己所抽得的谶语或签言所惑。我前年去普陀山时,频见有人抽得恶签。但在广慈寺,我见抽谶者所得非上上,即上中,而未见得下谶者,显然庙里和尚怕给抽谶人造成不良精神影响,已预先从谶柜中清除了恶谶。我与女大学生闲聊,问她是学医的,为何也迷信谶语?姑娘回答:来自农村的大学生,都特别相信求谶。

　　我顺便拜望寺内一老和尚,向他询问如有青年人愿意出家,寺院能否接受?老和尚避而不答。旁边香客悄声相告:该和尚"文革"中被逐回乡,还俗结婚,生有一女,"文革"结束后,又被请回寺中,主持寺务。晚7时45分,摸黑下山,返旅馆休息。

2015年8月14日

攀方岩山，夜宿金华（浙中纪行之六）

1983 年 8 月 15 日，星期一，晴。

晨 5 时 20 分起床，早餐后 6 时 23 分开始攀爬方岩山。昨晚虽上了一次方岩山，但看到的仅是夜景，因此白天得攀此山。

方岩山位于永康市城东 25 公里处，山高仅 384 米，但山势却十分险峻，平地凸起，远望如一方形城堡，用山岩层层叠就，故名"方岩山"。上山的正道位山南，处于两巨崖间。拾级而上，6 时 50 分抵山腰"罗汉洞"，洞口有款"罗汉古洞"，篆体，题款人为金鉴才。洞口另有古泉"蛟龙泉"。据传此洞为方岩开山祖师正德禅师的最初修行处。入得洞内，见正洞陈大小佛像数十尊，二洞则陈有千手观音像一尊。出洞，有八角梧桐与芭蕉遮道，紫色野花沿山阶怒放。

由罗汉洞再上，坡陡如梯，称"百步峻"，其上有亭，称"步云亭"，亭上有一道在峭壁上凿洞修出的栈道，称"飞桥"，长约 50 米。这一段路为方岩山最为险胜之处，两侧山崖甚陡，朝下可望夹于深谷之中的罗汉洞。

顺山道盘延再上，见巨石挡道，豁然中开，石上刻有"天门"字样。跨入天门，即登上了峰顶，此处可望群山起伏、云雾缥缈。而山顶道路甚缓，游客云集，两侧商贩、占卜算命者摊位密布，此处称"天街"。顺天街再前，就到了我昨晚去过的广慈寺。但见寺前彩色石狮并立，寺檐多绘有孙悟空头像。

根据文献记载，广慈寺原名大悲寺，始建于唐大中四年（850 年），至北宋治平二年（1065 年），更名为广慈寺。向说谶者询问有关广慈寺的历史，被告知：广慈寺的奇特之处在于分内寺与外寺，外寺为佛寺，陈佛像；内寺则为南宋清官胡则的祠堂，当地人称"胡公大帝"，其号为南宋皇帝御谥。据说胡则为当地人，曾在五峰书院读书，又曾于此寺中讲学，因生前为官清廉，死后人民怀念，于此立祠纪念。我事后查了一下有关胡则的资料，发现与说谶人的介绍基本相符。即，胡则（963—1039 年），初名厕，字子正，永康胡库人，宋太宗端拱二年（989 年）进士，历仕太宗、真宗、仁宗三朝,为官清廉。明道元年(1032年),当地天旱,上书要求皇帝免除衢、婺两州百姓身丁钱,百姓感恩,于方岩山顶立庙为祀。宋高宗时,赐庙额"赫灵",当地百姓则将其解为"有求必应",因此每于农历八月十三日胡则生日那天,香火最盛。

广慈寺香火颇盛,前来跪拜焚香与求谶者,有老太太、中年男女以及小孩等。我在寺中稍留,听人说谶。解谶人对一青年农民说道:根据谶言,你50岁以前钱多得用不完,寿命可达77岁,有一子可以给你养老送终。青年农民听后甚为不满,反问:我怎么只能活到77岁?我站在旁边插了一句:你一辈子钱都用不完,能活到77岁,怎么还嫌命短?周围听众哈哈大笑,问谶者自己也跟着笑起来。说谶人连忙改口说:你活过77岁后还可活到82岁,过了82岁这道关,你还可再活许多年。

我寻隙问说谶人日收入几何?回答是:约3至4元,所得须与国家四六分成,个人得六,所余部分上交国家。我当时的月工资收入为36元,因此日收入三四元是一个不小的数字。恰逢我昨夜见过的老和尚经过,向其询问出家经历,回答年仅5岁,即被家人送到寺庙出家。又问寺庙现在是否收女弟子?此问是因当时寺庙中颇多青年女子缠住老和尚要求出家。老和尚回答:普陀山已收女出家人(尼姑),而本寺收人必须经县文化局批准,寺庙自身说了不算。

8时30分离广慈寺,自北坡下山,8时50分过"蓬莱十八曲"景观,见诸多象形山岩。9时15分抵寿山"五峰书院"。

寿山位于方岩山北面,因周围有鸡鸣峰、覆釜峰、桃花峰、瀑布峰、固厚峰五峰相联,一名"五老峰",五峰书院亦因此得名。寿山陡峭,峰岩如削,其中以固厚峰为尤,其下多大小不一的石洞,大洞可容纳千人,中国传统楼阁式建筑,均依洞而建,有寿山寺、丽泽祠、三贤堂、学易斋和五峰书院等遗址。其中五峰书院是宋代学者朱熹、陈亮、吕东莱与明代学者应石门、程方峰、程松溪等人的讲学之处。但可惜的是,在我去时,五峰书院已毁于"文革",尚未及修复,而成为"方岩绸厂"的厂址,厂内隆隆的机器声与其下的书丘、瀑布等静谧的自然环境形成太大的反差。书院的旧式古建筑已完全被毁,而使我大吃一惊的是,入门处竟立有蒋经国题写的"东鲁青风"石匾,不知这块石匾是如何躲过"文革"劫难,而保存下来的?五峰书院的下方有瀑布名"斤线潭",当时因天旱无水,潭旁有"读书岩",再下尚有更楼与鼓楼。10时,过鼓楼,少歇,开始下山。

下山时与一当地老人同路闲聊,老人告诉我:方岩寺原来的规模很大,僧房足可以接待1000多进山的香客。"文革"中根据县政府命令,当地公社将方岩寺拆除,拆下来的建筑材料另筑他房,五峰书院也在同时被拆除。"文革"结束后,日本一华侨为重修方岩寺(广慈寺),从 1981 年至 1983 年间共捐款 6000 元,另加外界其他捐款,寺院得以逐步修复。而对日本侨胞捐款的功德,寺院门口已立碑致谢。

走到寿山脚,见当地农民新建石屋颇为豪华,经相询,主人自云手艺人,建房共用款 8000 元,所用石料均采自后山。继续前行,见一农家新起石屋跨山涧两端而建,奢同别墅,人在房中窗口,可直接用水桶自山涧中吊水。主人十分得意,邀我入房参观,并告诉我:修建这座石屋共用款 1 万元。主人亦自云为当地手艺人,并告诉我:"文革"后富起来的人家,均当地手艺人,纯农户人家每户不过半亩田,仅靠种地,难以致富。

中午 11 时 15 分,返方岩国营旅社午餐。餐后,沿街散步,发现当地人家多喜在门上贴对联,内容大抵为"花开富贵"之类。11 时 40 分,至马头山刘英烈士陵园瞻仰。据介绍,刘英(1906—1942 年)原中共浙江省委书记,1942 年 2 月因叛徒出卖,在温州被捕,在狱中受尽酷刑不屈,同年 5 月 18 日,就义于方岩马头山麓丹枫树下,同死者有时任中共浙江省属特委书记的张贵卿烈士,其陵墓在刘英烈士墓近旁。

中午 12 时 30 分,返方岩汽车站候车,发现当地人口音与普通话音系以及"吴侬软语"相差甚远,在雁荡山,当地人讲话我能听懂二分之一,而在方岩,当地人讲话我连一句都听不懂。下午 1 时 40 分车发,行至 3 时 10 分距金华约 10 公里时,因前车出故障阻路,停车约一个小时。车上人无事闲聊,所谈均为广州人与汕头人如何走私的事。云走私手表,5 元、7 元、10 余元直至 60 元的价均有。一旅客出示所带罗马牌手表说:他是花 25 元买来的。一位旅客说广州电影票 6 角一张,黑市票价则 7 角钱朝上,卖不掉时便宜卖的也有。又说有一人向两位姑娘买表,钱已付,欲拆开包装看表时,被另一姑娘夺去摔坏于地,然后两人逃走。

下午 4 时 10 分车发,我数了一下路边堵塞的汽车与拖拉机共 91 部。4 时 30 分,车抵金华站,5 时 20 分,步抵金华北站查询次日发往双龙洞的车次,回答头班车为 6 时 40 分。在附近旅馆住宿,晚 8 时入眠。

2015 年 8 月 16 日

上金华北山，探朝真洞、九龙洞
（浙中纪行之七）

1983 年 8 月 16 日，星期二，晴。

晨 5 时零 5 分起床，6 时 40 分在金华北站坐上公交车，7 时 20 分抵北山脚双龙站。我 1980 年攀金华北山时，曾上过双龙洞与冰壶洞，但由于当时天雨，未能登顶，亦未能去得朝真洞与九龙洞探幽，因此完成 1980 年的未了之愿，成为我这次登北山的主要目的。

约 7 时半，沿山阶过双龙洞，8 时许，过冰壶洞。由于游此二洞的经历，我有文另述，此处略过。[①] 8 时 55 分，登北山顶，遥望山南的徐公湖，颇感壮观。徐公湖位于鹿田山玉壶峰与金盆峰之间的谷地，今名鹿田水库。此湖与中国一个古老的神话传说相联系着。据传山下有村民徐公，一次去湖边，见有两位老者下棋，自云赤松子与安期生，随手自壶中舀了一杯酒给他喝，徐公竟一醉 3 年，待醒后还家时，家人早已为他做完了丧事。徐公最终也成仙而去，此湖因此得名"徐公湖"。这一则神话传说见于唐欧阳询编《艺文类聚》卷九《水部下》引文，原文为："郑缉之东阳记曰：北山有湖，故老相传云，其下有居民曰徐公者，常登岭至此处，见湖水湛然，有二人共博于湖间，自称赤松子安期先生，有一壶酒，因酌以饮徐公，徐公醉而寐其侧，比醒，不复见二人，而宿草攒蔓其上，家人以为死也，丧服三年，服竟，徐公方反，今其处犹为徐公湖。"

翻越峰顶下行少许，为朝真洞，洞口有"三十六洞天"的题刻，题款人为清末民初的汪志洛。因到该洞需要翻越北山，因此游客甚稀。朝真洞又名真人洞，传古有石真人曾居此洞修道而得名。又传此洞为"黄大仙"修炼得道处。黄大仙本名黄初平（约 328—约 386 年），浙江金华兰溪黄湓村人（一说为金华义乌赤岸

人),原出身于放羊童。根据中国民间传说,他是在金华山中炼丹成仙的,能够点石成金,以"药方"度人成仙,得道后易名赤初平,道号称"赤松子"或赤松仙子,宋代敕"养素净正真人",而在中国民间则称为"黄大仙"。但是关于"赤松子",中国古籍中尚有不同的说法。刘向《列仙传》指赤松子为神农时雨师,因服食水玉,能够任烈火烧烤,其常去昆仑山西王母石室中休息,可随风雨自由上下,炎帝小女因仰慕赤松子,亦追随其成仙而去。又据《韩诗外传》,赤松子曾为帝喾之师。本上述历史文献所记,历史上可能真有赤松子其人,其生活年代当远早于东晋黄初平的生活年代(黄初平事见东晋葛洪的《神仙传》)。因此从逻辑上推理,我更主张黄初平是来金华山修道,得遇古仙人赤松子,经点化而成仙的。

入得朝真洞,顿感寒气逼人,洞深约半里,高10米,左右尚有两个小洞。入正洞内,见有水池一口,号称"天池",据传为黄大仙当年饮水之处,旁有大石一块,称"石棋盘",为黄大仙当年下棋处。周边多钟乳石,蝙蝠横飞尖叫。朝洞顶走,但见有石梁横坦,有两个小孔可通天光,见到周边草木,称"一线天"。这也是给当年徐霞客临此,留下最深刻印象的地方,称:"朝真以一隙天光为奇。"

9时15分出朝真洞,至鹿田水库边少歇。此处远山静影,十分秀丽,湖面约千亩,可惜无游船,否则会给游客带来更多的欢乐。鹿田水库大坝下有村庄名"鹿田村",此村亦有传说,传当年女娲娘娘畜鹿一头,可代人耕田,在鹿颈上挂竹筒,筒内置钱,尚可代人购物。鹿后被恶人打死,人们为了纪念鹿,将该村改名"鹿田村"。

北山主峰高约1300米,古时亦名"长山"或"常山",山上多洞。人们一般习惯于将山间的双龙、冰壶、朝真三洞合称为"金华洞",亦称其为道教的第三十六洞天"金华洞元洞天"。但我1980年攀北山时得知,北山上尚有一个不被常人所知的荒洞——"九龙洞"。由于当时天气晴朗,我决心只身前往,一探究竟。向当地人问路,讲在另一山峰上,距朝真洞约3里路,须先下本峰,穿越一个隧洞可达。

根据当地人所指,9时55分下山过双龙洞口,10时20分穿越一个正在修筑中的公路隧洞,10时55分攀上当地人所指的山峰顶,却并未见有山洞。时烈日当空,汗流如雨,小径荒草没膝,山上空无一人,只得折返。下山路陡,左膝疼痛难行。11时15分抵山腰,见路右荒草之下似有叉路,向右行,竟发现了几乎已完全被荒草与荆棘所淹没的"九龙洞"洞口,真是有志者志竟成。我一阵惊喜,进入洞中,发现洞广约数十丈,有两个口子透亮,大厅中有被砸毁的断头佛像,这显然又是"文革"中破四旧的产物。洞左有深洞,因无光照,不可下,亦不知深浅。

但见洞壁蒙垢甚厚,稍拭,以石块在洞壁上留字:"上海刘惠恕只身前往,歧途返而复入。"随后自后洞出,时为 11 时 20 分。后洞实为进九龙洞的正洞,因为后洞顶钟乳石倒挂,形似九龙,这显然是该洞得名的原因。

下山时途经石灰厂,见人放炮开山取石,恰遇一当地人欲赶赴金华,随其同行至双龙汽车站,时为 11 时 30 分。中午 12 时,搭上返金华的旅游专车,票价 0.50 元。而我来时坐的是公交车,票价为 0.30 元。此外,游冰壶洞,票价 1 角,游双龙洞与朝真洞,票价各 1 角 5 分,这些是全天所花费的旅游费用。所游九龙洞为野洞,自然不用花门票钱。

中午 12 时 23 分,汽车抵金华北站,急行半小时抵金华火车站,买了当日下午 14 时 29 分发杭州的 358 次客车票。午餐后,在火车站附近闲逛。金华的物价极低,饭店吃饭,排骨丝瓜汤仅 2 角一客。但火车站的卫生环境太差,瓜皮果屑遍地。见有一来自台湾的 47 岁男子与一 27 岁的美国女子,被一大群好奇的旅客围住问话。男子说:他的老家在浙江东阳,5 岁时出国,与美国女子是在搞设计时认识的。我问他台湾当局是否允许台湾人到大陆来?台湾人回答:直接来不允许,但若取道美国或香港到大陆来,则不予过问。我又问他台湾风俗、文化、卫生与大陆有何区别?台湾人显然不愿意谈敏感问题以给自己找麻烦,因此回答是:"差不多。"一位年轻漂亮的陈姓女列车员问台湾人能否听懂东阳话?又要求台湾人充当翻译,将她的中文名字译成英文送给美国女子,并请美国女子将其名字、地址用英文写下,给自己留下。台湾人都照做了。这位台湾人看似身体健康、俊朗,普通话讲得标准,因此给旅客留下了良好的印象。

火车晚 6 时 30 分抵杭州站,晚餐后,在湖滨附近连找几家旅社,均无空位,最后在"群众旅社"找到了统铺位,睡一宿 0.70 元。

2015 年 8 月 19 日

岳坟遗恨（浙中纪行之八）

1983 年 8 月 17 日,星期三,晴。

晨 6 时起床,7 时 50 分抵岳坟瞻仰。自"文革"结束、1979 年 8 月间岳坟修复后,我已去过多次,但遗憾的是,始终未能很好地拜读岳庙中所陈列的碑文。因此当日去岳坟的目的,主要是想拜读岳庙中所陈列的碑文。而今日能够读到这些碑文,还得从岳飞蒙冤 21 年后,宋孝宗赵昚于绍兴三十二年(1162 年)六月继位,下诏给岳飞平反,并以高价悬赏求索岳飞遗体说起。

岳飞死后,其遗体怎么会没有的呢? 根据有关记载,岳飞于绍兴十一年十二月廿九日(1142 年 1 月 27 日)蒙冤身死后,[1]狱卒隗顺素来敬仰岳飞的人格,乘夜半无人之时,冒死将岳飞遗体背出杭州城,埋在钱塘门外北山九曲丛祠旁,隗顺临终之前,始将此事告知其子。此事见于宋佚名《朝野遗记》之所记:

> 其(岳飞)毙于狱也,实请具浴,拉胁而殂(死)。狱卒隗顺负其尸出,逾城,至九曲丛祠中。故至今九曲五显庙尚灵(旧在大理寺墙下)。顺葬之北山之滑,身素有一玉环,顺亦殉之腰下,树双橘其上志焉。及其死也,谓其子曰:"异时朝家必求,求而不获,必悬官赏。及是汝告曰,棺上一铅筒,有棘寺勒字,吾埋殡之符也。"后果购其瘗(葬)不得,以一班行[2]为赏,隗之子始上告官。悉如所言,时无它珠玉为殡,而尸色如生,尚可更歙礼服也。

从这一段记载来看,岳飞的初埋地点"北山九曲丛祠旁",当指现今杭州北高峰上。隗顺子所领受的"一班行"奖,当是指授一普通官阶("班行"泛指官阶)。

---

① 见《建炎以来朝野杂记》乙集卷一二《岳少保诬证断案》。
② 班行,泛指官位。

当时尚有其他记载,讲隗顺偷葬岳飞尸身于北山九曲丛祠,于墓侧栽双橘作记号,中立"贾宜人墓"以避人眼目,其子领受的是"五百贯"的高价奖等等。但所述基本事实却无误,即隗顺子告知朝廷岳飞埋尸地址后,"启棺如生,乃以礼服殓焉。"①关于隗顺其人,只知他是当时大理寺的狱卒,正史上并未记载其事迹,但是他却以一个普通人的良心,在中国历史上留下了千古义士的形象。由于他的所为,岳坟才能够修起,岳庙中也才有可能陈列怀念岳飞的碑文。

现陈岳庙中的碑文,除岳飞手书诸葛亮《前后出师表》外,其余大致可归为两类,一类为后人对岳飞事迹或人格的赞扬;另一类则是南宋自孝宗以降,绍兴、嘉泰、宝兴三朝给岳飞的平反诏书。其中最有史料价值的,自然当属后一类碑文。其中绍兴三十二年(1162 年)七月十三日给岳飞的平反诏书写到:

> 三省同奉圣旨,故岳飞起行伍,不逾数年,位至将相,而能事上以忠,御众有法,屡立功效不自矜跨,余烈遗风,至今不泯。去冬出戍,鄂渚之众,师行不扰动,有纪律,道路之人,归功于飞。飞虽做事以没,而太上皇帝念之不忘,今可仰承圣意,以复原官,以礼改葬,访求实其后,特与录用。

这块碑文是给岳飞平反的第一块碑文,写得十分有趣,给风波亭冤狱留了一个"尾巴",称岳飞是"做事以没";又给宋高宗留了一点面子,称是"太上皇帝念之不忘,今可仰承圣意,以复原官。"意即宋高宗杀岳飞后,感到心中有愧,是以复岳飞原官。话之所以这样写,联系到这块碑文产生的背景可知:绍兴三十二年(1162 年)六月,宋孝宗继皇帝位,宋高宗退位为太上皇,当年十二月五日,宋孝宗改元隆庆。而在碑文颁发之时(绍兴三十二年七月十三日),宋高宗赵构还刚退位,不得不给这位太上皇留一点面子,而给岳飞所复,也仅是以"指挥"官职改葬。

但此后宋廷诏书不再给宋高宗留颜面,绍兴三十二年七月十七日《追复少保两镇告》、嘉泰四年六月二十日《追封鄂王告》、宝庆元年二月三日《赐谥忠武告》,都对岳飞的功绩颂扬有加,并将岳飞的死因,归结为权臣陷害,并隐指高宗昏暗。在这些公告中,岳飞先后被赐的谥号有:"少保武胜定国军节度使、武昌郡开国公"(《追复少保两镇告》),"鄂王"、"太师"、"武穆"(《追封鄂王告》),"忠武"(《赐谥忠武告》)等等。岳飞的武功与人格被称颂为:"智略不专于古法,沉雄亦得于

---

① (明末清初)张岱:《西湖梦寻·岳王坟》,江苏古籍出版社 2002 年 3 月版。

天资"(《追复少保两镇告》);"勋业不究于生前,而誉望益彰于身后";"方略如霍骠姚,志灭匈奴,志气如祖豫州,势靖异朔"(《追封鄂王告》);"威名震于夷裔,智略根于诗书";"与山河而并久,英灵如在"(《赐缢忠武告》)。岳飞的死因及平反之举被称之为:"人主无私,予夺一归,万世之公,天下有真,是非不待百年而定";"虽怀子仪贯日之忠,曾无其福,遂堕林甫偃月之计,孰拯其冤,逮国论之"(《追封鄂王告》);"誓靖中原,谓恢复之议,为必伸忠愤之气,为难遇上心,密契诏札俱存,夫何权臣力主和议,未究凌烟之伟绩,先罹偃月之阴谋"(《赐缢忠武告》)。等等。

至于岳庙所存的另一类碑文,除了对岳飞的事迹或人格大加称颂外,所谓"青山有幸埋忠骨,白铁无辜铸佞臣";"正邪自古同冰炭,毁誉于今判伪真"等等。则直接把矛头指向了宋高宗,指出岳飞的死因,实出自高宗怕岳飞迎还"二圣"、自己就得让位的卑鄙心理。代表性题字有明嘉靖九年(1530 年)十月二日文征明书的《满江红·题宋思陵与岳武穆手敕墨本》。全词为:

> 拂拭残碑,敕飞字,依稀堪读。慨当初,倚飞何重,后来何酷!果是功成身合死,可怜事去言难赎。最无辜,堪恨更堪怜,风波狱!　岂不念,中原蹙?岂不惜,徽钦辱?但徽钦既返,此身何属!千载休谈南渡错,当时自怕中原复。笑区区一桧亦何能,逢其欲。

我还留意到了碑林中有一块碑末注明"乾隆丁丑暮春三月御笔"的乾隆帝吊岳飞诗:

> 阵战曾轻兵法常,绍兴亦委设施方。
> 操戈不谓兴张俊,纳币终成去李光。
> 何事书生叩马首,遂教名将饮鱼肠。
> 至今人恨分尸桧,宰树余杭万古芳。

由此碑文可见:清乾隆皇帝心胸开阔,尽管岳飞抗金,打的是其先祖,而乾隆皇帝却能本满汉一体的立场,站在整个中华民族的立场上,肯定岳飞的抗金功绩,这远较近年有的自称懂得"历史唯物主义"、却否定岳飞为民族英雄的教育部官员高明。

浏览岳庙碑林,我数度下泪,为这位民族英雄的命运不平。我认为谈古道

今,岳坟有四恨是不能不说的:

其一是从历史角度来看,岳飞之死是人类文明的悲剧。因为相比较而言,当野蛮的"宗教裁判"制度与①与宗教战争②尚在西方盛行之时,有着"弱宋"之名的宋王朝,却是当时世界文明的曙光。强调这一点是因为:尽管当时中国尚未找到抑制君主专制的善法,但无论是从经济与文化发展水准来看,还是从文官制度的完备性来看,宋王朝都是中国传统社会最为完善时期;彻底反宗教的人文主义的"理学"光辉,此时已开始照耀神州大地,并开始向周边国家波及,宗教势力(释、道两教)已被放逐于山林之中,这是人类历史上的第一次启蒙运动。当时宋王朝所缺的,是一位有"扫平四夷"能力的天才武将,而岳飞以他的文武才能,完全能承担这一历史重任。如果岳飞不死,其志可现,不但可以再现中华历史上的"汉唐盛世",同时也可以促进世界文明的发展,而后来蒙古游牧文化征服世界的现象也绝不会出现。

其二是岳飞个人的悲剧。岳飞个人的悲剧在于他具有中国历史上最完备的士大夫人格,孤直清忠,体贴民苦,勇于献身,处处都以国家与民族利益为重,是一位不折不扣的君子。但是他所遇到的君王,却是一个心胸狭隘、自私、猜忌成性、毫无国家与民族大义的小人。岳飞的毕生理想是精忠报国,"扫平四夷","迎还二圣";而宋高宗卑鄙的心底,最怕的就是岳飞"迎还二圣",使自己当不成皇帝。因此当岳飞口口声声要"迎还二圣"(他即将要做到这一点时),并建言立力主抗金的皇室赵眘(后来的宋孝宗)当太子时,这便触犯了宋高宗能够容忍岳飞的底线,并导致了二人站在国家民族利益立场与站在个人利益立场的政治斗争以及岳飞个人的悲剧命运。

其三是岳飞身后声誉的悲剧,谤声不断。一个为国家、民族利益献身的人最终得到社会的公认,这说明历史是公正的。但是由于岳飞的人格过于崇高,自然也刺痛了一些有阴暗心底的人,而出自其潜意识,不断地对岳飞死后声誉进行诽谤。其手法有二:一是否定岳飞文学与思想上的成就,如讲《满江红》词非岳飞真作、岳飞手书诸葛亮《前后出师表》为赝品等等,尽管有充分的证据证明这二者均出自岳飞的手笔。对此,拙文《论有关岳飞争议的评价》已为之辩诬。③ 二是崇秦贬岳,为秦桧翻案。从远处看,民国时期蒋介石与汪精卫为此大吵一场,汪

---

① 始自 1184 年罗马教廷"凡罗那会议"时,下令各地主教在辖区范围内调查异端分子情况而提出告诉。
② 罗马天主教教皇主持下的十字军东征战争,持续了近 200 年,时间约从 1096 年至 1291 年间。
③《论岳飞评价的争议》,中国社科网 2012 年 12 月 20 日,《炎黄子孙》2012 年第 1 期。

第八卷　雁荡山、仙都、方岩山、金华、杭州纪行

精卫认为秦桧能顾全大局，可敬，岳飞专横该杀，最后投降日本人当了汉奸。而蒋介石认为岳飞民族气节可钦，最后走上了坚持抗战的道路。从近处看，自新中国成立以来，不断有人试图为秦桧翻案，否定岳飞为民族英雄，甚至上演了 2002 年版余桂元主编的《全日制普通高级中学历史教学大纲》(修订版)否定岳飞为民族英雄的闹剧，结果产生了不良的国内外影响。对此，拙文《岳飞、文天祥民族英雄的历史定论不容篡改》已有详论。①

四是岳坟在"文革"中被毁，死后不得安眠。1966 年 8 月间在杭州所发生的砸岳坟事件，是"文革"中发生的诸多著名"打砸抢"事件中，最具诡异色彩的事件，其疑惑有三，细说如下：

疑惑之一是此事件的发生来无踪，去无影，始终无责任认领人。它不像曲阜砸了孔庙，知道责任人为谭厚兰(1937—1982 年)；明定陵万历皇帝的尸骨被焚烧，知道责任人是该馆"红旗造反队"的三个头头，其中一人原为定陵的女解说员，等等。② 而在"文革"之中，尽管政治思潮狂热，但在绝大多数民众心目中，岳飞仍为值得尊崇的民族英雄，他的坟址应该得到很好保护。近年来有人在网上发文，指出："当年砸'岳坟'的是杭州商校(现在的浙江工商大学)的红卫兵，具体的打砸人员是杭州商校里最勇猛的'红卫兵'组织'华东 0506'"；又称："知道四个跪像铁人埋在哪里的，因为当时看见了，并找了杭州文物所所长说了此事，他嫌麻烦，说重新挖出来还不如埋那儿；他说是铁的，几百年之后就烂没了。他不管，后来也不了了之。"③但作者对于砸坟经过所述语焉不详，署名是"微观天下"，令读者一头雾水。另有人发博文说，当年砸岳坟的红卫兵组织是当时杭州四中的红卫兵组织所为，并具体指出："文革初期的红卫兵以新贵子弟为核心。杭州四中因为新贵子弟较多，所以杭州四中成了杭州文革运动的急先锋，破四旧，冲锋在前，一举砸烂了与四中差不多隔湖相望的岳飞庙。此后文革期间，岳飞庙一度竟被改造成了'四川省大邑县恶霸地主刘文彩'的'收租院'。"④但文章作者同样未署真名(署名为"湖北京西宣抚使")，亦未具体指出砸岳坟事件的组织者是谁。

① 上海炎黄文化研究会编：《游赏精神家园〈炎黄子孙〉论文选》，上海文化出版社 2014 年 4 月第 1 版。
② 参见《定陵洞开之后的厄运》，载中国网 2007 年 11 月 19 日。
③ 见《今天才知道精忠报国的岳飞居然被挫骨扬灰》，发布时间：2014 年 11 月 15 日，作者署名："微观天下"。
④ 见《杭州岳王庙和灵隐寺在文革中的遭遇》(2010 年 5 月 30 日)，作者署名"湖北京西宣抚使"，天涯易读网。http://www.tianya66.com/article-a-94590-1.html。

325

此事件的疑惑之二是："文革"中的砸岳坟者究竟从坟中取走了什么？现在已知的结果仅是"岳武穆被挫骨扬灰"。我1979年8月6日过杭州瞻仰岳坟时，守门人曾告诉我民间有关砸岳坟的传言很多，或谓"造反派"在毁坟时，从地下掘得黄金万两，传为当年抗金义士留下，为备抗金之用，"造反派"头头得金后，席卷而去，不知所终；或谓"造反派"头头得金后，上下打点，得以逃脱"文革"后的查处；或谓"造反派"当年得金后，因分赃不均，引起斗殴①等等。此外，当年砸岳坟的造反派究竟从坟中取走哪些陪葬品，也是值得追究的事情。因为查之文献可知：风波冤狱后，岳飞的遗体因狱卒隗顺的义举，得以完好保存，21年后宋孝宗以王侯礼改葬岳飞于栖霞岭（岳坟今址），此见于岳飞孙岳珂《金陀续编》卷十四淳熙六年（1179年）《赐谥谢表》之所记："葬以孤仪，起枯骨于九泉之下。"关于宋室礼葬岳飞的记载尚见于《宋史·岳飞传》："孝宗初，与飞同复元（原）官，以礼袝葬，赠安远军承宣使。"另见于宋《绍兴三十二年七月十三日复官后改葬指挥告》："以复原官，以礼改葬，访求实其后，特与录用。"②另见于宋《绍兴三十二年七月十七日追复少保两镇告》"近畿礼葬，少酬魏吴之心，故邑追封，更慰辕门之望。"③另见于宋《宝庆元年二月三日赐谥忠武告》："礼葬颂祠，额以旌褒，逮于先帝之时。"④岳珂文中所云"孤仪"，当是指宋代礼葬王侯的一品礼仪，因为岳飞平反后谥"鄂王"、"武穆王"。至于"孤仪"葬礼的具体仪式，今人已很难说得清楚，但有一点是可以肯定的，即陪葬品不会不丰厚。此处仅以北宋名臣包拯坟的发掘情况来比附：死者生前官阶与岳飞相当（任副枢密使），其坟址为成规模的地宫，尽管陪葬品历史上已被盗，但从残留物品来看，仍可推知当年陪葬品的丰厚程度。⑤因此，当年平毁岳坟的"造反派"，不可能只做了将岳飞遗骸"挫骨扬灰"这一件事，他们究竟从岳坟中取出了哪些陪葬物，又将其弄到哪去了，这是必须提出的问题。之所以发此问，是因为宋代社会经济发达，岳坟中的陪葬品得见天日，必然是有极高价值的文物，其所有权应属于国家。

此事的疑惑之三是："文革"中"造反派"平毁岳坟，是杭州发生的重大政治事件之一，其参与者也绝非一人所能为。为何事后却未加追究，亦从未见媒体的有

---

① 见拙文《旅游散记·西湖掠影、泛舟苏杭古运河断想》，载凤凰网。

② 碑陈岳庙。

③ 碑陈岳庙。

④ 碑陈岳庙。

⑤ 见河间市包拯廉政建设研究会编辑整理：《大宋名臣包拯墓发现始末》，载历史学专业研究生基础课教学网，http://www.hjlzzx.gov.cn/newsview.asp?id=395。

关报道？这些犯事者究竟是用何种手段逃脱了当时政府的查处与媒体的追讨？其背后是否还隐藏着其他交易？这也是不能不提出的问题。

　　概而言之，"文革"间杭州砸岳坟事件，是一件隐藏着很深政治秘密的事件。鉴于岳坟在 1961 年 3 月 4 日已被国务院公布为"第一批全国重点文物保护单位"，因此它的被毁，理应受到政府追查。为了对国家负责，史学工作者有义务将这一历史事件的真相弄明，告白于天下。往事已不可追，而来事尚可鉴，仅写出我个人对此问题的认识，供读者参考。

2015 年 8 月 23 日

附录：论有关岳飞评价的争议

刘惠恕

在中国当代史学研究领域，环绕着对于岳飞的评价，可以说是争端最多的问题之一，本文仅从抗战以来说起。

一、关于岳飞与秦桧的谁是谁非

根据近年新披露的史料，争论最先始于蒋介石与汪精卫之间。1932年上海"一·二八"事变爆发，1月29日汪精卫和蒋介石在探讨应怎样应对"一·二八"事变时说："南宋的秦桧遭到世人唾骂，但我觉得秦桧也是个好人。因为他在国家危亡关头，总要找出一个讲和的牺牲者，秦桧其实就扮演了这么一个角色，他用自己遭世人唾骂，换来当时的和平，使无辜生灵免遭涂炭之灾。照我看秦桧的救国与岳飞的抗敌，只是手段不同而已。"蒋介石怒色说道："秦桧是地道的卖国贼，这是妇孺皆知，怎么能同岳飞相提并论呢？"同日在南京召开国民党中央政治会议后，蒋介石向报界发表谈话说："余决心迁移政府。与日本长期作战，将来结果不良，必归罪于一人。然而两害相权，当取其轻，政府倘不迁移，随时受威胁，将来必做城下之盟。此害之大，远非一人获罪之比。余早有志牺牲个人，以救国家，他复有何所惜哉！"随后蒋介石通电全国"同胞惨遭蹂躏，国亡即在目前，凡有血气，宁能再忍？我十九路军将士即起为忠勇之自卫，我全军革命将士处此国亡种灭，患迫燃眉之时，皆应为国家争人格，为民族求生存，为革命尽责任，抱宁为玉碎，不为瓦全之决心，以与此破坏和平，蔑弃信心之暴日相周旋！中正与诸同志久共患难，今日虽在野，犹愿与诸将士誓同生死，尽我天职。"此后，蒋介石暗派第五军打着第十九路军的旗号协助第十九路军在上海共同抗战，日军在30多天的攻势中屡战屡败，四易其帅，数次增兵，死伤逾万，1932年3月3日在国联的调解下,被迫同意停战。①

　　蒋介石与汪精卫争论的实质,展现了历史人物人格对于民国政治家的不同影响,而其影响力又直接折射于后来中国政治事态的发展中。比较而言,汪精卫后来之所以当汉奸,组织南京伪国民政府(1940年3月—1945年),而蒋介石之所以能与中国共产党联合抗战,都与他们从中国历史文化遗产中(岳飞与秦桧的不同人格中)所汲取的不同文化力量有关。

　　与汪精卫"崇秦贬岳"的言论相呼应,当时有日本历史学家发文吹捧秦桧,贬低岳飞。1937年抗日战争爆发,日军占领杭州后,将岳墓、岳王庙毁坏。② 又有曾在日本留学、后依附汪伪政权的文人如周作人等发表文章说:岳飞是军阀,专权该杀,反倒是秦桧能顾全大局,值得褒扬。③ 这种观点的学术依据,源自当时在汪控区上海光华大学执教的吕思勉1923年所著的《自修适用白话本国史》一著。吕的观点包括:

　　宋金"和议在当时,本是件不能免的事";秦桧"爱国",不是"金朝的奸细","主持和议秦桧却因此而负大恶名,真冤枉极了","秦桧一定要跑回来,正是他爱国之处,始终坚持和议,是他有识力,肯负责任之处","能解除韩世忠,岳飞的兵权,是他手段过人之处";岳飞、韩世忠等武将已成"军阀",岳飞的抗金事迹全被夸大,朱仙镇大捷"更是必无之事",《宋史·岳飞传》的有关记载,"真是说得好听,其实只要把宋,金二史略一对看,就晓得全是瞎说的",宗弼渡长江时,岳飞始终躲在江苏,眼看着高宗赵构受金人的追逐,没有去救援。④

　　吕思勉的观点,得到1925年从美国留学回来的胡适的支持,他发表文章指出:秦桧"真是冤枉"。⑤ 而抗日战争爆发后,吕思勉的"崇秦贬岳"言论不能被国民政府容忍,《自修适用白话本国史》一著遭到查禁。⑥

　　上述吕思勉的"崇秦贬岳"言论不论是出自什么动机发表,如果仅从学术角度来评价,则完全是一派胡言。如吕氏称《宋史·岳飞传》的有关记载"全是瞎

_____

① 材料出处转引盛巽昌、欧薇薇、盛仰红编著:《毛泽东:这样学习历史,这样评点历史》,人民出版社2005年7月第1版。另见《今日再读黄仁宇先生之〈从大历史角度读蒋介石日记〉》载:http://bbs.tiexue.net/。

② 见洪尚之:《风雨岳飞墓》,《浙江画报》2002年5月22日。

③ 周作人:《岳飞与秦桧》,《华北日报》1935年3月21日。

④ 见吕思勉:《自修适用白话本国史》第三篇《近古史下》第一章《南策和金朝的和战》第二节《和议的成就和军阀的剪除》,商务印书馆1923年版。

⑤ 胡适:《在北平兄弟会发表英文演说》(1936年2月17日),自百度网下载。

⑥ 《国民党政府教育部关于取缔吕思勉著〈白话本国史〉的训令》,《南京通讯》1935年3月13日。

说"。按《宋史》一书系元丞相脱脱在至正三年至五年(1343—1345年)主编,其时距绍兴十一年十二月二十九日(1142年1月27日)岳飞风波亭冤狱之死为203年,距南宋之亡(祥兴二年,1279年)不过66年,修史时,有大量宋代档案材料可参。吕思勉著《自修适用白话本国史》一书的时间为1923年,距岳飞风波亭冤狱之死和南宋之亡的时间分别为781年和644年,吕氏有何资格说《宋史·岳飞传》的有关记载"全是瞎说",而自己所著的《自修适用白话本国史》一书中有关秦桧与岳飞的评论意见全属真话?吕氏讲宗弼渡长江时,岳飞始终躲在江苏,眼看着高宗赵构受金人的追逐不去救援。但考之《宋史·岳飞传》所记可知:

建炎三年(1129年),岳飞以"留守司统制"职从杜充守建康(时宗泽已卒),"充闭门不出,飞泣谏请视师,充竟不出。""金人与成合寇乌江,金人遂由马家渡渡江,充遣飞等迎战,王(王燮)先遁,诸将皆溃,独飞力战。会充已降金,诸将多行剽掠,惟飞军秋毫无所犯。兀术趋杭州,飞要击至广德境中,六战皆捷,擒其将王权,俘签军首领四十余。""驻军钟村,军无见粮,将士忍饥,不敢扰民。金所籍兵相谓曰:'此岳爷爷军。'争来降附。四年,兀术攻常州,宜兴令迎飞移屯焉。盗郭吉闻飞来,遁入湖,飞遣王贵、傅庆追破之,又遣辩士马皋、林聚尽降其众。有张威武者不从,飞单骑入其营,斩之。避地者赖以免,图飞像祠之。金人再攻常州,飞四战皆捷;尾袭于镇江东,又捷;战于清水亭,又大捷,横尸十五里。兀术趋建康,飞设伏牛头山待之。夜,令百人黑衣混金营中扰之,金兵惊,自相攻击。兀术次龙湾,飞以骑三百、步兵二千驰至新城,大破之。兀术奔淮西,遂复建康。"[①]

从上引史料可知:在金人渡江之时,主将杜充降敌,其他宋将纷纷败逃,仅余当时身为中级军官的岳飞履行守土之责,率孤军苦战,取得了广德六捷、常州四捷、镇江之战、清水亭之战以及收复建康(今南京)的胜利,使金军始终有后顾之忧,不敢放手追逐高宗,被迫北返。吕氏却说岳飞始终躲在江苏,眼看着高宗赵构受金人的追逐不去救援。这不是在睁着眼睛说瞎话么,却反诬《宋史·岳飞传》的记载"全是瞎说"。至于吕氏称秦桧"爱国",不是"金朝的奸细","他爱国之处:始终坚持和议,是他有识力,肯负责任之处"。"能解除韩世忠,岳飞的兵权,是他手段过人之处。"这些言论的性质,无异于给国难深重之时甘愿卖国投敌的汉奸分子美容,瓦解中国民众反侵略的意志。对此,中国史学前辈范文澜先生1942年12月著有《中国通史简编》一书加以反驳,直指秦桧是金朝的"奸细",

---

① 《宋史·岳飞传》。

"知道岳飞不死,和议难成,自己的相位也难保,专力谋杀飞"。① 此后,1948 年吕振羽又著《简明中国通史》一书,指秦桧为金朝的"大奸细"。② 范、吕二人的观点均言之有据,此处不再赘述。

　　总的来说,抗战期间环绕着对岳飞与秦桧的崇、贬之争,实关乎爱国主义与卖国主义之争。因为凡是持抗战救国立场者,均以岳飞的精忠报国、"还我河山"精神自励,而所有卖身投靠日伪政权、卖国求荣的人,都要替自己的所为寻找开脱理由,他们自然倾向于给秦桧翻案。

二、 关于岳飞《满江红》词作真伪

　　否定《满江红》词为岳飞真作的发端人,为当时在"华北临时政府"傀儡政权控制下辅仁大学执教的学人余嘉锡(1884—1955 年)。20 世纪 30 年代,余嘉锡在所著《四库提要辨证》中指出:《满江红》词非岳飞真作,而为明人伪托。其依据为:《满江红》词不见于岳飞之孙岳珂所编《金陀粹编》③中的《经进鄂王行实编年》、《经进鄂王家集》、《吁天辨诬录》;从未见宋、元人记载或题咏跋尾;却突现于明弘治年间(1488 年后,明孝宗朱祐樘时)浙江镇守太监麦秀所刻的词碑,该碑由时任广东按察使(一说任浙江提学副使)的赵宽所书,"非岳飞之亲笔",刻者又未言其所本,"来历不明,深为可疑","疑亦明人所伪托"。④

　　余氏提出的问题是一个学术问题,但在当时却颇具政治色彩。因为抗战期间,岳飞《满江红》词曲作为激励国人抗战的精神武器,被广泛传唱。

　　至 20 世纪 60 年代,问题又被学人重新提出。先有夏承焘(1900—1986 年)发文《岳飞满江红词考辨》,指出:元人杂剧《宋大将岳飞精忠》中没有引用《满江

---

① 人民出版社 1978 年 4 月版《中国通史》第五册第 250 页持同一说法。

② 见吕振羽《简明中国通史》第十三章《专制主义封建制矛盾扩大的五代两宋辽金时期》。

③ 《金陀粹编》,又名《鄂国金佗粹编》,共 58 卷,其中正编 28 卷成书于宋宁宗嘉定十一年(1218 年),含《高宗皇帝宸翰》、《经进鄂王行实编年》、《经进鄂王家集》、《吁天辨诬录》、《天定录》。宋理宗绍定元年(1228 年),岳珂又编有《金陀续编》30 卷,附于《金陀粹编》之后,含《高宗皇帝宸拾遗》、《丝纶传信录》、《天定别录》、《百氏昭忠录》等。清岳飞后裔岳士景改定《金陀续编》为 8 卷,另增《续百氏昭忠录》8 卷、《姓名考》2 卷,合为 18 卷独立刊行。

④ 见余嘉锡:《四库提要辨证》卷 23《别集类》11《岳武穆遗文一卷》,科学出版社 1958 年版、中华书局 1980 年重印标点本。——余氏具体指出:岳霖、岳珂编著的《鄂王家集》、《鄂国金佗粹编》、《鄂国金佗续编》、《鄂王行实编年》、《吁天辨诬通叙》等均未收《满江红》词。《满江红》出现于明弘治年间(明孝宗朱祐樘时),即公元 1488 年之后,始见于浙江镇守太监麦秀所刻的词碑,该碑由当时担任广东按察使的赵宽所书,"非岳飞之亲笔",因此"来历不明,深为可疑","疑亦明人所伪托"。

红》词，却引了文天祥诗"人生自古谁无死，留取丹心照汗青"，若元人已知《满江红》词，岂会放过不用？贺兰山在西北甘肃河套之西（现宁夏回族自治区西北边境和内蒙古自治区接界处），而岳飞所要直捣的黄龙府却在今吉林省，与"踏破贺兰山缺"方向相背，岳飞这样一个文武全才、熟知地理形势的人，绝无可能有此南辕北辙的说法。因此，夏氏猜想此词作者是明朝大将王越，"若不是他作，也许是出于他的幕府文士。"①夏氏发表此文后，惟恐国外不知晓其观点，又将文章在日本某杂志上发表。因此，从该文的发表过程来看，显然有其政治背景，而并非一篇单纯的学术文章，夏氏本人在"文革"中亦为此付出了政治代价，被指责为"给民族英雄抹黑"，系"卖国贼"等，而受到了游街批判。②

夏承焘的观点又被香港徐著新所承袭，他说："踏破贺兰山缺"是"全词最可疑的一句"，《满江红》词"假令不是王越本人所作，也极有可能是幕府中人所代笔，借岳武穆王之名，以鼓舞军中士气焉"。其根据是：王越有战功，取得了贺兰山大捷；能诗文，有《王襄敏集》。③

怀疑《满江红》词为岳飞真作的尚有中山大学教授梁志成，他认为：唐圭璋先生《宋词三百首笺》，引南宋陈郁《藏一话腴》语："武穆《贺讲和赦表》云：'莫守金石之约，难充溪壑之求'，故作词云：'欲将心事付瑶筝，知音少，弦断有谁听？'盖指和议之非也。又作《满江红》，忠愤可见。其不欲'等闲白了少年头'，足以明其心事。"④该语系从清人沈雄《古今词话》节中转抄的，《藏一话腴》原版无此语。沈雄"其书芜陋不足道"，此外如陈郁确实见过《满江红》词，并在《话腴》中加以评述的话，岳珂亦不会不知和不收其于《金陀碎编·鄂王家集》中。⑤

又有台湾孙述宇认为：英雄人物常无英雄感情，因为他们既能做英雄业绩，便不会把英雄业绩看得怎么了不起，如汉武、唐宗皆未写出英雄诗，而非英雄的诗人，心中倒常可荡漾英雄感情。孙氏由此推论《满江红》非岳飞真作，论据为：岳飞的《满江红》词"与《小重山》的格调差得太远"，"什九不是岳飞作的"，且"有

---

① 夏承焘：《岳飞满江红词考辨》，《浙江日报》1962年9月16日，第4版。——又有张政烺认为：此词"像是一个失意文人落魄江湖的情调"，"《满江红》词从命意和风格看可能是桑悦的作品。论见《岳飞'还我河山'拓本辨伪》一文，收《张政烺文史论集》。
② 见管继平：《风流'山贼'是诗人》，《新民晚报》2011年10月27日。
③ 徐著新：《不是岳飞的满江红》，香港《明报月刊》1980年10月号，《参考消息》1980年10月25日转载文：《不是岳飞的满江红》。
④ 此引语亦见《历代诗馀》卷一一七。
⑤ 梁志成论述见1980年3月《中山大学学报》。

艺术上的缺憾"。①

上述诸说,从学术的角度来说,均不值一驳。首先,怀疑派学者认为《满江红》词不见于岳珂《金陀粹编》,因此疑其为伪作。但事实上岳飞被秦桧陷害后,家中文牍皆被查抄,少数没于民间或其幕僚之手的文字材料,时人也不敢显世。这正如文献所说:"奏议文字同遭毁弃",至岳飞案被平反时,发还文稿"其佚篇盖不可殚数";"飞之零章断句,后人乃掇拾于蠹蚀灰烬之余。"②而岳飞死时,仅39岁(1103—1142年),长子岳云22岁(1120—1142年),其余诸子尚幼,孙岳珂(1183—约1242年)尚未出世,自然无法知晓散落于民间的岳飞《满江红》词。而秦桧死后,其余党直到宋孝宗年间方被革职,岳珂在编《金陀粹编》时,不可能一次把岳飞的诗文收齐。如与《满江红》词同存的岳飞手迹《书简尺牍三章》,岳珂亦未收入。岳珂自己也曾说:岳飞文集"散佚不知几何","誓将搜访以补其阙,而备其迹,庶几先臣之志,有考万世。"③因此,岳珂编《金陀粹编》时,未收岳飞《满江红》,完全情有可原,不足以说明该词为伪作。

其次,怀疑派学者认为《满江红》词不见于宋元人记载,到明弘治年间,亦即公元1488年之后明孝宗朱祐樘时方显世,因此疑明人王越作伪。此说同样不能成立。

有关《满江红》词至元代尚不被人们熟知的原因是:当时文学作品的传播一是靠手抄,二是靠雕版印刷,自然无今日之媒体传播方便,它需要有一个逐步显世的过程。此外在元时,民族压迫严重,岳飞在民众心目中最初是被作为一位武将英雄推崇,他在文学上的成就,需要有一个被人们逐渐承认的过程,这些因素导致了《满江红》词未能在元代疾显,元人杂剧《宋大将岳飞精忠》也未引《满江红》词。但是,这并不等于说元人无人知晓岳飞《满江红》词。据近年学界研究,在元曲《女冠子》中,在元明杂剧传奇如《岳飞破虏东窗记》(有题《秦太师东窗事犯》)、《精忠记》、《精忠旗》、《翻精忠》)中,已出现了个别的岳飞《满江红》词句,但"凡用此词的末句都作'朝金阙'。"④

至于说《满江红》词到明弘治年间(1488年后,明孝宗朱祐樘时)方显世,因此疑明人作伪,或指王越所作。首先,怀疑派学者提出的这一怀疑的前提并不存在。根据近年学界考证:明代宗景泰六年(1455年)袁纯编《精忠录》一书,收有

① 孙述宇:《岳飞的满江红?——一个文学的质疑》,台湾《中国时报》1980年9月10日,《参考消息》1980年10月12—13日转载:《岳飞的〈满江红〉?——一个文学的质疑》。

② 见清永瑢等编《四库提要》,中华书局1965版,卷一五八:《岳武穆遗文》,卷一七五:《王襄敏集》。

③ (南宋)岳珂:《经进家集自序》。

④ 陈非:《〈满江红〉是岳飞本人所作》,《文史知识》1995年第12期,转载"满江红"吧,2010年6月22日。

岳飞《满江红》词。① 1980年12月,在河南汤阴县城岳王庙中,发现了一块嵌在墙中的岳飞《满江红》词碑,系明英宗天顺二年(1458年)由庠生王熙所书。而此处说到的所收与所刻《满江红》词,在时间上均早于至明孝宗弘治十五年(1502年)5月浙江提学副使赵宽为杭州西湖岳坟所书《满江红》"岳武穆王词"碑,区别是:其末句均作"朝金阙"而非"朝天阙"。② 这说明岳飞《满江红》词当时在中国社会已广泛流传,且有着不同的版本,怀疑派学者所指证的该词突现于明弘治年间的起始时间段不能成立。

由此出发,亦可进一步证明怀疑派学者有关《满江红》词系王越作伪的假设不能成立。因为王越生卒年据《明史》本传所记为仁宗洪熙元年(1425年)到明孝宗弘治十一年冬(1498年),③王越所指挥的贺兰山战役的时间为弘治十一年秋(1498年)。而在明代宗景泰六年(1455年)袁纯编《精忠录》收录岳飞《满江红》词时,王越登进士第仅4年(景泰二年,1451年);明英宗天顺二年(1458年)庠生王熙书写汤阴岳庙《满江红》词碑时,距王越登进士第也仅7年。那时王越尚未进行贺兰山战役(弘治十一年秋,1498年),亦无条件"借岳武穆王之名,以鼓舞军中士气"而伪作《满江红》词。此外,还有一条更为有力的证据证明《满江红》词作者非明王越伪作、而为岳飞本人所作的是:1983年,在浙西江山县(古名须江)发现了《须江郎峰祝氏族谱》,其卷十四《诗词歌赋》集中,载有岳飞在绍兴三年(1133年)写的赠祝允哲的《满江红》词作及祝氏的和作,这一史实最早被李庄临、毛永国撰文《岳飞〈满江红·写怀〉新证》所披露。④ 原词分别为:

《满江红·与祝允哲述怀》 岳飞

怒发冲冠,想当日、身亲行列。实能是、南征北战,军声激烈。百里山河归掌握,一统士卒捣巢穴。莫等闲、白了少年头,励臣节。 靖康耻,犹未雪;臣子恨,何时灭? 驾长车,踏破金城门阙。本欲饥餐胡虏肉,常怀渴饮匈奴血。偕君行、依旧奠家邦,解郁结。

《满江红·和岳元帅述怀》 祝允哲

仗尔雄威,鼓劲气、震惊胡羯。披金甲、鹰扬虎奋,耿忠炳节。五国城中

① 参陈非:《〈满江红〉是岳飞本人所作》,《文史知识》1995年第12期,转载"满江红"吧,2010年6月22日。
② 栗斯:《宋词故事》第1集,图13,工人出版社1986年版。
③ 《明史·王越传》,中华书局1974年版,第15册卷一七一。
④ 见李庄临、毛永国:《岳飞〈满江红·写怀〉新证》,《南开学报哲社版》1986年第6期。

迎二帝，雁门关外捉金兀。恨我生、手无缚鸡力，徒劳说。　伤往事，心难歇；念异日，情应竭。握神矛，闯入贺兰山窟。万世功名归河汉，半生心志付云月。望将军、扫荡登金銮，朝天阙。

如果以上举岳飞《满江红·与祝允哲述怀》词与今版岳飞《满江红》词："怒发冲冠，凭栏处、潇潇雨歇。抬望眼、仰天长啸，壮怀激烈。三十功名尘与土，八千里路云和月。莫等闲、白了少年头，空悲切！靖康耻，犹未雪；臣子恨，何时灭？驾长车踏破，贺兰山缺。壮志饥餐胡虏肉，笑谈渴饮匈奴血。待从头、收拾旧山河，朝天阙"相比较，我们会发现：二词的相重字数为 39 字，此外，祝允哲和词中具有岳飞赠词中所没有但却见于今版《满江红》词中的"贺兰山"、"云月"、"朝天阙"诸字，《满江红·与祝允哲述怀》词无疑即今版岳飞《满江红》词的初稿，而今版《满江红》词也即岳飞见祝氏和词后的修正稿。这首借祝允哲后人以传的岳飞《满江红·与祝允哲述怀》词，是今版岳飞《满江红》词为岳飞真作的铁证，它的问世时间要早于王越生年仁宗洪熙元年（1425 年）292 年。至于祝允哲其人事迹，据披露资料为：

靖康元年（1126 年）任武翊卫大制参，督理江广粮饷，提督荆襄军务。他在绍兴十一年（1141 年 10 月）岳飞下狱时，曾上赵构《乞保良将疏》，愿以 70 口家眷投狱，保岳飞父子出狱率军破敌，因此被贬为潮州推宫，途经富阳县时，闻岳飞父子遇害，昏厥于地，数日后悲愤辞世，葬富阳县白升山。[①] 这充分证明他与岳飞的个人交谊及岳飞赠其《满江红》词的可信性。

在这里要插一段题外话是：自 1983 年在浙西江山县（古名须江）发现《须江郎峰祝氏族谱》所载岳飞《满江红·与祝允哲述怀》词，李庄临、毛永国据此发《岳飞〈满江红·写怀〉新证》文将事实公之于世后，上海学人朱瑞熙 1988 年又发文《〈须江郎峰祝氏族谱〉是伪作》，指出：宋代无"祝允哲"其人，岳飞《调寄满江红·与祝允哲述怀》是伪作，作伪者是明代或清代的祝氏后人。[②] 该文多被否定

---

① 见《闽藏本·须江郎峰祝氏世谱之五：祝允哲》，自新浪网下载，2007 年 8 月 9 日。——百度词条作：祝允哲（1069—1142 年），字明卿，江山人。父臣，进士出身，宋哲宗时任户部侍郎、兵部尚书，以率军防御西夏有功，赠少师上柱国，封宣国公。允哲元符三年（1100 年）进士，靖康元年（1126 年）任武翊卫大制参，督理江广粮饷，提督荆襄军务。南宋建炎元年（1127 年），受韩世忠命屯兵西宁，曾与岳飞并肩抗金。绍兴十一年（1141 年），上《乞保良将疏》，愿以全家 70 余口保被秦桧等陷害入狱的岳飞父子，并请斩误国奸臣。贬为潮州推宫，途经富阳县时，闻岳飞父子遇害，昏厥于地，不数日悲愤辞世，葬富阳县白升山。——源于浙江在线。

② 见朱瑞熙：《〈须江郎峰祝氏族谱〉是伪作》，《学术月刊》1988 年第 3 期。

《满江红》为岳飞词作的学人所引用。但朱氏论证多有失误,不能成立。近年已有学人思明据地方史志文献发文《评朱瑞熙先生〈须江郎峰祝氏族谱〉是伪作》,加以反驳,指出:据《浙江通志》卷一二四所记,"元符三年(1100 年)庚辰李釜榜"进士中有"祝允哲"其人,系"江山人",任职为"荆湖制参"。思氏并由《浙江通志》中考出两条有关祝允哲父亲祝臣的记录,分别为:"祝臣宅,天启《衢州府志》在江山县郎峰下。"见载《浙江通志》卷四十八。北宋"嘉祐六年辛丑王俊民榜"进士中有一行是:"祝臣,江山人,少师。"见载《浙江通志》卷一二三,并注明祝臣的故居在"江山县郎峰下"。① 由此可见朱氏疑《须江郎峰祝氏族谱》是伪作的说法是不能成立的。

其三,怀疑派学者认为贺兰山与岳飞所要直捣的黄龙府方向相背,因此,断言《满江红》词非岳飞所作。这其实是一个毫无争论价值的问题。因为,贺兰山在宋时已知名,即岳飞是知晓贺兰山的,这点怀疑派学者也承认。既然岳飞知道贺兰山名,在作词时,就有可能使用"贺兰山"一词。此外,岳飞词中"踏破贺兰山缺"句,无非是运用中国传统诗词创作中经常使用的"借喻"或"比兴"手法,即以"贺兰山"来代表诗作的目标或其他,而不一定要实指。如白居易《长恨歌》中首句为:"汉王重色思倾国",能否说此句中的"汉王"指的汉武帝而非是唐明皇呢?如果以中国传诗词中的"借喻"、"比兴"手法来考证中国传统诗词的真伪,就如同有人根据"八月秋高风怒号,卷我屋上三重茅"诗句考证出杜甫住的是一间"冬暖夏凉的"、"地主阶级的"房屋一样的荒唐可笑。而岳飞在《满江红》词中用"踏破贺兰山缺"句来表达自己的政治目标,无非是因为贺兰山当时处于西北边塞地区,为中国少数民族政权所控。此外,看过《岳武穆集》的人都会知道,岳飞并不是一个狭隘的反金主义者,他的宿志是要恢复汉唐旧域,其中自然也包括当时的西夏国土,然后再解甲归田。② 因此,全词中便有"踏破贺兰山缺"句。此外,《满江红》词中"胡虏"、"匈奴"句亦均泛指,而并未具体点明为女真人,因此,怀疑派学者用"直捣黄龙府"语来苛责其与岳飞《满江红》词中"贺兰山"方向相背,其实是在《满江红》词中强挑矛盾,这一做法如不是对中国传统诗词创作中的"借喻"、"比兴"手法一无所知,便是为了达到某一目的,故作惊人之语。此外,怀疑派学者一定要拿"贺兰山"与岳飞所要"直捣"的"黄龙府"方向相背作文章的话,近年

---

① 见思明:评朱瑞熙先生《〈须江郎峰祝氏族谱〉是伪作》,《西南论坛》2008 年 3 月 10 日。另载新浪博客2007 年 5 月 20 日。

② 见岳飞:《上高宗皇帝书》,宋高宗曾对岳飞的这一志向表示"褒奖"。

学界研究结论也使这一论据不攻自破,即据清顾祖禹《读史方舆纪要》:宋代共有三座贺兰山,分别居于宁夏中部、[①]河北磁县[②]与江西赣州西北,[③]如以河北磁县的贺兰山作为岳飞词中的实指,则其与岳飞所要"直捣"的"黄龙府"方向完全一致。[④]

其四,怀疑派学者讲沈雄《古今词话》引陈郁《藏一话腴》评《满江红》语为捏造,讲陈郁若真看到过岳飞的《满江红》词的话,岳珂不会不知和不收入《金陀粹编》中。首先,这里有两点从逻辑上是讲不通的,一是能否说明朝人造假词,事隔二三百年后清朝人沈雄又为之造假证呢?如果说明朝人造假词尚有可能的话,讲生活在考据学盛行时代的清人沈雄又为之造假证却是难以服人的,这是因为清人从未曾质疑过沈雄引语,沈雄引语必有所据。如果说怀疑派学者认为从已见《藏一话腴》版本中未见陈郁评语便断定其伪的话,也同样可以据此推出沈雄写《古今词话》时所引《藏一话腴》版本今已失传。事实上在古籍长期流传过程中,这种情况是经常发生的。借用校雠学家江辛眉先生的话来说是:"古籍流传,年时绵邈,火烧水转,蟫长芸消。"[⑤]二是讲陈郁若能看到岳飞《满江红》词的话,岳珂也完全能看到。但是据笔者查证,岳珂的生卒年月为宋孝宗乾道九年(1173年)至宋理宗嘉熙四年(1240年)之间,陈郁生卒年月不详,活动期在宋理宗宝祐初年(1253年)前后,也就是说陈郁的活动年代起码是在岳珂死后的13年,陈郁完全有可能看到岳珂在世时尚未公之于世的岳飞《满江红》词。因此,怀疑派学者断言岳珂不可能看不到陈郁所能看到的东西,此推论难以令人信服。

其次,据大陆学者近年研究:清沈雄《古今词话》卷上和康熙《御选历代诗馀》卷一一七中所引的《藏一话腴》文字:"(武穆)又作《满江红》,忠愤可见。其不欲'等闲白了少年头',可以明其心事"虽不曾见于今本《豫章丛书》中的《藏一话腴》,却与清人潘永因编《宋稗类钞》卷三《忠义》篇中的一段记载几乎完全相同,这段文字为:

① 见(清)顾祖禹:《读史方舆纪要》卷五二,"陕西名山"条。
② 见(清)顾祖禹:《读史方舆纪要》卷四九"磁州"条。
③ 见(清)顾祖禹:《读史方舆纪要》卷八八"赣县"条。
④ 持这一观点学者的论证经过为:台湾李安1970年首先从清代河北地方志中发现河北磁县有贺兰山,并指出此山与岳飞《满江红》词中所指"贺兰山"有关。李文辉等大陆学者于1985年在《文学遗产》发文,具体论证《满江红》词中的"贺兰山"非宁夏境内的贺兰山,而是河北磁县的贺兰山。台湾赵振绩提出"贺兰山"地名源于北魏时居阴山(今内蒙古自治区大青山)北麓的契丹贺兰部,其方位与"靖康之难"时二帝蒙尘的方位相一致,亦岳飞《满江红》中所指之"贺兰山"。——参陈非:《〈满江红〉是岳飞本人所作》。
⑤ 江辛眉《校雠拾遗》,上海师范学院1981年印本。

武穆家谢昭雪表云："青编尘乙夜之观，白简悟壬人之谱。"最工。武穆有《满江红》词云："怒发冲冠，凭栏处，潇潇雨歇。抬望眼，仰天长啸，壮怀激烈。三十功名尘与土，八千里路云和月。莫等闲白了少年头，空悲切！靖康耻，犹未雪；臣子恨，何时灭？驾长车踏破，贺兰山缺。壮志饥餐雠恨肉，笑谈渴饮匈奴血。待从头收拾旧山河，朝天阙。"①

按上引词中，除"雠恨"二字与今本《满江红》中"胡虏"二字不同外，余则完全一致，这说明当时社会上流传的岳飞《满江红》词有着不同的版本。《宋稗类钞》系清人辑录宋代的各种笔记、野史、诗话而成书，共 36 卷，含君范、史治、词品、工艺等 59 类。② 而《宋稗类钞》卷三《忠义》篇中这一段引文又与南宋罗大经《鹤林玉露》乙编卷三《谢昭雪表》中的一段话几乎全同，唯有"最工"作"甚工"，开头多一"岳"字。

关于《鹤林玉露》乙编的成书时间，据编者罗大经在该书自序中的说明为："淳祐辛亥"，亦即宋理宗淳祐十一年（1251 年）。其成书年代与《藏一话腴》相近，都在端平元年（1234 年）之后，而端平元年（1234 年）却是岳珂编《鄂国金陀粹编、续编》的最后一版时间。这一成书时间的考证，一方面说明岳飞《满江红》词的发现，始自岳飞孙岳珂结束自己的学术活动与过世（1240 年）之后，另一方面却又证明岳飞《满江红》词在南宋晚期已公之于世，并逐渐被人知晓，它决非是明朝人的伪作。由此可得出的结论是：清沈雄所著《古今词话》中所引陈郁著《藏一话腴》一书中有关岳飞《满江红》的评论，完全是出自在清代尚存的（非收于《豫章丛书》中的）《藏一话腴》的单行版本，这就彻底粉碎了怀疑派学者所谓清沈雄《古今词话》引宋陈郁《藏一话腴》评岳飞《满江红》语为捏造的论据。

其五，怀疑派学者认为英雄人物常无英雄情感，而非英雄的诗人胸中倒常可荡漾英雄感情，因此主张《满江红》词为文人伪作。这条心理学上的依据其实不值一驳。首先是在岳飞的身上征之不验，如果暂且撇开岳飞《满江红》词不谈，而对于岳词《小重山》："昨夜寒蛩不住鸣。惊回千里梦，已三更。起来独自绕阶行。人悄悄，帘外月胧明。白首为功名。旧山松竹老，阻归程。欲将心事付瑶琴。知

---

① 见郭光：《岳飞的〈满江红〉是赝品吗？》，《岳飞集辑注》，中州古籍出版社 1997 年版，第 489 页。

② 宋史学家王曾瑜认为《宋稗类钞》卷 3 辑录的四条岳飞记事未标明史料出处，依今存载籍参对，第一条是抄自《朝野遗记》，第二条是抄自《枫窗小牍》卷下，第三条是抄自《藏一话腴》，第四条是抄自《说郛》卷一八《坦斋笔衡》。——王曾瑜：《岳飞史实之真伪不可不辨》，《中国宋代历史研究》2005 年 11 月。

音少,弦断有谁听";对于岳飞的诗《池州翠微亭》:"经年尘土满征衣,特特寻芳上翠微。好山好水看不足,马蹄催趁月明归";对于岳飞的诗《送紫岩张先生北伐》:"号令风霆迅,天声动北陬。长驱渡河洛,直捣向燕幽。马蹀阏氏血,旗枭可汗头。归来报明主,恢复旧神州"等等,能否说其为无英雄感情呢?何况除岳飞之外,中国历史上的其他民族英雄如文天祥、于谦、戚继光等人也都留下过感人的诗篇。汉武、唐宗虽无名诗传世,但是项羽的《垓下歌》、刘邦的《大风歌》却是古今无微词。如果古人不论,以当代为例,又怎能说毛泽东的词《沁园春·雪》、陈毅元帅的诗《梅岭三章》中无英雄情感呢?

　　综上所述可见:怀疑派学者所提出的《满江红》词非岳飞真作的五条依据没有一条是能够成立的,因此,最后所能得出的结论只能是:怀疑派学者立论的目的,是想否定中国历史上的民族精神,《满江红》词无可置疑地是岳飞的真作。

三、 关于岳飞手书诸葛亮《前后出师表》真伪

　　相对于岳飞词作《满江红》真伪之争而言,有关岳飞手书诸葛亮《前后出师表》(以下简称岳飞手书二表)真伪之争问题产生得更早,可以一直上溯至清代。

　　有关岳飞现今传世书法,多见于碑帖,尚无公认的墨迹。而在岳飞传世碑帖中,又以其手书的《唐李华〈吊古战场〉文》、《诸葛亮〈前后出师表〉》以及"还我山河"横幅流传最广。鉴于岳飞手书的《唐李华〈吊古战场〉文》,其后有宋文天祥的《拜跋》以及晚清重臣彭玉麟与白德馨的拜跋,彭玉麟又在拜跋中将岳飞这一手迹的问世交代得清清楚楚,即:"光绪八年壬午,玉麟巡阅江海道,出南通州,李直牧春棠藏有忠武王所书吊古战场墨迹,⋯⋯岁巡事毕,养疴西湖退省庵,偶出示客,程大令钟瑞、丁大令丙请摹刻于杭州众安桥忠武王庙中,盖其地即宋大理狱旧址也,属玉麟识其缘起。⋯⋯旧有文信国(文天祥)跋语,亦并刻之。"[①]因此,未见析疑文章。后世析疑岳飞手迹为伪书者,集中于岳飞手书二表以及"还我山河"横幅。

　　关于岳飞"还我山河"横幅之产生,最先指其伪者有张政烺(1912—2005年),张氏指出:"还我河山"四字实出民国八年(1919年)童世亨《中国形势一览

---

① (清)彭玉麟:《岳飞手书唐李华〈吊古战场〉文后拜跋》,《岳飞书吊古战场文》,岳飞墓庙文物保管所 2001 年 4 月印本,第 35 页。

图》增修十四版。① 朱瑞熙在《岳飞研究一百年(1901—2000年)》文中,对此横幅的产生述之甚详,要点为:"九一八"事变(1931年)之后,为呼吁民众抗日,江苏嘉定(今上海)文字学家周承忠在岳飞手书李华《吊古战场文》碑拓中,从"河水萦带,群山纠纷"句中取"河"、"山"两字,从"秦没而还,多事之夷"句中取"还"字,从"奇中有异于仁义"句中取"义"字繁体下截之"我"字,组成"还我河山"四字横幅,另加上岳飞的落款和图章,而合组成岳飞手书的"还我河山"横幅。嘉定人童世亨(地理学家)则将之刊登于新出地图册《中国形势一览图》的扉面上。而当时《东方杂志》主编金兆梓见后,又立即将其在杂志上刊出。这样,"还我河山"横幅便作为岳飞的真迹,与《满江红》词一起迅速传遍全国。②

鉴于"还我河山"四字非宋人的行文口气,从横幅产生的过程来看,又非岳飞亲笔,因此不能称之为真迹。但是其字却是从岳飞真迹中辑出,而非伪字,此外它确实又是岳飞真实思想的体现,并且在国难深重的历史时刻,起过鼓舞民众抗日斗志的积极历史作用,因此决不能与一般伪书等同对待。

关于岳飞手书《诸葛亮〈前后出师表〉》,最初疑其为伪作的是清人欧阳辅,指其为明成化年间士人白麟的伪托。③ 但从历史角度来看,这一说法不能成立。

首先是岳飞手书《诸葛亮〈前后出师表〉》的产生过程及历史传承过程线索清晰。关于这一手书的产生,岳飞在书后跋语中交代得清清楚楚:"绍兴戊午(1138年)秋八月望前,过南阳,谒武侯祠,遇雨,遂宿于祠内。更深秉烛,细观壁间昔贤所赞先生文词、诗赋及祠前石刻二表,不觉泪下如雨。是夜,竟不成眠,坐以待旦。道士献茶毕,出纸索字,挥涕走笔,不计工拙,稍舒胸中抑郁耳。岳飞并识。"④

此外,关于岳飞手书二表的刻碑过程,亦有明确的碑文记载,即:清同治十一年(1872年),壬申既望,武昌王家壁为二表在河南汤阴岳飞庙待刻碑石著跋文谓:两大贤(指诸葛亮、岳飞)之精神,结聚此二卷中,千载如见其人也。卷首有明太祖分题"纯正不曲,书如其人"八字。遒劲苍坚。清人袁保恒(袁世凯父)在岳飞手书二表摹勒竣工之后,于光绪六年(1880年)乙亥正月又补书跋文,谈

① 张政烺:《岳飞"还我河山"拓本辨伪》,载《余嘉锡先生纪念文集》,湖南教育出版社1989年版;收《张政烺文史论集》,中华书局2004年版。另参《文史知识》2007年第1期载王曾瑜文。
② 见朱瑞熙:《岳飞研究一百年(1901—2000)》,《岳飞研究》(第五辑《纪念岳飞诞辰900周年暨宋学国际学术研讨会论文集》),岳飞研究会编,龚延明、祖慧主编,中华书局2004年8月第1版,第58页。
③ (清)欧阳辅:《集古求真》集,民国十三年(1924年)江西开智书局石印本,卷一〇。
④ 《岳飞书前后出师表》,岳飞墓庙1982年拓印本,第57—59页。

及岳飞手书二表墨迹的收藏过程,大意谓:道光咸丰年间,袁氏曾五过汤阴,瞻拜岳飞遗像,最后一次过汤阴时得见岳飞手书出师表墨迹,疑为伪作,但因上有诸前辈题跋,不敢妄非。后得岳飞石刻二表真迹,与汤阴所见手迹迥殊,"英风浩气,轶群绝伦,非忠武天人不能为",但仍以未见岳飞原碑墨迹为憾。后袁氏迁任关中,听旧仆说在亳州以六十缗得岳王墨宝,与袁收藏拓本相同,袁氏不信。后河北崔季芬将军来访,袁与崔谈及此事,崔云:岳王墨宝流传有绪,曾亲见,原为宋氏三代祖传,后为铜山杨氏所得,曾刻石拓本,但多不示人。咸丰初,杨家缺钱,以重金典于亳州当铺,当铺迁移时,要求杨家赎回,杨家力不能赎,岳王墨宝因此被商家买去,距今已有二十年,战乱以来,不知去向,袁家旧仆得之亳州的岳王墨宝,必是杨家所失之真迹,要求袁不计成本以赎取。袁遂与崔同赴亳州,以重金从旧仆家赎取岳飞手书二表墨迹,打开观看,"数百年如新,令人不敢逼视,其挥洒纵横,又如快马入阵,后人岂能伪造。"但可惜的是,袁氏在重新装裱二表时,只留下卷首明太祖手题八字,而遗弃了黄公望、刘青田的跋语,理由是:"卷尾黄子之、刘青田诸跋不知为何人易以奴书充之,重加一装潢、撤去后跋。"此后,奉祀生岳永昌于同治庚午年(1870年)从袁保恒处借得墨宝刻勒一份置庙中供奉,欲重刻勒石却无财力。汤阴知县杨钦琦于戊寅二月(光绪四年,1878年)欲再勒石,因遇灾,仍无财力。后得吴江绅士熊明经赠金二千两赈灾,灾后又赠白金二百两,助杨刻碑。杨随召工匠刻石,历时两年,终于成碑,时为光绪六年(1880年)的秋天("始于乙卯之夏,竣于庚辰之秋")。[①]

上述清人袁保恒碑述岳飞手书二表的成碑过程大致为:岳飞手书二表真迹原为宋家三代祖传,后落于铜山杨氏手中,杨氏家衰,将其典于亳州当铺,咸丰年间被袁保恒旧仆得到,袁保恒、崔季芬又从袁家旧仆手中赎取。同治年间岳永昌从袁保恒处借得,欲在汤阴岳庙刻石未成,但留有王家壁所写的跋文。光绪六年(1880年),汤阴知县杨钦琦在绅士熊明经的帮助下,终于刻碑成功,墨迹持有者袁保恒并撰跋文说明成碑的经过。

由上述碑记岳飞手书二表的成碑过程可见:截至道光、咸丰年间,岳飞墨迹仿本尚在社会上流传,并且被袁保恒第五次去汤阴时所目睹。当时真迹保存于铜山杨氏手中,并有真迹碑刻及拓本传世,但多不示人,崔季芬曾目睹。岳飞手书二表真迹辗转流入袁保恒之手,又经杨钦琦碑刻,最终公之于世。因此,岳飞

---

① 《袁保恒题跋拓片》,转引阎正:《阵中的"岳家军"——〈岳飞书法拓片展〉溯源与赏析》,《深圳特区报》2002年6月25日。

手书二表的问世,完全是传承有绪,可令人置信的。

其次,有关白麟"伪托"岳飞手书二表的说法,如果能够成立,从严格的意义上来说,只能说是白氏曾临摹过岳飞真迹,而不能说是凭空伪造。也就是说白麟仿本亦有不失真之处,这一仿本也就是袁保恒第五次到汤阴时所看到的墨迹。因为众所周知,王羲之的《兰亭序》真本被唐太宗带入了墓中,但仍不能说当今传世的《兰亭序》是伪本。以下有关白麟的资料亦可以证明这一点。

白麟,《明史》无传,亦无书法作品传世。从古文献中一些散乱的记载来看,当属明成化(1465 年)至弘治(1505 年)年间的士人,生活贫困,字写得不错,曾临摹过苏东坡的《醉翁亭记》手迹出售谋利,此事见于《四库全书总目提要》所记:

"惟苏轼所书《醉翁亭记》,《因树屋书影》以为出中州士人白麟之手,高拱误为真迹,勒之于石,体仁亦称人疑其赝,或指为锺生所摹,而谓定州有轼草书中山松醪赋残碑,笔与此同。轼一书每为一体,忽作颠张醉素,何可谓其必无? 殆以乡曲之私,回护其词耶。"[1]

《四库全书总目提要》又指此事见《因树屋书影》所记。而相同说法尚见于清刘体仁所撰之《七颂堂识小录》卷一。[2] 而查《因树屋书影》,该书为明末清初人周亮工(1612—1672 年)于狱中所著手记,有关记载为:

"吴中陈徵君曰:东坡草书《醉翁亭记》,学怀素。旧有石拓,今始疑其伪。后见《濯缨亭笔记》,言绍兴方氏藏此真迹,为士人白麟摹写,赝本甚众,往往得厚值。今予乡鄢陵石拓在刘氏者,后有新郑高相国跋,定是白麟临本。"[3]

周氏又言《醉翁亭记》"白麟摹写"说出自《濯缨亭笔记》。而查《濯缨亭笔记》,其原文为:

"苏长公书《醉翁亭记》真迹,在绍兴小儿医方氏家,后为士人白麟摹写赝本以售于人,见者不能辨,往往厚值市之。或以一本献工部侍郎王佑,佑奇之,自云家藏旧物,以夸视翰林诸老。方共啧啧叹赏。学士王英最后至,熟视之,曰:'艺至此,自出其名可矣,何必假(借)人哉!'众愕然,问其说。英曰:'宋纸于明处望之,无帘痕。此纸有帘痕,知其非宋物也。'众方叹服其博识。"[4]

《濯缨亭笔记》作者为明人戴冠(1442—1512 年),其主要活动时期在成化、

---

① (清)纪昀等:《四库全书总目提要》卷一二三,子部三三。
② 浙江巡抚采进本。
③ (清)周亮工:《书影》卷二,康熙六年赖古堂刻本,雍正三年(1725 年)怀德堂重刊本。——周亮工,字元亮,号栎园先生,明末清初人。该书又名《因树屋书影》。
④ (明)戴冠:《濯缨亭笔记》卷三。

弘治、正德三朝,当时人记当时事,其说或有所本。但清人引证这一条材料时,却持存疑、备异的态度,指出:"轼一书每为一体,忽作颠张醉素,何可谓其必无?"①并不认为戴说绝对确证。由此所能得出的结论是:清欧阳辅指岳飞手书二表为白麟"伪托"说如能成立,至多也只是说白麟曾临摹过岳飞手书二表真迹出售以谋利,却并不能证明岳飞手书二表为伪书。而白氏的临摹本也即清袁保恒咸丰年间在汤阴所目睹过的本子,但这却不足以说明当时社会上无岳飞真迹存在。

再其次,清欧阳辅有关岳飞手书二表系"白麟伪托"说如果单纯理解为白麟造假的话,从逻辑上看是不能成立的。这是因为白麟的字真的写得如此之好,何以不自创书法传世,而是靠伪托他人的书法传世? 这正如上举明学士王英的感慨语:"艺至此,自出其名可矣,何必假(借)人哉!"强调这一点,是因为现今传世的岳飞手书二表在书法艺术上已达到了炉火纯青的地步。如清人袁保恒评价为:"英风浩气,轶群绝伦,非忠武天人不能为","其挥洒纵横,又如快马入阵,后人岂能伪造"。② 当代书家对其的评价则是:"所书二表,鲁公(颜真卿)有其刚劲,而无其超妙;元章(米芾,字元章)有其豪宕,而无其神骏,此亦笔阵中岳家军也。"③由此亦可想见白麟如真有能力伪造出岳飞手书二表,便不会无书法作品传世。此外,欧氏既疑岳飞手书二表为白麟所伪,就应该举出白麟的真迹为证,但是,欧阳辅却拿不出任何实据,又有何理由断言岳飞手书二表为伪书呢?

以上所述,为清欧阳辅有关岳飞手书二表系"白麟伪托"说不能成立的三条理由。时至当代,仍有学者沿袭欧氏陈说认定岳飞手书二表为伪作。其代者有张政烺、邓广铭、王曾瑜等人,代表论文有王曾瑜的《传世岳飞书〈出师表〉系伪托》。④ 其基本观点包括:(1)据《出师表》跋文,岳飞手书二表的时间应为"绍兴戊午年(1138年)八月望前过南阳谒武侯祠"时。但从时间上考证,岳飞当时不可能在南阳,理由是:岳珂收集的岳飞给宋廷的奏书中称:"臣已择今月十二日起发,于江、池州(赴)行在奏事。"即八月望前,岳飞已奉命离开鄂州前往临安途中,无分身术出现于南阳。(2)岳飞所书《出师表》中,"先帝在时,每与臣论此事,未尝不叹息痛恨于桓、灵也"句,不避宋钦宗赵桓的"桓"字御讳,这在宋朝臣子是

① (清)纪昀等:《四库全书总目提要》卷一二三,子部三三。

② 《袁保恒题跋拓片》,转引阎正:《阵中的"岳家军"——〈岳飞书法拓片展〉溯源与赏析》,《深圳特区报》2002年6月25日。

③ 阎正:《笔阵中的"岳家军"——〈岳飞书法拓片展〉溯源与赏析》,《深圳特区报》2002年6月25日。

④ 王曾瑜:《传世岳飞书出师表系伪託》,《岳飞研究》第2辑,《中原文物》1989年特刊。

绝不可能的。(3)据岳飞孙岳珂《宝真斋法书赞》记载,岳飞书法师承苏体,所谓:"先王夙景仰苏轼,笔法纵逸,大概祖其一也。"而世传岳飞手书二表的书体风格与苏体相去甚远。[①] 但是这些质疑观点都是似是而非的,经受不住历史实践的检验。具体如下:

首先,讲岳飞手书的时间如为"绍兴戊午年(1138 年)八月望前",而岳飞致皇帝奏书由鄂州赴临安的时间为"择今月十二日起发",因此岳飞无分身术赴南阳。此说显然是以今人 8 小时工作日的习惯,来猜度古人的行程安排,忽视宋人的遨游习惯,难以成立。仅细说如下:

绍兴戊午年也即绍兴八年,公元 1138 年。"望",按中国农历(夏历)指的是当月 15 日,凡是该月 1 号之后 15 号之前的日子都可以称作是"望前"。根据《宋史·岳飞传》的记载,岳飞在这一年的全部活动是:

"八年,还军鄂州。王庶视师江、淮,飞与庶书:'今岁若不举兵,当纳节请闲。'庶甚壮之。秋,召赴行在,命诣资善堂见皇太子。飞退而喜曰:'社稷得人矣,中兴基业,其在是乎?'会金遣使将归河南地,飞言:'金人不可信,和好不可恃,相臣谋国不臧,恐贻后世讥。'桧衔之。"

据《宋史》所记,岳飞这一年秋天确实由鄂州赴临安晋见皇太子,但并未点明具体日期。即便是以王氏所举岳飞奏书"臣已择今月十二日起发,于江、池州(赴)行在奏事"句为岳飞动身进京的准确时间,但岳飞先赴南阳谒武侯祠,然后取道江州、池州赴临安的可能性并非不存在。强调这一点是基于两条理由:

一是鄂州(今湖北武昌)距南阳(今河南南阳市)路途非远,不超过 300 公里(约 500—600 华里之间),人步行的行程为 6 日,而快马的行程不过一日或当日往返。而史截岳飞善饲马,乘骑必属千里马无疑。此见于《宋史》所记绍兴七年岳飞与宋高宗的一段对话:

"七年,入见,帝从容问曰:'卿得良马否?'飞曰:'臣有二马,日啖刍豆数斗,饮泉一斛,然非精洁则不受。介而驰,初不甚疾,比行百里始奋迅,自午至酉,犹可二百里。褫鞍甲而不息不汗,若无事然。此其受大而不苟取,力裕而不求逞,致远之材也。不幸相继以死。今所乘者,日不过数升,而秣不择粟,饮不择泉,揽辔未安,踊踊疾驱,甫百里,力竭汗喘,殆欲毙然。此其寡取易盈,好

① 参马强:《近二十多年来国内岳飞研究述评》(2011 年 8 月 15 日),《岳飞网》http://www.yuefei.com/。

逞易穷,驽钝之材也。'帝称善,曰:'卿今议论极进。'拜太尉,继除宣抚使兼营田大使。"①

如果岳飞当时到南阳乘的是一匹千里马,抵达南阳的时间不过半日,假设这一天为 11 日,如其所云:"绍兴戊午年八月望前过南阳,谒武侯祠。遇雨,遂宿于祠内",于次日晨应道士邀请书写《前后出师表》至中午后,当日仍可乘骑返鄂州军营,再取道江州(今江西省九江市)、池州(今安徽省贵池)赴临安(今杭州),完全无须分身之术。

二是以宋人的邀游习惯论,淳熙二年(1175 年),朱熹论学于信州(今江西上饶)鹅湖寺,受吕祖谦之邀,陆九渊不辞路遥,由崇安县(今福建省境)前往与会。此事有史可证。同样,作为宋代士大夫之一员,岳飞于公务之暇,抽出一两天的时间赴南阳祭拜自己景仰的先贤诸葛亮之庙,并应邀题字作念并无不可。

其次,怀疑派学者以岳飞手书二表中"先帝在时,每与臣论此事,未尝不叹息痛恨于桓、灵也"句,不避宋钦宗赵桓的"桓"字御讳,便断定书迹为假的论据同样不能成立。原因是:岳飞手书二表属草书,有以意驭笔,发不容间、书写内容全凭记忆的特点。因此,其草书的长文不可能丝毫无误,其性质如同今人撰文错别字难免一样。以岳飞之天才,细检手书二表,尚有三处漏字,即:前表中,"论其刑赏"句漏书"刑"字,"躬耕于南阳"句漏书"于"字,后表中"曹操五攻昌霸不下"句漏书"五"字。② 至于"未尝不叹息痛恨于桓、灵也"句,按南宋人书写规则,应当避讳"桓"字而未避,可以作两种理解,一是可理解为岳书写时失误,因为草书系匆匆行文,岳飞全凭记忆行书,诸葛亮原文为"桓"字,此字无可替代。另一种理解则是南宋人书写避讳仅限于政府公文与公开刊印的书籍,至于私下书写的信函、文字,避讳之制未必严格执行。而岳飞手书二表仅是受道士之邀,抄写的又属先贤文字,因此,先帝的名讳可避可不避。至于这两种理解不论是何者正确,怀疑派学者所提出的不避宋钦宗赵桓"桓"字讳的论据,作为岳飞手书二表中的疑点则可,而以此否定其非真迹则不可。

再其次,怀疑派学者据岳珂有关岳飞书法师承苏体说,指二表字体风格与苏体相去甚远、非岳飞真迹的论据更不能成立。理由是:岳珂说法即便如实,也只能说明岳飞学习书法是从苏体入的手,而并非是仅会写苏体一种字体。草书是

---

① 《宋史·岳飞传》。
② 分见《岳飞书前后出师表》,岳飞墓庙 1982 年拓印本,第 6 页、第 17 页、第 45 页。

最能体现人个性的字体，如果岳飞所写出的草书真与苏东坡一模一样，他就成了和苏东坡一样的文人，而非是名贯古今的武将了。最起码有三条理由可以证明这一论点。

一是清彭玉麟在评价岳飞手书《唐李华〈吊古战场〉文》书法时曾说："忆曩者曾见宋四家法帖中有王（武穆王岳飞）所书《灵飞经》，娟娟秀逸，迥与此殊，乃叹王（武穆王岳飞）于文事翰墨之间亦有静如处女，动如脱兔者，王之书法，其即王之兵法乎！"①彭玉麟的这一评价起码说明以岳飞的书法造诣论，精通的决非一种字体。我这里再补充一条材料，即：江苏省大茅峰顶万福宫"文革"前曾保存有岳飞手书的卷轴和一部道教经文，"文革"中（1968 年）我过万福宫，向道士索看，老道回答：观内保存的岳飞手迹在解放初期已作为国家文物上交给北京故宫博物院。此话不知真假？此外，茅山所藏岳飞手书的经卷不知是否即彭玉麟所目睹的《灵飞经》？如老道骗人，则岳飞手迹仍存茅山未毁。如老道讲得是实话，则岳飞的手迹当存北京故宫博物院仍可供查。

二是《四库全书总目提要》在评议白麟伪托苏轼书法说时指出："轼一书每为一体，忽作颠张（唐张旭）醉素（唐怀素），何可谓其必无？殆以乡曲之私，回护其词耶。"②这一段话是在质疑《醉翁亭记》墨迹未必为白麟伪托，指出苏东坡的字体有"每书一变"的特点。苏东坡书法之所以能"每书一变"，是因为他有高超的书法修养，能够熟练地书写多种字体。同样，作为史学工作者来说，也不可以仅凭岳珂所说岳飞书法学苏体一句话，便认定岳飞手书二表非真迹。

三是讲岳飞只能写出类似苏体书法的观点，与史书所记载的岳飞性格不合。从军事学的角度来看，岳飞无疑是中国历史上的一位伟大军事家。而成其为伟大的重要因素，在于岳飞用兵不蹈常规，刻意求新。此见于《宋史》所记：

"战开德、曹州皆有功，泽大奇之，曰：'尔勇智才艺，古良将不能过，然好野战，非万全计。'因授以阵图。飞曰：'阵而后战，兵法之常，运用之妙，存乎一心。'泽是其言。"③

"诣河北招讨使张所，所待以国士，借补修武郎，充中军统领。所问曰：'汝能敌几何？'飞曰：'勇不足恃，用兵在先定谋，栾枝曳柴以败荆，莫敖采樵以致绞，皆

---

① （清）彭玉麟：《岳飞手书唐李华〈吊古战场〉文后拜跋》，《岳飞书吊古战场文》，岳飞墓庙文物保管所 2001 年 4 月印本，第 34—35 页。
② （清）纪昀等：《四库全书总目提要》卷一二三，子部三三。
③ 《宋史·岳飞传》。

谋定也。'所瞿然曰：'君殆非行伍中人。'"①

"飞所部皆西北人，不习水战，飞曰：'兵何常，顾用之何如耳。'……'以王师攻水寇则难，飞以水寇攻水寇则易。水战我短彼长，以所短攻所长，所以难。若因敌将用敌兵，夺其手足之助，离其腹心之托，使孤立，而后以王师乘之，八日之内，当俘诸酋'。"②

"善以少击众。欲有所举，尽召诸统制与谋，谋定而后战，故有胜无败。猝遇敌不动，故敌为之语曰：'撼山易，撼岳家军难。'张俊尝问用兵之术，曰：'仁、智、信、勇、严，阙一不可。'"③

从上引《宋史·岳飞传》中几段与岳飞军事思想相关的话来看，岳飞之所以能够成为天才统帅，与他的用兵不蹈常规、刻意求新的军事思想有着直接关系，因此，很难想象作为书法家的岳飞会在草书中无自己的独立风格与创树，而是处处循规蹈矩，模仿苏体。此恰如文天祥在评价岳飞书法成就时所说："岳先生，我宋之吕尚也。建功树绩，载在史册，千百世后，如见其生。至于笔法，若云鹤游天，群鸿戏海，尤足见干城之选，而兼文学之长，当吾世谁能及之？即后世，亦谁能及之！"④清雍正时重臣、大学士蒋廷锡在评价岳飞书法成就时亦指出："岳忠武书，如天马行空不著羁勒，为南渡诸君子之冠，世少传本，据闻宋鼎革后，元相府购公书者不惜重金搜括无遗，此卷墨迹为分宜家所藏，后归吴中汪氏，近为阁相某公家所得，后嗣凌夷，欲效鹡鸰，求事传观数过，不禁叹为神品。"⑤

最后，还有一条更为有力的证据能证明岳飞手书二表为真迹的是：岳飞手书二表字迹与其手书唐李华《吊古战场》文字迹极为相似，区别仅是前者字迹棱角分明，锋芒毕露，更见个性特点，似为岳飞晚期作品；而后者字迹稍显圆润，似为岳飞早期的书作。二者风格的一致性则是：运笔均大开大合，极像一位天才武将在排阵用兵。此恰如晚清重臣彭玉麟在评价岳飞的书法特点时所说："笔势纵横，飞若惊鸿，矫荐游龙"，"王于文事翰当之间亦有静如处女，动如脱兔者，王

---

① 《宋史·岳飞传》。

② 《宋史·岳飞传》。

③ 《宋史·岳飞传》。

④ （南宋）文天祥：《岳飞手书唐李华〈吊古战场〉文后拜跋》，《岳飞书吊古战场文》，岳飞墓庙文物保管所2001年4月印本，第31—32页。

⑤ 蒋氏这一评价，见2011年3月间在扬州新发现的岳飞手迹题跋。——《扬州发现疑似岳飞真迹，故宫博物院专家将鉴定》，新华网2011年3月2日。蒋廷锡（1669—1732年），康熙四十二年进士，雍正时官至大学士、太子太傅。

之书法，其即王之兵法乎！"①晚清文臣白德馨亦指出："双钩本见示忠毅之气，流露行间想见提笔四顾誓扫风尘之概。"②这些评价，大致反映出前人对岳飞人格与岳飞书法成就关系的认识。鉴于岳飞手书唐李华《吊古战场》文有充分的理由证明其为真迹，因此，岳飞手书二表亦当为真迹无疑。

以上所述，为岳飞手书二表非伪迹的四点理由。以下再补入近年发现的两条实证材料。

2009年春节前，江都收藏家杭从明经半年谈判，以120万元巨款由贵州黔南地区贵定县73岁的张姓老教师手中购得岳飞的"真迹"《前出师表》四条屏，内容为岳飞手书诸葛亮《前出师表》的片段："臣本布衣，躬耕于南阳，苟全性命于乱世，不求闻达于诸侯。先帝不以臣卑鄙，猥自枉屈，三顾臣于草庐之中，咨臣以当世之事，由是感激，遂许先帝以驱驰。"藏品首屏"臣本布衣"草书右侧，两枚方印依稀可见，一枚"明昌御览"，一枚"内府之宝"，均为篆体。由此可猜想此四条屏曾被金章宗收藏过，因为公元1190年金章宗登基后，改金年号为明昌元年，金章宗肯收藏岳飞手书条屏，无疑是出自对这一位敌国将领的尊崇，因此特加盖了"内府之宝"的印章。在四屏文尾，留有"岳飞"署名及"绍兴戊午秋月望前"等字样，并盖"岳飞"印章。从条屏字体特点来看，基本上与目前传世的岳飞手书二表碑拓字迹相同，但也有不少地方存在差别，这说明了墨迹的早出与真实性，而非仿自目前传世的岳飞手书二表碑拓本。该四条屏的发现经过为：2006年年底张先生打扫祖屋时，在房梁上发现一个落满灰尘的皮囊，取下来观看，发现内藏一套四屏岳飞手书《前出师表》的片段，条屏纸张为棉麻纸质地，很是斑驳，显暗灰色，每屏规格为135×37厘米。江都收藏家杭从明闻讯后，2008年5月二赴贵州与张协商购买，6月份二人带上字迹同赴北京故宫博物院和中国历史博物馆请专家鉴定，最后得出的结论是：书字棉麻纸张经中国历史博物馆专家碳化测定后认定属宋代，字迹是否为岳飞真迹则无法确定，因为故宫博物院迄今无岳飞真迹可供对比。而江都市博物馆夏根林馆长则认为：通常情况下，只要纸张确认为宋代，那么是岳飞真迹的可能性就相当大了，现在鉴定界有从纸张的风化程

---

① （清）彭玉麟：《岳飞手书唐李华〈吊古战场〉文后拜跋》，《岳飞书吊古战场文》，岳飞墓庙文物保管所2001年4月印本，第34—35页。

② （清）白德馨：《岳飞手书唐李华〈吊古战场〉文后拜跋》，《岳飞书吊古战场文》，岳飞墓庙文物保管所2001年4月印本，第38页。

度确认是否真迹的先例。① 贵州岳飞手书四条屏的发现，为岳飞手书二表的真实性，提供了新的实证材料。

2011 年 2 月间，在扬州字画市场发现了另一幅岳飞书法条屏，内容为岳飞以东汉耿弇将军的事迹自勉，写道："尤相类也。将军前在南阳，建此大策，常以为落落难合，有志者事竟成也！"话语出自《后汉书·耿弇列传》，系东汉光武帝在表彰建功立业的大将耿弇时说的话。题款旁有一枚"鹏举士"的方印，当为岳飞的字。此外，条屏上另收曾为收藏者的明代谏臣杨继盛的题款、明代名将史可法和清代大学士蒋廷锡的题跋。杨氏书款见于字幅左下角，内容为："武穆真迹嘉靖二十年椒山杨继盛书"，并留有印章。杨继盛，河北容城人，以直谏知名，曾于嘉靖三十二年（1553 年），弹劾奸臣严嵩"五奸十大罪"，被奉为北京城城隍。史可法的题跋是："武穆王，英气冠世，精忠贯日，得其手泽，双字何异，太庙郜鼎，今年曹子丰自礼泉来，携此索跋，闭门静观，不禁神往，况其卷首，椒山先生题字，考椒山生平事迹，忠勇之处不让武穆，此卷可称双忠合璧矣，道隣后学史可法熏沐敬跋（意沐浴敬香题跋）。"蒋廷锡（清大学士、乾隆皇帝老师）的题跋是："岳忠武书，如天马行空不著羁勒，为南渡诸君子之冠，世少传本，据闻宋鼎革后，元相府购公书者不惜重金搜括无遗，此卷墨迹为分宜家所藏，后归吴中汪氏，近为阁相某公家所得，后嗣凌夷，欲效鹬鹢，求事传观数过，不禁叹为神品"。蒋氏题跋介绍了岳飞此条屏的传承经过。此外，条屏上尚有清代著名收藏家、画家何兆祥"何兆祥印"、"簔翁"两枚印章。此条屏为两年前山东某收藏家拿到扬州字画市场拍卖的，经香港和大陆多名书画家从纸张碳化程度、多枚印章沉垢程度以及书写时的流利程度方面鉴定，认定属岳飞真迹无疑。香港一著名国际拍卖公司负责人林先生曾准备预付定金 50 万元买下，扬州字画市场为防止国宝外流，婉言谢绝。② 这幅岳飞真迹的发现对于岳飞手书二表的意义在于：字写得龙飞凤舞，气势磅礴，极像传世的岳飞手书二表字迹，这再一次为岳飞手书二表的真实性提供了佐证材料。

以上所述为，中国自抗战以来环绕着岳飞评价所产生的争端。概而言之，这些争论不仅涉及岳飞事迹的政治定位，同时也涉及岳飞词作《满江红》与岳飞手书《前后出师表》的真伪之争。鉴于岳飞殉国后 900 余年来，其词作《满江红》与

---

① 见《120 万买下疑似岳飞手迹，经权威鉴定纸张确产自宋代》，中新浙江网 2009 年 2 月 17 日电（记者张建伟、陈咏报道）。另见凤凰网 2009 年 5 月 6 日报道。

② 材料出处见《喜闻扬州惊现岳飞疑似书法真迹》（实习生乔云、记者姜涛报道），《扬州晚报》2011 年 3 月 1 日。另见人民网 2011 年 3 月 3 日。

手书二表在中国社会产生了很深的影响，它们不仅构成了岳飞道德形象的一部分，同时也成为中华民族精神的有机组成部分。一些试图否定岳飞民族精神的人，也试图通过否定岳飞文学、艺术成就的手段，来贬损岳飞的道德形象。因此，对于岳飞词作《满江红》与手书二表真伪的分辨，实亦涉及对中华民族精神的捍卫。

2011 年 10 月 29 日

重踏西湖群山（浙中纪行之九）

龙井品茶

1983 年 8 月 17 日，星期三，晴。

上午在岳庙读碑文，11 时 10 分出，在岳坟对面包子店买了 4 个肉包、一杯甜牛奶充作午餐，然后搭公交前住龙井。在茶室要茶一杯慢品，计划下一步的旅游计划，并顺便修改此次出游所创作的诗作。

当时的龙井茶室分上、下两室，上室出售高级龙井茶，0.30 元一杯，给热水瓶一个自沏茶，茶室开放至中午 12 时 30 分；下室出售普通龙井茶，0.15 元一杯，由服务员代为沏茶，开放时间从中午 12 时开始。由于我到龙井的时间较晚，只能坐下室。但坐下室也有一个好处，即可以面对青山，尽情抒发诗情，而身坐上室，只能是一人面壁。品茶时听茶客闲聊，讲前几天杭州"刮台风"，抓了几百名"流氓阿飞"，一人因讲"××派出所无一个好人"一句话，被抓起来关了一个星期始放出，产生了不良社会影响。

此次出游，因攀雁荡山不慎伤左膝，不能再爬大山，但身边尚有余资，决定用两三天的时间，把少年时代曾攀登过的西湖群山重爬一遍。记得 1966 年红卫兵"大串联"时期，12 月 4 日至 15 日间，我曾居杭州两周，几乎爬遍了西湖周围所有的大小山头，当时的每一个山头上，都布满了来杭州串联实则旅游的青年学生，有的红卫兵还手持红旗。当时的不少山头上都有小饭店，出售不要粮票、6 分 1 碗的菱形面片，味道鲜美。如果此次重攀西湖群山，能再品尝一下当年曾吃过的面片，亦算得上是人生的幸事。

关于龙井泉与龙井茶的传说

下午 3 时 25 分，出茶室，过龙井泉。该泉位于湖西翁家山的西北麓，旧名"龙泓"，因久旱不涸，古人以为其与海通，龙居其中，故名"龙井"，其与虎跑泉、玉泉并列西湖的三大名泉，据传东晋葛洪曾于泉旁结庐炼丹。

有泉即有庙。龙井寺的历史可上推至五代后汉乾祐二年（949 年），当地居民于此地募缘建寺，称"报国看经院"，至熙宁年间（1068—1077 年）改称"寿圣院"，因其地近龙井，人们习惯称为"龙井寺"。此后由于龙井茶的名声日隆，来此品茗者众，佛寺无法独专茶利，新中国成立后，废寺另辟龙井茶室。

"龙井"附近有村，位狮峰脚。据传村中有一老妇人精心护养了峰上的 18 棵野山茶树，于家门口设茶摊以饮行人，获取微利。因茶味香醇，久之，名声远扬，成为送给大清乾隆皇帝的贡茶，号称"龙井茶"，而龙井茶的茶种，亦随之推广，形成"狮峰龙井"（产于龙井村、狮子峰、翁家山一带）、"梅坞龙井"（产于云栖、梅家坞一带）、"西湖龙井"（产于杭州其他山地）三大系列。但龙井茶之所以知名，不只是由于茶种优良，还由于其原产地特殊的土壤与水质条件。因此仅就茶的质量而言，仍以狮峰龙井为优，我曾喝过其他品牌的龙井，茶味远不如狮峰龙井醇厚、纯正。

天竺三寺

下午 4 时许，翻越棋盘山前往上天竺，山路约 5 华里。沿途所见，均为茶园，有山农在路边叫卖龙井茶，2 元一斤。将近山顶时，山空无人，天阴欲雨，仅鸟啼蝉鸣，但不一会儿，又云开雾散了。两侧为南、北高峰，西湖在云雾之中颇显秀丽。穿越一片竹林时，竹风瑟瑟，有飞机从头上穿越，颤音使人惊恐。

4 时 20 分抵上天竺，大庙已变成杭州电镀厂，周围僧房皆成民居。过中天竺，庙址成为杭州自动化仪表厂与杭州温度表厂的厂房。步下天竺，庙址已变成了长城塑料厂仓库。总之，天竺三寺已看不到佛教文化宗迹。而回想"文革"串联中过此时，尚能见到路边被砸残的佛像，至于庙中的佛像，十之八九被砸毁，未被砸毁的，则被封于寺内不让游人参观。当时的大庙，是串联红卫兵的接待站，一间大殿中约有上百名学生在地上打通铺睡觉，我曾要求住一宿而不可得，回答是住宿学生已满额。

不知天竺三寺何时可修复？沿途所见，唯感欣慰的是阵阵松风，山涧清沏，两边青山人家的住舍整洁干净。古人对于天竺寺的景观曾给予了很高的评价，称："由月桂峰迤西入佛国山，自下竺，过中竺，至上竺而止，上竺则观音灵感，下竺则古迹为胜，三竺之间，云影天光，泉声松籁，岑寂岛空，香凝钟静，耳目心神之会，觉其迷极其光者，岂不超三界外乎。"①而当年民族英雄岳飞过此，亦曾有诗为赞，全诗为：

归赴行在过上竺寺偶题

强胡犯金阙，驻跸大江南。

一帝双魂杳，孤臣百战酣。

兵威空朔漠，法力仗瞿昙。

恢复山河日，捐躯分亦甘。

而查之文献可知，天竺寺已有千年的历史。其中下天竺寺的创建，始于东晋咸和五年（330 年），开山人据传为西印度僧人慧理，慧理传教至此，惊呼：此山乃中天竺国灵鹫山之小岭，何年飞来至此？由此，杭州人便称天竺寺周围的山为"天竺山"而称杭州灵隐寺前的山峰为"飞来峰"。②又以慧理为灵隐、天竺两大寺院的开山祖师。③另据文献所记，中天竺寺为隋开皇十七年（597 年）宝掌禅师始建，上天竺寺为后晋天福四年（939 年）僧人道翊创建。在南宋时，中天竺寺被评定为"禅院十刹之首"，上、下天竺寺同被列为"教院五山前茅"。由此足见天竺寺在当时中国佛教界中的地位。

登翠微亭

下午 5 时，暮色将临，在当地农民指点下，穿山间小路前往灵隐。农民并告诉我，走此路至灵隐，可以逃票。我无心逃票，但希望早抵。此路果近，5 时 15 分即抵灵隐，但寺门已紧锁，只得浏览附近的景区。见寺右有乾隆皇帝题御碑，

① （宋）周密：《武林旧事·湖山胜概》。
② 《天竺山志》："东晋咸和初，慧理来灵隐卓锡（植立锡杖，即开山传教），登武林惊曰：'此乃中天竺国灵鹫山之小岭，何年飞来此地耶？'由此，山名'天竺'，峰称'飞来'。"《灵山志》称："宋时定地，以飞来峰之南为天竺，以飞来峰之北为灵隐。因北麓为灵鹫寺（今灵隐寺），故峰为异其名。"
③ 龙泓洞口有理公岩、理公塔，塔内葬有慧理骨灰。

寺的对面有冷泉亭,过山溪即飞来峰,峰上多石雕佛像。山半腰有翠微亭,据传此亭为岳飞死后 66 天,韩世忠为纪念岳飞而修,亭的取名,取意于岳飞诗句"经年尘土满征衣,特特寻芳上翠微"①中的"翠微"二字。而亭联为:"万壑松风和涧水,千年豪杰壮山丘。"意境隽永。但是,韩世忠建此亭时,乃秦桧得势之时,韩世忠纪念岳飞的话不能说得太明,因此亭建成后,韩世忠命儿子韩彦直将所写下的 48 字摩刻在亭边的石崖上,字为:"绍兴十二年,清凉居士韩世忠因过灵隐登览形胜,得旧基建新亭,榜曰翠微,以为游息之所,待好奉者。三月五日写彦直书。"而根据有关记载,韩世忠所修建的翠微亭因年代久远早倾,现亭为民国三十四年(1945 年)近人在原址上的重修。亭联"万壑松风和涧水,千年豪杰壮山丘"为聚近人魏敷滋、南芳甫两人的联语而成。其中魏敷滋曾任民国马步芳青海政府的高官,新中国初期曾任青海省人民政府文教厅厅长。

晚 6 时,自灵隐返湖滨,因忘了旅馆地址,找了很长时间。在湖滨车票预售处买了后日中午 12 时返沪火车票,至湖滨坐晚。时天气炎热,乘凉者甚众,湖心灯火闪烁,为西湖增添了夜空美景。晚 8 时 20 分返旅社休息。

再登飞来峰,访灵隐寺

次日,星期四,阴。晨 5 时起床,早饭毕,6 时 30 分搭 7 路公交车前往灵隐,见有要饭者僵卧路旁某饭店门口,店主屡推不起。7 时抵灵隐,门票 1 角。而此前灵隐从未收过门票。

入景区后,先上寺左"飞来峰",此峰亦名"灵鹫峰"。关于此山的得名,已见前介,即东晋咸和元年(326 年)西印度僧人慧理至此,惊呼:"此乃中天竺国灵鹫山之小岭,何年飞来此地耶?"②由此,此山得名飞来峰,亦名灵鹫峰,周围之山统称天竺山。至宋代时划分地界标志,因飞来峰北麓有"灵鹫寺"(今灵隐寺),始将飞来峰之南山岭称为天竺山,将飞来峰之北山岭称为灵隐山。③飞来峰上多佛教摩崖石刻造像,据统计多达 470 余尊,其中比较完整的有 335 尊,其时代大致跨五代、宋、元、明等各个历史时期,这些造像是中国古代南方石窟艺术的珍贵遗产。飞来峰尚多山洞,古传有 72 洞,但多湮没,现存有青林洞,传为济公修身处,

---

① (宋)岳飞:《登池州翠微亭》。
② 《天竺山志》。
③ 见《灵山志》。

另有玉乳洞、射旭洞等等，洞中亦多佛雕。玉乳洞位山脚，旧名"龙泓洞"，洞旁有"理公之塔"，塔内即灵隐寺开山祖师慧理和尚的骨灰存放处。

下飞来峰，过一条山涧，便来到灵隐寺前。我前两年过此，寺前古木丰茂，现在却少了许多。古木被伐的原因，显然是为了营造商业网点。步入寺中，但见人头攒动，香烟缭绕，大殿的门匾上写着"灵鹫飞来"。如来佛像高约数丈，可谓"法相庄严"。有老和尚自称 7 岁时出家，现年 61 岁。问寺院是否还招出家人，回答是：男的招，女的不招，但需市佛教协会批准。

灵隐寺，又名云林寺，始建于东晋咸和元年（326 年）。其建筑格局以天王殿、大雄宝殿、药师殿、直指堂（法堂）、华严殿为中轴线，两边附以五百罗汉堂、济公殿、联灯阁、华严阁、大悲楼、方丈楼等建筑，占地面积共约 87000 平方米。据记载，历史上的灵隐寺曾几经兴衰，可能是由于其所处的优越地理环境，香火始终旺盛，最终成为国内的第一大寺院。灵隐寺的第一次兴盛，始自梁武帝天监三年（504 年）"舍道归佛"，将佛教奉为国教，寺院规模因此大增。但至北周武帝宇文邕（561—578 年）建德三年（574 年）宣布灭佛，[①]南方寺院当时尽管处于陈政权的控制下，境况稍好，但胆小僧人闻风还俗，灵隐寺顿处于冷寂之中。此后至唐武宗会昌五年（845 年）再次颁诏灭佛，[②]史称"会昌法难"，当时灵隐寺亦难逃寺毁僧散的噩运，这是灵隐寺所历的最大灾难。后至五代十国时期，吴越王钱缪崇佛，始筑飞来峰摩崖石刻佛雕；吴越王钱弘倧于后汉天福十二年（947 年）扩建灵隐寺为 9 楼、18 阁、72 殿，聚僧众三千人之多；吴越王钱弘俶于后周显德七年（960 年）从奉化请高僧延寿来主持灵隐寺务，新建僧舍 500 余间、石幢 2 座，共有殿宇、房舍 1300 余间，这一时期为灵隐寺的全盛时期。时至南宋宁宗嘉定年间，灵隐寺被誉为江南禅宗"五山"之首。清康熙皇帝二十八年（1689 年）南巡过此，赐名"云林禅寺"。灵隐寺从此奠定了在全国寺庙中的核心地位。关于康熙帝的赐名，尚流传着一则笑话，讲寺僧请皇帝题匾，康熙帝将"靈"字的"雨"字头写大，为其下的三个"口"和一个"巫"无法置入而着急，有随从在手上写了"雲林"二字，暗示皇帝将寺改名，皇帝在随从暗示下，题匾作"云林禅寺"，悬挂至今。可是民众并不买皇帝的账，仍以旧名称灵隐寺。此后至咸丰十年（1860 年），太平军占杭州，灵隐寺大半被毁，仅保存下来了天王殿与罗汉堂，寺内文物与藏书大

---

① 当时毁寺 4 万所，强迫 300 万僧尼还俗，相当于当时总人口数十分之一的人重新成为国家编户。

② 见《武宗本纪》，《旧唐书》卷一八："天下所拆寺四千六百余所，还俗僧尼二十六万五百人，收充两税户；拆招提、兰若四万余所，收膏腴上田数千万顷，收奴婢为两税户十五万人。"同时还"勒大秦穆护、祆三千余人还俗"，以使"不杂中华之风"。

量流落民间。寺院后经陆续修复。但时值"文革"（1966年8月间），又险遭噩运。当时杭州一派红卫兵组织砸毁岳坟后，又欲砸灵隐寺，幸好消息被浙江大学历史系的红卫兵组织预先侦知，组织人力全力护卫，两派红卫兵在寺前辩论了三天三夜，最后达成的一致意见是请"中央文革"表态。"中央文革"又转请毛泽东主席表态。毛主席当时的答复是：灵隐寺内的佛像我数过，每一个都有几吨重，一个都不准砸。主席的指示下达后，灵隐寺内的佛像最终被保了下来，灵隐寺也同时被保了下来。但因怕再被人破坏，把殿门都封了起来，不让人入内参观，且一封就是十年，直至"文革"结束后，方重新开放。

过韬光寺，登北高峰

8时40分出灵隐寺，沿上北高峰的山径前往韬光寺。远见寺院矗立在悬崖之上，叹为观止。路上遇两位戴耳坠的杭州姑娘高叫耳骨痛，其原因是经历"文革"劫难，妇女穿耳这一民俗同时废止，此时还刚刚兴起，妇女初戴耳坠，自然有疼痛感。

将至山腰，有亭名"韬光径"，亭空，却有香客焚烛燃香，对青山遥拜。再上数十级石阶，至韬光寺前，寺门有匾"韬光胜境"。入内，见有山泉名"金莲池"。当地人告诉我：此水灵验，可治百病，而山泉的得名，源自唐代的韬光禅师曾引泉中水种植金莲。我见有一对来自上海的青年夫妇带着孩子，跪在池边对青山焚香礼拜，他们显然是来金莲池求灵水的。沿山阶再上，有亭，内陈吕纯阳神位，旁边有旗，上书："吕纯阳祖师"，"有求必应，万事如意"。落款为"弟子章庆1982年4月13日"。亭后有石洞，洞口刻字为："丹飞玄洞"。这显然是民间传说中吕洞宾炼丹之处的"丹涯宝洞"。但见旗下求谶者众，大多为青年男女带着孩子，其中又以妇女居多。只见一对青年夫妇上前跪拜，口念：愿祖师保佑我夫妇同生同福。随后又见不少青年妇女带着孩子或夫妇俩俩焚香跪拜，口中均念念有词。我向他们询问求谶原因？回答是：求洞中仙水治腰病、治腿疼、治肚子疼或给孩子治病等等。我心中暗笑，第一次知晓韬光寺的"仙水"，居然有如此神通。

韬光寺始建于唐穆宗长庆年间（821—824年），以其创建者蜀地名僧韬光禅师而得名，至五代后晋天福三年（938年），吴越王又重建。此寺原属佛寺，不当有道教吕洞宾的牌位。存吕牌位的原因是：据传吕洞宾当年过韬光，曾向主持寺务的黄龙禅师请教佛法，相谈甚欢，遂封吕洞宾为"佛教护法"，因此寺中有吕洞宾的牌位，此事见《五灯会元》卷八之所记。而纯阳殿下另有吕洞宾女弟子何仙姑的碑位。

出韬光寺，上午 10 许攀至北高峰顶，山顶建有杭州电视塔，旧时庙宇已变为电视台工作房。环峰顶一周，远眺西湖如镜，钱江如带。峰顶建有茶室，入内少歇，品茶吟诗，吃点心充饥。

过烟霞洞、上南高峰千人洞

中午 11 时 15 分，坐滑车往灵隐方向下山，票价 3 角，排队坐滑车下山者甚众，三车同发，下为深谷，颇险陡。据询，上山坐滑车的票价为 4 角。在灵隐餐厅午餐，步行至中天竺，再攀棋盘山。在山顶欣赏西湖"双峰插云"景观，似身置画中。下午 1 时 30 分过龙井泉，见许多人围着泉旁投币，钱币不沉者则为得福。附近山脚新造了一座豪华厕所，一位年轻漂亮的姑娘在厕所旁卖票，入内 1 角。据说厕所内有镜子、花露水、香皂等。上厕所得收门票，这是我平生第一次遇到，深感坏我民风。下午 1 时 45 分沿公路前往烟霞洞，经过一农家茶场，邀我入内参观，实则叫我买茶，被我回绝。前行，向一农家姑娘要了一壶茶水，给钱不收。

下午 2 时 20 分，抵烟霞洞，门票 3 分。烟霞洞位于南高峰西南坡烟霞岭上，洞壁多名人题刻，洞深约 20 米，因洞顶多大小不等的钟乳石，在阳光反射下如一片烟霞而得名。该洞以石雕佛像古老而知名。据记载该洞建庵于后晋开运元年（944 年），时僧人弥洪在洞中刻有 6 尊罗汉像，圆寂后托梦给吴越钱武肃王称："吾兄弟一十八人，今方有六，王可聚之。"吴王梦醒后补刻罗汉至 18 尊。[①] 至南宋时又补弥勒大佛、观音等造像。我"文革"中过烟霞洞，见洞内石碑及石雕佛像被砸毁了一半，另一半未砸是因为受到了当地农民阻拦，红卫兵再砸就得和当地农民打起来，由于农民人数多，红卫兵只能溜走。所以仅从文物的视角来看现存烟霞洞中的佛像，只能说是真假参半，现佛像均为"文革"后人们补建的。

与烟霞洞相关，尚有一则佳话，讲的是才子胡适曾居洞中三个多月，陪同他共度时光的是红粉知己表妹曹诚英（佩声），他们一起下棋，读莫泊桑的小说，在此期间，胡适还创作了大量诗歌。但胡适最终还是服从家命，娶了发妻江冬秀。此事见《胡适日记》之所记（始自 1923 年 6 月 24 日）。

下午 2 时 50 分攀至南高峰顶，我"文革"时至此所曾见到的"古雄国寺"遗址已被彻底拆除。当时所见遗址，主要为一堵残壁，有红卫兵在残壁上用木炭写了

---

① 见《浙江通志·山川一》。

"历史潮流淹五狗"的字样,对于这种破坏国家文物的现象我十分愤怒,因此接了一句"你爹你娘都在内"。但古寺虽残,尚能给人一种历史沧桑感。而现在我登上南高峰,除了能领略"双峰插云"的西湖美景和蓝天白云外,再无其他可言。

南高峰山腰上多山洞,我连入四洞,都是废洞,走不深。最后找到了"千人洞"洞口。千人洞位南高峰北侧,旧名"蝙蝠洞"。关于该洞,当地人有着许多传说,最多的说法是:此洞极深,有好几个出口,并可通达安徽。文献记载则谓:"蝙蝠洞,在钱塘县烟霞石屋洞后,旧多蝙蝠,因以名之。故老传云:'洞极深广,无泉,建炎间,因兵火时里人避难于中,容数百人,因而获免。'今在尼庵民屋后。"①又谓:"山窦仅六尺许,渐进渐广,可容千人。相传昔有寇难,里人多避于此,今瓶灶陶器尚存。"②我当日临此洞,因无照明工具,无法深入。而我"文革"中过此洞时,曾随同一批有照明工具的串联学生同入,记得当时误入一个幽谷和有三个潭眼的裂缝,未能找到出口,只得败兴由原路返还。而以我的直感,此洞可能极深,文献记载无误,但历史上可能因战争或地震因素,曾发生过坍塌,原有洞路已堵,因此已无法深入。

探水乐洞、石屋洞

下午3时40分抵水乐洞,洞旁有岩,刻有"留云谷"。水乐洞位于南高峰下的烟霞岭上,沿山路上行,距我上午去过的烟霞洞约有500米,沿山路下行,距石屋洞大致也是这点距离,因此当地人常统称为"烟霞三洞"。

水乐洞长不足百米,门口有流泉,步入洞内,最奇的是能听到两壁流水淙淙的声音,却又见不到流水。洞内多陈石桌、石凳,坐此静听流水之声,人会产生脱尘离世的快感。因此明高濂曾把"水乐洞雨后听泉"列入其《四时幽赏录》的著述中。水乐洞中原多石雕佛像,我"文革"过此时,见佛像基本被砸毁,有的佛像身子尚存,但已不见了头颅。现陈佛像均为后补的。

水乐洞的开发历史甚长。查之文献可知:洞的得名,始自宋熙宁二年(1069年)杭州郡守郑獬于的命名。当年苏东坡过此洞,曾撰文《水乐洞小记》,称:"泉流岩中,皆自然宫商。"此后,该洞被南宋名将杨存中(1102—1166年,本名杨沂中)辟为私家别墅。杨死后,洞因年久失修,水声消失。至南宋末年,权相贾似道

---

① (宋)施谔编:《淳祐临安志》卷九《诸洞》篇。
② (明)刘伯缙等修,陈善纂:《万历杭州府志》,中华书局2005年12月版。

以重金购得水乐洞，命人疏通堵塞，洞中"水乐"重新恢复

出水乐洞沿山道下行里许，便是"石屋洞"，其上有"吟香亭"。入洞，见有一大一小两个石洞互通，大洞高敞，洞顶似屋，因此得名。此洞壁原有五代时雕五百罗汉像，我"文革"中过此时，已大多被砸，现所剩无几，"文革"后补雕的均为假古董。主洞边上另有小洞，称"别石院"。

登玉皇山，探紫来洞

下午 4 时 10 分，离石屋洞，过杭州动物园门口，吃了点奶粉与可可粉充饥，4 时 30 分开始攀爬玉皇山。十分钟后抵山腰"得意亭"。此处有分路碑，一个箭头指向虎跑，另一箭头指向钱江闸口。时有石匠正在修筑石板山道以取代过去的碎石山路。继续前行，过一无名山洞，稍停，4 时 50 分抵"邑江亭"，在亭内可远眺钱江大桥与六和塔。下午 5 时 15 分，登玉皇山顶。山顶有道观名"福星观"，供太上老君像。再上有望湖楼，登楼，可远眺钱江，俯望西湖，而每年农历八月，坐此楼可静观钱江大潮。

玉皇山系道教主流全真派圣地。据文献所记：唐代称该山为玉柱峰，至五代时，传吴越国王曾迎明州（今宁波）阿育王寺的舍利子置放该山，因此改称育王山。至明代，在山顶创建福星观，供奉玉皇大帝，始称玉皇山。因该山处西湖与钱塘江之间，远望如巨龙横卧，有"龙山"之名。又因其与凤凰山首尾相连，而有"龙飞凤舞"之誉。

下午 5 时 33 分至山腰紫来洞，洞口石壁上有铭"紫气东来"。据记载，该洞又名飞龙洞，原为小石洞，至清代，有福星观道长紫东动用人工将洞口凿大，并依势改造，游人方得入内。在洞口可以远眺钱江如带的景观。洞下有"八卦台"，位于玉皇山南麓，亦名"八卦田"，传此处为南宋皇室的籍田。南宋皇帝为了表示"励农"，每年春天都得亲自下地扶犁，这也是中国古代自西周以降历代皇帝所必须履行的春耕礼仪。所谓"八卦田"，是因为田分八块，中间为一圆形高埠，状如八卦，故名。由于当地农民在各"卦地"上，栽种了不同颜色的农作物，随着季节的变换，会展现出不同的色彩。八卦田旁，有五代吴越国王妃吴汉月的坟墓。

与我同入紫来洞的，有两位上海同济大学的学生，以及一位带着小孩的青年人。由我带路，打着微型手电，并用火柴燃烧草纸照明。初入洞时，洞口尚宽，但前行数丈后，洞口仅比肩宽。下一约有人高的坎坡后，可直入洞底。洞底有口可通洞外，但洞外为深渊，需穿越近两层楼的高度方可着地，因此无法出洞。我"文

革"中来杭州串联时,听一位进过此洞的北京学生说,后洞支有两根很长的竹杆,人至后洞,可以顺着长竹竿爬出洞外。但我来到后洞口后,却并未见到什么长竹竿,估计早已烂掉,只得自原路退回。而经过所下坎坡时,因坡度太陡,与我同行的一同济大学学生人太胖,无力爬上,被我硬推了上去。我自己亦无力爬上陡坡,心中十分恐慌。后将身上所背书包水壶先传出,终于勉力爬上了陡坡。此亦人生所历的一次艰险,如当时无法出洞,必困死无疑。

出洞时间为晚 7 时 10 分。时天色已暗,急下玉皇山,奔柳浪闻莺,但末班公交车已过,只得再步行里许,与两位同济大学学生、携小孩的青年人告辞,坐 8 路公交车前往湖滨。因一天攀山爬洞过于劳累,晚餐耗资 1.30 元,这相对于我当时的工资水准(月 36 元)来说,是一个不小的消费。晚 9 时 55 分,记完当日的旅游日记后入眠。

游西湖三岛

次日,星期五,晴。晨 5 时 45 分起床,7 时 20 分赶往湖东渡口排队摆渡至三潭印月。路见一盲男子卖唱,旁边一老妇人陪同。出自同情,投钱币以自慰。7 时 55 分,抵"三潭印月"。

三潭印月实为西湖中的一个小岛,其与湖心亭、阮公墩鼎足,而合称"湖中三岛",其中以三潭印月为最大。鉴于中国古代有"瀛州三岛"的神话,此见于《史记》:"海中有三座仙山,蓬莱、瀛洲、方丈,山上有仙人,宫室皆以金玉为之,鸟兽尽白。"因此三潭印月又有着"小瀛洲"的别称。跨上三潭印月码头,过有"小瀛洲"刻碑的石亭,再过九曲桥、"九狮石"后,便来到了"停停亭"前。亭名称"停停",是因为此亭四围种有风荷,品种约有 30 余种,每年七八月份游人过此时,正值风荷盛开,花呈红、粉红、白各色,过往人群往往不能不停下来浏览。因此,三潭印月被誉为宋代"西湖十景"中的"第一胜境"。① 也正是因此,人民币一元纸币的背面,也采用三潭印月的盛景。②

而登上小岛,最令人不解之处是"三潭印月"名称的由来。因为只有一个

---

① 南宋迁都杭州,始有"西湖十景"之说,分别为平湖秋月、苏堤春晓、断桥残雪、雷峰夕照、南屏晚钟、曲院风荷、花港观鱼、柳浪闻莺、三潭印月、双峰插云。元人仿宋,以六桥烟柳、九里云松、灵石樵歌、孤山霁雪、北关夜市、葛岭朝暾、浙江秋涛、冷泉猿啸、两峰白云和西湖夜月为元十景。

② 上世纪 70 代末,外汇兑换券 1 元正面为翠绿色的三潭印月图案,此后第五套人民币一元纸币的背面风景,也使用了大致同样的图案。

西湖,又何来"三潭"清泉?而查之文献可知:"三潭印月"得名,与元祐四年(1089年)苏东坡任杭州太守时疏浚西湖的事迹有着直接关系。当时苏东坡为疏浚西湖,在岛的南侧修造三座等距离的石塔,苏轼造塔的目的,是为了测量西湖淤泥堆积的深度,因此在湖水最深处,为造塔挖了三个深坑以填基,此即"三潭"得名的最初来历。南宋咸淳年间编《临安志》谓:"西湖三潭,土人相传,云在湖中"。[1]当是铁证。此后至明万历三十五年(1607年),钱塘县令聂心汤取湖中葑泥在岛周围筑堤坝,形成湖中湖,用作放生场,这大体奠定了三潭印月"湖中有岛,岛中有湖"的今日格局。[2]聂心汤又对苏轼原立三塔加以改建,[3]塔形呈瓶形圆腹中空状,球面体上排列五个等距离圆洞,而在月明之夜,在塔腹中燃烛,在洞口糊上白纸,则洞形与天上圆月同状,映入湖面,则对衬出30轮明月,而连同天上的月亮映入湖中,则共呈32轮明月,真月和假月难以分辨,因此便有了"三潭印月"之说。其中"印"、映同意,"三潭印月"即"三潭映月"。

环岛一周,8时45分坐摆渡船至湖心亭及对面小岛阮公墩游览。湖心亭位西湖中央,面积小于三潭印月,大于阮公墩,按"蓬莱三岛"的比附说法,湖心亭又作"蓬莱",阮公墩则被称之为"方丈"(三潭印月为"瀛洲")。

湖心亭的历史甚久,据记载在宋、元时已有湖心寺,后倾。清雍正时编《西湖志》卷九谓:"亭在全湖中心,旧有湖心寺,寺外三塔,明孝宗时,寺与塔俱毁。"又据笔者查证,历史上的西湖,曾经历过23次疏浚工作,其中大规模的有七次,但从未提到过湖心亭的成陆经过。可见湖心亭所处位置原本即西湖中陆地,而非清淤堆砌的产物。此外,如果湖心亭岛原为清淤所成的话,其地基上是无力承受三塔之重的。另据记载,自湖心寺倾塌后,明代杭州知府孙孟于嘉靖三十一年(1552年)在原址上建振鹭亭,后改称清喜阁,此为湖心亭的前身。由于亭处湖心,自然而然地被唤作了湖心亭。[4]在湖心亭极目四眺,湖光皆收眼底,因此清

---

[1] 见南宋咸淳年间编《临安志》卷三六。

[2] 清编《湖山便览》卷三:"万历三十五年,钱塘令聂心汤请于水利道王道显,用苏公法卷取葑泥,绕滩筑埂,成湖中之湖,以为放生之所,又于旧寺基建德生堂。三十九年,令杨万里继筑外埂,至四十八年而规制尽善,遂以德生堂增葺为寺,复旧湖心寺额。池外造小石塔三座,谓之三潭。"

[3] 据实测,塔高2.5米,露出水面2米,呈等边三角形,每边长62米。

[4] 聂心汤《县志》称:湖心寺外三塔,其中塔、南塔并废,乃即北塔基建亭,名湖心亭。复于旧寺基重建德生堂,以作放生之所。据此,则旧湖心寺乃今放生池,而今之湖心亭,乃三塔中北塔之基地。清编《湖山便览》卷三:"万历四年按察金事徐廷裸重建,额曰'太虚一点',司礼监孙隆叠石四周,广其址,建喜清阁,但统称曰'湖心亭'。国朝重加葺治,左右翼以雕阑,上为层楼。"

文人将"湖心平眺"评为"钱塘十八景"之一。① 湖心亭岛南有石碑上书"虫二",据释出自乾隆御笔,其意是将"風月"二字的外边部分去掉,以象征"风月无边"。值得一提的是明士人胡来朝(1561—1627 年)所作的《湖心亭柱铭》:"四季笙歌,尚有穷民悲月夜;六桥花柳,浑无隙地种桑麻"。② 体现了中国古代知识分子以天下为己任的情怀。

阮公墩是西湖三岛中面积最小的一个岛,被今人列入自评的新西湖十景之一——"阮墩环碧"。③ 该岛的得名,源自清嘉庆五年(1800 年)浙江巡抚阮元主持疏浚西湖事宜,以疏浚湖泥,堆积成岛,故后人称之为"阮公墩"。据有关记载,阮公墩成岛后,由于湖泥土松软,不适宜建筑,因此荒芜了百余年,其上仅植柳树。直至 1981 年,为了开发西湖旅游资源,杭州市府在这片面积 8.5 亩的小岛上,增添了 1000 多吨泥土,周围固以石块,在其上修建了忆芸亭、云水居、环碧山庄等竹屋建筑,用以举办仿古旅游活动。而阮公墩的创建者阮元(1764—1849 年),是一位在中国文化史上留下印迹的巨匠。阮元,字伯元,晚号怡性老人,乾隆五十四年进士。代表作有《山左金石志》、《皇清经解》、《揅经室集》、《畴人传》等。其所刊刻的《十三经注疏》(宋本)、《四库未收书目提要》等,迄今对中国文化事业发展产生着积极的影响。

过花港观鱼、净慈寺

上午 9 时许,坐游船返三潭印月,由此再坐船抵"花港观鱼"。但见柳枝倒垂,蝉鸣高树,奇花异香,观鱼者众。水中金鲤约上千条,争抢游人抛撒的食物。湖面上烟波浩渺,多游人划船,心意颇爽。

花港观鱼景观位苏堤南段西侧,与雷峰塔、净慈寺隔堤相望,亦属宋代文人评出的西湖十景之一。根据有关记载:花港之水源自杭州西山大麦岭后花家山之花溪,流入西湖。南宋时,内侍卢允升在花家山下建别墅,称"卢园",园内栽花

---

① 这 18 个景点分别指湖山春社、功德崇坊、玉带晴虹、海霞西爽、梅林归鹤、鱼沼秋蓉、莲池松舍、宝石凤亭、亭湾骑射、蕉石鸣琴、玉泉鱼跃、风岭松涛、湖心平眺、吴山大观、天竺香市、云栖梵径、韬光观海、西溪探梅。

② 胡来朝(1561—1627 年),字杼丹,别号光六。明代赞皇县浦宏村人,万历二十六年(1598 年)进士。胡初任陕西延安府司理,后补浙江杭州司理,又擢吏部文选司郎中,累升都察院右佥都御史。

③ 现代的西湖新十景,云栖竹径、满陇桂雨、虎跑梦泉、龙井问茶、九溪烟树、阮墩环碧、吴山天风、黄龙吐翠、玉皇飞云和宝石流霞。2007 年中国杭州西湖博览会评选出最新的西湖十景,灵隐禅踪、六和听涛、岳墓栖霞、湖滨晴雨、钱祠表忠、万松书缘、杨堤景行、三台云水、梅坞春早、北街梦寻。

养鱼，因景色优雅，文人题咏，始有"花港观鱼"之说。此后卢园荒废。至清康熙帝三十八年南巡时，杭州官府在苏堤映波桥与锁澜桥之间的定香寺故址上重新砌池养鱼，勒石立碑，由康熙帝御题"花港观鱼"四字。此后乾隆皇帝下江南，复于碑阴题诗："花家山下流花港，花著鱼身鱼嗽花。"以致花港观鱼名声大噪。新中国成立后，又对景观加以扩修，始形成今日规模。

　　10时25分由花港步抵净慈寺，见路边有人叫卖龙井茶叶，自称茶叶是从茶场中偷出的，国营商店出售龙井茶9元1斤，他仅卖4元1斤。我未予理睬。步入净慈寺，见大殿、二殿正在维修，空无一尊佛像，而寺院中古树已无存。我"文革"中曾过此，当时寺庙受毁坏严重，但是寺院中古木尚多。我向维修工人打听原寺院中古木都到哪里去了，回答是给部队伐去造营房了，并告诉我原寺内著名的"运木古井"，也被部队填埋，用以造房了。看到净慈寺的受损情形，我颇为伤感，因为前人留下的文化遗产，未能被后人很好地传承。当年宋人杨万里过净慈寺，曾下过一首历史名诗，仅抄录于下：

晓出净慈寺送林子方
毕竟西湖六月中，风光不与四时同。
接天莲叶无穷碧，映日荷花别样红。

　　净慈寺，位西湖南岸南屏山慧日峰下、雷峰塔对面，背山为基，是杭州四大古刹之一。因为寺内钟声宏亮，"南屏晚钟"被宋代文人评定为"西湖十景"之一。关于该寺历史，有关记载为：后周显德元年（954年），吴越王钱弘俶为高僧永明禅师建寺，初名"永明禅院"，因此永明禅师为净慈寺的实际开山祖师。至南宋，寺院建五百罗汉堂，改称净慈寺，并被评定为江南禅院的"五山"之一。但净慈寺的历史远不如灵隐寺来得幸运，基本上是屡建屡毁。寺中那口在唐代知名的"南屏晚钟"，在明初已不知所终，[①]因此朱元璋特赐一口重约两万斤的铜钟，在南屏山重新回荡。但不久，净慈寺即摊上官司。事情经过为：明惠帝朱允炆削藩未成，燕王朱棣率靖难军进军南京，建文帝不知所终。至永乐四年（1406年），朝廷闻知净慈寺有僧在纂修文典，即征其为"释教总裁"，欲迁住五台，该僧却不知去向，传言此僧即藏于净慈寺内的建文帝。杭州名僧溥洽也因此事涉嫌助建文帝

①　唐代诗人张岱"夜气溘南屏，轻风薄如纸；钟声出上方，夜渡空江水"的诗句把净慈寺钟声的美妙写得出神人化。

出逃，系狱15年。该逃亡僧人是否为建文帝，不得而知，但我曾在天台山某山洞中见到过一块"建文度岁碑"，或许建文帝自净慈寺出逃后，复隐于天台山某山洞，亦未必无可能。

此后嘉靖三十二年至三十四年间（1553—1555年），倭寇自海盐登陆犯杭州，浙江按察御史胡宗宪率军出城拒敌，净慈寺成驻兵之所，僧人四散。倭寇围城时，巡抚李天宠将寺庙大钟熔为兵器，又恐倭寇驻兵寺中，准备烧毁净慈寺。时寺住持了然道富①头顶"敕建净慈禅寺"匾额，泣跪于辕门，得免，但昭庆等寺已成灰烬，南屏山乔松、修竹全被砍伐，寺宇破败。后至清代，康熙帝三十八年（1699年）赐匾"净慈禅寺"，乾隆帝十六年（1751年）御书"敕建净慈禅寺"寺额。这一时期为净慈寺的兴盛时期。但时至"文革"，净慈寺在"破四旧"活动中又庙毁僧散，这一情况当时曾被我目睹。而现今寺内的铜钟，是日本佛教界1984年10月捐赠的。

讲到净慈寺，"癫僧"济公与"运木古井"的传说是最引人入胜的事。净慈寺有"济祖殿"，供奉中国民间广为流传的"癫僧"济公像。济公（1148—1209年），俗名李修元，南宋台州（今浙江天台）人，据传其18岁时，在杭州灵隐寺出家，法号道济，饮酒食肉，与市井浮沉，济民危难。后居净慈寺，一次酒醉，大喊："无明发"，果然不久大火毁寺。方丈重修净慈寺，木料供应不上，派济公外出化缘，济公却日饮酒肉而返，寺僧问其募钱几何，回答："尽饱腹中矣。"他在寺中昏睡三天，却于冥冥中指使六甲神相助，将大木源源不断地从寺中香积厨的醒心井中传运出，一直运到第七十根，在旁估算木料的木匠随口说了声"够"，井里的木头就再也拉不上来了。自此，净寺中的醒心井便被称为"运木古井"。

雷峰塔古今

上午10时50分出净慈寺，想到附近的雷峰塔遗址看一下。向当地人问路，回答是：进不去，只能沿周边绕一圈，因为原址已辟为"西子宾馆疗养院"，这是中央首长疗养的地方，朱德委员长亦曾在此疗养过，不对外开放。我只能沿着塔基周边的山脚绕了一圈，以示曾到过雷峰塔遗址。

雷峰塔是中国的一座历史名塔，又是一座多灾多难的塔，导致其历难的重要原因之一，竟然是因为它与《白蛇传》的民间传说捆绑在一起。根据文献所记：

———————————

① 了然道富，钱塘人，明嘉靖三十二年住持净慈寺。

雷峰塔始建于北宋太宗太平兴国二年（977年），造塔起因是吴越国王钱弘俶的妃子黄妃得子，因此该塔初名"皇妃塔"、"黄妃塔"，亦名"西关砖塔"。① 因其位于西湖南岸夕照山的中峰"雷峰"上，后被人们习惯地称作"雷峰塔"。关于雷峰的得名，见于《淳祐临安志》所记，称是"旧有郡人雷就筑庵所居，故名。"

雷峰塔初建时，欲高13层，后因为财力不济，仅建了7层。② 但是它一经建起，便成为西湖的标志性景观，与北山保俶塔，隔湖南北相对，成为西湖大景观"一湖映双塔、湖中镶三岛、三堤凌碧波"中的一环。但好景不常，北宋宣和二年（1120年），雷峰塔遭战乱严重损坏，至南宋庆元年间（1195—1200年）再加重修，因着色金碧辉煌，特别是黄昏时与落日相映，交相生辉，因此被宋代文人评定为"雷峰夕照"的西湖十景之一。③

此后至明嘉靖三十四年（1555年），倭寇侵杭州，因疑塔中有伏兵，纵火焚塔，塔檐等木结构件均被烧毁，仅剩砖身，通体赤红，一派苍凉景象，因此被明末杭州名士闻启祥评说为："湖上两浮屠，雷峰如老衲，保俶如美人。"至清朝前期，雷峰塔以其砖砌塔身呈现出的残缺美，以及与《白蛇传》神话传说的密切关联，成为西湖十景中最为人们乐道的名胜，被赞誉为："孤塔岿然独存，砖皆赤色，藤萝牵引，苍翠可爱，日光西照，亭台金碧，与山光倒映，如金镜初开，火珠将附。虽赤城晚霞不是过也。"④甚至连清康熙、乾隆二帝也多次前来游览题记，留连忘返。

但时隔未远，至民国年间，杭州蚕农的蚕籽，屡遭蛇吞，经济损失惨重。而当地传言，是雷峰塔内所压的白蛇欲出所致；又云雷峰塔砖具有"驱蛇辟邪"、"宜男"、"利蚕"的特异功能，可治百病。因此，雷锋塔砖屡遭盗挖，被无知者用以磨粉、入药、治病、安胎，另有人盗取塔砖的目的，是试图从塔内挖出暗藏的经卷，发财致富。最终，塔基被挖空，雷峰砖塔不堪其重而倒塌，这一天是1924年的9月25日。人们从倒塌的塔砖中发现了秘藏的《一切如来心秘密全身舍利宝箧印陀罗尼经》，在经卷的开头上写着："天下兵马大元帅吴越王钱弘俶造。此经八万四千卷，舍入西关砖塔，永充供奉，乙亥八月。"由此，人们查知了雷峰塔建成的确凿年代是吴越国的最后一年：钱弘俶吴越八年、北宋开宝八年（975年）。但是，"雷峰夕照"的美景在杭州却永远地消失了。

然而有趣的是：当时人们并不以雷峰塔的倒塌为哀，"五四文化闯将"们纷

---

① 时吴越国已归宋2年。
② 见（明）张岱《西湖梦寻》。
③ 见（宋）李嵩《西湖图》。
④ 见清雍正年间浙江总督李卫主修《西湖志》。

纷发文加以欢呼,代表性文字有鲁迅先生的《论雷峰塔的倒掉》、《再论雷峰塔的倒掉》等文章,理由是作为"封建礼教"的象征,雷峰塔压制了人们的婚姻自由。而习近平总书记则从哲理上分析了雷峰塔倒塌的原因,在河北省委常委班子专题民主生活会上谈到作风建设问题时,他突然发问:"杭州雷峰塔是怎么倒掉的?"他接着分析:"就因为去捡砖的人多啊,今天你拿一块,明天他拿一块,最后塔就轰然倒掉了。倒下来是顷刻之间的事,但过程是渐进的。有的事,总觉得不是燃眉之急的事,但恰恰是危亡之渐啊!""面向未来的赶考,共产党人必须肩负起时代的重任。"①

与雷峰塔另有三个相关的话题,一是建塔者其人——吴越国王钱弘俶。史学界对其评价一般较高,主要是因为宋太祖平江南时,钱弘俶曾出兵策应,助宋灭南唐政权。而宋太宗太平兴国三年(978年),钱弘俶献所据两浙十三州之地归宋,被封为邓王。因此被认为是对中国统一起积极作用的人。此外,他所印制而藏入雷峰塔中的《一切如来心秘密全身舍利宝箧印陀罗尼经》,用的是川棉纸或竹纸精印,这是研究中国早期雕版印刷术的珍贵资料。这一保存下来的佛学文献,可以视作是钱氏在中国文化史上的贡献。

其二是《白蛇传》与雷峰塔的关系。《白蛇传》的传说,在中国由来已久,现存较早的文本有《清平山堂话本》中的《西湖三塔记》。明人据此将其编成戏曲,搬上舞台。冯梦龙著《警世通言》,又将故事整理加工,题为《白娘子永镇雷峰塔》,始将白娘子的命运与雷峰塔相连。冯梦龙所为是因为雷峰塔的知名,不意却最终导致了该塔的坍塌。

最后一个话题是关于雷峰塔的重建。1999年7月,浙江省府做出了重建雷峰塔的决定,2000年12月26日,重建工程奠基,2002年10月25日,新塔竣工,共五面八层,由清华大学建筑学院设计。新塔重建期间,2001年3月11日对雷峰塔遗址和地宫曾进行考古发掘,出土了包括吴越国纯银阿育王塔、鎏金龙莲底座佛像等在内的一批精美文物,引起了海内外轰动。新塔建成后,我爬过一次,总感觉是金碧辉煌,却少了一些历史沧桑感。

中午11时,别雷峰塔遗址,坐4路公交车抵杭州火车站候车,适逢一西班牙籍北大教授在2名中国学生陪同下游杭州后欲赴上海旅游,出自友善,我帮助他们抢了一个座位并与之闲聊。两位学生相告:该教授月工资人民币700余元(当时国内年轻人工资一律36元),因其在华任教,在国内旅游费用要低于一般

---

① 《习近平分析雷峰塔倒掉:捡砖的人多 危亡之渐》,2014年3月23日新华网。

海外旅游者来华的旅游费用。住杭州时包房 2 间,住一晚人民币 29 元,也要低于一般海外旅游者来华的旅游费用。中午 12 时 50 分 108 次客车发车,下午 5 时 40 分抵沪。旅游结束。下车时,西班牙籍北大教授客气地与我握手道别,以感谢我为他抢到了座位。

2015 年 9 月 17 日

1984年暑期，我二上玲珑山，又用两日时间攀登当时国家尚未开发的景区东天目山，随即又二上西天目山。这是我婚前的最后一次出门豪游。以时间为计，自"上山下乡"回城任教以来，我从1973年至1985年结婚之前，几乎每年暑期都在绿水青山中徜徉，共历时十一年。

第九卷　东天目山纪行

二攀玲珑山

　　今年暑期的旅游计划是攀东天目山，去东天目山，须过浙江省临安县。此处有一座小山名玲珑山，山虽不高，却是历史名山，因为北宋时期钱塘名妓琴操与苏东坡相善，后于此山出家，死后亦葬此山。我1977年过临安时，曾攀过此山，因迷路未能登顶，颇感遗憾，因此想顺路重攀一次。

　　1984年7月31日，星期二，阴雨。晨5时起床，想赴上海北站买5时55分发往杭州的火车票，不意迟到10分钟，只买到9时47分发车的361次火车票，中午12时10分抵杭州站。又赶赴武林门汽车站买了12时30分杭州发往玲珑的汽车票，下午2时抵，少歇，开始攀山。

　　先在路边折取一根树枝助力，被当地农民发现，告知原公社所属的山林已被农民承包，不得随意伐取。我表示歉意，准备付款，却被农民拒绝。时天气阴沉，山蝉怪鸣，古木深幽，攀山客仅我一人，颇感恐怖。当日上海正在抗7号强台风，阴雨不断，至临安，虽未下雨，天却阴得怕人。过山湾，见有新修水库一座，为我1977年过此时所未见。沿山路再上，见有岩，上铭"玲珑胜境"四字。再上，有玲珑泉，过了山泉，也就来到了"卧龙古寺"前，时为下午3时。见寺门前矗立着两棵古老的桂树，象征着山寺历史的久远。寺右有钟楼，里面堆满了柴草，却不见古钟。寺后在"文革"中被砸毁的琴操坟，仍未修起。

　　步入寺内，见有老和尚两人，一人自云年70余岁，属禅宗临济宗，法号不详。另一人自云法号益西，辽宁省法库县人，高小毕业，1957年出家，属禅宗曹洞宗，出家是为了追求信仰。我奉上茶资5角，老和尚十分高兴，开始与我闲聊。他告诉我：山寺现有出家人6人，不集体打坐，但必须个人静修。苏州灵岩寺有出家人120人，要求要严格一些。他又说：上海华东师范大学校长刘约真（刘佛年）与画家徐云精通佛学，都是他的朋友，经常有诗作唱和。我向他讨教佛法，他告诉我：人要出家，必须先弄懂什么叫"三归"、"五戒"与"十戒"。

"归"又作"皈"（音规），"三皈"指："皈依佛，皈依法，皈依僧"，此为佛教之"三宝"。因为只有皈依佛，才能做到福慧双圆（自觉、觉他，觉行圆满）；皈依法，才能做到无欲无为；皈依僧，才能做到清净无染，为众生楷模。因此，"三宝"又可释作佛宝、法宝、僧宝，佛宝是指觉义，法宝是指正义，僧宝是指净义。

"五戒"是指：戒杀生、戒偷盗、戒邪淫、戒妄语、戒饮酒。因为只有戒杀生才能仁慈，戒偷盗才能重义利，戒邪淫才能懂礼节，戒妄语人才能诚实，戒饮酒人才能正智慧。而除"五戒"之外，学佛入门后还要做到更严格的"十戒"。

十戒指：不杀生、不偷盗、不邪淫、不妄语、不饮酒、不涂饰、不歌舞及旁听、不坐高广大床、不非时食、不蓄金银财宝。而不杀生，并非仅指杀人，也不能伤害畜生、虫蚁；不偷盗，不只是禁止窃取有主财物，同时也禁止以不正当手段获取不应得的财物；不邪淫，指禁止与正式配偶之外人的交合，也不能步入有邪淫因缘的色情、妓院等场所；不妄语，不只禁止说谎，同时也禁止搬弄是非、出口伤人、花言巧语；不饮酒，是因为饮酒会使人神志不清、自律性下降，而触犯其他戒律；不涂饰，指禁止女性化妆与穿豪华衣物，因为化妆、穿豪华服饰会令人丧失本真；不歌舞及旁听，是因为歌舞及旁听会诱人邪思；不坐高广大床，是怕僧人贪睡，忘记修行；不非时食，亦称"过午不食"，即过了中午之后不得吃饭用食，这是因为出家人食物均来自信徒供奉，过午不食能减轻供养者负担；不蓄金银财宝，是因为出家人性本清静无欲。

听老和尚说完这些佛教义理后，我起身告辞，并顺便在佛堂中参观了一下。殿内当时未陈佛像（佛像在"文革"中被毁，当时尚未及修复），但墙的四壁贴满了佛教信徒们所书的佛经墨迹，内中有盛宣怀后人陈甫江所书的《莲池戒杀放生文》。僧房门口则贴着"忆佛精舍"四个大字。看到古寺萧条至此，我心中颇为伤感。

卧龙寺，因位玲珑山腰，当地俗称"玲珑寺"。据有关记载，该寺始建于唐代，宋代，因名士苏轼、黄庭坚来游而知名。元末，毁于兵难。至明万历七年僧人真广复建，但至清咸丰同治年间，太平军数度占领临安，古寺又毁，至光绪初修复。时至"文革"，古寺再毁，直至我去时，尚未及修复（后1985年修复）。

下午3时45分，出玲珑寺，过一清水潭和小块农民耕地后，朝山顶电视塔走去。4时10分登顶，举目四眺，但见四周皆山，山下的临安县城，亦在目力所及的范围之中。玲珑山位于临安县西南3公里，海拔358米，山的最高处为电视转播塔，塔下有转播室一间，门口挂有临安县公安局与广播局的禁牌："未经允许，不准进入电视台发射场地。"

时天已转晴,红日高挂,浑身是汗,山上空无一人。我怀疑当地农民富了,不再信佛了。因为登玲珑山,进玲珑寺,我始终未遇见一个香客。能登上玲珑山顶峰,我十分高兴,因为 1977 年登此山时,我在山径迷路,未能登顶。

在电视台门口逢一该台记者,与之闲聊了一会,吃了两口奶粉充饥,4 时 15 分下山。下山遇一农民,讲生产队现在已把土地分给农民承包,每亩地国家税收 100 元,再给钱约 10 元,买粮 100 斤,合 200 斤。一个强劳力每亩打稻约 1000 斤,每年收入 700—800 元之间,平均每月收入 70—80 元之间,因此农民干活较以前(人民公社时期)卖力。自己现年 40 岁,帮电视台种地瓜,每月给工资 36 元(我当时月工资为 40 元)。

沿公路下山寻龙潭不遇,初以为修水库时已被淹没。后据当地人所指一条小路前行,遇一陡坡,先将书包、水壶自山岩滑下,然后只从山岩下滑,遇一山涧,涤面小歇,灌水痛饮,然后顺山涧倾身下探龙潭,望飞瀑,鸣声如雷,气势甚壮,瀑下即近年新修的水库。时天色将晚,仅我一身,怕遇不测,急速下山。下午 5 时 50 分抵玲珑车站,候下午 6 时 40 分发往临安的汽车。

时腹饥难忍,玲珑镇上又无饭店,结果在车站旁边白吃了邮电局职工应茂祥夫妇提供的一顿晚餐,给钱不要,甚感不安,也深感当时尚未受到商业文化侵袭的当地民风的淳厚。晚 7 时许,车抵临安,在车站旅馆歇宿,记完旅游日记后,晚 8 时 30 分入眠。旅途中填词一首,仅志此纪念。

唐多令·风雨过钱江(1984.7.31)

又是一年秋,钱江风雨稠。渺寒汀,落几沙鸥。万里烟波摇橹过,风萧瑟,打孤舟。 羁旅几时休,停桡问水流。路无穷,举目皆忧。慨此生匆匆半过,成底事? 只添愁。

2015 年 9 月 27 日

攀东天目山二日记

过西瀑，访昭明禅寺旧址

1984年8月1日，星期三，少云。

晨5时起床，赴临安汽车站买了上午8时50分发往南庄的汽车票。早餐后在临安县城闲逛，见自由市场上物品丰富。一位青年妇女抱着孩子坐在街头行乞，身前有纸，上写：我的名字叫沈金花，因家中失火，丈夫被烧死，老母被烧伤，被迫流浪要饭，希望过路的好心人能给我一点帮助。尽管街上遇见了要饭者，我仍认为临安的农民比以前富了许多，因为前几年我过临安，街上的要饭者成群。路遇一江湖医生，讲我有胃出血病症，给药14贴，可保证病除。我莞尔一笑拒之，告诉他我并无胃出血症，人瘦是因为"上山下乡"时开河导致体内软组织受损。8时15分返车站候车室候车，因车坏修理，迟发车30分钟，只得读《宋词选》磨时。

上午10时55分，车抵南庄，在南庄饭店午餐。南庄是东天目山南麓的一个山镇，由此至攀山山道，尚有10里路之遥。11时55分，步抵东天目山山脚，开始攀山。12时30分，攀上东天目山第一个山峰。此峰基本上属秃山，即仅见灌木与杂草，却不见大树，估计大树都被当地农民伐光了。时烈日当午，汗流如雨，再往前走不远，总算看到一棵可以遮阴的大冬青树。上行经过一段缓坡后，前面出现了75度的陡坡，翻越这一段陡坡，开始看到古木倒挂、山涧雷鸣、怪石嶙峋的奇观。古木粗有合抱，山涧清澈见底，水中的鱼长约尺许。此处距昭明禅寺已不远，一路为青石板大道上山，山空无一人。

下午1时25分，过"玉剑飞桥"景点，此处为东天目山著名瀑布"西瀑"的位置所在。据当地人说：东天目山的著名景点有仙峰远眺、云海奇观、经台秋风、平溪夜月、莲花石座、玉剑飞桥、悬崖瀑布、古殿栖云等8处，而其中尤以"玉剑飞桥"景点为胜。我举目仰视,但见湍急的山涧,穿越山峰峡谷,形成数十丈的瀑布(据数据,瀑布落差达 360 米),自跨涧的石桥下飞流而过,凉风习习,水珠四溅,景观壮丽之极。我也立即理解了"玉剑飞桥"景观的寓意所在,其恰如古人所吟诵的"万仞悬崖看玉剑,一声长啸度飞桥。"我唯一惋惜的是:如此壮观的自然景象,却只有我一个人欣赏。西瀑周围尚有一大片长在岩石上的原始林木,被称之为"万松林"或"万松岩",更进一步衬托出西瀑景观的深邃。李大钊曾说:最美的风景在高山大川。看到西瀑景观,方能更好地理解李大钊话中的哲理。

由西瀑前行,有五里亭。在此处少歇,灌山涧水服感冒药,就奶粉充饥,濯面后继续前行,下午 1 时 50 分,抵达昭明禅寺旧址。但见荒草盈阶,寺庙早空,大殿已成为林场的烧饭处。殿右有一块古代残碑,上书"千古流芳"。出殿,顺石阶东上数百步,有钟楼悬巨钟一口,重上千斤,数人才能合抱,但双手可以推动,远比我在杭州灵隐寺所见到的铜钟为大,以石击钟,声音洪亮,可传数里之远。钟楼内有古石碑 6 块,但字迹已模糊不可辨。在此处遇到两位林场工人,向他们询问有关昭明禅寺的历史,告之:此寺原为梁昭太子的读书处,后成为佛寺,寺周围有上千家,并多店铺,但 1964 年大庙因和尚烧药失火,仅留残殿,但殿中还有不少佛像。"文革"之中佛像亦被砸毁,昭明禅寺彻底被毁,周围人家全部搬离,仅余林场守着残房。

后查证文献得知:昭明禅寺位东天目山梅家头东首马面颧山下,梁天监七年(508 年),有僧人志公(又作宝志)来此修庐结庵,此为东天目山开山之始。梁大通年间(527—529 年),梁太子萧统(501—531 年)[1]因葬母受宫廷太监鲍邈诬陷,愤甚,拒见梁武帝,出宫游走名山大川,赴东天目山禅院著述。他取秦汉六朝文编成《文选》20 卷;又分《金刚经》为 32 节。由于操劳过度,双目俱盲,禅师志公和尚取山泉水为之洗目,双眼复明,当地因此留下了"洗眼池"名胜。数年后梁武帝遣人接太子回朝,并于东天目山下建"昭明院",于山麓建"等慈庵",于山岗建"昭明禅寺"(梁武帝赐名),此为昭明禅寺的正式开端。该寺于元末被毁,明代重建,清代复修复。[2] 新中国成立之初,部分寺舍分给当地农民作住宅,至 1964年,大殿再毁于火,残存佛像毁于"文革"。直至 1985 年,昭明禅寺在当地政府支持下得以重建,亦称"昭明大禅院",但重建后的昭明寺我未曾去过。

从佛教渊源来说,昭明寺属禅宗临济宗的中兴之地,但今寺僧以净土宗为

---

① 梁武帝长子、天监元年立为太子。
② 参《天目祖山志》记载。

主。由于昭明寺的历史与昭明太子息息相关,因此寺僧尊昭明太子为"韦驮菩萨",将该寺作为韦驮菩萨的应迹道场,农历六月初三是韦驮菩萨圣诞。韦驮菩萨,又名韦陀天(梵文译音),原印度婆罗门教的天神,属四大天王座下的32将之首,后成为佛教的护法天神,亦称"护法金刚力士"。其形象即守卫寺门、手持金刚杵的武将,对于寺院所肩负的责任是保护僧众、弘扬佛法。韦驮菩萨在佛教系列中的地位不高,而将一位文弱书生昭明太子尊为韦驮菩萨,实在有些勉为其难。

夜宿小李山庐

下午 2 时 10 分,别昭明寺旧址,开始向东天目山顶峰攀行。不一会,石板大路消失,只得顺小路上行,向山民问路,云登顶尚有六七里路,路径十分难寻。山民见我仅单身上山,十分吃惊,连呼我胆大。东天目山为外枯内丰,即初上山时,感觉是光秃无树,但真正步入山里,则草木丰茂。寻径再上,过一山民家叩门问路,却无人应答,只得沿左侧山径继续前行,直至路绝,但见前面为山泉成潭,景色幽险,只是不知其名,亦不知其是否为东天目溪的发源地?

又向右侧前行,遇山庐,经相询,得知为"临安天目山国家制药厂"在东天目山上所设立的种药站点,站点负责人为该厂职工小李。他指给我一条向右攀登东天目山顶峰的小路。根据小李所指,我穿越一片茅草遮掩的小路以及森林里许,路渐开阔,森林常消失,进入丛林地带。下午 4 时,攀登山岩至顶,但见东天目山主峰在我左侧,清晰可见,却已无路可行,原来我登上的仅为东天目山的支峰。支峰顶有一块巨岩,上刻有"国有界"三字,不解何意。在石下少歇,吃早上买的三个肉包子充饥。山蚁硕大,凶猛咬人,无法坐下。时天色将晚,只得沿原路退回。退还时中途迷路,心情十分紧张,又返回旧路,顺着山涧水沟找到了来路,这也是我的救命路,心中松了一口气。下午 5 时,返天目山药厂职工小李所居山庐,被允许留宿一晚。

小李名佩林,为天目山药厂"居民临时工",而非正式职工。同住的其余 3 人均为"农民临时工",经济待遇要低于小李。其中年长者名徐廷清,月工资 37 元至 38 元间,以出勤天数计,日报酬 1.30 元,但每年 7 月份须交临安劳动服务站管理费 3 元,税率为日工资的 0.8%,与当地农村专业户的税率相同。站点的另外两人,一人 51 岁,一人 56 岁,月工资收入与老李相同,因为我上山当日恰逢有事下山,未能相遇。由于小李属药厂的"居民临时工",又是这一站点的实际负责

人,因此月工资稍高,每月可拿工资 39 元,另有奖金 10 余元,月实际收入为
45—50 元之间。每月须交给临安劳动服务站的税费是 1.65 元,折算成税率为
0.5%。制药厂领导曾提出这笔税费属苛捐杂税,要求废止,但被临安劳动服务
站拒绝。与小李所报的月工资收入相比,我当时的月工资收入为 40 元,尚低于
小李,但具有"免费医疗"等隐性收入。由此亦可见"文革"后参加工作的当时国
家年轻一代脑体力劳动者的平均工资收入。

晚 7 时 20 分晚餐,吃的是小李等人自种的茄子、夜开花、笋干、笋干咸菜、西
红柿汤。虽无荤菜,但因高山蔬菜鲜美,吃得十分痛快,一顿饭我足足吃了 6 两
米饭。小李告诉我:他们平日住山上,一日三餐都是吃 6 两米饭,另以茄子、夜
开花、笋干、笋干咸菜、西红柿等为菜,约个把月下山到南庄采购一些荤菜上
山吃。

晚餐后小李沏上高山云雾茶一杯,用山泉浸泡,清香可口,并与我闲聊起山
居生活。他告诉我:此茶为自种,共数十棵,每年可采摘一到两次茶叶,因山顶
气温低,茶叶生长期短,多摘,茶树会冻死。年收茶叶 20 余斤,自留 5—6 斤喝,
其余上交药厂,今年 6 月份共上交药厂茶叶 17 斤。而在山下所种云雾茶,因气
温高,每年可采茶叶五至六次,茶叶加工技术,山上不如山下人家。小李站点职
工平时的工作是在山上为药厂种植药材,名义上每天要工作 8 小时,但忙时要超
过 8 小时,闲时每天只干两三个小时的活,下雨天不干活。平日吃的蔬菜均在山
上自种,天热时能吃的蔬菜种类稍多,冬天则只能吃自种的大白菜。山上养猪两
头,逢年才能杀吃,但杀一头猪,腌制成咸肉,可以吃上半年。山上无法养鸡鸭,
因为养了鸡鸭,就会把所种蔬菜全部吃光。药厂允许他们闲时种自留地,自留地
产品不可以出售,但可用以喂猪。山里鲜笋(指毛笋)收购价每斤 4 角,卖到上海
每斤可达 7—8 角,但雷笋①的收购价每斤可达 6 角。平时居山上,遇事则十余天
或三五天下一次山。

我问起小李业余生活如何度过? 小李回答:在山上生活,一般早晨 5 点多
钟起床,晚上 5—7 时为点火灶烧饭时间。由于山上无电,只能点煤油灯照明,所
以晚上睡得很早,一般晚上 8 点多钟就上床睡觉。因为冬天住山上太冷,允许烤
火取暖。但在山顶生活,身体健康,饭量增大,在山下生了病,到了山上就能好。
平时休息时,无打牌、下棋等娱乐,因山上没电,看不到电影,所以只能听半导体、
看报纸自娱,报纸为《科技报》与《浙江日报》,须自己下山去拿。但小李自述,他

---

① 雷笋,又名雷竹笋、雷公笋、早园笋,因早春打雷即出笋而得名,是春笋市场上最早上市的笋种。

现年 21 岁,仅读过小学一年级,无阅读能力。老人读过小学二年级,读过《百家姓》、《千字文》、《神童诗》等传统蒙学教材,文化水准较小李稍高,可以看懂报纸。

小李又告诉我:此山有老虎,去年 1 月 1 日,他看到五六只老虎在山上交尾。此山多野猪,野猪与家猪相比,毛长,嘴尖,耳朵小,有山民冬天打猎曾打到过野猪。此山尚多兔子、黄猗(像羊)、猴子、老鼠等小动物。其中老鼠最可恨,喜欢偷吃人种的东西。冬天在太阳初升时,最容易用土枪打到山鸡,因为山鸡会叫,翅膀发白,易辨认。但为了保护野生动物资源,国家现已禁止山民打山鸡。

闲聊后,先随徐廷清老人看放弓钓山兔,因为徐老诉说:山兔老是偷吃他们栽种的毛豆。随后又看小李喂猪。时弯月在天,暮色深沉、古松苍苍,山蝉长鸣,风景十分优美。晚 8 时与小李同床睡眠,深感山民待人的纯厚。小李的案头堆放着小学十年制全套语文与数学教科书,自学精神可嘉,只可惜小李文化程度太低,无法看懂。我答应回沪后帮他弄一套汉语拼音注字教材寄来,叫他自学先须从识字开始。山夜甚凉,少蚊,需盖棉被睡眠,不用蚊帐。

东天目极顶、探龙池

次日,星期四,晴。晨 4 时 50 分起床,先随小李看昨晚放弓处是否钓到野兔,可惜未能捕到。小李随后与我谈起在药厂的工作。该厂全称"浙江临安天目山国家制药厂",1958 年创办,最初在山上种连翘、冬花、穿贝,1961—1962 年间曾种过党参,现在都不种了,仅种一点太子参,是给小孩入药用的,今年下半年欲种一点人参与白勺。由于自己是临时工,只能做一天算一天工分,做得多,多交管理费,做得少,少交管理费,平时下山回家拿粮拿米,都不算工分,因此青年人在此干活都顶不住。他自入厂后,在山上种过牡丹(根可以入药)、芍药,另自种玉米、山芋与西红柿。

我问小李:山上既设有种药站点,为何只种这么一点药? 小李回答:在山上种药,药长不好,他们药厂每年要上交给国家的利润是 100 多万元,但设山上种药站点,每年却要赔钱 1000 元。具体情况为:山上 4 人的月工资共 170 元,年工资共 2040 元(小李有月奖金 10 元,折月工资共 50 元,其他三人无奖金,折月工资 40 元);此外,住山上者每月须补贴粮价 2.50 元(算入管理费税,折 0.20 元),年共创价值为 1000 元,净赔 1000 多元。但是这一赔钱率,是纳入药厂全年度统一财政计划之中的,赔不赔钱,都是药厂财务的事。我问小李:既然年年都要赔钱,为何药厂还要在东天目山上设这个种药站点? 小李回答:是为了保留

"天目山药厂"这块标牌。至此我才弄明白：天目山药厂生产的中药，都是在山下种植的，至于在山上设种药站点，纯属广告效应。

早餐后 7 时 10 分，在我要求下，小李带领我直攀东天目山顶峰。路边见有用郎基草隔出的防火线。7 时 55 分，过我昨日所达的最高点"国有界"石标处。小李告诉我：这些字都是当地石匠凿出来的，每个字要价 2 元。沿山路再上，见有野猪挖坑吃剩的树根残根。再前，过林场种植的实验林，内有马尾松、柏树、金松、野荔枝等树种。将至山顶时，坡路变缓，郎基草被茅草取代，草身由高变矮。再上，茅草丛中出现了青苔。8 时 30 分，终于征服了海拔 1560 米（一说 1479 米）的东天目山。但见山的顶端为一堆巨大的石板，石板上立有木杆一根，此为山峰至高点的标志，其下亦有石板，上刻"国有界"三字。据小李说：界北为公社的林场，此时我才弄明白"国有界"三字的含义。时凉风四起，白云群聚，西天目峰对峙，群山均在脚下，风景壮丽之极。而据小李说：无云之时，站在此山顶，可以看到 200 里外的杭州。山顶有古石碑《龙王碑记》一块。据小李说：山顶原有两尊石佛，在"文革"中被毁。在山顶随手采摘紫色野花与黄色野花各一枝，不知是否为山茶花？小李说：茶树开花的时间要等到 8 月 29 日。

东天目山顶峰名"大仙顶"，亦名"大仙峰"，其上怪石嶙峋，绝壁陡峭，山谷中时常云雾缭绕，形成云海。其与西天目峰（高 1506 米）相距 10 公里，对峙而立。《山海经》分称为"龙首山"与"浮玉山"。由于两峰之顶，各有一池如双目望天，长年不枯，战国时始有"天眼"之称，并因此呼双峰为"天目山"。自汉代以降，其名未移。而中国古代道家则称东天目山为"太微元盖"，以其为道家的"三十四洞天"，又传其祖师张道陵①曾修道于此，东晋葛洪亦曾炼丹于此山。因该山与昭明太子事迹结缘，后亦成佛教名山。

上午 8 时 40 分，随小李下峰，前往"龙池"。"龙池"亦名"龙潭"，海拔高度约在 1300 米以上（小李山庐所处位置海拔约 1000 米），其地甚荒，要经过一大片荆棘丛林后方能抵达。路上小李问我：如遇到老虎，是否恐慌？我们当时人手持粗木棍一根，我告诉他如果遇虎，切不可慌张，也切不可先用木棍驱虎，只要手持木棍围着老虎转圈即可，如果老虎扑了上来，便可用木棍直捅入虎口，老虎未必能伤得了人，因为我在农场军训时曾练过刺杀，知道这一招是制敌于死命的最有效一招。好的是我们始终未遇到老虎。小李又将信将疑地问我：有人说地球是

---

① 张道陵（约 34—156 年或 178 年），字辅汉，东汉天师道创始人，俗称"张天师"，传其以虎为坐骑，与太极左宫仙翁葛仙翁葛玄、许真君许逊、崇恩真君萨翁真人萨守坚为四大天师。

圆的,难以置信,是真是假?我告诉他地球确实是圆的,围绕地球尚有九大行星在运转。不久过一巨崖,险甚,极像我曾去过的西天目山狮子口,其下即为龙池。在小李带领下,钻茅草丛,过岩缝,8时50分,终于来龙池边。该池似人之双目,石壁刻有"龙池"二字。据当地人传说,此池中驻有一条断尾巴龙,只要天旱无雨,农民便会于此池前向龙王求雨。可惜我见到龙池时,因久无疏浚,山泉已渐淤。而据说以前负责疏浚龙池的是山寺中的和尚。

龙池前有巨石数块,另有大树一棵,小李指称:此树即野杜鹃花,每年4月开花。小李于树上随手抓了一只绿体知了,状似北方人所称之"福得了",上海人称之"也是达",只是体形硕大,如同我在上海所见到的黑体大号知了北方人则称之为"麻嘎"者。小李又随手指给我一株野山七看,告诉我:平日上山采到野山七,私下交易价可卖到40元1斤。

小李身材不高,但长相俊朗,完全不像农村中人。我出自好奇,向其打探身世。小李叹了一口气告诉我:其父名李进玉,现年70岁。16岁时在山东参加革命,在部队当连长,1944年入党,在第二野战军时立过战功,系首批南下临安干部,曾任临安黄班(音)区区长,后至临安林学院工作,当时月工资为80余元。此后因受政治运动冲击,下放到天目山自种自食,无口粮。1958年国家困难时,回山东老家自种自食,因口粮困难,又重回临安林学院,但学院拒收,表示他已退职。父亲无奈,到天目山药厂当普通工人,月工资50元。退休时要求给予离休待遇,药厂不同意。其大姐为农村户口,二姐为药厂职工,三姐无业,大哥在药厂工作,弟弟读书至初中毕业,是家中文化程度最高的人。我十分同情李进玉老人的遭遇,表示回沪后一定会写信给国家有关部门,为其父申诉离休待遇问题。

上午10时20分,随小李回药厂站点,一路穿行的均为比人高的茅草、丛木以及毛竹小径,腿脚被山蚂蝗叮咬数处,流血不止。返住处后,为表示对小李热情接待的感谢,我教他读汉语拼音22声表,并告诉他要反复练习,切勿忘怀,我返沪后会寄给他汉语拼音注字教材,以便于他自习识字,提高文化水准。

再过西瀑,夜宿西天目山禅源寺

午餐后,12时20分辞别小李下山,告别时付2斤全国粮票、3元现金以作为留宿与吃饭的报酬。12时40分过林场,回首望东天目山大庙,颇雄壮。50分抵昨日上山时经过的西瀑,其下有垂虹桥,左右原有观瀑亭、林海亭,均毁。此景又名曰"西岭垂虹"。时气候炎热,少歇,以涧水濯衣、服药。下午1时10分,继续前行,遇两位砍柴的山民,这是我下山途中唯一一次遇人。

下午 1 时 45 分,抵五里亭大冬青树处,亭子早毁,空余地名。此处有一条山路可直达东瀑,但是要翻过一座高峰,而东瀑在对面山峰的山腰上,该峰甚陡,沿该峰一上一下,于下午 4 时前赶赴南庄候车,我自感体力难支,时间亦无法掌控,因此攀登该峰至半,放弃了去东瀑的打算,折身下山赴南庄,时为下午 2 时 10 分。我十分后悔与小李告别时,未能听徐廷清老人的话,走小路赴东瀑。因为现走之路为小李所指,易找而要多翻一座山峰才能到得了东瀑,而徐老所指之路,难找,但无须再翻越山岭,是一条直接下山的近道。由于我有昨晚迷路的恐惧,未敢走小路,造成了未能去得东瀑的终生遗憾。

由我返身处至南庄为 7 里山路,下午 3 时 30 分抵,在南庄百货公司候下午 4 时发往西天目山的过路车,女服务员殷勤献座,见书柜中有华东师大二附中编《高二文科复习资料语文·政治部分》,随购一册。4 时 10 分,在南庄车站坐上发西天目的车,晚 5 时抵,在西天目山招待所(原禅源寺大殿旧址)办理了住宿手续,睡的是统铺。

晚餐后,出禅源寺,沿山边公路散步,周围均数百年的古木,但较我 1977 年过此时,已少了许多,路边却增加了许多新盖的住房,西天目山脚原先高大、宁静的原始风貌已破坏殆尽。而我初临此时,山脚有一道山墙,山墙据传为冯玉祥当年在此修养时所建。墙外为小桥流水的自然景观,孩子们在山溪中戏水,周围是一片原始森林。我当年曾坐桥上记旅游日记,不远处一位穿紫衣的山村姑娘默默地看着我,但这一切都已成为往事,心中不胜伤感。此处现新矗立起一座旅馆,原有的古木已无存。而旧景最大的变化是禅源寺门前拦起了一道千米长墙,古木又是被伐多多。晚 7 时 30 分返住处,买了西天目山地图一张。我睡的统铺共 20 张床,但今晚宿客仅我一人。招待所另养狗数条,朝着游人乱吠。给全国粮票,却故意找浙江省地方粮票,这一切都给了我不良印象。

2015 年 10 月 6 日

二攀西天目山

1977年暑期出游,曾在西天目山停留三日,山脚幽静的原始森林环境、山上狮子口景区、后山龙潭景区都曾给我留下了良好的印象,因此决定趁此次攀东天目山之际,再抽出两天的时间重游旧地。

寻后山龙潭不遇

1984年8月3日,星期五,晴。晨5时起床,给家人写信投毕,9时30分出发至西天目山后山龙潭。选择先赴龙潭,是因为刚攀过东天目山,身体较为疲劳,首访龙潭,走的大多为平道,有益于体力之恢复。

赴后山,一路上山溪相伴,溪边开满了紫色的马兰花,其间偶尔夹杂着一两枝呼不出名字的红色或黄色野花,也有人告诉我:开黄花的为长于溪涧中的黄花菜。后山之行,留给我最深印象的是西天目山麓的古木,近年因开山造房,遭大量砍伐,山脚原存的原始森林风貌,被毁坏了许多。如沿途所经西天目旅馆、杭州市西天目休养所,均近年新建建筑。路遇一老妇人,相询西天目山下古木为何少了许多? 回答是:去年刮台风,禅源寺前古木被刮倒不少,被伐除,有关单位乘机造了不少新房。

10时10分经红庙,该庙位于朱陀岭水库附近,庙内已成居民家,见一棵古木被夹于两墙之间,形状十分奇特。山民家放养猪6头,长得又瘦又小,奔跑如飞,估计肉打不了多,但味道一定鲜美。

下午2时15分抵西关水库,时逢山中枯水季节,库内仅积清水数丈,由坝顶下望,库高数百米,令人头晕目眩。上溯至库源,为一道山涧,自山上缓缓下淌,但我当年曾寻访过的龙潭已不见踪影。向山民打探龙潭旧踪,回答是:龙潭原址在水库大坝下的巨岩上,后因修水库,将巨岩炸除,龙潭旧景自然也无法再现。

听说龙潭被毁,我深感遗憾。龙潭原景为:两壁陡崖高约百尺,如一斧劈开,中间宽丈许。涧水自崖顶下泻,形成瀑布,下汇成潭,深不可测。我 1977 年游西目山后,曾撰文《西天目山三日游》,对该景观加以记述。当地政府在修水库时,未能将龙潭景观保存下来,实为对国家旅游资源的一次严重破坏。

坐水库旁久吟,下午 4 时折返。途逢一中年农妇,与之闲聊当地农民收入,据相告:一位强劳力妇女,一年的口粮钱 60—70 元之间,最多不超过 100 元,扣除口粮钱外,年收入可达 300—400 元之间,折算成月收入,人均约可得 30—40 元之间,与男劳动力所得相当。而这一收入标准,与当时城里工人的工资收入差距不算太大。当地属鲍家大队,小孩皆读书,去年有 2 人考取大学,今年有 1 人考取大学,但考取中专的人数较多。

该妇女所述情况,为“改革开放”之初,中国城乡之间的真实收入水平。当时农民属收入得益最多的群体,迅速接近城市职工水准(当时我的月工资收入仅 40 元),可惜的是不久之后,这一城乡的平衡关系被迅速打破,贫富不均的现象,激化了中国社会各阶层间的矛盾。我又问该妇女禅源寺前的树木都到哪里去了? 回答是:只知被砍掉卖钱了,钱上交给国家,但详情不知。而据有关统计数据,西天目山森林覆盖面积共达 1.5 万亩之多,含各类木本植物 1200 多种(其中药材 900 多种),其森林景观以高、大、古、稀为特征,这也是大自然恩赐给当地的一笔宝贵物质财富,是当地的致富之源。而个人认为:如果当地人仅为眼前一时利益,不能很好守住这笔财富,将来会受到历史的惩罚。

返回途中,遇一上海男子手牵一狗在林中行走,与之闲聊,告诉我上海电影制厂正在西天目山拍摄影片《林中谜案》,因要借用他所养的狗拍电影,所以到天目山来,上海正逢高温,来天目山避暑恰逢其时。

勇敢的挑山人

次日,星期六,晴。晨 6 时 40 分,书包里装上干粮,背上水壶,开始向西天目山主峰出发。未久,过太子庵,此处亦为传说中昭明太子编《文选》之处,见门匾上有“抱琴流彩”字样,原人住山民已迁走。入门,见有一井,旁边新立“昭明太子洗眼池”石碑。我 1977 年过此时,此井是被封闭的,显然是刚疏导未久。我才下东天目山未久,知道东天目山也有一个“昭明太子洗眼池”,昭明太子不可能在东、西两山同时洗目,东、西天目山景观相互重叠,估计无人能分清何者为真,何者为伪。

7 时 15 分,过西天目山上山山卡,凡登山者,必须在此处登记留名,下山后销名,这是新规定,但当时并不收门票钱。由山卡再上,过青龙桥,始见高涧流水、巨崖深潭等西天目山的标志性景观。我那时年轻,急步前行,接连超越了两批游人,其中一批人为杭州民主党派民建党人,经相询,知其日常工作是教育、帮助工商业者投资,以及吸收青年人入党。

循山路再上,过三里亭,此处海拔 570 米,见有游山客 20 余人,水自山间巨岩上流下,两侧均原始松林。再上为五里亭,汇聚着更多的游客。此处见山民挑担上山,经相询,为给山顶天文台送货,每担 100 斤,给酬 4 元,一日上山两次,可挣 8 元钱,外加 2 元奖金。这一报酬与当时国家年轻职工月工资约 40 元的待遇相比,不能算低。因此山路虽陡,农民负重上山者众。再上行,又见有农民挑黄沙至老殿,经相询得知,挑山者均为 200 里外应募的年轻农民。如挑 100 斤上老殿(位山腰),给酬 2.30 元,如果是上光明顶(西天目山主峰),则给酬 4 元,按所担分量,少扣多补,钱归自己,无须上税。但由于山路险陡,限于体力,一个人每天最多只能挣 7—8 元。仰望西天目山的陡崖,青年人空身上山均感吃力,深感这些农民谋生的不易。我认为这批挑山人,是天目山最为勇敢的人,他们的不屈精神,象征着中华民族得以繁衍至今的历史韧劲。

西天目极顶

8 时 50 分,过"狮子口",此处为天目山最为险峻之处,又名"狮子岩",以岩势似狮,中有凹处,仿佛狮口而得名。据记载,元代高僧高峰禅师于此处坐化而终。又传明代名医李时珍的弟弟当年于此处采药时跌死。

由狮子口再上为"大树王",即一棵需要五至六人方能合抱的古木,树前有国家所立石碑,严禁剥皮,但早已成枯木。据说在宋代称此树为"千秋树",至清,乾隆皇帝过此,用玉带量其细,封为"大树王"。而进山的香客迷信,认为该树皮可以治病,不断剥除,最终把大树剥死。

上午 10 时过"四面峰",四面峰又称玉柱峰,系两侧深谷,一道山脊,人行其上,宛如踏龙脊。古人临此,曾留下了"深、邃、幽、寂、奇、丽"的六字评价。[1] 徐悲鸿曾于此作油画《天目秋色》。

由四面峰再前,为"倒挂莲花峰",此为西天目山风景最胜处,要沿山路下行

---

[1] (明)慎蒙:《游天目记》。

数百米方能到达,因峰形似莲花台而得名,台旁有五石笋分峙,其下为万丈深渊,峰顶有石亭与铁围栏,依栏可远眺深谷林海、在天白云与低矮群山。坐亭吟诵久久。

下午1时,过新茅篷,路边见小石佛一只,其上小屋为气象观察站。再上为东茅篷,此处紫色野花夹道,蝈蝈在两侧丛林中高鸣。过陡崖,上有板状巨石数块,称"仙人锯板"。附近绝壁上长有龙盘松一棵。所谓"新茅篷"、"东茅篷"等,大多为古代佛教信徒在山上清修时,搭建简易房屋所留下的地名,原址大多已无任何遗迹。

下午2时40分抵西目山顶峰"仙人顶",此处为浙江省气象台的位置所在,海拔1507米。山至高处有石柱,称"天柱峰",上铭"天下奇观"四字,据说字为冯玉祥所题。但"天下"二字在抗战时已被日本飞机炸毁,仅剩下了"奇观"二字可见。时红日在天,东天目山遥峙,群山脚下,风景壮观。由左侧小道下行寻天目池未见,返气象站,向工作人员询问,在气象站工作人员指点下,下午3时20分于杂草丛中寻找到了西天目池,池约有课桌大小,池水已半涸。据《元和郡县图志》记载:天目山"有两峰,峰顶各一池,左右相称,名曰天目。"[1]此池实为西天目山得名的标志,而东天目池我前天方去过,亦未能得到很好的保护,近于淤塞,这实属不该。

下午3时20分下山,途中得一趣闻,讲杭州某画家受人钱款400元,爬上西天目山危崖上绘图,图绘成后却因崖陡下不得山,留下遗书,上书家址,并告:谁发现我的遗体,烦转告家中,我已遇难于天目山,不胜感谢。好在遇山民救下,得以不死。以发现东、西两天目池为例,显然我们的祖先较后人更有冒险精神,这是值得后人敬仰的。

下午4时15分抵"老殿",由此走"五代同堂"山路下山,而不走狮子口。

老殿,又名"开山老殿",初名"狮子正宗禅寺",据有关记载,为元至元十六年(1279年)由禅宗临济宗高僧高峰、中峰师徒始建。而在元末明初,先后两次毁于兵火,后在原址恢复简易寺庙建筑。民国十七年(1928年),大总统徐世昌过此为之题写"大树堂"字匾。民国二十四年(1935年),胡适为之题联:"有几分证据说几分话,做一天和尚撞一天钟"。此后,清初在山下修禅源寺,香火迁于山下,旧址始有"开山老殿"之称。至"文革"中,寺庙全毁,在我去时,仅有残基可寻,老殿的重新修复,当在1985年之后。

---

[1]（唐）李吉甫:《元和郡县图志》。

关于"五世同堂",我向当地人请教地名得名原因,被告知在老殿下方悬崖上,有一棵古老的银杏树系 5 树合抱而生,然而我数了一下,其实远不止 5 棵,而是一二十棵白果树抱团共生,也可能最初是 5 树合抱而生,因此便以"五世同堂"名呼之,以致代代相传至今。其下为万丈深渊,路右石壁上有"本县令陈琏提登高望远,心在千里"题铭。

再下,过七里亭、五里亭,下午 5 时 45 分,在攀山登记处注销登山记录,经相询,今日登山人数共 39 人。

晚 6 时 45 分,餐毕,与同室新入住的浙江警校的干部闲聊。

返沪之旅

次日,天气晴好。晨 6 时,在西天目山招待所(禅源寺大殿旧址)门口候发往临安的汽车,7 时 40 分车抵。10 分钟后坐上发往杭州的过路班车,9 时 30 分抵。在武林门饭店(原长城旅社)办理了住宿手续。下午 1 时,前往龙井品茶吟诗,晚间湖滨坐晚。次日,天气晴好。上午祭岳坟。午后步行至龙井,在茶农高金龙家买茶叶。此后沿白堤行走,2 时 45 分在六公园品茶吟诗。下午 4 时许,在断桥见一山东老头拉二胡琴唱《草船借箭》卖艺,水准极差,围听者 6 人,为了尊重卖艺人,硬着头皮听完给酬金。晚间湖滨坐晚。次日,天气晴好。上午至灵隐闲逛,见衣着华丽的年轻姑娘烧香拜佛者众,有人戏言称是为了找如意郎君。但大雄宝殿前立有为大熊猫募款箱,却未见有人投币。稍后,坐灵隐茶室品茶吟诗,一个小时未见工作人员沏上一杯茶。下午赴火车站候车,原定 16 时 16 分由厦门发往上海的过路车误点一刻钟启动,晚 7 时 40 分抵沪,东天目之旅结束。

在杭州城闲逛了三天,因属旧游之地,实无心得可写。所做的唯一事情,是吟就了在攀天目山时所写的诗词两首,仅录之存念:

夜宿东天目山(1984.8.3)

暮攀荒岭迷路途,小李留我宿山庐。

红薯笋干情谊厚,他年定以义相酬。

沁园春·青山咏怀(1984.8.3)[①]

浪迹青山,觅句求章,路断危崖。问平生自好,高川落涧,奇岩劲柏,古刹夕霞。几度搜芳,樵踪野岭。露宿荒庄伴暮鸦。年华越,叹青春度尽,白发垂遮。　历冬百草萌芽,把酒问、人生可再华? 此生匆匆到,又匆匆去,虽存金玉,难买春花。或曰青春,"骚服"② 可致,当隐瀛洲戴紫纱。余思去,恋神州故土,村仆清茶。

①1984 年 8 月 3 日独身攀东天目山,行一日未遇同游者,夜宿山顶药农小李庐。次日复攀西天目山。8 月 6 日至杭州龙井品茗,填就此词。　②古代道家清晨服气养生曰"骚服",又名"早服",见老子《道德经》。

返沪之后,用 3 天时间(8 月 8 日至 11 日)写了 7 封信,完成了此次出行的未了之愿。分别为:发函中纪委与浙江纪委,代小李反映其父李进玉在离休问题上所受到的不公正待遇;发函浙江纪委,代徐廷清老人反映在土地承包问题上所受到的不公正待遇;致函《浙江日报》与浙江邮电所,反映应茂祥夫妇助人为乐的事迹;致函李佩山并寄上我在上海为他买的汉语拼音注字教材 4 册,以感谢他对我攀东天目山时的热情接待;致函应茂祥夫妇并寄上其免费招待我吃饭所应付的钱与粮票。我不知这些所为会有什么结果,只是表达主观心愿罢了。不久后收到了小李的回信及所寄的笋干一包,以谢我代其父申诉不平。

1984 年的东天目之行,是我婚前的最后一次豪游。大致我从 1972 年返沪任教后开始,几乎年年暑期出游,乐趣是徜徉于青山绿水之中,却耗尽了我大多积蓄。我时年已 35 岁,不能不考虑个人的成家问题。而成家之后,只得对家庭负责,再也无法自由外出了。

2015 年 10 月 11 日

1985 年 4 月我已成家，不再具备暑期长时间外出旅游的条件。但仍具有参加外地高校学术研讨会时出游或短时间出游的机会。凡有所游，均有所记。

2015 年 10 月 16 日

第十卷　过杭州，千岛湖纪行

访杭州灵山洞与抱朴庐

游灵山洞

1985年8月21日,星期三,多云转阵雨。

1985年的杭州之行,是我成家后的第一次出游,目标是探访杭州新开发的景点灵山洞。晨4时起床,坐95次特快车抵杭州的时间为8时50分。至武林旅馆办理了住宿手续,睡统铺,日价2元,较我去年过此时,费用增加了一倍。随后前往灵山洞,遇到的困难是:因该景点属新开发,许多杭州人都不知如何前往,最后终于问到在湖滨有专车直发。上车后,发现游人无几,12时零5分,车抵站,须步行上山。

灵山洞位于灵山半腰,号称"灵山幻境",海拔高度约在百米,票价8角,按当时年轻人的平均工资水准(约40元),贵得令人心疼。步入洞内,寒气逼人,在五色灯光的照耀下,各种奇形怪状的钟乳石,争奇斗艳。当然这一情景与我曾去过的瑶琳洞,并无大别。灵山洞真正使人惊异之处是:此洞为竖井式结构,分上下两层,高低相差109米,由下层洞步入上层洞,需要攀上一道十分险陡的约50米长的"天梯石栈"。

溶洞总面积共约4000平方米,长260米,被分为麒麟迎宾、水底洞天、赛昆仑、天柱厅、大云盆5个大厅,另有小洞室100多个。灵山洞的主洞为下洞,高达百余米。步入下洞,最奇的是一座巨大的石笋拔地而起,据实测高度为24.5米,直径6米,占地面积20平方米,要十余人方能合围,因此被诩为"亚洲第一"、"世界第二"的溶洞石笋。转至石笋背后,攀越"之"字形的石栈天梯,便来到了上层石洞。上层石洞最大的景观,是有两条溶洞内瀑布,一大一小,自洞顶下泻,直入深潭,雷音震耳。见此奇景,顿时洞中得句:

灵山有奇洞,移来虚幻天。

路转峰不见,珠帘挂眼前。

　　灵山洞,又名云泉洞,位于杭州西南郊 15 公里,直至 1982 年前,尚不为人所知。灵山洞的发现,实出偶然。1982 年国家在当地进行地名普查时,得知有"灵山洞"的地名,认为有名必有洞,后经多方勘察,终于在荆棘丛中,发现了该洞的入口,同时发现该洞内有 24 洞,洞洞相连,具有风、水、气、瀑四大特点。又经勘察,发现该洞壁有"大明六年"的铭刻;而在内洞,发现崖壁上尚刻有北宋熙宁二年(1069 年)杭州太守祖无择的"云泉灵洞"篆书;此后,又发现了唐宋大家白居易、范仲淹、苏东坡、朱熹等人赴此洞游览时的记录。由此推断,灵山洞实为历史名洞,其被世人所知晓的时间,距今不会少于 1500 年。而它之所以被世人所忘怀,显然是由于近代中国的战争因素所致。由于洞久无人去,一旦洞口长满荒草,自然也就会被世人遗忘。所以灵山洞的开发,只是 1982 年后今人的再发现。此外,这次勘察还发现与灵山景区并存的泉水洞、风水洞、孔里空洞、仙桥洞等其他山洞,其中尤以仙桥洞为著名,有着"仙桥别境"的雅号。

　　下午 1 时 30 分出灵山洞,甚想赴仙桥洞一游,无奈因天雨山路泥泞难行,只得坐车返湖滨。晚餐时发现杭州物价较去年上涨得惊人。一碗米饭要 4 角至 5 角,一碗榨菜肉丝汤要价 6 角,而上海仅卖 5 分至 1 角一碗。晚餐后在湖滨坐晚,听平湖秋月音乐茶座,得诗:

五绝　题西湖平湖秋月音乐茶座(1985.8.22)

船系碧波头,彩灯挂玉楼。

夜深人不寐,一曲动湖洲。

上抱朴庐——葛洪与青蒿素的发明

　　次日,星期四,阴有雨。

　　上午,沿宝石山径上葛岭道观抱朴庐,见参拜者数人,皆女性,老少皆有。有老道 3 人和一青年女道姑相陪。时天阴细雨,游人不多,得隙与一老道闲聊。老道自云现年 79 岁,属全真派道教,已在抱朴庐出家数十年。青年时曾练过武功,当时同堂学艺者有数十人,"文革"中遭遣散,还俗回乡。"文革"结束后重新召集时，仅剩下了这几个人。现武功已不练，但要研习道经。旁立道姑年仅 20 余岁，颇秀丽，相询，自云来自江苏省，正在学习道经，问姓名，笑而不答。

抱朴庐，位西湖北岸小山葛岭上，因东晋著名道士葛洪曾在此炼丹修道而得名。据传说，葛洪居此山为百姓采药治病，又在井中投放丹药供有疫者服用，民众喝井中水，病辄好，因此怀念，称该山为"葛岭"，并建"葛仙祠"奉祀，此为抱朴庐前身。元代因遭兵火，祠庙被毁。明代重建，称"玛瑙山居"。清代复修，因葛洪道号"抱朴子"，而改称"抱朴庐"，亦称"葛仙庵"、"抱朴道院"。其为世界道教主流全真道圣地，旧时与黄龙洞、玉皇山寺合称西湖三大道院，现今属国家对外开放的 21 个道教重点宫观之一。抱朴庐旁有"红梅阁"，曾是南宋权相贾似道的私家别墅。据民间传说，裴生与李慧娘的故事即发生于红梅阁中，这也是中国传统戏曲《李慧娘》的策源地。

葛洪（284—364 年），字稚川，号抱朴子，晋丹阳郡句容（今江苏句容县）人，东晋道教学者、炼丹名家、医药学家。曾受封为关内侯，后隐居罗浮山炼丹，著有《肘后备急方》等。此后中国药学家屠呦呦根据《肘后备急方》中所记载的治疟良方："青蒿一握，以水二升渍，绞取汁，尽服之"，从青蒿中提取了治疟疾良药青蒿素。2011 年 9 月，屠呦呦获得拉斯克临床医学奖 25 万美元，获奖理由是："因为发现青蒿素——一种用于治疗疟疾的药物，挽救了全球特别是发展中国家的数百万人的生命。"[1]而 2015 年 10 月 5 日，瑞典斯德哥尔摩诺贝尔委员会举办新闻发布会，又宣布中国药学家屠呦呦为"2015 年诺贝尔生理学或医学奖得主"，实得奖金 400 万瑞典克朗（约合 46 万美元）。[2] 而假如葛洪能活到现在，这一奖项无疑应该由葛洪所得。由此亦可见"葛仙翁"对人类医药科学贡献之大。

屠呦呦发现青蒿素的具体过程，据有关报道为：自上世纪 60 年代起，氯喹等原有抗疟药因疟原虫对此产生抗药性而失效。当时，全球百余国家年约三亿多人感染疟疾，而"文革"期间的 1969 年，正值越南战争开展之际，耐药的恶性疟疾在越南流行，引起双方部队非战斗性的严重减员，这也促使国际上迫切寻找新结构类型抗疟药。当时美国结合越战需要，共筛选了化合物 30 万种，未能解决这一问题。而应越共请求，中国政府在军队内秘密开展抗疟药的研究，并成立了"全国疟疾防治研究领导小组办公室"（代号"523 办公室"），组织全国七大省市筛选中草药 3200 多种，从系统整理历代医籍、本草入手，收集 2000 多种方药基

---

① 见《腾讯国际新闻》。
② 爱尔兰科学家威廉·坎贝尔、日本科学家大村智分享该奖项，两人共获奖金 25 万美元。

础上,归纳编纂成《抗疟方药集》。但这一工作初无结果。此后,38 岁的屠呦呦被委任为组长,负责进行中草药抗疟疾的研究。屠呦呦先是耗时 3 个月,从包括各种植物、动物、矿物在内的 2000 多个方药中整理出含有 640 多种草药、包括青蒿在内的《抗疟单验方集》,再从中进行 100 多个样本的筛选,"曾经出现过 68%抑制疟原虫效果"的青蒿,在复筛中并无结果。其后,屠呦呦在复习东晋葛洪《肘后备急方》时,发现其中记述用青蒿抗疟是通过"绞汁",而不是传统中药"水煎"的方法来用药的,受启发,她"改用低沸点溶剂"乙醚来分离青蒿,从 1969 年 1 月开始,历经 380 多次实验,提取 190 个青蒿样品后,终于在 1971 年从黄花蒿中发现抗疟有效提取物,亦即经 190 次失败之后,在第 191 次低沸点实验(191 号青蒿)中发现了抗疟效果为 100%的青蒿提取物。1972 年,从这一提取物中提炼出抗疟有效成分青蒿素。屠呦呦带头试服,导致严重肝损伤,又携药赴海南昌江疟区现场实验,取得了良好治疗效果。1992 年,针对青蒿素成本高、对疟疾难以根治等缺点,屠呦呦又发明了双氢青蒿素这一抗疟疗效为前者 10 倍的"升级版"。屠呦呦发现青蒿素的过程,其实质亦即对一再散布否定中国传统中医学价值言论的何祚庥(中科院院士)、方舟子(科普作家)等人的当头一棒。

8 时 45 分,出抱朴庐,上初阳台。台为石台,高二层,"初阳台"三字为中国美术学院教授、西泠印社副社长诸乐三(1902—1984 年)所题,两侧有联:"晓日初升荡开山色湖光试登绝顶,仙人何处剩有石台丹井来结闲缘。"下署"己未仲夏偕李守一太史游葛岭"。初阳台,旧属西湖十八景之一的"葛岭朝暾"(亦称"东海朝暾"),据传为当年葛洪祖师登临观察日月之所。初阳台下另有炼丹台,传为葛洪炼丹之处,台旁有"炼丹井",水质清甜,久旱不涸,当即葛洪当年投丹给百姓治疫病之井。

游黄龙洞仿古乐园

9 时 15 分,前往黄龙洞仿古乐园。入园,见工作人员皆穿仿宋古装,却说当代语言,十分滑稽。有游客评论道:"什么宋服,穿的都是戏装在捉弄游客。"有民族乐团在演奏古曲,极具水准,我旁听了一个小时。演奏完毕后,听众齐声鼓掌、叫好。民乐家们十分得意,要求听众点曲,我点了一曲《孟姜女哭长城》,奏完后又是一阵雷鸣般的掌声。民乐家们更是得意,拿出纸笔要求我题字。我只会写两首歪诗,实无书法功底,但在当时场合下,又不能不题,只得歪歪斜斜地写了"华夏正音,永远光大"八个字,签上自己的名字和日期。好的是旁边又有会书法的游客纷纷上前要求题字，算是给民乐团挣足了面子。听了民乐团的演奏，我心境十分愉快，认为"文革"结束未久，中国社会已进步了不少，因为如是在"文革"中民乐团胆敢演奏《孟姜女哭长城》，非得被抓起来判刑不可。听民乐团演奏古曲时即兴得诗：

杭州黄龙洞听奏古乐(1985.8.23)

琴瑟琵琶管胡音，催人肺腑动湖滨。

乐师齐奏孟姜女，此曲人间不常听。

黄龙洞有传说，讲宋代名僧慧开来此开山建寺时，天响惊雷，有清泉自石洞出，黄龙自天降，遂名"黄龙洞"。但黄龙洞旁有碑文，记载了黄龙洞的真实历史。其大意为：此地原属南宋名将孟珙在淳祐五年(1245年)买地所筑的私家别墅，后改献佛寺，请江西黄龙山名僧慧开前来主持寺务，慧开遂以所在山名命名寺名。黄龙洞实无洞，便于寺后假山的半腰上搞了一个人造山洞，称"黄龙洞"，洞内原存黄龙祖师(慧开和尚)石刻像一尊，"文革"中被毁。假山顶立有黄龙头一个，龙头口中吐水，直泻池中，我"文革"中过此时，龙头被砸断一半，近年又得以复修。

过牛皋墓，参观岳飞事迹陈列室

上午10时15分，出黄龙洞，取道紫云洞前往岳坟。紫云洞位于杭州栖霞岭上，以洞石呈紫色，在阳光反射下，洞中会呈现出紫色云烟而知名，故名紫云洞。紫云洞下，有"宋辅侯牛皋之墓"。墓陵有联"将军气节高千古，震世英风伴鄂王"，此联语源自明画家徐渭《吊牛皋墓》诗的头二句。牛皋(1087—1147年)，字伯远，汝州鲁山(今河南平顶山市鲁山县)人，岳飞部将。曾追随岳飞抗金，屡立奇功，岳飞死后5年，奸相秦桧因害怕他为岳飞复仇，设宴时用毒酒将其毒死。死前说：年六十一，官至侍从，死而无憾，唯恨南北通和，不能马革裹尸还葬，却死在屋檐下![1] 牛皋死后，尸葬栖霞岭剑门关紫云洞口，1955年清理孤山墓葬时废，1983年重建。

中午12时零5分，沿栖霞山径抵岳坟。岳坟较我去年来此时的变化，为新

---

① 见《三朝北盟会编》。

增了岳飞事迹陈列室。入室浏览久久,抄录了两段材料,一段为见载于《金陀粹编》的岳飞语录:"公再谓先父(指岳珂父岳霖)曰:某被主上拔擢至此,傥(倘若意)有丝毫非是,被儒生写史书上,万世揩改不得。"由此话可见岳飞是毕生追求人格完美者,这也是他能够成就功名的思想因素。另一段话见诸《王若飞在狱中》一书,记述了岳飞人格对于少年时代王若飞人格的影响,全段为:"若飞同志小时候,曾祖父给他起名运生,字继仁,若飞同志长大后不喜欢这个名字。看到民族的灾难,满怀激奋。他很尊崇民族英雄岳飞,读《木兰辞》时看到'万里赴戎机,关山度若飞'的壮举,甚为向往,就取名若飞,表明要全心全意献身革命事业,不怕困难,不怕险阻,要克服重重障碍,一往直前。除若飞这个名字外,写文章时,他还用过三度、岳飞、雷春等名字。"这段话在一定意义上揭示了岳飞思想与中国民主革命的关系。展馆最后引了列宁的一句话作为结语:"爱国主义就是千百年来巩固起来的一种最深厚的情感。"我感到列宁的这一段话讲得很好,揭示出了在新的历史时代弘扬岳飞精神的必要性。

岳飞事迹陈列室共分三室,我认为前二室内容充实感人,第三室谈岳飞事迹的影响,材料较为单薄,我特在留言簿上写了改进建议。

下午 3 时 55 分离岳坟前往玉泉观鱼。出,吃雪菜肉丝面一碗 0.55 元,充作晚餐。6 时 30 分赴湖滨坐晚,见有老山某守卫战士与女友相会,有感赋诗:

七绝　过西湖侧见老山某守卫战士与女友相会有感赋诗(1985.8.23)

日日登高望碧楼,莫说兄长一人忧。

心疑可问西湖月,昨夜依栏谁为愁。

次日,星期五,阴有雨。上午取道岳坟,赴龙井品茶吟诗,暴雨初停,沿山路过烟霞洞、水乐洞、石屋洞,抵虎跑,时又暴雨倾盆。下午 3 时 10 分坐车抵净慈寺,见运木古井已修复,僧人召集到了 20 余人,但部队家属仍未自寺内迁出。4 时抵湖滨游船码头,原想荡桨西湖,但因暴雨,公私船皆不发,只得作罢。晚 7 时 25 分,坐 364 次快车返沪。

2015 年 10 月 16 日

千岛湖纪行

鹳山夜色

1986年5月6日,星期二,晴。上周三接校工会孙老师通知,让我6日赴千岛湖疗养。晨5时起床,7时,在上海音乐厅门口候旅游大巴前往。

中午11时55分,车过临安,据导游相告:此处为杨乃武与小白菜的故乡。下午2时,车抵灵山,原欲参观灵山洞,因临时停电,无法入洞,只得退票,游客们憾声不断,由于我去年刚游过此洞,心中倒无所谓。灵山脚新近又发现了一个水洞,正在修建,不对外开放,但允许游人沿已修之路入内参观。我与游客们扶已修之石梯入洞数十米,折还。下午5时15分,车抵富阳,夜宿杭富旅社。据导游介绍,鹳山对岸有鹳村,为三国孙权故里。晚餐后沿富春江漫步至鹳山顶,赏富春江夜景。其下有鹳鸟亭,传说为当年严子陵放鹤之处。再下有石矶直入江中,此处亦为传说中严子陵垂钓之处,只是不如浙江七里泷的"严子陵钓台"有名。据当地人介绍:富春江上共有三个钓鱼台,此处为其一。赏富春江夜景得句,仅记:

富春夜色
鹳山悬明月,晚风送浪来。

欲渡寻舟楫,独上钓鱼台。

上桐君山

次日,星期三,晴。晨5时45分起床,跑步上鹳山晨练。7时50分车发,9

时零5分抵桐君山。

该山又名"浮玉山"、"小金山",与严子陵钓台、瑶琳洞并列为"桐庐三胜"。我1980年曾攀此山,较当年所见,山顶的"桐君庙"已修葺一新,其上有"江天极目阁",内陈当代画家所绘31米长画卷《富春新居图》。山上新修了"四望亭"、"桐君塔"、富春文化陈列馆等建筑,其中富春文化陈列馆中所展出的该山摩崖石刻拓片,距今时间已有1200年,颇引人注目。桐君山,因"桐君老人"而知名。而据当地传说:上古有老者居此山采药为民众治病,不收分文,民众问名,则指桐为姓,民众遂称"桐君老人",并尊其为中华药学始祖。而据笔者考证,中国上古时确有"桐君老人"其人,其当为"神农氏"(作为医学家的)的原形。拙考已见本游记卷六:《上桐君山,步七里泷拦江大坝,严子陵钓台惊魂》一文,此处略过。

登七里泷水库拦江大坝,访严子陵钓台

下山后,在桐庐安乐饭店午餐。中午12点车发,半小时后,车过七里泷水库拦江大坝,停车一刻钟,让游客上坝参观,登坝远眺,但见富春江波涛滚滚,两岸青山相对,远处水天一色。稍吟得句,仅记:

题富春江七里泷大坝

一坝跨苍穹,连接山万重。
俯视富春水,喧嚣走鱼龙。
极目向天际,白帆挂云蓬。
心随天地阔,己身一轻风。
君见云间雁,四海无忧愁。
余思每念此,一叶下沧洲。

下午1时许,车抵七里泷船码头,由此上船,前往严子陵钓鱼台。这一段江段属七里泷峡谷段,为富春江景精华之处,一路上两岸青峰相叠,山水相映,使登临者心旷神怡。梁文学家吴均当年过此,曾留下了"自富阳至桐庐一百许里,奇山异水,天下独绝"①的记载。而自下游建成富春江水电站后,水位被抬高,当地开辟出了"七里扬帆"的品牌景点。

①（南朝·梁）吴均:《与朱元思书》,收明人辑《吴朝清集》

下午 1 时 15 分,船抵钓鱼台,上岸后发现:我 1980 年过此所见的经"文革"破坏后的残败景象已被修葺一新。码头临岸处新搭建了牌楼,楼匾上有赵朴初所书"严子陵钓台",匾后为沙孟海书"山高水长"。近旁有石碑,上铭叶陵星诗:

> 汉时明月迎客星,坐翁扁舟钓鱼鳞。
>
> 高风亮节照今古,山光水色怡我情。

江边旧有在"文革"已被拆除的"严先生祠堂",又重新得到修造,内陈严子陵像。祠前有新修的"含波桥"与客亭等。此外,在"严先生祠堂"附近,新建了碑廊,廊中所陈碑文基本为对严氏气节的褒扬。其中引人注目的是徐润芝书《汉光武与严子陵书》,全文为:

> 古大有为之君,必有不召之臣。朕何敢臣子陵哉!惟此鸿业,若涉春冰,譬之疮痏,须杖而行。若绮里不少高皇,奈何子陵少朕也!箕山颖水之风,非朕之所敢望。

这段话的大意是:古时有为之君,都能容忍不应召之臣,我又岂敢强迫严子陵为我臣下呢?但东汉基业初奠,这就像一个重病患者欲过初春的冰河,必须手持拐杖一样。当年汉高祖刘邦初奠汉业,有绮里季等商山四皓(四位白发隐士,指东园公、甪里先生、绮里季、夏黄公)没有看不起高祖,出山尽力辅佐他的基业。而严子陵也必然不会看不起我,我不希望子陵仿唐尧时名士许由、巢父的榜样。当时许由闻召,躲到颖水洗耳;巢父闻召,隐居聊城,以放牧了结一生。二者的所为是高洁的,但是这种置天下事业于不顾的做法,却不是我敢于期望的。

据说严子陵接函后,特地到京城洛阳去看望光武帝刘秀,二人夜间同卧一榻,严子陵熟睡后,以足压光武帝肚子上。次日有观星象之臣向光武帝进奏,讲有客星犯主星甚急,光武帝笑道:无妨,是故人子陵昨夜睡觉,以足压我腹。严子陵,原姓庄,名遵,字子陵,光武帝刘秀少年时同学。刘秀对其宽厚如此,但最后仍拒绝刘秀想聘他为谏议大夫的邀请,隐居于富春山下以老终生。因此范仲淹在《严先生祠堂记》中赞扬他是:"云山苍苍,江水泱泱。先生之风,山高水长。"后人一般均以此事赞扬严子陵不慕权贵的高风,而我个人认为:此事事实上树了两个典范,其一是古代知识分子不慕权贵的榜样;其二则是古代开基帝王宽厚待人,尊重情谊,善待故友、部下的榜样。二者均有值得后人学习之处。

所谓"严子陵钓台",实为矗立于富春江边的一座危崖,甚陡,上方高出江面约百米。下午 2 时 15 分,攀台至顶,其下为春江万顷波涛,江风甚大,不敢立观,只得俯身下望。台上有新立石亭,亭中有"汉严子陵钓鱼台"碑,两侧有联:"登钓台而望神怡心旷,想先生之风山高水长。"落款为近人沙孟海书。攀崖至半,另见有郭沫若 1961 年(时年逾七旬)临此时的题诗:

> 百寻磴道辟蒿莱,一对奇峰屹水涯。
>
> 西传皋羽伤心处,东是严光垂钓台。
>
> 岭上投竿殊费解,中天堕泪可安排。
>
> 由来胜迹流传久,半是存真半是猜。

严台右侧有"西台",亦称"谢台",与东台(严子陵钓台)相距约百米,据传为当年谢翱(1249—1295 年,字皋羽)在宋亡后,登临哭文天祥处。两台之间,有陡峭小径可达,登台亦见有石碑,上书:"生为信国流离客,死结严陵寂寞邻。"据有关记载,谢翱哭文天祥的时间为元至元二十六年(1290 年),时文天祥殉国八周年,谢皋羽与友人设文天祥灵位于荒亭隅,以竹如意击石,歌招魂之词曰:"魂朝往兮何极?暮归来兮关塞黑,化为朱鸟兮有咮焉食?"又作《登西台恸哭记》,以记其事。谢死后,葬于钓台之南。

过"双塔凌云"景点,建德夜宿,巧逢叶选平

下午 2 时 30 分匆忙下钓台,停于江边的游轮已待发。船沿富春江上航新安江方向,至下午 3 时 30 分,见岸右有巨岩出江表,上用红漆书有"子胥渡"三字。据传说,此渡口即当年楚平王逐伍子胥不及之处。又听导游介绍,在新安江水库未修之前,这一段水路江干七曲若龙,十分难行,故称"七里泷"。

10 分钟后,船出江曲,江面变得豁然开朗,水面不时露出小岛,上面仿佛蒙了一层雾,在水中若隐若现,有的岛小到上面只长了几棵树。远方白帆直接天际,深感天地之悠悠,此生真如沧海一粟。下午 4 时零 5 分,船过"双塔凌云"景点,此处位新富春江、新安江、兰江三江界口,江面呈丁字状,富春江景至此结束。如沿水道南上,是往兰溪与金华方向,走的是兰江;如沿水道西上,是往千岛湖方向,走的是新安江。有南峰塔与北峰塔夹新安江而峙,其中北峰塔建于凤山顶,其下有"方腊点将台",此处无疑是当年方腊起兵反宋之处。一说北峰立于梅城

镇碧溪坞村卯峰顶，估计为同一山名在当地的不同叫法。

下午4时25分，船将抵梅城码头，遇水上警察上船检查游轮执照，10分钟后，船靠梅城岸。由此舍舟登车，晚6时，车抵建德，夜宿白沙旅馆，二人一房。

晚餐后，沿新安江江堤散步行吟，江堤石栏有千米之长，形成叠嶂，远处江雾迷漫，月影时现，夜景可观。原想沿江堤一直走到白沙大桥，恰逢一位广东来此修养的干部与我长聊，搞得我诗兴大减，只得与他一起回程。我极赞新安江风景之美，广东干部说：他才去过长江三峡未久，三峡的风景亦不过如此。我问起他所做的工作，告诉我是搞行政管理的。广东干部中等身材，人微胖，时年五六十岁，十分健谈。细问我的职业与工资收入，随后又与我谈起人生观问题。我告诉他游新安江的最大体会，是感受到天地的苍茫与人生的渺小。广东干部说：古今人生乐趣有很大的区别，即便是古代的一位皇帝，其业余生活也不见得比今天的普通人更丰富多彩。此论甚奇，我平生第一次听到。但更使我惊异的是：数年之后，在电视节目中我才发现：这位当年在新安江边与我邂逅长聊的广东干部，竟然是当时的广东省委副书记、广东省省长叶选平。仅以我亲历说事，我认为当时的国家高级领导干部有自身的特点，即平易近人，出门不带警卫员，谈话无架子，由于当时媒体曝光少，一般群众见面不相识，因此亦容易深入社会、深入生活。

泛舟千岛湖

次日，星期四，晴。晨5时30分起床，在新安江边打太极拳。早餐毕，7时15分车发，目标是游千岛湖上的桂花岛、密山岛与羡山岛。

千岛湖的准确叫法应该是新安江水库，位于浙江省淳安县境，占地面积约580平方公里。其成因为1959年国家建新安江水力发电站时，拦坝蓄水而形成的巨大人工湖。据统计，坝高105米，长462米；库长约150公里，最宽处10余公里，最深处100余米，它比杭州西湖大104倍，蓄水量为178亿立方米，多于西湖3000多倍，并占据了整个浙江省淡水面积的三分之一。因水库修成后，淹没了原湖区1078座山头，而形成小岛，20世纪80年代当地为开发旅游资源，遂改称"千岛湖"。新安江水电站实为新中国的骄傲，因为它是新中国成立后所建立的第一座自行设计、制造的大型水力发电站。

上午8时许，车抵千岛湖口，舍车上船。千岛湖面多木帆船，水清澈见鱼，如用李白的诗句来形容，则是"船行明镜中"。8时45分，船抵桂花岛，岛边多石灰岩,堆满了随水漂逐至此的针筒,看来千岛湖的环保工作尚有待加强。桂花岛面积约0.2平方公里,是千岛湖上较大的岛屿之一,也是作为旅游景点开发出的最早岛屿。该岛在新安江水库修起被淹之前,原名"龙羊山",是中国民间传说中龙女牧羊之处。成岛之后,由于岛上石岩多生野生桂树(含金桂、银桂、丹桂和四季桂等多种品种),每临秋季,桂香沁骨,因此被称之为"桂花岛"。登岛,但闻鸟鸣猿啼,过"通天石门"与桂花亭景点后,有山洞名"龙眼洞",深约丈许,据导游说:有龙自天庭偷出,为害民间,被观音菩萨点化于此,因此名龙眼洞。此类传说究竟原产于当地? 还是导游随意编出以取乐于游人? 则不得而知。

9时20分,船抵密山岛,密山岛距桂花岛的水路约两公里,面积0.36平方公里,岛景无奇,但山势颇险陡。登临岛顶,须走800级台阶,以象征彭祖能活到800岁的高寿。山上有泉名"密山泉",传说喝该泉水人可长寿,但喝一口水,可多活5岁,如果喝了两口水,则要减寿15年。显然此山与中国民间传说中的长寿者彭祖有一定的联系。山顶有寺名"密山禅寺",另有"三个和尚坟",在中国民间广为流传的"三个和尚挑水没水喝"的故事,即发生于此。一说三个和尚后被铁拐李点化,自己挖井担水,后均成仙而去。

10时20分下密山岛,船发淳安县城淳安饭店午餐,菜多湖中鱼味,味道鲜美。下午2时20分,船抵羡山岛。该岛因多植名花、果木,又被称之为"花果山",岛上的重要景点有莲花峰、"老虎洞"与"将军峰"。老虎洞内有石虎一只,不知何年所凿。将军峰又名"将军帽",实为凸立于山顶的一块帽形陡崖,高约数丈,登顶可四望千岛湖风光。羡山岛最为有趣的场景,还是上海电影制片厂1984年来此拍摄儿童影片《下次开船港游记》时,所留下的电影道具,可给予正在成长中的少年儿童身心以无穷的遐想。《下次开船港游记》取材于作家严文井的寓言小说《下次开船》,作品主题描述老是"玩儿不够"的小学生唐小西,总把功课留到"下次"再做,为此气跑了时间小人,他又在灰老鼠的教唆下进入了"下一次开船港"。而这个"下一次开船港"是无时间的世界,一切都静止不动。在这里,善良弱小的布娃娃受尽坏蛋的欺侮,唐小西设法欲救布娃娃,却因为船每次都得等到"下次"才开,无法脱逃,唐小西终于认识到了时间的重要性,唤回被他气走的时间小人,敲响时钟,复活死港,救出了被洋铁人禁闭的布娃娃。而在回忆这些美好的儿童文艺作品时,使我深感痛心的是:现今中国青少年一代的善良心性,正在被所受到的亚文化不良影响所彻底摧毁,甚至爆出了湖南邵东县某小学女教师被三位青少年用极其残酷的手段谋杀的案例,而其中三名作案人均为在校学生，年龄最大的 13 周岁 6 个月，最小的尚不满 12 岁。①

下午 3 时 20 分船返航，4 时 50 分抵白沙桥，桥为 1958 年大跃进时仿赵州桥所建，颇精美，上有迎客亭，亭中有郭沫若当年过此时的题诗，少歇。5 时 30 分返建德旅馆休息。晚餐后上街闲逛至建德文化馆，电影厅中正在播放香港武打录像片《恶虎村》，据说是夜夜放映，场场爆满。在县文化馆的舞厅中，青年人正在跳着摇摆怪舞。自"改革开放"以来，中国年轻一代的道德观念与审美情趣正在被港台影片与西方文化所改变，这一现象是喜是忧，尚不得而知。

在千岛湖上闲逛了一天，久吟得句：

千岛湖咏怀（1986.5.10 歌行）

浩浩千岛湖，水路八千遥。

举目皆翠色，矶崖长青草。

时有金鲤鱼，凌波朝舟跃。

又见垂钓翁，端坐向波涛。

尔能宗古风，落拓耻舜尧。

余独红尘客，岁岁事船漕。

朝发迎升日，归返望落潮。

出门尚青丝，回来人悴憔。

白发不饶人，流光催人老。

今人悲古人，来者亦号啕。

万古若不变，谁又愁永宵？

悠悠天地长，彭祖亦耋耄。

多思徒费虑，风雨任飘摇。

游灵栖三洞、西山石林

次日，星期五，多云。晨 5 时 25 分起床，7 时 20 分旅游车发。今日的目标是游位于建德白沙镇西南 35 公里处石屏乡铁帽山上的"灵栖三洞"。三洞含灵泉洞、清风洞与霭云洞，俗称龙、凤、麟三洞，因为按照当地的民间传说，三洞中有

① 见《湖南劫杀教师三名留守少年作案后淡定上网》，《教育新闻·九派新闻》2015 年 10 月 23 日。

龙、凤、麟"三灵"栖息,是以总称"灵栖洞"。

9时40分,抵灵泉洞。洞口有宋仁宗年间立《洞岩寺碑》,上书:"洞岩天然飞点缀,灵栖胜道古来兴。"洞口岩壁上另刻有唐人李频的诗句:"石上生云笋,泉中落异笔。"该洞以水见长,又称"水洞",地下河道幽深曲折,有300余米之长,须坐船探行。洞内奇石甚多,钟乳岩倒挂,有"黄龙垂首"、"水晶宫"诸景观。船抵"水晶宫"后,须沿后洞石阶上行,后洞较大,约可容百余人同驻,前行约百米,为后洞出口。而据有关记载:灵泉洞原为历史名洞,唐高宗永隆元年(680年)即有人入洞探奇,距今已有1300年之久。[①] 洞内石壁上刻有元大德三年人们入洞祈雨的题记:"谢龙王赐",署名为"进士郑文眇"。此后,因山洪暴发,洞口被堵,直至1981年才被人们重新发现。

出灵泉洞,循山道上行百余米,达清风洞。洞口有原全国人大副委员长周谷城题字:"清风洞",另有近人邹梦祥题字:"清风袭人"。但入得洞内,我的直感不是清风袭人,而是寒气逼人,尽管时值初夏,我却被扑面而来的寒风,吹得直起鸡皮疙瘩。洞内面积共约2700平方米,被归为一廊六厅三十六景,洞低处,须弯腰可前。在三十六景中,又以"龙、凤、麟、龟"四灵形象最为逼真,据传此为"灵栖洞"得名的直接原因。而以个人直观,清风洞以钟乳石见长,其中石笋、石柱、石幔等,玲珑剔透,各显奇姿。其中尤以石笋为突出,有一圆笋长如棕树,状似珊瑚,直支洞顶。

10时15分,出清风后洞,沿山路上行一刻钟抵霭云洞。据云每当山雨欲来之时,会有缕缕云气自洞口游出,"霭云洞"以此得名。全洞面积12000平方米,为三洞最大者。洞内被归为7厅72景,其中以"定海神针"和"垂天罗帐"两景最为著名。其中"定海神针"为7米高的石柱,"垂天罗帐"为13米高的石瀑(岩景),因该厅石景奇异,而被称为"东海奇观"厅。李白有诗:"别有天地非人间。"人若入得13米高的石瀑,当会产生与李白的同感。

中午11时45分出霭云洞,12时,步抵西山"小石林"。西山顶实为众峰之底,四周群峰环绕,风景颇为雅致。石林占地面积约1万平方米,其岩块或大或小,或高或低,或作鸟兽状,或逗人形等等,千奇百怪,沿着西山顶峰向日周散布。所谓"石林",实为典型的石灰岩,其所含成分为以方解石为主要成分的碳酸盐岩,易于被水溶解。一说石灰岩的主要成分是碳酸钙,可以溶解在含有二氧化碳的水中。而我脚下这片石林,显然在远古时期处于湖底或海底位置,曾经亿万年

① 见《建德县志》。

的水流腐蚀，而形成今天在我脚下千奇百怪的形态，此后由于大自然的造山运动，上升至地面，而成为能够被世人欣赏的石林。有一条有力的证据可以证明我的说法，即现今灵栖石林尽管沿着西山顶分布，但西山处于周围群峰的底部，因此可以看得出在远古时期，这一地带处于湖或海的底部位置。由于现今西山石林惟妙惟肖的拟人或拟物造型，容易把人带入幻想世界，因此自上世纪 80 年代以来，电影《封神榜》、《梁山伯与祝英台》、《西游记》等众多影视片，均于此地取外景拍摄。

12 时 30 分，下山吃饭，下午 1 时 30 分，车发往富阳，4 时 30 分抵，夜宿杭富旅社。

次日，星期六，晴。7 时 30 分，车抵杭州云栖竹径。此处位于杭州五云山西麓，为宋乾德五年（967 年）吴越王在此建云栖寺旧址。据说建寺时，有五彩祥云飞临，因此以"云栖"命寺名。由于此处篁竹密布，十分幽静，因此被命名为杭州新十景之一"云栖竹径"。云栖寺旧址现建有冲云楼，但真正给我留下印象的是楼旁的洗心泉与两棵千年古橡树。泉边有联称："雨晴阶下泉声细；夜深林间月色迟。"

上午 8 时 45 分，车抵虎跑泉，导游要求团队自由活动。步行经龙井、石屋洞，少歇，在龙井向茶农购茶 10 斤。中午 12 时抵湖滨少年宫广场，在小乐惠饭店午餐。12 时 20 分车发，晚 6 时 30 分抵沪，旅行结束。

2015 年 11 月 2 日

1986年暑期赴南京,先是考察夫子庙科举制遗迹,夜游秦淮河,于玄武湖畔坐晚。次日上栖霞山,此后谒中山陵,过灵谷寺,谒明孝陵。此后复游镇江金山寺,登北固山,访焦山。最后又渡长江,游扬州。一路所见颇丰。

第十一卷 南京镇江纪行

南京夫子庙古今谈——中国古代科举制度的实践（南京镇江纪行之一）

　　1986 年 8 月 14 日，星期四，多云。晨 6 时 30 分赴上海北站，买了当日下午 1 时 59 分发往南京的 92 次特快空调车，下午 5 时 45 分抵达南京站，先游我闻名已久的夫子庙。夫子庙位于秦淮河的北岸，实际上包括三大景观，即南京孔庙、南京学宫与江南贡院。这也是分布于著名的"十里秦淮"地区的三大古建筑群。

　　根据有关文献记载，夫子庙始建于东晋成帝司马衍咸康三年（337 年），当时司空王导（276—339 年）提议："治国以培育人材为重"，请立太学于秦淮河南岸。建议被皇帝采纳。但当时只修有学宫，未建孔庙。至宋仁宗景祐元年（1034 年），为祭祀孔子，始在东晋学宫前筑孔庙。南宋建炎年间，夫子庙初遭兵火焚毁。至绍兴九年（1139 年）重建，改称建康府学。宋孝宗乾道四年（1168 年），又于今孔庙与学宫东侧修筑贡院（古代通过科举考试取士的考场）。至此时，南京夫子庙布局基本完成，成为古代江南地区的文教中心与祭孔圣地。此后，元代改称夫子庙为集庆路学；明初改称国子学，后将上元、江宁两县学并入，改称应天府学；清代将应天府学迁至城北明国子监旧址，在原址设江宁、上元两县县学；咸丰年间，夫子庙原址毁于太平军兵火，同治八年（1869 年）重建；抗战期间（1937 年），夫子庙遭日军炮火严重毁坏，但存有部分残址；新中国成立后，大成殿遗址辟为夫子庙广场；"文革"期间，夫子庙残址悉毁；1984 年，南京市府按明清风格重建夫子庙，至 1985 年基本修成。

　　上述为历史上夫子庙屡毁屡建的过程。其中，南京孔庙，又名南京文庙，它与曲阜孔庙、北京孔庙和吉林文庙并列为中国的"四大文庙"。由于古时立学必祀孔子，各地建孔庙属国家祀典，因此孔庙布局有特定要求，一般为庙附于学（与国学、府［州］学或县学联为一体），庙的位置或在学宫前部，或处偏侧。南京由于是明代京师所在地，因此采用的是前庙后学（学宫），贡院在侧（位东侧）的格局。

此外,孔庙建筑亦有其特定格式。一般是庙前设照壁、泮池、牌坊与棂星门而形成庙前广场,棂星门的后面则为大成殿。

其中,照壁亦称"萧墙"、"影壁"、"屏风墙",属中国古代汉族传统建筑的特有形式,其起源按风水家的说法是:人死后为鬼,鬼只走直线,不会转弯,而照壁之设则是为了防止居所有鬼魂来访。而现今夫子庙的大照壁位于秦淮河南岸,其始建于明万历三年(1575年),全长110米,为中国照壁之最。

在孔庙的牌坊与棂星门前设半月形水池(位于大成门正前方),称"泮池",全称为"泮宫之池"。泮池之设,源于周礼,这是中国古代官学的标志。据说周代"诸侯不得观四方,故缺东以南,半天子之学,故曰泮宫。"①《礼记·王制》谓:"天子之学曰辟雍,诸侯之学曰泮宫。""辟雍"为环形,四面环水;泮宫为半圆形,三面环水(西南有水,东北为墙,一半有水,一半无水)。意即:依古礼,天子太学中央有一座学宫,称为"辟雍",四周环水;而诸侯之学只能南面泮水,故称"泮宫"。又因孔子受封为文宣王,故于其庙前建"泮池"为之立制。泮池上一般有石桥,称"泮桥"。科举考试时,学生过桥祭拜孔子,称"入泮"。古时秀才入学,即称"游泮",因当时有仪式学子须采泮池之芹插头上,因此又称"采芹"。而南京孔庙凿秦淮河为泮池,是中国唯一利用河道作为泮池的特例,泮池边的石栏为明正德九年(1514年)所建。位其东西分立奎光阁、聚星亭,系象征着文风昌盛。

棂星门又作"灵星门",是位文庙中轴线上的木质或石质牌楼式建筑。棂星原作"灵星",亦称天田星、天镇星、魁星。古人为祈求丰年,汉高祖始规定祭天先祭灵星。宋代则用祭天的礼仪来祭孔子,又改称灵星为"棂星"。而按中国古代汉民族的传说,棂星即天上的"文曲星",孔子是天上的文曲星下凡,因此棂星门之修,即象征着孔子代天向人间实施教化、培育英才。一说文庙中棂星门之修,始自明太祖洪武十五年(1383年)。

牌坊,民间亦称"牌楼",亦是具有悠久历史的汉民族传统建筑风格之一,被古代中国社会用作表彰功德之用。它起源于先秦或更早时期的"衡门"。所谓衡门,是一种由两根柱子架一根横梁构成的最简单的原始门框。关于"衡门"之修,最早记载见于《诗经·陈风·衡门》:"衡门之下,可以栖迟。"而孔庙中的牌坊,实由棂星门衍变而来,用于祭天、祀孔之用,南京孔庙前有"天下文枢"柏木牌坊一座,亦可视作是棂星门之一。

穿越孔庙牌坊,即步入孔庙前广场,东西两侧各立石柱,上书"文武大臣至此

---

① 见(汉)刘向:《五经通义》。

下马",以示对"至圣文宣王"的崇敬。过石柱,便是六柱三门、高有丈余的石门牌坊——"棂星门",中门上刻有"棂星门"三字篆文。而按旧规,这是帝王出巡祀孔的通道,平日用木栅栏封闭,一般官员与平民百姓是不得由此门进出的。

穿越棂星门,便来到了孔庙大门前。门共三扇,中间为"大成门",又称戟门;东西两侧边门则称为"持敬门"。而在中国传统社会,每逢朔(农历初一)、望(农历十五)朝圣和春秋祭典时,府县官员、教谕等训导学官①可由大成门进入,士子则必须走持敬门,不得逾矩。

步入孔庙大门后,其下正中有甬道通孔庙的主殿"大成殿",甬道两侧有廊庑(走廊)与主殿相连。廊庑原奉孔门72贤人和历代大儒像,并存放祭器,现已改作碑廊,墙上镶嵌着历朝颂扬孔子的碑文,其中重要的有元至顺二年(1331年)封至圣夫人碑、清康熙帝修学宫碑记等等。殿前有露台,称"丹墀",三面环石栏,为春秋祭孔时乐舞之地。此后于上世纪90代,南京市府于正中甬道两侧塑8尊1.8米高的孔门贤人汉白玉雕像,大成殿前丹墀上(古时宫殿前的石阶以红色涂饰名丹墀)立孔子青铜像(1993年1月8日落成),像高4.18米,重1500公斤,据说此为目前全国孔庙中最高的孔子青铜塑像。此为后话。

步入大成殿,殿高约18米,这是供奉与祭祀孔子的主殿。旧陈"大成至圣先师孔子之神位",两旁配享四亚圣。1984年复修后的大成殿内,正中悬孔子巨像,高6.5米,宽3.15米,据称尺幅为国内之最,两侧分立着"四配"汉白玉雕像,分别为"复圣颜子"(颜回)、"宗圣曾子"(曾参)、"述圣孔伋"(孔子之子)、"亚圣孟子"(孟轲)。殿的东边有小门,通其后面的学宫。

上述为南京孔庙的大致格局,在此需要强调的是:中国各地现存孔庙与南京孔庙的布局并不完全一致,但基本原则是相通的。

学宫又名"泮宫",按古制,学宫之设,同附于孔庙,或位庙前后,或置庙侧。南京学宫位庙后,原与孔庙有院墙相隔,1984年复修后的孔庙,拆除院墙,大成殿东边有小门,直通其后面的学宫。南京学宫之设始于东晋咸康三年(337年),首倡者为司空王导,已见前述。南京学宫是当时国家的最高学府,创建目的是为了"建明学校,阐扬六艺。"此后数毁于兵火,太平天国占领南京期间,毁坏尤重。清同治八年(1869年),曾国藩、李鸿章在平定太平天国起义后,进行重修并扩

① 明清两代,学官规定有不同等级名目,府学称教授,州学称学正,县学称教谕,各设训导的副职。负责在学生员的管理教育。

建,在入口处立有"东南第一学"门坊。其主要建筑包括:明德堂、尊经阁、青云楼、崇圣祠等。

其中明德堂是学宫的主体建筑,供教谕授课时的讲堂之用。在科举制时代,秀才每月逢朔(初一)、望(十五)两日,必须到此聆听训导宣讲儒学。而"明德堂"通称应该是"明伦堂",唯独南京学宫称"明德堂",其原因据《金陵胜迹志》所引《荷香馆琐言》称:"旧额本宋文山(文天祥)手笔,故后人不敢易也",一直沿用至今。[①] 由于文天祥题匾早毁,"明德堂"现匾为晚清曾国藩手书的篆体字。尊经阁位于明德堂后,该阁始建于明嘉靖年间,初亦作为教谕讲课讲堂之用,楼上曾藏有大量儒学经籍刻板与诸多圣贤画像,惜清嘉庆年间毁于兵火。嘉庆以后在此设尊经书院,楼上藏书,楼下讲学。

民国以降因废科举,兴学堂,学宫渐衰,旧址分别改作学校、教育局、图书馆等,学宫甬道两侧则成为摊贩市场(称东、西市场)。抗战期间(1937年),学宫旧址严重受毁于日军炮火。新中国成立后,学宫部分遗址改作"秦淮区人民游乐场","名宦乡贤祠"则改为夫子庙小学。"文革"期间,学宫旧址悉毁,1984年南京市府始拨款重修,1986年在修复明德堂时,修复了两旁旧有的"志道"、"据德"、"依仁"、"游艺"四斋。此后南京市府所做的有价值工作是,2009年纪念孔子诞辰2560周年时,复制了明德堂前旧有的两方石碑,这已是我1986年游南京之后的事,但因其内容重要,有助于今人理解中国传统社会的教育制度,这里不能不述。其中东侧石碑为明代《学宫条规》碑(又称"卧碑"),系明太祖朱元璋洪武二年(1369年)命礼部撰文,规定了全国学宫、府学、县学、书院学子们的学习内容以及行为准则,并立石于全国学宫的明伦堂两侧。西侧石碑为清代学宫碑,系清世祖顺治帝于顺治九年(1652年)命礼部撰文,其内容除明碑所含外,尚规定了学子们的学习教材、处罚条例,并增加了要求学子孝敬父母、尊敬老师,做利国利民之事等内容。这两块碑文树立的意义,类同于现今国家所颁发的大、中学校的学生守则,这也是明、清新政权建立后,为教化天下、安定社会、勉励天下士人尊崇儒学所做的有意义工作。

江南贡院位于学宫东侧,其始建于宋乾道四年(1168年),是当时建康府学与县学考试的场所。由于其初建时规模狭小,至明太祖朱元璋建都南京后,集乡试、会试于此,考生众多,场地已明显不足。因此永乐初明成祖在原址扩建贡院。

---

① 《金陵胜迹志》,民国胡祥翰撰。

永乐十九年（1421年）明成祖迁都北京后，原址仍为江南乡试所在地。清承明制，继续使用江南贡院，道光年间并加以重修。咸丰年间，因太平军攻占南京，孔庙、学宫俱遭兵火焚毁，唯独贡院保存完好，其原因为太平天国政权反孔，却并不反对科举制度。如据有关统计数据，洪秀全改清朝三年一次的乡试制度为一年四次的京试制度，在太平天国定都南京的短短13年间（1851—1864年），共举行了22次科举考试，产生了22名状元。①洪秀全如此重视科举制度，自然要很好地利用江南贡院的场地。太平天国运动失败后，曾国藩于同治年间再度扩建江南贡院。

贡院的设立，是中国古代文官制度——科举制得以实践的物质基础，因此其建筑风格以规模庞大、布局严谨为特点。仅以江南贡院为范例，据有关文献记载：当时的贡院呈正方形，东起今南京姚家巷，南至贡院街，西与夫子庙隔街相望，北至建康路，占地面积超过30万平方米，内有"号舍"（亦称"考棚"）20644间（一人一间），每次考试可容纳2万多人。外加官房、膳房、库房、杂役房、兵房等数百间，其规模之大，实居全国各省贡院之冠，也是古代中国历届科举考场规模之最。其具体布局如下：

当时的江南贡院坐北朝南，大门外临街之东、西向，各有木牌坊一座，称东、西辕门。大门口各有石狮子一对及两座石牌坊。在贡院的中轴线上，共有三道大门，分别写着"贡院"、"开天文运"及"龙门"字样。龙门之后依次为"明远楼"、"至公堂"及"戒慎堂"。再后有"飞虹桥"。桥南属"外帘"，桥北属"内帘"，飞虹桥是内、外帘的分界线。过飞虹桥有"衡鉴堂"（属内帘）。这几栋建筑物职责的分工为：

明远楼为贡院至高点，是科举考试期间监考官员用以监视应试士子有无舞弊行为以及科场工作人员有无帮助士子舞弊行为的观察站。②"明远"一词自《中庸》"至诚无息，不息则久，久则微，微则悠远，悠远则博厚，博厚则高明"句意中引出。

至公堂是"监临（用大员监临，以纠察关防总摄闱场事务）、外帘官（在考场提调监试的官员）办公的处所。"③至公堂东西两侧房屋为监临、提调、监试、巡察各堂工作人员办公、食宿之地，外帘官员办事地点前设有木栏，严禁闲杂人员进入。

---

① 数据见华强、马洪涛：《太平天国科举制度是太平天国覆灭的原因之一》，《百度文库·史海钩沉》。

② 这一责任可细化为考试时执事官员发布命令、监临、监试、警戒、巡察等值班及登高瞭望之处。

③ 见《甘肃贡院遗迹》，转引《百度》词条。

戒慎堂是考试试卷糊名易书之地,两侧房屋为掌卷、受卷、誊录、对读、弥封、公卷、巡捕、理事等专职人员办公及食宿处所。戒慎堂后檐墙有"外帘门",外帘官到此必须止步。

外帘门外有石桥名"飞虹桥",这也是内帘官员与外帘官员工作的分界线,在江南贡院举行乡试时,内、外帘双方工作人员均不可穿越此桥,凡有穿越行为即视为舞弊。

过飞虹桥,有"内帘门",过内帘门,即衡鉴堂,该堂为主考官阅卷、排定考生名次的办公场所与食宿之地。

在贡院两侧(亦即明远楼、至公堂、戒慎堂、飞虹桥、衡鉴堂两旁)为"号舍",号舍为供应试者考试、居住之用。如果当年报名考生过多,"号舍"不够用,则在考场内空地上用芦席临时搭棚充"号舍"之用,称之为"考棚"。① 乾隆二十二年进士、清戏曲家蒋士铨(1725—1784 年)曾有诗描写当时入住号舍试子的艰辛处境是:"残杯冷炙不能餐,四壁苍苔拥莫寒。"②由此足见中国古代书生十年寒窗苦的不易。另据记载:当时的号舍长五尺,宽四尺,高八尺。在进去前先须搜身以防带舞弊工具,每人发三根蜡烛,进去后房门马上封锁,考生就在里面答题,晚上也在里面休息。③

整个贡院四周围以高墙,内、外墙上布满荆棘,称"棘闱","棘闱"之设的目的,是为了防止考生翻墙作弊。贡墙之外为大街,街道另侧为店铺、民居。

当时考生于贡院考试结束、交卷之后,其阅卷程序据《明史·选举志》、《清史稿·选举志》、《清文献通考·选举考》、《十通·考》等有关文献的记载,其大致程序为:

先是要糊名,这是阅卷之前必须复行的程序。即现场监考人员收卷后,先将卷子交给弥封官,弥封官把卷上的考生姓名、籍贯等个人信息折叠掩盖、用白纸弥封后,再加盖骑缝章,此程序称"糊名"。

"糊名"之后尚须"易书",即安排专门工作人员将弥封后的试卷重抄,为了防

---

① 见南昌市档案局陈金星《南昌有两处贡院旧址》文:"每排号舍常常是 100 间或 50 间的规格,两排之间留有长巷,置有号灯、号旗识别,另置有水缸、厕舍等。单间号舍的规格是高 6 尺、宽 3 尺、4 尺。两壁离地一二尺之间,有上下两道砖缝承板。开考时,考生提着考篮进入贡院,篮内放各种用品,经检查后对号入座。然后贡院大门关上,三天考期完前不得离开,吃、喝、睡都得在号舍内。考生在号舍内可坐在成板上答卷,也可以俯下写作,晚上就把板抽出用以睡觉,饭食方面则由考生用预备菜油的小炊具自行烧煮。"——《江西晨报》2013 年 5 月 30 日。

② (清)蒋士铨:《八月十五夜题号舍壁诗》。

③ 参当年明月:《明朝那些事》,中国友谊出版公司 2009 年 1 月第 1 版。

止誊录错误,誊录手每天的工作量有限定,清代规定每人每天只能抄卷3份。上述过程,称"易书"。这种严防作弊的阅卷方法始行于宋真宗景德四年(1007年),其目的是为了防止考生与阅卷人员串通作弊。为了严格履行这一程序,当时国家规定易书工作人员不得自携墨笔入试场,本省学官人员必须回避,担任誊录工作的人员都是临时由各府、州、县的书吏中间抽调(共约数百人),如果有人冒名入场,查实后则将严惩。此外,易书人员誊录试卷时,统一使用朱砂红笔,所用纸张数、墨水颜色均须一致,亦即考生的原始试卷为用黑墨书写的"墨卷",而誊录后的卷子均为红色,称"朱卷"。

易书程序完成后,尚需"对读",亦即校对。校对时对读官员须将墨卷、朱卷一并交诸对读生校对,校对无误后,由对读官在试卷上盖章,称"关防"。各省乡试时,使用的对读生有二三百人,国家对于对读生的文化水准要求要高于誊录手,一般是抽调成绩较好的秀才(生员)来担任。

对读程序完成后,即意味着考卷已可送内帘官批卷。清代的每份送审朱卷上,至少要有6道环节的负责人的签印,其中包括外收掌、弥封官、誊录官、对读官等等,这些官员均属"外帘官"。此外,誊录手、对读生的姓名、籍贯也要标注于卷尾,以备查验。

送卷工作即将已誊录、对读并落实签名后的试卷,统一交给"外收掌"官员,外收掌在至公堂上将试卷次序打乱后,分拣成包并装箱,经过飞虹桥,送入贡院的内帘——阅卷场所"衡鉴堂",交内帘官"内收掌"保管。

内收掌见卷后,即将试卷分送内帘各阅卷工作人员评阅。试卷分送,是在主考官、同考官的监督之下抽签分配的,所以阅卷人并不知晓自己所改试卷的考生姓名。阅卷人将初阅后认定为合格的卷子,推荐给同考官,称"荐卷"。同考官即副主考,如果他同意"荐卷"意见,便在卷上批一个"取"字。批了"取"字的卷子再送主考官评审,如果主考官也同意"荐卷"意见,便会在试卷上批一个"中"字,至此,该应试考生便走完了在江南贡院的全部行程,成为国家认可的举人。

乡试考官均由翰林及进士出身的国家官员临时担任。在江南贡院举行的乡试每次是连考三场,每场考三天,因此阅卷时间也都必须在规定的时间内完成。以清代为例,阅卷时间一般规定为10天,这10天尚包括此前试卷之弥封、誊录、对读的时间,所以当时考官阅卷的工作十分繁重,一般为一天评阅20本试卷,多者达三四十本,普通阅卷工作人员要阅的卷子则更多。此外,从考试至阅卷完成期间,凡是参与江南贡院的工作人员(由考试区和阅卷区组成)实行全封闭管理,吃睡均在院内,不得离开一步,此规定的用心仍在于防止科考舞弊,可谓用心良苦。[1]

当时的江南贡院考生来自今苏皖两省,属古代中国最大的科举考场,自然也是当时全国最大的阅卷中心。当阅卷工作结束后,剩下来的工作便是"放榜"了。阅卷期间,考生原卷("墨卷")均存放于外帘,由外收掌保管,阅卷工作全部结束后,外收掌对照录取的朱卷,调出原卷,查出考生个人信息,填写榜名以放榜。在放榜之后,则将录取的朱卷和墨卷重新套合,解送礼部(相当于今教育部)复查。[2]

放榜之日是拂晓时刻,根据江西南昌贡院所提供的资料:放榜之时,出现的是"当年考生千门万户,走马提灯,昂首翘足、争相查看的热闹场景。"[3]其盛况显然如同过一个盛大的节日。但是对于参考考生来说,只有少数人能获得"金榜题名"的荣耀,其中大多数人得到的都是落榜的悲剧,"南昌贡院的49口贡井,一般是供考生、考官饮水之用。最大叫'贡院井',井口却比人头还小,据说是为了防止考生因落第而跳井轻生。"[4]

放榜之后,还有一道程序,即允许落榜生查卷,其时间一般定于考试成绩张榜公布后10天之内。每个落榜考生均可查看自己的试卷。落卷上有考官的阅卷批语,考生看后可以输得心死。如果确属把优秀考卷错评,则允许考生上访,错评责任一旦坐实,当事考官则要被朝廷治罪。[5]

以上所述,为江南贡院科举考试的概况。当时在江南贡院所举行的科举考试称"乡试",属科举考试中的基础考试。如果就全国范围来看当时的科举考试,则科考共分乡试、会试、殿试三级。仅以明代为例,乡试属南直隶、北直隶与各布政使司(相当于今天的省级政区)举行的地方考试(亦名"乡闱"),地点分别在南京府、北京府与各布政使司驻地举行,每三年一次,逢子、卯、午、酉年进行,考试的试场在贡院。由于考期定于秋八月,又名"秋闱",应试者为本省科举生员与监生。乡试的主持人有主考二人、同考四人、提调一人、其他官员若干。考试共分三场,分别定于农历八月九日、十二日和十五日进行。乡试考中者称"举人"(别称"孝廉"),其中第一名称"解元"。乡试中举称中"乙榜"(又名"乙科"),因放榜

① 以上阅卷程序参载《南京日报》2012年6月19日文:《古代"高考"怎么阅卷》,作者倪方六。
② 参《南京日报》2012年6月19日文:《古代"高考"怎么阅卷》,作者倪方六。
③ 见《弥留史书中的南昌贡院》(2011年7月4日),中国孔庙网。
④ 见《弥留史书中的南昌贡院》(2011年7月4日),中国孔庙网。
⑤ 参《南京日报》2012年6月19日文:《古代"高考"怎么阅卷》,作者倪方六。

时值桂花开放,亦名"桂榜"。放榜后,由巡抚主持宴会、唱《鹿鸣》诗、跳"魁星舞"以示庆贺,因此该宴称"鹿鸣宴"。

乡试中举的"举人",有资格参加由礼部主持的全国考试,称"会试"(亦名"礼闱")。"会试"定于"乡试"的次年,即逢丑、辰、未、戌年,在京师举行,[1]由于考期定于农历春二月,又称"春闱"。会试也分三场举行,分别定于二月初九、十二、十五日举行,每场亦考三天。由于"会试"是较"乡试"更高级别的考试,因此同考官的人数较"乡试"增一倍,主考、同考以及提调等官员,都是由较"乡试"更高级别的官员担任。主考官称"总裁"(亦名"座主"或"座师")。[2] 考试合格者称"贡士"(亦名"出贡"或"明经"),其中第一名称"会元"。

"会试"的成功者"贡士",有资格参加由皇帝直接主持的全国最高级别的科举考试,称"殿试"。"殿试"仅考"时务策"一道。"殿试"在"会试"后的当年举行,时间初定于农历三月初一,自明宪宗成化八年起,改为三月十五日举行。"贡士"在殿试中无落榜者,仅是由皇帝重排名次。殿试毕,次日读卷,再次日放榜。录取者分三甲:一甲三名,赐"进士及第",第一名称"状元"(亦名"鼎元"),第二名称"榜眼",第三名称"探花",合称"三鼎甲"。二甲赐"进士出身"。三甲赐"同进士出身"。第二甲与三甲的第一名皆称"传胪"。一、二、三甲通称"进士",进士榜亦称"甲榜"或"甲科"。[3] 由于进士榜用黄纸书写,亦称"黄甲"或"金榜",中进士者亦称"金榜题名"。其中如有应试者在乡试中"解元"(第一名),在会试中"会元"(第一名),在殿试中"状元"(第一名),则合称"三元"。连中三元,在中国古代科举考试中是难度极高的事,但并非无人。据有关记载,在明代科举考试中连中三元者仅二人,即洪武年间的黄观与正统年间的商辂。殿试之后,状元授翰林院修撰;榜眼、探花授翰林院编修;其余进士授翰林院庶吉士。三年后经考察合格者,分别授予翰林院编修、检讨等官,其余人分配至各部任主事等职,或分配至地方优先委用为知县官职,称散官。而这一类获得庶吉士出身的官吏,是明代士人升迁的正途,在明代英宗以后,朝廷形成非进士不入翰林,非翰林不入内阁的格局。

而各朝通过乡试途径最终获得进士的人数不一。仅以元、明、清三朝为例,据有关记载:元代恢复科举制,乡试共取 300 人,其中的三分之一通过会试最终

---

① 位北京内城东南方的贡院。

② 清代会试主考官为 4 人(明代为 2 人)称总裁,以进士出身的大学士、尚书以下副都御史以上的官员担任。另有同考官 18 人(明初为 8 人,以后递增加,多时曾达 20 人),多由翰林充当。

③ 参(清)张廷玉主编:《明史·选举志》,中华书局 1974 年 2 月版。

能取得进士身份(约 100 人),其中蒙古、色目、汉人、南人各占四分之一。明代每届科举约可产生 300 名左右的进士,分南、北、中三地域,按比例录取。清代每届科举约产生 100—300 名进士人数不等,其中录取最多的一年为雍正八年(1730年),共产生了 406 名进士,录取最少的一次为乾隆五十四年(1789 年),仅产生了 96 名进士。而各省被录取的名额,以应试人数及省的大小、人口多寡而定。

在中国社会进入 19 世纪 80 年代后,随着西方列强对中国侵略的深化、中华民族危机的加深以及西学的传播,中国洋务派开始产生了对于科举制的废存之争。最初的做法是试图改良科举制度。1888 年,清政府批准设算学科取士,首次将自然科学纳入考试内容;1898 年又加设经济特科,试图荐举经时济变的人才。此后戊戌变法的领袖康有为建议废八股、行策论,以时务策命题。戊戌变法失败后,慈禧太后下令废除所有科举考试的改革条目,悉用旧制。经"庚子之乱"后,慈禧太后被迫于 1901 年 9 月宣布实行"新政",重行科举改革,即科举考试改八股为策论,并恢复经济特科。1904 年,清廷颁布《奏定学堂章程》,为建立新式学校做准备。1905 年 9 月 2 日,袁世凯、张之洞奏请西太后立即停科举,以便推广新式学堂,清廷诏准从 1906 年开始,停止所有乡试、会试,各省岁科考试(考秀才)亦同时停止,将育人、取才合于学校一途;并责令学务大臣迅速颁发各种新学教科书,责令各府厅州县于乡城各处设蒙小学堂。至此,在中国历史上延续了 1300 多年的科举考试制度被最终废除,科举取士与学校教育二者间实现了彻底分离。

综上所述,为南京夫子庙的古今沿革情况,以及中国古代科举考试制度的实践状况。从中可见,中国古代科举考试制度尽管有批评者所列举的种种缺点,但就其精神实质而言,却如同美国学者费正清所评价的那样:是中国古代唯一具有民主性质的政治制度。[①] 而从历史角度来看,晚清废科举是一个历史的失误,其失误主要体现于断绝了当时中国社会得以统一的政治纽带(基础)。因为比较中西方历史可以看出,中国的地域与欧洲相当,而中国的地理阻隔及民族种类却远多于当时的欧洲国家。而中国传统社会之所以长期处于统一状况,西欧国家却处于分裂状况,是由于科举考试制度的存在,促成了古代中国政治文明的统一,亦即促成了古代中国国家政治的向心力。而在晚清时期,科举制的改革与建立新式学堂本无矛盾,科举制的无端被废,不只是导致了当时清朝政府的解体以及后来军阀割据局面的形成,同时也导致了在中国历史上已存在了 1300 余年、

---

① 见费正清:《美国与中国》。

堪称人类历史上第五大发明的"文官制度"的失败以及此后"冗官"问题的产生。而现今西方各国所实行的文官制度,实为鸦片战争之后对中国传统政治制度的学习与借鉴,且只得其形而未得其实——量出为入的官吏选拔制度,而普遍受到"冗官"问题的困扰。

由于自光绪三十一年(1905 年)废科举之后,南京贡院即处于闲置无用境地,民国七年(1918 年)决定拆除,以开辟成市场。当时仅保留了明远楼、飞虹桥、明远楼东西少数号舍以及明、清碑刻 22 方作为古迹存在。而在"文革"之中,这些旧迹也被全毁。直至上世纪 80 年代,南京市府方在明远楼内辟出科举制度陈列馆——"江南贡院历史陈列馆",并按原比例复建了 40 间号舍,将原安放在贡院内的 22 方明清碑刻修复,集中陈列于明远楼东西两侧。[①] 但是,这已经不是中国历史上原汁原味的贡院,参观者也未必能从中领会到中国古代科举制文明的真谛。因此,南京贡院的被毁,无疑是中国古代文化精华的一个惨痛损失。而讲到南京贡院被毁时,又不能不提到的另一个问题是 2006 年初上海发生的拆毁嘉定孔庙事件。

上海嘉定孔庙又名"江南贡院","孔庙"为当地俗称。据我所知,原址系新中国成立后保存下来的江南地区唯一的中国古代科举制考场,其在古代江南地区贡院中的地位,仅次于南京贡院,甚至在经历了"文革"风雨之后,其原土木建筑结构也未曾遭到破坏。上世纪 90 年代我曾前往参观,在记忆中考场中间为一道长廊,长廊两侧为一间间由木栅栏隔阻的小屋,为考生的号舍(其形状有些像影视剧中出现的中国古代关押犯人的监狱),中间长廊当供巡考官监考之用。此外,在进入考场之前,尚需经过两道门,主要是供对入场考生的搜身之用,以免他们挟带考试作弊用具。鉴于科举考试制度与中国古代社会的繁荣,有着重要关系,对于今后中国的政治文明建设,也不能说是毫无借鉴意义,而西方学者公认,科举制度是世界文官制度的前身。因此,中国古代科举制考场的保存,对于后人从直观上了解与研究中国古代科举考试制度,有着重要的学术价值,这一考场的保存,不只是具有中国意义,同时也具有世界意义。但令人气愤的是,2006 年 6 月 10 日,当我赴嘉定孔庙再次参观科举制举考场遗址时,却发现原址在年初已被当时嘉定孔庙管委会以修建"中国科举制博物馆"的借口,彻底拆毁了。[②] 原

---

① 参《百度文库·夫子庙》词条。

② 2006 年春节间,我与家属前往参观嘉定孔庙,被告知正在装修,不对外开放,至 2006 年 6 月间,嘉定孔庙重新对外开放,因此可以断定嘉定孔庙中国古代科举制考场实际被拆毁的时间为 2006 年 1 月至 5 月间。

址在拆毁时,有上百块尚未及处理的前人刻碑,都堆放在大成殿后的石阶上,有的石牌具有明显的新近砸坏的痕迹(我未曾计数,但有现场拍摄的照片为证)。而在拆毁科举制考场遗址后,却又在大成殿后砌了一排状似鸽子笼的钢筋混凝土结构的小屋,有的小屋前置玻璃板代门,屋内则置仿真人比例的蜡像,以代考生。对于嘉定孔庙管委会这种拆毁中国古代科举制考场的做法,我当时十分震惊,特向上海主流媒体致函或致电披露嘉定孔庙中国古代科举制考场的被毁坏情况,希望媒体出面,对这种违法破坏国家文物的行径加以谴责。但令人遗憾的是,上海主流媒体对这种违法行为再一次保持了沉默。更令我费解的是:有关编辑听说我摄有科举制考场遗址被拆毁时未及处理的约上百块前人刻碑照片,特打电话到我家中,要求我把所摄照片寄到报社,结果是照片寄上后,既不发表,也不退还。报社编辑大概没有想到的是,我手中尚存有该照片的底片,可以随时翻印。我认为嘉定孔庙管委会之所以要拆毁中国古代科举制考场,完全是出自一种商业动机,因为在被拆毁的科举制考场原址上新建的"中国科举制博物馆",每张参观券要收人民币 20 元钱。我并不反对修建"中国科举制博物馆",也不反对对每位参观者收 20 元钱的门票。但是,修建中国科举制博物馆,却不应该以破坏具有世界级文物价值的中国科举制考场遗址作为前提条件。尤其令人可笑的是:在中国古代科举制考场遗址被拆毁之后,嘉定区政府负责人非但没有认真反省破坏国家文物的违法行径,反而在"嘉定区古建筑与民俗文化研究会"成立的会议上,大言不惭地说:"我们每个人包括领导干部都是历史长河中的匆匆过客,祖先遗存给我们的历史文化遗产必须保护好,不能在我们手里丢失。……一座城市如果没有文化气息,那是没有生命的,也是可悲的。"[1]展望未来,上海地区可供保护的有价值的国家级文物已经不多,小刀会起义旧址尚未被拆毁,玉佛寺与龙华寺旧址尚未被拆毁,但愿这些遗址别再在"改建"、"修复"的借口下被平毁。在此我也呼吁有关部门依法严惩破坏国家文化遗产的失职责任人,委派真正懂文物的人来管理国家文物,切实履行保护民族文化遗产的责任。至于已遭破坏的具有世界级意义的国家文物,有如上海嘉定孔庙中国古代科举制考场遗址,则建议按原样重修,因为其毁坏时间未久,原样尚存于人们的记忆之中,重新修建的难度当不会太高。

2015 年 12 月 3 日

---

① 见《新民晚报》2007 年 1 月 13 日报道:《区县领导重视文物保护》(赵春华文)。

夜游秦淮河（南京镇江纪行之二）

　　秦淮河景观是指以夫子庙为中心，以秦淮河为纽带，东起南京东水关淮青桥秦淮水亭，过文德桥、中华门城堡，一直延伸至西水关共 4.2 公里的内秦淮河地带，其中包括沿河两岸的街巷、民居，附近古迹如瞻园、夫子庙、白鹭洲、中华门等等，从桃叶渡至镇淮桥一带的秦淮水上游船以及沿河的楼阁灯景。由于六朝至明清时期，世家大族多比邻相聚于此，故有"六朝金粉"之地的称谓。而中国历史名人范蠡、周瑜、王导、谢安、李白、杜牧、吴敬梓等，都曾在此处留下过足迹。也正是因此，秦淮河被视作南京古文明的摇篮与文化渊源之地，有"中国第一历史文化名河"之誉。这其中特别值得一提的景观包括：

　　乌衣巷。旧址位于夫子庙西南数十米，原为东晋名相王导、谢安的宅院所在地。据宋代古籍《景定建康志》卷十六引《丹阳记》所述：该地原为三国吴乌衣营所在，因而得名。后人为纪念王导、谢安对于开拓建康（南京古地名）文明的贡献，在乌衣巷东曾建有来燕堂，悬挂王导、谢安画像以示景仰。唐代诗人刘禹锡过此地时，曾留下了脍炙人口的名诗：

> 朱雀桥边野草花，乌衣巷口夕阳斜；
>
> 旧时王谢堂前燕，飞入寻常百姓家。

　　夫子庙灯会。据说最早产生于南朝，在每年的春节至元宵节期间举行，盛况冠绝当时全国。这一传统后来保留下来了，至明初洪武帝朱元璋时加以提倡后，以至其顶巅，有所谓"秦淮灯火甲天下"的美誉。

　　秦淮河游船。游秦淮河的画舫（俗称"灯船"），约于明代始悬挂花灯，鳞次栉比，于春宵长夜中，在秦淮河两岸的灯火中穿行，歌妓唱夜，和之以两岸的金粉楼台，集秦淮夜市、古迹、园林、市街、民俗、民风于一体，构成梦幻奇景，使游客如醉如痴,有步入人间天堂之感。而明代,是"十里秦淮"的鼎盛时期,"秦淮八艳"的故事更是脍炙人口。

　　我是从吴敬梓《儒林外史》与朱自清有关散文中,了解到秦淮河桨声灯影、金粉楼台的夜景奇观的。但是身临秦淮河,却很难与上述书中的描绘联系起来。原因是秦淮河的历史景观,在"文革""破四旧"时,曾遭到过毁灭性的破坏,这些旧景观尽管自1984年以来已开始陆续复修,夫子庙灯会业已恢复,但秦淮河水质乌黑恶臭,与未经整治之前的上海苏州河水质完全一样。此后1997年,我赴南京参加"南京大屠杀国际学术研讨会",宿"状元楼酒家"宾馆,曾连续数晚,在秦淮河畔徜徉,此时两岸的灯火,尽管较1984年更为繁华,两岸也修建起了更多的仿古建筑,但水质依旧乌黑。当时明月当空,两岸灯火尽映河中,宛如仙境,有人在近水楼台的卡拉OK茶座上连歌数曲。我亦游兴大发,登上游船,以试图体验一下古文人夜游秦淮河时的心境。由于游船为机轮,船速稍快,河中黑水不时溅到脸上,颇感恶心。我问掌舵师傅:现在是否还有人还下秦淮河游泳?回答是:自1958年以后再也没有人下过水。看来秦淮河水质是在1958年"大跃进"中变坏的,而秦淮河景观要想重新恢复其历史上的荣光,不仅要恢复两岸的灯景与古建筑群,更重要的还是在于改善河水的水质。我当时正在为出版拙著《中华当代诗词风赋二百家》筹集资金犯愁,即景写有七绝一首,志此存念。

七绝　秦淮河品茶,感慨《中华当代诗词风赋二百家》出书之难(1997.8.15)

吴音巧转月轮侵,坐睹豪门散万金。

归梓家山愁纸笔,余程坎坷且沉吟。

2016年3月12日

玄武湖坐晚（南京镇江纪行之三）

1986年8月14日晚,买21时24分142次赴泰安火车票,欲攀泰山。但因天气炎热,突感身体不适,取消了行程,夜宿车站旅社加铺,2元一宿。由于盛暑高温,无法入眠,在火车站对面玄武湖边坐晚,听蟋蟀鸣。时明月当空,湖边荷花正浓,得句:"掇取湖心月,寄与相知人。"惜未能成诗。

玄武湖,位于紫金山西侧,占地面积约500公顷,古名桑泊,已有两千多年的历史。据历史文献所记,玄武湖历史上的水道原与长江相连,属因地块断层作用而形成的沼泽湿地,其湖面要比现今宽阔得多。

秦始皇统一六国后,曾经五次出巡,其中有两次过金陵(今南京)。前210年,秦始皇第五次出巡回归,过金陵时,陪同术士称:金陵有天子气。秦始皇听后不悦,命人开凿方山(当指今紫金山),使淮水贯金陵,以散王气,致使桑泊水道稍改。秦始皇同时将金陵更名为秣陵,将桑泊更名为秣陵湖。"秣",指草料,"秣陵",意即牧马山丘。

东汉建安末,诸葛亮出使江东见孙权,经秣陵湖水道,对南京地理位置做出了"钟山龙蟠,石城虎踞,此乃帝王之宅也"的著名评价。当时秣陵湖用作水军训练场所。由于南京为东吴国都所在,孙权为避祖父孙钟名讳,将秣陵湖更名为"蒋陵湖"。既然湖称蒋湖,钟山随即亦称"蒋山"。孙权又将蒋陵湖水引入宫苑后湖,因此该湖又有了"后湖"的别称,因"后湖"位于宫城之北,故又称"北湖"。

六朝时,后湖是当时帝王的游乐场所。据传刘宋元嘉二十五年(448年),湖中两现"黑龙",湖名始改称为"玄武"。玄武,系中国古代传说中的四大神兽之一,具体形象为龟蛇合体,象征着古人类对生殖的崇拜,属镇守北方之神。[①] 它

---

① 据华夏族神话传说,禹父"鲧"(字玄冥,亦称玄武),为灵龟形象,禹娶涂山氏为妻,而涂山氏以蛇图腾,此后玄武被道教奉为神明,始有龟蛇合体的说法。

与青龙(东方之神)、白虎(西方之神)、朱雀(南方之神)分别代表着东、西、南、北四大方位。[1] 由于玄武湖位南京北部,原有"北湖"之名,因此更北湖名为"玄武",实亦同义的引申。而何以湖现黑龙之后,方更名为"玄武"? 这是因为玄武又具有龙的形象,据有关考证:玄武乃玄蛇、龟武之化身,玄蛇身龙首凤翅蟒身,龟武乃龙首鳖背麒麟尾,二者系上古神兽腾蛇及赑屃的演变,也是北方民族龙图腾跟龟图腾的融合。[2] 刘宋元嘉初年,宋文帝曾对玄武湖进行了一次大规模的疏浚,挖出来的湖泥堆积在一起,形成了露出水面的 3 个小岛,分称为"蓬莱"、"方丈","瀛洲",合称为"三神山",这当是现今玄武湖中梁洲、环洲和樱洲的前身。

自隋唐以降,玄武湖曾经历了两次劫难,一次为隋文帝灭陈之后,下令将南京城夷平,玄武湖自然景观大遭破坏,以致大书法家颜真卿在任升州(今南京)刺史时,一度改玄武湖为"放生池"。另一次为北宋神宗在位时,王安石调任江宁府尹后,进行"废湖还田"的改造,导致玄武湖消失了 200 多年。但事实证明王安石急功近利的改革是不成功的,此后南京每逢暴雨,城区必被淹。直至元大德五年(1301 年)与至正三年(1343 年)间,又对玄武湖进行了两次疏浚活动,将湖中挖出的淤泥筑为五个"洲",玄武湖才重现生机。

此后至明初,朱元璋在南京建都,将城墙修建到玄武湖南岸与西岸一侧,使玄武湖成为南京城东北城墙外的护城河。又阻断玄武湖此前与长江相连的水道,使玄武湖的水面大大缩小,约仅及六朝时的三分之一,而成为南京的内湖。朱元璋又在玄武湖与主城区及覆舟山、鸡笼山之间立起屏障;在钟山和玄武湖接合部,修建太平门,在太平门外建"太平堤"(今龙蟠路之一段),并将玄武湖紧贴钟山西麓的一片湖面,隔为"中湖"。朱元璋的这些做法,彻底改变了自六朝以来,南京城区北部钟山与玄武湖山水相连的地理格局,使之分别成为山与水两个不同的自然景区。此后,朱元璋又于洪武十四年(1381 年),在玄武湖中洲(今梁洲)建黄册(户籍)库,作为明政府贮藏全国户口、赋役总册的库房禁地,不允许一般人进入玄武湖区。从此,玄武湖作为中央政府禁地,与外界隔绝了 260 余年。以致时人有诗相讽:

---

[1] 根据道教的说法,玄武亦称玄冥,龟蛇合体,为水神,居北海,龟长寿,玄冥亦象征长生不老,此外,玄冥居北方,故称北方之神;青龙、白虎掌四方,朱雀、玄武顺阴阳,而玄武又可通冥间问卜,有别于其他三灵,称"真武大帝"。

[2] 见康笑胤:《中国神话学考证》。

瀛洲咫尺与去齐，岛屿凌空望欲迷。

为贮版图人罕到，只余楼阁夕阳低。

　　入清，为了避康熙帝玄烨名讳，一度改称玄武湖为元武湖。时入近代，1840年以后，当时侵略中国的西方殖民者在上海黄浦江边修起了第一个向市民开放的近代"公园"，这种近代公益性的"园林"概念也影响了当时南京，晚清名臣左宗棠修筑了连通孤凄埂与梁洲的长堤，改变了游玄武湖"必自太平门出，令舟而行"的不方便状况。这一做法也使过去一直处于封闭状态的皇家园林——玄武湖开始向近代"公园"形态转变。1908 年（清光绪三十四年），时任两江总督兼南洋通商大臣的端方奉旨举办南洋劝业会，将玄武湖泊辟为"五洲公园"，正式对外开放。[①] 为方便中外来宾游览，又于靠近劝业会会场的城墙上开辟城门，工程未及完工，端方调走，张人骏接任，继续进行，工程完工后，命名为"丰润门"。[②] 此"丰润门"，即现今人们进出玄武湖公园必经的"玄武门"。

　　时至民国，成立了专门的公园管理局维护公园秩序。1936 年 2 月，日本驻华领事从东京购得 2500 株樱花，"赠送"给南京市政府。而南京市府则将这些象征着日本武士道精神的日本"国花"，大批量栽种于玄武湖区，并相应铲除象征着中华民族气节的梅花。而日本侵华期间，玄武湖成为日军的练兵场所，又于玄武门左侧筑起了堡垒，对进出公园的游人加以搜身检查。1942 年 11 月，日军在湖内翠洲举办"大东亚战争博览会"，宣扬二战"战果"，展出偷袭珍珠港、侵占缅甸的电动模型。

　　抗战胜利后，玄武湖重新成为市民公园，对游人免费开放，每逢节假日，游人常达数万人，且小汽车、吉普车、马车、人力车、自行车随意进入，游客不胜躲避之烦。[③] 1947 年 9 月，在市政府举行的参议会上，通过了董育华、吴凤鸣等人的提案："所有汽、马、人力各车一律不准出城（玄武湖属城外），以清湖上空气。"市政府又饬令园林管理处在湖畔以灰线划出停车范围，不允许车辆驶入公园，违章者，驻卫园警将予阻止，并报请园林管理处，给予处罚。玄武湖游园秩序，始得改善。这一政令的颁发，也使得中国的公园管理水准提升了一大步。

　　新中国成立后，于 1951 年开始浚湖工程，并于 1952 年起，分批分期迁出原

---

① 中国古代并非无公园，如南宋知名的绍兴沈园即其一，但这类公园就其性质而言，大多属对外开放的私家园林，其管理方式现今已不可考。

② 张人骏祖籍河北丰润，故名。

③ 见 1947 年 4 月 11 日《中央日报》"社会服务版"报道。

居玄武湖各洲的湖民 240 户。在此基础上,又结合浚湖弃土,拓宽翠虹堤,植以不同色泽的花木植被,公园更臻完美。但"文革"之中,玄武湖的自然景观与人文景观又遭严重破坏,仅十里长堤的观赏树种,据统计被连根拔除了有 3160 株之多。而这些树的被拔,显然是因为其中的不少属当年日本驻华领事"赠送"给南京市府的樱花。树本无罪,但是当其被赋予政治含义时,便免不了同受株连。时至十一届三中全会之后,玄武湖被破坏的自然与人文景观方得以陆续修复。

玄武湖除水景外,人文景观均分布于环洲、樱洲、菱洲、梁洲、翠洲等五洲之上,现洲洲有堤桥相通。参有关数据,其中环洲总面积 12.77 公顷,主要古迹有东晋郭璞衣冠冢。郭璞在中国历史上以忠于国家、不畏王敦叛逆强权而知名,是一位值得后人纪念的士大夫。

由环洲向北过芳桥就是梁洲,梁洲又名老洲、美洲,面积 8.81 公顷。洲上主要古迹有梁代昭明太子编《文选》时的读书处——梁园遗址,遗址处尚留存古井一口,据《后湖志》所载:"此井自古有之"。明代淘挖该井时,发现一把六朝铜钩,又名铜钩井。此洲亦为明代黄册库遗址——"梁洲古湖神庙"所在地。洲上另有"闻鸡亭",据传南朝时齐武帝萧赜喜猎,常深夜出宫,赴琅琊山(当即今紫金山)猎兽,兴尽才归,走到玄武湖时,天刚破晓,传鸡啼声,因此建亭。洲上尚有阅兵台,传为刘宋大明五年(461 年)宋孝武帝刘骏检阅水师的场所。

樱洲在环洲环抱之中,属四面临水的洲中之洲,总面积 6.59 公顷。因昔日洲上多樱桃树,而得名。洲上所产樱桃,属"金陵五大名果"之一,清康熙、乾隆年间直送京城的贡品。据传此洲为南唐亡国之初后主李煜的被囚之处。

翠洲位于玄武湖东,从梁洲向东,过翠桥即到翠洲,面积共 6.59 公顷。洲上多绿化,有"翠洲云树"的景观。

菱洲,旧称麟洲,由环洲向东,过菱桥可达,处于玄武湖中心位置,与翠洲南北遥对,总面积为 10.42 公顷,因近洲水面过去多产菱角而得名。菱洲东濒钟山,可望钟山云霞,因此其景观旧称"菱洲山岚"。由菱洲向南,经台菱堤即可从解放门出玄武湖。

我与玄武湖公园颇有缘分,除当夜在湖边坐晚之外,尚有两次专门的游园经历。第一次为 1966 年坐火车大串联时,当时由玄武门步入湖区,留给我最深刻的印象是:在斑斑驳驳的古城墙砖缝中,长满了杂树,一种历史沧桑感油然上心。第二次为 1996 年 11 月游南京期间,挤出专时步玄武湖公园畅游五洲,记得公园的各角,都开着各色菊花;又坐游船饱览湖上风光,深感秋季玄武湖水天的辽阔。与初游玄武湖观感不同的是:但见公园的古城墙已修缮一新,原墙砖中生长的杂树均已被拔除，而我宁愿看到的是第一种景象。而回想起 1966 年的游园，我尚是未走上工作岗位的意气风发的学子，而重临时，却已是年近半百，深感人生易老。

唐李白当年过玄武湖时，曾留有咏史诗一首：

> 地拥金陵势，城回大江流。
>
> 当时百万户，夹道起高楼。
>
> 亡国生春草，离宫没古丘。
>
> 空余后湖月，波上对江州。

我非诗仙李白，自然写不出能够供人千古传诵的佳作，但曾数度游南京，积历次心得，亦曾填过一首咏史词，仅志此留念：

六州歌头·金陵怀古 (1996.11.15)

石头城上，慨六代烟消。思当日，秦淮畔，玉楼雕，画舫摇。歌舞清平乐，龙眉烩，瑶宫液，莺声转，香风远，倩娃娇。沟阔长河，壁垒钟山矗，王气堪豪。理国玄言策，何必问弓刀。寇虏如潮，始奔逃。　叹殷鉴在，无人解，新亭泪，竟无扰。看公宴，争杯酒，斗纤腰，轿车嚣。昨遇停薪女，疴待治，子还糕。惊探问，企业倒，自煎熬。忆少岁读马列，信共产，终济苦劳。笑多情枉作，空秉书生操，民苦难昭。

2016 年 3 月 18 日

上栖霞山（南京镇江纪行之四）

1986年8月15日,星期五,晴。

晨5时45分起床,在玄武湖边晨练,早餐毕,前往鼓楼坐公交车往栖霞山。

栖霞山位于南京市东北太平门外22公里处,海拔286米。因山中盛产各类中草药材,食之可以摄身,古称摄山。山有三峰,主峰名三茅宫又称凤翔峰,峰的西侧长有成片枫林,称"枫岭",每到深秋,枫叶似火,满山红遍,吸引游人如织,"栖霞山"因此得名。山的东峰形状如龙,称龙山;西峰形状似虎,称虎山。

栖霞山的著名景区原有明镜湖,相传为是清乾隆年间拦桃花涧水而筑,湖心有亭,设石桥与岸边相连,称"彩虹明镜"。"彩虹"指桥,"明镜"指水。惜1981年明镜湖湖床发生塌陷,桥断亭倒,我身临时无法目睹奇观。①

栖霞山最为著名的景观是以"栖霞寺"与"千佛岩"为代表的宗教文化。

栖霞寺位于明镜湖旧址的东侧,中峰西麓,三面环山,北临长江。根据文献资料所记,栖霞寺始创于中国南北朝时期南齐永明七年(489年),初名"栖霞精舍",居住者为南齐平原居士明僧绍(字承烈),自号"栖霞"。此后有黄龙人释法度游学于此,与明僧绍讲《无量寿经》,僧绍甚为敬服,待之以师友,并舍住宅为寺,释法度因此被尊为栖霞寺的开山祖师。南齐永元二年(500年),法度卒于山中,享年64岁。②

法度死后,有弟子梁僧朗代掌师门。僧朗,辽东人,可凭借《华严经》阐述"三论宗"教义,因此被视作江南三论宗初祖。其后又有弟子僧诠、法朗能相继弘扬师学,因此栖霞寺被视作三论宗祖庭。③

---

① 此景观后于1991年修复,但我亦无缘再临。
② 参《高僧传》。
③ 参《高僧传》、《栖霞寺志》卷一。

随着三论宗的发展,栖霞寺对中国佛学艺术作出了一项重要贡献,即构筑了栖霞山千佛岩石雕。这一工作始自明僧绍。[①] 僧绍死,这一工作由其次子明元琳(字仲璋,一作仲纬,时任临沂令)会同法度禅师继续进行,于南齐永明二年(484年),在西峰石壁造无量寿佛与二菩萨像,"无量寿佛,坐身高三丈二尺五寸,……菩萨倚高三丈三尺。"此为栖霞山无量殿(又称大佛阁、三圣殿)之起源。

此后,又有齐文惠太子(名长懋,齐武帝之长子),会同豫章文献王、竟陵文宣王、始安王、宋太宰、江夏王霍姬、雍州刺史田奂以及梁太尉临川靖惠王等,"各舍泉贝,琢磨巨石,影拟法身",陆续雕造大小诸佛像于千佛岩,这一工作约于梁大同二年(536年)完成,这也就是后人所能看到的栖霞山千佛岩佛雕遗址全貌。[②] 此时的栖霞寺名扬一时,与江南鸡鸣寺、江北定山寺并列为当时中国的三大寺庙。

入隋,对于栖霞寺的重要兴建是于寺东造舍利塔。关于舍利塔兴建的起因据传说是:隋文帝杨坚初生之时,啼哭不已,有神尼智仙自愿抚养杨坚13年。而杨坚与智仙似有前缘,一见智仙,便停止了啼哭。及隋将兴之际,智仙特赠文帝"舍利一裹",以助文帝得天下。关于智仙其人,据传系河东蒲坂刘氏女,法名智仙,能预言吉凶祸福。因此隋文帝得天下后,为报答神尼的养母之恩,特于仁寿元年(601年)下诏,在全国八十三州造舍利塔,塔内均置神尼像,而在蒋州栖霞寺所建的舍利塔,则为全国第一塔。此举大大提高了栖霞寺在全国丛林中的地位,使之实际取得了皇家寺院的地位。

至唐,栖霞寺更名为功德寺,进一步扩建,规模宏大,继续巩固着其皇家寺院的地位,与山东长清灵岩寺、湖北荆州玉泉寺、浙江天台国清寺,并列为天下"四大丛林"。为纪念山寺的奠基人明僧绍,唐高宗李治特于寺左立《明徵君碑》,碑文由唐高宗亲撰,由书法家高正臣书写,碑阴"栖霞"二字,传出自高宗御笔。此碑系江南著名古碑之一。后鉴真和尚第五次东渡日本未成,归途亦曾驻锡于栖霞寺。

此后至唐武宗会昌五年(845年)毁佛,栖霞寺同时被废,进入其衰败期。五代时,南唐主李璟重修栖霞寺,更名为妙因寺。[③] 入宋,哲宗时高太后崩,哲宗亲政,更寺名为景德栖霞寺。至宋高宗南渡,金兵陷建康,山寺再度被毁。明太祖

---

① 传刘宋明帝间,明僧绍隐居栖霞山,夜梦山岩间有如来放光,于是发愿造窟。

② 传佛像雕成后,佛龛顶上放出光彩,于是,齐、梁贵族仕子,风闻而动,各依山岩高下,在石壁上凿雕佛像。——见《栖霞寺碑》。

③ 一说唐宣宗大中五年(851年),重建栖霞寺,敕改上名。

朱元璋于洪武二十五年（1392年）重建山寺，赐额"栖霞寺"，这一名称一直沿用至今。

至清代，乾隆皇帝五次南巡，均设行宫于栖霞寺。为迎合乾隆帝下江南的需要，当时江苏省地方官拨出巨款扩建山寺，据记载："拨币增建法幢，达二千余间，有春雨山房、太古堂、武夷一曲、精庐、话山亭、有凌云意、白下卷阿、夕佳楼，石梁精舍等胜迹，殿阁宏丽，冠绝东南。"①这一时期，栖霞寺重新恢复了其皇家寺院的盛况。

但是好景不长，太平天国反清时期，南京地区是主战场，咸丰五年（1855年），清军向荣部与太平军鏖战于栖霞山一带，古寺全毁。时至民国八年（1919年），有镇江金山江天寺僧宗仰上人（俗名黄中央，号乌目山僧）至九华山朝拜，途经栖霞山，深感栖霞寺的残败，在僧人法意的邀请下，决心复修栖霞寺。此后其在弟子明常、方廉、寂然、仰山等僧众的支持下，筹款于海内外，用了不到20年的时间，终于修复寺院旧观，重现深秋游人如鲫的盛况。但此后，栖霞寺不再是江南三论宗的道场，而是改作镇江金山江天寺的分道场。作为栖霞寺的余脉是：至民国三十六年（1947年），又有明常上人于香港全湾石围角建栖霞分院（今名鹿野苑），光大佛教大乘之学。

至抗战时期，侵华日军日进行南京大屠杀，有明常法师（俗名陶明祥，1898—1970年）与寂然法师在栖霞寺设难民所，收容难民三万余人，耗粮百万斤。这是爱国僧人在中国抗战史中写下的光辉一页。

新中国成立后，注意对山寺的保护工作，1963年，中日两国佛教界人士曾在栖霞寺共同举行纪念鉴真和尚圆寂1200周年活动，日本佛教界并赠鉴真和尚雕像于山寺。然而时至"文革"（1966年），栖霞寺又遭毁灭性破坏，佛像被砸，寺僧被驱散，千佛岩佛雕尽被铲除头颅。万幸的是，当时殿堂驻有部队，未受摧残，鉴真像亦得无恙。

"文革"之后，1983年4月，栖霞寺被毁建筑得以陆续恢复，并被确定为汉族地区佛教全国重点寺院，同年创建中国佛学院栖霞山分院。寺院住持为真慈法师（俗名许耀东，1928—　），江苏仪征人，16岁出家，被逐期间，1966年至1979年，先后在南京红卫林场、自力加工社劳动，1979年落实宗教政策后，赴栖霞寺主持寺务。目前栖霞寺占地面积40余亩，拥有山门、弥勒佛殿、毗卢宝殿、法堂、

---

① 见《栖霞寺志》卷一：《栖霞寺历史变革》，http://www.njqixiasi.com/NewContent.aspx? ID=476。

念佛堂、藏经楼、鉴真纪念堂、舍利石塔等佛教建筑,另有历代文人留下的摩崖石刻及碑刻等百余处,属南京地区的最大佛寺。

以上所述,为仙霞寺简史。而讲到栖霞寺,不能不涉及"三论宗"问题,因为历史上栖霞寺一直被视作三论宗祖庭。

三论宗因以印度僧人龙树的《中论》、《十二门论》和提婆的《百论》为本派经典而得名,其在中国发端,本于西域僧人鸠摩罗什(Kumārajīva,344—413年)译出上举"三论"之后。根据有关资料:鸠摩罗什天资超凡,半岁会说话,三岁能认字,五岁开始博览群书,七岁时跟母亲一同出家,曾游学天竺诸国,精通汉、梵两种文字,一生中译经无数,与玄奘、不空、真谛并称中国佛教四大译经家,且列名首位。鸠摩罗什的学说重在阐述"三论"经义,后被弟子僧睿、僧肇、僧导、僧嵩等传授,其中尤以僧肇为知名,因此其学又被称为"什肇之学"。该学最初流行于中国北方,后得僧朗驻锡栖霞寺着力传授,始流入南方,并有"三论宗"名,僧朗并被视作江南三论宗初祖,栖霞寺被视作三论宗祖庭。此学后经梁武帝推荐,在江南世代有僧人传承。至隋代,有僧吉藏(嘉祥大师)居越州(今浙江绍兴)嘉祥寺说法,听众踊跃,又赴长安日严寺,完成"三论"注疏(含《中论疏》、《十二门疏》、《三论玄义》、《大乘玄义》、《二谛义》等),三论宗遂成中国佛教大宗。三论宗最重要的论点包括:

缘起说。即认为宇间万物,均因缘和合的产物,离开其众多组合因素,无独立不变的实体。此即无自性,同性空,而缘起事物的存在,就是性空,不是除去缘起的事物而后说空。此即诸法性空的"中道实相论",也是三论宗的核心理论。由此理论出发,三论宗亦称"法性宗"。

真俗二谛说。也叫第一义谛和世俗谛。即真谛为空,俗谛为有,为著(持)空者依俗谛说有,为著(持)有者依真谛明(说)空。一说二谛只是为教化众生而假设的言教,以使受教者明白:说空不住空,是为显示不是自性实有;说有不住有,是为说明不是断灭的空无。

八不中道说。即认为有四对矛盾,相互依存,在认识上不可偏执一端,而三论宗持其中,是称"中论"。所谓:"不生亦不灭,不常亦不断,不一亦不异,不来亦不出。"①众生须离此八偏,以悟入空有不二的中道。

人皆可成佛说。由"中道实相"的理论出发,认为说诸法寂灭无生,本来清净,无众生可度,亦无佛道可成。但就世谛假名门,说有迷有悟,有佛有众生。一

————————

① 见《中论》卷首。

切众生本来是佛,只因迷故,为无明妄想所蒙蔽,虚妄分别无我谓有我,执外境为实有,所以成为众生而流转生死,若能彻悟诸法空寂,顿歇无明烦恼,除去颠倒妄想,而本有的法身佛性自然显现,即可成佛。成佛与否,关键在于迷与悟。

三论宗理论在唐代曾盛极一时,并于唐高祖武德八年(625 年)被高丽僧慧灌传入日本。历史上的栖霞寺也因此而成为中日两国间文化交流的桥梁。

我是当天上午 9 时抵栖霞寺的,"文革"中的破坏痕迹尚随处可见。进入寺内,寺的正殿称"毗卢宝殿",甚显空荡,侧殿有和尚在出售字画。有趣的是一个年轻僧人边听半导体,边在读经,显示了当代科技之风已吹入寺中。据说毗卢宝殿与大雄宝殿,实为一体异名,而中国佛寺的称名,有很多的讲究。就一般而言,佛有三身,分称为:报身佛(又译"大雄如来"、"化身佛");法身佛(又译"大日如来");应身佛(又译"释迦牟尼佛")。其中:

法身佛,音译又作"毗卢佛"或"摩诃毗卢遮那佛",指佛最本质、最圆满的智慧,是无相可言的,佛之法身,亦即宇宙的人格化,一切佛的智慧和宇宙本身平等不二,所以一切佛的法身,根本无分别。

报身佛,音译又作"卢舍那佛",指证得绝对真理、获得佛果而显示佛智的佛身,"卢舍那"意即智慧广大、光明普照。一说"卢舍那"这个名字其实就是法身佛"毗卢遮那"(汉译:大日如来)的简称,释迦牟尼佛在立名时,把他的报身和法身立在同一个名中,表示法、报不二。

应身佛(又作"应化身佛"),音译作"释迦牟尼佛",又译"娑婆世界佛",即凡人所见的佛之化身,并无固定形象,属佛为了救度一切众生,随三界六道之不同状况和需要,而变现之身,释迦牟尼佛即应身佛,又称"应化身佛"或分称为"应身佛"与"化身佛"。按分称之说,则佛显像为四身(法身、报身、应身与化身)而非是三身。《佛光大辞典》解"应身佛"称:"指八相成道之佛,此佛身具足三十二相、八十种好、项背圆光、随机化现,忽有忽无。"由此可见应身佛的法相尚不止"应身"与"化身"两种形象。

而在佛殿之中,凡称"毗卢宝殿",供奉佛祖三身,中间为毗卢遮那佛(法身佛)、左为卢舍那佛(报身佛)、右为释迦牟尼佛(应身佛)者,这样的寺庙一般属天台宗。而在大殿中尊奉,中为释迦牟尼佛(娑婆世界佛)、左为药师佛(东方净琉璃世界佛),右为阿弥陀佛(西方极乐世界佛),这样的寺庙,一般属禅宗寺院。如果中间供奉释迦牟尼佛、左为文殊菩萨、右为普贤菩萨,这样的寺庙一般属华严宗。而属净土宗的寺庙,一般供奉阿弥陀佛、观世音菩萨和大势至菩萨。至于在佛寺正殿两侧普遍供奉的罗汉像,在宋代以前是十六罗汉,而元代以后供奉的则多为十八罗汉(新增降龙、伏虎二罗汉),其原因笔者在游苏州紫金庵文中另有考证,此处略过。

出毗卢宝殿,顺山道上行,前有藏宝楼,我的理解,此楼即一般寺院中的普遍设立的藏经楼。只因在"文革"之中寺藏经卷被毁,是以称"藏宝楼"。上得藏宝楼,见橱柜中所陈,多佛教文物,有僧人在介绍南齐高帝时,释僧朗与释增诠在栖霞寺创立三论宗的历史往事。

出藏宝楼,楼后即隋代所建之舍利塔。但见舍利塔七级八面,用白石砌就,高约 15 米。座基之八面,刻有释迦牟尼佛的"八相成道图",即含白象投胎、树下诞生、九龙浴太子、[①]出游西门、窬城苦修,沐浴坐解、成道、降魔与涅槃等 8 张图面,象征着佛祖的毕生业迹。

过舍利塔,沿山道朝东再上为千佛岩,沿山道两侧,布满古人雕凿的无数大小石佛像。但是在"文革"之中,这些佛像大多被砸除首级,不知以后尚能否修复?但即便是能够修复,也只能说是真身假首的佛像了。看着这些被铲除头部的佛像,我心头顿时涌起一阵莫名的悲哀。"文革"的起因,原本仅是党内两种不同政见的争论,但是它却要以毁灭整个中华民族在数千年历史长河中积累起来的传统文化作为代价,这不能不说是人类文化史上的悲剧。据有关统计数据:千佛岩共有佛龛 294 个,佛像 515 尊。大部分佛龛中有一尊主佛,两旁是其弟子或菩萨,其中最大的一尊是无量寿佛,连底座高达 11 米。佛像有坐有立,姿态各异,造型精美。[②] 而这些佛雕均为南北朝时期南朝齐梁文化的产物,[③]它们距今已有 1500 余年,是中华民族宝贵的艺术遗产,其历史之长,要超过现今欧洲主要国家的全部国祚相加,由此亦可见"文革"之中借"破四旧"之名,砸毁这些佛像的罪恶之大。

中午 10 时 30 分,抵栖霞山顶峰三茅宫,但见山峙江边,长江如玉带,绕山崖而行,江帆不断,万里江天尽收眼底,影色甚显壮观。10 时 45 分下三茅宫,11

---

① 据佛教传说,释迦牟尼从摩耶夫人的肋下降生时,一手指天,一手指地,说"天上天下,惟我独尊"。于是大地震动,九龙为之吐水沐浴。于是各国佛教徒通常以浴佛方式,纪念佛的诞辰。此节日称"浴佛节",每年农历四月初八举行,亦名"佛诞节"。

② 千佛岩三圣殿左有"石公佛",造型为石匠持锤。据传石匠在雕凿最后一尊佛像时,锤轻石不动,锤重则石块崩裂,眼看期限已到,匠首为免众工遭杀身之祸,舍身跳入石龛内,顿化作一尊一手举锤、一手拿錾的"石公佛"。

③ 一说南朝造像有二百九十四座佛龛,佛像五百一十五尊。以后唐宋元明各代均续有开凿,共计佛像七百尊。——见《栖霞寺碑》。

时,步抵"话山亭",少歇,沿大路下山。话山亭为深秋攀栖霞山赏枫的最佳景点。11 时 30 分抵山脚,坐山东邹县发往南京的过路长途汽车返南京。

2016 年 3 月 29 日

谒中山陵（南京镇江纪行之五）

1986年8月15日，星期五，晴。上午攀赴栖霞山，下午2时返南京夫子庙午餐，适值夫子庙开放，入内参观，发现正殿中在举办"南京体育之光"展览，十分扫兴，两侧有新修建之古今人物碑刻，亦无心浏览，便搭车前往中山陵谒陵，下午3时40分抵。

中山陵位于紫金山南麓，是中国近代民主革命先行者孙中山先生的陵寝。陵依山而建，十分陡峭，海拔高度约在170米。由于是垂直石阶通道，青年人从山脚攀至山顶，要付出很多体力。

顺着山阶缓步上陵，位于山脚的墓道南端入口处有石牌坊一座，高11米，宽17.3米。[①] 由于牌坊上镌有孙中山先生手书的"博爱"二字，因此称"博爱坊"。

由博爱坊再上为陵门，陵门两侧有一对汉白玉石狮，气势威武，中间为陵门，高16.5米，宽24米，门匾上有孙中山先生手书的"天下为公"四字，使人不觉肃然起敬。据说"天下为公"是孙中山一生中题写最多的字款。

由陵门再上为碑亭，碑高17米，宽12.2米，由巨大的花岗岩石料琢就，碑上所书为"中国国民党葬总理孙先生于此，中华民国十八年六月一日。"字用颜体，刚劲有力。据说书碑者为国民党元老谭延闿。

由碑亭再上为祭堂。祭堂为中山陵主体建筑，已处于山顶的平台位置。堂前东西两侧，矗立着一对高大的花岗石华表，华表高12.6米。祭堂长28米，宽22.5米，高26米，[②]外部用花岗石砌成。祭堂有三座拱门，门匾上分刻着"民族"、"民生"、"民权"字样，由国民党元老张静江手书，中门上嵌有孙中山手书的"天地正气"四个鎏金大字。祭堂中央供奉孙中山白色大理石坐像，高4.6米，底

---

① 数据参《百度词条·中山陵》，下同。
② 数据参《百度词条·中山陵》，下同。

座镌有六幅浮雕,代表着孙中山平生所从事的革命活动。祭堂东西护壁大理石上则刻有孙中山手书的遗著《国民政府建国大纲》与胡汉民书写的《总理遗嘱》,穹顶上绘有巨幅国民党党徽。

祭堂后为墓室,有墓门二重,前门上镌有孙中山手书的"浩气长存"横额。后门上镌有"孙中山之墓"石刻。进门为圆形墓室,直径 18 米,高 11 米,中央是长形墓穴,上面是孙中山汉白玉卧像,下面安葬着孙中山的遗体。据介绍墓穴深 5 米,外用钢筋混凝土密封。

另据有关介绍文字:从山脚博爱坊走到山顶祭堂,共有石阶 392 级,要穿越十层平台,象征着当时全中国的 3 亿 9200 万人口。而从山腰的碑亭走到山顶祭堂,共有石阶 339 级,象征着当时国民党参、众二院有议员 339 人,将中山先生的精神发扬光大;其中的 9,寓意着九州大同。而其中的 290 级石阶,又分为 8 段,连接着八个平台,象征着三民主义与五权宪法。石阶是中山陵建筑的中轴线,它把牌坊、陵门、碑亭、祭堂有机地连在一起,形成整体上的"警钟形"。台阶全部用由苏州金山运来的花岗石砌就。由山顶下望,只见平台,不见台阶;而由山下向上仰视,则只见台阶,不见平台。这种陵园设计的布局,显示了设计者的匠心独具。当然我作为普通游客,并不能在匆匆一游中领悟到陵园设计的深刻寓意。谒陵给我留下的最深刻印象,是下层的"天下为公"陵门、中层的碑亭以及上层的祭堂设计,使我领悟到中山陵建设的庄严与肃穆气氛。

参文献记载,陵区的选址,缘自孙中山本人的心愿。早于民国元年(1912年)3 月 10 日,孙中山在辞去临时大总统职务之后,曾与胡汉民等人到紫金山打猎,当他看到陵址所在地理位置后,曾笑对左右说:"待我他日辞世后,愿向国民乞此一抔土,以安置躯壳尔。"①1925 年 3 月 12 日上午 9 时 30 分,孙中山因患胆囊癌,在北平铁狮子胡同行辕辞世。逝世前一天,孙提出要效仿苏联保存列宁遗体的做法,以让民众能够瞻仰遗容。又对宋庆龄、汪精卫等人说:"吾死之后,可葬于南京紫金山麓,因南京为临时政府成立之地,所以不可忘辛亥革命也。"

但事与愿违的是:孙中山逝世时,苏联所赠送的玻璃钢棺材尚来不及运到,遗体只能在北平协和医院经简单防腐处理后,暂停棺于香山碧云寺内等候。但可惜当时的防腐技术甚差,在苏联所赠的玻璃钢棺材于 1925 年 3 月 30 日运抵北平之前,孙中山的遗体已开始腐败,只能暂土葬入殓于北京香山碧云寺,以待

---

① 见《走过民国篇·中山陵——国父陵寝》(2013 年 2 月 7 日),http://page. renren. com/601601781/note/894763414? op＝next&curTime＝1360210039000。

在南京的正式陵寝建成后再移葬,而苏联晚送至的玻璃钢棺材则只能置于陵墓之上,供游人参观了。此棺迄今仍停留于北京香山碧云寺中。

本孙中山归葬南京的遗愿,当时驻北平的国民党中央执行委员具体筹办安葬事宜,并委托宋庆龄、孙科(孙中山子)等人于1925年4月21日晨,专程赴南京紫金山选择坟址,最后确定的坟址为紫金山中茅山南坡的平坦处,附近东北的一段平坡为原紫金山小茅山万福寺的所在地。

与中山陵选址同时,国民党葬事筹备委员会悬奖征求陵墓设计图案的工作也在积极进行之中,确定的奖金总额为5000元。从1925年5月2日起截至当年9月15日,共收到应征图案四十余份,经聘请专家评选,最终确定设计稿大奖由青年建筑工程师吕彦直摘得。根据吕彦直设计图案,整个陵区平面呈警钟形,寓"唤起民众"意。此外,陵区在剔除古代帝王陵墓神道石刻的基础上,保留了"牌坊"、"陵门"、"碑亭"、"祭堂"、"墓室"等中国古代建筑风格,墓室设在祭堂之后,又与祭堂相通,人可由祭堂进入墓室瞻仰。同时,吕氏图案又吸收了西方建筑风格,如灵堂设重檐歇山式、四角堡垒式方屋,使整个建筑显得坚固、朴实。由于吕氏设计图案融汇了中国古代建筑与西方建筑风格的精华,符合孙中山"中西合璧"的精神气质,因此受到了人们的一致好评,被誉为"中国近代建筑史上第一陵"。吕彦直也因此被聘为中山陵的总建筑师。不幸的是,吕彦直在主持建造中山陵时积劳成疾,因患肝癌,于1929年3月18日不幸逝世,享年仅36岁,当时中山陵的主体工程尚未完成,其后续工作由建筑师李锦沛、黄檀甫等人按照吕彦直生前设计的图案,继续完成。

中山陵全部建筑工程于1926年春动工,1931年完工,具体分作3期:

一期工程即主体工程,由"巨海姚新记营造"(姚锡舟)承建,于民国十六年(1927年)1月15日动工,至民国十七年(1928年)春竣工,包括陵墓、祭堂、平台、石阶、围墙、石坡等,实际建筑费用约34万两白银,其中包括承建商个人亏损的14万两银子。承建人姚锡舟本人表示:他承建该工程不是为了图利,而是"抱一名誉观念、义务、决心"。[①]

二期工程由"新金记康号"承包商负责,动工时间为民国十八年(1929年)11月24日至1929年春之间,实际使用经费不详。二期工程完工后,举行了盛大的迎接孙中山先生灵榇安葬仪式。

民国十九年(1930年)4月23日,国民政府以何应钦为"总理奉安迎柩总指

---

① 数据见《南京民国建筑·中山陵》,南京出版社2001年版。

挥",率"迎榇宣传列车"从南京浦口出发,前往北平迎接孙中山灵柩,途经滁州、蚌埠、徐州、兖州、泰安、济南、德州、沧州、天津等地,均作停留宣传。5月21日下午6时,迎榇车抵北平,5月28日,将孙先生遗体从北平运往南京,置从美国定制的紫铜棺内,在进行了三天公祭后,于当年6月1日举行了隆重的奉安大典,送殡队伍长达五六里路,沿途瞻仰群众约五十余万人,迎榇大道上共搭起松柏总牌楼、青白布牌楼以及救护棚等51座。当日上午9时20分,灵车开往中山陵灵舆前,由孙先生夫人宋庆龄率孙科夫妇、戴恩赛夫妇等将墓门关闭,奉安大典遂告完成。孙中山葬身铜棺现安置孙中山墓室卧像下深5米处。

孙中山遗体安葬后,民国十九年(1930年)7月至民国二十一年(1932年)年底,又进行了中山陵第三期工程建设,工程由"上海陶馥记营造厂"承包,动用经费41.97万两白银。完成的建筑包括:牌坊、陵门、碑亭、卫士室、大围墙等,至此,除纪念性建筑外,中山陵主体工程全部完工。

最终建成的中山陵,建筑总面积8万余平方米,坐北朝南,前临平川,背负青山,东为灵谷寺,西为明孝陵,由空中下望,似一平卧于绿毯上的"自由钟"。此外,尚有两侧辅助建筑音乐台、光华亭、流徽榭、仰止亭、藏经楼、行健亭、永丰社、永慕庐、中山书院等,与主体建筑相联,将整个陵区衬托得庄严、宏伟。此外,为了表彰吕彦直为设计中山陵所作出的贡献,1930年5月28日,总理陵园管理委员会通过决议,在祭堂西南角奠基室内为吕彦直建纪念碑,碑石为捷克雕刻家高琪雕刻的吕彦直半身像,碑石下部则刻着国民党元老于右任所书写的碑文:"总理陵墓建筑师吕彦直监理陵工积劳病故,总理陵园管理委员会于十九年五月二十八日议决,立石纪念。"

从今天角度来看,中山陵的修建,比照的是中国古代帝王陵墓的建筑规格,连同奉安大典的举行,相对于国弱民贫的民国时期来说,耗费的是当时国家的巨资。产生这一先象的原因,除本于孙中山的个人心愿,即安葬于紫金山并保留遗体供后人瞻仰之外,也与民国政府当时不顾国家财力,大肆建造孙陵有关。因此对于耗巨资修筑中山陵,当时国民党内即有强烈反对声音,如冯玉祥将军有诗《过中山墓口占》:

北有颐和园,南建中山墓。
气象何崇闳,縻款亦无数。
中山本伟大,徒惹世俗诟。
可怜国民血,嗟嗟院会部!

我同意冯玉祥的意见。因为人"死去原知万物空",筑陵与保存遗体,对死者原无实际意义,作为中国民主革命先行者的孙中山先生来说,应能明白这一道理。如同为当时国民革命领袖的黄兴(1874—1916 年)死前留下的遗言是:"吾死汝勿泣,须留此一副眼泪为其他苍生哭,则吾有子矣。"对于身后事未置一词。而中国民主革命的另一位先行者蔡锷(1882—1916 年)将军临终留下的遗言是:"锷以短命,未能尽力为民国,应为薄葬。"

但是中山陵既已造起,就成为国家宝贵的物质遗产与旅游财富,应该很好地保护。如据有关统计,中山陵自建陵以来,每年来此游客多达数百万众,仅 1946 年 10 月 10 日还都后的第一个"双十节",前来谒陵人数就超过了 10 万之众,以致灵堂处花盆被踏破 10 余只,守陵士兵因游人过多,不得已将陵门关闭,而拥挤人群竟然将铁门钥匙折断,灵堂与碑亭中的金字也有多处被擦脱金箔。这一情况充分说明中山陵建成后的文化价值及妥善保护的必要性。

当然相比较而言,由于中山陵凝聚着台海两岸的共同记忆,因此其保护状况,要较"文革"中一些惨遭破坏的文物古迹的命运要好得多。其概况为:抗战时期,中山陵尽管被侵华日军占领,但日本侵略者为笼络人心,未对陵区加以大肆破坏,仅陵区周边地带遭受到炮火影响。蒋介石政府在大陆失败前夕,一度想迁陵台湾,但因爆破墓穴会损坏孙中山遗体而作罢。1949 年 4 月 24 日凌晨,中国人民解放军解放南京,当时驻守南京的国民党军队均已撤退,唯独守卫孙中山陵寝的卫队未曾撤离。入城解放军领导在得知这一情况后,认为应将中山陵守陵卫队与参加内战的国民党军队加以区别,于是解放军二野 105 师派某团政委刘志诚入陵,与中山陵国民党军拱卫处负责人范良谈判,双方达成协议,即由人民解放军分驻中山陵与明孝陵、灵谷寺、紫金山天文台,而原国民党军拱卫大队接受解放军的改编,继续担任守陵工作。至此,中山陵开始由新中国政府掌管。当刘志诚得知中山陵原拱卫大队的菜金已无法维持,且缺少粮食,立即与上级联系,帮助他们解决了生活困难。而当时已入城的第三野战军司令员陈毅得知中山陵已由解放军部队掌管后,亲笔书写了一条"保护中山陵"的手令,用镜框装起,送中山陵,置陵堂中。1950 年刘伯承任南京市长时,又特地从云南运来 2 万株杉树和梧桐树,植陵园周边。上述措施,使中山陵在新中国成立之初,得到了良好的保护。此后,1960 年 12 月 21 日周恩来总理陪同柬埔寨贵宾晋谒中山陵,发现中山陵的森林覆盖大量被伐,便下令中止这一活动,次日将采伐工人全部撤出。时至"文革"之中,"破四旧"的红卫兵将博爱坊匾额上的"博爱"两字、墓碑上的国民党党徽、祭堂与墓室屋顶端用彩色马赛克镶嵌的中华民国国旗图案凿除，改用水泥粉刷，又将祭堂北墙上蒋介石手书的《总理遗训》、胡汉民手书的《总理遗嘱》、谭延闿手书的《总理告诫党员演说词》磨平。而"文革"结束之后，被破坏的中山陵建筑又陆续修复至原样。

由于中山陵凝聚着台海两岸的共同记忆，同时也是为了有利于台海两岸的文化统一，因此自新中国成立以来，每年3月12日孙中山逝世纪念日和11月12日孙中山诞辰纪念日，江苏省、南京市各界人士都要赴中山陵举行谒陵仪式，从未间断。我1996年赴南京参加"孙中山国际学术讨论会"期间，亦曾随同两岸与会代表参加过这一谒陵仪式，甚感荣耀。记得当时与会代表有孙中山侨居美国的孙女孙穗英女士以及台湾淡江大学教授王甦先生，王先生并撰联语用毛笔书写赠我，联为："文章拥抱同胞爱，海峡难分两岸情。"为了表示对台湾学者的尊重，我亦曾赋诗回赠，仅抄录此诗于下，以保存自己生活中的记忆。

七绝　参加南京孙中山国际学术讨论会与台胞共瞻中山陵(1996.7.12)

陵园肃穆业高崇，两岸同瞻情意浓。

"天下为公"昭日月，先生遗志九州同。

2016年4月15日

过灵谷寺，祭上海一·二八抗战死难烈士陵园（南京镇江纪行之六）

1986年8月15日，星期五，晴。

上午攀栖霞山，下午谒中山陵，4时30分，下陵，前往附近的一个幽静谷地灵谷寺游览。但我所抵达的"灵谷寺"，在很大程度上已是一个历史上遗留下来的地名，因为真正与寺庙相关的建筑，仅余"无量殿"一处，亦不做寺庙之用，而是用以陈放民国年间为国捐躯的阵亡将士名录。

根据有关记载，灵谷寺的前身为明代的蒋山寺，距今明孝陵不远。洪武十四年（1381年），明太祖朱元璋为修建自己的皇陵，下令将蒋山寺移址于紫金山东南麓，因新址"左群山右峻岭"，中间为一片谷地，可谓山有灵气，谷有合水，朱元璋便赐寺名为"灵谷禅寺"，并赐匾"第一禅林"。由于山寺是奉皇命而建，规模当在不小，此见于《金陵梵刹志》所记，将其与大报恩寺、天界寺并列为当时南京地区的三大寺院之一。[①] 此后，至清康熙帝四十六年（1707年）南巡临幸此寺，又赐匾"灵谷禅林"，并赠联："天香飘广殿，山气宿空廊。"这使得灵谷寺的地位在全国丛林中更显高贵。

但好景不长。咸丰年间，太平天国定都天京（南京），南京为主战场，灵谷寺尽毁于兵火，所保留下来的残殿，仅余"无量殿"一处。但"无量殿"虽残，在中国古建筑史上却有地位。据有关记载：该殿始建于明洪武十四年（1381年），以供奉"无量佛"而得名。无量佛，即阿弥陀佛（梵语 Amitābha），又名无量寿佛、无量光佛等，为大乘佛教所供奉。根据佛教界的一种说法，佛有十种称号，均为一身，而"阿弥陀佛"，指的是处于西方极乐世界中的佛；释迦牟尼，即俗称的"如来佛"，

---

① 《金陵梵刹志》，明葛寅亮撰，共53卷，收于《大藏经补编》第29册。

则是指处于现实世界中的佛。① "无量殿"在中国古建筑史上的奇特之处在于：现存殿高 22 米，宽 46.7 米，进深 37.9 米，南北各有 3 个拱门，四面有窗，全用砖石砌成，无梁无椽，却结构坚固，历 600 年而不倒，属中国现存最早、规模最大的砖砌斗拱结构殿宇。因此灵谷寺既毁，"无量殿"亦无佛可供，久而久之，人们便据其建筑学上的特点，称之为"无梁殿"，反而忘却了立殿时的初义。

此后，至民国十七年（1928 年），南京国民政府为纪念北伐战争时期阵亡的国民革命军将士，决定利用灵谷寺旧址建"国民革命阵亡将士公墓"，当时对外告示是："眷念前劳，凯旋者概予登庸，惨逝者追加抚恤，惟兹阵亡将士杀身成仁，尸骨遍野，忠魂无依，乃拟搜集阵亡将士骸骨，建筑公墓，安慰忠魂。"②

"国民革命阵亡将士公墓"实际建筑时间为 1931 年 3 月至 1935 年 11 月之间，建成的公墓共分作三区：

其中第一区以无梁殿为主轴线，在殿前置牌坊，以无梁殿作为祭堂，存放阵亡将士石刻名录。据我"文革"串联时过此所知晓的情况是：殿中原陈北伐战争时期为国捐躯的国民革命将士名录。但是在陵园修造过程中，侵华日军于 1932 年在上海挑起了一·二八事变，当时驻沪的中国第十九路军在军长蔡廷锴、总指挥蒋光鼐的率领下奋起反击，此后国民政府于 2 月 14 日暗令首都警卫军 87 师、88 师和教导总队组成第五军，以张治中为军长，打着十九路军旗号增援战事，给侵沪日军以重创，取得庙行大捷。3 月 1 日，侵沪日军在经第三次增兵后，于浏河登陆，威胁中国军队侧后翼，中国军队于当晚退守至第二道防线——嘉定、黄渡防线。3 月 2 日，日军攻占上海。3 月 3 日在国联调停下，中日双方签署《淞沪停战协定》，在上海实行非军事化。在这次战役中，中方共投入约 50000 人军队，伤亡 14104 人；日方共投入约 70000 人军队，伤亡 3091 人。战事虽以中方失败而告终，但却是中国"七·七"全民抗战的前奏，它打破了日本军队不可战胜的神话。战后，在"一·二八"淞沪抗战中阵亡的中国将士名单，亦存放于无梁殿祭堂中。现殿内共存有青石 110 块，刻着阵亡将士的名单。

"国民革命阵亡将士公墓"的第二区为公墓区，当时共由一、二、三号公墓组成，埋葬在北伐战争与上海"一·二八"淞沪抗战中阵亡的国民革命军将士遗骨。其中，第一公墓位于中轴线上无梁殿的后面，它在"文革"期间被改建成四个花坛；第二公墓在灵谷寺东侧，1957 年被改建为邓演达烈士墓；第三公墓在无梁殿

---

① 也有持两人说者。
② 见《总理陵园管理委员会报告》。

西侧,"文革"中废。附近另有国民党元老谭延闿墓。当时公墓区的所有墓穴,均砌以红砖,上盖水泥棺盖,墓前立有约 30 厘米高的半卧形青石碑,不刻姓名,仅刻编号,而阵亡将士名录则存于无梁殿祭堂之中。[①] 公墓建成后,南京国民政府曾于 1935 年 11 月 20 日在无梁殿祭堂举行公祭仪式,参祭者万余人。抗战期间,公墓建筑群曾遭到日军破坏,抗战胜利后,国民政府加以维修,并于 1947 年 6 月颁发了《春秋二季祭奠阵亡将士办法》,规定每年春祭日为 3 月 29 日(系黄花岗起义纪念日),秋祭日期为 9 月 3 日,即抗战胜利纪念日。新中国成立后,南京市政府改"阵亡将士公墓区"为灵谷公园,但墓区直至"文革"爆发之前始终保护良好。

"国民革命阵亡将士公墓"的第三区为灵谷塔,该塔的准确叫法是"阵亡将士纪念塔",始建于 1931 年。塔高 66 米,九层八面,以钢筋混凝土及苏州金山花岗石为原料,覆以绿色琉璃瓦披檐。塔的中间建有盘梯,塔外绕有走廊,登塔可鸟瞰钟山景色。塔的内外四壁上,嵌着青石碑刻(塔的第九层无碑刻)。据介绍:该塔的八面,每层都有四门四碑。塔内计有 28 块碑刻,在 2—4 层的 12 块石碑上,刻有于右任民国二十三年七月书《孙总理北上时在黄埔军官学校告别辞》(民国十三年十一月三日)。在 5—8 层 16 块碑上,刻有吴稚晖民国二十二年五月书《总理孙先生在黄埔军官学校开学训词》(民国十三年四月十四日)。石碑均由苏州吴县唐仲芳勒石。另据《首都志》、《总理陵园小志》等资料记载:塔底层外壁刻有蒋介石书"精忠报国"四个大字。塔的 2—8 层外壁,亦嵌有石碑,其中第二层是叶楚伧书、蒋介石撰《遗阡表》,第三至八层是蒋介石撰《黄埔军校第一至六期同学录、序》各一篇,分别由戴季陶、张静江、钮永健、刘纪文、周伯年、杨天骥等人书写。

而在"文革"之中,灵谷塔受严重破坏,塔的内外碑刻,均被当时"破四旧"的红卫兵用水泥覆盖。"文革"后在修复灵谷塔时,经去水泥处理,发现塔内碑刻尚存,塔外底层外壁蒋介石书"精忠报国"四字尚存,但塔外壁 2—8 层的其他 28 块碑文已全部被磨平,仅余淡淡划痕。

"文革"串联中,1966 年 11 月 23 日我曾到过灵谷塔,当时看到的景象是:塔的每一层平台上都站满了来此游览的红卫兵,其中的不少人用纸折成"飞机"向塔下放飞,纸机在风力作用下,能滑翔很远才落地,哪一个纸机落地最晚,塔下的观赏人群便发出一阵欢呼声,塔底下则遍布由塔上飘下来的纸机。当时登塔的

---

① 阵亡将士名录副件现存南京市档案馆。

红卫兵大多并不知晓灵谷塔原本是民国时代为国捐躯的爱国将士公墓,塔下埋葬着数万人的尸骨,此处非喧嚣之地。在我这次重临灵谷塔时,塔下已恢复了陵园的肃穆,塔下矗立的淞沪抗战中阵亡的第十九路军、第五军将士纪念碑,向游客诉说着当年的抗日往事,附近伴有茂密的松竹与鸟语花香。

我1996年到南京参加"孙中山与中国现代化"国际学术研讨会时,曾随团到灵谷塔下祭拜在淞沪抗战中阵亡的爱国将士陵墓。回想往事,心中颇为伤感,曾赋诗一首,仅抄录于下存念:

七绝　南京灵谷塔前祭吊淞沪抗战阵亡将士(1996.11.14)

浴血沪淞抗日侵,长眠忠骨青山林。

陵园胜境花香远,祭吊无人怆楚深。

2016 年 5 月 10 日

谒明孝陵（南京镇江纪行之七）

1986年8月15日，星期五，晴。上午攀栖霞山，下午谒中山陵，过灵谷寺，5时35分步抵明孝陵。明孝陵位于紫金山南麓独龙阜玩珠峰下，东邻中山陵，占地面积约170万平方米，属中国最大规模的帝陵之一。

见于历史文献所记，明孝陵是明代开国皇帝朱元璋与发妻马皇后的合葬陵墓。该陵始建于洪武十四年（1381年），次年马皇后去世，9月先行入葬，而之所以命名"孝陵"，据说原因有二：其一是马皇后死后谥号为"孝慈高皇后"；其二是明王朝奉行以"孝治天下"的国策。而在马皇后死后，明孝陵继续修建，至洪武十六年（1383年），孝陵享殿等主体工程完工。洪武三十一年（1398年），明太祖驾崩于应天府，再度开启地宫与马皇后合葬。计明孝陵之修，共动用军民10万人，其辅助工程直至永乐三年（1405年）方完成，历时共25年。

建成后的明孝陵，规模庞大，据当时记载：从朝阳门（今中山门）至孝陵卫陵墓西北，所筑皇墙共有45里之长，南朝始建的70余所寺院，约有一半被圈入禁苑之中，护陵守军有5千人之多。陵区内松林成海，养有驯鹿千头，享殿巍峨，楼阁相连，驻有众多的守灵宫女，其状一如太祖生前。而在明人的心目中，孝陵属祖宗根本之地，每年有固定的三大祭、五小祭，凡遇国之大事，则必遣勋戚、大臣前来祭告，仪式非常。

而今人登临明孝陵，已看不到这一切了，因为从孝陵始建至今，历600余年岁月，地面建筑，大多毁于战火。今人所能看到的，仅是一些残迹，大致可分为两部分：第一部分为神道部分，从下马坊起，止于孝陵正门；第二部分为主体建筑部分，起于孝陵正门，经碑殿、明楼等处，止于宝顶（朱元璋坟地）。据相关数据，自下马坊至宝城，纵深为2.62公里。[①]

---

① 数据参《百度词条·明孝陵》，下同。

步入陵区,首先来到的是"下马坊"。下马坊系一两间柱的石牌坊,坊额上刻有"诸司官员下马"六字楷书,以示凡进入陵区的文武官员,必须步行,以表达对于明代开国皇帝的敬仰。

由下马坊东行,有"神烈山碑",碑石立于明嘉靖十年(1531年),立碑的原因是当年嘉靖皇帝将钟山更名为"神烈山",碑上原有亭,后毁。该碑之东另有卧碑,称"禁约碑",立于崇祯十四年(1641年),碑文内容为禁止谒陵者损坏孝陵的9条禁约。由碑文内容可见,处于将亡时期的大明王朝,连祖宗之坟都不能很好地保护了。

过"神烈山碑"再前,有"大金门",大金门是入孝陵的第一道正南大门,原为黄色琉璃瓦重檐式建筑,现仅余砖墙,墙上有3个券门洞,中门高5.05米,左右门高4.25米。[①] 过大金门北行,便来到了"大明孝陵神功圣德碑"亭前。亭内存明成祖朱棣于永乐十一年(1413年)为其父朱元璋所撰的歌功颂德的碑文。该亭平面呈正方形,顶部已毁,仅存四壁,每壁各有一个宽5米的拱形门洞,外观如城堡,故俗称"四方城"。

四方城内所矗立的神功圣德碑十分高大,俗称"阳山碑材",因其取材于南京江宁区汤山镇西北侧的阳山而得名。但是此碑却不是在阳山初凿的碑材。据考察,在阳山初凿之碑,利用的是山体中完整性好的栖霞灰岩[②]开凿,由碑座、碑额、碑身三部分构成,分别为:碑座高13米,宽16米,长30.35米,重1.6万吨;碑身长49.40米,宽4.4米,高10.7米,重约8799吨左右;碑额高10米,长20.3米,宽8.40米,重6000吨左右。[③] 此碑若能立起,总高度为78米,重约31167吨,甚称古今第一碑。为凿就此碑,朱棣当时在全国共征集工匠万余人,有3000民工累死于采石场,附近坟头村即是当时民工的合葬地。但由于此碑实在太高、太重了,以当时中国的科技水平,根本无法竖起,更无法运出阳山。因此一直到现在,该碑材仍横放于阳山南坡其初凿之处。清人袁枚当年过此曾赋诗感慨:"碑如长剑惊天倚,十万骆驼拉不起。"[④]永乐帝当年下令凿此碑的背景是:建文四年(1402年),朱棣自侄儿朱允炆手中夺得帝位,为了安定人心,决定立巨碑以表彰其父的功德。但由于他的决定违背科学,身边大臣又无人敢直言,只能徒添

---

① 券门,亦称拱门。古时士兵守在城下,一旦战事发生,要登城参加战斗,所以城内侧每隔不远就建有一个圆拱形小门,有石阶通达城顶。
② 栖霞灰岩由2.8亿年前的浅海中动物化石生成,以质地坚固而著称。
③ 数据参《百度词条·阳山碑材》。
④ (清)袁枚:《洪武大石碑歌》。

一段笑料，给后人留下一处景观。

过四方城，向西行过御河便进入"神道"。孝陵神道的特点是依山陵地势而建，曲折延伸，而不同于以往帝陵神道呈直线形的布局。神道由东向西北，两侧依次排列着狮子、獬豸、骆驼、象、麒麟、马等6种石兽，每种两对（合24件），两跪两立。这些石兽体现了皇家陵寝的礼仪要求，各有寓意。其中狮为百兽之王，象征帝王威严；獬豸系传说中神兽，俗称"独角兽"，独角、狮身、黑毛，能明是非，用角触有罪之人吞食，象征王法公正；骆驼生活于沙漠与热带中，象征国疆辽阔；大象四腿粗壮，象征国基稳固；麒麟亦传说中神兽（雄称麒，雌称麟），披鳞，不复生草，不食生物，属"四灵"（麟、龟、龙、凤）中的仁兽，居"四灵"之首，象征君王之德；马，古代征战坐骑，象征国家兵力强盛。

过石兽，神道北折至棂星门前，这段神道置"石望柱"和石人。石望柱呈六棱柱形，两根对峙，高6.6米，上雕刻云龙纹，其作用当类似于今天安门前所置华表，寓意开张圣听，能体察民苦。石望柱之后为"翁仲"，翁仲即帝王陵前的石人，东西相对而立，共有武将、文臣各2对，合8尊，身边牵有石马。神道上的石人石兽均体型高大（翁仲高3.18米），表情生动，当属明代石雕艺术的珍品。关于翁仲的起源有二说，一说原指匈奴所祭天神像，后在秦汉时期引入关内作宫殿饰物，初为铜制，号"金人"、"铜人"、"金狄"、"长狄"、"遐狄"等，后转为神道两侧的文武官员石像，称"翁仲"。一说翁仲历史上确有其人，为秦始皇时大力士，名阮翁仲，身长1丈3尺，勇于常人，曾奉命守临洮，威震匈奴。翁仲死，秦始皇为铸铜像，置于咸阳宫司马门外，匈奴人来咸阳，远见铜像，以为真人，不敢靠近。于是后人就把立于宫阙庙堂和陵墓前的铜人或石人称为"翁仲"。

神道尽头为棂星门，现存石柱础6个。过棂星门东北折，便来到御河桥，也称金水桥。桥原为5孔石砌，后改为3孔。过桥北行，顺坡直上，便进入陵寝的主体建筑。这条直道即通达"宝顶"（独龙阜朱元璋坟址所在地）的南北轴线。沿此轴线，依排列为：金水桥、文武方门、碑殿（孝陵门）、享殿（孝陵殿）、大石桥、方城、明楼、宝顶等建筑，周边则筑有围墙。

"文武方门"是入孝陵的正门，原为5个门洞，3大2小，庑殿顶上盖黄色琉璃瓦。清朝同治年间改建为一个门洞，上嵌清石门额，书"明孝陵"3字，后又恢复旧式。[①]庑殿是古代汉族建筑中最高等级的屋顶形式，亦称"五脊殿"、"吴殿"、"四阿殿"、"四合舍"等，其特点是：屋顶陡曲峻峭，屋檐宽深庄重，在中国传

---

① 1999年重修时，恢复明代大门原貌。

统社会中，其体现皇权、神权的尊严，多用作宫殿、祭坛、重要门楼的建筑，一般官府与民宅建筑是不得采用的。

在"文武方门"的东侧，有一块由两江洋务总局道台和江宁府知府于宣统元年（1909 年）合立的"特别告示"碑，由于碑文是用六国文字书写的，因此俗称"六国文字碑"，碑文的大意是说：明孝陵内御碑及附近古迹近年来遭受破坏、毁损情况严重，端方总督大人下令竖立围栏对其加以保护，有人胆敢越栏参观或对御碑及陵区古迹进行破坏，一律禁止并加以惩处。

这块碑文所立的背景是：自晚清国门被打开以来，慕名来游明孝陵的游客尤其是外国游客日多，他在孝陵的建筑与石刻上乱涂乱画，给古物造成了很大破坏。下令立碑之人为当时的两江总督端方。这块碑文见证了中国传统皇权的衰落，皇陵已不再被西人尊重。如今，这块石碑本身也成了明孝陵中的古迹。

过文武方门，便来到了"碑殿"，碑殿原为孝陵享殿前的中门，亦称"孝陵门"，后毁于战火。[1] 至清代，将残址改建为碑殿，内立有 5 块高大的石碑。其中最有名的碑刻即居中下驮"龟趺"的"治隆唐宋"碑。据记载，该碑是清康熙帝三十八年（1699 年）三下江南谒陵时御题，由曹雪芹祖父、"江宁织造"郎中曹寅刻立。龟趺又名赑屃、霸下等，是长寿和吉祥的象征，在汉族神话传说中属龙生九子之一，排行六，貌似龟而好负重，有齿，驮负三山五岳，多用于石碑、石柱、墙头之底部装饰。传说龟趺在上古时代常驮着三山五岳，在江河湖海里兴风作浪，后来大禹治水时收服了它，用之推山挖沟，疏通河道。水土既平，禹担心其又为害人间，便搬来巨石顶天立地，上刻龟趺治水的功迹，让其驮着，使之不能随意行走。康熙帝的御题碑需要用龟趺来驮，足见此碑的分量之重。在"治隆唐宋"碑左右，尚有乾隆皇帝御题诗碑各一块，以及记载康熙帝第一次谒陵与第三次谒陵的碑文各一块。咸丰年间，因明孝陵地表建筑大多毁于清王朝与太平军的战火，康熙帝手书御碑亦倒地破碎。同治三年（1864 年）九月，两江总督曾国藩奉诏修陵，将"治隆唐宋"御碑扶起粘合。此后，整个石碑左右都被用水泥固定，直达屋顶，今人要先出御碑殿，才能看到龟趺的后面。

碑殿之后即"享殿"，享殿属明孝陵内的主要建筑，旧名"孝陵殿"。但明建原殿已毁于战火，仅存三层汉白玉须弥座（又名"金刚座"）台基，台基通高3.03 米，上有大型柱础 64 根，殿基长 57.30 米、宽 26.6 米，[2]由此可想见当年

---

① 见《中山陵史话》。

② 数据参《百度词条·明孝陵》，后同。

该建筑之宏大。原殿中供奉朱元璋及马皇后神位。现殿为清同治十二年（1873年）两次重建的三小间享殿，步入其内，见有朱元璋像两张，另有马皇后与大头太子像各一张。享殿后有一片长100余米、宽数十米的空地，当属当年露天祭祀的场所。

过享殿，甬道尽头有石桥，称大石桥，又称"升仙桥"，意即过桥为仙界，实指过桥后属朱元璋的冥界。

桥北是一座城堡式建筑，称"方城"，其外部用巨型条石砌成，底部为须弥座，正中拱门为圆拱形隧道入口。步入拱门，穿越54级台阶出隧道，迎面便是用13层条石砌筑的"宝顶"南墙。计方城宽75米、高16米、深31米。

方城之上另有建筑称"明楼"，沿方城左右两侧城梯可登。明楼为重檐歇山顶建筑，上覆黄色琉璃瓦，东西长39.45米，南北宽18.47米，南面开3个拱门，余三面各开1个拱门，门上门钉均为9行，每行9颗，以象征九五至尊。所谓"重檐歇山顶"，即歇山式屋顶，亦称"九脊殿"、"曹殿"或"九脊顶"。属古代汉族建筑屋顶样式的传统规格，从礼仪角度来说，其规格仅次于庑殿顶，亦属皇家独享的建筑形式，而非民间可随意使用。而"明楼"既以"明"相称，它显然是属于孝陵历经战争沧桑保存下来的明代原始建筑物，值得后人很好地珍惜。

站在明楼之上，可以直面其北侧的崇丘，这一崇丘称"宝顶"，亦称"宝城"，即为朱元璋和马皇后的寝宫所在地。其外其呈直径约400米的圆形大土丘，四周有用巨大的条石砌成的石壁，显得厚实坚固，在南边石壁上刻有"此山明太祖之墓"七字。据介绍，石壁刻字为民国年间所为，刻字的目的显然也是提醒人们注意对明太祖坟址的保护。而另据南京市文物局1998年至1999年的精密磁测，证实朱元璋的地宫就在宝顶之下，实际面积达4000多平方米，是已发掘的定陵地宫面积的3倍，且埋葬深厚，从未被盗。其未被盗的原因，是明孝陵在建筑时，采取了特殊的防盗措施。具体做法是：墓穴之造，采用横向凿入山体法，亦即从山内部掏空山体建玄宫的方式（孝陵所在地独龙阜原本是一座坚固的石山）。这种横穴式墓宫，十分坚固，在没有炸药的情况下，古代盗墓贼欲从顶部向下打盗洞无法成功。横穴式设计很好地隐藏了墓道口，将其偏于一侧，使盗墓贼无法寻找到入口。此外，在宝顶高矗的封土堆下，堆积着一层厚厚的鹅卵石，每当盗贼从顶部开挖盗洞时，鹅卵石会从四周滚落，把盗洞填满，使盗贼难以脱身。这些防盗法终使明孝陵地宫在历史上没有一次能够被盗掘成功，平安保存至今。

以上所述，为现今谒明孝陵所能见到的全景。而笔者认为：明孝陵是一处值得中华民族永久保护好的文化景点，其原因有三：

一是明孝陵在中国古建筑史上的地位。

关于中国古代建筑特点,美国著名学者费正清曾有过评价,他说:西方建筑讲究几何线条对称,中国古代建筑崇尚山水自然,这使中国古建筑与西方近代建筑呈现出完全不同的自然主义风格。[①]前些年四川都江堰发生大地震,震倒的都是当代建筑,而中国古建筑则完好无损,这其中的奥妙非我这一门外汉所能讲得清楚,但起码说明中国古建筑相对于近现代西式建筑而言,有其独到的艺术价值。而明孝陵中保存下来的建筑,基本上属于明清时期的旧物,其中主体建筑和石刻如方城、明楼、宝城、宝顶、下马坊、大金门、神功圣德碑、神道石像等,大多属明代建筑遗存,其保持了陵墓原建筑的真实性和空间布局的完整性。平心而论,经历过"文革"动乱与近些年的扩地拆迁之后,中华大地现今保存下来的古建筑已不多,明孝陵可以说是中国现存重要的古建筑遗产之一。世界遗产委员会2003年7月将明孝陵遴选为"世界文化遗产"的理由是:"明清皇家陵寝依照风水理论,精心选址,将数量众多的建筑物巧妙地安置于地下。它是人类改变自然的产物,体现了传统的建筑和装饰思想,阐释了封建中国持续五百余年的世界观与权力观。"[②]因此,为了使今人能了解过去,明孝陵值得永久保护。

原因之二是明孝陵曾经是中华民族精神的凝聚。

强调这一点,是因为明太祖反元建明,曾被视作是再造中华的英雄。明亡,一些感到复国无望的明朝遗臣只能通过到明孝陵"哭陵"的方式,以寄托对故国的追思。顺治八年,民族主义者顾炎武一谒孝陵,从此寓居紫金山下,自名"蒋山佣"(紫金山别名蒋山),表明其为明太祖守陵的心志。此后十余年间,顾炎武共七谒明孝陵。而在当时与顾炎武有相似心境的明代遗民,决非一人,所谓"孤忠遗老,于社稷沦胥之后,既傫然亡奈何矣。独往往歌哭陵上,摅其志士之悲"。[③]

而当时已入主中原的清朝统治者,不会不知道明代遗民的"哭陵",对于其统治的危害。他们急于推行"满汉一体"政策,以化解"扬州十日"、"嘉定三屠"以及清初所推行的"薙发令"所激起的满、汉民族仇恨。而要达到这一目的,最好的方法就是清帝也到明孝陵祭陵,以表示其继统中华的合法性。因此,清顺治元年(1644年)五月,全国局势尚未稳定,摄政王睿亲王多尔衮遣大学士冯铨祭明孝陵,冯铨在祭文中写道:"兹者流寇李自成,颠覆明室,国祚已终。予驱除逆寇,定

---

① 见费正清:《美国与中国》。
② 见《明清皇家陵寝:中国丧葬艺术的最高表现形式和建筑典范》,新华网北京2004年6月17日电。
③ 王焕镳:《明孝陵志》。

鼎燕都。惟明乘一代之运以有天下,历数转移,如四时递禅,非独有明为然,乃天地之定数也。"这段话的意思是:明代亡国乃是"国祚已终",而清兵入关,则是为了"驱除逆寇"李自成,为明王室报仇,同时又维护了国家统一。康熙二十三年(1684 年),康熙帝首次南巡抵达金陵,亲往孝陵拜祭。"上由甬道旁行,谕扈从诸臣皆于门外下马。上行三跪九叩头礼,诣宝城前行三献礼;出,复由甬道旁行。赏赉守陵内监及陵户人等有差。谕禁樵采,令督抚地方官严加巡察。"其谒陵态度之恭,礼数之尊,出乎大多数人意料,"父老从者数万人,皆感泣。"①而据统计,康熙帝共六次南巡,其中有五次亲往谒孝陵,"治隆唐宋"碑为康熙三十八年(1699 年)谒陵时所立。而此后其孙乾隆帝六下江南,每一次都要到明孝陵祭陵,行三跪九叩之礼,被时人誉为"礼文隆渥,逾于常祀,是乃千古盛德之举"。② 当时祭陵规模之盛,据说是观众上至"垂白之叟",下至"含哺之氓",观者如堵,声势浩大,"足超轶百代"。

清初统治者的祭孝陵所为,显然有效地化解了明代遗民的反清情绪,达到了乾隆皇帝所要求的"夫天下者,天下人之天下也,非南北中外所得私,舜东夷,文王西夷,岂可以东西别之乎"的目的。③ 亦即使当时的汉民族认同了满洲皇帝入主中原的合法性。当然从积极角度来看这一问题,清初统治者的祭孝陵所为,实际上是促进了历史上中华民族文化的认同感,亦即促进了古代中国社会的统一。如据《清史稿》所记:康熙帝二十三年九月在南京祭明孝陵之后,十一月南巡归途过曲阜时,又亲诣孔庙参谒:"戊寅,上次曲阜。己卯,上诣先师庙,人大成门,行九叩礼。至诗礼堂,讲易经。上大成殿,瞻先圣像,观礼器。至圣迹殿,览图书。至杏坛,观植桧。入承圣门,汲孔井水尝之。顾问鲁壁遗迹,博士孔毓圻占对甚详,赐官助教。诣孔林墓前酹酒。书'万世师表'额。留曲柄黄盖。赐衍圣公孔毓埏以次日讲诸经各一。免曲阜明年租赋。"由此可见清初统治者到南京祭明陵的真实目的,是试图通过文化认同的手段,来平复满汉矛盾。

但事情并未到此为止。洪秀全在南京建太平天国政权后,所做的第一件事情就是祭明孝陵。他在祭文中写道:"不肖子孙洪秀全,率领皇汉天国百官谨祭于吾皇之灵曰:昔以汉族不幸,皇纲覆坠,乱臣贼子皆引虎、引狼以危中国,遂使大地陆沈,中原板荡。朝堂之地,行省之间,非复吾有,异族因得以盘据,灵秀之

---

① (清)王士禛:《池北偶谈》(又名《石帆亭纪谈》)卷四《亲谒孝陵》。
② 李春光:《清代名人轶事辑览》,中国社会科学出版社 2004 年版。
③ (清)乾隆帝:《历代帝王庙礼成恭纪》。

胄,杂以腥膻,种族沦亡,二百年矣。秀全自惟凉薄,不及早除异类,慰我先灵。今藉吾皇在天之灵,默为呵护,君臣用命,百姓归心,东南各省,次第收复。谨依吾皇遗烈,定鼎金陵。秀全不肖,以体吾皇之心,与天下附托之重,东南既定,指日北征,驱除异族,还我神州。上慰吾皇在天之灵,下解百姓倒悬之急,秀全等不敢不勉也。敢告。"①

洪秀全在祭文中显然也是以"驱除异族,还我神州"的再造中华英雄自居的。然而继承洪秀全所为的尚有孙中山。孙中山在创立反清政治组织中国同盟会时,提出的旧三民主义十六字纲领是:"驱除鞑虏,恢复中华,创建民国,平均地权。"这一纲领在很大程度上是借鉴了朱元璋北伐时,宋濂起草的《奉天讨蒙元北伐檄文》:"驱逐胡虏,恢复中华,立纲陈纪,救济斯民。"而孙中山在南京成立民国政府后所做的第一件事也是祭拜明孝陵。他在祭文中写道:"神州陆沈","国力疲敝,满清乘间,入据中夏……二百六十有八年。""武汉军兴,建立民国。""从此,中华民国完全统一,邦人诸友享自由之幸福,永永无已。实维我高皇帝光复大义,有以牖启后人,成兹鸿业。文与全国同胞至于今日,始敢告无罪于我高皇帝。"②

综上所述可见,明孝陵在中国历史的特殊时期,确曾起到过凝聚民族精神的作用,这是值得后人永久保护的原因之二。

明孝陵值得永久保护的原因之三是,坟墓里埋葬的女主人马皇后是一位心地善良的女性,值得中华民族怀念。

关于马皇后其人,据史书记载名马秀英(1332—1382 年),皖北宿州人,因大脚,俗称"大脚马娘娘"。幼年时代,坚决反对家中给其裹足。12 岁时,被其父好友红巾军首领郭子兴收养,21 岁时嫁给朱元璋为妻,与之共同度过了 15 年的征战生涯,曾五次救朱元璋死里逃生。初时军中乏粮,朱元璋饭量大吃不饱,马氏在伙房为之烙饼,有人闯入,急藏内衣,待来人走后,马氏取饼交朱元璋,身上已经烫出燎泡。朱元璋甚为感动。1368 年朱元璋在南京建元洪武,册立马氏为后。马氏虽贵为皇后,却善侍宫嫔,生活简朴,粗茶淡饭。她亲自带领公主王妃刺绣纺织、缝补旧衣、制作新衣,宫嫔们均以其与东汉时的明德皇后相比。朱元璋的性格暴戾,马后怕嫔妃们侍候不周获罪,亲自操办朱元璋的膳食,一次进羹稍寒,朱元璋发怒,举碗击人,马后急躲,耳朵已被擦伤,浑身羹污,仍易服重进,

① (清)洪秀全:《祭明太祖陵寝文》,《太平天国文钞》。
② 孙中山:《祭明陵文》,载《辛壬春秋》。

神色不改。嫔妃们劝马后自重,马后回答:"事夫亲自馈食,从古到今,礼所宜然。且主人性厉,偶一失饪,何人敢当?不如我去当中,还可禁受。"

马皇后平常关心国事,体恤民众疾苦,礼待臣下,经常劝朱元璋不应嗜杀人。一次朱元璋视察太学归来,马后问太学有多少学生,朱回答有数千人。马后说:有太学生数千,可谓人才济济,他们虽有生活补助,可是其妻子儿女靠什么生活呢?于是征集钱粮,设置了20多个红仓,专门接济太学生的家人,以致生徒们颂德不已。马皇后平常严格要求子女,对宁国公主、安庆公主等,均要求她们勤劳俭朴,不能无功受禄。对待朱元璋的义子宋文正、李文忠等,细心照顾,视同己出。宫人或被幸得孕,则倍加体恤,妃嫔中有人或忤上意,马后设法调停。每逢岁灾必率宫人节衣缩食,朱元璋称已发仓赈恤,不必怀忧。马皇后则回答:赈恤不如预备,朱元璋深以为然。洪武十五年(1382年)八月,马皇后在南京病故,朱元璋十分悲痛,称:"家有贤妻,犹国之良相。"谥"孝慈高皇后",入葬明孝陵,从此未再立后。

马皇后的人格,对后世影响极大,被史家公认为中国古代的第一贤后。明清诸后以致家庭主妇都以其为楷模。而笔者以为:马皇后的人格,在一定意义上体现了中国古代妇女勤劳、节俭、善良的光辉面,因此值得怀念。

以上所述,为笔者谒明孝陵的三点感言。我曾三次谒明孝陵,一直想写一篇文章纪行,退休后能完成此文,也算了结了一桩心愿。最后想讲几句题外话。我曾观国内学者撰文,讲中国古代皇帝修陵,是中国社会发展的滞后因素之一,因为当时修皇陵所耗费的物质,约相当于国民总财富的三分之一。我同意这种观点,今人切当引以为戒,不应再为修建一些无谓的陵墓工程,挤占有限的国家土地资源。因为人死后无知,古人不明此理,今人应明此理。周恩来、邓小平这两位国家领导人不保留尸骨以累后人,这种做法是对的,值得提倡。但古人修建皇陵,尽管耗费了无数当时的国民财富,却给后人留下了可观的旅游资源,并创造着新的经济价值。因此保护好中国古代的皇陵遗产,当属今人义不容辞的责任。

约晚间6时半,别明孝陵,7时许抵莫愁湖边,见湖光秀丽多荷,内立南齐女子卢莫愁石塑。湖边有老人下棋,悠然自得。另有青年人在湖边练武,以铁条击头,视之甚为吃惊。直至明月升空,方返旅舍。

2016年5月19日

上金山寺（南京镇江纪行之八/
游镇江三山之一）

1986 年 8 月 16 日星期六,晴。

昨晚在南京火车站买了今晨赴镇江的火车票,车次为 309 次,晨 5 时 55 分发往上海方向。不意昨晚跌坏手表,直睡至 5 时 40 分方醒。好的是住宿在南京火车站旁的车站旅社,醒后急奔至站台,漱洗均未,幸未误车,此实为我出门旅游以来最为狼狈的一次。

6 时 50 分火车抵镇江站下车,今天的旅游计划是攀镇江的三座山——金山、北固山与焦山。这三座山都不高(海拔约仅数十米),但在中国文化史上的知名度却不亚于"三山五岳",[①]其中金山是民间传说白娘子大战法海的山寺,北固山是刘备招亲的场所,焦山则以《瘗鹤铭》的原址而知名。

7 时 10 分,坐 2 路公交车前往位于市区西北的金山寺,8 时 50 分攀上金山顶的慈寿塔。计山高 44 米,塔高三十六米,塔为砖木结构,七级八面,有塔梯可以上下,每层均有看台与护栏。由塔顶下望,但见山门西向,人相拥,遍山皆被寺房包裹,人站在塔顶,却无法窥见金山的全貌。这是金山寺的一大特色,称作"金山寺裹山"。因此人们一般皆以"金山寺"称金山,而不直呼为"金山"。

中国的寺庙布局,均坐北朝南,在寺庙的中轴线上,大多依次排列着天王殿、大雄宝殿、方丈室、藏经楼等。而金山寺的布局之所以如此奇特,征之文献可知:作为历史上"京口三山"之首的金山,原本是长江中的一座小岛,有谓"万川东注,一岛中立"的说法。只有山寺门朝西开,游人站在寺内才能观赏到"大江东去,群山西来"的壮观景象。因此,中国古代建筑师别具匠心,将金山寺设计成现今模

---

① "三山"一般指旅游胜地黄山、庐山、雁荡山,"五岳"指泰山、华山、衡山、嵩山、恒山。一说"三山"是指传说中的蓬莱(蓬壶)、方丈山(方壶)、瀛洲(瀛壶)三座海外仙山。

样。但寺僧却因此编造出了一些神话传说,讲金山寺门原本是朝南开的,因为直朝南天门,得罪了玉皇,使金山寺门常遭雷轰火焚,为了避祸,寺僧始将山门西开。

而讲到与金山寺相关的神话传说,最有名的还是白娘子大战法海的故事,在中国几乎是家喻户晓。故事的大体情节是:有白蛇修炼千年得人形,与侍女青蛇小青雨天游杭州西湖时结识了许仙,二人成家后生活甜美。金山寺法海禅师知晓此事后,认为人妖相恋为违法,就游说许仙出家,将其藏于金山寺内。白娘子知晓此事后,前来寻夫,与法海打斗并水漫金山,但因法力不济,被法海镇于西湖雷峰塔下。小青逃离后回山苦修,法力大增,终得击倒雷峰塔,救出白娘子,并与白娘子一起打得法海躲入蟹壳之中。白娘子与许仙又重过恩爱生活。时至近代,法海被鲁迅等文学家演绎成压制妇女婚姻自由的封建恶势力代表。

而查阅中国文学史可知,中国古代有四大民间传说,分别指:《牛郎织女》、《孟姜女哭长城》、《梁山伯与祝英台》与《白蛇传》。其中《白蛇传》是传播最为广泛的民间传说,白娘子与许仙的恋爱故事,被广泛地搬上各类戏曲舞台,如京剧、昆剧、越剧、评弹、湘剧、汉剧、川剧、徽剧、滇剧、豫剧、粤剧、评剧、河北梆子、秦腔、清平剧等等,它还有各种不同的名称,如《降香水斗》、《雷峰塔传奇》、《义妖传》、《兴波》、《水斗》等等。因此,《白蛇传》的广泛传播,不仅说明金山寺具有在中国佛教史上的地位,同时还具有在中国文学史上的地位。

而笔者认为:《白蛇传》神话传说之所以产生于金山寺,与古代金山多蛇有关。因为撇开《白蛇传》不说,尚有三个与金山寺有关的神话传说。其一为梁武帝超度蛇。讲的是南朝梁武帝夜梦死去未久的宠妃郗氏变成毒蛇,向其哀求:我在世时心肠太毒,死后变作毒蛇,请为我代做佛事超度众生,让我安心。梁武帝因此召见泽心寺(金山寺古名)住持宝志相商,宝志又另约来九位高僧,在山寺览阅藏经三年,编成《水陆仪轨》,随后梁武帝亲赴金山参加"水陆大法会"以超度郗氏亡灵。此事为当时中国佛教界的最大盛典,也是后世佛学界水陆法会之起源。①

传说之二为唐释灵坦降龙说。灵坦是唐代金山寺的开山祖师,因为此前的

① 水陆法会,又名"水陆会"、"水陆道场"、"悲济会",全称作"法界圣凡水陆普度大斋胜会",系汉传佛教的一种修持法,规格最高的法会。根据佛教界的说法:水陆法会上供十方诸佛、圣贤,以无遮普施斋食为基础,救拔诸六道众生,并广设坛场,使与会众生得其因缘与根器,因此水陆法会集合了消灾、普度、上供、下施等诸多功德,在法会中供养、救度的众生,范围广泛。"无遮",指佛教每五年举行一次的布施僧俗的大斋会,又称无碍大会、五年大会,当即"水陆法会"的同名别称。

泽心寺已毁于战乱。当灵坦初临金山时，只见一片荒芜，只得在山后的石洞中坐禅，洞中原有一条白龙常吐毒气，人触之死，灵坦到来后，将其收伏，此洞即现今的金山白龙洞。而此故事中的白龙，显然就是后来民间传说中的白蛇的原形。

传说之三是唐释法海降蟒说。法海是金山寺的第二代祖师，传说其为唐宣宗时丞相裴休的儿子，因此人们又称其为"裴头陀"，尊为"开山裴祖"。其到金山修行时是寺破屋倒，只得到半山崖的石洞参禅，忽感脑后腥风，回头一看，是一条水桶粗的大蟒蛇盘于身后，法海仍然坚坐不动，大蟒则游入江中。故事传开来，到金山游玩的人渐多。法海到金山后所做的第二件大事是有一天在长江边挖出了一大堆黄金，法海将黄金献给朝廷，皇帝敕命将黄金返回供修寺之用，并赐名金山寺，由法海任住持，于是便有了现今"金山"之名，以及金山寺主体建筑大雄宝殿、天王殿、观音阁、妙高台、楞伽台等的修造。而法海当年打坐的山洞，即位今金山北侧的"法海洞"。

与金山寺相关的另一则民间传说，则见于吴承恩的《西游记》，所记讲到刚满月的唐僧被生母抛弃，躺在木板上，顺长江漂流到金山寺脚，被长老法明和尚所救，取乳名江流，教其修真悟道，最终成为一代名僧。

但是民间传说中的不近情理之处在于，它逐渐将道德的东西说成了不道德的东西，将丑陋的东西转化成了善良的东西，于是乎最初可能是郗氏丑恶灵魂化身的白蛇（白龙），变成了美丽善良的白娘子；被法海降伏了的大蟒蛇，则演变成了青蛇；而曾对于开拓金山寺做出重要贡献、且"拾金不昧"的法海，却成了反对妇女婚姻自由的旧势力代表。

而见于真实历史文献记载的金山寺，始建于东晋，距至今已有 1600 余年。该寺初名"泽心寺"，是中国佛教"水陆法会"的发源地，此已见前述。水陆法会的主要作用，是用以诵经设斋、礼佛拜忏与追荐亡灵，被后世中国佛教定格为五年召开一次。唐代始有"金山寺"之名。至宋真宗时，赐山寺名为"龙游寺"。宋徽宗信奉道教，一度将金山寺改作道观用，并赐名"神霄玉清万寿宫"，后又复旧名，仍用作僧院。元代以后，一直以"金山寺"作山寺名称。清康熙帝时曾赐寺匾："江天禅寺"，但人们仍习惯使用"金山寺"旧名。金山寺规模宏大，全盛时期有和尚三千多人、参禅僧侣数万人。在清代，其与南海普陀寺、五台山文殊寺、扬州大明寺并列为中国的四大名寺。[1] 约至清代道光年间，由于长江水文变化，金山渐

---

[1] 参心斋：《话说金山寺》，《中华遗产》2007 年第 5 期。

与长江南岸陆地相连,于是便有了"骑驴上金山"的旅游盛观。

现上金山寺,主要可看景点含:慈寿塔,为山寺至高点,塔初建于南朝齐梁间,距今已1400余年,后毁,现塔为清光绪二十六年(1900年)重建。塔南为镇江山城,塔北为瓜洲小镇,登塔可望长江万里云天,更好地领略宋王安石的名诗《泊船瓜洲》的意境。全诗为:

京口瓜洲一水间,钟山只隔数重山。

春风又绿江南岸,明月何时照我还?

慈寿塔旁有观音阁,阁内有陈列室4间,陈金山寺镇寺四宝:宣王鼎、诸葛鼓、明文徵明手绘金山图与苏东坡玉带等。下慈寿塔,北有法海洞(唐代始修),洞中有陈法海像,当地人传说此洞可直通杭州西湖。法海洞北有白龙洞,即传说中金山寺的另一位开山祖师唐释灵坦的修炼场所,洞内现陈根据神话传说塑造的白娘子与侍女小青的石像。

金山顶有"留云亭",亭内陈康熙帝御题"江天一览"石碑。山的西南侧有"冷泉",泉水出自江中,水质甘甜,据传曾被唐代茶圣陆羽评为"天下第一泉",其近旁有宋代王安石、文天祥等人的题字。山腰西侧有"七峰亭",为纪念宋僧道月方丈而建。据传当年秦桧召岳飞回京城临安(今杭州),岳飞过山寺,道月方丈劝岳飞不要回京,岳飞秉对朝廷忠忱之心,未能听取,至临安果然遇害。临刑前岳飞叹息:"悔不听道月之言。"当秦桧知晓道月曾劝阻岳飞归京事后,甚怒,遣人抓捕道月,但差人至,道月已经坐化,唯留一纸偈称:"为国为民事,怎能不开口。"秦桧怒极,遣人削平道月常住的七峰岭。因此七峰亭之建,实亦寄托了时人对民族英雄岳飞的怀念。

2016年5月26日

登北固山（南京镇江纪行之九/游镇江三山之二）

　　1986年8月16日星期六，晴。上午近10时出金山寺，坐2路公交车至大世口转4路车，10时15分，抵北固山脚，沿着山道缓缓上山。

　　北固山位于镇江市区东侧长江岸边，海拔高度仅55.2米，[①]从地理学意义上来说，只能算是一座小山丘。但是由于它紧贴江岸，山形陡峭，对于守卫镇江而言，与金、焦二山形成了掎角之势。而在清代道光年间以前，金山尚位于长江中，北固山是镇江唯一的江岸之山，军事价值，显然要大于金、焦二山，这便为之在历史上赢得了"京口第一山"的称谓。此外，由于古时的京口（今镇江），曾是三国时吴国的都城，[②]而吴国的皇宫，即筑于北固山的前峰上，这又使该山除了自然风光外，蒙上了一层厚重的历史人文色彩，诱得古往今来的文人墨客，纷纷来此凭吊三国的遗迹。

　　而今人登临的北固山，实际上是由三座山峰组成，分称为"前峰"、"中峰"与"后峰"。而见于史书记载，这三座山峰原本是相连的，三峰之间有一条长长的山脊称"龙埂"。嘉靖三十五年（1556年）四月，倭寇3000余人侵镇江，镇江卫千户沈宗玉、王世良在金山岛迎战阵亡，郡守许国诚为了抗倭守城的方便，将连接北固山前峰与中峰之间的龙埂凿断。而新中国成立后，已将前峰（原东吴皇宫遗址所在地）辟为镇江烈士陵园，在前峰与中峰之间修筑马路将二者隔开（前峰位路南），因此今人游北固山，主要是登临中峰与后峰。中峰居南，后峰居北，其中后峰为北固山主峰，直插长江之中。

---

① 数据参《百度词条·北固山》。

② 吴国（229—280年），始建都于吴郡（治今江苏苏州），208年（汉建安十三年），迁徙治所于京城（今江苏镇江），211年（汉建安十六年），迁徙治所至秣陵（今南京），筑石头城，并将秣陵改名为建业。

上山的山道,位中峰左侧山脚。自山门步入,道左有水池名"凤凰池",传说当年明太祖过此,曾临池召见儒生,留下了"守法、守业、守诚"的六字箴言。路右有"试剑石"。为一大一小两块,高的不足 2 米,矮的减半,中间都有平整如削的裂缝,石上刻有"试剑石"三字。据传说:当年孙权借招亲之名,把刘备软禁于北固山甘露寺。一日孙权陪刘备游凤凰池,刘备见池边有巨石,拔剑暗祝道:"我来日若能返回荆州,成就王业,当剑下石裂,若来年死于此地,则剁石不开。结果手起剑落,巨石应声开裂。孙权见状亦拔剑暗祝道:"我来年如能重取荆州,兴旺东吴,则剑下石裂,否则剑不能开石。"结果亦是剑下石开。但是这一传说甚令人起疑。尽管史书上有李广射虎箭入巨石的记载,讲的是李广在北平郊外射虎,忽见有白虎伏于草中,惊恐之下搭弓急射,却发现箭没入一白色巨石之中。李广甚为惊讶,由石中取箭后,立于原地连射数箭,均无法入石。我相信这一记载的真实。因为李广在极度惊恐之中,有可能把其全部力量集中于一点而穿石,其原理如同今人能用飞针穿透玻璃一样。但是,这毕竟与手挥利剑能劈开巨石是两回事。因为以箭射石,靠的是人力的极致,以剑劈开巨石,则非有神力不能如此。而刘备与孙权都是人而非神。因此,我宁可相信这两块试剑石的产生,是因为亿万年前火山爆发再经风化而造就的奇形山岩,却被后人附会成了"试剑石"。

过试剑石,沿"东吴古道"拾级而上,攀上中峰,便见有锈迹斑斑的铁塔一座,这是真正的古迹。据介绍,铁塔原名"卫公塔",最初为石塔,由唐润州刺史李德裕(谥"卫公")为"资穆皇(唐穆宗)之冥福"而建,时为宝历元年(825 年)。[①] 此后屡毁屡建。至宋元丰年间,改建成 9 级铁塔,每层 8 面 4 门,上铸飞天、立佛等图像。后塔身毁于雷电,仅余 2 层。至明代,又补铸了三、四层塔身,此即我们今天所见到的铁塔。这一座庄严铁塔的存在,见证了中国古老的冶铁技艺,它也是中国仅存的 7 座铁塔之一。

经查,中国现存的其他 6 古代铁塔分别为:玉泉铁塔,北宋嘉佑六年(1061 年)铸,8 角 13 层,位于湖北当阳市西玉泉寺前;聊城铁塔,宋金之际铸,8 角 13 层,位于山东聊城兴隆寺内;济宁铁塔,北宋崇宁四年(1105 年)铸,8 角 9 层,铁壳砖心,位于山东济宁市铁塔寺内;泰安铁塔,明万历二十五年(1597 年)铸,原 6 角 13 层,现残存 3 层,位于山东泰安市西天书院内,1973 年迁岱庙后院,与铜亭相对;千佛铁塔,明万历十八年(1590 年)铸,方形 10 层,高 33 米,每层供铁佛多尊,位于陕西咸阳市杜镇,此塔为中国现存古代最高铁塔;孤山铁塔,明铸,锥形

---

① 润州,镇江古称,隋开皇十五年(595 年)始置润州。

12层,高5米,四面均铸佛像,位于陕西府谷县,"文革"中被砸为碎铁,换得一台收音机,现仅存底座遗迹。

　　过铁塔沿山道再上,登上主峰,便来到了著名的甘露寺前。据有关记载或传说,古甘露寺始建于东吴甘露年间(265—266年),故名"甘露寺",①寺额为张飞所题。寺原建于在山下,至唐代李德裕时,始改建于山上。一说古甘露寺始建于梁代,原在山下,至唐李德裕始改建于山上。而据《三国演义》中的述说,甘露寺是刘备招亲结识孙夫人的地方,这便导致甘露寺作为三国文化的遗址,著名海内外。古代甘露寺规模宏大,宋时有僧侣500余人,至明、清时规模更是盛,有寺宇、殿堂、僧屋等200余间。山寺在建筑上采用了"以寺镇山"的方式,有飞阁凌空之势,故称"寺冠山"。清代康熙、乾隆二帝曾在此寺设行宫,寺西所存御碑亭即是遗迹。

　　上述有关甘露寺的记载或传说中,涉及两个问题,一是关于张飞在甘露寺的题字问题。据说历史上真实的张飞,有很高的文化修养,善书法,会绘画,礼敬士大夫,并非如《三国演义》中所描述的大老粗。而上海松江醉白池碑刻中,迄今保存着张飞手绘的竹子图。但这并不能证明现存甘露寺上的题额"古甘露禅寺",出自张飞的手笔。因为以"禅"命名寺名,只可能出现于禅宗兴起后的唐代以降。此外,张飞为蜀将,京口(今镇江)为当时吴国的国都,张飞似无可能抛弃繁忙的军务,到吴国京城来题字。因此,有关张飞为甘露寺题写寺名的说法,当无法成立。

　　问题之二是关于刘备在甘露寺招亲故事的真伪。尽管史书《三国志》只记载了孙氏嫁给刘备三年后归吴,书中并未提及二人成亲的具体地点与孙夫人②的姓名,《三国演义》第五十四回"吴国太佛寺看新郎,刘皇叔洞房续佳偶"情节,显然是作者依据民间传闻再加上个人的创作写出。但是笔者认为事情却有真实的可能。理由之一是孙、刘结亲的真实背景是赤壁战后,双方通过联姻的方式,巩固联合反曹的政治同盟。理由之二是地点合理,因为当时吴国的宫廷设在北固山前峰,而甘露寺的位置在北固山后峰,前后峰间相距不远,又有重兵把守,因此刘备与孙夫人在北固山甘露寺成亲当为最合逻辑的地点,这也说明民间传说的东西并非都不可信。

　　由此所派生出的问题是:刘备与孙夫人的三年婚姻是否幸福?个人认为二

---

① 见《明一统志》:"镇江甘露寺在北固山上,吴甘露建。有梁武帝'天下第一江山'六字。"
② 小说《三国演义》中提及孙坚之女名孙仁,京剧折子戏《龙凤呈祥》中,始提孙夫人名孙尚香。

人的年龄相差很远,二人的婚姻,实质是一种政治联姻,因此并无幸福可言。我起码可举出三条史料来证明这一点。《三国志·蜀书·诸葛亮传》谓:"权妹骄豪,多将吴吏兵,纵横不法。"《三国志·蜀书·庞统法正传》谓:"初,孙权以妹妻先主,妹才捷刚猛,有诸兄之风,侍婢百余人,皆亲执刀侍立,先主每入,衷心常凛凛;亮又知先主雅爱信正(雅爱相信法正),故言如此。"又谓:"主公之在公安也,北畏曹公之强,东惮孙权之逼,近则惧孙夫人生变于肘腋之下,当斯之时,进退狼跋。"《三国志·赵云传》谓:"先主入益州,云领留营司马。此时先主孙夫人以权妹骄豪,多将吴吏兵,纵横不法。先主以云严重,必能整齐,特任掌内事。权闻备西征,大遣舟船迎妹,而夫人内欲将后主还吴,云与张飞勒兵截江,乃得后主还。"

上引三条史料当是对孙夫人在蜀三年所为的真实评价。大致谓孙夫人性情刚猛好兵,如同其兄孙权,虽嫁与刘备,身边却有自吴国带来的亲兵守卫。因孙权、刘备不和,刘备常忧孙夫人心向其兄,祸起肘腋。而刘备取益州之时,孙夫人借故还国省亲不去,同时又准备带走太子刘禅,幸亏赵云与张飞勒兵截江,得以迎还太子。而孙夫人还吴的实质,是孙、刘政治联盟的破裂,因此有后来东吴袭荆州杀关羽的背盟事件的发生。而南宋王象之著《舆地纪胜》中所记载的一条传闻资料,亦证明了本立论的可信性:"孱陵故城,又名孙夫人城,在县,相传此乃刘备妻孙夫人所筑。夫人权之妹,疑备,故别作此城不与备同住。"因此后来民间所传说的刘备死、孙夫人自祭江亭投江的说法是不可信的,因为二人的政治联姻实出于无奈,而并无感情上的基础可言,孙夫人是自愿归吴的,刘备死,她完全无投江的必要性。

过甘露寺,便来到了北固山的至高点祭江亭前。此亭初名"北固亭",因传说孙夫人闻刘备死,于此亭遥祭后投江殉夫,是以又称"祭江亭"。此说并不可信,但古往今来,却有无数的历史名人曾登临此亭,凭吊三国的遗迹。这里不能不提到三个人:

第一位是梁武帝萧衍(464—549 年),1400 年前,他曾立此亭遥望北方中原,叹山川之险胜,因此北固山又名"北顾山",这一字之差,据说是梁武帝本人修改的结果。[①] 而梁武帝又曾于山顶题字"天下第一江山",此见于《京口三山志》与《明一统志》两部古籍之所记。[②] 梁武帝的题字,至今被嵌刻在山墙的石壁上。

---

① 见《南史·萧正义传》。

② (明)张莱在正德(1506—1521 年)作《京口三山志》谓:"北固楼在北固山南绝顶,梁天监中,武帝御书'天下第一江山'。"《明一统志》谓:"镇江甘露寺在北固山上,吴甘露建。有梁武帝'天下第一江山'六字。"

第二位是唐代的大诗人李白，他当年立此亭，写下了著名的《永王东巡歌》中的一首：

> 丹阳北固是吴关，画出楼台云水间；
>
> 千岩烽火连沧海，两岸旌旗绕碧山。

第三位是南宋爱国词人辛弃疾，他在宋宁宗嘉泰四年（1204 年）任镇江知府时登临此亭，留下了千古名作《南乡子·登京口北固亭有怀》，全词为：

> 何处望神州，满眼风光北固楼。千古兴亡多少事，悠悠。不尽长江滚滚流。　年少万兜鍪，坐断东南战未休。天下英雄谁敌手，曹刘。生子当如孙仲谋。

北固亭也是保留着我青年时代特殊记忆的地方。记得 1969 年春节期间雨雪交加，当时我刚被分配至苏北大丰农场务农 3 个月，2 月 13 日中午，与队友小周步行前往扬州、镇江游览，2 月 15 日我们由扬州坐江轮摆渡至镇江，下午 4 时半，登上距离船码头不远的北固山。当时所见为山顶的建筑物被厚厚的积雪覆盖，山顶的红梅被北风吹落，在雪地中飞舞，北固亭下是滚滚东去的长江流水。当时所见景观，可以说是壮丽之极，这深深激起了我对祖国山河的热爱。在北固山顶，我写下了自己的习作诗，这也是我平生从事旧体诗创作的开端，仅录此作念：

五绝　一九六九年二月十五日风雪登镇江甘露寺

颓壁乱石旁，长江水莽苍。

寒风间雨雪，草长吴宫荒。

七绝　咏北固山二月梅

红妆淡抹玉增辉，北固山头大雪飞。

欲取香枝清俗界，木舟煮酒载梅归。

出北固亭，亭西有"多景楼"，位甘露寺后，共两层，上有宋代书法家米芾所书的"天下江山第一楼"匾额。楼上多字画，登楼可远眺长江，金、焦二山西东在望，江对岸为扬州平山堂,江中多绿洲,峰南即三国时孙权所建的铁瓮城城墙遗址。楼下为茶室,有戏班在唱戏,游客可自点戏文。

多景楼曾是与黄鹤楼、岳阳楼齐名的古代长江三大名楼之一,后被附会成三国时刘备与孙夫人的成亲场所。但据记载,多景楼的始建者实为唐代的李德裕,楼名即取自李"多景悬窗牖"的诗句。[①] 此外,历史上的多景楼早毁,现楼实为"文革"后新建,因为我1969年登北固山时,尚未见此楼。在多景楼茶室我坐了很久,填就《扬州慢·寄学子》一词如下:

> 记得当年,闵行初遇,校园静,杨柳青。背包常斜挎,黑发寄红巾。越十载,塞舍重见,笑声如旧,容貌如新。你言他乡事,我谈说故乡情。 匆匆来去,叹流光,何不稍停?异年再相逢,当忧你我,都挂霜鬓。蒙馈赠书与集,填词纸扇谢知音。海外勤学业,早回京,展鹏程。

后来我将此词赠与一位在中学时代与我交往较多的赴德留学生,得到的回复是:现中国派往国外的留学生,再无先生您这样的思想。其话意是:现出国留学生多想学成后留国外不归,很少有人再想到学成后回来报效祖国。听了这一回答后,我只能报之以苦笑。看来曾经被我们这一代追求爱国主义的青年教师教导过的学生,已与先生一代的思想产生了实质性的代沟。

中午11时30分,下山午餐后前往焦山。

2016年6月1日

---

① 见李德裕《临江亭》诗。

游焦山（南京镇江纪行之十/
游镇江三山之三）

　　1986 年 8 月 16 日，星期六，晴。上午攀金山与北固山，12 时 30 分午餐毕，至长江边象山脚下的船码头，等待摆渡上焦山。焦山古名"浮玉山"，实为长江中的一个小岛，海拔高度 71 米，周径约 2000 米，因山多绿木，宛如碧玉浮江而得名。此后，因东汉末名士焦光隐居于该山，汉献帝三诏而不至，遂名"焦山"。

　　下午 1 时 15 分登岛，迎面即定慧寺的山门"不波亭"。亭名取意于明书法家胡缵宗为山寺题匾"海不扬波"，这四字据说在佛学上寓意为清平世界。定慧寺属中国最古老的寺院之一，据记载始建于东汉兴平年间，原名普济寺，距今已1800 余年。至唐代，玄奘弟子法宝来山建大雄宝殿。宋代改寺名称普济禅院，元代更名焦山寺，后毁于火，至明代宣德年间重建。至清代康熙帝南巡过焦山时，始定名为定慧寺，沿用至今。寺前现立有一株 800 余年的古银杏树，象征着山寺的古老。寺内有古泉一口，称"东泠泉"，相传是焦光炼丹取水之处。寺前另有当年乾隆皇帝下江南时，所立的御碑亭，碑文内容，为乾隆帝所作的游焦山诗。附近有"观澜阁"，为当年乾隆皇帝南巡时的行宫所在地。

　　定慧寺在建筑学上很有特点，基本上保持了明代的风格。其大雄宝殿内的雕龙描凤屋顶不用钉子，全靠小方木块拼合，而其飞檐、斗拱之设计，亦各见精巧。由于定慧寺位于险峻的江岛之上，在中国古代有很高的知名度。《水浒传》第 111 回中写道："话说这九千三百里扬子大江远接三江，却是汉阳江、浔阳江、扬子江。从泗川直至大海，中间通着多少去处，以此呼为万里长江。地分吴楚江心内有两座山：一座唤做金山，一座唤做焦山。金山上有一座寺，绕山起盖，谓之寺里山；焦山上一座寺，藏在山洼里，不见形势，谓之山里寺。这两座山，生在江中,正占着楚尾吴头,一边是淮东扬州,一边是浙西润州,今时镇江是也。"①而见诸《水浒传》中对于定慧寺的描绘,平添了人们对于山寺的向往。

由观澜阁过小桥,便来到了著名的焦山碑林前。焦山碑林又名"宝墨轩",其与焦山西侧沿江的摩崖石刻,共同构成了中国古代书法艺术的宝库,是书法爱好者的圣地。焦山碑林原为历史上自然庵、香林庵、玉峰庵、海云庵的旧址所在地,共珍藏着历代碑刻四百多块,其数量之多,仅次于西安碑林,因此也是中国的第二大碑林。其中最有名的碑刻含:东晋王羲之书《破邪论序》、唐颜真卿书《题多宝塔五言诗》以及宋米芾、苏东坡、黄庭坚、元赵子昂等人所书的书法名碑。这其中特别值得一提的碑刻有两块:其一是署名"中书右史兼崇文馆学士安定胡楚宾撰、清河张德言书、东海徐秀昉镌"的《魏法师碑》。此碑全称《大唐润州仁静观魏法师碑》,立于唐仪凤二年(677 年),1961 年由丹徒大港华阳迁移至焦山碑林,碑文保存完整,字体工整,被誉为"初唐妙品"。其二则是据传说为东晋王羲之书、被宋人黄庭坚推为"大字之祖"的《瘗鹤铭》。这一碑帖产生的背景是:王羲之平生爱养鹤,一日游焦山带鹤两只,不意夭折,王十分悲伤,用黄绫裹鹤葬于焦山的后山,并于山西岩石上题刻了《瘗鹤铭》以示悼念。后因山岩崩裂,《瘗鹤铭》坠入江中,直至清康熙五十一年(1712 年),才由镇江知府陈鹏年派人从江水中捞出,原石仅余 86 字,其中残者 9 字,但仍可见字体刚劲潇洒,具极高的书法艺术价值。中国古代书家评价认为:南有镇江《瘗鹤铭》,北有洛阳《石门铭》,此二铭为"碑中之王"。而仅从书法史的角度来看,《瘗鹤铭》之所以受推崇,是因为它是由隶书演变至楷书过程中的代表性石刻,也是今人研究中国书法发展史的重要实证资料。

而现存焦山西侧沿江陡崖上的摩崖石刻,据统计存有六朝以来刻石百余方,其时间横跨六朝、唐、宋、元、明、清、民国等历朝;字体有正、草、隶、篆等各类,内容丰富,堪称是中国古代的书法博物馆。其中除"大字之祖"《瘗鹤铭》原址即此外,摩崖上尚存有唐刻《金刚经偈句》、宋米芾观《瘗鹤铭》留下的题铭、《陆游踏雪观瘗鹤铭》等,都十分著名。另有"浮玉"、"栈道"、"观音"等诸多题字,其作者均为历代著名人。如浮玉岩上的"浮玉"两字,即南宋书法家赵孟奎(1254—1258年)所书。而陆游等人踏雪寻访《瘗鹤铭》的题铭,全文为:

陆务观、何德器、张玉仲、韩无咎,隆兴甲申闰月二十九日,踏雪观《瘗鹤

---

① 见《水浒》第 111 回:《张顺夜伏金山寺,宋江智取润州城》。

铭》，置酒上方，烽火未息，望风樯战舰在烟霭间，慨然尽醉。薄晚，泛舟自甘露寺以归。明年二月壬午，圜禅师刻之石，务观书。

看了这一段铭文，能使人感受到宋、金烽火未熄期间的文人雅兴。而在西崖临江处，尚有近人用刚劲笔力镌刻的一首爱国绝句：

> 为废不平均，呼号满神州。
> 来此暂偃息，行作世界游。

此诗为中国律师协会 1920 年为呼吁废除西方列强强加给中国的不平等条约，过路焦山时所题刻。但是，能够见证中国近人爱国情怀的，尚不止是存在于焦山西侧的摩崖石刻，而现存于焦山东山脚的抗英炮台，则更体现了近代中国民众英勇抗击西方侵略的历史实践。

据有关记载，现存于焦山东侧山脚的抗英炮台，始建于 1840 年间的第一次鸦片战争时期。炮台共由 8 个用石灰土夯实的炮堡组成（堡后带火药库），呈扇形，炮口直对长江入海口。而道光二十二年（1842 年）六月十二日至十三日间，清将郭络罗·海龄（？—1842 年）依此炮台，与水路进攻镇江的 70 余艘英舰、1.2 万英军，进行了英勇战斗，终因寡不敌众，炮台失守，守岛军民 1500 多人全部阵亡，而海龄自己则自焚殉国，其妻与孙同死。由于此战之惨烈，恩格斯在《英人对华新远征》一文中赞扬道："如果这些侵略者到处遭到同样的抵抗，他们绝对到不了南京。"焦山抗英炮台是镇江人民英勇抗击外国侵略者的历史见证，它书写了近代史上中华民族反侵略的壮气歌。

过西山摩崖石刻，沿山道再上，便来到了"三诏洞"前。三诏洞又名"焦公洞"，洞中原有焦公石像，"文革"中毁，现像是 1979 年 8 月重塑。焦公，传为东汉文人焦光，东汉末因社会动乱，不愿做官，隐居焦山采药炼丹，经常为周围渔民免费治病，个人则靠每天山上砍柴、卖柴为生。汉献帝闻其贤，曾三度诏请其出山做官而不至，因此名声大振，洞名"三诏"。后人为纪念他，改原山名樵山为"焦山"。而查证有关史料，焦光，字孝然，三国时魏国河东郡（治所今山西夏县）人，后居住在江苏镇江。汉灵帝（一作汉献帝）曾三度下诏请其做官而拒绝。隐居荒野河边草庐中，见人不语，冬夏不穿衣，睡不铺席，数天吃一顿饭，相传活了一百多年。其事见《三国志·魏志·管宁传》注引。而个人认为：焦光之真实形象当属汉魏时期的神仙家，其追求修道成仙，自由自在，自然不屑于出山为官。

三诏洞附近有亭名"百寿亭",因亭中藏有用 100 个不同篆体字书就的"寿"字碑刻而得名。此亭之修,传为清末善人范某为到别峰庵探友,见山路崎岖难行,便捐钱铺设石路,由山脚直达峰顶。庵主为了感恩,修建此亭为之祝福。亭中现存四块条形石碑,均被嵌入南墙之中,石上所刻的 100 个用不同篆体字书写的"寿"字,变化无穷,其与焦山碑林、摩崖石刻一起,共同展现了焦山这一座中国"书法之山"的特色。

过三诏洞沿山路再上,半山腰有亭名"壮观亭",亭呈六角状,始建于明朝天顺年间,亭旁有千年古柏一株,称"六朝柏",至今枝叶茂盛。过壮观亭,别峰庵就在眼前了。别峰庵始建于宋代,呈方形四合院状,取名"别峰庵",是因为焦山的主峰有东西两个峰头,而别峰庵位于双峰之南的别岭上。

别峰庵是清代名画家郑板桥的读书之处,并因此而知名。郑板桥(1693—1765 年),名燮,号板桥,江苏兴化人,乾隆元年(1736 年)进士。曾为官山东范县、潍县县令,政绩显著,乾隆十八年(1753 年),以为民众请求"开仓赈贷"的救灾款,得罪上司去职,时年 61 岁。当时百姓遮道挽留,家家画像以祀,并于潍城海岛寺为之立生祠,足见其思想的平民性。此后郑板桥客居扬州,以卖画为生,为"扬州八怪"的重要代表人物。[①] 经查,郑板桥与镇江发生关系,是在雍正十年(1733 年)秋,当时他赴南京参加乡试,中举人,转赴镇江焦山别峰庵读书。焦山现存郑板桥手书木刻对联:"室雅何须大,花香不在多"。又有郑氏《题自然庵画竹》诗云:"静室焦山十五家,家家有竹有篱笆;画来出纸飞腾上,欲向天边扫暮霞"等,当都是他在焦山读书时的产物。乾隆元年(1736 年),郑在北京参加礼部会试,中贡士,五月,再参加殿试,中二甲第 88 名进士,赐进士出身,这当是他在焦山苦读的结果。郑板桥一生只画兰、竹、石,世称其诗、书、画为"三绝"。郑板桥当属中国古代士人中性格清直的代表,他的书画有很高的成就,其自创书法被

---

① 扬州八怪,指中国清代中期活动于扬州地区的一批画风相近的书画家总称,亦称扬州画派,具体指罗聘、李方膺、李鱓、金农、黄慎、郑燮(又名郑板桥)、高翔和汪士慎等人。其说见据李玉棻《瓯钵罗室书画过目考》。其画风特点是重花鸟写意,抒发灵性,将明代徐渭的泼墨手法发挥到顶峰,冲击了当时流行的以"四王"为代表的正统画派,被称之为"怪"。"四王画派"指清初画家王时敏、王鉴、王翚、王原祁,其画风特点,是以元画家黄子久的"恬淡平和"为最高审美标准,追求无一点尘俗之气。由于受到皇室扶植,成为清初画界公认的正统派。

称为"六分半书",他制定《板桥润格》,①成为中国画家明码标价卖画的第一人。在别峰庵前,我想起了唐李太白的诗句:"松柏本孤直,不作桃李颜。"以此诗句形容郑板桥的人格,当不为过。

过别峰庵,沿山道前行,登上焦山东峰绝顶,便来到了"吸江楼"前。该楼旧称"四面佛亭",因亭内四面陈木雕佛像得名。此后清同治十年(1871 年),有常镇通海道沈秉成将亭改建为楼,并写了《吸江楼记》一文以述其因。他在文中写道:我在镇江任职期间,常想携酒与友同登焦山,但因忙于公务,未能如愿。今春有暇,特邀数友披荆斩棘,攀登危岩,终达山顶的四面佛亭。但因亭周被树木遮掩,亭虽在山巅,却不能望远,且亭已倾斜欲倒,因此捐款将亭翻盖为楼。现登楼俯瞰大江,只见苍茫万顷,特将楼命名为"吸江",以示不忘旧名也。②"吸江楼"三字,实取意于郑板桥在焦山别峰庵读书时所写茶联:"吸取江水煮新茗,买尽青山作画屏。"

从沈秉成文之所述可以看出:吸江楼旧址虽有亭式建筑,但直至晚清同治前,都未能得到很好的开发,以致四周景观,均被树木遮掩,亭虽在山巅,却不能远眺长江。而经沈氏翻造后的吸江楼,增加了原建筑的高度,共分上下层,呈八角形,有回廊连通,以便登楼者八方览景。楼上层横额题有"吸江楼"三字,底层横额则写有"江山胜概"四个大字,因此此楼别称又作"江山胜概亭"。此处实为游客登焦山远眺长江的最佳位置。

我在"江山胜概亭"呆了很久,远眺长江,但见江北绿野辽阔,阡陌纵横,扬州在望;江南是青山苍翠,丘连叠嶂;脚下则为长江滚滚东去,不稍停留。由于1986 年的南京镇江之行,是我成家后的第一次出游,在吸江楼上,我不由得思挂起家人,填就了昨晚在莫愁湖畔未能完成的词作《水调歌头·旅程思家》:

> 天色已将晚,湖畔立奇葩。小庐灯火微露,观景倍思家。念二老忙何事,身体该当无恙?儿远忆爹妈。遥祝贤妻语,互勉惜年华。　忆往昔,一孤雁,浪天涯。今结双对,乡土寒舍种兰花。来岁远游归日,苦乐当与共享,同坐扁舟发。赴楚川巴岭,携手看夕霞。

---

① 《板桥润格》:"大幅 6 两,中幅 4 两,小幅 2 两,条幅对联 1 两,扇子斗方 5 钱。凡送礼物食物,总不如白银为妙;公之所送,未必弟之所好也。送现银则心中喜乐,书画皆佳。礼物既属纠缠,赊欠尤为赖账。年老体倦,亦不能陪诸君作无益语言也。"
② 参《中国历代名刹、高僧简介》(四),载百度文库。

　　一日游镇江三座山,总的感受是:金山有《白蛇传》托底,近情,是情山;北固山有《三国演义》托底,近史,是史山;焦山有《瘗鹤铭》托底,近文,是书法之山。而我个人的性格则近孤,许多年来都是孤独一身,独游天涯。

　　下午5时许下焦山,5时50分抵镇江长途汽车站,坐公交车前往扬州,傍晚6时45分,公交车经摆渡过长江,抵扬州夜宿。

2016年6月16日

八月下扬州

1986 年 8 月 17 日,星期日,晴,晨起游扬州。

扬州,《禹贡》所设古九州的名称之一,在中国古代又有广陵、江都、维扬等别名。其建城史可上溯至春秋时期,此见于《左传》鲁哀公九年(前 486 年)所记:"秋,吴城邗(扬州古名),沟通江淮。"

但讲起游扬州,使人最先想起的是隋炀帝看琼花之事。而要谈起这则逸闻,又得从李太白诗句"故人西辞黄鹤楼,烟花三月下扬州"说起。我在中学读这首古诗时,一直对"烟花"二字犯疑。尽管书中解释说:"烟花"二字指的是扬州三月间明媚的春景。但我却始终怀疑"烟花"二字,或是指的长江中的浪花,或是指的扬州的琼花,而且特别倾向于后说。因为根据古书所记,琼花性娇嫩,仅在扬州"琼花观"可生。宋仁宗庆历年间(1041—1048 年),曾叫人从琼花观中将琼花移栽至开封府的官苑中栽培,但次年即枯萎,不得已将这些花送回扬州,却照常开花。南宋孝宗淳熙年间(1174—1189 年),又令人把琼花移栽至都城临安(今杭州)皇苑中,谁知次年即萎靡无花,送回扬州后,又重新发花。此事见周密(1232—1298 年)《齐东野语》所记。琼花既然如此娇嫩且稀少,以至当年隋炀帝不惜修大运河到扬州来看琼花,结果是搞得国破人亡。既然隋炀帝可以不惜国力到扬州看琼花,那么隐士孟浩然三月乘舟到扬州看琼花也就不足为奇了。

但我这次下扬州却看不得琼花,其原因有两点,一是时令不对。因为根据书上记载,琼花开花时节为每年的四五月份。李白所说的"烟花三月",指的是农历,农历与目前我们所使用的公历约有一个半月的延后时差,我 8 月份下扬州,约相当于农历的 10 月份,自然是看不到琼花了。此外,我即便是四五月份下扬州,也是看不到琼花的,因为琼花在中国早已绝迹。琼花绝迹的原因,根据杜游(1794—1853 年)所记是:宋高宗绍兴年间(1131—1162 年)金兵南下扬州,将琼花大棵连根拔去,挖不尽的则齐土铲平。[①] 经此一劫,琼花元气大伤。后经道士唐大宁培养,一年后,被铲琼花老根旁,又生出了新芽。但至南宋德祐乙亥年(1275 年),元兵再陷扬州,琼花突然死去,再未复苏。此事见古籍《山房随笔》所记,以至当时人赵炎有诗为吊:

> 名擅无双气色雄,忍得一死报东风。
>
> 他年我若修花史,合传琼妃烈女中。

此后明武宗朱厚照下扬州,向太守蒋瑶提出看琼花的请求,蒋瑶的回答是:琼花扬州本来是有的,但自从宋徽宗北狩后,在扬州已绝迹。蒋瑶所说的话,虽有讥明武宗为亡国之君的含义,但扬州琼花如果尚存,蒋瑶断无胆子作如此回复。

琼花既死,总有人要附庸风雅。元至元三十一年(1231 年),也即琼花死后二十年,有道士金丙瑞以"聚八仙"花补种在琼花观,后人仍称之为琼花。此"聚八仙"者,实为世人俗称的绣球花,其花分八瓣,色洁白,合则为球,可能其原形与琼花有些相近,后人便将错就错,将聚八仙花称为琼花,此事迄今也有七八百年的历史了,甚至扬州市也将其作为市花,实则贻笑大方。

但我八月下扬州,虽看不得琼花,却有瘦西湖可游,有观音山可攀,有平山堂可赏。

瘦西湖位于扬州西北城郊,水上面积约 700 亩,历史上是由隋至明清等各朝的护城河连缀而成的带状景观,并与大运河水源相通。该湖本名"保障湖",此见于清人吴绮所记:"城北一水通平山堂,名瘦西湖,本名保障湖。"[②]而"瘦西湖"的得名,缘自乾隆元年(1736 年)钱塘人汪沆慕来此的题诗:

> 垂杨不断接残芜,雁齿虹桥俨画图。
>
> 也是销金一锅子,故应唤作瘦西湖。

至此,"瘦西湖"之名大盛。瘦西湖内的主要景点含五亭桥、白塔、小金山、二十四桥等。

---

① 见曹璿玉斋纂:《琼花集五》。
② 吴绮:《扬州鼓吹词序》。

五亭桥,初建于清乾隆二十二年(1757年)。由于该桥为扬州巡盐御史高恒为迎奉乾隆帝,建于瘦西湖莲花堤上,因此又有"莲花桥"的别称。该桥系仿北京北海的五龙亭与十七孔桥而建,上有五亭,下列四翼,正侧面共有15个桥洞,每逢月满时,各洞都拥有一水中月影,甚为奇妙。因此中国著名桥梁专家茅以升先生曾赞扬此桥说:"中国最古老的桥是赵州桥,最壮美的桥是卢沟桥,最秀美的、最富艺术代表性的桥,就是扬州的五亭桥了。"[1]清人黄鼎铭则作《望江南百调》,称颂此桥:"扬州好,高跨五亭桥,面面清波涵月影,头头空洞过云桡,夜听玉人箫。"

而五亭桥赖以矗立的长堤,亦是瘦西湖一景,别称"长堤春柳"。堤长约六百余米,三步一桃,五步一柳,每当春月,桃红柳绿,甚是好看。但是提到五亭桥畔的柳树,却并非是因为它长得好看,而是因为它关系到该树的得姓。据说中国的柳树,起初并无"杨"姓。当年隋炀帝为下扬州看琼花,下令开挖大运河,运河挖好后,有翰林学士虞世基建议于河两岸植柳固堤护荫,建议被隋炀帝采纳,并亲植一柳,并赐姓"杨"。从此之后,人们方称柳树为"杨柳"。

站在五亭桥上东望,远处是一片湖光水色,桥东有座四面环水的建筑,称"凫庄",其状似野鸭浮水。凫庄为民国九年(1920年)乡绅陈臣朔所建,其名寓意着园主人向往一种自主沉浮的生活方式。而在湖的中央,即"小金山"景区。小金山又名"长春岭",是瘦西湖上最大的人工岛。该岛的成因,为清代中叶扬州豪绅为了打通瘦西湖通往大明寺的水路,在湖西北开挖莲花埂新河,而将挖河泥堆聚一处,便成为今天我们所能看到的小金山。

小金山顶有"风亭",是瘦西湖上的至高点,登亭望远,湖景可尽收眼底,因此被清代文人誉为"湖上蓬莱",赋词称道:"扬州好,画入小金山。亭榭高低风月胜,柳桃杂错水波环,此地即仙寰。"[2]小金山上尚有吹台、月观、琴室、木樨书屋、棋室诸景点。其中,"吹台"是一座通过短堤伸入湖中的方亭,位小金山西麓,相传乾隆帝曾于此亭钓过鱼,因而又名"钓鱼台"。"月观"前临湖面,坐西朝东,是在瘦西湖中赏月的最佳点。每当皓月东升时,凭栏而立,可以同时看到天上与水中的两轮明月亮。唐诗人徐凝曾有句:"天下三分明月夜,二分无赖(疑)是扬州。"[3]由此可想见夜深人静时,在"月观"赏月,是天下最为赏心的事。

五亭桥附近另有"大虹桥"景点,属清代扬州的二十四景之一。桥始建于明

① 转引李友仁:《桥梁专家茅以升及其家族的扬州缘》,《扬州广播电视壹周刊》2016年3月16日。
② (清)黄鼎铭:《望江南百调》。
③ (唐)徐凝:《忆扬州》。

崇祯年间,原为木质红栏,称"红桥"。至清代乾隆年间改建为青石桥,宽 7.6 米,三孔低坡,状似彩虹卧波,故更名"虹桥"。

虹桥附近有"白塔"景点,亦称"观音寺白塔",高 27.5 米,塔基八面四角,每面三龛,龛内雕有十二生肖像。据《扬州画舫录》一书的记载:扬州白塔系清乾隆四十九年(1784 年)仿北京北海白塔而建,承建人为两淮盐总江春。据评价,该塔与北海白塔各擅胜场,北海白塔高 35.9 米,肚大头细,显得粗壮,而扬州白塔则配以瘦西湖背景,显得秀气柔美。因此著名古园林专家陈从周先生曾评价扬州白塔"比例秀匀,玉立亭亭,晴云临水,有别于北海塔的厚重工稳。"[①]

此外,关于扬州白塔之建,当地另有传说,讲得是乾隆帝六下江南时过瘦西湖,看到五亭桥一带景色秀美,随口说道:只可惜少了一座白塔,不然看起来极像北海的琼岛春阴。不想说者无意,听者有心,财大气粗的扬州盐商们为了讨皇帝欢心,当即用十万两白银与皇帝随身太监买来了北海白塔的图样,并连夜用白色盐包堆成了一座白塔。次日清晨乾隆皇帝推轩,见五亭桥旁有一座白塔耸立,疑是天降。但是塔是用盐搭的,不能持久,盐商们怕犯欺君之罪,在乾隆帝走后,便用真金修起了一座白塔。此事见《清朝野史大观》一书所记。但传说毕竟是传说,只能供读者一笑。

瘦西湖上另有一座知名度比五亭桥更高的桥,称"二十四桥",附近衬有"熙春台"景观(位瘦西湖北段),可惜因"文革"的摧残,在我去时已经颓败。当时扬州市府按《扬州画舫录》记载、扬州画师袁耀绘《邗上八景·春台明月》以及乾隆《南巡盛典图》等有关史料,正在规划重修。郁达夫曾评价:二十四桥的明月是中国南方的四大秋色之一。二十四桥的知名,缘自唐代著名诗人杜牧(803—852年)一首《寄扬州韩绰判官》的七言绝句:

青山隐隐水迢迢,秋尽江南草未凋。
二十四桥明月夜,玉人何处教吹箫。

这首诗是当时杜牧被调任监察御史,由淮南节度使幕府回长安供职后,寄友人韩绰的作品。文宗大和七至九年(833—835 年),杜牧曾任淮南节度使掌书记,与韩绰是同僚。有趣的是,因杜牧的这一首诗而引起了一段学术公案,即"二十四桥"究竟指的是瘦西湖上的一座桥,还是指的 24 座桥?对此,北宋沈括在

---

① 陈从周:《园林谈丛》。

《梦溪笔谈》中,对当时扬州每座桥的方位和名称一一做了考证,共考出了 23 座桥。[①] 一说"二十四桥"仅是指的一座桥,此说见于清李斗《扬州画舫录》卷十五:"廿四桥即吴家砖桥,一名红药桥,在熙春台后,……扬州鼓吹词序云,是桥因古二十四美人吹箫于此,故名。""红药桥"之名出自宋姜夔《扬州慢》词:"二十四桥仍在,波心荡,冷月无声。念桥边红药,年年知为谁生?"更有野史佐证,"二十四桥"即隋炀帝以歌女数改名,因名。而个人认为:"二十四桥"当是指隋唐时期扬州曾存在的 24 座桥,证据之一当然是沈括的考证。此外,《大清一统志》中,在《皇上南巡有御制寄题二十四桥诗》后注释中,曾列举了古代扬州地区存在的诸多古桥名亦是证明。中国著名桥梁专家茅以升先生曾在《光明日报》上署文考证"二十四桥",指出:"这首诗(指杜牧诗)中,只有二十四桥这几个字指出往事的遗迹,因而这几个字就要能充分反映出昔日的繁华。如果这只是一座名叫'二十四桥'的桥,它如何能体现全扬州的繁华呢? 扬州的桥很多,而且从隋朝起,就分布在全城。"[②]我同意茅老的意见。

游瘦西湖,尚有两处人文景观值得一提。一是白塔附近有一座新建的"白塔晴云"艺术馆,系仿清建筑,内多陈美女蜡像,比例同真人大小,据说是某位爱国华侨捐赠。我买票入内徜徉些许,由于第一次见到这些蜡像,颇感新奇,若干年后,我游西安乾陵,见陵上到处都是当地人搭的帐篷,入内须买票,内中陈列的皆我在"白塔晴云"艺术馆中所曾经看到过的真人比例蜡像,方知此物造价低廉,在风景区中陈列,纯为博人眼球以赚外快钱。

其二是设于徐园之中的"马可波罗"纪念馆(后迁出)。徐园,位于瘦西湖长堤春柳北端,原为扬州近代军阀徐宝山(1866—1913 年)的私家花园,1915 年建于清初的"韩园桃花坞"旧址上。此园距现瘦西湖大门的入口处不远,属园中之园的格局,门额"徐园"两字,为扬州近代书法家吉亮工所书。徐宝山曾参加辛亥革命推翻清廷的活动,率军光复扬州、泰州等地,官至民国扬州军政分府都督,并被孙中山大总统委任为北伐第二军上将军长。此后投靠袁世凯,仍任第二军军长。徐宝山有嗜古董的爱好,革命党人为惩处徐的叛孙投袁行径,张静江(国民党元老)将炸弹放入预制的古董箱内,模拟徐宝山派往上海寻购古董的艾某笔迹致书徐宝山,诡称找到了一个三代铜器,请其鉴赏。1913 年 5 月 14 日,张静江

---

① (宋)沈括在《梦溪笔谈·补笔谈》卷三中,考出的桥分别有:茶园桥、大明桥、九曲桥、下马桥、作坊桥、洗马桥、南桥、阿师桥、周家桥、小市桥、广济桥、新桥、开明桥、顾家桥、通泗桥、太平桥、利园桥、万岁桥、青园桥、参佐桥、山光桥等等,后被水道逐渐淤没。

② 茅以升:《桥名谈往》,《光明日报》1962 年 7 月 22 日。

派人将假古董箱送扬州徐宝山处，徐宝山在开箱时被当场炸死。[1] 徐死后，徐园成为他的祠堂，后几经辗转，成为瘦西湖公园的一部分。而在我过徐园之时，园内大厅空置无用，成为"马可波罗"纪念馆。马可波罗（1254—1324 年），意大利威尼斯人，著名旅行家。1275 年来华，受到元世祖忽必烈的重用，曾代表元政府出使过波斯、印度、安南等地，并在扬州任官三年（1282—1284 年间）。使马可波罗扬名后世的是他在归国之后写了一部《马可波罗游记》，记述了他在中国的种种见闻，而被誉为"旷世奇书"。根据马可波罗的记述，当时中国菜谱的丰富，超过了天堂中上帝的餐桌。而当时欧洲人并不相信他的记述，认为他是在写幻想小说。以致他在临死之前，为之祈祷的牧师要他承认在书中散布的都是谎言，结果被马可波罗拒绝。由此可见马可波罗是一个具有为真理献身精神的人，值得后人纪念。

瘦西湖是保留着我人生特殊记忆的一个地方。记得"文革"中的 1969 年，我当时尚在苏北大丰农场务农，春节期间与队友小周步行前往镇江、扬州旅游。2月 15 日清晨 6 时许，在阴雨中步抵瘦西湖，游小金山、五亭桥、法海寺等景点。当时的瘦西湖并无围墙，自然也无人收门票钱。虽然经历"文革"的冲击，我们所见湖园中的建筑均已残旧，但湖面却显得开阔，一派烟雨迷蒙的景象。有人在湖边用飞叉打鱼，据说此人曾打上过 20 多斤重的大鱼。我回农场后把所见告诉队友小李，他告诉我：其父一位老同事在"文革"初被打倒，家居瘦西湖不远处，每天早上都到瘦西湖边钓鱼以消磨时光。今旧地重游，回想往事，真感岁月如梭。

上午 9 时，出瘦西湖景区，上观音山，参观唐城遗址。再步平山堂。

观音山位于瘦西湖北侧，处蜀岗东峰，是扬州城的制高点，由此可俯瞰城区，远眺长江南北。隋炀帝曾于此山上建行宫"迷楼"，"凡役夫数万，经岁而成。"并自诩："使真仙游此，亦当自迷。"[2]隋亡后楼毁，明人雇桐曾于此处题字"鉴楼"，以警后世吸取隋亡教训。自宋以后，观音山顶历代建有寺院，随毁随建，长盛不衰。其原因是据民间传说，农历六月十九日是观音菩萨的得道之日，其得道地点在观音山。因此，观音山便成了扬州地区最盛的香火庙会，每年临该日，江、浙、沪、皖等地香客，都会于头晚上山，争取于次日天未亮前，到寺里烧头香，而每逢

---

① 徐宝山事迹参《徐宝山：功过留与后人说》，《镇江日报》2007 年 7 月 23 日，另见《辛亥枭雄徐宝山》，光明网 2013 年 10 月 20 日。
② 见《迷楼记》。

六月十九日这一天,前往观音山的香客和游人都在数万人的规模。观音山寺的建筑特点是依山势筑殿,不求对称,山庙一体,掩映于周边古木之中,甚感壮观。但山寺中的佛像却不古,其原因是老佛像均罹难于"文革"之中,现佛像系 1984年以后又重塑,因此从文物角度来看,价值不高。

由观音山山门走出,绕至寺后东侧,便是古唐城遗址,而再早,这里是春秋时吴王夫差始筑的邗城所在地。现在举目所见,自然是看不到唐代古城了,映入眼帘的是无际的茶园,以及江淮大地。立此,我领悟到古代扬州城的建筑格局,与今日的扬州有很大区别,其基本位置是以蜀岗东峰为依托,坐北朝南。蜀岗南麓山脚,绕有与古运河相连通的护城河,这一护城河也即现今扬州瘦西湖景区的前身。上世纪 70 年代,国家曾组织人力对唐城遗址进行考古发掘,基本搞清了其布局,即唐代扬州城占地面积约三平方公里,城四周夯土墙长约 6850 余米,高出地面 5—10 米。城区以蜀冈上下为界线,具体划分为子城和罗城两部分,蜀冈上为子城,亦名"衙城"或"牙城",系官衙所在地,子城四周的土墙、护城河、角楼、城门、城内道路等均保存完好;蜀冈下为罗城,即居民居住区与工商业区。此外,考古尚发现陶瓷器、铜器、金银器皿等唐代扬州出土文物 300 余件。因此 1979 年国家于唐代衙城遗址西南角、隋炀帝行宫旧址上设唐城遗址博物馆,收藏考古发掘时所得的各类文物。其中值得一提的有刻有唐淮南节度使杜佑和清代大学士阮元题字的八角石柱、刻有唐代三名家吴道子画、李白诗、颜真卿书的唐三绝碑以及唐代各窑口的陶瓷器,如越窑青瓷、邢窑白瓷、唐三彩、长沙窑、秘色瓷、唐青花等等。此外,值得一提的是馆内尚藏有唐代来自新罗的友人崔致远的事迹介绍。崔致远,新罗(今韩国)人,12 岁入唐求学,18 岁(874 年)考取进士(唐僖宗乾符元年进士及第),赴扬州任职淮南都统巡官、官驿巡官等职,曾参与征讨黄巢的战争,著有《黄巢书》、《桂苑笔耕集》等为天下传诵。884 年崔致远归国传播汉文化,被誉为"东国文学之祖"。崔致远的事例,展现了中国古代科举制度的开放性与平民性。

平山堂位于观音山西南侧蜀岗中峰的大明寺内,其历史沿革情况大致为:山寺始建于南朝宋孝武帝大明年间(457—464 年),因而得名。隋文帝仁寿元年(601 年)为庆贺其生日,下诏于全国建塔 30 座,供佛祖舍利,大明寺为奉诏建塔的寺院之一,因塔名"栖灵塔",寺遂改称"栖灵寺"。至唐,鉴真法师曾任大明寺住持,因鉴真为中国名僧,使该寺知名度大增。此后,因唐武宗毁佛,会昌三年(843 年)九层栖灵塔遭火焚毁,山寺亦废。至宋庆历八年(1048 年),欧阳修贬谪为扬州太守,于大明寺大雄宝殿西侧的"仙人旧馆"遗址上建"平山堂",供士大夫吟诗作赋。该堂的得名据《舆地纪胜》所记为："负堂而望,江南诸山拱列檐下,故名。"其意谓:由于平山堂所处的地势高,坐在堂中,南望江南远山,正与堂的栏杆齐平。据载:欧阳修每到暑天暇时,常携友人来此饮酒赋诗,由歌妓取花一束传客,依次摘取花瓣,最末者则罚酒一杯,赋诗一首。

平山堂的建设规模十分宏大,南宋叶梦得(1077—1148 年)曾称颂其为:"欧阳文忠公在扬州作平山堂,壮丽为淮南第一堂。"①可惜的是,至元,平山堂因战乱荒废;至明代万历年间重修,清咸丰三年(1853 年),因太平军占领扬州,平山堂再度毁于战火中。同治九年(1870 年)平山堂又被重建,同时重建的尚有平山堂的周边景点大明寺遗址、西园、天下第五泉、谷林堂等。其中因为平山堂名气最响,人们便往往将这一带景点统称为平山堂。由于平山堂的初建即为行吟,因此自宋以降,来此题诗的名人颇多,但诗作出彩者却未见。值得一提的是清代贵州巡抚林肇元(?—1886 年),来此所题的匾额:"远山来与此堂平"。虽只一句话,却道出了平山堂的精髓所在。

平山堂内现有鉴真纪念馆(又名"鉴真和尚纪念堂"),当为中日两国政府为纪念 1972 年 9 月 29 日中日邦交正常化,合资共建。据有关介绍:该馆由中国著名建筑学家梁思成先生 1963 年设计,1973 年建成。该馆兼容了日本古代与中国清代两种建筑风格,以试图体现古代中日文化交融的特点。具体是该馆建筑分作两组,一组为四松堂构成的清式四合院,其南面为纪念馆;另一组为仿唐式四合院,含纪念碑亭、纪念堂等,再由游廊将两组建筑衔接,两组建筑同处一条中轴线上,分则为二,合则为一。而后组建筑则完全是仿照日本奈良唐招提寺(759 年建)主体建筑"金堂"样式而建,金堂是当年鉴真赴日时,亲自设计的建筑,其既保持了中国盛唐的建筑风格,又糅和了日本当时的建筑特点。

鉴真(688—763 年),俗姓淳于,广陵江阳(今江苏扬州)人,律宗南山宗传人,也是日本佛教南山律宗的开山祖师、著名医学家,曾任扬州大明寺主持。唐天宝元年(742 年),鉴真应日本留学僧人请求,曾先后六次东渡(743—753 年)日本,以求弘扬佛法,前五次东渡都失败了,其中第五次东渡因遭遇台风,在海上漂流了 14 天至海南岛的振州(今崖县),此时 62 岁的鉴真因疾双目失明,他的大弟子祥彦圆寂,邀请他的日本僧人也病故了,但他东渡之志益坚。唐天宝十二年(753 年)十一月十五日,鉴真终于率弟子 40 余人第六次东渡成功,在日本九州登陆,次年于日本都城平城京(今日本奈良)受到日本僧俗欢迎。当时日本天皇、

---

① (宋)叶梦得:《避暑录话》卷一。

皇后、皇太子和政府高级官员都接受了鉴真的法戒。鉴真后在日本奈良创建招提寺,著有《戒律三部经》刻印流传,这是日本雕版印刷的开端。鉴真不仅在日本传播了佛教知识,同时还传播了建筑、雕塑、中医药知识,治好过圣武天皇的病,被日本誉为"天平之甍"(日本天平时代的文化屋脊)。因此鉴真是古代中日之间的真正文化使者。

梁思成(1901—1972年),广东新会人,梁启超子。出生于日本东京,1923年毕业于清华学校高等科,1924年就学于美国费城宾州大学建筑系,后获硕士学位,又转赴哈佛大学研究中国古代建筑史。归国后,1932年主持了故宫文渊阁的修复工程,并完成《清式营造则例》,这是梁思成一生中最重要的学术著作。抗战期间,美国政府根据梁思成的建议,避免对日本古城京都和奈良进行飞机与原子弹轰炸。[①] 1946年,梁思成赴美国讲学,受聘美国耶鲁大学教授,同年,回母校清华大学创办了建筑系。1948年平津战役前夕,梁思成绘制《全国文物古建筑目录》,交给中国人民解放军,使北平城古迹免炮击,保护了北京的文物和古城墙。新中国成立后,梁思成曾任清华大学教授、中国科学院哲学社会科学学部委员等职,参与了人民英雄纪念碑、中华人民共和国国徽等作品的设计。1950年初,梁思成与都市计划委员会陈占祥一起向中国政府提出了新北京城的规划方案《关于中央人民政府行政中心位置的建议》,主张保护北京古建筑和城墙,保护旧北京城,不在旧城内建高层建筑,建议在西郊建新北京城。但建议未被高层采纳,他本人为此在"文革"中被当作"复古"典型,倍受批判并抄家,私人藏书与资料被没收,1972年1月9日,梁思成病逝于北京。梁思成的另一部重要学术著作是1945年完成的《中国建筑史》。英国学者李约瑟曾评价:梁思成是研究"中国建筑历史的宗师"。我赞同梁思成有关保护旧北京城的建议,并认为他在提出这一建议过程中所表现出的献身精神,体现了中国旧时代知识分子民族文化的良心,值得后人永远钦仰。

平山堂的周边景点含:大明寺,始建于南朝,隋代更名"栖灵寺",后废。明万历年间,扬州知府吴秀重建。清代,因讳"大明"二字,寺名沿用"栖灵寺",乾隆帝三十年巡扬州,御题"法净寺",并将大明寺扩建为扬州八大名刹之首。咸丰三年(1853年),山寺再毁于太平军兵火,同治九年(1870年)重建。"文革"期间,

---

① 一说在二战中保护了京都和奈良的学者,是美国哈佛大学教授兰登·华尔纳(Langdon Warner, 1881—1955年),此人为梁思成1927年在哈佛大学攻读博士学位时的导师。或认为梁思成有关保护京都和奈良的建议,是经兰登·华尔纳,传递给了美国政府。

"红卫兵"欲砸寺中佛像。周恩来总理闻知后,急电保护,大明寺被封闭,寺中佛像幸免于难。1979年,寺庙重新维修,佛像贴金。1980年,为迎接鉴真大师回国巡展,寺院复名"大明寺"。

谷林堂位于平山堂北,是苏东坡由颍州徙知扬州时,为纪念师尊欧阳修,于北宋元祐年间(1086—1094年)所建,堂名取意于苏东坡诗句:"深谷下窈宛,高林合扶疏。"堂内多悬楹联、书画作品,供人休憩。

欧阳修祠位于谷林堂北,内有欧阳修读书处。祠堂为欧氏后人、两淮盐运使欧阳正塘于清光绪五年(1879年)所建,祠壁嵌有根据清宫藏本摹刻的欧阳修像,由于光线与视角的变换,刻像远看白须,近看黑须,神态自若。此处又名"六一祠",是因为欧阳休自号"六一居士"。

欧阳修祠旁有"第五泉",为乾隆帝御笔题字。据说乾隆帝下江南时,多在山泉旁以数字题泉名,其数字排序的依据是乾隆帝身临之先后时序,而并非是指品评泉水质量之高低。

中午12时别欧阳修祠,从扬州坐公交车前往镇江,在过长江渡轮上回首,平山堂历历在目。计一日所游,晨5时30分起床,前往瘦西湖。晨7时10分,过徐园,参观马可波罗纪念馆。9时,上观音山,见唐城遗址。9时20分,抵平山堂,参观鉴真纪念馆,瞻仰欧阳修祠。至镇江火车站买了下午3时41分发上海的123次列车,晚19时19分抵沪。

回顾短短一日扬州之游,真是来也匆匆,去也匆匆,但是却领悟到了扬州的深厚历史文化内涵。记得在扬州汽车站洗手间内,曾遇到一位满腹牢骚的老人感慨扬州酱菜质量下降之快,徒负虚声。而当时上海的大多年青人,也只知道扬州有"三把刀"(切菜刀、剃头刀、剔脚刀)。被人们所忽视的是,古代扬州曾长期是中国的经济与文化中心,人才辈出,有着"扬一益二"的盛誉,只是到了明亡,经清军野蛮的"扬州十日"屠城之后(共80万民众身亡),[①]方导致扬州在中国的经济与文化中心位置逐渐向江南地区转移。因此,重新认识古扬州在中国历史文化中的地位,为我游扬州之一得。

2016年9月17日

---

① 关于清军扬州十日的野蛮屠城记录,见于幸存者王秀楚的《扬州十日记》中和明末史学家计六奇的《明季南略》记载,据记载:1645年(南明弘光元年,清朝顺治二年)农历四月二十五日,扬州陷,清兵十日不封刀,"堆尸贮积,手足相枕,血入水碧赭,化为五色,塘为之平","前后左右,处处焚灼","城中积尸如乱麻",仅被和尚收殓的尸体就超80万具。

1989年7月19日被学校派往北京，参加中央党校举办的"廉政建设文化学习班"，8月6日返沪。旅京期间，学习内容丰富，兼用闲时游览名胜古迹，颇有心得，顺记所见。

第十二卷　参加中央党校廉政建设文化学习班纪行

1989年7月19日至8月6日，我被学校派往北京参加中央党校举办的"廉政建设文化学习班"，上课内容颇丰，对我后来的治学方向亦曾产生过影响。在学习期间，我曾三访国务院接待站，提出个人对于国家政治体制改革的建议，体现了青年时代的爱国热忱。整理当年所记，以留做生活的纪念。

初到北京

　　1989年7月19日，星期三，晴。下午3时离家，送2岁幼女至岳母家照料，转赴上海新客站，坐当晚7时20分发往北京的直快列车，次日晚6时抵。出站时，见大街上人迹稀少。时距北京"六四"未久，首都显然尚未恢复至以往的繁华街景。晚8时30分抵中央党校"廉政建设文化学习班"报到，住4号楼104室，一人一房，睡得舒坦。

　　次日，周五，雨。全天听课。周六仍阴雨不断，上午听课，下午赴北京沙滩《求是》编辑部，替大学一同学查询投稿事宜。随后赴党校南校园，找该校研究生刘春家查询自己去年所投有关国家经济体制改革建议一稿处理意见，答复明日退稿。此事的起由是：1988年中央党校发起，征集有关国家经济体制改革建议的论文，准备于次年举行一次学术研讨会，我投了一稿，却久无回音。刘春家告诉我：文章写得不错，但这次学术研讨会因故取消，只得退稿，甚表歉意。我认为该研讨会之所以取消，当与北京当年发生"六四"动乱有关。

　　次日，周日，阴雨。全天无课。上午游北海公园，随后沿中海绕行，至太平街甲1号国务院信访接待站，想向工作人员提出个人有关国家体制改革的建议。但因周日接待站休息，便赴王府井大街替学校张老师买了《中国自在气功》书三本，随后返中央党校晚餐。

　　次日，周一，晴。一早赴国务院信访站，向有关工作人员提出我对于国家体制改革的建议两条：一是恢复党内批评与自我批评的优良传统，以取代目前搞得太滥的"评优"制度；二是借鉴中国古代科举考试制度的长处，改革现存的干部人事制度。该工作人员似乎十分赞同我的观点，他建议我写出具体的书面建议交给他，他答应根据我的建议出简报上报中央。中午在街上替家妻买连衣裙一件，款10元，返党校听课。

攀香山

次日,周二,晴。上午听课,下午攀香山。

香山位于北京西郊,山不是很高(海拔 557 米),但因山势险陡,而有"鬼见愁"的俗称。相传晋代葛洪曾在此山炼丹,山上迄今留有"丹井"等遗迹。

关于香山的得名,有两种不同的说法。一说是山的顶峰有一块巨大的乳峰石状似香炉,晨昏均有云雾缭绕,故名"香炉山",简称"香山"。一说则见于明末文献《帝京景物略》的记载,讲古时香山以种杏知名,每年春季杏花开时,清香四溢。此说依据是明代王衡有记:"杏树可十万株,此香山之第一胜处也"。此外明代遗诗有谓:"寺入香山古道斜,琳宫一半白云遮;回廊小院流春水,万壑千崖种杏花。"因此《帝京景物略》称:"或曰香山杏花香,香山也。"[1]在上两种说法中,我宁可相信古文献的记载。

今日的香山,却以"西山红叶"知名,每到秋日,一片火红,陈毅元帅曾有"西山红叶好,霜重色愈浓"的名句加以咏诵。[2] 但是在这里需要指出的是:"西山红叶"并非大多数人所误解的枫树,而是指的遍布香山的黄栌树。至于何以古代香山上的杏树被现今的黄栌树所取代? 这只能归因为北京古今自然环境的变迁了。

香山有寺,俗称"香山寺"。据记载,其始建于金世宗大定二十六年(1186年),距今有近900年的历史。山寺初名"大永安寺",元仁宗皇庆元年(1312年)重修,更名"甘露寺"。至明英宗正统六年(1441年),有司礼太监范宏出资七十余万再修山寺,更名"永安禅寺"。至清,乾隆帝以香山寺为中心修筑行宫,共建成大小园林八十余处,赐名"静宜园"。此后,1860年、1900年英法联军与八国联军两度侵占北京,将静宜园内珍藏的大量宝物劫掠一空,并将静宜园付之一炬。而劫后的香山寺也仅剩下了正殿前的石屏、石坊柱、石阶、石础,寺内的娑罗树歌碑、听法松等可供后人凭吊遗迹。

今人攀香山,所能看到的古建筑主要为三处:其一是"双清别墅",位于香山寺东南向之半山坡上。此别墅中有两道清泉常年流淌不息,因此号称"双清",院内池旁有八角亭及参天银杏树。据记载,双清别墅之建,始于1917年河北省大水,督办熊希龄在此处设香山慈幼局收容流浪儿童。而双清别墅之所以知名,则

---

① (明)刘侗、于奕正同撰:《帝京景物略·西山》,崇祯八年(1635年)刊本。
② 陈毅:《题西山红叶》(1966年)。

是因为 1949 年 3 月 25 日,毛泽东随党中央由河北平山县西柏坡来北平,驻此处办公,直至当年 11 月份迁居中南海。而此别墅成了中共中央的临时驻地,毛泽东驻此曾发表了许多重要文件,吟成了著名的七律诗《人民解放军占领南京》,筹建了新中国。

位于香山北侧的碧云寺,是今人攀香山所能见到的第二处古建筑。碧云寺初名"碧云庵",由元丞相耶律楚材的后裔耶律阿勒弥始建,时为元代文宗至顺二年(1331 年)。明正德年间,太监于经在寺后建"生圹",始改名为碧云寺。至明天启年间,又有权奸魏忠贤扩修碧云寺,并于寺址建生圹。"生圹",指的是人生前为自己预造的坟墓,亦称"生基"。其出处见《后汉书·赵岐传》:"岐自为春秋藏,图季札、子产、晏婴、叔向四像居宾位,自画其像居主位,皆为赞颂。此生圹之始也。"[①]

清康熙四十年(1702 年),江南巡视张瑗得知碧云寺是明权奸魏忠贤的生圹,加以铲平。至乾隆帝十三年(1748 年),对碧云寺又加扩建,于寺后筑塔,于寺右仿杭州净慈寺罗汉堂建碧云寺罗汉堂,始奠定碧云寺今日规模。而寺内所陈佛塑,大多为明代遗物。时至"文革"中,碧云寺所陈佛塑全毁,所幸建筑尚存。而碧云寺建筑之所以能被保留下来,是因为寺内有中国民主革命先行者孙中山的"纪念堂"。

而"孙中山纪念堂"之所以能够与碧云寺挂上关系,是因为孙中山 1925 年 3 月 12 日在北京病逝时,曾于碧云寺后殿"普明妙觉殿"内停灵长达四年之久。此后孙中山遗体移葬南京紫金山,于原址则改设"孙中山纪念堂"与衣冠冢,以供世人瞻仰。

孙中山纪念堂共五间,正中安放着中国国民党中央委员会暨全国各地中山学校敬献的中山先生汉白玉全身塑像;左右墙壁上镶嵌着用汉白玉雕刻的孙先生所写《致苏联遗书》,白底金字;正厅西北隅陈 1925 年 3 月 30 日苏联相赠的玻璃钢棺一口,此钢棺之所以陈于堂内,是因为苏联送达钢棺的时间稍迟,孙先生遗体已落棺,只能存于堂内供后人瞻仰了。此外,堂内还陈列着孙中山先生的遗墨、遗著,反映孙中山毕生革命活动的照片与史迹等。至于正门上方悬挂的红底金字木匾上的"孙中山先生纪念堂"八个右字,则出孙先生夫人宋庆龄的手书。

孙中山的"衣冠冢"位于寺院最后之塔院。塔院内有北京最高的金刚宝座塔,塔高 347 米,塔基正中开券洞,券墙上有汉白玉石匾额,上书金字"孙中山先生衣冠冢"。1929 年孙中山灵柩迁南京后,为其特制的楠木棺和停灵时穿戴的

---

① (清)赵翼:《陔馀丛考·生圹》。

衣帽皆封于塔洞内,故称"衣冠冢"。

香山的第三处知名古建筑为卧佛寺。卧佛寺又名"十方普觉寺",位于香山北侧山脚、寿安山南麓。据记载:卧佛寺始建于唐贞观年间(627—649 年),距今已有 1300 多年的历史,是北京现存最古老的寺庙之一,递经元、明、清三代维修,遂成今日规模。

该寺初名"兜率寺","兜率"二字是梵文的译音,意译为"妙足"、"知足"意。寺殿内初置檀木卧佛,到元代至治元年(1321 年)始用铜铸卧佛巨像,民间遂称"卧佛寺"。佛身共长 5.3 米,系中国现存最大的铜铸卧佛。据记载其铸造时,共用铜共 25000 公斤,用工 7000 个。[1] 卧佛头西面南,左手平放在腿上,右手曲肱托头。卧佛后面尚围坐着十二大弟子(亦称"十二大士"、"十二圆觉菩萨"),面部表情悲哀。据说此景体现了释迦牟尼涅槃于婆罗树下时,向 12 弟子嘱托后事的情景。卧佛上方悬有"得大自在"匾额,为乾隆皇帝手书,其意指释迦牟尼在生前和死后,都得到最大的自由。此殿配殿原有数十大橱,内藏手抄经文,平时上锁,只有每年 6 月 24 日晾经时,才启封开锁。可惜的是这些宝贵经文在"文革"中(1966 年)全数被焚。

卧佛寺内另有"四大天王"殿。根据印度佛教的说法,四大天王是佛教的护法神,又称"护世四天王",是佛教二十诸天中的四位天神,位于"娑婆欲界"的第一重天。此第一重天又叫"四天王天",位于"须弥山"山腰的四座山峰上。四大天王的塑像,分列在卧佛寺第一重殿的两侧,其分别是:东方持国天王,名多罗吒,居须弥山腰东,黄金为地;南方增长天王,名毗琉璃,居须弥山腰南,琉璃为地;西方广目天王,名毗留博叉,居须弥山腰西,白银为地;北方多闻天王,名毗沙门,居须弥山腰北,水晶为地。关于四大天王的从属,有两种说法:一说四大天王各有一个从者,另各有 91 子,辅佐四大天王各守一方。一说四大天王下辖 32 天将,其中以韦陀为首。

关于"韦陀"(韦驮),又称"韦陀天",梵名音译为私建陀提婆,意为阴天,原为印度婆罗门教的天神,后来转化为佛教的护法天神。根据印度佛教的说法是:释迦牟尼涅槃时,诸天和众王把佛陀火化后的舍利子分了,准备各自回去建塔供养。韦陀也分得一颗佛牙,准备回天堂。一捷疾鬼乘机偷走一对佛牙舍利逃走,

---

[1] 见《元史·英宗纪》:延佑七年(1320 年)九月甲申,英宗建寿安山寺,给钞千万贯。至治元年(1321 年)正月己亥,以寿安山造佛寺,置库掌财帛。三月,益寿安山造寺役军。十二月,冶铜五十万斤作寿安佛像。二年八月,增寿安山寺役卒七千人。

被韦陀奋勇追上,夺回佛舍利,遂被诸天和众王尊为护法菩萨。中国自唐初以来,韦陀像便被安置于寺院之中。

上述这些,都是印度佛教中相互矛盾的说法。有趣的是:卧佛寺中还有一个完全中国化佛教的"山门殿",此为卧佛寺中的第一殿,供奉佛教中的守护神"哼、哈二将"。其中"哼将"忿颜闭唇,发出"哼"声。据说其原名郑伦,是商纣王的大将,度厄真人的弟子,腹有"窍中二气",如遇盗贼,只要鼻子一哼,响如洪钟,喷出二道白光,可吸敌人魂魄。其中"哈将"怒颜张口,发出"哈"声。据说"哈将"名陈奇,亦是商纣王的部将,曾受异人秘传,养成腹中一道黄气,如遇敌人,只要张口一哈,黄气喷出,见之者魂魄自散。"山门"指寺院正面的楼门,旧称"三门",因为寺庙大多有三个门,步入三门,象征着"三解脱门",即"空门"、"无相门"、"无作门",意即人一旦步入此三门,也就进入到了一方清静之地。但是由于中国古代寺院大多设于山林之中,因此"三门"逐渐衍呼作"山门"了。此后,寺院即便是设于平地、市井之中,哪怕是只有一个门,亦泛称山门了。

由于我上香山时,已是午后,当参观过碧云寺走到卧佛寺时,暮色将沉。此时的香山,已不见了满山耸动的人头,寺内空寂无一人,即景得七绝一首,附记:

七绝　卧佛寺闻暮钟(1989.7.25 北京)

寻罢花踪下碧峰,小溪路转多奇松。
飞鸿啼尽空山月,古刹悄然闻暮钟。

上八达岭长城

次日,星期三,晴。

上午听课,下午到五叔单位虎坊路 2 号寻访未遇,随后游白塔寺。

次日,周四,晴。中央党校廉政建设文化学习班组委会发专车,组织学员游览北京八达岭长城,8 时 30 分车抵。

八达岭是军都山的一个隘口,位于北京市西北延庆县关沟古道的北口,距市区距离为 60 公里。军都山是指八达岭至密云水库间的山地,密云以东山地属燕山地界。但是这里所说的军都山与燕山,又都属于中国燕山山脉的一部分,燕山山脉则是横贯中国河北省与北京市北部的一条山脉,其基本走向西起八达岭,东达山海关,海拔大部分在 500—1000 公尺之间,其主峰雾灵山的海拔高度为

2116 公尺。燕山山脉的山地属坚硬的石英岩,而万里长城的这一行经段,即沿山脉的高脊修筑,其穿越由滦河、潮白河及其支流将石英岩山脊切出的许多隘口,如潘家口、喜峰口、古北口等等,这些地段也即古代中国的交通要道和重兵防守的险关。而八达岭长城则是中国古代保存至今的明长城中最完整、最具代表性的一段,其海拔高度为 1015 米,地势险要,城关坚固。在古代,它是著名的军城重镇——"天下九塞"①之一,是进入北京的关口。而在今天,其所展现的古代中国高超的建筑技艺和不朽人文价值,则使其成为名副其实的"世界文化遗产"的代表者。

根据文献资料,"八达岭"之名,始见于金人刘迎的长诗《晚到八达岭下,达旦乃上》与《出八达岭》。关于八达岭的得名,主要有两种说法。其一是本于地形特点,即认为八达岭是"八大岭"的衍音。此说见于北京地区的一个古老传说,讲当地多峻岭,长城过此,要转八道弯,越八座岭,修建异常艰苦,因工期迟迟不能完成,先后有八个监工被处死,后经仙人点化,采取"虎带笼头羊背鞍,燕子衔泥猴搭肩,龟驮石条兔引路,喜鹊搭桥冰铺栈"的"修城八法",才把建城石料运送到山上得以完工。人们遂称此段长城为"八大岭",后来衍作"八达岭"。② 说法之二是本于交通特点,此见于明代古籍《长安客话》:"路从此分,四通八达,故名八达岭,是关山最高者"。其意是指:八达岭扼守居庸关的外口,出此口,可北往延庆、赤城、蒙古,西去张家口、怀来、宣化、大同,东达永宁、四海,南抵昌平、北京等地区,可谓四通八达,因此称之为"八达岭"。上二说各有其理。

既然八达岭的得名,始见于金代,由此所派生出的问题是:在得名之前的八达岭长城是如何称呼的? 如果考之历史可知,八达岭长城在很长时间都是以"居庸"相称的,或名之为塞,或名之为关。能证明这一点的有先秦史料《吕氏春秋·有始》:"何谓九塞、太汾、冥厄、荆阮、方诚、肴、井陉、令疵、句注、居庸。"此条史料尚重见于《淮南子》一书。而一直到后来的居庸镇(距八达岭 10.5 公里)自起关城之后,早先的"居庸关"才沦为"居庸外镇",以"八达岭"相呼。

而何以见得先秦史料所称的"居庸",即现今之八达岭而非居庸关呢? 此见于北魏郦道元《水经注》之描述:"居庸关在居庸界,故关名也,南则绝谷,垒石为关址,崇墉峻壁,非轻功可举……其水历山南,迳军都界。"如果我们联系八达岭

---

① "天下九塞"一词出自《吕氏春秋·有始》:"何谓九塞,太汾、冥厄、荆阮、方诚、肴、井陉、令疵、句注、居庸。"现在泛指雁门关、居庸关,八达岭长城,紫荆关,楚长城,黄草梁,井陉关,句注塞,平靖关这九个古中原长城要塞。

② 传说出处参《百度词条·八达岭》。

长城所经的特殊地理位置——今北京关沟地形特点,更能看出郦道元所说的"居庸关",即八达岭。

从八达岭长城进入北京市,需要经过一条40里长的峡谷,这条峡谷今名"关沟",古名"妫川"。①而关沟的地形特点是:北高南低,两峰夹峙,一道中开,居高临下。而八达岭位关沟北部的最高点,今之居庸关,则位于关沟的中部,由八达岭下视居庸关,如同窥井。因此古人不可能把保卫居庸地区的关城,建于地势相对平坦的关沟中部,只可能建于关沟北部之最高、最险之处。而据新中国成立后文物工作者的勘查,亦证明八达岭一带在战国时期即筑有长城,至今仍见残墙、墩台遗存,其基本走向,与今明长城一致,这同时也证明了郦道元有关居庸关古关址即今之八达岭长城说法的可信性。

但既然居庸关的古关址,即为今之八达岭长城,而何以早先的居庸关后来沦为"居庸外镇",而在关沟的中部,又产生了一个新的"居庸关"?要回答这一问题,只能结合古代"居庸县"的产生历史说起。根据有关传说,"居庸"作为古代城镇的出现,始于秦始皇筑长城时的"徙居庸徒",即将一部分囚犯、士卒和强征来的民夫徙居到军都山妫川小盆地定居。②但此说未见《史记》记载。而在汉武帝时,始在妫川置"居庸县"(治今延庆县城),属上谷郡。此说见于郦道元《水经注》。而居庸设县后的历史为:王莽篡汉时,改上谷郡为朔调郡,居庸县属之;东汉光武帝平天下后,复朔调郡为上谷郡,居庸县属幽州上谷郡;三国魏时,上谷郡治从沮阳县(今河北怀来县大古城北7里)徙至居庸县;北魏皇始元年(396年),将居庸县迁治今延庆城东北30里旧县;东魏天平中(534—537年),置东燕州,居庸县属东燕州上谷郡。等等。而居庸设县的过程,也是随着人口的增多,战争不断的过程,势必要修城自保。如:东汉建武十五年(39年),以匈奴犯塞,光武帝刘秀迁代郡、上谷郡民于居庸关以东;汉安帝元初五年(118年),鲜卑犯塞,屡寇上谷,汉安帝建光初年(121年),复寇居庸关;北齐末,居庸县遭突厥多次摧残,无复人迹;至北齐亡(577年),居庸县已不复存在。到隋、唐统一中国后,势必又要重建居庸城。而从现存的居庸关城墙来看,是呈三角形将居庸城镇包围,其城墙并不与八达岭长城相连。既然古代的居庸县已自起关城,其前道防线——原先的居庸关也就自然而然地成为"居庸外镇",为了与后起的居庸县城关相区别,而被呼作了"八达岭"长城,而后起的"居庸县",则成为新的"居庸关"。

---

① 对于这条峡谷的两头入口,元代分称为"北口",与"南口"(在今北京北郊昌平县境内)。
② 见《百度词条·居庸关》。

由此所能提出的问题是：后起的"居庸县"何时取代先前居庸关名而成为新的"居庸关"？前已说明"八达岭"的得名，始见于金人刘迎的长诗《晚到八达岭下，达旦乃上》与《出八达岭》，这说明至迟是在中国南宋时期，在金政权的经营下，新居庸关城的兴建已趋完善，而八达岭则成为保卫居庸关的前哨阵地。

以上所述，是有关八达岭长城的历史变迁。登上八达岭后，最直接的感受是关山的险阻。朝下看，是著名的"瓮城"，也称"关城"。所谓"瓮城"，是就军事意义而言的；所谓"关城"，则是就交通意义而言的。城是由两个门洞和呈 U 字形的四边形城墙组成的（由于连接东西城门墙的南、北两道辅墙，均建于山脊之上，东低西高，是以呈 U 字形），墙上留有垛口，以便于古代战士四面拒敌。城门的两侧分书"居庸外镇"（东门，同外门）与"北门锁钥"（西门，同内门）。[①] 城门洞上，古时装有巨大的双扇木门，门内装有顶柱和锁闩。平时大门敞开，供行人与商旅进出，战时则紧闭城门或供士兵出战。据介绍：东、西城门间距为 63.9 米，城内面积约 5000 平方米，城墙厚 3.3 米、周长 2070 米、高 7.6 米。瓮城内无水井与水源，原有一座"察院公馆"，是供过路官员住宿的。瓮城内平常驻兵甚少，守城部队大多驻西北三里的岔道城。瓮城之所以做如此设置，主要是为了防止外敌一旦攻破东门（外城门）进入瓮城之后，便于守城将士由城墙之四面加以围歼，敌人如落瓮中。这也是瓮城得名的原因。由于瓮城是长城防御的一个重要组成部分，因此在长城险隘上，大多有瓮城（关城）之设。

站在八达岭上向远方遥望，可以发现长城由此分趋南、北两峰，蜿蜒于无穷的山脊之上。以瓮城为中心，相对均匀地分布着"敌楼"，有所谓的北十二楼与南十二楼之分，而越过北十二楼与南十二楼的界限，则是未经今人修整、不对游客开放的"野长城"（古代残存长城）界限了。

八达岭长城城墙高 6—9 米，平面呈梯形，底宽 6.5—7.5 米，顶宽 4.5—5.8 米，大部分墙顶平坦宽阔，可以供"五马并骑、十人并行"。城墙的两侧，均是绿树，而一些矮树与荒草，竟然生长于古老的城砖之上，使人不由回想起还是在遥远的铁马金戈时代的戍边将士的艰辛。

据统计，八达岭长城依山势和地形的不同，共建有性质相仿、形态各异的敌楼 43 座。敌楼的主要作用是供巡逻士兵瞭望、放哨。敌楼一般分为上、下层，上层周围设垛口和射洞，供士兵们守卫之用，下层为士兵们住宿和存放物资的房

---

① 据记载：嘉靖十八年（1539 年）立东门，门额书"居庸外镇"；万历十年立西门，门额书"北门锁钥"。

舍。此外，在八达岭的东、西山峰上，各置"墩台"一座（即烽火台），台高五丈，以便于外敌来侵时，举烽烟向关内示警。长城城墙上另置有"城台"（又称"墙台"），台稍高出长城墙顶，四周砌有堞墙、垛口、射洞等，以便于古代士兵守城。城墙上另置有"战台"（即炮台），储存火炮、弹药，以备守城之用。一个战台一般需要 30 人守台、30 人守垛，人分为 6 伍，另备火药 300 斤。此外，在战台上还储有弓箭、铁棍、无数大小石块，另储备一个月的口粮和用水等。据记载，明将戚继光在督建长城时，从山海关至北京沿线，共筑敌台、战台 1200 座（原计划建 3000 座）。每当战争爆发之时，在敌台上可"从上临下，用火器、佛郎机、子母炮更番击打"，"器用尽以火炮代之"。① 根据这一记载，我们可以大致推算出明代守卫北京至山海关长城沿线，所需要使用的兵力。

我登上长城后，走的是南十二楼朝向。之所以南行，是因为我去年（1988 年）过北京上八达岭时，走的是北向。当我穷尽北十二楼之后，又翻越城垣，沿着野长城走了一段，只是看到前有几个穿着无领徽军装的青年人蹲在城基上，眼露凶光、似有抢劫之意时，我才迅速折返。而其中的一个青年果然从后面追了上来。但此时我已将背包水壶扔上了城垣，并立即翻身上城。由于此时长城上游客甚众，皆目睹该青年人所为，该青年人不敢造次，退了回去，我也算是躲过了人生一劫。而此次我顺长城南行，遇一郑州青年，两人同行至南十二楼，翻越城垣，沿着野长城走了很长一段路，走至詹天佑铜像时，又从铜像后古长城基下青龙桥，10 时 50 分，顺铁路折返八达岭长城。这一段路十分险峻，渺无人迹。若非两人同行，实不敢至此。

而顺此路继续前行，据我所知，则是八达岭长城的另一个隘口——水关长城。但是当时尚未修复，无法参观（水关长城 1995 年始修复并对游客开放）。此外，当时即便能够参观，也不被时间所允许，因为中央党校的大巴返程时间为中午 11 时整，如果误时，就只能自行设法返回中央党校了。而 2010 年我再度到中央党校参加学术会议时，曾随黑导游团去过一次水关长城，发现这段长城也很值得一看，其特点是城道虽不如八达岭长城开阔，气势也不如八达岭雄壮，但城道的险陡却更胜一筹。

水关长城位于北京西北延庆县八达岭镇石佛寺村，距市区 40 公里，旧名石佛寺口。其地貌特点是两侧高山，中间一水，城道自南北方向贯穿关城。在长城与河道交叉处，建有一双孔圆拱水门，门上有闸楼，内设水闸，借此控制门内外水

---

① 见（明）刘效祖：《四镇三关志》。

量,洪水季节打开闸口以泄洪水,保护长城城基,枯水季节则储备河水供关城使用。水门桥墩为南北尖状,以利于减少洪水对水门的压力。而这一水门上的闸楼也即水门敌楼(亦称箭楼),其呈雄鹰昂颈展翅欲飞的姿态。因为其建筑特点具有以水拒敌,防御外寇入侵的特点,"水关长城"因此得名。据介绍:水关敌楼的高度为 15.68 米,城墙的平均宽度为 12 米,均用青石条砖依山而筑。敌楼下台阶高达 90 厘米,六孔双层,卷洞上距地面 3.5 米有一横匾"川字一号"。敌楼如此命名,其原因是此楼是八达岭沿线长城的东部起点,位于川草花顶山下。水关敌楼是长城沿线,也是中国古代战场上罕见的军事建筑,具有很高的文化价值。

游水关长城,有一点是不能不说的,即水关长城虽属八达岭长城中的一段,却又是一段独立的长城。城墙全长共 6.8 公里,其西端,即连接八达岭长城的一段,因中国近代修筑京张铁路(中国第一条自主设计的铁路)而被截断,其附近有一石屋,即"詹天佑故居"。据介绍:此"故居"原为当地姬姓村民的住房,因詹天佑(1861—1919 年)修京张铁路时,曾于此设指挥中心并居住一年之久,遂成了"詹天佑故居"。水关长城的东段,也即长城由八达岭向东南通往山海关的一段,因明十三陵的风水原因,有一个直线距离达 19 公里的缺口,缺口起自由"川字一号"城台向南再延伸百米处。上两大因素,导致今日游客所看到的水关长城,实则为一段独立的城墙。

我与郑州青年告别的时间为中午 11 时,他告诉我:他曾在几乎是身无分文的情况下,采用搭便车或步行的方式,周游过中国的许多地方。我甚赞其行,认为他如能保持这种精神,将来或许会对国家有所贡献。我又告诉他"文革"串联时期,我曾从上海步行至南昌,用时两个月;又曾爬货车赴黑龙江密山 851 军垦农场要求支边务农,被拒绝后,又爬货车返沪,用时也是两个月。分手时,我建议他搭乘我所坐的中央党校大巴返京城,以节约车费。郑州青年说:他已另联系上返北京的大巴专车,不再相烦。两人就此分手。

1989 年攀八达岭长城,对我来说是有意义的一天,因为它使我领略了长城之建,对于中国古代的军事价值。据文献记载:长城始建于公元前 7 世纪的春秋时期,其修建目的,是为了防御北方的游牧民族入侵中原。至秦始皇统一中国后,始将燕、赵、魏、韩等国所修长城连接为一体,这就是后人所说的"万里长城"。此后中国历代王朝对长城都有修建。中国对长城的最后维修,是明成祖朱棣登上帝位(1403 年)后的明王朝时期,当时共有过 18 次大规模的修筑。截至 1488 年(明孝宗弘治元年)的明长城,东起今辽宁省的鸭绿江边,西止于甘肃省嘉峪关以西的布隆吉,全长共 14600 多华里,经过中国北方七个省、市、自治区。明长城之修,无论是从城建工艺来看,还是从军事价值上说,都达到了当时世界军事文化的巅峰。长城是中华民族的骄傲,其今天虽已失去军事价值,但仍给国家创造着无法估量的旅游价值。1987 年,长城被联合国授予"世界文化遗产"称号。

作为中华民族的一员,我每次登上长城,心中都有不一样的激动。我曾攀爬过长城的八达岭段、慕田峪段、山海关段。曾有三诗一词咏怀,志此作念:

题八达岭万里长城(1988.8.8)

八达岭上万重山,一线逶迤到云边。

赖有长城能阻挡,神州尚是汉家天。

七绝 乡情(1989.7.30)

南望姑苏尽嶂峦,居庸关下衣单寒。

今宵不是家乡月,愁绪别情满玉栏。

五律 过山海关(1996.10.18)

茫茫山海关,过客衣薄单。

旧日边墙在,征夫尸骨填。

军城易岁月,歌舞靖狼烟。

寒外秋声远,月明沈水前。

贺新郎·登慕田峪长城感怀(1999.3.24)

北望长城暮,尽胸怀、愁思奔涌,胆肝倾诉。本是湖光平淡客,却妄言捐国戍。足迹遍、关河津渡。少岁大同曾自勉,笑人生、换取诗如许。年月去、又何苦。 梦中旌鼓复唐土,庆升平、神州百姓,载歌观舞。华夏重光边寨固,蚁看美欧纸虎。弹剑起、犹当窗语。暗易鬓毛乌成雪,觅闲隙、策杖来江渚。秋叶下、落花数。

背包被窃,痛失旅游日记

次日,星期五,晴。全天上课。下午 5 时,五叔来访,我把家父交给的书代转。我 1968 年曾扒货车赴黑龙江密山 851 军垦农场要求支边务农被拒,其间曾两度过北京,都受到五叔的帮助。我甚想留五叔在中央党校食堂吃晚饭,以表达对当年受帮助的谢意,中央党校食堂的伙食甚佳。但五叔不愿意进中央党校校门,只得作罢。最后是五叔在颐和园后的一家小饭店请我吃了一顿饭。晚间,给当时在团中央工作的农场队友打电话,约定于下周一晚间 7 时,至其木樨地家中相见。入夜,草就关于砍除部分乡镇企业建议一文,12 时 30 分入眠。

次日,星期六,晴。

上午,中央党校廉政建设文化学习班组委会组织学员参观人民大会堂。由于进入大会堂时不准带包,我只得将随身携带的牛津包与其他学员的背包堆积在一起,放在天安门广场的空地上,由中央党校的一位随行老师统一看管。不意出人大会堂时,我的书包已被小偷冒领,书包内虽无钱,但有旅游日记一本、校借图书《唐人绝句选》一本以及雨衣裤一套。背包的被窃,使我最感痛心的是旅游日记的丢失,这本日记中记载了我 1987 年随学校员工游无锡攀三山的经历,以及我 1988 年赴曲阜吊孔林、攀泰山、游北京,最后到大连参加党建学术研讨会的经历。这本笔记本的遗失,使我在晚年写旅游回忆录时,只得缺失这两年的经历。古人说:"智者千虑,必有一失。"信矣。因为背包的遗失,只怪我在寄包时多说了一句话,讲包内无钱款,仅有一本笔记。而据管包的老师说:冒领的小偷在取包时,重复了我这一句话,以致管包的老师信以为真。到处寻背包不见,只得随同中央党校校车参观大观园,门票 3 元。当时全国建有两座大观园,北京有一座,上海青浦也有一座。我不懂古建筑,只是随同游客们一起看热闹。但是听懂得古建筑的人说,上海大观园要建得比北京好一些。

下午,给五叔发信一封,给在团中央工作的农场队友及家妻分别打电话,内容都是告知笔记本遗失,其中记有家址与电话,叫他们提防有人借此诈骗。随后,到颐和园买旅游包一个。返校后改定《关于砍除部分乡镇企业、私营企业,恢复和加强社会主义全民经济建议》稿。

次日,星期日,晴转阴。

上午抄录完《关于砍除部分乡镇企业、私营企业,恢复和加强社会主义全民经济建议》一文,共 4800 字。吟就昨日未完成诗稿。

下午到王府井买雨衣一件,价 7.60 元;买雨裤一条,价 5.50 元;买地图一张,价 0.76 元;买练习簿一本,价 0.43 元。另买《千首唐人绝句》上下册书一套,价 6.60 元,准备赔偿给学校。计在天安门广场被偷窃书包一只,共损失人民币约 50 元,还不知是否会派生出其他事端。凡旅游在外出事,皆源于匆忙,这是一次很好的教训,终生不能再犯二次。晚间读《唐人绝句》入眠。

最后一课

次日,星期一,阴转晴。全天听课,晚间到木樨地原农场务农时队友家探望,话题两点:一是在当前形势下,如何防止中国青年学生的政治幼稚病问题;二是中国传统文化与当代国家政体改革的关系。个人认为中国传统文化价值对于当代国家政体改革具有积极意义,全盘否定中国传统文化实意味着中华民族的自我毁灭,因此准备重新修改原写的《阻碍中国社会前进的基本因素是什么?——兼与〈河殇〉作者商榷》一文手稿。晚9时返。

次日,星期二,晴。上午听课,下午到太平街甲1号国务院接待站寻找上次接待过我的工作人员,欲送上所写的《关于砍除部分乡镇企业、私营企业,恢复和加强社会主义全民经济建议》一文,未遇。

次日,星期三,晴。全天听课。

次日,星期四,晴,全天听课。

今天是在中央党校的最后一天听课,课的内容十分重要。上午是中国最高人民检察院检察长张思卿讲《建国以来的廉政经验教训》。张的讲课,罗列资料甚详,但缺少深入的理论分析。在课间休息时,我问了一个十分幼稚的问题:对新发现的巨贪,为什么不能学习新中国建国初毛主席对待刘青山、张子善的方法,抓一个,杀一个,以正视听。张检察长嗯了两声,未做任何回答,径直朝前走去,我只得讪讪离开。下午是一堂使我终身受益的课。授课老师为中国政法学院教授沈学锋,这是一位迄今在互联网上查不到名字的老师。他的授课题目为《中国古代廉政制度建设经验》。从他的讲课中,我得知20世纪80年代有一位名叫艾伦·卡贝尔的联合国人事署署长受邀到中国来讲西方的文官制度,艾伦·卡贝尔讲课的第一句话是:请我到中国来讲授西方文官制度,使我十分惊讶,因为现今西方所有的政治家都公认西方的文官制度起源于中国。沈教授随后指出中国古代廉政制度建设的精华,是清代承前朝最终实施的"四格八法"制度。"四格"指:考核国家官吏以才(政绩)、守(操守)、政(工作态度)、年(年龄)四条标准取人。考核的方式是对及格者打三个等级分,才、守、政、年俱佳者,称"称职",由吏部向皇帝引见,特加一级,再回任候升(实际为连加两级)。考绩中等者,称"勤职",按常规加级敬礼(加一级)。考绩平平但无失职行为者,称"供

职"，不升不劾，予以平迁。① 对于考核不合格的国家官吏，则按"八法"处置。一
"贪"二"酷"者，革职并交司法部门处置；三"罢软"（办事不力）、四"不谨"（工作失
职）者，革职；五"年老"、六"有病"者，休致（退休）；七"才力不及"、八工作作风"浮
躁"者，降调。② 从沈教授的讲课中，我领悟出中国古代廉政制度建设经验的精
华，是建立在对被考核官吏德、才、智、体的综合平衡基础之上，它鼓励青年人冒
尖，允许老年人守成，又刺激平庸者上进，因此，这一考核方式具有得以成立的科
学性，它避免了主考官员的主观臆断，有益于政府工作效率的提高。此后，我在
自己的专业方向上，也开始注重对中国政治哲学史的研究。

晚间为结业式，发放结业证书，然后放了两部电影招待学员，一部电影为《台
湾四十年——让我们一起走过花前》，另一部为美国片子，主题为诫婚外恋。学
员们普遍反映本届学习班收获颇丰。

相逢何必曾相识

次日，星期五。晴。

上午到太平街甲1号国务院接待站交个人对于当时国家体制改革的两篇建
议文章：《关于建议砍除部分乡镇企业、私营企业，恢复和加强社会主义全民经
济》与《论提高工作效率——中国社会主义体制改革的必要先决条件》。遇上次
接待我的工作人员，两人长谈了一个半小时，在讨论的所有主要问题上都取得了
一致意见。

我提出上两项建议的背景是：当时距北京"六四"动乱未久，这一动乱曾给
中国社会发展造成了极大的危害。我基于以往从书本中所接受的马克思主义影
响认为：该事件之所以发生，是由于当时中国学习西方市场经济体制太急、建立
了太多的乡镇企业与私营企业，导致中国传统的计划经济体制受到过大冲击所
引起。而中国传统计划经济体制的主要弊端是工作效率太低，这又与当时国家
管理干部的文化水准相对较低，制订的国民经济发展计划不够科学、导致社会劳
动力的大量浪费有关。因此，中国经济体制改革的实质问题，是以提高工作效率
为中心，相应改革国家的管理体制与干部使用制度。这位接待人员听了我的观
点后十分赞同，他表示会替我上交建议，出一份专门的简报，这一简报会传阅到

---

① 沈学锋讲课出处见《清文献通考》卷五九，《选举考十三·考课》。
② 沈学锋讲课出处见《清文献通考》卷五九，《选举考十三·考课》。

国家总理级领导人手中,而国务院总理本人也可能亲自阅读。听了这位接待人员的话,我感到所提出的建议若真能达此效果,亦不负三次奔波国务院接待站之苦。在告别时,这位工作人员对我说:我们这个国家很不幸,在"文革"中成为世界上最大的政治实验场,现在又成了世界上最大的经济实验场,你我正当壮年,应该在各自的工作岗位上为国家尽责。这位工作人员的年龄约与我相仿或稍大,尽管他始终不肯留姓名给我,但我相信他对我讲的话是诚心的。听了他的话,我颇有"相逢何必曾相识"的知己感。

中午,坐车赴位于北京建国门内大街 5 号的中国社会科学院 13 楼《马克思主义研究》编辑部,查询拙稿《论马克思主义历史理论在人类思想史上的价值》一文的审阅意见。有关编辑取出该稿说:经编辑部审阅,稿件决定不用。我看了一下退稿,上面有编辑人员用铅笔写下的详尽校改文字。此稿显然一度备用,但最终未能入选,感到十分可惜。

下午参观军事博物馆,见历代兵器馆中不仅陈列有中国古代的各种兵器,尚陈列有珍宝岛之战中被缴获的苏联坦克,感到十分有趣。军事博物馆的二楼辟有北京"六四暴乱"陈列室,图片颇详。

晚 6 时 30 分返中央党校,匆匆晚餐后,到会务组领取了预订的返沪火车票,票次为明日 14 时 30 分由北京发往上海的特快车,33 座。

游颐和园,告别京城

次日,周六,雨转阴。今天是在北京的最后一天,早餐后整理行李毕,9 时许前往游颐和园。

颐和园与中央党校挨得很近,位于中央党校前侧,属今北京西郊海淀区。这是一座凝聚了国人太多悲痛记忆的历史名园。根据文献所记,颐和园地区作为皇家园林的历史始于金代。今颐和园内的万寿山,在金代称瓮山,属燕山余脉。山下有湖,旧名"西湖"、"瓮山泊"等。金贞元元年(1153 年),金主完颜亮始于此处设金山行宫。元朝定都北京后,为接济漕运,用水利学家郭守敬,引昌平白浮村神山泉水及沿途流水入湖,使瓮山麓的湖泊水势增大。明武宗时,又于湖滨修"好山园"行宫,该园后成为权奸魏忠贤的私产。清乾隆帝十五年(1750 年),为筹备崇德皇太后(孝圣宪皇后)的 60 大寿,诏令建"清漪园",并以宫廷画师郎世宁为建园总设计师。郎世宁仿杭州西湖景观,将清漪园景观分为水与山两部分,其重点在水,即拓挖西湖,并拦截西山、玉泉山、寿安山之水入湖,导致湖面大增。

湖中又据中国古代海上"三仙山"的神话传说,建三个小岛——南湖岛、团城岛、藻鉴堂岛,以喻蓬莱、方丈、瀛洲。郎世宁又将挖湖之土方堆砌于湖北的瓮山上,使山体增高。乾隆二十九年(1764年),清漪园耗银480余万两后终于建成。乾隆帝以汉武帝挖昆明池操练水军的典故,将原西湖更名为"昆明湖",将旧有瓮山更名为"万寿山"。

清漪园即今颐和园之前身,占地面积约2.97平方公里(293公顷)。其主体景观除湖与山外(水上面积约占园总面积的四分之三,折220公顷),尚有陆上宫廷建筑约百余座、大小院落20余处、房屋3000余间。

清漪园是颐和园的全盛时期。此后随着清王朝国力的衰弱,1860年英法联军纵火烧毁清漪园,劫走园内所藏大量珍宝。1884年至1895年,慈禧太后为了退居休养,挪用海军军费重建清漪园,并更名为颐和园,而此事与中国甲午战败又有着直接关系。现在国人仅知甲午海战时,中国海军的吨位要高于日本,战舰要比日本先进,战争的结果是全舰队覆没,并为此而感困惑。为大多国人所不知的是:甲午海战时,中国徒有战舰,却无充足的弹药,士兵用以作战的弹药,许多是演习用的"开花弹"。试问这样的空壳战舰又如何能打败日本海军呢?最后结果只能是邓世昌以身殉舰。光绪二十六年(1900年),颐和园再遭八国联军的焚烧与劫掠,两年后,该园再度复修。重修后的颐和园尽管大体恢复了清漪园的景观,但因建筑经费不足,主体建筑规格大为缩减,变矮变小,如文昌阁城楼从原三层减为两层,乐寿堂从原重檐改为单檐等等。此外,园内原有的苏州街被焚毁后,再也无力修复,而园内的被劫珍宝,自然也是无法恢复了。清政府灭亡后,1914年颐和园作为中国末代皇代溥仪的私产始对游人开放,但其带给民众的,并非都是欢乐,1927年6月2日,中国国学大师王国维投昆明湖自尽,终年50岁。

在此需要指出的是:历史上的颐和园尽管屡遭破坏,伴随着中华民族的悲痛记忆,但是其保留下来的余园,仍堪称是中国古典园林之首、世界上最具艺术代表性价值的皇家园林翘楚。凡是赴园的游客,都能体会到其"虽由人作,宛自天开"的恢弘气势。1987年,颐和园被"世界遗产委员会"批准为世界文化遗产,具体评价是:"北京颐和园,始建于1750年,1860年在战火中严重损毁,1886年在原址上重新进行了修缮。其亭台、长廊、殿堂、庙宇等人工景观与自然山峦和开阔的湖面相互和谐、艺术地融为一体,堪称中国风景园林设计中的杰作。"1998年12月2日,颐和园以其丰厚的历史文化积淀,被联合国教科文组织列入《世界遗产名录》。

今人游颐和园,大致能观赏到这座历史名园的三个组成部分,即行政区、生活区与游览三区。其中,以仁寿殿为中心的行政区,是当年慈禧太后与光绪帝在朝听政与会见外宾的场所。殿后有三座大型四合院——乐寿堂、玉澜堂和宜芸馆,分别为慈禧、光绪和后妃们的生活居所,而其中玉澜堂是光绪二十四年(1898年)慈禧太后发动宫廷政变后,囚禁光绪帝的地方,因此它不仅是光绪帝的寝宫,同时也是园中的一处重要的历史遗迹。在宜芸馆东侧,有一座"德和园"大戏楼,这是当时清王朝的宫廷戏院,同时也是清代的三大戏楼之一。

颐和园的游览区即万寿山与昆明湖了。值得一提的是山下有一条长达700余多米的长廊,据统计长廊的枋梁上绘有彩图8000多幅,号称是"世界第一廊"。而过长廊上万寿山,便能看到于湖东山麓矗立的耶律楚材祠堂。

耶律楚材(1190—1244年),字晋卿,号玉泉老人、湛然居士,契丹族,辽皇族后裔,官至元枢密使(丞相)。耶律楚材是一位在中国历史上起过积极作用的政治家。蒙古人征服中原之初,"仓廪府库无斗粟尺帛",却视农业经济为无用之物,欲杀尽汉人中陈、王、张、刘等七大姓,尽变北方农田为牧场。耶律楚材坚决反对这一野蛮做法,力陈农业经济相对牧业经济的优势,开征农业税。8年后,元中央政权的仓储已可支十年之用。元军攻下汴梁后,因曾遭受过激烈抵抗,欲尽屠守城的140多万军民。耶律楚材坚决反对,指出:元军为攻取汴梁城苦战数十年,为的是获取土地和人民,如果战争只是得到土地而没有人民,打仗又有何用呢? 元太宗最终被说服,使汴梁城民众避免了一次屠城惨案。可以断言,当时如无耶律楚材的这些政治活动,蒙古人征服中国后,当时中国的社会生产势必将倒退到原始时代。因此,耶律楚材是中国历史上一位值得永久纪念的政治家。

耶律楚材死时,按其遗愿葬于瓮山泊(今昆明湖)畔。元政府为之建庙立像,以示表彰。至明,坟墓湮没。乾隆十五年(1750年)修清漪园时,在瓮山南侧发现了耶律楚材的棺木,乾隆帝决定在原地重建祠堂,恢复墓地,以供后人瞻仰。具体建祠堂三间,中供塑像,乾隆帝为之亲题御诗、竖立墓碑,以褒扬忠良。耶律楚材墓祠在"文革"中受到严重破坏,1984年整修后重新开放。

我步入颐和园后,在耶律楚材祠堂前稍作停留,以瞻仰前贤。随后欲环湖一周,但是走到中午11时,仅走到昆明湖后湖的拐角处。过荷花池,向园内工作人员打听环湖一周所需要的时间,回答是环湖一周约16—20华里路程,需用时2小时。我由于中午12时30分必须返回中央党校坐发送学员赴火车站的大巴,估算时间不够,只得小歇折返。昆明湖后湖处人迹已稀,有青萍傍岸,枝鸟对啼,其清静景观留给了我很深的印象。随后,翻越万寿山,出北宫门,11时40分返中央党校午餐。

餐后,坐上 12 时 30 分发往火车站的大巴。不意汽车开出后未久即发生故障,两次下车推行均不得发动,只得与同行的 4 位学员步行至复兴门地铁车站,地铁抵北京火车站后,坐上 14 时 30 分由北京发往上海的特快列车。车上读《唐人绝句》与《李商隐诗集》磨时。次日,星期日,多云。火车上午 8 时抵沪,10 时许抵家。

2017 年 3 月 24 日

刘惠恕——著

神州觅胜录

下册

上海三联书店

劉惠恕旅游散記

乙未夏日吳良生題

作者简介

刘惠恕(1949.6—)，山东蓬莱人。上海师范大学历史系 1982 年毕业，中共上海市委党校（原上海建设党校）教授，已退休。系上海炎黄文化研究会原理事、中国新四军研究会与上海市新四军历史研究会原理事、上海党史学会会员、中华诗词学会会员。传入《中国专家大辞典》、《中华诗人大辞典》等辞书。代表性学术著作有《南京大屠杀新考——兼驳田中正明的"南京大屠杀之虚构"论》（上海三联书店 1998 年 9 月版，获全国党校系统第三届优秀科研成果一等奖）、《中国政治哲学发展史——从儒学到马克思主义》（上海社会科学院出版社 2001 年 12 月版，获全国党校系统第四届优秀科研成果二等奖、上海市党校系统 2001—2002 年优秀科研成果一等奖）、《刘惠恕文存》（百家出版社 2006 年 9 月版）、《中国共产党政治哲学思想发展史研究》（江西人民出版社 2009 年 11 月版）、《中国近现代疆域问题研究》（世界知识出版社 2009 年 12 月版，与兄长刘恩恕合著，韩国国防部军史编纂研究所徐相文博士 2012 年 4 月将该书译为韩文）。主编《社会治安综合治理论》（上海社会科学院出版社 2006 年版，上海市马克思主义学术著作出版资金资助出版，获上海市党校系统 2005—2006 年优秀科研成果一等奖）、《论礼的精神》（上海人民出版社 2011 年 8 月版）。主编《中华当代诗词风赋二百家》（学林出版社 1998 年 4 月版）、《今人言志别裁》（香港天马图书公司 2000 年 2 月版）、《中华百年来优秀诗词选暨三江诗论》（香港天马图书公司 2003 年 3 月版，黄斌华副主编）、《华夏百年词苑英华暨吟友文存》（上海文化出版社 2006 年 4 月版，黄斌华副主编）、《神州纪游》（中华诗词出版社 2008 年 12 月版，黄斌华副主编）等 5 部诗著。

目 录

1993 年 2 月间，受在《深圳日报》工作、曾共同"上山下乡"的旧友邀请，赴深圳一游，旅途顺游广州、珠海二地。

第十三卷 广州、珠海、深圳纪行

1993年1月下旬,我突然收到《深圳日报》记者、"上山下乡"时代曾共同在大丰农场务农的队友小胡来信,讲他正准备撰写知青回忆录,约我利用寒假到深圳一游,与他具体讨论写作计划。我素有旅游嗜好,只是成家之后,不得远足,且广州、珠海、深圳三地以前未曾去过。此外,听说上海第一批下深圳的人都"发了财",我有点心动。而当时学校新成立了"三产"公司,正在寻找资源,我与校三产公司经理相熟,希望帮上点忙。在征得家妻同意后,决定春节后成行。

当时上海赴广州的火车票十分紧张,幸好妹夫在上海火车站有熟人认识。通过这层关系,购得1张2月2日第49次上海到衡阳站的硬座票。该工作人员告诉我:若想直达广州,可在火车上办理由衡阳至广州的补票手续。

拥挤的南下车厢

1993年2月2日,星期二,晴。

上午9时许赴上海火车站,买大面包3只,充作旅途干粮,价1.50元一只。上午10时21分,车发,火车上读《历代咏史绝句》磨时。沿途列车所上,均是背着行李到广州打工的民工。车行未久,有列车干警挨车厢打招呼:旅客同志们,列车拥挤,请各自保管好行李,注意自身安全,车过萍乡站后,车厢门已无法打开,欲下车的乘客,请提前到车厢窗口,火车到站后,请你们从车厢窗口上爬下去。

入夜,与座位周围的民工闲聊。一位年近60岁的老者告诉我:他来自江苏高邮,在珠海东光大厦崇德(福江)有限公司做饭,公司为北大投资,月工资450元,包吃包住,每月可节余300元,而该公司普通职工的月薪为750元。来自江苏启东的一群民工诉说在珠江搞室内装修工作,月收入为1000元,老板为上海杨浦区人,搞私人承包,民工回乡火车票可以报销,每月伙食费为150元钱,在工资中扣除。此外,公司备有简易药品供职工生病时取用。一个民工自称在深圳打工,用打工收入在深圳买了20000元股票,发了点小财。另一位青年女子自云在深圳开发廊,年交税租20000元,给人洗发一次收15元,做一次头发收45元,月纯收入约可达2000元,但不时有警察来找麻烦。

次日清晨7时许,火车抵株洲。当时车厢十分拥挤,没有座位的乘客,连坐在地板上的空间都没有,都得通宵站立。有乘客躺在车厢座位下睡觉,还有胆大的年轻旅客坐在行李架上。最苦的是上厕所,因为很难从人群中挤到厕所,即便是挤到厕所前,有乘客坐在厕所的门槛上,厕所门无法关上。遇有不得已如厕者,周围乘客只能背过脸去。所以乘客们尽量不喝水、不吃东西以避免麻烦。

9时53分,火车抵衡阳。我甚想出站登衡山,却无力挤下车。因为列车门不开,想要下车的旅客,必须从车窗内爬出。而当时欲赴广州打工的民工,纷纷从火车两侧的窗口爬进车厢。我当时如强行下车,则无法保证是否有能力再爬上火车,如果爬不上来,我这次答应友人的深圳之行则将作废。犹豫再三,我决定不下车,而是补足由衡阳至广州的票款。但是在这列拥堵的火车上,根本就找不到工作人员。坐火车如此拥挤,这一情形我仅在红卫兵"大串联"的"文革"时代才遇到过,我怀疑广东一省是否有能力吸收这批如潮水般的民工?

约下午5时许,火车穿越大瑶山隧道,三刻钟后出洞。据列车广播介绍,此为中国第一隧道,全长20余公里,1987年方打通,缩短了铁路行程15公里,为世界建筑史上的奇观。

火车于深夜2时30分方抵达广州站,较原定时间(20时50分)晚点了整整5个多小时。造成火车晚点的原因是:自车过萍乡站后,沿途不断有民工扒车窗上车。出广州站时,我甚想补上由衡阳抵广州所缺的票款,但站台门大开,无一检票人员,我也只得随着民工潮挤出了广州站。而广州站台何以无出站检票人员?估计是沿途爬车窗上车的民工实在太多,站内工作人员根本没有能力收取这一批人的票款,只得听之任之。

回顾当年的坐火车情形,应该充分感谢当时中国民工的艰辛付出,使我们今日出行能够乘坐舒适的高铁或动车。

游越秀公园

2月4日,星期四,晴。

出广州站后,凌晨3点多钟在广州武警部队边防局招待所找到住宿处,住3幢321室4座,睡统铺,13元一晚。用冷水擦身洗脸后,凌晨4时入眠。广州温差很大,当时在10—20摄氏度之间,而我离沪时,上海的气温为零下4度,因为穿衣太多离沪,到广州则成了累赘。

晨6时30分起床,漱洗毕,给家妻发函报平安,与深圳友人小胡取得电话联系,随后到火车站买了一份广州市地图以确定全天游程。

上午9时45分,步行至广州越秀公园,攀越秀山,登镇海楼。下镇海楼后,复攀中山纪念碑,随后瞻仰位于中山纪念碑之下的广州市标"五羊仙庭"(五羊石像)。广州公园景区收门票,一律2元一张。

越秀公园位于广州市解放北路,因环越秀山建而得名,其建园历史可上溯至1927年。越秀山属白云山余脉,海拔70余米,东西绵延约3公里,历史上曾有粤秀山、越王山等别名。明代永乐年间,因山上曾建有观音阁,所以民间又称观音山。越秀山系旧广州城的中轴线起点,其北倚五岭余脉九连山,南临伶仃洋(出珠江口),左有罗浮山(称"朱雀"),右有青云山(称"玄武"),它与白云山一起,形成拱卫广州城的龙头。迄今在越秀山的西侧,还保留着一段200多米长的明代古城墙,这段城墙属于古广州城北城墙的制高点,在第二次鸦片战争期间,英法联军用大炮轰击广州北城,守城的中国官兵利用这段城墙做掩护,用土枪土炮、长矛、弓箭等原始武器,打败了侵略军的进攻。1923年,孙中山在广州任大元帅,同年4月,桂军将领沈鸿英等在花县发动叛乱,前锋攻至越秀山北。孙中山亲自登越秀山古城墙指挥,打退了叛军进攻。

越秀公园的自然景观,现包括主峰越井岗以及周围的桂花岗、木壳岗、鲤鱼岗等七个山岗和北秀、南秀、东秀三个人工湖。其人文景观有"五羊仙庭"(五羊石像)、镇海楼(广州博物馆)、明代城墙、四方炮台、中山纪念碑、越秀山体育场、广东广播电视塔、越秀山水塔等。

其中,"五羊仙庭"(五羊石像)始塑自1959年,位于越秀山木壳岗,高11米,共用130余块花岗石雕刻而成。母羊昂首远望,口衔谷穗,其余四羊,则环绕其身,或吃草,或吸乳,姿态各异。五羊石像的塑造,依据的是有关广州建城的一个古老传说,讲的是周夷王八年(前887年),当地民众终日劳作,难得温饱,忽一日,天空中仙乐缭绕,有五位仙人着五彩衣,骑着五头羊降临,羊口衔"一茎六出(穗)"的谷穗。仙人离去后,五羊化身巨石,永留广州。从此,广州民众过上了五谷丰登的生活。① 这则神话传说一般被视作广州市文明诞生的标志,广州也因此得到了"羊城"、"穗城"的别名。而现今屹立在越秀山上的五羊石像,也成为了广州市的城标。

镇海楼位于越秀山左侧,砖石结构,高28米、五层,因此俗称"五层楼"。楼下有清代炮台遗址。镇海楼1956年改作广州博物馆之用,内陈广州历史沿革古代文物。根据文献记载:镇海楼始建于明洪武十三年(1380年),建楼者为明永嘉侯朱亮祖,根据楼名判断,建楼的目的是为了永镇海患。而据当地传说:朱元

① 该传说出处见《古今图书集成·神异典》卷269引《广州通志》:"广州府五仙观。初有五仙人,皆持谷穗,一茎六出,乘五羊而至。仙人衣服,与羊同色,五羊俱五色,如五方。既遗穗与广人,仙忽飞升而去。羊留,化为石,广人因即其地祠之。"

璋得天下后,定都南京,一日与铁冠道人同游钟山,道人忽然指东南方对朱元璋说,广东海面笼罩一股"王气",似有"天子"出世,必须立即建楼以镇"龙脉",否则日后必成大患。朱元璋听后,即诏令当时镇守广州的永嘉侯朱亮祖在越秀山上建楼以镇压"王气"。于是越秀山顶便有了这座"楼成塔状,塔似楼形"的镇海楼。楼旁有碑记谓:"说者谓永嘉建楼后,屏藩永奠,反侧自安,楼以镇压,理或然欤"。这块碑记似乎佐证了传说的可信度。而直至晚清,镇海楼一直是广州城的至高点,登楼可俯视广州城区并远眺珠江口至伶仃洋的水面,而成为文人的吟诵热地,因此镇海楼又有"望海楼"之称。由于镇海楼的历史久远,它与越秀山上的明代古城墙、五仙观中的"岭南第一楼"(位广州市中心,北宋徽宗年建),并称为广州明初三大古迹。

中山纪念碑位于越秀山顶,是为纪念中国民主革命先行者孙中山而建,高37米共12层,以花岗岩大理石砌,上刻总理遗嘱,内有铁梯可攀登至顶。其下有碑,书"粤秀奇峰"。另有碑记,上铭:"中华民国十八年一月十五日李济深等立石"。据介绍:中山纪念碑1929年建,设计者为民国时期著名建筑师吕彦直。沿"百步梯"上蹑498级可通达,以寓中国民主革命路程之艰难。碑底方形中空,向上渐小而尖,碑基上层四面有26个羊头石雕,以象征羊城。石碑的正面用长约7米、宽约4米的巨型花岗石刻着《总理遗嘱》,全文为:

> 余致力国民革命凡四十年,其目的在求中国之自由平等,积四十年之经验,深知欲达到此目的,必须唤起民众,及联合世界上以平等待我之民族,共同奋斗。务须依照余所著《建国方略》、《建国大纲》、《三民主义》及《第一次全国代表大会宣言》,继续努力,以求贯彻。促其实现,是所至嘱!

碑体所在平台,有铁栏杆相围,周围树木葱郁,红色木棉花盛开。此外,山坡多盛开的野杜鹃花与一种名叫"紫荆花"的无叶橘红色花,石缝中则不时传来蟋蟀的鸣叫声。2月份游越秀公园,甚感南国气候与上海的差别。而在上海,杜鹃花开约在四五月间。

攀白云山

中午12时30分出越秀山公园,前往西汉南粤王陵参观,坟区位广州博物馆内,因为2至8日整修,不对外开放,只得转赴白云山。

白云山位广州市东北，属五岭大庾岭支脉九连山山脉末段，含 30 多个山峰，总面积 20.98 平方公里。由于广州湿润多雨，山峰常处于云雾缭绕之中，因此得名白云山。

下午 1 时 30 分，坐 24 路公交车抵白云山站，沿山南道攀登至山顶，在小卖部吃了炼乳一瓶，价 0.70 元。小歇。山上无饭店，吃甜橙二只充饥，家中所带水果已全部吃光，随后游"鸣春谷"，门票 5 元。

鸣春谷位于白云山"天南第一峰"与"九龙泉"之间的滴水岩谷地上，占地面积约 56000 平方米，上覆钢网，系广州市府 1989 年投资 500 万元打造的中国最大的半天然巨型鸟笼，谷名取意于唐韩愈《送孟东野序》文句"是故以鸟鸣春"。据介绍谷内放养的鸟类有丹顶鹤、天鹅、孔雀、黄腹角雉、蓝马鸡等 150 多个品种，共 5000 多只，有工作人员为进入谷内的游客进行驯鸟表演。

出鸣春谷，在小卖部食方便面一碗，充作午餐，价 3.50 元。随后沿山路前往"九龙泉"，途遇一台湾游客廖志中同行。

九龙泉别名"安期井"，它与中国一个古老的神话传说有着密切关系。相传秦时有仙人安期生采药白云山，山上无水源，安期生在寻找之中，忽见九个白胖童子在嬉戏，近前，则九重子化作九条彩龙，腾空而去，原地冒出泉眼。安期生于是掘地成井，取名"九龙泉"，又称"安期井"。泉水以质地甘甜宜沏茶而知名。

安期生，一名安期，以长寿知名，人称千岁翁、安丘先生，历史上当真有其人。此见于汉司马迁《史记》卷九十四《田儋列传》记载：项羽起兵反秦，安期生与好友蒯通前往献策，意见未被采纳，项羽欲封二人，"两人终不肯受，亡去"。《史记·乐毅列传》又谓："乐臣公学黄帝、老子，其本师号曰河上丈人，不知其所出。河上丈人教安期生。"晋皇甫谧《高士传》谓："安期生者，琅琊人也，受学河上丈人，卖药海边，老而不仕，时人谓之千岁公。秦始皇东游，请与语三日三夜，赐金璧直数千万"。秦始皇离去，安期生委弃金宝不顾，留书始皇："后数年求我于蓬莱山"。始皇得信，"即遣使者徐市（音福）、卢生等数百人入海。未至蓬莱山，辄遇风波而还。立祠阜乡亭并海边十数处"。综这些记载来看，安期生当为秦汉时期琅琊人，曾师从河上公，是秦汉期间燕齐方士活动的代表人物，黄老哲学的传人。但是由于黄老哲学后被中国土生的宗教道教所崇奉，道教主张个人可修炼成仙，因此久之，作为黄老哲学的传人安期生，被传说为得太丹之道、三元之法，羽化登仙，驾鹤仙游；或居玄洲三玄宫，被奉为道教上清八真之一，其仙位与彭祖、四皓相当。而在陶弘景《真灵位业图》中，安期生则列第三左位，被奉为"北极真人"。有关安期生得道的传说，其性质如同道家学说的创立者老子后被尊为道家的始祖"太上老君"一样。而在传说中的安期生主要事迹有：居蓬莱仙岛，以食海枣为生。此见于《史记·封禅书》："安期生，仙者，通蓬莱中，合则见人，不合则隐。"（李少君对汉武帝说）"臣常游海上，见安期生。安期生食巨枣大如瓜"。宋《宝庆昌国志》和清光绪《定海厅志》则谓安期生在桃花岛炼丹。等等。唐李太白有诗谓："此生不作李西平，手捣逆虏擒胡京；亦当学作安期生，醉入东海骑长鲸。"由此足见有关安期生的神话传说在中国古代影响之广。

过九龙泉，与廖志中同攀摩星岭，山路甚险陡。在摩星岭上见有朱德委员长题匾"天南铺锦"。

摩星岭旧名碧云峰，位于白云山苏家祠与龙虎岗之间，是白云山的顶峰，海拔382米。约至明代，始有"摩星岭"之名，此见于明人李时郁所作《摩星岭独坐诗》："独坐摩星岭，回看几百峰，斜飞银瀑布，削出玉芙蓉，纵日乾坤里，腾身霄汉中，方壶知不远，云外度疏钟。"①康熙年间修《广东志》，绘白云山图于卷首，并标明"摩星岭"位位，称其为"天南第一峰"，从此"摩星岭"又有了"天南第一峰"的别称。由于广州人一向有重明登高祈福的习惯，认为登上摩星岭，会带来平安和幸运，致使此峰名声大起，每逢佳节，广州城万人空巷，潮涌而至，大有"不登白云山，不算到过广州城，不登摩星岭，就不算到过白云山"之势。

与摩星岭关联景点有三处：一为"天南第一峰"牌坊，位于登摩星岭的必经路途上，这也是历经战乱破坏，白云山保存下来的唯一古建筑。此牌坊原为宋代转运使陶定所制，作为游人登摩星岭的路标，后人对此又另做维修，成为独立的景点。坊柱上有联云："云开世外三千界，岩倚天南第一峰"。对联所指，是位于牌坊之下的巨石——"云岩"。

其二云岩，又名"郑仙岩"，位于白云山山顶东侧崖畔，其上为峭壁，下为悬崖，此处为民间传说郑安期乘鹤升天的地方。石壁上有题刻"红尘不到"，系光绪二十二年长沙邓万林书。

其三蒲谷，位于云岩之下、白云山南麓的深谷，古时称蒲涧，因谷内有一条长约50米的山溪，溪间多生菖蒲而得名。

关于郑安期其人，有两种说法：其一是传说某年瘟疫流行，为了拯救民众，郑安期在白云山上采集仙草九节菖蒲为民众治病时，失足坠崖，驾鹤成仙；其二是秦王朝时期有草医郑安期在白云山觅得九节菖蒲为民众治好了绝症，秦始皇闻知后，命郑安期在白云山为其觅不死仙药，郑安期不从，由云岩投崖欲死，人在

---

① 李时郁，南海人。明世宗嘉靖年间诸生。事见明郭棐、清陈兰芝《岭海名胜记》卷三。

半空时,忽有白鹤飞来,将其驾走升空成仙。由于郑安期投崖之日为农历七月二十五日,当地民众在其飞升处建立了"郑仙祠",又以其飞升之日为"郑仙诞",在农历七月二十五日登山拜祭,同时采集菖蒲,于蒲涧中沐浴以求强身。而这一活动逐步演化成广州地区的一个重要民俗,称之为"鳌头会"或"郑仙诞",从东晋开始,一直延续到抗战时因日军轰炸而止,持续了1600余年。当年宋人苏轼过此曾赋诗称:"不用山僧导我前,自寻云外出山泉。千章古木临天地,百尺飞涛泻漏天。昔日菖蒲方士宅,后来詹葡姐师禅。而今只有花含笑,笑道秦皇欲学仙。"[1]由此亦见此风俗之重要。

传说中的郑安期事迹,展现了中国古代民众对于扶良抗暴精神的崇扬,这也可以说成是白云山文化在中国古代人文精神史上的重要地位。但是在论及郑安期事迹时,有一点误传是需要指出的,即将安期生与郑安期的事迹混作一人。而查考二人事迹的原形,安期生当真有其人,其原始身份应为秦汉时期黄老文化的传人之一、兼及齐鲁一带的方士。而郑安期其人的原始身份则当为活动于广州一带的草本医生。后人不应以二人的名字中都有"安期"二字、且其事迹均与白云山有关,而将两者合一。

下摩星岭,我与廖志中走的是北山道,欲经"松涛别院"前往"明珠楼",但是一直走到日暮将临,亦未能到达目的地,但见两侧皆为山岭,我们行走于山谷之中唯一的小道上,而未能遇到一位游人,其原因是当时攀摩星岭的游客多从白云山南门入山,从南侧山道上摩星岭后,再自南路折返出山,只有我们两个人是走南侧山道上山,自北侧山道下山前往明珠楼。当时我与廖志中的心情十分紧张,突然山道中迎面走来一个年轻女子笑着对我们说道:你们沿此路可继续前行,前面还有很多好玩的地方。廖志中对我说道:不能再往前走了,再往前走,怕是要被小姐请至家中,不得回广州城了。由于未能看到明珠楼,我心中不甘。但是当时中国"改革开放"已持续了16年,渐入"深水区",许多新的社会弊端已开始显露,我认为廖志中说得有理,生怕继续前行,落入山民没下的色情圈套,因此决定回程。实际上参照现今网上所发的《白云山导游图》,我们当时已走过松涛别院,距离明珠楼路程非远,而由明珠楼继续前行,就可出白云山的西门。但是当时我们手中无导游图,走的路线仅是依据公园所提供的简易路标,而路标上根本未标出白云山的西门位置(也许当时白云山管理处根本未修通出西门的道路),因此尽管当时我们用了一个下午的时间,已穿越了白云山北道的大部分峡谷,却

---

[1] (宋)苏轼:《蒲涧》。

不得已回程是唯一合理的选择。

于是我们顺着来时山道，由"松涛别院"过"荡胸亭"景点，折返"山庄旅舍"。这几个景点只是过路，未作停留。而据有关介绍，所谓"松涛别院"，是指1963年建于白云山梅花岭北端山谷松林中的一座岭南风格别墅，内中设有茶座。而"山庄旅舍"，则是1964年建于摩星岭西南侧的一座岭南风格别墅。而后一别墅之所以知名，是因为1965年周恩来总理曾在此处接见了印度尼西亚副总理，并在别墅的大会议室中，与印尼副总理共同召开过具有历史意义的国事会议。陈毅外交部长亦曾在此处，接待了柬埔寨国王西哈努克亲王。此外，邓小平1978年曾在此别墅中休养，并在休养期间构思了《南巡讲话》这一具有历史意义的文献，而被誉为"春天的故事"。

经山庄旅舍，我们顺着山中小道继续前，过一个名叫"山湾"的景点，抵达"双溪"。双溪原为一古寺名，因寺内有月溪和甘溪两支泉水绕寺而下得名，后毁。1964年广州市政府于原址重建别墅，仍沿用"双溪"之名，朱德委员长、周恩来总理、陈毅副总理均曾下榻此别墅，别墅名"双溪"二字，为朱德手书。别墅内现存卢举人墓，系广州市文物保护单位。此外，别墅内有一"五宝泉"，据当地传说，为仙人郑安期托梦给原双溪寺长老所赐。

过双溪，我们走到白云索道上站处，由此沿索道下的下山山道过"能仁寺"。能仁寺是一座始建于明代的古寺，清咸丰、同治年间曾加重修，寺内主要古迹有虎跑泉、甘露泉、玉虹池、古桥等。但是因"文革"政治运动破坏，在我们经过时，已成残址，正准备重修。

由能仁寺一路下山，廖志中在山脚留影数张。约傍晚时分我们抵达24路公交车站，在汽车上我与廖志中互留姓名存念后道别。廖志中性格豪爽，甚讲公德，一路同行，给我留下了很好的印象。在我们坐上汽车后未久，车生故障，廖不顾自己出游时着装整洁，挤下汽车，钻入车底帮助司机一起修车。这种公德精神很值得大陆游客学习。

攀白云山半日，总的感觉是白云山风景之胜在鸣春谷，其特点是幽静多鸟。攀白云山得句即记：

攀白云山

好景留心慢赏观，山逢险胜应力攀。

布衣原少经纶策，青冢白云当自闲。

下公交车后,在车站附近吃面条一碗充作晚餐,价 2.5 元至 3.5 元之间,较上海约贵出一倍。餐后逛广州夜市消闲,夜 10 时 30 分入眠。

悼黄花岗与三元里英烈

2 月 5 日,星期五,晴。

9 点 50 分抵黄花岗七十二烈士墓园瞻仰。该墓园又称黄花岗公园,位于广州越秀区白云山南麓先烈中路。陵园为纪念中国同盟会领导的广州"三·二九"反清起义战役中牺牲的烈士而建。其历史背景是:

1907 年 5 月黄冈反清起义失败后,中国同盟会元老决定在广州重新举事,具体由黄兴指挥。1911 年 4 月 27 日(辛亥年三月二十九日)下午 5 时 30 分,黄兴率 120 余名敢死队员突入两广总督署,总督张鸣岐逃走,起义军焚毁督署,在东辕门外与清水师提督李准统帅的大部队遭遇,经一昼夜血战,因兵力不足而溃败。黄兴负伤逃回香港,喻培伦、方声洞,林觉民等人被捕杀,死难的同盟会会员共百余人,这也是在中国同盟会领导下的第十次反清武装起义——广州起义。起义失败后,有广东番禺人潘达微(同盟会员)以个人房契作抵押,购得广州东郊红花岗,又冒死发动广仁善堂收集烈士遗骸。当时共收殓烈士遗体 72 具,共葬于红花岗。潘达微以秋日黄花喻烈士不屈的品格,而更名红花岗为"黄花岗",黄花岗之名遂沿用至今,这次起义也因此而被称作"黄花岗起义"。而入葬黄花岗的 72 位烈士的姓名直到民国十一年(1922 年)春才完全查出,遂在黄花岗上勒石记名。但在黄花岗之役中实际死难人数多达百余人,民国政府 1932 年又查出于是役中死亡烈士 14 人,因此黄花岗又有了第二次勒石记名。综黄花岗两次刻石,在该役中死难烈士有姓名、籍贯、年龄可考者共达 86 人。

而在清政府被推翻、民国政府成立后,曾数度扩建黄花岗烈士坟而成为公墓,[①]又有其他一些先贤遗体入葬黄花岗,其中包括被誉为"中国航空之父"的飞机制造家和飞行家冯如、陆军上将邓仲元、杨仙逸烈士、史坚如烈士、越南革命者范鸿泰等,而黄花岗烈士陵园的创立者潘达微先生去世之后,其遗骨也入葬黄花岗,因此现今步入"黄花岗七十二烈士墓园",所能看到的并非仅仅是死难于黄花岗之役的 72 位烈士公墓。

"黄花岗七十二烈士墓园"现占地面积约 16 万平方米,园内正门高 13 米的

---

① 1912 年黄花岗烈士墓第一次扩建为烈士陵园。

牌坊上，镌有孙中山先生1912年的题字"浩气长存"。园内的墓亭、陵墓、纪功坊、纪功碑等设置，均掩盖在翠柏苍松之中，使人感受到气氛的庄严。在黄花岗烈士陵前，我久久徘徊，深感死难先烈们为建立自由平等国家、为中华民族腾飞献身精神的伟大。在纪念碑前摄影一张留念，特赋七绝一首以怀：

黄花岗吊七十二烈士(1993.2.5)
黄岗巍峨先烈风，献身华夏诉民声。
翻首路人皆市利，青冢长眠为我宗。

下黄花岗烈士墓，见园内有中华奇石陈列馆可供参观，票价一元。我入内浏览，得该馆"中华奇石研发部经理"谭全先生的热情接待，他向我介绍了很多石头知识，受益匪浅。临别时，特相赠送玻璃铁陨石一块。谭经理甚有洽谈业务的意向，告诉我上海如有奇石收购，可按名片上的电话与之联系，我连声答应。可惜对于石头，我是门外汉，无法完成谭经理的委托。但是我对于中国古器物的收藏爱好，却是始自这次参观。

出黄花岗烈士陵园，我沿先烈路步抵广州市委党校，时约中午11点。该校一位张姓女教育长与一位谢姓老师接待了我。我向他们询问办学方法、教师待遇，以及有无与上海市属党校联合办学的可能性时？对方谈话吞吞吐吐，一无所获。只是他们告诉我：该校讲师月工资不足400元，别无其他收入，相对广州高昂的物价，仅可维持家庭生活，而无结余。他们显然对自己的收入有很多的不满。

中午11时45分出广州市委党校，坐车赴北京路，浏览沿街店铺，据说此街为广州最繁华的大街。一家门店专卖各类仿真皮包，价10元、6元均有，式样精美，出自为校三产寻找资源的想法，我购买10元包一只带回，估计此包在上海可翻价至25元销售。而同样式样的牛皮包，要价均在二三百元之间，令人咋舌。在街头购烤山芋一只充饥，紫心，价1.80元，颜色好看，却无上海黄心烤山芋甘甜。

出北京路，沿珠江岸步行至南六大厦，坐公交车至三元里抗英烈士纪念塔瞻仰。塔碑有记：

1841年广东人民在三元里反对英帝国主义侵略斗争中牺牲的烈士们
永垂不朽——广东人民政府1950年4月1日立

这一历史事件发生的背景是：1840 年 6 月，英国发动对华鸦片战争，由于广东戒备森严，英军转而北上，攻占天津。为使英军撤离天津，当年 9 月，道光皇帝下旨将主战派大臣林则徐、邓廷桢革职查办，任命琦善为钦差大臣，兼署两广总督。1841 年 5 月 24 日，英军大举进攻广州，城郊各炮台先后失陷，靖逆将军奕山等与英军签订了赔款 600 万两白银赎城退兵的《广州停战协定》。当月 29 日，英军到广州北郊三元里一带抢劫，侮辱菜农韦绍光的妻子，韦绍光等人忍无可忍，打死几名英兵。随后，三元里附近 103 乡民众聚集于三元古庙前商议抗英之法，取庙内三星旗作指挥旗，对旗宣誓，于次日晨攻打英军司令部所在的四方炮台，诱敌至牛栏岗，经过一天激战，打死英军 200 多人，三元里人民大胜。被围英军后在清官府帮助下解围。由于此事件具有拉开近代中国民众反抗西方帝国主义侵略的民族革命序幕的意义，因此新中国成立之初，特为之立碑纪念。而当年三元里人民誓师抗英的三元古庙遗址，已于 1958 年 11 月辟为三元里人民抗英斗争史料陈列馆，内陈当时民众抗英斗争时所用的三星旗、大刀、长矛、缴获的英军军服等文物。

三元里人民抗英烈士纪念碑的所在位置为原三元里村旁，而纪念馆的位置（原三元古庙，始建于清初，为三元里人民供奉北帝之用），则位于三元里村北（现广园西路）。参观三元里人民抗英遗址产生的时差感是：我在中学读书时，有关教材介绍的古战场，周围均是稻田，英军之所以战败，是因为天雨又陷于稻田之中，火枪失灵，是以大败。而现今周围地区均已成为广州城区，无法再现当年的古战场环境。看来要使革命传统教育收到实效，对于发生重大历史事件的环境的保护是必须的。

晚 7 时返武警招待所。晚餐食米饭 2 碗（一碗约 2 两），价 1.50 元；食肉汤 1 碗，价 3.50 元。深夜 12 时入眠。

过珠海、澳门环岛游

2 月 6 日，星期六，晴。

晨 4 点 30 分起床，办理退房手续。于招待所门口早点店买肉包两只，价 0.80 元，买白馒头 2 只，价 0.70 元，充作早餐。7 时 20 分，在广州汽车站门口搭中巴赴珠海，讨价至车票 30 元。但见沿途多山，风景秀丽，可惜天有雾气，看不甚远。上午 9 时 30 分，车过中山市，印象是城市规模不大，但建筑齐整，背枕青山,地理位置十分优越。在中山市转小巴,由另一司机开车前往珠海。

　　约上午 11 时,小巴抵珠海翠微工业区前一站,下车转坐 5 路公交车抵湾仔镇,又花 5 元钱坐摩托车抵横琴大桥上海基础建筑公司工地。时约中午 12 时。该工地是我在苏北大丰农场务农时队友小张的工地,当年抽调回城时,我去的是上海教育系统,小张去的是上海城建系统。这次赴深圳时,曾与小张事先电话联系,他建议我赴深圳时,顺便去他工地一游。但十分不巧,小张明日就要出差到上海。午餐后,小张陪我至工地边,以澳门为背景留影 2 张。横琴岛与小张工地,夹马子留水道相峙,宽约 500 米,其右为澳门之凼仔岛、路环岛,湾仔镇则与澳门夹岸相对。澳门与凼仔岛、路环岛有公路相连,但总面积尚不如横琴岛大。据小张介绍:横琴大桥修通后,珠海市政府欲仿澳门,在横琴岛上建中国最大的游乐场所。

　　根据小张建议,我下午 1 时半时坐车前往湾仔镇,下午 2 时抵湾仔镇码头,买"澳门环岛游"票一张,价 16.10 元。由于要下午 3 时才开船(下午 3.00—3.45 为游轮环澳门游),在码头静候,记旅游日记。

　　平常我们所说的澳门,实际由三部分组成,即澳门半岛、凼仔岛与路环岛,状似扁担。其中澳门半岛与珠海市有陆上关闸相通。澳门半岛与凼仔岛间距约3000 米,西、东两侧均有跨海大桥与凼仔岛相联。其中西侧大桥(澳凼大桥),桥墩 120 多个,高矗入云,颇为壮观。桥高出水面约 300 米,中间桥墩最宽,上面汽车穿行。下临碧水,巨轮穿行。洪波涌起,有飞机掠空,十分壮丽。而东侧大桥(友谊大桥)在我去时,尚在修建,未能完工。而凼仔岛与路环岛之间,则有堤坝相联,系填海所筑。

　　游轮开后,但见对岸澳门高楼林立,房屋云集,人头如蚁,鞭炮声不绝于耳,感慨颇多。澳门多数住房类似于上海的六层公房,特点是房屋间的密度高,缺少公共空间。我真不知道如此狭小的空间,如何容得下如此众多的人口?如果万一发生火灾,如何处置?后查有关数据得知:澳门共有 63 万多人口栖身于 30.3平方公里的弹丸之地,人口密度约每平方公里 19500 人至 20500 人之间,其为香港的 3 倍多,远超居世界第二的摩纳哥人口密度(每平方公里人口 16818 人)。此外,澳门每年尚要接待 3000 万游客,这使澳门当地的住房、交通、医疗、小区设施承受巨大的压力,城市空间日益杂乱,居民的生活空间日益紧迫。无怪乎当年葡萄牙政府曾主动提出将澳门交还中国治理的建议。

　　在游轮上与女导游闲聊,自诉 8 小时工作制,月工资 400—500 元之间,并无我想象中高。

下午 3 时 45 分下游轮,赴湾仔镇农贸市场闲逛。见市场中颇多海货,且价格并不低。又遇到有人卖与广州所见同样式包,讨价还价,花 10 元买包一个,条件是讲清楚进货地点。最后对方相告在广州桂花岗附近(火车站后面)有一批发手提包的市场。包的产地为潮阳、新会。

下午 5 时 30 分返小张工地,饭后沿横琴大桥散步,晚 10 时入眠。由于广东气温高,竟夜得闻蟋蟀鸣,感到十分有趣。即景得句:

过横琴岛

北国风雪正啸喧,驿站有蛰鸣轩前。

严冬不到横琴岛,数日人生两界天。

到深圳、夜宿友人家

2 月 7 日,星期日,多雾。

晨 5 时 30 分起床,7 时 30 分,随小张坐工地车开往珠海。8 时 30 分抵,参观珠海拱北海关的免税商场。

拱北海关为广东赴澳门的入口,但始终大雾迷漫,可视度约数十米,根本看不清对面澳门的建筑。

出拱北海关,坐 10 路车抵珠海市委党校。我作为上海党校系统的从业人员,想顺便了解该校的教学情况,恰逢宋校长接待。他告诉我:珠海党校讲师的待遇同科级干部,名义工资与全国一样,实际人均工资收入约 700 元,略高于国内平均标准。该校职工的人均住房面积 70 平方米,建筑面积为 90 平方米。如想到珠海党校工作,今年肯定不行,明年如有名额,亦并非不能考虑。我问及珠海党校的"三产"情况,答复是党校"三产"除黄货、毒品不能搞外,其他什么生意都可做。

出珠海党校,做 9 路公交车至九洲巷码头买至蛇口的船票。买到的是慢船票,价 37 元,当日下午发船。随后,坐小巴至海滨公园游览。公园中一无所见,因为海滩与公园之间,被一座围墙阻隔,而徒有其名。急出,坐 4 路车返九洲港海边漫步,看人捉蟹。随后坐于滩岩上望海、记日记,直至下午 2 时 30 分返九洲港码头候船。

下午 3 时 15 分船发,傍晚 5 时 45 分船抵蛇口。由蛇口坐小巴抵深圳,晚 7 时 45 分抵农场队友小胡家过夜。小胡显然已改变了撰写知青回忆录的设想,与我谈的都是赴深圳后的工作与生活情况,我便不再深问。

小胡原在上海文汇报社任记者,小胡的夫人小孙原也是我在大丰农场务农时的队友,大学毕业后在上海某高校任教。夫妻二人均有令人羡慕的工作,无奈婚后住房狭小,居一 10 平方米左右的亭子间中。而这一窘境也是当年上海大多年轻人所共同面临的问题。数年前小胡夫妻决定南下深圳创业,现夫妻二人事业有成,"居豪宅、拿高薪"(起码在我们这些因留恋上海工作环境、舍不得离开的原队友眼中看来是如此),足见其当年做出南下深圳决定的勇气及富有远见性。

游深圳"锦秀中华"景点

2 月 8 日,星期一,晴。夜间有雨。

晨 6 时 30 分起床,与小胡一起赴小公园晨练,早餐后与家兄通电话后,请小胡代办游沙头角手续。

上午 8 时 30 分,根据小胡介绍,游深圳"锦绣中华"景点。该景点位于深圳华侨城,占地面积约 450 亩,具体景区包括"锦绣中华微缩景区"和"中华民俗村"两个组成部分。

锦绣中华微缩景区位于园区东侧,亦称深圳"小人国",占地面积约 33 万平方米。其布局犹如一幅巨大的中国地图,以中华五千年历史文化为背景,大致按 1∶15 的比率,插入微缩景观 82 处。其中代表性景观有秦陵兵马俑、万里长城、赵州桥、应县木塔、故宫、黄山、黄果树瀑布、黄帝陵、成吉思汗陵、明十三陵、中山陵、孔庙、天坛、泰山、长江三峡、漓江山水、杭州西湖、苏州园林、莫高窟等等。其中,"万里长城"景观最引人注目,据说城墙共由 600 多万块像麻将牌那样大小的城砖筑成。错落于景区之内的,尚有 6 万多个陶艺小人和动物,展现了中国作为多民族国家的不同风格的建筑、生态及风土人情。锦绣中华微缩景区是借鉴台湾桃园小人国、荷兰玛杜洛丹小人国及泰国芭堤雅小人国的建设经验打造,这也是中国第一个微缩景区和主题公园,但是它比台湾桃园的小人国要大三倍,比荷兰玛杜洛丹小人国和泰国芭堤雅的小人国要大二十倍,它是目前世界上面积最大的实景微缩景区。

中国民俗文化村位于园区西侧,占地面积 15.8 万平方米。园区除有汉族的牌坊群、北京的四合院等建筑外,尚含中国 21 个少数民族的 24 个村寨,均按

1∶1比例建成。其中代表性的有布依族的石头寨、摩梭人的木楞房、哈尼族的"蘑菇房"、傣族的竹楼、哈萨克族的毡房、蒙古族的蒙古包、藏族的喇嘛寺、彝族的"土掌房"、纳西民居、瑶寨、景颇族村寨、土家族水上街市、朝鲜族民居、白族民居、高山族民居等等。在园内可以看到皇帝祭天、孔庙祭典、光绪大婚、楚乐编钟等中华民族传统礼仪节目表演。而在少数民族的村寨中,则由苗、侗、瑶、佤、黎、景颇等各少数民族的青年男女(皆当地民族演员)接待海内外游客,为之展示各自不同的民间手工业艺术,进行中华各少数民族的民俗风情表演,其中代表性的活动有:庙会、泼水节、火把节、西双版纳风情月、内蒙古风情周等等。

我无意中走入一"北京四合院"中,只见院内空荡无人,正中却有一个戏台,站立多人。我正迟疑是否还要继续逗留,却突然看到一位女青年自院外奔入,直上戏台,然后喊道:民乐表演现在开始。我这位不懂民乐的门外汉只得站立台下,聆听古乐。我听到演奏的共有《梅花三弄》、《春江花月夜》等七八首古曲,每奏完一曲,我只得假装内行地拼命鼓掌,以示十分欣赏。旁边只有一个在园内干活的民工与我一齐鼓掌。这实际上是为我一人举行的中国民乐演奏会,因为该园游客少,院内乐团估计又有每天必须演奏数场的任务。他们不愿面对空地演奏,因此哪怕见到只有我一位游客进院,也要匆匆进行演出了。我作为这场音乐会的唯一听众,也只能是一边鼓掌,一边暗叹因十年动乱,教育断层,对于中国民族音乐发展所造成的窘境。

据介绍,深圳"锦绣中华"景点是由香港中旅国际投资有限公司和深圳华侨城股份有限公司合资兴办的大型文化主题公园。[①] 其中,锦绣中华微缩景观于1987年破土动工,1989年9月对外开放,当年游客量就达千万人次,而收回投资。这样便有了中国民俗文化村的建设,并于1991年10月建成开放。

为了建设深圳"锦绣中华"景点,真实再现原景观的艺术风格和人文价值,主管部门付出的劳动可谓艰辛。其共聘请了上百名古建筑家、雕塑艺术家、园林工艺家充当顾问,这些专家均来自原景观所在地的文研部门。此外,尚有来自全国20多个省、市、自治区的2000多名工程技术人员专程赴深圳进行园林创造。景点的投资理念是:"一步迈进历史,一天游遍中华。"但是我游该景点的切身体会却是:游深圳"小人国"似画饼充饥,因为看到这些微观景点,并无看到真正景观时的激动,因此其不能达到使游客在一天之内领略中华五千年历史文化、浏览祖国锦绣河山的目的。但是游中国民俗文化村,我则认为其具有增强中华民族认

① 1988年合组"深圳锦绣中华发展有限公司"。

同感的功效,而决不能将其等同于"迪士尼乐园"类的普通商业旅项目。这是因为中国民俗文化村之建,荟萃了中华各民族的建筑、服饰、习俗、艺术之风情,堪称是一座极具人文内涵的中国民族风情博物馆。

下午 2 点 30 分出"锦绣中华"园区,至深南中路一商店了解深圳物价与上海物价的差别。深圳苹果 10 元 1 斤,其他水果约 6—7 元一斤,皮鞋 200—300 元一双,皮包百元以上一只,这样的物价要高出上海许多,显然不是内地人有能力消费得起的,由此亦可推想深圳人的工资水准要高出内地许多。随后,在店中给家兄买瓷器两件,准备明日送上。晚 6 时许抵小胡家中,吃饭时小胡告诉我他炒股票净赚了 5 万元,我听后感慨良多。做学问是为了追求真理,经商是为了发财。我过去一直走的道路是读书、做学问。我已经错过了南下深圳"发财"的最好机遇,看来这一辈子也只能沿着守穷、做学问的道路继续走下去。

游沙头角

2 月 9 日,星期二,晴。

清晨与小胡到小公园晨练,8 时早餐。餐后,小胡用摩托车送我至深圳公安局办理至沙头角手续。随后,小胡又用摩托车送我至沙头角游览。

在沙头角中英街替家妻买金项链一条,价 1400 元,买小金项链一条,价 140 元。另买布料 2 块,价 56 元。小胡在沙头角买布料 3 块,请我送家妻一块,另两块委托我转送原一起在苏北大丰农场务农的上海队友小梁与老刘各一块。小胡自买果干两包、美国苹果一包带回。

沙头角为镇名,现称街道,位于深圳市东约 10 公里,属深圳市盐田区。其地理位置背靠梧桐山,南傍大鹏湾,东临盐田、梅沙,西与香港新界接壤。该镇的得名据说是因凌晨登梧桐山,可以见到东方山海相连处"日出沙头,月悬海角"的奇观,故被呼作"沙头角"。

而在当代沙头角之所以知名,则是由于在镇的南头,有一条长不到 250 米、宽不到 5 米的小街,被称作"中英街"。街心以"界碑石"为界,两边店铺林立,有来自世界各地的商品出售。1997 年香港回归中国之前,街东侧属中方,西侧属英方,1997 年香港回归中国之后,街东侧属深圳,西侧属香港。而在中国"改革开放"之初,自深圳被设为"特区"后,沙头角成为"特区中的特区",要到此街的人,必须持深圳市公安局办理的"前往边防禁区特许通行证"才能进入。由于当时国内商品经济欠发达,而紧挨香港的"中英街",因实行"一街两制",以其"免税街"的价格优势、尤以黄金饰品和进口电器价格的低廉,而成为国内的"购物天堂",每天前来购物的人群,少则四五万人,多则八九万人,这条小街道被人流挤得水泄不通,并因此成为国内的知名旅游景点。而另据有关报道:因中英街的繁荣,有力地带动了沙头角乃至整个深圳地区经济的发展,在 1980 年以来的 10 多年中,中英街的财政收入,占了整个沙头角镇的 10% 至 30%,最高年份达到 70%。只是近年来随着内地商品经济的发展,沙头角的游客日见减少。

　　而造成"中英街"奇特现象的历史原因是:鸦片战争之后清王朝国力日弱,1840 年第一次鸦片战争之后,英国根据《中英南京条约》,取得对中国香港岛的管理权;1860 年第二次鸦片战争之后,英国根据《中英北京条约》(1860 年 10 月),取得对中国九龙司地方的管理权。但是英国并未以此满足。1894 年中日甲午战争爆发,港英当局认为有机可乘,当年 11 月 9 日香港总督威廉·罗便臣(Sir William Robinson,1836—1912 年)以香港"防务安全"为由,向殖民部建议将香港界址展拓到大鹏湾、深圳湾一线,并将隐石岛、横澜、南丫岛和所有距香港 3 英里以内的海岛割让给英国。1898 年 3 月 7 日,法国向清政府提出了租借广州湾的要求,英政府闻讯,向清政府正式提出展拓香港界址的要求。在英政府的压力下,1898 年 6 月 9 日,中方代表李鸿章、许应骙与英方代表窦纳乐在北京签署《中英展拓香港界址专条》。

　　根据该约,中国将 1860 年英国所夺占的中国尖沙嘴以外的九龙半岛的所余部分,即从深圳湾到大鹏湾的九龙半岛的全部,租与英国管辖 99 年,其中包括租借地陆地面积 376 平方英里,其中与大陆连接部分为 286 平方英里,岛屿部分为 90 平方英里。这一陆上面积较原香港行政区陆地面积扩大了约 11 倍。而租借的水域面积则较此前扩大了约 50 倍。《中英展拓香港界址专条》签订的结果是:港英当局在强租的九龙半岛界线街以北、深圳河以南,包括大屿山等 230 多个岛屿在内的广大地区,形成所谓"新界"。而"中英街"这一奇特现象,就是港英当局在"展拓新界"之后,与清政府在重新勘界过程中形成的。这是因为根据新约,"新界"与广东省之间有深圳河的水道为自然边界,唯独沙头角一地,与"新界"是陆地相连。

　　1899 年 3 月 16 日,中英两国勘界人员来到沙头角,从海边开始沿着一条干涸的河道(原由梧桐山流向大鹏湾)进行测量和勘界,把原先的沙头角镇一分为二,形成了"新界沙头角"和"华界沙头角"。而在干涸的河道当中,初竖木质界桩,上书:"大清国新安县界"。一边由中国管辖,另一边由英方管治。沙头角勘界于 3 月 18 日结束,木质界桩后被中英双方用 8 块界碑石取代。而在勘界后不久,当地乡民开始沿着河床两侧搭建房屋、摆摊做生意,这样便逐步形成了一条小街,初名"鸬鹚径",这就是今天"中英街"的前身。这条小街长 250 米,宽不足 5 米,实则即当年中英双方勘界时,所利用的淤积河道的长宽度。[①]

今游沙头角中英街,能看到的历史遗迹包括:古井,位于中英街后街边。该井为清康熙年间赴沙头角拓荒的客家人所建,迄今已 300 余年,曾是镇上人当时所饮的主要水源。当地有谣:"同走一条街,共饮一井水。"古榕树,位于四号界碑旁,距今已 110 年。树根生在深圳侧,枝干延伸至香港侧,被称作:"根在内地,荫泽香港"。石质界碑,这是在中英街上所存在的最重要历史遗迹。界碑共 8 块,沿着中英街街心竖立,正面写中文,背面写英文,上有"中英地界"、"光绪二十四年"、"1898"等字样。据介绍:1、2 号界碑是 1905 年英国单方面置换所留,3 至 7 号界碑当年被日军毁弃,后由国民政府 1948 年与港英当局重竖,8 号碑为原碑,但风化严重,有的字迹已经模糊,但仍可辨出"光绪二十四年中英地界第一号"的字样。这 8 块石碑堪称是近代中国历史的见证,它既见证着清王朝的腐败与西方列强的侵华行径,又见证着旧中国的贫穷落后及"改革开放"后国家走向繁荣富强的新征程。

而今日游沙头角,最直接的感受是历史沧桑感的浮现。在这条奇特的小街上,界碑两侧曾悬挂不同的国旗,巡警着不同的服饰,使用不同的货币。第二次世界大战期间,1941 年 12 月 25 日日军从深圳沙头角进犯香港,英军无力抵抗,港督杨慕琦宣布投降(港人称"黑色圣诞日"),这里又悬挂起三年零八个月的"太阳旗"。新中国成立之后,1951 年 2 月 15 日广东省政府开始实行边境管理,要求所有人员均须持深圳市公安机关签发的《出入境通行证》进出"中英街"。但是这一做法并未能防止当地乡民逃港风潮,中方开始执行政治边防和军事边防政策,港英政府则在"新界沙头角"实行"宵禁",中英街成了边防禁区。而这一现象一直到"文革"结束、大陆市场经济得到长足发展之后才被改观。看来"民以食为天"这句话永远是真理,亦祝愿祖国能永远繁荣昌盛,不再重蹈历史的旧辙。

中午经罗湖海关边检道还深圳小胡家中午餐,发生的趣事是:小胡手持一袋所买的美国苹果,怕无法带入境内,我说无妨,故意站在小胡身前以试图阻拦边检人员视线,不意这一动作被边检人员发现,以为小胡身上带有违禁之物而反复查检却无所得,却根本未查检小胡手中所持的苹果。

---

① 由于中英双方勘界的结束之日为 1899 年 3 月 18 日,后来深圳盐田区政府于 2002 年起,将该日定为"中英街 3·18 警示日",每年的该日都在这里鸣警示钟以诫人们"勿忘国耻"。

午餐后与小胡告别赴蛇口。小胡甚重朋友情义,坚持要买飞机票送我返沪,被我谢绝。我告诉他婚后出游非易,此次得隙,尚想赴蛇口家兄家中探望。居小胡家两晚,受到盛情款待,得七绝一首,记以存念:

七绝 夜宿深圳友人家(1993.2.14)
交情贫贱富未更,访友鹏程云海横。
港澳比邻故人里,何年再共闻鸡声。

过蛇口、吊宋少帝陵

下午至蛇口探望家兄,家兄陪我到城中一游,留影数张。晚餐后与家兄一同拜见当时也在蛇口工作的其小学与高中同学过兄。过兄长我三岁,原为"文革"前上海南洋模范中学 1965 届高材生。却因家庭成分问题未能考取大学,分配至上海颛桥"七一拖拉机厂"当工人。与其命运相似的尚有该校一位刘姓高材生,曾得过"文革"前上海市高中数学竞赛第一名,但因其父曾是新中国成立后上海市政府首任秘书长,后陷入"潘扬冤狱",受此层家庭关系拖累,亦未能被大学录取。此事曾颇引起当时一些上海青年学子的不平。但是"腹有诗书气自华"。① 过兄利用在工厂务工之余,苦学不辍,"文革"结束高考制度恢复后,竟以高中毕业的学历,考取了上海社会科学院研究生。而在深圳被设定为特区后,过兄又毅然辞去上海社科院研究员的职务,成为上海闯深圳的第一批人,任深圳金利美公司的董事长。

与过兄别后多年重逢,十分高兴。我向过兄提起:上海正在掀起"下海"经商的热潮,连我所在党校也搞起了"三产",我很想在工作之余,尝试一下"下海"的实践活动。过兄回答:可以给我以实际帮助,金利美公司在上海有一家推销领带的办事处,他可以介绍我回沪后替该办事处推销领带,在我离开蛇口前,会送上推荐担保信。

过兄走后,陪家兄弈围棋一局,约深夜 1 时入眠。

2 月 10 日,星期三,阴。

晨 6 时 30 分起床,上午与家兄同攀蛇口南山。山高约百公尺,无石阶,路滑

---

① (宋)苏轼:《和董传留别》。

多沙。约中午 11 时 30 分抵顶峰,俯视蛇口城区,远眺三面海湾。南山顶多野杜鹃花,正在盛开,采折数十枝,带回家兄家中,插入花瓶。下午 2 时下山,随家兄在街上午餐,随后浏览蛇口商业区。晚间与家兄弈围棋三局,直至深夜 11 时入眠。

2 月 11 日,星期四,阴。

晨 6 时起床。上午先后与现在深圳工作的原中学班主任郁老师及大学历史教师项老师打电话,询问有无可能由上海调深圳工作？郁老师回复有一定可能性,要求我携带个人材料于次日上午去其任教的桂园中学见面。项老师在深圳大学任教,表示前几年调深圳高校工作还比较容易,但近年名额已满,很难调入。随后上街买了 26 元苹果,欲明日带给郁老师。回家兄宅,与家兄下围棋数局磨时。

下午 3 时,过兄派车来接,与家兄三人先在深圳南海大酒家品茶叙旧,然后共游赤湾港。赤湾港位于珠江口东岸、深圳特区西部的南头半岛顶端,重要历史遗迹有天后宫、左炮台、宋少帝陵等。

天后宫位于深圳小南山脚,依山傍海,风光秀丽。"天后",民间俗称"妈祖",是中国沿海百姓共同信奉的"海神娘娘",因此天后宫亦称"妈祖庙"。赤湾天后宫始建于宋代,占地规模庞大,是中国东南沿海、港澳台以及东南亚地区众多的妈祖庙中最大的一座。据说明永乐年间郑和率领舟师下西洋时,赤湾天后宫为其所经过的重要一站,因此它也是海上"丝绸之路"上的重要文化景点。只可惜在中国"文革"动乱时期,赤湾天后宫景观受到了严重破坏,在我去日正筹备重修,无法参观。

左炮台位于赤湾鹰咀山海拔 170 米的山头上,三面环海,有晚清石炮一门,附近有林则徐塑像。据有关记载:左炮台始建于清康熙五十六年(1717 年),为福建提督杨琳调任广东巡抚时主修,有"兵二十名,生铁炮六位"。[①] 同时建有右炮台,"临海山梁扼三面之险",分东、西两侧钳制赤湾港,俯视伶仃洋面。赤湾左、右炮台共设兵数千名,生铁炮 6 位,另有 12 门"佛郎机"炮。鸦片战争期间,林则徐布防珠江口,曾重修赤湾炮台。广东水师提督关天培据此,击败了伶仃洋上的英军。右炮台址已毁于鸦片战争期间的赤湾之战,左炮台残址尚存,1985 年时复修,同时在炮台边侧立有林则徐铜像,以纪念这位爱国者的 200 周年诞辰。林则徐像手持单筒望远镜,身佩长剑,眺望伶仃洋,以示其"放眼望世界"的

---

① 《新安县志》。

精神。铜像基座题字"林则徐纪念像",是中国佛教协会主席、书法家赵朴初先生所书。

宋少帝(亦作宋末帝,1271—1279年)陵位于天后宫西约五百米处的一个小山坡上,北傍小南山,南俯伶仃洋,陵前有石柱一对,上置石狮,陵西有今人塑陆秀夫负少帝投海像,陵前颇多赵氏后人焚香礼拜者。根据有关记载:南宋祥兴二年(1279年)正月,元兵追宋少帝于广东新会的崖山海面(今深圳赤湾港附近),太傅张世杰率宋海军与元军决战,双方共动用军队30万人。由于张世杰指挥失当,宋军几乎覆没,仅有少数舰只突围。宰相陆秀夫见大势已去,3月19日穿朝服,抱9岁小皇帝赵昺于船头,叩首再拜道:"国事至此,陛下当为国死。德祐皇帝(宋恭帝)辱已甚,陛下不可再辱!"然后背小皇帝投海殉国,南宋军民十万同时投海,赵宋王朝至此灭亡。

帝昺既已投海,尸身当不存,赤湾山地如何又会出现宋少帝陵呢?据有关记载是:帝昺投海后尸体不沉,有群鸟遮其上,流至赤湾,被山寺一老僧发现,礼葬于山南。此事见于《赵氏族谱·帝昺玉牒》所记:"后遗骸漂至赤湾,有群鸟遮其上,山下古寺老僧往海边巡视,忽见海中有遗骸漂荡,上有群鸟遮居,窃以异之。设法拯上,面色如生,服式不似常人,知是帝骸,乃礼葬于山麓之阳。"

元僧所修少帝陵日久芜芜,至1911年又有旅港赵氏三支裔孙承资重修。[1] 陵由灰沙砌筑,长10米,宽6米,朝零丁洋,墓碑上刻有"大宋祥庆少帝之陵"八个字。墓墙两旁有联:"黄裔于今延宋祀,赤湾长此巩皇陵"。墓碑上的"祥庆"二字当为"祥兴"之误,因为宋少帝仅有"祥兴"年号。少帝陵重修后,赵氏后人时来祭吊。但至抗战期间,日军占领广州、香港,帝陵久无人祭,又没于荒草树丛中。此后直至1982年赤湾深水港破土动工,建筑工人在修建与港口配套工程赤湾公路时,又重新发现此陵。鉴于宋少帝陵是广东省境内所存的唯一一座宋代皇陵,为了保存古迹,1984年,蛇口旅游公司协同深圳博物馆、香港赵氏宗亲对陵址进行了重修。重修后的少帝陵,陵址由原50多平方米扩大至4400余平方米,而成为陵园。墓东新立一块2米多高的白石墓碑,正面镌文《宋帝昺陵墓碑记》,记少帝生平、陆秀夫负帝殉海经过以及重修陵墓的情况,碑背刻有"崖海潜龙,赤湾延帝"八字。正面碑文为当代书家商承祚所书,碑背题字为当代书家秦萼生所书。

站在少帝陵前,我心中不胜感慨。因为在宋代诸帝中,少帝赵昺的命运是最

---

[1] 碑文有记:"辛亥岁赵氏三派裔孙重修。"

值得同情的。他是宋度宗赵禥的儿子。赵禥共三子,二子赵㬎(音显)是嫡子,长子赵昰与三子赵昺是庶出。咸淳十年(1274年)度宗死于酒色,嫡子赵㬎(方四岁)被权奸贾似道扶上皇帝,称恭帝。景炎元年(1276年)元兵陷临安(今杭州),恭帝被俘。群臣护送赵昰、赵昺南逃福州,立赵昰为帝,称端宗。景炎三年(1278年)端宗病死,大臣们拥立年仅8岁的赵昺为帝,改年号为祥兴,以陆秀夫为左丞相,张世杰为太傅,驻军广东新会崖山,继续抗元,直至败亡。少帝赵昺生于1271年,该年忽必烈初建元朝,而赵昺死时仅9岁(1279年),尽管空有帝号,却是一个什么事都不懂的孩子,他的出生即是悲剧。这是哀一。

站在少帝陵前,我感慨之二是:南宋之亡,是古代中华由盛至衰的转折点。宋代重文轻武,被称作"积贫积弱"。但事实上宋代却是中国古代经济、文化与科技最发达的时代,宋代的GDP总量(国内生产总值),约占当时全世界GDP总量的二分之一强,宋代的经济实力、科学技术和文明程度,均雄居当时世界第一。尤其值得称道的是:宋代的文官制度,是中国古代最为完善时期,皇帝的极权,开始受到文化力量的制约,这也是西方文官制度的前源;宋代的官学(程朱理学)反对宗教迷信,重视人文价值,堪称是人类"启蒙运动"之发端,它体现了中华传统文化包容、开放、积极向上的一面。而宋王朝之亡,导致古代中国领先于世界的政治体制的自然演变进程(独立发展历程)被打断,曾经高度发达的经济、文化、科技、科举制度,开始受限于专制皇权。明末诗人钱谦益曾以诗"海角崖山一线斜,从今也不属中华"来哀悼南宋崖山之败,后来的历史学家由此诗中引申出"崖山之后,已无中国"的立论,意指崖山战后亦即宋亡后的历史,已非是华夏古文明的正朔。此话在一定意义上揭示了宋以后汉民族被奴化的历史真相。因为宋后北方汉人是三等臣民、南方汉人是四等臣民,汉人在大部分时间都是属于最低等的贱民,而历史上曾经是宽容、自信、开放的古华夏民族却不见了。

站在少帝陵前,我的感慨之三是:宋妒良将,而最终导致国家的灭亡。宋代重文轻武、国少良将,以致与周边政权的战争始终处于劣势。仅以崖山之战论,元军以少击众,宋军却全部覆灭,从战术层面来看,这与张世杰、陆秀夫等人的指挥失当不无关系,尽管二人在抗元战争中所表现出的民族气节值得钦佩。而此前的文天祥也是如此。但是宋朝并非无救危良将。仅以吕文焕(?—1299年?)守襄阳之役论,吕氏苦守襄阳六年,并非无军事才能,初亦不乏报国之心。但权臣妒其功,见死不救,襄阳城兵尽粮绝,无可再守,吕文焕最终被元将阿里海牙劝降,并充当攻打鄂州(今武汉)的先锋。这一举止直接导致了南宋的亡国。吕文焕后来在致宋廷的信函中说:"报国尽忠,自许初心之无愧;居城守难,岂图末路之多差。……而焦然中苦于党奸。……尚冀庙堂之念我,急令邻郡之聚兵。委病痛于九年之间,投肌肉于群虎之口。因念张巡之死守,不如李陵之诈降,犹期后图,可作内应。"[1]由此可见其降元原非本意。

　　再以宋将岳飞论,岳飞的无端被杀,实为宋王朝由盛至衰的转折点。岳飞个人的悲剧在于:他具有中国历史上最完备的士大夫人格,孤直清忠,体贴民苦,勇于献身,处处都以国家与民族利益为重,是一位不折不扣的君子。但是他所遇到的君王,却是一个心胸狭隘、自私猜忌成性、毫无国家与民族大义的小人。岳飞的毕生理想是精忠报国,"扫平四夷","迎还二圣";而宋高宗卑鄙的心底,最怕的就是岳飞"迎还二圣",使自己当不成皇帝。因此当岳飞口口声声要"迎还二圣"(他即将要做到这一点时),并建言立力主抗金的皇室赵眘(后来的宋孝宗)当太子时,这便触犯了宋高宗能够容忍岳飞的底线,并导致了二人环绕着是国家民族利益至上还是个人利益至上的政治斗争,以及岳飞个人的悲剧命运。但是岳飞之死,决非是他个人的悲剧,而是整个世界文明史的悲剧。因为终宋一代来看,当野蛮的"宗教裁判"制度[2]与宗教战争[3]尚在西方盛行之时,有着"弱宋"之名的宋王朝,却是当时世界文明的曙光。强调这一点是因为无论是从经济与文化发展水准来看,还是从文官制度的完备性来看,宋王朝都是中国传统社会最为完善时期;人文主义的"理学"光辉,此时已开始照耀神州大地,并开始向周边国家波及,释、道两教,被放逐于山林之中,这是人类历史上的第一次启蒙运动。当时宋王朝所缺的,是一位有"扫平四夷"能力的天才武将,而岳飞以他的文武才能,完全能承担这一历史重任。如果岳飞不死,其志可现,不但可以再现中华历史上的"汉唐盛世",同时也可以促进世界文明的发展,而后来蒙古游牧文化征服世界的现象也绝不会出现。但是历史是无法假设的,只能使人感慨而已。如借用杜牧《阿房宫赋》中的一句话来说则是:"秦人不暇自哀而后人哀之;后人哀而不鉴之,亦使后人而复哀后人也。"

　　傍晚,返家兄宅。晚间,过兄如约送上深圳金利美公司上海办事处地址及其个人的担保信。信中写道:请提供20条领带样品,其中含4元价领带与14元价领带两类;另可提供1000条领带实物,允许半个月内付款。过兄又告诉我:他们正在为上海南浦大桥、杨浦大桥定做一批价值25元的领带,需要此二桥的

---

① (元)刘一清:《钱塘遗事》,上海古籍出版社1985年版,第172—174页。

② 始自1184年罗马教廷"凡罗那会议"时,下令各地主教在辖区范围内调查异端分子情况而提出告诉。

③ 罗马天主教教皇主持下的十字军东征战争,持续了近200年,时间约从1096年至1291年间。

艺术照片各一张,下有题字,希望我代为联系,尽快答复。我答应回沪后即办此事。

在深圳与过兄重见,曾题诗一首,特抄录存念:

七绝　次深圳南海大酒家见过兄(1993.2.14)
少为神州共征程,幸临南海诉心声。

与君就此惜别后,何日云天再重逢?

过南粤王陵、返沪之旅

2 月 12 日,星期五,晴。

晨 5 时起床。上午由蛇口坐汽车至深圳桂园中学(深圳九中)探望郁老师,郁老师原为我中学读书时的班主任,教语文课,喜打排球,后由上海申请赴深圳任教。中学一别已 25 年,郁老师容貌尚无大变化,但年龄已 56 岁。异地叙旧,颇感时光荏苒。

与郁老师辞别后,赴深圳火车站买次日上午赴广州的车票,票已售空。下午还蛇口,与家兄下围棋至深夜 1 时。因到桂园中学停留,未能及时返广州,因此无法预订当日 212 次广州返沪车票。

2 月 13 日,星期六,多云。

晨 5 时 30 分起床,未及早餐,到蛇口汽车站坐 6 时 20 分发往广州的公交车,票价 25 元,家兄送行。上午 10 时 30 分抵广州火车站,买当日返沪的车票。我手中原有一张来广州站时领取的 12 日返沪的购票预订单,但因到深圳桂园中学耽搁了一天的时间,购票预订单已过期作废,只得在黑市用 47 元(原票价 17元)买了 1 张从广州到郴州的 212 次列车票,准备上车后再补足由郴州至沪的票款。

约中午 12 时,坐残疾人驾驶专用车至广州手提包批发市场问价,用款 51 元买了 5 至 11 元价手提包 5 个,准备回校后,交校"三产"公司经营参考。然后转赴"南越王墓"参观,大门票 3 元,入墓票 5 元。

南越王墓位于广州市象岗山上,凿山为墓。坟主为"南越武王"赵陀之孙赵眜,号"南越文帝"(前 137 年至前 122 年在位),系西汉南越国的第二代国王,《史记》因音传之误,误作赵胡。

"南越王墓"的发现，出自偶然。1983 年 6 月，一支建筑工程队在象岗山施工，准备平山建楼。当将海拔 50 米的山头从顶部挖掉 17 米时，砂石和土层不见了，突然发现一块巨大无比的石板。工人用丁字镐沿着石缝隙撬动石板，石板下方显露出一个幽深无底的黑洞。负责工地现场的基建科长邓钦友迅速将此情况上报广东省府办公厅，结果工程被停，广东省文物局迅速组织专家从事考古工作，最终发现：埋于象岗下方的是一座巨大的石室彩绘大墓，墓葬保存完好，从未被盗。而从墓中出土的"文帝行玺"金印①与玉印"赵眜"来判断，墓主即号称"南越文帝"的赵眜本人。强调这一点是因为：

按秦汉礼制：只有皇帝、皇后的印章才能称之"玺"，而其他臣属的印章是不能称"玺"的。皇帝用玺并非一种，如"皇帝之玺"，用于赐诸侯王；"皇帝行玺"，用于封国；"皇帝信玺"，用于发兵；"天子之玺"，用于册封外国；"天子行玺"，用于治大臣；"天子信玺"，用于事天地鬼神等等。在中国古代，皇帝玺被视为传国之宝，是可以下传的。所谓"得宝者得天下，失宝者失天下"。汉武帝有玺六，均下传。而赵眜的"文帝行玺"之所以不下传，葬于墓中，是因为相对于当时中原汉政权而言，赵陀所建立的南越国，并非合法，而是僭用了"天子"名号，其所使用的"文帝行玺"，只能是属于个人的印章，因此也只能葬于墓中。

最终被发掘出的南越王墓，系大石构筑，面积约 100 平方米。其构筑方式据介绍为：先从山顶劈开石山 20 米，凿出一个平面"凸"字形的竖穴，再从前端东、西两侧开横洞成耳室，由南面开辟斜坡墓道。墓室按前堂后寝的形式，用红砂岩石砌地宫，墓顶用 24 块大石覆盖，再分层夯实。墓室坐北朝南，分前厅后库两部分，前三室，后四室，共 7 室。室宽 12.5 米，长 10.85 米，高 1.8 米。墓主居后部中室，前部东西为耳室，后部东西为侧室。其中前室四壁及顶部均绘有朱、墨两色云纹图案，以象征朝堂。斜坡墓道残长 10.46 米，宽 2.36—2.59 米，深度为3.2 米。至墓室前方 4 米左右，变为竖坑状。墓内之前后两部分，各设一道双扇石门。殉葬者共 15 人，其中姬妾 4 人，仆役 7 人。坟中共出土各类文物达千余件套（共万余件），其中以铜、铁、陶、玉四类者所占比重最大，又以"文帝行玺"金印最为珍贵，因为这是中国考古发掘发现的首枚皇帝印玺。坟内殉葬品的具体分布状况据介绍为：

墓道中填满巨石，至墓室前方 4 米左右竖坑中，堆积着大量青铜器、陶器等，有的葬品上有专用的"长乐宫器"印戳。"长乐宫"系西汉时皇太后居所，而在南

---

① 文帝行玺，金质印、蟠龙钮印，长、宽均为 3 厘米左右，高 1.8 厘米，重 148 克，是南越国王印章。

越王墓中出现这一印戳,则或为僭用,另一种可能性则是这些葬品原为西汉王朝所赐。墓道中另有殉人2具,其中1具置于斜坡尽头,可能是卫兵。

打开墓门之后,前室葬品中有巨大的铜鼎、玉佩、玉璧、2把铁刀。另有殉人1具,旁有"景巷令印"印章1枚,据此推断,死者当为墓中管家职。

前部东耳室内藏饮宴用器、青铜编钟、石编钟、提筒、钫、镭等酒器以及六博棋盘等。其中最为贵重的是数量巨大、品种繁多的青铜与石质乐器,含青铜编钟2套,分别为甬钟和钮钟,甬钟1套5件,钮钟1套14件;另有石磬2套,共18件。此外尚还有铜瑟、铜琴若干,漆木琴等乐器。东耳室有殉人1具,身份可能是乐伎。东越王墓中所出土的乐器群,体现了秦汉时期中原儒家"礼乐"文化对于岭南地区的渗入。

西耳室所藏为兵器、车、马、甲胄、弓箭、五色药石和生活用品等。其中值得引起注意的有两类葬品:一是室内藏有大量金、银、玉、石、象牙、漆木、陶器等精美制品,含波斯银盒、非洲大象牙、漆盒、熏炉、深蓝色玻璃片等。这说明汉代中国与世界商贸的广泛性;二是在室西约2.8平方米的范围内,堆积着大量丝织品,有绢、绣绢、朱罗、朱绢、绣纱、超细绢、研光绢等多种品种,可惜这些丝织品在出土时已全部炭化,据估算陪葬的丝绸不下百余匹,折叠层厚达700余层。这一现象说明汉代南越国养蚕业和丝织业的发达。

后部主室置墓主棺椁,墓主穿丝缕玉衣,枕珍珠枕头,枕内共装470颗天然珍珠,珍珠直径0.1至0.4厘米之间。墓主随身有印章9枚,含"文帝行玺"龙钮金印、螭虎钮"帝印"、龟钮"泰子"金印以及墓主"赵眜"玉印等。在坟主外椁中有殉人1具,可能是车夫职。玉衣是汉代王室特有的丧葬殓服,东汉亡后,未再发现。玉衣是有等级规定的,有金缕、银缕、铜缕玉衣,诸侯王多用金缕,也有用银缕的。南越王墓出土的丝缕玉衣为首次发现,也是迄今中国考古历史上所见的最早的一套玉衣,它比河北中山靖王墓中刘胜所穿的金缕玉衣,在时间上还要早12年。

后部东侧室为姬妾藏室,共殉葬"夫人"4人,各有"夫人"印1枚。分别为、"右夫人玺"、"泰夫人印"、"左夫人印"、"□夫人印"(首字不清,或认为系"部"字)。其中,"右夫人玺"为金印,在这枚金印附近,又发现了1枚象牙质阴刻篆文"赵蓝"两字的印章和3枚字迹模糊的其他玉印。因此赵蓝其人被疑作右夫人本人,其地位当属南越国皇后,只是叫法不同而已。

后部西侧室有殉人7具,无棺木,室后侧置猪、牛、羊三牲。据此推断,西侧室当为厨役之所。

最后藏室为储藏食物库房,另有近百件大型铜、铁、陶制炊具和容器。

1983 年发现南越王墓,是中国考古史上的一件大事,因为它通过丰富的出土文物,全面揭开了两千多年前南越国政治、经济的发展状况,证明了中国古文化的辉煌成就,而被誉为近代中国的五大考古新发现之一。

此外,这一考古发现尚有两点派生意义:一是证明西汉时期中国岭南地区的社会发展状况要落后于中原,具有一定的奴隶制残余。因为在南越王墓中,共发现 15 具人殉尸体,死者经专家鉴定,多被击砸后脑致死。所谓"人殉",即以活人陪葬。这一制度亦称为"殉葬",十分野蛮、残酷。而南越王墓中人殉的发现,证明殉葬制度在一定程度上,尚在中国岭南地区存在。而当时中原地区,远自西周以降,已废除了人殉制度,考古学界曾发掘西汉陵墓多座,除南越王墓外,都没有发现有活人殉葬的现象。

意义之二则是在一定意义上揭示了南越武王赵佗的王陵位置所在,而这是一个在中国历史上尘封了 2000 多年的秘密。南越文王墓的出土证明:赵佗的坟就在广州越秀山或白云山中。强调这一点是因为:南越王墓的所在位置象岗,原为与越秀山相连的西侧一座形如卧象的小山。明洪武年间,为扩建古番禺城,向北延伸城区,将象岗凿通(脱离越秀山),开出一条大道,而成为新城的北门。而在古番禺人的心目,由象岗往东北向至越秀山(白云山遗脉)、再至白云山的山地,即当地的龙脉所在,既然帝王是天上真龙在人间的化身,帝王身死,必葬于龙脉之上。

鉴于南越武王赵佗是一位在中国历史上起积极作用的人,此处仅简要追述一下赵佗的事迹。

根据史书记载,赵佗(约前 240—前 137 年),原为秦将,秦末大乱时,赵佗乘机割据岭南,建立南越国,自称"南越武帝"(亦作"南越武王")。南越的地理位置大致以秦始皇所建南海郡、桂林郡、象郡三郡为基础,再向周边扩大,"东西万余里"。其面积北起五岭,[①]北、东、西三面分别与长沙、闽越、夜郎三国交界(今江西、湖南界),东与南面濒临南海,含今中国两广地区及越南北方。公元前 196 年,汉高祖刘邦派遣大夫陆贾出使南越,劝赵佗接受汉王朝的封王,归化中央政权。赵佗接受了汉高祖赐南越王印,向朝廷称臣纳贡,成为汉朝的藩属国。但对内,他仍旧称帝。赵佗所实施的治国政策包括:在政治上,仿效汉朝行郡县制。在经济上,积极推广中原先进的农耕、打井、灌溉、纺织技术,教越人使用铁农具

---

① 五岭由越城岭、都庞岭、萌渚岭、骑田岭、大庾岭五座山组成,合称"五岭"。五岭之南称"岭南地区"。

和耕牛,改变以前的"刀耕火种"与"火耕水耨"耕作方法,发展水稻生产、制陶业、造船业。在文化上,教越人"习汉字,学礼仪","以诗书而化国俗";教越人赡养老弱、废除群婚。在民族政策上,"和辑百越",提倡汉越通婚。赵佗的这些政策,促进了岭南地区社会经济的跨越式发展,为中华民族的统一,做出了积极贡献。

由于在南越国实际存在的 93 年历史中,开国君王赵佗共当了 67 年的皇帝,终年约 103 岁。而二代国君赵眜在位时间仅为 10 余年,墓中葬品已丰厚如此,那么赵佗墓中葬品之丰厚,是可想而知的。因此如何得到赵佗墓中的财富,一直是后世盗坟者所梦想的事。但这一企图早已被这位智慧的历史老人所料知。据记载:赵佗在世的最后几十年间,曾派重臣于都城番禺城(今广州)外山岭中开疑冢数十座。① 而赵佗之孙赵眜即位后,即派人驻守番禺四围山岭,然后派出 4 支完全相同的送葬队伍高举幡旗,护送同样的四方灵柩从番禺城四门出发,至不同地点安葬。② 因此赵佗死后,没有人知晓其真陵地址。三国时期吴王孙权为了谋取赵佗墓中的巨额财宝,曾令将军吕瑜率军 5000 人,在岭南地区搜寻半年时间,仅找到了赵佗曾孙赵婴齐的墓葬。继孙权之后,寻找赵佗墓者无数,但无一有结果。新中国成立后,1950 年广州文物管理委员会成立,继续派遣考古工作者寻找赵佗墓,仍无结果。但是赵眜墓既已发现,借助高科技手段找到赵佗墓的时间想必已不远。而据古籍《番禺杂志》所记:"今蒲涧之南,枯冢数千,人犹谓越王疑冢。"蒲涧系广州白云山危崖下一深谷,我攀白云山时曾过此,认为此处极有可是赵佗墓址所在。其真坟或位涧下,或于涧傍凿入白云山崖为墓室以葬赵佗。这一推断能否成立,只能靠后人来证实了。

下午 3 时 45 分抵广州火车站,取行李进站,4 时 20 分车发。火车过衡阳时,下车人甚多,但上车人亦多,上下相抵。火车过株洲时,站台人甚多,民工们纷纷从车窗爬入,又恢复了我来时,车门过站不开,车厢内人挤人、行走不便的现象。我两次试图寻找列车工作人员补足由郴州抵沪的票款,却难觅其踪。

2 月 4 日,星期日,雨。

昨晚坐在硬座上睡眠,效率尚可,晨 5 时醒,从人堆中硬挤入厕,洗脸刷牙。但见惠民车厢内人比肩叠身,深感民生之不易。上午 9 时许,车抵宜春,下车人甚多,车厢内始可自由行走。

---

① 见(北魏)郦道元《水经注》。
② 见《蕃禺杂志》。

坐车一天,读古人咏史绝句磨时。与邻座一衡阳少女闲聊,云衡阳人均收入甚低,其在服装厂工作,月薪 170 元。其弟月薪为 200 元。下午终找到列车长,补足由郴州抵沪的车票差价 52 元。

2 月 15 日,星期一,雨。

凌晨 1 时 30 分,火车抵杭州东站,原想下车停留,但因天雨,下车办理住宿手续甚费周折,身上又负物太重,是以打消计划。晨 6 时 30 分,火车抵沪,旅游结束。坐 113 路转 94 路返家,妻儿尚未及出门。上海公交车上拥挤不堪,与外地反差太大。

计广州、珠海、深圳之行,前后 13 天,横跨广州、珠海、深圳、蛇口四地。我一生中出游多次,唯独此次旅游对我人生历程产生过影响。如仅就此次出游的直接目的而言,我一个都未达到。因为当时欲调深圳工作已为时太晚,位置均已被早去的人占据。至于我为校"三产"寻找资源——转卖广州仿真皮包的建议,亦未被接受。但是以此次出游为起点,我开始下意识地探寻在市场经济变局下的中国社会性质。在返沪之后,我曾为推销金利美公司的领带,由瑞金大厦一楼直走到 40 楼,我亦曾介入过房产地块、三夹板、印刷等一系列中介活动,在这些活动中,我除成功地替金利美公司驻沪办事处推销了少量领带,获得了 20 余条领带及一个挂领带盘的奖励外,其他无一成功。但是在这一系列活动中,我却发现了一场接一场的"中介"骗局,逐步认识到不完善的市场经济体制下人的诚信精神的丧失,对于中国社会健康成长的危害,由此我又加深了对于中国传统文化——儒学思想价值的认识。而这一认识的升华,对于我后来完成自己的四部学术著作《中国政治哲学发展史——从儒学到马克思主义》(上海社会科学院出版社 2001 年 12 月版)、《社会治安综合治理论》(主编,上海社会科学院出版社 2006 年 3 月版)、《中国共产党政治哲学史》(江西人民出版社 2009 年 11 月第 1 版)、《论礼的精神》(上海人民出版社 2011 年 8 月第 1 版)当不无益处。

2017 年 5 月 20 日

1994年10月间,我赴西安参加"中国国民党史"学术研讨会,利用参会余时,访白马寺、狄仁杰墓、玄奘故居,晋少林寺,攀华山,登大雁塔,瞻仰西安碑林,参观兴庆宫、秦始皇陵,游华清池、骊山烽火台、半坡村,悼秦二世陵、过寒窑,祭祖黄陵,巡礼延安,参观乾陵。

第十四卷 少林寺、华山、西安、延安纪游

过白马寺、狄仁杰墓、玄奘故居
（少林寺、华山、西安、延安纪游之一）

1994 年 10 月间，在西安市举行过一次重要的学术会议，会名很长，叫"全国第六届两岸关系和国共关系及第二届中国国民党史学术研讨会"。我因论文《论邓小平"一国两制"构想的形成和发展》入选，①得以参会。利用会前与会后时间，游少林寺、华山、西安、延安等处景点，颇有收获。

谒狄仁杰墓

1994 年 10 月 24 日凌晨 4 时 30 分，火车抵洛阳。我坐的是头日 11 时 51 分由上海发往乌鲁木齐的 52 次过路班车。当日为周一，天大晴。我赴西安开会，之所以要先到洛阳停留，是想游我心仪已久的两个景点：龙门石窟与少林寺。

出火车站后，很想向当地人询问交通路线，但是每当我开口，车站广场上就围上一群人，询问我欲去何处？这些人大多属当地黑车司机，出自安全心理，吓得我不敢再问人。直到早晨 6 时，我坐上火车站附近一辆私人旅游大巴，讲好不久发车，直达少林寺，却直拖到 7 时半才发车，而上了这辆黑车，就只能根据车主安排的景点参观。

上午 8 时，车过"神鹿宫"，属人造洞景，内陈蜡像。不参观也得参观，门票约20 元。

上午 9 时，车抵白马寺镇，先游位于白马寺山门外的狄仁杰墓，此坟倒是一处真古迹。

坟为一圆形土丘，墓前有碑石两方，较大的碑石上书"有唐忠臣狄梁公墓"八

---

① 文章后收该会议论文集《邓小平理论与祖国统一》，陕西人民出版社 1995 年 10 月第一版。

字,题款处注明重立于明代万历二十一年(1593 年)。依此碑记,白马寺前的狄仁杰墓当为真坟。但是考古界对于白马寺前的狄仁杰墓是否为真坟却存有争议。主要理由是认为此墓为武则天面首、被封为"梁国公"的白马寺住持薛怀义的墓,薛后被武后诱杀于宫中,"以辇车载尸送白马寺"。[①] 却没有任何一条史料提及狄仁杰葬在白马寺。此外,传为狄仁杰坟地的尚有另两处,其一是位于陕西乾州的乾陵,也就是武则天的陪陵,但是据查乾陵八陪臣墓的墓主分别为王及善、薛元超、杨再思、刘审礼、豆卢钦望、刘仁轨、李谨行与高侃,其中并无狄仁杰之名。其二是位于安徽省太湖县境内的花亭湖,此说见旧《太湖县志》所记:"狄梁庙,县北三十里,九村畈保。乾隆二十四年大水侵袭。咸丰七年贼毁老庙。"又载:"唐梁国公狄仁杰墓在永福乡九村畈保。相传元末有避乱匿其中者,获金银器物以出,后墓门倾塞,其前有庙有碑。"又载:"按《唐书·本传》,旧时此地建有狄公墓、狄梁庙,乃祭狄仁杰,太原人,曾贬彭泽邑令,邑人德之为置生祠,圣历三年卒,并未言其葬地。《广舆》记载,其墓一在河南洛阳,一在陕西乾州,并此凡三,见或狄仁杰巡抚江南后因有墓亦未可知。"

根据上述史料的记载,狄仁杰真坟在安徽太湖县境内花亭湖的可能性更大,只是由历史沧桑的变化,狄氏的真坟已被湮没,后人只能把"梁国公"薛怀义的墓当作"唐忠臣狄梁公"的坟来祭祀。狄仁杰(630—700 年),字怀英,山西太原人,武则天时名臣,以善断案而知名,据说在任大理丞时,一年中判决大量积案,涉及 7 万余人,无一人诉冤者。死后谥"梁国公"。狄仁杰另有祠堂,位河北大名县孔庄村北,初立于大周圣历元年(698 年),后因战乱毁,残碑"狄仁杰祠堂碑"尚存于原址。上少林寺,得过狄仁杰墓,也算是一个意外收获。

访白马寺

约上午 9 时入白马寺。

白马寺位于洛阳老城东 12 公里洛龙区白马寺镇内。此寺之所以知名,是因为它始创于东汉永平十一年(68 年),与"白马驮经"这一古老的传说联系在一起,距今已有 1900 余年的历史,堪称是中国佛教的"祖庭"、自佛教传入中国后兴建的第一座官办寺院。

据有关记载:东汉永平七年(64 年),汉明帝刘庄夜宿南宫,梦一高六丈,头

---

① 《新唐书·则天武后传》。

顶放光的金人自西方而来,在殿庭飞绕。次日,汉明帝询梦境于廷臣,博士傅毅启奏说:西方有神,称为佛。汉明帝听后,遂派大臣蔡愔、秦景等人出使西域,寻求佛法。[①]次年,蔡、秦等人在大月氏[②]遇印度高僧摄摩腾、竺法兰,恳请二僧以白马驮载佛经、释迦牟尼佛白毡像、佛像赴中国都城洛阳弘法。永平十年(67年),二僧抵洛阳。汉明帝见到佛经、佛像,十分高兴,安排二僧在官署"鸿胪寺"(负责外交事务)暂住。次年,明帝敕令在洛阳西雍门外三里御道北兴建僧院,取名"白马寺",以纪念白马驮经故事。而白马寺之"寺"字,即源自"鸿胪寺"之"寺"字。此后,"寺"便成为中国佛教寺院的泛称。而居白马寺中,摄摩腾和竺法兰得以译出中国第一部汉译佛学经典《四十二章经》。[③]

而在摄摩腾、竺法兰之后的150余年中,据有关统计,又有多位西域高僧赴白马寺译经,共译出经文192部、395卷,白马寺成为传播佛学的中国第一译经道场。其中,曹魏嘉平二年(250年),印度高僧昙柯迦罗在白马寺译出了第一部汉文佛教戒律《僧祇戒心》。同时期,安息国僧人昙谛在白马寺译出了规范僧团组织的《昙无德羯磨》。而佛教戒律和僧团组织章程的具备,为中土有缘人出家准备了前提条件。至曹魏甘露五年(260年),中土人士朱士行依《昙无德羯磨》法在白马寺跪于佛祖面前受戒,成为古代中国第一位正式受过比丘戒的出家人,儒家"身体发肤,受之父母,不敢毁伤"的古老传统被打破,"不礼君王、不敬父母"全新一代出家人的出现,后来造成了中国思想界儒、释、道三派的极大纷争。

现今的白马寺布局坐北朝南,主要建筑天王殿、大佛殿、大雄宝殿、接引殿、毗卢阁等,均列于南北向的中轴线上。寺址在历史上虽屡经战乱、毁坏与重建,却从未移动过,汉时的台、井仍依稀可见,因此,白马寺的布局在一定意义上仍保留着中国汉代的古朴风韵,同时也基本上开创了中国后世佛寺布局的范式,这也是白马寺在中国建筑史上的价值所在。

白马寺现存著名古迹包括:

两匹宋代的石雕马,身高1.75米,长2.20米,作低头负重状。相传这两匹石马原在永庆公主(宋太祖赵匡胤之女)驸马、右马将军魏咸信的墓前,后由白马

---

① 见《魏书·卷一一四·志第二十》:"后孝明帝夜梦金人,项有白光,飞行殿庭,乃访群臣,傅毅始以佛对。帝遣郎中蔡愔、博士弟子秦景等使于天竺,写浮屠遗范。"

② 国名,位今阿富汗境至中亚一带。

③ 见《魏书·卷一一四·志第二十》:"愔仍与沙门摄摩腾、竺法兰东还洛阳。中国有沙门及跪拜之法,自此始也。愔又得佛经《四十二章》及释迦立像。明帝令画工图佛像,置清凉台及显节陵上,经缄于兰台石室。愔之还也,以白马负经而至,汉因立白马寺于洛城雍关西。摩腾、法兰咸卒于此寺。"

寺住持德结和尚搬迁至此。

《重修西京白马寺记》石碑。该碑为宋太宗赵光义下诏重修白马寺时,由苏易简撰写,淳化三年(992年)刻碑立于寺内的。碑文分五节,矩形书写,人称"断文碑"。

山门东侧《洛京白马寺祖庭记》石碑,又称"赵碑"。该碑为元太祖忽必烈下诏修建白马寺时,由寺内文才和尚撰写,至顺四年(1333年),书法大家赵孟頫刻碑于寺内。

山门内东西两侧之摄摩腾与竺法兰二僧墓。

齐云塔院。该塔院是河南唯一比丘尼道场。院内之齐云塔始建于东汉明帝时,本名"释迦舍利塔",后毁于战火,至金大定十五年(1175年)重修。塔为四方形密檐式砖塔,13层,高约25米,是洛阳地区现存最早的金代建筑之一。

许愿井,据称这是一口有着千年历史的古井,曾给白马寺带来无数的香火钱。为求得吉祥如意和健康幸福,游客不断向许愿古井内丢钱币。据寺内僧人说:他们忙的时候,有时一天要清理古井内各种钱币三至四次。

由于白马寺在中国佛教史上的重要地位,1961年被中华人民共和国国务院公布为第一批全国重点文物保护单位之一。可惜的是白马寺在"文革"之中遭到惨重破坏,佛像被砸,经卷被烧,僧人还俗。白马寺视作镇寺之宝的、传为摄摩腾、竺法兰二高僧自天竺带来的30余片"贝叶经"也被付之一炬。直至"文革"动乱结束后,白马寺才得以复修,"十年动乱"时被迫还俗返乡的僧人也被先后请回寺内。1983年,白马寺被国务院确定为汉族地区佛教全国重点寺院。但复修后的白马寺,与象征着中国古佛学的白马寺总有着时空的差距。

过玄奘故里

上午11时,车抵缑氏镇,游玄奘故里。主要景点有三处:一为方园历险宫,内陈玄奘取经历程的泥塑。其二为西游神宫,内陈吴承恩《西游记》中的唐僧取经的各神话泥塑。三为玄奘陵园,顾名思义,当为玄奘的陵墓所在。但这些景点实属当地政府为争夺名人故里与旅游资源,编造的假古迹。

根据有关记载,玄奘为洛州缑氏人,亦今河南洛阳偃师人。至于玄奘出生的具体地点,按照当地民间包括佛教界的说法,应为河南偃师市府店镇滑城村,理由是当地有玄奘祠堂为证。这一说法曾得到学术界的认可。中科院考古研究所杜金鹏曾撰有《滑国故城与玄奘故里》一文,发《河洛春秋》1992年的第四期。温玉成与刘建华曾撰有《玄奘生平中几个问题考订》一文,发《第二届铜川玄奘国际学术研讨会论文集》中。《洛阳晚报》于 2004 年 8 月 16 日亦有《玄奘故里在府店镇》的专文报道。但是当地缑氏镇政府却认定玄奘为隋仁寿二年(602 年)生于偃师县南缑氏镇东北陈河村。近年来投巨资修建了一系列与玄奘事迹相关的旅游景点如玄奘故居、皇家寺院佛光寺、陈家花园、凤凰台、马蹄泉、晾经台、西原墓地等等。这样,在河南偃师一地两个相距不远之处,却出现了两个"玄奘故里",使游人难辨真伪。其中尤为荒唐的是"玄奘陵园"的打造。

据我所知,中国古代出家人"不礼君王、不敬父母",其死后葬法有二:其一是得道高僧通过一种特殊的方法坐化身死,其死后不烂真身(亦称"肉佛")被送入佛殿作为菩萨供奉。有如今存普陀山、峨眉山、九华山上的得道高僧真身均是如此(九华山上的得道高僧真身我曾目睹)。此外,前些年闹得沸沸扬扬的福建省三明市大田县吴山乡阳春村林氏宗祠"普照堂"1995 年被盗"章公祖师像"案,[1]葬法均是如此。其二则是死后火化,骨灰(称"舍利子")葬于佛门舍利塔中,有如少林寺之塔林中,多葬少林寺前辈高僧的骨灰。而作为历史上著名高僧的玄奘之死,其安葬方法及舍利子去向,文献中有着明确记载,其大致情况为:

唐麟德元年(664 年),"玄奘自量气力不复办此,死期已至,势非赊远",[2]对徒众预嘱后事。二月五日夜半玄奘圆寂,送葬者朝野达百万余人,将其灵骨归葬白鹿原。唐总章二年(669 年),朝廷为之改葬"大唐护国兴教寺"。唐肃宗亲为舍利塔题"兴教"二字。唐末天下大乱,寺僧护送玄奘灵骨至终南山紫阁寺安葬。赵宋端拱元年(988 年),金陵(今南京市)天禧寺住持可政朝山来此,在废寺危塔中发现玄奘顶骨,遂千里背负,迎归金陵天禧寺供奉。明洪武十九年(1386 年),寺僧守仁及居士黄福灯将玄奘顶骨由长干寺(即天禧寺,后更名为大报恩寺)东岗迁至南岗,建三藏塔安奉。清咸丰六年(1856 年),该寺毁于战火。1943 年 12 月,侵占南京的日军在施工中,从三藏塔遗址中发掘出安奉玄奘顶骨的石函。汪伪政府迫于舆论压力,与日方交涉,日方答应将顶骨分为三份:一份于 1944 年 10 月 10 日在南京玄武湖畔小九华山建成砖塔供奉;一份由北平佛教界迎至北平供奉(后由日本人分往日本);一份存于南京鸡鸣寺山下当时的汪伪中央文物保管委员会,后于 1945 年由南京佛教界迎至毗卢寺供奉。此后经佛教界运作,玄奘顶骨舍利分别被保存于南京玄奘寺与灵谷寺、成都文殊院、西安大慈恩寺、

---

① 《福建"肉身坐佛"失窃地村民盼祖先遗骸雕像早日回归故里》,新华网福州 2015 年 3 月 25 日电。
② (唐)彦悰:《大唐大慈恩寺三藏法师传》。

台北玄奘寺、新竹玄奘大学、日本东京琦玉县慈恩寺、日本奈良药师寺中的三藏院、印度那烂陀寺等 9 处,供后人瞻仰。

　　既然玄奘之安葬及舍利子去向,历史文献中有着明确记载,因此今人为争夺玄奘故里而为其造假陵园的做法则殊属可笑。当然,讲今人为争夺玄奘故里而造假陵园的做法可笑,却并非说历史名僧玄奘不值得纪念。

　　玄奘(602—664 年),尊称"三藏法师",俗名陈祎,中国佛教法相宗(又称慈恩宗)创始人,与鸠摩罗什、真谛并称为中国佛教三大翻译家。由于他的事迹被明代文学家吴承恩创作成神话小说《西游记》,后世俗称"唐僧"。其最大的历史功绩,是于贞观三年(629 年,时年 27 岁),受唐太宗委托,历尽艰辛,踏上西行印度取经的征途。贞观十七年(643 年),他带着取得的 657 部佛教经典与 150 粒佛舍利、7 尊佛像启程,于贞观十九年(645 年)返回故土长安,前后历时 17 年。此后,玄奘拒绝了唐太宗还俗为官的建议,在唐太宗为其所建的大慈恩寺中,开始了译经历程,截至其谢世前的九年中,携弟子共译出佛典 75 部、1335 卷。其中的代表性译典著作有《大般若经》、《心经》、《解深密经》、《瑜伽师地论》、《成唯识论》等。至于玄奘在赴印度旅途中所写的《大唐西域记》12 卷,记述了其西行时所历 110 个国家及传闻的 28 个国家的山川、地邑、物产、习俗等,迄今是世界史学者研究古代印度、尼泊尔、巴基斯坦以及中亚的最直接文献。玄奘为古代中、印文化交流做出了巨大贡献。至于明代文人吴承恩根据其事迹创作的神话小说《西游记》,则是世界文学的宝贵遗产。

上少林寺
（少林寺、华山、西安、延安纪游之二）

　　1994年10月24日下午1时，车抵少林寺，游塔林、少林寺常住院、二祖庵、三皇寨等景区。

关于少林寺景区

　　步入少林寺景区，首先映入眼帘的是寺门外的仿古建筑"少林一条街"。街上分布着出售少林练武器械以及旅游纪念品的店铺，另有饭馆、小卖部、书店等等。在街道两侧的空地上，布满了身穿练武服正在习武的孩子，旁边站立着指导习武的师傅。这些孩子年仅十余岁，小的约八九岁，男女皆有。学生据说主要来自山东、河北、河南、东北各省，而真正属于登封当地人的倒并不多。听当地人说："一条街"的历史源自1982年电影《少林寺》的放映，导致来少林寺的游客暴增。当地居民见有商机可趁，纷纷在少林寺对门建小商店或临时搭建帐篷，出售米饭、馒头、面条等食点。随后又出现了其他类型的店铺，郑州一家大公司甚至在少林寺对面投资了一家"寺院"，塑造五百罗汉，请假和尚设功德箱，骗取游客的香火钱，而引起了少林寺的极大不满。登封市政府显然也看出了这里的商机，于是拆除当地居民的简陋原建，搭建起"少林寺商城"。至1992年又重新规划，建起现在的仿古一条街。

　　而随着仿古一条街的建立，两侧的所谓"少林武术学校"也如雨后春笋般地出现，由郑少高速公路登封出口处上207国道，直至少林寺景区大门，不过20公里的路途，两侧布满了70多所仿古风格的武校建筑，学生总人数达32000余人，其中、外人士均有。当地人戏称是："登封最好看、最高级的建筑都是武术学校。"

　　而"少林一条街"只能说是少林寺品牌商品化的陪衬物，而真正的少林寺景区,大致可划分为寺内与寺外两部分,寺内景观有少林寺常住院,寺外景观有寺西的塔林、甘露台,寺北的初祖庵、达摩洞,寺西南的二祖庵、三皇寨等。这些景观大多属"文革"结束后的仿古重建,如大雄宝殿、达摩面壁石等,但是练武场、塔林及部分石刻,则属古代原物遗存。

步入少林寺景区,我随团首先参观的是寺西 300 米处的塔林。塔林是少林寺历代高僧的安葬地,位于少室山脚,占地面积约 2 万平方米。其中因塔类繁多,大小、高低、样式不一,排列散乱,看似茂林,故称为"塔林"。据说塔林中的现塔仅为原有的二分之一,余者则毁于历年来的山水。塔林为研究中国古代建筑艺术,留下了宝贵的实物资料。据统计:塔林中存有唐、宋、金、元、明、清及现代砖石墓塔共 256 座,其中属于唐代至清代的古塔为 240 余座。塔林也是研究少林寺历史和自唐以降中国佛教文化的宝贵文字资料。因为塔林亦即塔墓,塔林中的每一座石塔内都存有去世少林高僧、住持方丈的骨灰,塔座上则存有他们生前事迹的铭记,如其中建于元代至元五年(1268 年)的"菊庵长老灵塔"及"显教圆通大禅师照公和尚塔铭并叙"石碑,碑文出自"当山首日本国沙门邵元"之手。法照禅师号菊庵,朝廷赐号"显教圆通大禅师",此塔与碑铭见证了元代少林佛教对日本的影响。

塔林是"文革"中行正法师以几乎舍弃生命的代价,保存下来的现少林寺景区中最主要的古迹。事情经过是:1966 年,一百余名红卫兵冲进少林寺,砸了佛像、殿堂与碑碣,又前往砸塔林,由于塔林坚固,无法砸毁,当时的造反派"破四旧"队伍便运来一车炸药,准备炸毁塔林。在这一关键时刻,当时的寺住持行正和尚死抱住塔林佛龛,"誓与佛同归于尽"。红卫兵不敢贸然行事,经有关人员向"中央文革"请示处理意见,周恩来总理得知后,急令河南省公安机关制止了红卫兵欲炸塔林的荒唐行为。而当时护寺和尚们得知是周总理下令保住了塔林时,曾"跪地面向北京遥谢。"[①]行正法师在危难时刻的舍身护塔之举,体现了一位少林武僧的真正武德,这种敢于为原则献身的精神是值得后人钦仰的。现在,他的骨灰也在这一片塔林中长眠,而经他保护下来的塔林,1996 年与初祖庵一同被公布为国家级重点文物保护单位,此后又入选世界纪录协会颁发的"世界最大古塔建筑群"。

塔林是电影《少林寺》中群僧练武的重要场景,而我参观的重要观感却是:

---

① 孟锛:《文革中总理保住了少林寺,今天谁还能保存少林精神》,http://blog.sina.com.cn/mengben。

不当如此,因为这是历代少林高僧的安息地,后代武僧真要在此处练武或打斗的话,这就是对前代高僧的大不敬,这就有如今人在烈士陵园跳舞,要受到舆论谴责一样。

寺西另有甘露台,系一直径约 35 米的圆形土台,位于寺院西墙外 30 米处,传为少林寺创始人跋陀译经处,因此又名"译经台"。台高约 10 米,台顶原有参天古柏两株,年岁久远,可惜的是 1984 年因为树边堆放的秸秆着火而被烧毁。据传说:当年跋陀与勒那、流支三高僧在此共译《十地经论》,突然天降甘露,台因此得名。唐显庆年间,玄奘法师亦向往在此译经,致书唐高宗,未果。另据《皇唐嵩岳少林寺碑》记载:当年跋陀"法师乃于寺西台造舍利塔,塔后造翻经堂"。甘露台后毁于清末,现仅存殿基及雕有精美图案的檐柱 12 根。

过甘露台,在甘露台之北的五乳峰处,尚有两处重要景观,其一为初祖庵,位于五乳峰下一小土丘上,距少林寺约 1.3 公里。初祖庵始建于宋代,也是河南省现存文物中最古老的一座木结构建筑。据说初祖庵之建,是宋人为纪念"禅宗初祖"菩提达摩曾于此面壁坐禅,因此初祖庵又名"达摩面壁之庵"。庵内原有塔,宋丞相蔡京曾为之手书"面壁之塔",塔现已无存,蔡京手书石额尚存于庵中。其二为达摩洞,系五乳峰中峰上部一天然石洞。洞深约 7 米,高、宽各 3 米。据传禅宗初祖达摩曾在此洞面壁静坐 10 年(527—536 年),由于功夫深厚,他的身影被印在山石上,而留下了颇具传奇色彩的"达摩影石"。

限于随团旅游时间,此两处景观我未能参观,约于下午 1 时 30 分,步入少林寺内。

少林寺又称"少林寺常住院",峙于少溪河北岸。从山门走至寺尾的千佛殿,共七进院落,总面积约 57600 平方米。常住院的建筑沿中轴线自南向北依次是山门、天王殿、大雄宝殿、藏经阁(法堂)、方丈院、立雪亭、千佛殿等。

跨进少林寺山门,首先看到的是门匾上清康熙帝的御笔题字"少林寺"三字,侧下有"康熙御笔之宝"六字印玺。山门前有石狮一对,据说为清代遗物,东西侧各有石坊一座。据有关介绍:少林寺山门为清雍正十三年(1735 年)修建,但后来受损严重,现山门是 1974 年重新翻修的。

穿越山门,便是甬道两侧的碑廊。碑林中共陈列着由唐代至清代的 100 多块石碑,这些石碑是研究少林寺历史的重要资料,也是少林寺保留下来的国家宝贵文物。其中最有名的一块石碑是《太宗文皇帝御书碑》(俗称《李世民碑》),刻立于唐玄宗开元十六年(728 年)。碑石正面是李世民告谕少林寺上座寺主等人的公文,表彰少林寺僧助唐平定王世充的战功,右起第五行有李世民草签的"世民"二字,"太宗文皇帝御书"七个大字则出自唐玄宗李隆基的御笔。碑石背面刻的是李世民《赐少林寺柏谷庄御书碑记》,记述十三棍僧救秦王之事,这也是影片《少林寺》拍摄的历史依据。

穿过碑林,便是天王殿了。按照寺庙通则,天王殿供奉"四大天王",四大天王分别手持琵琶、慧剑、龙蛇、天伞,以寓意国家的"风、调、雨、顺"。殿门外所立的两大金刚为哼哈二将,其地位相当于佛教的守护神。天王殿原建筑1928年已被石友三烧毁,现殿为1982年重修的。

过天王殿,为大雄宝殿。殿内供奉者为"三世佛",即:现世佛释迦牟尼(居中,全称婆娑世界的释迦牟尼如来佛)、未来佛阿弥陀佛(居右,全称西方极乐世界的阿弥陀佛)、过去佛药师佛(居左,全称东方净琉璃世界的药师佛)。一说三世佛均如来佛一人的化身。屏墙后供观音塑像,两侧则为十八罗汉像。殿堂正中悬挂康熙皇帝御笔"宝树芳莲"匾。

"大雄",指佛之德号。根据佛教界的说法是:佛有大力,能伏四魔。故名大雄。四魔是烦恼魔、五阴魔、死魔、天魔。烦恼魔指贪嗔痴等习气能恼害身心;五阴魔指色受想行识等五蕴能生一切之苦;死魔指死亡能断人之生存命根;天魔指能坏人善事的天魔外道,如欲界自在天的魔王即是。[1]

大雄宝殿也即民间俗称的"三宝殿",所谓"无事不登三宝殿",[2]它是寺庙从事佛事活动的中心场所,一般与天王殿、藏经阁并称为寺庙的三大殿。而少林寺大雄宝殿与其他寺院大雄宝殿的不同之处在于:在三世佛的左右,各塑有达摩祖师和被称为少林寺棍术创始人的紧那罗王[3]的站像,这象征着少林寺有别于中国其他寺院的武学特色。此外,在大雄宝殿正中的两根大柱下有麒麟雕像,标志着少林寺禅宗佛教的完全中国化。这是因为麒麟为中国传说中的"应龙"之后及"德兽",不伤生灵。其与印度佛教无任何瓜葛。少林寺大雄宝殿是1985年重建的,原殿毁于1928年石友三的火烧。

大雄宝殿西侧的是六祖堂,殿内正面供奉大势至菩萨、文殊菩萨、观音菩萨、

---

① 《关于大雄宝殿你不知道的二三事》,https://www.douban.com/note/572724339/。

② 佛教所说"三宝"是指佛、法、僧。

③ 紧那罗王,佛教天神"天龙八部"之一,有男女之分,男性长一马头,女性相貌端庄。在中国佛教传说中,紧那罗王曾化身少林寺香积厨火头老和尚,持三尺拨火棍打退围寺的红巾军,因此被少林寺尊为护法伽蓝,又称其为"监斋菩萨"。出典见《慧琳音义》卷一一:"真陀罗,古云紧那罗,音乐天也。有美妙音声能作歌舞,男则马首人身能歌,女则端正能舞,次此天女多与干闼婆天为妻室也。"在中国佛教中,紧那罗王的地位相当菩萨,专掌厨房。

普贤菩萨、地藏菩萨,两侧供奉的是禅宗初祖达摩、二祖慧可、三祖僧灿、四祖道信、五祖弘忍、六祖慧能。此殿的设置,大致反映了中国禅宗的发展历史。坐落于大雄宝殿东西两侧,尚有近年新修之钟楼与和鼓楼,以昭示"晨钟暮鼓"的寺院古老生活方式。

过大雄宝殿,便是藏经阁了。藏经阁旧名法堂,明代始建,原藏少林寺珍贵经卷及宝物,是寺僧讲经说法之处,可惜毁于石友三火烧,1994 年开始重建,阁的东西,各有禅房,分别用于僧人参禅打坐或接待宾客。藏经阁月台下有一口大铁锅,明万历年铸造,是当年少林僧人用来炒菜的,属寺内文物。据说近年少林寺藏经阁收集图书已达"5 万余种 30 万册",[①]可惜大多属新版,但其中也有经少林僧人精心保留下的古籍。如据有关介绍:"文革"中"破四旧"时,有两个僧人各挑了一担古籍送山下一少林寺俗家弟子家中,叮咛务必保存好,待少林寺劫难过后,会前来拿取。但此二位僧人再未回还。至上世纪 80 年代受书人审视当年收下的图书时,发现均为前辈少林高僧写下的练武秘籍,于是重新送还少林寺。

过藏经阁,便是方丈室的位置。由此向北,是少林僧人在石友三 1928 年大火后保留下来的部分,因此也可称作古址少林寺部分。

方丈室是寺中方丈起居与理事处,建于明初,清代重建,保存至今。乾隆十五年(1750 年)九月三十日,清高宗游少林寺时,曾以此方丈室为行宫,故有"龙庭"之称。乾隆帝曾居此赋诗:"明日瞻中岳,今宵宿少林。"

过方丈室,为立雪亭,又称"达摩亭",始建于明代。根据少林寺的传说,这里是二祖慧可侍立雪地,向达摩祖师断臂求法的地方。殿内神龛中现供达摩祖师的铜坐像(明嘉靖十年铸),两侧分列二祖慧可、三祖僧灿、四祖道信、五祖弘忍像。龛上悬挂的匾额"雪印心珠"为清乾隆皇帝御笔。

慧可(487—593 年),出生于南北朝,俗姓姬,初名神光。据说其自幼好学,精通儒、道与老庄之学,后在洛阳龙门香山出家后,开始研习佛教各派教义。正光元年(520 年)始师事菩提达摩。可能达摩认为其所学太杂,最初对其并不信任,为了博取达摩信任,神光因此有立雪断臂之举。达摩为之感动,赐法名"慧可",把衣钵法器相授,并以四卷《楞伽经》倾心相授,并说:"我观汉地,惟有此经,仁者依行,自得度世。"由于慧可得达摩禅法真传并能加以弘扬,奠定了禅宗在中国后世的发展基础,因此被尊为少林寺的"二世祖"。此说见智炬《宝林传》卷八载唐法琳撰《慧可碑》。现今中国"衣钵真传"的成语即源于此。后代僧人为了纪

---

① 《少林寺藏经阁成重点保护单位,功夫秘籍收藏量全国第一》,《东方今报》2013 年 8 月 22 日。

念慧可断臂求法的事迹,就斜披袈裟单掌施礼以示景仰。当然,关于慧可断臂的故事尚有另一说,讲得是东魏天平初年,慧可北游邺都(今河南安阳)传法,有僧道恒的徒弟在听慧可传法后都不回寺了,道恒甚妒,唆使贼人断其一臂。此说见唐道宣《续高僧传》卷十六《慧可传》。在有关"慧可断臂"的上二说中,我宁可相信后说。因为如果从前说,达摩非得其徒断臂方肯传授佛法,似乎显得太不近人情或残忍,有违"我佛慈悲"的本旨。

立雪亭后面是千佛殿,又名"毗卢殿",这是少林寺内最后一进大殿,面积达几百平方米,也是少林寺内最大的殿厅。殿内正中供毗卢佛铜像和白玉释迦牟尼像。其中毗卢佛铜像高三米,端坐在千叶莲台上,造像庄严。

关于"毗卢佛",根据佛教界的说法是"毗卢遮那佛"的略称。它是释迦牟尼的"法身佛"。而佛教中有"三身佛"之说,即法身佛"毗卢遮那佛",应身佛"释迦牟尼佛",报身佛"卢舍那佛"。三者间的关系是:法身佛如明月,报身佛如月光,应身佛如月之影。① 意指三身佛均佛不同形式的体现,而法身佛则指永恒存在的佛学哲理。因此许多重要寺院均设有"毗卢殿"。

而据文献记载:少林寺之毗卢殿为明万历帝母慈圣太后为储藏经卷,下旨所建,"凿山为基,于万历戊子(1588 年)建成。"②而该殿之所以又称"千佛殿",是因为在大殿三面的山墙上,绘有一幅巨大的壁画,高 7.5 米,长 42 米,面积约320 平方米。壁画主题为"五百罗汉朝毗卢",画中的五百罗汉,分作上、中、下三层,神态各异,有合掌,有捻珠,有托钵,有扛铲……但皆面朝毗卢佛。此壁画的艺术价值甚高,但未署作者姓名,旧传为唐代吴道子所作。但估计最大的可能性作者为万历年间的造殿工匠。明天启三年(1623 年),徐霞客游少林寺时,曾记有:寺"后为千佛殿,雄丽罕匹"。③ 由此可知此画之古老。

由于千佛殿面积空阔,古时一直用作少林僧人的练武场所,殿内砖铺地面上至今留有 4 排 48 个站桩坑,这是历代少林武僧练武时留下的脚印,它展现了少林武功的深奥。来到少林武僧的站桩坑前,对于古代高僧为武学所付出的献身精神,我心中充满着敬仰。

时见游客敬香,一位显然是身怀绝技的红脸和尚为之打钟祝愿。在此我也很想表达一下对前辈武僧高手的敬意,便问红脸和尚:师傅也每天练武? 这显

---

① 见《佛学大辞典》。
② 见(清)洪亮吉纂《登封县志》。
③ 见《徐霞客游记》。

然是一个不便于回答的问题,红脸和尚一言不发。我随手拿出了身边的 2 元零钱给和尚说:能否抽一支香给我? 红脸和尚迟疑了一下,大约是没有见过以如此少的钱买如此少的香的游客,当然当时少林寺的香并不贵,5—10 元一束,和尚仍然从一束香中插出了一支给我。我引燃香后,双手合十,暗祝少林武学精神长久,然后插入香炉之中。和尚为我咣地打了一声钟,以示祝福。我上香虽少,愿心诚则灵。

走出少林寺后,我随团坐缆车上二祖庵、三皇寨参观。

二祖庵位于少林寺西南向少室山钵盂峰峰顶,因庵与北面的初祖庵相对,当地人又称之为"南庵"。相传禅宗二祖慧可,向菩提达摩学佛,断臂得到衣钵真传后,曾在此养伤。殿前四角有四口井,传说是慧可当年所凿。这四口井相距甚近,但水味各异,当地人称"苦、辣、酸、甜四眼井"。又传这四口井是当年达摩用锡杖所开,因此又名"卓锡井"或"卓锡泉"。卓,植立;锡,锡杖,旧时僧人外出时所持。由于僧人云游时皆随身持锡杖,因此名僧于某处"挂单"时,便称为"卓锡"。以后则传说推论,则达摩也曾于钵盂峰顶住过。

三皇寨是一处悬挂于少室山山腰的天然山寨,海拔千余米。[1] 此处有华山之险、峨嵋之秀、泰山之雄伟,山顶尚有 5 平方公里绝少有人涉足的原始森林,因此是中岳嵩山的主要风景区。其人文景观有三皇宫、安阳宫、清微宫、清凉寺、玉皇庙、少室阙、莲花寺等,以及 486 级好汉坡石阶、长 50 余米的"连天索桥",长500 余米的"三皇栈道"。

根据当地传说:夏禹的第二个妻子涂山氏之妹曾栖居于此,古人于山下建少姨庙以敬之,因此山名"少室"。而上古时期,天皇(伏羲氏,主气)、地皇(轩辕氏,或谓女娲,主德)、人皇(神农氏,主生)三位先圣曾先后在此山腰险处结寨修行,故名"三皇寨"。而以此传说推之,三皇寨景点敬奉的是释、道二教之外的中国人文始祖。因为按当地风俗,每年农历五月十九日至二十五日为"三皇寨庙会"期间,在此期间,方圆数百里的民众都会上三皇寨祭三皇以求风调雨顺、国泰民安。

而三皇寨之所以与少林寺佛教文化发生关系,是因为此处设有少林寺的"三皇寨禅院"。三皇寨禅院始建于何时,已无从考证。而根据有关记载:该址原存道观、三皇殿、盘古洞、观音殿等旧建筑 30 多间,并保留有诸多古碑碣,而参阅其

---

[1] 少室山主峰连天峰,海拔 1512 米,为嵩山最高峰。

中的《重修三皇寨记》碑①、《重修三皇殿记》碑②、《重修盘古洞记》碑③,可知清至民国年间,三皇寨禅院曾经多次重修。而时至我去日的 1994 年,三皇寨禅院旧址已是残垣断壁、屋内积水,接近坍塌。有少林寺前住持素喜法师命弟子释德建前往修复三皇寨禅院旧址,并筹建禅武医研究院。

这一工作从 1994 年开始,一直持续到 2013 年 6 月落成,工期历 20 年。所用砖石,全靠人工搬运上山,用水靠天雨,不够时,从后山数公里外的三孔桥背水,冬天缺水时,则收集雪水,可谓艰辛。最终落成的三皇殿禅院呈魏晋风格,实体现了人定胜天的精神,其主体建筑以三皇殿为中轴线,含山门、禅塔、钟鼓楼、文殊殿、观音殿、普贤殿、达摩堂、嵩山禅武医研究院等,与我去时,已大不相同。

现三皇寨禅院自诩是少林武学"禅武医"的嫡传,而现今社会上流传的各种少林武功则属"皮毛"。按其说法是:少林武学在宋代成形,至明代大盛,形成了"东、西、南、北四园(四大流派)"。但至清中期,由于朝廷严禁少林僧人练武与传武,至清晚期,少林武学中的"东园"、"北园"、"西园"三大流派已相继亡失,只有"南园"永化堂的武学被传承下来了。

"南园"永化堂武学的创始人,是明代的"无言正道"法师(1547—1623 年),其武学宗旨即被称为"禅武医"的少林寺"三宝",这是历代少林高僧心血酿成的中国武学遗产。禅、武、医三者间的关系是:"无禅则无少林,禅不通则武不达,武不达则医不明。禅通、武达、医理明,以禅修心,以武养生,以医调病。"④这段话的大意是说:少林武学以禅为本;通过参禅能更好地习武;武功达到了一定境界则可通医,禅通、武达、医理明,则可以修心(禅)、养生(武)、调病(医)。因此说"禅武医"三者是不可分离的整体。

而少林武学真谛"禅武医"之所以能一线单传下来,其原因为道光年间清廷严禁演武,寺院住持清泰颖石法师恐武僧因习武而遭难,遂命其徒海发、湛谟及徒孙寂勤等数人,隐匿少林寺下院石沟寺,秘密习武,禅医并修,白天则行医救民。而寂勤(尊称"古轮公")能谨事其师湛谟,白天行医乡里,舍药救民,夜间则随师在窑洞中秘练少林上乘武功,最终得湛谟"禅武医"真传,并得"心意把"等无上禅功真传,练就了少林四大绝技,含:"指弹断枝,插处成洞";双铁肘"夹石成

---

① (清)康熙十二年(1673 年)四月立。
② 咸丰八年(1858 年)三月立。
③ 民国七年(1918 年)六月立。
④ 《释德建禅师与嵩山少林禅武医及嵩山禅院,德建禅师与嵩山少林禅武医文化》,载:http://blog. sina. com. cn/wangyong997。

粉";借助三块瓦片"过河不湿鞋";吼声使人肝胆碎裂。寂勤在少林寺秘密习武四十年,后将一身绝技传其子吴山林,而吴山林又经过三代努力,终于把少林绝学"禅武医"以及"心意把"(禅功)、擂台战术等回传至少林寺释德建禅师。①

释德建,号合一,系嵩山少林寺曹洞正宗第 31 代弟子、少林寺永化堂第 19 代堂众、少林"禅武医"第 18 代传人。因其重建嵩山三皇寨禅院有功,现任三皇寨禅院住持、"河南省嵩山禅武医研究院"(2005 年成立)院长,使少林寺这一古老的武学再度弘扬。②

三皇寨禅院位于位于嵩山少室山西麓,北与少林寺景区交壁,总面积约 35 平方公里。鉴于这一地区自然风光绮丽,属中岳嵩山的代表性景观(现被誉为"嵩山世界地质公园"),因此古人有不到三皇寨,不算爬过嵩山之说。明徐霞客有诗谓:

嵩山天下奥,少室险奇特。

不到三皇寨,不算少林客。

而我访少林寺,顺便上了三皇寨,也算是到过嵩山了。但惭愧的是:古人上三皇寨,是靠两条腿走上去的,我上三皇寨,却是靠坐缆车上去的,我只能在空中领略三皇寨景区的壮观。在缆车上吟诗得句,记以存念:

七律　访少林寺(1994.10.24)

塔林累累碑痕前,镌有达摩宝剑篇。

几度梦中相拜访,登临终了一生缘。

古庵陡峭飞索渡,①嵩岳俯观屋百千。

武略文禅开圣殿,少林宗法万年传。

①指少林寺西南侧钵盂峰上的"二祖庵",现有缆车可达。

① 《释德建禅师与嵩山少林禅武医及嵩山禅院,德建禅师与嵩山少林禅武医文化》,http://blog.sina.com.cn/wangyong997。

② 关于吴山林传授少林武学"禅武医"至释建德的过程,据记载为:上世纪 30 年代吴山林应少林寺贞绪的邀请,回少林寺教授少林武功三年,授徒有贞绪、德禅、德根等数十人,但无合适传人。吴山林晚年传张庆贺(行性法师),张庆贺到少林寺拜德禅为师,赐法名行性。行性传丁洪本(德建禅师),丁洪本于1990 年拜少林寺前住持素喜为师,赐法名德建。释德建于 1994 年奉师命到三皇寨隐居,并光大少林武学"禅武医"。

关于少林寺的历史沧桑

我以前只是在书中得知少林寺的名字,能身临这座历史名寺,心中颇为激动。由于这是一座曾在中国文化史上留下过深刻烙印的古寺,在此仅想顺便谈一下其历史沧桑。

少林寺位于河南郑州登封市西北向嵩山五乳峰下,因寺院处嵩山腹地少室山茂林中,得名"少林寺"。少林寺始建于北魏太和十九年(495 年),当时孝文帝为安置来华的印度高僧跋陀尊者,诏令在与都城洛阳相望的嵩山少室山北麓建寺。① 此后,永平元年(508 年),有印度高僧勒拿摩提和菩提流支先后赴寺译经,后又有释慧光来寺传《四分律疏》,奠定了后世中国佛教四分律宗的基础。②

至北魏孝明帝孝昌三年(527 年),有释迦牟尼第 28 世徒菩提达摩(? —约536 年)来少林寺传授禅宗心法。由于此前跋陀尊者等在少林寺传授的佛法属印度小乘佛教,对后世中国佛学影响不大,而菩提达摩在少林寺传授的佛学属大乘佛教,对中国后世佛学发展影响甚大,因此后世僧人一般视菩提达摩为少林寺的一世祖,而称之为"达摩老祖"。③ 由于达摩老祖在少林寺传授佛法时,坐久了会做一些类似于后世的体操动作以活动筋骨,达摩在授经时,同时把这些体操动作传授给了弟子,这便成为对后世影响甚大的少林武学的发端。有所谓"天下功夫出少林,少林功夫甲天下"之说。

达摩后于东魏孝静帝天平三年(537 年)传佛法于慧可(487—593 年),④慧可被称作是禅宗二祖。慧可事迹已见前述。

此后少林寺经北周武帝建德三年(574 年)灭佛,毁坏严重。后至隋文帝崇佛,赐地百顷,少林寺始发展成为拥有众多良田和寺产的大寺院。唐初,有 13 位少林武僧救驾秦王李世民有功,⑤被封赏赐田千顷,从此,少林寺"僧兵"名扬天

---

① 见《魏书·释老志》。——据传跋陀见嵩山很像一朵莲花,有意在"花"中立寺,孝文帝遂从其所愿,在少室山建寺供养跋陀。

② 四分律宗是中国佛教宗派之一,因着重研习及传持戒律而得名,实际创始人一般被认作唐道宣。因道宣住终南山,又有南山律宗或南山宗之称。传释迦在世时,为约束僧众,曾制订各种戒律,第一次佛教结集时,由优婆离诵出律藏,此为律宗之始。

③ 据《魏书·释老志》载:孝昌三年(527 年)菩提达摩至少林寺,在寺西山麓石洞中面壁九年(一说十年),以四卷《楞伽经》教授学者,创立禅宗,传法慧可。其013主"见性成佛"、"静坐默悟,明心见性",因与儒家"修心养性"说相近,得以风行,在中华佛教史上遂尊达摩为禅宗初祖,慧可为二祖。

④ 慧可又名僧可,俗名颐光,号神光,洛阳虎牢人。

⑤ 见少林寺现存《皇帝嵩岳少林寺碑》(俗称《李世民碑》)。

下,少林寺也被誉为天下第一名刹。

　　约至宋代,少林寺共拥有土地 14000 多亩,寺基 540 亩,楼台殿阁 5000 余间,寺僧 2000 多人,开始进入全盛期。少林武学大致在宋代开始成形,或可说是发展至理论阶段。据传当时寺有高僧福居禅师,广邀 18 家武林高手切磋演武三年,比较少林武功取长补短,写了《少林拳谱》一书。这是在少林寺诞生的第一部武学经典著作。此时入主少林寺的有禅宗五派,包括:临济宗、沩仰宗、法眼宗、云门宗、曹洞宗。各派僧侣同住共修,但宗旨各异,日久难免产生矛盾。

　　至元初中统元年(1260 年),佛道两教在蒙古哈喇和林召开了一次著名的辩论大会,辩论主题是佛、道两教谁为贵,参辩代表分别为全真教道士李志常(1193—1256 年)和佛教法师福裕(1203—1275 年),评判者为元世祖忽必烈。辩论结果佛教大胜,元世祖诏令焚毁道教经书四十余种,并勒令众多道教徒皈依佛教,自此确立了佛教在元代的受尊崇地位。而此前福裕已经被元宪宗蒙哥授予了"都僧省都总统"之职,总领全国佛教,号称"大宗师"。经这场辩论之后,元世祖忽必烈又诏令福裕和尚住持少林寺,并统领嵩岳地区的各寺院。

　　福裕住持少林寺期间,除了扩建寺院、修钟楼、鼓楼、廊庑等之外,主要做了两件事:一是云集僧徒演武礼佛,使少林寺武风更炽。由于元代蒙古统治者对汉人实行民族压迫,不准汉人习武,而福裕本人为汉人(太原文水人),因此他鼓励少林僧人练武,体现了他潜在的民族精神。福裕所做的第二件事是以曹洞宗为正宗,统一原少林寺中的禅宗五派,此举称"少林寺雪庭曹洞之宗",福裕并因此确立了"雪庭曹洞正宗"70 字的《子孙谱诀》,并要求此后的少林弟子必需按此《谱诀》取名。这标志着少林寺在管理方式上从此形成了一个较其他寺院严密得多的"子孙相继"的禅院,福裕也因此被尊为少林寺的第 15 代祖师。福裕所确立的少林寺曹洞宗 70 字谱诀如下:

　　　　福、慧、智、子、觉;了、本、圆、可、悟。
　　　　周、洪、普、广、宗;道、庆、同、玄、祖。
　　　　清、静、真、如、海;湛、寂、淳、贞、素。
　　　　德、行、永、延、恒;妙、体、常、坚、固,
　　　　心、郎、照、幽、深;性、明、鉴、崇、祚。
　　忠(或作"衷")、正、善、禧、祥(或作"禅");谨、悫、愿、济、度。

雪、庭、为、寻(或作"导")、师;引、汝、归、铉、路。①

福裕确立少林寺曹洞宗 70 字《子孙谱诀》的重要意义在于:这使少林佛旨的宗脉不至于随着历史风云的变幻而断绝,并有可能在日后成长为中国的第一大禅寺,这也使少林武学的传统不致断绝。② 而现今在世少林弟子的排辈大多属"德"、"行"、"永"、"延"、"恒"诸字,现任少林寺方丈释永信为"永"字辈弟子。上世纪 80 年代曾名传一时的海灯法师最后之所以不见容少林寺,是因为其法名不入籍少林寺的 70 字《子孙谱诀》。根据少林寺的具体说法是:

海灯法师(1902—1989 年)③尽管会少林武功,1946 年曾赴嵩山少林寺学艺或传授武功,但其佛教信仰属禅宗沩仰宗,其法名不入少林寺曹洞宗 70 字《子孙谱诀》排辈,因此只能算是少林寺的"挂单和尚"。鉴于海灯法师与少林寺前方丈释行正法师为旧识,1982 年受邀,带了六名弟子到少林寺传授武功,但是却被媒体误宣传作"少林方丈",事迹并被搬上银幕,而引起行正方丈心中不快,并下逐客令,致使海灯重返四川。

至明代,由于倭寇在中国沿海为患,名将戚继光特聘少林僧人为军队教习,少林僧人至少有六次被明官府征调,参与抗倭战争,并屡立军功,少林寺因此享有官府所特赐免除粮、差等权利,官府并出资大规模修整寺院,而少林武学此时也发展至巅峰,确立了其在中国武林的权威地位。据说此时的少林武学有"七十二绝技"和 700 多套功夫,寺内常驻武僧达 2000 余名。④ 在这一深厚的武学基础上,少林武功形成了四大流派,称"东、西、南、北四园"。

少林"南园"武学"禅武医"的开山宗师是明朝万历年间的高僧"无言正道"(1547—1623 年),其首创少林"永化堂",被登封县令及寺院僧众推举为少林寺住持。万历二十年,无言正道受皇帝敕封,任钦命少林曹洞正宗第 26 代少林寺住持。当时有 8 位王子随正道法师出家,法名分别为圆宝、圆会、圆林、圆性、圆

① 少林寺 70 字辈谱原出清《释氏源流五家宗派世系碑》,见释永信:《少林寺七十字辈世系谱:传承千年奥秘都在这里》,凤凰佛教网 2016 年 12 月 5 日。
② 福裕创立的少林寺曹洞宗 70 字《子孙谱诀》制度又被解释作"宗法门头制度",其实质即:你要学我的功夫,就得和我确定继承关系,一般是统归在佛祖的名义下,成为弟子或法子。
③ 释海灯(1902—1989 年),四川江油人,俗名范靖鹤,字剑英,又名无病,号无病道人,法号:海灯。接虚云老和尚传沩仰宗法脉,赐法名"宣明"。代表著作有《少林气功精要》、《少林云水诗集》。其事迹见《百度词条·释海灯》。
④《少林寺公布武功密籍,揭开绝技神秘面纱——央视台白岩松采坊释永信、释延王》,http://www.360doc.com/content/15/0925/19/12453694_501517663.shtml。

璺、圆明、圆亮及圆普。其中以圆会及圆宝两脉传承最广。而随同这 8 大弟子到少林寺出家的还有太医、御医、贤士才子及武功高强者。这些高僧荟萃在少林寺，逐渐形成了少林寺的禅、武、医文化及修行方法。无言正道法师住持少林寺三十一年，少林禅学、武学、医学得到了空前的发展，这也是少林寺永化堂"禅武医"发展最辉煌的时刻。[①]

少林武学的盛况一直持续到清初，当时康熙皇帝曾亲书"少林寺"匾额，挂于天王殿(后移至山门)。雍正帝于十三年(1735 年)赴少林寺御览、审定寺院规划图，拨银 9000 两，重建少林寺山门与千佛殿。后乾隆帝又于十五年(1750 年)夜宿少林寺方丈室，题写诗词与匾额。但时至清代中期(道光年间)，由于中国社会矛盾尖锐，会党起事不断，而会党组织的重要形式之一，是聚众练武反清复明，其中自然也包括练少林武功。因此清廷开始严禁少林僧人习武与传授武功。到了清朝晚期，少林武学的三大流派——"东园"、"北园"、"西园"基本失传，原先的 700 多套功夫，也仅余下了约 200 套传世。[②] 清张恩明《重建慈云庵碑》描写当时少林寺武学的凄凉情景是："法堂草长，宗徒两散。"而此时少林寺武学得以比较完整地传承下来的，仅有"南园"永化堂"禅武医"一系。其得以传承的原因已见于前述"三皇寨禅院"节。

而时至民国，少林武学传统在军阀混战中再罗巨难。事情的经过是：民国初，少林寺尚有僧众 200 余人、土地 1370 余亩，艰难度日。由于当时河南地区军阀混战，土匪横行，社会秩序不稳，登封县政府要求当时的少林寺住持恒林法师(1865—1923 年)[③]任"僧会司"，[④]出面组织"少林寺保卫团"，并任团总，以帮助维护地方治安。恒林无奈出山。恒林善战，自民国九年(1920 年)至民国十二年(1923 年)，率团与当地土匪大小数十战，均获胜，打落"肉票"多人，缴得一批保寺枪枝，使环寺数十村，土匪不敢犯境，民众得以安居。当时河南省政府主席张凤台亲授恒林奖状，向少林寺紧那罗王殿献"威灵普被"匾额以谢。[⑤] 民国十二年(1923 年)十月初二日，恒林劳累死，少林寺附近登封、巩县、偃师、临汝四县民

① 无言正道法师事迹见塔林《无言道公寿寓塔铭》。
② 《释德建禅师与嵩山少林禅武医及嵩山禅院，德建禅师与嵩山少林禅武医文化》，http://blog. sina. com. cn/wangyong997。
③ 恒林法师(1865—1923 年)，俗姓宋，号云松，河南省伊川县人、任登封县"僧会司"。
④ 历史上设立的僧官制度，始于明洪武十五年。在京都设置僧录司，统理天下僧尼。地方僧官部分，府设"僧纲司"，有都纲、副都纲各一员；州设"僧正司"，内置僧正一员；县设"僧会司"，内置僧会一员。隶属于礼部统辖，不给禄，不与职官并列。
⑤ 紧那罗王，佛教护法天神"天龙八部"之一，少林寺传为其棍术的发明者，专掌厨房。

众 300 余人集资为恒林立碑悼念。登封县"僧会司"及团总的职务则由其弟子妙兴（1891—1927 年）①接任。

由于少林僧众有武功，民国十一年（1922 年）第一次直奉战争时，直系军阀吴佩孚（1873—1939 年）部师长张玉山过登封，其手下河南暂编第四团团长樊钟秀（1888—1930 年）②到少林寺休息。樊钟秀原本是恒林法师的俗家弟子，见大雄宝殿残破，捐资 400 元做修缮费用，并与妙兴建立起私人情谊。次年（1923 年）秋，吴佩孚受命为直鲁豫三省巡阅使，命张玉山在登封一带收编湖北第一师别动队，张部所属第一旅旅长卢耀堂得知妙兴武功了得，寺内又藏有枪支，便动员妙兴以僧兵组成该旅第一团，任团长。这样，原少林寺护寺僧兵便在事实上加入了吴佩孚的直系军阀集团。

民国十四年（1925 年）二月，豫西爆发了"胡憨之战"。陕西的刘镇华派憨玉琨率军入河南，与河南督军胡景翼作战，争夺中州。胡部樊钟秀军在攻打憨部崔继华军时，妙兴率军助战，以谢当年樊钟秀捐资之谊，二人关系更为紧密。

民国十五年（1926 年）七月，广州革命军北伐。九月，冯玉祥（1882—1948 年）军宣布脱离北洋军集团，参加国民革命。次年（1927 年）春，冯玉祥占领西安，配合北伐军攻打河南。民国十七年（1928 年）三月，建国军樊钟秀部（当时亦属北伐军部队，但与冯派系有别）乘冯玉祥军后方空虚，攻占了巩县与偃师县，但未久被冯部将石友三夺回，樊军南撤，转攻登封县城，其司令部设于少林寺内。石友三部向南追击至辕辕关（十八盘），三月六日妙玉率团阻击，寡不敌众，兵溃阵亡，时年 37 岁，遗体由弟子体信运回至少林寺东北山坡安葬，200 余僧兵在此役中大多阵亡。

大概辕辕关之战给予石友三部以重创，石心存报复。三月十五日，石友三部追至少林寺，遂纵火焚烧法堂。次日，驻防登封的冯玉祥部国民军旅长苏启明命士兵抬煤油到少林寺中，将天王殿等所余建筑付之一炬，随着大火，少林寺所珍藏的"5480 卷"古版藏经③以及一大批珍贵文物尽付灰烬，其中包括：皇帝御封的"五品树祖"、《少林寺志》木刻版、魏齐造像碑、达摩面壁影石等等。④

关于石友三火烧少林寺的具体部位，有两种不同说法：一说大火连烧了四十多天，无人敢救火，除了山门，全部烧光了，和尚也跑光了，因无家可归，后来又

① 妙兴法师（1891—1927 年），河南省临汝县谢湾村人，字豪文，绰号"金罗汉"。
② 樊钟秀（1888—1930 年），字醒民，河南省宝丰县城西夏庄人，恒林俗家弟子。
③ 见少林《少林寺寺院简介》，少林寺官网 2014 年 12 月 16 日。
④ 《被誉为天下武功出少林的少林寺，一共经历多少次灾难》，原载搜狐网 2017 年 6 月 13 日。

陆续回来过一批。从此说则焚后的少林寺一无所有。另一说石友三的部队离开少林寺之后，僧众回寺灭火，总算保住了千佛殿、达摩亭、方丈堂、山门以及地藏殿、白衣殿等殿宇。而结合我游少林寺的实地考察，认为此二说中应以后说近实。也即1928年石友三火烧少林寺时，是自前门进入，山门未曾想到要烧，实际烧毁的是少林寺前半部分，含西来堂、慈云堂、天王殿、鼓楼、钟楼、六祖殿、那罗殿、大雄宝殿、西禅堂、东禅堂、法堂（藏经阁）、西课堂与东客堂以及阎王殿、龙王殿、香积厨、库房、御座房等处，着火部分占少林寺大半。而寺僧回寺救火，是从后门进入，总算保住了千佛殿、地藏殿、白衣殿、立雪亭、普贤殿、文殊殿、方丈室等部分（即方丈室以北部分）以及山门，所占为少林寺原址的小部分。

现今包括少林寺常住院、初祖庵和塔林在内的、被誉为"天地之中"的少林建筑群，2013年5月被中国国务院颁布为第七批全国重点文物保护单位，并于2010年8月1日被联合国第34届世界遗产大会授予"世界文化遗产"称号。[①] 而仅从古建建筑角度来看，这些建筑大多属后建，但却是新中有旧，或假中有真，亦算是不幸中之大幸了。

火烧少林寺是近代中国发生的著名政治事件之一，它所造成的严重后果，是使少林寺自北魏以降历经1400余年积累下来的文化遗产尽付劫灰。

关于火烧少林寺事件，我尚听到过一个与上述有别的民间传说版本，讲得是民国年间石友三欲借少林寺为驻军营地，少林僧人不同意，提出了比武定夺的条件，即双方各派代表比武，如果少林寺输，则让出寺院给石友三部队作驻军营房，如果石友三方代表输，则将军队撤离少林寺。比武结果是石友三部队代表输了，石友三恼羞成怒，命令军队火烧少林寺。

鉴于少林寺被焚，系冯玉祥所属国民军所为，因此民国年间人们一般将此事件定性为"冯玉祥火烧少林寺"。此事件也直接涉及对冯玉祥一生功过的评价。关于冯玉祥其人，我一向尊重，认为仅就其个人品德而言，可以肯定地说是近代中国一位有爱国精神的军阀，因为其生活作风一向简朴，在抗战中的立场是坚定的，这远比一枪未放而让出东三省的张学良要高尚得多。但是问题出在此人的文化程度太低，不理解保护民族文化遗产的意义，所以才出自报复心理，做出火烧少林寺的荒唐举止。此外，他在发动北京政变时（1924年10月23日）将溥仪

---

① 2010年8月1日，联合国第34届世界遗产大会在巴西首都巴西利亚宣布"天地之中"历史建筑群为世界文化遗产。"天地之中"包括少林寺建筑群（常住院、初祖庵、塔林）、东汉三阙（太室阙、少室阙、启母阙）和中岳庙、嵩岳寺塔、会善寺、嵩阳书院、观星台，8处11项历史建筑，其时代历经汉、魏、唐、宋、元、明、清七朝。

逐出紫禁城的做法也不能说是做得对,因为这最起码是为日本人设立"伪满洲国"制造了口实。此外,冯玉祥所为还不止于此。1927年,他在河南废寺逐僧,将大相国寺改成市场,并发动全省毁佛运动,将所有比丘、比丘尼一律驱逐,将所有寺产一律没收,改寺院为学校,或作救济院、图书馆、娱乐场所使用。继河南之后,直、鲁、秦等地亦纷纷效法,以致当时华北地区的佛教几乎灭绝。由这一角度看,冯玉祥火烧少林寺的做法决非偶然,而是完全有其思想基础。一说冯玉祥之所以毁佛,是因为他信仰基督教。这可能是导致冯玉祥火烧少林寺的思想诱因之一。

在此也顺便介绍一下导致少林寺被烧事件发生的对立方——樊钟秀其人的事迹。

樊钟秀(1888—1930年),字醒民,河南省宝丰县城西夏庄人,少林寺恒林法师的俗家弟子。长妙兴(1891—1927年,恒林入室弟子)三岁,二人可能在少林寺学艺时即相识。樊钟秀曾为吴佩孚(1873—1939年)直系军师长张玉山下辖河南暂编第四团团长,后追随孙中山革命,1923年被孙中山委任为豫军讨贼军总司令、建国豫军总司令,次年当选国民党第一届候补中央监察委员。孙中山去世时(民国十四年,1925年3月),樊闻讯曾痛哭三日不食,对部下说:"我死之后,如能葬于先生墓侧,大愿足矣!"又首称孙中山为"国父",而受到当时国人的响应。此后在豫西"胡憨之战"中(1925年),樊钟秀协助河南督军胡景翼击败陕西憨玉琨军,获得大批武器装备,将自己统领的军队扩编为"建国军"的四个"路",分驻汝、鲁、宝、郏等县。该军在1926年积极参加了北伐战争,樊曾率部在南阳、邓县一带追击吴佩孚军。民国十七年(1928年)三月,樊钟秀乘冯玉祥统领的国民军与奉军(东北张作霖军)大战之机,北攻冯军后方,连下叶、宝、鲁、郏、襄及禹、密等县,又占临汝、偃师等地,进围郑州、逼洛阳。冯急调山东石友三、陕西宋哲元军夹击樊钟秀,樊军败退于皖属涡阳、蒙城一带,为保存实力,樊通电下野,赴上海闲居。此后樊钟秀因对蒋介石独裁不满,拒绝蒋的重金收买,1930年率旧部参加阎锡山、冯玉祥的联合讨蒋战争。同年5月23日,在视察阵地回许昌司令部时,遭蒋军飞机轰炸,重伤致死。纵观樊钟秀的一生,也算得上是民国年间能挺起腰杆做人的一个人物,"火烧少林寺"事件的发生,其当无责。

"火烧少林寺"事件发生后,少林僧众一时散尽,但因该寺的禅学与武学宗脉久远,仍能维系人心,后又有僧人陆续返回,守着焚后的少林寺残院,在当家和尚淳朴①与贞绪②的先后带领下,在极度的社会动荡与艰辛生活中,继续维系着少林武学的宗脉。其中最值得称道的事,是自少林寺山门中走出了两位共和国开国将军,他们都曾用自少林寺中学得的武功,为他们心目中的"人民解放事业"奋斗过。一位是开国上将许世友(1905—1985年),他8岁至16岁在少林寺共学武8年。另一位是开国中将钱钧(1905—1990年),他从13岁至18岁,在少林寺共习武5年。

新中国成立之初,少林寺仍处于艰难维系阶段。由于受到政治运动的冲击,在"破除封建迷信"的口号声中,和尚们被命令还俗,最后只剩下了12个实在无家可归的和尚(一说14人)仍然住在庙里,守着28亩薄田生活。"于是当地政府把他们统编成一个生产大队,名字叫'少林寺生产大队',成分是地主,每次批斗时一喊:地富反坏右都站出来,和尚们就站出来了!"③另据当地村民回忆:"那时候的少林寺就像是每个农村都有的那种普通小寺庙,靠种几分薄地过活,惟一不同的是,那里的和尚还坚持练功夫,但是纯粹只是一种爱好,根本没有人把功夫当什么。和尚没事就常出来和村子里的人聊天,顺带也教大家功夫,这算是他们的消遣吧,所以像我这样年纪的人都是少林寺的俗家弟子。甚至有些和尚跑到周围的中学去当体育老师,当然,这可能还因为是经济压力造成的。还有一个和尚后来跑到登封县体委去了,这是当时少林功夫能发挥的最大功用了。"④"那时的主持释行正和村民聊天时常会不自觉聊起以前辉煌的少林寺——以前的少林寺是皇家寺庙,管着的是上万顷土地,有上千民佃农为他们耕作。但当时很多人都把这个当作笑话听。"⑤

时至"文革"之中的1966年,一百余名红卫兵冲进少林寺,砸了佛像、殿堂与碑碣,又欲炸塔林,当时的寺住持行正法师以几乎舍弃生命的代价,保下了塔林。此事已见前述。行正法师的事迹尚不止于此。上世纪60年代初,河南旱灾,赶骡贩煤,挣钱换粮,使僧众得以度过三年饥荒,少林寺法脉并因此得以延续。"文革"中经其设法保存下来的文物尚有传世佛经数千册、达摩铜像、紧那罗王铁像、匾额多块、千佛殿铜佛等。因此,行正法师的事迹是值得载入少林史册的。而经

---

① 淳朴,河南巩县回郭镇人。

② 贞绪(1893—1955年),河南巩县鲁庄乡南村人,俗姓李。

③《纪录片导演罗尘对少林寺的回忆》,百度网"百家讲坛吧"。

④《少林寺的功夫以及被重新挑起的江湖》,《三联生活周刊》2005年2月3日。——回忆者李炎林从小就生活在少林寺周围,后为少林寺农家宾馆的主人。

⑤《少林寺的功夫以及被重新挑起的江湖》,《三联生活周刊》2005年2月3日。——回忆者李炎林从小就生活在少林寺周围,后为少林寺农家宾馆的主人。

其保护下来的塔林,也是少林寺现存的主要国家文物。行正(1914—1987年),俗名李太宝,字愿安,河南登封城关刘庄人。6岁时出家少林寺为僧,新中国成立后,在少林寺任住持。

但是尽管塔林被保护下来了,"文革"期间少林僧人的命运仍免不了被逼还俗、佛像被毁,寺产被侵夺。时至"文革"结束、少林寺恢复时,已是十几个僧人守着残垣断壁和28亩薄田过日的艰难局面。据依释永信方丈说:"二十世纪八十年代初期,这时少林寺只剩下13个年老僧人,少林功夫更是命若悬丝。"①一说是:"一片破败,一共就十几个和尚,9个是老人,靠28亩地过日子。"②

少林寺的转机出现在1982年电影《少林寺》的发行,据说当时门票仅1角的电影发行额竟达到了一个亿。"十三棍僧救唐王"的故事被海内外许多观众所熟知,并为少林寺吸引来了众多的海内外游客及学武人士。国家为方便中外文化交流,开始出资对少林寺进行大规模地整修,形成了以山门、天王殿、大雄殿、藏经阁、方丈室、立雪亭等为主题的嵩山少林建筑群。也就是在这一年,安徽颍上县有一位17岁的青年刘应成到少林寺向行正方丈拜师学艺,行正为之取法名永信。由于行正正患眼疾,主持少林寺工作不便,需要一位助手,这样年轻的释永信便成了行正的主要助理。而行正之所以选择永信为继承人,据说是相信他"聪明、灵活,能处理好继承和发展的关系。"时至1987年,22岁的释永信成了少林寺的实际主持人(1999年8月20日升任为少林寺第30任方丈)。③而释永信法师抓住了少林寺这一千载难遇的商机,重新打造了少林寺的武学文化,在此基础上又进一步带动了嵩山地区乃至整个河南省旅游文化的繁荣。根据释永信本人的说法是:"我们出家人学佛修行,不能老待在山里、寺里,不能安于清净的山门、卖卖香、收收门票,该主动走进众生的日常生活。我希望同修们能明白,佛教不避世;佛教如果避世,早就自取灭亡了。"④其后少林寺发展的大致路径为:

1988年1月,首次在少林寺内公开对外进行武术表演,从此走上了"功夫经济"的道路。次年,"少林武僧团"成立,开始在国内外巡演,截至2015年,该团已巡演了数十个国家与地区。据西方媒体评论:"这座寺庙今天已经成为一个拥有注册商标的全球娱乐中心,还有自己的电视制作公司和电子商务平台","少林寺

① 释永信、阿德:《少林功夫》,少林书局2006年5月第1版。
②《少林寺的功夫以及被重新挑起的江湖》,《三联生活周刊》2005年2月3日。
③ 参魏巍:《释永信对于少林寺有多重要?》,《凤凰资讯》2015年7月29日第575期。
④ 释永信:《禅露集》。

还举办'中国寻找功夫明星'电视秀。"①

1998 年,"少林寺实业发展有限公司"成立,经营少林素饼和少林禅茶,并陆续注册了国内 29 大类近 100 个商标,向一些企业特许授权使用"少林"商标。②

随后,少林寺的"功夫经济"又向佛学与武学教育领域拓展,并推向海外。自 2001 年起,巩义慈云寺、荥阳洞林寺、大连永清寺、新密超化寺等陆续成为少林寺的下院,截至 2016 年 3 月,少林寺在国内已有 17 家分院。1995 年,少林寺在美国成立"纽约少林分寺"。2009 年,少林寺在香港成立丰盈行有限公司,兴建大陆地区以外首个少林寺暨海外少林文化中心总部(简称"香港少林寺")。2011 年,少林寺在台湾苗栗县设立台湾首座少林武术学校。2015 年 2 月 23 日,少林寺方丈释永信以支票形式支付给澳大利亚新南威尔士州肖尔黑文市市长约 416.2 万澳元(折 2040.5 万人民币)购地款,开始了少林寺澳洲分寺的建设。

另据统计:截止到 2013 年,少林寺在世界数十国建立了 40 多个海外文化机构,辐射全球 300 多座城市,③少林僧人在这些少林文化中心讲经授法、练武修禅,还先后在欧洲和北美举办少林文化节,向世界各国传播少林武学精神和东方价值观。

释永信所走的"功夫经济"的道路,产生了巨大的社会经济效益。据说是:在 1982 年以前,少林寺周围的村民每年产值只有 30 元,没有用过煤,没有电器也没有电,全是靠砍树作燃料。而现今,为了美化景观,地已经不让种了,周边所有经济来源就是少林寺,靠开武术学校、开宾馆与饭店谋生,除此之外,就是开车拉客和摆摊。④ 释永信所走的"功夫经济"的道路,也潜移默化地改变着中国传统寺院的管理方式。据了解,少林寺已经形成了庞大的产业链,含《禅露》杂志社、少林影视公司、少林书画院、少林寺武僧团、少林药局医院等,仅"门票年收入在几年前就已突破 2 亿"。⑤ 为了适应少林寺的这些新式经营活动,少林寺如今的管理方式与中国传统寺庙已有了很大形式的不同,和尚们不仅是要念经,对于年轻僧侣来说,"少林寺更像一所学校,他们需要熟练掌握现代通讯方式:智能手机、宽带互联网、有线电视、QQ、网络游戏……为了提高僧侣素质,少林寺专门

---

① 见《中国佛教寺院,废墟上的经济帝国:少林寺不仅是功夫中心,也是中原的"资本主义"》,德国《南德意志报》2009 年 8 月 22 日。

② 数据见魏巍:《释永信对于少林寺有多重要?》,《凤凰资讯》2015 年 7 月 29 日第 575 期。

③ 《少林学·马明达:走向世界的少林文化》,少林寺官方网站 2013 年 3 月 21 日。

④ 《少林寺的功夫以及被重新挑起的江湖》,《三联生活周刊》2005 年 2 月 3 日。

⑤ 数据见魏巍:《释永信对于少林寺有多重要?》,《凤凰资讯》2015 年 7 月 29 日第 575 期。

开设了佛教知识、历史、英语、电脑等多种课程。"①2002 年,美国探索频道为释永信拍摄了电视片《新少林方丈》,这部片子追踪少林方丈一天的生活,目睹他领着古老的传统迈入现代社会,"看方丈如何坐奔驰车穿行于繁华都市,如何用手机遥控少林寺内的日常生活。"②

随着少林寺在经济上的成长,其产生的国际文化影响也越来越大,到访少林寺的不只是普通的海内外旅游爱好者,国际要人来访和参观亦不断。据统计:有来自欧美的舞蹈家、世界泰拳王、NBA 球星、好莱坞影星;有来自东南亚等传统佛教国家的大德高僧;到访少林寺的政要有瑞典国王卡尔十六世·古斯塔夫、英国女王伊丽莎白二世、西班牙国王胡安·卡洛斯一世、澳大利亚前总理霍华德、南非前总统曼德拉、美国前国务卿基辛格、前国际奥委会主席罗格、中国台湾宋楚瑜、连战和吴伯雄等。其中最为有名的则为后来于 2006 年 3 月 22 日到访少林寺的现任俄罗斯总统普京。2004 年,美国加利福尼亚州众议院和参议院先后两次通过投票的方式将每年的 3 月 21 日确立为"加州嵩山少林寺日"。2010 年 8 月,在第 34 届世界遗产大会上,少林寺被联合国教科文组织授予"世界文化遗产"称誉。③ 而时至 2016 年 3 月 20 日,美国洛杉矶少林功夫禅学院在托马斯伯顿公园,与当地信众、学生、家长共同庆祝这个加州议会以立法形式确立的"嵩山少林寺日"法定节日。

而少林寺"功夫经济"的发展道路,不只是少林寺自我寺院经济的成长,同时也以"少林功夫"为内涵,带动了整个周边地区相关产业链的发展。据来自西方媒体的评论:截至 2009 年 8 月,每年来到少林寺的游客有 400 万人,"登封市已有 70 所功夫学校,5 万名学生,他们希望有朝一日成为功夫电影明星。"同时,世界各地还出现少林商标被抢注的事件,台湾还有少林赌博网。④ 另据国内有关统计数据:1974 至 1978 年少林寺游客总量仅为 20 万左右(根据门票统计),1990 年代后游客基本稳定在每年 150 万人次左右。从那时起,少林寺旅游收入长期稳占登封市财政总收入的 30%以上。而武校带来的收益更是惊人,少林寺旁的塔沟武校号称世界第一武校,仅在校学生就多达 1.8 万人,而类似的武校在登封至少有五六十家,学生几万人。河南郑州的一个县级市,在少林寺的影响下

---

① 数据见魏巍:《释永信对于少林寺有多重要?》,《凤凰资讯》2015 年 7 月 29 日第 575 期。
② 张欢:《无法定义的佛门方丈》,《南方人物周刊》2008 年 4 月 23 日。
③ 《少林寺等"天地之中"建筑群列入世界遗产名录》,新华报业网 2015 年 3 月 9 日。
④ 见《中国佛教寺院,废墟上的经济帝国:少林寺不仅是功夫中心,也是中原的"资本主义"》,德国《南德意志报》2009 年 8 月 22 日。

确立了旅游立市的战略方向,以往的经济支柱——煤炭已经让位给了新兴的旅游业。①

而据来自登封市体育局的有关信息:截至 2009 年 9 月,在登封习武的常住学生超过 6 万名,在册学校 58 座,生源来自世界 100 多个国家和地区。按照平均学费标准和当地物价水平测算,每生每年至少消费 6000 元;亲友探访食宿费用每生每年至少 1000 元,仅此两项即可创造直接经济效益 3.5 亿人民币。这样的估算还没有将短期学员、外籍学员及组织对外演出所得统计在内。② 而由此催生的上下游产业亦不容小觑。以习武器材、服装的售卖为例,登封市区就有武术器械用品商家 200 多个,年营业额逼近 1 个亿。这些动辄以"亿"作统计的数据背后,是一个东西长 56 公里,南北宽 36 公里,境内山地丘陵遍布、农业人口众多的中部欠发达省份的县级市。③ 嵩山少林寺南北武术院对外招收 5 至 25 岁的男女学员,普通全托班学费每年 11000 至 13000 元不等,远远超过普通高等学校的收费标准。④ 而针对"上网成瘾,逃学厌学,吸烟酗酒,打架斗殴,有暴力倾向等不良青少年"开设的特殊教育班,每年则要收取 12800 至 16800 元不等的费用;外籍人士前来体验习武,学期为一周的班级收取每人每天 35 美元,学期为一月的班级收取每人每天 30 美元。⑤

鉴于少林寺"功夫经济"的发展,不只是造成寺院经济的自我成长,同时也带动了周边地区以"习武"为内涵的产业链的成长,这两种经济体之间虽有互补,但难免产生矛盾,并造成各方对前景的不同企盼。其中,登封市府对于前景的企盼是:希望"通过实施少林功夫复兴工程,全力建设以武术演艺、功夫动漫等产业为支撑的禅武文化产业园区,实施好国际汉语推广少林武术基地等重点文化产业项目建设,真正将登封打造成世界功夫之都"。⑥ 来自少林寺周边商家的想法是:"咱是靠少林寺混个饭碗端",2011 年甚至有人准备操作"少林寺"概念股上市。这一设想却遭到了少林寺方面的坚决抵制。释永信方丈指出:"在这个链条上,赚了钱,不会分你毫厘;挨了批,'屎盆子总会扣在释永信头上'。"⑦少林寺方并认为:登封地区许多武校的成立,都是明目张胆地打着"少林寺"旗号招生办

---

① 数据见魏巍:《释永信对于少林寺有多重要?》,《凤凰资讯》2015 年 7 月 29 日第 575 期。
② 《少林寺僧人指登封政府借炒作寺庙发功夫财》,《南方人物周刊》2010 年 1 月 8 日。
③ 《少林寺僧人指登封政府借炒作寺庙发功夫财》,《南方人物周刊》2010 年 1 月 8 日。
④ 《少林寺僧人指登封政府借炒作寺庙发功夫财》,《南方人物周刊》2010 年 1 月 8 日。
⑤ 《少林寺僧人指登封政府借炒作寺庙发功夫财》,《南方人物周刊》2010 年 1 月 8 日。
⑥ 《少林寺僧人指登封政府借炒作寺庙发功夫财》,《南方人物周刊》2010 年 1 月 8 日。
⑦ 《少林寺僧人指登封政府借炒作寺庙发功夫财》,《南方人物周刊》2010 年 1 月 8 日。

学的机构，与少林寺"毫无半点关系"。① 对于一些相关企业如"港中旅（登封）嵩山少林文化旅游有限公司"等的成立，少林寺认为也有侵权之嫌，有"少林遗产被肢解瓜分之忧"②，却又无可奈何。释永信说："真要追究起来，那要砸掉多少人的饭碗！""除了像前几年出了'少林寺牌火腿肠'这样令佛门无法容忍的事，我们才诉诸法律。即便告上法庭，也就象征性索赔 1 块钱。"③释永信并由衷感慨：少林寺方丈的职责是协调处理好寺庙的发展，而现今对少林寺来说，"功夫以及功夫带来的利益纷争或许已经成为这个方丈必须处理的最大江湖了"。④

由于商业化道路的实质是逐利，其原本有违佛教清修苦行的宗旨。而在释永信带领下的少林寺"功夫经济"的成长，又是始终处于本寺商业化道路不断受到寺外更大商业潮流裹挟的态势中，释永信本人又处于这潮流的中心。因此，对于少林寺所走的寺院商业化道路所产生的弊端（用非正当手段或经营方式逐利），释永信方丈需要时时自证清白。有人指责释永信是把神圣的少林功夫变成了庸俗的舞蹈表演，甚至跑到美国拉斯维加斯这个娱乐化色彩浓烈的舞台上表演，严重影响了少林武功的声誉；有人质疑佛教宣扬"众生平等"，释永信带领的少林武僧团接触和影响的却都是主流社会；更有人要求释永信方丈在佛教戒律上自证清白。而受骂最多的是："释永信大和尚这些年选择了商业化道路，使得清静佛门地变为聚众敛财庙。"总之，自释永信升任少林寺方丈以来，便始终是讼声不断。

相对于佛教界而言，我属"方内之人"，不便于对佛教界的内部争议发表意见。但是由于少林武学不只是少林寺的文化遗产，同时也是整个中华民族的文化遗产，其影响范围甚广，因此我想如果少林寺的和尚能够把他们赚得的财富依法纳税，并投资于社会慈善事业，而不仅仅是用于个人的消费，这起码是一件值得称颂的事，时人不应只把眼光放在"少林寺的和尚都发了财"的视角上。发此议论，是因为当今佛、道二教肩负着管理国家名山大川的重要社会责任，创造着巨大的旅游财富，我们不应当再以韩愈写《原道》时的眼光，来看待其社会地位。

计一日之游，过白马寺、狄仁杰墓、玄奘故居、少林寺四处，收获甚大，在白马寺、少林寺各留影一张。

---

① 《少林寺僧人指登封政府借炒作寺庙发功夫财》，《南方人物周刊》2010 年 1 月 8 日。
② 少林寺：《功德文疏》，公元 2009 年农历十一月十二日。
③ 《少林寺僧人指登封政府借炒作寺庙发功夫财》，《南方人物周刊》2010 年 1 月 8 日。
④ 《少林寺的功夫以及被重新挑起的江湖》，《三联生活周刊》2005 年 2 月 3 日。

下午 4 时 30 分下三皇寨,坐来时旅游车返洛阳,晚 6 时 30 分抵洛阳火车站,在车站餐厅晚餐,食青菜炒肉片一盘,价 10 元。随后在车站周围徘徊,晚 8 时 15 分,在火车站候车室读《唐人绝句》磨时。夜 11 时,上 301 次北京赴宝鸡至孟源下车的过路车,次日晨 5 时,至孟源下车。

2017 年 7 月 30 日

西上华山
（少林寺、华山、西安、延安纪游之三）

上五里关

1994年10月25日，星期二，晴。

凌晨，火车过潼关，晨5时抵孟源，此处距华山入山大门处尚有20里路程。下车在一小餐馆早餐毕，欲坐当地人开机动车抵华山脚登山，却被几个当地车霸强拖上赴华山脚的中巴，车票并不贵，3元一张，但是因乘客坐不满，车主老是不开车。一位军人下车欲走，被车主当胸两拳，吓得不敢离去。当然车霸打人出拳很轻，只是做做样子。一位青年妇女下车欲走，也受到阻拦。该妇女表示是上厕所，车霸则要求其将手提包留在车内，妇女不肯，表示包内有妇女专用卫生用品，你们不让我下车，我就在你们车内解手，车主无奈让妇女离去。却又强拖一位欲上他车的人上其车，而引起了该车车主的抗议，讲哪有这样做生意的，强把别人车上的乘客拖到自己车上？我6时上车，在车内等了整整一个小时，直到7时许，该车霸见车内座位大多坐满，方才发车。我感慨当地政府管理混乱，甚至连最基本的社会公共秩序都无法维护。

晨8时，车抵华山脚，买了点点心充作干粮，开始上山。华山古称西岳，以险著称，而身临华山脚，更感到气势非凡，但见一座千仞高山，直挂于头顶，这与我曾经攀登过的东岳泰山，尚有很大的不同。泰山虽然壮观，号称"五岳"之首，但其上山坡度要较华山平缓得多，景色亦可遥观。而华山之险在于：山道只可仰攀，景色只能仰观。

约上午9时许，攀爬至华山五里关张竣店处寄放行李，只携带水壶与随身干粮上山。之所以要在五里关寄放行李，是由于由五里关再上，山路太陡，基本上是直上直下,游客若非轻装,很难上得了华山。因此上山游客均是将行李寄放于五里关店家,店家亦心平,收取寄放费 2 元,发号码牌一张,待游客下山时对号领取行李。好的是"自古华山一条路",游客下山时不怕迷路找不到店家。

上北峰

由五里关再上,过"回心石",便来到了华山著名险道"千尺幢"前。"回心石"是一块拦于道边的巨岩,其得名据说是缘自旧时登华山者,体弱者凡见该石,即掉头下山,故此得名。

千尺幢是攀华山者所遇到的第一个险段。此处两侧石幢①壁立,两边铁链垂直下挂,陡坡约 70 度,中间仅容二人上下穿行,从上到下共有 370 多个台阶,台阶宽度容不下一足,向上看为一线天,向下看似深井,幢高约 80 余米。在千尺幢顶端,有一个宽度仅容一人的石洞,高达 90 公尺,当游人爬上最后一个石级时,便需从洞中钻出。因此该洞名"天井",又被称作"太华咽",由此再上则为华山的另一险段"百尺峡"。若堵住此洞,上下华山的道路就会断绝。

而根据有关记载,千尺幢至百尺峡间山路的打通始自汉代。此前,登华山之路在华山东侧的黄甫峪,即秦昭王登华山处,此事见古籍《七修类编》所载,其云莲峰之路本无路可通,因有人从北斗坪望见猿猴上下于崖隙间,探奇者循猴径而登,才发现并开辟了此条登山路。② 因此唐杜甫有诗形容由千尺幢上华山之险,称:"车厢入谷无归路,箭括通天有一门。"

由千尺幢上行出天井,便来到了登华山的第二险段"百尺峡"。百尺峡又名"百尺屏"、"百丈崖",其状为两侧山壁欲合,却被飞来的两颗石块从中撑开,人从石头下钻过,有怕石块从两壁间掉下之恐,该石因此得名"惊心石"。百尺峡长 46 米,石阶 91 级,此处石壁峭立,上有悬石,使穿行者心惊,因此明顾端木过此曾有诗形容:

> 幢去峡复来,天险不可瞬。
> 虽云百尺峡,一尺一千仞。

过千尺幢与百尺峡时,我心情甚为紧张,一路上双手紧握铁链不放。因为当

---

① 幢,石柱意。
② (明)郎瑛:《七修类稿》,乾隆四十年刊本。

日天大晴,爬山游客顶足接踵。而我知道 1983 年游客爬华山时,因上山人数太多,曾在这一带发生过"人崩"事故。事情经过是:当年 5 月 1 日游客在过千尺幢时,一位中年游客手抓铁链不稳,被挤跌山阶,摔在后面游客身上,后面游客把握铁链不稳,纷纷下跌,导致 10 余名游客跌落山崖。当时正在登山的第四军医大学学员见状,冒着自身有可能被下跌游客砸落山崖的危险,于百尺峡悬崖边沿手拉手筑起一道 50 余米长的人墙,保护了上千名游客安全通过,紧接着又奋力抢救从崖梯上跌落的十余名负伤游人。[①] 事后,积极救人的四军医大 11 名学员于 1983 年 9 月被国家总政治部、教育部、团中央联合授予"全国新长征突击队"、"全国新长征突击手"等荣誉称号。幸好我当天过千尺幢、百尺峡时,未曾发生危险。

出百尺峡,过"仙人桥",便是登华山的又一险段——"老君犁沟"。老君犁沟状似在陡峭崖壁处犁出的一条深沟,并因此得名。根据当地传说,这里原来没有路,是太上老君牵着青牛,在华山陡壁处犁出了一条小路。而根据华山道家的说法,"老君犁沟"的准确叫法应作"老君离垢",因为这是道教祖师李耳离开尘世的地方,人生过此,也即意味着脱离尘垢,升达仙境。老君犁沟处旧时无路,人们由此处上下华山,均是沿着犁沟两旁的石窝慢慢爬行,因此这一段坡路陡度虽然稍缓,但是通过这一路段的惊险性一点也不亚于过千尺幢与百尺峡,迄今人们仍可见犁沟两旁的石窝。因此当地有谚:"千尺幢,百尺峡,老君犁沟慢慢爬。"约至明清年间,为了方便人们行走,在犁沟处凿出了 570 个石级,两旁支以铁链下垂,人们行走已较为容易。

过"老君犁沟",就登上了海拔 1614 米的华山北峰。由于此处四面悬崖绝壁,峰地甚像平台,因此又名"云台峰"。唐代大诗人李白在登临此处时,曾有诗形容北峰之险:"三峰却立如欲摧,翠崖丹谷高掌开。白帝金精运元气,石作莲花云作台。"华山北峰上的著名景点有真武殿、老君挂犁处、白云仙境石牌坊等处。此处值得一提的是真武殿中所祭奉的神位"真武大帝"。

按照中国道教的一般说法,真武大帝属镇守九州的北方之神,或作道教"北极四圣"之一,由于北方属水,因此真武大帝即中国水神。真武大帝尚有别名,分别为:玄天上帝、玄武大帝、佑圣真君玄天上帝、荡魔天尊、玉虚师相、九天荡魔祖师、无量祖师,真武荡魔大帝、报恩祖师、披发祖师等等。在道教神仙谱中,真武大帝为"玉京尊神"。道经又称之为"镇天真武灵应佑圣帝君",简称"真武帝君"。

① 见《站出来,你就是好样的——华山抢险英雄谈雷锋精神传承》,《光明日报》1983 年 5 月 29 日第 1 版。

而根据文献记载来推断，真武大帝原名"玄武大帝"，龟蛇形象。因为"玄武"一词，原系中国民间传说"二十八宿"中北方七宿的总称，屈原《楚辞·远游》篇中有句："召玄武而奔属"。其注云："玄武谓龟蛇，位在北方，故曰玄，身有鳞甲，故曰武"。其所掌神权大致为以下五个方面：

其一，为司北方之神，此见于《重修纬书集成》卷六《河图》："北方黑帝，神名叶光纪，精为玄武。"《淮南子·天文训》则认为北方之神有三位，分别为颛顼、辰星、玄武。但民众不易分清三者关系，仍统之以玄武为北方之神。

其二，为掌水之神。因为根据阴阳五行说，北方属水，故掌北方之神即为水神。《后汉书·王梁传》曰："玄武，水神之名，司空水土之官也。"《重修纬书集成》卷六《河图》谓："北方七神之宿，实始于斗，镇北方，主风雨。"因雨水为万物生存所必需，故玄武的水神属性，深受人们的信奉。

其三，掌阴阳交感，化生万物。东汉魏伯阳《周易参同契》谓："关关雎鸠，在河之洲，窈窕淑女，君子好逑，雄不独处，雌不孤居，玄武龟蛇，纠盘相扶，以明牝牡，毕竟相胥。"

其四，掌命。龟因其长寿而成为不死的象征，北方玄武七宿中，前六宿（斗、牛、虚、危、室、壁）组成龟形，其中的首宿为斗宿，俗称"南斗"。《星经》曰："南斗云星，主天子寿命，亦宰相爵禄之位。"六宿之后的腾蛇星为蛇形，俗称"北斗"。晋干宝《搜神记》中引用管辂的话说："南斗注生，北斗注死。"①

但此后随着道教在中国的发展，玄武大帝逐渐被赋予了人身形象，庙内供奉的玄武大帝，一般为披发跣足，端坐殿堂，旁边塑有龟、蛇二将与金童、玉女。前者的责任是守护神主，后者的责任则是替真武大帝记录三界中的善恶功过。而根据道经《元始天尊说北方真武妙经》中的说法：玄武大帝原来是净乐国太子，农历三月初三日生。生而神灵，长大后不愿继承王位，入武当山（太和山）修炼24年得正果，白日飞升，玉帝令镇守北方，摄玄武之位，并将太和山易名为武当山，意指非玄武不足以当之。《太上说玄天大圣真武本传神咒妙经注》则谓：真武大帝是太上老君第八十二化身，托生于大罗境上无欲天宫，系净乐国王善胜皇后之子。皇后梦吞日怀孕，历经怀孕14个月所升，长成入武当山修道，历四十二年得以飞升，奉玉皇诏，镇于北方等等。②

---

① 根据道教的说法，北方七宿中，前六宿——斗、牛、虚、危、室、壁，组成龟形。其下为腾蛇星，因称龟蛇合体。其位于北方，属水，色玄，故称玄武。

② （宋）陈伀著：《太上说玄天大圣真武本传神咒妙经注》。

至唐太宗时,始加玄武大帝封号"佑圣玄武灵应真君"。至于"玄武大帝"之名改称"真武大帝",则始自宋代,其原因据说是为了避宋真宗的讳,宋真宗曾用名玄休、玄侃,此说见于《集说诠真》等书。宋真宗改玄武大帝的赐号为"真武灵应真君"。至明代,真武大帝的声威达到了顶点,其原因据说是燕王朱棣发动"靖难之役"时,真武大帝曾显灵相助,因此朱棣登基后,即下诏特封真武大帝为"北极镇天真武玄天上帝",在武当山为之修建八宫、二观、三十六庵堂、七十二岩庙、三十九桥、十二亭等庞大道教建筑群,而使武当山成为中国的道教圣地。而在民间传说中,真武大帝则成为盘古之子、玉帝退位后的第三任天帝,生有炎黄二帝,曾降世为伏羲、中华祖龙等等。而随着真武大帝地位的飞升,道家练功场所的地位也随之飞升,出现了"十大洞天、三十六小洞天、七十二福地"等种种称谓,过往寻常的道观,现成为天崤人间的仙山宝地。

北峰上另有景点焦公石室、仙油贡、神土崖等,皆与道士焦道广的传说有关。根据当地传说:北周武帝宇文邕时,有道士焦旷,字道广,居华山云台峰,餐霞饮露,绝食辟谷,身边有青鸟三只,常向其告知未来之事。周武帝闻名,便亲自登山庭请教,并下令在焦旷居处长春石室前建宫供用。建宫时,峰上无土,缺少灯油,焦旷默祷,便有土自山崖下源源涌出,油缸里的油也隔夜自满,取用不竭。人们便把涌土之处称"神土崖",把放油缸之处称"仙油贡"。而征之文献资料,历史上真实的焦旷,当为魏晋南北朝时期活跃于中国西北地区的道教流派"楼观道"的传人之一。该教派兴起于陕西周至县终南山麓,以楼观台(位于秦岭山脉终南山北麓中部的山前台原,古称石楼山)为传道根据地,以周代函谷关令尹喜为开创人,结草为楼,观星望气(因名"楼观"),逐渐向周边地区传播。其所尊经典有《道德经》、《南华真经》、《太平经》、《关尹子》等等,学旨主要为阐述老子学说,从中引申出炼形之术和长生之说。焦旷当属楼观道的第十九代传人,曾向道士王延(字子元)传授《三洞秘诀真经》。[①] 但因为其久居华山云台观修道,便逐渐被后人传说为华山仙班系列。

而讲到登华山北峰,不能不提一下新中国成立前夕,中国人民解放军智取华山的历史。

1949年2月至3月,中国人民解放军第一野战军发动春季攻势,相继解放了陕西东府渭河以北的广大地区。当时国民党胡宗南军第八区专员兼保安司令韩子佩率领国民党保安第六旅四百余残兵逃上华山,他们在千尺幢"天井"口加

---

① 见《百度词条·楼观道·十九》。

盖了一块铁盖,欲断绝解放军的上山路径,固守华山。当时解放军总队侦察参谋刘吉尧奉命率侦察小分队上山摸清敌情。刘吉尧在当地药农王银生的向导下,打破"华山自古一条路"的传说,于 1949 年 6 月 13 日夜间,率领侦察班战士孟俊甫、路德才、杨建东、杨党成、崔朝山、张自发连同王银生共 8 人,自华山东侧的黄甫峪小道(当年秦昭王登华山道)攀上"天井",又经"飞云峡"、"吊石板"、"青龙背"、"老虎口"、量掌山五道险关攀上华山北峰,于次日凌晨 1 时自上而下对守敌发起突袭,并占领整个华山北峰,为 6 月 16 日解放军大队增援北峰、占领整个华山并活捉国民党军保安第六旅旅长兼国民党第八区专员——韩子佩创造了条件。战后,刘吉尧曾光荣出席全国英模代表大会,并被授予"全国特等战斗英雄"荣誉称号。智取华山的英雄事迹并于 1953 年被北京电影制片厂摄制成故事片《智取华山》,在中国民众中广为传颂。现今在华山北峰真武殿前百米处,建有六角山花岗岩圆雕石亭一座,亭中竖有解放华山纪念碑,以纪念这一革命英雄主义的历史事件。

上中峰

我于中午 11 时 30 分登上北峰顶,稍事停留,12 时下北峰,北向取道中峰前往华山南峰。而由北峰往中峰,需要爬经的重要险道有"擦耳崖"与"上天梯"。

擦耳崖是从北峰步"上天梯"的必经险道。这里西傍悬崖绝壁,东临万丈深渊,旧时山道极窄,仅容得下一足,游人过此,须腹贴崖壁,手扣石窝,重心内倾,以耳擦崖方得通过,因此得名"擦耳崖"。明代文学大家袁宏道过此曾赋诗道:"逋客时时属耳垣,倚天翠壁亦可言。欲知危径欹危甚,看我青苔一面痕。"由于现今山路已拓宽,并加外侧山道护栏,游人过此,已不必与山崖贴面擦耳了。擦耳崖多古人留下的摩崖石刻,是天然书法长廊。

过"擦耳崖",便是"上天梯"了。这是攀爬华山时最令人胆战心惊的一段山道。山道高 10 余米,与地面呈 90 度直角,中上部向外突出,呈倒坎之势。由道顶上置悬挂钢索三条,游人欲上,须力挽钢索而攀,因山道外凸,身体无法贴近崖壁,只能随索摆动,令上攀者心惊肉跳,而在下仰观者,亦同样有此感觉。因此上天梯又得名"云梯"。上天梯旁现已置金属人工楼梯复道,供人上下,游客不必再冒险攀爬云梯。但我当年过此山道,则完全是依靠体力爬上去的。

爬过上天梯,即登上了日月崖。由此前行过苍龙岭、五云峰、金锁关,便来到了华山中峰。这段山路值得一提之处是:在苍龙岭上端的摩崖石刻上,刻有"韩退之投书处"五个大字。苍龙岭是一条刃形山脊,呈青黑色,长约百余米,上下高差约 500 米。宽不足三尺，中凸旁收。古时这一段险道两侧并无护栏，过者只能手扶石窝缓攀，自然心惊。根据当地传说：当年韩愈过此，吓得两腿发软，坐在岭上大哭，给家人写下别书，后被华阴县令派人抬下。而我则怀疑这一传说的真实性，因为当年我在攀爬黄山天独峰时，亦曾听说过这一传闻，只是救韩愈者被替换成了韩愈仆人。由于同一传说我曾在两地听说过，因此不能不疑。

华山中峰海拔 2037.8 米，因其居华山东峰、西峰与南峰三峰的中央而得名。峰上林木葱郁，以峰顶有道观"玉女祠"而知名。玉女祠据传为春秋时期秦穆公女弄玉的修身之地，祠内原供玉女石像一尊，另有龙床、凤冠、霞帔等物，均毁于"文革"的政治动乱之中。今祠中的玉女塑像为 1983 年重塑。峰上的大多景观都与《萧史弄玉》的中国民间传说有关，如玉女崖、玉女洞、玉女石马、玉女洗头盘等等。该民间传说又名《吹箫引凤》，其大致情节为：

春秋时期秦穆公有女名弄玉，美貌而好音律，善吹笙，声如凤鸣。秦穆公于是在宫内筑"凤台"让其居住。一日，穆公想为女择婿，派人寻访，条件是善吹箫。最终秦臣孟明在华山寻找到萧史其人，载而同归。穆公让萧史吹箫，第一曲清风徐来；第二曲彩云四合；第三曲白鹤成对翔来，孔雀栖集于林，百鸟和鸣。穆公大喜，遂将女儿嫁与。萧史、弄玉成亲后，夫妇生活和睦。一日，萧史于月下在凤台教弄玉吹箫《来凤之曲》，有紫凤飞来聚于凤台之左，有赤龙飞来盘踞凤台之右。萧史于是对弄玉说："我本是天上神仙，上帝命我主管华山，因与你有缘，故以箫声作和，今时日已满，龙凤来迎，不能久住人间，当离去。"于是，萧史乘龙，弄玉乘凤，自凤台翔云而去。当晚，人们于华山之巅听到了凤鸣之声。为纪念萧史弄玉，后人便在华山中峰上修建了玉女祠。

关于这一段民间传说，古人在诗词中多有吟咏，其中最有名的是李白的词作《忆秦娥》与乐府诗《凤台曲》。其《凤台曲》云："尝闻秦帝女，传得凤凰声。是日逢仙子，当时别有情。人吹彩箫去，天借绿云迎。曲在身不返，空馀弄玉名。"由于《萧史弄玉》民间传说的知名，甚至也改变了中峰的地位。因为从地理学角度来看，中峰仅为东峰的支峰，旧名"玉女峰"，古人原称的"华山三峰"，并不包含中峰，可能是由于"吹箫引凤"典故的知名，玉女峰才逐渐被叫作了"中峰"。

上南峰

下午 1 时半，我下中峰，过"南天门"与"长空栈道"，前往华山南峰。

南天门位于南峰东侧，呈石峡状，其上建有道观文昌阁。

峡东有坪,约 10 米见方,三面临崖,周围建有护栏,称"升表台",亦称"聚仙台",据传此台为轩辕黄帝会群仙处。因此每年春夏之交,常有信众焚黄表纸以祭天神,而引来燕子无数叼衔,成为华山一景。

升表台另有别名"空灵峰",关于此峰,有一个著名的民间传说,叫《观棋烂柯》。传说讲得是华阴某村庄有一樵夫名王柯,一日上山砍柴至空灵峰,见几个人围坐在一起下棋。王柯好棋,便立旁观战,但见周围树林一会儿落叶,一会儿变绿。等到他想回家去拿担挑时,已寻找不到,仅见一个生了厚锈的斧头,斧柄也早已烂掉。待其回到村里,已无人相识,连自己的子女,亦无人知晓。王柯无奈,只好重返华山修道,后亦成仙。因此人们便称王柯原住的村庄为"王道村"。不过我怀疑这一则传说原产地是浙江烂柯山(又名石室山、石桥山),其抄袭了当地《王质观棋》的传说。理由有三点:一是故事情节雷同,甚至故事主人翁亦同姓,前者名王柯,后者名王质;其二是华山险陡,海拔达 2000 余米,非樵夫随便能上得了山的,而烂柯山海拔仅 164 米,是适宜樵夫砍柴的场所;其三是《王质观棋》的传说见载于北魏郦道元著《水经注》中,另见载于梁代任昉所著《述异记》中,所述甚详,其谓:"信安郡石室山。晋时王质伐木至,见童子棋而歌,质因听之。童子与一物与质,如枣核,质含之不觉饥,俄顷童子谓曰:'何不去?'持起视,斧柯烂尽,既归,无复时人。"[①]烂柯山并由此得名。而流传于华山的《观棋烂柯》故事则不知所本。因此,不论是从故事逻辑来看,还是从文献依据来看,在华山流传的"观棋烂柯"故事都只能视作附会之说。

长空栈道位于南峰东侧南天门外的山腰间,全长约百余米,通达"全真岩"下的贺老石室,[②]是一处险极了的山景。其下临绝壁,依附悬崖孔隙搭建出宽不盈尺的方木栈道,在栈道之上则悬以铁索,以便人手拉铁索沿栈道缓行。游人过此,必须面壁收腹,屏气而行,因此被誉为"华山第一天险"。当地人更有"小心九厘三分,要寻尸首,洛南商州"之说。因为上千尺幢、百尺峡虽险,尚有铁链可援,两侧尚有石壁可依。而身临此处,则完全是在凌空行走。由于此道惊险,非胆小之人敢行,因此石崖上多刻"悬崖勒马"之类的警语。我当年过此道,全凭手拉脚踩,颇有玩命的感觉。而现今人过此道,已出租保险带(30 元一人),可放心通过。根据有关记载,长空栈道是元代道士、华山派第一代宗师元代贺志真为在全

---

① (南朝·梁)任昉:《述异记》。

② 全真岩是华山松桧峰顶向南悬空伸出的一块巨大岩石,岩腹间有贺老石室,据传是元初全真派道士贺志真开辟的修身之地。

真岩上避世清修,而叫人修建的。人行至此,不能不感佩古代道家精神的执著。

我下午2时许攀至南峰顶,由中峰至南峰这一段山路虽险,但却不算长。南峰海拔2154.9米,是华山的最高峰,登上南峰绝顶,峰南可见千丈绝壁,并可远眺黄河、渭水如带及关中平原景象。由于南峰的高绝,古往今来,颇吸引文人墨客临此吟哦。宋名相寇准登此曾有诗:"只有天在上,更无山与齐。举头红日近,俯首白云低。"登华山南峰,还可见一"搞笑"之处,即峰头被人竖了一块"华山论剑"的石碑。其原因大概是金庸老先生的武侠小说《射雕英雄传》太出名,华山管理处便立了这样一块石头,来取悦青少年中的"金庸武侠迷"。

南峰具体是由一峰二岭组成的,西侧的岭叫"落雁峰",其得名的原因,据说是南归的大雁常落此歇息。现岭上有仰天池、黑龙潭、迎客松等自然景观。仰天池为一天然石凹,宽不盈尺,长约米许,其特点是"旱而不涸,涝而不溢",一年四时与日月同在,因此传说太上老君常用此水炼制金丹。黑龙潭约一平米见方,亦常年积水。其特点是水色变化无常,有时潭水呈黑色如墨,有时又清澈见底,因此成为华山一奇。人们传说是:"龙在则水黑,龙去则水清。"

东侧的岭叫"松桧峰",以山上多松桧而得名。其峰顶稍低于落雁峰,面积却大于落雁峰。峰上旧时建有白帝祠,又名金天宫,系华山神金天氏少昊的庙,因庙内主殿屋顶覆以铁瓦,亦名"铁瓦殿"。根据有关记载:

白帝名少降,亦作少昊、少暤、少皓、少颢,号金天氏,是五岳中主管华山的神。根据中国古代传说,少昊是黄帝长子,亦称青阳氏、青天氏、穷桑氏、云阳氏,或称朱宣,被后世尊为"大华夏显宗康皇帝"或"白帝"。一说少昊己姓或嬴姓,名挚,是东夷族首领,建都于今山东曲阜,因其能继承太昊伏羲氏的德行,故称少昊或小昊。少昊事迹不载于《史记》,但见载于晋皇甫谧的《帝王世纪》,将其与高阳、高辛、陶唐、虞舜并列为五帝,且为五帝之首。山东曲阜现存少昊陵,因呈金字塔状,而被人们称作"东方金字塔"。春秋时郯子国尊少昊为高祖。[①] 在中国古代神话中,少昊是主管西方的天神,《山海经》谓:"少昊属金,在西方。"其母是天山仙女皇娥,常在天上织布,力竭时到西海滨的一棵大桑树下休憩,并于树下结识了太白金星,而生少昊,少昊因此又称"穷桑氏"。北魏太武帝始光年间(424—428年)始为少昊在华山主峰立祠,后堙。唐玄宗时封之为"金天王",元世祖时封为"金天大利顺圣帝","金天宫"的名称由此而来。金天宫始建于明代,后经清代、民国修葺,规模颇大,可惜毁于"文革"间1967年的纵火,在我去时仅

---

① 见《春秋》。

余断瓦残院。现在的金天宫是 2014 年重新建成的。

　　站在华山南峰之巅朝东北向望,可以俯视华山的东峰。东峰是华山的次高峰,海拔 2096.2 米,多巨桧乔松,峰顶有一平台,称"朝阳台",是在华山观日出的最佳位置,东峰也因此被称之为"朝阳峰"。朝阳台北有杨公塔,为杨虎城将军所建,塔上有杨将军题字"万象森罗"。峰上有道观八景宫,1953 年毁于火,现址为东峰宾馆所在地,是一栋两层高的木石楼阁。

　　东峰上清虚洞前有一孤峰,通过一段倒坎于悬崖之上被称之为"鹞子翻身"的险径可达。峰上有铁瓦亭一座、铁棋一枰。根据中国民间传说,宋太祖赵匡胤曾于此亭中与道士陈抟老祖下棋,宋太祖棋败,将整座华山输给了陈抟,因此该亭又名"赌棋亭"。而在赌棋亭附近还有一处险景也与陈抟的事迹相关,叫"避诏崖",位于南天门西北。其状为东西两岩相对,中有沟壑,东岩前倾悬空,岩腹凿有约 3 米见方石洞,洞口架独木为桥与西岩相通,抽去独木则人无法入洞。洞口镌有"避诏崖"三字,传为陈抟手书。而根据古籍《华岳集》所记,此洞初为北周道士焦道广隐居处,[①]此后陈抟不愿做官,居此洞中躲避宋太宗的多次派使者征召,并答以"一片野心皆被白云留住,九重龙诏休教丹凤衔来"。从此此崖更名"避诏崖"。

　　而根据真实的历史记载:陈抟(871—989 年),字图南,号扶摇子,亳州真源(今亳州市谯城区十八里镇陈庄村)人,北宋道学家,从事《易》学研究,著有《麻衣道者正易心法注》、《太极阴阳说》、《太极图》、《先天方圆图》等传世。陈抟青年时曾应五代后唐进士考不中,后隐居华山云台观。后周显德三年(956 年),曾受周世宗柴荣召见,任命"谏议大夫"不仕,赐"白云先生";北宋雍熙元年(984 年),受宋太宗召见,赐号"希夷先生"称号。陈抟显然是当时的中国社会名人,至于后来被道教尊为神仙家"陈抟老祖"及宋太祖输之于华山,则当属人们的饭后茶余之谈。

上西峰,过毛女宫

　　下午 2 时 15 分,我下南峰,取道"青龙背"(亦称"屈岭"、"小苍龙岭")前往华山西峰。

　　西峰海拔 2082.6 米,因居华山西端而得名。其状宛如一块突凸蓝天的巨石,因峰顶有岩石状似莲花瓣,又被称作"莲花峰"或"芙蓉峰"。明徐霞客过此

---

① 《华岳全集》,明华阴县知县李时芳撰。

谓:"峰上石耸起,有石片覆其上,如荷花。"①唐李太白有诗称:"西上莲花峰,素手摘星辰。"鉴于黄山上也有莲花峰,我初登黄山时,以为李白的这首诗是登黄山之作,只是在登上华山莲花峰,当我亲眼目睹关中平原空阔、黄河与渭水泾川如带的壮观景象后,才深感李白这首诗写的是登华山西峰之作。

西峰上有道观名"翠云宫",亦称西峰大殿,原供奉"斗姆元君"像。斗姆元君,简称"斗姆",又作"斗姥"。道经释作"北斗众星之母",实寓万物之母的含意。《云笈七签》谓:"夫九星者,是九天之灵根,日月之明梁,万品之宗渊也。"道观中供奉的斗姆元君像,一般为三目、四首、八臂,其诞辰为农历九月初九日。翠云宫前有一石洞名"莲花洞",因洞上石瓣如莲花而得名,并被誉为"天下第一洞房"。因为根据当地传说,该洞为秦穆公女儿弄玉公主与吹箫人萧史的点烛成婚之处。而中国民俗新婚之夜称"入洞房"之说,据说也是因此而起。翠云宫后有六角石塔一座,名"杨公塔",据记载是杨虎城将军1931年秋陪其母登华山时所建,塔上有"如此方为岳"等题字。

华山西峰又是中国古代民间传说中《沉香劈山救母》与《巨灵分山》故事的策源地,其依据是西峰上现存"斧劈石"与"巨灵足"的大自然奇景。翠云宫西有一天然巨石,中间开裂,状似斧劈,而被称作"斧劈石"。石旁置铁斧一把,上铸"仙家宝斧,七尺有五,赐于沉香,劈山救母"。相传这是沉香劈山救母时所遗。

西峰屈岭西南侧崖畔有一天然石臼,状若人足,被称作"巨灵足"。明王履在《始入华山至西峰记》中记述道:"冈稍南,大迹一冈上,深可三寸,长四尺余,旁镌'巨灵足'三字。"而这一奇岩又联结着华山的另一神话传说《巨灵分山》。传说大意是:太古时代,首阳山(位今山西省永济市,属中条山脉)与华山是连在一起的,黄河之水流到此处被挡,在华山下的华阴、潼关等地,形成了一个大湖,人民频受水灾之患。为拯救人类,黄河河神"巨灵"右手推首阳山,左手推华山,在两山之间分开了一条峡谷,黄河水便由此东流向海,而中原大地也因此在黄河南拐角处,分作陕西、山西、河南三地。而黄河河神巨灵在分山过程中,因用力过猛,在华山上留下了一个足迹。这一神话传说具有丰富的想象力,它体现了中国古代民众依靠人的意志改造自然的精神。而此处所提到的巨灵,亦即后来明神话小说《西游记》中"巨灵神"的原形。

华山西峰风景壮美,由南峰上西峰,路也相对易行,主要是走长300余米的山脊路。但是登华山西峰却留给了我极坏的印象。这是因为山上的工作人员不

---

① (明)徐霞客:《游太华山日记》。

讲信用。西峰有一处景观,借用人工背景照相似脚跨山崖。我当时留影一张,钱款付讫,但因下山匆忙,未及取收据,仅是口头关照了一声。而西峰的工作人员却始终未能把照片寄给我。

西峰登顶后,时间已是不早,我必须在下午6时半前赶至华山火车站,才能买到当晚18时50分发往西安方向的203次过路班车票。我于是沿着来时的山道急行下山,返中峰时留影一张,下午4时抵"毛女祠",少歇,吃甘薯一个、面条一碗充饥。

毛女祠,又名"毛女宫"、"毛女洞",属华山上的众多道观之一。毛女洞原在华山主峰西北毛女峰上,传说是毛女栖身处,洞中常有鼓琴之声传出,洞上有"拜斗坪",据说是毛女于夜深人静时朝拜北斗的地方。但因山道险阻,久无人去,毛女洞为荆草所塞。人们于是在峰脚一天然石龛,供毛女彩绘坐像一尊祭拜,并因龛建庙,称"毛女洞下院",久之则直呼下院为毛女洞。毛女洞下院原建筑毁于"文革"中的"破四旧",今舍为1987年重建,仍充道观之用。

根据当地传说:毛女,字玉姜,原秦始皇宫中女,为避骊山殉葬之难,负琴与宫中役夫相携逃入华山,遇华山道士谷春,教饥食松子,渴饮清泉,致使体生绿毛,行步如飞。至西汉年间,毛女年龄已170余岁,山中猎户与游人尚多见之。此事见汉刘向《列仙传》所记,其谓:"婉娈玉姜,与时遁逸。真人授方,餐松秀实。因败获成,延命深吉。得意岩岫,寄欢琴瑟。"又传唐大中年间,有游人陶太白、尹子虚在华山见到过毛女及其丈夫,并一同饮酒和诗。毛女吟诗为:"谁知古是与今非,闲蹑青霞和翠微。箫管秦楼应寂寂,彩云空惹薜萝衣。"①而此后亦颇多文人诵毛女诗者传世。宋初道士陈抟有《咏毛女》诗谓:"曾折松枝为宝节,又编栗叶作罗襦。有时问著秦宫事,笑捻仙花望太虚。"苏轼有诗《题毛女真》谓:"雾鬓风鬟木叶衣,山川良是昔人非。只应闲过商颜老,独自吹箫月下归。"其诗注云:"毛女者,字玉姜,在华阴山中,猎师世世见之。形体生毛,自言秦始皇宫人也,秦坏,流亡入山避难,遇道士谷春,教食松叶,遂不饥寒,身轻如飞,百七十余年。所居岩中有鼓琴声云。婉娈玉姜,与时遁逸。真人授方,餐松秀实。因败获成,延命深吉。得意岩岫,寄欢琴瑟。《列仙传》毛女。"②清代又有文人颜光敏对毛女

---

① 此诗现归录于唐人绝句中,作者无名氏。注云:"作者:芙蓉古丈夫毛女古丈夫者,秦时骊山役夫;毛女,秦宫女殉葬骊山者。并以计得脱,入山,食木实,日久毛发绀绿,能凌虚而翔。大中初,有陶太白、尹子虚者,采药入芙蓉峰,遇之。"
② 《东坡诗词编注》(五十一)。

遭遇深表同情,其赋诗谓:"人传毛女峰,时闻毛女琴。欲写秦宫怨,空出多从音"。[1] 而个人认为:毛女原形历史上当真有其人,为秦始皇宫中宫女,为逃避殉葬命运,躲入华山,日久无衣,而身生绿毛,其遭遇如同当代之白毛女,只是后来被神化成了"不知饥寒"的仙女。

别毛女宫下山,下午 4 时 30 分抵五里关张竣店取寄存背包,约下午 5 时抵华山脚。一路所见,均是对面山谷在炸山开路,据说是要修建上山的索道。看到这些壮观的华山自然景观被破坏,我痛心不已。因为中国只有一座华山,而被毁灭的东西是不能再生的。华山的特点是险,并不是所有的人都能上得了华山,这是客观事实。但是华山却是一座能培养青年人勇气的山,华山自古不少攀爬者,连以前皇帝祭山都是靠两条腿走上去的,国家应该保护好这样一座山,而不应该出自赚钱目的,变其为人人都可上去观赏的公共花园。当然我知道我的想法无助于华山命运的改变。

约下午 5 时抵华山脚,在华山镇搭机动机车至华山火车站,买到 203 次 18 时 50 分发往西安的直快客车票。晚 9 时火车抵西安站,又花 25 元打的至陕西师范大学"全国第六届两岸关系和国共关系及第二届中国国民党史学术研讨会"接待处报到,时为晚间 9 时 30 分,至招待所安息。由于招待所无沐浴用水,用热水擦身后,上床歇息,并反思一日登山所得。

我认为华山是一座与中华民族历史文化有着密切联系的山,在某种意义上甚至可以说成是中华民族的"圣山",因此应该很好地加以保护。在此仅对华山的历史文化稍加回顾。

华山位于陕西渭南华阴市,南接秦岭,北瞰黄、渭,自古以来就以奇险享誉天下,被尊为"西岳"。华山之名,始见于《尚书·禹贡》篇,谓大禹治水时,"导河至于华阴。"此句意中,"华"即指华山。而根据中国古汉语习惯,"阴"指山北,"阳"指山南。全句意为:大禹治水时,曾将黄河之水疏导主至华山之北。中国古时又称华山作"太华山",此见于古籍《山海经》:"太华之山,削成而四方,高五千仞,广十里,远而望之,若华然,故曰华山。"而在古汉语中,"太"又作"泰",与"大"字同意,"大"意未尽,亦作太。此见于《白虎通·五行》:"太亦大也。"《易·系辞》谓:"易有太极",其注云:"大极者。"而《广雅·释诂一》谓:"太,大也。"段玉裁注云:"后世还言,而以为形容未尽,则作太。如大宰俗作太宰,大子俗作太子,周大王俗作太王是也。"而在古汉语中,"华"与花同意。《白虎通》谓:"西方华山,少阳

---

① (清)颜光敏:《登太华山·毛女洞》。颜氏为康熙六年进士。

用事,万物生华也。"此处"万物生华"即万物生花意。而通俗地解释:"太华山"即
大花山意。而古人之所以"华"(花)命名华山,是因为华山壮美,其西峰上有石耸
起,"有石片覆其上,如荷花。"①因此华山三峰中,自古便有"芙蓉峰"或"莲花峰"
之称,如《水经注》云:"华岳有三峰按《胜览》云:华岳三峰:芙蓉、明星、玉女是
也。"而这一含义引申开来,"华山"之名也就由此而生。

　　以上所述,是华山之得名原因。而据近人章太炎先生(1869—1936 年)考
证,华山之名之所以重要,是因为它与中华民族的得名息息相关,因此华山堪称
是中华民族的圣山。章氏的持论为:"我国民族旧居(禹划九州中)雍梁二州之
地,东南华阴,东北华阳,就华山以定限,其后人迹所至,遍及九州,华之名始
广。"②章氏这一段话大意是说:华夏民族最初形成并居住于华山周围地区,故称
其国土为华,其后遍及九州,中华之名始广,因此中华之"华",源于华山,华山实
为"华夏之根"。章氏这一考证成果曾得中国革命先行者孙中山先生的借鉴,将
推翻清政府后建立的国家政权,命名为"中华民国"。③ 中国近代名人鲁迅先生
也指出:"至于今,唯我们的'中华民国'之称,尚系发源于先生的《中华民国解》,
为巨大的纪念而已。"④

　　而章氏的这一立论,也受到了中国当代考古成果的支持。考古学家徐旭生
(1888—1976 年)指出:"华夏集团发祥于今陕西省的黄土原上,在有史以前已经
渐渐地顺着黄河两岸散布于中国的北方及中部的一部分地方。"⑤考古学家苏秉
琦(1909—1997 年)指出:中华民族正是以华山脚下的仰韶文化的玫瑰花作为自
己的民族图腾而得名。⑥ 他具体解说到:"源于陕西关中西部的仰韶文化,约当
距今六千年前分化出一个支系(宝鸡北首岭上层为代表),在华山脚下形成以成
熟型的双唇小口尖底瓶与玫瑰花枝图案彩陶组合为基本特征的'庙底沟类型',
这是中华远古文化中以较发达的原始农业为基础的、最具中华民族文化特色的
'火花'(花朵),其影响面最广、最为深远,大致波及中国远古时代所谓'中国'全
境,从某种意义上讲,影响了当时中华历史的全过程。"⑦苏氏持论的大旨是认
为:以"玫瑰花"为标志的仰韶文化,同起源于燕山北侧大凌河流域以"龙"为徽

---

① (明)徐霞客:《游太华山日记》。
② 章太炎:《中华民国解》,1907 年 7 月 5 日在《民报》第十五号。
③ 鲁迅:《关于太炎先生二三事》(1936 年)。
④ 鲁迅:《关于太炎先生二三事》(1936 年)。
⑤ 徐旭生:《中国古史的传说时代》。
⑥ 苏秉琦:《中国文明起源新探》。
⑦ 苏秉琦:《谈"晋文化"考古》。

的北方红山文化,在桑干河上游相遇,相互影响,派生出新的文明火花,拉开了中华文明 5000 年的帷幕,这正是以华为名、以龙为徽的华夏民族共同体的前身。而据历代学者考证,古代华夏文明主要聚集于以华山为中心的方圆 500 公里范围内,这见证了古代华山文明在中华文明发展史上的重要地位。

由于华山在中华文明发展史上的重要地位,古代历朝都把华山作为中华文化的圣山来加以祭祀。据《尚书》、《资治通鉴》等书记载:远古时"唐尧四巡西岳"、"舜三巡西岳"。《尚书·舜典》又载:(舜)"八月西巡狩,至于西岳。"而至先秦时,秦昭王始命工匠施钩搭梯攀上华山以祭。当时走的是黄甫峪路径,即新中国成立前夕,解放军智取华山的小道,也即 1996 年当地政府开通登山缆车线路直达北峰的路线。

至秦始皇统一中国后,首祭华山。汉武帝始敕修西岳庙前身集灵宫,其地点位于今华山山脚、陕西华阴市区东约 1.5 公里的岳镇东端之西岳庙所在地。唐初,高祖李渊特命次子李世民东征以祭华山。而自汉唐以来,对华山神封号递增,其中以唐玄宗封华山神少昊为"金天王"为最高。此后,宋、元、明、清历朝皇帝祭华山不断,但因上华山太险,祭山大典基本上都集中于华山下的西岳庙举行。

但有趣的是:随着华山知名度的提升,道观、道舍在华山却越修越高。据有关记载:因华山险峻,唐以前绝少有人攀援。随着道教在唐代的发展,开始把华山作为"第四洞天"来尊崇,并沿着现今"华山一条路"的道径,把道观、道舍递次上修,而许多建筑都建在华山最高最险之处。据统计:华山现存 72 个半悬空洞,道观 20 余座,其中玉泉院、东道院、镇岳宫已被列为全国重点道教宫观。[1] 在这一道观登高的过程中,派生出三大后果:一是产生了一批著名的道士,如宋之陈抟、金之郝大通(1140—1212 年,华山派道教创立者)、元之贺元希等等;二是孕育了华山道教文化,如"巨灵擘山"、"劈山救母"、"吹箫引凤"、"博台胜棋"等起始于华山道教的民间传说,曾对中国文化史产生了一定的影响;三是丰富了中国旅游文化资源,据统计:中国自隋唐以来,以李白、杜甫为代表的文人墨客诵咏华山的诗歌、碑记、游记等不下 1200 余篇,摩崖石刻多达千余处,[2]其结集者有宋欧阳修《华岳题名跋》、清毕沅《关中金石记》等。而我们今人之所以能登上华山旅游,也应该感谢古代道教信徒沿着"华山一条路"修筑道教

---

① 数据参《百度词条·华山》。
② 数据参《百度词条·华山》。

观舍过程中,替后人开辟的这一条登山路线。概而言之,古代道教徒沿着"华山一条路"将观、舍愈建愈高的过程中,也体现了人按照自己的主观意志改造自然的过程。强调这一点是因为:人是自然的产物,但是他一旦成长为人,也就会按照自己的主观意志来改造自然。中国古代道家大致认为:人修身养性处离天越近,也就越容易修道登仙。出自这一朴素的愿望,他们远离尘世,在深山老林中炼丹修道,尽管他们追求长生不死的意愿终未实现,中国的中医药学及原始的化学业却被他们创造出来了,对此,我们不能不感谢古代道家对中国传统医药事业发展所做出的开创性贡献。

综上所述,我认为:既然华山自古以来被视作中华民族的圣山,那么作为中华后人,我们应该爱护与保护好这座山,凡是炸山修索道的行为、靠山赚钱、任车霸横行在山下敲诈游客的行为,都应该努力改变。现在上山索道既已修起,那么我们起码应该管理好这一座山。

我为我年青时代曾靠两条腿爬上过华山而感到自豪。而自我上山之后,又不知道有多少人上了华山。但我可以断定的是:其中的绝大多数人是靠坐缆车上的华山。他们当然能在缆车上欣赏华山那"一览众山小"的雄伟气魄,但毕竟少了真实的登山感受。

下华山时曾买了一本古人咏华山的诗集,可惜旅途遗失。仅附登山时所作《七律·登华山》诗一首,以留作人生的纪念。

七律　登华山(1994.10.25)

华山高矗万峰巅,落日云桥侵紫烟。

石幢天梯不胜险,高峡深壑涧流涓。

樵夫担重吆歌远,毛女宫幽管乐传。

李杜登临神韵在,道家留客时年迁。

2017 年 9 月 9 日

登大雁塔
（少林寺、华山、西安、延安纪游之四）

1994 年 10 月 26 日，星期三，晴。

清晨早起，沿陕西师大周边小路慢跑晨练。早餐时被会务组老师催促，要求我速订返程车票。显然是会务组起初已到我住处寻人不见，方有早餐时订票之催。上午 9 时，"全国第六届两岸关系和国共关系及第二届中国国民党史学术研讨会"在陕西师范大学开幕。会议开得十分隆重，省电视台前来拍照，并在新闻节目中做专题报道。

下午，会务组老师、陕师大教授王国安先生首先发言，谈访台归来观感。王先生一腿有残疾，因此不久前以"残疾人座谈会"名义得以赴台湾访问。王先生发言大意为：因两岸分离已达四十余年之久，台湾本土意识逐渐增强，视 1949 年随蒋介石赴台湾的一批原大陆籍人士为外来人口而加以排斥，台独势力日涨。而在台湾真正主张两岸统一的人士均原由大陆迁至台湾的人，但是随着这批人的高龄，对台湾的政治影响力越来越弱，因此台湾问题的解决宜早不易晚。王先生发言之后，为各地与会代表发言。

次日，周四，阴有小雨。

晨 8 时，坐 27 路公交车赴大雁塔游览。大雁塔位于今西安市南雁塔区的大慈恩寺内，唐时属长安城晋昌坊，又名"慈恩寺塔"。9 时 30 分，登塔至顶，见日本游客甚多。而大雁塔之所以多日本游客，是由于该塔初由唐代名僧玄奘法师亲自设计建筑的。玄奘的佛学思想曾对日本佛教界产生过深刻的影响，日本庙宇迄今保存着玄奘法师的部分舍利子，因此大雁塔上多追寻玄奘法师足迹的日本崇拜者。

根据有关记载，大雁塔的修建，缘自唐代大慈恩寺的修建，其基本过程是：北魏道武帝年间，曾在长安城南建净觉寺，后废。至隋文帝时，又在净觉寺旧址建无漏寺,又废。唐贞观二十二年(648 年),太子李治为追念生母文德皇后(长孙氏)功德,祈求冥福,以报母恩,奏请太宗在无漏寺旧址敕建新寺。贞观二十三年(649 年)新寺落成,唐太宗赐名"大慈恩寺"。时值玄奘法师(602—664 年)自印度取经归国未久(玄奘 645 年自印度取经归国),便被委任为该寺的首任住持。

玄奘在主持大慈恩寺期间,有两大建树:一是带领弟子译出佛经多种,并在译经之余,口授弟子辩机执笔完成了名著《大唐西域记》一书的写作,该书全面记载了他游学西域 110 余国之所见,迄今仍是研究古代中亚与南亚历史的最重要史料。二是创立了中国佛教大乘法相宗。法相宗是中国佛学流派中较重哲理的一派,其与禅宗之别在于:禅宗的立足点在于"佛性",而法相宗的立足点则在于"佛法",亦即法相宗是研究佛法理论与实践的佛教宗派。法相宗所称的"法",是指狭义上的"佛法",亦称"佛门"或"法门";法相宗所称的"相",是指狭义上的"佛法"存在形式(实践),具体含"法"的源流、变迁、程式、结构、体制等等,"法相宗"并因此得名。根据法相宗的基本观点:通过对佛法理论("法")与佛法实践("相")的研究而得"我"("性"),据此强调无心外独立之境。因此法相宗又称"唯识宗"。由于玄奘是在主持大慈恩寺期间创立法相宗的,因此法相宗又称"慈恩宗"。慈恩寺也因此成为法相宗的祖庭和中国大乘佛教的圣地。唐显庆元年(656 年),唐高宗特此御书《大慈恩寺碑记》,这块古碑至今仍保存在慈恩寺院内。

鉴于玄奘法师于唐贞观十九年(645 年)自印度归国时,携带有珍贵的贝多罗树叶梵文经 657 部、金银佛像八尊以及 150 枚肉舍利和一函骨舍利。[①] 时至唐永徽三年(652 年),玄奘法师已年届五旬,自知时日不会永久,"恐人代不常,经本散失,兼防火难",希妥善安置携带回国的佛之经、像与舍利,遂于当年三月附图表上奏,要求在慈恩寺正门外造石塔一座。玄奘所规划之"浮屠"(佛塔)总高三十丈,唐高宗以工程浩大难以成就、不愿法师辛劳为由,恩准朝廷资助在寺西院建五层砖塔。该塔由玄奘法师亲自督建,历时两年完成,初名"慈恩寺塔"。据记载该塔系仿印度"窣堵坡"(中译坟冢)形制而建,砖面土心,不可攀登,每层皆存舍利。后经四次改建,其中唐代两次,五代一次,总的趋势是由低至高,最后定形于明万历三十二年(1604 年)的改建,也就是现今我们所能看到的大雁塔:系砖木结构的四方形楼阁式塔,共 7 层,高 64.5 米,塔基底边长 25 米,占地 2061

---

① (唐)慧立法师《玄奘法师传》(华文出版社版)记述玄奘回国时,带有 150 枚肉舍利和一函骨舍利,但是同书叙修塔时,又说"层层中心皆有舍利,或一千,二千,凡一万余粒。"此处取前说。

平方米,每层四面均有券门,中有旋梯,可以登顶。

大雁塔初名慈恩寺塔,其得名"大雁塔",据说源于古印度一个有关"和尚埋雁造塔"的古老传说,此传说见玄奘《大唐西域记》卷九之所记。传说大意为:很久以前,摩揭陀国(今印度比哈尔邦南部)因陀罗势罗娄河附近山中有一寺院,寺内和尚信奉小乘佛教,因断粮,终日无食。空中忽飞来群雁,一僧说道:"终日无食,菩萨当知我等腹饥。"言讫,一雁坠死在僧前。众僧因食雁免饥,甚喜,认为这是佛之教化所致。于是在坠雁之处,建塔以葬雁骨,并命名"雁塔"以纪念。这一则传说隐喻了大乘佛教以身殉道、"普渡众生方能成佛"的教义,要较小乘佛教只修个人"菩萨果"("阿罗汉果")的教义要高出许多。人们一般认为:玄奘法师629年至645年在印度游学期间,曾瞻仰过此塔,回国之后,是按此塔样式在慈恩寺西院仿建了新塔,因名"大雁塔",而塔名前加一"大"字,是代表大乘佛教意。此外,关于大雁塔的得名尚有另一说,即认为慈恩寺塔落成后不久,在长安荐福寺内又修建了一座较小的佛塔,称"小雁塔",人们便逐渐称玄奘法师亲自督建的这座塔为"大雁塔"。

而从中国建筑史的角度来看,应该说大雁塔的建成是一件大事,因为该塔的建成,是屹立在古老丝路上的一颗璀璨明珠,它是中西文化交融的产物。如据有关文献所记:大雁塔最初建时,系仿印度的礼佛高塔——佛陀伽耶塔(大觉塔),共5层,高60米,砖面土心,不可攀登,每层皆存舍利。此后唐高宗认为该塔的建筑样式与长安城的总体建筑风格不协,于是渗入中国的建筑元素加以改建,增高至9层。武则天时期再加改建,增至10层。大雁塔也由原西域"窣堵坡"形式,演变成具有中原砖木结构、内存旋梯可以登顶的楼阁式塔。此后虽经地震等破坏因素,保存至今的大雁塔仅余7层,但它却是中国现存最早、规模最大的唐式四方楼阁式砖塔,这一建筑风格是古代印度佛寺建筑艺术随着佛教传入中国,并融入华夏文化的物证,它体现了大唐文化兼容并蓄的开放心态。

除了建筑学上的成就之外,今人登临大雁塔,尚能感受到中国古老文化的辉煌,增强民族文化的自信心。

玄奘归国之时,携带有珍贵的贝多罗树叶梵文经657部、金银佛像八尊以及150枚肉舍利和一函骨舍利,此已见前述。而玄奘法师建塔的初衷,便是将这些文化遗产保存下来。当然由于历史的原因,玄奘法师可能未达其目的,因为"文革"中的1966年夏季,大雁塔忽然来了一群"破四旧"的红卫兵,他们把大雁塔中所藏全部珍贵文物、佛经以及古书统统扔到外面,堆成一大堆,"红卫兵命令僧人和干部出来,围成一圈站着,作为他们革命行动的见证人,然后,在疯狂的喊叫和鼓掌声中,他们放火点燃了这堆宝物。火烧了一夜。"①经此浩劫,玄奘法师自印度携回的佛教文物当难有存余。但万幸的是,大雁塔本身保了下来,大雁塔中储藏的一些较难毁灭的文物被保了下来,如现今立于大雁塔底层南门洞的两块石碑。其中西龛石碑是唐太宗李世民亲自撰文、时任中书令的大书法家褚遂良手书的《大唐三藏圣教序》碑,东龛石碑是由唐高宗李治撰文、褚遂良手书的《大唐三藏圣教序记》碑,这两块石碑被称作"二圣三绝碑",是唐高宗永徽四年(653年)十月玄奘法师亲手竖立于此的,它不仅是中国古老的佛教文物,同时也是中国古老的书艺实证。② 塔的二层现陈列有铜鎏金释迦牟尼佛像一具,据说系明初宝物,也是现大雁塔的"镇塔之宝"。至于笔者怀疑已被"文革"中红卫兵焚毁的玄奘归国时携带的贝叶经与舍利子,我们今日登塔仍能得见,只是有的出自国际友人的赠送。如现陈佛塔三层的佛舍利 2 颗(一颗直径 3.5 毫米,一颗直径1.5 毫米),系印度玄奘寺住持、华人高僧释悟谦法师 1998 年 6 月 10 日来访时所赠。现陈佛塔四层有贝叶经文两片(长约 40 厘米、宽约 7 厘米),写着密密麻麻的梵文(据说现今全球识该文字的学者不足 10 位),不知是否为玄奘法师历尽艰辛取回的贝叶经残片。所谓贝叶经,是指写在贝多罗树叶上的佛教经卷。由于古印度没有纸张,书写经文只能使用贝叶,而玄奘沿丝路取回的 657 部真经均为贝叶经。此外,据 2007 年有关部门通过探地雷达对大雁塔内部结构的探测,发现大雁塔地下有空洞,这一空洞当是大雁塔的地宫位置所在。鉴于大雁塔的地宫迄今未曾打开过,也许有朝一日它被打开时,人们能像打开法门寺地宫一样,发现惊人的古代文化财富。

登上大雁塔,还有一点能使国人自豪的是:我们能领略到唐代的诗学风采。

由于大雁塔得以建成是唐高宗李治恩准的结果,因此高宗对该塔情有独钟。寺塔落成后,高宗曾亲率百官登临赋诗,其诗谓:

> 日宫开万仞,月殿耸千寻。
>
> 花盖飞团影,幡虹曳曲阴。
>
> 绮霞遥笼帐,丛珠细网林。

---

① 《文革初红卫兵冲击大雁塔:烧掉所有佛经》,《书摘》2006 年第 3 期,作者:书云,原题:《大雁塔下三僧人的悲欢浮沉》。

② 《雁塔圣教序》与后来偃师招提寺王行满书《大唐二帝圣教序》、陕西大荔褚遂良书《同州圣教序》及《怀仁集王羲之圣教序》,并称中国书法的四大《圣教序》。

寥廓烟云表,超然物外心。

由于皇帝亲临大雁塔赋诗,一时文人纷纷效仿登塔赋诗,大雁塔的建成,遂成为唐代诗人的兴会之处。而据记载:唐中宗时,专置修文馆招文人随驾游宴,每年九月九重阳节,都要亲登大雁塔远眺吟诗,文人们则纷纷唱和。而唐皇与文人登大雁塔的诗作,曾被编为四十卷诗集,广为传诵。而唐代文人登大雁塔赋诗的最有名事件是天宝十一年(752年)秋,杜甫、岑参、高适、薛据、储光羲等5人相约登塔望远,每人赋五言长诗一首,这些诗作至今仍在流传,并被书于大雁塔六层悬挂。

而唐代文人登大雁塔赋诗的风气又派生了唐代仕子"雁塔题名"的风气。据记载:唐代新中进士,必由天子赐宴于曲江池之杏园。至唐中宗神龙年间,有新中进士张莒游慈恩寺,将名字题在大雁塔下,此举使新科进士纷纷效仿,将其姓名、籍贯和及第时间用墨笔写于大雁塔壁上留念,以象征步步高升。而自此之后,唐代风气也变作新中进士先由天子赐宴曲江池杏园,后于慈恩塔下题名,此即后世"曲江流饮"与"雁塔题名"成语的出处。而在唐人心目中,"名题雁塔,天地间第一流人第一等事也"。① 唐代著名诗人白居易在贞元十七年中进士后,抑制不住内心的喜悦,曾留下了"慈恩塔下题名处,十七人中最少年"的著名诗句。而大唐王朝后来尽管灭亡,雁塔题名的风俗大概保留了很久,因为现存的历代题记证明,仅明、清乡试举人效仿唐代进士在雁塔题名,留下的碑记就有二百余则。②

大雁塔修建至今,已有1300余年的历史了。我幸得登临,最直接的感受是:大雁塔代表了唐文化的辉煌,同时也是我们中华后人的自豪,决不应该出自政治动机或权力欲望而对前人留下的文化遗产加以贬损。"文革"中留下的"破四旧"教训是值得永远加以吸取的。1961年3月4日,大雁塔被国务院公布为第一批全国重点文物保护单位。2014年6月22日,在卡塔尔多哈召开的联合国教科文组织第38届世界遗产委员会会议上,大雁塔成功列入世界遗产名录。这是实至名归。而强调这一点是因为:一个社会如果对前人文化遗产的崇拜超过了对现实的关注,这个社会便不再前进。但反之,一个社会如果全盘否定其民族的文化遗产,便会成为无根之木,其对于未来国家的发展及民族事业的成长,都是十

---

① 见(明)嘉靖十九年(1540年)陕西乡试题名碑。

② 数据参《百度词条·大雁塔》。

分有害的。因此,强调保护好前人留下的文化遗产的目的,决不是为了盲目地崇拜先人的文化成果,而只是让年轻的一代领悟到:中华民族曾有过一个灿烂的昨天,他们也一定会有更为灿烂的未来。

2017 年 9 月 26 日

瞻仰西安碑林
（少林寺、华山、西安、延安纪游之五）

1994 年 10 月 27 日，星期四，阴有雨。

中午 11 时下大雁塔，乘 24 路公交车赴陕西历史博物馆参观。该馆位于大雁塔西北侧的小寨东路 91 号，参观者甚众，且多外国人。馆藏文物甚丰，多商周青铜器、历代陶俑、汉唐金银器、唐墓壁画等，均为陕西省出土。据有关介绍：

陕西历史博物馆前身为 1944 年 6 月成立的"陕西省历史博物馆"，其位置在现与西安碑林有一墙相隔的西安孔庙处。其藏品来自当时的西安碑林、西京图书馆、西安民教馆、陕西考古会所收藏的部分文物。1949 年 5 月 20 日，西安解放，该馆被当时的陕甘宁边区政府接收。新中国成立之初，一度在全国设立华北、东北、华东、中南、西南、西北六大行政区，其中西北大区含今陕西、甘肃、青海、宁夏、新疆五省区以及内蒙最西部地区，因此陕西省历史博物馆 1950 年 5 月更名为"西北历史文物陈列馆"，1952 年 1 月，又改称"西北历史博物馆"。1955 年 6 月，由于新中国成立之初设置的西北大区被撤销，西北历史博物馆重归陕西省政府管理，因此馆又更名为"陕西省博物馆"。

鉴于西安市是中国古代的著名古都，历史上先后有周、秦、汉、隋、唐等 13 个王朝在此建都，地下出土文物十分丰富，截至上世纪 70 年代，馆藏文物已多达 30 余万件，远非其他省份可比。有感于此，1973 年周恩来总理来馆视察时，指示陕西省应建新馆。但是限于当时的国家政治氛围与财力，陕西省做不到这一点。周总理生前指示直到 1986 年才得到落实，1997 年 6 月 20 日新馆正式建成，并定名为"陕西历史博物馆"，这就是我到西安参加学术会议时得以参观的展馆。

该馆现号称"中国第一座大型现代化国家级博物馆"，展示的文物上起远古人类初始阶段使用的简单石器，下至 1840 年前社会生活中的各类器物，时间跨度长达一百多万年。这实际上是一部中华文明发展史的缩影，是很值得中华后人自豪的。

中午 11 时 30 分出陕西历史博物馆,坐 24 路转 5 路公交车至西安南城文昌门站下,前往参观西安碑林。西安碑林是中国现存最大的碑林,位于文昌门内的三学街十五号。称"三学街",是因为清代的长安学、府学、咸宁学均设在此街上,三学街是一个古地名。

西安碑林的全称是"西安碑林博物馆",它具体是由碑林、孔庙与石刻艺术室三大板块拼合组成的,而呈一轴两翼的格局。即碑林各陈列室以孔府棂星门中门为主轴线,自南而北对称排列。轴线正中有"碑林"匾额与《石台孝经》碑亭,其北为碑林各陈列室,其西侧为石刻艺术室。其中,孔庙属唐代古建筑,但其保存至今的照壁(又名影壁、塞门)、牌坊、泮池、棂星门、华表、戟门、碑亭、两庑等,大多属明清时期复建,并被列为第一批全国重点文物保护单位。石刻艺术室则属今人另起建筑,总面积 7900 多平方米,始建于 1963 年,匾额为陈毅元帅题写,内陈展品主要为汉代至明清时期的陵墓石刻,其中东汉双狮、[①]汉画像石砖、唐李寿石椁及墓志、昭陵六骏中之"四骏"(另"二骏"被盗往美国)[②]等,均为精品。据有关统计,整个西安碑林博物馆现收藏文物共 11000 余件,其中国宝级文物 19 种(组)134 件,一级文物 535 件。鉴于对中国古建筑与石刻艺术的鉴赏,我实属门外汉,因此步入西安碑林博物馆,主要瞻仰的是碑林部分。

步入碑林,可以看到保存至今的从汉代至清代的各类石碑 1000 余块,由此深感古人文化精神之伟大。西安碑林的历史,约可上溯至唐代于长安城务本坊国子监内立《石台孝经》与《开成石经》。其形成的基本过程为:

唐天宝四年(745 年),唐玄宗李隆基御立《石台孝经》。该碑文系玄宗亲自作序、注解并用隶书书写的儒学经典《孝经》,太子李亨(唐肃宗)篆额,宰相李林甫、国子祭酒李齐古具体主持刻碑工作。碑成,立于长安城务本坊国子监内。该碑石由四块黑石组成,底座用三层石台垒就,故称《石台孝经》。碑成,唐玄宗又御批了"孝者,德之本"五个字,以体现其"以孝治国"的思想。

此后,唐文宗太和七年(833 年)至开成二年(837 年)间,又刻成《开成石经》,

---

① 一名"东汉双兽",狮名分别为"辟邪"与"天禄"。

② "昭陵六骏"指始刻于贞观十年,原立于唐太宗昭陵前的六匹马。马各高 2.5 米,横宽 3 米,名称分别为"特勒骠"、"青骓"、"什伐赤"、"飒露紫"、"拳毛䯄"、"白蹄乌"。其中"飒露紫"、"拳毛䯄"二骏,于1914 年被盗运美国宾夕法尼亚大学博物馆,其余四骏现存西安碑林。这 6 匹马生前曾随太宗征战,卓有功勋。

立于长安城务本坊国子监内。《开成石经》具体包括《周易》、《尚书》、《诗经》、《礼记》、《春秋左氏传》、《论语》、《孝经》、《尔雅》等12部儒学经典,计60余万字,用石114方。

《开成石经》的刻成,是当时中国社会的一件大事,强调这一点,是因为它直接关系到中国传统社会文脉的传承。具体来说是:当时中国的雕版印刷术尚处于草创阶段,文人所读之书全靠手抄。而《开成石经》所刻12部儒学经典,是当时中国社会知识分子为参加科举考试所必读之书。这些经书既靠手抄,必然错字丛生,并进一步导致对经义的歧解。为了避免文人在传抄经书时出现错误,以统一人们对于经义的理解,当时官府就把经书刻在石碑上作为范本,立于长安城国子监内,供人校对。这一做法的实质,是为了维护当时国家政治文化的统一。

此后,由于大唐王朝的衰败及战乱因素,有识之士为了保存这一象征国家一统的政治文化遗产,开始了对于《开成石经》的保护工作。

唐天祐元年(904年),当时的长安驻守韩建缩建长安城,将原存于务本坊国子监内的一部分石经迁至唐尚书省附近的文宣王庙内(位今西安社会路一带)。稍后,后梁长安驻守刘鄩根据幕吏尹玉羽的建议,于开平三年(909年)至乾化四年(914年)间,将所余石经迁至唐尚书省西隅(位于今西安社会路一带)。北宋景祐二年(1035年),有礼部尚书范雍于原唐尚书省西隅设京兆府学,碑石始入府学围墙中。北宋元丰三年(1080年),有秦州知州吕大防将文庙和府学中的一部分碑石迁至西安碑林现址。北宋元祐二年(1087年),陕西转运副使吕大忠认为位于旧唐尚书省西隅的石经"地杂民居,其处洼下",不易保护,而将石经以及其他唐宋碑刻悉数徙至"府学之北墉"。北宋崇宁二年(1103年),有知永兴军虞策将府学迁至"府城之东南隅"即西安碑林现址,原露天陈列的石经始置入室内。至此,西安碑林的动迁工作基本完成,并形成了当时长安城中的府学、文庙与碑林同处一地的格局。

此后,明嘉靖三十四年(1555年),关中大震,西安碑林中的许多碑石都被震倒折断。明万历十六年(1588年),对碑林再加整修,对倾倒受损的石经进行摹补,并刻立《九经字样》。清康熙三年(1664年),有陕西巡抚贾汉复、许继业等,集《开成石经》字样补刻了《孟子》7篇,立于西安碑林,合称石经《十三经》。民国二十六年至二十七年(1937—1938年)间,当时政府除对碑林进行整修外,并成立了"碑林管理委员会"(民国二十七年成立)以利于管理。有国民党元老于右任捐出史料与书法价值极高的西晋、北朝、隋唐墓志387件(即"鸳鸯七志斋藏石"),于碑林中设立专室陈列。民国三十三年(1944年),在西安碑林的基础上成立了"陕西省历史博物馆"。民国三十七年(1948年),陕西省政府将拆移的新城小碑林《汉武都太守残碑》、《唐颜勤礼碑》等38方碑石迁入碑林。至此,西安碑林基本形成今日规模。

新中国成立后,1950年将"陕西省历史博物馆"改名为"西北历史文物陈列馆"。1952年,复更名为"西北历史博物馆"。1955年,再更名为"陕西省博物馆"。1961年,国务院公布"西安碑林"为第一批全国重点文物保护单位(石刻类第1号)。时至"文革"中的1966年夏,一队前来"破四旧"的红卫兵欲将碑林捣毁,被当时陕西省博物馆的工作人员拼死保下。"破四旧"红卫兵的全部"战果",是搬走了碑林附近、立于西大街都城隍庙牌楼前的一对大铜狮,在右侧狮背上砸出了一个大洞,送至废品收购站准备化铜,但这对铜狮又被陕西省博物馆的工作人员夺了回来。[①] 而这一成绩在当时洛阳白马寺被红卫兵烧毁、曲阜孔庙被谭厚兰带人砸毁的历史背景下,真有点不可思议。1993年1月,因在西安小寨东路新建的"陕西历史博物馆"逐渐完工,原有的"陕西省博物馆"遂更名为"西安碑林博物馆",以与原先的历史博物馆职能分离。

以上所述,是西安碑林的简史。关于碑林的得名,顾名思义,当属碑石丛立如林,民间因此呼称,但见诸文献的"碑林"一词,则始于明人赵崡的《石墨镌华序》一文。因此西安碑林的正式得名,应始自明代。而据有关统计,自北宋元祐二年(1087年)吕大忠将于唐尚书省西隅的石经以及其他唐、宋碑刻悉徙西安碑林今址以来,900余年间,经历朝征集入藏碑林的碑石近三千方。其中最重要的碑石,现分布于西安碑林博物馆六个碑廊、七座碑室与八个碑亭之中,共陈列碑石1087方碑。其中著名的碑石包括:

第一展室:陈《开成石经》以及清代补刻的《孟子》,合称《十三经》。其中《开成石经》是中国仅存的一套完整的古代石刻经书,也是西安碑林的镇馆之宝。

第二展室:陈以唐代为主的书法名碑,包括:《大秦景教流传中国碑》、《不空和尚碑》、虞世南《孔子庙堂碑》、褚遂良《同州圣教序碑》、欧阳询《黄甫诞碑》、欧阳通《道因法师碑》、张旭《断千字文》、柳公权《玄秘塔碑》,以及僧怀仁集王羲之书的《大唐三藏圣教序碑》、颜真卿《多宝塔碑》、《颜家庙碑》等,这些字碑代表了中国古代书法的最高成就。

第三展室:陈由汉代至宋的各种书体名碑,包括:唐《美原神泉诗序》(篆书)、汉《曹全碑》(隶书)、唐《臧怀恪碑》(楷书)、唐《慧坚禅师碑》(行书)、隋《智永

---

① 刘永昌:《碑林与西安都城隍庙门前大铜狮》。

千字文碑》(草书)、唐《怀素千字文》(草书)、唐张旭《肚痛帖》(草书)等等。

第四展室：陈宋代至清的书法名家字碑，含：苏轼、黄庭坚、米芾、赵孟頫等人的诗文书迹；明清时期具有珍贵史料价值的碑石，以及宋代至清的各种线刻画，如宋刻《唐太极宫残图》、《唐兴庆宫图》，清刻《太华山全图》、《关中八景》等等。

第五展室：陈宋、元、明、清各代的地方史料碑石，其中以清代的居多。

第六展室：陈元、明、清三代文人的诗词歌赋石刻，其中以元赵孟頫、明董其昌、清康熙帝以及林则徐所书的碑刻为珍品。

第七展室：陈清代重刻的《淳化秘阁帖》碑石145方，其中以二王父子的草书碑刻为珍贵。

以上所述，是西安碑林所藏的主要碑石。在此，我仅以一名史学研究者身份，就碑林本身的历史文化价值，谈一些个人的感受。

我认为西安碑林的存在，首先是展现了中国古老的书法技艺的辉煌。现存碑林中许多古代书法家的传世名作，篆、隶、行、草各展风采，上承魏晋、六朝余韵，下开五代、宋、元、明、清书风，在中华文化史上，也是在全人类文化史上，留下了光辉的篇章。这些书法名篇的存在，也在一定意义上维护了中国文字的统一。如现陈碑林第五展室的《峄山刻石》，保留了秦丞相李斯的篆书，其见证着在秦统一大业中，文字统一的重要性，这也是华夏史上的第一次文字改革。[①] 而文字统一则是一个国家政治统一的基础条件之一。

二是留下了深刻的吏治思想和丰富的历史文献资料。碑林刻有清吏张聪贤的《官箴》："吏不畏吾严，而畏吾廉；民不服吾能，而服吾公；公则民不敢慢，廉则吏不敢欺。公生明，廉生威。"这段话迄今对于中国反腐败事业有借鉴意义。2006年4月8日，"中国最值得外国人去的50个地方"评选结果在北京人民大会堂揭晓。西安碑林博物馆作为"杰出文化的代表"，以网络投票第一名（85151票），当选"中国最值得外国人去的50个地方"金奖。此事足见西安碑林存在的思想文化价值。此外，西安碑林的大量碑刻，保存了丰富的历史文献资料，可以补正史记载的不足。如汉《曹全碑》，记载了东汉末年黄巾军在陕西合阳一带的

---

① 据记载：秦始皇在统一中国后的十余年间，先后五次远巡各地。秦王政二十八年（前219年）巡山东齐鲁故地，登陶县峄山（今山东邹县东南），对群臣道："朕既到此，不可不加留铭，遗传后世。"李斯当即写成篆体文字，派人刻碑石于峄山之上，此即秦《峄山刻石》。

活动。唐《大秦景教流行中国碑》，记载了景教（古罗马基督教的聂思脱里派）的教义、仪式、在唐代150年间的活动传播情况等。① 唐《中尼合文之陀罗尼经幢》，记载了唐代中国与尼泊尔佛教交往的历史。元《重修牛山土主忠惠王庙碑》，记载了元末红巾军起义状况。明《德受纪碑》，记载了明末陕西大旱，粮价昂贵，"小麦每斗二两四钱，米每斗二两六钱"和"人食人犬亦食人"的悲惨景象，碑上刻有"大顺"、"永昌"等字样，该碑系明末李自成起义的遗物。清《平利教案碑》，记载了清末中国民众反抗西方帝国主义侵略的情况。等等。

三是碑林所收藏的石经，凝聚了中华古代的民族精神，传承了中国传统社会的文脉，开启了具有世界意义的雕版印刷技术，促进了人类文明的发展。我认为这一点是西安碑林存在的最重要意义，仅细说如下：

西安碑林所收藏的《开成石经》（连同清补的《孟子》7篇，合称《十三经》），维护了中国古代政治文化的统一精神，此点前已论及。而这一问题的实质，亦即凝聚中华古代的民族精神，传承中国传统社会的文脉。而中国古代历次石经之刻，都能够证明这一点。其大致情形为：

在《开成石经》刻前，尚有《熹平石经》与《三体石经》之刻。这一现象发生的背景是：在中国雕版印刷术发明之前，文人所读儒学经书全靠手抄，文人抄录这些经书的目的，是因为这些书是参加科举考试所必读之书。但是经书既靠手抄，必然错字丛生，并进一步导致对经义的歧解。为了避免文人在传抄经书时出现错误，以统一人们对于经义的理解，当时官府就把经书刻在石碑上作为范本，立于国都，以供人校对。

最初试图进行这一尝试的是东汉灵帝时的《熹平石经》之刻，②具体负责这一工作的是士大夫蔡邕。蔡邕当时将儒家7经（《鲁诗》、《尚书》、《周易》、《春秋》、《公羊传》、《仪礼》、《论语》）用统一的隶书体，刻于46块石碑之上（每石碑约高3米，宽1米），立于当时的国都洛阳城开阳门外洛阳太学所在地，要求天下读书人前来校对。据说石经立后，每天前来观看及摹经的人，坐的车就有千辆之多。③ 这一刻成的石经当时称《熹平石经》，亦称《鸿都石经》，又据其字体仅用隶书一体，而称《一字石经》，据其立碑地点而称之《太学石经》。但是由于战乱因

① 《大秦景教流行中国碑》，藏碑林第二室，唐建中二年（781年）景净撰，吕秀岩（吕洞宾）书并题额。内容为：贞观年间，有来自古波斯教士阿罗本沿着于阗等西域古国、河西走廊来到京师长安，拜谒唐太宗，要求在中国传播波斯教。唐太宗降旨准许。
② 熹平四年（175年）至光和六年（183年）刻碑。
③ 《后汉书·蔡邕列传第五十》。

素,《熹平石经》最终被毁,自宋代以降直至新中国成立,偶尔有残石出土,计百余块残石上,共有 8800 余字。这些残石后被分别收藏于西安碑林、洛阳博物馆、中国社会科学院考古研究所、中国国家图书馆等,还有的流散到海外,其中以西安碑林收藏居多(拥残字 491 字)。

《熹平石经》既毁,出自当时维护国家政治文化统一的需求,又有《三体石经》之刻。刻碑工作由三国魏齐王曹芳具体负责,于魏正始二年(241 年)用古文、小篆和汉隶三种字体刻成,立于魏都洛阳南郊太学讲堂西侧,要学人前往校对。经文内容为《尚书》、《春秋》与部分《左传》。因该经文是用三种字体刻成,而称《三体石经》;又因其刻于正始年间,而称《正始石经》;又因为石经刻成于汉魏之交年代,而称《汉魏石经》。但同样因为战乱因素,《三体石经》最终被毁,自唐以降直至新中国成立后,发现的残碑总字数不过 2500 余字。

而被称作"古本之终,今本之祖"的《开成石经》,是中国第一部完整保存下来的石经,也是现存于西安碑林中的最重要石碑。其刻成的重要意义在于:一是订误正伪,统一文字,为读书人提供参加科举考试可供学习的儒学经典范本;二是自上而下地培育生活于不同地域中国民众的统一民族情感。强调这一点是因为:古代中国的自然地理阻隔,要远甚于欧洲;古代中国民族分布的多样性,也要远甚于欧洲。而古代中国最终之所以能由分裂走向统一,并形成统一的中华民族,古代欧洲走的却是一条相反的道路,是由于古代中国社会有被各民族共同认可的儒家《十三经》所规范的礼仪风俗,并在此基础上通过科举考试的方式,最终达到了中华民族的政治统一。

但是中国古代石经之刻的重要意义不止于此,它更重要的文化价值在于:派生了拓经技术,并由此启发了中国古代雕版印刷术的产生。这一过程大致为:

文人最初是逐字校经。但是由于儒家经书卷帙浩繁,文人于是发明了拓经之法,亦称"捶拓",即将整部经书都拓了下来。其过程为:先用一把刷子蘸了墨,在石碑上刷一下,然后再用白纸覆在碑上,用另一把干净的刷子在纸背上轻轻刷一下,把纸取下,一页碑书就印好了。这一方法又启发民间工艺人将《十三经》或其他文字直接刻于木板上再翻印成书卖钱,这样,中国最古老的印刷技术——雕版印刷术便产生了。但雕版是死板,文字不可挪动,刻出一版书,只能印一部书。为了提高工作效率,后人又发明了活字版,即根据书的内容,抽取不同单字灵活排版。这样,活字印刷又被发明出来。

而印刷术的发明,不只是促进了中国古代文化事业的普及,当这一发明被世界接受时,便也同时促进了世界文明的成长。因此,仅就印刷术的发明,对于世界文化事业发展的贡献而言,它不仅凝聚了中华古代的民族精神,传承了中国传统社会的文脉,同时也开启了具有世界意义的印刷技术,促进了整个人类文明事业的成长。也正是在这一意义上,我们可以说西安碑林所保存的石经,不仅是中华文明的源头之一,同时也是世界文化的源头之一。仅就其对于古代中国的存在意义而言,可以说:如果说秦修长城及后朝对于长城的维护,是从军事上保护古代中国的统一,那么石经之刻及历朝对于石经的保护、对西安碑林的建设,便是从文化上来保护古代中国的政治统一,打造古代中华民族的文化长城。因此,为这一活动付出辛劳的人永远值得后人尊重,后人应该像爱护自己眼睛一样爱护前人留下的文化遗产,并永远谴责那些出自个人政治目的破坏前人留下的民族文化遗产的罪恶行径。

下午 2 时 30 分,冒雨出碑林,登上对面的西安古城墙参观。现存的西安古城墙系洪武三十一年(1398 年)扩建而成,全长 13.7 公里,高 12 米,城基宽 16—18 米,有敌台 98 座,垛口 5984 个,目前保留了大半,火车站、西华门段则因当代城建因素被拆除。

下午 4 时抵西安钟楼,此处为西安市中心区,登楼可四览街区。下午 5 时30 分返陕西师大,雨透皮鞋,左腿淋巴结痛甚。买草纸一刀,置于皮鞋内吸水。

晚 9 时上床,读唐人绝句磨时,吟成《登华山诗》。

2017 年 10 月 15 日

兴庆宫遗韵，秦始皇陵中的秘密与兵马俑奇观（少林寺、华山、西安、延安纪游之六）

1994年10月28日，星期五，晴。

上午，"全国第六届两岸关系"学术研讨会在陕师大继续举行，有陕西省委台办主任王康发言《我国日后政策及台况分析》。王发言要旨是：今后中国将继续坚持一国两制、和平统一政策。反对分裂，寄望台当局，更寄望台湾民众。要使两岸经济形成你中有我、我中有你、谁也离不开谁的格局。要继续推行两岸经济往来、文化交流政策，争取早日统一。对台政治、经济、军事、外交、宣传上都要有有力措施，以形成对台关系新格局，在坚持一个中国的立场上，两岸什么问题都可以谈。

下午自由活动，部分人参观陕西历史博物馆。我因昨天已去过该馆，午餐后少歇，下午1时许坐27路公交车赴兴庆宫公园，2时半抵。

兴庆宫公园位于西安和平门外咸宁西路，与西安交大北门相对。根据有关记载，兴庆宫是唐代长安城内的三大宫殿群之一，号称"三大内"（太极宫、大明宫、兴庆宫）中的"南内"，宫内旧有建筑有兴庆殿、南熏殿、大同殿、勤政务本楼、花萼相辉楼和沉香亭等。兴庆宫原是唐玄宗在藩王时期的府邸，先天元年（712年）唐玄宗登基后，经扩建，而成为开元、天宝时期的中国政治中心，唐玄宗曾在此宫与爱妃杨玉环共同生活了10余年。

唐代开元、天宝年间，国泰民安、四夷来朝，唐玄宗、杨贵妃常在兴庆宫内举行国务活动与梨园汇演，李白著名的《清平调》三首，便是写于兴庆宫的沉香亭中。全诗为：

其 一

云想衣裳花想容，春风拂槛露华浓。

若非群玉山头见,会向瑶台月下逢。

其 二

一枝红艳露凝香,云雨巫山枉断肠。

借问汉宫谁得似,可怜飞燕倚新妆。

其 三

名花倾国两相欢,长得君王带笑看。

解释春风无限恨,沉香亭北倚阑干。

天宝十五年(755 年)因安史之乱,兴庆宫失去了政治中心地位,成为太上皇闲居之所。唐末,长安城被毁,兴庆宫从此被废弃。时至新中国成立后的 1958 年,陕西省府决定于唐兴庆宫遗址的南面建西安交大,于其北面建兴庆宫公园。建前,为了准确把握唐兴庆宫的地貌特点,1957 年,陕西文管会对兴庆宫进行了比较全面的考古发掘工作,共清理出了 17 座唐代建筑遗址。结合原兴庆宫特点,1958 年春,西安市府在 48.6 公顷的土地上开渠引水,挖湖叠山,植树种花,根据历史遗迹兴建了沉香亭、南薰阁、花萼相辉楼等亭台楼阁。这样,唐明皇与杨贵妃的风流韵事,便重新勾起了人们的记忆。

而我目睹的兴庆宫公园,湖面约近上海长风公园的银锄湖,配以石塔、杨树、花草等点缀,颇为美观,湖中多游船。公园中有杨贵妃蜡像馆,票价 3 元一张,我嫌贵,未入内参观,而是在公园内漫步,在湖边亭檐下吟诵我登华山时所写的诗作。

下午 4 时 30 分出公园。晚 6 时 50 分返陕师大,众人已吃完晚饭。

次日,周六,晴。

学术会议筹委会组织会员全天参观,景点是秦始皇陵、临潼兵马俑、华清池以及半坡遗址。上午 9 时许,车抵秦始皇陵。秦始皇陵位于西安市临潼区城东 5 公里处的骊山北麓,距西安市约 37 公里,南倚骊山,北临渭水。步入陵区,首先感受到的是陵园的雄伟与壮观。

秦始皇陵园是按照当时秦王朝都城咸阳的布局加以缩建的,大体呈回字形。陵园分内城和外城两部分,有内外两重夯土城垣,分别象征皇城与宫城。此外,在秦始皇陵区之外(即外城之外),尚有从葬区。由于时光的流转,环绕着秦始皇陵的内外夯土城垣早已残缺,所能看到的仅有内城西墙的残段。

而据考古学者实测:秦始皇陵的外城(宫城)呈长方形,周长 6249 米,四角各有门址一处。内城(皇城)亦呈长方形,周长 3890 米,北墙有 2 门,东、西、南 3 墙各有 1 门。此外,内城中部有一道东西向夹墙,将内城分为南北两部分。秦始皇陵封冢位于内城的南侧,坐西朝东,近方形,顶部平坦,腰部呈阶梯形。陵高 76 米,东西长 345 米,南北宽 350 米,占地面积 120750 平方米。[①] 这一布局与先秦其他国君陵园的区别在于:其他国君陵园大多是将封冢安置在回字形陵园的中部,而秦始皇陵封冢则位于内城的南部。封冢土堆之下为地宫,这是安放秦始皇棺椁的地方,也是秦始皇陵的核心部分。有学者推算:秦始皇陵原高度为 115 米至 120 米之间,底面积约 25 万平方米,后经两千余年的风雨侵蚀和人为破坏,陵的高度降低了约 40 余米,底层面积亦相应缩减。

关于秦始皇陵的出土文物,在陵区内已探明的大型地面建筑有寝殿、便殿、园寺吏舍等遗址,其位于内城的西北侧,其规模近紫禁城。[②] 在内城和外城之间,发现了葬马坑、陶俑坑、珍禽异兽坑等葬坑。而在陵区之外的从葬区,则发现了马厩坑、人殉坑、刑徒坑、修陵人员墓葬等 400 余处,另外还发现了石料加工场遗址,门砧、柱础、瓦、脊、瓦当、石水道、陶水道等建筑遗物。而在秦始皇陵发现的最有名的出土文物,则是 1974 年以来,在陵东 1.5 公里处发现的从葬兵马俑坑三处,其成品字形排列,总面积达 20000 余平方米,出土陶俑共 8000 余件、战车百余乘以及数万件实物兵器。[③]

上述为秦始皇陵园概况。秦始皇陵是中国历史上第一个皇帝陵园,总面积共 56.25 平方公里,约相当于 78 个北京故宫面积。[④] 据史书记载:秦始皇自 13 岁即位为秦王时(前 246 年),就开始在骊山修建其陵墓,统一六国后,又从各地征发了十多万民工续修,至其 50 岁死去,二世又动用"天下刑人徒隶七十二万人作陵",续修了三年,直至陈胜吴广起义爆发,前后共用时 39 年。该陵墓的设计,处处体现了这位始皇帝至高无上的尊严与权力。其建筑材料,分别从湖北、四川等地运来。为了防止河流冲刷陵墓,秦始皇曾下令将陵前南北向的水流改成东西流向。因此,仅就建筑规模而言,秦始皇陵是中国现存近百座帝王陵墓中最大的一座。由于古人迷信灵魂不死,秦始皇死时,试图把他生前享受的荣华、权力

---

① 数据参《百度词条·秦始皇陵》,另有数据称陵冢实高 51 米,底边周长 1700 余米。

② 2010 年以来,考古工作者在秦始皇帝陵园的内城西北部勘探发现了一处长方形的十进式院落的庞大建筑群,总体上南北长 690 米左右、东西宽约 250 米,面积达 17 万平方米。

③ 数据参《百度词条·秦始皇陵》。

④ 1962 年,国家考古人员对秦始皇陵园进行第一次全面考古勘察,绘制出陵园第一张平面布局图,经实测,陵园范围有 56.25 平方公里,相当于近 78 个故宫。

与物质财富尽行带入地下；又由于当时中国社会第一次完成统一，六国的珍宝尽入秦宫，因此可以推想秦始皇地宫中所埋藏的宝物，亦可列为中国历朝王陵之首。就世界范围而言，可以说古埃及金字塔是人类历史上最大的地上王陵，秦始皇陵则是人类历史上最大的地下王陵。鉴于秦王朝是中国历史上的辉煌一页，也是当时世界上最强大的国家。秦始皇陵之建，尽管死人无数，但仅就其建成的文化价值而言，则体现了当时人类文明的最高成就。因此，1956 年陕西省人民政府公布秦始皇陵为省级重点文物保护单位，1961 年国务院公布其为全国第一批重点文物保护单位，而 1987 年 12 月，联合国教科文组织则将秦始皇陵与兵马俑列入《世界遗产名录》，使之成为全人类共同的文化财富象征。

游秦始皇陵，带给人们的永久谜题有四个：一是皇陵选址的依据是什么？

对此，北魏郦道元的解释是："秦始皇大兴厚葬，营建冢圹于骊戎之山，一名蓝田，其阴多金，其阳多美玉，始皇贪其美名，因而葬焉。"[1]此说长期被学界所接受。但我个人认为这仅是古人的说法之一。而秦始皇之所以选址骊山为墓地，尚有更为深刻的政治因素。即秦始皇陵北临渭水，南倚骊山，便于陵址东西取向的建筑。而构成秦始皇陵与中国历朝帝王陵墓建设重要的不同特点是：秦始皇陵墓的方向是坐西朝东，而其他帝王陵葬的方向则是坐北朝南（中国古代以朝南的位置为尊）。这寓意着先秦王朝是起自西方，最终凭借武力统一了东方六国，因此秦始皇死后也要替子孙万代永镇东方。[2] 此外，秦始皇陵所依之山为骊山，"骊"，黑马意，[3]"骊山"意译即黑马之山，其象征着国运腾飞。此外，骊山又名蓝田山，"其阴（北）多金，其阳（南）多美玉"。[4] 这显然是富贵之山。而秦始皇陵背依骊山，便寓意着则既能永镇东方，又能永葆子孙国运的腾飞与富贵，这自然是最佳陵址了。而秦始皇陵之建，又特命将陵前一道南北走向的水流改成东西流向（"鱼池冰"），以正风水，[5]其寓意当属同一。

谜题之二是：秦始皇陵中究竟埋藏了多少财富？

对此，中国史书中的最早记载见于司马迁的《史记》，称："九月，葬始皇骊山。

---

① （北魏）郦道元：《水经注·渭水》。

② 据有关数据，陕西境内已发掘的 917 座秦墓，大部分为东西向，这当体现了同一寓意。

③ 《说文解字》："骊，马深黑色，从马，丽声。"

④ （北魏）郦道元：《水经·渭水注》。

⑤ 见（北魏）郦道元：《水经·渭水注》："渭水右经新丰县故城北，东与鱼池水会。水出骊山东北，本导源北流，后秦始皇葬于山北，水过而曲行，东注北转。始皇造陵取土，其地污深，水积成池，谓之鱼池也。在秦皇东北五里，周围四里。池水西北流，径始皇冢北。"

始皇初即位,穿治郦山,及并天下,天下徒送诣七十余万人,穿三泉,下铜而致椁,宫观、百官、奇器、珍怪徙臧满之。令匠作机弩矢,有所穿近者辄射之。以水银为百川江河大海,机相灌输,上具天文,下具地理。以人鱼膏为烛,度不灭者久之。二世曰:'先帝后宫非有子者,出焉不宜。'皆令从死,死者甚众。葬既已下,或言工匠为机,臧皆知之,臧重即泄。大事毕,已臧,闭中羡,下外羡门,尽闭工匠臧者,无复出者。树草木以象山。"①

这段话大意是说:秦始皇即位之初,便开始修建骊山坟。向下穿透三重深泉,以铜汁封底,上置棺椁。设宫廷,立百官位次,满藏奇器、珠宝与珍禽异兽。又请工匠于坟道中设机关暗弩,以便杀死盗坟者。又以大量水银在地宫中仿制百川、江河、大海,在地宫宫顶仿制日月星辰,下置山岳。又以人鱼膏(传说为东海中一种近人形的四脚鱼)为蜡烛,以期永久照明。陵成,二世又命令后宫中无子宫女一律殉葬。秦始皇尸体入葬后,二世又怕参与修造地宫的工匠泄露机密,而将中墓道门("中羡门")与外墓道门("外羡门")一律关闭,以致造坟工匠死亡无数。最后二世下令在秦始皇陵上种植草木,以使其像山。

根据上述记载,秦始皇地宫中除殉葬宫女与工匠外,所藏财富主要有百官人俑以及奇器、珠宝与珍禽异兽("百官、奇器、珍怪")等。此外,《汉书》卷三十六称:"秦始皇帝葬于骊山之阿,下锢三泉,上崇山坟,其高五十余丈,周回五里有余;石椁为游馆,人膏为灯烛,水银为江海,黄金为凫雁(江海上面浮着黄金制的野鸭与大雁)。珍宝之臧,机械之变,棺椁之丽,宫馆之盛,不可胜原。又多杀宫人,生殉工匠,计以万数。"②《汉书》卷五十一称:秦始皇"死葬乎骊山,吏徒数十万人,旷日十年。下彻三泉合采金石,冶铜锢其内,涂其外,被以珠玉,饰以翡翠,中成观游,上成山林,为葬之侈至于此,使其后世曾不得蓬颗蔽冢而托葬焉。"③《水经注》卷十七《渭水》称:秦始皇陵"斩山凿石,下锢三泉。以铜为椁,旁行周回三十余里。上画天文星宿之象,下以水银为四渎百川,五岳九州,具地理之势。宫观百官,奇器珍宝,充满其中。令匠作机弩,有所穿近,辄射之。以人鱼膏为灯烛,取其不灭者,久之,后宫无子者,皆使殉葬,甚众。"《太平御览》卷四十四引《三辅故事》记载称:"始皇葬骊山,起陵高五十丈,下锢三泉,周回七百步,以

---

① 《史记·秦始皇本纪》。
② 《汉书》卷三六《楚元王传第六》。
③ 《汉书》卷五一《贾山传》。

明珠为日月，鱼膏为脂烛，金银为凫雁，金蚕三十箱，四门施缴，奢侈太过。"《三辅故事》又记项羽盗掘秦陵时，忽有金雁从墓中飞出，到三国吴宝鼎元年（266 年），日南太守张善忽得此雁，从金雁上的文字判断此物出自秦始皇陵。①

　　综上所记，其主旨无非是说秦始皇陵之建，搜尽了天下奇珍异宝，藏于地宫之中。在水银制成的江湖大海上，漂浮着黄金与白银制成的野鸭与大雁，另有众多的"金蚕"②等等。这不仅使后世盗墓者觊觎，同时也涉及本文所述的谜题之三：历史上的秦始皇陵是否被盗过？

　　对此，历史文献颇多记载。此始见于《史记·高祖本纪》所陈刘邦数落项羽八大罪行之一："怀王约，入秦无暴掠，项羽烧秦宫室，掘始皇帝冢，私收其财物，罪四。"此又见于《汉书·高帝纪》所陈："汉王、羽相与临广武之间而语。羽欲与汉王独身挑战，汉王数羽曰：'吾始与羽俱受命怀王，曰先定关中者王之。羽负约，王我于蜀、汉，罪一也。羽矫杀卿子冠军，自尊，罪二也。羽当以救赵还报，而擅劫诸侯兵入关，罪三也。怀王约，入秦无暴掠，羽烧秦宫室，掘始皇帝冢，收私其财，罪四也。又强杀秦降王子婴，罪五也。诈坑秦子弟新安二十万，王其将，罪六也。皆王诸将善地，而徙逐故主，令臣下争畔逆。罪七也。出逐义帝彭城，自都之，夺韩王地，并王梁、楚，多自与，罪八也。'"③重出记载尚见于：

　　《汉书》卷三一《陈胜项籍传第一》："羽乃屠咸阳，杀秦降王子婴，烧其宫室，火三月不灭；收其宝货，略妇女而东。秦民失望。"

　　《汉书》卷三十六《楚元王传第六》："骊山之作未成，而周章百万之师至其下矣。项籍燔其宫室营宇，往者咸见发掘。其后牧儿亡羊，羊入其凿，牧者持火照求羊，失火烧其臧椁。自古至今，葬未有盛如始皇者也，数年之间，外被项籍之灾，内离牧竖之祸，岂不哀哉！"

　　《晋书》载记第七《石季龙下》："又使掘秦始皇冢，取铜柱铸以为器。"

　　郦道元《水经注》卷十七《渭水》：（秦始皇陵）"坟高五丈，周回五里余。作者七十万人，积年方成。而周章百万之师已至其下，乃使章邯领作者以御难，弗能禁。项羽入关，发之以三十万人，三十日，运物不能穷。关东盗贼，销椁取铜。牧人寻羊，烧之，火延九十日，不能灭。"

─────────────

① 见《长安史迹丛刊：三辅决录·三辅故事·三辅旧事》，三秦出版社 2006 年版。——《三辅故事》，古佚书，汉赵岐著。晋挚虞注有《三辅决录》，清张澍辑、陈晓捷注作《三辅旧事》。

② 黄金制作的蚕，古代帝王陵墓中的殉葬品。（晋）陆翙《邺中记》："永嘉末，发齐桓公墓，得水银池金蚕数十箔。"

③ 见《汉书》卷一上《高帝纪第一上》。

《太平御览》卷四十四引《三辅故事》（佚书）："始皇葬骊山，……六年之间，为项籍所发。放羊儿堕羊冢中，燃火求羊，烧其椁藏。"

综上述所记来看，均谓始盗秦始皇陵者为项羽，此后续盗入墓者不断，后又有牧羊儿失羊，打着火把进入地宫寻羊，不慎失火，导致秦始皇棺椁被烧。而直至晋代，尚有石季龙盗秦始皇陵以取铜。可谓言之凿凿。但其中的存疑问题则是：司马迁在《秦始皇本纪》中并未记该皇陵被盗事，仅是在《高祖本纪》中，借汉高祖刘邦之口，指责项羽"掘始皇帝冢，收私其财"的罪行，具体内容则不详。而在后出的史书中，特别是在郦道元的《水经注》中，则出现了项羽入咸阳之后，以30万人盗墓，运送盗墓之物30天未穷，又有牧羊儿持火照入坟道求羊，失火烧秦始皇棺椁，大火90日未绝等具体事实。更有传言称：因秦始皇陵大火不绝，而导致方圆数十里的陵区地面，也随着陪葬坑和陪葬墓的坍塌，而下陷了数米。鉴于郦道元的《水经注》较司马迁的《史记》晚写了600余年，而司马迁写《史记》距秦始皇入葬仅百余年，因此后人不能不怀疑在《史记》之后有关秦始皇陵被盗的记载，是否增加了传言部分。

而据当代考古发掘与勘测，秦始皇陵兵马俑确有过火痕，此见诸兵马俑等殉葬坑道，[1]但秦皇地宫却未曾被盗。其具体理由如下：

一是秦始皇地宫未曾进过水。据勘测：秦始皇地宫位于皇陵封土堆顶台及其周围以下，距离地表35米深，东西长170米，南北宽145米，地宫面积约18万平方米，主体和墓室均呈矩形。墓室位地宫中央，高15米，大小相当于一个足球场。[2]地宫周围存在着一圈厚4米的细土夯墙，即地宫宫墙，宫墙外壁用砖块包砌。宫墙高度约30米，东西长约168米，南北宽141米，南墙宽16米，北墙宽22米。宫墙系用多层细土夯实而成，每层土有5—6厘米厚（据传秦工匠在修建宫墙时，为了检验泥夯宫墙的坚实度，施工人员会站在远处用弓箭射墙，箭入则推倒重建）。在土筑宫墙内侧，尚存在一道石质宫墙，石墙长达千米，底部由厚达17米的防水性极强的青膏泥夯成，上部由84米宽的黄土夯成。由于秦始皇陵园地势东南高西北低，落差达85米，石质宫墙实际上起着防水大坝（"阻排水

---

[1] 见于《史记》所记：秦子婴元年（前206年）项羽攻入关后，大规模破坏秦始皇陵，考古发掘情况表明，一号俑坑和二号俑坑有黑色木炭遗迹及塌陷现象。

[2] 有数据称秦始皇地宫埋深约在海拔460米，顶深15米，位于即现封土东侧地表（海拔494米）下34米左右，室底部东西长约80米，南北宽约50米，高约15米，顶深海拔约475米。——数据见《百度词条·秦始皇陵》。

渠")亦即"堵墙"作用,可挡住秦皇陵地下水位由高向低渗透,有效保住墓室不遭水浸。而根据《史记》记载,秦始皇陵在修建时,曾"穿三泉"。另据《汉旧仪》记载:始皇帝三十六年(前211年),丞相李斯曾奏报骊山陵已挖至地底,秦始皇答复"再旁行三百丈乃止"。这两条史料都足以证明秦始皇陵修筑时挖地之深。但根据当代考古工作者的勘探结论,秦始皇地宫中未曾进过水。关中地区历史上曾遭受过8级以上的大地震,但秦始皇地宫却完好无损,整个墓室亦未曾坍塌。这足以证明秦始皇陵地宫石质宫墙(阻排水渠)之修,对于秦陵防水所起的重要作用。而据称北京国家大剧院之修,亦采用了此法以解决水浸问题。因此,秦始皇陵地宫中阻排水渠之修,亦是中国古建筑史上了不起的"秦陵式"发明。

理由之二是秦始皇地宫未发现盗洞。据勘测,秦始皇陵中发现了若干条通往地宫的甬道,但甬道中的五花土无人为搬动的痕迹。考古工作者又在地宫周围打了两百多个探洞,只发现了两个盗洞,一个在陵东北,一个在陵西侧,盗洞直径约90厘米,深达9米(一说发现两个直径1米,深度不到9米的盗洞),但离陵中心还差250米,都没能进入地宫。此外,考古工作者还用先进仪器探测到地宫中有大量水银和金属存在。这些情况说明:地宫中封土层未被掘动、地宫宫墙无破坏痕迹、地宫中水银呈有规律分布状况。

综上述当代考古工作者的勘测结论,笔者认为可以得出秦始皇地宫基本保持完好、未曾遭遇盗掘的结论。因为地宫一旦被盗,秦始皇陵中的水银必然会顺着盗洞挥发掉。笔者由此认为:史书上所记载的项羽盗秦陵事件,估计盗的仅是殉葬坑,牧童失火所烧也仅是殉葬坑道(现今出土的秦陵兵马俑有过火痕迹)。至于项羽当年为何未能进入秦始皇地宫,估计是地宫修得过于坚固,上下四壁均用铜封住,项羽又未能找到进入地宫的主墓道,只得作罢。由此也就涉及本文所述的谜题之四:秦始皇陵在当代有无重新发掘的经济价值?

对此,结论是肯定的。今人如能重新打开秦始皇陵地宫,一定能发现惊人的古代物质文化遗产,而已发现的兵马俑,价值或许只能顶其什一。此外,历史上的秦始皇陵真的被盗,打开的仅是一座空坟,蜂拥而至的旅游收入,也足以迅速扳平掘陵成本。因此,今人如决心发掘秦始皇陵,需要认真探讨的问题是如何解决掘陵的难点。

其一是工程的浩大性。皇陵是埋葬于山峰之下,当年项羽掘陵,曾动用了士兵30万,虽然盗财无数,仍未能进入地宫。另据当地传说,秦陵地宫在骊山底,骊山与秦陵间,有一条地下通道可行,每到阴天下雨,地下通道里常有"阴兵"出入,通道的出口在人造封土以南、骊山的主峰望峰之下。考古学家根据这个传说曾进行过反复考察,但均未能找到这一传说中的地下通道。也就是说今人如决心打开秦始皇陵,需要动员巨大的人力与物力,搬走秦皇陵之上的全部封土,然后再挖地30米。当然以现代科技力量而论,并非做不到这一点。

难点之二是重新发掘秦始皇陵时,古史书中所记载的"机关"、"暗弩"是否还会伤人?此外,相传秦皇陵地宫周边填了一层厚沙而形成沙海,此为地宫的第一道防线,盗墓者进入,会被沙海坍塌掩埋。个人认为秦始皇陵中即便存在古史书中所记载的"机关"、"暗弩"或传说中的沙海,但时逾两千年,可能早已失效。真正难以解决的问题是地宫中有大量充作江湖大海的水银,而当代地质勘测已证明了这一点。[①] 有人预测:这些水银溢出的毒气,将会给周边地区生活的民众造成难以估量的生理危害,有人甚至预测整个潼关地区,人类将无法生存。至于现代科技能否解决水银溢出的危害,则是需要加以认真探讨的问题。

难点之三则是能否保证地宫中取出的物品不风化变质。因为从秦陵兵马俑的发掘过程中已得知:兵马俑原是彩绘的,并非如现今我们所目睹的灰蒙蒙的一片。但是兵马俑出土后数分钟,便会因风化而导致彩绘迅速消失,中德两国考古学家曾联手合作,仍无法解决这一难题。至于其他考古发掘亦证明:因千年风化作用,地下出土的布帛会迅速化为灰烬,竹简也会萎缩碳化等等。[②] 而秦始皇焚书坑儒,唯独不废国家图书馆藏书。如果这些藏书最终进入秦始皇陵,今人打开地宫却无力保存,而导致其毁灭,这将是不可宽恕的罪过。

因此,笔者的最后结论是:在我们现代科技手段尚不足以保护秦陵出土文物的情况下,还是把重新发掘秦陵的这一难题留给后人处理为好。

提到秦始皇陵,不能不讲到殉葬坑中出土的兵马俑阵容的壮观,现在其已成为秦始皇陵的名片。相对而言,秦始皇地宫因未曾打开,反而名声显得暗淡。

兵马俑的发现,实出自偶然。1974年3月间,距离秦始皇陵5里之遥的西杨村农民杨志发、杨彦信、杨全义、杨高健、杨学彦、杨新满、王普智正在进行春季打井工程,当这一工程进行到两天之后,遇到坚如磐石的土层。而挖到3米时,

---

① 1982年,考古专家对秦始皇墓进行探测,在封土中间部位15.2万平方米的范围内,圈出了1.2万平方米的汞异常区,证实了中国史书的有关记载。

② 上世纪50年代,在打开定陵墓室的瞬间,五彩斑斓的丝织品迅速失色。上世纪70年代发掘长沙马王堆汉墓时,出土的漆器里有新鲜藕片,但接触空气后不久即碳化;出土的壁画、帛画均迅速暗淡失色,帛画则立即脆裂;竹简则直接碳化萎缩,失去历史价值。马王堆汉墓女尸则只能浸泡于防腐液中保存。而在银雀山汉墓刚出土的竹简,因保护不到位,许多都缩成了黑色的细线,一碰就碎。

又出现了一层厚厚的红土。农民猜测说："这是先辈留下的砖瓦窑。"当这一工程进行到第五天,亦即 1974 年的 3 月 29 日,农民杨志发忽然在靠井筒的西壁,发现了一个圆口形的陶器。打井农民初以为是挖到了一个"瓦盆爷"(当地土话,指陶制的神像)。而适值公社水保员房树民前来检查打井进度。房树民懂得一些文物知识,当他看到打井现场出土的陶像后愣住了,叮嘱道:"这个井暂时不能再打了,你们看,这些方砖不是和始皇陵附近出土的秦砖一模一样吗! 很可能是国宝!"房树民当即打电话通知县文化馆的工作人员。接到水保员的电话后,县文化馆的 3 位工作人员迅速赶赴现场。其中专管文物的赵康民仔细地查看了这些"瓦盆爷"后,说道:"什么瓦盆爷,这很可能就是秦代留下的千金难买的国宝!"他取出随身携带的麻纸,仔细将比较完好的俑头、俑身和俑腿全部包扎起来,放于车上。然后又吩咐干部、社员用萝筛将井口旁混有陶俑碎片的红土全部筛过,将每一块碎片都收集起来,连同同时出土的弩机、箭镞一并送交县文化馆查验。"次日,装满 6 架子车的陶俑碎片,送到了临潼县文化馆,县文化馆的工作人员开始了世界上所有博物馆都罕见的第一批特大陶俑的修复工作。由于临潼县文化馆对于出土文物的性质不明,未对外宣布消息,这一重大的文物发现,在两个多月的时间中竟不为外界所知。而在此期间,在中国新闻社工作的记者蔺安稳回到家乡临潼县探亲。看到了赵康民等人正在进行的陶俑修复工作,指着一个初步修理好的铠甲俑和两个短褐俑问道:"这么重大的发现,为什么不上报?"临潼县文化馆的回复是:"连我们自己还没有完全弄清它,该怎么上报?"而出自新闻记者职业的敏感性,1974 年 6 月 24 日,蔺安稳在探亲假满回京城后的第二天,即写了一份《秦始皇陵出现的一批秦代武士陶俑》的简报,交给《人民日报》编辑部。简报中写道:"陕西省临潼县骊山脚下的秦始皇陵附近,出土了一批武士陶俑。陶俑体高 1.68 米,身穿军服,手执武器,是按照秦代士兵的真实形象塑造的。秦始皇用武力统一了中国,而秦代士兵的形象,史书上未有记载。……从出土情况推测,当时陶俑上面盖有房屋。后来被项羽焚烧,房屋倒塌,埋藏了两千多年。这批文物由临潼县文化馆负责清理发掘,至今只清理了一部分,因为夏收,发掘工作中途停止了。……"文章希望迅速采取保护与发掘措施。[①]

　　这就是关于秦始皇陵发现兵马俑的第一次内部文字报道。而这简报一经印发,迅速引起毛泽东主席、周恩来总理以及中央其他有关部门领导人的重视。当时中国虽处"文革"之中,但已渡过了"文革"初"破四旧"的狂热期,开始认识到保

---

① 材料出处参《百度文库·秦始皇兵马俑怎么发现的?》。

护国家文物的重要性，数日之内，即委派国务院副总理李先念批示国家文物局："建议请文化局与陕西省委一商，迅速采取措施，妥善保护好这一重点文物。"尚被蒙于鼓中的国家文物局干部见此批示后，即与陕西省文管会进行联系，而陕西省文管会对此也是一片茫然！于是，国家文物局文管处处长陈志德等人携带李先念副总理批示，于当年 7 月 6 日直飞西安了解兵马俑出土现场的发掘情况。而经小规模发掘后，又有一批武士俑屹立于土坑之中。到场专家们见到这批"陶俑巨人"后，都惊异得不可名状。于是，1974 年 7 月 15 日，由陕西省文管会、考古研究所等单位组成的"秦俑考古队"来到了西杨村，正式进行有关秦陵兵马俑的考古发掘。而这一天也是国际考古史上的重要一页。①

而秦陵出土兵马俑的消息首先是轰动了国内，来此参观的有带着画夹的美术家、白发苍苍的元帅与将军、有实践经验的冶金学家、崇拜古希腊雕塑艺术的专家以及国内不同职业的对于中国传统文化的爱好者，他们一改往日对于"中国封建社会"的成见，一致惊呼中国古代冶金术的高超绝伦，②一致认为秦俑细致入微的造型，堪比古希腊、罗马的雕塑艺术，堪称是世界雕塑史上时间最早、成就最辉煌的一章。而秦俑发现的消息也迅速轰动了世界，来此参观的有世界各国的友人以及政治家，他们连声惊呼："中国伟大！""中国伟大！"许多国际友人都把参观秦俑称作自己访华的"高峰节目"，他们纷纷留影、留言以抒发观感。而其中最有代表性的言论是 1978 年 9 月到此的、对历史有着深刻研究和造诣的法国前总理、巴黎市长希拉克，他说道："原来世界上公认有七大奇迹，今天看了秦俑，我要说这是第八奇迹，而且秦俑应该名列前茅！"从此，西安兵马俑作为世界"第八奇迹"而名扬天下。1987 年，秦始皇陵及兵马俑坑被联合国教科文组织批准列入《世界遗产名录》，被誉为世界十大古墓稀世珍宝之一。而据统计，截至当年，先后有 200 多位外国元首和政府首脑赴兵马俑参观访问，西安兵马俑成为中国对外进行文化宣传的重要名片。

而迄今已发掘的兵马俑出土情况大致为：其位于秦始皇陵园东侧 1500 米处，共发掘出了三个坑，坐西向东，呈"品"字形排列，占地面积共达 2 万平方米以

---

① 材料出处参《百度文库·秦始皇兵马俑怎么发现的？》。

② 秦俑坑出土文物所展现的秦代冶金和金属加工技术比以往的估计要高出很多，其中青铜防锈技术最具代表性，它是当时一种成熟的技术，秦俑出土的绝大多数兵器表面都涂有这种保护层。这种技术从汉代以后就失传了，而两千多年后的 1937 年，现代防锈镀铬技术才在德国产生。在这项技术上，中国领先了世界两千多年。此外，器械造型的标准化，也代表着秦人工艺管理艺术的杰出，亦秦人加工的青铜弩机器件精密、形体标准，相同规格的器件完全可以互换。而这种标准化的工艺生产技术，是欧洲近代工业化时代的产物。

上。坑内共发现陶俑、陶马 8000 余件,战车百余乘,另有青铜兵器 4 万余件。

　　而在三个陪葬坑中,1974 年发现的一号坑最大,东西长 230 米,南北宽 62 米,深 5 米左右,共出土仿真人真马比例、排成方阵的 6000 多个武士俑和拖战车的陶马,而其中人俑平均身高为 1.80 米左右,这说明秦人的平均身高约高于当代人。

　　二号坑距一号坑的东北约 20 米,是在 1976 年春天发现的。南北宽 84 米,东西长 96 米,总面积 9216 平方米。二号坑为多兵种联合阵容,包括步兵、车兵、骑兵和弩兵等,共有陶俑、陶马 1300 余件,战车 89 辆,是一个由步兵、骑兵、战车等三个兵种混合编组的军阵,也是秦俑坑的精华所在。

　　三号坑位于二号坑西,约上世纪 80 年代发现,1989 年 10 月 1 日始对游客开放。坑南北宽 24.5 米,东西长 28.8 米,占地面积 500 余平方米,坑内共有武士俑 68 个,战车 1 辆,陶马 4 匹。

　　此外,在这 3 个俑坑的北面,发现了一个空俑坑。1980 年又在秦陵西侧出土了青铜铸大型车马 2 乘。

　　结合秦始皇地宫位置,可以看出秦陵的大致格局为坐西朝东,前军后朝,亦即兵马俑的职责是负责守卫位于地宫之中的文武百官与皇帝。而根据秦陵考古专家的研究意见:一号坑为兵马俑军阵的"右军",二号坑为"左军",三号坑为是一、二号坑的军幕,亦即用来统帅地下大军的指挥部。而兵马俑军阵的整体阵容,是仿秦朝宿卫军打造的,其近万名或手执弓、箭、弩,或手持青铜戈、矛、戟,或负弩前驱,或御车策马的陶制卫士,分别组成了步、弩、车、骑四大兵种,体现了统一六国时期,秦国兵容的强盛。而我个人认为:已出的秦始皇陵兵马俑阵容,原本应该是左、中、右三军,即现今出土的一号坑右军原本应该是步兵中军,而位于其右的钻探空坑,则应该是一个由步兵、骑兵、战车等三个兵种混合编组的右军(内涵同二号坑左军)。只是由于陈胜、吴广起义,二世临时赦免"刑徒"为军队,而未及制成陶俑落葬,只得留下空坑。这一推断,当符合先秦大国三军构建的常规。至于现今已出土的三号坑,则当是位于三军之后的军事指挥部。

　　而个人认为秦陵兵马俑的发现有巨大的史学价值和文化艺术价值,首先在于,兵马俑阵形的出现,展现了当时处于人类文明史领先状态的秦代军事编制、作战方式、骑兵步卒装备的实证资料。其次在于,已出土的 8 千多秦代武士俑,服饰不一、神姿各异、身披重彩、手执戈矛,它可以使人想见古代中国民众所达到的巧夺天工的雕塑艺术高度,而叹为观止。再次则是,秦陵惊人的建筑设计、宏伟的地下土木工程施工,使今人可以想见当年指挥这一伟大工程的管理者李斯、章邯及其属下所达到的人类智慧高度。因此,秦陵兵马俑的发现,堪称是"二十世纪考古史上的伟大发现之一",是中华民族后代子孙的骄傲。

2017 年 11 月 14 日

游华清池、悼骊山烽火台，过半坡村
（少林寺、华山、西安、延安纪游之七）

1994 年 10 月 29 日，星期六，晴。

中午时分，出秦始皇陵区，参观附近的树雕工艺馆。随后，在陵前地摊市场上闲逛。地摊主出售的物品，以当地农民自制的一马四武士组合的仿兵马俑纪念品为主，此外有不少玉制品。他们的口号是："翻身靠共产党，发财靠秦始皇。"在地摊上买兵马俑纪念品 4 套。此外，我看中一件黄玉制成的烟灰缸。摊主为一老头，开价 20 元，我还价 10 元。老头表示同意，但要求我把手中拿的充作午餐的面包给他。我表示面包是供我午餐之用，不能给他。旁边一青年摊主帮腔道：老师傅从早晨到中午一口饭都没吃，即便向你讨饭，你也得给，更何况人家已把价位降低。无奈之下，我只得把充作午餐的面包送给了卖玉老人，下午饿着肚子游华清池。做赔本生意如同我这样的，当实在不多。

下午 2 时许，陕西师大的旅游包车抵游华清池，要求大家自由参观华清池及旁边骊山上的"捉蒋亭"，给的时间是一个小时。

华清池，又名华清宫，距西安西约 30 公里，位于临潼城南骊山西北麓，北临渭水，与秦始皇陵相邻。在中国园林史上，其与颐和园、圆明园、承德避暑山庄并称四大皇家园林。

华清池以有温泉能"荡邪去疾"而著称，古传秦始皇曾利用骊山温泉水，治好了脸上的疮。据检测，华清池温泉水温常年保持在 43 度，水质纯净、柔滑，含 10 多种于人体有益的矿物质，对于治疗风湿、关节炎等疾病有奇效，中国已知温泉约 2700 余处，无有过此者。因此，中国自三代以降，周、秦、汉、隋、唐等历朝，均在此建有离宫别苑，华清池温泉被誉为"天下第一御泉"。

而据有关文献记载：骊山温泉初名温泉名"星辰汤"，远在三千年前的西周时期，即为天子游幸之地。至"始皇初，砌石起宇，名骊山汤，汉武加修饰焉"。[①] 至北周武帝天和四年（569 年），令大冢宰宇文护造皇汤石井。隋文帝开皇三年（583 年），始列植松柏千株，修屋建宇。[②] 至唐代，骊山温泉作为皇家园林的范围逐步扩大，唐太宗贞观十八年（644 年），诏左卫大将军姜行本、将作大匠阎立德建宫室楼阁，赐名"汤泉宫"。"贞观二十二年（648 年）正月戊戌，帝如温汤。癸卯，御制碑以示群臣"。唐高宗咸亨二年（671 年）改名温泉宫。[③] 唐玄宗天宝六载（747 年），始更温泉宫名为华清宫，"环宫所置百司区署，诏琯总经度骊山，疏岩剔数，为天子游览。"[④]

而唐玄宗时期（685 — 762 年），无疑是骊山温泉的全盛时期。根据有关记载：唐玄宗治汤井为池，环山列宫殿，因宫设在温泉上面，温泉又得"华清池"之名，沿用至今。当时华清池是帝王妃嫔的游宴行宫，玄宗皇帝每年十月携带杨贵妃到此沐浴过冬，直到次年春天才返回长安。唐玄宗从开元二年（714 年）至天宝十四年（755 年）的 41 年间，共临华清池 36 次之多。而宫中的"飞霜殿"，则是唐玄宗和杨贵妃的寝殿。殿的得名，缘自工匠利用骊山温泉水，在墙内制成暖气循环系统，冬天每当雪花飘舞时，到了这里便落雪为霜。唐代诗人白居易在《长恨歌》中形容杨贵妃在此的生活是：

> 春寒赐浴华清池，温泉水滑洗凝脂。
> 侍儿扶起娇无力，始是新承恩泽时。

上述为华清宫简史。但时至唐亡，华清宫受到了严重破坏，再加后朝历次战争因素，华清宫遗址已荡然无存，所余的仅是古老的地名、永恒的温泉资源、烽火戏诸侯的典故、唐明皇与杨贵妃的浪漫情史，以及"西安事变"重大历史事件的发生地等等，而吸引着众多海内外游客前来。

新中国成立后，为了开发旅游资源，开始对华清宫遗址进行重建与考古工作。这一工作始于 1959 年，先是根据历史文献记载，重建华清宫。而此后的考古工作取得了重要进展，包括：1967 年在临潼南什字西北角修建新华书店营业楼时，发现了用青石砌成的宫城北墙墙基；1981 年春在临潼西街丁字形路北考

---

① 见《三秦记》。
② 见《三秦记》。
③ 见载《册府元龟》。
④ 《唐书·房琯传》。

古时,发现了同样的北墙基;1982年冬于寺沟村南的山坡上探出宫城东围墙(唐时称"缭墙")两段。根据这些考古发现,基本上可以断定唐代华清宫的范围为:

南至骊山西绣岭第一峰(周烽火台)山根,北到今临潼县城北南什字,东至石瓮谷(寺沟),西到铁路疗养院西侧的牡丹沟。其建筑布局依山面水,排列有序。除宫城("罗城")之外,四周尚有围墙("缭墙")环绕。而在围墙之外,还有不少建筑林立。其主要殿舍以温泉为中心,构成华清宫内涵,然后向山上和山下展开,其充分利用高低等差的地形特点,设置有不同类型的楼阁亭榭与花木林园。因此唐杜牧有诗形容为:"绣岭明珠殿,层峦下缭墙(围墙)。"[①]清乾隆年间编《临潼县志》称:"汤井殊名,殿阁异制,园林洞壑之美,殆非人境。"又由于华清宫依山为宫园建筑,而有"骊山宫"、"骊宫"之称。白居易《骊宫高》诗称:"高高骊山上有宫,朱楼紫殿三四重"。又因骊山主峰名"绣岭",唐代华清宫又有"绣岭宫"的别称,唐代诗人崔涂、李商隐、崔道融等人咏华清宫的诗,皆以"绣岭宫"为名来称谓。

总的来说,唐代华清宫的建筑,具有布局严谨,规模宏大,曲折萦回,宫殿建筑群富丽堂皇,楼台馆殿,遍布骊山上下的特点。

而自1982年4月起,唐代华清宫御汤遗址的考古也取得了实质性进展,即此后三年多时间中,在4600平方米的发掘区内,清理出"莲花汤"、"海棠汤"、"星辰汤"、"太子汤"、"尚食汤"等五处皇家汤池(浴池)遗址,同时出土的还有其他文物3000余件。五处出土的皇家汤池具体情况分别为:

"莲花汤",亦称"御汤"、"九龙汤",唐玄宗沐浴用。1983年7月发现,东西长10.6米,南北宽6米,深1.5米,占地400平方米。是一个浴、泳两用的汤池,显示皇帝至高无上的权威。池底有一对约30公分的进水口,装有双莲花喷头,可同时向外喷水。

"海棠汤",俗称"贵妃池",状似一朵盛开的海棠花,并因此得名,杨贵妃专用。1984年10月发现,东西长3.6米,南北宽2.9米,深1.26米。根据有关记载,该汤池始建于公元747年,杨贵妃在此池中共沐浴了十年。

"星辰汤",始建于644年,专供唐太宗李世民沐浴用。池壁南峭北缓,系工匠模拟河流造型修建的。传说原址上初无遮拦物,沐浴时可看见天上的星辰而得名。附近有一块唐太宗李世民贞观二十二年(648年)书写的御碑《温泉铭碑》,当然碑是近年新翻刻的,原碑早已无存。唐太宗的书法据说师从褚遂良,写

---

① (唐)杜牧:《华清宫三十韵》。

得极佳，算得上是一位帝王中的书法家，只可惜我不懂书法，只是随记。

"太子汤"，专供太子沐浴用的汤池。1984年10月发现，东西长5米，南北宽2.7米，深1.2米。

"尚食汤"，专供尚食局官员沐浴用的汤池。

此外，在星辰汤后面还发现了一座温泉古源，距今已有数千年历史。经实测，该泉水来自地下的常温层，水温常年保持在43摄氏度，不受四季变化的影响，每小时流量为113吨。①

另据导游介绍：上述5处皇家汤池发现之初，池面上均贴有装饰用的、当地盛产的蓝田玉，比现今所见到的光秃秃的汤池要美观得多，不幸的是在汤池出土之初，被当作装饰贴条用的蓝田玉便被周边民众哄抢剥离一空，仅剩下了我们今日所能见到的光秃秃的汤池。

上述为有关华清池的考古概况。现今步入华清池，可参观的景观分为三部分，其东部为游人保健沐浴场所，有冲浪浴、汤池等设施。西部为园林游览区，有人造九龙湖景、飞霜殿、宜春殿等仿古建筑。园林南部为文物保护区，这也是游客真正值得参观之处，除已述五处皇家汤池与温泉古源外，值得一提的尚有唐代华清宫的梨园遗址，这也是迄今中国发现的唯一一处唐代梨园遗址，它具有研究唐代宫廷建筑布局及古代音乐舞蹈发展史的重要价值。

据有关记载，在唐玄宗时期共有四大梨园，而华清宫梨园，也叫随驾梨园，是唐玄宗和杨贵妃在宫廷内设置的专门安置管理与教习乐舞的机构。② 该遗址是在一个偶然的机会发现的。1994年1月，华清池管理处在维修会议室时，突然发现了一组比较完整的唐院落建筑遗址和一座汤池遗址，后经专家论证，确定此遗址便是当年梨园弟子们住宿、沐浴、演练歌舞之地。而据有关记载：唐玄宗幼年幽居深院，常与乐工为伴，深通音律。即位后，于开元二年（714年），把梨园作为音乐、舞蹈、戏剧活动的中心，集合了李龟年、马先期、贺怀智、张云容等诸多音乐名师教习和演奏法曲，从而使梨园成为中国历史上第一所皇家歌舞戏剧综合艺术学校。由于自杨玉环被册封为贵妃后，唐玄宗每年冬天都要到华清宫越冬，直至次年春才返回长安，因此唐玄宗在开元年间于华清宫设立了梨园分院——华清宫梨园，唐玄宗于此创作的乐曲包括：《霓裳羽衣曲》、《得宝子》、《紫云回》、

---

① 数据见《百度词条·华清池》。
② 李尤白：《梨园考论》，陕西人民出版社1995年11月版。

《凌波曲》、《龙池乐》、《荔枝香》等,常教华清宫梨园弟子演奏。而华清宫梨园又有"长生殿"之名,此事见《新唐书·礼乐志》所记:"帝幸骊山,杨贵妃生日,命小部张乐长生殿,因奏新曲,未有名,会南方进荔枝,因名曰《荔枝香》。"因此后来清人洪昇所创作的反映唐玄宗与杨贵妃的昆曲名剧便以《长生殿》为名。总之,华清宫梨园遗址的发现,在中国戏剧史上是一件有重要意义的事的。

穿越华清宫景区,在华清宫的东侧是荷花池、五间厅景区,这是中国近代史上重大历史事件——"西安事变"的发生地。根据有关记载:

环园原为清朝温泉驿馆,同治年间毁于战火。光绪四年(1878年),临潼知县沈家桢重修,更名"环园"。园中的主要设置是:园中有荷花池,池北为荷花阁,池东为白莲榭,池南为"五间厅"。五间厅系一砖木结构的厅房,南依骊山,北靠荷花池,由五个单间厅房相连而组成,故名"五间厅"。其周围尚有三间厅、望河亭、飞虹桥、飞霞阁等建筑。光绪二十六年(1900年)八国联军进攻北京,慈禧太后和光绪皇帝西逃西安,曾就寝于此。民国二十三年(1934年),加以修葺,成为当时高官的休憩场所。

民国二十五年(1936年)10月、12月,蒋介石两次入陕,以华清池为"行辕",下榻五间厅,在此策划"剿共"战役。先此因"九一八"事变发生(1931年),张学良为保存东北军实力,实行不抵抗政策,让出东三省,遭到全国民众的谴责,良心有愧。此后其军队被蒋介石安排到西北地区对当时驻陕北的红军进行"剿共"战役,又被驻陕北的红军打得大败。此时的张学良幡然醒悟,决心联合当时也是驻西北的国民党杨虎城第十七路军进行"兵谏",以改变蒋介石当时所实施的"攘外必先安内"的错误国策。

1936年12月12日"兵谏"发生,张、杨部队在蒋介石驻院内与卫兵进行了短暂激战后,蒋介石在寝室中听见枪声,从后窗爬出,越后墙而逃,跌入深沟伤脊,在侍卫搀扶下上山,藏身于骊山西绣岭虎斑石下的草丛中,被张、杨搜山部队擒获,送往西安。后经国、共谈判,双方达成"停止内战,一致抗日"的协议。而这一重大历史事件的发生,不仅对中国抗日战争的行程产生了重大影响,同时也对于中国共产党的处境,由在野、无合法地位的党最终变为执政党产生了一定的影响。在西安事变发生后的1946年3月,胡宗南驻兵西北时,为了表达对蒋介石的忠诚,发动黄埔军校七分校全体士官募捐,在蒋介石被擒处建亭,称"正气亭",新中国成立后,更改亭名为"捉蒋亭",1986年12月在纪念"西安事变"50周年前夕,为了缓和两岸关系,又更亭名为"兵谏亭",但民间仍习惯称该亭为"捉蒋亭"。

我穿越华清宫步入五间厅,听讲解员介绍:五间厅由西往东依次为蒋介石的秘书室、卧室、办公室、会议室、侍从室主任钱大钧的办公室。在五间厅的玻璃窗、墙壁上,迄今还保留着西安兵谏激战时的弹痕,各房间办公室用的桌、椅、床、沙发、茶具、火炉、地毯、电话等,均按原貌复制摆放。

由五间厅向前,便来到了骊山半山腰的兵谏亭。据介绍骊山海拔为1300米,但可能是因为华清池所处的地势较高,骊山并不显高,石阶山路亦并不难走。只是因为我四天前攀爬华山时伤了脚踝,无意继续上行,只得拄着攀华山时带下来的拐棍仰望喘气。突然发现一群年轻人从山顶下来。我问山顶有什么景观,回答是上面有一个周幽王"烽火戏诸侯"的烽火台。我听后大为懊悔,因为导游事先亦未曾介绍,不知骊山顶有这样一个著名的景观,而在华清池耽搁了太多的时间,丧失了上山的时机,当时距离大队人马集中的时间仅余刻把钟,下面还要参观半坡遗址,我无论如何也挤不出时间上骊山烽火台了,只得赋诗遥祭:

七绝　吊周幽王骊山烽火台(1994.10.29)
先王备寇苦经营,构筑骊山烽火城。
天子缘何重美色?佳人一笑山河倾。

此后,我2012年7月间陪家人重去了一次华清池,我想趁机上骊山烽火台,但是在无良导游的带队下,不准旅行团成员自由活动,把游客的大量旅游时间都用于赴珍宝馆购物以便从中抽成。当我提出有关要求时,回答是:旅游大巴停在华清池大门外,如果要登骊山烽火台,人出去之后将无法再进华清池。这样,我又未能上得烽火台。

上不得骊山烽火台悼古,是我人生中的无奈之一,当然这只是小无奈。大抵人生遇事,十有八九是不如意的,只要持理性态度对待,不出大事即可。但是人生遇事如不知自制,出了大无奈,搞得不好就会亡国破家。当年周幽王烽火戏诸侯时,未必会想到他会因此亡国丧命,这是人生的大无奈之一。而同样,当年唐玄宗在华清池与杨贵妃穷奢极欲时,也未必会想到他会为此弄得破国与美人丧命,这也是人生的大无奈之一。因此游华清宫、悼骊山烽火台,我认为最大的意义是两个历史事件的警示意义:君王淫佚则会亡其国,平民淫佚则会亡其家。而这一警示意义同样适合于现今我国所开展的反腐败斗争。游华清宫时,我曾以此主题赋诗一首,一并抄录志念:

七绝　华清池吊古(1994.10.29)

华清泉暖穷奢靡,日日笙歌月影移。

皇帝只听佳丽语,河山万里应支离。

鉴于周幽王烽火戏诸侯事件是中国历史上的大事之一,简记如下:

该事件发生的原因是:周幽王得美女褒姒而不好笑,为博得美人一笑,听信奸臣虢石父的建议,点燃了骊山烽火台。① 骊山烽火台原为西周天子与各诸侯国约定的紧急军事报警信号,在镐京附近的骊山(今陕西临潼东南)一带修筑了20余座,一旦烽火燃起,即犬戎进袭、京城告急、天子有难,各诸国必须起兵相救。周幽王为逗笑褒姒,点燃烽火后,各诸侯国纷纷前来救驾,但未见军情,见到的却是周幽王和褒姒坐在烽火台上饮酒作乐,始知被戏弄,怀怨而回。褒姒见状,拍手大笑,虢石父因献计受赐千金。但是当年犬戎真正进攻镐京时,周幽王再燃烽火,却无诸侯来救,最终导致镐京被攻破,周幽王被杀。这一历史事件发生于公元前770年,该年西周王朝灭亡,周幽王的儿子周平王即位后,被迫东迁洛邑(今河南洛阳),开始了中国历史上的东周时期。为了深入了解这一段历史,我后来查了一下有关骊山烽火台的资料,发现原台早毁,新台是临潼地方政府1985年在原遗址上重建的。台虽新,但重建仍是有意义的事,因为它可以提醒人们勿忘历史。

约下午3时许出华清池,坐陕师大大巴前往半坡遗址参观,3时30分抵达。先参观半坡村落出土原址,然后参观经专家考古、按原型复建的半坡村落。半坡博物馆空地上,尚见有模仿先民的摔跤表演。

半坡遗址位于西安市东郊灞桥区浐河东岸,1952年发现。据介绍:半坡文化是古代黄河流域一处典型的原始社会母系氏族公社村落遗址,属新石器时代仰韶文化,距今6000年以上。半坡文化以彩陶著称,红地黑彩,上面绘有人面、鱼、鹿、植物枝叶以及几何形图纹,从陶器上发现了22种刻划符号,专家猜测其可能为一种原始文字。半坡遗址分为居住、制陶、墓葬三区,其中居住区是村落的主体,居民住房大多是半地穴式的,晚期住房则出现了在地面砌墙,并用木柱支撑屋顶的房屋,这符合中国古文献的记载:"古之民,未知为宫室时,就陵阜而居,穴而处下,润湿伤民,故圣王作为宫室。为宫室之法,室高足以辟湿润,边足

---

① 此事见于司马迁《史记》卷四《周本纪》所记:"褒姒不好笑,幽王欲其笑万方,故不笑。幽王为烽燧大鼓,有寇至则举烽火。诸侯悉至,至而无寇,褒姒乃大笑。"

以围风寒,上足以待雪霜雨露。"①参观半坡遗址,能够使人感受到回归自然、历史与原始艺术的乐趣,使人看到人类童年的纯朴、欢乐与中华先祖的艰辛足迹。由此也深深激起中华后人的民族自豪感。

下午4时30分,旅游大巴出半坡博物馆,返陕师大校舍。

2017 年 12 月 3 日

---

①《墨子·辞过》。

两岸关系学术研讨会闭幕，吊秦二世陵，过寒窑（少林寺、华山、西安、延安记游之八）

1994 年 10 月 30 日，星期日，晴。

上午，"全国第六届两岸关系和国共关系及第二届中国国民党史学术研讨会"闭幕。学术会议闭幕当天的下午，出陕师大，坐 27 路公交车至大雁塔站，转坐当地农民用摩托车改装的载客车游曲江池、二世陵园、寒窑、秦王宫四景点。

车先过曲江池旧址。大概还是在中学时代，我即从唐人词句"妾是曲江池畔柳，这人折了那人攀，恩爱一时中"，留下了对曲江池的印象，认为这一定是一个自然风光十分美丽的林园。不意车开到一路段的中央园地前，车主突然停车，未叫我下车，而是指着园地上一块书写着"曲江池"三字的旅游指示牌对我说："这地方就是唐代曲江池的旧址！"我只得连声"嗯！嗯！"叫车继续前行。原来随着时代的变迁，唐代曲江池旧址早已无水，而是成为当地"东曲江池村"、"西曲江池村"与"王家庄"的所在地，"曲江池"纯粹成为一个古老的地名，向游人诉说着唐代文化的辉煌。

下午 1 时，抵秦二世陵园。

秦二世陵园，当地俗称"胡亥墓"，位于今西安市雁塔区曲江池村南缘台地。墓为土筑圆墩，高五米，直径约 25 米，墓北有碑，正面刻清毕沅书"秦二世皇帝陵"六字隶书，碑后刻有清生员周新命嘉庆十年书《夜役说》文。

据有关介绍，二世陵园原无确址。清乾隆四十一年（1776 年），陕西巡抚毕沅根据史书中有关"以黔首（平民）之礼，葬杜南宜春苑中"①的记载，经勘证，认定胡亥墓址位于唐代曲江池遗址南侧，并于原址立坟树碑，以警世人。附近村民和缙绅又集资修陵，在陵前立三进朱门大殿，殿内陈"指鹿为马"群塑像以及胡

---

① 《史记·秦始皇本纪》。

亥、赵高、子婴、阎乐等人塑像,遂形成占地约 10 亩的秦二世陵区。1956 年 8 月 6 日,陕西省人民委员会将该陵列为省第一批重点文物保护单位。而近年,当地又在陵园区建有"秦二世陵遗址博物馆",二世陵区遂成为人们研究秦文化的基地。①

胡亥,正史无专传,其事迹见载《史记》卷六《秦始皇本纪》、卷八十七《李斯列传》等。根据有关记载:胡亥(前 230—前 207 年)系秦始皇第十八子,公子扶苏弟。嬴姓,赵氏,名胡亥,前 210 年至前 207 年在位。秦始皇三十七年(前 210 年)出巡,病死沙丘。少子胡亥在中车府令赵高和丞相李斯的帮助下,通过政变继位,称"秦二世皇帝"。因实行酷法严刑统治,激起陈胜、吴广起义,继位仅三年(前 207 年),在中车府令赵高逼迫下自杀,时年 24 岁。胡亥之所以有两姓,是因为秦王朝先祖大费在舜帝时为官,佐禹治水有功,又为鸟兽师,使鸟兽驯服,遂被舜"赐姓嬴氏"。② 此后其父秦始皇出生于赵国,"姓赵氏"。一说"秦与赵同祖,以赵城为荣,故姓赵氏。"③因此秦王朝统治者实际有两姓。

胡亥继位三年即把当时世界上最强大的王国——秦王朝搞得亡国,其中有太多的历史教训值得吸取,可以简要地概括为以下三条:

一是生性残忍,六亲不认,丧尽天良。根据有关记载:胡亥少时从中车府令赵高学习狱法,深得秦始皇宠爱。秦始皇出巡南方时,要求同行。秦始皇在出巡过程中,病死于邢台沙丘宫,在权臣赵高与李斯的策划下,秘不发丧,而是假传圣旨,逼迫太子扶苏自杀,立胡亥为帝,称"秦二世皇帝"。胡亥继位后,惧怕其他皇子效法夺位,共杀害兄弟姐妹二十余人。其中一次在咸阳市将十二个兄弟处死,另一次在杜邮(今陕西咸阳东)又将六个兄弟和十个姐妹碾死。其兄弟将闾等三人无任何过错可寻,胡亥将三个人囚闭于深宫中,派人以"不臣罪"逼自尽。将闾问道:宫廷之礼节,无任何违背,受命应对,无任何失辞,何谓不臣? 来人答道:我不知你们有何罪名,只是奉命行事! 三人只得相对而泣,引剑自刎。④ 公子高自知必死,又怕逃走会连累家人,于是上书胡亥,表示愿意在骊山殉葬,但须免除其家人之罪,胡亥大喜,赐钱十万。⑤

二是酷法严刑,滥用民力,丧尽人心。二世继位之初,征调 70 万刑徒修秦始

① 2010 年西安曲江新区以保护历史遗址为宗旨设该馆。
② 见《史记·秦本纪》。
③ 见《史记索隐》。
④ 《史记·秦始皇本纪》。
⑤ 《史记·秦始皇本纪》。

皇陵,在埋葬秦始皇时,下令把后宫无子女的宫女全部殉葬。又怕修陵工匠泄露皇陵秘密,下令把修陵工匠约数万人同时殉葬。二世好养狗马禽兽,以供其游猎之用。咸阳城中粮草不够用,便令各郡县官吏逼迫民众征送,运送粮草之人,须自备干粮,不许吃咸阳城三百里以内的粮食,以致饿死民众无数。秦法严酷,常是一人犯法,罪及三族;一家犯法,邻里连坐。二世更是变本加厉,以"杀人众者为忠臣",以致范阳令杀人如麻,造成了"刑者相半于道,而死人日成积于市"的惨状。秦二世元年七月(前209年),下令征调淮河一带贫苦农民陈胜、吴广等九百人到渔阳(今北京密云)戍守,至蕲县大泽乡(今安徽宿县西寺坡乡刘村集)时,因天雨失期,按秦律当斩。陈胜、吴广遂杀死秦尉,发动戍卒"斩木为兵,揭竿为旗"起义,建立"大楚"政权,这也是中国历史上的第一次农民起义。

三是背信弃义,只听谗言,杀尽忠良,自毁帝国基石,成为真正的孤家寡人,而酿成"指鹿为马"的千古笑谈。二世矫诏杀太子扶苏及残杀其他兄弟姐妹后,怕文武大臣不服,先是杀掌握兵权的蒙恬、蒙毅兄弟,又逼迫右丞相冯去疾和将军冯劫自尽。胡亥在即位的次年,也效法其父秦始皇巡游天下,南到会稽(今浙江绍兴),北到碣石(今河北昌黎北),在赵高的挑唆下,寻机杀害许多不服的地方官吏。赵高为了与丞相李斯争夺权力,又设计让胡亥杀害李斯与其子三川郡守李由。由于胡亥只听谗言,枉杀忠良,弄得大臣们人人自危,不敢在二世面前说真话。权臣赵高则乘机将自己的亲信党羽安插进朝廷要位,如让其弟赵成任中车府令,让其婿阎乐任都城咸阳的县令等等,而胡亥对赵高的阴谋毫无防范。但赵高仍担忧自己能否真正执掌国家大权。一日,赵高牵来一只鹿进献给二世,称是一匹好马。胡亥听了大笑,说:丞相糊涂了,这明明是只鹿,怎能说成是马?赵高便要求在场的大臣们识辨。大臣们因惧怕赵高的权势,无人敢说是鹿。至此,赵高已知晓自己已执掌了国家要权,便开始了篡夺最高皇位的阴谋。

先是陈胜、吴广起义已遍及全国,二世却始终相信赵高"天下太平"的谎言。直至陈胜军队已逼近都城咸阳,秦朝社稷危在旦夕,二世才知晓了事实真相,并开始对赵高不满,派人以起义者日益逼近的事谴责赵高。赵高却派女婿阎乐发动兵变,逼迫二世自杀,理由是:骄横放纵,诛杀无辜,天下共叛,系替天下人来诛杀二世。二世提出要见丞相、当郡王、当万户侯、做普通百姓的要求均被阎乐拒绝,二世无奈自杀。当阎乐率兵攻打内宫时,二世左右人均逃离,仅有一个宦官跟随不舍。二世问宦官:你为何不早把实情告诉我,以致弄到今日地步?宦官回答:为臣不敢说,才得以保全性命,如果我早说,岂能活到今天?至此,二世才弄明白他当孤家寡人的最终下场是什么。

二世死时才二十四岁,当皇帝仅三年,被以"黔首(秦代平民)之礼",葬于杜南宜春苑中,亦即今日二世陵园的所在地。而权臣赵高杀害二世后,也为自己的阴谋出了代价,即两年后被扶苏之子子婴诛杀。但这一行动并未能挽救秦王朝,随着项羽、刘邦的进军咸阳,秦王朝最终灭亡。

秦王朝的最终败亡,也是先秦法家学说的悲剧。即其学说只看重社会的阴暗面,认为人与人之间只存在利害关系,只相信酷法严刑的作用,却不相信社会上道义亲情的作用。其学说虽主张王子犯法,与庶民同罪,却又主张君王个人的权力可高居于法律之上,只重酷法严刑对于治理社会的作用,视法律为玩偶。因此,秦王朝的最终败亡,也是先秦法家学说的失败,助儒家学说大倡,而此后两千年的中国社会始终不得享有法律平权思想。唐杜牧作《阿房宫赋》说:"灭六国者六国也,非秦也;族秦者秦也,非天下也。嗟乎!使六国各爱其人,则足以拒秦;使秦复爱六国之人,则递三世可至万世而为君,谁得而族灭也?秦人不暇自哀,而后人哀之;后人哀之而不鉴,亦使后人而复哀后人也。"而我写这篇二世陵园游记的目的,也是希望后人永远记取秦王朝的亡国教训。

我是下午1时抵秦二世陵园的,当时所见之景可谓荒凉之极,约十余亩大的陵园中仅一老头守陵,周围为农村,游客则仅有我一人,与其父秦始皇陵的繁闹景象可谓天壤之别。有感题诗:

七绝　过西安吊秦二世陵(1994.10.30)
二世陵园青草长,夕阳半挂黄土墙。
百年基业一朝尽,为用奸臣妒贤良。

出秦二世陵园,下午1时30分抵寒窑。

寒窑位于西安市南郊大雁塔附近曲江池东,是中国民间传说中王宝钏与薛平贵爱情故事及传统戏剧《五典坡》(又名《王宝钏》)的策源地。故事大致情节为:

大唐宰相王允无子,仅有三个女儿。前二女已出嫁,王宝钏是其幼女,尚在闺中待嫁,父亲很想替女儿找一位乘龙快婿。一日王宝钏带着丫环赴南郊踏青,被几位风流公子调戏。危难之中,有位贫穷书生薛平贵挺身相救,打退恶少,二人因此产生感情。但薛平贵父母双亡,家庭败落,两家门第相差甚远,无法攀亲。时王允催促女儿早订婚事,王宝钏便提出抛掷绣球招亲的要求,其父无奈应允。王宝钏通过抛彩球选择了立于墙角的布衣公子薛平贵为夫。但其父却因薛平贵贫贱，想违约悔婚，王宝钏不允。其父一怒之下断绝了与王宝钏的父女关系。由于薛平贵无栖身之所，小夫妻俩便搬入五典坡的一处旧窑洞中居住，男樵女织，过着清苦日子。由于老母疼女，不时接济，两人生活尚属美满。唐懿宗咸通九年（869年），桂州边区发生叛乱，朝廷出兵讨伐，并借沙陀兵助战，文武兼备的薛平贵参加了沙陀军队，以求有出头之日。王宝钏却独自一身，苦守寒窑十八年。由于薛平贵在沙陀军中屡立战功，又在一次陪同酋长朱邪赤心到郊外狩猎时，救了行将坠崖的朱邪赤心女儿春花公主性命，因此被招为沙陀酋长的驸马，但薛平贵心中始终未忘苦守寒窑的妻子王宝钏。十八年后，长安形势紧迫，大唐兵力不足，沙陀军队应求再次入京援战。功成名就的薛平贵徒步来到五典坡寒窑中，与分别十八年之久的妻子王宝钏重聚，王宝钏终于走出寒窑，被接入薛府之中。

王宝钏与薛平贵的爱情故事尽管有明确的时代背景，但只能说是民间传说，因为正史并无有关事迹的记载。这一故事歌颂了中国古代妇女对于爱情的坚贞，其主题应该说是积极的。王宝钏与薛平贵的故事是在古代中国有影响的民间传说，曾被编入昆曲《五典坡》（又名《王宝钏》），自明代起久演不衰。此外，这一则故事在中国民间尚有若干不同版本的传说。如当地传说在今天曲江池附近的农田中无野荠菜生长，这是由于王宝钏当年吃糠咽菜时，将野荠菜都挖光了。我尚依稀记得在童年时代曾听家母讲过的王宝钏与薛平贵的故事，故事的结局为：王宝钏告诉薛平贵她是天女下凡，如果薛平贵愿意与她以琴棋书画相伴，两人尚有七十年夫妻可做，如追求枕席之欢，她只能陪薛平贵共度七年，便得回归天庭。由于薛平贵追求枕席之欢，所以两人重聚后仅共同生活了七年。

关于寒窑故址，不知定位于何时？现西安城南大雁塔附近五典坡有一处破旧的窑洞，洞壁上题有"古寒窑"三个字，此即当地传说王宝钏当年苦等薛平贵之处。而个人认为寒窑的定位，当始自明代昆曲《五典坡》的久演不衰，使寒窑名闻遐迩。因此欲往祭拜的人群甚多。而已知情况是：清代始设王宝钏祠堂。民国二十三年，杨虎城之母孙一莲捐资修葺寒窑遗址。这些旧迹在"文革"中皆毁，1984年6月，当地乡政府又出资重建塞窑遗址，1985年2月28日正式向游人开放。此后2012年2月，寒窑遗址公园"寒窑·故事"获"陕西省非物质文化遗产"称号。

而在我去日，在塞窑遗址所见有"贞烈殿"、"望夫亭"、"薛平贵王宝钏大殿"、"妖马洞"等景点，另有"平贵降马"、"平贵别窑"、"王宝钏挖野菜"、"王母探窑"等泥塑。我个人认为出钱修这些假古董的意义不大，与其花钱修假古董，还不如把

"寒窑"这孔古窑洞好好保护起来。游塞窑使我感到意外的是：在窑洞口看到了原国家领导人华国锋当年6月份来此参观的照片，华国锋当时早已不当国家领导人了。从照片上看，华国锋的身体尚可。

在塞窑得句，写此以作为生活中纪念：

相女下嫁平民家，苦守塞窑十八载。周边野菜都挖尽，始信人间有挚爱。

下午2时半，出寒窑，搭当地农民载客车赴秦王宫游览，抵，与车主结账共12元。入园，门票2元，看影一场5元。据车主说：秦王宫是近年为拍电影《秦王李世民》所搞的背景建筑，占地广而无大意思。入游，如其所言。个人游览体会是：为拍一部电影，圈占这么多农田造园林，是否值得？能否收回投资成本？

下午2时30分出秦王宫，坐当地农民载客车赴大雁塔，转乘27路车至陕师大，票价1元。在校门口市场修理书包、手表。晚餐后整理行李，为明日赴黄陵、延安参观做准备。夜9时30分入眠。

2017年12月30日

黄陵祭祖
（少林寺、华山、西安、延安纪游之九）

1994 年 10 月 31 日,星期一,晴。

晨 4 时 50 分起床,6 时零 5 分早餐,餐后办完退房手续,由陕师大坐小面包车赴黄陵、延安游览,同车共 15 人。

旅途所见,甚感荒瘠,留给我最深的印象是:所过山岭,均草木不生,一派黄土高原景象,这与我长期生活于江南地区所见之青山绿树景象,形成了太大的反差。而当时仅是 10 月末,天非甚寒。造成黄土高原荒凉景象的实质因素,显然是中国北方的长期战乱及水土流失。得句《入陕北》:

> 人稀晓雾寒,山瘠树生难。
>
> 寂寥惊鸿过,原荒多恶滩。

但是上午 11 时车抵桥山时,看到的却是一片柏树绕岗的葱郁景观,车上全体人精神为之一振。而桥山,也即我们欲访的目标——华夏先祖黄帝陵寝的位置所在。

黄陵所在的山岭之所以称"桥山",有两说。一说是根据古籍的记载:"桥山,《山海经》云:'蒲谷水源其山下,水流通,故谓桥山'。"①清顾祖禹所撰《读史方舆纪要》亦持此说,其云:"沮水至县北,穿山而过,因以桥名。"另一说是根据上古传说:此山原为"蟜氏"居地,称"蟜山"。黄帝时,其都城中宫位此,称"轩辕之丘"或"轩辕之台",黄帝因此号"轩辕"。黄帝故世后衍称作"桥山"。

桥山不甚高,但是由于山上古柏密布,山脚沮水三面环流,而显得气势壮观。

---

① 见宋乐史撰《太平寰宇记》。

桥山占地总面积 566.7 公顷,山上古柏覆盖面积为 89.1 公顷(约 1300 余亩),计有古柏 81600 多株,其中千年以上古柏 3 万多株,属中国最古老、覆盖面积最大、保存最完整的古柏群。①

沿登黄陵山道拾级而上,一路所见,均古柏参天。桥山古柏不仅数量多、树龄长,而且品种亦齐全,据介绍以侧柏为主,另多扁柏、圆柏、刺柏等。而其中最著名的古柏有"龙角柏"、"汉武挂甲柏"、"黄帝手植柏"等。龙角柏位于黄帝陵"盘龙岗"龙头的上方,枝干古老,年岁不知几许,因对称各一株,形如龙角而得名。

汉武挂甲柏,又称"将军柏",位于黄陵轩辕庙正殿前西南侧"黄帝脚印石"旁,其下有程寿筠书"志载汉武帝巡朔方还挂甲于此树"十四字碑文。据传说汉武帝元封元年(前 110 年),曾征用十余万大军北征朔方,凯旋过黄帝陵时,上山拜祭。在祭拜前,汉武帝先将其战袍挂在这棵柏树上,以示庄重,后人遂称此树为"挂甲柏"。其树龄距今有 2200 余年。

而黄陵内最知名的柏树,则是"黄帝手植柏",又名"轩辕柏",距今已存在 5000 余年。树冠如盖,枝干苍劲,树叶青翠。树下有碑称:"此柏高五十八市尺,下围三十一市尺,中围十九市尺,上围六市尺,为群柏之冠。"另据古籍《古今图书集成》记载:"中部县有轩辕柏,在轩辕庙。考之杂记,乃黄帝手植物,围二丈四尺,高可凌霄。"②据今人实测:该树高 19 米,胸径 11 米。1982 年,考察过 27 国柏树的英国林学家罗皮尔曾专程来考察此树,认定唯有此树最粗壮、最古老,是"世界柏树之父"。③ 更令人称奇的是:每年清明节前,这棵古柏流出的柏液会凝结为球状,经阳光反射五彩缤纷,吸引着各地来祭祖的人,而清明过后,柏汁停流,古柏又恢复到原先密错的甲痕状。

而桥山之所以多古柏,是中国历朝刻意保护的结果。在陵前植柏的风俗,大致起自华夏先民认为"魍象畏虎与柏"的古老传说,在陵墓上栽柏树以防范。④ 而据有关记载:为了怀念华夏始祖黄帝,在黄陵周围大规模人工植柏的时间最迟不会晚于汉代。至唐代宗大历五年(770 年)修建黄帝庙时,曾下令栽植

---

① 数据参见国家林业局信息化管理办公室:《黄帝陵林区将实现信息化管理》,《陕西日报》2014 年 6 月 10 日。

② (清)康熙朝陈梦雷编:《古今图书集成·博物》。

③《陕西开展"黄帝手植柏"再生保存课题研究》,中国新闻网 2012 年 9 月 25 日。

④ "魍象",又名"方相氏",中国古代传说中的一种怪物,"好食亡者肝脑",因此古人在坟上置柏立虎像以防范。见《周礼》。

柏树 1140 株。① 由于黄陵多柏，而有"柏城"之称。唐代诗人白居易有句"松门到晓月裴回，柏城尽日风萧瑟。"②其诗中"柏城"所指，当即黄陵。时至唐末、五代，由于国家战乱，黄帝陵周边地区出现了"樵采不禁"的情况。宋太祖赵匡胤即位后，特此于建隆元年和乾德初两次下诏，规定黄帝陵及炎帝、高辛、唐尧、虞舜、夏禹诸陵"各置守陵五户，岁春秋祠以太牢"，"隳毁者修葺之"。嘉祐六年（1061年），宋仁宗赵祯又下旨，责成坊州（今黄陵县）地方官员让黎民当年种植柏1400余棵，并抽调三户人家，免除一切徭役赋税，专门在桥山看护和种植柏树。此事见黄陵前的《宋嘉祐六年栽种松柏圣旨碑》，这也是中国现存最早的有关于保护黄陵的官方文献。后至泰定二年（1325 年），元泰定帝又在黄陵前立《禁伐黄陵树木圣旨碑》，规定违者重罚。此后明、清至民国历朝，对黄陵环境的保护措施有加。"文革"时期是中国社会最为动乱的时期，前来"破四旧"的红卫兵砸毁了黄陵地面的所有建筑，当他们挖开黄帝陵的上层黄土后，发现下面覆盖着厚厚的石板层，无力再挖，决意炸毁，幸好此时北京传来了命令不许炸陵，桥山山体因此得以保全。"文革"中桥山古柏得以保全的另一因素是当地民风纯朴，始终保持着敬祖护陵的童心。当地有风俗：黄帝陵上的所有东西不准往家中拿，也不准砍树，否则于家门不吉。据当地农民刘明回忆："到了破四旧的上世纪六七十年代，公祭虽然停止了，但他们村依然有群众偷偷到黄帝陵上祭祀。"③另据当地农民王安民回忆："他们村人都清楚桥山是祖先陵寝之地，自己有义务保护，因此就是在'文革'期间，他们村没有一个人砍伐黄帝陵的树木。"④

由于桥山古柏一代一代地受保护，日趋茂密。康熙年间，有一位县令想弄清桥山到底有多少棵古柏，令人统计了 49 天，却未能查清。1939 年，中部县⑤的县长卢仁山又调集一个民团，把桥山划地为段，编列号次，命士兵按树贴号，错者罚大洋五块，打 40 军棍。历经 19 天，最终数清桥山共有古柏 61286 棵，并将这一普查结果正式载入了《黄陵县志》。而现今数据黄陵共有柏 81600 余株，其新增的 2 万多棵树当是民国至今种的。在黄陵周边不断置柏，体现了中华后人对先

① 陕西地方志编纂委员会编：《黄帝陵志》(《陕西省志》第 75 卷)，陕西人民出版社 2005 年 3 月版。一说在唐开元、天宝年间在黄陵植柏 1140 株。

② (唐)白居易：《陵园妾》。

③ 参《走访关中帝王陵之黄帝陵》，黄帝文化产业网 2017 年 6 月 28 日。

④ 参《走访关中帝王陵之黄帝陵》，黄帝文化产业网 2017 年 6 月 28 日。

⑤ 中部县，黄陵县旧称，东晋时后秦始置，故治在今陕西黄陵县侯庄乡故城村。因该县为轩辕黄帝陵寝所在地，1944 年中部县呈请国民政府，更县名为黄陵。

祖的敬爱,同时也召示着环境保护的重要意义。

穿越茂密的柏树林道,由东门进入陵园后,首先看到的是道左一座 24 米高的土台,称"汉武祈仙台"(简称"汉武仙台")。台下围 120 米,上围 22.5 米,有两条石径可通达台顶。台下有"汉武仙台"四字石碑,为明嘉靖三十七年(1558 年)"池南唐琦"所书。根据《史记·封禅书》所记:该台始建于汉武帝元封元年(前 110 年),当年汉武帝"北巡朔方,勒兵十余万,还,祭黄帝冢桥山"。相类记载尚见于《中部县志》:"峙黄陵左侧,高出林表,汉武巡朔方,还,祭黄帝,筑台祈仙"。[①] 综古籍所记,当年汉武帝修"祈仙台"的主要目的有两个:一是为了炫耀武功,二是为了祈祖成仙。因此其北征朔方,大胜之后,动用 18 万大军修此高台,围以翠柏,以祭告祖先,并替自己祈祷长寿成仙。今人登祈仙台,可饱览黄陵柏海景象,民间有"登台一次,增寿一年"之说。

汉武帝修筑祈仙台的重要意义,在于开创了此后历朝在黄陵修庙祭祖的先例。根据有关记载:秦始皇统一天下后,规定天子的坟墓一律称作"陵",普通平民坟则称之为"墓"。汉高祖刘邦登基后,始规定天子陵旁必设"庙"。其颁诏曰:"吾甚重祠而敬祭。今上帝之祭及山川诸神当祀者,各以其时礼祠之如故",并在桥山西麓建"轩辕庙"。[②] 至汉武帝北征朔方还专程赴桥山祭黄陵,则是见于正史记载的第一次由朝廷出面祭黄陵。此后唐代宗大历五年(770 年),"坊节度使臧希让上言,坊州有轩辕黄帝陵,请置庙,四时享祭,列于祀典。从之"。[③] 开宝五年(972 年),宋太祖赵匡胤降旨,修葺功德昭著的前代帝王祠庙,"坊州黄帝庙,即其一也。"[④]元泰定二年(1325 年),轩辕庙西院保生宫发生火灾,泰定帝下诏维修。[⑤] 明太祖朱元璋立国,规定对轩辕黄帝的祭祀必须"御制祝文",又拨出专门银两修庙。[⑥] 清世祖登基后,"以帝命肇祀于庙",在黄帝陵轩辕庙进行祭祀。[⑦] 民国二十八年(1939 年),陕西省政府令设黄帝"陵园管理处",对黄帝陵庙进行专门维修。中华人民共和国成立之后,对黄帝陵和轩辕庙的维护与管理重视有加,1961 年 3 月 4 日,黄帝陵被国务院公布为第一批全国重点文物保护单位,编为"古墓葬第一号"。等等。

---

① (清)丁翰:《中部县志》,嘉庆十二年修,四卷本,民国二十四年重刊影印。
② (汉)司马迁:《史记·封禅书》。
③ 见载《册府元龟》。
④ 见轩辕庙内碑廊宋李《黄帝庙碑序》。
⑤ 见轩辕庙内碑廊元《圣旨碑》。
⑥ 见轩辕庙内碑廊明《轩辕黄帝庙重修记》。
⑦ 见轩辕庙内碑廊清《重建轩辕庙记》。

祈仙台距黄帝陵墓约 45 米,穿过汉武仙台旁的棂星门,登上桥山之巅,便是黄帝陵冢。黄帝陵冢系土冢,位于桥山山顶正中,坐西北面东南,高 3.5 米,周长 48 米,面积约 200 平方米。有砖墙围护,土冢下部筑方形墓台,以象征"天圆地方"、"天地相合"。

陵冢北侧有"龙驭阁",海拔高度 994 米,是桥山的至高点。内墙陈寓黄帝平生事迹的 12 幅图画,含《黄帝诞生》、《部落崛起》、《赐姓建宗》、《修德振兵》、《造舟楫、兴医药》、《播五谷、务农桑、制衣冠》、《别尊卑、定礼乐、创官制》、《桥山龙驭》、《人文初祖》等,这些壁画可以让后人了解黄帝时代的众多发明和卓著功绩。

陵前有祭亭,宽 10 米,深 6.15 米,亭中有郭沫若受毛泽东嘱托,于 1958 年 5 月手书的"黄帝陵"碑。碑高 4.3 米,宽 1.2 米。亭柱上有两幅楹联,一为:"奠华夏宏大业基始祖恩德泽万世,树炎黄浩然正气民族精神炳千秋"。一为:"中华国脉承龙脉,黄帝英魂壮民魂"。祭亭地面铺以花岗岩石。每年清明、重阳的祭祀大典,大多在此举行。

过祭亭,在祭亭之后,黄帝陵前,另有巨碑一块,上书"桥山龙驭",落款为"大明嘉靖丙申(嘉靖十五年,1536 年)十月九日滇南唐琦书"。陵前原来还有一块古碑,上书"古轩辕黄帝桥陵",是清陕西巡抚毕沅于乾隆四十一年(1776 年)所立,毁于"文革"。"驭",驾驭意。"桥山龙驭"如按今人阅读习惯,应读作桥山驭龙。此四字实寓中国古代有关黄帝事迹的最重要神话化传说,即黄帝于此升天。据有关传说:

黄帝的平生业迹,先是以本部落的力量先打败炎帝部落,共组炎黄部落联盟。又领导炎黄部落联盟,败九黎族,擒杀蚩尤,完成了历史上中华民族的首次统一。后人并因此尊黄帝为中华民族的"初祖"。黄帝在 110 岁那年,为纪念胜利,在荆山(黄河由陕西入山西、河南大拐角处)铸铜鼎高三丈三尺,以与上帝沟通,鼎面饰饕餮纹(蚩尤的形象,像恶兽)。鼎成,黄帝与臣民前往参观,突然雷电交加,天上飞来巨龙,搁头于鼎口,垂胡须于地面,请黄帝升天。黄帝抓住龙须,攀骑龙头。黄帝的妻子嫘祖、妃子嫫母和臣子 70 余人同攀龙须骑龙上天,龙须不堪承重,断了下来。有力士引弓射龙,龙虽负伤,但仍驮着黄帝等向西飞去。留在地上的臣民痛哭,埋葬拉断的龙须,埋龙须处不久长出青草,叶子细长,状似龙须,被称之为"龙须草"。龙飞离荆山后,由于负伤,过桥山时,停下来休息。当龙再飞时,百姓舍不得黄帝走,抓住黄帝衣帽与左脚,把衣帽与鞋都拖了下来,黄帝身背的宝剑也被晃了下来,而被臣民葬之于黄陵。因此相传被埋于黄陵里的并非黄帝真身,而是其所遗衣帽、鞋与宝剑。

由这一则神话传说中引申出的学术问题是：现今供人们祭拜的黄陵，究竟是黄帝的衣冠冢还是真坟？个人认为黄陵中埋葬的当属黄帝真身无疑。理由有以下四条：

一是黄帝陵墓的位置，《史记》有明确记载，云："黄帝崩，葬桥山。"①桥山别名"子午岭"或"子午山"。《史记正义》谓："黄帝陵在宁州罗川县东子午山。"意指：黄陵是位于子午岭向东延伸部分（子午岭南北而行，北为"子"，南为"午"，故称"子午岭"）。而这些称谓都与中国现今的地理概念相符合。

二是神话传说毕竟是神话，其中或许隐藏着真实事情的影子，但在更多情况下只能听听而已。"黄帝升天"这一则神话，或许能证明黄帝曾铸过铜鼎，因为综古文献所记来看，黄帝时代是中国历史上一个伟大的时代，在这一时代，中华民族第一次完成历史上的统一，形成华夏族，并组成中国最早的国家权力机构，这一时代中国出现了许多伟大的发明，如养蚕、舟车、指南车、铸铜……，古人都将其归之为黄帝的发明，因此黄帝铸铜鼎完全是可能中的事。至于讲到黄帝曾骑龙升天，则违背了现代科学常识。我数年前在游浙江仙都时，在当地也曾听到过类似的传说，只是故事发生的地点不同而已。

三是"文革"之中，黄帝陵曾遭受红卫兵严重破坏，地表建筑被砸毁，当红卫兵欲挖掘黄帝陵冢时，却发现土堆之下覆盖着石板，无法深入，准备用炸药炸毁时，被北京传来的命令制止。可以想见：如果黄陵之中未曾埋葬黄帝的真身，古人在筑陵时是没有必要在陵内花大力气覆盖石板的。

由此引申出的又一个学术问题是：既然黄陵中埋葬的是黄帝真身，对于黄帝陵有无考古发掘的价值？结论是肯定的。因为近年学界的考古研究证明：桥山位置古称"轩辕之台"，属于上古黄帝都城的中宫位置所在，它的周围"以八卦形式分布着八宫，即东宫（震阳洼村）、西宫（兑张寨村）、南宫（离南城塔）、北宫（坎孟家塬村）及东北艮宫（呼家湾峁盖）、东南巽宫（郭家洼村）、西北乾宫（韩塬村）、西南坤宫（故城塔）"，共"方方七十里"，②正是上古中华文化的诞生地。黄帝正是在这一片土地上（古桥国——今黄陵县）带领民众繁衍生息、创造文字、制造舟车、培育蚕桑、教民纺织、制定历法算数，奠定了中华古文化的基础。而其后的唐尧、虞舜以及夏、商、周三代帝王，都是黄帝的直系后裔，因此黄帝被尊奉为

---

① （汉）司马迁：《史记·五帝本纪第一》。
② 《在黄帝陵"溯到源找到根寻到魂"》，大河网 2015 年 9 月 29 日。http://www.sohu.com/a/33753168_121315。此文主要引证史念海的考古成果。

中华民族的始祖。而近年考古出土的文物证明:桥山上现存仰韶文化、龙山文化的陶片、灰坑、屋基以及堑壕、夯土台、城墙、神道、庙址等历史遗存,周围又环绕着黄帝都城八宫,积淀着深厚的中国上古文化遗址。因此,如果对黄陵进行考古发掘,肯定会有惊人的发现。但是尽管如此,我却不主张对于黄帝陵墓进行考古发掘。因为黄帝毕竟是中华民族的先祖,出自对祖先的尊重,我们不应该打搅他在地下的安宁。

2016 年年初,习近平总书记在陕西视察工作时,指出:"黄帝陵是中华文明的精神标识","轩辕黄帝陵文化积淀十分深厚,对历史文化要注重发掘和利用,溯到源,找到根,寻到魂。找到历史和现实的结合点,深入挖掘历史文化中的价值观念、道德规范、治国智慧,做到以文化人,以史资政。"[①]我想,遵从习总书记的指示精神,我们应该在保护好黄陵的同时,搞好周边环境的考古工作,以深刻揭示炎黄文化的内涵,以资后人。

旅游团在陵前静默片刻,以示怀念先祖。我们是上午 11 时 30 分离开黄帝陵冢前往谒轩辕庙的,我故意走在队伍的最后,趁着众人已远离,跪在黄帝陵前祭亭中磕了三个头,因为这毕竟是华夏先祖的坟,此头如不磕,以后恐怕没有机会再磕了。而当时组织集体参观,并不提倡游人磕头,似把"磕头"等同于旧风俗,因此我只能背着众人磕头。而当时另一位老年游客与我显然有着同样的心理,也是背着众人磕了三个头,然后匆忙追上了旅游队伍。

轩辕庙位于桥山东南侧山麓,这是黄陵景区的两大部分组成之一,黄帝陵位于桥山巅,因此要到轩辕庙,须先下桥山。而距黄帝陵约 200 米处有"神道",这是以往人们上桥山祭拜黄陵时所必须走的正道。而我们之所以先上桥山祭拜黄陵,是由于走的是汉武帝祈仙台附近的东侧边门。

过神道时,见路边立有一块明朝嘉靖年间竖的"下马石",上面刻着"文武百官至此下马"八个大字。见石后我不觉肃然起敬,这不仅体现了陵园气氛的肃穆,同时也见证了中国古代对士大夫礼仪要求的严格与荣誉。因为古代山路崎岖,谒祖陵者多骑马或坐轿,如果人行至此尚不下马下轿、整理衣冠,便失去了谒陵者的虔诚之心。既然士大夫谒陵尚须如此,则平民更无须问了。因此下马石见证的是中国古代的君子之礼。

中午 11 时 35 分谒轩辕庙。轩辕庙,亦称黄帝庙,据文献所记,始建于汉代。主要建筑有庙门、诚心亭、碑亭和人文初祖殿。院内有古柏 16 棵,含前述"黄帝

---

① 《黄帝陵是中华文明的精神标识》,载陕西传媒网、中国青年网 2016 年 3 月 31 日。

手植柏"与"汉武挂甲柏"等。庙院内最主要的建筑是"人文初祖殿",始建于明代,后屡有修缮。

前往轩辕庙,首先要经过"诚心亭。"诚心亭是前人祭祖时整理衣冠、平静心情、准备祭品的地方。亭前有砖壁,上书:"历代帝王将相,墨客骚人,现代政府官员、社会名流、同胞华侨、外籍华裔,拜谒黄帝时,先要在诚心亭整衣冠,备礼品,平静心情,消除杂念,然后缓步进殿,顶礼膜拜。"这块砖壁显然是民国年间的产物。

过诚心亭,其北侧有碑亭。亭南门柱上有联:"上下五千年,纵横三万里。"对联甚有气魄,概括了黄帝的平生业绩,只是不知作者为谁。亭内有重要碑石四则,分别为:孙中山祭陵词:"中华开国五千年,神州自古传;创造指南车,平定蚩尤乱;世界文明,唯有我先。"蒋介石"中华民国三十年冬"题写的"黄帝陵"。毛泽东1937年清明书写的《祭黄帝陵文》草书。邓小平1988年题写的"炎黄子孙"碑。另据介绍:此亭原存碑石47块,1988年后大部分迁至轩辕庙东侧的碑廊中。

碑廊始建于1987年,现存有历朝祭祀、维护黄陵的碑石40余则,其时间跨度上起北宋,下迄当代。

过碑亭,再前为"人文初祖大殿",这是历代祭黄帝的最重要仪礼场所,占地面积283平方米,殿面阔七间、进深三间。[①] 据记载:该殿始建于明代,后屡有修缮,殿额"人文初祖"为民国元老程潜1938年祭陵时所题。由于殿内陈黄帝巨大石雕像、历代祭黄陵的重要文物、文献资料等,入内参观需买门票1元。中午12时离初祖殿,在殿内上香一炷,买《历代文人咏黄陵》书一本以及施光南作曲的《祭轩辕先祖》唱片一碟。

出初祖殿,穿越黄陵庙前广场(黄陵北广场),便是轩辕庙山门了。出山门,庙前有河称"沮水",初名"祖水",这是一条在中华文化发展史上有重大意义的河流。根据有关记载:沮水河古称"姬水",源自子午岭东麓的沮源关,向东蜿蜒128公里汇入黄河支流洛河,横贯黄陵全境。轩辕黄帝因"长于姬水",而姓姬。[②] 由于姬水曾哺育了华夏先祖黄帝的生长,后被尊称为"祖水"。而至北魏郦道元作《水经注》时,因传说黄帝驾龙升天时,臣民们痛哭挽留,眼泪都流入河中,觉得"祖"字不雅,便去祖字"示"旁,更之为三点水,称"沮河",此称谓一直沿

---

① 数据参《百度词条·黄陵》。

② 见《史记·五帝本纪》。

用至今。因此如果说黄河是中华民族的母亲河的话,那么在一定意义上,沮河即中华民族前身——古代炎黄族的母亲河,因为她曾哺育了华夏先祖黄帝的生长。

时至当代,为了点缀桥山景观,人们又利用靠近轩辕庙的一段沮河古河道,拦出一条长形湖,称"印池",意喻上古黄帝用印之水。"印池"占地300余亩,于湖正中架桥,称"轩辕桥",以连通轩辕庙。又称桥对面(位桥北)的小山为"印台山",意即黄帝放印之山。

最后需要指出的是:"文革"中黄陵地面建筑曾遭毁灭性破坏,如原黄帝陵山门稍小、古朴,有三门,正门额"轩辕庙"三个大字,为民国时陕西省政府主席蒋鼎文于1938年清明节祭陵时所题。现山门规模虽大,却非古迹。原初祖殿中黄帝像与神龛尽毁,现殿中的神龛与轩辕黄帝雕像是香港同胞湛兆霖、程万琦1987年清明节专程祭陵时,捐款8万人民币重制的。现今轩辕庙景区,包括入口广场、印池、轩辕桥、桥北广场、龙尾道、庙前广场、轩辕庙门、陵区道路、棂星门、陵道、神道、祭祀大院(殿)等等,都是陕西省政府1991年破土整修,直至1997年才最后完成的。黄帝陵由"文革"中被捣毁到"文革"后重修,见证着中国文化事业之发展,文明最终战胜了野蛮。亦希望后人永远记取"文革"中无端毁灭中国古物的教训,切勿让中华历五千文明积累起来的古代文化成果,再为当代人的政治斗争背黑锅。

中午12时30分,旅游团在陕西政协午餐,随后发车往延安。车上反思游黄陵所得,吟成七言绝句一首,记以存念。

七绝　谒拜黄陵(1994.10.31)
龙柏万株山塈前,轩辕伟业上摩天。
我愧虚度四十载,到此无言祭祖先。

2018年2月7日

革命圣地延安巡礼
（少林寺、华山、西安、延安纪游之十）

1994 年 10 月 31 日，星期一，晴。

上午祭拜黄陵，午餐后旅游车发往延安。下午 2 时，车过陕西洛川县城北冯家村洛川会议旧址，稍作停留，入内参观学习。

洛川会议是中共党史上极端重要的一次会议，1937 年 8 月 22 日至 25 日间，中央政治局扩大会议在此召开。洛川会议之后，红军执行中共中央命令，改编为国民革命军第八路军（简称"八路军"），同时，南方八省边界十三个地区的红军游击队改编为国民革命军新编第四军（简称"新四军"）。八路军总指挥朱德、副总指挥彭德怀随即率部东渡黄河，开赴华北抗日前线，开展独立自主的游击战，逐步成为中国抗战的中坚。因此仅就历史意义而言，这次会议是中国共产党转危为安的一次会议，也是中华民族命运在世界反法西斯战争中转危为安的一次会议。

下午 2 时 20 分，旅游车离洛川会议旧址，两小时后抵达延安。举目所见，周围黄土山上多无树，天空灰尘甚多。当时的感受是：延安地区的生态环境恶劣若此，可以想见当时革命的艰辛。

次日，星期二，晴。

8 时 30 分，旅游车抵王家坪革命旧址。

王家坪位于延安城西北，隔延河与城区相望。自中共中央进驻延安后，1937 年到 1947 年期间，这里曾是中共中央军委和红军总司令部的所在地，中央军委和总司令部机关在这里领导根据地军民坚持了八年抗战。日本投降后，又于此领导和粉碎了国民党发动的全面进攻。1947 年 3 月 18 日，毛泽东、周恩来由此处撤离，转战陕北。

毛泽东旧居位于朝东面的土坡下,由两孔窑洞组成,分别充作办公室与寝室。门前有一石桌,是毛泽东送长子毛岸英到农村劳动时谈话的地方。1947年3月,国民党胡宗南部向陕甘宁边区发动重点进攻时,用飞机在王家坪上空轮番轰炸,毛泽东仍从容地坐在窑洞中工作。3月16日,胡宗南部逼近延安南门,情况很紧急,警卫人员劝毛泽东早点撤离延安,毛泽东笑道:"大路朝天,一人半边,他走他的,我走我的。"

朱德旧居位于军委礼堂西侧军委参谋部后院,是三孔朝南的窑洞,右侧为办公室,居中为会客室,左侧为寝室。1941年3月,朱德从杨家岭搬此居住,直至1945年8月离开。在这所窑洞中,朱德与毛泽东共同领导了抗日战争、延安整风运动和大生产运动,筹备召开了中共七大会议。在这所窑洞中,朱德起草了《论解放区战场》的重要军事报告。他在与抗大学员的讲话中指出:党中央发给你们每人三件宝:第一件是老镘头,第二件是枪杆子,第三件是笔杆子,你们应该很好地掌握。在这所窑洞的院中,朱德辟出了一块小菜园,栽种了20多种蔬菜,用它招待过许多从前线回来的将士,因此被战士们誉为"小南泥湾"。在朱德居住的院中,生长有两棵高大的苹果树,秋天结满了果实。据有关回忆:当时陈赓与肖劲光将军常借探望朱总司令之名,来偷摘树上的苹果,朱德总是佯作不知,热情接待,勉励他们好好学习。一日有战士告诉朱德说:陈赓他们来探望你可没安好心,想的是树上的苹果。朱德笑答:陈赓的鬼心眼我早就知道。陈赓、肖劲光偷摘苹果的事被战士揭穿后,很久不好意思再到朱德窑洞中来。一日朱德碰到二人笑道:你们怎么不来玩了,树上的苹果已熟了,我正想叫小康(康克清)给你们送来。这一则趣事见证了延安时代融洽的官民关系。

彭德怀旧居位于参谋部前院,为三孔窑洞。1943年3月,彭德怀由华北敌后回到延安参加整风运动,先住杨家岭,后搬至枣园,1947年二三月间,为了指挥延安保卫战,由枣园搬此居住。彭德怀居窑洞东侧有一间平房,是军委资料室,另有两间房屋充作军委会议室,当时军委首长常在此召开会议。1946年3月4日,军调三人小组美方代表马歇尔来延安时到此参观,看后觉得不可思议,说:中国共产党领导100多万军队,延安山沟里的统帅部却只有这么点儿大!

上午9时30分,离王家坪旧址,前往枣园革命旧址参观。

枣园位于延安城西北8公里处,是一个园林式窑洞建筑,园中央坐落着中央书记处礼堂,依山分布着5座独立院落,分别是毛泽东、朱德、周恩来、刘少奇、任弼时、张闻天、彭德怀等中央领导人的旧居。枣园中发生的重要历史事件包括:

1943 年在解放区军民"大生产运动"中,周恩来和任弼时在枣园举行的军民纺线比赛中,获"纺线能手"称号。

1944 年 9 月 8 日,毛泽东在枣园后沟西山脚下,出席了张思德烈士追悼大会,发表了《为人民服务》的重要讲话。这是一篇对后来中共队伍思想建设产生过重要影响的历史文献。

10 时 30 分随旅游团队赴杨家岭参观。

杨家岭革命旧址位于延安市西北约 3 公里的杨家岭村,是当时中共中央机关在延安使用最久的驻地,1938 年 11 月至 1947 年 3 月间,中共中央在此办公。而此前中共中央机关的驻地是位于延安城中心的凤凰山麓,其时间始自中央红军经万里长征,1937 年 1 月来到陕北延安之后。1938 年 11 月 20 日至 21 日,由于日军飞机轰炸延安,旧城被炸毁,毛泽东等中共中央领导人始由凤凰山搬到杨家岭办公。其间,因 1940 年秋修建中央大礼堂等工程导致环境嘈杂,毛泽东等中共领导人和一些中央机关搬至枣园,1942 年中央大礼堂修建完毕,复搬回杨家岭居住。1943 年 6 月,毛泽东等党的领导人又搬至枣园居住,但办公地点仍在杨家岭。1947 年 3 月,国民党军队占领延安后,曾对杨家岭旧址进行了严重破坏,现参观地,是 1953 年重修,1959 年对外开放的。

中共中央驻杨家岭时期发生的最重要历史事件,是演绎了在中共党史上有过持久影响的"延安整风"运动。

延安整风运动的基本过程为:1942 年 2 月,毛泽东在杨家岭做《整顿党的作风》、《改造党八股》等讲演,提出反对主观主义以整顿学风、反对宗派主义以整顿党风、反对党八股以整顿文风。并规定这次整风运动的方针是"惩前毖后,治病救人",着重于提高思想认识,团结同志。

同年 5 月,中共中央召开延安文艺座谈会,毛泽东发表讲话并作总结,阐明了革命文艺为人民服务,首先是为工农服务的根本方向。

在全党整风的基础上,1944 年 5 月至 1945 年 4 月间,中共中央召开六届七中全会,通过了对中共思想建设有深远影响的文献:《关于若干历史问题的决议》。

1945 年 4 月 23 日至 6 月 11 日,中共七大在杨家岭中央大礼堂召开,出席大会的正式代表 547 人,候补代表 208 人,代表全国 121 万党员。这次大会选举毛泽东、刘少奇、周恩来、朱德、任弼时为中央书记处书记,毛泽东为中央委员会主席、中央政治局主席、中央书记处主席。中共七大总结历史经验,把党在长期奋斗中形成的优良传统作风概括为三大作风,即理论和实践相结合的作风,和人民群众紧密联系在一起的作风,批评和自我批评的作风。毛泽东在会上致开幕词和闭幕词,并作了《论联合政府》的政治报告。从此,毛泽东一直担任中共中央委员会主席,而此前中共党的总书记职务由张闻天承担。中共七大是在民主革命时期召开的最后、也是最重要的一次代表大会,这次会议的重要意义在于:从此确立了毛泽东在中国共产党的领导地位,确立了"毛泽东思想"为党的指导思想并写入党章。这次会议为中共领导人民争取抗战胜利和新民主主义革命在全国的胜利,奠定了政治、思想和组织上的基础。

据介绍,在杨家岭一处简陋的窑洞内,毛泽东整整住了 5 年(1938 年 11 月—1943 年),这是他在延安居住最久的地方,此后仍不时在此从事外事活动。在这段艰苦的岁月中,他和普通群众一样吃小米饭、穿粗布衣。在这座窑洞中,毛泽东 1939 年 9 月 24 日,与美国记者埃德加·斯诺进行了长谈,回答了他所提出的有关中国革命的若干问题。1945 年 7 月 4 日下午与民主人士黄炎培进行了著名的谈话,当时黄炎培提问:"我生六十多年,耳闻的不说,所亲眼看到的,真所谓其兴也勃焉,其亡也忽焉,一人,一家,一团体,一地方,乃至一国,不少单位都没有能跳出这周期率的支配力",请问中共如何能"跳出这周期率的支配"? 当时毛泽东回答:"我们已经找到了新路,我们能跳出这周期率。这条新路,就是民主。只有让人民来监督政府,政府才不敢松懈。只有人人起来负责,才不会人亡政息。"[①]在这座窑洞前的小石桌旁,毛泽东 1946 年 8 月会见了美国记者安娜·路易斯·斯特朗,针对当时的"恐美病",提出"一切反动派都是纸老虎"的著名论断。另据有关统计:《毛泽东选集》1 至 4 卷收录的 159 篇文章中,写作于延安的有 112 篇,而其中写于杨家岭这孔窑洞的有 40 篇之多。[②]

旅游团在杨家岭停留时间稍长,主要是参观中共七大会址——中央大礼堂。会场内现仍保持着中共七大召开时的景象:主席台上面书有环形标语"在毛泽东的旗帜下胜利前进",主席台上置有六面党旗,正中为毛泽东主席与朱德总司令的侧面画像。两边另有马、恩、列、斯的挂像。大厅两侧的标语是"坚持真理,修正错误",后面标语是"同心同德"。大厅两边共挂有 24 面党旗,代表着中共成立以来的 24 年历史。

[①]《毛泽东与黄炎培交往二三事:体现领袖的虚怀若谷》,《人民政协报》2011 年 12 月 8 日。——黄炎培
　与毛泽东谈话详尽内容见黄氏著作《延安归来》(1945 年重庆版)。
[②] 数据为延安革命纪念馆馆长张建儒统计。

下午1时抵宝塔山参观。宝塔山,古称"丰林山",宋时改称"嘉岭山"。该山位于延安城东南,平面高度并不高,距离地表的位置估计仅200米上下,但由于其下可俯延河及整个延安城区,因此山势显得雄壮。有的数据称宝塔山海拔高度1135.5米,附近凤凰山的海拔高度为1132米,[①]因此宝塔山为周围群山之冠,是全城的至高点。这一数据显然是错误的。因为站在凤凰山镇西楼上可俯瞰宝塔山及延河,而站在宝塔山上却只能仰视凤凰山镇。

宝塔山上有宝塔一座,据记载为唐大历年间始建,宋仁宗时复修。塔为楼阁式砖彻,八角九层,高约44米,中间有旋梯可以登顶。因此塔之建,后人习惯称嘉岭山为"宝塔山",而逐渐忘其本名。

由于延安是北宋的边寨重镇,古名"肤施",宋将韩琦、范仲淹等人均曾在此镇守,因此宝塔山上颇多宋代古迹,其中最著名的有长达260米的摩崖石刻,上有宋将范仲淹书写的"嘉岭山"、"胸中自有数万甲兵"等题字。此外,山上尚存范公井、摘星楼、东岳庙、嘉岭书院(留有清人《重修嘉岭书院记》石碑)、烽火台(又名"望寇台")、古城墙等古迹,塔底层两个拱门上留有古人刻写的"高超碧落"、"俯视红尘"字样。塔旁另有古钟一口,明崇祯年间铸,敲击之声可响彻延安全城,据说中共中央驻延安时,曾以之报警。此外,山顶尚有明代李延奇题字"俯首见红尘",以及近人郭沫若1965年10月题字"可视河山八万里"、"下俯延川三万里"。

自中共中央进驻延安后,宝塔山始成为中国革命圣地的标志与象征。1953年版第二套人民币二元券正面图案为"延安宝塔山",中华人民共和国1955年颁授独立自由勋章,其核心图案为宝塔山。1961年3月4日,国务院发布《文物保护暂行条例》,规定全国重点文物保护单位180处,其中以宝塔山为象征的"延安革命遗址(1937—1947年)"列编号为23位。其所象征的革命精神受到许多文人的歌颂,"滚滚延河水,巍巍宝塔山"的句式常出现于文章中,其中最有名的为文学家贺敬之所写的现代诗《回延安》诗句:"几回回梦里回延安,双手搂定宝塔山。"

在宝塔山上留影一张,集体合影一张。下午2时,下宝塔山,前往参观位于延河东岸王家坪附近的延安革命纪念馆。

下午3时30分出延安革命纪念馆,4时,抵清凉山参观。清凉山位于延河东北侧,高百余米,海拔1050米,方圆约4公里,与宝塔山隔河相峙,有延河大桥

---

① 数据见《百度词条·宝塔山·凤凰山》。

可以两岸通达。其景观主要由三部分组成：其一为山脚的"万佛洞"石窟遗址，寺下有"天下奇观"刻碑；其二为山上的"太和山"道观遗址与范公祠；其三为分布于万佛洞石窟群中的"红色延安"的"新闻山"景观。

要上清凉山，首先要经过山角的"万佛洞"石窟群。该石窟群具体由十八洞组成，其中大的石洞为 4 个，洞内墙壁上雕刻有神态各异的大小佛像有万余尊，其中最大的一个石窟洞中有宋将范仲淹的题诗："金明阻西岭，清凉寺其东，延水正中出，一郡两城雄"。据有关记载，该石窟洞群开凿于隋代以前，唐、宋、金、元、明、清历代皆有造像或维修，但其中最主要的佛像雕塑，是宋代遗留下来，体现了那一时代中国的雕塑艺术高度。这也是现存宋代陕北八大石窟之首，其他石窟分别为：子长县北钟山石窟、黄陵县双龙石窟、富县石泓寺石窟、志丹县吕川崇圣院石窟、界湾石空寺石窟、安塞县石河寺石窟与龙岩寺石窟。宋人范仲淹曾写有《清凉漫兴》诗四首，其一为称赞万佛洞规模之大："凿山成石宇，馋佛一万尊。人世亦稀有，神功岂无存"。

由万佛洞再上，能见到古代"太和山道观"遗址。所谓"太和山"，是清凉山的古称（现仅指清凉山莲花峰），古时该山另有"天山"、"莲花峰"之名。这里自隋唐时期起，一直是中国北方的道教活动中心，也是中国最早的供奉真武大帝的道场之一。据有关记载：太和山道观，始建于隋炀帝大业三年（607 年），称"莲花城"，供奉真武大帝。[①] 此后唐、宋、元、明、清历朝重修不断，香火不绝，山顶建筑，堪称古延安时期的最豪华建筑。可惜的是太和山道观遗址初毁于 1938 年的日军飞机轰炸，仅残存下来大殿一座和祖师铜像、铜钟及山门。新中国成立后，1956 年和 1960 年曾对太和山进行两次修葺，增修了圣公圣母殿，时至"文革"，又遭浩劫，仅存有大殿石基和上山石阶的残迹。至我们去时，尚未及修复，保存下来的遗迹仅有"诗湾"、"月儿井"，"蓬莱阁"等遗迹。其中：

清凉寺在清凉山南麓山坳处，仅存五开间平房一座，门上书"古清凉寺"四字。房后有六角亭一座，亭内有一口古井，名"还阳泉"。诗湾，在万佛洞南侧上方，因处延河拐角处而得名。此处有历代名人学士摩崖题刻 50 余处，代表性题字有宋范仲淹的《塞下词》。位于诗湾旁有 3 米多长的一个平石台，中间有一个月牙形水钵，从水钵右角斜视水面，可见凤凰山上的延安古城墙，故名"水照延安"。旁有石碑，倒刻着"水照延安" 4 个字。过诗湾再上有印月亭，亭中有井，名"月儿井"。其得名原因为游人月夜登亭凭栏俯视，一钩湾月似从井底涌出，与天

① 参《延安市志》。

空夜月交相辉映,故称。由诗湾再上,有"蓬莱阁",始建于明代,当时正在搞展览,限于旅游时间紧迫,未能入内参观。由蓬莱阁再上,为清凉山最高处,可回首整个延安城区,下俯延河,景色奇绝。由于当时延河水浅且狭(北方河流入秋后入枯水期),我怀疑有的河段,涉着河滩上的巨卵石亦可通过。

山顶另有"琉璃塔",八角七级,高 6.25 米,底层直径 1.15 米,外部用琉璃构件建造。据塔铭所记,该塔原建于明崇祯三年(1630 年),构件在山西汾州府烧制,1985 年由甘谷驿镇唐家坪村搬迁至此,是目前陕西省所发现的唯一一座琉璃塔。

范公祠的具体位置在印月亭南侧,左右矗立两个"望延亭"。祠中有范仲淹在延州抗御西夏时的戎装像,两边墙壁上镌刻着范仲淹的名词佳句。祠堂门匾额为"宋朝人物第一",两侧对联为取范仲淹《岳阳楼记》中的名句:"先天下之忧而忧,后天下之乐而乐。"而范公祠之所以建于清凉山上,是由于范仲淹虽为宋代著名政治家,却长期驻西北为将,指挥对于西夏人的战争,留下过治理延安地区的业绩。而据有关介绍:范公祠原位于延安城东黑龙沟左侧石崖下,凿削而成。1938 年被日本飞机炸毁。延安市政府为纪念范仲淹,1984 年于清凉山原"天下奇观"废墟上重建了范公祠。

但是清凉山不是只有古代佛、道文化的遗产,更重要的是在延安时期,这座山是当时中共中央的媒介、宣传中心所在,因此它也构成了现今延安"红色景观"的一部分。如在现今范公祠上方的东侧山麓,是当时中共中央在延安时的新闻出版机构——新华通讯社、延安新华广播电台、《解放日报》社等部门的旧址所在。其中《解放日报》社旧址大门门额上的石刻"解放日报"4 个大字,是出自毛泽东的手迹。在清凉山下延惠溪边的几个石窟,有着中国最早的"新华书店",1937 年 4 月 24 日,中国第一家新华书店就诞生在这里。

而在万佛洞周围的石窟群中,不但隐蔽着当时中共的纸币厂与卫生所,还曾隐蔽着《解放日报》社的印刷车间。当时中央印刷厂设在山南腰万佛洞周围,印刷车间则在万佛洞 1 号洞。由此可见清凉山作为当时中国革命"新闻山"所起的重要作用,为了纪念清凉山新闻事业对当时中国革命成功所做出的贡献,1986 年 10 月 24 日,延安市府在清凉山南麓建成"延安新闻纪念馆",这也是新中国的第一座新闻出版专业性纪念馆。馆陈 400 多幅历史照片和 300 多件珍贵文物,再现了当时中央党报委员会、《解放》周刊、新华通讯社、《新中华报》、《解放日报》、《边区群众报》、延安新华广播电台、中央出版发行部和中央印刷厂等单位的中共新闻工作者,为民族解放事业最终胜利努力奋斗的光辉历史。

鉴于延安清凉山新闻事业对于中国革命做出了如此重要的贡献,这也使清凉山和宝塔山一样,成为延安革命圣地的象征。陈毅元帅当年在《咏"七大"开幕》诗中称:"百年积弱叹华夏,八载干戈仗延安。试问九州谁做主,万众瞩目清凉山。"在清凉山革命遗迹前我徘徊久久,百感俱生,填词一首,仅录此留作纪念:

桂枝香·清凉山颂(1994.11.1 延安)

清凉山上,看滚滚延河,宝塔雄壮。矶上范公宗庙,警言难忘。治天下先忧后乐,正说出、吾党信仰。叹当今世,添名公仆,欲行何往? 想昔日,平倭讨蒋,有多少军民,青山埋葬。方换延河春晓,柳堤拍浪。侍臣豪宴吸民脂,庆升平,把盏清唱。若知心愧,当重到此,忆昨省想。

傍晚 5 时 15 分,下清凉山,返住处晚餐。原想再参观凤凰山革命遗址,时间却不允许了。但在此却不能不提一下凤凰山革命遗迹,否则的话,对于革命圣地延安的描述缺了一个角。

凤凰山位于延安城区中心,海拔 1132 米,为延安城四周群山之冠。清编《延安府志》谓:"城跨其上,雉堞巍然,为郡山首,上有镇西楼,宋范仲淹建,残碑犹存。"凤凰山为自古兵家必争之地,山上至今尚存北宋时名将杨延昭所挖"转兵洞"。1937 年 1 月 13 日,毛泽东率领中国工农红军进驻延安城后,中共中央机关的第一个驻地便是凤凰山。此后因 1938 年 11 月 20 日至 21 日,日军飞机轰炸延安,旧城区被毁。毛泽东与中央领导机关始搬迁至杨家岭工作与生活。在凤凰山期间,中共中央在此先后召开了 1937 年 3 月的政治局会议、苏区党代表会议、白区工作会议以及六届六中全会等重要会议,作出了从土地革命战争向抗日战争战略转移等重大决策,为即将到来的全国抗日战争,做好了政治和组织上的准备。在此期间,中共中央在西安事变和平解决的基础上(1936 年 12 月 25 日),派出以周恩来为首的代表团与国民党进行了多次谈判,最终实现了第二次国共合作,度过了抗战的战略防御阶段。在此期间,毛泽东撰写了《实践论》、《矛盾论》、《论持久战》等重要理论著作,并会见了白求恩、卫立煌等许多中外人士。

总之,凤凰山与王家坪、枣园、杨家岭一样,都是中共中央在延安时期的重要驻地,其与宝塔山、清凉山一样,都是延安革命精神的象征。

入夜,总结游延安两日的心得,除完成词作《桂枝香·清凉山颂》一首已见前述外,另完成七言绝句二首,以留作纪念:

七绝　赞延安东征将士(1994.11.1 延安)

东征万里历艰难，将士八千未解鞍。

抗日凯旋归故里，延安初晓月钩残。

七绝　赞延安窑洞(1994.11.1)

累累弹痕窑洞前，官民甘苦十三年。

休言世道多腐败，陕北尚存正气篇。

次日,星期三,晴。

晨 7 时,坐来时中巴回西安。

从去延安的第一天,一直到返西安的汽车上,乃至晚间临床,我一直在思考一个问题:究竟什么是"延安精神"? 个人的结论是:延安精神是一种官民同甘共苦的平等精神,是一种在中共党组织集中领导体制之下普通党员对于党的领导干部的民主监督精神。如果中国共产党不具备这种精神,得不到人民的支持,是坚持不到全国胜利的那一天的。陈毅元帅曾说:"淮海战役的胜利,是人民群众用小车推出来的。"①这一事实雄辩地证明延安平等精神对于中国革命最终获胜的重要意义之所在。

而由此可联想到的问题是:1945 年 7 月 4 日毛泽东在杨家岭窑洞回答黄炎培有关"历史周期率"提问时,主张用"民主"与"让人民来监督政府"这条新路,跳出历史周期率;1947 年 3 月 14 日毛泽东接见对于中央放弃延安有想法的干部时,预测中共军队"少则一年,多则两年,我们还是要回到延安的。"

目前习近平总书记正带领全国人民进行着充满希望的"党和国家"管理机构的改革。② 这一改革在一定意义上,也是对延安精神的重新发扬,一定会解决中共党组织建设的顶层设计问题,完善民主集中制原则中的"民主"机制;一定会寻找到坚持中共党组织领导之下的中央集权国家体制的完善机制。

2018 年 2 月 29 日

---

① 陈毅:《1951 年 2 月 11 日会见苏联驻华大使尤金时讲话》。

② 详见《习近平主持中共中央政治局会议决定十九届三中全会 26 日至 28 日召开,〈深化党和国家机构改革方案〉将提请会议审议》,新华社北京 2018 年 2 月 24 日电。

过乾陵
（少林寺、华山、西安、延安纪游之十一）

1994 年 11 月 3 日,星期四,多云。

晨 5 时起床。早餐后,9 时 30 分抵西安火车站寄放行李。由于昨晚在陕师大拿到的火车票是晚间 8 时 30 分发往上海的,我在西安尚可停留一个白天,准备利用这一天的闲时游乾陵与法门寺。适值火车站外停有一部旅游车,用喇叭招呼游客即刻前往咸阳市、乾陵与法门寺游览。此车实为黑导游车,我不明真相,前往询问今天游乾陵、法门寺二景点后,晚 8 时前能否返回西安火车站? 黑导回答肯定来得及。我一时偷懒,坐上了车,却一直等到上午 10 时 30 分方始发车,同车游客共 10 人。

黑导游车出西安北门、玉祥门后,于中午 11 时 20 分过咸阳市,未做停留,只是车速放慢,理由是发车时间已晚,尚须前往乾陵、扶风法门寺等景点参观。我只能在车上浏览两侧街道,总的感觉是古城咸阳占地面积虽不算大,但市容尚整洁。约下午 1 时许,车过两处武则天蜡像馆,均要求游客下车参观,自买门票,约 10 元一张,不去不行,否则只能在车上干等。无奈下车,但景点实乏善可陈,系黑导游宰客行为。随后,车抵唐永寿公主坟,下车参观。该坟道甚深,两侧壁画完整、鲜艳,可惜坟内殉葬品在历史上早已被盗。此处是一个值得参观的景点,只是不明永寿公主的事迹。经事后查阅得知:

永寿公主(? 一?),唐中宗李显的女儿。李显共有八女四子,其中懿德太子李重润、永泰公主李仙蕙、长宁公主李氏(佚名)、安乐公主李裹儿为韦皇后亲生、李重福、李重俊、李重茂、永寿公主、宣城公主、新平公主、定安公主、成安公主均为李显与其他皇妃所生。永寿公主下嫁韦鐬(官至右金吾将军),早逝。武则天在执政晚期(长安初年,701 年),将其子李显自房州召回,同时追封其孙女永寿为公主,又称"永寿郡主"。韦后心狠手辣,毒死其亲夫,估计对这一非其亲生的女儿不会太好,而李显则对这一女儿颇为珍爱,在继位为中宗(705 年)后,为其在光福坊修永寿公主庙,又于景龙三年(709 年),在永乐坊修永寿寺。永寿公主与其夫韦鐬最后都陪葬于唐定陵。定陵为唐中宗本人的陵墓,位今陕西富平县城北二十里的凤凰山上,因历代战乱及附近居民偷盗石材诸因素,陵园石刻几乎被劫空,现余陵南一个石狮、一对石人尚保存完好,不意永寿公主墓道中的壁画也完整保存下来了。

下午 2 时,旅游车抵乾陵。乾陵是唐高宗李治(649—683 年在位)与皇后武则天(690—705 年在位)的合葬墓,位于陕西乾县北部 3 公里的梁山上,距西安城区西北向约 87 公里,属国务院 1961 年 3 月 4 日公布的第一批全国重点文物保护单位。

梁山共有三峰,其中以北峰为最高,海拔 1061.5 米(一说 1047.9 米),乾陵就在北峰之上。而南面的两峰较低,东西对峙,称之为"乳峰",其下山道称"司马道"。登上梁山之巅,可东望九嵕山(唐太宗昭陵所在地),南望太白山与终南山,北望五峰山,西望翠屏山。梁山之下有泔河东环,漠水西绕,风景甚是壮观。根据民间风水家的说法是:梁山大有利于女主,因此被武则天选为其夫唐高宗和自己百年后的"万年寿域"。以此说为据,似乾陵陵址,在高宗生前已选定。

但史书的记载却与民间流传的说法颇有差异。据史书所记:唐高宗死得较为突然,生前并未选定陵址。其具体过程是:弘道元年(683 年)高宗幸洛阳,同年崩于贞观殿(洛阳),享年 56 岁(在位 34 年)。[1] 死前遗言是:"天地神若延吾一两月之命,得还长安,死亦无恨。"又遗诏:"陵园制度,务从节俭。军国大事有不决者,取天后(武则天)处分。"葬品中不要珠玉宝石,仅要求陪葬一些经常研读的儒家经书。[2]

仅从遗诏来看,高宗似乎是一个颇具仁心的皇帝,能够体恤民苦。但是高宗死时,正是唐代国力全盛时期,其皇后武则天又是一个性情奢侈的女主,因此高宗薄葬的遗愿并未能得到遵从。在高宗去世的当年(683 年),武则天派人在关中渭北高原择定吉地,于唐中宗嗣圣元年(684 年)命吏部尚书韦待价为山陵使、户部郎中韦泰真为将作大匠,动用兵士和民工 20 余万人,将梁山主峰作为陵冢,

---

[1] 高宗李治(628—683 年),唐太宗李世民第九子,文德皇后长孙氏生,16 岁时得舅父长孙无忌帮助,立为太子。贞观二十三年(649 年)六月即皇帝位。

[2]《述圣纪》碑。

按照"因山为陵"的葬制,在山腰凿洞修建地宫。史谓:"山陵穿复必资徒役,率瘫弊之众,兴数万之军,调发近畿,督扶稚老,铲山背石,驱以就功。"①约经年余,乾陵主要工程竣工。文明元年(684年)五月,武则天命唐睿宗护送高宗灵驾西返京师长安,于八月葬于梁山。此后,乾陵工程继续进行。长安四年(704年),武则天死,神龙二年(706年)5月,唐中宗李显排众议,下令将武后遗体葬入乾陵,以与高宗合墓。此后,中宗、睿宗朝又陆续将两太子、三王、四公主、八大臣等17人遗体陪葬乾陵。截至元和年(712年),乾陵工程方始完成,历经武则天、中宗、三朝合28年之久。

最终完成的乾陵,其规模庞大,为唐"历代诸皇陵之冠"。据有关记载:"周八十里",有城垣两重,内城置四门,东曰青龙门,南曰朱雀门,西曰白虎门,北曰玄武门。城内有献殿、偏房、回廊、阙楼、狄仁杰等六十朝臣像祠堂、下宫等建筑群多处。另据《唐会要》记载:贞元十四年(798年),修葺乾陵时曾造屋378间,又添置120余件精美大型石刻群。而据当代专家勘测:乾陵系仿唐都长安城的格局而建,分皇城、宫城与外郭城三部分,南北主轴线长达4.9公里。陵园内城约呈正方形,南北墙各长1450米,东墙长1582米,西墙长1438米,总面积约240万平方米。②而经"安史之乱"后的历代战乱,乾陵地面建筑已荡然无存,保存下来的,仅是地表上残存的颇多唐代石像、石刻等。

现游乾陵所见,大致起自梁山南二峰麓神道,由南往北依次对称排列的有:华表(高8米,八棱柱石)、翼马、鸵鸟、石仗马(5对,配有驭手)、石翁仲(亦称"直阁将军",10对,高4米)。③石翁仲再北,立有两块石碑,西侧为彰显唐高宗事迹的《述圣纪》碑,东侧为武则天的无字碑。近旁有参加过唐高宗葬礼的中国少数民族首领和友好国家使臣的石刻像61尊(头部已毁)。④由《述圣纪》碑和无字碑再前,入朱雀门(陵墓南门),有清乾隆年间陕西巡府毕沅所立"唐高宗乾陵"墓碑。此碑右前侧,则为近人郭沫若于1963年题写的"唐高宗李治与则天皇帝之墓"石碑。游乾陵,特别值得引起游人注意的是陵前所立的三块石碑。

---

① 《新唐书·陈子昂传》。

② 数据参《百度文库·乾陵》。

③ 传说翁仲姓阮,为秦朝镇守临洮大将,威震夷狄,秦始皇始树翁仲像于咸阳宫司马门外,后世帝王以该石像守卫陵园。

④ 关于乾陵前61尊番使头像被毁的原因有二说:一说为明初有番使来此游玩,见这些祖先像被立于陵前替唐朝皇帝守陵,感到有损国格,收买当地农民砸毁。一说为地震毁坏说。即云明嘉靖三十五年(1556年1月23日),陕西华县一带子夜发生强震,震级在8—11级之间,死亡人数80多万,石像同毁。估计前说较为准确。

其一为《述圣纪》碑,是武则天为唐高宗所立的颂功碑,碑高6.30米,宽1.86米,[1]上有庑殿式顶盖,下有兽纹基座,中间碑体由五块方石套接,连同顶、座共七块,寓意古人所说的"七曜"(古人所理解的构成世界的七种物质元素:日、月、金、木、水、火、土),民间称之为"七节碑"。该碑文由武则天亲撰,子中宗李显楷书,字体"填以金屑",至今个别字的金痕尚在。原碑文共46行,5600余字,镌刻在碑的正面,现存1700余字,可辨为189字。[2] 而之所以知晓碑文内容,是因为其被收录于清人编的《全唐文》中。根据碑文所述:先是缅怀高祖和太宗两朝从晋阳首义到平定天下的伟业,随后追述高宗李治自太子监国直到去世前的丰功,称高宗在太子监国时能兢兢业业,太宗病重时,药饵必亲,登基执政以来,承续贞观政风,重用贤良,励精图治,坚决捍卫国家统一,取得了对西突厥与高丽战争的胜利,在病重之时,尚能体恤民苦,叮咛薄葬。仅从《述圣纪》碑文的内容来看,高宗当为继太宗之后的唐代又一位仁慈皇帝,因此能留下"永徽之治"的政绩,而《述圣纪》碑文也不失为反映唐代历史的重要文献资料。但问题出在高宗生性懦弱,不似其父英武,最终为武则天篡唐埋下了祸根。

其二为立于《述圣纪》碑右侧、曾引起无数人争议的无字碑。该碑高7.53米,宽2.1米,[3]碑身用一块完整的巨石雕成,其上雕有八条互相缠绕的螭龙(左右各四条)。该碑的奇特之处在于:唐人所立,却不铭唐人一字,留下诸多待解之谜。主要有"德大说"、"遗言说"等。"德大说"谓武则天自认为以女子称帝,"功高德大",难以用文字表达,故立白碑;"遗言说"谓武则天临终前留有遗言:"己之功过,留待后人评说",故不铭一字。但如果结合武则天平生事迹来探讨无字碑的秘密,可以发现谜结并不难解开。即武则天在世时,坏事做绝,天怒人怨,在其死后,无德可书,亦无人愿意为之撰写碑文,这亦体现了唐代文人的政治气节。

关于武则天生前所做坏事,《资治通鉴》按年月记载得十分清晰,可简要归纳为以下四事:

一是背离宫中礼数,诱惑太子,得以二度入宫。据史书所记:贞观十一年(637年),唐太宗李世民闻武氏貌美,召入后宫,封"才人",赐号"媚娘"。但是武

---

① 数据参《百度文库·乾陵》。
② 数据参《百度文库·乾陵》。
③ 数据参《百度文库·乾陵》。

氏14岁入宫,直至28岁太宗驾崩时,却并未曾生育过子女,而被怀疑从未得到过太宗的宠幸。贞观末,太宗病危,太子李治侍奉在侧,武氏以美色诱惑太子,使之与己有染。贞观二十三年(649年),太宗驾崩,按照当时宫礼,后宫中未曾生育的妃嫔,一律送感业寺为尼,以为先皇祈福。永徽三年(652年)太宗忌日,李治赴寺焚香,与武氏相遇,重温旧情,被召回后宫,封为"昭仪"。

二是心若蛇蝎,骨肉相残,用阴谋手段篡夺李家天下。复入宫廷的武昭仪,先是掐死自己的亲生女儿嫁祸王皇后,将与己争宠的王皇后、萧淑妃打入冷宫,得以登上皇后宝座,参与朝政。高宗中年后,因"风眩头重,目不能视",遂委武后处理朝政。"素多智计,兼涉文史"的武后,逐渐显露治国能力,而得到高宗的信任。武后生有四子,依次为李弘、李贤以及后来时而为帝时而被废的中宗李显和睿宗李旦。乾封元年(666年)正月,李治与武后同登泰山封禅,谒祀孔子,大唐王朝中形成了"二圣"并尊的局面。李治深感大权旁落,恐李氏江山丧于己手,欲禅位太子李弘(武则天长子),李弘为人仁孝,喜读书,善待人,深为武后所忌,乘李弘省母时将其毒死,时年24岁。同年,高宗又立次子李贤为太子,李贤"容止端雅","状类太宗",被武后以"忤逆"罪逼令自杀,时年32岁,同时诛杀李贤长子李光顺。另外诛杀高宗另二子泽王李上金、许王李素节,扫清了自己临朝称制的障碍。李治无奈,又立英王李显为太子。但李显生性软弱,无补于大唐社稷。弘道元年(683年)高宗病亡,中宗李显即位,武则天以太后身份临朝称制。次年废中宗李显,立李旦为帝(睿宗),令其不得干预政事。载初二年(690年),武则天命僧人法明编造《大云经》,称其为弥勒佛降生,当代唐为阎浮提(人世)主。接着又命心腹大臣数百人"劝进",随之朝廷上下、京城内外、四夷酋长、僧道等数万人"劝进",武氏遂改唐为周,于天授元年(690年)九月正式登基,自称大周皇帝,成为中国历史上唯一的女皇。

三是随意诛杀宫廷重臣、守边武将,危害国家,使唐代国力由盛转衰。据统计:武则天为篡夺李唐政权,共谋杀了93人,其中自己亲人23人,唐宗室34人,朝廷大臣36人。[①] 其中主要事实包括:显庆五年(660年)十月,唐高宗李治病重,将"百司表奏皆委天后详决",武则天借此扶植个人势力,依靠李义府、许敬宗等人的支持,诛杀力主废除武则天为后的宰相上官仪并诛九族,将重臣褚遂良贬至潭州,从此专断朝政。李勣孙徐敬业、给事中唐之奇、长安主簿骆宾王等不服,扬州举事,宰相裴炎主张武则天还政睿宗以平息内乱,武则天大怒,杀裴炎。

---

① 数据参《百度词条·武则天》。

又派人去边疆军中杀与裴炎关系密切的左武卫大将军程务挺。程务挺少年从军，为唐代名将，屡败突厥人，突厥畏之如神，"相率遁走"。武后杀程务挺，突厥人"宴乐相庆，仍为（程）务挺立祠，每出师攻战，即祈祷焉。"①此后武氏启用"面首"薛怀义、青年将领薛仁贵将兵守边，连吃败仗，自此，唐代国力由盛转衰，兵权向胡人手中转移，在唐初已被打败的西突厥势力复振，东北边疆契丹势力兴起，这为后来玄宗时安史之乱的发生埋下了祸根。

四是淫乱宫闱，重用亲属干政，严重败坏朝纲，彻底颠覆了唐初太宗开创的"贞观之治"的良好政风，也为自己的最终失败奠定了基础。武则天晚年淫佚，有"面首"无数，其一为洛阳白马寺住持薛怀义（662—694年），被封为正三品左武卫大将军、梁国公，令其将兵御突厥，迭遭败绩。薛怀义又纵火"明堂"（唐宫廷建筑），武则天怒，令太平公主设计将其杀死。武则天临朝称制后，御紫宸殿视朝，用侄子武承嗣为礼部尚书。武承嗣请武后追封其父祖七代为王，立庙尊祀。武则天侄武三思等人又不时进宫，劝姑姑"革命"，"尽诛皇帝诸王及公卿中不附己者"。唐朝"宗室人人自危，众心愤惋"。武则天又发明了"铜匦"告密法，利用酷吏周兴、来俊臣等人来钳制士人的口舌，用极端残暴的刑具来逼取人犯的口供，制造冤案无数，使"朝士人人自危，相见莫敢交言，道路以目。或因入朝密遭掩捕，每朝，辄与家人诀曰：'未知复相见否'？"②因此神龙元年（705年）正月，武则天病重，宰相张柬之等乘机发动政变，拥立中宗李显复位。当年十一月，武则天崩逝于洛阳上阳宫（终年82岁），临终遗嘱是："祔庙、归陵、令去帝号，称则天大圣皇后。"这一遗嘱的实质，是请求其子（唐中宗李显）将自己以唐高宗皇后的身份附葬于唐高宗的乾陵。这样剩下来的问题就是如何安葬武则天了。

尽管武则天本人已宣布废去帝号，请求附葬于乾陵，但因其生前作恶太多，廷臣却并不愿意。大臣严善思等人提出："尊者先葬，卑者不宜动尊者而后葬入。则天太后卑于天皇大帝，今若开陵合葬，即是以卑动尊，恐惊龙脉。臣闻乾陵玄阙，其门以石闭塞，其石缝隙，铸铁以固其中，今若开陵，必须镌凿。动众加功，为害益深。望于乾陵之旁，更择吉地，别起一陵，既得从葬之仪，又成固本之业。若神道有知，幽途自当通会，若以无知，合之何益。"③尽管有廷臣的反对，宅心仁厚的唐中宗为表孝心，仍力排众议，命人挖开乾陵坟道，于神龙二年（706年）五月，

---

① 《旧唐书》卷八七。
② 《资治通鉴·唐纪》卷二〇四。
③ 《旧唐书·严善思传》。

将武则天遗体合葬入乾陵玄宫。但尽管武氏的尸身已葬入乾陵,因其生前所做坏事太多,碑文却无人肯写,这就出现了乾陵前"无字碑"的千古怪事。能证明这一点的重要依据是:当代考古学者曾在该碑正面,发现了3600多个为镌刻文字而刻画的方框,却最终未落上文字。这证明无字碑在立碑之初,原是欲写碑文的,但因无人肯写,方落下了"无字碑"千古谜结。①

由此,便涉及了乾陵前的第三块石碑——近人郭沫若1963年题写的"唐高宗李治与则天皇帝之墓"石碑是否合理的问题? 这一问题的实质,涉及乾陵性质的讨论。

综上所述可见:乾陵在礼制上仍然属于一帝、一后的合葬墓,亦即仍属唐高宗李治的陵墓,前人也是如此理解的。如清乾隆年间陕西巡府毕沅所立"唐高宗乾陵"墓碑即是如此写的。

但是崇拜武则天的郭沫若先生1963年游乾陵时,却于毕沅立碑右前侧另题写了一块墓碑:"唐高宗李治与则天皇帝之墓"。这样,乾陵就成为中国古代帝王陵墓中唯一一座一陵葬两帝的陵墓,而在当代导游的误导之下,许多游客甚至不知道乾陵是唐高宗和武后的合葬墓,仅理解作武则天的个人陵墓。

而我个人认为郭老的如此题碑,是罔顾史实。因为首先,这不符合唐人乃至整个中国古代所理解的乾陵性质。神龙政变之后,武则天是被迫将大周政权归还给李氏王朝的。为了死后能乞得栖身之所,武则天宣布自废帝号,请求儿子李显(唐中宗)将自己以唐高宗皇后的身份附葬于高宗乾陵。唐中宗为表孝心,力排朝议,答应了母亲的请求。而郭老的如此题碑,系喧宾夺主。

其次是郭老为何如此题碑? 我个人认为郭老题碑的时间为1963年,当时中国已处于"文革"爆发的前夕,政治嗅觉敏感的郭老似为迎合当时女主想当"女皇"的心态而有意为之。对于郭老研究甲骨文的学术成就以及写《十批判书》研究先秦史的学术成就,我历来敬佩。对于郭老在"文革"中的无奈之举,我也表示充分理解,因为身临政治危难环境,绝大多数人首先还是想到如何保全自己。但是唯独对于郭老为武则天题碑之事,我认为是于史德有违,因为当时没有人逼郭老这样做。而郭老在"文革"中的命运之所以较同时代的知识分子要好些,我认为也与他当时善于揣摩中国女主的心态有关。

---

① 无字碑上并非真的无字。自宋金以后,开始有游人在碑上题字,内容含后人对武氏的评价。其中较有价值的刻字为《大金皇弟都统经略郎君行记》(1135年刻),以女真文字刻写,旁有汉字译文。鉴于女真文今已绝迹,因此该碑上的文字成为今人研究女真文和女真史的珍贵资料。

　　而我之所以说郭老为武则天题碑之事有违史德，是因为武则天其人并未能在中国历史上留下值得称颂的业绩。武则天（624—705 年），原名武曌，因其临终前自请去帝号，"称则天大圣皇后"，而被后人称为"武则天"。[1] 在武则天当政的四十年间（约 666—704 年），中国宫廷动乱不断，杀人无数。而之所以当时中国社会未曾发生大的动乱，只是由于唐初实行的均田制度尚具活力，社会生产力尚处于上升阶段，完全与武氏个人的政绩无干。至于讲武则天时期曾开创"殿试"、"自举"、"武举"制度，广泛吸纳人才，打击士族显贵等等，这完全是为鼓吹武则天的人寻找的托词，我们只要对比一下武则天发明"铜匦"告密法钳制士人口舌、夷上官仪九族的暴政，就可以明了武氏政权的性质。必须指出的是：郭老在乾陵前为武则天立碑所造成的最坏影响，是开创了国内文坛"武则天崇拜"的不良风气，且至今未衰，影视宣传不绝。而不问历史是非，出自功利动机宣传历史人物，也违背郭老早年所曾宣传过的历史唯物主义学说。

　　游乾陵所见，除上举三块石碑之外，值得一提的问题尚有乾陵在中国陵园史上的地位。在陵前立碑以颂前王功德，此制首创自武则天在乾陵前为唐高宗立《述圣纪》碑。此外，乾陵是唐朝关中十八陵中唯一未曾被盗的王陵，为当代中国保留下来了巨额古代文化财富。

　　乾陵未曾被盗挖的原因，得益于唐太宗昭陵"因山为陵"的祖制，此制亦属唐代帝陵在中国陵园史上的首创。唐太宗之所以要"因山为陵"，是因为他认为：由古及今，无不亡之国，无不掘之墓。唐太宗所未能想到的是，他可以因山为陵，后人也同样可以因山盗陵。但是乾陵之建，却正值盛唐国力强盛时期，所建规模庞大，构建复杂，后世盗贼始终无法找到入陵的墓道。根据有关记载：黄巢起义时，由于缺少军资，曾动用 40 万将士盗陵，但挖出了一条 40 余米深的大沟，也没能找到入陵的道口，后因官军追剿，只得作罢。黄巢盗墓的地点在今梁山主峰西侧，留有"黄巢沟"的地名。五代时，后梁耀州节度温韬再一次盗挖唐皇陵，当时"唐诸陵在其境内者，悉发掘之，取之所藏金宝。……惟乾陵，风雨不可发。"[2]民国初年，

----

[1] 武则天祖籍并州文水（今山西文水），其父武士彟原为木材商人，因追随隋太原留守李渊起兵反隋建唐有功，官至工部尚书、利州都督，母杨氏为隋宰相杨达之女。

[2]《新五代史·温韬传》。——原文载昭陵被盗经过，顺录于注下："韬在镇七年，唐诸陵在其境内者，悉发掘之，取其所藏金宝。而昭陵最固，韬从埏道下，见宫室制度闳丽，不异人间。中为正寝，东西厢列石床，床上石函中为铁匣，悉藏前世图书。钟、王纸墨、笔迹如新。韬悉取之，遂传民间。惟乾陵，风雨不可发。"

国民党将领孙连仲以"保护乾陵"为幌子,率部下驻扎乾陵,以一个师的兵力盗掘乾陵,用炸药炸了许多处地方,仍无所得,忽然雷雨大作,数日不歇,军中一时传言"武则天显灵",人心惶惶,孙连仲连忙率部撤离乾陵。但是在新中国成立之后,乾陵墓道在 1958 年冬季却被几个农民意外发现。其过程为:

1958 年冬,过乾陵的西兰公路复修,需要石料,乾陵附近的农民便到梁山上炸石取料。11 月 27 日下午,农民贺社社等人在距无字碑北 1 公里处的梁山主峰东南坡炸石头,三炮过后,半空中突然飞出几块石条。硝烟散去,炸山农民前往观看,只见爆炸处尽是人工凿刻的石条,其上有字,并连着像钢筋一样的东西。农民们怀疑把"把姑婆陵炸开了"(武三思称武则天为"姑婆",当地农民也跟着武三思如此称谓),而到乾县政府办公室向一位杨姓干部汇报情况,杨干部又转向县委书记、县长汇报。后经实地勘测,认定情况属实,经层层汇报后,1960 年 2 月,陕西省成立了"乾陵发掘委员会",并于当年 4 月 3 日开始发掘乾陵地宫墓道。发掘显示:乾陵地宫墓道在梁山主峰东南半山腰部,由堑壕和石洞两部分组成,堑壕深 17 米,用长 1.25 米,宽 0.4 至 0.6 米的石条填塞。墓道呈斜坡形,长 63.1 米,平均宽 3.9 米。[①] 石条之间凿洞用铁棍贯穿,以熔化锡铁汁灌注,使石条熔为一体,其情况如同《旧唐书·严善思传》所记:"乾陵玄阙,其门以石闭塞,其石缝隙,铸铁以固其中。"1960 年 3 月 20 日,中国科学院院长郭沫若前来考察乾陵发掘情况,由于感到责任重大,经其倡议,文化部向国务院提交《乾陵发掘计划》交周恩来总理审批。当时北京明定陵正在发掘之中,新问题不断出现,主要是以当时的科学水平而言,无力解决已出土文物的风化问题。经反复思考后,周总理最后做了"我们不能把好事做完,此事可以留作后人来完成"的批示,之后,国务院又再发通知要求"全国帝王陵墓先不要挖",乾陵的全面发掘工作就此中止。当地考古部门转而发掘乾陵的五座陪葬墓,含:永泰公主墓、章怀太子墓、懿德太子墓、中书令薛元超墓、燕国公李谨行墓(1960 年 8 月—1972 年 5 月间)。最后出土的文物包括:

乾陵地宫隧道编号刻字砌石,具体有细腰铁拴板、锡铁锭等。5 座陪葬墓出土珍贵文物 4300 多件,其中有 100 多幅墓室壁画,堪称中国古代艺术的瑰宝,有《马球图》、《客使图》、《观鸟捕蝉图》、《出猎图》、《仪仗图》等,这些壁画对于今人研究唐代建筑、服饰、风俗、体育、宫廷生活、外事往来等,亦具有诸多参考价值。

---

① 数据参《百度词条·乾陵》。

　　在此顺便提一下乾陵的陪葬制度。在中国古代陵园史上,皇戚、功臣的陪葬制度始自汉代,而乾陵的陪葬制度则沿袭初唐。唐太宗贞观十八年诏令说:"自今以后,功臣密戚及德业佐时者,如有薨亡,宜赐茔地一所。"此后又允许功臣自请陪葬,其子孙也允许随父、祖陪葬于昭陵。在这一制度的激励之下,昭陵的陪葬坟群竟然有180座之多,成为中国最大的陵墓群。① 乾陵的陪葬坟群虽无昭陵之多,但亦颇可观,具体含太子墓二,王墓三,公主墓四,大臣墓八,共计17座。这些坟墓中的随葬品虽无帝陵多,但同样十分珍贵,上举乾陵5座陪葬墓中出土的珍贵文物即是证明。只可惜这五座陪葬墓在发掘过程中发现均已遭前人盗挖。

　　游乾陵所见还有一奇是:在通往乾陵的神道两侧,布满了当地农民的帐篷,帐篷外写有"祖传瑰宝"之类的字样,想入内参观,需买3元一张的门票。我连入三顶帐篷,发现里面陈列的都是当地农民不知道从哪里买来的劣质人物蜡像,有武则天及其文武官员形象。由于我游乾陵一路所见都是这些东西,心中十分恼火,第三顶帐篷仅掀帘望了一眼,未曾入内,转身便走,并随口骂了一句"又是这些狗屁玩意!"不意在帐篷门口摆地摊的老头懂得幽默,听了我这句话后放声大笑。

　　下午3时下乾陵,正准备坐来时旅游车赴法门寺,黑车导游却告诉我:法门寺在扶风,还有很远的路,在晚间8时前肯定来不及返西安火车站,你还是自坐小车返回吧,小车司机是我们的熟人,坐车不要钱,你多交的钱我们就不退还了。我无奈坐上黑导介绍的出租车返西安火车站,但到达目的地后,出租车司机却要求我交38元的车费,我再次无端被骗。一天旅游所感是:搞市场经济虽然能繁荣经济,但是人的诚信度却越来越差;如果不同时重视精神文明建设,国家早晚有一天要出大事。

　　晚6时抵西安火车站。晚餐后在火车站附近徘徊,见西安古城墙在月光映照下,明白如洗。得句:

七绝　咏西安未央宫旧址(1994.11.3)

斜挂残垣三二星,未央已毁旧台亭。

---

① 据《小方壶斋舆地丛钞》载:"九嵕山下陪葬诸王七、嫔妃八、公主二十二、丞郎三品五十有三、功臣大将军以下六十有四。"以上合计共一百五十四人,另如漏缺及从葬、子附即达二百余座,共约180余座。其陪葬原则为主尊臣贵。

故观仅有城头月,依旧浩然照渭泾。

可能西安有太多的历史名胜能激起人的历史沧桑感,1994年的西安之游是我从事旧体诗创作的一个高峰期,几乎所到之处,都能写出诗来。计西安之行共成律诗2首、五绝1首、七绝7首,共10首,收获不可谓不丰。

晚8时30分,140次直快车发往上海,坐8号车厢14座。列车员热情为乘客们泡茶,为近年仅见。次日晚21时42分火车抵沪,西安之行顺利结束。计出门2周整,耗资1500元。其中包括会务费610元。

2018年3月31日

1995年6月间赴山东威海参加"华东七省市抗战胜利"学术研讨会，利用会议暇间，游天尽头，登刘公岛参观甲午战争纪念馆，返故乡蓬莱，顺记所见。

第十五卷 威海纪行

参加华东七省市抗战胜利学术研讨会
与访天尽头（威海纪行之一）

　　1995年6月11日至17日间，在山东威海市召开"华东地区七省市纪念抗日战争胜利50周年"学术研讨会，我因有论文《南京大屠杀时期的南京难民区国际委员会》入选，得以参加此次重要的学术会议，并参加会务组所组织的旅游活动。

三天会期

　　6月11日上午11时零4分，我自上海西站坐282次客车赴烟台，次日下午1时抵。由于这是我平生第一次得坐硬卧车厢，有独立的铺位，兴趣甚高，一路上品读唐诗并赋诗自娱，得七绝二首：

　　　　七绝　感怀(1995.6.11赴烟台途中)
　　　　少年气壮慕从戎，到老平庸诗为终。
　　　　酷暑无情春送去，人生若此太匆匆。

　　　　七绝　惜晚(1995.6.12赴烟台火车上)
　　　　卌载飘零茶一盂，半生辛苦挂孤蓬。
　　　　红颜不解清贫乐，留取晚节自矜崇。

　　到烟台后，与同时前往开会的上海代表14人共同包中巴车赴威海，人均车资16元，下午5时抵，宿环海路10号"威海教师之家"宾馆，这也是学术会议的举办地点。

次日，星期二，天气晴朗。晨 5 时起床，沿海边跑步，见有人在沙滩上捕蟹，并送小蟹两只给我玩耍。"威海教师之家"宾馆就建在海边，风景十分优雅，临窗可目睹停靠在渤海湾边的千舟万舶，只可惜海腥味大一些，有些刺鼻。7 时 30 分返住处早餐，临轩吟诗一首：

七绝　题威海（1995.6.13）

蓬莱飘渺半云烟，堤岸轻舟泊万千。

俯视临轩山海在，纵无慧骨亦当仙。

上午，"华东地区七省市纪念抗日战争胜利 50 周年"学术研讨会开幕。会议由上海党史学会会长唐培吉主持，山东省中共党史办主任陈凯与威海市委副书记、市长崔日臣先后发言。内容大致为抗战时期山东军民所做历史贡献以及改革开放以来，威海市经济发展所取得的成就。

陈凯在发言中，提供了山东省八年抗战的基本数据：我军作战 2617 次，歼敌 51 万人，折合抗战歼敌总数的三分之一。我军总伤亡共 300 万人，知名烈士 5.6 万人，县团级 381 人。战前山东省有 2000 万人口，至胜利时，中共有军队共 27 万人，民兵 50 万人，自卫团 150 万人，全省建 5 行署、22 专署、122 个县政府。[①]

崔日臣在发言中介绍了威海的历史文化，他指出：全市共 536 平方公里 262 万人，处全省倒数第二位置，但战略地位十分重要。明洪武三十一年始设四大卫防倭，"威海卫"是其中之一，其他三大卫分别是天津卫、金山卫、镇海卫。时至近代，1832 年英国强租威海卫为租界，后被清收回。1938 年，日军又侵占威海卫。新中国成立后，1951 年威海卫改称威海。1987 年威海立市，1988 年跻身全国沿海 14 个开放城市。目前威海发展的主要困难是因缺资金、缺人才、缺水所形成的挑战。崔市长发言后是全会合影留念。

下午复会后，有周新辉教授发言谈《全民族抗战与中国共产党》，山东省社科院副院长、老红军战士辛玮谈《中国反法西斯战争在世界反法西斯战争中的地位》等等。发言主旨大致强调抗战期间中国共产党的中流砥柱作用，以及二战期间中华民族所付出的巨大牺牲与二战结束后所遭受的不公待遇——如失蒙古、大连海港国际化、中东铁路权不得收回等等。我个人的发言题是：《南京大屠杀

---

① 数据为山东省中共党史研究办公室提供。

时期的南京难民区国际委员会》。我介绍了南京大屠杀期间南京难民区国际委员会所做的救援工作,包括:1937 年 11 月至次年 2 月 17 日之间救援难民 20 万至 25 万人之间;对救济对象提供日常衣着、给养、义务教育;抗议日军暴行;恢复城中电灯、电话、自来水等公用设施等等。由于当时侵华日军在南京的暴行史料初出,国内有关研究甚少,因此我的发言赢得了与会者的掌声。

次日,星期三,天气晴朗。上午,学术会议继续举行,有安徽代表李银德提出陈独秀的重新评价问题,并介绍安庆市府拨地 1200 亩重修了陈独秀陵园,欢迎与会代表有机会前往参观。随后,上海党史学会会长唐培吉做会议总结。唐老师指出:本次学术会议的特点是发言面广,研究课题深入,短短 3 天会期,共收到论文 117 篇,有 19 位代表在大会上发了言,多数代表指出中国共产党在抗日战争中的中流砥柱作用;本次会议的亮点是有代表提出了陈独秀的重新评价问题,但国内尚无统一意见;最后代表与会者感谢山东党史研究室为本次会议投入经费 3 万元,并提供住宿、旅游服务。

下午,会务组组织与会代表参观威海市区,个人在水产市场买咸鱼 25 元,在古玩市场买古钱币 17 元。鉴于当日是学术讨论的最后一天,返居住宾馆后,会务组招待了丰盛的晚宴。我平生食不甘味,唯独对这顿晚宴留下了深刻印象。这是在晚宴即将结束时,服务小姐送上了当地盛产的清煮大海蟹,蟹的重量不低于一斤,并递上当地产的优质米醋佐食。蟹肉极端鲜美,大多教师是斯文地拆下蟹腿,蘸醋佐食,但也有个别教师端起整碗醋往肚中灌,由此亦足见当地米醋质量之好。

访成山角天尽头

1995 年 6 月 15 日,星期四,晴。会务组全天安排旅游,上午游成山角天尽头,下午游刘公岛。

8 时 50 分,车过天鹅湖。天鹅湖位于荣成烟墩角,是一个十分美丽的湖泊,湖水蔚蓝,湖面上野鸟成群。据介绍,每年自十一月份开始,北方的天鹅、大雁和野鸭陆续飞此越冬,直到次年 4 月份离去。在高峰期,湖面上停留的天鹅多达数万只,成群飞翔戏耍,能把整个湖面变得洁白一片。可惜我们来得不是时候,只能从车上欣赏一下湖面美景。由天鹅湖再东行 10 公里路程即到达天尽头,时间约上午 9 时许。

天尽头位于胶东半岛的最东端,海拔高度 200 米,属威海成山山脉的入海处,在行政上属威海荣成市成山镇(龙须岛镇)。这里是中国陆海交接处的最东端,与韩国隔海相距仅94海里,因此是中国能最早看见海上日出的地方。由于此处呈半岛状,三面环海,一面接陆,举目所望,除大海碧波、陡峭山崖外,一无所有,故而得名"天尽头",又称"成山头"或"成山角"。而在中国古代,天尽头则被认为是日神的居所,有"朝舞"、"神山"等不同叫法。日神是今日的叫法,在古代称"日主",名"首东",此见于《史记》所记:姜太公封八神,曾在此地拜日神"首东",迎日出,修日主祠。

关于"天尽头"的始名,缘自秦始皇二十八年(前219年)东巡至此,见山上仙云缭绕,大海烟波浩渺,前无所有,感叹"仙境,天尽头",而命丞相李斯题碑"天尽头秦东门",立于成山头顶峰。据今人考证,秦代刻碑因年代久远,已断成两截,上半有字部分早已落入大海,下半底座现存山顶,高120厘米,宽145厘米,厚75厘米。而今存成山头的"李斯碑",其实是块伪碑,系后人仿秦代立石所刻,上面用小篆书"天尽头秦东门"。

根据史书所记,秦始皇曾先后两次巡视至天尽头,第一次为二十八年(前219年),临此祭"日主",叫丞相李斯刻碑立石。第二次为三十七年(前210年),临此修长桥、祈海神,求长生不老之药,留下了"秦桥"、"射鲛台"等遗迹。在这次巡视的返程中,秦始皇病死于河北沙丘(今河北邢台市广宗附近)。其中,关于秦桥遗迹的传说,见于古籍《三齐略记》中所记,谓:秦始皇东巡至成山头,修长桥四十里,到东海边观日出和寻找长生不老仙药。关于"射鲛台"的传说,当见于《史记》所记,谓:方士徐福带领三千童男童女及大量金银,帮秦始皇出海寻仙山、仙草,于此处被"大鲛"(鲸鱼)所阻,无法出海,回秦始皇。始皇帝怒,亲赴成山,立于山头大石上射杀大鲛,其射鲛所立之石遂名"射鲛台"。

此后,太始三年(前94年),汉武帝刘彻率领文武百官自长安出发,经泰山,巡游海上,至成山头,被"成山头日出"这一壮丽的自然景观所吸引,遂令在成山头修筑拜日台、拓日主祠以感恩泽,并作《赤雁歌》志之。此事见《汉书·礼乐志》所记:"太始三年,行幸东海,获赤雁作。"《赤雁歌》又名《象载瑜》,谓:"白集西,食甘露,饮荣泉。赤雁集,六纷员,殊翁杂,五采文。神所见,施祉福,登蓬莱,结无极。"而自汉武帝巡视成山后,天尽头成为后朝历代帝王祭日的必去场所。

综上所述可见,天尽头既有悠久的历史文化底蕴,又有壮丽的自然风光衬托,理应成为中国的旅游热点。但事实上每年赴天尽头的游客并不多,而山东本省所去的人数尤少。究其原因是当地人认为"天尽头"这一名字不吉利,会给所去之人带来霉运。所谓"到此处,当官的官运到头,经商的财运到头,治学的才气到头"；而普通老百姓临此，也会遭遇诸种不幸，或遇车祸，或遭天灾。等等。我在返程火车上突遇停车事故，有旁边旅客听说我昨日去过天尽头，即将停车原因归此。我笑答是一介平民百姓，平时遇到的倒霉事已经够多，再多遇一事亦无所谓。"天尽头"又被进一步解读为"天子之尽头"。所谓：秦始皇二巡天尽头，未能返回，病死于河北沙丘。等等。

在去"天尽头"不吉利的说法之下，有的政府高官害怕来此，生怕造成仕途的厄运。当地旅游集团则认为"天尽头"之名不吉利，不仅影响游客，更影响招商引资。而当地官员为了增加天尽头的旅游资源可谓费尽心机，先是将胡耀邦题写的"天尽头"石碑移走收藏，在原地又另立了一块"天无尽头"的石碑（字据说是从康熙帝墨宝中辑出）。此后又将"天尽头"更名为"中国的好望角"，以期给来游者带来好运。但具有讽刺意义的是：中国贪官们却并未因"天尽头"的改名而避免仕途的厄运，反而是徒增生活中的笑料。

我是当天上午9时攀上成山头的，10时30分离去。站在当年秦始皇的射鲛台上向大海畅望了许久，尽管是天气晴朗，但却是海风啸啸，海浪汹涌，不断卷起5米至7米高的巨浪。由于天尽头海边只有断崖，无沙滩，因此不适合于游人下海游泳。海边亦竖立着严禁游人下海戏水的警示牌。在距成山头不远的海面上，是1894年9月17日中日甲午海战的战场，北洋水师爱国将领、民族英雄邓世昌就是在成山头东侧约10海里外的海面上英勇殉国的。在天尽头的山坡上有一座古老的秦始皇庙残址，亦名秦皇宫、始皇宫、秦皇庙、始皇殿等。据说这是中国唯一的一座秦始皇庙。而据清代古籍《荣成县志·古迹》（道光年版）的记载：该庙宇是当年始皇东巡成山时所修的行宫，后有道士徐复昌临此修道观，称"始皇殿"。至明代正德年间，其占地300亩，住道士200多人，后被烧毁。现今的始皇庙是2010年重修的，其重要价值在于保存了光绪皇帝在邓世昌殉国后所御赐的碑文，给邓世昌的谥号为"壮节"。

登上天尽头，我的心情颇有一些唐代陈子昂登幽州台的感怀："前不见古人，后不见来者。念天地之悠悠，独怆然而涕下。"久吟得句，即记：

七绝　题成山角"天尽头"(1995.6.15)

秦皇遗业并九州，祭海直达"天尽头"。

赫赫虎威今已矣，射鲛台上悲风稠。

2018年5月10日

登刘公岛参现甲午战争纪念馆
（威海纪行之二）

1995 年 6 月 15 日，星期四，晴。

中午 12 时，随旅游车队由天尽头返威海"教师之家"宾馆午餐。下午 1 时半，坐车赴码头，转坐船上刘公岛参观甲午战争纪念馆。

刘公岛位于山东半岛东端的威海湾内，距市区游船码头 1.5 海里，乘船 15 分钟即可达。刘公岛元代名刘岛，亦名刘家岛，至明代始称刘公岛。关于该岛的得名，缘自当地的一则神话传说，讲得是许久以前，有一条来自江南的商船海上遇台风，深夜漂流至岛，当时船上的淡水、食物均尽。人们在绝望之中，发现岛上有灯火，循灯火前行，找到一间茅屋，茅屋中住有一对老年夫妇。人们向其求救，老媪从屋里取出一碗米，生火做饭。求救者皆疑区区一碗米，怎能解众人之饥？但饱食之后发现锅中饭并不见少。众人称奇，请教老翁姓名，回答是：此地为刘家岛，老朽姓刘，又取出一袋食物相赠。求救者返船休息，次日天明又上岛取水，遍寻全岛，却不见昨夜茅屋与老年夫妇，方知遇仙。于是众人集资在岛上修建刘公庙以纪念刘公、刘母救命之恩。而刘公庙建成后，也逐渐成为周边渔民出海前必祭拜以祈求平安之所。刘公岛之名也随之传扬了出去。

但是神话传说归神话传说，刘公岛得名的真实原因当来源于一段古史往事，讲得是东汉中平六年（189 年），汉灵帝刘宏去世，子刘辩继位，称少帝。少帝继位四个月，被董卓鸩杀，以其弟刘协继位，年仅九岁，称献帝，刘辩爱妃唐妃时已身怀六甲，也在被绞杀之列。有正直宫人郑泰以蒙汗药让唐妃假死，将其救出。又护送唐妃逃亡至小龙山孔子十六代孙孔荫家中隐居。孔荫为了保护唐妃，带着家人和化名碧云的唐妃流亡至杨家村。唐妃于次年（初平元年，190 年）生下皇子刘民，经孔荫带大，文武双全，兼习采药行医。时值曹操与袁绍官渡大战，战火殃及杨家村，曹操得知刘辩有遗腹子在世，派人追杀。孔荫在护卫途中负伤，为不连累唐妃母子,带家人返回曲阜老家。唐妃母子辗转来到了威海天尽头,住"日主祠"(秦始皇始修日神庙)耕织渔猎,兼采药行医,深受百姓爱戴。一次刘民在出海打鱼时,救落水女子嬿燕,娶之为妻。唐妃病亡于建安二十一年(216年),时年47岁。刘民感到复国无望,遂隐居于天尽头附近荒岛,时常救助过往遇险船民。久之,人们尊刘民、嬿燕夫妇为"海圣刘公刘母",于岛上立祠祭祀。年岁再久,刘民、嬿燕夫妇也就成了传说中的神话人物,天尽头附近的无名荒岛也随之被称作"刘公岛"。这则古史往事见载于原刘公岛"刘公祠"壁画《汉末皇室浩劫图》、《刘公齐鲁漂泊图》所述,具有很大的可信性。由于其情节曲折,颇适合于文学创作题材,特转述于此。而刘氏后人直至新中国成立之前,尚有居岛者,近年又有刘氏后人上岛寻祖坟者。

刘公岛的面积不大,北陡南缓,东西长4.08公里,南北宽1.5公里,海岸线长14.95公里,总面积3.15平方公里,最高处海拔153.5米。[1] 但是这样一座小岛,却有着重要的军事战略地位,被称之为"东隅屏藩"。该岛曾是清朝北洋海军提督署的所在地,是中日甲午战争的主战场之一,岛上迄今尚存北洋海军提督署、水师学堂、旗顶山炮台、东泓炮台、铁码头等战争遗址。而中日甲午海战北洋兵败,是中国近代史上不能忘怀的国耻,现岛上建有甲午海战纪念馆以追述这一段历史往事。因此登刘公岛,不能不追述一下该岛与中日甲午海战的关系。

1894年9月17日,即在日本陆军攻陷清军守卫的平壤城后第三天,日本联合舰队突然在鸭绿江口大东沟附近的黄海海面袭击清北洋舰队(又称北洋水师)。此次海战,日军集中了12艘军舰,北洋舰队以其主力军舰10艘、附属舰8艘,在大清北洋水师提督丁汝昌率领下应战。战争的结果是:北洋舰队损失"致远"、"经远"、"超勇"、"扬威"、"广甲"5艘军舰,死伤官兵千余人;日本舰队"松岛"、"吉野"、"比睿"、"赤城"、"西京丸"5舰遭受重创,死伤官兵600余人。当时清政府花费数百万两白银打造的、号称"亚洲第一、世界第八"的北洋水师在与日本联合舰队的海战中遭受重创,但并未失去战斗力。此后丁汝昌却根据李鸿章"保舰制敌"的指令,退守刘公岛海军基地,不再出战。

1895年2月3日上午10时,日本舰队驶往威海卫港湾南口,首先对刘公岛上的东泓炮台发炮轰击。先此,日军已夺取了威海湾南岸的南邦炮台,修好了被清军破坏的7门克虏伯大炮,用以轰击刘公岛上的东泓炮台。在日军海、陆两侧

---

① 数据见《百度词条·刘公岛》。

的夹攻之下，战局对守卫刘公岛的北洋海军极为不利，但丁汝昌仍指挥将士拼死抗战，双方炮战一天，日舰因无法接近威海卫港口而撤离，转用鱼雷艇偷袭北洋舰队。2月5日，日鱼雷艇重创北洋旗舰定远舰。2月6日凌晨4时，日鱼雷艇击沉来远舰与练习船威远号、差船定筏号，但日本联合舰队对刘公岛发动的海上攻击被击退。2月7日7时30分，日本联合舰队司令伊东祐亨率舰再攻刘公岛，日军旗舰松岛号以及桥立号舰、秋津洲号舰、浪速号舰都中弹受伤，日海军气焰为之一挫。丁汝昌决定派鱼雷艇攻击日舰，但是在贪生怕死的鱼雷艇军官王平(管带)、蔡廷干(管带)、穆晋书(鱼雷大副)的带领下，却密谋利用出击日舰的机会向烟台逃跑。8时30分，北洋水师的13艘鱼雷艇和2艘快艇突然从西口冲出。日军初以为北洋水师要发起进攻，发出了防备鱼雷艇的信号，整个舰队开始向外海撤退，但后来发现北洋水师鱼雷艇是沿着海岸全速向西逃去。日舰即行追击，多数鱼雷艇被日军击毁或俘获，仅航速最快的一艘逃至烟台。

北洋水师鱼雷艇的溃逃及覆没，极大地动摇了军心，丁汝昌在给李鸿章最后的报告中痛心地说："自雷艇逃后，水陆兵心散乱。"2月8日晚7时，北洋水师部分军舰官兵上岸，晚8时，大批陆军离开炮台，连同岛上百姓"共近千人"到海军公所门前向丁汝昌"求生路"，意即"投降"日军。丁汝昌推之以2月11日援军仍未到，自会给大家生路。丁汝昌当时实际上已丧失对手下士兵的控制能力。2月9日丁汝昌登靖远舰迎战，击伤日舰两艘，靖远舰亦被日军陆路炮台击沉，丁汝昌欲随船同沉，被部下誓死救上。为了不让受伤的军舰落入日军之手，丁汝昌下令炸沉搁浅的定远舰。至此，北洋海军尚有机动力的主力军舰仅剩"平远"、"济远"、"广丙"三艘。2月10日，誓与军舰共存亡的北洋水师右翼总兵、定远舰管带刘步蟾自杀殉国，时年44岁。2月11日白天，北洋水师与岛上守军打退了日军最后一次进攻，援军仍不至。当晚，北洋将士拒绝丁汝昌再战与自沉战舰的命令，要求降敌，丁汝昌绝望。2月12日晚，丁汝昌回绝日军统帅伊东祐亨的劝降书，将北洋海军提督印截角作废，服鸦片自杀，时年59岁。丁汝昌死，手下军官牛昶昞盗用丁的名义，与日方签订了《威海降约》。2月17日上午8时30分，日本联合舰队驶入威海港，10时30分，北洋海军余舰10艘降下中国旗，换上日本旗，刘公岛炮台也升起日本旗。至此，一度威震远东的清朝北洋舰队全军覆灭。

北洋海军的全军覆灭，标志着中日甲午战争中国完败，这是中华近代史上永久的国耻。从军事角度看，中国从此丧失了对亚太地区的制海权，从政治角度看，则是从此失去了在亚洲地区存在了千年之久的宗主国地位，将之转移于日本及西方列强,并从此沦陷为半殖民地国家。对此,涉及战败责任及丁汝昌的个人评价问题。

关于甲午战败的责任,首先应当承担罪责的自然是腐朽的清政府。众所周知的事实是:慈禧太后为造颐和园挪用海军经费,而导致北洋水师军力不振。如据学者唐德刚考证:在甲午海战中,日军功臣战舰"吉野号"原为英国为清政府定制,但慈禧太后要办六十大寿,海军衙门不得不将这笔预算金转为了礼金。而信息被日本政府得知后,举倾国财力来购买此舰,皇太后为此捐出首饰,日本商人和民间发起了"'吉野号'募捐会",募集到的银两可买三艘"吉野号",此举为日本一举战胜北洋海军奠定了基础。而甲午战间,日本天皇御驾亲征,将大本营由东京迁到广岛,将举国财力送往前线,为了节约开支支援前线,天皇甚至每天只吃一顿饭。而反观清政府,在战间主战派与主和派争议不断,南洋舰队见死不救,前线将士贪生怕死,舰队火药奇缺。据英国海军年鉴统计,当时日本舰队的火力实际上相当于北洋舰队的三倍。而有的研究文献称:北洋海军在作战时甚至使用平时训练用的开花弹,鱼雷艇居然只有 3 枚鱼雷。这样的火炮又如何能打沉日舰呢?

其次是李鸿章的用人腐败。据日本学者升味准之辅在《日本政治史》一书中的评论:甲午战争中即使李鸿章指挥得当,北洋水师因动员能力太差,也会落败。"李鸿章在对日开战时所能直接动员的,只是他的北洋军而已。日清战争实际上成了日本与直隶省的战争。而且,北洋军是在传统的腐败习惯和乡党关系中成长起来的。李鸿章一当上直隶总督,便用他的安徽军守备直隶,被一群乡党包围起来,他的天津衙门成了卖官鬻爵之府。陆海军成了给他的亲朋创建利益的奶牛。据说他的过继儿子私下出卖北洋舰队的装备,他的弟弟被称为无底的钱褡子。"[①]这些都是确评。

但上举客观因素却并不能开脱丁汝昌本人对于北洋舰队全军覆没所应承担的主观罪责,仅举论据如下:

首先是武备不修。如丁汝昌在黄海大东沟首战,即因旗舰"定远"舰下水已 12 年,年久失修,舰桥被突然开火的大炮震塌,丁汝昌摔伤,信旗被毁,丁只能坐在甲板上督战,这使北洋舰队陷于失去指挥中心、各自为战的不利阵形。北洋水师鱼雷艇在战间未能取得任何战果,却全体覆灭,其重要原因是设备的老化。对此,英国远东舰队司令斐利曼特尔中将战前就曾警告说:"中国水雷船排列海边,

---

① [日]升味准之辅:《日本政治史》,董果良、郭洪茂译,商务印书馆 1997 年 12 月版。

无人掌管,外则铁锈堆积,内则污秽狼藉,使或海波告警,业已无可驶用。"①

　　其次是统兵无方,军纪散乱,导致无端兵败。如2月6日凌晨4时,日军鱼雷艇偷袭北洋舰队,击沉"来远"号巡洋舰、"威远"号练习舰和"宝筏"号布雷船,北洋军共伤亡官兵200余人,获救者仅二三十人。而在日军发起攻击前,遇难舰上官兵大多在熟睡之中,"来远"舰管带和"威远"舰管带在大敌当前之际竟然上岸嫖妓未归,真是军法难容。而日军的这次偷袭不仅未损一艇,甚至未伤一人。正是由于丁汝昌平素荒于练兵,管理混乱,统军无方,将士嬉戏,技战术不精,军队纪律松弛,才导致战争关键时刻军无斗志,出现鱼雷艇将领率舰集体潜逃、部分将领煽动士兵与民众压丁汝昌降日以及拒绝丁汝昌出战与沉舰指令的情况。而北洋舰队在战场上不堪一击的败象,甚至在甲午战前就已经被日本人窥知。如1891年夏,北洋水师提督丁汝昌率六艘主力舰出访日本,结果细心的日本人发现,北洋水兵竟然在威力巨大的清朝海军"平远"号炮舰大炮上晾晒裤子。日本人由此断言这支舰队没前途。②

　　再其次是战术思想保守,不能应变。如大东沟海战之初,北洋舰队布置成环形队势,以保卫居中旗舰。而日军则大胆穿插攻击北洋舰队弱侧,占据优势阵位,绕攻北洋军右翼,最终撕裂北洋舰队统一阵型。在大东沟海战北洋军受挫后,李鸿章指令丁汝昌"保舰制敌"。丁汝昌则率领北洋舰队躲入刘公岛海军基地消极避战,将黄海制海权拱手让与日舰,再次丧失战场的主动权。1895年1月22日,日军在山东登陆,攻克荣成,开始了水陆两侧围歼北洋舰队之战。1月23日,李鸿章电令丁汝昌:"若水师至力不能支时,不如出海拼战,即战不胜,或能留铁舰等退位烟台。"③这一正确指令被丁汝昌回绝,答以:"至海军如败,万无退烟之理,惟有船没人尽而已,旨屡催出口决战,惟出则陆军将士心寒,大局更难设想。"④2月17日,李鸿章再次电令丁汝昌"带船乘黑夜冲出,向南往吴淞。"⑤但丁汝昌仍拒听指挥,希待援军救援,终使北洋舰队丧失最后出逃机会,成为日军瓮中之鳖,也从此中断了中国近代史上第一次海军现代化的努力。时至1950年3月,新中国海军司令肖劲光租渔船上刘公岛视察(当时人民海军建立未满一年),渔民见随行人员称肖为"司令",好奇地问是哪家司令? 当得知是新中国海

① 王红:《旧中国海军鱼雷部队发展史略》,《军事历史》2008年第3期。
② 材料出处见《圣将东乡全传》所述东乡平八郎在"平远"号上所见。
③ 《李鸿章全集·电稿》。
④ 《李文忠公全书》,中华书局1987年版,卷一九,第44页。
⑤ 《李文忠公全书》,中华书局1987年版,卷二〇,第12页。

军司令时,不解地说:"海军司令还要租我的渔船?"此话使肖劲光大受刺激,对随行人员说:"记下来,1950年3月17日,海军司令员肖劲光乘渔船视察刘公岛!"由此事亦足见丁汝昌败军之罪对于中国社会近代化所造成的持久危害。

现为丁汝昌辩护者认为丁以死殉国,民族气节可钦,甚至尊称其为"民族英雄",在刘公岛上建丁汝昌纪念馆、立铜像为之纪念。[①]丁汝昌在甲午战间进行了几天像样地抵抗后以死殉国,这是客观事实,这起码比中日甲午战期间有的陆军将官(卫汝贵、叶志超等)不战而逃要好得多。曾参与甲午战争的日本海军大尉子爵小笠原长生在演说中说:"人们常提到丁汝昌,据我所知,他和其他中国将帅略有不同,我觉得他是一位具有古代豪杰风度的人物。……因为敌人极尽忠义。其他无论旅顺还是平壤,皇军所到之处立即陷落。然而据守在威海卫内刘公岛的丁汝昌,对日本陆海军的进攻则进行了英勇的抵抗。竭尽全力之后,最终自杀以救部下。"[②]这一评价当属实。但尽管如此,这却并不能开脱丁汝昌在甲午战争中庸将误国的罪责。强调这一点是基于下述事实:

一是甲午战前,清政府花费数百万两白银打造的北洋水师,号称亚洲第一,世界第八,其总吨位要重于日本的联合舰队。而当时日本海军吨位仅居世界第十六位。[③]仅就双方战场所投入的战舰而言,日本舰队可能稍显领先,但并无实质优势,如1894年9月17日黄海大东沟海战时,日本海军集中了12艘军舰,包括其全部精华,即吉野、高千穗、秋津洲、浪速、松岛、千代田、严岛、桥立等八艘五千马力以上的主力舰和巡洋舰。北洋舰队应战的主力战舰为10艘,附属舰8艘。从战舰时速与弹药准备的充分来看,日军占优势,但从海军吨位来看,中国占优势。此外,北洋海军并非无制敌利器,如近年从海底打捞上来的北洋水师巨型舰炮,重达20多吨,为世界仅见。而大东沟海战的结果为日方先行撤退,这证明如果当时中方战场指挥得当,北洋舰队并非无获胜的可能性,日本海军取胜的实质,仅是战术上的胜利。再如从1895年2月间刘公岛之战中日双方所投入的鱼雷艇数量来看:在战前,日本海军拥有24艘鱼雷艇,投入作战系列的有16艘。中国海军曾拥有大小鱼雷艇30艘,投入作战序列的有13艘。日军鱼雷艇

---

① 丁汝昌纪念馆占地15000平方米,原为丁汝昌寓所,始建于1888年,北洋海军成军后,丁汝昌携家眷居此六年。

② 日本海军大尉子爵小笠原长生:《大清海军的落日辉煌——日清战争中的丁汝昌》:《日清战史》第四卷,转引自中国近代史资料丛刊续编《中日战争》七。

③ 见于1888年《美军海军年鉴》:清海军的实力排世界第九,日本海军在十名开外。见于台湾纪录片《一寸山河一寸血》:清海军实力排名世界第八,日本仅居第十六位。

平均航速高于北洋水师,平均舰龄不足 3 年。中国鱼雷平均舰龄将近 8 年,但就个体而言,中国"福龙"号与"左队一号"的作战能力较强,日本唯有"小鹰"号与之相当。① 双方的实质性差距是训练管理水平和技战术水平的差距。

其二是从刘公岛之战中日双方所投入的步兵力量来看,中国方面不论是从人数、武器来看,都较日本占优,且以逸待劳,以守待攻。如当时双方参战兵力:清军共约 630000 人,日军 240616 人。② 从当时中国陆上炮台与步兵武器来看,则对于日本占有绝对的优势。如对于守卫刘公岛负有重要责任的南邦炮台(位威海湾南岸),装备有当时世界上最先进的克虏伯巨炮。另据有关资料,甲午战争前夕,部分清军部队装备了世界上先进的后膛连发枪,清军是第一个装备了七连发枪和十三连发枪的亚洲国家,主要枪种有奥地利的曼利夏、德国的新毛瑟和中国江南制造局仿造的快利枪等(在平壤战役中,日方文献曾记载清军使用了七连发枪和十三连发枪)。而当时日军的枪支性能远落后于清军,直至 1904 年,日本陆军使用的主要武器还是国产的村田式单发枪,只有少量部队装备了村田式连发枪。③ 而当时贫困的日本根本无力购买能有效击毁中国炮台和北洋水师的贵重巨炮。1895 年 1 月 30 日,日军 24000 余人冒严寒在荣成涉水登陆夺取清军陆地炮台时,普遍被冻伤,且粮弹不济。但当时守卫威海炮台的清驻军 2 万多人,却没有主动出击。对于守卫刘公岛负有重责的南邦炮台(位威海湾南岸),稍触即溃。北邦炮台(位威海湾北岸)清军见状自行炸毁炮台,不战而逃,致使环卫北洋海军刘公岛基地的"双拳"皆失。这场陆战的结果是:清军 31500 人伤亡,日军 13306 人伤亡。④ 装备南邦炮台的 7 门 15—28cm 口径克虏伯火炮被日军缴获,但是由于火炮先进,日本人根本不会使用,便让被擒获的 4 名清兵教其使用。1895 年 2 月 3 日上午 10 时,日本舰队驶往港湾南口,首先对刘公岛上的东泓炮台发炮轰击。同时,已占领南邦炮台的日军利用所缴获的 7 门克虏伯大炮

---

① 数据参《百度词条·甲午战争》。

② 数据参《百度词条·甲午战争》。

③ 战前,清军的枪械比日军先进。1894 年 7 月,编修曾广钧曾上一呈文,文中部分地汇总了战前清军制造、购买先进枪械的情况。曾氏称:"中国后膛枪炮之多,甲乎天下。各局制造购办不可悉举"。70 年代以后,西方先进的后膛枪炮开始输入我国,英国的马梯尼、士乃德、法国的哈乞开司、德国的老毛瑟、美国的林明敦和黎意等枪种,均进入清军部队,导致清军装备的又一次更新。到甲午战争前夕,部分清军部队还装备了更为先进的后膛连发枪。清军是亚洲第一个装备了七连发枪和十三连发枪的国家军队。主要枪种有奥地利的曼利夏、德国的新毛瑟和中国江南制造局仿造的快利枪等。平壤战役中,日方曾记载清军使用了七连发枪和十三连发枪。日军的枪支性能远落后于清军。直至 1904 年日陆军使用的主要还是国产的村田式单发枪,(只有少量部队装备了村田式连发枪)。

④ 数据参《百度词条·甲午海战》。

对刘公岛上的东泓炮台进行夹击，①重创北洋海军残存主力舰"靖远"号，由此引发了"靖远"、"定远"自毁的连锁反应。在日军陆、海两面夹击之下，刘公岛的北洋海军遭受重创，最终导致刘公岛失守、北洋海军全军覆灭的结局。

上述情况说明：在中日甲午战争期间，丁汝昌指挥的北洋舰队如果战术得当，又能有效地控制军队，完全有取胜的可能性。如果历史时间上推770年，正是岳飞抗金时期。我们可以发现岳飞完全是处于比丁汝昌更为恶劣的历史条件下，孤军奋战，保住了大宋王朝半壁江山不失，若不是身受"三字狱"陷害而死，完全有可能实现他"还我河山"的理想。二者情况相对比，完全可以看出究竟谁是中国历史上真正的民族英雄，谁属庸将误国。《清史稿》对于丁汝昌的评价是："甲午之役，海陆军尽覆，辱莫大焉。汝昌虽有罪，而能以一死报国，尚知畏法。汝贵、志超丧师失地，遗臭邻邦，觍然求活，终不免於国典，何其不知耻哉？"②当属确评。而反观甲午战争日军的取胜原因，虽就根本而言，可概括为当时处于资本主义上升阶段的日本国民精神（教育制度）对于中国的胜利，即1886年中日长崎事件发生后，③日本政府认为吃了亏，发奋发展海军，建海军缺少经费，天皇甚至慷慨解囊，每年拿30万私房钱，对于中国发动有备之战，而清政府完全没有做好应战准备。但就具体刘公岛战役而言，仍旧是日本军人主动精神的胜利。说得具体一些：日本军人在战争中体现出良好的战术与组织纪律性，不畏牺牲，顽强奋战，积极进取。而清军在战场上不仅望风披靡，而且每一次溃败均"弃军而走，器械尽失"。这不仅削弱自我装备实力，同时反过来增强了日军装备实力。如日军正是用缴获的清军巨炮，取得了攻克刘公岛的胜利。而在丁汝昌指挥下的北洋水师，尽管有花钱买来的坚船利炮、武器精良之利，但是在战时所表现的部队散乱、各行其是、武器先进却无人掌管，外则铁锈堆积，内则污秽狼藉，最终导致北洋水师全军覆灭。对此，丁汝昌不能不承担责任。因此，刘公岛丁汝昌纪

---

① 关于南邦炮台的失守，参《南邦炮台的巨变》,《齐鲁晚报》2011年03月28日。——南邦炮台，清光绪十三年（1887年）始建，因坐落在威海湾南岸得名。共有炮台5座，含：皂埠嘴炮台（海岸炮台），有火炮6门；鹿角嘴炮台，有火炮4门；龙庙嘴炮台，有火炮4门；城北炮台（陆地炮台），有火炮3门；杨枫岭炮台（陆地炮台），有火炮4门；摩天岭炮台，有火炮2门；莲子顶炮台，有火炮2门。南邦各炮台有守军四千余人，1895年1月30日失守。

② （清末）赵尔巽：《清史稿》列传二四九《丁汝昌·卫汝贵（弟汝成）·叶志超》。

③ 长崎事件亦称镇远骚动，日方称长崎清国水兵事件。事情经过为光绪十二年（1886年）在北洋水师造访日本长崎期间，中国水兵上岸购物与日本警察发生冲突，互有伤亡。日本警察逮捕肇事中国水兵，北洋8舰则调转12寸巨炮炮口对准了长崎市区，日本警方无奈放人。1887年2月，中日双方签订协议，对各自的死伤者互给抚恤，日本赔付中国52500元，中国赔付日本15500元，长崎医院的医疗救护费2700元由日方支付。

念馆现既已修起，其重点不应放于对丁的纪念，而是应该客观分析甲午战争中国战败的原因以及丁汝昌对于战败所应承担的主观责任，以勉励中国将士与普通民众勿忘国耻，为捍卫国家的领土主权英勇奋斗。

参观完甲午战争纪念馆，已是下午 4 时。我在岛上徘徊良久，鉴史思今，颇有心得，题绝句一首以留念：

过刘公岛丁汝昌故居（1995.6.15）

北洋军败失东辽，战士沉尸黄海涛。

一死虽免匹夫辱，庸将误国罪难逃。

刘公岛自 1985 年对外开放，实质上已丧失军事禁区地位，而成为风景名胜区。游岛所见，但见北部海岸蚀崖直立陡峭，旗顶山炮台、东门炮台、南咀炮台、东泓炮台等陈列，尚能使人回想起古战场的悲壮。南部则平缓绵延，除甲午海战纪念馆（1985 年 3 月 21 日）、北洋海军忠魂碑（1988 年 10 月为纪念北洋海军成军 100 周年而建）等纪念性建筑外，都是松林密布，鸟语花香，使游人完全沉浸在"海上仙山"、"世外桃源"的美景之中。但是我却希望登岛者永远勿忘甲午战争对于中华民族所造成的伤害，如此，中华民族方有未来。而当今之世，国家比以前强大了，但是西方国家并未忘记与中国争夺南海群岛、钓鱼列岛等中国自古的主权，美国未忘用芯片来封杀新中国的民族工业，他们试图打的是一场没有销烟的"甲午战争"。我们只有不忘国耻，沉着应付，才有光辉的未来。

现岛上多珍珠养殖户，买珍珠两串各 10 元留念。4 时 30 分返城，去农贸市场古玩摊买古钱币 41 枚，付款 40 元，摊主加赠两枚。晚 6 时 30 分返住处，转上海张义渔老师清币 6 枚，实付 36 元。另加头日所买古钱币 17 元，共消费 53 元。多年后方理解，当年在威海古玩摊买的古钱币毫无保存价值，因为这类东西出土实在太多了。

2018 年 5 月 10 日

返故乡蓬莱（威海纪行之三）

1995 年 6 月 16 日,星期五,晴

今天是威海"华东地区七省市纪念抗日战争胜利 50 周年"学术研讨会的最后一天,会务组全天组织旅游,旅游地点是胶东半岛最北端的蓬莱阁。傍晚将送会议代表至烟台火车站住宿。

我老家在山东蓬莱汤邱村,距蓬莱县城南门约二里地。童年时代约 4 岁至 6 岁间,曾在老家居住养病,对故乡山水尚依稀有记。但自离开家乡随父母赴北京后又转徙上海居住后,再未曾回过老家。1976 年夏我旅游经过,上过一次蓬莱阁,但怕"文革"中骚扰亲人,未能还乡。此次既有机会到蓬莱,我特与会务组说明:想借机还乡探望,不去蓬莱阁了。会务组老师对我说:届时车抵蓬莱县城时放我下车,下午二时须在原地等候,回归车队会接我回威海。

晨 7 时 45 分,"威海教师之家"车队发往蓬莱,上午 10 时 40 分,车抵蓬莱装饰装修公司时下车。之所以在此处下车,是因为我小姨的儿子王文龙在此单位上班。下车后,我向门卫打听王文龙行踪,回复是王文龙今天有事到市建委开会了,让该单位一位现居汤邱村的吴姓青年、小名"大赖子"的,开摩托车送我赴汤邱村,又关照我将随身行李寄放于门房即可。在送我途中,据大赖子自述:他与我家族亦有远亲关系。由于中国农村特殊的宗法关系,凡居住一个村的人,大多沾亲带故。

步入汤邱村,举目四望,村子布局尚是我童时记忆方位,感观中的最大变化是:在我童年记忆中,老家四处皆山,山山有名,而现在却如同身置于平原地区,周围连一座小山都看不到了。据说这些山都是自 1958 年以来,被"改地换天"铲掉的。此外,童年时代能远远望到的蓬莱县城墙,早已不知所终。

循村口步入我记忆中的老宅,发现大门紧锁,已成为村中最破旧的危屋,乡邻们的旧屋均已更新。而童年时曾听母亲讲:老刘家房子曾是村里唯一的瓦房。向老宅旁邻居叩门打听,自报乳名,询问能否入老宅探望? 老邻居王明兰尚能记住我的名字,告知你家旧宅门钥匙在杨军舅舅家,你舅舅数年前已过世,你的舅妈还在,有两个儿子。所谓的这些亲眷,都是我母亲辈的远亲,我已弄不清楚相互从属关系,只是按照农村的宗法排辈关系,跟着称呼。王明兰又与我说:你妈人真好,回去时告诉你妈,人叶落归根,不要在城里守一辈子,什么时候能回乡来养老。我连声诺诺。

在旧邻王明兰的带领下,寻到杨军舅舅家。舅妈当时年过七秩,精神尚可,只是可能由于缺钙的原因,驼背至膝,直不起腰来。见我到来,即与儿媳点火做饭。舅妈有两子,长子杨树立,1951 年生,时已分家另立。次子树杰,时陪母亲同居。树杰即出去唤其兄树立前来陪同我叙旧、参观故村。

据杨树立相告:蓬莱现已改作县级市,汤邱村现已并入蓬莱市内,而非农村了。杨树立陪同我寻找童年时洗过澡的溪流,早已干涸为陆地,小桥深埋于土中。又寻至刘家祖坟,仅见大路边三个浅浅的坟堆,近公路的第一个坟已被过往车辆碾平。周边的坟地据说因当年修路,早已迁走,因刘家在村中无人,只得如此。我跪在祖坟前磕了三个头。又寻至一块高地,约三至四亩,旁边有一棵高大的柳树(可能是)。杨树达告诉我这块地是村里有名的"刘仁达地",村民们迄今如此称谓,刘仁达在进北京城之前,一直在村里耕种此地。刘仁达是我五叔的名字,也是当年村里有名的神弹弓手。我记得五叔每每叫我用泥土搓成丸子,等其干后,即驮着我到这块高地来打麻雀,每当弹弓射出,便是一只麻雀落地,其他群雀自树上飞起。五叔每次打雀外出,脖子上必挂着一串麻雀归来。有时村里其他人家要用麻雀肉包饺子,也会特请我五叔帮忙打雀。过"刘仁达地",杨树立又带我到小时候曾扒过草的小山"南耩顶",但南耩顶早已不见,仅剩下了一块方圆约 500 米、高约 20 米的残坡。据杨树达说:被平的南耩顶上要建数栋新公房。

下午 1 时,杨树立陪我至家中吃饭,属家常四菜,边喝啤酒边聊天。一顿普通的农家饭,留给我印象深刻的是油炸的新鲜香椿叶,我们的习惯叫法是"椿芽鱼",即将椿叶放于面粉里拖一下油煎。但是在城里,我只能偶然吃到用陈年咸香椿做的"椿芽鱼",而在舅妈家中,我吃到的却是用鲜香椿叶做的"椿芽鱼",且椿叶如同新采摘的一般,碧绿而不变形。这显然是舅妈的一项烹调绝活。饭间,喻家 83 岁的老奶奶来访,问候家父家母。邻居王明兰亦来访,要求代为问候旅沪的父母。为了感谢乡邻们的盛情接待,我于饭前暇间在村口小店买酒 2 瓶共 35 元,买饼干 2 盒 9 元,买烟 2 包 12 元送杨军舅舅家。另买饼干 2 盒 9 元送王明兰。

下午1时半饭毕,杨树立先陪我参观刘家故屋,但见旧时布局尚在,墙缝间椿树抽芽,只是前院老杏树与后院老榆树已死,左侧厢房呈倾斜状,深感人去物非,感慨由生。而我爷爷与老爷爷(曾祖父)均病死于此宅,为我童年时所亲历,并为之送葬。老爷爷寿命较长,白面,留长须,去世70余岁。在我记忆中的老爷爷已瘫痪在床,枕边放着一个搪瓷缸大茶杯,杯内装满饼干,不时错喊我的小名,我跑过去后,即抓一把饼干给我吃。爷爷红脸,不蓄胡须,死时56岁。我小时候最怕爷爷,因为爷爷常拄着拐棍在院中行走,见我在老杏树底下玩泥巴,就用拐棍打我屁股。曾听家兄说起:我老家原居蓬莱水城,爷爷是一个十分能干的企业家,早年"闯关东"颇有成就,是沈阳橡胶厂的创立者。又用办企业赚得的钱在丹东买小山一座,置田产,盖房8座,给5个儿子、2个女儿各一套,老夫妻俩自留一套。附近小村至今以爷爷名字称名,因为该村村民原即爷爷的雇工。爷爷另在蓬莱水城置房20套。新中国成立后,由于爷爷特殊的身份,被定性为"工商地主",失去了在水城的全部房产,移居汤邱村。大概是由于爷爷"闯关东"留下的人脉关系,他的子女大多赴东北谋业。长女在营口从业。次女在哈尔滨工作。家父为长子,早年离家当店员,后在东北参加革命,新中国成立后,由东北电影制片厂赴北京电影制片厂工作,后又南下上海科影厂工作,系国家一级编导,享局级离休干部待遇。二叔在丹东工作。三叔在沈阳橡胶厂继承了爷爷的企业。在该厂公私合营后,以该厂高级技师的身份继续在该厂从业。四叔早年学的是冶金专业,曾在新疆某钢铁厂工作,该厂在"大跃进"后倒闭,四叔赴丹东某农场工作。五叔最晚离开山东,初赴北京土木学院读书,当时家父在北京电影制片厂工作,由家父供学资。家父赴沪后,仍在北京工作,退休前为一家房管企业的总工程师,目前爷爷的七个子女,仅有五叔在世。现蓬莱老家已无刘氏后人。"改革开放"后蓬莱市府曾请人带讯给刘家后人,讲刘家后人如有能力再来蓬莱投资,当归还当年没收的水城田地。但移居汤邱村的刘家后人早已丧失了先辈的创业精神,对此消息只能是听听而已了。上述情况大多是听家兄转述,家兄大学毕业后,曾长期在辽宁省岫岩工作,与在东北的族人接触较多,因此了解的情况亦较多。

看了祖宅之后,我又要求杨树立带我上村西头外祖母家旧居参观(我家居汤邱村东头)。外祖母家住宅要大于我家,后院是一片果园。上世纪70年代,因外祖父病亡,外祖母独立生活不便,被家弟接到上海与我家同住,原宅以200元价售出。由于新房主不在,房门紧锁,我们只得绕垣墙一周,抱憾而归。我顺便问起尚能记忆起的童年时代旧人。杨树立告诉我：某某现为村党支部书记，是谁也惹不起的"地头蛇"，不送东西不办事，家中盖起了新房，不准其他人家新盖房超出其高度；我童年时的玩伴小六前几年得了神经病，后自杀而死。我又问起双子的情况，回答是：双子现年约50岁，恰巧外出而不能见到。我之所以问起双子的情况，是因为双子姐妹小时候家穷，常向我奶奶讨饭吃，我奶奶从不拒绝，总是送上家里的冷窝窝头。以致多年前家兄返乡探望遇上双子时，双子还与家兄说：你奶奶真是好人，若非你奶奶，当年我们姐妹都要饿死了。而当时我家并不富，在我记忆中早晚都是喝米汤（玉米糊），中饭是窝窝头，偶然在米汤中打上一个自家鸡生的蛋，是专门为照顾我这个孩子的，当然我家饭尚能吃饱。

随后杨树立带我参观他的新宅，系上下两层六屋，近200平方米。屋内有泵压自来水，有液化煤气，在我这个住房狭小的上海人眼中看来，显得十分豪华。杨树立对拥有这样的新居十分自得，告诉我他是花了20万元才造起来的。

下午2时，树立送我至杨军舅舅家，其弟树杰用摩托车送我至蓬莱装潢公司，而上午赴蓬莱市建委开会的王文龙已回来。我送上在途中所买2瓶酒（24元）和两盒蛋糕（5元）交王文龙，要他转交三姨与小姨各一份，并要他转达我的问候，表示此次还乡纯属路过，无暇探望，请她们原谅。我又送门房师傅6元一包香烟，以谢他代为我保管行李并委托大赖子送我至汤邱村。

随后，王文龙、杨树杰送我至公司对面马路边，等候自蓬莱阁返威海的旅游车队，并与我闲聊。他们最关心的是我家如何处理汤邱村的祖宅，表示如欲出售，请优先卖给他们，他们当时的报价是4万元。我说这套房子的命运当由长辈们做主，我只能转达意见，因为我是晚辈。而据我所知：蓬莱这套祖宅在数年后由我四叔带人赴汤邱村售出，售价为7万元，由几家兄弟平分。而这套二进祖宅当时如不售出，今日价值该是几百万元了。

下午2时20分，威海教师之家的车队返回，我与两位堂弟告别后，仍上2号车回威海。下午4时30分，抵烟台火车站，取出返沪火车票后，住宿铁路大厦604室，仍与张义鱼老师同室。晚饭后散步至玉皇顶，想攀爬而双腿乏力，折返。

次日晨，坐上6时40分烟台发往上海的284次17号车厢上铺，一路上吟成旅途赋诗。车过济南、徐州时均逢大雨，发生两起事故，一起是火车撞上一跨轨农民，另一起是有一疯女扒车。次日8时40分，火车误点半小时返沪，威海之行结束。

最后想说明一点的是：本文所写之事，我在2011年5月2日完成的《忆回

蓬莱(大连山东纪行三)》一文中曾提及,惜所记未详,疏漏了当年故乡亲友的盛
情接待,今写此文算是补缺。

2018 年 5 月 15 日

1996年10月间，我赴沈阳参加辽宁大学主办的"走向21世纪回顾与展望——社会转型与发展"学术研讨会，利用会议暇间游北陵，参观"九一八"纪念馆，访东陵，过抚顺元帅林，参观抚顺战犯管理所，瞻仰雷锋纪念馆，过皇姑屯，参观沈阳故宫，访张学良旧居，内容颇丰。

第十六卷　沈阳纪行

北陵悼古（沈阳纪行之一）

1996 年 10 月 14 日至 19 日间，辽宁大学主办"走向 21 世纪回顾与展望——社会转型与发展"学术研讨会，我因为有论文入选，得以参加这次学术会议，并参加会务组组织的沈阳周边旅游活动，仅记所见。

1996 年 10 月 15 日，星期二，晴。 下午 12 时 50 分，火车抵沈阳站，转乘 236 路公交车抵辽宁大学会务组报到，交会务费、材料费、代买返沪车票费共 850 元后，被安排住辽大附近的电专宾馆 501 室，同室为江西农业大学章启昌老师。电专宾馆又名"北有天"饭店，距离北陵甚近。下午无事，3 时 30 分，与章老师共游北陵。

北陵是清王朝第二代开国君主太宗皇太极与孝端文皇后博尔济吉特氏的陵墓，[①]它的正式名称是"昭陵"。该名是顺治元年八月初九清太宗驾崩一周年火化梓宫时确定的，昭字有"彰明"、"显扬"之意。[②] 之所以定此名，据乾隆皇帝东巡盛京祭陵时的解释是：自古帝王以唐太宗李世民为楷模，其在位 23 年，能礼贤下士，虚心纳谏，一统天下，国富民强，被史书称之为"贞观之治"，其陵定名为"昭陵"。而将清太宗陵定名为昭陵，则寓意皇太极如同唐太宗一样，能将文德武功汇于一身彰明于世。而昭陵之所以又称"北陵"，是因为沈阳是清王朝在入关之前的旧都"盛京"，昭陵位于古盛京城北门约十华里处，民间的习惯称谓是

---

① 北陵陵区除葬有皇太极与孝端文皇后外，东西两侧尚有一批陪葬坟墓。在陵寝西约三里处，是太宗众妃的墓地，葬有关睢宫宸妃、麟趾宫贵妃、衍庆宫淑妃等；在陵寝东约三里处，葬有武勋王杨古里、皇太极奶妈以及贞臣敦达里、安达里等。这种陪葬制度原则上仍体现了古代帝王陵寝建设"事死如事生"君主权威。此处略过。

② 古代皇陵各有名号，其来源，或体现对皇帝一生功业的总结赞誉，或为之祝福。清代陵名一般由嗣皇帝钦定。

"北陵"。

游北陵,遇到的谜题之一是:皇太极的庄妃、在清初权势甚大的康熙帝祖母孝庄文皇后布木布泰(1613—1688 年,亦作本布泰)在死后为何未能入葬昭陵,而是在远离沈阳千里的河北遵化马兰峪立"昭西陵"? 对此有两种说法:一说是庄妃在皇太极死后已下嫁九王多尔衮,与太宗已经结束了婚姻关系,因此不可以再葬入太宗陵;一说是:庄妃原本来自蒙古草原,清初盛行火葬制,太祖、太宗及其他后妃尸身均行火化,庄妃晚年已废除火化制度,如果葬入昭陵也必须按旧制火葬,庄妃怕自己尸身被火化,所以要求改葬关内。至于庄妃不入葬昭陵的真相如何只有庄妃地下有知,才能回答了。

步入陵区,可以发现它是由三部分组成的:由下马碑至正红门,有华表、石狮、石牌坊、更衣厅、宰牲厅等,此为前部;从正红门至方城前,有擎天柱(亦称华表)、石象生、碑楼和祭祀用房等,此为中部;入方城,上月牙城、宝城,此为后部,也是陵寝的主体部分。整个陵区坐北朝南,按"前朝后寝"原则排列,南北长,东西窄,两侧对称,由南至北,沿中轴线依次展开。

陵区最南端是下马碑,用满汉两种文字写着"诸王以下官员人等至此下马"。过下马碑入"神道"(亦名"参道"),沿道两侧依次排列的有华表(对)、石狮(对)。石狮之北有"神桥",过桥再北为石牌坊。石牌坊东西两侧各有小院,居东小院是皇帝的更衣厅和"静房"(厕所),居西为宰牲厅和馔造房(供上祭品)。过石牌坊再前便是陵寝正门"正红门",门周有环绕陵区的朱红围墙——"风水墙"。

过正红门,即进入陵区的中部。沿神道再前,两侧依次成对排列的有擎天柱(华表)、石狮、石獬豸、石麒麟、石马、石骆驼、石象等。这些石兽统称"石象生",其中最有名的是一对石马,据说是以墓主生前最喜爱的两匹战马——"大白"与"小白"为原型打造的。过石象生,道中有碑亭,内陈"昭陵神功圣德碑",以颂扬墓主生前的功德。亭两侧有"朝房",东朝房的作用是存放祭祀仪仗及制奶茶,西朝房的作用则是制膳食和提供果品。

由碑亭再北为"方城",方城正门曰"隆恩门",城门上有门楼"五凤楼",缭墙(城墙)四角有角楼。跨进隆恩门,便算是来到了北陵的后部,这也是陵区的主体部分。方城正中有"隆恩殿",两侧有东西配殿、东西配楼(又称东西"晾果房")和焚帛亭。隆恩殿后有"二柱门",出门有石祭台,供陈放祭品之用。石祭台之后有券门,券门顶端是"大明楼"。步入券门,可通达方城后面的月牙城与宝城。

"月牙城"位于方城的北端,因周边缭墙(城墙)呈月牙形而得名。月牙城正面为琉璃影壁,两侧有"蹬道"可上下方城。在月牙城的中间有"宝顶"(圆形坟墩），又称"宝城"。宝城之中心，其上为宝顶，其下为地宫。宝城后面有"隆业山"，系人工堆起的陵山，登山俯视，可尽览陵园风光。

仅就古建筑学上的北陵而言，它有着重大的意义。北陵建筑于清崇德八年（1644年，同顺治元年）至顺治八年（1651年）之间，占地面积约16万平方米。[①] 北陵的建筑布局严整，对称，其陵寝主体部分都建于南北中轴线上，其他附属建筑则均衡地安排于两侧。这种严格遵循"中轴线"及"前朝后寝"的建陵规制，体现了皇权至上的原则，同时又使建筑群达到稳重、平衡、统一的美学效应。如建造在高台之上的隆恩殿、城堡式的方城、高矗的隆恩门、方城四角的角楼、气势恢宏的碑亭等，都留给了游人深刻的印象。而据古建筑专家的意见：北陵的建筑布局，基本上是仿自明代皇陵，但又有满族陵寝的特点，即体现为古城堡式的帝陵，它是清初"关外三陵"（亦称"盛京三陵"）中规模最大、气势最宏伟的一座，其建筑风格对于入关后的清代皇陵建设，产生了深刻的影响。[②] 在此尚需强调的是：北陵是完整保留下来的少数清代帝陵之一，历史上未曾被偷盗破坏过，[③]其地面主体建筑与地下基础设施均完好，古建筑遗址未遭后人改变（昭陵现存古建筑38座），自然环境基本保持原始状态，这是留给后人也是留给全世界的一笔宝贵物质财富。1982年国务院公布清昭陵为第二批全国重点文物保护单位，2004年7月1日，联合国教科文组织正式批准清昭陵列入世界文化遗产名录。

上述为游北陵所见大略。我之所以不厌其烦地写出，首先不是由于我对中国古建筑懂行（对此我只能人云亦云），而是由于清代的祭祀制度，引起了我深深的兴趣。据介绍：

由于北陵埋葬的是奠定清王朝的先祖，因此在近三百年清史中，一直是皇室祭祖的中心。据有关统计：清朝每年在北陵搞的"祭祖"活动，多达几十次，名目有"大祭"、"小祭"、"皇帝东巡致祭"等等。"大祭"每年要举行七次，时间是清明、中元、十月朔、冬至、岁暮以及太宗忌辰、孝端文皇后忌辰。其中，清明、中元、冬

---

① 原始昭陵占地面积约16万平方米，此后经康熙、乾隆、嘉庆各朝扩建，在陵区外围修建藏经楼、关帝庙、点将台等建筑，占地面积已超出初始。清末帝（溥仪）逊位后，民国十六年五月（1927年），沈阳市府以昭陵陵寝为中心辟"北陵公园"，在原有古松群的周边植花、种花、栽木，挖湖，占地总面积达332万平方米。因此现今"北陵"，已非初始意义的昭陵，而是更广义上的北陵公园了。

② （清）初关外三陵系指：清太祖努尔哈赤的福陵（又名东陵，另述）、清太宗皇太极的昭陵（北陵），以及在满洲老家赫图阿拉埋葬有清朝远祖肇、兴、景、显四祖的永陵。

③ 据有关统计，被盗清帝陵有：世祖顺治帝之孝陵、圣祖康熙帝之景陵、高宗乾隆帝之裕陵、文宗咸丰帝之定陵、穆宗同治帝之惠陵、德宗光绪之崇陵，以及慈禧太后之东陵。盛京三陵未被盗。

至、岁暮又称"四时大祭",是祭祀中等级最高、礼制最繁琐、祭品最丰盛的祭祀形式。清明大祭主要内容是行"敷土礼"(往宝顶上添土)。中元(七月十五)①为祭日上坟扫墓,用"羊一,献果酒,供香烛,焚帛,读祝文"。冬至祭陵"用牛、羊、猪、献果酒,上饭,上羹,供香烛、焚帛、读祝文"。岁暮朝廷"遣官致祭","用牛一只"。十月朔(十月初一)"送寒衣",即大祭除供正常祭礼之外,还要烧"寒衣"(用纸张做的皮、棉、单、各类衣裳)。忌辰(皇帝、皇后的驾崩日),祭扫者要穿戴孝服,且多有"不宜"规定。小祭又叫"常祭","朔望祭",时间是每月的初一和十五两天,形式类似于民间给神佛上香。北陵每年小祭共22次,具体特点为:祭祀规模与承祭官的品级都较低;行祭礼时不请神牌,只打开神龛的门和幔帐,对神龛而祭;祭品不如大祭丰盛;承祭官由昭陵关防衙门的掌关防官主祭,不劳宗室、将军等大驾;参祭人数较少。"皇帝东巡致祭"指皇帝亲临昭陵祭祀祖宗山陵。之所以如此,是因为在清统治者心目中,盛京是大清开国"龙兴"之地,后人的一切都是祖宗赐予的,其命运也受到祖先在天之灵的制约,因此他们必须通过"皇帝东巡致祭"这种形式,以表达出对祖先陵墓、祖宗遗迹遗物,以及祖先世居故土的崇敬。"皇帝东巡致祭"是北陵诸种祭祀活动中规模最大的,一般分两天举行,头天行"展谒礼",次日行大飨礼等等。据统计:自清王朝入关后,康熙、乾隆、嘉庆、道光四朝皇帝曾先后十次亲祭北陵。除上举三种祭祀形式外,北陵每年还要举行若干种其他祭扫活动,如每年皇帝或皇太后生日举行的"万寿告祭"、为皇太后加封号举行的告祭、出征或凯旋后告祭、皇子每隔三年临此行礼、途经盛京官员或新到盛京上任官员来此拜谒等等。②

清王朝每年举办如此频繁的祭祀活动,可能在常人心目中,一定是认为清朝统治者相信人死后灵魂不死,可以保佑其子孙万代继续统治人间。但事实情况却并非如此。因为清代帝王受到程朱理学的思想影响较深,一般不相信鬼神迷信,思想观念不似前朝帝王那般迷信。能说明这点的证据之一是:清初三帝康熙、雍正、乾隆在山海关题诗中,对秦皇、汉武求长生不死的荒唐做法均加以讥刺,表示他们活着的目的是治理好人间。③ 证据之二是:清太祖、清太宗及其后妃尸身均行火化。尽管入关之后,清皇室受到汉族土葬风俗的影响,尸身不再火化。但是,中国在清王朝,彻底杜绝了在帝陵中殉葬宫女的恶习。这些都是中国

---

① 古人以正月十五为"上元",七月十五为"中元",十月十五为"下元"。
② 材料出处参《百度词条·北陵》。
③ 见山海关刻碑。

社会人文精神的进步。①

　　但既然清统治者并不相信人死后灵魂不死,何以每年又要在北陵举行如此繁多的祭祀活动呢? 为达此目的,势必又要坐糜民财,设立庞大的文、武管理机构以及安排众多士兵("昭陵披甲兵")、服务人员负责北陵的日常守卫、管理与维修工作,似得不偿失。真正能解开这一谜结的答案是:在清统治者心目中,维护其统治的前提条件是国家统一及其连结国家的各民族和平相处(不分裂),要做到这一点,就必须对于全体民众实施"孝文化"教育,这叫作"以孝治国"。而要真正做到这一点,皇帝就必须以身作则,搞一次又一次的祭祀活动,以表示他们孝敬祖先,以此获得统治国家的道德权威。

　　而清王朝的这一"以孝治国"原则对于治理当代社会有无借鉴意义呢? 笔者认为如撤除其缛礼繁文的话,结论是肯定的。因为历史是人类社会进步的桥梁,研究历史、提倡保护文化遗产的目的,不是要盲目崇古、复古,而是要对中国历史文化遗产进行正反两方面的总结,取其精华,去其糟粕,不能对祖先遗留下来的文化持极端蔑视态度,全盘否定。据有关材料,现农村中有不孝子女为减轻赡养负担,竟逼着老人自杀,且决非个案。② 一个民族如果极端蔑视自己的历史文化传统,拒绝对其人文精神的继承,可能会造成严重的不良后果。

　　我是下午5时许,与章老师共同登上宝顶的,举目四望,但见昭陵在已有三百年历史的古松林遮掩下,显得庄严肃穆,只可惜北方秋旱,园内的花草早已萎谢。与章老师合影一张留念。思古鉴今,吟诗一首:

七绝　沈阳北陵吊古(1996.10.15)

崔巍宫阙高城围,一统神州赫赫威。

社器可惜今易主,昭陵花谢雁南飞。

　　傍晚5时30分,与章老师共返住处晚餐。晚9时上床,浏览所记旅游日记。由于此次赴东北参加学术会议,坐火车时间较长,14日晨7时在上海火车站坐上56次特快空调车,次日中午12时方抵达沈阳,一路上只能读《唐诗三百首新

---

① 中国帝王陵墓严禁人殉始自明英宗。

② 贺雪峰:《老无所依在中国——湖北京山农村老年人自杀中的养老问题》,https://www.zhihu.com/question/26924377/answer/45013521。《农村老人的自杀现象:不能承受的暮年之忧》,《茂林之家》2016年8月18日。

注》与吟诗磨时。14日成绝句三首：

七绝 过金陵(1996.10.14)

铅粉六朝帝业虚，石头城败卧残虹。

金陵春梦何时醒，千古沉浮一笑中。

七绝 伤时(1996.10.14赴沈阳火车上)

少岁边关枉许期，等闲糜日苦吟诗。

青春壮志白头了，堪笑缘何太痴伊。

七绝 春望(1996.10.14赴沈阳火车上)

十月北疆草木微，依稀南国尚花飞。

小桥流水清泥道，为客何时春盼归。

次日约6时许，过河北碣石山，在火车上望日出。7时10分，车过秦皇岛。不久，车过山海关，忆"文革"中扒货车串联时，曾几度过山海关并留影。有感题诗：

五律 过山海关(1996.10.15)

茫茫山海关，过客衣薄单。

旧日边墙在，征夫尸骨填。

军城易岁月，歌舞靖狼烟。

寒外秋声远，月明沈水前。

2018年6月28日

过"九一八"纪念馆感言（沈阳纪行之二）

1996 年 10 月 16 日,星期三,晴。上午"转型"学术会议开幕,下午 1 时 50 分,会务组组织与会代表参观"九一八"纪念馆。

"九一八"纪念馆位于沈阳城东北柳条湖附近,西靠长大铁路,这是一个需要人们永久记忆的地方,因为它是当年"九一八"事变爆发的最初地点——东北军驻军营房"北大营"的所在地。纪念馆的主体建筑设计得很有意义,是一座呈残历碑状造型的巨大石雕,在石雕台历上,密布着弹痕,隐约可见无数骷髅,象征着被日本侵略军屠杀的中国民众冤魂。在石雕右侧铭刻着需要中国人民永远牢记的悲惨的日子——1931 年 9 月 18 日,农历辛未年八月初七日。在石雕的左侧镌刻着"九一八"事变的经过:"夜十时许,日军自爆南满铁路柳条湖路段,反诬中国军队所为,遂攻占北大营。我东北军将士在不抵抗命令下忍痛撤退,国难降临,人民奋起抗争。"

从残历碑正面的拱形门进入展馆正厅,迎面黑色大理石上刻有"勿忘国耻"的警醒字,字的上方刻有残月形时钟,时针指着 10 时 20 分,这是当年侵华日军进攻北大营的时刻。步入展馆,共两厅,大致内容是介绍"九一八"事变的预谋过程以及当时东北军的部署;日军占领东北后残害中国老百姓的情况以中国人民反抗日本侵略的事迹。此外,地下室有一个蜡像馆,以生动形象展示了日军"731 部队"在东北进行血腥人体试验的情形以及东北抗日联军战士英勇抗战的场景等。入馆参观的直观是:可能是由于该馆初建未久(1991 年建成),占地偏小,所陈资料不足,但这却是进行爱国主义教育的一个十分有意义的场所,它可以警醒世人以史为鉴,勿忘正在复活中的日本军国主义者曾给中国社会造成的危害。[①]鉴于

---

① "九一八"纪念馆现名"九一八"历史博物馆,是在原残历碑和地下展厅的基础上,于 1997 年 9 月开始扩建、1999 年 9 月 18 日落成开馆的,馆内陈物增添,已非我当年所见之纪念馆。

　　"九一八"事变是曾给中华民族造成过深重灾难的历史事件,在此仅探讨事变发生的背景,以示不忘国耻。

　　"九一八"事变,又称奉天事变、柳条湖事件(旧误作"柳条沟"事件),是日本军国主义者在中国东北蓄意制造和发动的一场侵略战争。1931年9月18日夜,关东军铁道"守备队"炸毁沈阳柳条湖附近的南满铁路路轨(沙俄修建,后被日本所占),随后嫁祸于中国军队,炮轰沈阳北大营,此为"九一八事变"的开端。由于东北军在张学良的命令下,实行不抵抗政策,次日,日军侵占沈阳,又陆续侵占了整个东三省。1932年2月,东北全境沦陷。此后,日本在中国东北建立了伪满洲国傀儡政权,开始了对东北人民长达14年之久的殖民统治。

　　日军偷袭北大营时,中日双方兵力在东北的对比情况是:日本关东军驻军不足两万人;东北军驻东北的有16.5万人,在关内驻军还有近十万人,且拥有海、陆、空齐备的兵种。但是东北军部队多次接到张学良不准抵抗的命令,在日军突然袭击前不战而退,仅有小部分军人如马占山等,抗令进行了抵抗,但与大局无补。这一战争的具体过程是:

　　1931年9月18日夜22时20分,日本关东军铁路守备队柳条湖分遣队队长河本末守中尉率小分队以巡视铁路为名,在奉天(今沈阳)北约7.5公里处柳条湖南满铁路段(离东北军驻地北大营约800米处)引爆炸药,炸毁了小段铁路,并将3具身穿东北军士兵服装的中国人尸体放于现场,作为东北军破坏铁路的证据,诬称中国军队破坏铁路并袭击日军守备部队。同时,位于铁路爆破点以北约4公里文官屯的川岛中队长率兵南下,开始袭击北大营;随后,驻扎北大营附近和沈阳城的日军兵分南北两路,向东北军北大营驻地进攻。此事件中国方面称"九一八事变",日本方面则称之为"满洲事变"。当时进攻北大营的日军有300人左右,而守卫北大营的东北军守军有8000名之多。但是面对日军的进攻,当夜东北边防军司令长官公署中将参谋长荣臻传达张学良的有关命令是:"不准抵抗,不准动,把枪放到库房里,挺着死,大家成仁,为国牺牲。"次日,张学良在北京协和医院对天津《大公报》记者发表谈话时重申:"吾早下令我部士兵,对日兵挑衅,不得抵抗。故北大营我军,早令收缴军械,存于库房"。由于执行张学良不抵抗命令,北大营8000名中国守军被只有300人左右的日军迅速击溃。与日军独立守备队向北大营发动进攻的同时,关东军第2师第3旅第29团向奉天城(沈阳市)攻击,至9月19日上午10时,日军先后攻占奉天、四平、营口、凤凰城、安东等南满铁路、安奉铁路沿线18座城镇。在日军进攻过程中,只有长春宽城子和南岭东北军驻军,在620团团长王铁汉的指挥下,违抗张学良命令,进行了英

勇抵抗,战至次日(9 月 20 日),长春城陷,阵亡军人计 171 人。① 1931 年 9 月 21
日,关东军第 2 师主力占领吉林。随后,日军进攻黑龙江省,东北军马占山
(1885—1950 年)部违抗张学良不抵抗命令,奋起抗战。但 10 月 1 日,东北军黑
龙江洮南镇守使张海鹏投敌,并奉日军命令派出 3 个团进攻齐齐哈尔。至 10 月
26 日,关东军第 2 师第 29 团攻占四洮铁路沿线主要城镇。11 月 4 日,关东军嫩
江支队攻击嫩江桥北守军,至 11 月 19 日,日军攻陷齐齐哈尔。马占山余部最终
无奈于次年撤退至苏联境内。黑龙江省沦陷后,日军继续进逼锦州。

　　张学良在"九一八事变"爆发后,即率部属离开奉天转移到锦州。1931 年 10
月 8 日,日本关东军派出 12 架轰炸机空袭锦州。1931 年 12 月 15 日,关东军动
用陆军进攻锦州。12 月 28 日,第 2 师主力渡过辽河进攻锦州;12 月 30 日,混成
第 39 旅进攻打虎山(今大虎山)。面对日军的进攻,张学良继续实行"不抵抗"政
策,准备放弃锦州,将全军撤入关内。但此举遭到当时南京国民政府的反对。
1931 年 12 月 8 日,蒋介石致电张学良:"锦州军队此时勿撤退。"②但张学良不予
理会。1931 年 12 月 15 日,蒋介石在粤方的逼迫下下野。此后,接替蒋上任的
以孙科为首的南京国民政府于 1931 年 12 月 25 日和 1931 年 12 月 30 日,先后
两次电令张学良:"对于日本攻锦州应尽力之所及,积极抵抗";"惟日军攻锦紧
急,无论如何,必积极抵抗。"③但这两条指令仍被张学良拒绝。1932 年 1 月 2
日,张学良率部撤离锦州。④ 次日,日军第 20 师司令部率混成第 38 旅占领锦州,
随即占领绥中一带,实现了对东三省的完全占领。

　　上述为"九一八"事变及日军占领东三省的全过程。"九一八"事变发生对于
当时中国社会造成的严重后果是:在不到半年的时间内,整个东北三省 100 万
平方公里的土地被日军占领,日本除制造"满洲国"傀儡政权分裂中国之外,继续
以东三省为跳板,开始侵入中国华北地区,中国社会半殖民地化的程度进一步深
化,当然这也激起了中国全社会的抗日救亡运动。由于日本侵略中国东三省的
轻易成功,这也成为第二次世界大战全面爆发的重要诱因之一。因为早于 1927
年日本政府在东京召开"东方会议"时,即提出了"欲征服中国,必先征服满蒙;欲
征服世界,必先征服中国"的臭名昭著的《田中奏折》。⑤ 而张学良将东三省拱手

---

① 东北军长春抗战情况见《盛京时报》1931 年的 9 月 25 日、29 日报道。

② 秦孝仪:《中华民国重要史料初编·对日抗战时期,绪论》(一),台北中央文物供应社 1981 年版。

③ 姜念东:《历史教训——"九·一八"纪实》,吉林人民出版社 1991 年长春版。

④ 原驻锦州的东北军第 12、第 20 旅和骑兵第 3 旅奉张学良命令撤退至河北滦东地区和热河。

⑤ 见 1929 年 2 月南京版《时事月报》。

相让,无疑更助长了日本军国主义者征服全世界的野心。因此,在这一历史大背景下,可以看出张学良作为军人不履行守土之责,实行"不抵抗政策",将东三省拱手相让,对于中华民族所造成的危害及对此所应承担的历史罪责。

在讨论"九一八"事变时,有一个不能回避的问题是:当时南京政府对于东三省失守所应承担的历史责任? 过去的长期说法是:"九一八"事变时东北军之所以不抵抗,是因为蒋介石给张学良下达了"不抵抗"命令。但是随着近年来海峡两岸各种史料的披露,尤其是当事人张学良晚年重获自由后的自述,可以发现所谓蒋介石给张学良下达"不抵抗"命令的说法是经不住史实验证的。而这一命令的下达者,正是张学良本人以及东北军高层领导集团,与蒋介石完全无关。强调这一点是基于两方面的原因:

其一是"将在外君命有所不受"。张学良是当时东北军的最高领导者,蒋介石并无能力控制其部队,蒋介石当时即便下达过类似命令,张学良也可以不接受。因此,失东北之责不应由蒋介石来承担。其二是讲"九一八"事变时蒋介石下达过"不抵抗"命令的说法,经受不住近年披露的史料检证。仅细说如下:

以往认定蒋介石在"九一八"事变中曾下达过"不抵抗"命令的最主要依据是洪钫的"铣电"说。洪钫是张学良部下,"九一八"时任陆海空军副司令行营秘书处机要室主任。据他多年后回忆,1931 年 8 月 16 日蒋介石曾给张学良发有电文:"北平。张副司令钧鉴。绝密。无论日本军队此后如何在东北寻衅,我方应予不抵抗,力避冲突,吾兄万勿逞一时之愤,置国家民族于不顾。中正。"[①]这就是所谓的"铣电"。此外,据张学良另一部下赵镇藩(时任东北军第七旅参谋长、北大营守卫者)回忆:他曾接张学良转来的蒋介石"铣电","主要内容是:采取不抵抗政策,竭力退让,避免冲突,千万不要'逞一时之愤,置国家民族于不顾,希转饬遵照执行'等语。"[②]

长期以来,大陆学者均以上述材料作为"九一八"事变前,蒋介石曾下达张学良"不抵抗"命令的证据。但是有关这份"铣电"的存疑问题是:迄今两岸学者在海峡两岸的所有档案馆中都查找不到原件。而 1931 年 9 月 6 日张学良在致辽宁省政府主席臧式毅、东北边防军司令长官公署参谋长荣臻的"不抵抗"电文(称"鱼电")中,都只字未提所谓的"铣电"。为解开此问题谜结,台湾历史学家刘维开曾经查遍台湾保存蒋介石文档最全的《蒋中正总统档案》(俗称"大溪档案"),

---

① 见洪钫:《九一八事变当时的张学良》,《文史资料选辑》第 6 辑,中华书局 1960 年版。
② 见赵镇藩:《日军进攻北大营亲历记》,《文史资料选辑》第 6 辑:中华书局 1960 年版,第 4 页。

却未能找到"铣电"档案。① 另有人根据窦应泰《张学良三次口述历史》一书,推论"铣电"原件应保存于美国哥伦比亚大学"毅荻书斋"的展柜中。为此,大陆历史学家杨天石亲自打电话向窦应泰核证,回复是"此书不足为据。"②

上述情况使蒋介石在"九一八"事变中曾下达过"不抵抗"命令的问题疑上加疑。而有关"铣电"的谜结,直至张学良晚年获得自由,多次亲口向唐德刚等人否认"铣电"的存在,方大白于天下。当时唐德刚的主要提问是:"我们听了五十多年了,……都说是蒋公给你的指令呢!""都说蒋公打电报给你,说吾兄万勿逞一时之愤,置民族国家于不顾。又说你拿着个皮包,把电报稿随时放在身上。"张学良的回答是:"瞎说,瞎说,没有这事情。我这个人说话,咱得正经说话。这种事情,我不能诿过于他人。这是事实,我要声明的。最要紧的就是这一点。这个事不是人家的事情,是我自个儿的事情,是我的责任。"③

既然"九一八"事变过程中蒋介石未曾下达过"不抵抗"命令,责任完全应该由张学良个人来承担,在此便又牵扯出两个问题的讨论:其一是"铣电"是如何产生的?其二是张学良手握重兵却为何对日军侵略实施"不抵抗"政策?

对于第一个问题较易回答,即"九一八"事变因东北军不抵抗,而导致东三省之失。由此,引起了全国人民愤怒的声讨,这不仅给张学良造成了巨大的精神压力,同时也给一些未能履行"守土有责"的东北军将领造成了巨大的精神压力,他们需要寻找推脱的理由。时值蒋介石因国民党领导集团内讧而下野(1931 年 12 月 15 日),这就给东北军将领编造"铣电"以推责于蒋介石的机会。

对于第二个问题的回答难度较高,约可以举出四点理由:

一是作为当时民国知名"花花公子"的张学良,泡在女人堆中,完全丧失了军人卫国的男子汉血性,完全忘记了父仇家恨,这种"大不孝"是应该加以谴责的,尽管事后证明"九一八"事变当夜张学良并未与胡蝶跳舞,而是住在北京协和医院中治病,但是并不能因此减轻张学良对此所应承担的个人责任。

二是张学良及东北军高层普遍存在恐日心理,对日军挑起"九一八"事变的真实意图判断有误。有关史料可以证明这一点:1991 年 5 月 28 日,张学良在纽约曼哈顿中城贝公馆接受纽约东北同乡会会长徐松林偕老报人李勇等 8 人访谈

---

① 刘维开:《蒋中正的东北经验与九一八事变的应变作为——兼论所谓"铣电"及"蒋张会面说"》,转引《九一八事变与近代中日关系:九一八事变 70 周年国际学术讨论会论文集》,社会科学文献出版社 2004 年版,第 415 页。
② 见杨天石:《找寻真正的蒋介石 2》,华文出版社 2010 年版,第 57 页。
③《张学良:不抵抗命令是我下的,此事与蒋介石无关》,《大洋网(广州)》2005 年 5 月 1 日。

时,有人提问:"大陆拍摄的电影《西安事变》说:蒋介石下手谕,令你对日本侵略采取不抵抗政策。究竟有没有这道手谕呢?"张学良立即回答:"是我们东北军自己选择不抵抗的。我当时判断日本人不会占领全中国(当指全东北),我没认清他们的侵略意图,所以尽量避免刺激日本人,不给他们扩大战事的借口。'打不还手,骂不还口'是我下的指令,与蒋介石无关。"①而笔者怀疑:当时东北军高层集团中的若干人早已被日本收买为汉奸,张学良又被他们包围,因此在日军挑起"九一八"事变时他们的"不抵抗"主张,直接影响张学良做出错误的决策。

三是张学良幻想通过国联调解,压日军退出东三省,避免与日军发生正面军事冲突。"九一八"事变发生后,南京国民政府确曾向国联申诉,希望国联主持公道,压日本撤兵。"九一八"事变发生次日(1931年9月19日),中国驻国际联盟全权代表施肇基向国联报告事件,请国联主持公道;9月21日,施肇基正式就日军侵略东北向国联提出申诉;9月23日,中国政府就此事照会美国政府,希望对方"深切关怀"。而从国联当时的反映来看,调解中日争端尚属认真。1931年9月22日,国联电请中、日两国各遵承诺,撤兵保侨,并由英、法、德、意、西等国代表继续处理本案。9月30日,国联通过决议重申日本必须撤兵东北,但日本拒不理睬,关东军10月8日再次轰炸锦州。12月间,国联决定筹备赴远东调查团。1932年1月21日远东调查团正式成立,由英国原政务次长李顿为团长,成员有美国、法国、德国、意大利以及中、日两国各派一名代表。远东调查团经历时6个月的调查,写出11万余字的文件,阐明了日军侵华的真相,并于当年10月4日返回欧洲。1933年2月18日国联召开大会,通过了李顿调查团的报告,确认了日本的侵略责任。2月24日,国联特别大会通过最后决议,要求国联各盟国无论在法律与事实上,均不承认日本拼凑的伪满洲国组织,不允许伪满洲国参加国际组织及各项国际联盟的公约,并在会议上驱逐了伪满洲国的所谓"观察员"。但日本拒不承认国联决议,1933年3月27日,日本宣布正式退出国联,国联调解中、日争端的活动无果而终。这一事实雄辩地证明:一个拥有军队却不能用之保卫领土的国家,无论如何诉之国际公理,也是没有其他国家会代为出兵保卫的。

四是张学良出自保存东北军的心理,置国家利益于不顾。在军阀混战的民国时期,拥军一方的军阀想保存自我实力是可以理解的,但是在国难当头的情况下,为保存实力而置国家民族利益于不顾的做法却是可耻的。而在"九一八"事

①《张学良:不抵抗命令是我下的,此事与蒋介石无关》,《大洋网(广州)》2005年5月1日。

件发生之后,张学良擅自从锦州撤兵的做法在这一问题上的表现尤为突出。根据有关史料:

"九一八"事件发生当夜,蒋介石在赴江西南昌的船上,次日才由上海报纸上得知事变发生,并于当晚(1931 年 9 月 19 日)7 时至 9 时间致电张学良:"近情盼时刻电告。"①蒋于 9 月 21 日下午 2 时返回南京,召集国民党中央常务委员会紧急会议,商讨对日方略,会议决定四条:"(一)外交方面,加设特种外交委员会,为对日决策研议机关;(二)军事方面,抽调部队北上助防,并将讨粤和剿共计划,悉行停缓;(三)政治方面,推派蔡元培、张继、陈铭枢三人赴广东,呼吁统一团结,抵御外侮;(四)民众方面,由国民政府与中央党部分别发布告全国同胞书,要求国人镇静忍耐,努力团结,准备自卫,并信赖国联公理处断。"②在国联开始着手调查"九一八"案后,当南京政府觉察日军即将进攻锦州,曾急令中国驻国联代表施肇基向国联提出划锦州为中立区的提议(1931 年 11 月 25 日)。12 月 2 日,国民党政府通知英、法、美三国的公使说:它同意把自己的军队撤出锦州和山海关,但是有一个条件,即日本要提出使法、英、美三国满意的保证,即要求三国保证中立区的安全。不久"锦州中立案"曝光,遭国人群起反对,南京国民政府外交部遂于 1931 年 12 月 4 日急电施肇基声明放弃中立案,同时表示:"如日军进攻,应积极抵抗。"③但张学良却急不可耐地直接与北平日本公使馆参事就此事进行交涉,在交涉无果的情况下,擅自将东北军全数撤出锦州。其 1931 年 12 月 21 日致电第二军司令部称:"当最近日本进攻锦州之时,我军驻关外部队理应防范,但若现政府方针未定时,自然不用锦州部队进行防守,因而撤至关内","部队驻地为迁安、永平、滦河、昌黎"。张学良锦州撤兵之举遭到了南京国民政府的坚决反对,顾维钧(时任国际联盟李顿调查团中国代表)1931 年 12 月 3 日致张学良电文道:"兄(张学良)拟将锦州驻军自动撤退,请暂从缓";12 月 5 日顾维钧与宋子文又联名致电张学良:"现在如日人进兵锦州,兄为国家计,为兄个人计,自当力排困难,期能防御。"蒋介石亦于 1931 年 12 月 8 日致电张学良:"锦州军队此时

① 见秦孝仪:《中华民国重要史料初编·对日抗战时期,绪论》(一),台北中央文物供应社 1981 年版,第 279 页。
② 见秦孝仪:《中华民国重要史料初编·对日抗战时期,绪论》(一),台北中央文物供应社 1981 年版,第 281 页。
③ 李云汉:《国民政府处理九一八事变之重要文献》,中国国民党中央委员会党史委员会 1992 年编,第 205 页。

勿撤退。"①但这些意见都无助于阻止张学良自锦州撤兵的行动。12 月 25 日、26 日,张学良两次致电国民政府称:"锦战一开,华北全局必将同时牵动",届时日本"以海军威胁我后方,并扰乱平津,使我首尾难顾。"②意即如东北军不自锦州撤兵,非但锦州不可守,连华北地盘亦不保。但这些话完全是张学良为保存东北军实力所寻找的托词。

综观蒋介石在处理张学良撤兵至关内的实质性意见来看,参 1931 年 9 月 21 日国民党中央常务委员会紧急会议精神及有关回忆文献,主要为两条:一是要求张学良出兵东北收复失地,南京国民政府则派兵为后援;二是要求张学良撤兵于西北地区剿共。张学良宁可接受后一条意见,驻兵西北地区围剿在陕北的中央红军。但据张学良本人回忆,中央红军并不好打,他动用了东北军最精锐的一个旅进攻陕北,几乎全数被歼。同样出自保存东北军实力的想法,张学良又私下与红军达成了协战协议,蒋介石被迫赴西安督战,这才有了 1936 年 12 月 12 日张学良与杨虎城发动的"西安事变"。

综上所述可见:"九一八"事件发生时张学良下达"不抵抗"命令,完全属于他个人应该承担的历史罪责。然而,张学良与历史上一些甘心出卖民族利益的汉奸政客如汪精卫、周作人之流相比,其不同之处在于他身上所存在的知耻精神。由于实行"不抵抗"政策导致东三省之失,张学良为此受到全国人民的唾骂,同时也成为他精神上的痛处,自感于良心有愧。当日军最终暴露其侵占东三省的意图而国联调停却无力阻止时,张学良幡然醒悟。1931 年 11 月间日军进攻黑龙江省时,马占山抗令率部奋起抵抗,蒋介石得知情况后,致电嘉奖马占山:"我方采取自卫手段,其属正当。幸赖执事(指马占山)指挥若定,各将士奋勇效命,得以摧败顽敌,保全疆土,虞电驰闻,何胜愤慨。"③并正式任命马占山为黑龙江省主席。张学良得知情况后也电示马占山"死守"、"勿退",只可惜张学良此举是在他已丧失对东三省的实际控制权之后,有点隔空喊话的味道。同样本于赎罪心理,1936 年 12 月 12 日,张学良与杨虎城联合发动了"西安事变",以兵谏蒋介石"停止内战、一致抗战"。"西安事变"是近代中国发生的重大历史事件,它促成了国共两党联合抗战的格局,为中华民族最终取得抗日战争的胜利准备了条件。

① 秦孝仪:《中华民国重要史料初编·对日抗战时期,绪论》(一),台北中央文物供应社 1981 年版,第 312 页。

② 转引《九一八事变简介·九一八事变资料》,《中国历史故事网》2017 年 9 月 18 日。

③ 见秦孝仪:《中华民国重要史料初编·对日抗战时期,绪论》(一),台北中央文物供应社 1981 年版,第 300 页。

在这件事上张学良是有功的。因此就张学良一生评价来看，可以说是功、罪参半。至于张学良晚年重获自由后，能够公开坦承自己对于"九一八"事件所应承担的历史责任，不诿过于人，这种明耻精神是值得肯定的。而今人研究历史的目的，无非也就是培养人的明耻精神，以育后人。

在"九一八"纪念馆前我沉思良久，得绝句一首，记以存念：

参观沈阳"九一八"纪念馆感赋(1996.10.16)

柳条湖畔①白骨横，坑殉万人血泪痕。

缘是未曾索赔款？东邻军焰至今萌。

①柳条湖旧作柳条沟，为"九一八"事件的爆发地点。

2018 年 6 月 29 日

有关努尔哈赤其人与满族人祖先的神话传说
——过东陵随笔（沈阳纪行之三）

1996 年 10 月 16 日,星期三,晴。下午 2 时 50 分抵沈阳东陵参观。

沈阳东陵是清太祖努尔哈赤(1559—1626 年)和孝慈高皇后叶赫那拉氏的陵墓,前临浑河,后倚天柱山,距市区约 20 里路。东陵始建于后金天聪三年(1629 年)二月,在建过程中,后金政权于崇德元年(1636 年,明崇祯八年)改国号为"清",始定陵号为"福陵"。顺治八年(1651 年)福陵建成,将原置于清东京(今辽阳)的孝慈皇后梓宫迁此处与努尔哈赤合葬,在陵前立"太祖高皇帝之陵"石碑为标记。

福陵所在地初名"石嘴头山",不甚好听。顺治帝迁孝慈梓宫与努尔哈赤合葬后,遂将石嘴头山更名为"天柱山"。清王朝灭亡后,1929 年奉天政府将福陵开辟成公园,因陵区位于沈阳市东郊丘陵地带,人们习惯称作"东陵"。福陵是完整保存至今的清代"关外三陵"之一(亦称"盛京三陵",另二座指沈阳昭陵、抚顺广新宾县永陵),1963 年被列为辽宁省重点文物保护单位,1988 年国务院将其列为国家重点文物保护单位。2004 年 7 月 1 日在中国苏州召开的第 28 届世界遗产委员会会议,批准福陵作为明清皇家陵寝文化遗产扩展项目,列入《世界遗产名录》。

东陵占地面积约 557.3 公顷,其中陵寝占地为 19 公顷,陵区依所在山势,呈前低后高、南北狭长的格局,从南向北可划分为三大部分,即:大红门外区、神道区、方城与宝城区,其样式与沈阳北陵颇为接近,而北陵则是按东陵制式打造的。鉴于笔者已有文章另述北陵,在此仅对园陵主人的情况做一些随笔。

努尔哈赤是清王朝的实际奠基者。据有关史料,努尔哈赤通满语和汉语,少年时喜读《三国演义》,25 岁时起兵统一女真各部,万历四十四年(1616 年)在赫图阿拉(今辽宁省抚顺市附近)称汗,建立后金政权,建元天命,设满洲"八骑"制度,割据辽东半岛。当时明王朝感受到后金政权兴起对于明王朝的威胁,命大臣杨镐于万历四十七年(1619 年,后金天命四年)统兵 20 万欲剿灭后金政权,努尔哈赤以 6 万人应战。由于明主帅杨镐轻敌,坐镇沈阳,欲以赫图阿拉为目标,四路会攻,一举围歼后金军。努尔哈赤在萨尔浒(今辽宁抚顺东大伙房水库附近)集中兵力伏击,5 天之内连歼三路明军约 5 万人,明军以大败告终。此战成为明清兴亡史上的一次关键性战役。萨尔浒之役后,努尔哈赤迁都沈阳,先后攻下明朝辽东 70 余城,并想乘势入关进攻中原。但天命十一年(1626 年)努尔哈赤在进攻宁远城时,被明将袁宗焕所败,并被袁宗焕用葡萄牙红衣大炮所伤,被迫撤兵。[①] 同年四月,努尔哈赤在伤病未愈的情况下,又统军伐蒙古喀尔喀,"进略西拉木轮,获其牲畜"。五月,毛文龙乘虚进攻鞍山,后金政权后方吃紧,努尔哈赤无奈回师沈阳。八月十一日,行至离沈阳四十里的瑷鸡堡时病逝,终年 68 岁,后葬于沈阳福陵,子皇太极继位。崇德元年(1636 年,明崇祯八年),皇太极改后金政权国号为"清",尊努尔哈赤为清太祖、弘文定业高皇帝。

上述为努尔哈赤的简历。研究努尔哈赤的生平,有一个有趣的问题是:努尔哈赤究竟何姓? 对此,见诸文献有四种不同的说法? 其一是姓"佟"或"童",此说见之于明朝或朝鲜的有关文献记载。据当时曾出使过建州的朝鲜南部主簿申忠一在《建州纪程图记》一书中的记载,万历二十四年(1596 年)正月,努尔哈赤致朝鲜国王回帖的署名是:"女真国建州卫管束夷人之主佟努尔哈赤禀"。[②] 鉴于该回帖是经努尔哈赤本人亲自审阅并交申忠一代转给朝鲜国王的,当属一手史料。由于朝鲜文献多把"佟"字写作"童",因此佟、童可理解作一个字。另据章炳麟的《清建国别记》一文中的考证:"佟"原为汉姓,后来常被夷人袭用,以假冒汉人。清朝皇室的祖先既作为曾受明王朝委任的女真族酋长,在名字前面冠以"佟"姓或"童"姓,当属其公姓。其二是姓"雀"、"崔"或"觉罗",此说仍见诸朝鲜文献的记载。据当代学人阎崇年的考证,认为此说源自努尔哈赤母亲因吞雀卵生子的传说,[③]或来源于仙女吞服神鹊衔朱果生下满人先祖的神话传说,因此姓

---

① 见[朝鲜]李星龄:《春坡堂日月录》,据该书记载,朝鲜译官韩瑗随使团来明时,袁崇焕遣其带着礼物前往后金营寨向努尔哈赤"致歉",云"老将横行天下久矣,今日见败于小子,岂其数耶!"努尔哈赤"先已重伤",时备好礼物和名马回谢,请求约定再战的日期。

② 申忠一当时作为朝鲜南部主簿曾出使建州达佛阿拉,受到过努尔哈赤的接见,他回国后将见闻写成《申忠一书启及图录》书,又名《建州纪程图记》。

③ 此说未见《清太祖实录》记载,仅记其母怀孕十三月而生努尔哈赤之事。

"雀"。由于朝鲜语发音中,"雀"的发音介乎于汉语缺和吹之间,因此又衍"雀"为"崔"。[①] 其三是姓"觉罗",此说见于《清朝通志·氏族略》。谓"觉罗"是满洲皇室旧有的国姓,"爱新",金意,是后来添的,以示满洲皇室后裔姓氏的尊贵。其他的"觉罗",其前则冠以地名、部名、民名等,以与国姓的区别,如"伊尔根觉罗",即"民觉罗"的意思,以示与爱新觉罗(金觉罗)的区别。在《八旗满洲氏族通谱》一书中,又记载有八种"觉罗"姓,即伊尔根觉罗、舒舒觉罗、西林觉罗、通颜觉罗、阿颜觉罗、呼伦觉罗、阿哈觉罗、察喇觉罗。其四则是姓"爱新觉罗",此说见载于《清太祖实录》,此后在清官修《会典》、《宗谱》、《通志》以及皇帝御制诗文中,被作为定论载入相关文献中,但这却是最无依据的一种说法,因为它纯粹是建立于有关满人祖先的神话传说中。以下仅简介有关满人姓氏起源的三个神话传说:

传说一:有三个仙女为同胞姐妹,老大名恩固伦,老二名正固伦,老三名佛库伦。一日三仙女赴长白山天池中沐浴,被猎户三兄弟看见,偷走衣服。三仙女无奈嫁给猎户三兄弟,生有三子。三仙女在人间住了三年,怕受天庭惩罚,寻找被三兄弟所盗衣裳后,化身天鹅,重返天庭。兄弟三人打猎归来,不见了妻子,只听孩子说:"鹅飞走了!"就对孩子说:"那鹅,就是你们的娘。"此后满族人即管母亲叫"鹅娘",又作"额娘"。而三个小孩子长大成人,沿着松花江走到与牡丹江交汇处定居下来繁衍后代,因分姓三姓,这个地方就叫"三姓"。三个仙女回到天上,因思念丈夫与儿子,决定重回人间探望,发现他们的丈夫与儿子已早死,这个叫"三姓"地方的人,正是她们的后辈,且已不知传了多少代了。三姐妹见"三姓"人虽然像自己的男人一样勇敢,却生性逞勇好斗,相互不团结,三姐妹很是着急。三姐妹重回天池洗澡,忽有一只神鹊衔朱果落于三仙女口中,顿感身孕。大姐、二姐穿好衣裳重返天庭,三仙女身子发沉,飞不起来,只得留在人间,生下个男孩。这个孩子相貌奇伟,出生即会说话,数日身子即长成。三仙女便让其姓爱新觉罗,名布库里雍顺,自己重返天庭。爱新觉罗·布库里雍顺后来平定了"三姓"地方的内乱,被人们拥戴为头领,他带领三姓地方的人们,建立了鄂多哩城,成为满族的先祖。此则神话传说见载于《清太祖实录》,此后清代官修的《会典》、《宗谱》、《通志》等,均照转此则传说,作为努尔哈赤以及清皇族姓氏起源的依据。[②] 关于这则神话传说,尚有一些扩张的说法,只是故事发生的地点稍异。

传说二:长白山东北的布库里山(今朝鲜境内),山上有湖名布勒瑚里湖,又

---

① 转引《努尔哈赤的姓氏有六种说法,清太祖究竟姓什么》,《北京科技报》,2005 年 3 月 16 日。
② 参《努尔哈赤的姓氏有六种说法,清太祖究竟姓什么》,《北京科技报》2005 年 3 月 16 日。

叫布儿里湖。一日有三位仙女下凡赴湖中沐浴。三位仙女是姐妹三人,老大名恩古伦,老二名正古伦,老三名佛库伦,食神鹊口衔朱果的是三妹佛库伦,顿感身体沉重,不得上天。不久生下男孩,姓爱新觉罗,名布库里雍顺。布库里雍顺一生下来就会说话,随风长大。母佛库伦告知:"是上天让我生你,生你的目的是为了平息天下的战乱,你须沿这条溪水下行,这就是你首先立足之地。言毕重返天国。布库里雍顺按母亲指示,乘小船来到长白山东南鄂谟辉附近的鄂多理城(今吉林敦化市),平息了该城三姓人的纷争,被推作首领,娶女百里生息繁衍。后经数代,因布库里雍顺的子孙不能团结,过去部属发动了变乱,攻破鄂多理城,布库里雍顺的子孙全被杀光,仅有一小男孩樊察脱逃,追兵将至,忽有一神鹊飞临其头上,追兵误以为神鹊是落于枯树之上而回城,樊察幸免一死,得以娶妻生子继续繁衍满洲后代,因此被尊为满族二世祖。此则神话见载《满洲实录》,并有配图:《神鹊救樊察图》。

传说三:樊察后人有觉昌安,任大明建州左卫都指挥,其四子塔克世精明强干,娶大明建州右卫都指挥王呆长女喜塔腊氏额穆齐为妻。一日额穆齐梦醒,告知塔克世夜梦有神鹰入怀。不久怀孕,12个月始生产,生产时见有一只雄鹰停靠在塔克世家院内的大树上鸣叫不已,所生男孩为塔克世长子,取名努尔哈赤,脚下有七颗红痣、天庭饱满,有帝王之相,传为神鹰转世,此即后来大清王朝的实际开创者清太祖爱新觉罗·努尔哈赤。按此传说,努尔哈赤便成为满洲的三世祖。

以上所述,是有关努尔哈赤姓氏起源的诸种说法,而此谜团,实亦关系到满洲民族的起源。努尔哈赤的姓氏之所以谜团重重,其原因在于:满洲初期没有文字,自然也无法留下有关满洲民族起源的原始文献记载,因此见之于野史所记的努尔哈赤的姓氏竟有佟、童、崔、雀、觉罗、爱新觉罗等数种之多。至大清立国,开始编修《明史》时,凡是对清朝皇室先祖不利的史料均被删除或篡改,因此只能在《清太祖实录》中编造一些奇异的神话,来隐瞒其先祖真实的历史,以"爱新觉罗"为天赐姓氏,以"钦定"、"御制"等方式,要求后裔一律照转。但是,用神话传说来掩饰本民族的历史,并不等于说满洲民族并无真正的历史。在此,仅参照中国古代有关文献的记载,追述满洲的历史如下:

"满洲",首先是一个民族的称谓,而非地域的称谓,此见于天聪九年(1635年)十月十三日,皇太极发布改族名为满洲的命令(先此称女真人)。《清太祖高皇帝实录》谓:"满洲一词,来源未久,表示部族之号,若肃慎、勿吉、女真,非地名也。"自17世纪开始,"满洲"一词始被用来称呼满洲民族的居住地,而直至辛亥革命之后,满洲民族的称谓始被简化作满族。参照古文献所记,满洲民族属中华民族古老的一支。其先族称"肃慎",同"息慎"、"稷慎",发祥于"不咸山(长白山)北"(今朝鲜境内)。此见于《山海经》所记:"大荒之中,有山名曰不咸,有肃慎氏之国。"另据《竹书纪年》记载:"帝舜有虞氏二十五年,息慎(即肃慎)来朝,贡弓矢。"大致满族先民"肃慎"的历史,自公元前22世纪舜禹时代,中国古文献即有记,其活动范围"东滨大海"至黑龙江中下游北岸,以渔猎为生。禹定九州时,周武王与周成王时,肃慎均派使来贡,最著名的贡品为"楛矢石砮"。因此周人在列举其疆土四至时称:"肃慎、燕、亳,吾北土也。"而此后汉至两晋时期的"挹娄"、北魏时的"勿吉"、隋唐时的"靺鞨"、北宋至明时的"女真",均属肃慎后人或分支。而在1689年《中俄尼布楚条约》签定之前,满洲民族的活动与居住范围,大致在西迄贝加尔湖、叶尼塞河、勒拿河一线,南至山海关,东临太平洋,北抵北冰洋沿岸,整个亚洲东北部海岸线,以及楚克奇半岛、堪察加半岛、库页岛、千岛群岛的广阔地区。就政权而言,公元前夏商周时期有肃慎王国存在。至唐代,"靺鞨"族始强,建有"渤海"政权,辖区在乌苏里江东西两岸,后亡于辽。此后,黑水靺鞨部落改称"女真"(亦作"女直"),其领袖完颜阿骨打于1115年建立起金政权,先后攻灭辽与北宋政权,与南宋政权、西夏政权鼎立,最终亡于蒙古人建立的元政权。至明末,建州女真部又强大起来,统一海西女真与野人女真,建立起后金政权,后改称清。明亡后,清入主中原,最终完成了古代中国的统一。就文化而言,早先肃慎族无文字。至女真人时期,在建立金王朝时,曾参照契丹文创建女真文字。但金亡于元后,已进入中原的女真人高度汉化,留居东北的女真人则深受蒙古文化影响,"凡属书翰,用蒙古字以代言者十之六七,用汉字以代言者十之三四。"①。这导致女真文在明朝中后期彻底失传。至努尔哈赤建立后金政权时,深感与明朝、朝鲜文书往来需要反复译写的不便,于是指示大臣噶盖和学者额尔德尼借用蒙古字母拼写女真语以创立满文。二人初创的满文被后世称为"无圈点满文",系老满文,后经天聪年间(清太宗皇太极时期)达海的完善,成为"有圈点满文",系新满文。在大清王朝统治时期,满文是与汉文并重的文字,国家所有重要的公文,均用满汉两种文字书写。但是在清王朝灭亡之后,由于满人的高度汉化,国内除少数专家之外,几乎已无人能识得满文,尽管见于2000年国家户籍调查的满族人口尚有一千万之多。

上述为见诸历史文献的满洲简况。在做这一阐述时,需要强调的是:努尔

---

① (清)福格:《听雨丛谈》卷一一。

哈赤是得以繁衍至今的近代满洲民族的实际奠基人，也是对于中华民族历史发展产生过重要影响的一个人物。对于其评价，《明朝那些事儿》的作者当年明月在肯定他的军事才能时曾指出："遍览他的一生，我没有看到进步、发展，只看到了抢掠、杀戮和破坏。我不清楚什么伟大的历史意义，我只明白，他的马队所到之处，没有先进生产力，没有国民生产指数，没有经济贸易，只有尸横遍野、残屋破瓦，农田变成荒地，平民成为奴隶。我不知道什么必定取代的新兴霸业，我只知道，说这种话的人，应该自己到后金军的马刀下面亲身体验。马刀下的冤魂和马鞍上的得意，没有丝毫区别，所有的生命，都是平等的，任何人都没有无故剥夺的权力。"[1]我同意当年明月的这一评价，但想指出的是：大明王朝的灭亡，实在是因为其腐朽得可以，具有自取灭亡之道，否则努尔哈赤打造的清政权（初称"后金"），以区区不满 10 万人的军队和几十万人口，无论如何也是无法入主中原、取代有上百万军队、上亿人口的大明王朝的。而清王朝的入关，虽曾带给中华民族鸦片战争后的百年屈辱，割地丧权，使人至今无法忘怀，但其入关时最终完成了中华民族的统一，这一历史功绩的建树，是不应该被搞历史研究的人忘怀的。

下午 4 时返居住宾馆，第二天的安排是赴抚顺参观。晚饭后散步至北行街欲观沈阳夜市，但一无所见。据当地人相告：该夜市自 10 月 1 日后已取消。晚8 时 10 分返住处休息。

2018 年 6 月 30 日

---

① 当年明月：《明朝那些事儿》，中国海关出版社 2009 年版，第 290 页。

访抚顺元帅林（沈阳纪行之四）

1996 年 10 月 17 日,星期四,阴有雨。会务组全天组织赴抚顺市的参观活动。

抚顺位于沈阳市东 45 公里处,是中国著名的"煤都",每年都为辽宁省贡献着重要的工业产值。此外,抚顺也是满清王朝的发祥地,其所属新宾县"永陵",埋葬着满人的先祖——努尔哈赤的六世祖猛哥帖木儿、曾祖福满、祖父觉昌安以及父亲塔克世等人的遗骨。1616 年(明万历四十四年,后金天命元年),努尔哈赤在新宾县的赫图阿拉城①登基称汗,建立了后金政权,昔日满族"八旗铁骑"正是从这里走出,建立了中国历史上最后一个王朝——大清王朝。因此赫图阿拉城也被清王朝尊为"天眷兴京",亦即满洲皇权的第一个都城。但是,会务组组队赴抚顺参观,既不是为了探寻工业基地,也不是为了访问名胜古迹,而是要参观位于抚顺近郊的元帅林,以及对于新中国文化事业发展产生过积极影响的抚顺战犯管理所与雷锋纪念馆。而会议代表——辽宁大学历史系教授、原辽宁省近现代史博物馆研究员邢安臣老师则一路担任参观团的义务导游工作。

晨 7 时 30 分,会务组专车自辽宁大学发车,未久,过沈河(旧名涂河)。上午 10 时,车过大伙房水库,见平顶山"万人坑"遗址。据介绍:此处是日本人侵占中国东北期间,著名的"平顶山惨案"发生地,坑内埋骨约 2 万具。而这样的"万人坑",抚顺有数个,全国共 87 个。又据介绍:平顶山惨案发生的经过为:"九一八"事变后未久,东北人民奋起反抗日军侵华,1932 年 9 月 15 日夜(中秋节),辽宁民众自卫军主力突袭盘踞于抚顺矿山的日军占领者,遭受沉重打击的日军恼羞成怒,诬附近的平顶山村、栗家沟村和千金堡村的村民"通匪",于次日上午出动日本守备队、宪兵队、警察署和碳矿防备队共数百人,将三村村民 3000 余人

---

① "赫图阿拉"是满语,汉译为横岗,即平顶小山岗。

（男女老幼均有）尽数驱至平顶山村西的平顶山下，枪杀焚烧，然后埋尸于山下。此为平顶山埋尸中最多的一批人。

上午 10 时 25 分，车抵"元帅林"。元帅林位于抚顺市东约 38 公里处，地处大伙房水库东北岸，系张学良夫妇为其父张作霖修建的陵墓。陵园坐北朝南，由方城、圆城、墓室三部分组成，占地面积共 10.44 万亩。此处自然风景极佳，大致处浑河、苏子河交汇处，附近有萨尔浒河在流淌，对面为铁背山，北侧有萨尔浒山，万历四十七年（1619 年，后金天命四年）著名的萨尔浒之战即在此处展开。园林边侧尚有辽宁省为开发旅游资源，新近投资 100 万元建起的关东碑林。"关东碑林"四字由辽宁省原省长兆民题写，林内立碑石数百块，碑刻所见，大多为当代书法家抄录的古人诗句。

跨入元帅林，首先看到的是入口处卢广纪的题碑"元帅林"。据介绍：卢氏曾为张作霖手下官吏，新中国成立后任辽宁省政协副主席，一直活到 100 岁。元帅林始建于 1928 年，用时三年。陵墓开建时，张氏家属曾从北京、河北等地古代陵墓，搜集了大批明、清精美石刻共 6000 吨，拟用于此墓。此前，1924 年张作霖曾经从圆明园运走过一批汉白玉石雕欲用于自己的墓地建设。这批石刻包括石马、石狮子以及石翁仲等近百件，具有很高的历史、文化价值，实为元帅林中的宝物。但由于"九一八"事变的突发，张学良过早离开东北，元帅林并未能按原计划建成，张学良亦无力完成将其父尸体迁葬"元帅林"的心愿，这批石刻只能陈放于现今元帅林墓室外的神道两侧。至于已建成的元帅林，则成为张家父子曾统治过东北的历史文化标志。

就元帅林的保护现状而言，根据会议代表们的参观直感，似不容乐观。这主要是指：陵区南部原建祭祀区（120 级石阶以南），因 1954 年修建"大伙房"水库时，被划为淹没区，在 1958 年蓄水前已被拆除，原设计的陵门、牌坊、隆恩门、享殿、方城等建筑均已不存。现存 120 级石阶以上的墓葬区内，圆城内正门的 12 根木质柱体已开始腐朽，墓道内有多处漏雨，陵墓后"回音壁"[①]已出现裂痕，方城内现存千余米城墙因受到风雨侵蚀，水泥开始脱落，青砖外露，等等。产生这些现象的原因，当与陵区维修经费不足有关。1988 年辽宁省人民政府公布元帅林为省级文物保护单位，并将陵区开辟为旅游区，此后 2013 年国务院公布元帅林为第七批全国重点文物保护单位。希望这些做法当有助于今后元帅林的保护。

---

① 陵后一道高墙夜深人静时，可听见百米外的声音。

　　最后想做两点说明,一是关于"大伙房"水库。该水库峙于抚顺浑河之上,是中国第一个五年计划中兴建的第一个大型水库,也是当时全国的第二大水库,1954年始建,1958年竣工,控水面积达5437平方公里。原承担沈阳、抚顺两城的水源,兼防洪、灌溉、发电、养鱼等综合功能。近年经改建,承担抚顺、沈阳、辽阳、鞍山、营口、盘锦等六城的工业与生活用水,环境需要很好保护,不能因近年元帅林辟为景区,为赚小钱,而产生污染环境的大问题。二是张作霖墓园不在抚顺"元帅林",而在辽宁锦州石山镇南驿马坊村(现属辽宁凌海市),系与发妻赵氏夫人的合葬墓,旁边另有其母王太夫人之墓。这块坟地原为张作霖为自己选定的祖坟,其母及原配夫人先已葬此。直至张作霖发迹后(由"东北王"跃升为全国陆海空军大元帅),始于抚顺章党附近另觅宝地,欲效仿过去皇帝登基后修陵旧例,以北陵为模式,兴建元帅林。但事与愿违,1928年6月4日,张作霖被迫由北平退回奉天时,过皇姑屯被炸死,停枢于沈阳东关珠林寺内暂厝,欲待抚顺元帅林修成后安葬。但"九一八"事变突发,使元帅林停工。西安事变前夕,张学良要求吴廷奎(张作霖姐夫吴永恩之子)尽快由西安返沈阳,将张作霖灵柩送葬于驿马坊茔地,而此前张作霖旧部张景惠等人已在具体操办张作霖的迎灵安葬仪式。1937年,吴廷奎与张作霖妹妹的儿子重孝护送张作霖灵柩至驿马坊茔地,与其发妻赵氏合葬,张作霖姐夫吴永恩则具体主持迎灵安葬仪式。如真心要拜谒张作霖墓的人,切不可受无良导游欺诈,找错地方。

2018年7月2日

抚顺战犯管理所观感（沈阳纪行之五）

1996 年 10 月 17 日,星期四,阴有雨。中午 11 时 25 分,会务组专车由抚顺元帅林返沈阳市住处午餐,餐后,专车重返抚顺,下午 2 时 30 分,抵抚顺战犯管理所参观。

抚顺战犯管理所位于浑河北岸抚顺城区宁远街高尔山下,占地面积 2 万余平方米,实际建筑面积 6600 平方米,最醒目的标志是山上有辽代古塔一座。步入所内,见曾在所内改造过的著名犯人、晚清末代皇帝溥仪的相片及其第四任皇妃李玉琴与第五任妻子李淑贤的相片。在管理所的空地上,尚有日本归国战犯所立的"向抗日殉难烈士谢罪碑"。

据介绍:抚顺战犯管理所始建于 1936 年,原为日本侵华时期,为镇压中国抗日志士修建的一所监狱,初名"抚顺监狱"。1945 年 8 月 15 日,日本战败、南京政府接管东北后,更名"辽宁第四监狱"。1948 年 11 月 20 日抚顺解放,东北人民政府在此设立"辽东省第三监狱"。1950 年 6 月间,国家司法部根据毛泽东主席和周恩来总理的指示,将该监狱更名为"抚顺战犯管理所",用以改造当时关押于此的国内、外战犯。而据统计:自 1950 年 7 月至 1975 年 3 月,此所先后关押有日本侵华战犯 982 人、中国末代皇帝爱新觉罗·溥仪等 71 名伪满洲国战犯以及 354 名国民党战犯,①把他们改造教育成新人。而所内现陈"改造日本战犯"、"改造末代皇帝溥仪"、"战犯生活区、监室及劳动场所"三个陈列馆,全面反映了抚顺战犯管理所当时所做的工作。

抚顺战犯管理所之设,始自 1950 年 7 月。当时中国政府依据《波茨坦公告》、纽伦堡国际军事法庭与远东军事法庭有关处理二战战犯之规定,另根据中、苏两国有关协议条款,开始接收由苏联政府移交给中国的在侵华战争中被苏军

---

① 数据参《百度词条·抚顺战犯管理所》。

俘获的日本战犯 982 人、伪满洲国战犯 71 人；此后，又陆续收押了在解放战争中被中国人民解放军俘获的国民党高级军官战犯 354 人。对待这些战犯，当时周恩来总理以及国家有关部门给予抚顺战犯管理所工作人员的有关指示精神是：给予战犯人道主义待遇，"要做到一个不跑，将来也可以考虑一个不杀。"①管理所要突出"改造人、造化人"的政策，彰显人道主义的"三个保障"：保障人格不受侮辱，不打不骂；保障生活条件，物资供给相当于中等市民生活水平；保障身体健康，救死扶伤，治病救人。②

为了落实当时中央的有关指示精神，东北人民政府派出强有力的管理人员，在国家经费十分紧缺的情况下，拿出 366 万元修建俱乐部、体育场、图书馆和露天舞台，以供战犯们在较好的生活环境中"安心学习、自我反思，彻底认罪，重新做人。"③时至 1956 年 6 月至 1964 年 3 月间，关押在该所的日本战犯被分期分批地全部释放回国；时至 1959 年 12 月至 1975 年 3 月间，被关押在该所的伪满洲国战犯和国民党战犯也被分期分批地全部释放。

上述为抚顺战犯管理所的基本业绩。个人参观的直感有三点：

一是管理所工作人员能够按上述原则对待战犯很不容易，因为这是发生在中国法制建设或监狱管理环境尚不完善的新中国初建时期以及"文革"之中。我们只要联想到"文革"中惨死于辽宁狱中的张志新烈士情况，④联想到"文革"中被关押的国家元勋彭德怀被打断 3 根肋骨的情况，⑤就可以感受做到这一点的难度了。1952 年 10 月，因朝鲜战争，管理所临时迁址哈尔滨，有一天监狱隔壁的猪毛厂失火，殃及战犯监舍。管教人员飞快地打开监舍门锁，疏散犯人至安全区，自己又冒火抢救出战犯们的衣物被褥，而管理人员的生活物品却全部化为灰烬。由此事足见管理所工作人员在改造战犯过程中所体现出的人道主义精神。

二是过于优待，难免使人产生把战犯当"老爷"供起来的感觉。据介绍：在战犯关押期间，周总理曾亲笔点定战犯吃细粮，每日三餐，区别将官、校官（佐）、尉官以下三个部分，分小、中、大三个灶别。⑥ 而在战犯们每日三餐吃细粮期间，当时所有管教人员都在执行国家粮食供给标准，端起饭碗能见到的大多是黑窝

---

① 转引《百度词条·抚顺战犯管理所》。
② 参《百度词条·抚顺战犯管理所》。
③ 转引《百度词条·抚顺战犯管理所》。
④ 陈禹山：《一份血写的报告》，《光明日报》1979 年 6 月 5 日。
⑤ 《大帅彭德怀最后岁月：挨批斗被打断三根肋骨》，《同舟共进》2012 年第 11 期。
⑥ 参《百度词条·抚顺战犯管理所》。

头。而在三年自然灾害期间，全国民众都在挨饿，这些战犯却衣食无忧。此外，在管理所医务室，医疗器械设备、医生队伍、病床、药品等均超过那个年代的中等级别医院；每年春季，管理所都要请大医院的医生给战犯体检，按季节进行流脑、伤寒、痢疾、霍乱等疾病的预防针注射。在入狱之初，战犯中患肺结核病的共123名，至1953年已全部治愈。[①] 而据战犯们自述："当我们受到疾病与死亡威胁时，管教们待之如亲人。"

三是感到对待这些战犯的刑罚似乎失之于宽，此处仅举被关押的日本战犯为例。据统计：被关押于抚顺战犯管理所的982名战犯中，日军司令官有2名、师团长有5名、旅团长有14名、联队长有8名，另有参谋长、大队长、中队长、分队长以下所谓"武士"600余名；另有许多日军行政系统的总务长官、次长、参议、宪兵、特务等人员。其中有在中国到处建立无人区的日军117师团中将师团长铃木启久，有制造多次血腥惨案的日军59师团中将师团长藤田茂，有参与杀害赵一曼烈士的伪满警务指挥官大野泰治，有参与谋杀赵尚志将军的伪满警察署长田井久二郎，有参与指挥南京大屠杀的旅团长后任日军149师团中将师团长的佐佐木到一等。这些人可以说是双手沾满了中国人民的鲜血，死有余辜。而据二战后国际法庭惩治战犯的量刑标准，抚顺战犯管理所中至少有上百名日本战犯应判处死刑。1956年六七月间沈阳特别军事法庭对战犯审判期间，所有受审战犯无一人否定自我罪行，无一人要求赦免，相反却痛哭认罪，请求法庭严惩，并对日本军国主义侵华罪行进行揭露。[②] 然而，审判的最终结果却是：1956年5月21日，法庭宣读最高人民检察院决定书，对335名日本战犯"免于起诉，立即释放"；1956年7月20日，军事法庭公开宣判：武部六藏和斋藤美夫判刑20年，古海忠之、三宅秀也、中井久二等5人判刑18年，其余判刑5年至12年不等，刑期从被判之日起计算，判决前关押的时间一日抵刑期一日。这种典型的以德报怨的做法甚至不被受审战犯所理解。战犯藤田茂归国后，在《回忆军事审判》一书中写道："我感到非常意外，只判我十八年徒刑，而且关押的岁月也算到服刑。已经过去十一年，再过七年，就要放我回日本，这是多么奇幻的梦语啊。"

---

① 数据参《百度词条·抚顺战犯管理所》。

② 1956年4月25日，毛泽东签署《全国人民代表大会常务委员会关于处理在押日本侵略中国战争中战争犯罪分子的决定》，随即，中国政府派遣700名干部组东北工作团，对战犯侦讯，同时，组织大批外调人员，在被日军侵占过的地方向被害幸存者取证，共搜集到26700余件控诉书、鉴定书，8000余份日本人残留在各地的档案资料。

四是实行统战政策,使战犯感激涕零,收到了一定效果。我个人认为抚顺战犯管理所优待犯人的做法,是发生在新中国成立之初法制尚不健全的历史条件下,这与当时监狱中普遍存在的虐待犯人的做法属同一历史条件下的两个极端。而当时新中国政府之所以要优待这批犯人,主要还是出自统战工作的考虑,即优待日本犯人的目的,是为了搞好与日本民间的关系,因为新中国成立之初在外交上极端孤立。而优待国民党战犯的目的,无疑是为了替和平解放台湾准备条件。至于优待伪满战俘,则是为了团结中国东北地区众多的满族民众。而从这一政策实施的效果来看,应该说是好的。如日本战犯在被集体释放时,曾声泪俱下地宣读过一篇《感谢文》,文中有句:"只有中国人民,才是我们的恩人和再生父母。我们要把从各位那里得到的两件宝物——新的生命和真理,在后半生中为人民、为社会和平而奋斗。""管理所是我们的再生学校,管教员是我们的再生恩师,中国共产党是我们的再生父母,回国后要向日本青年讲述侵华战争史,教育日本青年为维护和平而斗争……。"日本战犯藤田茂(ふじたしげる,1889—1980 年,陆军中将,师团长)1963 年 2 月被提前释放,归国后积极开展日中友好、反战和平运动,任"中国归还者联络会"首任会长。1965 年与 1972 年,他两次率"中国归还者联络会代表团"访华,受到了周恩来总理的接见。而这一"中国归还者联络会",也是当时日本国内能坚持与军国主义势力做斗争的左翼势力中坚力量。1988 年 10 月 22 日,"中归联"捐款建造了一座高 6.37 米的"向抗日殉难烈士谢罪碑"(由大理石和花岗岩构成),立于抚顺战犯管理所内,以示前事不忘后事之师。至于在抚顺战犯管理所内被改造的伪满洲国战犯和国民党战犯,在热爱祖国、热爱和平这一基本点上,与新中国政府达成了一致。他们在出狱之后,能积极为新中国工作。周恩来总理曾赞扬:"抚顺战犯管理所工作很有成绩,改造日本战犯尤为显著;我们把末代皇帝改造好了,这是世界上的奇迹。"出狱后的国民党战犯曾为和平发展两岸关系,做出了贡献。

鉴于抚顺战犯管理所是新中国成立后,一座完整保存的羁押与成功改造战犯的场所,其曾对于新中国事业产生过积极影响,因此被誉为见证中国人民取得抗战和解放战争胜利的历史碑文。其旧址 1986 年 5 月经公安部、外交部和中国人民解放军总政治部联合申报国务院批准,经整修,1987 年开始对外开放参观,此后在 2005 年被中宣部命名为"全国爱国主义示范基地"。另据该馆统计:自该馆开放至今,共接待 36 个国家和地区观众 400 余万人,其中日本游客 3 万人左右,有近300名日本战犯曾重访过被他们称为"再生之地"的这间管理所,[1]众多日本战犯归国后成为中日关系友好人士,这一点被世界认为是奇迹。

2018 年 7 月 3 日

瞻仰雷锋纪念馆（沈阳纪行之六）

  1996 年 10 月 17 日,星期四,阴有雨。下午 2 时 30 分离开抚顺战犯管理所,3 时抵雷锋纪念馆参观。在前往纪念馆的路上,天下起小雨,路面皆湿。

  雷锋纪念馆位于抚顺市东头的和平路上,占地 5.65 万平方米。该馆始建于 1964 年,次年 8 月 15 日,在雷锋牺牲 3 周年纪念日正式竣工开馆。1984 年重建。1992 年又经扩建,次年 3 月 5 日开馆。我们参观的是经二度扩建后的新馆。

  雷锋(1940 年 12 月 18 日—1962 年 8 月 16 日),原名雷正兴,湖南望城县简家塘(今长沙市望城区雷锋镇雷锋村)人,高小文化程度。1958 年报名支援鞍山钢铁厂建设,后入伍,在抚顺服役,当汽车运输兵。[①] 一次因公出车发生事故,在今雷锋纪念馆附近的工地上牺牲。雷锋生前以喜欢读毛主席著作知名,留下了许多学《毛选》笔记,曾被部队命名"读毛选好战士"。雷锋生前处处为老百姓做好事,作为自己实践"学毛选"的心得。有一次过路时,见有老太太出行遇雨不便,便为之打伞送到家中。有一次无奈在朝鲜族老乡家中吃了一顿午饭,特留下1.4 元餐费等等。雷锋生前有记日记的习惯,他生前所做的许多好事与思想动机,往往能在日记中得到验证。在雷锋死时,抚顺群众 10 万人自动上街送葬。抚顺是一个呈长条状的城市,东西长约 30 里,两侧街面都挤满了人群,由此可以想见当时场景的壮观以及人们的悲伤心情。

  这一情况最终被毛泽东主席知晓了,特地为之题字"向雷锋同志学习"。这一题词墨迹 1963 年 3 月 5 日被同时发表在《人民日报》、《解放军报》、《光明日报》、《中国青年报》等国家主要媒体上。而 1963 年 3 月 2 日出版的《中国青年》杂志上,刊登的是"学习雷锋"专辑。从此之后,中国掀起了"学雷锋"运动,每年

---

① 属工程兵运输连。

的 3 月 5 日,都是"学雷锋纪念日"。而这一运动对于净化上世纪 60 年代的社会风气,曾产生过巨大的影响,全国民众都心仰雷锋的人格。

为了落实毛泽东的有关指示精神,始有雷锋纪念馆之建。雷锋纪念馆的选址,是抚顺的望花公园,此处是雷锋入伍期间的主要活动场所,具有纪念意义。此处距雷锋生前部队驻地不远,雷锋生前曾利用节假和闲暇时间,在此带领少先队员学习和游玩。在公园周边,有雷锋生前担任校外辅导员的本溪路小学和建设街小学,有雷锋存款的和平储蓄所,有雷锋为之捐款的和平人民公社(现和平街道办事处),有雷锋与战士们清扫卫生、扶老携幼、接送旅客的瓢儿屯火车站,有雷锋参与扩建的抚顺钢厂新厂房,有雷锋送苹果与月饼给伤病员的抚顺西部职工医院等等。

为了办好雷锋纪念馆,该馆职工可谓殚心竭力,先后到海南、鞍山、辽阳等十几个省市进行雷锋事迹的调研,走访了 200 多位雷锋亲友,征集了 800 多万字的资料、60 多幅照片、40 多件文物,以充实馆藏内容。然而该馆所陈,并非是有关雷锋文献的全部。因为在雷锋的故乡——湖南长沙市望城区另建有一座雷锋纪念馆(1968 年 10 月间开馆),也收藏了颇丰的有关雷锋事迹的文物。

步入雷锋纪念馆展区,可以看到"雷锋之路"、雷锋纪念碑、雷锋事迹陈列馆三部分陈列。"雷锋之路"两侧,有 22 块黑色花岗岩雕刻成的雷锋日记碑文。在雷锋事迹陈列馆和陵园大门正中的主轴线上,竖立着雷锋纪念碑,该碑 1964 年始立,高 13.4 米高,正面镌刻着毛泽东"向雷锋同志学习"的题字。在展馆东北角苍松翠柏掩映下的是雷锋墓,墓前黑色大理石墓碑"雷锋同志之墓",由书法家舒同书写,碑的背面刻有周而复题写的、介绍雷锋生平事迹的 410 字行书(1983 年 8 月 1 日题写,当时他是中国书法家协会副主席)。据介绍,雷锋墓原址在他处(1963 年前),1964 年始迁本馆,改葬前,曾请风水先生看过风水,行土葬法(未火化),坟按南北朝向,周围封闭良好。1982 年,国家又花 20 万元,出动一连人,重建新墓。不到两个月的时间,抚顺人民集资 400 万元,地方政府又投入 800 万元,重修旧馆。现墓前广场上有雷锋身穿棉军装、手捧《毛选》、身背冲锋枪的全身雕像。该雕像为 1971 年沈阳鲁迅美术学院教师的集体创作。步入雷锋事迹陈列馆,除可以看到雷锋生平事迹介绍之外,尚可以看到馆藏的党和国家领导人(毛泽东、刘少奇、周恩来、朱德等)号召全国人民学习雷锋的题词。令人醒目的是:馆内尚陈有 22 幅雷锋画像,以展现其在短短的 22 年生涯中(1940 年 12 月 18 日—1962 年 8 月 16 日),如何由无依孤儿,成长为一位平凡而伟大的共产主义战士的历程。

上述为参观雷锋纪念馆的主要所见。雷锋纪念馆之设,当时是为了配合在全国开展的"学雷"运动。雷锋精神最初被解读为"全心全意为人民服务"的精神,亦即共产主义或社会主义的集体主义价值观,要求学习者在政治上紧跟共产党("忠于革命忠于党");在工作中恪尽职责;在日常生活中能勤俭节约、主动帮助别人。而在上世纪 90 年代后,由于受到当时社会反思风潮的影响,官方号召人们学雷锋的论调开始改作"学雷锋,做好事",国家规模的"学习雷锋精神"热潮已不再。自 2008 年起,由于官方媒体一改每年 3 月 5 日号召学雷锋的惯例,没有在官方报刊上发表宣传学习雷锋精神的号召性文章,因此中国中、小学生对雷锋的印象已开始淡薄。但是作为史学研究来说,对于这一历史文化运动一度在中国社会产生的精神层面的影响,是不应该被忘怀的。

参观雷锋纪念馆,最值得深入探讨的学术话题是:雷锋精神究竟是什么?雷锋是怎样由一个普通战士成为被载入史册的历史名人的?

有关于雷锋精神的评价,集中见于党和国家领导人的题字,代表性的有:周恩来:"向雷锋同志学习:憎爱分明的阶级立场,言行一致的革命精神,公而忘私的共产主义风格,奋不顾身的无产阶级斗志。"朱德:"学习雷锋,做毛主席的好战士。"刘少奇:"学习雷锋同志平凡而伟大的共产主义精神。"董必武:"有众读毛选,雷锋特认真。不惟明字句,而且得精神。阶级观清楚,勤劳念朴纯。螺丝钉不锈,历史色长新。只作平凡事,皆成巨丽珍。普通一战士,生活为人民。"习近平:"雷锋、郭明义、罗阳身上所具有的信念的能量、大爱的胸怀、忘我的精神、进取的锐气,正是我们民族精神的最好写照,他们都是我们'民族的脊梁'。"

而我认为,若结合雷锋生平事迹以及他留下来的体现其实质思想的《雷锋日记》来看,习近平的评价较为近实,亦即雷锋精神的实质,是一种"大爱的胸怀",由于大爱,才能忘我,才能成为真正的"民族的脊梁"。关于雷锋对其大爱精神的表述,见于他 1960 年 10 月 21 日在《日记》中所写:"对待同志,要像春天般的温暖;对待工作,要像夏天一样火热;对待个人主义,要像秋风扫落叶一样;对待敌人,要像严冬一样残酷无情。"

我认为雷锋这种"大爱"精神的来源,显然是由于他在学习毛泽东著作《为人民服务》时所汲取的灵感,如同他在日记中所写:"我今天听一位同志对另一位同志说:'人活着就是为了吃饭……'我觉得这种说法不对,我们吃饭是为了活着,可活着不是为了吃饭。我活着是为了全心全意为人民服务,是为了人类的解放事业——共产主义而奋斗。"由于雷锋把"为人民服务"理解作"为共产主义而奋斗"，他希望"把有限的生命，投入到无限的为人民服务之中去"，①因此在特定的历史条件下他被尊崇为共产主义战士。

我认为"大爱"精神的实质，不能单纯地解读为"憎爱分明的阶级立场"，尽管雷锋本人出生于贫苦农民家庭，受到当时国家的特定教育，有阶级意识。但从雷锋的全部所为来看，他的人生哲学更接近于中国传统儒学"泛爱众"②的思想，因为雷锋在为丢失火车票的妇女买车票时，送不认路的老大娘找儿子时，他在做其他许多好事时，是不可能先想到这些人的阶级出身的。而雷锋的所为，首先是出自对他人的一种人道主义关怀或同情心。他的无私忘我做法，被当时人们解读作对人民的爱与对祖国的爱，因此雷锋精神的实质，体现了中华民族传统美德和当时代所宣扬的爱国主义与共产主义道德的完美结合，这一思想是能够被中华民族普遍接受的思想，这就是雷锋精神得以鼓舞几代中国民众，能以一个普通士兵的身份最终被载入中华民族史册的秘密所在。因此，我认为雷锋可以说是一个共产主义战士，但仅就其人格而言，则首先是一个伟大的人道主义者。

在涉及雷锋话题时，还有三个需要加以弄清与回答的问题，这些问题都是近年提出来的。一是有关《雷锋日记》的真伪？

有人说："雷锋是天生的文学巨匠，十几万字的日记，没有一个错别字"——小学毕业的雷锋，为何能写出那些既优美又饱含力量的文字？到底是真是假？③ 而据有关调查：雷锋去世后，截至 1963 年 1 月 18 日，沈阳军区政治部共收集到 9 本雷锋生前遗留日记、笔记，1963 年 1 月 20 日，《前进报》用了将近一个半版的篇幅，摘录发表了其中的 32 篇，最后共选辑了 121 篇，约 4.5 万字编辑成书，定名为《雷锋日记》，1963 年 4 月由解放军文艺出版社出版，在全国发行。这是《雷锋日记》的最早问世经过，其中不存在造假问题。《雷锋日记》的原本，现存中国人民革命军事博物馆。至于雷锋日记的文字水准，的确写得很好，且很少错字，有人怀疑只有小学文化程度的雷锋写不出来。但是只读过小学的雷锋，并不等于说他只有小学毕业的文字水准，而不能通过后来自学提高写作能力。如果查雷锋生平可以知道：雷锋小时曾跟着六叔祖走街串巷唱过皮影戏，有一定的音乐和表演天赋，在学校读书时，一直都是文艺骨干。1949 年 8 月，湖南解放

---

① 《雷锋日记节选·一九六一年十月二十日》："人的生命是有限的，可是，为人民服务是无限的，我要把有限的生命，投入到无限的为人民服务之中去……"

② 见《论语·学而》："弟子入则孝，出则悌，谨而信，泛爱众而亲仁。行有余力，则以学文。"

③ 材料转引共青团中央：《雷锋到底是真是假？——关于"雷锋"的九大谣言》（2017 年 3 月 5 日），http://www.sohu.com/a/127950145_398125。

时,雷锋找到路过的解放军连长要求当兵,连长没同意,但送他一支钢笔,这可能从此开启了雷锋的"作家梦"。1958 年春天至 9 月,雷锋在团山湖农场当了县里第一个拖拉机手,在县级报纸《望城报》上发表了人生第一篇文章:《我学会开拖拉机了》。1960 年 2 月 5 日,辽宁省《辽阳日报》发表雷锋文章《温暖如家》。在此后的生涯中,雷锋创作过短篇小说《茵茵》,写过自传体小说《一个孤儿》(大多遗失),还陆续写下《南来的燕子啊》、《台湾》、《歌颂领袖毛泽东》、《党救了我》、《啄木鸟》、《我的感想》、《以革命的名义》、《人定胜天》、《排渍忙》等 9 首诗歌。在入伍之前,雷锋当过儿童团长,当过湖南望城县政府公务员,当过鞍山钢铁厂工人,入伍后当过抚顺市人大代表。雷锋个人的阅历远超过同龄人,因此以雷锋个人的阅历再结合他勤勉上进的精神,留下一部高质量的日记,并非值得特别惊讶的事。这如同雷锋在日记中所说:"我要做高山岩石之松,不做湖岸河旁之柳。我愿在暴风雨中、艰苦的斗争中锻炼自己,不愿在平平静静的日子里度过自己的一生。"

问题之二是雷锋留下的照片真伪?

有人说:在 1960 年前后,照相可是个稀罕事,而在雷锋参军的两年多留下的照片却高达两百多张,一定是作假。雷锋很早就"预感到"自己会牺牲,成为全国人民学习的榜样,所以提前请摄影师跟随,预留 200 多张照片下来,供全国人民今后瞻仰。大连《新商报》副总编辑王盛波说:这张照片上的老太太就是我奶奶,而在拍这张照片之前,雷锋根本没护送过我奶奶回抚顺,这显然是假的。等等。[①] 对此疑问,经有关调查,雷锋生前共留下照片 300 余张,其中 223 张都出自雷锋生前战友、沈阳军区工程兵宣传助理员张峻之手,其中黑白照片 199 张,彩色照片 24 张。而早在上个世纪 80 年代,张峻在接受有关采访时,就已公开申明:自己所拍摄的雷锋照片中,一些属于"补拍"、"摆拍"。之所以要这样做,是因为雷锋生前已经是从沈阳军区涌现出来的全军典型。而随着沈阳军区《前进报》对雷锋事迹的宣传,其亦被《解放军画报》、《解放军报》、《中国青年报》等全国性大报转载,雷锋的知名度开始从军内向全国扩展。1962 年春节前后,总政下令要为雷锋举办一个个人学习毛主席著作的标兵展览。沈阳军区接令后,责成由张峻牵头组成班子为展览会筹展,而其中最重要的工作就是补拍照片。为了完成这一任务,摄影组需要参考雷锋日记和其学《毛选》报告的讲稿。鉴于补拍

---

① 材料转引共青团中央:《雷锋到底是真是假? ——关于"雷锋"的九大谣言》(2017 年 3 月 5 日),http://www.sohu.com/a/127950145_398125。

照片工作的严肃性,沈阳军区下达的指示是:补拍内容必须是雷锋真实做过的事情,不能搞假新闻;能补的补拍,不能补拍的画幻灯;补拍的照片要经得起推敲。当时遇到的困难是摄影技术不过关,如雷锋深夜"学毛著"无法拍摄,照片就变成了雷锋在白天打着手电筒学习,无法找到雷锋曾搀扶过的老大娘,只能找别人代替,等等。而照片补拍和幻灯片制作工作尚未完成,雷锋突然离世,这些原本用于"学毛著标兵"展览的照片,便被用作了规模更大的对雷锋的追忆仪式上,并因此流向社会。①

　　平心而论,当时为雷锋补拍照片筹备展会之事,在一定程度上体现了林彪治军时期搞"个人崇拜"的思想痕迹,林彪的有关题字是"读毛主席的书,听毛主席的话,照毛主席的指示办事,做毛主席的好战士。"雷锋是为此而树立的典型。这批照片出自当时的历史环境,不得不拍,但雷锋却不应该对此负责。因为雷锋所做的,仅仅是把"全心全意为人民服务"的信条,当作宗教一般来崇拜与实践,他帮助的是别人,牺牲的是自我,他并没有做错什么事情。至于讲雷锋做好事从不留名,却为何要把所做的好事都记在日记中? 这只是上世纪五六十年代(截至"文革"前)中国学校教育的产物,当时有上进心的青年人,把写日记作为净化灵魂和提高自我文学修养的手段,这是更无可指摘的事。这一良好的学风,中止于"文革"中的抄家之风,因此也不再能为当代一些年轻人所理解。

　　问题之三是雷锋精神是否曾是出过国,连美国西点军校都开展了"学雷锋"活动?

　　关于此问题的产生源自一场误会。事情的起源是 1981 年,时任新华社记者的李竹润看到一则来自合众国际社的消息,称西点军校学员学雷锋,高唱学习雷锋好榜样。这则新闻实则是西方"愚人节"时,媒体向公众开的一个玩笑,李竹润则信以为真。他当时正在为中国社科院新闻研究所(1997 年更名为"中国社会科学院新闻与传播研究所")撰写教材,便把这则新闻写了进去,内容为:"走进西点军校,人们首先发现校园内一尊雷锋的半身塑像,会议大厅挂着 5 位他们所仰慕的英雄像,排在首位的是我国伟大的战士楷模雷锋,学校还把《雷锋日记》中一些名言印在学员学习手册扉页上,提倡学员学习时要发扬雷锋的'钉子精神',勤学苦钻,以优异成绩报效祖国。学校还经常宣扬学习雷锋等英雄涌现出来的先

---

① 材料转引共青团中央:《雷锋到底是真是假? ——关于"雷锋"的九大谣言》(2017 年 3 月 5 日),
　http://www.sohu.com/a/127950145_398125。

进典型。"①这则消息 1990 年 2 月 2 日被中央人民广播电台报道,称西点军校开始学雷锋了。② 此后,许多国内报刊纷纷转载同类报道,关于西点军校"学雷锋"的故事便越传越广。随着中国赴美旅游人数的增多,大概在许多国人心目中,美国人"学雷锋"是一件很有面子的事,因此纷纷前往西点军校去寻访雷锋的半身塑像以及会议大厅所悬挂的雷锋挂像。但去者只能是空手而归,这对西点军校来说,则是不胜其烦。这一现象甚至惊动了美国的《纽约时报》,其在 1998 年的一篇报道中写道:"中国人对于西点学雷锋的事情非常关心。"③

西点军校是否"学雷锋",甚至成了学术界需要探访的问题。2002 年 8 月 29 日至 9 月 13 日,抚顺雷锋纪念馆馆长张淑芬专程赴美国收集雷锋精神对于美国西点军校产生影响的资料。但是来到了西点军校后,张淑芬没有看到任何有关雷锋的资料。而西点军校公共事务办主任马雅·卡塞拉告诉张淑芬:西点军校作为一所世界著名的专业军事院校,各国军事是该院校研究和教学的一个重要内容,因此在对中国军事进行研究的时候提到雷锋也是一件很自然的事。马雅·卡塞拉在给雷锋纪念馆的一封信中表示:要把张馆长赠送给该校的雷锋纪念品当作教材,"她相信这类教材一定能增进学生对中国文化、中国历史、中国社会的了解。"

事情原本到此可打住。但 2002 年 12 月,雷锋纪念馆收到由原中国驻美大使馆一秘田志芳捐赠的西点军校印制的该校简介,在内页上面有几张反映西点军校学生学习生活的照片,其中的一张可清楚看见雷锋的照片挂在墙上,照片下边还有几个汉字:"学雷锋 树新风。"田志芳于 1984 年至 1988 年曾在中国驻美大使馆工作,1984 年至 1985 年间曾两次到西点军校参观,并收集了一些西点军校的简介资料。据田志芳介绍:雷锋照片被悬挂在学员学习的地方,旁边还有一面五星红旗,这表明西点军校的确在研究雷锋精神。这样,西点军校"学雷锋"的传言在国内再起。④

为查证此事的真伪,2003 年 1 月 1 日,《环球时报》驻美国记者王如君依照西点军校的地图指引,在校园内四处巡视,发现校园内并不存在雷锋雕像,学员手册上也并没有雷锋格言。王又询问了数十位曾经在不同时期去过西点军校的

① 转引《西点军校没人"学雷锋",校方不赞赏他的所作所为》,《老年报》2013 年 3 月 7 日。
② 《误传"美国西点军校学雷锋"新华社退休记者致歉》,《南方都市报》2015 年 1 月 5 日。
③ 转引《西点军校没人"学雷锋",校方不赞赏他的所作所为》,《老年报》2013 年 3 月 7 日。
④ 转引《西点军校没人"学雷锋",校方不赞赏他的所作所为》,《老年报》2013 年 3 月 7 日。

人，没有一个人在西点的校园内见到过雷锋塑像。①

2003 年 3 月 27 日，方舟子将中国媒体上的文章《学雷锋学汉语成为美国西点军校新时尚》，译成英文寄美国西点军校公共关系办公室要求做出澄清。次日，西点军校公共关系办公室克里斯蒂娜·安克拉姆给予了回信："谢谢您对美国军事学院感兴趣，那篇文章中关于雷锋的信息是不准确的。在本军事学院，没有雷锋的塑像或画像，雷锋语录没有被印在任何正式的学员出版物中，虽然历史课和中文课也许会讨论雷锋，但军事学院并不赞赏他或其哲学。我希望这能澄清该问题并回答你的关注。克里斯蒂娜·安克拉姆　公共关系办公室　美国军事学院。"②2003 年 3 月 28 日，克里斯蒂娜·安克拉姆对中国大陆盛传的西点军校有雷锋雕像、塑像、画像，学雷锋手册、语录和日记的行为再度举行公开发言，称："西点军校没有雷锋的任何画像与塑像，雷锋语录也没有被印在任何正式的学员出版物中，希望中国媒体予以澄清。希望澄清的原因是：西点军校两年多来接待了一万余位前来寻找雷锋像的中国游客，花费大量人力物力进行辟谣，已经筋疲力尽。"③

现在到了始作俑者说实话的时候了。2015 年 1 月 4 日，微博网友"李老头06"通过微博发文称：1981 年愚人节，他以笔名"黎信"发文，将"西点军校学员学雷锋，高唱'学习雷锋好榜样'写进文章"，直至 1997 年，他才明白这一"消息"是愚人节玩笑。多年来，他已通过授课澄清错误，现再度通过微博，认错并致歉，"把'西点军校学员学雷锋'的谎言引进中国，是我一生中所犯的最大错误之一。本人对自己一切言论负全责，特承认错误、道歉。"希望"在更大范围内消毒"。而此位"李老头06"的真实身份，是新华社高级编辑、北外新闻学院兼职教授李竹润。而在接受《南方都市报》采访的过程中，李竹润具体说明：他的此番举动，是希望以"即将入土的老人"身份，承认错误，而一切与新华社无关，也没有任何政治目的。李竹润具体指出："西点军校学雷锋"的谎言是我引进中国的，事情发生在 1981 年。尽管我也是上当受骗，但今天我仍通过新浪微博公开道歉。当时除了正常的教学，中国社科院研究生院新闻系搞了一个函授项目，要编写教材，我在搜集材料时，看到某外国通讯社（好像是 UPI 即合众国际社）播发的一篇通讯，写的是西点军校学员学雷锋，而且还在学校里立了一个像。这篇文章的导语

① 参《西点军校里到底有没有雷锋像》，《中国经济网》2006 年 07 月 26 日。
② 《新华社老记者否认西点军校学雷锋，已误传 34 年》，《观察者》2015 年 1 月 5 日。
③ 《西点军校里到底有没有雷锋像》，《中国经济网》2006 年 07 月 26 日。——克里斯蒂娜·安克拉姆公开发言的时间为 2003 年的 3 月 23 日，即回复方舟子函的次日，媒体作 2002 年为误。

用的是歌曲《学习雷锋好榜样》的头两句歌词："学习雷锋好榜样，忠于革命忠于党。"我觉得这个导语不错，就把这个例子用在了教材里，当时根本没想到写作那天是愚人节，也不知道西方媒体在这天往往开玩笑，发一些匪夷所思的东西。当时全国很多报纸的内刊找我约稿，记得曾经把这个例子用在十几篇文章里，于是"西点军校学雷锋"就这样传开了。1997年，我在《读书》杂志看到李慎之的文章《诺与孔》，说他请在美国的朋友到西点军校去核实，发现西点军校学员学雷锋事纯属虚构，我方知上当了。恰好今天看到新浪微博上有人提到此事，我就把它讲出来了，希望就此了却自己的一块心病。①

综上所述可见：一则源自西方愚人节的谎言，骗得两年间上万中国旅游者前往西点军校寻找雷锋的塑像，害得抚顺雷锋纪念馆与《环球时报》社破费公费前往核证，害得西点军校工作人员"花费大量人力物力进行辟谣，已经筋疲力尽"，最终却证明一切皆空。但这一切，均无碍雷锋人格的伟大。

下午4时辞别抚顺雷锋纪念馆，约5时许返电专宾馆。晚餐极丰盛，辽大历史系领导皆出，海量高歌，可惜我不会饮酒，只得陪坐。当夜辗转得诗，即记：

七绝　边情（1996.10.17 沈阳）

十八立志别乡津，坎坷征程不了情。

昨夜梦惊关外驿，春颜如洗月初明。

2018年7月4日

---

① 材料转引《新华社老记者否认西点军校学雷锋已误传34年》，《观察者网》2015年1月5日。——该网文综合《南方都市报》、微信公众号探针 news-probe 消息报道而写，反映事件经过较为完整，特此引用。

过皇姑屯——悼"东北王"张作霖
（沈阳纪行之七）

1996 年 10 月 18 日,星期五,晴。今天是在沈阳开学术会议的最后一天,上午会务组安排参观皇姑屯、沈阳故宫、张学良元帅府三处,下午为大会闭幕式,晚餐后会务组派车送与会代表赴火车站返程。

皇姑屯位于沈阳旧城西 10 华里,距离北陵很近。晨 5 时起床,步行至北陵早市,见无可买之物,随后赴"皇姑屯事件"发生地。此处位于京奉铁路与南满铁路的交叉处三洞桥,近旁立有石碑"张作霖被炸处"。随即坐 15 路公交车返校早餐。晨 8 时,会务组专车出发,8 时 30 分再抵皇姑屯,仍由辽宁大学历史系教授邢安臣老师担任义务讲解员。

皇姑屯事件是中国近代史上产生过重大影响的历史事件之一,关于其发生,有两说。其一是日本策划说。其大致经过谓:1928 年 6 月 4 日凌晨 5 点 30 分,中华民国陆海军大元帅、奉系军阀首领张作霖乘坐火车经过京奉、南满铁路交叉处皇姑屯站以东的三洞桥时,日本关东军用预埋的 120 斤炸药炸毁火车,张作霖重伤,送回沈阳后当日身死,但秘不发丧,全城戒严。日方天天派人"慰问求见",都被拒绝。主持家政的五夫人寿懿天天浓妆艳抹,与前来窥探虚实的日本太太周旋。子张学良化装成伙夫,6 月 18 日自前线返还沈阳,6 月 21 日继承父职后,东北局势已趋稳,才公开发丧。此事件史称"皇姑屯事件"。由于皇姑屯事件发生时,日军不知张作霖生死,虽有军事调动,却未敢趁乱占领沈阳。由于此事件并非日本政府直接指使,很长时间不明凶手真相,因此日政府一直以"满洲某重大事件"代称。1945 年日本战败投降后,原属日本关东军高级参谋的河本大作投靠阎锡山,中国人民解放军攻占太原后,河本大作作为日本战犯被捕,经审讯,交代了策划炸死张作霖的全过程,至此方真相大白。

根据河本大作的交代及有关记载,皇姑屯事件的大致经过为:河本大作在距沈阳一公里半的皇姑屯火车站附近桥洞下预先放置了三十袋炸药及一支冲锋队。尽管张作霖行前曾接到部下密报，说"老道口日军近来不许人通行"，希望多加防范，张也三次变更启程时间，以迷惑外界，却未能避开杀身之祸。1928 年 6 月 4 日 5 时 23 分，当张作霖乘坐的专车经京奉（北京至沈阳）铁路和南满（吉林至大连）铁路交叉处的三洞桥时，关东军大尉东宫铁男按下电钮，将三洞桥中间一座花岗岩桥墩炸开，张作霖专用车厢被炸得只剩一个底盘，吴俊升当即身死，张作霖被炸出三丈开外，日籍顾问仪我满面是血，校尉处长温守善被埋在碎木下面，周大文炸破手，六姨太炸掉了脚趾头，莫德惠也受了伤。奉天省长刘尚清闻讯赶到现场救护。张作霖被送到沈阳"大帅府"经抢救无效，上午 9 时 30 分左右去世，享年 54 岁，死前对卢夫人（二夫人卢寿萱夫人）说："告诉小六子（张学良的乳名），以国家为重，好好地干吧！我这个臭皮囊不算什么。叫小六子快回沈阳。"

上述为见载于史料的有关张作霖皇姑屯遇刺案的全部经过，其中令人不解的谜团是：谁是张作霖随从中的内奸？据载张作霖离开北京大元帅府的时间为1928 年 6 月 3 日晚 6 时，先是乘坐由沙顿（奉天迫击炮厂厂长）驾驶的英制大型钢板防弹汽车赴火车站，随行有靳云鹏、潘复、何丰林、刘哲、莫惠德、于国翰、阎泽溥、日籍顾问町野和仪我、张作霖的六姨太和三儿子张学曾等人。张作霖乘坐的专车共 22 节，是晚清慈禧太后曾用过的"花车"，张坐 8 号车厢的中间，其后是餐车，前边是两节蓝钢车，坐潘复、刘哲、莫德惠、于国翰等人，专车前面还有一列压道车作前卫。头晚 8 时专车从北京车站开出，深夜过山海关车站，黑龙江督军吴俊升专程迎候并上车。次日晨车过皇姑屯三洞桥时，日军准确地在张坐车厢下部引爆了炸药。如果日军事先不知晓张作霖乘坐的是几车厢，行刺是不会如此分秒不差的。因此，张作霖随从中必有通日内奸，向日军通报了张作霖离开北平及乘坐车厢的准确信息，日军才得以行刺得手。这一内奸迄今不明，只能从与张作霖同车并活着的人中查找。

张作霖既然是被日本人所杀，日本人必有刺杀张作霖的理由。按照传统说法是：1927 年 4 月，日本田中义一首相（たなか ぎいち，1864—1929 年）上台后，向张作霖强索东北铁路权，并逼张解决所谓"满蒙悬案"，激起了东北人民的反日怒潮。9 月 4 日，沈阳两万人上街游行，高呼"打倒田中内阁"，奉系政府以此为理由，未能满足日政府提出的在"满蒙"筑路、开矿、设厂、租地、移民等全部要求。此为田中内阁所不能容忍，关东军则断定东北人民反日游行系张作霖煽动所致，为之深恨。而面对当时蒋介石国民党军举行的"第二次北伐"，北平奉系政府战事不利,日政府则感到有机可乘,一面增兵青岛,威胁北进南军;一面按其"东方会议"的决策,迫张作霖及早离京,退回东北,同时又向其勒索"满蒙"权益,发出最后通牒。其具体做法为:

1928 年 5 月 17 日晚,日驻中国北平特命全权公使芳泽谦吉(1874—1965年)会见张作霖至深夜,压张履行"解决满蒙诸悬案",并退回关外,又拿出日本政府关于满洲问题警告南北双方的"觉书"。被张拒绝。

次日,日政府对交战双方发出警告,声称:"动乱行将波及平、津地方,而满洲地方亦有蒙其影响之虞。夫满蒙之治安维持,为帝国之所最重视,苟有紊乱该地之治安,⋯⋯帝国政府为维持满洲治安计,不得不取适宜且有效之措置。"

张作霖本想"留在关内",对日本的逼迫行径"非常不满",不但口头拒绝了芳泽的"劝告",而且于 1928 年 5 月 25 日发表书面声明,反对日政府 5 月 18 日发出的"警告"。日本见张不听摆布,便对他继续施压,并警告:如果不听劝告,失败后想回东北,"日军当解除其武装"。同时,关东军也"开赴沈阳、锦州、山海关等地,并将关东军司令部由旅顺迁至沈阳,在沈阳满铁借用地分设六大警备区,日侨也组织日勇千余,剑拔弩张。"

在日政府逼迫下,盘踞北京的"中华民国陆海军大元帅"张作霖无奈在 6 月 2 日发出《出关通电》,宣布退出北京回东北,但却依仗着自己手中有数十万军队,对日政府的其他要求不为所动。于是,关东军决定在张作霖返东北的路上除掉这个眼中钉。

上述为人们最早知晓的有关张作霖皇姑屯遇杀案的经过。长期以来,人们都依据河本大作《我杀死了张作霖》的供词为真本。但近年来随着前苏联军情档案的解密,有了新说,即认为该案实际上是前苏联特工人员所为。

其说谓:"有充分证据证明,首次在东京远东国际军事法庭上语出惊人地招供:'皇姑屯事件'系日本关东军河本大作等人所为的冈田启介,已在去东京作证之前,就被苏联国家安全部(克格勃前身)所招募。其实,更早的时候,他就已经被藏身在东京的功勋特工佐尔格发展成苏联秘密情报人员。"[①]此外,B. 莫洛佳科夫主编的《东京审判之秘闻实录》提及:"1946 年初,冈田启介收到了一份来自莫斯科总部的密电:请在日本关东军存活的人员中,寻找心理和精神状态良好的弟子或属下,把我们的对对方生命有益的合作意图说清,使之同意:该案件系

---

① 见《苏联军事情报局:组织与人员》,转引《历史探秘:张作霖是被苏联间谍炸死的(四)——俄国史学界揭秘皇姑屯事件的最新史料》第 240 页"河本大作违心作证"。

自己势力所为。具体人员由您来物色。需要指出的是,您不仅需要物色好'坦白者',而且要为其准备令人信服的坦白材料。坦白材料必须明白无误地说明:该爆炸案是由自己领导并组织实施的。该'坦白者'及所准备公布的'坦白材料',必须经НКВД(即苏联军情外委会)审核批准后,方能启用实施。我们的目的,是只追求过程,不追求结果。请相信,在我相关人员的努力之下,该次审理将不会偏差。只要合作人员永不反悔,我们除履行我们的义务外,还会永远关照他的命运。"接莫斯科密电后,冈田启介最终选定了自己任海陆军大臣时举荐到日本关东军任上校参谋的弟子——河本大作。他与对方取得联系时,当时躲藏在中国华北地区已走投无路的河本大作,同意了冈田启介提出的与苏方合作的建议,在东京远东国际军事法庭上做了众所周知的《我炸死了张作霖》的供词。但东京远东国际军事法庭在审理此案时,因无法找到佐证,决定不对"皇姑屯爆炸案"做立案审理,这便使已被举报而且已经"招供"了的河本大作本人,因此不受法律制裁,而被东京远东国际军事法庭视为无罪人员。

按此说,"皇姑屯爆炸案"实为苏联特工所为,然后嫁祸给日本关东军。而俄罗斯历史学家普罗霍罗夫在所撰《张作霖元帅之死档案》一书中,认可了这一说法,并揭示了苏联特工之所以要刺杀张作霖的原因,即:从绥芬河到满洲里的"中东铁路",是由俄国修建并运营,但张作霖并未按照他与前苏联的协议缴纳使用费,前苏联便派特工去大帅府铺设地雷,想炸死张作霖,但事情败露,于是,前苏联特工又策划了第二起暗杀事件,即"皇姑屯事件"。

综上两种张作霖遇刺案的说法,有必要进一步探讨的问题是:导致张作霖死的实质因素是什么?皇姑屯事件在中国近代史上的影响有哪些?而对这两个问题的回答,直接涉及对近代军阀张作霖的评价。

综上所述可以得出的结论是:导致张作霖被刺的实质因素,是他始终拒绝出卖中国东北与满蒙的主权,才最终遭到日本或前苏联特工的谋杀。而他身上所存在的这种民族气节,在当时代的其他北洋军阀吴佩孚、段祺瑞、曹锟等人身上也同样存在,即任凭日本占领者威胁、利诱都不肯当汉奸。这比当时甘当日本汉奸走狗的汪精卫、周佛海、周作人等政客要好得多。段祺瑞主政北京期间,曾最后一次恢复了中国对蒙古的主权,他通过1925年与欧洲列强签署《斯瓦尔巴条约》(1925年8月14日生效),而在远处北极圈内的斯瓦尔巴群岛上为中国后人留下了一块土地,而此地正是当代中国建立北极科考"黄河站"的所在地。张作霖临死之前说:"告诉小六子(张学良的乳名),以国家为重,好好地干吧!我这个臭皮囊不算什么。叫小六子快回沈阳。"这种民族精神在西方列强强势欺压下尤显可贵。中国近代军阀曾为霸一方祸害人民,张作霖更犯有杀害中共创立人之一李大钊的罪责,这些都是事实。但搞历史研究应该实事求是,有一说一,有二说二,上述近代军阀身上的闪光点亦不当回避。

就皇姑屯事件的历史影响而言,它的直接后果是促成了张学良继位后的"东北易帜"。其大致经过为张学良严拒日本顾问土肥原要其当"满洲皇帝"的建议,1928年12月29日宣布东北易帜,服从南京国民政府领导,这导致当时中国在形式上的统一。鉴于皇姑屯案发后,日本陆军省反对公布案件真相,日政府为了减轻压力,谎称该案系"南方国民政府便衣队员"所为。而在张学良东北易帜后,日本军政各界纷纷要求追查暗杀张作霖的责任,终于导致田中内阁垮台。这件事张学良做的是对的,因为其维护了祖国的统一。张学良之所以如此做,这显然是其父临死前叫卢夫人转告张学良的话产生了作用。而在后来的"九一八"事变中,张学良却未能顶住日军的压力,一枪不放地退出了东三省,这实有违于张作霖死前对儿子的期望。对此,本人已有另文阐述,不再赘述。而张作霖若不死,此事绝对不会发生。

最后简述张作霖生平,算是对这位"东北王"的悼唁。

张作霖(1875年3月19日—1928年6月4日),字雨亭,奉天省海城县驾掌寺乡马家房村西小洼屯(今辽宁省海城市)人。出身贫苦农家,幼年受过私塾教育。1888年,父张有财被赌徒打死,与二哥前往报仇,枪走火误伤人命,二兄被捕,自己随母亲逃亡至外祖父家就食,后学过木匠与兽医。1894年,投清军宋庆所部当兵,参加过甲午战争,升任哨长。1895年回乡当兽医,与赵家庙村地主赵占元次女赵春桂结婚,赵氏为张作霖的原配夫人,张学良生母。1896年,在广宁县(北镇)加入绿林董大虎匪部。1900年义和团运动爆发,沙俄侵占东北,地方混乱,他在赵家庙组织民团"保险队",维护附近二十几个村庄的治安,由于兵纪好,胡匪骚扰得到遏制,颇得颂声。1902年,被奉天新民[①]知府陈衍庶(1851—1913年)招抚,先后任马队帮带(副营长)与管带(营长)。

张作霖投靠陈衍庶,是他一生中事业的转折点。陈衍庶是中共第一任总书记陈独秀的继父,也是一位在中国文化史上留下地位的人。他擅长诗文书画,传承至今的北京"崇古斋",即他1900年出资修建的。由于陈衍庶无子,将其兄长的次子陈独秀(1879—1942年)收为嗣子,带在身边教其读书识礼。当时担任陈衍庶侍卫的张作霖在一边看着不胜羡慕,跪在地上连磕了6个响头恳求道:"小

[①] 新民,位沈阳市西北60公里,今属辽宁省沈阳市下辖市。

人家贫,幼年丧父,没有读过什么书,请大人开恩,收小人为义子,也教小人读书识礼!"由于陈衍庶看张作霖态度诚恳,收为义子,让其与陈独秀一起随自己读书,并亲自给他讲解《增广贤文》等启蒙读物,手把手地教他写字。这样张作霖与陈独秀的关系,也就成了义兄弟的关系(张作霖年长4岁)。张作霖实质上所受到的是名师之教,他灵魂深处侵染了中国古代士大夫的知耻风骨,张作霖晚年之所以能坚持民族气节,当与他早年曾受过的儒学正统教育或所受到的陈衍庶思想影响有关,决不可把他简单地视作是一个土匪出身的军阀暴发户。对于陈衍庶的教诲,张作霖永生不忘。直至1916年他已成为真正的"东北王",一日得知陈衍庶的一个侄儿来见,门卫不让进去,张立即请进府热情款待,在闻知陈大人已于1913年病故时,张不胜唏嘘,表示:"本人能有今天的红运,全靠义父大人的栽培,义父对我恩重如山,张某永远铭感在心!"①而形成反差的则是:陈独秀则与他这位继父最终分道扬镳,走上了革命道路。其起始原因是:1910年陈独秀与发妻高晓岚(1876—1930年)同父异母的妹妹高君曼(1888—1931年)通过自由恋爱,先是同居,后又宣布结为夫妻。陈衍庶怒甚,认为这是背弃礼教,将陈独秀逐出家门,陈独秀从此走上了革命路。但尽管陈独秀与张作霖所走的是两条不同的道路,这一切却无损于陈衍庶作为一个教育者的成功,因为他教授出了两位在中国近代史上的知名人士。陈衍庶1909年告老还乡,而此前两年,张作霖已走上了独自发展的道路。

1907年东三省改制建省,时徐世昌任首任总督,张作霖因功升任奉天巡访营前路统领。武昌起义期间,张因镇压奉天省城革命党人有功,1912年被封为关外练兵大臣、袁世凯任临时大总统时被任命为第二十七师中将师长。1915年张入京支持袁世凯称帝,封子爵、盛武将军,督理奉天军务兼巡按使。袁世凯失败后,张又被黎元洪大总统授奉天督军兼省长。1918年,张入关支持皖系"武力统一",授东三省巡阅使,逐步掌控了奉、吉、黑三省,成为奉系军阀首领。1920年,张在直皖战争中助直反皖,次年,授蒙疆经略使,辖热察绥三特区,进京组织梁士诒内阁。1922年,因吴佩孚揭露梁内阁卖国媚外,爆发第一次直奉战争,张作霖战败,退回东北,宣布东三省独立,自任保安总司令。1923年,张扩建奉天兵工厂,开设东北大学。1924年,在第二次直奉战争中张获胜,组成安国军政府,推段祺瑞为"中华民国临时总执政",次年奉军入沪,势力达鼎盛时期。1927年6月18日,张在北京就任北洋军政府陆海军大元帅,代表中华民国行使统治

---

① 材料出处参《百度词条·陈衍庶》。

权,组成北洋军阀统治时期第32届、也是最后一届内阁,成为北洋军政权的最后一个统治者。其间,1927年,在北京下令绞杀李大钊等多名革命志士。

自张作霖成为中华民国最高统治者以来,日本政府自1927年10月起,通过满铁社长山本条太郎以"300万至500万元现洋"利诱,强压张作霖与之签订《满蒙新五路协约》,其内容为由日本政府承包修建下列五条铁路:自敦化经老头沟至图们江线;长春至大赉线;吉林至五常线;洮南至索伦线;延吉至海林线。日政府试图通过此种方式,获得修筑贯穿东北铁路的权利,以从张作霖手中实际"购得满洲"。经近年谈判,双方虽签下了草约,但张作霖始终未在正式文本上签字(这也成为当时日本政府强压张作霖返回东北的原因)。就在张作霖1928年6月2日发出《出关通电》的当夜,日驻中国北京特命全权公使芳泽谦吉又到中南海见张作霖,提出只要张同意在该草约上签字及日本在葫芦岛筑港等要求,则日本愿意出兵帮助张作霖打退北伐军,中分天下。张作霖答以:"我不能出卖东北,以免后代骂我张作霖是卖国贼。我什么都不怕,我这个臭皮囊早就不打算要了。"次日下午4时半,芳泽谦吉又来索取密约(《满蒙新五路协约》),最终得到的则是上面既无签字,亦无同意,张作霖仅写了一个"阅"字的无效文本。当芳泽打电话寻找张作霖时,张早已离开中南海。[①] 但日本并不甘心失败。张作霖被炸身亡后,田中首相命日驻奉天总领事林久治郎向张学良提出质询,压其履行《满蒙新五路协约》。张学良答以:"皇姑屯的炸弹已将专列里所有文件全部毁灭,一切都已无根据。"东北易帜后,张学良更以"东北既已归附中央,外交问题由中央处理,铁路问题东北当局无权过问"为由,推责于南京政府。由于日本当局无法从张家父子手中得到他们想要的东西,最终只得通过日本军部密谋策划了"柳条湖事件",悍然发动武装侵占中国东三省的"九一八"事变。[②]

1928年6月4日晨5时许,当张作霖所乘专列行驶到皇姑屯附近桥洞时,遭炸药暗杀身亡,享年53岁。孙中山(1866年11月12日—1925年3月12日)在世时曾说:"雨亭(张作霖)把东三省治理得很好,不过外有日本掣肘,处境也很难。如果国家统一了,建立革命的中央政府,地方的事就好办多了。"[③]这是对张作霖生前治理东北业绩的客观评价,因为在奉系军阀统治东北的12年间,东三省相对平静,民族工业、农业、文化教育事业都获得了长足进展,1912年至1928

---

① 张作霖拒签《满蒙新五路协约》经过参范国平:《最后的北洋三雄》,世界知识出版社。

② 参《张作霖父子与日本"满蒙新五路"阴谋的破灭》(2011年10月26日),http://blog.sina.com.cn/zhangzuolin123。

③ 宁武:《中国国民党革命委员会中央委员会》(2014年1月15日),转引《百度词条·张作霖》。

年,东北净增人口 1065.8 万人。[1] 张作霖死后,日本原希望借东北出现群龙无首的时机占领东北。但 1928 年 12 月 29 日凌晨,张学良等人突然联名通电全国称:"仰承先大元帅遗志,力谋统一,贯彻和平。已于即日起,宣布遵守三民主义,服从国民政府,改易旗帜。"[2]张学良的通电宣言,算是对其父遗志的一个交代。

2018 年 7 月 7 日

---

① 数据见辽宁省文化厅编:《张氏帅府》第 71 页。

② 《1928"东北易帜"的前前后后:排除日本的粗暴干涉》,中华网 2014 年 12 月 29 日。

过沈阳故宫（沈阳纪行之八）

1996 年 10 月 18 日,星期五,晴。上午 9 时,会务组专车送会议代表赴沈阳故宫参观。

沈阳故宫,又称盛京皇宫,占地面积约 6 万平方米,为清朝初期的皇宫,距今已有近 400 年历史。清初的两代皇帝,都曾在此办公。据记载,沈阳故宫始建于清太祖努尔哈赤天命十一年(1626 年),是当时后金政权的皇宫。清太宗皇太极崇德元年(1636 年)改国号为清,这样沈阳故宫就成为清王朝的第一个皇宫。清世祖顺治元年(1644 年)入关迁都北京,这座皇宫开始沦为行宫地位,被称作"陪都宫殿"或"留都宫殿",后来则称之为"沈阳故宫"。辛亥革命后,根据清帝退位时与袁世凯所订立的《清室优待条件》,沈阳故宫仍为"皇室产业",归"盛京内务府办事处"管理。1924 年 10 月,冯玉祥发动"北京政变",颁布《修正清室优待条件》,规定一切皇产归国民政府,由奉天省政府接管沈阳故宫。奉天省府于 1926 年 11 月 16 日在沈阳故宫遗址上设立"东三省博物馆"筹办处,至此,沈阳故宫的性质完全改变,由以往的皇宫,变成了国家博物馆。新中国政府成立后,将"东三省博物馆"更名为"沈阳故宫博物院",原全国人大副委员长郭沫若特为之题写"沈阳故宫"馆名。1961 年,国务院将沈阳故宫确定为第一批全国重点文物保护单位;2004 年 7 月 1 日,在苏州召开的第 28 届世界遗产会议上,批准沈阳故宫作为明清皇宫文化遗产扩展项目,列入《世界遗产名录》。

上述为沈阳故宫的简史。沈阳故宫布局与北京故宫相似,但面积却小了许多。尽管如此,沈阳故宫仍是中国现存的两大宫殿建筑群之一,据统计有古建筑 114 座,500 多间,至今保存完好,这是一处无可替代的、包含着丰富内涵的中国古文化遗产。步入沈阳故宫遗址,其建筑布局大致可划分为东路、中路、西路三部分。

其中东路始建于努尔哈赤时期,是皇帝的办公区,区内主要建筑有大政殿与

721

十王亭。大政殿外观形呈八角形,屋顶为尖状,铺黄琉璃瓦,它是努尔哈赤、皇太极举行重大典礼及重要政治活动的场所,如皇帝即位、颁布诏书、宣布军队出征、迎接将士凯旋等,均在此举行。1644 年(顺治元年),清太宗福临即在此登基继位。"十王亭"是位于大政殿的两侧的 10 座亭式建筑,它是满洲八旗的议政处,其中每边四座亭子的起头处是"左右翼王亭"。大政殿与十王亭的布局,生动地显现了清初曾存在过的满洲贵族议事民主制度。

中路为生活区,皇太极时期建,主要建筑有大清门、崇政殿、凤凰楼、清宁宫等。大清门为步入中路的正门,屋顶铺黄琉璃瓦,相当于北京故宫的午门。崇政殿作用类似于故宫太和殿,木结构,屋顶铺绿边黄琉璃瓦,这是清太宗皇太极召见大臣、处理政务之处,这也是皇太极将"后金"政权更名为"大清"之处。凤凰楼系当时沈阳城中的最高建筑,楼上有乾隆帝御笔题匾"紫气东来"。"紫气东来",典出《史记·老子韩非列传》,云函谷关令尹喜突见紫气东升,知有贵人到来,未久,见老子骑青牛过函谷关。乾隆皇帝题字,意寓不忘祖先赐予江山的恩德。过凤凰楼,便是皇太极皇后的居所清宁宫了,周边尚有其他四宫,分别居皇太极的四位妃子,合称"崇德五宫",这也是中路建设的精华之处。具体为:

中宫清宁宫,东宫关雎宫,西宫麟趾宫,次东宫衍庆宫,次西宫永福宫。中宫为皇后哲哲居所,类似于今故宫中的坤宁宫。位于清宁宫前东西两侧的四宫,分别是皇太极崇德改元称帝后晋封的四位皇妃的寝宫,即东宫关雎宫住宸妃,西宫麟趾宫住贵妃,次东宫衍庆宫住淑妃,次西宫永福宫住庄妃。这四座宫的建筑样式几乎完全相同,但主人的地位仍有高下之别,即东高于西、北高于南,分别为东宫居首,西宫第二、次东宫居三、次西宫为末。而顺治皇帝当年即诞生在孝庄太后居住的永福宫中。应该说明的是:除"崇德五宫"之外,沈阳故宫中尚有其他一些房屋供后妃们居住,见之于史籍记载的共 15 人,但其地位远不如"崇德五宫"中的后妃地位高。以此推论,清代开国皇帝的后妃数远不如民间传言的"三宫六院七十二妃"来得多。

在此值得一提的是皇后哲哲(1599—1649 年),其为清朝第一位皇后,谥号孝端文皇后,姓博尔济吉特,名哲哲。她是蒙古科尔沁(在今通辽)贝勒莽古思之女,因努尔哈赤与皇太极时期后金政权与蒙古科尔沁部联姻,嫁皇太极,死后与皇太极合葬昭陵。哲哲能和睦内宫,有理政才能,生有三女而无子。为了给皇太极添子,导致其侄女孝庄文皇后布木布泰与敏惠恭和元妃海兰珠先后嫁皇太极。

孝庄文皇后(1613—1688 年),姓博尔济吉特,名布木布泰(亦作本布泰),蒙古科尔沁部(在今通辽)贝勒博尔济吉特·布和之次女,孝端文皇后之侄女,敏惠恭和元妃之妹。13岁时(后金天命十年二月)作为其亲姑姑哲哲的代孕替补嫁皇太极,生下一男(福临,即后来的顺治帝)、三女,受封为永福宫庄妃。孝庄文皇后是中国历史上有名的贤后,一生中培育辅佐了顺治、康熙两代皇帝,算得上是清初杰出的女政治家。

敏惠恭和元妃(1609—1641年),姓博尔济吉特,名海兰珠,蒙古科尔沁贝勒寨桑之女,孝端文皇后之侄女,后金天聪八年(1634年)嫁皇太极,时年26岁。为皇太极生有一子(皇太极第八子),未满周岁而死,海兰珠从此郁郁成疾,33岁去世,谥号"敏惠恭和元妃"。海兰珠是最受皇太极宠爱的一位王妃,封"东宫大福晋"(后称宸妃),仅次于皇后,位居四妃之首,东宫也赐名为"关雎宫"。海兰珠弥留之际,皇太极正在松山战场上指挥作战,闻讯,置战事不顾,日夜兼程地赶回盛京,因天寒地冻,跑死了五匹马,当他进入关雎宫时,宸妃已死,皇太极悲痛欲绝,乃至昏死过去,海兰珠死后不到两年,皇太极也命归黄泉。皇太极对于海兰珠的真挚情感,当是后世小说家很好的创作体裁。

西路为文化区,主要建筑是乾隆年间修筑的,包括:戏台、嘉荫堂、文溯阁和仰熙斋等。

戏台,始建于清代乾隆四十六年至四十八年(1781—1783年)之间,是乾隆皇帝在修建文溯阁的同时修建的。该戏台规模在清代宫廷建戏台中属中等。戏台对面为嘉荫堂,是皇帝临御赐宴赏戏之处。过嘉荫堂,便是著名的"文溯阁"了。

文溯阁,仿宁波的天一阁而建。之所以知名,是因为其作用同故宫之文渊阁,皆用于藏书,众所周知的《四库全书》以及《古今图书集成》等,即曾收藏于此。因此文溯阁实际上是当时的皇家图书馆。《四库全书》书成后,共抄录了7份,分别藏于紫禁城文渊阁、沈阳故宫文溯阁、圆明园文源阁、承德文津阁、扬州文汇阁、镇江文宗阁和杭州文澜阁,这七处亦即清代的皇家图书馆。但可惜的是,由于历史因素,这7部《四库全书》有的已散失,据说保存下来的有四部,分别为:文渊阁本、文津阁本、文溯阁本和文澜阁本。文渊阁本今藏台湾省,文津阁本今藏北京图书馆,文溯阁本今藏甘肃省图书馆。文澜阁本在战火中多所残缺,后经补抄凑齐,今藏浙江省图书馆。

过文溯阁,便是乾隆帝东巡盛京时的御用书房"仰熙斋"。这是与文溯阁同时建的配套建筑(乾隆四十八年建),也是沈阳故宫中最晚落成的建筑。斋前两侧,有游廊与文溯阁后檐廊相连。斋内设有宝床、几案等设备,供皇帝读书作画和休息之用。仰熙斋建筑面积241平方米,占地面积不能算大。乾隆皇帝是一个有着较高文化艺术修养的皇帝,据说其一生中的最大爱好之一,就是独自在书房里观摩古代书画,他著名的"三希堂"书房,总面积仅 4.8 平方米,小到只能容纳皇帝一身在内观帖习字。① 由此亦可见乾隆帝的雅好所在,以及他何以能成为中国历史上最长寿的皇帝。

上述为沈阳故宫的基本布局。值得庆幸的是,历经近四百年的沧桑岁月,沈阳故宫被完整保存下来了,这不仅是中国古建筑的重要遗产,同时也是中国历史文化的重要遗产,因为它为清代的许多重要政治文化制度,提供了佐证材料。但是储存于宫内的宝物则没有这么幸运了,它几乎被劫掠散失一空,大致经过为:

沈阳故宫储藏清代皇家珍宝全盛时期是在康熙、乾隆、嘉庆、道光四朝,因为盛京(沈阳)是当时清王朝迁都北京之后的陪都,皇帝东巡拜谒祖陵期间,都要在盛京宫殿临政与驻跸,在此期间,朝廷常将大量皇家珍藏送贮沈阳故宫以示"不忘根本",总数达十余万件之多。其种类有:"清朝皇帝的圣容、行乐图送贮凤凰楼;玉牒送贮敬典阁;满文老档、汉文旧档、历朝实录、圣训送贮崇谟阁;皇帝御用武备、青铜器送贮飞龙阁"等等。② 当时沈阳故宫与北京故宫、热河行宫(承德避暑山庄)并列为清代三大皇家宫廷宝物储库。

但好景不长。义和团运动期间,1900 年 10 月 1 日,沙俄军队侵入沈阳城,在哥萨克骑兵屯驻沈阳故宫达两年半的时间内,丢失与损坏藏品达万余件。③ 1908 年 7 月,张作霖曾派人从沈阳故宫提取精品瓷器送人。同年,奉天巡抚唐绍仪以专使身份访美,奉慈禧太后旨意提取宫中瓷器为赠品。1913 年底,北洋政府决定建立"古物陈列所",征调沈阳故宫和热河行宫所藏清代宫廷文物运至京城。1914 年初,沈阳故宫的古铜鼎彝、宋元明清书画、内廷玉器、御用武备、明清瓷器等共 115199 件,④全部装箱运到北京。此后,这批宝物几经辗转,少部分送台湾,大部分藏南京博物院,再未能回归沈阳故宫。1948 年辽沈战役爆发前,驻沈阳国民党军要员在撤退前,再一次将沈阳故宫所余瓷器、铜镜、档案和殿版书等运到当时的北平。这样,至新中国成立前夕,沈阳故宫几乎丧失了曾经储存的全部宫廷宝物。

时至新中国成立,1954 年至 1980 年间,为了筹建沈阳故宫博物馆,国家陆续派人从南京、承德、上海、陕西等地调入一批文物,北京故宫更是先后 8 次调拨

① 参《沈阳故宫仰熙斋重现"皇帝书房"》,《沈阳网》2017 年 10 月 19 日。
② 武斌院长介绍,转引《百度词条·沈阳故宫》。
③ 数据转引《百度词条·沈阳故宫》。
④ 数据转引《百度词条·沈阳故宫》。

文物支持沈阳故宫建设，其藏品始渐丰富。^① 平心而论，沈阳故宫博物馆的成立，是中国博物馆史上的一件大事，因为它是东三省的首家公立博物馆，也是近代中国最早建立的博物馆之一。沈阳故宫博物馆的藏物，能使游人知晓东三省的历史沧桑。^②

　　站在沈阳故宫古老的宫墙下，目睹努尔哈赤曾用过的剑、皇太极曾用过的腰刀……，我心中感慨万千。清人的先祖曾何其强悍，最终打下了大清的一统江山。而其子孙辈又何其昏庸，在鸦片战争后丧权辱国，以致清朝最终灭亡。看来要保持一个国家的长盛不衰，重要的是能够寻找到使之永葆新陈代谢的机体。特赋诗一首以悼亡：

七绝　参观沈阳故宫（1996.10.18）

宝刀劲弩夜发光，紧锁宫门深闭墙。

锋刃不及枪炮利，愚顽拒变终倾亡。

2018 年 7 月 8 日

---

① 数据转引《沈阳故宫博物院馆藏文物将出画册》（2007 年 8 月 9 日），中新社辽宁分社 2007 年 10 月 30 日讯。

② 在新中国成立前，沈阳故宫博物馆历经"奉天故宫博物馆"、日伪时期的"皇产"、"辽宁省立民众教育馆"、"国立沈阳博物院"等不同阶段。

访张学良旧居（沈阳纪行之九）

1996 年 10 月 18 日,星期五,晴。上午 10 时 30 分,在会务组老师的带领下,自沈阳故宫抵达张学良旧居参观,这也是我在沈阳参观的最后一个景点,因为下午是"转制"学术会议的闭幕式,晚间我将登上返沪的列车。

张学良旧居是张作霖与其长子张学良的官邸和私宅,旧名"张氏帅府",门口有 1988 年 12 月 20 日辽宁省委立的"张氏帅府"石碑。此后,"张氏帅府"被更名为"张学良旧居",并以此名 1996 年向国务院申报"第四批全国重点文物保护单位"成功。"张学良旧居"是东北地区迄今保存最为完好的名人故居,现由沈阳博物馆管理。

张氏帅府是民国三年(1914 年)开始兴建的,民国五年(1916 年)张作霖始入住,以后又经扩建,占地面积 3.6 万平方米,总建筑面积约 2.76 万平方米,[①]逐步形成了由中院、东院、西院和院外建筑等四个部分组成的建筑体系。其建筑原则本"前政后寝",风格各异,有中国传统式、中西合璧式、罗马式、北欧式、日本式等等。此为其基本状况。

中院是张作霖最早兴建的房屋,属三进四合院,呈"目"字状,坐北朝南,共 11 栋 57 间,建筑面积 1768 平方米,建筑风格近清代王府。民国四年(1915 年)秋竣工,民国五年(1916 年)秋张作霖全家搬入。由于在张作霖主政期间,四合院的前两进院用以办公,后进为家眷居所,人们习惯称之为"帅府"。

步入中院,首先看到的是由青砖砌成的照壁,照壁中心有用汉白玉镶板刻成的"鸿禧"二字。入大门,一进院落东厢房设内账房,为帅府财务处;西厢房为承启处,负责登记、接待来宾。另有东、西耳房,分别充当厨房与库房之用;东、西门房则分别为电话室、传达室和卫兵室驻所。

---

① 数据见《百度词条·张学良旧居》。

　　入二进院大门，系一木雕门楼，其上镂花。此处为张作霖接见重要客人、外国使节时举行仪式的地方，因此又称"仪门"或"垂花仪门"。二进院共有正房七间，东西厢房各五间。在连通二进院和三进院的过厅前，廊檐悬有一块"望重长城"的匾额。见匾后，颇为处内忧外困时代的军阀张作霖竟有此家国心怀，而肃然起敬。据说此匾是"张氏帅府"仅存的几块原匾之一。而在"九一八"事变之前，帅府内颇多匾额、对联，"九一八"事变之后，日军在侵占张氏帅府过程中，将府内的多数匾额、对联毁坏，幸存者连同其他物品，被日军装入几节火车皮运至天津，准备交张学良收。张学良认为日本人此举为讥自己有家不能守，深以此为耻，拒绝接受，结果这些物品在退返奉天时被哄抢一空。

　　入三进院，其格局与二进院相似，属张作霖内眷居所。三进院有正房七间，正中明间供奉张家祖宗灵位，两侧房屋则为张作霖与夫人居所。其中西厢房是张学良与原配夫人于凤至居所，而该房的北屋就是二人 1916 年成婚时用的新房。

　　由三进院东北角的边门进入花园区，这是"张氏帅府"的东院。花园南是一座二层小楼，因其用青砖青瓦筑成，俗称"小青楼"。该楼为 1918 年张作霖为其最宠爱的五夫人寿懿修建的，也是张作霖辞世的地方。"皇姑屯事件"之后的多日中，张府秘不发丧，在二楼的会客厅中，五夫人天天浓妆艳抹，与前来探听虚实的日本太太虚与委蛇。当时张学良远在滦州（今河北滦县）前线，整个东北群龙无首，五夫人系东三省安危于一身，最终为张学良秘密返回奉天稳定东北大局争取了时间。因此在中国巾帼史上，寿懿应写上一笔。

　　在花园北有一座三层仿罗马式建筑被叫作"大青楼"。大青楼和小青楼同建于 1918 年，1922 年完工，张作霖当年搬入此楼办公。楼的顶层设有观光平台，这是民国时期奉天城除故宫凤凰楼外的至高点。此楼之所以知名，是因为 1928 年至 1931 年间，张学良和夫人于凤至曾在此楼的二楼卧室居住，二人曾在这个房间里通过抛银元，依其正反面，来决定是否处决东北军元老杨宇霆和黑龙江省省长常荫槐。1929 年 1 月 10 日，张学良最终以"阻挠新政，破坏统一"的罪名，在大青楼底层的"老虎厅"（曾陈放老虎标本）枪杀了奉系元老杨宇霆和黑龙江省省长常荫槐。个人认为张学良的此举是对的，因为二人常以"父执"的身份，阻挠张学良的行事，而在这一特殊时期，无法区分二人究竟其心向张还是心向日本，也无法排除此二人是否为向关东军出卖张作霖行踪的内奸。而张学良的这一所为，也迅速改变了在国人心目中，张学良只会玩女人的"民国四公子"（指张学良、张伯驹、溥侗、袁克文）形象，迅速提高了他在东北军中的威信，这为他"东北易帜"准备了条件。

在大、小青楼之间，隔着一座颇具规模的假山，假山门洞上方南北，各嵌有一块楷书石匾，南面书"天理人心"，北面书"慎行"，均出自张作霖手笔。此外，在中院张作霖书房的门两侧，尚挂有一副落款为"张作霖"的对联"书有未曾经我读；事无不可对人言"。此联抄录自宋欧阳修的一副古联。看了张作霖的字迹以及题字内容，我这个对书法一窍不通的门外汉的直观是：笔锋刚健，中规中矩。这足见张作霖曾受过扎实的中国传统文化教育，在他的灵魂深处具有中国古代士大夫知耻的风骨，决不可把他仅等闲视作是一个土匪出身的军阀暴发户。而这一切，当得益于他早年曾受到过陈独秀的继父、清代奉天重官陈衍庶（奉天新民知府）的启蒙教育，张作霖实质上所受到的是名师之教。①

帅府东院除大、小青楼与假山之外，在花园东北角，尚有一座三间屋的小庙——关帝庙，这是张家私庙，主殿供关公，东殿供张家祖先，西殿供奉赤兔马和张作霖两次结拜的兰谱。张作霖之所以要供奉关公，是因为其为行伍出身，崇信关羽的仁义道德精神。

此外，在小青楼东面原有一栋五间厢房，为仆人和侍卫住所。张作霖身亡后，棺椁曾暂厝最北的房间里。日军占据帅府后，五间房曾多次发生意外死亡事件，而被称为"鬼屋"，1934年拆除。现在的五间房是近年重建的。

五间房南即帅府东门，出东门，与帅府仅一条胡同之隔，为"赵一荻故居"，俗称"赵四小姐楼"。由于我们参观"张氏帅府"时，"赵四小姐楼"尚未修复对外开放，我们只能看看外观。而据陪同的邢老师说：因张作霖喜欢于凤至，张学良找了赵四小姐后，不允许赵四小姐住进帅府，张学良无奈在帅府边侧盖了"赵四小姐楼"让其住。赵四小姐楼虽不得入，但由于此楼牵扯着太多的民国逸事，却不能不叙。

张学良原配夫人于凤至（1897—1990年），吉林公主岭富商于文斗之女，奉天女子师范学校毕业，其父对于张作霖有救命之恩。1915年和张学良结婚，长张学良三岁，张学良一直以"大姐"呼之。于凤至在十一岁时，由双方父母订婚，张此举是因当了奉天督军后，对于文斗的感恩。但是张学良却并不满意这门婚事，原因是张学良当时随父住进省城奉天后，开始学英文，结交了不少英美朋友，受到西方"民主、自由"思想的影响，在婚姻方面，反感"父母之命"、"媒妁之言"。张作霖无奈，对张学良说："你的正室原配非听我的不可，你如果不同意旧式婚

---

① 详参拙文《过皇姑屯，悼"东北王"张作霖——沈阳纪行之七》。

姻,你和于家女儿成亲后,就叫你媳妇跟着你妈(指继室卢夫人)好了。你在外面再找女人,我可以不管。"①张学良只好答应。但于凤至美丽、智慧、内敛、仁义,尊老爱幼,善待下人,从不摆少奶奶架子,因此深得帅府上下敬重。据说张作霖在盛怒之下,敢劝者仅于凤至一人,经于一劝,其气便消。1936 年"西安事变"后,于凤至与赵四小姐交替陪伴照顾张学良。1940 年于凤至被查出患有乳腺癌,随后赴美求医,在出国之前对赵四小姐说:现在把学良交给你了,希望你好好照顾他。

于凤至在美国整整居住了 50 年,独身照料张学良的三个子女,一度生活困难。但凭她出身富商家庭的天赋,投资华尔街股市与地产,赚了大钱,为张学良积累下了一份让人难以置信的家业。而在美期间,于凤至的唯一信念是:"为了救汉卿,我要奋斗到最后一息。"但是 1964 年 7 月 1 日,台湾《希望》杂志创刊号上刊登了张学良的《西安事变忏悔录》。据说此文为蒋家父子篡改张学良的长信而成,于凤至则认定为假,因为她回想起 1940 年在贵州与张学良分手前的密谈。当时张学良叮嘱她:赴美就医后,无论病情是否好转,都不要再返回贵州,到美后,应设法把当时尚在英国读书的几个孩子都转到美国去学习,以免将来蒋介石斩草除根。张并告诉她:只要有一口气在,绝不会"认罪"。因此于凤至借台湾"伪造"《西安事变忏悔录》一事,在美国国会参、众议员和司法界上层人士中奔走呼号,而引起了蒋家父子与宋美龄的不满,宋美龄胁迫张学良必须和于凤至解除婚约,以与赵四小姐结婚,理由是张学良已皈依了基督教,只能实行一夫一妻制。其真实目的是断绝张学良申请去美国探亲定居的理由。1964 年 7 月 4 日,远在美国的于凤至最终同意与张学良离婚,其在回忆录中写道:"我思考再三,他们绝不肯给汉卿以自由。汉卿是笼中鸟,他们随时会捏死他,这个办法不成,会换另一个办法。为了保护汉卿的安全,我给这个独裁者签了字。但我要向世人说明,我不承认强加给我的、非法的所谓离婚……"而同日,张学良与赵一荻举行正式婚礼,居台北杭州南路。1990 年 3 月 20 日午夜,于凤至死在美国洛杉矶市好莱坞山顶上一座豪宅中,享年 93 岁。

自离开贵州后,于凤至至死未能再见上张学良一面,这是她一生中最大的遗憾。但从于的一生中,却能感受他对张学良至死不渝的真情。

关于赵四小姐的情况是:本名赵一荻(1912—2000 年),又名绮霞,因在姐妹中排行第四(幺女),而被称作赵四小姐。美丽端庄,16 岁成为《北平画报》的封

---

① 转引《张学良晚年回忆于凤至》(2017 年 8 月 31 日),http://www.3kr.com/lishi/104164.html。

面女郎。赵四小姐小张学良 11 岁,原已订婚。其父赵庆华,浙江兰溪人,在北洋政府时期,官至交通部次长(相当于副部长)。赵一荻幼年随父移居北京,就读于京城教会学校。16 岁(1927 年)时,在天津蔡公馆舞会上初识张学良。1929 年 3 月,张学良时任东北边防司令长官,打电话给赵四小姐,邀其至奉天(沈阳)来游,从此脱离家庭,追随张学良身边,对内称侍女,无夫人的名分;对外则称私人秘书。由于张作霖不喜赵四小姐入住帅府,张学良只得在帅府边侧给赵四小姐造了一座小楼居住。对于赵四小姐私自追随张学良的行为,其父甚感丢面子,1929 年 9 月 25 日至 29 日,在天津《大公报》上连续五天发表声明,称:"四女绮霞,近日为自由平等所惑,竟自私奔,不知去向。查照家祠规条第十九条及第二十二条,应行削除其名,本堂为祠任之一,自应依遵家法,呈报祠长执行。嗣后,因此发生任何情事,概不负责,此启。"赵又称自感惭愧,从此辞离仕途,退隐而居。

赵一荻虽属名媛出身,但自从追随张学良后,情感却绝对忠诚,陪伴张学良共 72 年,不离不弃。自西安事变后于凤至在贵州与张学良分手,赵四小姐独自照顾、伴陪张学良达 60 年之久。其中 1946 年 11 月 2 日,张学良、赵一荻由被蒋介石秘密关押在重庆的松林坡公馆,用飞机押解至台湾新竹县井上温泉居住,直至 1960 年。此后移居台北。1990 年 6 月 1 日,在台北圆山饭店举行的庆祝张学良 90 岁生日宴会上,张重获人身自由。张、赵二人于 1995 年离开台湾,侨居美国夏威夷。晚年的张学良与赵一荻都皈依了基督教,每星期准时赴教堂参加礼拜活动,赵一荻并著有《好消息》、《新生命》、《真自由》、《大使命》等,与张学良共著有《毅荻见证集》(张学良号毅庵),其内容基本为学习基督教的心得。陪伴张学良一生的赵四小姐直到 1964 年才取得正式"夫人"的名号,其经过为:1964 年 7 月 4 日,在台湾当局的逼迫下,远在美国的于凤至最终同意与张学良离婚,同日,张学良与赵一荻正式举行了婚礼,当时张学良 64 岁,赵一荻 53 岁。于凤至在给二人的贺信中写道:"你们之间的爱情是纯洁无瑕的,堪称风尘知己。尤其是绮霞妹妹,无私地牺牲了自己的一切,任劳任怨,陪侍汉卿,真是高风亮节,世人皆碑。其实,你俩早就应该结成丝梦,我谨在异国他乡对你们的婚礼表示祝贺!"[①]由此事亦足见于凤至为人的气量。赵一荻 2000 年 6 月 22 日在美国夏威夷谢世,享年 88 岁。当时已满百岁的张学良显出难以言喻的哀痛,沉默不语地坐在轮椅上,泪水缓缓地流下。张学良曾说:他这一生中欠赵四小姐的太多。而次年 10 月 14 日,101 岁的张学良也走完了人生的道路(1901 年 6 月 3 日—

---

① 转引《兰溪人物·赵一荻》,http://mren. bytravel. cn/history/1/zhaoyi601115. html。

2001 年 10 月 14 日）。

作为一个历史人物来说，张学良充满着争议，个人认为是功罪参半。而作为个人来说，张学良却绝对是一个悲剧人物，因为其大半生都是在囚禁中度过的。而我认为导致张学良悲剧人生的直接原因是：在青年时代太欢喜与红颜相伴，以致丧失了一位军人的刚性，导致"九一八"事变时采取"不抵抗"政策，并因此背上了"风流将军"、"不抵抗将军"的恶名，遭到国人的嘲讽和谩骂。这一切对于张学良的精神不会不产生影响，因此在长城抗战失利后，1936 年张学良发动了"西安事变"，兵谏蒋介石"停止内战，一致抗日"。在这件事情上张学良是有功的，但是蒋介石却不能释怀，便酿成了张学良一生被关的悲剧生涯。

而在 1931 年"九一八"事变发生时，张学良除了有赵四小姐之外，当尚有其他的红颜相伴。因为"九一八"事变发生后，北平民国大学校长马君武在《时事新报》上发表了《哀沈阳》诗二首，讥时任"全国陆海空军副司令"的张学良，"要美人不要江山"，竟然置军事重责于不顾，在北平东交民巷六国饭店歌舞场整夜跳舞。其诗为：

（一）

赵四风流朱五狂，翩翩蝴蝶最当行。

温柔乡是英雄冢，哪管东师入沈阳。

（二）

告急军书夜半来，开场弦管又相催。

沈阳已陷休回顾，更抱阿娇舞几回。

这两首诗被全国各报迅速转载，激起了舆论界对张学良的愤怒声讨。而同时被骂的，尚有作为"红颜祸水"的赵四小姐、朱五女士、影星胡蝶。面对国人的谩骂，张学良、赵四小姐、朱五女士均未敢置一词。唯独影星胡蝶（1908—1989 年）奋身抗议，在《申报》上登载启事辟谣："蝶亦国民一分子也，虽尚未能以颈血溅仇人，岂能于国难当头之时，与负守土之责者相与跳舞耶？'商女不知亡国恨'，是猪狗不如者矣！"①明星电影公司导演张石川及全体演职员，也在《申报》等报刊上发表声明为胡蝶作证，指出："九一八"事变当时，胡蝶正随剧组在赴北平拍摄《自由之花》、《落霞孤鹜》和《啼笑因缘》等电影外景的路上，该剧组 40 余

---

① 见上海《申报》1931 年 11 月 21 日、22 日载胡蝶辟谣声明。

人在张石川率领下，于1931年9月中旬离开上海北上，"九一八"事变发生后到达天津，抵达北平的时间已经在当年9月底、10月初，所谓"共舞"之事，纯属虚构。①

"朱五"，指民国著名交际花朱湄筠（1905—?），原北洋政府内务总长、代总理朱启钤的第五女，赵一荻天津华西女中就读时同班学友。1930年嫁张学良的秘书朱光沐，主婚人为张学良。新中国成立后移居香港。一次在香港的一家餐厅里偶遇马君武，上前问道："你知道我是谁么?"马答不知，朱湄筠说："我就是你诗里写的朱五。"说罢拂袖而去，马君武甚感尴尬和不安。张学良晚年接受唐德刚采访时说："我年轻时什么都来，最喜欢女人和赌博!"所谓"少帅私生活的糜烂污浊不堪"，当然成了舆论的靶子。唯独对于马君武诗句"赵四风流朱五狂"做了辩白。他说："我最恨马君武的那句诗了，就是'赵四风流朱五狂'……她小的时候，我就认得她（朱湄筠）……我跟她不仅没有任何关系，我都没跟她开过一句玩笑!"②朱湄筠后来做了一件载入史册的事是：受大陆方委托，1962年10月10日，在张学良一次公开活动时，通过原天津旧友黄仁霖（张学良友人、宋美龄大管家），把她从香港带至台北的一盒高级糖果，转交给当时住在董显光（张学良基督教老师，国民党前驻美国大使）家里的张学良夫妇。而这盒糖果中，夹藏着周恩来总理和张学良的两个弟弟张学铭、张学思写给大哥的信。周总理的信中写道："为国珍重，善自养心；前途有望，后会可期。"而中共中央文献档案中至今保存着一份周恩来写于1963年5月31日的材料："张学铭、张学思给张学良的信，已托朱五送到台湾张学良手中，我写'为国珍重，善自养心；前途有望，后会可期。'几句话已带到，张学良现住董显光家中，仅获有限度的自由。"③晚年的朱湄筠随子女移居加拿大，张学良1991年飞往美国夏威夷安排定居以后，朱五得以飞往夏威夷与张学良、赵一荻见上一面，六十年后的三人均已是白发苍苍，回首往事，不胜怆然。

综上所述可见：在"九一八"事变后连带被骂的三个女性，吃的都是冤枉官司，真正该骂的仅张学良一人。而总结导致张学良人生悲剧的原因，用今天的话来说，就是"过度娱乐"所致。因过度娱乐，导致张学良丧失了男子汉的刚性，一枪未放将东三省让给了日本人，当他出自赎罪心理发动"西安事变"时，便酿成了

---

① 参《胡蝶回忆录》，胡蝶口述，刘慧琴整理，文化艺术出版社1988年10月版。
② 唐德刚：《张学良口述历史》，中国档案出版社2007年版。
③ 转引《张学良遗稿》。

一生被囚的悲剧命运。而由此引申出的历史教训是：一个过度娱乐的民族，是走向自我灭亡的开端。如熟读《资治通鉴》的读者可知：两晋南北朝时期的许多亡国昏君，都是由于过度娱乐所致。而在当代社会，这种危险同样存在。如为演一部电影，收益动辄几百万上千万的某女影星，2017 年登上美国《时代周刊》封面，成为"影响世界的 100 人"，并获得了"国家精神奖"。而试问那些为发展国家军工事业终生埋名的科学家、发明了杂交水稻的袁隆平、得了诺贝尔医学奖的屠呦呦，他们的毕生收益又是多少呢？他们的精神又是什么呢？无怪乎问起现在孩子们的理想是当"歌星"、"影星"，而无言乎其他。

而撇开"戏子误国"的问题不谈，现在年轻人不愿意怀二胎，导致国家人口"老年化"现象日趋严重、出生率甚至低于西方国家的问题，其背后深藏的因素，仍旧是"过度娱乐"的心理（此处撇开房价高企、教育费高昂等现象不谈）。而将此问题再引申开来，当今学术界普遍存在的"报喜不报忧"或者是不愿意听取不同意见的现象，仍是出自一种"过度娱乐"的心理。仅以个人的际遇而言，我 2006 年在主编出版《社会治安综合治理论》（上海社会科学院出版社 2006 年 3 月第 1 版）时，新疆的"东突"问题已十分严重。我在书中写有《宗教与社会治安》一节提出防范对策，被出版社整节删除。但将该节删除，并不等于问题不存在。我后将出版的著作连同被删除的建议复印了，寄当时政府领导，但均得不到任何答复。2009 年 7 月，"疆独"分子终于在新疆制造了导致数千人死伤的暴乱事件。我想，如果我当时提出的有关建议得到重视，国家早做防范，这一类事件是否就不至于如此严重呢？再如我在该书第二章"拐卖妇女儿童"节中，建议调整国家人口政策，改独生子女政策为"二胎"政策，指出"对一个民族的健康发展来说，一个家庭拥有一子一女为合理的结构。"[1]这一条建议出版社倒是给我保留下来了，但寄出之后，仍得不到任何回响。直至 2015 年十二届人大十八次会议全面放开二胎政策，[2]仍无法扭转国家人口下降的趋势。有人甚至预言：哪怕国家现在全面放开人口政策，也无助于扭转中国人口出生率的下降现象，因为现在年轻一代的生育观念已发生改变，他们更注重个人的消费、享乐。而对于一个民族来说，保持军人的刚性是为了保卫国家，保持学者的良心是为凝聚社会，如果这二者都不复存在，人们只知"过度娱乐"，其派生的危险后果是可想而知的。由

---

① 见拙编《社会治安综合治理论》，上海社会科学院出版社 2006 年 3 月第 1 版，第 102 页。

② 2015 年 12 月 27 日，第十二届全国人民代表大会常务委员会第十八次会议审议通过了《关于修改〈中华人民共和国人口与计划生育法〉的决定》，决定将第十八条第一款分为两款，作为第一款、第二款，第一款修改为："国家提倡一对夫妻生育两个子女"，自 2016 年 1 月 1 日起执行。

此亦可联想到当前国家"反腐败"任务的艰巨性。

最后想再讲一下帅府西院。此处原是张作霖卫队营房,另有两套四合院当供东北军军官居住。张学良主政东北后,将原房拆除,准备为他的七个弟弟各建造一栋三层楼房。1931年春工程开始施工,被称作"少帅府"。但未几"九一八事变"爆发,工程仅完成地下室和基础部分。日军在占据帅府后,继续接手西院工程,1933年完工,称"西院红楼群",但与张家已无关系。

中午11时40分返住处宾馆午餐,下午将是学术会议的闭幕式。

学术会议闭幕之后是隆重的晚宴,餐后8时许,辽宁大学的校车送与会外地教师赴沈阳北站,会议代表们各自走上返乡路程。我坐的火车是88次6车厢8号中铺,21时48分发车,一路与江西农大章启昌老师、长沙某高校徐州同老师同行。后日晨4时30分抵沪。火车上无事,一路上品吟旅途成诗磨时。

2018年8月17日

1999年3月间,赴北京参加湖北中南调查所在燕京饭店举办的有关国家体制改革的学术研讨会,利用会议暇间参观天安门广场,游北海、景山公园,登慕田峪长城,访银山塔林,参观故宫、寻珍妃井,返故里护国寺、太平胡同三号,感慨良多。

第十七卷 京华春行

过天安门广场，访北海、景山公园
（京华春行之一）

1999 年 3 月间，湖北中南调查所在北京燕京饭店主办一个有关国家体制改革的学术研讨会，我因为有论文《论中国古代监察制度的发展与作用》入选，得以参会，并得到春游北京的机会，顺记旅途所见。

1999 年 3 月 23 日，星期二，晴。

昨晚 7 时，坐上 K22 次上海赴北京的特快空调车，上午 10 时零 5 分抵达北京站，用时约 15 个小时。11 时 30 分赴燕京饭店会务组报到，与会务组长、中南调查所所长戴新民老师闲聊，住 1817 室。因早到北京一天半，准备利用闲时，游览北京几处著名景点。

下午 3 时，先抵达天安门广场，瞻仰人民英雄纪念碑，登天安门城楼。

人民英雄纪念碑位于天安门广场的中心位置，高 37.94 米，碑心是由一长 14.7 米、宽 2.9 米、厚 1 米、重 60.23 吨的整块花岗岩铸就的，[①]其上镌刻着毛泽东主席 1955 年 6 月 9 日的题字"人民英雄永垂不朽"。碑石背面由 7 块石材构成，其上镌刻着由毛泽东主席起草、周恩来总理书写的 150 字小楷碑文，内容为：

三年以来，在人民解放战争和人民革命中牺牲的人民英雄们永垂不朽！

三十年以来，在人民解放战争和人民革命中牺牲的人民英雄们永垂不朽！

由此上溯到一千八百四十年，从那时起，为了反对内外敌人，争取民族独立和人民自由幸福，在历次斗争中牺牲的人民英雄们永垂不朽！

---

① 数据参《百度词条·人民英雄纪念碑》。

碑文大意为哀悼解放战争时期(1946—1949年)、新民主主义革命时期(1919—1949年)、自鸦片战争以降的旧民主革命时期(1840—1949年)为中华民族献身的革命英烈。据介绍:人民英雄纪念碑的始建,是1949年9月中国政治协商会议第一届会议中提出,1952年动工,1958年竣工,共由17000块花岗石和汉白玉砌成,其巨大的石材,采自青岛浮山,共动用7116名工人参加建设,而当时国内一批最优秀的文史专家、建筑家、艺术家如魏长青、郑振铎、吴作人、梁思成、刘开渠等,均参与了设计。由于人民英雄纪念碑的工程浩大,当时被评价为新中国初创时期的十大工程之一,1961年3月4日由中华人民共和国国务院公布为第一批全国重点文物保护单位。

站在人民英雄纪念碑前,我心情颇为激动,反复吟诵得诗:

七绝 立人民英雄纪念碑前(1999.3.23)

御道桥边春草长,故宫风雨侵朱墙。

中华古史千秋在,历尽艰辛转盛强。

离开人民英雄纪念碑,我准备前往故宫参观,但走到故宫门口时,已是下午3时30分,停止了售票,我遂登上天安门城楼参观。天安门城楼自1988年起已对游客开放,但保安措施相当严格,周边密布手持通信工具的警卫人员,如若登楼,需买15元钱的门票。此外,登楼者不得携带包裹,须于楼下寄存。登上天安城楼,我饱览党和国家领导人在国庆节检阅游行队伍、毛泽东在"文革"中检阅百万红卫兵的人民广场。天安门城楼之下是横跨外金水河的七座汉白玉桥梁,[①]再前,城楼两侧有华表一对与石狮一对。隔长安街相望,是高高矗立在天安门广场中央的人民英雄纪念碑,左前方有国家举行重要政治活动的人大会堂,对面为国家博物馆,再前,则有参观者人头攒动的毛主席纪念堂。

天安门是中华人民共和国国家的象征,位于北京市的中心、故宫南端。根据有关文献记载:天安门始建于明朝永乐十五年(1417年),初名"承天门",寓"承天启运、受命于天"之意,系明清两代北京皇城的正门。明修承天门,墩台上的城楼大殿东西宽九间、南北深五间,用"九、五"之数,是取帝王为"九五"之尊、至高无上意。承天门城楼的设计者是江苏吴县人蒯祥。[②] 明末李自成入北京时,承

---

① 内金水河在故宫午门前,共有5座汉白玉桥。
② 蒯祥出生于土木世家,为明朝天才建筑师,设计天安门时,尚不满20岁。

天门遭受严重损坏,清王朝顺治八年(1651年)重修,始更名为天安门。清修天安门,高33.87米,有"城门五阙(5个拱形门洞),重楼九楹(城楼上大殿东西宽九间)",其中中间门洞最大,位于北京皇城中轴线上,高8.82米,宽5.25米,唯有皇帝可以进出。城楼前为外金水河,河上飞架7座汉白玉雕栏石桥,中间最宽一座称"御路桥",专为皇帝而设;御路桥两侧为宗室、亲王过往的"王公桥";王公桥左右为"品级桥",为供三品以上官员行走;四品以下的官员、兵弁、夫役则只能走再边侧的"公生桥",公生桥架在太庙(今北京劳动人民文化宫)和社稷坛(今北京中山公园)门前。

时至新中国成立前夕,天安门已破旧不堪,经北京市政府动员人民整修,1949年10月1日,中华人民共和国在此举行了开国大典。当时正中门洞上方悬挂着毛泽东主席画像,左右两边分别是"中华人民共和国万岁"和"世界人民大团结万岁"标语。这一图标并被设计入国徽,成为中华人民共和国的象征。1961年,中华人民共和国国务院公布天安门为第一批全国重点文物保护单位。1969年12月15日至1970年4月7日,在维持清代天安门原形的基础上,再度重修天安门,重修后的天安门城楼总高34.7米,长66米、宽37米。而在举行开国大典之后,天安门广场被拓宽,于广场中央修建了人民英雄纪念碑,而后陆续在广场西侧修建了人民大会堂,在广场东侧修建了中国革命博物馆与中国历史博物馆,在广场南侧修建了毛主席纪念堂。在天安门左右两侧修筑起了观礼台,在金水河南开辟了绿化带。这就是今日游人所能见到的天安门外观形象。

由天安门城楼下,下午4时45分我坐5路公交车抵北海公园。北海公园位于景山西侧、故宫的西北面,其水系与中海、南海(现合称"中南海")相连,仅有一桥之隔,而合称"三海",属于中国现存最古老、最完整的皇家园林。

此处原为辽、金、元时期的皇廷离宫,至明、清时辟为帝王御苑。直至清政府被推翻,1925年8月1日,北海始辟为公园对外开放。1961年北海公园被国务院公布为第一批全国重点文物保护单位。但"文革"中的1971年2月末,在未作任何公告的情况下,北海公园及附近的景山公园被神秘关闭,据传成为江青的居所。新园主可谓过足了"娘娘瘾",但到头来却自身不保,又堪可叹。直至"文化大革命"结束后的1978年3月1日,北海公园方重新对外开放。

然而我到北海公园,既不是为了寻幽,也不是为了探古,而是为了忆旧。音乐家乔羽先生以北海公园为背景,创作的一首儿童歌曲《让我们荡起双桨》,曾寄托了新中国少年一代最美好的回忆,也反映了新中国初创时期最欣欣向荣的精神面貌。而我曾在北京度过数年童年时代,自然能感受到这首歌的人文力量。

此外，记得"文革"初 1968 年七八月间，我为了能到黑龙江密山 851 军垦农场务
农，曾扒火车前往，在过路北京时，受到正在北京当兵的中学同学张乐观及其一
位战友的热情接待，他们特地向部队请假一天，带我共游北海划船，时为 1968 年
8 月 1 日的下午，天蓝如瓦，湖水如银。我们在船上共食西瓜一只，后将瓜皮投
入湖中。记得当时一位大学生模样的漂亮女子站立船头，独自摇着双桨在湖中
漫游，似乎充满着对人生的幻想。而我今日临此忆旧，在湖边也坐了许久，只是
园内游人稀少，冷风时来。天仍旧是晴的，却变得灰蒙蒙的一片，湖水自然也不
能洁白如银了。我深感北京近年空气污染之重。时光已一去三十年，深感人生
易老，壮志难酬。下午 5 时 20 分，攀琼华岛，眺白塔，见京城虽寒，但湖边却桃花
怒放。

　　琼华岛，金世宗于大定三年至十九年（1163—1179 年）仿宋都汴梁（今开封）
之"艮岳"园始建，当时从"艮岳"御苑运来太湖石砌成假山岩洞，在瑶屿（今北海）
修大宁离宫（后称"广寒殿"），又将挖"金海"的土，堆积成岛屿和环海的小山，岛
称"琼华岛"，水称"西华潭"，初奠北海公园今日格局。至元，忽必烈三次扩建琼
华岛，重建广寒殿，作为帝王朝会之处，又于殿中置"渎山大玉海"（今北海团城内
大玉瓮）。[①] 明万历七年（1579 年），广寒殿坍毁。清顺治八年（1651 年），为民族
和睦，清世祖根据西藏喇嘛恼木汗的请求，在广寒殿旧址上建藏式白塔，塔高
39.90 米，又在塔前建"白塔寺"。因为琼华岛上既已建起喇嘛佛塔，该岛遂有
"白塔山"之俗称。清乾隆帝继位，又大修琼华岛，八年（1743 年），改称"白塔寺"
为永安寺。清光绪二十六年（1900 年），八国联军侵入北京，于北海北岸澄观堂
设立了联军司令部，又将万佛楼内所置 10000 多尊金佛像以及园内其他珍宝洗
劫一空。上述为琼华岛简史。琼华岛高 32 米，周长 913 米。琼华，意即琼树之
花，传说长在蓬莱仙岛上，人吃了可以长生不老，此即岛名之寓意。

　　傍晚约 6 时许出北海公园，步入园东之景山公园，悼唁崇祯皇帝自缢之树。

　　景山公园位于故宫后门（神武门）外，坐落在明、清北京城的中轴线上，是明
清两朝的御花园。公园中心的景山，系辽代营建瑶屿行宫（今北海公园琼华岛）
与金代凿西华潭（今北海）时，堆土而成。景山曾是北京城的制高点，在明代称

① "渎山大玉海"，又称玉瓮，元至元二年（1265 年）制。口椭圆，通高 70 公分，周长 493 公分，重约 3500
　公斤，瓮身有浮雕海龙、海马、海猪、海犀等出没于波涛。传元世祖将玉瓮置琼华岛广寒殿中，盛酒以宴
　群臣。明代广寒殿毁，玉瓮流落民间。乾隆帝十年（1745 年）以千金购得，重置殿中，十四年（1749 年）
　建玉瓮亭以陈玉瓮，又命翰林四十人各赋诗一首，刻于亭柱。

"万岁山"。因明初朝廷曾在此堆煤,以防元兵残部围困北京城引起燃料短缺,因此景山又有"煤山"之名。而景山之所以知名,是因为明崇祯十七年(1644年)三月十九日,李自成破北京,崇祯帝自故宫后门(神武门)跑出,自缢于景山东麓的一株老槐树上。清军入关后,为了笼络人心,将该槐树称之为"罪槐",用铁链锁住,并规定清室皇族成员过此,都得下马步行(立有"下马碑")。而顺治八年(1651年),皇帝显然感觉称明思宗朱由检缢死之山为"万岁山"不吉利,而改称"景山"。山名寓意于《诗·商颂·殷武》:"陟彼景山,松柏丸丸",以及《诗·鄘风·定之方中》:"望楚与堂,景山与京。""景","高大"意。宋人姚宽谓:"《诗》云:'高山仰止,景行行止。'言人有景行,当效而行之,如山之高当仰之。"①清王朝灭亡后,民国十七年(1928年),景山始辟为公园。

　　上述为景山的简史。而我之所以步入景山悼唁崇祯皇帝自缢之处,是因为伤明朝之亡,曾带给中华民众无穷的苦难。上世纪50年代,有人曾在崇祯皇帝自缢树前题联:"君王有罪无人问,古槐无过受锁枷。"此联评价颇公。我个人认为崇祯皇帝一生中做了三件事:其一是登基之初除阉党魏忠贤,起用东林党人,这件事做得是对的,曾给明廷带来一些兴旺景象。其二是误听奸言,裁撤西北驿卒,激起李自成、张献忠起事。其三则是刚愎自用,中清人反间计,杀军事家袁宗焕而自毁长城。崇祯皇帝尽管勤政,自诩"朕岂亡国之君",但是他做错的后两件事却足以使明朝亡国。而崇祯帝登基之后真正应该做的事是:抑制明初所设立的藩王制度,均衡土地制度,以缓解明末社会所出现的严重贫富分化与阶级对立矛盾,他却没有做。在崇祯帝登基之时,明王朝的历史已延续了260年之久(1368—1628年),原有强大的政权贯力,他如果效仿其先祖不积极干预朝政,而是让士大夫议政行事,国家或不至于灭亡。这反证了中国历史上帝王独裁制度的不好。

　　上述为我在景山崇祯皇帝自缢处反思之一得。而当日临此,发现的趣事是:1967年6月16日我曾游景山公园,当时看到明崇祯皇帝自缢身死的树是一棵不太粗壮的枯树,树顶枝头悬挂着一串铁链,树早已死了,用一根木头支撑着以使其不倒。据北京人说:此树因去年(1966年)红卫兵"破四旧"时扒树皮而死。又有人说:崇祯帝上吊的树早已死了,现在的这棵枯树是原来老树根下所发出的新枝,实际树龄有八十来年。而此次身临景山,我发现30年前看到的那一棵树,以及树上所挂的铁链都不见了,在原址上有人另种了一棵树,在树前立了一

---

① (宋)姚宽:《西溪丛语》。

块木牌,指明为崇祯皇帝自缢之树。我曾向园内人打听老树到哪里去了,回答是:"文革"中江青住景山,见此树不爽,命人除去了。① 此树显然隐喻了当事人的未来命运。与当事人相关的另一则趣闻是:据说"文革"中住景山期间,嫌知了太吵,影响其午休,命警卫队长捕蝉,警卫队长讲了几句牢骚话,大意是自古以来哪有娘娘因睡不着觉而命人驱蝉的,结果以大不敬的罪名被批斗者打聋了耳朵。而近年补种之树已长得粗壮,又有好事者称现树为当年崇祯帝自缢之树的枯枝复活。另说1981年公园管理处曾在原址移栽了一棵古槐,观者嫌小,不信是崇祯皇帝自缢之树,因此1996年公园管理处又将建国门内北顺城街7号门前一株有150多年树龄的古槐替换至此。由于树老了,相信该树为当年崇祯帝自缢之树枯枝复活之说的人也就多了。造谣者的目的显然是为了增加景山公园的旅游资源,出发点不能算坏。但是我想历史终究是历史,还是应该向民众讲清楚的好,不应该以之愚民。

晚8时返住处,参会代表河南刘士敏总经理已到,与我同室。

2018年9月8日

---

① 1966年"文革"间红卫兵"大串联",景山公园一度改称"红卫兵公园",北海公园则改称"工农兵公园"。1971年2月21日起,两园关闭,直至1978年3月1日恢复开放。

登慕田峪长城，过银山塔林
（京华春行之二）

1999 年 3 月 24 日，星期三，晴。

晨 5 时 30 分起床。由于距学术会议召开尚有一天时间，与同室河南刘总协商，准备二人共包一车，同赴慕田峪与司马台两处长城游览。之所以选择此二处长城，而不去八达岭，是因八达岭长城我们以前都去过。

晨 7 时 30 分出门，突遇一王姓女子拦路，答应用出租车送我们至慕田峪与司马台二处长城游览，车价 300 元。我们欣然同意。不意该女子初开出租车，并不识路。8 时 30 分才将车开出城外，9 时 15 分进入城北燕山山区，然后是不断地在山间转弯，向路人打探赴慕田峪长城的方向，直至上午 10 时 15 分，车方开抵目的地。而实际上慕田峪距北京的车程为 73 公里（位北京市怀柔区），走直线的话，约一个半小时，而女驾驶员却用了将近三个小时，司马台显然是去不成了。

车抵慕田峪后，驾驶员将车停在长城脚一处名为迎宾松"环岛"的停车场等候，给时两小时，让我们上城去玩。在此处可仰眺慕田峪长城的代表性景点"正关台"城楼，城下有溥杰题写的"慕田峪关"石碑。正关台的特点是由三座空心敌楼构成，连通并矗，游人远望，如同三排门楼并列，因此当地俗称"三牌楼"。其中，两侧敌楼较小，中间敌楼较大，三座敌楼之上各有一座瞭望亭。关门不设正中，而设是在关台东西两侧，进出关台则由两侧敌楼门进出。这种独特设计有别于万里长城名关居庸关、山海关、嘉峪关等的设置，而构成慕田峪关的自身特点。

登慕田峪长城的票价为 20 元，停车场附近有三处售票点，均可买票进入。我与刘总步入景点后，尚需攀爬约半个小时的陡峭山阶石梯路，方能登上长城。此外，慕田峪长城此时已建有上城的缆车索道，全长 723 米，终点海拔高度为 640 米，可以节省不少体力，当然得另外买票。我与刘总协商下来认为：来一次长城非易，不亲自攀爬，不能体验长城之险，因此决定走上去。

慕田峪长城共由 20 余座敌台和一座烽火台构成,全长约 3000 米。其特点是敌楼密集,立体感强。"慕田峪关"(亦即"正关台"——慕字四台)的位置最低,扼守于山脊之间的隘口,海拔仅 486 米。在此设关,是为了利于行人的进出。由此往东至大角楼(慕字一台),直线距离不到 500 米,却上升了 117 米。而由此往西,至慕字十九台,城势起伏不大,较为平缓。而从慕字二十台至"牛角边"最高处云峰山烽火台处,仅经过近 10 座敌楼,城势却由 486 米突然上升至海拔 1039 米。由此可想见慕田峪长城坡度之陡,古人因此称之"危岭雄关"。另据统计:慕田峪长城从慕字一台(大角楼)至慕字四台(正关台),不到 500 米,就设有敌楼 4 座;从慕字一台至慕字二十台,长度仅 3000 米,共设有敌楼、敌台、墙台、铺房 25 座。这种百米左右即设有一敌楼的城段,在整个长城中并不多见。①

慕田峪长城属现今明长城遗迹中,保存较为完好的地段。据有关文献记载,慕田峪长城之修,始自中国南北朝时期的北齐(550—577 年),日久残破。至明初,由开国大元帅徐达(封中山王)再度指挥重建,此见于《迁安县志·同治十二年》所记:"明初,徐中山筑边城墙,自山海关西抵慕田峪,一千七百余里,边防可云密矣。"《日下旧闻考》又谓:"慕田峪关,永乐二年建。"②时至隆庆三年(1569 年),明将戚继光、谭伦镇守京畿时,在徐达修城墙基础上,又再度加固,这就是游人今日所能看到的慕田峪长城全貌。③

终修后的慕田裕长城,墙体高约七八米,墙顶宽约四五米,墙顶的双侧都筑有长约 5 尺、厚 1 尺余、高 2 尺余的垛口,险要之处有炮台,同时新设置了滚木石雷孔,可攻可守。墙外侧则挖有挡马坑。垛口,即守城将士对敌作战的掩体。慕田峪长城垛口有别于其他段长城单面垛口的特点是:均为双面垛口,可以两侧对敌作战,此意味着慕田峪段长城的重要战略地位。垛口非长方形,而是呈锯齿状,射洞筑在垛口的下方,非圆孔,而是顶部呈弧状的方形孔。这种设置,有利于守城将士的隐蔽射敌。

此外,慕田峪长城另筑有内、外"支城"。所谓"支城",即在长城内、外侧有高脊山梁的地方,再顺山梁走向,节外生枝地修出一段城墙来,其长度从几米到几十米不等,在"支城"筑有敌楼,称"刀把楼"。"支城"及"刀把楼"之修的意义在于:在战争时,可以控制制高点,减少对主城的战斗威胁。在长城内侧连接主城

---

① 数据参《百度词条·慕田峪长城》。
② 《日下旧闻考·边障》卷一五三,第 2466 页。
③ 戚继光修长城事秀《明史·戚继光传》。

的"支城",称为"秃尾巴边"。外"支城"最长段为慕字十一台,由主城向外延伸约千米。由于在此处修起的敌楼,是三道城墙汇于一楼,形势险要,而被称为"三面极目观巨龙"。

慕田峪长城从正关台左侧(北)起,依山就势,顺云峰山山势翻转,多建在外侧陡峭的崖边,以险制厄,在山顶立一敌楼后,又突然向下折返山腰,在海拔940多米的地方,绕了一个大弯,其状酷似牛犄角,因此这一段城墙称之为"牛犄角边"。

城墙由"牛犄角边"继续北伸,经过一个名叫"箭扣"的山峰,此处为慕田峪长城的制高点,海拔1044米,两侧陡峭如削。在修筑这一段长城时,必须从山头外侧断崖上通过,以把制高点留在城内。由于在此处修城,无法采用常规的砖石修筑,最终立城的方法是:用两根大铁梁架在断崖上,在铁梁之上再垒砌砖石,墙体全部建在岩石裸露的悬崖峭壁上。这段长城的坡度大多在50度左右,有一段接近90度,几近垂直,台阶仅有几尺宽,非勇者不敢登攀。由于这一段长城形势险极,而称之为"鹰飞倒仰"。"箭扣"城段的景观,足以说明慕田峪长城建筑工艺之高,以及古代工匠修长城之艰。

慕田峪长城的地理位置十分重要,西接北京昌平县的居庸关,东连北京密云县的古北口,直接拱卫着京师北门黄花镇,同时与八达岭长城共同起着拱卫京师与皇陵(十三陵)的北方屏障作用。诚如古人所云:"居庸关、黄花镇、边城、慕田峪、灰岭口具系冲地,虽宣、蓟为之屏障,紫荆藉以身援,然外而扼控要害,内而拥护京陵,干系至重"。[①] 而在历史上的慕田峪边关,曾发生过多次重要战事,其中最著名的战役是正统十四年(1449年)七月十九日,明英宗朱祁镇亲率50万大军自居庸关(八达岭)、慕田峪关出内长城北征瓦剌,至大同兵败,八月十五日全军覆没于居庸关与慕田峪关外的土木堡,英宗本人被俘。

关于"慕田峪"的得名有两说:一说是明永乐二年(1404年),在此设关,因系在高山之上筑长城,由沟谷仰望,仿佛接天,故取名"摩天峪",其中"峪"和"谷"是通假字,由于"摩天"与"慕田"音近,因此久之被叫作"慕田峪"关。一说是"慕田峪"是因村得名。其说谓:在怀柔县北辛营乡(今渤海镇)山谷里,有一个小山村,居有赫、王、杨等姓人家。因这里山峦起伏,形势险要,位于丛山峻岭之中,因此村名为"慕田峪"。后来在附近山脊上修起长城,便以该村村名呼叫关名。至于此二说谁是谁非,则只能请历史地理学家进行考证了。

---

① 《长安客话》卷七《关镇杂志》。

登上慕田峪长城后，我心情十分激动，先是与刘总沿着城墙北行，一直登临云峰山烽火台最高处。路尽，我们又折返往正关台方向前行，畅望长城两侧无尽的绵延山野，遥想古代镇守长城的将士，如何为守卫祖国疆土而浴血奋战。我少年时代最为崇拜的是岳飞精忠报国的事迹，亦多次在梦境中进入到金戈铁马时代保卫祖国疆土的边关将士行列。我一直有一个当兵报国的理想，但因"文革"中家父被关入"牛棚"，无法实现。而当日登慕田峪长城，我已是五十华年，自知人生将老，少年时代热血报国的理想已无法实现。在感慨之余，只能是赋诗自遣。当日登慕田峪长城，得一诗一词，以作留念：

题北京慕田峪长城(1999.3.24)

慕田峪上靖虏烟，北捍强敌保国边。

秦皇身死基业在，留有长城任毁怨。

贺新郎·登慕田峪长城感怀(1999.3.24)

北望长城暮，尽胸怀、愁思奔涌，胆肝倾诉。本是湖光平淡客，却妄言捐国戍。足迹遍、关河津渡。少岁大同曾自勉，笑人生、换取诗如许。年月去、又何苦。　梦中旌鼓复唐土，庆升平、神州百姓，载歌观舞。华夏重光边寨固，蚁看美欧纸虎。弹剑起、犹当窗语。暗易鬓毛乌成雪，觅闲隙、策杖来江渚。秋叶下、落花数。

中午12时45分下慕田峪长城，由于出租车驾驶员无法如约送我们去司马台长城，因此答应下午送我们去另一个景点——位于燕山深处的银山塔林游览，以作为补偿。下午2时，车抵银山塔林，门票12元，我与刘总各自买票进入。

银山塔林位于昌平区城北30公里深山处，入内所见，有金代密檐式砖塔5座，元代喇嘛塔两座，均高20—30米之间。景区内有前、中、后三座山峰，主峰高约700余米，当地的统称是"银臂山"。山的得名是缘自山崖陡峭，高大似墙，色黑如铁，大雪之后则山色如银，因此被明清文人评为"燕平八景"之一，称"铁壁银山"。久之，被当地人衍称"银臂山"或简称作"银山"。

据了解，银山曾是古代中国北方的佛教文化重要传播中心。在唐代宪宗元和年间(806—820年)，有名僧邓隐峰在此讲经，并建有华严寺。至辽寿昌年间(1095—1101年)，有禅师满公在此讲经并建宝岩寺。其后有通理、通圆、寂照三位禅师在此讲经说法。金天会年间(1123—1134年)，有云门宗佛觉禅师海慧

(？—1145年)来此讲经,并于天会三年(1125年)建大延圣寺。

　　大致始自大延圣寺之建(1125年),寺内凡有高僧圆寂,便以"瘗骨塔"①的形式,葬于寺殿的丹墀之间(寺内空地上)。元代的大延圣寺僧继承了这一传统。日久,便形成了游人今日临此所能看到的"银山塔林",其中包括金塔五座,元塔二座。此外,周边山头尚分布着自金、元以降许多僧人的瘗骨塔,高者数丈,小者径尺,以致民间有"银山宝塔数不尽"的说法。

　　至明,宣德四年(1429年)四月,有太监吴亮出资重修大延圣寺,明英宗钦赐寺额"法华禅寺",统领周边"七十二庵",成为京郊名刹。清代再度重修法华禅寺。此时为银山佛教最为兴盛时期,与镇江金山寺齐名,而有"南金北银"之说。此后因兵燹寺湮,但因银山塔林是处于人迹罕至的深山之中,终能在"文革"中幸免于难,保存至今,而成为中国佛教文化的宝贵遗产。

　　今存银山塔林,跨经金、元、明、清四朝,历600余年。所存古塔,布局规整,造型各异,塔身浮雕,线条优美。1988年1月13日,被国务院公布为全国重点文物保护单位。1992年9月,经十三陵特区办事处清理修缮,又在17平方公里的景区中发掘出可供游人参观的其他古塔18座。

　　游银山塔林,所遇惊魂一幕是:在由慕田峪长城赴银山塔林的路上,我与刘总因疲劳都睡着了。当我醒时,车已将抵银山塔林。我突然发现开车的是一位男青年,神态紧张,副驾座上还坐着另一位男青年。见此情景,我大吃一惊,暗中推醒刘总,告诉他可能发生了劫车事件,叫他提高警惕,不可再睡。刘总也十分紧张。在进入塔林后,我曾建议刘总如气氛不对,可搭其他出租车返京城。幸好刘总为人较为沉着,说看看再说。

　　下午3时,出银山塔林。两位小青年将车开至附近北庄山区,调换王姓女司机,我们才发现是误会一场。原来王姓女司机家往北庄,其子尚幼,需要喂奶,趁我们睡着之机,将车直接开至北庄家中给孩子喂奶,又将车交给她弟弟开,以送我们游塔林。而其弟可能车技欠佳,一人开车有些胆怯,又拖了一个同伴陪其同开,以致发生了一场有可能造成严重后果的误会。女司机处事欠周,幸好刘总遇事沉着,事态得以平安解决。

　　在王姓女司机家中,我们看望了其孩子与母亲,又参观了她家在门外栽种的山楂林。随后,王司机开车过十三陵,经一家珠宝店稍停,又带我们参观一家土特产商店,在该店我买了山楂干10斤,每斤4元。下午4时许,车抵一名为"明

---

① 于塔内藏故世高僧的骨灰盒。

皇宫"的蜡像馆,让我们入内参观,蜡像馆配以明史说明,似较精致,下午4时30分离去。

出租车返北京城的时间约傍晚6时许。女司机认为她开了一天的车,用了很多汽油费,似乎没有赚到什么钱,希望我们每人能加20元车费,被拒绝。我们回答说:因为你不认识路,我们未能去成司马台长城,连一句责怪的话都没说。车价是你拦路预定的,因为你是女子,我们才答应,你本应自己负责。你事后加价,会给我们造成经济损失。女司机无话可答,只得将车开走。随即我们赴燕京饭店1815室会务组报道,交了会务费1659元。

后话是我在北京买的10斤山楂干除了送人外,吃了很久都未吃完,后来长虫了,只得丢掉。

2018年9月16日

访故宫 寻珍妃井（京华春行之三）

1999 年 3 月 26 日,星期五,晴。

凌晨,赴天安门广场看升旗仪式。晨 6 时 30 分返燕京饭店早餐。上午出席学术会议的代表进行学术交流,座谈会直开至中午 12 时。下午 3 时,抵故宫参观,门票 30 元,先须寄包,方可进入。

故宫外围

故宫的入口处,在天安门后面的午门,由天安门走到午门,中间有一段很长的空距。在空距的左侧(西边),是北京中山公园,在明、清两代被称作"社稷坛",它是当时帝王每年二月及八月用以祭祀土地神和五谷神的场所。"社",代表土神;"稷",代表谷神。坛身本身系用汉白玉砌就的三层方台,上铺五色土,按中黄、东青、南红、西白、北黑五个方位填实,以象征"普天之下,莫非王土。"土台中央立有方形石柱,称"社主石"亦称"江山石",以代表帝王"江山永固"。清王朝灭亡后,1914 年社稷坛始辟为中央公园。1925 年孙中山先生逝世,曾在园内拜殿(今中山堂)停放灵柩,举行公祭,1928 年,根据时任北平特别市长何其巩(冯玉祥部下)的建议,始更园名为"中山公园"。

空距的右侧(东边),是北京劳动人民文化宫。而在明、清两代,则被称作"太庙",它是当时帝王用以供奉祖宗牌位,每逢年节大典祭祀先人的地方。太庙在明代供的是朱元璋、朱棣等人的牌位。1644 年清兵入京后,清世祖福临称帝,把明代帝王的牌位迁移到今北京阜成门大街路北的"历代帝王庙"中,而将其先祖的牌位从沈阳迁至北京太庙供奉。而清亡之后,1914 年太庙由北洋政府托管,1924 年皇帝溥仪被逐出北京后,太庙始辟为"和平公园",不久改称"故宫博物院分院",向游人售票开放。新中国成立后,经周恩来总理批准,1950 年将太庙更名为"劳动人民文化宫",成为普通民众的文化娱乐场所。

明清两代社稷坛与太庙之设,基本上沿袭了中国自周代以降,《周礼》所规定的"左祖右社"的礼制建制。而在明清时期,本于外京城、内皇城的国都建制,社稷坛、太庙、故宫、景山公园、中南海、北海都应该属于北京的"皇城"范围,其大致范围应是前起天安门(南面),后致地安门(北侧),西起接西长安街的府右街直至地安门大街(左侧),东至接东长安街的老皇城根公园绿化带(位王府井大街西侧)直至地安门大街(右侧),这一片正方形地带内,当均属北京的"皇城"范围。而在"皇城"范围之外直至老北京四围的城墙,方是北京"京城"的范围所在。而据有关记载:永乐十八年(1420年),北京皇城和京城建成,明成祖下诏迁都,改原金陵应天府为南京,改北京顺天府为京师,但仍在南京设六部等中央机构,作为留都,由此体现了明代与中国古代其他王朝不同的国家制度构成。新修的北京城周长四十五里,呈正方形,亦完全符合《周礼·考工记》中所阐述的都城形制。北京故城的建筑是如此精致,难怪建筑学家梁思成先生(1901—1972年)曾极力阻止毛泽东拆毁北京旧城,而是建议另建新城。

内金水河与内金水桥

步入午门,首先使我震撼的是故宫规模之大。横在午门与太和门之间的是呈弓状的"内金水河",以及在河道上作弧形排列的5座单孔汉白玉桥。内金水河水由太和门广场西侧熙和门底下穿越进入广场,再由东侧协和门底下穿越出广场。进口处和出口处各有一单拱桥洞,下供水行,上供行人通过。

关于金水河,北京的俗称是"筒子河",它是保卫皇城的护城河。流经天安门前的金水河称"外金水河",流经故宫内太和门前的则称"内金水河"。而"金水河"之名的起源始于元代,此见于《元史·河渠志》的记载,其谓河源出于京西宛平县玉泉山,流至义和门南水门入京城,故得金水之名。而按照中国古代的五行学说,西方属于金,故谓之"金水河",因此《大清一统志》释义为:"元时名金水河,以其自西门而入,故名"。"金水",通俗地讲,就是从西边流过来的水。既然金水河是流入皇城之河,因此在中国古代又有了"御河"或"玉河"的美称,《日下旧闻考》谓:"护城河西面之水,自紫禁城西南隅流经天安门外金水桥,往南注入御河,是为外金水河。"金水河另有"玉带河"之名,大致因其形状似带而得名。而在历史上,御河之水是不准平民百姓动用的,甚至连洗手都属犯法,这一规矩始自元代。

而在历史上金水河的作用除了保卫宫城的军事价值——金城汤池,深沟高垒,以及美化皇宫外,主要是用以灭火与排泄积水。《北京宫阙图说》谓:"是河也,非为鱼泳在藻,以资游赏;亦非过为曲,以耗物料。恐以外回禄之变,此水实可赖。天启四年(1624年)云科廊实;六年(1626年)武英殿西油漆作灾,皆得此水之力;而鼎建、皇极等殿大凡泥灰等项,皆用此水。"由此可见在历史上皇宫所发生的几次火灾,都是有赖于金水河之水,得以扑灭。此外,自故宫建成500年来,从来没有因积水而成灾,其原因是故宫的地势北高南低,万一遇暴雨,宫内积水可以从高处流向低处,最后顺着金水河的河道中排出宫外。当然,讲这些话需要说明的是:时至今日,金水河除了尚具排水与宫苑装饰价值外,早已丧失了古代的军用价值以及防火价值。此外,北京金水河道大部分已由明河改为暗河,今日游人到北京所能看到的,仅是天安门前西起社稷坛(中山公园)门前、东到太庙(劳动人民文化宫)门前,外金水河全长约500米(宽约18米,深5米)的河道,以及内金水河长约2000米的河道,[①]此已非古人所说的金水河。

而架设在内金水河上的五座汉白玉桥梁,则是故宫中最大、最壮美的一组石桥。桥的规格与制式,一如外金水桥,即正中桥梁称"御路桥",长23.15米,宽6米,汉白玉石柱上雕有蟠龙祥云,此桥只供皇帝行走;御路桥东西两侧的桥称"王公桥",长21米,宽5.4米,供宗室王公行走;最边两侧的桥称"品级桥",长19.5米,宽4.8米,仅供普通文武官吏行走。这五座内金水桥除行走者有严格等级规定以外,尚寓"万方来朝"之意,因此在河道两岸立有两对石狮及两座高9.57米的华表,[②]以示迎送宾客。

根据文献记载:现内金水河上的5座单孔拱券式汉白玉桥,以及天安门前三孔拱券式七座汉白玉桥,均清康熙二十九年(1690年)重建,但桥的最初设计者,却是建造元代皇城的工匠周桥,当时很多人送上设计图样,元世祖忽必烈都不满意,只有周桥的设计"皆琢龙凤祥云,明莹如玉,桥下有四百石龙,擎戴水中,甚壮"[③],因此成为现金水桥的蓝本。关于此说的存疑问题是:明太祖朱元璋推翻元王朝,大将徐达秉承太祖旨意,将元皇宫秘密点火烧毁,并严禁史书提及此事。元皇宫既已烧毁,周桥设计的金水桥图样又如何能成为后来清建金水桥的蓝本呢?唯一的可能性是徐达烧毁元皇宫时,金水桥未毁,等到明成祖建北京皇

---

① 内金水河自紫禁城西北角护城河引水,进紫禁城内,弯曲南流,折东,再南,流入紫禁城东南角外的护城河,全长约2000米。

② 华表高度连同须弥座。

③ 《故宫》。

宫时,所建金水桥或即本于元代的金水桥。清康熙年间再修故宫时,又本于明代金水桥翻修成清代金水桥。所以在某种意义上,现今立于天安门前的外金水桥与立于太和门前的内金水桥,实为元代遗物。由此亦可推定明、清故宫的地理位置,当与元皇宫的地理位置基本相同。鉴于外表华美的金水桥与古朴的华表、雄伟的石狮,共同构成今天安门前与太和门前的标志性建筑,特存此佚闻以彰显中华古代工匠对于建设故宫的贡献。

跨过内金水桥,便算步入了故宫的宫殿区。

紫禁城由来

故宫,旧称"紫禁城","故宫"之名则是辛亥革命后出现的称谓。故宫何以称"紫禁城"? 根据一般说法是:它缘自中国古代的星象学。《广雅·释天》谓:"天宫谓之紫宫。"古人认为:天上星垣分为三垣、二十八星宿,以及其他星座。三垣指太微垣、天市垣、紫微星垣,而其中紫微星垣处于三垣中央。紫微星即北斗星,四周受群星环拱,此即"紫微正中"说。[①] 由于皇帝自喻天帝之子("天子"),因此其居住的宫殿,就称"紫宫"。由于古代皇城是平民百姓不得进入的禁区,因此"紫宫"之名便演绎为"紫禁城"。

根据有关记载,现今故宫是明成祖永乐四年至十八年(1406—1420 年)间,以元代宫城地基为基础,让当时著名工匠蒯祥(1398—1481 年,字廷瑞,苏州人,后任工部侍郎)主持修建的。至明亡,李自成在退出北京时(1644 年,崇祯十七年,清顺治元年、大顺永昌元年),下令将紫禁城焚毁,仅余武英殿、建极殿、英华殿、南薰殿、四周角楼和皇极门(后改称太和门)未及焚毁。当年五月初二,清军入城,接管紫禁城。同年十月,清世祖顺治帝迁都北京,十月初一,在太和门登基,并开始了对故宫的重建工作,这一工作至康熙三十四年基本完成。

清修紫禁城占地面积为 72 万平方米,呈长方形(长 961 米,宽 753 米),建筑面积约 15 万平方米,四围有高 10 米的城墙,墙外有宽 52 米的护城河。四围城门分别为:正门"午门",门后有五座汉白玉拱桥通往城内太和门;东门"东华门";西门"西华门";北门名"神武门"。此外,紫禁城城墙的四角都有角楼,高27.5 米。有关紫禁城四门的具体情况为:

午门,俗称"五凤楼"。东、西、北三面以 12 米高的城台相连,环抱成一个方

---

① "三垣"说参《辞海·紫禁城》。

形广场。正中有重楼，居故宫宫殿群中的最高峰。午门是皇帝下诏书、下令出征的地方，其正中的正门，平时只有皇帝才可以进出；皇帝大婚时，皇后可进入一次；科考中殿试中状元、榜眼、探花的三人，可以从此门走出一次。而文武大臣平日入紫禁城，只能进出东侧门，宗室王公则进出西侧门。

神武门，紫禁城后门，即北门，在明代称此门为"玄武门"。玄武为中国古代四神兽之一，龟形。按中国传统五行说之方位，左青龙，右白虎，前朱雀，后玄武。玄武主北方，所以帝王宫殿北门多取名"玄武"。清康熙年间因避讳皇帝名玄烨，改称"神武门"。神武门是宫内日常出入的门禁，在形制上要比午门低一个等级。

东华门，与西华门对设，形制相同，系红色城台，汉白玉须弥座，当中辟3座券门，券洞外方内圆，城台上建有城楼。

西华门，与东华门对设，形制相同。

而据1973年专家实测，紫禁城内共有大小院落90多座，房屋980座、8707间。[①] 据统计，在明、清两代557年（1368—1911年）的历史中，共有24位帝王[②]在此展开他们的政治活动，这也是迄今中国影视剧以及武侠小说创作中取之不尽的题材。

"三大殿"、"后三宫"与"东西十二殿"

上述为紫禁城的概况。而在紫禁城内，主体建筑分为外朝和内廷两部分。外朝的中心为太和殿、中和殿、保和殿，统称"三大殿"，这是当时国家举行大典的地方，亦即国家的政务中心。内廷的中心是乾清宫、交泰殿、坤宁宫，统称"后三宫"，这是皇帝与皇后日常居住的正宫。此外，在"后三宫"的东西两侧，尚有供嫔妃们居住的"东六宫"与"西六宫"，合称"东西十二殿"，这些建筑是故宫的核心部位。了解这些建筑的历史，是游人理解故宫功能的关键。这些建筑的具体情况如下：

1. 关于"三大殿"

三大殿分指太和殿、中和殿与保和殿。具体情况为：

太和殿，俗称"金銮殿"，明永乐十八年（1420年）建，明初称"奉天殿"，至嘉靖四十一年（1562年）改称"皇极殿"。清顺治二年（1645年）改称"太和殿"。该

---

① 数据参《百度词条·故宫》。

② 数据参《百度词条·故宫》。

殿是皇帝举行大典处,这些大典包括:新皇登基、皇帝大婚、册立皇后、命将出征等。此外,每年万寿节、元旦、冬至三大节,皇帝在此接受文武官员朝贺,并赐宴王公大臣。

中和殿,位于太和殿后。该殿为皇帝去太和殿举行大典前,休息与演习礼仪之处。皇帝在去太和殿前,先要在此殿接受内阁大臣和礼部官员行礼,然后进太和殿举行仪式。此外,皇帝在祭祀天地和祭祀太庙之前,要先在此殿审阅"祝版"(写有祭文);在赴中南海演耕前,先要在此殿检查耕具。

保和殿,又名"谨身殿"、"建极殿",位中和殿后。此殿是皇帝每年除夕赐宴外藩王公之处,也是科举考试举行殿试的场所。

2. 关于"后三宫"

后三宫分指乾清宫、交泰殿与坤宁宫。具体情况为:

乾清宫,始建于明永乐十八年(1420年),重建于清嘉庆三年(1798年)。建筑规模为内廷三宫之首,明代共有14位皇帝曾居住此宫,清代顺治、康熙二帝曾居住此宫。[①] 此外,清代康熙、乾隆两帝在此举行过"千叟宴",而自雍正帝起,密建皇储的建储匣均置于乾清宫"正大光明"匾后。

交泰殿,位于乾清宫后。约建于明嘉靖年间,系清代皇后的办公场所。皇后千秋节于此殿接受庆贺礼。[②] 皇帝大婚时,皇后的册、宝,安置于殿内左、右案上。每年春季祀"先蚕"时,[③]皇后先一日在此殿检阅采桑用具。此外,清代于此殿贮二十五宝玺,每年正月,由钦天监择吉日吉时,设案开封陈宝,皇帝来此拈香行礼。此外,清顺治帝曾于此殿立"内宫不许干预政事"铁牌。该殿明间设宝座,上悬康熙帝御书"无为"匾,宝座后有乾隆帝御书《交泰殿铭》。

坤宁宫,始建于明永乐十八年(1420年),清顺治二年(1645年)重修。明代及清雍正帝之前作皇后寝宫,自雍正帝后,该殿之西暖阁用作萨满教的祭祀地(祭神主要场所),[④]东暖阁作为皇帝大婚的洞房。清代康熙、同治、光绪三位皇帝,均在此举行过婚礼。溥仪亦曾在此宫结婚。

---

① 数据参《百度词条·故宫》。

② 千秋节,旧时皇帝诞辰,始自唐玄宗。

③ 先蚕,黄帝轩辕氏元妃嫘祖,传说中的始教民桑蚕之神。

④ 萨满教,流传于东北亚到西北边疆地区,被满洲先民所信仰,亦被操通古斯语(含满语)、蒙古语、突厥语等其他民族所信仰。通古斯语称巫师为"萨满",以此得名。迷信灵魂不死,认为"萨满"有控制天气、预言、解梦、占星以及旅行到天堂或者地狱的能力。

3. 关于"西六宫"

在上举后三宫的东西两侧，分布着其他嫔妃居住的宫室，被称作"东六宫"与"西六宫"，这既是皇帝日常处理政务之处，也是皇帝与后妃居住生活的地方。其中"西六宫"位于内廷西路，分别指：

长春宫，明永乐十八年（1420 年）建，清康熙二十二年（1683 年）重修，咸丰帝题额"体元殿"。西太后曾在此宫中居住。

翊坤宫，建于明永乐十八年（1420 年），初称"万安宫"，嘉靖十四年（1535 年）改称"翊坤宫"，明清时为妃嫔居所。宫内藏慈禧太后题匾"有容德大"。光绪十年，慈禧五十寿辰时移居储秀宫，曾在此宫接受朝贺。光绪帝选妃也在此宫中举行。

储秀宫，始建于明永乐十八年（1420 年），明、清时为妃嫔居所。此宫之所以知名，是因为光绪十年（1884 年）为庆祝慈禧五十寿辰，耗费白银 63 万两进行大规模整修，而成为西太后居所，庚子之乱时，慈禧太后由此宫出逃北京。

启祥宫（太极殿），建于明永乐十八年（1420 年），原名"未央宫"，因嘉靖皇帝的生父兴献王朱祐杬生于此，故于嘉靖十四年（1535 年）更名"启祥宫"，清晚期改称"太极殿"。慈禧太后居长春宫时，将长春宫与启祥宫打通，在原地新建"体元殿"，将启祥宫改称"太极殿"，因此启祥宫的初始结构已被破坏，与体元殿一起，成为长春宫的前殿。

永寿宫，建于明永乐十八年（1420 年），初名"长乐宫"，嘉靖十四年（1535 年）更名"毓德宫"，万历四十四年（1616 年）复更名"永寿宫"。该宫为明代妃嫔、清代后妃居所。明崇祯帝十一年（1638 年），因灾情屡现，曾在此宫斋居。清顺治帝贵妃董鄂氏、恪妃曾在此宫居住。雍正十三年（1735 年）帝崩，孝圣宪皇太后居永寿宫，乾隆帝居乾清宫南廊苫次，[①]诣永寿宫问安，并题匾"令德淑仪"。此后，嘉庆帝如妃曾居于此宫。道光中晚期，外侮日盛，朝廷将各疆吏密奏匦于永寿宫。光绪以后，该宫前后殿均设库，收贮御用物件。

咸福宫，始建于明永乐十八年（1420 年），初名"寿安宫"。嘉靖十四年（1535 年）更名"咸福宫"。该宫为明、清后妃所居，形制高于西六宫中其他五宫，与东六宫中的景阳宫（位置对称）形制相同。乾隆年间，皇帝偶居。嘉庆四年（1799 年）正月，乾隆帝崩，嘉庆帝居该宫守丧，"铺白毡、灯草褥"，不令设床，至同年十月方

---

① 苫（shān），旧时居丧睡的草席。《仪礼·丧服》："居倚庐，寝苫枕块"。苫次，原指居亲丧之处，也用作居亲丧代称。

移居养心殿。此后，咸福宫复为妃嫔居所，道光帝琳贵人（庄顺皇贵妃）、成贵妃、彤贵妃、常妃等均曾居此。道光三十年（1850 年），咸丰帝居此宫为道光帝守丧，丧期满后，亦常居此。

上举"西六宫"因整齐地排列于紫禁城子午线西侧而得名，其初始建制当与"东六宫"相同。在此需要说明的是："西六宫"是晚清慈禧太后临政时的主要居所，为了其生活方便，慈禧太后曾多次下令对西六宫区加以改建，因此其现今面貌与东六宫区已有所不同。除上举"西六宫"外，位于内廷西路的其他重要建筑尚有：

重华宫，位于内廷西路西六宫以北，原为明代"乾西五所"之二所。[1] 雍正十一年（1733 年），弘历（后乾隆帝）被封为"和硕宝亲王"后居所，赐名"乐善堂"。弘历登基后，更宫名为"重华"。此后嘉庆皇帝将重华宫作茶宴联句场所，每年正月初二至初十期间举行，咸丰以后终止。

漱芳斋，原为"乾西五所"之头所，位于重华宫东侧。始建于明永乐十八年（1420 年），清乾隆帝即位后，改"乾西二所"为"重华宫"，将头所改为"漱芳斋"，并建戏台，作为重华宫宴集演戏之所，每逢万寿节、圣寿节、中元节、除夕等重要节日，乾隆帝常亲侍皇太后在此进膳、看戏，并赐宴王公大臣。漱芳斋因建筑保存完好，现为故宫博物院贵宾接待处，用作党和国家领导人、外国元首参观故宫时的休息之地，一般游客不得入内。

养心殿，位于西六宫南面。初建于明嘉靖年间，为皇帝的便殿。殿内设有厅堂、书房、寝室，以及皇帝用以批阅奏折、密谈、休憩、礼佛的小室，其中著名的厅室有雍正皇帝的"勤政亲贤"室、乾隆皇帝的"三希堂"、东暖阁晚清慈禧太后垂帘听政处等，自清雍正朝起，养心殿成为皇帝日常处理政务之处和主要居所，是清帝的正寝。

4. 关于"东六宫"

东六宫位于紫禁城的内廷东路，分别指：

承乾宫，明永乐十八年（1420 年）建。初名"永宁宫"，崇祯五年（1632 年）八月更名"承乾宫"。明代居贵妃，清代为后妃居所。清顺治帝贵妃董鄂氏、道光帝孝全成皇后、琳贵妃、佳贵人、咸丰帝云嫔、婉贵人均曾居此宫。根据中国民间传

---

① "乾西五所"，故宫内廷西六宫以北五座院落的统称，始建于明初，与内廷东路的"乾东五所"相对称，由东向西分别称为头所、二所、三所、四所和五所，每所均为南北 3 进院，原为皇子所居。清代乾隆皇帝登基后，将做皇子时住的"乾西二所"升为重华宫，头所改为"漱芳斋"，三所改为重华宫厨房，而后拆建四、五所，改建成建福宫及花园，从而彻底改变了原"乾西五所"格局。

说：承乾宫是清顺治帝爱妃董小鄂的寝宫，董小鄂死后被追封为皇后，顺治帝因董小鄂之死，深感悲痛，最终出家避世。此宫后来成为清宫养鱼、养鸟场所。

景仁宫，明永乐十八年（1420 年）建。初名"长安宫"，嘉靖十四年（1535 年）更名"景仁宫"。明代居嫔妃，清代居贵妃。清顺治十一年（1654 年）三月，康熙帝生于此宫。乾隆帝生母孝圣宪皇后、咸丰帝婉贵妃、光绪帝珍妃亦曾在此宫中生活过。

延禧宫，明永乐十八年（1420 年）建。初名"长寿宫"，嘉靖十四年（1535 年）改名"延祺宫"，清代复更名"延禧宫"。明、清两朝均居妃嫔，清道光帝之恬嫔、成贵人曾居此。道光二十五年（1845 年），延禧宫火起，烧毁正殿、后殿及东西配殿等建筑 25 间，仅余宫门。宣统元年（1909 年），在延禧宫原址修建一座 3 层西洋小楼名"水殿"，周边浚池，引玉泉山水环绕，极美。据《清宫词》《清稗史》所记：水殿以铜作栋，玻璃为墙，墙夹层中置水蓄鱼，底层地板亦为玻璃制成，池中游鱼可数，荷藻参差。隆裕太后特为之题匾"灵沼轩"，俗称"水晶宫"。宣统二年（1910 年）六月，隆裕太后又下令西苑电灯公所给延禧宫安装电暖炉、电风扇、电灯等。可惜的是：1917 年张勋复辟时，延禧宫北侧被直系部队用飞机投弹炸毁，[1]余部 1931 年被故宫博物院辟为库房。2018 年随着影视剧《延禧攻略》的播出，而成为故宫参观的热点。

景阳宫，明永乐十八年（1420 年）建，初名"长阳宫"，嘉靖十四年（1535 年）更名"景阳宫"。明代嫔妃居，孝靖皇后曾居此，清康熙二十五年，始用作收贮图书。后院正殿为御书房，乾隆题额"学诗堂"，曾藏有宋高宗书《毛诗》、马和之[2]绘《诗经图》以及东、西六宫年节张挂的《宫训图》。

永和宫，明永乐十八年（1420 年）建。初名"永安宫"，嘉靖十四年（1535 年）更名"永和宫"。明代妃嫔所居，清代居后妃。清康熙帝孝恭仁皇后曾久居此宫，此后，道光帝静贵妃，咸丰帝丽贵人、斑贵人、鑫常在（嫔妃）等先后在此居住。光绪大婚后，瑾妃居此宫。宫中藏有乾隆帝题匾"仪昭淑慎"。

钟粹宫，明永乐十八年（1420 年）建。初名"咸阳宫"，嘉靖十四年（1535 年）更名"钟粹宫"。明代居嫔妃，隆庆五年（1571 年），太子居钟粹宫，改前殿名"兴龙殿"，改后殿名"圣哲殿"，后复旧称。清代居后妃。咸丰帝奕詝幼年曾居此宫，

---

① 1917 年 7 月 1 日，徐州军阀张勋拥立清逊帝溥仪复辟。为了让张勋投降，段祺瑞命令北京南苑航空学校的师生加入战斗，用飞机在紫禁城内投下三枚小炸弹，以示警告。炸弹炸毁了紫禁城东六宫中延禧宫的部分建筑，这被认作为是历史上东亚地区的第一次空袭轰炸。

② 马和之，南宋画家。

道光帝静贵妃（孝静成皇后，恭亲王奕訢生母）亦曾居此宫，代为抚育奕䜣。咸丰帝孝贞显皇后自入宫后，即在此宫中居住，直至光绪七年（1881年）去世。光绪大婚后，隆裕皇后曾居此宫。末代皇帝溥仪入宫后，也曾居此宫。

"东六宫"因位于紫禁城中轴线的东侧而得名，现大多用作故宫博物院的古代艺术品陈列馆。其中有明清工艺美术馆、陶瓷馆、青铜器馆、钟表馆、绘画馆等等。东、西六宫合称"东西十二宫"，这是明、清两朝后妃们居住休息的地方。其因如同两腋，夹持着居于中央的"后三宫"（乾清宫、交泰殿、坤宁宫），因此又称"掖廷"，意指其是位于后宫子午线两侧宫区。而在坤宁宫之北，则为御花园。

其他宫群

除上举"前三殿"、"后三宫"、"东西十二殿"之外，存在于紫禁城内的尚有其他几组著名宫群，展现着作为京师内涵皇城的不同功能，这也是游故宫者不可不知的。这些建筑具体如下：

1. 位于午门东西两侧的文渊阁与武英殿

其中，"文渊阁"位于进午门后东侧的"左顺门"外。该阁是故宫的皇家图书馆，乾隆四十一年（1776年）仿浙江著名藏书楼"天一阁"而建，阁内储藏的著名书著有《四库全书》、《钦定古今图书集成》等。清乾隆朝后，除了皇帝可来此阅读外，也允许学士与群臣们来此查阅图书。而在左顺门外广场上曾发生过著名的"哭门"历史事件，其经过为：嘉靖三年（1524年）七月，因反对明世宗朱厚熜（嘉靖皇帝）违反礼制，给其生父兴献王朱祐杬加尊号，明大臣二百余人，包括九卿23人、翰林20人、给事中21人，御使30人，集体跪在左顺门外，大呼太祖高皇帝、孝宗皇帝，哭喊声震天，驱之不散。明世宗大怒，派锦衣卫将四品以下134人逮入狱中拷讯，令四品以上官员86人待罪，最终受杖者180余人，其中17人被创死亡，另8人编伍充军。此事件充分显示了明代士大夫的政治风骨，但也使明王朝的元气大伤，促其早亡。

武英殿，始建于明初。位于进午门后西侧"右顺门"外，外朝"熙和门"以西。明初帝王斋居、召见大臣皆于此殿，后移至文华殿。清兵入关之初，摄政王多尔衮先行抵京，用作理政之所。乾隆三十七年（1772年），皇帝下诏，于武英殿纂修《四库全书》，采用木活字排版25万余版，书成，装帧精良，乾隆帝命名"武英殿聚珍本"。此后，各地官书局也仿聚珍版印书，称之为"外聚珍"版，而武英殿活字本则被称为"内聚珍"版。

2. 位于内廷外西路的慈宁宫、寿康宫、寿安宫宫群

慈宁宫，位于内廷外西路隆宗门西侧，建于明嘉靖十五年（1536 年），明代皇贵妃居所。清朝孝庄文皇后、孝圣宪皇先后居此，顺治帝、康熙帝、乾隆帝倡以孝治国，常在慈宁宫为太后举行庆寿大典。

寿康宫，位于故宫内廷外西路，慈宁宫西侧，清雍正十三年（1735 年）建。为清代太皇太后、皇太后居所，太妃、太嫔随居。最著名居住者为雍正帝熹贵妃、乾隆皇帝的生母孝圣宪皇后。孝圣宪皇后去世后，乾隆皇帝仍于每年其母生辰及上元节（元宵节）前一天来此拈香礼拜，以寄哀思。而影视片《甄嬛传》，即以此为背景拍摄。此外，嘉庆朝颖贵太妃（颖贵妃）、道光朝孝和睿太后（孝和睿皇后）、咸丰朝康慈皇太后（孝静成皇后）都曾在此颐养天年，慈禧太后晚年也曾在此小住。由此足见寿康宫在紫禁城中的地位之高。据记载：寿康宫常驻大夫，配备常规药材，有专门的厨师与卫士，皇太后身边有宫女为 12 人，太后每年可得 20 两黄金、2000 两白银、124 条名贵兽皮、400 个银纽扣等，①这是后宫中的最高待遇。

寿安宫，位于内廷外西路寿康宫北、英华殿南。建于明代，初名“咸熙宫”，嘉靖四年（1525 年）改称“咸安宫”。清初咸安宫无用，康熙帝曾两度在此囚禁废太子。雍正年间在此兴办咸安宫官学，乾隆帝十六年（1751 年）为庆贺皇太后六十寿诞，将咸安宫官学移出，重修宫室后改称“寿安宫”。

3. 位于内廷外东路的毓庆宫、斋宫、奉先殿宫群

毓庆宫，位于内廷东路奉先殿与斋宫之间，清康熙十八年（1679 年）在明“奉慈殿”基址上修建。毓庆宫是康熙年间特为皇太子允礽所建，俗称“东宫”。允礽后废，囚咸安宫（寿安宫），②毓庆宫仍作为皇子居所。同治、光绪两朝，此宫为皇帝读书处，光绪皇帝曾居此。

斋宫，位于“东六宫”之南，毓庆宫西，为皇帝行祭天祀地典礼前的斋戒处。明、清前期，皇帝行祭天祀地礼前的斋戒均在宫外进行，但凡祭天祀地及行祈谷、常雩大祀③前，皇帝必须致斋于此。皇帝宿斋宫时，须恭设斋戒牌、铜人于斋宫丹陛左侧。斋戒日，皇帝与陪祀大臣须佩戴斋戒牌，各宫则必须悬斋戒木牌于帝

① 数据转引《百度词条·故宫》。
② 爱新觉罗·胤礽（1674—1725 年），清朝以及中国历史上最后一位经过公开册立的皇太子。乳名保成，清圣祖玄烨第二子，清世宗胤禛异母兄，母为仁孝皇后（孝诚仁皇后）赫舍里氏。
③ 常雩，中国古代帝王祈雨的礼制名。中国自汉代始建雩坛，历代相沿。清代雩祀分为常雩与大雩，乾隆七年（1742 年）定，孟夏择日于圜丘行常雩礼。清初，常雩例为中祀，至乾隆朝改为大祀。

额。斋戒期间，不作乐，不饮酒，忌辛辣。

奉先殿，位于内廷东侧，宁寿宫西南侧，始建于明初，清顺治十四年（1657年）重建。为明、清皇室祭祀祖先的家庙。清制，凡遇朔望、万寿圣节、元旦及国家大庆等，大祭于前殿；遇列圣列后圣诞、忌辰及元宵、清明、中元、霜降、岁除等日，于后殿上香行礼；而上徽号、册立、册封、御经筵、耕耤、谒陵、巡狩、回銮及诸庆典，均祇告于后殿。[①]

4. 位于故宫东北角的"宁寿宫"群（乾隆建筑群）

这些建筑包括皇极殿、养性殿、乐寿堂、颐和轩等等，现为故宫珍宝馆的位置所在。其建筑经过为：明代，该地有不多的几座宫殿，供太后、太妃们养老。清康熙帝二十八年（1689年），初建宁寿宫区为皇太后颐养天年。而从乾隆帝三十七年（1772年）起，共用银143万余两，用时5年，以紫禁城为蓝本，扩建宁寿宫群。

改建后的宁寿宫群，从格局上分为前后两部分。前部是以皇极殿、宁寿宫为主体的前朝（仿故宫中路太和殿、乾清宫、坤宁宫）。后部又分为中、东、西三路。中路有养性殿、乐寿堂、颐和轩、景祺阁；东路有畅音阁、阅是楼等；西路就是俗称"乾隆花园"的宁寿宫花园。其中的重要建筑包括：

皇极殿，始建于清康熙二十八年（1689年），初名"宁寿宫"，位于宁寿宫区中轴线前部，系宁寿宫区的主体建筑。

宁寿宫，原为皇极殿的后殿，后独名"宁寿宫"。

养性殿，清乾隆三十七年（1772年）仿故宫内廷养心殿建造，规模稍小，位于宁寿宫后的养性门内，为宁寿宫群后寝主体建筑之一，作为太上皇帝寝宫之用。其后沿中轴线依次排列有乐寿堂、颐和轩、景祺阁等建筑。光绪年间慈禧太后居乐寿堂时，曾在养性殿东暖阁进早、晚膳。

畅音阁，清乾隆四十一年（1776年）建，嘉庆年间又修戏楼。阁高20余米，分上、中、下三层，分别名"福"、"禄"、"寿"台，寿台下有五口井，通故宫地下室。畅音阁北是"阅是楼"。每逢年节，宫中于此阁开演大戏，帝、后常于"阅是楼"上赏戏。

乾隆帝大建"宁寿宫"群的目的，据说是为了崇拜自己的祖父康熙皇帝，表示自己当皇帝的时间决不敢超过其祖父的61年，因此需要给自己将来当太上皇，准备一个舒适的养老之所。乾隆帝六十年（1795年）如约将皇位让给了自己的

---

① 转引《百度词条·故宫》。

儿子颙琰(嘉庆帝),自己当起了太上皇。但据记载乾隆帝归政后,并没有从养心殿搬到宁寿宫,而是继续干预国家政务,可以说是徒有归政之名,并无归政之实。由此可见权力对人心腐蚀之大,连乾隆帝如此洒脱的皇帝,最终也未能跳出权力的窠臼。当然好的是儿子大孝,老子也算有涵养,并没有演绎出历史上父子相残的政治悲剧,宫中权力交接算是平稳过渡。

此后,光绪年间对宁寿宫重加修饰,让慈禧太后入住养老,慈禧晚年居此宫十九年,却不甘心放弃权力,在庚子之变时,由于光绪宠妃珍妃(恪顺皇贵妃,1876—1900年)不愿意随同西太后逃离北京,1900年8月14日,西太后将当时幽禁在景祺阁北小院的珍妃①召至颐和轩,命太监崔玉贵等人将她推入宁寿宫群最北端贞顺门内一口水井中淹死。而导致珍妃被杀的原因,根据电影《清宫秘史》的说法是:珍妃不愿意出逃北京原因,是她试图借助洋人之力来恢复光绪帝失去的权力与新法,这一后果显然不是慈禧太后所欲看到的,这便促成了她的死。而现今这口水井因珍妃之死,知名度甚至超出了"宁寿宫群",而被命名为"珍妃井"。

上述为故宫的主体建筑情况。游故宫,若说得出这些建筑的来龙去脉,以及所蕴含的历史掌故,可算得上是半个民间故宫学专家了。

故宫的历史文化价值

目前世界上公认有五大宫殿,分别指中国的故宫、法国的凡尔赛宫、英国的白金汉宫、俄罗斯的克里姆林宫和美国的白宫。而不论是就建筑艺术价值而言,还是就宫存宝藏而言,还是就年接待游人的数量而言,故宫都居于世界五大宫殿之首。

仅就建筑学上的故宫而言,它是世界现存规模最大、最完整的古代木结构建筑群。故宫是严格按照《周礼·考工记》中所阐述的"前朝后市,左祖右社"的原则,来营建帝王都城的,宫中的宫殿均沿南北向的中轴线排列,向两边展开,南北取直,左右对称。它既体现了中国传统社会的政治等级关系,同时也达到了左右均衡的艺术效果,而使游人感受到其平面布局、立体效果中所体现出的雄伟、庄严、堂皇、和谐的美。在此尚须指出的是:故宫中的中轴线不仅贯穿在宫城内,

---

① 一说1898年戊戌变法失败,光绪帝被幽禁,珍妃受到牵连,再次被施以褫衣廷杖,并幽闭于钟粹宫后的北三所。

而且南达永定门，北到鼓楼、钟楼，贯穿了整个北京城市。因此就整体建筑规格而言，故宫的建设极显严整、壮观，它完美地体现了《周礼·考工记》中所阐述的都城制式，为世所罕见。故宫占地面积共 72 万余平方米，有宫殿 9000 多间，均木结构，黄琉璃瓦顶，青白石底座，饰以金碧彩画，美不胜收。目前游人所能看到的故宫，仅是其已对外开放的一小部分，而按照国家 2015 年规划，到 2020 年，将争取使故宫的开放面积达到 76%。故宫的存在，显示了 500 多年前中国工匠在土木建筑学上的卓越成就，彰显了古老中国悠久的历史文化传统。

作为明清两朝 500 余年的皇宫，故宫保存了难以数计的国家文物，这也是体现了人类文明水准的世界性文化遗产。据有关统计：截至 2005 年 12 月 31 日，故宫共收藏有文物 1052653 件，占中国文物总数的 1/6。在全国保存一级文物的 1330 个收藏单位中，故宫博物院以 8273 件（套）高居榜首，并收有很多绝无仅有的国宝。[①] 国家现将这些文物分藏于故宫中所设立的历史艺术馆、绘画馆、陶瓷馆、青铜器馆、明清工艺美术馆、铭刻馆、玩具馆、文房四宝馆、玩物馆、珍宝馆、钟表馆和清代宫廷典章文物展览馆中，供游人参观。但是游客所能看到的，仅是其中的一小部分，因限于参观场地，绝大部分文物现均收藏于故宫的地下室中。

而在故宫中所保藏的海量文物，也彰显了故宫博物院的存在价值。根据有关记载：故宫博物院之设，始自民国十四年（1925 年）的 10 月 10 日，当日举行了"故宫博物院"成立典礼。民国十七年（1928 年），国民政府始颁布《故宫博物院组织法》，这是中国历史上第一部有关博物馆的法律，此后又颁发《中华民国故宫博物院理事会条例》。1949 年中华人民共和国成立以后，曾从全国收集了大量文物，充实"故宫博物院"。1961 年，国务院颁布故宫为全国重点文物保护单位。1987 年，故宫被联合国教科文组织评定为"世界文化遗产"，载入《世界遗产名录》。其理由是："紫禁城是中国五个多世纪以来的最高权力中心，它以园林景观和容纳了家具及工艺品的 9000 个房间的庞大建筑群，成为明清时代中国文明无价的历史见证。"[②]

由于故宫所体现出的巨大文化价值，故宫博物院 2003 年提出了"故宫学"的概念，指出："故宫学"研究对象主要包括紫禁城宫殿建筑群、文物典藏、宫廷历史文化遗存、明清档案、清宫典籍及故宫博物院的历史六个方面。

---

① 数据参《百度词条·故宫》。
② 转引郑欣淼：《故宫的价值与地位》，《光明日报》2008 年 4 月 24 日。

寻珍妃井

由于故宫的存在,其所展现出的巨大历史文化价值,每年都吸引着难以数计的游人前来参观。据统计:自进入 21 世纪以来,故宫博物院平均年接待中外观众 600 万—800 万人次。而 2014 年竟达 1500 万人次,位居世界所有博物馆和世界文化遗产参观者之首,使这座古老的宫城不堪重负。因此自 2015 年 6 月 13 日起,为了更好地保护国家文化遗产,故宫试行每日限流 8 万人与实名制售票。[①] 我作为一名中国传统文化的爱好者,曾三次踏入故宫的大门,用自己的双脚丈量这片中国古老的政治文化中心,这是我一生中的荣幸。

我第一次进入故宫,尚属学龄前的童年时代,当时是父母带领全家人游故宫。依稀记得步入午门后见到了巨大石狮的惊讶,当时我已无力再行,告知父母走不动路了,是在母亲的背行下进入故宫。我第二次参观故宫是 1988 年 8 月间,当时是上午入宫,下午 4 时许离去。由于参观时间较充分,基本走遍了故宫中已开放的前三廷、后三宫、东西十二宫,并浏览了各文物陈列馆,而在珍宝馆中的停留时间尤长。当时曾留下过详细的记录,可惜的是这一记录在我次年赴北京参加中央党校廉政文化学习班时,因书包被窃,而未能保存下来。第三次游故宫则是本次,因入园时间较迟,再加上此时的游客人数已是众多,只能跟着人群行走,因此我游宫的重点不是观赏文物,而是寻找在记忆中所保存的历史事件记录。

在随人群走出“后三宫”的最后一宫坤宁宫后,我急趋故宫东北角的建宁宫群,试图寻找到“珍妃井”以寄托悼古之幽情。但是当时充当“珍宝馆”之用的建宁宫群入口处已拦起了长绳。一位老年工作人员对我说:现在已是下午 4 时,珍宝馆只准游人出,不准游人进。我对这位长者说道:我以前曾看过珍宝馆,这次不想入内了,此次来故宫,只想看一下“珍妃井”的模样。老年工作人员笑着放开绳索,指着珍宝馆门口的一口井对我说道:就是这口井。我急速冲至井边看了一下,发现井口甚小。我回转身后心存疑虑地问该工作人员:“这么小的一口井也能淹死人?”该工作人员回答道:别说是一位娇小宫女,就是一个大男人,这口井照样也能淹死。

看完珍妃井后,我急速跑向“西六宫”,参观当年慈禧太后曾居住过的“储秀

---

① 数据转引《百度词条·故宫》。

宫",因为我知道庚子之变时,慈禧太后是由此宫逃出北京城的。离开储秀宫,我想按进故宫时原路,返还故宫正门,但此时储秀宫通往故宫正门的道路已被封闭,我只得出故宫后门神武门,沿着故宫东侧护城河边,绕道至天安门后故宫正门取出我入宫时寄存的书包,时已下午4时40分。路上所见是:护城河边两个老头在一株大柳树下下象棋,旁边围着一群人在观看。我十分羡慕这群人的悠闲精神,真可谓"小隐隐山林,大隐隐市井"。而我一辈子都在给自己的人生定任务,匆忙行走,不知何时才能像这群人一样轻松下来?

在故宫午门口取出自己寄存的书包后,行至中山公园门口坐52路公交车抵礼士路长安商场浏览,想给家妻买一双时髦的轻便鞋带回上海,然而价格惊人,竟要375元一双,这非我当时的工资收入所能承受的,只得作罢。入夜,细检半日游故宫所得,得诗二首,记以留念:

游故宫珍妃井忆庚子旧事(1999.3.26)

西后愚顽启衅端,储秀宫闲走皇辕。[①]

维新勿忘佳人泪,留有古井诉陈冤。[②]

① 储秀宫位故宫西六宫北端,系西太后居所。

② 珍妃井在故宫内现珍宝馆入口处。

七律　故宫感怀(1999.3.26)

紫禁城头细雨蒙,御河桥畔桃花红。

童年到此依稀记,壮岁留连入梦中。

帝业茫茫今已逝,人生渺渺岂无终?

苦吟但望存佳句,情意永与天地同。

2018年10月5日

关于北京护国寺的回忆（京华春行之四）

1999 年 3 月 27 日,星期六,晴。

今天是在北京参加"国家体制改革"学术研讨会的最后一天,基本安排是上午参加会议,下午返故里护国寺太平胡同三号忆旧,晚间则要登上返沪的列车。

晨 5 时 30 分起床,晨练,6 时 45 分返住处。北京早晚温差甚大,夜间最低温度可达零下 1—零下 3 度,但白天日出后,可迅速升温至十几度,很不适应。上午 8 时 30 分,至住处附近邮局给中国社科院周颖昕、刘晖春两位老师寄上自编《中华当代诗词风赋二百家》二本,返燕京饭店参加学术会议,会议内容为中央党校罗德毅教授谈国家政治经济体制改革问题。中午 12 时学术会议结束。

午餐后,坐 4 路公交车至西单换 2 路公交车,下午 2 时 30 分寻访故宅过护国寺,见原地仅存"护国寺金刚殿"一座,且被封闭,不得入内。寺前尚有一片不大的空地,四周已被低矮的楼房包围。观此景象,甚感凄凉。

护国寺位于北京市西城区,距离闹市新街口的位置很近,属旧时北京著名的八大寺庙之一。① 而据有关文献记载:护国寺始建于元代,原为元丞相托克托(又作脱脱)官邸,初名崇国寺,俗称"北寺",至明宣德四年(1429 年),始更名为"大隆善寺",明成化八年(1472 年),皇帝又赐名"大隆善护国寺"。此见于明代古籍《帝京景物略》所记:"大隆善护国寺,都人呼崇国寺者,寺初名也。……寺始至元,皇庆修之,延佑修之,至正又修之。元故有南北二崇国寺,此其北也。我宣德己酉,赐名隆善。成化壬辰,加护国名。"②

而至清康熙六十一年(1722 年)重修寺庙时,护国寺达其全盛时期。据清末戴钧《天咫偶闻》一书所记:前后共五进,碑刻甚多,有赵孟頫书《皇庆元年崇教

---

① 北京旧时著名的八大寺庙分别指:隆福寺、护国寺、妙应寺、普渡寺、雍和宫、白云观、蟠桃宫、东岳庙。
② (明)刘侗、于奕正:《帝京景物略》,崇祯八年版。

大师演公碑》、危素撰并书《至正二十四年隆安选公传戒碑》等。寺内除供佛像外，尚有元丞相脱脱夫妇塑像、明成祖朱棣功臣姚广孝影堂等，另有葡萄园数亩，可见规模之大。而当时护国寺最令人称道的是每月逢七、八两日举行的庙会，与北京隆福寺同时举行的庙会齐名，始有"西寺"之名（位置在隆福寺之西），而当时的隆福寺则对称为"东寺"。因此戴钧谓："隆善护国寺，俗称护国寺，即元之崇国寺。赵松雪书演公碑，危太仆书选公传戒碑皆在殿东阶下。月七、八有庙市，与隆福寺埒，而宏敞过之。"①《燕京岁时记》则称颂当时护国寺庙会的盛况是："凡珠玉、绫罗、衣服、饮食、古玩、字画、花鸟、鱼虫以及寻常日用之物，星卜杂技之流，无所不有。"②另有《京都竹枝词》赞护国寺庙会盛况为东西两庙货真全，一日能消百万钱，多少贵人间至此，衣香犹带御炉烟"。③

当时的护国寺庙会，不仅货摊多，货物齐全，可以自由买卖。而且可以吃小吃，听相声，听评书，看杂耍，看皮影，看小人书等等，可以说是吃、穿、玩、用，样样俱全。时至民国年间，护国寺的建筑已残破，但护国寺的庙会盛况却一直保留下来了，且这一传统一直持续到了新中国成立后的 1957 年，而为童年时代的我所亲见。

我当时所看到的护国寺，小吃摊众多，可惜我是孩子，无钱买。只记得吃过"阿无豆"（五香蚕豆），约 3 分 1 包；烤白薯片，约 2 分 1 片。还喝过一种名为"浆茶"的流汁，可谓人间美味，可惜无缘再喝。

当时护国寺可供孩子们玩耍的方式很多。一是孩子们自娱。记得在护国寺前有一个大石乌龟，背上驮着一块很高的石碑。孩子们常坐在石龟身上玩耍。石龟附近有一棵大枣树，孩子们秋天常在树下捡熟透了掉下来的红枣吃。附近还有一棵老白杨树，孩子们常用树上掉下的叶梗相互拉扯，谁的树梗断了，谁就算输。有时孩子们在树下用手拍"小人片"（扑克牌大小的纸片上印有各种图像），拍翻身算赢，拍不动就得输给对方。

在护国寺一段残垣上，坐着卖蛐蛐的老头，告诉孩子们北京老城墙脚的蛐蛐最厉害。有时小孩去买蛐蛐又没有钱，老头就用油葫芦来糊弄孩子。油葫芦虽然也会相互间斗，但大人买油葫芦通常不斗而是听鸣叫声，其价格自然要比蟋蟀

---

① （清）震钧：《天咫偶闻》，北京古籍出版社 1982 年版。震钧（1857—1920 年），姓瓜尔佳氏，字在廷（一作亭），满族人，汉姓名唐晏，号涉江道人。

② （清）富察敦崇：《燕京岁时记》，光绪三十二年（1906 年）初刊，1961 年北京出版社根据原刻本排印，将其与潘荣陛著《帝京岁时纪胜》合为一书。

③ 《京都竹枝词》，清得舆著，又名《草珠一串》，共 108 首，有清嘉庆二十二年刊本存世。

便宜了许多，一两分钱就可买到。而小孩买了油葫芦却不认得，认为买到了一只大蟋蟀，心中十分高兴。

当时护国寺可供小孩子看的东西很多，如看皮影，看五彩镜，看"小人书"，看套圈，都是当时孩子们的乐趣。前二者大约是一分钱看一次。"小人书"大约是一分钱看两本。记得当时护国寺有许多摆连环画摊的，摊前常坐着一群群的孩子在入神地看连环画。孩子们能在这里看到的连环画有《三国演义》、《水浒》、《说岳全传》等许多古代"骑马打仗"的故事，能看到《七侠五义》等剑侠故事，能看到《西游记》、《聊斋》等神话故事，还能看到解放军打仗、抓特务的现代故事。套圈是一分钱投一个圈，圈为藤条编就，在一定距离线之外放着好几排可被套的物品，有泥娃娃、香烟、火柴盒、镜子、玩具车、搪瓷杯、饭碗等等。买圈的孩子通常套不中，就得白白赔钱。但有一次我看到一个大人买了许多圈，随手抛出，几乎没有落空的（仅有一二只圈未能套中），抛圈者大概来自马戏团，摊主最后赔尽了东西，只得收摊走人。

护国寺有一位画家会拿着两块小木片蘸着五彩颜料，在地上铺的白纸上画出栩栩如生的花鸟、蝴蝶等，买画的人很多，两毛钱一张。有一次家父也花了两毛钱，从其手中买了一张蝴蝶画，在家中墙上贴了很久。

护国寺有练把式的摊子，除摔跤外，尚表演气功。有一次我看到一位光膀子的壮汉大叫一声，右胸的肌肉突然高起了很多，左胸的肌肉却萎了下去。又大叫一声，左胸的肌肉突然高起了很多，右胸的肌肉却萎了下去。随后他叫人搬来一块巨大的石块，压在胸上，头上扎紧毛巾，叫人用大铁锤锤打石块，最后石块断裂了，人却安然无恙。看着这样的表演，当时孩子们的心中都充满着惊奇。

护国寺有一个会变戏法的老头，拿手戏是用嘴喷火，能喷出长约一二米的火焰；此外，能够从身披的长褂中拿出一样样的东西，有鱼，有关在笼子里的兔子等等。我最佩服的老头功夫是用一根长针锥刺入眼中，眼睛却丝毫无损。有一次我与哥哥及邻伴小锁抑制不住心奇，趁老头收摊位时，从老头工具箱中找出这根针锥查看，往上一举，针锥即掉入柄中，原来老头用以变戏法的针锥后柄是空的。当老头发现我们三个孩子发现了他的秘密后，大为恼火，冲着我们大叫："谁叫你们翻箱子的！"吓得我们三个孩子放下针锥，拔腿就跑。

到护国寺玩，最令我神往的，还是听民间评书艺人说《三侠剑》。评书大致内容是讲清初剑侠郑应如何"三下台湾"，最后使台湾回归朝廷。说书者不知姓名，说到关键时刻，惊堂木一拍，叫道："欲知后事如何，稍后分解！"或作"请听下回分解！"随后举着盘子请听众赏钱。有一次一位大人给了许多钱，说书人要找钱，给钱者不允。我们孩子听说书是不收钱的,但不准坐凳子(长条板凳),只准站在后面听。该说书艺人是隔天在护国寺说书,隔天在白塔寺说书。

平心而论,此说书人的水准比单田芳高。单田芳说书嗓子沙哑,使人听了不太舒服。而此位说书艺人操着一口标准的北京话,听众上自六七十岁的老人,下至五六岁的小孩,都听得津津有味。我记得有一次冬天听说书,因站得太久,来不及找厕所,而尿湿了棉裤。我迄今尚记得这位说书人常用的形容战场台词是:"刀枪如麦穗,剑乾放寒芒。"叫贾明的名号是:"金钱麻子,罗圈腿,贾明,贾申午。"叫剑客夏候商元的名号是:"镇三山,侠五月,赶浪巫师,鬼见愁,大脑袋,夏候商元。"形容某一位神箭手的功夫是:"一张弓威服海外,三枝箭射短乾坤。"形容郑应的飞镖神技是:"三枝金镖压绿林,甩头一指震乾坤。"而郑应的机智、勇敢,女贼鹿角香的狡诈、美貌,在这位民间艺人的口中都栩栩如生。要知道在护国寺听民间艺人说书时,我才是一个五六岁的儿童,完全不理解他讲的一些台词的含意,只是硬记记住了。随着学龄的增长,我才逐渐理解了其含意。由此更可见说书人的评书神技。说来也是缘分,我在人生道路上最终选择历史作为自己的专业,与童年时代在护国寺听说书、受到这位民间艺人的启蒙教育有着直接关系。正是由于听到这位评书艺人所述说的古代剑侠故事,才激起了我后来对中国历史学科的深深兴趣。在此我留下这一段文字,也算是表达对这位童年时代相遇的、不知名的评书艺人的敬意。

护国寺庙会的消亡,是始自1956年逐步开展的公私合营运动。根据有关回忆资料:先是以卖小吃著名的许多摊贩被集中到隆福寺营业,至1957年庙会时还偶在这里摆摊的小摊贩以及卖艺者,人数已日益减少,逛庙会人数也日稀。此后,庙中的建筑逐渐被一些单位占用,大部分建筑被拆除,改建为供居民居住的楼房,最后护国寺剩下来的,仅是我来时所看到的"护国寺金刚殿"三间、后殿的配间,以及殿前保留下来的一片不大的空地。至此,一个有着三百年历史的护国寺庙会彻底消失了。

我始终认为护国寺庙会的丧失,是中国传统文化的悲哀。因为护国寺庙会本身所凝聚的是中国传统儒学所倡导的社会和谐精神,它通过"和而不同"、信达雅共存的民俗文化市场形式体现了出来。这一民俗文化市场的存在,给成年人提供了健康的娱乐市场;给心灵尚待成长的儿童,提供了以俗化人的教育市场,向他们灌输了正直做人、热爱祖国的民族情感;而给一些生活无着、又有一技之长的小商、小贩、文化艺人提供了就业场所,减少了国家安排民众就业问题的困难,维护了社会安定。而用今天的话来说,当年的庙会盛况,即国家"第三产业"

的成长。我 2006 年在主编《社会治安综合治理论》一书时,曾把基于童年时代产生的、对于护国寺民俗文化市场作用的认识,作为一条建议写入,呼吁"扶植优秀的中国民俗文化市场,使儿童和青少年在走上人生道路之初,能够在潜移默化的社会生活中培养起民族精神和公德意识。"①但可惜的是,我的建议得不到任何回响。

在这里顺便说两句题外话。在北京作为著名民俗文化市场消失的,决非是护国寺庙会一处。比护国寺庙会更为知名的有"天桥"民俗市场,所谓"天桥的把式只说不练",作为一句成语传播至今。但 1988 年我到天桥参观时,发现原地除空余一地名外,已一无所有了。当时在北京与护国寺齐名的,尚有其他七大寺庙,分别为:

隆福寺,位于东四十字路口的西北角。始建于明景泰三年(1425 年),初时番(喇嘛)、禅(和尚)同驻,清代成为单一的喇嘛庙。

妙应寺,俗称白塔寺,位于西城区阜成门内大街上。始建于元代,属藏传佛教格鲁派寺院,寺内的白塔是中国现存年代最早、规模最大的喇嘛塔。

普渡寺,位于南池子大街东侧。始建于明永乐年间,初名皇城东苑,又名"小南城",是明太子居所,清初改为摄政王多尔衮的府邸。乾隆二十年(1755 年)赐名普渡寺。

雍和宫,位于北京市区东北角。清康熙帝三十三年(1694 年)始建,赐予四子雍亲王,称"雍亲王府",乾隆皇帝即诞生于此。乾隆九年(1744 年),改为藏传佛教寺庙,掌管全国藏传佛教事务,系清王朝中后期全国最高规格的佛教寺院。

白云观,位于西城区西便门外。始建于唐代,初名天长观,为唐玄宗奉祀老子的道观。金末重建,改称"太极宫"。金末,全真道"北七真"之一丘处机入驻,成吉思汗特敕改宫名为"长春观"。次年丘处机死,弟子尹志平接掌,葬丘处机尸骨于长春观东侧下院处顺堂(今"丘祖殿"),并奉之为全真教龙门派祖师,将白云观设为龙门派祖庭。从此,白云观成为北方道教中心,与南方龙虎山张天师派道教对峙。

蟠桃宫,道观,位于东城区崇文门东大街东口。始建于明代,清康熙元年(1662 年)重修。

东岳庙,位于朝阳门外大街。始建于元代,后经多次扩建,成为中国北方最大的正一派道观,有"华北第一道观"之称。

---

① 见刘惠恕主编:《社会治安综合治理论》,上海社会科学院出版社 2006 年 3 月第 1 版,第 126 页。

上述北京七大寺庙，在历史上也各有其庙会，但结局大多同护国寺庙会，最终走向消亡。而历史上常有这样的现象：当一种文化形态存在时，人们往往认识不到其价值，在其消亡后，方加以寻找，但已难返其初。愿我此文，能引起人们对于重建中国民俗文化市场的重视。

我 1957 年随家父由北京移居上海读书，可谓护国寺庙会历史的最后见证者。成年后曾三度返护国寺忆旧，因已无法看到童年时景象而伤感。当年曾填忆旧词一首，仅录此存念：

满江红·忆"文革"间返北京护国寺太平胡同三号故里（1995.1.3 上海）

古寺垣残，香径冷、仅余归雀。太平里、胡同颓倒，危房叠错。何处寻街头艺耍？再难觅评书之乐。寸目光、毁胜迹何多？添孤漠。 忆少幼，亲情灼。烤白薯，玩相扑。慨乡邻龚雪，怎还昨昔？感世道浮尘若梦，辞京华卅年飘泊。叹人生、能欢聚几回？徒失魄。

2018 年 10 月 11 日

返北京太平胡同三号故里（京华春行之五）

1999 年 3 月 27 日，星期六，晴。

上午在北京燕京饭店参加学术会议，下午 2 时半，经护国寺寻访至故里太平胡同三号。

太平胡同是一条东西走向的胡同，长约 200 米，宽 4 米，东接护国寺，西连新街口南大街，南端与"百花深处"胡同相邻。据说当年在护国寺庙会全盛时，位于"护国寺西廊下北口的太平胡同"为狗市，专卖"哈巴狗"，狗脖上系一个小铜铃，驯顺可爱，会用前腿作揖欢迎客人。而在前清时，贵重的狗要值几两至数十两银子一只，民国以后，则为银元几元至数百元一只。[①]

但是我童年时代生活过的太平胡同，已非旧时代的太平胡同，自然也无法看到狗市和漂亮的哈巴狗。留给我的最深刻印象是：在 3 号院大门口有一对半人高的石狮，大门的上框装有青龙饰琉璃瓦，周边长长的围墙上檐，也有类似的装饰。这俨然是一派清代王府的形象，而与周边陈旧的胡同建筑，形成了太大的反差。

而听老一辈人说，太平胡同 3 号大院在清代是恭亲王奕䜣的府邸。为了确证此事，我在写此文时，特地查阅了一下有关"恭王府"的资料，发现真正的恭王府虽距太平胡同不远，但却不是一个地方，其位于太平胡同东面德胜门内大街的东侧，即现今北京市西城区的柳荫街上。在历史上其曾先后是和珅、永璘（乾隆帝十七子[②]）的府邸，直至咸丰元年（1851 年），才成为恭亲王奕䜣的府邸。恭王府内有假山、湖池，自然要比太平胡同 3 号大院阔气得多，所谓："一座恭王府，半

---

① 参《护国寺》(2011 年 3 月 26 日)，ttp://www.mafengwo.cn/i/682120.html。
② 爱新觉罗·永璘(1766—1820 年)，清高宗乾隆帝的十七子，封庆僖亲王。永璘是乾隆最小的儿子，生母为孝仪纯皇后魏佳氏，系嘉庆帝爱弟。

部清朝史"。但话虽如此说,太平胡同 3 号大院何以又被老一辈人传为"恭王府"呢?个人认为太平胡同虽非直接的恭王府,却与恭王府有一定的关系,即其应该是恭亲王奕䜣某房姨太太的私邸,其所有权属于恭王府,因此在人们的口传中,太平胡同 3 号大院也就成了"恭王府"。

　　跨进太平胡同 3 号大门,首先看到的是一道照壁。过照壁,应是四进大院。而在我童年时代的记忆中,大院是用作北京电影制片厂的宿舍,院中共住了一百多户人家。其中,大门入口左侧的平房院子,住着中国电影界的前辈工作者谢添(1914—2003 年)及夫人杨雪明(演员),于蓝(1921—2020 年)等人;而在右侧一长排平房中,住着当时中国电影界的前辈工作者方化和陈强(次子陈佩斯为著名喜剧演员)等人。在这片平房前的院子中有一棵海棠,我小时候曾吃过用开水浸泡的树上掉下的海棠,记得味道是酸酸的。此外,在一进大院的某边侧位置,应该还有一个抚育过不少北影子弟的幼儿园,因为我依稀记得童年时代我与家兄都曾进过这家幼儿园,有一次我在滑滑梯时,从梯上摔下哭了,家兄却在旁边笑,这也是我平生中的最早记事。

　　进入二进院,有一栋约两层高的筒子楼,样式相当于上海的多层老公房,只是稍矮。居住着后来与我家共同移居上海的王为光叔叔、苏伟阿姨全家,另居住有一位在我童年记忆中会到北京老城根抓蟋蟀的"王新录叔叔",以及其他一些人家。而据有关回忆:此楼的建成时间约在 1954 年,当时曾作为新中国成立后,拍摄第一部儿童影片《祖国的花朵》时的摄制组驻地。[①]

　　进入三进院,这里有一个小放映室,曾是我们儿童的乐园。记得在这个放映室中,我看过苏联电影《生活的一课》与《乡村女教师》。其中前一部影片讲一位女大学生爱上了一位总工程师而结婚,但丈夫在工作中独断专行,只能使用阿谀逢迎的小人,屡经规劝不听,妻子决心带着儿子出走,在旧日同学的帮助下,完成了学业,开始了独立的生活与工作。而其丈夫则因为工作失误,被发配到某工地去当队长。就在丈夫落魄之际,妻子又带着儿子回到了其身边,二人开始了新的生活。后一部片子则讲某师范院校的女学生大学毕业后,来到一个边远的乡村学校当教师,在克服了种种生活中的不幸后,最终培养出的许多学生都成为国家的栋梁。这后一部电影颇使我童年时代的心灵受到感化。当时还看过一部名为

---

① 参见吕大渝:《走近往事:一位共和国第一代女电视播音员的自述》,中国文联出版社 1999 年 6 月第一版。电影《祖国的花朵》在北京拍摄,1955 年初夏摄制完成,影片中的插曲《让我们荡起双桨》传唱至今。

《天堂里的笑声》的英国片,只记得其中有一个镜头是许许多多儿童爬上了滑梯。当时看过的国产片有两部,一悲一喜。悲的是电影《一江春水向东流》,由上官云珠等人主演,大人看后都说伤感,而我当时年纪太小,看不懂情节,只记得最后一个场面是有一位妇女投江了。喜的电影是由相声大师侯宝林与郭启儒主演的《游园惊梦》,当时笑破了全场观众的肚子。

在此需要指出的是:位于太平胡同3号三进院的小放映室,是新中国成立之初的第一个电影文化中心,当时国家领导人周恩来总理等人,曾多次来此看电影。每当中央领导人来此看电影时,家父等住院北影厂职工便充当临时保卫人员。此事我曾听家父口述,是以得知。家父名刘思平(1924年2月13日—2003年11月20日),山东蓬莱人。1945年参加革命,21岁任我党创建的第一家电影厂——"东北电影制片厂"行政科长,后专事创作,曾先后担任兴山与长春东北电影制片厂编剧、编剧科长、编导室秘书、北京电影制片厂新闻纪录片编导、中央电影局剧本创作所选稿员,1957年始调上海科学教育电影制片厂任编导。而家父居太平胡同3号大院期间,因身材高大,每晨练举铁杠,有"大力士"的绰号,因此每当国家领导人来太平胡同3号大院小放映室看电影时,自是成为首选保卫人员。可惜的是,我离京后1968年第一次返故里忆旧时,小放映室已拆除。

步入太平胡同3号四进院,院尾一栋约30平方米的平房,为我家住处,记得后屋有一个天窗,小时候我与家兄常趴在天窗口,看院外新街口大街过往的车辆与行人。大街口有一家馒头店,我与哥哥曾奉家父命到这家馒头店来买"白面馍馍"。在我家的对门,大约住有后来与我家同时移居上海的周克叔叔(后任上海科学教育电影制片厂党委书记)、王乡文阿姨全家。另住有小名为"小臭"的其他人家。周克叔叔的长子小锁与我及家兄为玩伴,关系较熟。记得一次傍晚小锁与小臭在院间打架,小锁因年长两岁,把小臭摔倒在地上,小臭哭了。可以肯定地说小臭即当时电影演员韩郏的儿子,学名韩小顺。我1968年在太平胡同3号大院看望一位吴姓旧邻时,曾碰到过他,长得又高又壮(约高出我半头),告诉我他就是我童年时的玩伴"小臭"。但是后来听说他"上山下乡"时,在延安山上砍柴,不慎坠崖身亡。听了他的死讯,我心中十分难过,因为我们毕竟是同一时代的人。

我1988年8月间到北京,是我家移居上海后的第二次返故宅探望,变化之一是门牌号码改换成了"新太平胡同11号",余则照旧。当时门口一群孩子拦着我不让进入,问我找谁?此时一位带着几个孩子的年轻女子看了我一眼说:"有些脸熟"。随后带我到家中与其母亲相见。其母名刘春惊,尚能记住我的小名,谈起往事,不胜唏嘘。我问起其丈夫状况,刘阿姨回答:你韩伯伯前两年到野外拍电影,被毒蚊子咬了,遂昏迷不醒,已长年卧床。我问起其女儿的情况,回答刚从大兴安岭返京未久。按刘阿姨所说,她女儿也曾经历过上山下乡,童年时尚与我们一起玩耍过。怪不得其女儿先前在大门口与我相遇时,说有些脸熟。而真正使我惊讶的是,其女儿相貌与真实生理年龄的差距之大。因为我1988年赴北京时,已年届四旬,其女儿年纪再小,也该有三十余岁,但看上去仅有二十余岁,年轻漂亮,只是身材稍矮。而在我童年记忆中,小臭家的位置,即刘春惊阿姨家的住址,只是我未敢细问其是否即刘阿姨的儿子。

而我这次赴太平胡同3号大院探望,情形已是大变,原"新太平胡同11号"门牌旁,已挂上了"航天胡同"的门牌,估计"太平胡同"将更名为"航天胡同"了,更名原因则不明。而据我所知,"太平胡同"是一个历史称谓,约始自清代,再早的历史已无从考察,而太平胡同的改名,将意味着这一段历史的消亡。步入院内,原太平胡同3号大院内的建筑均已拆除,造起多栋六层高的公房。我家旧居由于位于大院最后,尚未及拆除,但室内已经清空。向门房查问旧邻刘春惊情况,云住6单元2楼,但由于新房刚刚交付,装修尚未及完成,人可能不在。门房只允许我入内看看,人不在即出。我这次去太平胡同3号大院,原本是想送给刘阿姨一本我新近主编出版的诗集《中华当代诗词风赋二百家》(学林出版社1998年4月第一版),因为集内收有我1988年与其相见时的忆旧诗一首,而恰巧该日刘阿姨未来新居,在门房师傅的催促下我只得离去,时为当日下午3时。特附此诗于下,以示怀念。

七绝　回北京护国寺太平胡同三号故居见旧邻刘春惊阿姨感赋(1988.8.7)

京华一去三十年,两鬓渐霜回故园。

幸遇旧邻谈往事,尚知彼此在人间。

在此顺讲一下我所知晓的、曾居住于太平胡同3号大院的其他老邻居状况。除上已提及的之外,尚有桑夫(导演)、赵莹(导演)夫妇;赵子岳(演员)、张健(老干部)夫妇;池宁(美术师)、徐清扬(干部,"文革"中自杀)夫妇;陈怀恺(导演)刘彦弛(编辑)夫妇,其子陈凯歌,亦中国著名导演,后入籍美国;以及电影演员于洋等等。[1] 在此还想提一下我父亲在东影时期的老同事李芒与马寻的情况,只是

---

① 参白羽:《六十年代后期北影宿舍(太平胡同)文革琐忆》(2011年8月),http://blog.sina.com.cn/s/blog_8b9456720100xagk.html。

我不知道他们是否曾在太平胡同 3 号大院中住过。李芒（1920—2000 年），辽宁抚顺人，曾任东影宣传科副科长，新中国成立后，历任文化部电影局秘书科科长、《世界文学》编辑部副主任、中国社会科学院外国文学研究所研究员、中国日本文学研究会副会长等职，著有《日本文学古今谈——投石集》（译著评论集），译著有《没有太阳的街》（［日］德永直著）、《在外地主》（［日］小林多喜二著）等。马寻（1916—？），沈阳市朱尔屯人，1945 年后历任长春电影制片厂制作处处长、研究室主任、编导组编剧、《辽宁画报》主编等职务，著有《风从昨日吹来》（长篇小说）、《塞外梦》（诗集）等。其子马池，在中国某基地从事核工业研究工作，曾代表其父两度到上海来探望家父。李芒曾写有一首七言绝句寄马寻，马寻又转寄家父，我看后颇为感慨，特抄录于下：

感　怀

少年慷慨悲中晚，壮岁飘零爱少陵。

似此生涯真浪废，未曾一语创新声。

抄录此诗，是因为我也是一个有半拉子诗人气质的人，颇能理解作者的心态。

在此之所以提到这么多北京太平胡同旧邻的情况，是因为这批人是新中国的第一代电影工作者，他们的个人历史，也代表了一部新中国电影事业的发展史。

这些人大多是青年时代投身革命，然后成为中共创立的第一家电影制片厂——"东北电影制片厂"的工作人员。该厂先设立于兴山（今黑龙江省鹤岗市），因此又称"兴山电影制片厂"。随着解放战争形势的发展，该厂又迁吉林长春，因此又称"长春电影制片厂"。而在新中国成立之后，由于国家电影事业发展的需要，他们中间的部分人被从东北调至北京，设立北京电影制片厂。而从北影厂中，又分立出了"八一"电影制片厂。而始自 1952 年，国家又从北影厂职工中抽调部分人员南下上海设立"上海电影制片厂"。这批人的实际成行时间是 1957 年，而从"上海电影制片厂"中，共分立出"上海科学教育电影制片厂"（专拍科教影片）、"上海天马制片厂"（拍故事片）、"上海海燕电影制片厂"（拍故事片）三家电影厂。而家父调上海科教电影制片厂任编导的时间为 1957 年，我也是在这一年，随全家人搬迁至上海开始了学生生活。

而上述旧邻中，颇有一些后来中国影视界的名家，如谢添，是电影《洪湖赤卫队》的编导；于蓝，是电影《在烈火中永生》中江姐的扮演者；陈强，是电影《白毛女》中恶霸地主黄世仁的扮演者；方化，是电影《平原游击队》中日本军官的扮演者；于洋，是电影《大浪淘沙》中靳恭绶的扮演者，等等。可能在现在年轻人的心目中，他们应是那一时代的"明星"。但是准确的说法，却应该称其为"革命同志"或革命者。强调这一点是基于以下三点原因：

一是他们都是早年为寻求救国救民真理而投身于中国革命事业的革命者，历经磨难，他们中间的不少人都能把革命气节保持终生。如新中国电影界前辈陈强（1918—2012 年），1939 年参加革命，中共党员。在延安时代演话剧《白毛女》时，因扮演恶霸地主黄世仁，差点被纯朴的战士拔枪打死。家父的老同事于洋（1930— ），中共党员，15 岁时参加革命，新中国成立后，因演电影《英雄虎胆》《大浪淘沙》中的男主角而名扬全国。时至 80 余岁的晚年，身体尚健，一次酒商找上门来请其做广告，条件是：只要对着镜头说一句"好酒"，即给酬 10 万元，被其一口回绝。理由是"我革命一生"，在电影中扮演革命者要求人们革命，岂能在现实生活中为金钱折腰。我在央视四台看到主持人孟惠南对于老这一事迹的采访后，颇为感动。[①]

其次是这批人在战争年代，曾为新中国创建从事过忘我奋斗，而并非仅仅停留于大后方拍拍电影。据我所知，东北电影制片厂成立之初，实质上隶于四野编制，一些优秀的电影工作者亲上前线，冒着敌人的枪林弹雨，摄制了大量的战争新闻片，如《民主东北》等等，为新中国的成立，留下了宝贵的电影文献记录。而东影厂优秀的摄影师张绍柯、杨荫萱、王静安等人，都为此在战场上献出了宝贵的生命。而仅以我所知晓的家父事迹，1945 年参加革命，21 岁时曾任东北电影制片厂的行政科长，此后亦曾参加过东北的剿匪与土改工作，此类工作决非无生命危险。家父曾有诗记其事："原始林中夜觅村，惟闻狼吁与狐吟。木轮车缓强爬动，双马驾辕勉力奔。泞路没轴几度陷，手推下水冰窟深。黎明将至犬群吠，马累人疲俱奋欣。"（七律 去鄂伦春途中）而当时在东影的工作者，长期实行的都是部队的供给制度，直至 1955 年，这一分配制度方被工资制取代。

其三是这批人都是民族主义者，讲求职业道德，没有人以做中国人为耻，以加入外籍为荣。尽管出自职业的特殊性，这批人难免受到新中国成立初期的种种政治运动冲击，受到不公正的待遇，但仍兢兢业业地工作，以道德持身。仅以我所知晓的家父情况，一辈子都是勤勉工作，尽管多次得到学术荣誉，但从未拿

---

① 事见 2017 年央视四台采访于洋事迹，主持人孟惠南。

过分外的一分钱。用他们那个时代的话来说,这是"为党、为祖国、为人民工作"。家父毕生所得到的,仅是他作为离休干部所应得的工资待遇。家父去世时,单位又给了 10 万元钱,原因是补助生前住房不足的那一部分面积。而"文革"之中,家父难免关"牛棚"的命运,性格变得不近人情,但仍不改初衷,直至晚年,尚能赋诗言志:"烈士泉傍骨未磷,陵前松叶已成荫。红旗插遍人间世,赤县千秋护国魂。"(七绝 茅家岭烈士塔前)

总之,这一批人是新中国成立后的"第一代革命文艺工作者",而对于新中国事业的创建,他们也曾贡献出了自己的力量。终于,中国老一代电影工作者离我们远去了,他们的革命精神也远去了。

而不知何时,中国电影界开始蜕变,拍电影的目的,不是为了教育与升华国民精神,而是为了拿"奥斯卡奖"。影视界中充斥着"潜规则"、偷税漏税等种种丑闻,有的人以加入外籍为荣,以做中国人为耻。银幕中以往以人民为主体的勤恳工作的主角形象少了,占据舞台的,多是拿着天价高薪的"小鲜肉"与"大美女",演绎着"三角恋"、宫斗、色情、暴力、金钱争夺等剧情。而在这些不良影视节目的影响下,青年学子的最高人生理想已不再是当兵保卫祖国,当医生、科学家、教师……,而是当拿取天价高薪的影视明星、歌星,以及申请西方绿卡出国定居等。但是,一个国家如果没有讲求职业道德的普通劳动者以及各行各业人士的努力奋斗,又如何能前进呢? 更为严重的问题是:对于上述中国影视界中存在的问题,不能进行有效批判,一批判,有人就会以"成绩是主要的"这句话来加以搪塞。我们不能否定的是:哪怕是人类历史演进至 21 世纪的今天,仍有一些有良心的中国影视工作者,拍摄出了《彭德怀元帅传》等优秀的影片,但这并不能消减现今中国电影界中的阴暗面。而对于上述中国电影界中的蜕变现象,我作为一个老东影工作者的后人,除了深表愤懑之外无可奈何,只能把自己所知晓的事写出来,供有解决问题能力的人参考。

最后,想借此文顺便谈一下与太平胡同相邻的"百花深处"胡同的情况。做此说明,是因为该胡同是我童年时代常叫家母带我去玩耍之处;原因之二则是因为此胡同名甚雅,近年来常被人们作为北京胡同名的代表者,但其真实历史却并非如此。

"百花深处"胡同现属北京西城区什刹海街道,东起护国寺东巷,西至新街口南大街,北与新太平胡同相通。根据有关数据,该胡同长 147 米,宽 3 米。而我成年后几次返北京故宅时都曾经过"百花深处",既未见该胡同深处有花,亦未见其与太平胡同有何特异之处。一次我不解地询问家母：该胡同何以有此雅名？家母回答：它是旧中国妓女营业场所，故名。至此，我方恍然大悟。

而随着历史的推移，可能是居于该胡同中的人认为其名寓意不雅，脸上无光，因此为之注入新义，甚至还编了歌曲。代表性说法是：据《北京琐闻录》记载，明万历中，有张姓夫妇在新街口南小巷购地二三十亩，以种青菜为生。逐渐有钱，便在园中辟地种植牡丹、芍药，又挖池种莲藕，植木叠石为假山。久之该地绿树成荫，小舟往来于清绿之中，兼鸟语花香。因此城中文人雅士均来游赏，谓之"百花深处"。据说此说又出自民国年间久居北京的日本学者多田贞一所著《北京地名志》一书。① 但是此说并无实证依据，因为始终未见原始引文，因此不足信。

而有关"百花深处"胡同得名的真实依据，始见于清乾隆十五年（1750年）内府所绘之《京城全图》，称之为"花局胡同"。② 而"花局"二字，在清代有其固定含义，即指有妓女陪侍的酒宴，此见于清人恽敬的《答方九江书》："若酒场花局，诗席文坛，敬方折节天下士大夫，醉固不狂，醉亦如醒也。"③此外，"局"字具有管辖机构的含意，因此，"花局"二字亦可释意为妓女管辖处。而清制，常将有罪官员的女眷没为官奴，即当官妓，在满清政权入主中原之初，曾将大量明代士大夫的女眷收为妓女，集中管理。而据我判断，今日北京之"百花深处"胡同，也正是清初集中收编妓女之处，因此得名"花局胡同"，它决非是当时人种植花卉的场所。而"花局胡同"字义今译，即妓女营业胡同或官府管理妓女的胡同，此意显然不雅，因此始有光绪十一年（1885年），朱一新《京师专巷志稿》改称"花局胡同"为"百花深处胡同"之举，以及民国后去除"百花深处胡同"名中"胡同"二字之举。④ 但是，"花局胡同"名虽改，有关"百花深处"胡同名的来由，老北京人应该都是清楚的。否则的话，家母当时作为一个来自山东、刚赴北京生活未久的农村妇女，是不会知晓在旧中国时该胡同是妓女集中营业场所的。

但是随着时间的推移，"百花深处"胡同的初始功能日益弱化，迁居此处的其

---

① 见成志伟：《三探"百花深处"》，《北京晚报》2018年2月3日。
② 《清乾隆内府绘制京城全图》，是迄今发现的最精密、最完整的一幅古代北京城市地图，描绘了清乾隆早期紫禁城的布局和北京皇城、京城的各类型建筑的分布。图高约14米，宽约13.26米，标注地名3800余个。此图由海望负责，郎世宁任技术指导，历五年于乾隆十五年绘制而成。《京城全图》曾三度影印出版，2009年12月，中国第一历史档案馆和故宫博物院联合出版的《京城全图》为第四版。
③ 恽敬（1757—1817年），字子居，号简堂，江苏阳湖人（现在的常州市）。清桐城派学者。曾历任富阳、江山、新喻、瑞金等县县令，著有《大云山房文稿》8卷，《书事》2卷。
④ 见《北京胡同·百花深处的由来》，2007年11月13日中国网china.com.cn。

他阶层人士日益增多，人们开始有意回避"百花深处"的初始含义，而把它向着美好的方面解释，以致完全忘怀了它的初始含意。这便有了老舍对于"百花深处"的描述："胡同是狭而长的。两旁都是用碎砖砌的墙。南墙少见日光，薄薄地长着一层绿苔，高处有隐隐的几条蜗牛爬过的银轨。往里走略觉宽敞一些，可是两旁的墙更破碎一些。"①有了顾城的题诗："百花深处好，世人皆不晓。小院半壁阴，老庙三尺草。秋风未曾忘，又将落叶扫。此处胜桃源，只是人将老。"②有了陈升在歌曲《北京一夜》中的吟唱："不敢在午夜问路，怕走到了百花深处。人说百花的深处，住着老妇人，犹在痴痴等，面容安详的老人，依旧等着那，出征的归人"。有了导演陈凯歌所拍摄的短片《百花深处》。③ 等等。

在这些文人笔下的"百花深处"虽然美好，但是却背离胡同名的本义。而隐瞒历史真相说假话，曾使我们这个民族吃了大亏。因此在此我不吝对"百花深处"胡同名一辩。我作此辩的目的，是想强调"百花深处"胡同的初名"花局胡同"，实质上是一个凝聚着中国古代妇女、特别是汉族妇女血泪的名称，其后改称"百花深处"，虽已淡化了胡同名初始含意，但却未完全偏离。今日我们对于该胡同名释义，自不应颠倒历史，置民于无知。

离太平胡同 3 号大院后，下午 4 时许，坐 22 路公交车抵西单商场，欲买电饭煲一只返沪时带回，报价为国外进口价 420 元，听之咋舌，只能不买。4 时 30 分返燕京饭店 1615 室，收拾行李毕，匆匆晚餐，随后叫出租车送同室刘总至北京站上火车，时不到 5 点。自己只得在北京站徘徊，当时北京站正在装修，管理甚乱。晚 8 时 K13 次车发，坐 04 车厢 014 号上铺。次日上午 10 时抵沪，京华春行结束。

2018 年 10 月 24 日

---

① 老舍：《老张的哲学》（小说）。
② 顾城（1956—1993 年）：《题百花深处》。
③ 该短片为陈凯歌拍摄的《十分钟，年华老去》中的一个片断。

2000年7月下旬至8月初,四平市委党培训部在北戴河团中央培训基地举办过一次名为"'三个代表'讲习班与党的建设学术研讨会"的学术活动,我因为有论文《论支部建在连上为我军根本之政治传统》入选,得以参加这次学术活动。利用会议暇间,游鸽子窝公园,上联峰山公园,登山海关,过南戴河海滨,探"怪楼奇园",参观"秦皇入海处",顺记所见。

游鸽子窝公园（北戴河纪行之一）

　　"鸽子窝"公园又名"鹰角"公园,位于北戴河海滨的最东端,占地面积约三百亩。这是北戴河景区最具代表性的景点,以望海和观日出而出名。我 2000 年夏赴北戴河参加"'三个代表'讲习班与党的建设学术研讨会"学术活动期间,曾两次前往游览。第一次是 7 月 28 日下午 4 时许,与同室山西安泽县党校王孝恩校长登望海楼看毛泽东主席诗词《浪淘沙》纪念碑像,攀鹰角亭望海,下鹰角岩,坐游艇出海戏浪。第二次是 8 月 2 日凌晨 4 时 15 分,与同室王校长、重庆市南岸区委党校何承普老师前往看日出,因天边有雾,日出未能看成,在近旁的珍稀动物园看海狮表演后,6 时许返程。两次游鸽子窝公园,虽不能说完全达到目的,却也算是尽兴而归。

　　而说起鸽子窝公园景观,首先值得一提的自然是"鹰角石"。鹰角石是亿万年前因地层断裂,形成于临海悬崖上的一块高 20 余米的巨岩,因其状如鹰爪而得名。以往该巨岩上常有成群野鸽子做窝于石缝之中,早晚相聚,因此得名"鸽子窝",这也成为公园得名的原因和北戴河的标志性景观。

　　但鸽子窝之上现已无野鸽子,凡鸽子,均为人工喂养。此外,在鸽子窝一带的礁石、湿地、树丛上,尚栖有其他多种鸟类。有数据称此处能见到四百多种鸟,占我国可见鸟类的 40%,共有鸟"14700 多只"。此说似不可信,因为形容多鸟,称成千上万或遮天盖地则可,但真有"14700 多只"鸟齐翔,是无法数清的。由于鸽子窝多鸟,每年春秋两季,此处都成为国内外的鸟类专家或鸟类爱好者集聚观鸟之处,1999 年,还在这里举办过国际观鸟大赛。

　　由鹰角石再上,与该岩比肩立于崖端的有"鹰角亭",该亭为歇山式单檐顶,用石柱琉璃瓦筑成。此亭算得上是北戴河的唯一"古迹",因为其始建于 1937年。事情的经过为:1916 年,北戴河旅游事业的开拓者朱启钤先生(1872—1964

年)①修建了北戴河海滨的第一个大花园"联峰山公园"后,又准备修建第二个花园"鸽子窝公园",当时只在这里建起了一座"鹰角亭",1937年就爆发了"七七"卢沟桥事变,朱先生打造"鸽子窝公园"的愿望并未能实现。而现在的鸽子窝公园,是秦皇岛市地方政府于1986年投资300多万元人民币建成的。"鹰角亭"上现有匾,是当时全国人大常委会副委员长胡厥文先生于1989年春题写的。

由鹰角亭东北向稍下,介于鹰角石与鹰角亭的中间位置,有一幢楼房叫望海楼。1954年7月26日,毛泽东主席第二次临北戴河居此,欲筹备召开第一届全国人民代表大会。8月10日,北戴河地区暴雨成灾,水位猛涨,危及京山铁路安危。毛泽东于此楼望海,写下了千古名篇《浪淘沙·北戴河》。全词为:

大雨落幽燕,白浪滔天,秦皇岛外打鱼船,一片汪洋都不见,知向谁边? 往事越千年,魏武挥鞭,东临碣石有遗篇,萧瑟秋风今又是,换了人间。

此词当时并未发表,直至1957年,才在《诗刊》上公开发表。此词无疑为北戴河海滨增添了精神财富。为了纪念此词的发表,1992年北戴河区政府在毛泽东诞辰100周年时,于望海楼前塑造了一座毛泽东雕像,雕像高3.2米,仿花岗岩基座高2.7米,②基座东侧的大理石上刻着毛泽东词《浪淘沙·北戴河》。此外,先此1985年,北戴河区政府在公园内东南临海崖顶处,建起了一道仿古望海长廊,廊长约70米,内陈100余幅彩绘传统壁画以及名家书法等,使公园更显壮美。

我是当日下午4时许,与王孝恩校长共登望海楼,浏览毛泽东词碑《浪淘沙》的。随后下鹰角石,坐当地人快艇出海戏浪10分,以体验毛词中的"大雨落幽燕,白浪滔天"意境。当时虽无大雨,且天气晴朗,但海浪甚大,惊心动魄,亦足见主席词的意境非凡。我连声要求快艇老板将游艇开得慢一些,并声言与我同行的老同志年纪偏大,心脏怕紧张。实际上与我同行的王校长年纪尚轻于我,只是中年脱发,往往被人误以为是六十余岁的老者。坐游艇共用款10元,随后,我们打的用款8元,至北戴河海滨游泳,晚6时方返。下午之游,可谓尽兴。

---

① 朱启钤(1872—1964年),字桂辛,晚年号蠖公,贵州开阳人。民国时期政治家、企业家。曾任北洋政府代理国务总理、内务部总长等职,中华人民共和国成立后,任政协全国委员会委员、中央文史馆馆员。著有《蠖园文存》等。
② 数据参《百度词条·鸽子窝公园》。

北戴河也是一个保留着我青春记忆的特殊地方，因为在"文革"大串联①时，我曾在此度过两个难忘的夜晚。事情经过为：

1967年7月7日，我赴秦皇岛海滩游玩，结识了一位由武汉外出"串联"的学生，与他同行。恰逢海边停了一艘渔船，我们上船参观，要求渔民次日带我们下海捕鱼。渔民答应如明天不下雨，凌晨3点多钟带我们出海捕鱼，并问我们怕不怕晕船？我回答：晕船并不可怕，如果怕晕船，一辈子都别想出海。其中的一个渔民拍了一下我的肩膀说："好小伙子！我们明天带你们出海。"可惜当天就开始下大雨，我们自知明天出海捕鱼无望，只得设法离秦皇岛，坐火车赴山海关游玩。在山海关，我们结识了两位由山西外出"串联"的学生，与他们结伴同行。晚上，我们由山海关坐火车抵达北戴河，在北戴河火车站候车室度过一夜。次日（1967年7月8日），我们冒雨步行至北戴河海滩玩耍、游泳，至中午，天转晴。北戴河海边多空关小别墅，据说为"文革"前中央首长的修养场所，各自有主，而至"文革"中，因政治因素，荒无人住。我们选中了其中一所别墅，准备过夜。不意被北戴河"北中"中学到此巡夜的学生红卫兵组织发现，将我们驱至北戴河火车站，时已深夜11点多钟。我们只得在北戴河火车站候车室度过了第二个夜晚，我于次日扒火车南下天津。

仅写这些，以保留生活中的记忆。

2018年11月8日

---

① "大串联"一词已不为现在年轻人所熟悉。其基本内容为"文革"之初的1966—1968年中，处于"停课闹革命"阶段的青年学生无所事事，在当时的政治鼓动下，到各地看"大字报"，此后转变为扒火车或步行，到各地旅游。这一活动曾给当时的社会生产造成了极大破坏。

上联峰山公园（北戴河纪行之二）

2000 年 7 月 30 日，星期日，晴。

晨 5 时 10 分起床，直赴北戴河海边，花 10 元钱乘机轮出海观日出，至海水养殖场返。时大海红日初升，雾霭渐消，景观壮丽之极。6 时 30 分在海边买贝壳 7 只，共 25 元。泛海时得句，仅记存念：

北戴河泛海

雾霭渐消红日悬，鸥鹭低飞绕行船。

极目沧溟云连水，阵阵海风吹衣寒。

上午，听中央党校张蔚萍教授讲课《在新形势下加强和改进思想政治工作的基本思路和国际国内大背景》。下午无事，出团中央培训基地，1 时 15 分搭出租车赴联峰山公园游览。

联峰三山

联峰山公园位于北戴河海滨西部，占地面积约 6000 余亩。因联峰山位于南戴河之东，是南戴河海滨与北戴河海滨的分界线，在当地有"东山"之称，因此联峰山公园又名"东山公园"。而在更早的时候，联峰山公园的称谓是"莲花石公园"，这是因为该园始建于 1919 年，当时以联峰山中一块高丈余的巨石"莲花石"为中心。据说"莲花石"的得名，是因为其状似一朵亭亭玉立盛开的莲花。但是我来到莲花石前端详，发现与其说是该石像莲花，还不如说它更像莲花的果实莲蓬。因此我怀疑"莲花石"实为"莲花实"的讹音。由于莲花的果实即莲蓬，因此联峰山又名"莲蓬山"，联峰山公园又名"莲蓬山公园"，简称"蓬山公园"。"联峰山"得名的初始原因,显然是由于"莲蓬山"的讹音所致。

　　而我认为"蓬山公园"这一名字更具想象力。因为"蓬山"即"蓬莱山",它是中国古代传说中的海外仙山,其典出《史记》卷二十八《封禅书》:"自威、宣、燕昭使人入海求蓬莱、方丈、瀛洲。此三神山者,其传在渤海中,去人不远;患且至,则船风引而去。盖尝有至者,诸仙人及不死之药皆在焉。其物禽兽尽白,而黄金银为宫阙。未至,望之如云;及到,三神山反居水下。临之,风辄引去,终莫能至云。世主莫不甘心焉。及至秦始皇并天下,至海上,则方士言之不可胜数。始皇自以为至海上而恐不及矣,使人乃赍童男女入海求之。船交海中,皆以风为解,曰未能至,望见之焉。其明年,始皇复游海上,至琅邪,过恒山,从上党归。后三年,游碣石,考入海方士,从上郡归。后五年,始皇南至湘山,遂登会稽,并海上,冀遇海中三神山之奇药。不得,还至沙丘崩。"而晚唐李商隐有诗称:"蓬山此去无多路,青鸟殷勤为探看。"[1]

　　来到联峰山公园门口,买门票 20 元得入,沿北门山路缓步上北峰,举目所见,均松柏密布,蝉鸣于壑谷,海风吹拂,使游人充斥着林中探幽的奇趣。据说民国年间曾评定北戴河"海滨二十四景",其中二十处均在联峰山中,因此 1954 年中央选择联峰山作为国家领导人的避暑疗养地,加以建设。联峰山景区具体可划分为鸡冠山景区、望海亭景区与龙山景区三部分,按不同方位所在,又分称为北联峰山、东联峰山与南联峰山。

　　下午 1 时 40 分,过"避雨石",登临风亭。此处属联峰山的北峰,即"鸡冠山"景区,可以远眺大海及北戴河城区。避雨石是位于鸡冠山腰的两块斜伸巨石,高 3 米许,呈伞状,可为游人遮雨。下午 1 时 50 分,登上鸡冠山顶峰的瞭望塔,凉风习习,有人在塔下租借望远镜,让游客望"海天一线"。瞭望塔高 286 米,属北戴河城区的至高点。据介绍,瞭望塔的作用有三点:一是起电视台转播的天线作用;二是起无线电通讯台的作用;三是起森林防火瞭望台的作用。而瞭望塔的对面即联峰山主峰上的望海亭,亭下山脚已属南戴河城区,南、北戴河以该山为界。

　　下午 2 时 15 分,过"石音松",该松是两棵长于岩石之上的古松,但是名字起得古怪,不知所本。"石音松"位于登望海亭的山腰,沿山路再上,见巨岩上刻有"望海石"、"联峰山"等字样,此处已属联峰山的主峰,峰顶峙有望海亭,海拔 153 米,此处已是联峰山的最高海拔位置与最佳观景点,举目四望,凡北戴河之壮美,

---

[1]　(唐)李商隐:《无题》。

海疆之辽阔,可尽收眼底。2时30分登上望海亭,稍作停留,见有民间艺人替人剪纸影出售,像极。

随即下山,2时40分抵山脚"如来寺",该寺仅存庙房两间,不知始建于何时。寺前小院中尚存残碑两块,一块残碑依稀可辨数十字,其中有语:"称联峰海市,列为临榆八参。"据管庙人云此碑为明碑,由此可推知明代曾有人在此处看到过"联峰海市",只是其知名度当远不如蓬莱海市,否则的话,这两块石碑不至于残败如此。

在如来寺西侧,尚可以看到一处摩崖石刻,石上刻有一高12米、宽8米的"神"字,远望一如盆景,此即联峰山中的"神山"景观。据说附近山中尚有30余处名人名言石刻。顺山崖软梯攀援而上,可登上两峰之间飞架的"神桥",人站在桥上,可头顶蓝天,浏览四面青山,听松涛阵阵,如临仙境。

在如来寺西南侧,另有龙山景区。山上有"百福苑",汇历代书家所写的"福"字刻石,并因之得名。"百福苑"南有巨石,中间有10公分间隙似利剑劈开,传说为当年曹操北征乌桓过此,得一柄带锈宝剑,为试其锋利,举剑将巨石劈开,该石因此得名"试剑石"。现石南面刻有曹操《观沧海》诗全文。"试剑石"附近另有"桃源洞"与"卧佛洞"景观,其中"桃源洞"因洞口两侧刻有古人诗句"紫馆金台肩共拍,奚须世外又桃源"而得名。以诗句推断,此洞在古时曾隐居过避世高人。现洞口上方刻有"桃源洞"三字,洞顶有奇石名"月亮石",洞下有泉名"福饮泉"。据介绍:该泉为唐将薛仁贵(614—683年)征东时,以戟戳出,并有诗赞:"将军神勇能胜天,一戟刺穿半壁山,引得源头活水来,大家常饮福饮泉。"旧时此泉深有二尺有余,为当地百姓登山拾柴时饮水带来方便,可惜今已枯竭,只剩泉址。

过"林彪楼"

过如来寺,顺山路前行约半小时,下午3时10分抵"林彪楼"前,门口有士兵站岗,不让入内参观,沿周边围墙绕了一圈,从远处外望,仅见水泥路,由于围墙阻挡,难以望见里面的建筑。我的直观是楼宇本身面积不大,但连同周边庭院,占地面积甚大,此即林家父子出逃之前在中国的最后居所。因为"九·一三"事件的发生,这座"楼"的知名度,甚至超出了其载体"联峰山公园"本身的名字。

"林彪楼"的具体位置,在由如来寺赴观音寺之间山路的山坡上,其北侧为观音寺,南侧为莲花石,"林彪楼"大致介于二者的中间。此外,"林彪楼"是民间的称谓,它的正式称谓参有关文献记载,应该是"北戴河96号楼"或"北戴河96号别墅",因为"林彪楼"属于过去中央领导的别墅楼,其中毛泽东的别墅排序号为95号,而"林彪楼"的排序号为96号。①

"林彪楼"建成于1969年,据说该楼在建时,林彪有三要求,即:远离闹市;远离其他中央首长的别墅楼;离海也远一些。而此楼修成后,林彪颇为满意,认为环境优美,地势要高于毛泽东所居的北戴河别墅,也高于其他中央领导层在北戴河的别墅群,此外,该楼距北京不远,交通、通讯方便等等。而据"九·一三"事件发生后,批判林彪时所披露的资料,"林彪楼"有五个特点:其一是汽车可以直接开入客厅;其二是二楼有一块很大的茶色玻璃,下置一藤椅,可供林彪晒日光浴之用;其三是林彪卧室的西墙上有四个孔,是用来放映电影的,因为林彪平时很少外出活动,偶尔会看电影消遣;其四是室内有一个20余米的游泳池,专供叶群使用,因林彪本人怕水、怕光,从不游泳;其五是游泳池旁连接着通往防空室的地下通道。

而据上说,"林彪楼"应该是一座极为豪华的建筑物。但是我经过此楼的直观,则是一幢能从大门缝中勉强望见的陈旧小楼。"林彪事件"出来后,1980年左右至上世纪90年代末,"林彪楼"曾一度作为旅游景点对外开放。而据有的参观者回忆:"没想到林彪住过的房子是这样的简单,因为卧室摆设极为简单:只有一张大床,一张办公桌,一只脸盆,床和办公桌是普通杉木做的,都没刷油漆。"②

但不管"林彪楼"的建筑是豪华也罢,还是简朴也罢,1971年"九·一三事件"的发生,使它成为永久的神秘之地,而更耐人寻味的是事件本身的独特历史。

而我们今天研究"九·一三"事件,仅从人物研究的角度来说,关键在于评价林彪其人。如果仅作为一个共和国的开国元帅来说,其战功自然有战史研究者来评价,由不得我这个外行饶舌。但是作为一个政治家的林彪来说,若结合其在"文革"中的全部表现,我认为用"老谋深算、功亏一篑、晚节不终"这十二个字来评价,不算为过。做此评价并不涉及林、毛之争的谁是谁非,而是我认为林彪不应该用阴谋手段来对待毛泽东。研究中共党史,真正值得歌颂的是永远以国家民族利益为重、不计个人得失、直起脊梁骨做人的人,有如徐海东、彭德怀、朱德等人。徐海东是在延安时代带头反对毛泽东与江青结合的人,③如果这一建议

① 现亦称"62号楼"。
② 《联峰山96号楼是林彪最后居住地》,容全堂-强国博客-人民网. bloghttp://blog. people. com. cn/u/1219529. html。
③ 参徐达均:《徐海东反对毛泽东娶江青》,《椰城》2007年第6期。

被接受，后来中国社会或许能免除"文革"中的动荡。彭德怀1959年在庐山的上书如能被接受，"文革"灾难或许不至于发生。朱老总是在"文革"中第一个被批判的国家高级领导人，据说他受批判的原因是反对处理"彭、罗、陆、杨"，而据记载当时批判朱德最力的人，也是后来在"文革"中受到最大冲击的人。① 而朱德的意见当时若被接受，"文革"运动或许不会深入进行下去。那些在历史上刚正不阿、以民为天、不惧自我牺牲的人，永远是后人学习的榜样。

东山神相

过"林彪楼"，沿山路再下，见路南有"莲花石"，该石为公园得名的标志，已见前述。石旁见一赑屃驮石碑，②碑为民国八年（1919年）立，高约2米。碑的正面刻有中华民国大总统徐世昌所书诗一首，碑背有联峰山公园开创者朱启钤（详后）撰文、许世英③手书的《莲花石公园记》，碑文大致内容为记述北戴河海滨开辟与创建莲花石公园的经过。徐世昌《题莲花石公园》全诗为：

> 海上涛头几万重，白云晴日见高松。
> 莲花世界神仙窟，孤鹤一声过碧峰。
> 汉武秦皇一刹过，海山无恙世云何。
> 中原自有长城在，云鏊风林独悟歌。

过莲花石，沿山路再下，下午3时40分抵"鸟语林"。鸟语林是1998年在园内新增添的景观，即在两山冈间，修筑一面巨大的钢网罩，在网内养鸟，供游人参观。由于鸟系人工喂养，多不怕人，我用馒头喂孔雀，孔雀亦不走。据介绍：网内共散养各种珍稀鸟类200余种、2000余只。游人过此，可深感鸟语花香、回归自然之乐。

过鸟语林，经一片树林，捉知了一只，样子甚怪，鸣声亦奇，不似城中。出树

---

① 参杨继绳：《天翻地覆——中国文化大革命历史》，香港2017年2月出版。
② 赑屃（bìxì），又名霸下、龟趺、填下、龙龟等，中国古代传说中的神兽，龙之九子第六子，形似龟，喜负重，是长寿和吉祥的象征。《坚瓠集》云："赑屃，形似龟，好负重。今石碑下龟趺是也。"在上古中国传说中，赑屃常背起三山五岳兴风作浪。后被夏禹收服，为夏禹治水，立下了功劳。禹治水成功后，就把它的功绩刻于石碑上，让它自己背起，故中国的石碑多由其背起。
③ 许世英（1873—1964年），字俊人，安徽至德秋浦（今东至县）人，曾任北洋政府国务总理职。

林,距观音寺已不远,有一中年人拦路给人看手相,摆脱不得,给钱5元,让其看相。看相者操起我左手端详了一下,第一句话是说:你有着大专以上的学历,是一位有着极为渊博知识的人。我听后大吃一惊,不是因为他给我说了捧场话,而是因为他准确地判断出了我的职业特点。我只得哈哈一笑。看相者的第二句话是:你这个人曾有过两次婚姻。我听后更为吃惊,因为我只结过一次婚,但从法律上来说,却结过两次婚,我在婚前曾谈过一个女友,开过结婚证明,却因无住房等具体生活矛盾,未结婚即到结婚登记处双方自愿解除婚约。此事原本涉及个人隐私,我不愿说起,但是我已年近七十,尚不知馀年有几,为了把真实的人生告知后人,特记。看相者的第三句话是:你为人老实,曾吃过朋友的大亏。此话很难判断正误,因为人生在世,没有不吃过亏的。但说我吃过大亏,亦无不可。因为我在"文革"中曾因反对"读书无用论",建言恢复高考制度,而受到当时上海徐汇区教育局(当时称"教育组")所组织的十个中学的批判,罪名是"替刘少奇修正主义教育路线招魂"、"替邓小平提供向党进攻的炮弹"。我建议提出之初,曾有不少同事支持过我,后来均反戈一击。若说吃过大亏,这也可以算上一次。由于无反驳看相者的理由,我也只好付之一笑。看相者的第四句话是:你这个人过去生活很苦,但经过自己的努力,生活处境有了很大改善。你的天庭饱满,财运亨通,未来事业会有成。这段话也无法判断正误。因为中国凡经历过"上山下乡"的一代人,谁都不能说没吃过苦。至于我个人,童年时代生活于农村,得肾病几乎病死,幸亏家母向人要得用大蒜、绵白糖、绿豆调药的偏方,侥幸拾得一命,更不能说没有吃过苦。至于未来是否会财运亨通、事业有成,因为人是活在当下,谁都无法预知。因此我又一次哈哈一笑。看相者最后说的一句话是:你这个人为事业付出太多,一定是单位负责人。看相人的最后一句话说对了一半,因为说为事业付出太多不假,但我却只是一介平民。我只能一笑了之。看相者说:你不要老是打哈哈,你应该告诉我说得是对还是错?我回答:前面学历说得差不多,但我不是单位负责人,只是平民百姓。看相者却不信,认定我是单位负责人。我事后思量,看相者末句话说得虽不准,却并非毫无依据。因为我当过十年中学教师,后来又在成人高校任教师,曾从事过大量教学组织工作,这些工作的性质虽非领导,但仅就组织工作本身而言,却又与领导工作性质有些相近。

　　我由此得出的结论是:中国民间有本事的看相者,似乎并非都是满嘴胡言,而是有其一定依据。我由此突发奇想:既然有的看相者有预知功能,能否让其预测一下我的寿命,以便早作安排。这一心愿在我2018年7月28日下午攀贵州黔灵山时,得到实践。当时半山上有一位77岁的老者拦路看手相,我付款20

元请其一看。老者先拿起我左手一看,讲了几句"家庭和睦、子女孝顺"之类的客套话,随后说你的事业线还有 6 至 7 年。我直入主题,请老者预测寿命几何,并告他我无任何忌讳,请有话直说。老者又拿起我右手看了一下,回答:你的胃与脾(双肾)都不太好,应注意保养,人寿约止于八十三四岁,但靠现代医学,尚可延命三至五年。我回答老者:这一预测应属准确,因为我父母均虚龄八十而亡,我自幼多病,寿命未必能长于家父。而我人生若能过八十岁,尚余的三大心愿都能实现,即出版一部记述平生旅游活动的《旅游散记》;整理出版一部反映家父生平文化成就的《剧本、文学创作集》;写一部以南明史为背景的武侠小说以自遣。

当日返住处,我把两次看相所遇告知同室石先生。不意石先生当年在非洲打工,向人学得手相知识,替人看相,往往称准。他告诉我:看手相理论为男左女右。人手掌有三条主线,上线代表财产线,中线代表婚姻线,下线代表生命线(事业线)。周边的小线越多、越散乱,证明生活中的坎坷越多,反之则人生愈简单。三条主线越清晰,该明人生事业越顺利,反之则不顺。你手掌的中线欠明朗,所以看相者会预测你的生活多波折。至于石先生的说法是否与上述两位看手相者的依据同一,则不得而知。记之,供有兴趣的人参阅。

观音寺与朱家坟

过树林,便来到了观音寺前。该寺背山面海,四合院组合,砖木结构,占地面积约 830 平方米,包括山门、正殿与东、西配殿。寺内东南角有一口古钟,系明嘉靖四十年(1561 年)铸,是省级保护文物,另有明清时期所植古木龙爪槐、白果松各一棵。据介绍:观音寺又名"广华寺",始建于明末清初,乾隆六十年(1795 年)重修,民国九年(1920 年)复修,"文革"中遭到严重破坏,1979 年和 1991 年又两度整修。因此观音寺算得上是联峰山下硕果仅存的古建筑。但是我经过观音寺,看到的既非古钟、古木,也不是古佛像,而是一具在庙堂中陈展的出土明代女尸,庙门口放着"古代美女"之类的广告牌,须买票进入。我入内后见到一具在棺中陈放的面目狰狞、半腐未腐的女尸,心中一阵恶心。古人有"入土为安"的话,是出自对前人的尊重。考古工作者偶然挖到保存较好的未腐古尸,用之搞科学研究则可,而以之陈列于公园中卖票赚钱则不可。特别是将之陈列于古庙中展示,实有悖于释家清修的本旨。由此事亦可见当时中国社会精神文明建设的滑坡。

过观音寺,沿山路继续前行,便是"朱家坟"了。朱家坟位于联峰山下,此处有北戴河海滨事业奠基人朱启钤的坟墓,附近有"蠖公亭"。稍停,悼念。朱启钤(1872—1964年),字桂辛,号蠖公,祖籍贵州开州(今贵州开阳)人,曾任北洋政府交通部总长,代国务总理。新中国政府成立后,任全国政协委员、中央文史馆馆员。著有《蠖园文存》,死后初葬北京八宝山。朱启钤曾参与袁世凯称帝活动,任筹安会主任,后受通缉,逃北戴河,后又为争取北戴河主权,抵制西人强占为租界,于1919年成立北戴河海滨地方自治公益会,任会长,辟联峰山公园。这是朱启钤平生所做的较为有意义的事。为了纪念朱启钤对于开拓北戴河事业所做出的贡献,1999年,当时全国政协副主席万国权先生提议:在北戴河海滨为之立像,立蠖公亭,修朱家坟园。1999年6月,朱启钤坟由八宝山迁此,系夫妇合墓。现坟园中尚有其他朱氏亲属的坟。

　　傍晚5时零8分,离朱家坟,过"三眼井"。该井原为深井,上有三眼,但因连续天旱,现已无水。朝下望,井底堆满了游人所抛饮料瓶。由三眼井出南大门,沿山路下行,隔谷有部队驻守的房屋。询问所在何处?回答为机关大院,估计亦当为中央首长的疗养处。时山近黄昏,鸟啼蝉鸣。5时50分,打的返住处。

2018 年 11 月 27 日

登山海关（北戴河纪行之三）

　　2000 年 7 月 31 日,星期一,晴。会务组全天安排游览山海关景区的旅游活动,参观景点分别有：老龙头、宁海城、山海关与孟姜女庙。

　　上午 7 时 30 分,会务组自北戴河团中央培训基地发车,8 时 40 分抵山海关老龙头,买门票 32 元,入内参观。

上老龙头

　　老龙头位于山海关城南约 4 公里的渤海湾高地上,是明长城蓟镇的东起点,也是万里长城的东部入海处,占地面积约 700 亩。其修筑目的是为了防止敌国骑兵趁退潮或冬季枯水季节从外海边潜入内地,因此动员士兵修筑入海石城。据有关文献记载,老龙头之修,非一日之功。先是明洪武年间(1368—1398 年),为了防御女真族和蒙古族对边境的侵略,大将军徐达(1332—1385 年)奉命修起老龙头"南海口关"城段,南海口关是万里长城入海处的第一道关口。此后,有明山海关主事孙应元于嘉靖四十四年(1565 年)在南海口关的城垣上建起了"靖卤台",靖卤台是万里长城入海处的第一座敌台。万历七年(1579 年)明蓟镇总兵戚继光(1528—1588 年)又在徐、孙二人工程的基础上,修建了"入海石城",北接靖房一号敌台与南海口关,这样,老龙头修建工程才算最终完成。

　　据说戚继光在建入海石城时,海上风浪甚大,为了减少海水对石城的冲击,在海底反扣了许多铁锅固石,又全部以巨型花岗岩条石砌墙,每块条石重达 2—3 吨。因此最终建成的入海石城基础牢固异常,历经数百年海浪冲刷而不垮。清康熙帝后来在《澄海楼》序记中述其事谓:"关城堡也,直峙海浒,城根皆以铁釜为基,过其下者覆釜历历在目。不知其几千万也,京口之铁瓮徒虚语耳。"由此可见入海石城修建时的艰辛。

老龙头上的景观,最值得称道的是建立于南海口关城垣之上的"澄海楼"。这是一座高达 10 米的敌情瞭望台,系全城制高点,除具军事意义外,尚具观赏价值,被形容为:"长城连海水连天,人上飞楼百尺巅";"长城万里跨龙头,纵目凭高更上楼。"登上该楼,可俯身下探"入海石城"吞吐海浪时的壮观。而人立楼中,海风劲吹,却又静寂不觉,被称作"海亭风静"。此外,澄海楼海面多大蚌,风平月朗之时,蚌喜张壳露珠晾月,此时登楼,会看到海面上"群星璀璨"、珠光四射的奇景。而据介绍,澄海楼原址为明初所建之观海亭,万历三十九年(1611 年),有明兵部主事王致中改建为澄海楼,后毁于八国联军侵华。现楼为 1987 年重建的。复修后的澄海楼,高 14.5 米,宽 15.68 米,二层,楼上有匾"雄襟万里",为明代大学士孙承宗手笔。另有一匾为乾隆皇帝御书:"日光用华从太始,天容海色本澄清。"其东西墙壁上镶有清代皇帝及历代文人咏澄海楼诗作的卧碑,楼内陈列着老龙头出土文物和部分党和国家领导人的题词,其中有语"此处雄出万里关,望海茫茫无边际",颇觉雄壮,只是未记作者是谁。

在澄海楼附近另有显功祠,供奉着在守卫山海关和老龙头战役中,曾起过重要作用的明代武将徐达、戚继光、熊廷弼、孙承宗、袁宗焕、朱梅、葛守礼等七人的塑像,以昭示后人勿忘历史。据说山海关区政府于 1989 年始成立老龙头景区管理处,不久门票收入即突破千万元,这也是河北省第一个门票收入过千万元关的旅游景点。

澄海楼前有一块古碑,高 2.65 米,宽 0.7 米,上书"天开海岳"四字,据传为唐代名将薛仁贵东征高丽时所立。而在入海石城西南端的海滩上,有一处祭祀景点海神庙,这是旧时人们出海前,常来乞求平安的地方。从老龙头下来后,走一段海滩可达。由此回望老龙头入海石城,而倍显壮观。

老龙头是万里长城段中唯一集山、海、关、城四位于一体的海陆军事防御体系,堪称是军事重镇,它与城北角山长城、城东威远城成掎角之势,共同拱卫着山海关城,因此老龙头从始建直至明末,经不断复修,已日臻完善。但自清代明之后,长城内外为之一统,老龙头已失去了军事价值,而开始凸显出其旅游价值,从此成为文人雅士登临观海的必到之处。据有关记载:清代文学大家顾炎武、李攀龙、魏源等,都曾到此登楼赋诗。在此特别值得一提的是清朝帝王对老龙头的垂青。因为其自命为"真龙天子",登老龙头望海具有特别的象征意义。因此康熙、雍正、乾隆、嘉庆、道光诸帝,均曾"入榆关登澄海楼望海"赋诗或留下御书墨迹,以赞颂老龙头的壮美,其中仅乾隆皇帝一人,就曾 4 次临此凭楼观海。

但是时至晚清,由于清政府的腐败,西方列强开始觊觎中国海疆。1900 年,义和团运动爆发,八国联军乘机侵占山海关,将澄海楼付之一炬,整个老龙头军事设施亦被摧毁,保存下来的,仅存"天开海岳"石碑一块。不久,这块石碑又被英国军队挖弹药库时推倒,后因张学良1927年与赵四小姐到老龙头浴场游泳时,重新发现,命人竖起。因此老龙头的壮观,只能成为人们记忆中的事了。而在新中国成立之后,时至1984年,邓小平发出"爱我中华,修我长城"的号召,从1985年5月25日开始,截至1992年6月10日,老龙头修复工作分4期进行,陆续修复的景点有:入海石城、靖卤台、南海口关、澄海楼,以及附带景点宁海城、海神庙、滨海长城等。当时为了修复老龙头景点,除国家投资外,全国各界人士、港澳台同胞、爱国华侨、外国朋友都进行了捐赠,共筹得善款150万元。其中,上海民众为修复老龙头,参加捐款人数多达86万余人,共筹款70万元,可谓在中华当代史上写下了爱国主义的一页,迄今,老龙头立有"爱中华修长城友谊长存,上海市山海关山海情深"长城赞助碑可证此事。

而我2000年登老龙头所看到的景象,是1992年重修后的情景。我是上午9时30分登上老龙头的,随后上澄海楼眺海,登楼得另买门票1元。稍后下楼,到附近的御碑亭(乾隆十九年建)浏览乾隆皇帝御题的三块诗碑。附近城垣另有清代名臣林则徐以及陈丹等人登澄海楼的题诗刻碑。陈丹,字自修,丹阳举人,康熙七年任永平府知府。陈丹诗的字体甚像毛泽东草书,我初以为毛的草书是源自陈丹,细读后才发现,陈诗为今人夏荣保抄录翻刻,夏显然是一位当代仿毛体的书法家。出御碑亭,在"天开海岳"石碑旁留影一张。

而我登老龙头,用了不少时间是在浏览城墙上镶刻的清代皇帝诗作。其中康熙皇帝的诗句是:"阆苑蓬台何处是,岂贪汉武觅神方。"雍正皇帝的诗句是:"仙客钓鳌非我意,凭轩惟是羡安流。"乾隆皇帝的诗句为:"百川归茹纳,习坎惟心亨。却笑祖龙痴,鞭石求蓬瀛。谁能忘天倪,与汝共濯清。"由这些诗句中我得出的结论是:深受程朱理学影响的清代帝王,决不像明代帝王那般迷信,因此在他们治理下的清王朝,政治上要较明王朝廉明得多。我曾将这一认识写入一年后出版的个人学术专著《中国政治哲学发展史——从儒学到马克思主义》(上海社会科学院出版社2001年12月第1版)之中。

上午10时25分下老龙头,沿沙滩走了很长一段路至海神庙。海神庙位于老龙头西350米,坐南朝北,主体建筑伸入海中124米,里面供奉四海龙王和天后娘娘像。该庙为明初徐达建,清光绪二十六年(1900年)毁于八国联军之侵占山海关,1988年重建。在重建前的1987年清基探查时,发现了用汉满两种文字对照镌刻的"御批"与祭文的巨碑1块。现庙左有徐达点将台,上有徐达像。据介绍:洪武十四年(1381年),徐达在北山南海之间的迁民镇筑城设卫,定名为山海关,这一年当为海神庙始建时间。但又云嘉靖四十四年甲子春,蒙古万骑欲从冰上犯边,海冰突然化解,蒙古骑兵遁去,天子因嘉海神之功,报祀。而按照后说,海神庙当修于明嘉靖年间。而我认为后说更近于民间传说,因此以前说为准。现海神庙后殿名"天后宫",立有海神娘娘像,门前有自宋以来历朝皇帝对海神的封敕令,而根据这些古文献资料,中国民间传说中的海神当系女姓,有封夫人、惠妃、圣母等不同称谓,而在南方的更广泛叫法则称"妈祖"。上午 11 时 30 分,离海神庙,前往老龙头的辅城宁海城。

宁海城位于澄海楼北约一华里,呈矩形,崇祯五年(1632 年)五月明将杨嗣昌[①]用以屯兵和操练士兵之用。此见于《临榆县志》所记:"宁海城在南海老龙头北,周一里有奇,高二丈奇,门二,居西北二方,明巡抚杨嗣昌建,设龙武营于此。"光绪二十六年(1900 年)义和团运动爆发,宁海城与山海关、老龙头等同时被八国联军摧毁,英国侵略军根据《辛丑条约》有关条款,而建兵营于宁海城内外,直到第二次世界大战时才撤走。新中国成立之后,1988 年复修宁海城,意外发现了埋于沙土下 10 米的遗址走向,以及西门内瓮城和部分出土文物,得以按原比例较为准确地重建宁海城。我步入宁海城,见复建的"龙武营"以及"西京钥匙无双地,万里长城第一关"题匾,城下有校场、八卦阵、将台、把总署等建筑,把总署内设置文物室。另见有 1988 年修老龙头时捐款人名碑。

登山海关

出宁海城,我们搭会务组的游览专车前往山海关游览。山海关距秦皇岛市东 15 公里,古称"榆关"、"渝关",又名"临闾关",由于其在古碣石所在地,所以又称其为"碣石道"。山海关位于明长城的东端,是明长城中唯一与大海相交汇的地方,因此又有"天下第一关"的称谓。关于山海关之修,见之于文献的记载为:

隋开皇三年(583 年),筑渝关城。古渝关在抚宁县东二十里,北倚崇山,南临大海,相距不过数里,非常险要,贞观十九年(645 年),唐太宗征高丽,自临渝还。五代后梁干化年间,渝关为契丹占。宋宣和末年,渝关为女真得。明洪武十四年(1381 年),中山王徐达奉命修永平、界岭等关,带兵过此地,认为古渝关非控扼之要,便于古渝关东六十里移建新关,因其北倚燕山,南连渤海,故命名"山海关"。

最终修成的山海关,周长约 4 公里,以城为关,城在四围之中,与长城相连。

---

① 见郭都贤《文弱公行略》:"寻擢公巡抚山永提督军务、都察院右佥都御史,在任请建山海两翼城。"

关城中心呈不规则梯形,街巷呈棋盘状排列。在关城中心建有钟鼓楼,高二丈七尺,方五丈,此楼后因阻塞交通,于 1952 年拆除,现楼为复建的。关城城垣周长 4727 米,城高 14 米,厚 7 米,[①]东墙为长城主线。关城四面各建有城门,东门为"镇东门",西门为"迎恩门",南门为"望洋门",北门为"威远门"。四门城台上均建有门楼,规模相同。其中,东门城楼称"镇东楼",今存,城楼有字匾"天下第一关"。西门城楼 1953 年拆除,城楼上原有乾隆帝九年(1744 年)御题字匾"祥霭榑桑"。南门城楼嘉靖八年(1529 年)建,1955 年拆除,城楼上原有匾"吉里普照",题字者不详。北门城楼明天启六年(1627 年)建,字匾不详,后毁于火灾。事实上今人游山海关,仅能看到东门一座城楼了。

此外,处于长城主线的关城城墙东南、东北隅各建有角台,角台上建角楼,这是关城转角处的防御性工事。此外,镇东楼南北两侧尚建有奎光楼、靖边楼、牧营楼、临闾楼和威远堂,在千米城墙上一字排开,称为"五虎镇东"。这些楼早已毁于战火。

除上述山海关四门外,在关城四门之外,尚均筑有"瓮城",偏侧开门。瓮城的作用,是遇敌人侵扰时,可将关门关闭,作为二道防线,以制敌于"瓮中",这是长城的重要派生防御工程。现仅存东门瓮城,周长 318 米,其中,西墙长 85 米,北墙长 83 米,东墙长 72 米,南墙长 77 米,城高 13 米。瓮城墙宽,西 15 米,东 9.7 米。[②]此外四瓮城之外,尚筑有罗城、翼城、卫城、哨城等以护卫关城。罗城外设南、北二水门,自东、北、南三面有护城河环卫。现仅存东罗城东门遗址。南北翼城分别距关城南、北二里,南北翼城城墙均高"二丈有奇",城"周三百七十七丈四尺九寸",城南北各有一门。为"明巡抚杨嗣昌建"。[③]

以上所述,为见诸记载的山海关防御全貌,总的来说,最终建成的山海关关城,集古代各种军事防御设施而完善化,其城关设置、箭楼、靖边楼、牧营楼、临闾楼、瓮城以及 1350 米延长段的明代平原长城等等,均展示出中国古代严密的城防建筑水准,再加上其依山傍海、扼险而守的雄伟气势,可谓无愧于"天下第一关"的称谓。古人对于长城有"三关"的评价,即东有山海关,为"天下第一关",中有镇北台,为"京师之保障",西有嘉峪关,为"边郡之咽喉"。这些评价应该是恰如其分的。为此,1961 年 3 月 4 日,包括老龙头在内的"万里长城——山海关"

---

① 数据转引《百度词条·山海关》。
② 数据转引《百度词条·山海关》。
③ 见《临榆县志》。

被国务院确定为全国第一批重点文物保护单位。1987年12月，包括山海关在内的中国万里长城被列入世界文化遗产名录。

当然做上述说明时，应该指出的是：今人游山海关，已无法看到山海关城防建筑的全貌了。而造成这一现象的原因，是由于山海关位临战略要地，在历史上经历了太多的战争，许多古代城防建筑精华，都在战争中被毁灭了。我1967年曾过山海关，当时已不见关城，而仅见镇东门城楼一座，与长城主线相连。而今人游山海关，所见到的镇东楼至威远堂和镇东楼至靖边楼的城墙、靖边楼、牧营楼、临闾楼以及相关城段的城面等等，均为1956年到1994年间陆续修复的。而据有关统计，由明末及近现代，在山海关发生的重要战役包括：崇祯十七年（顺治元年，1644年）四月二十二日，李自成农民军与清军、吴三桂军之战。清光绪二十六年（1900年9月30日）八国联军侵入山海关之战。民国十一年（1922年）夏，直、奉军阀战于山海关外石河西岸（今属辽宁省绥中县），1924年秋再战于山海关外的关家坟、威远城、姜女庙一带。民国二十二年（1933年），侵华日军占领山海关。民国三十四年（1945年）九月，八路军冀热辽部队配合苏联红军攻占并解放山海关城。民国三十五年（1946年），中国人民解放军进行山海关保卫战。等等。

以上所述，为山海关的历史沿革。做此说明时，还有一点是需要指出的，即在很长时间中，山海关一直被人们认作是明长城东端的起点，而这一认识却与《明史》所记明长城"东起鸭绿，西抵嘉峪"不符。《明史》记载的准确性，直至1989年通过飞机航拍和实地考证，在中朝边境辽宁省丹东市宽甸县境内，发掘出600余米虎山长城遗址，才最终得到证实。即从山海关到宽甸虎山（鸭绿江边），尚有1900里"柳条边"长城的存在。① 这从实践上纠正了有关山海关是明长城东端起点的说法之误。但这并不能否定山海关在战略上的重要地位，即山海关北是辽西走廊的西段，冀、辽在此分界，自古就是兵家必争之地，因此它是扼守古代中国东北、华北咽喉的钥匙。

我是当天上午11时40分坐会务组旅游专车抵达山海关的，在"天下第一关"前留影二张。当时天气晴朗，在不算宽的关前街道上挤满了游人，飘扬着各色旅游团旗帜，在长城之上也挤满了人群。我随后攀上山海关城墙，一路与榆林市委党校惠扬老师同行，于中午12时15分，登上关城东城台上的"镇东楼"。该楼修于洪武十四年，城台高12米，城楼高13.7米，东西宽10.1米，南北长19.7

---

① 从山海关至鸭绿江边虎山1900余里的长城因用土石垒成，修筑较简，上插柳条，因此叫"柳条边"。

米。楼分两层,第一层高5.7米,第二层高8米。① 楼上有匾"天下第一关",传言为明代成化八年进士、山海关人萧显楷书,匾额长5米高1.5米,每个字都一米有余。一说该匾为明嘉靖年间武英阁大学士严嵩所书,原件已被日人劫往东京,并曾公开陈列。两说均真假难辨。

随即,我们下镇东楼,见楼前一群身穿比基尼服的女郎正在流行音乐声中,搔首弄姿,进行"形体美"表演,四周围了一群年轻人在观看。我与惠老师颇感扫兴,认为长城是宣扬爱国主义和古代男儿阳刚之气的地方,这是游览长城的精华所在,不该在这一场所宣扬色情,以招揽游客,更何况上长城的游人已经够多。于是我们过牧营楼,沿城墙一路西行,见临间楼前有明将陈靖与方长蕭像,方长蕭,明进士出身。此二人大概因守长城有功,得以在长城上立像。再向西行,则已属角山野长城范围了。由于已开发出的供游人参观的长城与野长城之间用水泥路障拦开,不准游人通行,我们只得立于城墙,眺望不远处野长城上的丛木劲草、战痕累累七翘八裂的长城古砖石,回想那金戈铁马时代守城将士,为保卫国疆所做出的贡献。

而由角山长城再北行15公里,便是著名的"一片石"古战场,此处又称"九门口"水上长城。② 崇祯十七年(顺治元年,1644年)四月二十二日,李自成农民军与清军、吴三桂军在此曾进行过一场决定三方命运的殊死决战,战争的结果是李自成军大败,中国社会由此开始了以清代明之举。所以此战也是对中国社会进程产生过深刻影响的一次战役。战役的大致经过为:

崇祯十七年(1644年)三月十九日清晨,李自成军入北京,明亡。明山海关守将吴三桂初欲降李,后得知爱妾陈圆圆被李自成部将刘宗敏所夺,遂叛李投清。李自成得知消息后,四月十三日,与刘宗敏亲自统率大军前往山海关进攻吴三桂军,另派明降将唐通率兵两万从山海关北一片石出长城,断吴三桂军后路。四月二十一日,唐通军与吴三桂战于一片石,吴军在清军助攻下小胜。四月二十二日,李自成本人统主力军于山海关北门前、角山长城内侧(西侧)石河(今秦皇岛燕塞湖水库)与吴军决战。战至四月二十三日上午,吴三桂军渐难支撑,清军统帅多尔衮率清军主力自欢喜岭威远台长城上突然冲出,侧击李自成军。李自成军大败,死数万人,大将刘宗敏负伤。李自成只得下令南撤。当日,多尔衮封

① 数据转引《百度词条·山海关》。
② 九门口长城位于辽宁省葫芦岛市绥中县李家乡新台子村境内,距山海关15公里,全长1704米。南起危峰,与自山海关方向而来的长城相接,沿山脊北延至九江河南岸,在宽达百米的九江河上,筑起规模巨大的过河城桥,被称作"城在水上走,水在城中流"。由此继续向北,逶迤于群山之间。

吴三桂为平西王，命其为先导，追杀李军，直扑京城。李自成在马前怒斩吴三桂父吴襄，悬首示众。回师京城后，又杀吴三桂一家老小38口。四月二十九日，李自成在北京称帝，建大顺政权。次日，李自成焚紫禁城，离开北京，向西安撤退，李自成自进入北京城直到退出，前后仅42天。随即，清军于六月六日进入北京，年仅6岁的福临登基称帝，史谓清世祖顺治帝。此后，李自成军在清兵一路追击下连战皆败，至次年五月初（顺治二年，大顺永昌二年，1645年），李在湖北通州九宫山受当地民团武装阻击授首。李自成山海关兵败可以说是一次因将领腐败而导致战争失败的典型战例。

在山海关发生的另一次对中国社会进程产生过深刻影响的战役是：光绪二十六年（1900年9月30日）八国联军侵略山海关之战。当时清军守将郑才盛不战而逃，联军毁老龙头、宁海城、海神庙。次年，根据丧权辱国的《辛丑条约》，山海关城南至渤海沿岸9平方公里的土地，成为侵略军占领地，其共建立了六个营盘，其中，英国营盘占据了整个宁海城，而日本营盘则建在老龙头北3000米的"四炮台"处，直到1945年9月日本在二战中战败投降才撤走。①

山海关也是一处保留着我青春时代特殊记忆的地方，"文革"之中，我曾两过山海关。第一次是1967年7月7日。当时我扒货车到北京，向"中央文革接待组"递送材料，呼吁废除不平等的《中俄瑷珲条约》，收复当年被沙俄掠夺的黑龙江以北、乌苏里江以东的100万平方公里土地。事后，我赴山海关游览。这是我平生第一次看到长城，长城沿着山脊漫延万里的雄伟气势使我终生难忘。在山海关下，我悼念了抗美援朝的著名英雄罗盛教，因为这位英烈的坟址即在山海关下。随后，我与碰上的两个山西外出串联的学生攀上山海关城垣，沿着长城西行了很长一段距离。当时长城顶上并没有被人拦起来收门票，也没有几个游人。只记得城顶上一片荒芜，长满了野草与低矮的丛树，留给我最深的印象是有一位衣着破旧的老人在城上放羊。第二次是1968年8月3日过山海关。当时我扒火车欲赴黑龙江密山851军垦农场务农，凌晨3时坐煤车抵秦皇岛，早餐后先是赴秦皇岛海滩游玩，随后向当地人问路，沿小路步行30里路，中午11点多钟抵达山海关游览。我先沿残缺的城墙登上山海关，展现眼前的景象是：万里长城沿起伏的山脊绵延无际，烽火台残缺的城垣，见证着古代战争的严酷。山海关不

---

① 参《山海关国保文物遭破坏，谁来救救八国联军营盘旧址》，新浪网2006年7月5日。另参郝三进：《八国联军入侵秦皇岛——我与秦皇岛老照片》，http://blog.sina.com.cn/s/blog_3e49d9bd0102woep.html。

愧为是真正的"天下第一关",它象征着中华民族历史的伟大、建筑艺术的伟大及人民的不屈精神。走下城墙后,我特地在关前花钱一元一角,拍了一张头顶烈日、身背书包水壶的全身照片,要求在照片边空处题上"不到长城非好汉"的毛主席诗句,寄到家兄所在大学。我认为这张照片体现了我少年时代的冒险精神与决心赴边疆垦荒戍边报国的意志,因此,这也是我一生中最值得纪念的照片。下午,我扒上由山海关赴沈阳的货车,跳车时,裤子被车厢铁栏拉开了一条大口子,好在随身带有针线包,在车厢里,用针线缝好了裤腿。

而"文革"中两过山海关,是我一生中最具活力的时代。前后对比,最大的感受是:原山海关关城下通车,不收门票钱,仅城楼下景点处有摄影摊位给游人拍照留念。城墙亦未经整修,一片荒野景象,但给人以古战场秋杀的真实观感。而现在城关已围起来收钱,门票 32 元,处处洋溢着商业赢利精神(或说是金钱精神)。此外,城墙已明显拓宽(与未经整修的野长城段比较)。"文革"中登此关后重临,不胜感慨。

约下午 1 时许,我与惠老师下城,参观位于山海关城内的"长城博物馆"。该博物馆 1991 年 7 月建成,对外开放,由原国家主席李先念题写馆名。其与北京八达岭长城博物馆、嘉峪关长城博物馆并列为中国的三大长城主题博物馆。展馆的主要内容是介绍山海关长城的历史沿革情况,以及精华地段重要的古代城防建筑工艺。步入展厅,见厅中矗立着明代中山侯徐达的塑像,以纪念他洪武十四年(1381 年)奉诏修筑长城,并建筑山海关关城的历史功绩。展厅中另展示有明长城沿线军政一统的"九边重镇"巨图、军情传递图、烽燧制度表以及守城与攻城器具、战服与军械模型等。

过孟姜女庙

约下午 1 时半,出长城展馆,我与惠扬老师急赴山海关停车场寻找会务组旅游专车,发现早已开走。由于会务组事先有约:参观山海关逾时不候,自己打车去孟姜女庙。我们亦无可奈何,只得用款 15 元,叫出租车赶至孟姜女庙,下午 2 时抵。进入庙门方知,入庙尚需另买门票 30 元,看来我们又亏了,因为如果我们早一点下长城,随同会务组旅游大巴入内参观的话,原本是无须自买门票的。

孟姜女庙原名"贞女祠",位于河北省山海关城东约 6 公里的望夫石村后凤凰山上。庙周围墙内占地约 1.6 亩。由山角步入山门,须攀上庙宇前的 108 级台阶,此象征着孟姜女寻夫人生历程的艰难。步入庙内,可见前后两殿及钟楼、振衣亭、望夫石等景观。其中,前殿供孟姜女像,左右侍有童男童女各一。殿之两壁分别镶有碑刻,其中重要的有清乾隆帝、嘉庆帝、道光帝临此所题诗文。后殿原供观音像,殿后有"望夫石"景观,石上有坑,传说为孟姜女倚石望夫留下的足迹。石侧有乾隆皇临此题诗:"凄风秃树吼斜阳,尚作悲声吊乃郎。千古无心夸节义,一身有死为纲常。由来此日称姜女,尽道当年哭杞梁。常见秉彝公懿好,讹传是处也无妨。"旁有石台,台后有"振衣亭",传为孟姜女梳妆更衣处。此外,在孟姜女庙东南4公里的渤海中有两块礁石,传为孟姜女坟地所在。

上述为孟姜女庙的景观大略。孟姜女庙之修,是依据中国民间传说《孟姜女哭长城》衍生出的文化产品,修庙是为了纪念这位传说中的贞女。据有关记载:山海关附近"贞女祠"之修,始于宋代以前,明万历二十二年(1594年)主事张栋重修,始奠定今日基础。此后,明崇祯年间、民国十七年曾两度重修。1956年,孟姜女庙被公布为河北省第一批重点文物保护单位。而至"文革"之中,孟姜女庙免不了再受破坏,"文革"后又重加修整。1992年9月,山海关区政府为了繁荣旅游经济,又投资在孟姜女庙北侧,修建了大型文化园林"孟姜女苑"。苑内以"孟姜女千里寻夫哭倒长城"的传说为主线,修起了"夜制寒衣"、"万夫筑城"、"望夫凹石"、"哭倒长城"等近20个场景。所以现今入孟姜庙,看到的是旧与新两种不同的文化场景,其中后者具更多的娱乐内容,所以游人前来,更应该注重的,还应是前者场景所蕴含的中国传统人伦哲理。

跨进孟姜女庙,首先引人注目的是殿前孟像女供像前对联。陇上横额作"万古流芳",两边楹联:"秦皇安在哉,万里长城筑怨;姜女未亡也,千秋片石铭贞。"这副对联体现了古人对孟姜女贞节精神的褒扬。

此外,在门柱上的一副对联也十分有趣,作"海水朝朝朝朝朝朝朝落;浮云长长长长长长长消。"(hǎi shuǐ cháo , zhāo zhāo cháo, zhāo cháo zhāo luò; fú yún zhǎng, cháng cháng zhǎng, cháng zhǎng cháng xiāo)据传这是宋代状元王十朋所写的一副千古名联,其特点是利用汉字一字多音、一字多义的特点,展现了海潮涨落、浮云长消的自然奇观。而将其题于孟姜女庙前,原因之一是该庙当初距海边不远,看得到海。当然因自然地理的变迁,现今立孟姜女庙后的望夫石上,已看不到大海了。原因之二则是寓意孟姜女的坚贞精神天长地久。但使我不解之处是:我在温州江心屿上也曾看到过这副对联,不知王十朋的这副对联最初究竟是题于何处。

出贞女祠,过"望夫石",下"梳妆台",我前往参观后建的"孟姜女苑"景区。其占地面积甚大,有东西配殿,展现了"孟姜女寻夫"故事的全景,另有"秦始皇行宫"、地宫蜡像,文献陈列室等景观。而在两侧正中的广场上有来自泰国的民间艺人进行驯泰象表演，如游客欲骑在象身上拍照，需要另行付费。我最厌恶在体现中国传统人文精神的旅游景点内，从事商业表演活动。我想由古及近，不会有哪一个皇帝或文人会相信真有孟姜女其人能够哭倒长城。而他们之所以建孟姜女庙，是因为这一传说中所凝聚的贞节观，颂扬了夫妻恩爱、至死不渝的精神，有益于安定中国社会，是以立庙提倡。中国古代王朝可能有千般值得数落的罪恶，但其重视人伦精神建设的做法却值得肯定，否则的话，中华民族的历史不会由古传承至今的。满清王朝是由少数民族创建的，其最终完成了长城两侧中华民族的统一大业，且有200余年天下，若非其重视伦理建设，提倡以孝治国，以贞立家，并以此统率中国的伦理规范，其政权亦不会持久。因此重视人伦建设，用今天的话来说是重视精神文明建设，这是今人值得向古人借鉴的治国做法。而反观今人的一些做法，似过重商业精神，与中华传统文化所倡导的忠孝节义精神反差太大。以我此次到北戴河参加学术会议数天计，在东山古庙中见展示古人裸体女尸，在山海关城墙上见美女着比基服表演，现又在表彰贞女精神的孟姜女庙中见泰象表演，这些做法似有太多的可商榷之处。

过孟姜女庙，不能不说到《孟姜女哭长城》这一民间传说的来历。中国有四大民间传说，分别为：《牛郎织女》、《孟姜女哭长城》、《梁山伯与祝英台》和《白蛇传》。据学界考证，《牛郎织女》传说产生最早，始见于《诗经·大东》："跂彼织女"、"睆彼牵牛"的诗句。而产生于东汉末的《古诗十九首·迢迢牵牛星》中，已称二者为夫妇。东汉应劭《风俗通》逸文称："织女七夕当渡河，使鹊为桥，相传七日鹊首无故皆髡（音昆，指鹊头脱毛），因为梁（桥）以渡织女也。"可见故事早已成形。《梁山伯与祝英台》传说，最早见于唐代梁载言著历史地理著作《十道四蕃志》，该书记载了梁、祝"二人尝同学"、"同冢"的故事。此外，晚唐张读著的神怪小说《宣室志》（一作《宣宝志》）中对此有详载。至明代冯梦龙著《古今小说》时，将二人故事加以演绎，有梁、祝化蝶一节，而使世人熟知。《白蛇传》的故事形成最晚，一说源自唐人传奇《白蛇记》，一说源于宋话本《西湖三塔记》。至明，冯梦龙著《警世通言》时，内有《白娘子永镇雷峰塔》一篇，故事初步定型。

上述三大民间传说，都有较浓厚的神话色彩。相比较而言，《孟姜女哭长城》则人文色彩最重。其传说据考源自《左传·襄公二十三年》记中的齐国武将杞梁伐莒国战死，"齐侯归，遇杞梁之妻于郊，使吊之。辞曰：'殖之有罪，何辱命焉？若免于罪，犹有先人之敝庐在，下妾不得与郊吊。'齐侯吊诸其室。"这段话大意是说，杞梁之妻拒绝齐侯郊吊，认为非礼，要求齐侯至其家中吊唁杞梁。这一要求被齐侯接受。但在这一记载中，杞梁妻无名，亦未出现"哭"、"城崩"、"投水"等情节。而在《礼记·檀弓》中,曾子说:"杞梁死焉,其妻迎其柩于路,而哭之哀"。此时已出现了"哭"的情节。至西汉刘向著《说苑》时,其中《善说篇》始有"崩城"内容,谓:"昔华周、杞梁战而死,其妻悲之,向城而哭,隅为之崩,城为之厄。"而此后其著《列女传》时,又添加了"投淄水"的情节:"杞梁之妻无子,内外皆无五属之亲。既无所归,乃就其夫之尸于城下而哭之,内诚动人,道路过者,莫不为之挥涕,十日而城为之崩。""既葬,曰:'我何归矣?……亦死而已,遂赴淄水而死。'"而此时杞梁妻殉死之事已越传越奇,魏曹植在《黄初六年令》中说:"杞妻哭梁,山为之崩"。从敦煌石窟发现的隋唐乐府中,始有"送衣之曲",显然此时的有关民间传说中,已增加了"送寒衣"的内容。至唐代,贯休诗作《杞梁妻》首次将故事时间移到了秦王朝时期,"崩城"也变成了"崩长城"。其诗谓:"秦之无道兮四海枯,筑长城兮遮北胡。筑人筑土一万里,杞梁贞妇啼呜呜。上无父兮中无夫,下无子兮孤复孤。一号城崩塞色苦,再号杞梁骨出土。疲魂饥魄相逐归,陌上少年莫相非。"至此时,孟姜女哭长城的故事已基本成形。故事再向后传,杞梁讹作"万喜良"或"范喜良",杞梁妻也有了"孟姜女"的名字。人有了名字自然也得有籍贯,于是便有了河北徐水孟姜女、陕西铜川孟姜女、山东临淄孟姜女、山海关孟姜女、姑苏孟姜女等不同的说法,且纷纷为之立庙。古人虽然没有争夺旅游资源的概念,但争夺名人效应以荣光故里的概念还是有的。但我宁可相信我所到过的孟姜女庙是最早的孟庙或最正宗的孟庙。理由有三点:一是离长城最近;二是有"望夫石"屹立为证;三是有清乾隆帝、嘉庆帝、道光帝临此所题的诗文为证。

由于孟姜女的故事越传越奇,以致南宋史学家郑樵指出:"杞梁之妻,与经传所言者,数十言耳,彼则演成万千言。"元代则开始把孟姜女哭长城的故事被搬上舞台,使这一故事更为天下所熟知。[①] 而笔者以为:由于中国古代战争频仍,徭役繁重,征夫离妇之怨,成为永远主题,如同汉末陈琳诗称:"饮马长城窟,水寒伤马骨","君独不见长城下,死人骸骨相撑拄?"[②]这是《孟姜女哭长城》民间传说得以流传的客观条件。而孟姜女的故事本身,反映了古代中国民众痛恨专制暴政和追求幸福生活的朴素愿望,蕴涵着追求夫妻贞爱、至死不渝的价值观。而从中国王朝统治者的角度来看这一传说,则认为其中蕴涵着可为之接受的纲常思想,并鞭策统治者爱民,是以为之立庙加以提倡,以求安抚民心,这便是乾隆帝诗句

---

① 元杂剧《孟姜女》大致内容谓:秦女子孟姜女救下为逃避修长城苦役的男子范喜良,二人相爱成婚。但新婚之夜范喜良被抓到长城去做苦役。孟姜女千里寻夫为之送棉衣,但找到长城后,闻知夫婿已死。于是痛哭三天三夜,长城为之倾倒八百里,露出范喜良的尸骨,孟姜女怀抱丈夫遗骨,投入大海之中。

② (魏晋)陈琳:《饮马长城窟行》。

"千古无心夸节心，一身有范为纲常"所道出的问题实质。这实际上也是中国传统社会从事人伦建设（精神文明建设）的一种手段。而从今人的角度来看，我们则应该借鉴中华传统伦理中有益于当代价值观的成分，以之裨补中国当代社会的精神文明建设事业，不应该将赢利的商业精神渗入其中。这就是我游孟姜女庙的一点体会。

下午 2 时 40 分出孟姜女庙，搭会务组旅游大巴返北戴河团中央培训基地。

2018 年 12 月 25 日

过南戴河海滨（北戴河纪行之四）

2000 年 8 月 1 日,星期二,晴。会务组全天安排旅游,旅游地点是南戴河国际娱乐场。晨 8 时出车,约上午 9 时抵,门票钱 30 元。

南戴河原属河北抚宁县,与北戴河海滨相连,仅有一条戴河相隔。如果攀上北戴河联峰山,可以看到山的西面即南戴河地域。南戴河赖以自豪的旅游资源,是拥有一条长达 17.5 公里、铺满黄沙的海岸线,号称是"黄金海岸"。这条海岸线东起戴河口,西至抚宁县与昌黎县的交界处,海水明净,海滩平缓,海沙细柔,无礁石碎块,附近三面傍森林,①无任何有污染的工矿企业,因此极适合于游人进行海浴、沙浴、日光浴。

但长期以来南戴河的旅游业并不发达,甚至对于国内大多数人来说,根本就不知晓南戴河的地名。就其原因而言,是因为南戴河缺少知名的人文景观,无人前来游览,所以当地人只能靠渔业谋生。南戴河旅游资源的开发,源自 1996 年 10 月当地政府在海边拦出了 5.5 公里土地,集资创建了"南戴河国际娱乐场"(后更名"南戴河国际娱乐中心"②),以金龙山、槐花湖、中华荷园、碧海金沙和欢乐大世界为五大功能区,以滑草、滑沙、滑水、卡丁赛车、海水浴场、水中泛舟等为主要游乐项目,发售门票,动员游客来玩,游人始多。而我得以游南戴河,实是借了这次到北戴河参加学术会议之机,原本我并不知晓北戴河之南尚有一个南戴河游乐场,且旅游环境一点都不比北戴河差。

---

① 这片森林原本是抚宁县的林场,经营近 40 年,绵延曲折数十里,形成护海屏障,而自成景观。

② 南戴河国际娱乐中心原属南戴河旅游发展集团有限公司管理,2015 年 7 月,抚宁撤县建区(属秦皇岛市),原抚宁县南戴河旅游度假区(南戴河街道办事处)托管至北戴河新区,门票已涨至 140 元。

但是我们来得却不是时候。当步入海滩时，已是红日高悬，天气大热，沙滩烫人，估计海边气温约接近 40 度。这样的天气到南戴河来玩，最适合的活动本是游海泳，但是我们来参加会议的代表谁也没能想到这一点，旅游时间是大半天，只得在游乐场中耗时。根据我们所出的门票钱，可由 9 个项目中选择 5 项。但由于坐游艇出海是集体项目，所能选择的个人项目只有 4 项。我选择了滑沙、滑草、小火车、彩球四项。其中坐小火车、抢彩球是小孩子的游戏，对我这个成年人来说，毫无兴趣可言。

9 时 30 分，我先爬上数十米高的青龙山去滑草。滑草场背海，朝向为周边森林与园内所植中华荷园，草坡据云种植的是由美国引进的耐滑草和当地适应沿海生长的牛筋草。当游客乘上特制的滑草板，由山顶沿滑道冲向山底时，实际上只有一瞬时间，对于心脏不好的老年游客来说，此活动似非适宜。

随后，我攀上 36 米高的沙山"金龙山"去滑沙。沙场的方位是背林背山向海，有滑道 10 条，长 300 余米，这是景区的品牌项目。300 余米的路程平时用脚走的话，需要花一点时间，但要是乘坐特制的滑沙板由沙山顶上滑下，实际上也只是一瞬间，要领是双手抓紧滑板两侧的扶手，便不会出事。这同样是一项老年人不宜的活动。据说滑沙运动起源于西非一个叫"纳比"的沙漠，这也是地球上最古老的沙漠。但不论是滑沙也罢，还是滑草也罢，连同当时南戴河娱乐场的其他游乐设施，当时都是从美国游乐场中抄袭过来的，即凭空拦截出一块地方，设置游乐设施，高价出售门票以赚钱。

上午 10 时 30 分是游览团集中，游客集体乘游艇出海到附近的仙螺岛去参观。仙螺岛位于南戴河娱乐场附近海面 1 公里处，总面积约 10000 平方米，1998 年 10 月投资建成，这也是南戴河唯一具人文色彩的旅游项目。该岛的得名源自当地一个古老的民间传说，讲的是很久以前，南戴河一单姓渔民在海里捕捞到一个很大的海螺，养入家里缸中。入夜，缸里升出一位美女与渔民儿子海蛙交好，而结为夫妻，且常行走人间为贫苦渔民治病、送粮，搭救遇险者，人们皆呼为海螺仙子。而渤海龙王发现仙螺逃往人间后大怒，下令将仙螺捉拿回宫，压在一海中孤岛下。南戴河的渔民为铭记螺女的恩德，就把这座孤岛称作"仙螺岛"，在岛上修了一座"海螺仙子"汉白玉雕像以便瞻仰。但 1998 年开发后的仙螺岛，充斥着现代游乐设施，近年又开通了往来于海边游乐场的索道，实已完全丧失了古老民间传说中的人文精神。

自仙螺岛返还海滨后，会务组带队老师让大家自由活动，自己解决午餐问题(行前发了干粮),下午 3 时在门口集中返程,也就是说我们还得在游乐场中呆上三个小时。我闲得无聊,先是沿黄金海岸漫步,发现沙滩上长着一种野草,既不怕炎热,也不怕海水,深深地扎根于沙中。我费了很大力气拔出一棵,发现这株低矮的野草,其根部连同断在地下我未曾拨出部分,起码有两到三尺长。这种野草当十分有益于改造盐碱地,其经济价值值得植物学家研究。随即,我观察在沙滩上迅速出没的小螃蟹,感到十分有趣。黄金海岸多小蟹,人一来,即钻入沙洞内。我在一洞旁埋伏了很久,好不容易逮住一只,被一经过的小孩子要去。此后我坐在烫人的沙滩上吟诗,看着在海中戏水的人群消遣。要吟成一首诗需要有两个条件,一是眼前有景可写,二是要有意境。至于景观么,眼前大海即是。至于意境么,我昨日上老龙头时,见城墙上有碑书有"天开海岳"四字,甚感雄壮。传说该碑为唐代名将薛仁贵东征高丽时所立,后八国联军侵华时,被英国军队挖弹药库时推倒,1927 年张学良与赵四小姐到老龙头浴场游泳时,重新发现,命人竖起。我一直想以"天开海岳"四字为意境,赋诗一首。

在沙滩久坐,热得实在受不了,我便朝景区中的"雄狮观海"处走去。"雄狮观海"是立于海边的巨型雕塑,长 21 米,高 10 米,据说投资百万元建成,寓意为"百万雄师护大海"。而我个人认为造这样的雕塑缺少实际意义,与其把这笔钱用于铺陈无用景观,还不如用于支持贫困地区办学。

过了"雄狮观海"雕塑,便是"槐花湖"了。槐花湖是南戴河国际娱乐场在修建时开挖的一个人工湖,因为湖周种以槐树,配以亭台楼树,湖中植以莲荷,而显得清幽淡雅。2008 年因在湖心仿悉尼歌剧院修建了一个有 1036 个坐席的剧场,彭丽媛在此演唱了一曲《槐花海》而知名。但是在我去日,尚无此建筑。我前往是因为湖边有台榭可遮阳,便于久坐吟诗。

在槐花湖畔长廊徘徊久久,由于当日游南戴河,闲时甚多,诗竟吟成,抄录留念:

七律　次南戴河黄金海岸(2000.8.1)

万亩金沙走鹭鸥,闲情怡趣堪无忧。
少年慷慨勉国事,垂老无聊做漫游。
岁月五十成底事,扁舟一叶付沉浮。
天开海岳无得所,拾贝直临地尽头。

　　我在槐花湖闲坐至下午3时,出园门候车,时天气大热,此行可谓沐日之游。下午3时30分旅游车返程,4时抵住处北戴河团中央培训基地。在返程路上听说北戴河尚有景点"怪楼"可供参观,我决定明日前往。

2019年1月2日

偶入"怪楼奇园"（北戴河纪行之五）

2000 年 8 月 2 日，星期三，阴。

"怪楼奇园"位于北戴河海滨的百花山上，距离我所往的团中央培训基地很近，步行路程约 10 分钟。我是在一次与当地人谈话的偶然机会中，得知附近有这样一处景观的，决定利用学习的暇时前往一游。

当日晨 4 时 15 分起床，与同室老何、老王二位老师同赴鸽子窝公园看日出，不意天阴有雾，看不到日出，只能在园内的珍稀动物馆看训海狮表演，这是演给小孩子看的游戏，对成年人来说，自然无趣。6 时 30 分打的返住处早餐。上午，听中央党校陈雪傲教授上课《毛泽东所开创的中国特色社会主义道路》。午餐后建议同室老何、老王二位老师同往，不意二位老师都欲午休，我只能独身前往，下午 1 时 30 分抵。

"怪楼"之怪在于有三层五顶，七角八面，楼顶的每一个角，都用花岗岩做成尖形墙垛，上插云天。全楼共有 44 个门，46 个窗，却没有一间方屋。在楼宇之内，屋屋相套，大小不一，游人进入，几个拐弯，便很难再找到初入之门了。而走进怪楼底层的中央大厅，四周皆镜，地面亦用玻璃做成，人站在大厅中，四面皆影，转一圈后，便难找到出楼之门。又由于大厅地面玻璃透明，站在楼的四周均可望见，因此俗称"四明湖"或"海眼"。而当地百姓认为"海眼"是通向大海的。"文革"中红卫兵"破四旧"时来此，认为"海眼"是供外国间谍在海底传递情报之用的，所以一把火把原怪楼烧了。这便有了"文革"后怪楼的移建之举。

而据有关记载，怪楼的设计理念，源自美国加利福尼亚传教士、园林学博士辛伯森（1898—?）先生。1928 年，辛伯森受美国基督新教教会派遣来中国，创办北戴河东山园艺场，颇为当地园艺业发展做出了一番贡献，自己也赚了不少钱。辛氏当时患有三叉神经痛，久治不愈，医生建议他进行日光浴治疗。为此，他苦心设计，又找来当地建筑师苏全仁协助修建，用时两年，在北戴河东山建成一座外观仿欧洲中世纪哥特式的城堡。跨入堡内，室内如同迷宫，在房屋各角，全天候都能晒到太阳。住入此堡，他奇迹般地治愈了自己的疾病，"怪楼"之名也因此大噪。1940年太平洋战争爆发前夕，辛柏森携全家归国，但他设计的"怪楼"却名声日显，引得社会各界人士都纷纷前往参观。新中国成立之后，国家领导人郭沫若、徐特立等人亦曾前往，并题诗留念。怪楼也因此成为北戴河地区的一道亮丽风景。

翻建新的"怪楼"，1991年由北戴河区政府投资进行，设计方案仍本辛氏理念，以怪与奇为主旨。楼中暗道相通，多门难辨，有山石瀑布、藤梯索桥、幻镜变形、裸女变妖等景观，使游人进入，颇能感受到福尔摩斯探案时的灵感。1992年一期工程完成，北戴河区政府又以怪楼为中心，扩建园林，配以蒲公英喷泉、扬波湖、仙人对弈、风情小木屋、柳暗花明、曲径通幽、高峡悬流等等景观，号称"奇园"。建园工程至1994年春完成，合称"怪楼奇园"。怪楼奇园占地约99亩，主楼建筑面积999平方米，内设景点99处，此为其基本情况。

"怪楼奇园"之建，从建筑学上来说，可能是巧夺天工，但对我这个门外汉，却只能是看看热闹而已。下午2时许出怪楼，赶回去听中央党校赵耀教授授课《马克思主义原理问题》。在园门口见有人摆箭摊，一元射一次。我突起好奇心，给款10元，连射十箭，但箭箭空靶，真乃百无一用是书生。

明天是返沪之旅，上午要听中央党校周教授授课《共产党员从根上代表人民利益》，晚间将登上返沪列车，下午尚有一些余时，准备游览秦皇岛市内的景点"秦皇求仙入海处"。

2019年1月4日

游"秦皇求仙入处"（北戴河纪行之六）

2000年8月3日,周四,阴。

晨5时起床,上午听中央党校周教授授课《共产党员从根上代表人民利益》。午餐后12时15分辞别北戴河共青团培训基地,同寝室山西王孝恩老师送我至门口。坐34路公交车于下午1时30分抵达秦皇岛火车站,寄放行李后,转坐7路车至"秦皇求仙入海处"游览。

"秦皇求仙入海处"位于秦皇岛市东南海边,这是当地市府1991年投资修的一个假古迹。①当然假古迹也得有成立依据。秦皇岛市古名"碣石",境内有山名"碣石山"(位今河北昌黎县),距今秦皇岛市约百里。而据《史记·秦始皇本纪》所记:

> 三十二年(前215年),始皇之碣石,使燕人卢生求羡门、高誓。刻碣石门。坏城郭,决通堤防。其辞曰:遂兴师旅,诛戮无道,为逆灭息。武殄暴逆,文复无罪,庶心咸服。惠论功劳,赏及牛马,恩肥土域。皇帝奋威,德并诸侯,初一泰平。堕坏城郭,决通川防,夷去险阻。地势既定,黎庶无繇,天下咸抚。男乐其畴,女修其业,事各有序。惠被诸产,久并来田,莫不安所。群臣诵烈,请刻此石,垂着仪矩。因使韩终、侯公、石生求仙人不死之药。始皇巡北边,从上郡入。燕人卢生使入海还,以鬼神事,因奏录图书,曰"亡秦者胡也"。始皇乃使将军蒙恬发兵三十万人北击胡,略取河南地。

这段话大意是说:前215年,秦始皇巡视碣石,派燕国人卢生赴海外寻访仙人羡门与高誓,并前往碣石山门刻石立碑,以宣扬秦始皇统一天下的功德。同时

---

① 据介绍该景点自1991年7月始修,至1993年完工。

毁坏了战国时期围碣石山而建的城墙,挖通了堤防,以去险阻。秦始皇又派方士韩终、侯公、石生去海外寻找仙人不死之药。始皇巡视北边,自上郡返回京城(秦都咸阳),燕国人卢生已自海外寻仙归来。他告知秦始皇海外鬼神事,并奏上海外所得图录书(谶纬之书),上面写着"亡秦者胡也"。秦始皇因此派将军蒙恬率兵三十万去攻打北方的胡人,夺取了黄河以南的土地。但是这条史料并未具体指明秦始皇派卢生、韩终、侯公、石生自何处出海,寻找仙人与长生不死药的。

在秦皇岛市东南海边修建"秦皇求仙入海处"假古迹的依据之二是:明宪宗成化十三年(1478年),有人曾于秦皇岛市海边立"秦皇求仙入海处"石碑一座,"以纪圣境"。此说见载长城网2015年11月12日文:《美丽河北:秦皇岛这些美丽的传说你知道吗?》。[①] 但《明史·宪宗本纪·十三年》却并未记此事,只能说是好事者为之。这块石碑据传在"文革"中的1966年,曾被红卫兵推入海中,后于1998年被打捞上来,碑文已全蚀。但这块石碑刻字即便真有,却仍不足以证实卢生、韩终、侯公、石生是从秦皇岛东南海边出的海,因为明人的立碑,尚不足以证实1700年前秦代方士的足迹。

大致凭借以上两条历史依据,秦皇岛市政府认定卢生、韩终、侯公、石生是自秦皇岛东南海边出的海寻找仙人,并投资修建了这个"秦皇求仙入海处"假古迹。如果这种做法是为了开发当地旅游资源,本无不可。但步入"秦皇求仙入海处",使我倍感吃惊的是它的修筑规模。整个景区占地面积约19公顷,包括秦风阙门、碣石碑刻、秦始皇出巡铜雕、战国风情园、仙人馆、秦皇殿、求仙路、秦始皇石像等景点。

入口处称"阙门",高大壮观,重檐四顶,四阙三门。其中,中门楼为重檐,正阙上层梁坊下雕刻着青龙、白虎、朱雀、玄武,以辨东、西、南、北四个方位。正门牌匾系前佛教协会会长赵朴初题字"秦皇求仙入海处"。阙门前面的一对石兽称"天禄",传说是一种头上长角,胁生双翅,会飞的神兽,能够给人带来吉祥。据考证,阙门产生于西周时期,是"天子号令赏罚所由出也"的地方,亦即悬挂法令、布告用以昭示国人的地方。而秦、汉时期延之,逐渐成为一种建筑标志,在城门、宫殿前、祠庙前、陵墓前都建有阙门,以"别尊卑"。"四阙",原出汉代未央宫东、西、南、北的楼观名。晋崔豹《古今注·都邑》谓:"阙,观也。古每门树两观于其前,所以标表宫门也。……苍龙阙画苍龙,白虎阙画白虎,玄武阙画玄武,朱雀阙上有朱雀二枚。"唐李贤注:"苍龙,东阙;玄武,北阙;朱雀,南阙;白虎,西阙。谓之

---

① 作者陈美冉。

四阙"。

　　跨入阙门,首先看到的是规模宏伟的秦皇驾车马出巡的铜塑。这组铜塑长40 米、宽 5 米、高 6.6 米,共由 32 个人物、20 匹马、2 辆车组成。起首者为秦始皇,左侧车中坐的是丞相李斯。据史书记载,秦始皇一生喜爱巡游,在他统一中国后的十余年间,曾五次"亲巡天下,周览远方"。而秦始皇每次出巡时,均伴有庞大的车队,场面壮观。

　　沿秦皇出巡铜塑前行的路称"青云路",两侧整齐排列着十二神兽,似狮非狮,胁生双翅,亦象征吉祥意。有关于这十二神兽的传说,见载于晋司马彪《续汉书·礼仪志》所记之《十二兽吃鬼歌》,其谓:有甲作、疏胃、雄伯、腾简、揽诸、伯奇、强梁、祖明、委随、错断、穷奇、腾根等十二神兽,欲吃鬼虎、疫、魅、不祥、咎、梦、磔死、寄生、观、巨、蛊等十一种鬼疫,令其快逃,否则的话,将会被十二神兽掏心、挖肺、抽筋、扒皮后吃掉。据说始自西周末年,每逢佳节,便从贵族子弟中挑选出 12 人,头戴面具扮作十二神兽舞蹈,以驱除瘟疫。此俗当属上古的"傩礼"文化,但自秦汉以后已不传。

　　在青云路的拐角处,立有一块高大的石碑,此即翻刻自《史记》所记秦始皇三十二年的碣石山门刻石,内容为秦始皇命方士卢生、韩终、侯公,石生等人至海外求长生不死仙药事,此碑原立于今河北省昌黎县碣石山,已见前述。

　　过青云路,便来到了规模庞大的"战国风情园",分别有齐、燕、赵、韩、魏、楚等六国历史文化的介绍。其中齐园中,修有齐都临淄的缩形、"稷下学宫"、扁鹊行医雕塑、"孔子闻韶"浮雕等齐文化代表性标志。

　　稷下学宫,创办于齐桓公在位时,至其子威王、其孙宣王时达到鼎盛,庄子、荀子都曾赴此讲学。因稷下学宫的创办,使齐国成为当时中国的学术中心与"百家争鸣"的策源地,并且对后来中国社会的文化生活产生了深远影响。

　　扁鹊原名秦越人,战国齐人,其医术高明,医德高尚,而被人们以传说中黄帝时代的名医"扁鹊"呼之。扁鹊是中国传统中医望、闻、问、切四诊法的发明者,且被沿用至今。他在行医时,敢于同当时盛行的巫术作斗争,重视医学实践,治好了许多危重病人,而被后人所怀念。

　　"孔子闻韶"事件发生于春秋鲁昭公二十五年(前 517 年),当时孔子因避鲁难赴齐,在齐国太师处第一次听到了失传已久的韶乐(因有九章,又称"九韶"),居然"三月不知肉味"。此事为中国音乐史上的一件大事。

　　在燕园中,设有"八卦迷宫"、举贤用的"黄金台"以及反映荆轲刺秦王历史事件的"壮士行群雕"。"八卦迷宫"大致为依据上古《周易》数理而建成的繁复房屋,据说内设32屋,有96扇门,另有入口及"凯旋门"、"生门"、"退门"三个出口。生人步入之后,甚难找到出口。"黄金台"为一座楼阁。战国时,齐强燕弱,且为世仇。燕昭王继位后,励精图治,听从忠臣郭隗"千金买马骨"的故事寓意,在燕下都(今河北易县)筑高台,置千金招揽天下英才,并因此得名。有军事家乐毅应聘,连下齐国七十二城,反弱为强。"壮士行群雕"是根据荆轲刺秦王历史事件而塑造的,展现的场面是:在燕国易水之滨,有许多白衣素冠之人正在为行者荆轲与秦舞阳远别送行,荆轲慷慨悲歌:"风萧萧兮易水寒,壮士一去兮不复返。"这种悲壮精神在一定意义上鼓舞了后来中华民族反抗外来侵略的勇气,同时也成为后世武侠小说的精神源泉。

在赵园中,引人注目的是一组反映赵国历史风云的大型浮雕,其中有武灵王胡服骑射、廉颇负荆请罪、蔺相如完璧归赵、信陵君窃符救赵、赵括纸上谈兵等种种画面。画面中所反映的历史事件,不只是丰富了中华民族的政治智慧,同时也是后世中国成语与戏曲的重要来源。而其中的赵武灵王,是赵国君王中最有智慧的一位,他借鉴当时在赵国西北一带居住的游牧民族服饰特点,锐意进行军事改革,国力一度居于战国首位,使强邻不敢轻慢。赵园中的微缩景观"丛台"(亦名"武灵台"),即赵武灵王观看军事操练的地方。

在韩园中,立有战国时期集法家思想大成的大思想家韩非子的讲学学堂。韩非出身于韩贵族,与李斯同师荀子,但学业要优于李斯。韩非曾多次向韩王建议变法,均未被采纳,于是发愤著书《韩非子》。他的学说传到秦国,深受秦始皇赏识,被用武力请到秦国。尽管韩非因受李斯嫉妒,被打入冤狱服毒自杀,但他的学说却被秦始皇采用,对秦统一六国,建立专制的中央集权制国家体制起到了重大作用。

在魏园中,有反映李悝变法、吴起改革、西门豹治邺以及"魏王假看斗鸡"等历史事件的浮雕。据说魏国的最后一任国君名"假",喜斗鸡取乐与声色犬马的活动,终日不理朝政,而导致国家的最后败亡。其中"西门豹治邺",也是一个很有名的历史故事与后世中国戏曲的重要来源之一,讲得是当地百姓听信女巫的谣言,每年都要向河中投入一名女子,以乞求不发水患,称之为"河伯娶妻"。又临"河伯娶妻"日时,邺县令西门豹假意向河伯祈祷后,对女巫说:"你这次选的民女不漂亮,河伯要求重选,烦你先下河去通知河伯一声,我择日另送。"随即叫手下把女巫推入河中。又在岸上久等,女巫不回复,又欲推女巫弟子下河,女巫弟子齐声求饶,从此破除了"河伯娶妻"陋习。此后,西门豹带领当地民众兴修水利,发展农业,邺大治。这一故事寓意着古人以科学破除迷信的积极意义。

　　楚园中立有当时爱国诗人屈原的雕塑,这是一位对于后来华夏文学与民族精神都曾产生过深远影响的先哲。屈原年轻时曾辅佐过楚怀王,任"左徒"官职,主张举贤任能,变法强国,联齐抗秦。可惜他的主张遭到上官大夫等奸人的排斥,被流放。屈原在悲愤之余,以诗抒怀,写出了《离骚》《天问》等千古流传的诗篇。后来他得知郢都被秦国攻占,楚怀王被俘,自知救国无望,于当年五月初投汨罗江殉国。人民同情这位爱国诗人,就用苇叶包糯米,投入江中祭奠。这就是现今人们过端午节包粽子民俗的来由。

　　过"战国风情"园,便来到了集中反映秦文化的"仙人祠"与"秦皇殿"。

　　仙人祠内供奉着中国古代传说中的多位神仙,其中有东王公、西王母,福、禄、财、寿诸神,以及曾被秦始皇派遣出海的卢生、徐福、韩终、侯公、石生等五位方士。因祠内有仙也有人,合称"仙人祠"。其中"东王公"亦作东王父、东华帝君、东父、东君、木公、东华紫府少阳君、扶桑大帝、青童君、青提帝君等,其对今人来说,已十分生疏,却是中国古代大大知名的仙人与道教大神。其与传说中的西王母相对应,西王母统率天界众女仙,东王公则统率天界诸男仙。有关东王公的传说,可溯源至战国时楚地,其信仰"东皇太一"神,又称"东君",即神化了的太阳神(太阳星君),此为东王公之前身。而有关东王公与西王母的神话传说,可能也是中国后世神话人物玉皇大帝与王母娘娘的前身。而仙人祠中所供奉的方士,有的曾到过日本、朝鲜,可能对当地文化发展曾做出过贡献,因此现今日、韩等国亦有为其修建的祠堂,以纪念他们为当地文化传播所做出的贡献。

　　过仙人祠,便来到了秦皇殿,秦皇殿又名"求仙殿",其为建于园内高台上的主体建筑。殿身共三层,高 36 米。殿内上层设秦始皇的金銮宝殿,秦皇两旁分别是武将王翦与丞相李斯的立像,底下的群臣作冥思状。这一雕塑大致反映了秦始皇统一六国、统一货币、统一文字、统一度量衡的历史功绩。此外,殿内尚有反映秦国其他政治文化的雕塑展示,如有佐秦王灭楚的名将王翦的府邸;有反映商鞅变法、立木为信的雕塑;有秦穆公用五张羊皮自楚国赎百里奚("五羖大夫")的雕塑等等。其中后者是颇具寓意的历史事实,其大致过程为:晋献公灭虞后,把百里奚作为女儿的陪嫁品送给了秦穆公。百里奚为虞国贤大夫,不甘受辱,逃亡到楚国以放牧为生,楚王不知其才。秦穆公特用五张羊皮将其自楚国赎回,委以重任。群臣不解,问秦穆公百里奚既贤,何不重金相聘?秦穆公回答:如用重金相聘,楚王必生疑而不允。这一历史故事反映了中国春秋时代的人才观。

　　秦皇殿的下层为秦帝国的军事艺术展馆,陈列有以骊山秦兵马俑二号坑为原形建成的兵马彩俑复制阵形,颇为雄壮。另有出土的秦兵器、铜车马陈列展。

　　秦皇殿最底层为地下景馆,内容为以蜡像与幻灯制作的秦始皇送方士出海求仙景观。大致场景为:秦始皇率群臣举行盛大仪式,在碣石岸边为方士出海求仙送行,船上站立者有韩终、侯公、石生等三位方士以及五百童男、童女,周围则衬以海浪浮涌、旗帜招展、山峰重叠、古长城烽火台等景观。方士们出海寻访的目标,是传说中的海外三座仙山——蓬莱、方丈与瀛洲。

　　出秦皇殿,要走一段布满石阶的"祈仙路",方能来到高大的秦始皇求仙祭坛前。祈仙路的起首,是高6米的"秦风牌坊",牌坊顶上放有6个道教盛放仙丹的葫芦,以示秦皇所求,是中国本土的道教仙人。祈仙路两侧均为高墙阻拦,墙下内侧布满了秦始皇文武百官及侍从的石雕像。祈仙路两侧之所以用高墙阻拦,据说是仙人不愿意轻见凡人,是以秦皇求仙也不能让黎首窥知。祈仙路的台阶共有6个平台和72级,由此足见古人求仙之非易。而在祭台上站立的秦始皇石雕巨像,高达6米,据说重达80吨,面向大海,双手高举酒爵,以求仙人赐"长生不死"之药。

　　走下祭台,这是"秦皇求仙入海处"的最后一处景点,有长堤一直伸入海中,堤终有亭,名"石生求仙启航处",堤旁停有游船,可供游人坐船游海。

　　返岸上,附近海边尚有碑亭,内陈龟驮赵朴初题"秦皇求仙入海处"碑刻。在碑亭稍歇,准备出园,见园门口有屋,陈西汉中山靖王刘胜"金缕玉衣"尸身展览,参观券得另买。入内,见刘胜尸身实已腐入玉衣中不可见,而玉衣本身却是一件精美的文物。[①]屋中另陈展南宋太学生周瑀的干尸。据介绍尸身为1975年7月在江苏金坛出土,同时出土的,尚有大量贵重宋代丝织品与漆器。尸身出土后未腐,经上海第一医学院解剖,做了防腐处理后,现供巡展之用。对于这种陈展古

---

① "金缕玉衣"又名"玉匣"、"玉柙",外观类人体形。约源自东周时的"缀玉面幕"、"缀玉衣服",用作两汉时期皇帝和皇亲死后所穿的殓服,因玉衣以金线缕结而得名。地位稍低一些的贵族,玉衣用银缕或铜线编结,而称之为"银缕玉衣"或"铜缕玉衣"。之所以以之殓尸,是因为当时人迷信人死后用玉衣安葬,可以保持尸骨不朽,来世再生。用玉衣葬人的礼俗,见于古籍《西京杂志》所记。据统计:刘胜的玉衣共用玉片2498片,金丝重1100克。由于这种玉衣制作,所耗财力与人力惊人,至魏文帝曹丕时,明令下诏禁止,理由是:"汉氏诸陵无不发掘,乃烧取玉匣金缕,骸骨并尽。"此事见于《三国志·魏文帝本纪》所记。而世人亦未再能再从魏晋以后的陵墓中发现金缕玉衣。而此件玉衣的主人刘胜,为汉景帝刘启的庶子、汉武帝刘彻的异母兄长,汉景帝继位三年(前154年,汉武帝以前中国皇帝无年号,在位时间只以年数计),封刘胜为第一代中山靖王,在位共42年。而刘胜金缕玉衣的发现,实出偶然。1968年5月23日,解放军某部在河北省满城县西南1.5公里处的陵山进行国防工程建设,在放炮炸山时,某战士自30米高的山顶,突然掉入深洞,刘胜的坟穴因此被发现。但当打开盛装刘胜尸身的玉衣后,发现里面除牙齿外,仅余枣泥状的尸末。此事说明汉人迷信用玉衣葬人不朽的可笑,但玉衣本身,却属中国古代遗传下来的宝贵文物。据统计自新中国成立以来,总共发掘出金缕玉衣约十余件,而刘胜的玉衣是其中最精美的一件。

人尸身的做法,我历来反感,认为这是对先祖的大不敬,亦是对当代人文精神的自我亵渎。出干尸展览馆,附近尚有孔雀园与鸽园可供参观。孔雀园内养有孔雀 3000 余只,据说是中国北方最大的孔雀园,鸽园内有鸽数量不详。下午 3 时 30 分,出"秦皇求仙入海处",坐 8 路公交车前往秦皇岛火车站。

游"秦皇求仙入海处",我最困惑不解之处有两点:一是修建这座豪华的旅游景点,究竟花了多少钱?二是有无必要修建这样一座规模庞大的假古董?我不知道修建此园,当地市府究竟投入了多少资金,有关部门又是如何来审计这一笔资金的?但我知道其必属巨资无疑。而问题在于,秦皇岛市原本有着优越的旅游资源环境,适当投资开发,不会缺少游人。而投入巨资,则势必遇到能否收回成本的问题。而投资成本即便能够收回,也毫无必要,因为其所建起的东西,充其量只是一个假古董,却造成了对国民财力的巨大浪费,而秦皇岛市却并非国内的富裕地区。

下午 4 时抵秦皇岛火车站,取回寄放行李,买面包一个、方便面一碗以充晚餐。随后,登上过路的 188 次沈阳赴上海特快列车,17 时 10 分发车。车甚挤,无座位。遇一位上海女士欲中途下车,我原想补其 200 元,换取她手中的卧铺票,不意该女士突然变卦,不再于天津下车了。无奈,晚 9 时到餐厅买 40 元茶座票,坐至深夜 1 时半,补票 217 元,获得一张济南赴上海的软卧铺票,得以入眠。

次日,周五,阴转晴。晨 6 时 15 分起床,早餐吃方便面二袋,桃子二只充饥。午餐吃面包半个,梨二只充饥。余时都在品读唐诗和修改旅途的习作诗。下午 14 时 45 分,火车晚点 23 分钟抵沪,北戴河之行结束。2000 年是我学术思想渐趋成熟的一年,当时已接近完成自己最重要的学术著作《中国政治哲学发展史——从儒学到马克思主义》(上海社会科学院出版社 2001 年 12 月第一版)的写作,而北戴河之行的学术会议,丰富了我这部著作的思想。一路成诗 4 首,两首已见前述,余二首记以存念。

七律　撰写《中国政治哲学发展史》感怀二首(2000.8.4)[①]

余少年立志撰就一部贯通古今之政治思想史专著,历三十年迄成书,不胜感慨,赋诗为纪。

其　一

字字行行凝苦思,寒窗卅载又谁知?

每临长夜读书晚,愁对昏灯听漏迟。

上探千秋衰盛史,下寻百世济民识。

才愚原少生花笔,但以丹心祭祖祠。

其 二

少年心志燕然寄,^②白首穷章岁月移。

鬓发忧脱能见骨,肌腴愁却只余皮。

儒家忠义千秋训,孔孟垂箴万代师。

此著编成可跨鹤,岱宗瀚海任所之。

① 拙著《中国政治哲学发展史——从儒学到马克思主义》2001 年 4 月 28 日完稿,上海社会科学院出版社 2001 年 12 月第一版,实际见书时间为 2002 年 5 月上旬。此二诗吟成于 2000 年 7 月 31 日至 8 月 4 日在北戴河开学术会议期间,当时书稿尚未完成。
② 燕然,山名,现蒙古国境内杭爱山。

2018 年 1 月 16 日

2001 年 9 月底 10 月初,我赴重庆参加湖北省某职业高校举办的有关中国经济体制改革的学术研讨会,利用会议暇间,考察中国"三线"建设遗址,瞻仰乐山大佛,登峨眉山,参观重庆红岩烈士革命遗迹,泛舟三峡,登武昌黄鹤楼。

第十九卷 四川纪行

西上重庆（四川纪行之一）

　　我曾借参加学术会议之机，两次赴四川旅游。第一次是 2001 年 9 月赴重庆开会，向会议递交的学术论文大概是《论中国计划经济时期的历史成败经验》（后收《中华社科文选》，九州出版社 2002 年 5 月第 1 版）。当时沿湘黔线、川黔线路抵重庆，又由重庆坐汽车赴成都，游乐山、峨嵋，复返重庆，由水路出三峡，下宜昌，过武汉登黄鹤楼，至 10 月 7 日返沪。第二次为 2004 年 7 月间到四川郫县开会，向会议递交的学术论文大概是《中国共产党哲学思想的里程碑——从毛泽东到邓小平》（后收《邓小平与中国现代化——上海市纪念邓小平诞辰 100 周年研讨会文集》，上海人民出版社 2004 年 8 月第 1 版）。当时先是从上海坐火车至徐州，在徐州火车站调换车头，大致是沿着陇海线、①宝成线②的方向抵达成都。我是在四川广元市下的车，先后走陆路登剑门关，游剑阁，赴江邮市参观李白纪念馆，过广汉市参观三星堆遗址与博物馆，至成都游武侯祠、杜甫草堂、都江堰，随后打的赴郫县参加学术会议并祭望丛祠，随后又由郫县上青城山。返成都后坐火车返沪。

　　我这两次入川之行都称得上是豪游，但是第二次入川日记不慎遗失，我只能写出第一次入川经历以飨读者。

2001 年 9 月 28 日，星期五，多云。

　　下午 2 时 15 分离校，3 时 15 分坐地铁抵上海站，买面包四个充作旅途干

---

① 陇海铁路，原名陇秦豫海铁路，又名海兰铁路，由甘肃兰州（甘肃简称"陇"）通往江苏连云港（古称海州，简称"海"），途经主要城市，自东向西主要有连云港、徐州、商丘、开封、郑州、洛阳、三门峡、渭南、西安、宝鸡、天水、定西、兰州等。

② 宝成铁路自宝鸡站向南，跨过渭河，经过 27000 米的展线群爬升 680 米，通过秦岭隧道，到秦岭站后沿嘉陵江而下，经过甘肃省穿过大巴山区，到广元站继续向西南，过剑门山进入四川盆地，经过绵阳、德阳两市到达成都站。沿途所经主要车站有：陕西省境内宝鸡市、汉中市，甘肃省境内陇南市，四川省境内广元市、剑阁县、绵阳市、江油市、德阳市、广汉市、成都市。

823

粮,入 3 号候车室候车,品读随身携带的南宋周密编《绝妙好词》磨时,利用间隙吟成上月游富春江白云源时的诗作,抄录留念:

七律　游富春江白云源(2001.8.19)

循溪缓上白云源,突兀群山来眼前。

涧水飘流绝壁上,青荫遮盖万峰巅。

藤萝闲枕离俗界,古木独依望碧天。

岁岁年年市井客,风风火火何如闲。

16 时 38 分火车发,车次为上海至重庆之 K71 次特快,坐 15 车厢 06 号下铺,抵达重庆的时间应为后日下午 2 时 30 分。

次日,周六,晴。

晨 5 时起床,6 时 25 分车过江西新余,近宜春,随后进入山区。8 时 20 分,车抵萍乡站。中午 12 时,车过湖南娄底,买橘子一袋,味尚可。据列车员说娄底多贼,要乘客们小心。果然见有人背包被窃,从火车轮底钻出追贼,场面甚为惊险。我不知该被窃乘客能否追上贼,即便追上贼,又能否重新赶上我们所乘的这一趟车? 利用旅途时间最终吟成年初始填的《采嗓子·春节》一词,抄录留念:

采桑子·春节(2001 年上海)

彩灯高挂瑶宫路,举目红绯。举目红绯,童子欢欢耋耋悲。

少年填有豪词在,销尽春晖。销尽春晖,爆竹声声残岁催。

下午 2 时 30 分,火车过湖南雪峰山脉,车路始变险,仰头未见山顶,我不知山上夏季是否真有雪。车过苏宝顶一带,多在隧道中穿行,出则有高桥涧水绕山,此处地近湖南怀化,从车上望去,风景壮丽。火车在过源江后,进入怀化市,由怀化市再前,便入贵州省境。此时天色已近暮。有道是"蜀道之难难于上青天",而自火车过雪峰山后,我一路所见多高山深壑,我想真的到了蜀道,所见亦不过如此,因此随记所见景观,开始创作长诗《入蜀赋》。

次日,周日,晴。

晨 5 时 15 分起身,火车已进入贵州省境,早餐一碗方便面后,临车窗吟《入蜀赋》。得句:王母种下连云树,留得奇山无数。千年壑谷,多明清故居。断桥涧水,绕参差城池。

7时20分，火车抵铜梓站，此处尚属贵州，但已近川。此处风光大变，所过多青山，但山上树不高，山脚平原多山农收割后的稻田，远望峡谷深处，住有人家，环山公路上车小如蚁。

火车过桐梓后，风光又为之一变，开始爬坡。但见峰峦叠翠，如天开芙蓉。车行缓慢，山谷中见有大河坝，谷下炊烟阵阵。火车时常在峡谷中穿行，不断进入隧道，又经常穿越沟通山间狭谷的高山隧洞桥，既使人心惊，又如入梦境。

当火车过九龙塘时，红日始挂在山上，此时层峦叠嶂，白云遮日，壮丽之极。车人行走峰之巅，车下峰连峰。从山脚与火车平行之公路汽车行速来判断，其车速度似快于火车，由此可见火车在山间行走的艰难。在车窗遥望，真有着两袖清风，瞬间飞越万水千山的感觉。

沿湘黔线入川，其胜境在桐梓至九龙塘一带。过去从书本上得知，中国铁路的最险地段在宝成线上，但我2004年第二次入川时，是沿陇海线、宝成线进入成都，当时过宝成线的感受是：该线之险未必胜过湘黔段，也可能是湘黔线修建在后，其险段已不被世人所重视。

而在火车进入四川省境后，我最大的体会是沿途所见"三线"建设的艰难。城镇基本上是沿河滩而建，美极，但贫甚，水浅多卵石，不知何江，两侧多山。由此可想见古人骑驴入川的艰难。从地图上判断，该江当为长江上游支流綦江的分叉。询问乘务员，则云乌江支流，或云该江名"芙蓉江"。初不知何说为确，回沪后核实地图，方确定此江应为綦江上游段，名"松坎河"。

火车沿河所上，时见规模达数万人的城镇，地图上均未标出地名。向当地人询问，回答是国家在"三线"建设时期搞起的基地，大多属军工企业。我事后查询得知：所谓的中国"三线"基地，大多建于贵州、四川东部山区、四川中部平原地区、汉中、秦岭北麓等地区。而我这次旅游所达的四川地区，成都平原主要是建轻工业与电子工业基地，绵阳、广元主建核工业与电子工业基地，至于我在赴重庆火车上所望见的"三线"基地，则为常规兵器制造基地，以及钚生产堆（816工厂）和常规潜艇制造业基址（后更名望江造船厂）。看见这些"三线"基地，我最大的担忧是：平时工业用水量可能严重不足，但一旦遇到山洪暴发等突发自然灾害，可能整个基地的人都无处可逃。

9时10分，车抵赶水（地名），从车厢中遥望城镇规模，估计人数不下10万。火车再前，过锁紫街、东升坝等地，时见唐李商隐诗所述"巴山蜀水拍江流"的景观。9时50分，火抵三江（地名），此地亦10万人以上的大城镇。上午10时，火车抵綦江（地名），一路随铁道盘延伴行的松坎河之水，至此始称"綦江"。

中午 12 时 15 分,火车抵达重庆,较原定时间晚点一个多小时,入川之行初达目的地。而旅途所见,除在车窗中能望见的湘黔及巴山蜀水的壮丽自然景观外,最大体会是对"三线"建设基地艰苦环境之感受,尽管我只是在火车车窗中遥望。在此仅简述中国"三线"建设的历史,以表达对曾经的中国"三线"工作者的敬意。

中国"三线"建设发端于 1964 年,事件起因是:当时国际局势动荡,中苏关系交恶,苏联在中国边境陈兵百万,直接威胁中国安全。具体说是:1956 年后,中、苏两国在意识形态方面的分歧增大,引起苏联不满,单方面撕毁合同,撤走专家,逼中国归还抗美援朝时期购买军火的欠债,并且策动新疆分裂分子武装叛乱。这使中、苏两国长达 7300 公里的边境线上出现了空前紧张局势。[①] 此外,美国扩大越南战争规模,1964 年制定了绝密报告《针对共产党中国核设施进行直接行动的基础》,试图空袭中国即将进行第一颗原子弹实验的核基地。第七舰队公然进入台湾海峡,又联合印、日、韩等国,对中国东南部形成半圆形包围圈。而当时的台湾政权则有利用中国政府"三年自然灾害"的困局,试图"反攻大陆"的企图,制造台湾海峡的紧张局势。

毛泽东由此得出的结论是:战争因素急剧增长,国防安全已成为头等大事,战争会早打、大打,因此要抢时间、争速度,赶在战争爆发前尽快建设"三线"战略大后方。这一思想见于 1964 年 5 月间举行的中共中央北京工作会议,在会议上,毛泽东要求全党把"三线"建设当作一件重要、紧迫的战略任务来看待。[②] 1965 年 2 月 26 日,中共中央、国务院作出《关于西南三线建设体制问题的决定》,成立西南三线建设委员会,以加强对"三线"建设的领导。当年 3 月 29 日,中共中央发出《关于西南三线建设委员会组成人员的批复》,同意以李井泉为主任,程子华、阎秀峰为副主任。后来,又任命彭德怀、钱敏任西南三线建委副主任。当年 4 月,中共中央又发出了《关于加强备战工作的指示》,重申上述精神。

当时的"三线"概念是指:"一线",位于沿边沿海的前线地区,亦即北京、上海、天津、黑龙江、吉林、辽宁、内蒙古、山东、江苏、浙江、福建、广东、新疆、西藏等地区。"二线",位于一线地区与京广铁路之间的安徽、江西及河北、河南、湖北、湖南四省的东半部。"三线",位于长城以南、广东韶关以北、京广铁路以西、甘肃

---

① 该事件发展的顶峰,是 1969 年苏联在中苏边境陈兵 54 个师、近百万人,在珍宝岛挑起大规模武装冲突,苏共中央政治局并讨论要用外科手术式核打击消灭中国核基地的计划,并准备联合美国实施,但被美国拒绝,美国并设法将苏联意图通报给了中国。
② 见《百度词条·三线建设》。

乌鞘岭以东的广大地区，具体指包括：四川(含重庆)、贵州、云南、陕西、甘肃、宁夏、青海7个省区以及山西、河北、河南、湖南、湖北、广西等省区的腹地部分，共涉及13个省区。其中，中国西南部的川、贵、云和西北部的陕、甘、宁、青地区，俗称"大三线"，而一、二线地区的腹地俗称"小三线"。

而当时中国之所以有"三线"之分，是因为国家原有工业、国防工业等，大多分布于东北、华北地区。"三线"建设的实质，是把经济相对发达，且处于国防前线的沿边、沿海地区工业，向中西部地区(内地)收缩。当时在"备战备荒为人民"、"好人好马上三线"等口号的鼓舞下，1964年8月，国家建委召开一、二线搬迁会议，提出要大分散、小集中，少数国防尖端项目要"靠山、分散、隐蔽"，有的还要进洞(简称"山、散、洞")。而据有关统计数字：在1964—1980年期间(贯穿于三个五年计划的16年中)，国家在"三线"地区共审批了1100多个中大型建设项目，大批原先位于大城市中的工厂与人才进入中、西部山区。在此期间，国家在"三线"地区，共投入2052.68亿元巨资，这一投资比例，约占同期全国基建总投资的40%多。[1]

现在回过头来看"三线"建设的历史经验，应该承认这是当时中共中央和毛泽东在特定历史条件下做出的一项重大战略决策，它将中国生产力布局由东部向中、西部调整，为中国中西部地区工业化发展做出了贡献。[2] 在这一过程中，有400余万工人、干部、知识分子、部队官兵以及成千万人次的民工，打起背包，跋山涉水，深入祖国大西南、大西北的深山峡谷、大漠荒野，风餐露宿、肩扛人挑，用生命和鲜血，建起了1100多个大中型工矿企业、科研单位和大专院校。[3] 这种爱国主义精神是永远值得后人称颂的。

但也需要指出的是：在这次大规模的工业迁移过程中，由于当时的决策者与具体指挥者文化水准普遍偏低，受到中国传统小农经济的影响，不了解近代西方大工业文明的发展特点，存在诸多可指摘之处，具体说是：

一是所谓"三边"原则，即边勘探、边设计、边施工，没有搞好总体设计就全面

[1] 数据见国家发改委原副主任、国家能源局原局长张国宝：《亲历苏联援建、三线建设及大规模技术引进》，《中国经济周刊》2014年7月14日。另见《全国三线建设馆》(2015年5月5日)，攀枝花中国三线建设博物馆网。

[2] 湖北十堰市因三线建设而出现。1973年，国家发文重点建设贵阳、重庆、安顺、绵阳四个重点城市，此四市后成为中国三线企业的核心。

[3] 数据见国家发改委原副主任、国家能源局原局长张国宝：《亲历苏联援建、三线建设及大规模技术引进》，《中国经济周刊》2014年7月14日。另见《全国三线建设馆》(2015年5月5日)，攀枝花中国三线建设博物馆网。

施工。[1] 结果导致一些项目未经周密勘探就盲目定点,把一些工厂建在断裂层、滑坡带、山洪口或缺水区,遗留下来日后难以解决的许多工程建设问题,使许多建设项目长期形不成生产力。如有时区内暴发山洪等自然灾害,企业往往损失惨重。冬季大雪封山,工人更处与世隔绝状态,被戏称"洞中方数月,世上已千年"。

二是所谓"政治建厂"原则。"三线"建设主要是在"文革"中搞起来的,当时推进建设的主要办法是靠政治手段,如进行政治动员,搞"阶级斗争"和"大会战"等等。以致在工作进行之中,许多领导干部"靠边站",派别间武斗使"三线"工程陷于混乱之中,许多科技人员遭到伤害,重要科研攻关项目停滞不前等等。[2] 如在 1967—1969 年初,一些重要的"三线"建设项目如成昆铁路、重庆兵器工业基地等,均处于停滞、半停滞或艰难维持状态之中。

三是所谓"山、散、洞"原则,[3] 即"三线"建厂,布局选址,大多都偏僻而分散,而非因地制宜,因此对企业的后续发展形成瓶颈。导致这一现象的初始原因,是根据国防考虑及"三线"地区的地貌特点,毛泽东提出"大分散,小集中"和"依山傍水扎大营"的意见。[4] 中央进而确定的"靠山、分散、隐蔽"的建设方针,有其合理性。但是过于强调"山、散、洞"原则,势必违反经济规律,导致企业发展的后劲不足。如据已披露材料:在陕西省新建的 400 多个"三线"项目,将近 90% 远离城市,分散于关中平原和陕南山区的 48 个县中,多数是一厂一点或一厂多点,布局被讥讽为"羊拉屎"、"瓜蔓式"、"村落式"。陕西汉中飞机工业基地,下属 28 个单位分散在 2 个地区、7 个县的范围内,其中一个企业被分散在 6 个自然村中,装配零部件需要汽车往返几十甚至上百公里,而导致员工上下班极为不便。又据数据,某三线企业,下属研究所和生产车间分散在 5 个县 11 条山沟里,最长距离 146 公里,内部连结公路达 700 多公里。[5] 从而导致企业联系不便,造成工序间重复倒运,花费了大量人力物力。

四是"内向型"原则,即中国的"三线"企业,就其性质而言,系当时国家机关的行政附属物,本身无人力、财力、物力、产、供、销的自主权,其得以成立的前提

---

① 殷家群:《三线建设对国防战略部署和经济开发的意义及启示》,《环球市场信息导报》2011 年第 24 期。
② 参《百度词条·三线建设》。
③ 参刘占祥:《从三线建设到西部大开发》,《西南交通大学学报(社会科学版)》2000 年第 6 期。殷家群:《三线建设对国防战略部署和经济开发的意义及启示》,《环球市场信息导报》2011 年第 24 期。
④ 殷家群:《三线建设对国防战略部署和经济开发的意义及启示》,《环球市场信息导报》2011 年第 24 期。
⑤ 参《百度词条·三线建设》。

是国内自有资金、自有资源的支持。亦即国家是企业唯一的投资主体,所有制是单一的国有经济(称"全民所有制"),调节机构是国家计划,动力是国家的行政命令(单一精神动员)。仅就企业发展前景而言,其既无内在动力,又无外在压力,也没有自身活力。其所建立起的企业制度,往往是医院、商店、学校等等设施一应俱全,成为一个小而全、大而全的纯封闭社会,具有一定意义上的中国农业经济时代的"自给自足"的自然经济特点。

概而言之,上述中国"三线"企业的弊端,体现了中国计划经济体制典型的封闭性特点,这种体制极不利于企业外向发展及对世界先进科学技术或工业文明的吸收与交流,极不利于企业自我机制与技术的更新。这种体制,造成了国家资源配置的低效益,浪费惊人。据有关统计:1966—1972年间,国家用于"三线"建设的无效投资达300多亿元,占同期国家用于三线资金的18%强。[1]

由于"三线"投资的低效益及国家把主要财力集中建设"三线"地区,又严重影响了沿海老工业基地的发展。如据有关统计:在"三五"计划期间,累计"三线"地区投资为482.43亿元,占基本建设投资总额的52.7%;整个内地建设投资为611.15亿元,占全部基本建设投资总额的66.8%;而沿海投资为282.91亿元,仅占30.9%。[2] 这一投资比例造成了两方面的后果:一方面是抽肥养瘦,即把当时380多个项目、14.5万人、3.8万台设备从沿海地区迁到三线地区,[3]受制于当地经济基础落后,措施难以配套,而导致大量资金和设备闲置,施工队伍窝工,被投资企业长期不能开工或开工不足。另一方面则是原本底子厚、能取得很高经济效益的沿海地区,由于投资相对不足,而严重影响当地生产规模的扩大再生产,派生出较多的生产需求问题。

由于"三线"投资的低效益,又导致当时国民经济发展积累率过高,农、轻、重产业结构比例严重失调。如据有关统计:当时在国家整个基建投资850亿元中,重工业、国防工业、交通运输业共628亿元,占总比的74%;农业120亿元,占总比的14%;轻工业37.5亿元,仅占总比的4.4%。[4] 其中整个"三五"计划期间,三线地区的国防工业、原材料工业、机械制造业和铁路运输的投资,占该地区总投资总比的72%。这一数据说明,当时国家投资方向主要集中于重工业和国

---

① 参《百度词条·三线建设》。

② 数据转引《百度词条·三线建设》。

③ 国家发改委原副主任、国家能源局原局长张国宝:《亲历苏联援建、三线建设及大规模技术引进》,《中国经济周刊》2014年7月14日。

④ 《六盘水市城市旅游设施利用现状调查》,http://www.docin.com/p-1634943257.html。

防工业,而不利于农业与轻工业的发展。

而国民经济发展中积累率过高,农、轻、重产业结构比例严重失调,所造成的直接后果是:扩大了社会总需求与总供给的矛盾,抑制了消费,导致了人民生活水平的低下,国家只能长期凭借票证手段,来调剂民众的基本社会生活需求。如据有关资料披露:"三五"、"四五"期间,中国企业职工工资事实上处于冻结状态,这一时期,全国消费水平是 1949 年以来增长最慢的,①其中首当其冲的又是支援三线人员,其人数连同家属,达数千万,当年戏称"献完青春献子孙",而退休返城后,却无法平衡原三线地区医疗、收入水准(山村三四级城镇待遇)与返还地区(京沪省会等发达地区)的落差,而导致基本生活保障的困境。

综上所述,可见"三线"企业所处困境(深山、孤立、分散),对于整体国力增长所造成的负面影响。其势必影响对于世界先进文化技术的吸收以及现代工业基地对周边地区的辐射功能。而许多现代化程度极高的尖端技术,是不适于在远离城市经济文化中心的封闭环境中发展的。因此"文革"结束之后,国家开始着手解决这一问题。先是 1983 年 12 月,中国政府在成都始设"国务院三线办公室"(1990 年改称"国家计委三线办公室",21 世纪后又改称"国防科工委三线协调中心")。次年 11 月在成都召开有关会议,协商调整方法。而这些"三线"企业的最终结局,参有关报道,大致情况为:

确定先期调整 121 个单位,迁并 48 个单位,全部转产 15 个单位。② 所余一些"三线"企业后陆续迁往邻近中小城市,如咸阳、宝鸡、沙市、襄樊、汉中、广元、德阳、绵阳、天水附近等地。技术密集型企业和军工科技企业则迁往成都、重庆、西安、兰州等大城市。③ 而迁移后企业多半由军用企业转制为民用企业,如中国第二汽车制造厂(位湖北十堰市)改制为东风汽车公司;重庆兵器工业基地改制为重庆钢铁股份有限公司、长安集团、嘉陵工业集团股份有限公司和建设工业集团股份有限公司等。而一些未迁移企业,或逐渐荒废关闭(大批破产),或在当地政府帮助下,改换生产门类得以继续生存。④ 如重庆著名之 816 工程,原为中国地下核工厂,1984 年停工时,洞体已完成建筑工程量的 85%、安装工程量的

---

① 《六盘水市城市旅游设施利用现状调查》,http://www.docin.com/p-1634943257.html。
② 1984 年 11 月成都会议决定。
③ 国家发改委原副主任、国家能源局原局长张国宝:《亲历苏联援建、三线建设及大规模技术引进》,《中国经济周刊》2014 年 7 月 14 日。
④ 参《百度词条·三线建设》。

60%,总投资达 7.4 亿元人民币,2010 年改作旅游景点对外开放。[①] 在此需要强调的是:这批"三线"企业在协调处理、"关、停、并、转"过程中,对于中国社会生产力成长所造成的极大浪费,以及对于中国国民经济发展所造成的巨大负面影响,决非是简单地通过数据可以表述的。

以上列举的中国"三线"企业彰显了中国计划经济体制局限性。但是我从来不认为中国的计划经济体制一无是处,因为中国原子弹上天,卫星上天,核潜艇下海等,都是中国计划经济的成果,而中国基础工业的布局,也是在计划经济时代完成的。这起码说明中国的计划经济体制相对于西方的市场经济体制有一点优势,即它可以在一个极端贫困的国家中,通过行政手段,让全体国民在忍受极度困难的条件下,集中起必要的财力发展起国家急需发展的重工业与军工业。而二战时期,斯大林正是凭借计划经济的这一优势,迅速发展起苏联的重工业与军工业,打败了德国入侵,并改变了苏联在世界范围的经济地位。而中国的计划经济体制是学习前苏联建立起来的,虽有成就,却不如前苏联。就其原因而言,是要充分发挥计划经济的优势,必须制定合理的生产计划,而制定合理生产计划的前提条件是:掌管计划工作的人,必须要懂得近代大工业发展规律,有较高的文化水准,制定的生产计划必须符合社会实际所需,具有其可被执行的客观性与科学性。相比较而言,中国计划经济时代虽有成就,但并未能像斯大林时代的前苏联一样,改变世界经济力量的对比(中国做到这一点是在步入了市场经济时代之后),反而是先后出现了"三面红旗"、三年自然灾害、十年"文革"("抓革命,促生产")等波折。究其原因而言,则是因为当时中国掌管计划工作的人以及执行计划的人,没有像前苏联经济管理人员一样受到过西方近代大工业文明的熏陶,而是更多地受到中国传统小农自然经济观念的影响,因此其所制定的计划背离了其可被执行的客观性与科学性,渗入了更多的个人主观意志(所谓"人有多大胆,地有多大产"),以致在实际执行过程中难以避免主观愿望的偏颇(搞"瞎指挥")。

当然我讲这些话的目的,并非说"文革"后在中国兴起的"市场经济体制"毫无缺点。尽管中国相对于西方经济力量对比改变的成就,是在进入市场经济时代后取得的,但因市场盲导、唯利是图,对于当代中国社会所造成的物质与精神的副作用也日益彰显。这也是当代中国在全面步入小康社会时,所必须加以解

---

① 《816 地下核工程简介》,www. cncn. com 欣欣旅游网。

决的问题。① 我个人的意见是：结合中国社会主义经济建设的两个历史时期的经验，只要寻找到计划经济与市场经济的结合点，当代中国就一定能寻找到一条傲立于世界之林、把全体民众带入大同社会的新路。孔子说"人能宏道，非道宏人"。② 我坚信人类经济社会成长的结果，最终只能取决于人类理性成长的自我选择，而非是外在的必然规律引领的结果。好的理性选择，会把人类社会指向光明，坏的理性选择，会导致人类社会自我毁灭。而中华民族的历史之所以能由上古繁衍至今，未能像世界上的其他文明古国（古代埃及、巴比伦、印度等）一样走向毁灭，是由于具有鼓舞民族共同前进的大同理想用以团结民心，这是好的理性选择的例证。而同样当代中国"三线"建设的沿革，由开拓创立，到调整纳新，也是人类理性自我选择的正确结果。这都说明了孔子所阐述的"人能宏道，非道宏人"客观真理的必由性。

　　说上面这些话，以记述我西上重庆之路的体会，并表达对千百万曾为中国"三线"建设献身的工作者的敬意。他们身上所体现出的强烈爱国主义以及自我牺牲精神，永远是中华民族后续者前进的动力。

2019 年 2 月 18 日

---

① 中共十八大报告《坚定不移沿着中国特色社会主义道路前进，为全面建成小康社会而奋斗》（2012 年 11 月 8 日）要求"确保到 2020 年实现全面建成小康社会宏伟目标"。但同时指出：到 2020 年全面建成的小康社会，是发展改革成果真正惠及十几亿人口的小康社会，是经济、政治、文化、社会、生态文明全面发展的小康社会，是为实现社会主义现代化建设宏伟目标和中华民族伟大复兴奠定了坚实基础的小康社会。
② 见《论语》。

瞻仰乐山大佛（四川纪行之二）

匆别重庆

2001 年 9 月 30 日,星期日,晴。

中午 12 时 15 分,火车抵重庆站。出站打的至上清寺容华宾馆,寻至 2104 室会务组,接待老师向德君,另有雷老师及一位林姓导游。这次学术会议由湖北省的一个职业高校负责组织,讨论问题大致为中国经济体制改革问题,会期三天,兼带游三峡。我向会务组交了 2140 元会务费,同时递交了自己的学术论文《论中国计划经济时期的历史成败经验》,并向会务组表示:以前未曾来过四川,希望代为宣读学术论文,自己想请假赴四川内地考察一下,但保证在学术会议结束之前,返回重庆。要求得到批准。

当日下午 2 时 30 分,打的至重庆高速公路汽车站,排队 2 小时,买到至成都的车票,下午 4 时发车。按常规车速,应为 4 小时到达,但因道路较堵,直至晚间 9 时 30 分方抵达成都。下车后,急打的至滨江饭店,找到成都天府国际旅行社高常春经理,签下了 10 月 1 日至 2 日游乐山与峨眉山的合同,答应明晨会派车来接。随即办理住宿手续,独住滨江饭店 326 室客房,费用 100 元,条件俱全。随后,在近旁饭店食 10 元一碗的面条充作晚餐。夜 12 时入眠。

车发乐山

2001 年 10 月 1 日　星期一　阴。

晨 5 时 30 分起床,收拾行李毕,急打的至武侯祠。时天色尚黑,随晨练人员从侧门进入武侯公园,沿河岸见有刘备墓,但不得入。行至武侯纪念馆前,同样闭门谢客。只得仰望祠内古柏,在边墙徘徊。自叹:武侯祠内柏森森,徘徊久久

833

不得入。

在武侯纪念馆侧门与正门各留影一张。出园,打的至杜甫草堂公园,买门票5元进入。但因去的时间太早,草堂遗址尚未开放(全票为30元)。只得在公园正门留影一张,从北门穿出,打的返滨江饭店,时7时40分。速上楼取出行李,退房。早餐毕,出大厅候旅游大巴,车尚未至,上厕所时,却被导游寻至,十分狼狈。旅游大巴车号:渝A12969。

上午8时10分,旅游车发,走高速公路前往乐山。据导游小林介绍:从成都走高速公路到乐山需3小时,从乐山到峨眉山需50分钟。两日游程为:当日抵乐山镇午餐,下午游乐山大佛3小时,晚宿峨眉山脚,明日游峨眉山,下午返成都。

汽车沿岷江而上,9时许过彭祖山,10时抵乐山镇。导游先带游客赴一家名为"水晶宫"的珍饰店购物,店内多当地盛产的黑、白水晶制成的饰品,一串手链在地摊上花10元钱就能买到,在店内开价则要成百上千,纯属斩客。10时30分出"水晶宫",在乐山镇午餐,餐后我在地摊上花20元买了两串水晶手链。中午11时40分,旅游大巴抵乐山大佛停车场,开始游览乐山大佛景区,导游给的游览时间是三个小时,并告知游客如与大队走散,必须于下午3时半前赶到停车场与大家汇合。

乐山大佛景区

乐山大佛景区位于乐山城郊岷江、青衣江与大渡河三江汇流处,与乐山城隔江相望。所谓的"乐山大佛景区",实际上是一个广义的概念,它包括附近的凌云山、麻浩岩墓、乌尤山、天然卧佛等四个景点。

其中,麻浩岩墓系汉代墓葬,位于凌云、乌尤两山之间的溢洪河道东岸,其特点是沿江边浅丘、山谷的砂质岩层,由人工凿成方形洞穴,安葬古人的遗体和殉葬品,从外部看去,像是一个个神秘的山洞。这种墓葬据史家考证,流行于1800多年前的东汉至南北朝时期,分布于岷江、青衣江、大渡河沿岸及附近山谷的崖壁上,数以万计,统称"东汉崖墓"("麻浩"是地名)。墓壁上往往雕有飞檐、瓦当、斗拱,花纹等图案,麻浩崖墓则是其中的代表者。而个人认为,这些崖墓的性质,当雷同于在江西龙虎山山涧两崖壁间分布的许多悬棺。

乌尤山与凌云山并峙于岷江畔,四面环水,山上有建于盛唐时期的乌尤寺,寺内有"尔雅台",传为汉代文字学家郭舍人注释《尔雅》的地方。天然卧佛又称

"隐形睡佛",是一个需要遥望或臆想的景观,其位于乐山城边的三江(岷江、青衣江、大渡河)汇流处,人站在凌云山顶可以望见。其中佛头、佛身、佛足由乌尤山、凌云山和东岩连襟而成,南北直线距离约 1300 米,头南足北仰卧在三江之滨。乌尤山为"佛头",凌云山之栖鸾、集凤两峰为"佛胸",灵宝峰是其"腹和大腿",就日峰是其"小腿",东岩南坡则为其"腿"。

而凌云山上的核心景观则为依山开凿的乐山大佛。限于旅游时间,我们只能在导游带领下重点游览了凌云山与乐山大佛。

登凌云山

中午 11 时,我们先是登上凌云山顶之灵宝塔。该塔原名"凌云塔",因其建于凌云寺后的灵宝峰巅,而被俗称"灵宝塔"。塔高 38 米,共十三级,密檐式四方锥体形,砖砌。立于塔顶,可西望岷江、青衣江与大渡河三江汇流之水,北瞰乐山全城。塔南有藏经楼与东坡楼建筑。关于此塔之修,一说是为了纪念乐山大佛的开创者海通禅师,另说是作为航船标志,提醒过往船工在过三江汇流处时,浪大滩险,应注意安全。当为两者因素兼有。该塔自建成以来,一直是古嘉州(乐山古名)的城池标志,现属四川省级文物保护单位。

乐山凌云寺位于灵宝塔前,全称是"凌云禅院",据说原门匾上"凌云禅院"四字为宋代苏东坡所题(现更为"乐山大佛"),两旁联语分别是"大江东去","佛法西来"。寺内主建筑为天王殿、大雄宝殿与藏经楼。天王殿(又称"弥勒殿")供奉弥勒佛坐像,坦腹笑面,俗称"笑面和尚"或"大肚罗汉",两旁分列四大天王像。殿前有前人名联:"开口便笑,笑古笑今,凡事付之一笑;大肚能容,容天容地,于人何所不容"。由于凌云寺位于凌云山,而凌云山上的古迹又以乐山大佛为主,因此人们往往不知晓凌云寺本名,而呼之为"乐山大佛寺"。但凌云寺实际上有着比乐山大佛更为古老的历史,因为据有关记载:该寺始建于唐高祖李渊武德年间(618—626 年),距今已有 1400 余年,而凌云寺方丈海通禅师开凿乐山大佛的时间则为唐玄宗开元元年(713 年),因此凌云寺是中国现存最古老的寺院之一。而凌云寺在古人的心目中有着崇高的声誉,南宋进士邵博在他的《清音亭记》中描述道:"天下山水之观在蜀,蜀之胜曰嘉州,州之胜曰凌云寺,寺之南山又其胜也。"距弥勒殿不远处的山壁上有联:"爽气西来,云雾扫开天地憾;大江东去,波涛洗尽古今愁",尽颂凌云寺景观的壮丽。据说此联的作者是北宋苏轼。

大雄宝殿位于天王殿后,有一老和尚在介绍凌云寺的历史,大致谓:唐代建寺,毁于元顺帝时战乱。明代进行了两次修复工作,至明末又毁。康熙六年(1667年)重修寺院,至"文革"复毁,以后又经多次修葺等等。我向老和尚请教凌云寺在佛教中的地位,回答是:是世界著名的弥勒和尚道场,弥勒殿(即天王殿)门外咫尺之间的乐山大佛,即是弥勒和尚的法相。又云中国佛教界尚有其他五大道场,分别是:大势至菩萨,职责是接应灵魂至西天,道场在南通狼山;文殊菩萨,职责是掌管人类智慧,道场在山西五台山;观音菩萨,职责是消解灾难,道场在普陀山;普贤菩萨(以象为坐骑),职责是保佑人类的生活平安,道场在峨眉山;地藏菩萨(亦名大愿和尚),职责是超度生灵,道场在九华山。我问老和尚佛教与儒教二者间的关系,回答是原本同根。因为佛本身三身,一为父母长辈身,二为自我家庭身,三为未来孩子身,因此亦当行三跪九磕之礼。等等。

出大雄宝殿,见凌云寺后尚有一处神秘的山洞,位于藏经楼右边院墙外,称"注易洞"。洞沿悬崖,外接屋檐1米许,凿洞,进深6米,呈不规则的"凸"字形,约面阔10米,左右翼深入约2米,中部主洞宽约5米,内存《易经象数哲理》、《八卦与阴阳》、《八卦方位图》、《先后天八卦图》、《阴阳平衡图》、《幽玄远渺图》等各类碑刻十余则。据有关介绍,该洞为明代中后期嘉州易学象数派学人安佑为探讨《周易》奥秘,留下的遗迹。但是一位守洞老人告诉了我一种相反的说法,即该洞为古代道家安佐注《周易》时的遗址,其历史要早于乐山大佛的修凿,安氏非释教,反对人出家当和尚、尼姑,主张以功德守身,则许愿者无不如愿。

瞻仰乐山大佛

出注易洞,见凌云栈道上游人如蚁,前呼后拥。时值盛节,天气又热,只得一步一歇。直至下午1时30分,方走至乐山大佛前。在佛脚下留影一张,15元整。

上乐山大佛,须沿栈道左上右下,左侧栈道称"凌云栈道",右侧栈道称"九曲栈道",全长约近500米。在凌云栈道崖壁上,见有"九顶山"题刻,这一题刻彰显了有关凌云寺的一段重要历史。即凌云山古名"九顶山",因山周含有集凤、栖鸾、灵宝、丹霞、拥翠、望云、就日、兑悦、祝融九个小山峰而得名。[①] 盛唐时期,峰峰有庙。但是到会昌五年(845年)七月间,唐武宗李炎以"僧尼耗蠹天下"为由,

---

① 凌云山,海拔448米,面积约0.6平方公里,古名又称青衣山,因青衣江得名。因山有九峰,被明朝人称作"小九嶷","凌云"一名则因凌云寺之修而来。

下令"灭佛"时,"佛教除长安、洛阳各四寺,地方诸州各一寺外,悉毁坏之。①而当时嘉州、眉州、陵州等奉诏毁佛寺,当时凌云山上的八寺俱毁。唯独凌云寺因当时属嘉州最具规模的"中心大寺",且"工作精妙",得以保存。此事昭示着凌云寺的古老历史。这一历史逸闻,见于古籍《方舆胜览》所记:"九顶山,在城左,有九峰……会昌以前峰各有寺,今唯存报恩一寺。"②此处所说"报恩寺",是凌云寺古名。明万历进士、四川按察使曹学诠《蜀中名胜记》时指出:报恩寺即凌云寺,改名报恩寺。而九曲古栈道,系沿大佛右侧绝壁开凿而成,因曲折九转、奇陡无比而得名。这是唐代开凿大佛时留下的施工与礼佛通道。栈道的起点,亦即大佛头部的右侧,也就是凌云山的山端。

而整个大佛的位置,在凌云山栖鸾峰临江峭壁处,下临岷江。据介绍:大佛高 71 米,头宽 10 米,发髻 1021 个,耳长 7 米,鼻长 5.6 米,眉长 5.6 米,眼长 3.3 米,肩宽 28 米,手指长 8.3 米,脚背宽 8.5 米,可围坐百人以上,是世界上最大的石刻弥勒佛坐像。因此被誉为"山是一尊佛,佛是一座山"③。此外,乐山大佛的左右两侧山崖龛(kān)洞,原亦各雕佛像(约数百龛、上千尊造像),但可惜因日久风化,所余者"文革"中又基本被毁,所至游人只能是目睹空龛。④ 所余者,仅大佛左右两侧临江崖壁上高约 16 米的护法天王石刻,与大佛一起形成了一佛二天王的格局。而这两尊天王像"文革"中之所以未毁,估计是因为体积庞大,当时的红卫兵力所难及。

有关乐山大佛的修建历史,史料记载较详,大致经过为:乐山大佛位置原为凌云寺旁栖鸾峰临江峭壁一处陡崖,位乐山市南、岷江东岸,深入江中。而此处位于岷江、青衣江、大渡河三江汇合处,每当夏汛,江水凶猛,直撞山崖,常导致过往船只船毁人亡。凌云寺方丈海通禅师出自普度众生的目的,决心在原陡崖处修凿一座大佛,以减杀水势,保佑过往旅客平安。而大佛从始修直至完成,大致经历了三个阶段:

第一时期为海通阶段。在唐中宗、唐睿宗年间(705—712 年),海通禅师开始通过化缘方式广募资金,其足迹遍及信仰弥勒佛的巴蜀、湖广以及江浙等广大地区。唐玄宗开元元年(713 年),海通禅师大约募集了相当多的资金,经周密设计后,广邀各地能工巧匠开工。时至开元十八年(730 年),大佛"全身未毕,禅师

---

① 蒋维乔:《中国佛教史》。
② 《方舆胜览》,南宋祝穆编撰地理类书,共 70 卷,中华书局 2003 年版,施和金点校本。
③ 数据见《百度词条·乐山大佛》。
④ 龛(kān),供奉佛像、神位等的小阁子。

去世。"而在海通禅师去世时,大佛的头部和胸肩工程已完成,阻塞三江急流的山崖已全部打通,过往船只可以平安地通过这一江段了。有关海通禅师修凿乐山大佛的事迹,见于唐韦皋《嘉州凌云寺大弥勒石像记》与明彭汝实《嘉定州创建九峰书院记》两文所记。另见民国释印光《四川乐山县大佛凌云寺创建藏经楼功德碑记》所记。

第二时期为章仇兼琼阶段。海通禅师死,因经费不足及缺少主持人,乐山大佛的开凿活动停滞多年,直至开元二十八年(740 年),唐剑南道西川节度使章仇兼琼(?—750 年,复姓)接手这一工作。章仇兼琼接手这一工作的经费源自个人自捐俸金,以及朝廷下令赐麻盐税款,海通的徒弟得以率领工匠继续这一工作。此时期,修造大佛的工程进展迅速。但是当乐山大佛修到膝盖的时候,续建者章仇兼琼迁任户部尚书,须赴京城(长安)上任,这一工程再停。

第三时期为韦皋阶段。章仇兼琼赴京 40 年后,韦皋担任唐剑南西川节度使,贞元初年(785 年),他继续采用捐赠俸金的方法,督促工匠修建乐山大佛。这样,在经历三代工匠的共同努力之下,至唐德宗贞元十九年(803 年),前后历 90 年,乐山大佛终于竣工。在此期间,总计挖凿石方量近十万立方米,[1]唐朝皇帝也经历了唐玄宗、唐肃宗、唐代宗、唐德宗四帝三代人,终于使一座陡峭高山,变成一尊世界第一高度的巨佛。1996 年 12 月 6 日,联合国教科文组织世界遗产委员会在墨西哥梅里达举行第 20 届全委会,40 多个国家代表全票通过批准峨眉山——乐山大佛以"世界文化和自然遗产"列入《世界遗产名录》,成为世界第 18 个、中国第 3 个"双遗产"。

有关章仇兼琼、韦皋继续修建乐山大佛的事迹,亦见于上举史料。

乐山大佛之谜

而乐山大佛自修成以来,即带着种种谜题问世。谜题之一是:大佛何名?

"乐山大佛"是后人对这座位于四川省乐山市大佛的俗称。但长期以来,人们一直怀疑这座大佛应该有一个官府命定的正式名称,因为唐朝官府对于这座大佛的最终完成,起了重要作用,但又一直不得其详。1989 年这一谜题终于被揭开,因为当时有关部门对于乐山大佛石刻雕像进行勘测以便维修时,在大佛龛窟右侧临江一面的峭壁上,发现一块高 6.6 米、宽 3.84 米、面积为 25.08 平方米

---

① 数据见《百度词条·乐山大佛》。

的巨大摩崖石刻,①石刻名为《嘉州凌云寺大弥勒石像记》。此石刻不仅为有关乐山大佛的修造提供了宝贵的文献资料,同时确证乐山大佛修筑成后的官方名称应该是"嘉州凌云寺大弥勒石像"。

谜题之二是大佛的形象之谜。《嘉州凌云寺大弥勒石像记》碑文已揭示了乐山大佛石像即佛教中的"弥勒佛",但大佛修造之初为何不取佛教中的其他佛像,而偏取弥勒佛呢?如果联系唐初的历史,可以解开这一谜结。即中国唐初崇拜弥勒佛,佛经有"弥勒出世,天下太平"之说。因此武则天曾下令薛怀义编造《大云经》,经中说她即"弥勒转世",以为篡夺李唐天下,登基当女皇准备条件。② 而海通禅师筹款修造乐山大佛之初,正值武后当权的唐中宗、唐睿宗年间(705—712 年),取佛形象自然以"弥勒佛"为宜。简而言之是:修乐山大佛之所以以弥勒为原形,是唐初时代的政治背景使然。

由此派生出的问题是:乐山大佛既以弥勒佛为原形,而弥勒佛民间俗称"大肚和尚"或"笑面和尚",形象为民众所易知。而为何乐山大佛的形像却常被人误作如来佛呢?对此,联系中国佛教史可知,弥勒的造像变化在中国经历过三个阶段:第一阶段,是从印度传入的交脚弥勒;第二个阶段,是具有中国特色的古佛弥勒;第三个阶段,是布袋弥勒。③ 布袋弥勒佛,传为中国五代时期的契此和尚,其为浙江奉化人,形象是笑口常开、大肚能容、乐善好施。传其常拿着一个布袋四处化缘,死前自称"弥勒真弥勒,化身千百亿,时时示世人,世人自不识。"因此世人指其为弥勒化身,寺庙里的弥勒佛也塑成了他的形象,这也是中国普通民众最为熟悉的"弥勒"形象。但据研究,乐山大佛形象是取自古佛弥勒,是以不太被普通人群所熟悉。④

谜题之三是乐山大佛的工艺之谜。乐山大佛为唐代始建之世界最高石佛,迄今已屹立 1300 余年不倒,其中必有过人的工艺。其工艺秘密近年逐渐被国家组织专家队伍进行维修时所揭开。具体为:大佛顶上共有螺髻 1051 个(石块发髻),这是 1962 年国家组织人员维修时,以粉笔编号数清的。远看发髻与头部合一,实则以石块逐个嵌就。这是 1991 年维修时,在佛像右腿凹部中拾得遗存螺髻石 3 块,得以证实的。⑤ 大佛的双耳是以木质嵌入的。南宋范成大在《吴船

① 数据见《百度词条·乐山大佛》。
② 《大云经》全称《大云经神皇授记人疏》,编造过程参《旧唐书》卷六《则天皇后本纪》初元年所记。
③ 见《游四川乐山大佛,体验佛教文化精髓》,《腾讯网·旅游》2014 年 5 月 19 日。
④ 古佛弥勒形象参《弥勒下生经》所述"三十二相,八十种好"。
⑤ 见《乐山大佛》,新华网 2014 年 5 月 19 日。

录》中说："极天下佛像之大,两耳犹以木为之"。此说人们长期存疑,但后来在维修工作中发现:大佛右耳耳垂根部内侧,有一深约 25 厘米的窟窿,从中掏出许多破碎的木泥,由此证实了范说的真实性。此外,大佛隆起的鼻梁,也是以木衬之,外饰锤灰而成。① 大佛体内有巧妙的排水系统。其中,两耳及头颅后,有隐而不见的排水系统,在大佛头部 18 层螺髻中,第 4 层、9 层、18 层各有一条横向排水沟,衣领和衣纹皱折也有排水沟,正胸有向左侧分解排水沟,与右臂后侧水沟相连。两耳背后靠山崖处,有长 9.15 米、宽 1.26 米、高 3.38 米的左右相通洞穴;胸部背侧两端各有一洞。这些巧妙的水沟和洞穴,组成了科学的排水、隔湿和通风系统,对于千百年来保护大佛防止侵蚀、风化,起到了重要的作用。② 清代诗人王士禛有咏乐山大佛诗句"泉从古佛髻中流",当为确评。

谜题之四是乐山大佛有无藏宝洞? 自乐山大佛修成,当地便有一个传说,讲乐山大佛体内有一个藏宝密洞,藏着无穷的财宝。1962 年乐山大佛在维修时,这一传说被证实,即在大佛胸部发现了一处封闭的密洞。据当时维修负责人黄高彬和罗伯衡介绍:开洞一看,里面藏的竟是"废铁、破旧铅皮、砖头等",而其中最值钱的东西竟是充作"封门石"用的《宋代重建天宁阁纪事残碑》。③ 这一事实一方面说明唐代在大佛竣工后,曾在大佛之上建有"大佛阁"(木阁)覆盖保护,以免日晒雨淋。宋代又曾在"大佛阁"基础上建有"天宁阁",以保护大佛。④ 二阁现虽已不存,但从大佛现膝、腿、臂、胸和脚背上残存的诸多柱础和桩洞,均可证明《宋代重建天宁阁纪事残碑》记载的准确性。但另一方面也可证明:唐代始建的乐山大佛藏宝洞至宋以后已经被盗,否则的话,大佛暗室内现不会藏以废铁、破旧铅皮、砖头等,又用《宋代重建天宁阁纪事残碑》充作"封门石"堵塞洞门。这一做法无疑是当时的盗宝者害怕暴露踪迹,受到追查。可惜的是:在打开乐山大佛藏宝洞时所发现的最有价值文物:《宋代重建天宁阁的纪事残碑》,"文革"中的 1966 年,已被红卫兵毁掉。

① 见《乐山大佛》,新华网 2014 年 5 月 19 日。
② 见《排水系统布全身,乐山大佛拾趣》,人民网 2002 年 6 月 4 日。
③ 材料出处参《50 多年前,乐山大佛发现一处暗室,证实了 1200 年前的神秘宝藏传说》,《百家号》2018 年 10 月 11 日。该文注明参考文献为:《嘉州凌云寺大弥勒石像记》、《乐山大佛详细介绍》。
④ 据有关记载:唐代大佛修成后,曾建有七层楼阁覆盖(一说九层或十三层),时称"大佛阁"、"大像阁",后毁。至宋时,重建凌云阁,又称"天宁阁"。元代复建"宝鸿阁"。明崇祯年间建有"佛棚"。清代建有"佛亭"。但这些保护大佛体表的建筑最终皆毁。

关于乐山大佛的评价及海通禅师其人

上述为有关乐山大佛的全部谜题。讲到乐山大佛的修建,不能不涉及这一由唐代保存至今的佛教文物的评价。客观地说,大佛之修的目的,缘于遏制三江水势以保佑过往船客的安全。如果说大佛之修,只是为了切割深入岷江(长江上游段)的凌云山栖鸾峰陡崖、分减水势以保佑过往船只的安全,这一做法有其合理性。而如果说大佛之修,只是为了求得佛祖显灵以保佑过往船只安全,则这一做法并不符合现代科学精神,且耗费国财与民力无数。因为不论大佛之修与不修,都无助于三江(岷江、青衣江、大渡河三江汇处)水势之增减。

但是,说大佛之修是合理也罢,还是不合理或愚昧也罢,它都创造了世界之最,因为世界上迄今没有哪一个国家曾留下了这样一座以山为佛的石凿巨像,这一佛像的高度以及其在修凿过程中所展现出的复杂工艺,都堪称是世界之最,是永远值得后人去瞻仰的。此外,乐山大佛之修,也给后世或说是给当代中国,留下了难以计算的物质财富。因为只要看一下每天攀爬乐山大佛前仆后继的人群,便能明确这一点。我当年攀爬乐山大佛的门票价约人民币 30 元整,我不知道现今已涨价几何?我亦不知道四川省府或现今的乐山市府,每年究竟能从乐山大佛处得到多少旅游收入?但可以推想一定是一个惊人的收入。因此,后人应该很好地珍惜这一先人留下的物质财富遗产,并永远怀念乐山大佛的开创者海通禅师。在此,仅简要评价海通其人。

海通禅师是一个什么样的人呢?鲁迅先生说:"我们从古以来,就有埋头苦干的人,有拼命硬干的人,有为民请命的人,有舍身求法的人,……虽是等于为帝王将相作家谱的所谓'正史',也往往掩不住他们的光耀,这就是中国的脊梁。"[①]而我个人认为:海通禅师应是一位"拼命硬干的人"。话为何如此说呢?因为据传说海通禅师在筹款修凿乐山大佛之初,遇到了非凡的困难。一说是:海通筹得巨资修佛之初,嘉州郡守忽起贪心,以海通擅自建佛、破坏风水为由,前来勒索。海通回答:"自目可剜,佛财难得!"郡守不信会有人会自挖眼珠,要求海通挖出眼睛给他看。海通遂盘腿而坐,端起铜盘,毫不犹豫地剜出自己的一目给郡守看("自抉其目,捧盘致之")。郡守见后大惊失色,仓皇下山。此事见于檀萃

---

① 鲁迅:《中国人失掉自信力了吗》,《且介亭杂文》集。

《楚庭稗珠录》一书所记。① 现凌云山上有"海师洞",传海通当年居此,洞内有海通盘膝托盘,盘中盛着一只眼珠的塑像,以纪念这一悲壮的事件。另说是我在攀乐山大佛时,听工作人员说的。讲得是海通在欲建乐山大佛之初,曾向地方长官益州大都督府长史、剑南道防御使齐景胄募资,齐景胄不愿意进行这一劳民伤财的工程,海通陈辞恳切,兼宣佛理,齐景胄难以拒绝,便表示:你如愿自剜双目以示心诚,我便支持这一工程。海通当即以手指剜出双目。齐景胄为之感动,募资支持,乐山大佛得以开凿。

此二说不论何说为是,都可以看出乐山大佛的修建,有一个悲壮的开头,也可以看出海通禅师"拼命硬干"的个性。以下仅简述海通生平,以表示我对这一位曾在中华民族历史上留下踪迹的先哲的敬意。

海通禅师(?—730年),唐初黔中道播州(今贵州省遵义市)人,本名清莲。十二岁出家,师从于高僧慧净,二十四岁时辞师云游天下,以为开凿乐山大佛化缘募资。后经二十余年,在担任凌云寺方丈期间,募资成功,开始主持乐山大佛的修凿工程,时为开元元年(713年)。但直至开元十八年(730年)去世,工程未完。后续工程由唐剑南道西川节度史章仇兼琼和韦皋先后进行,共历九十年,经唐玄宗、唐代宗和唐德宗三代,最终完成,给后世留下了这座历1300余年不倒,被联合国教科文组织世界遗产专家桑塞尔博、席尔瓦教授誉为"堪与世界其他石刻如斯芬克司和尼罗河的帝王谷媲美"的世界第一大佛像。② 海通禅师的主要事迹见于清檀萃著《楚庭稗珠录》一书记载。

下午2时45分,行至乐山大佛脚下,俯岷江眺望,但见江水汹涌、浸打大佛脚下临江矶崖峭壁,景观与拙小说《李顺堡的秘密》中所描绘的李顺堡地理位置黯合,只可惜大佛地下,并无直通岷江的暗道。而望远处,水阔无涯,江中有风洲岛,为青衣江、大渡河与岷江三江之水相汇流入长江之处。得句:

> 凌云有栈道,一步一行难。
>
> 下临岷江水,日夜走舟船。
>
> 余生应有涯,何时能了断?

由于下山栈道人群拥挤,与旅游团队走散,先后赴东坡茶室、碑林茶室、佛头

---

① (清)檀萃:《楚庭稗珠录》,线装本,九曜山房版;广东人民出版社1980年版。
② 其说谓乐山大佛自唐玄宗开元初年(713年)动工,至唐德宗贞元十九年(803年)竣工。

茶室寻人不至,亦不知导游行踪。只得按预约赴停车场旅游大巴处等人,时为下午 3 时 15 分。上车后稍息,补记旅游日记,仍有诸多游客未返,也怪不得大家,因为当天上乐山大佛的游人实在太多,前后相拥,根本没法走路。

下午 4 时许,旅游团队人数陆续到齐,已远超原先约定时间,车发往峨眉山。导游小林在车上告知明日上峨眉山应注意事项。下午 4 时 45 分,车抵山脚峨眉隆鑫大酒店,住 404 室,一人独间。晚餐后散步至附近白塔公园。7 时 30 分返宾馆,洗澡后写日记,品宋词。晚 9 时 30 分入眠。

2019 年 3 月 2 日

峨眉秀色（四川纪行之三）

关于峨眉四大奇观

2001 年 10 月 2 日　星期二　雨转多云。

晨 5 时 30 分起床,7 时许早餐后,旅游大巴前往峨眉山。据导游介绍,由于峨眉山山体庞大,景点众多,一日游不可能穷尽,有两条路线可供选择:

一是走 A 线,即自华藏寺上金顶,[①]可游金身岩,见峨眉山四大奇观:日出、云海、"佛光"与"圣灯"。佛光实为傍晚日晕,即日辉与云层对映时,会见到一紫红色的光环,奇的是能将人影罩入光环之中。古人不明此理,误以为是佛在召唤自己成仙,投舍身崖(亦名"摄身崖")而死。圣灯是指无月光的金顶之夜,可见山腰有时明时灭的光影,如同万盏明灯,佛家称为"万盏圣灯朝普贤"。而据研究,所谓"圣灯",实为附生在树上的一种"密环菌",当得到充分水分后,会与空中的氧元素磨擦发光,光弱,但夜间可见。古人不明此理,见"圣灯"以为是佛在召唤,欲成仙而投崖者,亦不在少数。

二是走 B 线,是自万年寺上峨眉山,沿途可经过白龙洞、清音阁、一线天、黑龙江栈道、广福寺诸景观。在一线天,可以看到峨眉山的猴趣。在广福寺,可看到茶道表演。最后步行至五显岗车场,坐下山汽车。由于自古以来,峨眉山是以山体庞大与秀美而出名,走 B 线虽不能看到峨眉山的四大奇观,但是却可以充分领略到峨眉山的庞大与秀美,也算不枉此行。如果走 B 线的游客要上金顶,需要另补 50 元差价费,其中 20 元是导游费,30 元为缆车费。

---

① 华藏寺,全称为"永明华藏寺",位于峨眉山金顶主峰,海拔高度 3077 米。"金顶(金殿)"是华藏寺的其中一殿,所处位置最高,与华藏寺合二为一,统称华藏寺,俗称金顶(该地的代名词),始建于东汉,称普光殿,后改名为光相寺。明代在殿后最高处营建普贤殿,俗称铜殿。殿顶鎏金,又称金顶。金顶所在的山峰也因此得名。

由于上山的当天有雨，实际上无法看到"四大奇观"。此外上金顶要攀登一段险陡的山路，较难行走。因此同团女客坚持要走 B 线。由于我们这个旅游团中女客居多，我作为散客又无发言权，只得随众。

游万年寺

上午 9 时 30 分，旅游大巴抵万年寺附近的停车场，又坐了一段缆车，抵达万年寺。

万年寺位于峨眉山观心岭下，海拔 1020 米。寺庙本身是建在群山之中一座突起的山峰上，前有石笋、钵盂诸峰，周边也是诸峰相环，松翠浓郁，这是峨眉山著名的景点"白水秋风"的所在地。景点得此名是因为：万年寺处于峨眉山的中峰地段，每年初秋，山下余暑尚存，金顶三峰已飘白雪，而位于中峰段的万年寺周边林中，秋叶正红，寺左白水池畔碧波荡漾，丹桂飘香，蛙声不断，令人心旷神怡。

而这里所提到的白水池，在中国文学史上则大大有名。该池位于平坦的山坳中，水明如镜，每于夜深，月影倒映，美不胜收，因此该池又得名"明月池"。而当年唐代大诗人李白临此，因留恋白水池景色之美，久驻不去，有寺僧广浚特为之抚琴助兴，李白则以诗相赠：

听蜀僧浚弹琴

蜀僧抱绿绮，西下峨眉峰。

为我一挥手，如听万壑松。

客心洗流水，余响入霜钟。

不觉碧山暮，秋云暗几重。

后人为纪念此事，曾于白水池边立碑《唐李白听广浚禅师弹琴处》。而李白于白水池畔留下的另一首千古名作是《峨眉山月歌》：

峨眉山月半轮秋，影入平羌江水流。

夜发清溪向三峡，思君不见下渝州。

隔了近四个世纪后，中国又一位大诗人苏轼也来到了万年寺白水池畔，他接续李白的诗境写道：

> 峨眉山月半轮秋,影入平羌江水流。
>
> 谁若不识谪仙语,请于夜半时登楼。

由于万年寺坐拥峨眉山的美色,因此历史上少不了文人雅客的光临与赞颂。宋代大书法家米芾当年临此,曾留下了"第一山"的著名碑刻。此外,万年寺尚留有多块古碑刻见证着万年寺之美。但是,真正使万年寺自豪的,不只是山门的俊美,还因为山寺拥有悠久历史以及所储文物的宝贵价值,为其在中国佛教史上争得了一席之地。

有关万年寺的历史,见于文献的记载为:初为汉代采药老人蒲公的礼佛处。东晋隆安五年(401 年),有僧人慧持在此建寺,定名为"普贤寺",后毁于火。唐乾符三年(876 年),又有僧人慧通于此重新建寺。慧通认为寺院所傍山形像火,因此寺院屡焚,须以"三云二水"压抑火星。因此将普贤寺更名为"白水寺",同时将峨眉山的牛心寺更名为"卧云寺",将中峰寺更名为"集云寺",将华严寺更名为"归云阁",将华藏寺更名为"黑水寺"。[①] 至宋初,蜀地方官多奏普贤菩萨在峨眉山显相。因此太平兴国五年(980 年),宋太宗召白水寺僧茂真禅师入京,赐黄金三千两,并派命官张仁赞与之同返成都,购得黄铜 30 万斤,铸一普贤骑象的铜像供于寺中。为了感谢朝廷的恩德,寺僧将白水寺名更为"白水普贤寺"。至明万历二十八年(1600 年),明神宗朱翊钧为了给母亲慈圣皇太后祝寿,诏令寺住持台泉禅师整修寺院,并赐金筑无梁砖殿,罩于普贤铜像之上,题额"圣寿万年寺"。此后白水普贤寺便更名为"万年寺",一直叫到现在。

历史上的万年寺,曾有很大的规模,据说是"殿宇七重",但是数毁于火。唐代慧通禅师易寺名为"白水寺"的目的,也是为了防火,但仍免不了 1946 年的一场大火,把除明代砖殿之外的庙宇建筑几乎全部烧光。所幸的是,镇寺之宝普贤铜像安然无恙。而现今的万年寺已非历史上的万年寺,仅有殿宇两重,含大雄宝殿、巍峨殿、行愿楼、斋堂等,系新中国成立之后,1953 年政府拨款重建的。"文革"中,万年寺再遭破坏,1986 年国家又拨款重修,并补建了山门、弥勒殿、毗卢殿、般若堂。1991 年又补铸了寺左的幽冥钟。

万年寺所储文物,以藏于"行愿楼"中的"三宝"为知名。"三宝"指"佛牙"、贝叶经与御印。其中"佛牙"长 1.28 尺,重 6.5 公斤,传为明嘉靖年间斯里兰卡僧人所赠。按佛教界的说法,释迦牟尼涅槃火化后,全身都变成细小的舍利子,唯

---

① 黑水寺位今黄湾乡黑水村的二逗岩上,已废,非现峨眉金顶之华藏寺。

独牙齿完整不化。但据鉴定,此牙并非释迦牟尼的真牙,而是古代剑齿象化石,距今已有 20 万年的历史了,具有很高的收藏价值。贝叶经,明代暹罗(今泰国)国王赠,上书梵文(古印度文)《法华经》。御印,为明神宗朱翊钧(1563—1620年)诏建无梁砖殿时御赐,上书"大明万历,敕赐峨山,御题砖殿,普贤愿王之宝"。

但是此"三宝"却并非万年寺的镇寺之宝。而称得上万年寺镇寺之宝的,是现供于无梁砖殿中的普贤铜像。该铜像铸于北宋太平兴国五年(980 年),高 7.85 米,重约 62 吨。其中普贤身高 3.64 米,趺(盘腿坐)坐于象背之莲花座上。莲座高 1.39 米,直径 2.22 米。六牙白象四足各踏一莲花磴。普贤菩萨则遍体贴金,头戴双层金冠。该铜像制作精美,算得上是国家的一级文物。万年寺中普贤铜像的存在,为该寺争得了普贤道场的地位。

普贤菩萨(梵文 Samantabhadra),曾译遍吉菩萨,音译为三曼多跋陀罗。印度大乘佛教中的四大菩萨之一,象征理德、行德,与象征智德、正德的文殊菩萨相对应,同为释迦牟尼佛的左、右胁侍(居右侧)。此外,普贤菩萨与毗卢遮那如来、文殊菩萨,被佛教共尊为"华严三圣"。民间又俗称普贤菩萨为"十大愿王"(曾发过十大弘愿),由于他以智导行,以行证智,解行并进,完成求佛者的志愿,所以又被称作"大行普贤菩萨",或简称作"大行菩萨"。文殊菩萨代表解门,而普贤菩萨代表行门。至于普贤的坐骑六牙白象,"六牙"代表六种清静,"四足"则代表四种功德。[1]

而现存万年寺中的镇寺之宝,除普贤铜像外,用以供奉普贤铜像的明建无梁砖殿(又称普贤殿)本身,也同样可称得上是"镇寺之宝",在中国古建筑史上有着一席之地。由于历史上万年寺屡遭火灾,所余唯一古建筑,即这座明建的无梁砖殿。据介绍,该殿系仿印度、缅甸庙宇风格而建,竣工于万历十九年(1591 年)七月,主殿长、宽各 16 米,四壁全用砖砌,至 7.7 米处,逐渐内收,建成穹窿形拱顶,上绘四天女,仙琚飘拂,手持琵琶、箜篌、笛子等乐器。全殿无梁无柱,不用一木。圆顶四周有七层环形龛座,原供小铁佛像三千尊、金人十二、罗汉五百,称"千佛朝普贤",现仅存 328 尊。[2] 穹窿之下正中,则供奉着宋铸普贤骑象铜像(见前)。由于明建无梁砖殿所体现出的高超建筑工艺,使其在建成后 400 多年来,共经历了 5—7.9 级的地震 18 次之多,[3]一直安然无恙,后在 2006 年 5 月,被列为全国重点文物保护单位。

---

① 普贤释义,参《百度词条·普贤》。
② 数据参《百度词条·无梁砖殿》。
③ 数据参《百度词条·无梁砖殿》。

综上所述,足见万年寺古老的历史(系中国最古老的寺庙之一)、丰厚的文化内涵,使之理所当然地成为现峨眉山八大寺庙之首和全国重点寺院之一,也使其成为上峨眉山游客的首选旅游景点。

白龙洞的净土宗特色

上午 11 时,出万年寺,跟随旅游人群步行前往白龙洞与清音阁游览。由万年寺到白龙洞,约有 6 里山路要走,一路相伴,除深山茂林外,便是清涧流水。

而来到白龙洞前,首先引起我注意的是一副对联:"漫扫白云寻鸟迹,自锄明月种梅花"。这不禁使我羡慕起出家人隐居生活的逍遥。

"白龙洞"的实名当作白龙寺,海拔位置在 800 米左右。而山寺之所以用"白龙洞"命名,是因为寺后"古德林"的山坡上,原有上下两洞,分称"上白龙洞"与"下白龙洞",寺右白岩石上曾刻有"白龙洞"三字。按当地民间传说,此二洞为白娘子与青蛇修真之所,白蛇后在山中与采药的许仙相遇生情,陪同其到杭州共同生活。但后因山石塌方,白龙洞口已被土石淹没,因此久之,"白龙洞"成了寺名。

白龙寺本身分为前后两殿,前殿称"三圣殿",供奉"西方三圣"和韦陀;后殿为大雄宝殿,供奉"华严三圣"、药师佛、观音菩萨与地藏菩萨。"西方三圣"又称"阿弥陀三尊",分指阿弥陀佛、大势至菩萨与观音菩萨,这是中国净土宗专供的对象。其中,阿弥陀佛居中位,代表无量光明、无量寿命、无量的功德;观音菩萨居右位,代表大慈悲;而大势至菩萨居左位,代表喜舍救济。

"华严三圣",又称"释迦三尊",语出佛教经典《华严经》,意谓"华藏世界"之三位圣者,分别指释迦牟尼、文殊菩萨与普贤菩萨。其中,释迦牟尼是教化众生的佛,居中位;左胁侍菩萨是以智慧闻名的文殊菩萨;右胁侍菩萨是以大行闻名的普贤菩萨。在《华严经》中,文殊菩萨以智,普贤菩萨以行,辅佐释迦牟尼佛的法身毗卢遮那佛(密宗称"大日如来")。[1] 而"华严三圣"是中国寺庙"大雄宝殿"中普遍供奉的佛像。

药师佛,全称"药师琉璃光如来",又译为药师琉璃光王佛,简称药师如来、琉璃光佛、消灾延寿药师佛等,系东方净琉璃世界的教主。药师,喻能治众生贪、瞋、痴的医师。药师琉璃光如来、日光菩萨、月光菩萨合称"东方三圣"。其中,药师佛的左胁侍日光菩萨与右胁侍月光菩萨在东方净琉璃国土中,并为药师佛的

---

① 释意参《百度词条·华严三圣》。

两大辅佐,亦该佛国中无量菩萨众的上首菩萨。而药师佛及"东方三圣"的供奉者,亦当为中国的净土宗。

净土宗,中国汉传佛教十大宗派之一,源于大乘佛教净土信仰,专修往生阿弥陀佛净土之法门。该派崇奉《华严经》,主张"《华严》奥藏,《法华》秘髓,一切诸佛之心要,菩萨万行之司南,皆不出于此。"[1]白龙洞供奉"西方三圣",证明这座寺庙历史上曾属中国的净土僧,因此具有浓郁的净土宗特色。

而据介绍:白龙寺为明嘉靖年间别传禅师创建,后毁,清初重建,康熙四十一年,皇帝赐白龙洞僧人祖元大师《金刚经》一部。民国十七年(1928年)再毁于火,1953年重修,1980年修复,建筑面积共2112平方米。白龙寺储藏的重要文物包括:

南宋铁制的"数珠手观音",高1.6米;释迦牟尼汉白玉佛像,高1.8米,傅作义将军妹傅凤英1991年赠;另有一块"三生石",传为女娲补天时所遗,当为天降陨石。此外,白龙洞附近有一片古树林,称"古德林"。传为明隆庆元年(1567年)别传祖师立寺时,率领徒众所种,种树时口念《法华经》,一字一拜,按字计株,共植树69777株,树种有松、柏、杉、楠等。可惜的是,古树林遭后人破坏,现仅余古楠木十多棵,其中的一株要数人才能合抱,被称作"楠木王"。一说此树系宋太平兴国五年(980年)皇帝诏令重修万年寺庙时,为了方便香客朝圣,在山路岔口作为标志栽种的,树龄距今已有千年。

上青音阁

由白龙洞上清音阁,还得走2华里的山路。清音阁是峨眉山的八大寺庙之一,位于峨眉山牛心岭下,海拔位置为710米,此处属峨眉山的腹心地区。有关清音阁的历史,见于记载的大致情况为:

约唐代始建,初名"牛心寺",又称"延福院"。至唐僖宗时,有禅师慧通(江陵人)将其更名为"卧云寺"。北宋乾德二年(964年),宋太祖赵匡胤召东京(今开封)天寿院僧继业三藏法师率三百人赴天竺求舍利与《贝叶经》。至太平兴国元年(976年),继业一行归国,将从印度带回的大量经卷与舍利子(佛骨)敬奉朝廷。宋太宗命继业将这些圣物择送名山修持,继业遂赴峨眉山牛心寺(延福院)安置。因继业认为原牛心寺前的黑白二水交汇地风水更好,因此在此处新修寺院,以养终身。而新寺院落成后取名前牛心寺,原牛心寺遂名"后牛心寺"。继业

---

[1] 李森:《中国净土宗大全》,长春出版社2000年6月版。

三藏法师终年 84 岁,事迹见宋范大成所著《吴船录》上卷所记(含继业出使天竺的旅行笔记)。至明洪武二年(1369 年),有安徽凤阳凤凰山龙兴寺僧广济禅师前来峨眉山修行。而龙兴寺曾是朱元璋在投红巾军起义之前的出家寺院(后更名"皇觉寺"),朱元璋在该寺为僧时,与广济禅师交厚。朱元璋称帝后,广济禅师不愿意接受朱元璋的宣诏,便隐身于峨眉山前牛心寺为僧。广济禅师因见前牛心寺处地处幽静,风水甚好,可夜听涧水清音,而与金顶景色之壮观有着截然不同的风格,便取意晋左思《招隐诗》中的"何必丝与竹,山水有清音"句,更寺名为"清音阁"。"清音阁"寺名便一直叫到如今。在历史上,清音阁曾三次失火,现址为 1917 年后重修的。

清音阁占地面积不大,小到只有一个殿堂,殿内供奉"华严三圣"。居中为释迦牟尼佛,左侧为文殊菩萨,右侧为普贤菩萨。清音阁虽小,但地理位置险要,山环水绕,自然景色优美,过去为上金顶朝圣游人的必经之地,也是峨眉山景点的代表者。其阁前有"接王亭",附近有峨眉山传统十景之一的"双桥清音",与新十景之一的"清音平湖"。

"接王亭",传为明万历皇帝的母亲李氏上峨眉山时所经之亭。据说李氏曾祈求普贤菩萨赐子,在怀上后来的万历皇帝明神宗朱翊钧后,特上峨眉山还愿,而经此处休憩。有关接王亭的传说另见《峨眉伽蓝记略》所记,称:"阁下旧有一接王亭,王者孰谓,谓御前头等侍卫海清伍格也。"[1]意谓清初海清伍格亲王奉康熙皇帝之命朝拜峨眉山,僧人为了迎接他,拆除旧亭,重建新亭,取名"接王亭"。

"双桥清音",指清音阁旁有黑、白二涧(分称"黑龙江"与"白龙江"),涧水穿峡而出,汇于"牛心亭"下之清水潭。亭子本身建于潭中似牛心的巨石上,并因此得名。有两桥分建于黑白双涧上与亭子相接。而双水飞泻,其声激扬,人立亭中,可尽情聆听。是以得名"双桥清音"。此景观体现了自然景观与人造景观的巧妙结合。据查,亭右黑水,源出九老洞下的黑龙潭,绕洪椿坪(寺名)而来,水色泛黑,又名黑龙江;亭左白水,源出弓背山下的三岔河,绕万年寺而来,水色泛白,又名白龙江。清代"戊戌六君子"之一的刘光弟当年临此,曾题联形容"双桥清音"的景观是:"双桥两虹影,万古一牛心"。

"清音平湖",指"双桥清音"之水下泻,渐成溪流,称"宝现溪"。而溪流较阔处,近似湖面,两侧青山绿树相对,而命景名为"清音平湖"。现湖畔狭处两侧已架有铁索桥,游人可以自由跨越。有关"宝现溪"的得名,源自当地的一个传说,

---

[1]《峨眉伽蓝记略》,乐山地区印刷厂 1979 年印本。

讲得是宋代名僧继业三藏法师奉赵匡胤之命到印度取经归来,晚年隐居清音阁,喜夜听黑白二洞交汇成溪后的流水声,常往返 60 多里而不嫌累。一日忽得奇石,竟如人面,遂命名见石处溪流为"宝现溪"。

过牛心寺药王洞

出清音阁,过"清音平湖"景区,顺着宝现溪继续前行,便来到了位于牛心岭南侧山腰的"牛心寺"(又名"后牛心寺")。该寺身置密林之中,环境清幽,为旧日高僧研习经文之处,其简史已见前述。

在清乾隆之前,由于牛心寺为由清音阁去洪椿坪(寺名)再上金顶的必经之道,因此当时殿宇规模宏大。后因另辟旅游山道于白云峡中,游人渐少,山寺因挣不到香火钱,亦渐荒废。至民国十二年,有源照上人游山过此,见山寺荒废,募捐重建。现寺庙存殿堂二座,上殿为清乾隆年间旧址,下殿为 1923 年修建,具体包括大雄宝殿、观音殿以及厢房、斋堂等,共有建筑面积约近 2000 平方米。

牛心寺后有药王洞,高约 5 米,宽近 3 米,深 5 米许。该洞传为隋唐名医孙思邈(约 541—682 年)采药、炼丹之处。据史书记载,孙思邈少有"圣童"之称,18 岁时立志研究医学,不肯为官。孙思邈行医,重视民间验方的收集,他的医学著作《千金要方》、《千金翼方》,上承汉魏,下接宋元,被誉为古代中医的百科全书。他的医学巨著《千金方》,更被国外学者推崇为"人类之至宝",中国历史上"第一部临床医学百科全书"。而该书传到日本后,曾被多次出版。孙思邈曾接受唐朝廷邀请,完成了世界上第一部国家药典《唐新本草》的编撰工作。孙思邈在《丹经内伏硫黄法》一文中,记述了"伏火硫黄法"的制作方法,即把硫磺、硝石、木炭混合制成粉,用来发火炼丹,这也是中国现存文献中最早记载的火药配方。孙思邈曾著有《明堂针灸图》,主张"良医之道,必先诊脉处方,次即针灸,内外相扶,病必当愈。"而有关他的医绩,被传得神乎其神。如讲他曾用"引线诊脉"的方法,替唐太宗皇后看病,使用针刺法治好皇后难产,使之成功产下婴儿;一次孙思邈路遇送葬之人,见地上血样,认为棺中之人可救,他说服送葬亲人开棺,一针刺下,棺内少妇顿时复苏,并顺产下一名男婴;等等。有关孙思邈的年龄,也是一桩历史谜案,如讲他活了 101 岁、120 岁、125 岁、141 岁、165 岁等等,总之,孙思邈是中国历史上的一位长寿老人,他成功地把自己的医学知识,用之于自身的养生实践中。而至宋徽宗时,孙思邈被敕封为"妙应真人",至明、清时期,孙思邈开始被人们尊为"药王"。

据说孙思邈替人治病从不收钱,只是要求患者愈后,能在住处种杏树三株为谢。而游牛心寺旁的药王洞,唯一存疑问题是未见洞周有成片的杏林,因此不知该洞究竟是附会之说,还是孙思邈真正在此住过?

佛山猴趣

位于牛心寺前不远处,有一处热闹的山集,除了卖峨眉山盛产的水晶饰品以及一些旅游产品外,主要出售山上出产的中草药和一些副食品。我自出万年寺后,一直与一对来自山西的中老年夫妻为伴。当走到牛心寺附近时,已完全与旅游团队离散,只得在山集附近闲逛了 40 分钟,看小贩与购物游人讨价还价。我与山西夫妻协商:上一次峨眉山非宜事,现天气已由早晨的阴雨转晴,何不趁与大团体走散之时,自己再加 50 元上一次金顶?山西夫妻同意我的意见。正当成行之际,却不意导游寻至,让我们到附近饭店午餐。无奈之下,我们只得随同导游午餐。午餐之后,导游关照下午的活动是先上一线天观猴,然后沿黑龙江栈道回返,至广福寺看茶道表演。随后步行至五显岗停车场,坐车返山脚峨眉山客运中心,由客运中心坐车返成都市。

约下午一时许,我们先是走了一段险陡的山路后,来到了"洪椿坪"。洪椿坪,庙名,位于峨眉山皇帽峰下,属峨眉山的八大寺庙之一。据有关记载:该寺始建于明代,系宝掌和尚结茅处,初称"千佛庵"。清时重修,因寺前有三棵洪椿古木而得名。寺内建筑现有观音殿、大雄宝殿和普贤殿,殿后供奉达摩祖师像。洪椿坪之所以知名,是因为清代康熙皇帝和乾隆皇帝曾先后登临,赐匾、赐联。此外,寺内藏有清制千佛莲灯,具有很高的文物价值。洪椿坪的自然景观以寺前宝掌峰①多古银杏树而知名,一到秋季,满山黄叶与红叶交相辉映。而山中清晨多雾,似雨非雨,被清文人谭钟岳誉为"洪椿晓雨"("峨眉十景"之一)。

洪椿坪距清音阁为 6 公里,而由此处上行 15 公里,经"九十九道拐"、九老洞、仙峰寺,过华严顶,下行一段山路再继续上行,便是登金顶的正途。据说由洪椿坪登上金顶的时间,步行尚需两到三个小时。而限于旅游时间,我们未再继续前行,而是经左侧岔路口山道下行,来到"一线天"景点。

所谓"一线天",又名"白云峡",位于牛心岭下。若从清音阁走直线至一线天,须沿着山涧"黑龙江"西行迂回上山,在山径极深处,可见一峡谷,仅露出蓝天一线,谷高 200 余米,宽约 6 米,最窄处仅 3 米,只容两人侧身而过,此景即"一线

---

① 以山寺开创者宝掌和尚命名。

天"。当年赵朴初先生过一线天,曾有诗形容其险为"上有青冥窥一线,下临白浪吼千川"。① 由于我们是沿山路倒行至一线天,相对省力些。

而旧时人们上一线天,绝非易事。因为人们须沿着山涧"黑龙江"迂回上行,要多次来回涉水踏石过溪,或在乱石中淌水行走,所以这一山道俗名"二十四道脚不干"。此外,还要穿过多段前人修建的险陡栈道。据 1976 年版《峨眉山》一书所记:"过去,栈道险窄简陋,游人时有坠落。"而迄今白云峡峭壁上所残留的无数孔眼,即前人架设栈道所遗,尚能见证这一段路途的艰辛。

但是现今人们上一线天,已非难事,因为新中国成立之后,为了方便游人,已在难行的栈道之外架起数座小桥,整修了一条平坦的水泥山道,其中跨越峡谷的"黑龙江栈道"长约 130 米,使所经游人,能够欣赏到白云峡两岸瀑布轰鸣,怪石峥嵘,藤蔓悬挂,山鸟吟唱的美景。这段路现虽仍称栈道,但游人过此已无危险。

而现今人们游一线天,除欣赏美景外,更重要的目的是为了欣赏峨眉山的猴趣。因为"黑龙江栈道"两侧(特别是道桥两端),布满了向游人乞讨食物的猴子。但峨眉山的猴子并不可爱,这些猴子身材硕大,高的有半个人多高,与我在经长江三峡时所看到的瘦小猴子完全不同。游人不给就抢,据说其中有的恶猴特别喜欢在夏季袭击衣着鲜艳的女性,已多次发生游人被恶猴抢走照相机、背包等事件,时有游人被恶猴咬伤的事件发生。甚至还有人目睹一位老年妇女被恶猴按倒在地,其他猴子去抢她手中拼命抓住的提包的场景。直到山林管理处的工作人员集中处决了几只伤人恶猴后,情况才稍安。

但是也有人为伤人恶猴辩护。他们说:"文革"中有某红卫兵持水果刀上山,把苹果插于刀尖上喂猴,猴子在吃苹果时,红卫兵用刀猛刺,伤猴一目。受伤猴子在山中悲啼数日,伤愈后,便开始袭击游客以报复。而该红卫兵伤猴之举亦激怒了群猴,奋起追击,该红卫兵一直逃到金顶,方被老和尚救下。老和尚先用一个大箩筐将红卫兵扣入,然后劝慰猴群下山。自此以后,峨眉山的猴子便开始袭击人。如此说准确,则见峨眉山猴亦有其社会,人待其善,则猴子会以善待人,反之亦然。因此上山游人应该以善待猴,以做到人与动物的和睦相处。

出山之行

过一线天、猴区,我们顺着黑龙江栈道继续下行,便来到一处叫"黑龙溪"的

---

① 赵朴初:《忆江南·峨眉山纪游》。

景点,景点位于五显岗上,此处除能看到叠嶂危峰、茂林修竹之外,尚能见到泉石飞瀑,溪滩巨卵,碧水游鱼,真使人与自然融为一体。

过黑龙溪,便是广福寺了。广福寺位于牛心岭下、宝现溪边,距离清音阁不足半里。据有关记载:该寺宋时始建,原属前牛心寺(清音阁前身)的一部分,明崇祯末年(1643年)建筑倾圮。清康熙年间,有峨云禅师筹资重建,初名"牛心别院",后取意佛教俗语"广种福田",更名为"广福寺"。广福寺自然景观与清音阁相近,在寺外可遥望古德林,俯瞰宝现溪。此外,宝现溪岩畔有"望月亭",登亭,可静听"黑龙江"与"白龙江"的双洞流水声。广福寺内小院中还种了不少花草,颇显清幽。

而我们来到广福寺,主要是在小院中品茶,并看当地少女进行茶道表演。而据介绍:峨眉山出产的"竹叶青"茶十分有名,这是由寺僧创制。而在20世纪五六十年代,朱德、陈毅、贺龙三位元帅都曾先后在工作间隙,上峨眉山品茶,"竹叶青"茶名,即由陈毅元帅亲取,峨眉山寺的和尚们一直以此事为荣。

广福寺的建筑面积不大,呈封闭型四合院状,由观音殿(前殿,含山门)、大雄宝殿(后殿)、两厢等建筑组成,殿内供奉释伽牟尼玉佛以及由信徒捐赠的观音菩萨、阿弥陀佛、地藏菩萨、文殊菩萨等四尊汉白玉造像。由于广福寺规模偏小,未能跻身于峨眉山的八大寺院之列,但是它却有自身的特点,即这是峨眉山中唯一以玉佛组成的殿堂。

我们于下午4时许离开广福寺,而该寺也是我们峨眉山一日游所参观的最后一个景点,在此顺述游感。

我曾攀登过的名山,几乎是山山有庙,相比较而言,峨眉山则可称之为中国真正的佛山,因为其山体庞大,居然有庙宇26所之多,且多系明、清时期的古建筑。由于我一日之行,只能游览其中的数所,现仅述全名,以给有兴趣研究佛学的未来游山者提供方便。

位于低山区的有报国寺、伏虎寺、雷音寺、纯阳殿、神水阁、中峰寺、广福寺;位于中山区的有清音阁、白龙洞、牛心寺、洪椿坪、天池峰、九龙洞、仙峰寺、遇仙寺、万年寺;位于高山区的有初殿、长生坪、洗象寺、华严顶、雷洞坪、接引殿、卧云庵、太子坪、金顶、万佛顶。而其中峨眉山最为著名的八大寺庙分别为:金顶华藏寺、报国寺、万年寺、洗象池、清音阁、伏虎寺、洪椿坪、仙峰寺。而1983年,国务院又将峨眉山最为古老的金顶华藏寺、报国寺、万年寺、洗象池、洪椿坪定为全国汉族重点寺院。

出广福寺,我们步行约十里山路至五显岗车场,由此坐车返山脚峨眉山客运中心,峨眉山之游结束,时为下午 5 时 30 分。在此等待送我们上山的旅游大巴接返成都,但久等不至,据说是旅游大巴到乐山接客了,因交通太堵,无法下山。但是我当晚却要返回重庆,这是在与旅行社签约时已言明的,而成都发往重庆的末班车为晚间 9 时 30 分,也就是说在此之前我必须赶回成都。

　　傍晚 6 时 15 分,在导游小林帮助下,我买了一张由峨眉山至成都新南门站的高速公路汽车票,晚 8 时 45 分抵。我先返回成都原住宾馆取出寄存的行李,又急速打的至成都五桂桥汽车站,9 时 20 分抵,买到当晚 9 时 30 分发往重庆的汽车票,中间的时差仅为 10 分钟。也就是说我再迟到 10 分钟由峨眉山返成都,当天晚上我就回不了重庆了。在车上打电话给驻重庆宏都宾馆的学术会议筹备组尚德忠老师,要求他帮助安排住宿,回电告知住宾馆 2104 室。至深夜 1 时 30 分抵达重庆宏都宾馆,2 时 10 分入眠。做如此豪游时我已 52 岁,估计当为平生最后一次了。

2019 年 3 月 23 日

红岩遗恨（四川纪行之四）

2001 年 10 月 3 日，星期三。由于昨夜半由成都赶回了重庆，今日尚来得及参加"中国经济体制改革"学术研讨会在重庆的最后一天活动，但活动的内容已不是学术研讨，而是参观重庆的四处红色旅游景点——渣滓洞、白公馆、周公馆与重庆人大礼堂。

渣滓洞集中营与歌乐山惨案

晨 6 时 30 分起床、早餐，8 时 30 分，旅游大巴发往渣滓洞，9 时 30 分抵。

渣滓洞全称为"渣滓洞集中营"，位于重庆西北郊的群山环抱之中，周围的几座山峰皆名"歌乐山"。此处原是重庆郊外的一个小煤窑，因渣多煤少而得不雅之名。因为其三面环山，一面是沟，位置隐蔽，适合作监狱，1939 年国民党军统特务将矿主逼死，霸占煤窑，在此处设立了专囚政治犯的监狱——渣滓洞集中营，别称是"重庆行辕二处第二看守所"。

渣滓洞监狱高墙外的制高点有岗亭六座，机枪阵地一处，国民党军一个连常年驻守。监狱具体分内、外两院，内院一楼系关押男犯的牢房，共有 16 间房；另有两间平房为女牢。内院有一放风坝。内院墙上写着"青春一去不复还，细细想想"；"认明此时与此地，切莫执迷"；"迷津无边，回头是岸"；"宁静忍耐，毋怨毋忧"等标语。[1] 外院设看守所长室、刑讯室等。外院墙上写有"长官看不到、想不到、听不到、做不到的，我们要替长官看到、想到、听到、做到"等标语。[2] 审讯室中有铁锁链、竹签、辣椒水、老虎凳等各种残酷刑具。"老虎凳"是一种长凳，据介

---

[1] 参《百度词条·渣滓洞》。
[2] 参《百度词条·渣滓洞》。

绍是把人犯手脚都捆到凳子上,给脚踝下垫砖头,垫至第三层时,腿就会断。

渣滓洞关押的主要犯人,有 1947 年国民党当局在"六一大逮捕"中抓捕的教育、新闻界人士;有"小民革"地下武装案被捕人员;有上、下川东三次武装起义中的被俘人员;有《挺进报》事件的被捕人员,以及民革川东、川康分会成员等。渣滓洞关押人犯最多时有 300 多人。其中著名者包括共产党人江竹筠、许建业、余祖胜、何雪松等,以及"小萝卜头"一家人。1949 年 11 月 27 日国民党特务在溃逃前夕,策划了血腥屠杀,实际遇难人数有 200 余人,仅 15 人脱逃,文艺作品《在烈火中永生》、《红岩》、《江姐》等,即以此为原型创作。

"11.27"大屠杀案发生的经过是:1949 年 11 月 27 日下午 4 时许,解放军入川部队已经解放了四川大部分地区,重庆市也可听到枪炮声。而国民党当局认为导致他们失败的根本原因是对共产党手软,开始对被关押的政治犯进行疯狂地报复性屠杀。此时被关押在白公馆监狱的政治犯已大部分被杀,国民党特务另从渣滓洞提取三批犯人押往白公馆附近的大坪刑场、歌乐山电台岚垭进行枪杀。而此时白公馆尚有 19 名、渣滓洞尚有 200 余名被关押者未及被杀,渣滓洞的屠手特向白公馆屠手求援。白公馆屠手赶来后,以"马上转移,要办移交"为名,将男、女牢中的全部人员集中锁在男牢楼下的八间牢房里,突然用机枪、卡宾枪扫射,随后放火焚烧。站前面的狱友自知难免一死,用自己的身躯堵住牢门和敌人的机枪扫射,以掩护后面的人群突围。其中的 30 名受轻伤或未中弹的难友,从血泊中挣扎出,冲到围墙缺口时,被屠手发现,又遭扫射。最后仅有 15 人(含两个孩子)从被推倒的围墙缺口处脱险。

而这一围墙之所之能被推倒,是由于前一时期歌乐山连续降雨,把渣滓洞的一面围墙冲倒,看守们让囚犯修墙时,他们把衣服里的烂棉花渗在泥土里,以减弱土的黏性。同时,被关押者原有越狱计划,准备了相关工具,所以他们能够合力将这面围墙推倒,顺利脱逃。能够确证这一点的依据是:2007 年初一场洪水冲毁了渣滓洞靠近溪边的几栋楼房,在重修时,施工人员挖出了江竹筠等人当年准备越狱用的两件铁质工具。而在有关记载中,江竹筠等几位共产党一直在暗中准备越狱工具,却未曾发现实物,这两件铁质工具的出土,证明狱中的共产党员始终坚持着抗争意志。

而渣滓洞"11.27"大屠杀在进行时,白公馆发生的另一件事是:看守杨钦典由于平时受到狱中革命者的教育,在关键时刻倒戈,放走了最后的 19 人。其中最重要的脱逃者是后来成为《红岩》作者的罗广斌,他从此狱中带出了死难烈士写给党中央的《八条意见》(详后)。

据后来的统计,在上述歌乐山惨案中有案可查的死难者总数是 321 人,其中经审查已定为烈士者共计 285 人,加上 5 个随父母牺牲的小孩,共 290 人;叛徒及未定性者共计 31 人。又据统计:在上述 321 人中,死于 1949 年"11·27"大屠杀者共 207 人,其中烈士 185 人。在 285 位死难烈士中,共产党员共计 161 人,约占总人数的 57%;民盟盟员共计 25 人,其他民主党派和群众团体人数不等。①

而据有关记载:歌乐山惨案是从 1949 年 9 月杨虎城将军一家及其秘书在歌乐山被杀开始的,进行这一惨案的下令人,为当时国民党当局的最高统治者蒋介石本人。更为丑陋的是:蒋介石不只是下令制造了歌乐山惨案,同时还具体指挥了屠杀杨虎城及其家人、秘书的个案。其过程为:

杨虎城原囚贵州息烽县息烽监狱,1946 年夏根据蒋的命令转囚重庆歌乐山下中美技术合作所杨家山的一所平房里。1949 年 9 月,蒋介石自知在大陆失败在即,亲自带领特务头子毛人凤来到重庆,布置屠杀计划。1949 年 9 月 6 日,杨虎城和他的幼子、幼女、秘书宋绮云、徐林侠夫妇及幼子宋振中(小萝卜头),全部被残杀于歌乐山半坡上的戴公祠戴笠的会客室、警卫室中。为掩人耳目,将杨虎城尸体埋在戴笠会客室的花坛下并种上花草,将宋绮云夫妇尸体埋在警卫室地下,然后打上三合土。② 而在上述死难者中,最令人痛心的是小萝卜头,因为他完全是一个无辜的孩子。在白公馆陈列室中,有其事迹介绍,即小萝卜头在狱中长大,父母为了让他有学习机会,让他随同黄显声将军学习文化知识,同时又让他帮助狱友秘密地传递情报和纸条,想不到在重庆解放前夕,这一年仅 8 岁的孩子也未能逃脱毒手。

就蒋介石下令进行歌乐山大屠杀惨案的心态来说,无疑是由于他在大陆败逃之前,念念不忘报西安事变旧仇,念念不忘报在大陆上惨败给共产党的旧仇。

但令人遗憾的是,从历史角度来看,歌乐山悲剧原是可避免的。即在经过三大战役与渡江战役之后的国民党政权已濒临失败的边缘,这些被关押的政治犯不论是死与不死,都无助于挽救其失败。如果当时蒋介石有足够的肚量在败逃之前,释放这些政治犯,那么后来的新生政权也当会释放足够的善意,减少发生后来可能性的冤冤相报事件。据说蒋介石母亲信佛,幼年的蒋介石也曾受佛学影响,在历史的关键时刻原本不该如此。但是他在即将逃离大陆之前,进行歌乐

---

① 数据见《百度词条·白公馆》。
② 见沈醉:《杨虎城被囚禁和被杀害的经过》,收《百度文库》。另参《杨虎城将军死事惨烈父子遗体昨同时发现》,《大公报(重庆版)》在 1949 年 12 月 12 日的第三版。

山大屠杀的血腥之举,这只能说明在历史的关键时刻,作为政治家的蒋介石已完全丧失了定力,因此其失败具有历史的必然性。

白公馆陈展

上午 10 时 30 分,游客离开渣滓洞,前往白公馆参观。

白公馆距离渣滓洞 2.5 公里路,位于歌乐山的另一处山麓,现属重庆市沙坪坝区。此处原为四川军阀白驹的郊外别墅,白驹系白居易后人,因此借用先祖"香山居士"别号,将别墅命名为"香山别墅"。1939 年,军统特务头子戴笠用重金将其买下,改造为关押政治犯的秘密监狱,称"白公馆看守所"。

白公馆系国民党军统局本部直属看守所,原储藏室被改为地牢,原防空洞被改为刑讯洞,用以拘押、审讯政治犯。原大门则终日紧闭,进出须走侧面小门。在院内墙上写有"进思尽忠,退思补过","正其谊不谋其利,明其道不计其功"等标语。因其关押的政治犯级别相对较高,物质条件亦要稍优于渣滓洞。1943 年中美合作所①成立后,白公馆看守所一度被改作中美合作所第三招待所,所关押的政治犯被迁往渣滓洞关押。中美合作所撤销后,原关白公馆看守所内的犯人又于 1947 年 4 月回迁。因此,在白公馆看守所被关押过的重犯,在渣滓洞监狱亦曾被关押过。

在白公馆被关押的重犯最多时有 200 余名,其中著名者有共产党烈士罗世文、许晓轩等,抗日爱国将领黄显声,②同济大学、国立吴淞商船专科学校(今上海海事大学)校长周均时等,以及爱国人士廖承志,共产党员宋绮云、徐林侠夫妇及幼子"小萝卜头"等。1949 年 11 月 27 日,军统特务对关押在此的"政治犯"进行集体屠杀,仅 19 人脱险(详前)。因此白公馆和渣滓洞被人们称作"两口活棺材"。

而游客参观白公馆的重要内容,是看其展示图片所陈述的重庆解放前夕的悲壮历史。这一历史对于参观者有重要的教育、启迪作用。包括:

悲壮的大坪刑场。1948 年 7 月 22 日,许建业与李大荣烈士被押赴重庆大

---

① 1943 年 4 月 15 日中、美双方共拟《中美特种技术合作协定》条约(一说为 1943 年 7 月 1 日),成立中美合作所,结束于 1946 年 1 月(一说为 1946 年 5 月),隶于中美两国最高军事统帅部,总部设在中国重庆西北郊的歌乐山下杨家山。中美合作所主要由情报组、气象组、心理组、军事组和秘密行动组、人事组、作战组、电讯组、联络组、研究分析组、供应组、医务组、会计组、总务组、运输组等部门组成。

② 黄显声(1896—1949 年),辽宁省岫岩人。在沈阳打响抗日第一枪,东北义勇军的缔造者之一。东北军高级将领中最先接受党的领导者,1936 年 8 月秘密加入中国共产党。西安事变后被国民政府扣押,1949 年 11 月 27 日被杀害于重庆白公馆监狱。

坪刑场行刑，二人在刑车上高唱《国际歌》，高呼"打倒国民党反动派"、"中国共产党万岁"等口号。许建业生前任中共重庆市委委员，系小说《红岩》中许云峰原形之一，死时 28 岁。许建业在狱中曾为自己工作失误对党的事业造成的损失痛心不已，曾三次碰墙自杀未成。许建业牺牲后，狱友许晓轩曾有诗为悼：

吊许建业烈士（1948 年 7 月 22 日）

噩耗传来入禁宫，悲伤切齿众心同。

文山大节垂青史，叶挺孤忠有古风。

十次苦刑犹骂贼，从容就义气如虹。

临危慷慨高歌日，争睹英雄万巷空。

1949 年 10 月 28 日，陈然、王朴等 10 名革命志士被押到大坪刑场枪杀，在囚车上，王朴高喊道："父老乡亲们，中华人民共和国已经成立了！重庆就要解放了！蒋家王朝就要垮台了！"这一口号声显示被关押在白公馆中的中共先烈们的不屈气节。

江姐的不留遗憾。1949 年 11 月 14 日，一群特务以转移为名，把江姐①等 30 人押赴歌乐山电台岚垭杀害。临刑前，共同赴难的李青林突然问道："江姐，想云儿（江姐子）了吗？"江姐回答："想，这时候真想看他一眼，照片就在我身上，可惜，手被铐着，没法拿。""那就算了。"李青林说道。"是呀，不看就不看吧，反正就要解放了，他们肯定能过上好日子，我们也没有什么遗憾的了。"江姐反过来安慰李青林。

《大公报》在 1949 年 12 月 14 日的第三版《三十名志士忠骸昨开始收殓装棺》文中描述："在距白公馆八公里的电台岚垭被杀害的三十名革命烈士的尸体，昨天由治丧处派人前往发掘收殓。据脱险志士说：上次传说有四十二名同时遇难，数字不确，总数是 30 名，其中渣滓洞的 29 名，白公馆 1 名。当昨天收殓工人挖掘的时候，首先挖出一具，后来挖了很久，将其余 28 具在深坑底部发现（另外一具是在不远的一块田地里掘出），可是挖出的这 29 具志士尸体多已腐烂了，除

---

① 江姐，本名江竹筠（1920 年 8 月 20 日—1949 年 11 月 14 日），曾用名江志炜。四川省自贡市大安区大山铺镇江家湾人，1939 年加入中国共产党，1945 年与彭咏梧结婚，婚后负责中共重庆市委地下刊物《挺进报》的组织发行工作。1948 年，彭咏梧在中共川东临时委员会委员兼下川东地委副书记任上战死，江姐接任工作，1948 年 6 月 14 日在万县被捕，被关押于重庆国民党军统特务渣滓洞监狱，受尽酷刑，坚不吐实，1949 年 11 月 14 日被特务杀害并毁尸灭迹。

江竹筠和李青林两位女志士忠骸被亲属认出,其他无法辨认。当29具志士尸体搬出土坑时,认尸的家属和观看的附近居民都悲痛欲绝,愤怒不已。这些志士们的衣服鞋裤是在殉难前被特务们强迫脱掉,第二天还有人看见特务把那些西装、毛衣等物在磁器口摆地摊出卖。"

松林坡惨案。1946年8月17日,中共四川省委书记罗世文和中共川西特委委员车耀先在松林坡同时遇害,这是死难于重庆歌乐山上的中共最高级别干部,新中国成立后,重庆市政府特此将二人的骨灰挖出另行安葬,周恩来总理亲自为之题写了墓碑碑文。罗世文性至孝,被捕后,其母思念儿子,每于门口望着大路叫道:"自元(罗小名),你还不回来呀?"1944年中秋节有难友在狱中将此事相告,罗世文特赋诗为怀:

无　题

慈母千行泪,顽儿百战身。

可怜今夜月,两处各凄情。[①]

重庆1949年11月30日解放,在11月29日下午4时,又有32人被枪杀在松林坡,敌特连尸体都来不及掩埋便仓皇逃窜。在殉难烈士中,有一位年仅21岁的女青年黄细亚,她先后在《西南晚风报》和保育幼稚园工作。重庆解放前夕,她协助地下党做国民党部队策反工作,于1949年9月13日被捕。黄细亚在被捕前送给同学诗《一个微笑》,在诗中她言志道:"以自己的火,去点燃别人的火。用你笔的斧头,去砍掉人类的痛苦。"

有关报道披露了原中共川西特委委员车耀先的二女儿车毅英所目睹的松林坡惨状:1949年11月30日,重庆解放,车毅英离开欢迎解放军进城的人群,独自跑向歌乐山。此时她还不知道被捕多年的父亲早已被秘密杀害,以为父亲就关在歌乐山监狱里。但是她当日所见是:"白公馆里人去楼空,渣滓洞的余火还在冒烟。渣滓洞楼下的8间牢房里堆满了烧焦的尸体,没有头,没有足,只有一块块焦黑的躯体。围墙的缺口处、房前屋后、厕所内,另有20多具尸体躺在那里。松林坡上三个大坑,满是尸体,血水横流。看见一个个死难者睁目仇恨的眼神、紧握的拳头和流出的鲜血,我说不出一句话。歌乐山上一点声音也没有,可怕的寂寞,一片荒凉。"

---

① 本节参《罗世文:〈红岩〉英雄许云峰原型》,《中国纪检监察报》2019年4月14日。

但是,仍有更多的人拥向歌乐山寻找亲人,哭喊之声随处可闻。1949年12月1日出版的重庆《大公报》以《匪灭绝人性屠杀革命志士》为题,记下了记者所目睹的悲惨现象:"一位青年妇人,正抱着她的一个一岁多的孩子,在那里痛哭,找她丈夫的尸体。天! 这怎么找得到! 那么多焦尸,已没有一个还像人样,没有一个能认清面目。"记者们亲眼看见遍地的焦尸、一两尺深的血水和亲人们的眼泪,写道:"这惨痛的情景,叫记者怎能下笔,怎么能形容得出来呢!"12月1日,在刚经历了与胡宗南部队和罗广文残部的生死厮杀之后的解放军战士冲进了渣滓洞、白公馆,那些流血不流泪的战士们失声痛哭:"我们来晚了!""我们来晚了呀!"

绣红旗真相。电影《在烈火中永生》和歌剧《江姐》里,绣红旗场面是最感人的。但是,绣红旗并不是发生在渣滓洞女牢,而是发生在白公馆的男牢平二室,牢内关押的是《红岩》小说的作者罗广斌以及丁地平、陈然、刘国鋕等人。当他们得知新中国已成立的消息,按捺不住内心的激动,凭借想象亲手制作了一面五星红旗,准备迎接重庆的解放。但是,在重庆"11·27"大屠杀那天,只有罗广斌一个人逃脱虎口。两三天后,从大屠杀中侥幸脱险的人们跑回歌乐山。罗广斌做的头一件事,就是带着大家冲进白公馆平二室牢房,撬起屋角的一块木地板,五星红旗还在。那是狱友们听说新中国成立消息后,用被面、草纸和饭米粒制成的红旗。看着红旗,几个人抱头痛哭。

罗广斌的出逃及所带出的《狱中八条》

罗广斌脱逃白公馆及其所带出的《狱中八条》,属白公馆陈列的重要内容,其重要性体现在:罗的脱逃,不只是由于他后来与人共同完成了一部狱中纪实文学著作《红岩》,使读者得以知晓重庆解放前地下党斗争的艰巨性;其更重要的意义则在于罗广斌出狱后的第28天,也即1949年12月25日,写就了一份2万余字的《关于重庆组织破坏经过和狱中情况的报告》,交给了重庆市委。报告原件共15页,包括七个部分,分别是:一、案情发展;二、叛徒群像;三、狱中情形;四、脱险人物(部分内容缺失);五、六部分缺失;七、狱中意见。[①] 其中的第七部分为全文归旨所在,共提出了建议八条,分别为:

一、防止领导成员腐化;

---

① 见《百度词条·狱中意见》。

二、加强党内教育和实际斗争的锻炼；

三、不要理想主义，对上级也不要迷信；

四、注意路线问题，不要从"右"跳到"左"；

五、切勿轻视敌人；

六、重视党员特别是领导干部的经济、恋爱和生活作风问题；

七、严格进行整党整风；

八、惩办叛徒特务。①

综述这些意见，《报告》大致强调：必须加强中共党组织的自身建设，其重要内容是加强党内教育，特别是革命气节与道德教育，注重实际锻炼，严格组织纪律；而在党的自身建设中，最重要问题的是领导班子的建设；而在领导班子的建设中，要特别注重防止领导成员的个人腐败问题，这也是狱中烈士感受到的最根本、最重要的教训，对此他们有着切肤之痛。《报告》列举1948年《挺进报》事件带来的重庆地下党组织大破坏教训，指出：是由于几个主要领导干部的相继叛变，才造成对重庆地下党组织难以遏止的破坏。其中叛徒人数很少，只占被捕人数的5％，但是影响极坏，破坏性极大。

《报告》着重把几位叛徒与烈士的人生观加以比较，指出："从所有叛徒、烈士中加以比较，经济、恋爱问题、私生活问题，这三个个人问题处理得好坏、往往决定他们的工作态度，和对革命是否忠贞。"由此认为：个人私生活和革命大节之间，并不隔有不可逾越的鸿沟。而所有的烈士都有着丰富的感情，他们热爱生活，眷恋亲人，有如江姐遗书、蓝蒂裕《示儿》诗，以及许多烈士的遗书遗言等，都反映了他们共同的精神境界。而几个叛徒的共同特点，则是在这几个问题上过不了关。他们几个虽是"老革命"，生活却开始特殊化，平素喜自我吹嘘，被捕后不久，在敌人的威胁利诱下，便经受不住生、死关的考验，向敌人投降，供出了党的组织和党员。而领导狱中斗争的许晓轩烈士的"唯一意见"是："特别注意党员的审查教育，防止腐化，绝不容许非党思想在党内蔓延"。

《报告》提出的另一重要建议是：要"注意路线问题，不要从'右'跳到'左'。"文中列举川东地区党组织在贯彻执行"隐蔽"政策中搞"右"了；而其后上、下川东三次武装起义又搞"左"了，以至给革命造成了惨痛损失。要求党的政治路线切勿忽"左"忽"右"，并非越"左"越革命。这一个建议可以说是深刻、现实，意义

---

① 后来又发现了一份罗广斌写的"自我检讨"，可视作《狱中八条》具体意见的补充。

久远。

而据有关记载,《狱中八条》诞生的历史背景是:1948 年 9 月,罗广斌因叛徒出卖被捕,关渣滓洞监狱楼上七室。同室囚犯张国维曾是罗的上级领导,相互熟悉。他认为罗的哥哥是国民党高级将领,最有可能活着出去,因此叮嘱罗要注意搜集狱中情况,征求意见,总结经验,若有出狱的机会,向党汇报。罗广斌自此承担下了这项特殊任务。1949 年 2 月,罗广斌被转押白公馆。他与同室难友刘国鋕、王朴、陈然反复讨论,终得形成这份意见。1949 年 11 月 27 日歌乐山惨案发生当夜,罗广斌有幸出逃,终于活着向党汇报了烈士们的最后嘱托,得以完成这一狱中领受的特殊任务。①

但是令罗广斌意想不到的是:由于这一《狱中意见》实在太尖锐了(就像是针对"反腐败"时代的今天提出来的一样),以致最先看到《关于重庆组织破坏经过和狱中情况的报告》的重庆市委高级领导人可能惊恐莫名,关照罗广斌不得将这一报告内容向任何人透露,②而随后可能是将其中涉及高度机密的五、六部分以及第四章节的部分内容抽除、销毁后,便将其一直深搁于档案处不予公开。而党性极强的罗广斌至死未向任何人透露有关这一报告的情况,甚至连他的生死之交杨益言(《红岩》另一作者,罗渣滓洞的难友)也未告知。③ 罗广斌当然更不知晓对这一报告处理的结果。而待"文革"中罗广斌被迫害致死后,有的人终于可以放心这份报告不会再暴露于世了。

然而苍天有眼,"文革"结束后的 20 世纪 80 年代某日,重庆市委党史办副主任胡康民在重庆市委办公厅档案处查阅档案时,突然发现了这份被掩埋已久、闪烁着信仰与智慧光辉的报告。据胡康民回忆:

当时重庆的党史研究机构刚刚成立(约 1980 年),大批档案资料原已尘封多年、无人问津。当看到这份名为《关于重庆组织破坏经过和狱中情形》2 万多字的报告后,"我当时吃了一惊,因为以前从没听说过这份报告"。报告详细记载了解放前重庆地下党组织被破坏始末,以及渣滓洞、白公馆监狱里发生的真实事情,分为案情发展、叛徒群像、狱中情形、狱中意见等七个章节(其中第五、第六章

---

① 《"狱中八条"揭开鲜为人知的狱中故事》,华龙网 2014 年 12 月 7 日。另据当年曾与罗广斌共关一室、后在渣滓洞脱险的刘德斌回忆:"我每天晚上都看见老罗趴在地铺上写东西,写什么也不告诉我。"由此足见这一份《狱中意见》产生环境的艰难。
② 《重温"狱中八条":革命先烈血泪嘱托,理想信念重要教材》,《上游新闻》2018 年 3 月 15 日。
③ 《重温"狱中八条":革命先烈血泪嘱托,理想信念重要教材》,《上游新闻》2018 年 3 月 15 日。

节以及第四章节的部分内容已经遗失）。① 而按胡康民的说法，他找到了小说《红岩》的一部"账本"。②

这个材料于 1989 年首次披露，③1992 年，时任重庆市委党史办副主任的胡康民将其转交给重庆红岩革命纪念馆馆长厉华。④ 而直到 1994 年胡康民公开发表的文章中，才明确提到了"罗广斌的报告"。⑤ 而这份 2 万字的秘密报告在国内的首次全文公开，始见于重庆市 2006 年间举办的"《红岩》档案解密展"。⑥

而学习《关于重庆组织破坏经过和狱中情况的报告》，我个人的直接体会是：这一历史文献，是狱中死难先烈交给中共党组织的最后嘱托或遗书，它体现了先辈们坚定的共产主义信仰，对祖国赤诚的爱和为民族事业献身的价值观念。这也是中共党史上最重要的一份思想建设文献。其中，《狱中八条》言简意赅，凝聚了狱中先烈的切身体会、血泪教训总结以及集体智慧的结晶。只要中国共产党的历史存在，永远无法掩盖其中的真理光辉。而作为后人来说：我们需要认识到的是：中国未来的事业寄希望于中国共产党，而中国共产党要能承担起这一重任，就必须吸取前苏联亡党亡国的教训，切记狱中先烈遗嘱，切实加强党的自我建设，防止历史悲剧重演。强调这一点是因为：前苏联之所以改旗易帜，一个重要原因是其党体内寄生了大量蛀虫，如果不通过坚决手段清除这些政治寄生虫，他们遇到适宜的条件，就会导致党组织的自我瓦解。

关于罗广斌其人与小说《红岩》

讲到《关于重庆组织破坏经过和狱中情况的报告》，不能不涉及罗广斌其人与小说《红岩》，因为三者间有着内在联系，非罗广斌其人，不会有《关于重庆组织破坏经过和狱中情况的报告》从牢狱中带出。而无《关于重庆组织破坏经过和狱

---

① 据重庆红岩革命纪念馆馆长厉华的分析："狱中八条"缺失两部分，是因为罗广斌在"自我检讨"里，专门记录了"特务罪行"和"烈士典型"，这应该就是缺失的两部分。因此判断"特务罪行"可能当时被公安机关拿去用于抓捕特务，"烈士典型"则可能被归档到烈士资格评定的卷宗里了（见《"狱中八条"揭开鲜为人知的狱中故事》，华龙网 2014 年 12 月 7 日）。但这只是说法之一，其缺失部分并不能排斥被有利害关系者有意抽走，故意销毁的可能性。

② 转引王建柱：《"狱中八条"的故事》，《文史英华》2015 年第 3 期。

③ 见《央视揭秘：烈士"狱中八条"与八项规定精神相通使命相连》，人民网 2014 年 12 月 1 日。

④ 《百度词条·狱中意见》。

⑤ 转引王建柱：《"狱中八条"的故事》，《文史英华》2015 年第 3 期。

⑥ 见未知：《狱中八条》，中国论文网 https://www.xzbu.com/7/view-8644524.htm。

中情况的报告》,《红岩》便失去了创作背景。

关于罗广斌其人,所能知晓的情况为:1924 年生,重庆忠县人,国民党第十六兵团司令官罗广文的胞弟,著名物理学家杨振宁的学生。1948 年加入中国共产党,参加重庆地下党活动,因叛徒出卖,当年被捕,先后被囚禁在重庆渣滓洞与白公馆集中营。1949 年 11 月 27 日自白公馆脱逃后,向重庆党组织递交了他主要是在狱中写成的《关于重庆组织破坏经过和狱中情况的报告》(详前)。新中国成立后,历任"烈士资格审查委员会"委员、青年团重庆市委统战部部长、重庆市民主青年联盟副主席,此后在重庆市文联从事专职创作工作。与刘德彬、杨益言合著有革命回忆录《在烈火中永生》(1957 年),与杨益言(1925—2017 年,渣滓洞集中营脱逃者之一)合著有长篇小说《红岩》(1958—1961 年写)。《红岩》的出版为罗广斌赢得了巨大声誉,但是他的仕途却并不顺利。1963 年团中央曾提议推选他为访日代表,被重庆市某些人以"历史问题有个别疑点"为由否决;次年共青团召开九大,准备安排他为团中央委员候选人,也被以同样理由否决。而其中的真实原因,是他从白公馆集中营中带出的《狱中八条》,刺痛了某些掌权者的阴暗心理,能够证明这一点的事实依据是:罗广斌从狱中带出的《关于重庆组织破坏经过和狱中情况的报告》,共包括案情发展、叛徒群像、狱中情形、狱中意见等七个章节,而其中的第五、第六章节以及第四章节的部分内容无端缺失。

根据重庆红岩革命纪念馆馆长厉华说法是:缺失部分,是因为罗广斌在"自我检讨"里,专门记录了"特务罪行"和"烈士典型",这应该就是缺失的两部分,"特务罪行"可能当时被公安机关拿去用于抓捕特务,"烈士典型"则可能被归档到烈士资格评定的卷宗里了。[1] 但是这一说法不足以服人。因为《关于重庆组织破坏经过和狱中情况的报告》不过短短 2 万字,如果当时真有公安机关用之抓捕特务以及"烈士典型"被归档到烈士资格评定卷宗的需求,完全可以重抄一份,或即便当时有抽除需要,现亦可以找到原件。厉华又解释说:小说《红岩》为何未出现"狱中八条"?是因为罗广斌党性很强,当时组织曾要求他不准向任何人提及曾写过这份报告,所以罗广斌守口如瓶,以致连他的生死之交、《红岩》作者之一杨益言也不知道这份报告的事。[2] 而这一解释,恰恰说明当时最先看到罗广斌递交有关报告后的重庆市高层领导,对其的畏惧心理。

而《关于重庆组织破坏经过和狱中情况的报告》缺失的真实原因,我认为更

---

[1] 见《"狱中八条"揭开鲜为人知的狱中故事》,华龙网 2014 年 12 月 7 日。
[2]《重温"狱中八条":革命先烈血泪嘱托,理想信念重要教材》,《上游新闻》2018 年 3 月 15 日。

大的可能性是新中国成立之初，重庆市委高层中仍隐藏着叛徒或国民党特务，罗广斌的《关于重庆组织破坏经过和狱中情况的报告》并未掌握这一情况，但是却提供了寻找其身份的线索，这使见者心虚，故意把这三部分内容抽取销毁。但掌权者仍不放心，一方面是将罗广斌的有关报告搁置于档案堆中不予公开，另一方面则是不断打压罗的仕途，生怕其在政治上得势，追查此事，最终是将罗送入重庆文联当职业作家了事。

而"文革"之初，1967 年 2 月 5 日，罗广斌又被造反派无端逮捕，逼迫他承认是"叛徒"，强迫他交代 1949 年"11·27"如何被特务放出监狱的经过。5 天后，罗广斌在关押地坠楼身亡，时年 43 岁。而据当年看守者的说法是：罗广斌当时被关押于大坪马家堡后勤工程学院，从 5 日被绑架到 9 日深夜，连续几十个小时不间断轮番逼供，这样彻夜不眠到了 10 日早上，罗端着洗脸盆被押到 3 楼厕所打水洗脸，乘人不备他爬上窗台，高呼"毛主席万岁"后跳下去，罗广斌实在是不堪忍受连续几十小时的精神折磨跳窗而死。①

而我个人认为：罗广斌当时是以死来捍卫一个共产党人信仰的贞洁。实际上罗广斌在 18 年前就应该死，但由于历史的偶然，他得以多活 18 年，但由于他的多活，使《关于重庆组织破坏经过和狱中情况的报告》这一份中共思想建设史上最重要的文献之一得以问世，使世人知晓什么是真正的共产党人人生观。现在罗广斌去见他的地下战友了，但可以肯定地说：罗的多活，仰无愧于天，俯无愧于地，他永远是中华民族历史上值得怀念的一位志士。

但是罗广斌当时并非一死了之，关于他的死，当时传得沸沸扬扬。究竟是"自杀"还是"他杀"？是"畏罪自杀"还是"以死抗争"？是"谋杀"还是逃走时"不慎坠楼"？而当时将罗广斌迫害致死的造反派，则不断散布罗死是"畏罪自杀"的谎言，以推卸责任。最后轮到江青出面表态了。江青一锤定音地说：罗广斌是"叛徒"、"反革命"。"罗广斌是罗广文的弟弟，有人替他翻案，我们根本不理他。华蓥山游击队，根本糟得很，叛徒太多了。"②这一表态，又成为当时四川新一轮政治迫害的开端。而《红岩》一书，也被打作"叛徒文学"，成为"文化大革命"中的禁书。《红岩》的另一作者杨益言也被诬为"叛徒"、"特务"、"反革命"。

但江青表态令人费解之处在于，罗广斌死前仅是重庆的一名普通作家，罗广斌之死的性质，原本轮不到当时身居"中央文革"高位的江青来表态。而江青对

---

① 材料出处参《百度词条·罗广斌》。
② 转引《百度词条·罗广斌》。

此事作明确表态,不能不使人怀疑造反派抓捕罗广斌,与江青的幕后作用有无关联? 罗广斌从狱中带出的《关于重庆组织破坏经过和狱中情况的报告》,其缺失部分是否与江青本人的历史有关联? 因为据传康生临终前曾向周恩来揭发江青与张春桥在历史上当过"叛徒",[①]只是不知依据所在。而《狱中六条》的矛头,又始终指向"防止领导成员腐化"与关注"领导干部的经济、恋爱和生活作风问题"。

但不管江青表态与罗广斌被捕事件是否有关联? 有一点则是需要强调的,即:当个人能够把意志凌驾到全党、国家或整个民族之上时,那么对党与国家来说,都会构成十足的危险。仅以江青为例,她原本只是上世纪 30 年代走红上海滩的演员"兰苹",因特殊机遇被推上了政治舞台,而在"文革"之中,她竟口无遮拦,肆意诽谤曾为建立新中国浴血奋斗过的华蓥山游击队以及红岩志士,可一言定人死生,由此可见当时新中国事业的危在旦夕。当然好的是中华民族终于挺过了"文革"历史的难关,取得了现今的成就。而 1978 年秋,罗广斌冤案也得到平反,骨灰安放仪式在重庆隆重举行。在此重复历史旧事,是希望我们民族不再犯以往的旧错,能够有一个光辉的未来。

而关于小说《红岩》,这是罗广斌与其在渣滓洞的狱友杨益言共同创作的,1961 年 12 月由中国青年出版社首版。由于书中有作者的亲身感受,因此自出版以来,社会反响强烈,印数达上千万册,并先后被翻译成英、法、俄、日等 19 种外文发行。但是我在此想说的,并非此书的文学成就,因为做此评论是文学家的责任,非我这个文学外行有资格饶得了舌的。我想说的是:假如从一部写真性小说来看,此书受到当时特定社会氛围的影响或局限,并未能完全反映当时重庆地下党斗争的真实情况。这是因为在《红岩》书里,仅有甫志高一位地位甚低的叛徒在出卖同志,而当年重庆地下党所遇到的真实叛徒,是地下党重庆市委书记刘国定、市委副书记冉益智等多人,在这一问题上,作者未敢说实话。在此我仅列举后来所披露的一些重庆地下党叛徒与特务的情况,以供世鉴。

刘国定,曾任地下党重庆市委书记,被捕后叛变,使重庆及整个四川地区的地下党组织遭受严重破坏。刘国定贪恋城市工作,不服从党调其到基层工作的命令,被捕后苟且偷生,叛变时还与特务讨要少将军衔,仅给了中校军衔(后升为上校)。重庆解放前夕,苦求毛人凤(国民党保密局局长)带其去台湾,被回绝。又筹措路费想逃往香港,但借不到钱,只好逃往成都,后来向公安机关投案自首。1951 年,被重庆市人民法院判处死刑。临刑前,要求将自己尸体"弃之于荒郊,

---

① 梁红伍:《康生临死前为何突然揭发江青是叛徒?》,《党史文苑》2012 年 9 月 17 日。

与草木同腐"。此事说明其良心尚未泯。

冉益智，曾任地下党重庆市委副书记，私底下曾对人说："共产党员在群众中起领导作用，以身作则的态度是装出来给群众看的。"被刘、冉二人出卖的重庆地下党员，大部分牺牲在渣滓洞和白公馆。在重庆解放后的第三天，冉跑到"脱险同志登记处"，找罗广斌要求登记，被脱险同志认出训斥，冉益智匆忙溜走。半个月后，冉在路上碰到了国民党军统保密局西南特区副区长李修凯。李当时已向人民政府自首，急于立功，见冉高喊："你这个大叛徒，跟我到公安局去。"冉则回骂："大特务！"两人互殴时，被巡逻解放军战士发现，扭送公安机关。1951年被重庆市人民法院判处死刑。

任达哉，这是重庆地下党出的第一个叛徒，许建业（中共重庆市委委员，小说《红岩》中许云峰原形）即被其出卖。1946年重新恢复党籍时，任没有向党交代自己在执行党的"隐蔽精干、长期埋伏"方针时，为获得生活来源参加军统情报通讯员的经历。他曾为敌特立"首功"，但仍被视为"共党分子"关进渣滓洞，死于"11·27"大屠杀。

与任达哉性质相近的叛徒尚有涂孝文和蒲华辅。涂孝文在党组织被破坏时，不执行立即转移的命令，被特务给逮住。但二人在初次叛变后，"守住了最后一道防线"，没有再继续出卖同志，1949年10月28日遭特务枪杀。另据有关统计：从1949年9月6日至11月29日，军统集中营对"政治犯"进行集体大屠杀，目前有案可查的死难者总数是321人，其中叛徒及未定性者共计31人。[①]由此可见一些出卖良心的叛徒并未得到好下场。

余永安，出卖冉益智者，1955年被捕。但其非党员，未以叛徒论处，而是被送往劳改农场接受改造。

杨进兴，任白公馆副所长，"11·27"大屠杀执行者。重庆解放后，逃往四川南充县青居乡务农。土改中，因狠斗地主，被评为贫农，分了田地，当选为互助组组长。1952年8月因夫妻斗嘴，暴露身份，被捕。经查，系是杀害原中共四川省委书记罗世文、中共川西特委委员车耀先、杨虎城将军、小萝卜头的凶手，1958年5月16日被执行枪决。

徐贵林，任渣滓洞看守所看守长。"11·27"大屠杀之后，他被编进了胡宗南部76军80师，在战斗中被俘，被当作一般俘虏给资遣返。徐潜回重庆南岸弹子石地区当小贩卖菜。不久被公安机关发现逮捕，1950年5月18日执行枪决。

---

① 数字由红岩纪念馆厉华提供，见《百度词条·白公馆》。

徐远举,任国民党西南长官公署二处处长,小说《红岩》头号反派人物徐鹏飞原形。曾坐镇指挥了血洗白公馆、火烧渣滓洞惨案。重庆解放后,先逃往成都,后赴昆明。镇守云南的国民党卢汉将军宣布起义时,将徐远举逮捕,1950 年 3月移送重庆,关押于新中国政府所设的白公馆战犯管理所。1956 年,转北京功德林战犯管理所。徐改造积极,1964 年完成了《血手染红岩》材料,详细交代了自己指挥破坏《挺进报》和四川地下党组织,逮捕审讯共产党人,以及制造一系列大屠杀惨案的过程,从另一方面填补了小说《红岩》的发生背景。1973 年突发脑溢血,在北京复兴医院经抢救无效死亡。

上午 11 时 30 分参观完白公馆,我心情沉重,直接体会是两点:一是深感曾被囚于渣滓洞、白公馆的死难先烈们确为民族脊梁,他们的信仰与追求,代表了当时中华民族的共同利益,他们为事业献身的高风亮节,永远是后人学习的榜样。另一方面则深感中共先烈们所开创的事业,确有被人背叛的可能性,"文革"给中华民族带来的惨重灾难,"四人帮"之流在当时的枉法横行,凌驾于党和国家之上的个人权力,信口雌黄,陷人于罪,这说明《狱中八条》所强调的"防止领导成员腐化"、"重视党员特别是领导干部的经济、恋爱和生活作风问题"等,决非虚指。而红岩志士拼死带出的遗书——《狱中八条》,并未能阻止这一历史悲剧的发生,这只能说是历史的遗恨。好的是中华民族终于挺过了这一难关,未出现亡党亡国的悲剧。

当日参观白公馆者人数甚多,人挤人。好不容易出馆挤上车后,导游小姐又讲起当地的段子,但这次谁都没笑,估计其他游客的心情当时与我一样沉闷。

莅临重庆市人民大礼堂与周公馆

午餐后,下午 2 时 30 分参观重庆市人民大礼堂。

大礼堂位于人民路学田湾,是重庆市举行大型集会和演出的中心,也是一座历史建筑。该礼堂占地面积 6.6 万平方米,由大礼堂和东、南、北楼四部分组成。其中,礼堂占地 1.85 万平方米,高 65 米,大厅净空高 55 米,内径 46.33 米,圆形大厅四周环绕四层挑楼,可容纳 3400 余人。[①] 1997 年,重庆市府决定拆除大礼堂围墙,在周边空地上建人民广场,从此成为旅游景点。

另据有关介绍:该礼堂是邓小平、贺龙、刘伯承 1951 年在西南军政委员会

---

① 数据参《百度词条·重庆市人民大礼堂》。

一次会议上提出修建的，1951 年 6 月动工，1954 年 4 月竣工。1954 年 3 月，贺龙为之题名"西南行政委员会大礼堂"，1956 年更名为"重庆市人民大礼堂"。

重庆市人民大礼堂的建筑特点，是将中国传统的宫廷风格与西方建筑的大跨度结构相结合，显得既古色古香，又气势恢宏。其中大礼堂的设计，仿明清宫殿风格，轴向对称，布局严谨。主体部分的穹庐金顶，仿天坛祈年殿。圆形的主体建筑前，还仿天安门城楼，设计有一排精致的门楼，被人们称作"小天安门"。

重庆市人民大礼堂自建成以来，赢得了甚多的荣誉。建筑学家梁思成曾评价："二十世纪五十年代中国古典建筑划时代的最典型的作品"。[1] 英国皇家建筑学会和伦敦大学在 1987 年编写的《世界建筑史》中，收录了新中国建立后的43 项工程，其中重庆市人民大礼堂位列第二位，评价为"亚洲二十世纪十大经典建筑"。[2] 2013 年 5 月，被国务院列入"第七批全国重点文物保护单位"。

离开重庆市人民大礼堂后，下午 3 时 40 分前往周公馆参观。

周公馆位于重庆市渝中区中山四路附近的曾家岩 4 号（现 50 号），是一座三层高的小楼，占地面积 364 平方米，建筑面积 882 平方米。[3] 此地僻静，二楼朝后可眺望嘉陵江。据有关介绍：

1939 年初，中共南方局办事处住房紧张，而曾家岩地处市区，靠近国民政府，会客方便，又利于开展情报工作。邓颖超遂以周恩来名义，租用了曾家岩 50 号主楼的大部分，对外称作"周公馆"。做如此称谓，是因为周恩来时任"国民政府军事委员会政治部副部长"。但周公馆实际上是中共中央南方局军事组、文化组、妇女组、外事组和党派组等在此的办事机构，中共代表周恩来、董必武、叶剑英、林彪、王若飞等人均曾在此居住过。在二楼和三楼，分别设有董必武、叶剑英的办公室。

周公馆的地理位置十分有趣，其外门右侧百余米处，为国民党特务头子戴笠的公馆，左侧则毗邻国民党警察局派出所。在周公馆内部，主楼的底层和三楼的全部以及二楼东边的三间房屋为中共南方局租用，其余部分则分别租给了国民党中央抚恤委员会主任秘书刘瑶章、该党上层人士端木恺以及重庆市市长贺耀祖的夫人倪斐君领导的"战时妇女服务团"。这样，就形成了国共两党人士同进一院、共住一楼的现象。但抗战期间，双方却能和平共处。

---

① 转引中华人民共和国国务院新闻办公室：《重庆市人民大礼堂》（2019 年 2 月 25 日），http://www. scio. gov. cn/ztk/dtzt/27/14/2/Document/675522/675522. htm.

② 中华人民共和国国务院新闻办公室：《重庆市人民大礼堂》（2019 年 2 月 25 日），http://www. scio. gov. cn/ztk/dtzt/27/14/2/Document/675522/675522. htm.

③ 数据参《百度词条·周公馆》。

周公馆所留下的历史印迹是：抗战间,周恩来常在此处会见各界人士和中外记者。1945 年 8 月间毛泽东赴重庆谈判,曾在该楼底层会议室接见过中外人士。抗战胜利后,1946 年 5 月,周恩来、董必武先后率中共代表团、南方局和八路军重庆办事处大部分人员前往南京,周公馆一度成为中共代表团驻渝联络处和中共四川省委机关驻地。解放战争(1945 年 8 月—1949 年 9 月)爆发后,1947 年 2 月 28 日深夜,国民党军警突然包围周公馆,无理查封中共财物,软禁以中共代表吴玉章为首的工作人员及《新华日报》社人员达十天之久,后经双方谈判,国民党方同意中共驻重庆和成都两地人员,分别于 3 月 8、9 两日乘专机返回延安。新中国成立后,1953 年,重庆市府始将该馆筹建为纪念馆。

现今游人重临周公馆,再也看不见当年馆前那条狭窄而幽静的石板小路了,因为周围的老房子早已拆除,代之而起的是宽敞的曾家岩广场,广场中央立着周恩来风雨兼程的全身铜像,游客只能对着满墙图文,回忆周公馆过往的历史,而无法使年轻人联想起当时艰难的革命环境。这就如同现今遵义会议的旧址虽被保留下来了,却拆光了当年周边所有破旧的城区,建成了豪华的绿地广场,这还如何能使游人与当年红军艰苦的长征环境联系起来呢?

参观周公馆,尚须说明的一点是：周公馆仅是"红岩革命纪念馆"的一部分。即 1958 年 5 月 1 日,重庆市府将周公馆与红岩村原中共南方局和八路军重庆办事处旧址共同建成"红岩革命纪念馆",对外开放。1959 年,董必武为之题写"红岩革命纪念馆曾家岩分馆"。1961 年 3 月,国务院将其列为第一批全国重点文物保护单位。而限于当日的参观时间,我们未能去成红岩村。鉴于"红岩"二字对于当年重庆中共地下党的斗争有象征意义,小说《红岩》也是取此二字为名,仅简介其况如下:

红岩村位于重庆市郊化龙桥附近的"大有农场"内,原为爱国妇女饶国模经营的花果农场。因地形酷似伸向嘉陵江边的山嘴,初名红岩嘴。1939 年初,中共中央南方局和八路军驻重庆办事处成立,周恩来任书记,董必武、叶剑英、秦邦宪、凯丰、吴克坚等为常委,设机关于重庆机房街 70 号。1939 年 5 月初,机房街 70 号毁于日机大轰炸,遂迁机关于此处办公。门牌号编为红岩嘴 13 号,1945 年改为"红岩村"13 号,外观是一幢外看似二层、实际三层的深灰色楼,占地面积800 平方米。重庆谈判时,毛泽东曾居红岩村四十日,因此名声大噪,成为中国革命的象征地之一。1963 年 3 月,国务院公布此楼为全国第一批重点文物保护单位。

朝天门码头看万家灯火

出周公馆,下午4时30分,导游带我们到重庆港附近的朝天门码头参观,并告知大家自由活动,但6时须集中在附近的饭店集体用餐,晚7时登船。导游自此在大伙的掌声中别去。

朝天门码头位于重庆市东北嘉陵江与长江交汇处,也是重庆最大的码头。而据有关记载,朝天门的历史可上溯至前314年秦将张仪灭亡巴国,筑巴郡城。至明初戴鼎扩建重庆旧城时,按九宫八卦之数造城门17座,其中规模最大的是朝天门,门上原题"古渝雄关"四字。但既是"古渝雄关",何以又有"朝天门"之名呢?原来南宋(1127—1279年)时因偏安江南,重庆是重要的抗金、抗蒙前线,不时有钦差自长江泛舟,经该城门传递圣旨,地方官则须在此处跪拜接旨,故久而久之,"古渝雄关"便被民间叫成了"朝天门"。

但现今游客来到了朝天门码头,既看不到古城门,也看不到古城墙。这是怎么一回事呢?原来1927年重庆设市,当时的重庆市府为扩大城市规模,拓宽道路,扩建码头,成批地拆除城墙、城门楼和一些破旧的建筑,朝天门因其在交通上的重要地位,成为第一个被拆毁的城门。在此之后,古重庆城的象征——朝天门城楼,就从人们视野中消失了,甚至连照片都没保留下一张。而1949年重庆又发生"九·二"火灾,朝天门附近2000米的区域化为一片灰烬。因此,今天游客来到朝天门码头所能看到,完全是新中国成立之后的建设。

但尽管如此,今人来到朝天门码头,仍可发一些怀古幽思。这是因为朝天门码头自古樯桅林立,商业繁盛,江中舟楫穿梭,岸上人行如蚁,街巷狭隘,棚户与吊楼密布。尤令人叹为观止的是:在临江陡崖的屋檐下,挂着一排排当地特产的烟熏肉,颜色乌黑。据说这种肉风干的时间越久,味道越为鲜美。我曾有幸品尝过这种肉,绝对可以称作是人间美味。而今日游人到此,除发怀古幽思外,尚可以绝好地观测重庆的地形。重庆的地形,是三面环山傍水,码头后面则为建于山上的重庆市主城区。除江面景致可观外,山城的景观亦清晰可见。可惜的是因现代高楼太多,阻挡了视线,肉眼无法看清重庆山城的全貌。

我在朝天门码头徘徊到晚6时许,至三码头旁边的渝新酒店海天餐厅晚餐。餐后原定7时上船,但是由于轮船误点,我们在3号码头候船室一直等到晚间8点多钟,仍未得到何时上船的确切消息。据导游解释的原因是前方有轮船触礁,原坐的江轮因参与救援工作,无法准时入港。在大家一致的抗议下,会务组只好破费,临时叫大伙到附近一家旅馆休息。但是在入夜候船的这一段时间中,我却见到了人间最壮观的景象之一——"万家灯火"。时辰星明月在上,长江壮阔在前。江风阵阵吹雾透骨,万盏灯火在眼。这是我终生难忘的一夜。而以前我只是从纸面上理解着这一词汇。之所以如此说,是因为重庆是一座山城,高低不平。到了夜间燃灯时分,人在户外不论是朝上看还是朝下看,或是朝四周看,都是灯光内烁不定。而同样的景观,我是多年后到井冈山茨坪旅游时,才重新看到。

2019 年 4 月 24 日

泛舟三峡（四川纪行之五）

2001 年 10 月 4 日，星期四，晴。

昨晚与参加重庆学术会议的教师在朝天门 3 号码头候船至 8 时许，因长江游轮误点，被临时叫至一旅馆休息。约睡至凌晨 1 时许，又被叫起上船，据说游轮已于深夜 1 时 30 分抵达重庆一号码头。深夜 2 时许集体赴码头登轮，2 时 30 分，游轮缓缓启程，由嘉陵江驰入长江。此时回望长江夜景及重庆山城的万家灯火明灭，颇感壮观。

深夜 2 时 55 分记罢旅游日记，3 时入眠，此时已是凌晨时间了。晨 5 时 30 分起床漱洗，5 时 45 分登甲板观日出，因船尾甲板锁住不让上，只能上船头甲板。时江风甚大，吹寒透骨，询问工作人员何时方能见到日出？回答是：要等到上午 8—9 时，太阳方能破雾而出。我只得返回仓内早餐。

过丰都鬼城

上午 8 时许，船过丰都长江大桥，稍后抵达丰都码头。丰都旧写作酆都，由重庆水路下行为 172 公里，县城位长江北岸。据史籍记载：丰都在东汉和帝永元二年（90 年）已置县，历史久远，这是三峡游必到的景点。

游轮在丰都停留时间为 3 个小时，11 时 45 分发船。导游要求游客下船游览 2 小时，11 时必须返回。一时间，旅客纷纷下船，在各色导游旗的带领下，可能是数千、也许是上万的人群挤满了丰都城的大街小巷，颇为壮观。而据问，当时其他过丰都的游轮在码头停靠时，丰都城也都是这般景象。我不确知每天有多少班长江游轮会过丰都码头，也不确知当时每艘长江游轮能载客多少，但估计每天来丰都的游人不会少于数万。

当时赴丰都的游人如此之多，是由于根据国家 1994 年 12 月 14 日已正式启动的三峡水电站主体工程建设规划,要求于 2006 年 5 月 20 日修建完成,而随着工程的进展,届时长江上游的水位将逐渐抬升至 175 米,包括丰都等许多原沿长江三峡的著名旅游景点,都将被淹没。而当时控制"三峡游"景点的四川、湖北诸多旅游公司趁机鼓吹"告别三峡"活动;一些房产公司亦趁机发财,在即将被淹没的江岸边搭建临时旅舍,供游人租住。一时间丰都小城人满为患。

而我当日所游丰都之所以知名,是因为其别有"鬼城"之名。亦即当地民众根据中国民间有关"幽都"、"鬼国京都"、"鬼城"以及"阴曹地府"等传说,以实景形式,在该县城的平都山(又名"名山")上,[①]建起了哼哈祠、天子殿、奈何桥、黄泉路、望乡台、药王殿、阴司街、鬼门关、十八层地狱等各种景观,使之成为一座活人在阳间所能看到的人死后的灵魂归宿之地。其中的代表性景点的大致来历为:

哼哈祠,系中国传说中的"哼哈二将"祠堂。据传"哼将"本名郑伦,商纣王的督粮官,师从度厄真人学得鼻窍二气,遇敌时,只需鼻子一哼,便响若洪钟,喷出白光,吸人魂魄,后被周武王大将擒获投降,仍当督粮官。"哈将"陈奇,原亦商纣王督粮官,曾师从异人,炼成腹内一股黄气,与人战则口喷黄气,使对手魂散。陈奇曾与降周的郑伦交战,不分胜负,后来被周将黄飞虎刺死。武王灭纣后,姜子牙归国封神,郑伦与陈奇被封为替释教镇守寺庙山门、宣布教化、保护法宝的两员神将,世称"哼哈二将"。此说见明代神话小说《封神演义》。

报恩殿,供奉报恩菩萨目莲,两旁为其弟子闵公和闵志。该殿原建于民国年间。根据中国佛教的说法,目莲亦名目犍莲,释迦牟尼的十大弟子之一,能飞上兜率天,为第一行孝者。根据《佛说盂兰盆经》:古印度摩揭陀国有富翁名国相,夫人名青提。国相敬重出家人,而青提则憎恨出家人。夫妇俩晚年得子取名目莲。目莲初生七日,父亲去世。目莲长大后,承父志,仍敬出家人,并向往"三宝"(佛、法、僧)。为承父业,目莲外出经商,行前对母亲说:孩儿外出求财,母亲在家当积善积德,善待出家人。青提口头答应,但不改旧习,仍打骂僧道。目莲返家后听邻人议论,责问其母,其母发誓:"我如对出家人不好,七日之内不得好死"。果然七天不到,暴病而亡。其母死后,目莲散尽家财,孤身外出修行。后得道赴天国,却只见其父,不见其母。向其师释迦牟尼问询,回答是:其母不敬佛门,已被打下十八层地狱受倒悬之苦,变成了饿鬼,如欲拯救其母,必须在农历七月十五日备齐百味饮食,供养十方僧人,方可超度。目莲于是遵循佛旨,于该日设斋布施十方僧人以拯救其母。此即为佛教"盂兰盆会"的起源。但其母虽被救

---

① 平都山,海拔 287.3 米,面积 0.45 平方公里,因北宋苏轼题诗"平都天下古名山"而更名。

赎，却因生前有虐僧恶习，经轮回转世后，变成了王舍城的一条狗。而现报恩殿中目莲莲花座下的一条狗，便是目莲生母的转世。自此，"盂兰盆会"又名"鬼会"，农历七月十五日人们忌出门。

财神殿，供奉文财神比干与武财神赵公明。根据中国民间传说，比干是商纣王叔父，为人忠诚正直，因对商纣王冒死直谏，被狐狸精苏妲己所忌，对纣王说：我心口疼，要吃了比干的心才能活。于是纣王令比干剖心给苏妲己入药。比干出，遇一妇人在叫卖空心菜，于是比干问道：菜无心可活，人如果无心呢？妇人回答："死"。于是比干倒地而亡。从此比干被称为"无心"丞相，意其能秉公办事，后人为之修财神庙，尊为"文财神"。此说见《封神演义》。赵公明系道教虚构人物，传其为陕西终南山人（钟馗同乡），名朗，又名昶，字公明，是上天"皓廷宵度天慧觉梵气"所化。因避秦乱世，隐居山中，至西汉张道陵（张天师原形）入鹄鸣山修炼时，收之为徒，令骑黑虎守护丹炉。张道陵修就"天师"正果后，命其守护"玄坛"（道教斋坛），所以赵公明又称赵玄坛，后被玉皇大帝降旨，召为神霄副帅。此说见《道藏》。《搜神大全》又谓：张道陵飞升后，由赵公明镇守龙虎山，负责超度行善有功及诚心悔过之人。其部下有八猛将，以应八卦；有六毒大神，以应天、地、年、月、日、时六煞；有五方雷神、五方猖兵，以应五行；有二十八将、以应二十八星宿；另有天合地合二将，管理天上人间水火之事，以及春生秋杀之象。他能驱雷电、呼风雨、除瘟疫、祛病灾，能明诉讼，申正义，平反冤案；能监督买卖，使双方生财。因此被民间奉为武财神。

奈何桥，位于丰都山半山腰，始建于明朝永乐年间（1403—1424 年）。根据中国民间传说，该桥为连接阴曹和阳界、审视善良与罪恶、宣判生存死亡的"试金桥"。其左边是健康桥，象征着年年健康，右边是财富桥，象征着年年有财。另说奈何桥是人死后"过三关"的第一关，即人去世时便要喝下孟婆汤，过了奈何桥，就将前世忘却，投向新生。一说人死亡后亡魂要过奈何桥，善者有神佛护佑顺利过桥，恶者会被打入血河池受罪。奈何桥分三层（或三座），善者鬼魂可过上层桥，善恶兼半者鬼魂过中间桥，恶者鬼魂过下层桥，当恶者过桥时，多被恶鬼拦住，投入桥下污浊波涛中，供铜蛇铁狗狂咬等等。上述说法多见《酆都宗教习俗调查》一书所记。因此每年香会时，香客争以纸钱或铜板掷入桥下池中，或以炒米撒入池中，以施舍饿鬼，避免死后恶运。而老年香客则以为生前走过此桥，死后便可以免去过奈何桥之苦等等。

鬼门关，传为人死后进入鬼国的必经关卡，来者必须接受检查，看看是否持有"路引"（人至鬼国的通行证）。根据有关说法："路引"长 3 尺，宽 2 尺，是用黄纸印制的,上书"为丰都天子阎罗大帝发给路引和普天下人必备此引,方能到地府转世升天。"路引上盖有"阴司城隍"、"丰都县府"等印章,人死后入殓或火化时烧掉它,路引就会随灵魂来到地府,所到之处才能畅通无阻。[1]

寥阳殿,原为明蜀献王朱椿的香火殿。朱椿(1371—1423 年)是明太祖朱元璋第十一子,洪武二十三年(1390 年)被封为蜀王。根据史书记载,朱椿有文韬武略,是朱元璋较有作为的一个儿子,他喜读书,有"蜀秀才"之称。洪武二十年(1387 年)四月,朱椿召名僧来复与之讲论,作四箴以自警,曰《正心》、《观道》、《崇本》、《敬贤》。朱椿入川后,很快便平定了南、北番人的骚乱,倡礼教,轻徭薄赋,礼贤下士。史称"蜀人由此安业,日益殷富,川中二百年不被兵革,椿力也"。[2] 朱椿妻蓝氏,系凉国公蓝玉之女。蓝玉事败,朱元璋杀蓝玉,将其皮实以稻草,传之九边。传至成都府,朱椿命人礼葬之。朱椿事见《明史·卷一百十六·列传第四》,朱椿死后,川人为怀念其治蜀之功,特立寥阳殿祭之。

天子殿,始建于西晋,清康熙三年(1664 年)重修。全殿由牌坊、山门、殿堂三部分组成,系供奉阎王之殿。阎王,民间又称"阎罗王"、"阎王爷"、"阎魔王"等。根据中国道教的说法,阎王是冥界之王或鬼王(鬼界之王),青面獠牙、黑面阴煞,系阴曹地府中的最高统治者。主要职责是通过"生死簿"管理生灵的阳、阴之寿,掌有三界万物生死存亡的至高权力,是鬼与神的合体。不归阎王管的只有永不超生的孤魂野鬼,以及上仙正神。简而言之,阎王掌管人间、地狱众生灵寿命之短长。其下属有:鬼判官(阴曹地府共有四大判官),黑白无常(属地府鬼使,手持生死册,记有无数生灵的寿命),以及牛头、马面、钟馗、孟婆、地公、游星、城隍、阴兵、鬼将等等。所住地府,为十八层地狱,囚禁有万千鬼魂,其中有的鬼魂,充当鬼差和鬼打手,负责惩罚抽打恶鬼等。

而据考,中国"阎王"的原型,源自印度神话中的"阎摩罗王",在早期佛教和印度教神话中,阎王是冥界唯一的王。此说原出处见于佛教经典《梨俱吠陀》、《问地狱经》、《禁度三昧经》、《一切经音义》等。其大致内容谓:阎王前身是毗沙国的国王,又称其为管理人间的天王,在与维陀始生王的战争中因兵力不敌而立誓,愿为地狱之主,他手下的十八大臣率领所属百万众共同立誓,愿共治地狱罪人。[3]

---

① 《丰都鬼城觅鬼神,过奈何桥夜闯阎王殿》,凤凰网 2011 年 9 月 6 日。
② 《明史·卷一一六·列传第四》。
③ 见《梨俱吠陀》、《问地狱经》。

　　但是这一神话在传入中国后逐渐变形。在中国道教的改造之下，印度阎王被纳入中国的"十殿阎王"，做第五把交椅。"十殿阎王"依次为：秦广王、楚江王、宋帝王、五官王、阎罗王、卞城王、泰山王、都市王、平等王、转轮王。这一概念也被中国佛教吸收。根据中国佛教的说法，阎王被指为地府第五殿殿主，掌管人间的生死、轮回，人死后要去阴间报到，接受阎王的审判。又云"阎王"系兄、妹两人共同统领鬼世界，兄阎王治男鬼，妹阎王治女鬼等等，故又有"双王"之名。又云阎王原只一人，由于治事，分身为五人，其僚佐有十八人。至唐代，又出现了天帝册封阎罗王，并由其统率五狱卫兵之说，同时地狱亦分为十殿，十殿均有主，称地府十王。十王各有名号，合称十殿阎王。等等。

　　而阎王之说传入中国，又逐渐与中国历史人物结合起来。根据中国民间传说，包拯因生前刚正不阿，死后化身为阎王，继续审理阴间的案件。或传其为"日断人间，夜判阴间"，即白天断人间阳案，夜间断阴间鬼案。人死后，灵魂要到阴间受包拯审判，如确属冤案，包拯会把他放回阳间活命，如确实有罪，则被送入地狱受刑。又传阴间共有"四大阎王"，除包拯外，尚有隋将韩擒虎、宋臣寇准与范仲淹等。时至明清，"十殿阎王"之说更盛，有替代道教原有的有关东岳大帝主宰世间生死说之势。民间专门奉祀十殿阎王的庙观，除了重庆丰都外，一般均在当地城隍庙内设阎王殿，奉祀"十殿阎王"。

　　上述为丰都鬼城所陈设的主要景观。仅就人伦价值而言，我认为丰都"鬼城"之建，是古人依据当时对人间法律机制的认识水准，凭借想象建造起来的一系列阴间机构。其以实景所体现出的"阴曹地府"、"阎王殿"、"鬼门关"、"阴阳界"、"十八层地狱"等等，莫不是阳间法律形式的幻化。仅就积极意义而言，我认为丰都鬼城之建，是集儒、道、佛为一体的民俗文化艺术结合体，它以恐怖实景——"鬼城"形式，教喻民众向善去恶。而研究丰都"鬼城"现象，有趣的话题是这一人文景观是如何形成的？而据国内已有研究意见，大致为四源：

　　一是巴蜀鬼文化之说。其说认为：上古巴族和蜀族是以氐羌部落为主的两个部落，东周时，丰都曾是"巴子别都"，此后随着巴、蜀两族的不断交往，逐渐形成了一个共同信仰的宗教神——"土伯"，而土伯即第一代"鬼帝"，居"幽都"，而幽都所在地即现今之丰都。

　　二是道教创立说。其说认为：东汉末，张道陵创立"五斗米"教多巫术，后来转化为"鬼教"。东汉建安三年（198年），张道陵孙张鲁在丰都设立五斗米教"平都治"，丰都遂成为当时中国道教的传播中心。当时道教称丰都为"罗丰山"，云其为北阴大帝治理的"鬼都"，而"北阴大帝"是道教的第七级中心神，专掌地狱。

这样丰都也就自然成为道教徒心目中的"鬼城"。而北魏郦道元在《水经注》中，则称丰都居道教七十二福地的第四十五位。据魏晋时书《度人往》记载：丰都坐落在六天青河旁，有三宫九府，宫阙楼观贵似天庭，鬼帝坐镇在此，统亿万鬼神。[①]

其三是佛教的"阎罗王"说。其说认为"阎罗王"本梵文音译，原为古印度神话中管理阴间之王，佛教沿用此说，称其为管理地狱的魔王，又云其手下有十八判官，分管十八地狱。另据佛经《一切经音义》称："阎罗王"即"平等王"，他能平等治罪。这样，当佛教传入中国后，又丰富了丰都"鬼城"的内涵。

其四是阴、王成仙之说，此说在丰都广为流行。其说认为：东汉时有方士名阴长生，是汉和帝刘肇皇后的曾祖父；同朝另一方士名王方平，官至朝中散大夫。他们因不满社会现状，双双来丰都修炼，于魏青龙初年升仙而去。至唐代，二人被讹传为"阴王"，于是转化为丰都"鬼城"中的阴间之王。关于阴长生、王方平成仙之说，见于晋人葛洪的《神仙传》。

上述有关"鬼城"研究意见，共同说明了一点，即有关丰都"鬼城"文化起源的久远，再加上后世文学作品有如《西游记》《聊斋志异》等等的渲染、想象，于是一个比较完整的"鬼城"就在丰都形成了，它将佛教、道教、儒学以及中国鬼神文化有机结合起来，又将建筑、雕塑、绘画等多种艺术形式结合起来，于是便在世人眼前，展现出了完整的"鬼城文化"。因此今人应将其视为中华民族宝贵的民俗文化认真加以保存，而不应将其简单地等同于"宗教迷信"，加以抛弃。在此尚须说明一点的是：我当年所去的丰都鬼城，处长江大坝正式拦成后的水线之下，我游览之时，正准备原景拆迁，在高地上重建，至于重建后的丰都"鬼城"与我当时所见是否一致，则不得而知了，因为我未曾重去。

过万县、石宝寨，访云阳张飞庙

中午 11 时游罢鬼城，匆匆返船。而据导游说，鬼城的游程起码应 3 个小时，但因轮船误点，只能如此。船发时间为 11 时 45 分，正值午餐时间。

午休后，下午 2 时 30 分赴船后甲板上眺望，时近万县，长江两边近岸树木都被砍光，成为秃山。看后十分遗憾。此处为川东水陆要冲，水路上距重庆 327 公里，下距宜昌 321 公里，素有"川东门户"之称。此处又是"万县惨案"[②]的发生

---

① 转引《百度词条·丰都鬼城》。
② 又称万县"九五惨案"。

地,事件经过是:

1926 年,广东国民革命军在长江流域、江浙战场对英军造成沉重打击,英国为巩固其在长江流域的势力,调来大批军舰在中国内河寻衅肇事。1926 年 8 月 29 日,英国太古公司"万流"号商轮故意撞沉四川军阀杨森①部用以运载军饷的木船 3 艘,导致 50 余人淹死。当时奉党指令在杨森部队中工作的中共党员朱德、陈毅建议杨森向英国领事提出抗议。8 月 30 日,杨森扣留了太古公司两艘商轮,并向英国领事提出抗议。9 月 4 日,英领事向杨森发出通牒,限 24 小时内将"万通"、"万县"两轮放行,杨森未予理睬。9 月 5 日,英舰"嘉禾"号、"威警"号、"柯克捷夫"号进迫万县江岸,强行劫轮,杨森部队予以回击。于是,英军舰连续三小时向万县人群密集区开炮。此役共导致居民死亡 604 人,伤 398 人,民房被毁千余间,财产损失约 2000 万元,②被称作"万县惨案"。9 月 6 日,朱德、陈毅推动召开了万县各界万人抗英大会,并组织了万县惨案后援会,通电全国,要求严厉制裁英帝国主义,为死难同胞复仇。9 月 7 日,杨森召集万县各界人士商议惨案善后事宜,议决将万县官山(公墓)辟为"九五烈士陵园",成立"九五"公园事务所。9 月 18 日,重庆为此举行了十余万人参加的抗英示威游行。9 月 23 日,杨森奉北洋政府命令无奈释放了英国太古公司的两艘商轮。万县惨案是近代中国的耻辱之一,我想沿江两岸是不该毫无标志的。

下午 3 时,船过石宝寨,未做停留,只能在船上浏览。

石宝寨位于重庆市忠县境内长江北岸边,距忠县城约 10 华里。此处原为临江矶崖,呈陡壁孤峰拔起状,高 10 余丈,险甚,依崖结寨,在巨岩建有宝塔两座。按当地传说,此岩系女娲补天时所遗的一尊五彩石,故称"石宝"。此石形如玉印,又有"玉印山"之名。而据有关历史记载,明末农民军领袖谭宏曾据此山结寨,自称"武陵王",始有"石宝寨"之名。谭宏属李自成军余部,明亡,据此寨抗击清军达十余年之久,是著名的"夔东十三家"之一,后降清,被封为"慕义侯"。而又据记载,石宝寨之修,始于明朝万历年间,后经清康熙、乾隆年间重修,日臻完善,其塔楼共 12 层,高 56 米,全系木质结构,依山耸立,飞檐走壁,巧夺天工,后被美国探索频道誉为中国"七大奇观"之一、世界"八大奇异建筑"之一。

在此尚需指出的是:石宝寨原是依山而立,后因 2003 年三峡水库蓄水发电,长江水位抬高至寨口,石宝寨沦为江中孤岛。后经始于 2005 年 12 月的抢

---

① 杨森时任北洋政府四川省省长。
② 数据参《百度词条·万县惨案》。

修,至2009年4月重新对外开放时,旧日山寨已变成"水寨"和长江中的一处大型"盆景"。

　　船过石宝寨未久,又经万州长江大桥。万州长江大桥原名万县长江大桥,是长江上第一座单孔跨江公路大桥,1994年5月开工建设,1997年5月竣工,连接318国道线,这也是当时世界上同类型跨度最大的拱桥。全桥长814米,宽23米,桥拱净跨420米,桥面距江面高140米。我在船上眺望,颇感雄壮。有游人相告,此桥为建于长江上的第四座大桥,不知是否准确。

　　万州长江大桥近年曾发生过一次恶性交通事故,经过为:2018年10月28日,一辆公交车在通过大桥时,与一轿车相撞坠入江中,导致15人丧生。而据事后调查,导致坠车的原因是:乘客刘某(女)因坐车过站,要求司机中途停车,司机未从,刘某用手机两次击打司机头部,司机回击,导致车子失控,坠入长江。而在此事件中死得最冤的是一位25岁的母亲带着两个孩子与婆婆一起坐车过江游览,结果一家四口同时遇难。[①] 此事说明一个国家光有现代化的交通设施还不行,还需要有现代化的行政管理手段。此处仅做附记。

　　约晚间7时许,游轮抵云阳码头停靠一小时,导游带领游客参观位于长江南岸飞凤山麓的张飞庙。当时天已全黑,好的是月色甚明,但庙里灯光太暗,游客其实看不到什么东西。这一切原因都是因为这班游轮误点引起。但旅游合同中写有游张飞庙,导游不得不带队游览。

　　张飞庙,又名张桓侯庙,与云阳县城隔江相望,系为纪念三国名将张飞而建。据有关记载:该庙始建于蜀汉末期,后经历代维修,迄今已历1700余年。据当地传说:关羽败亡后,张飞急于报仇,督造军衣过急,在阆中被部将范疆、张达暗杀。二人取张飞首级欲降吴,行至云阳,闻吴、蜀讲和,便将首级抛弃江中,被一渔翁打捞上岸,葬于飞凤山麓。世人便于此处立庙纪念,故有张飞"头在云阳,身在阆中"之说。一说有渔人夜得张飞托梦,到江中捞得张飞首级头,并意外获金一罐,以此金为张飞立庙。由于张飞义勇,为世人所敬,每年农历八月廿八其生辰日,各地来此祭祀民众甚多。由于张飞庙立庙久远,庙内储藏文物颇丰,尤以碑刻著名,如汉《张表碑》、梁《天临碑》、黄庭坚书《幽兰赋》、苏轼书《前后赤壁赋》、岳飞书《前后出师表》等,庙内均有陈,因而有"张祠金石,甲于蜀东"的说法。而有趣的是,庙内竟陈有张飞的隶书碑刻:"汉将张飞率精卒万人大破贼首张郃,立马勒石",被书家评为字体丰满。据传此碑原出顺庆府渠县八濛山(属三国时

① 《重庆万州长江二桥上的公交车坠江事故,今天终于真相大白》,《人民日报》2018年11月3日。

宕渠县)张飞刻石。而据史家考证,历史上真实的张飞能诗、会画、善书法,有很高的文化修养,并非如同《三国演义》所写的是出身于卖肉的粗人。[①] 但其性格有缺点,即敬士大夫而不敬行伍;而他的义兄关羽则是敬行伍而轻士大夫,结果两人最终都不免于败。

在此尚需指出的是：原张飞庙位于库区,因三峡工程建设,已于 2002 年 10 月 8 日闭馆西迁,新址位盘石镇龙安村,距老馆 32 公里,此已非我当年目睹的旧庙。

过白帝城、瞿塘峡

2001 年 10 月 5 日　星期五,晴。

游轮由云阳张飞庙再下,便是奉节白帝城了,要半夜才能通过,这是小说《三国演义》中"刘备托孤"的地方,十分著名。我曾半夜起床扶船舷遥望,但望而不明,十分遗憾。

白帝城位于重庆奉节县瞿塘峡口的长江北岸白帝山顶,距奉节城东 8 公里,距重庆市区为 451 公里。而据历史记载：白帝城原名子阳城,西汉末军阀公孙述割蜀称雄,在山上筑城,因城中一井常冒白气,状似白龙,因此自号"白帝",以城名为"白帝城"。建武十二年(36 年),光武帝刘秀入川,公孙述战死,白帝城毁于火。由于西汉末天下大乱时,公孙述割蜀称帝十二年,蜀地偏安,因此公孙述死,当地人在山顶建"白帝庙",立公孙述像以怀念。至三国鼎立时,刘备讨吴兵败于夷陵,退守白帝城,在永安宫向诸葛亮托孤。由于公孙述"白帝"属僭称,明正德七年(1512 年),四川巡抚毁白帝庙内公孙述像,祀江神、土神和马援像,改称"三功祠"。嘉靖二十年(1541 年)又改立刘备、诸葛亮像以祀,名"正义祠",后又补添关羽、张飞像,遂形成白帝庙内无白帝,仅祀蜀汉君臣的格局。"文革"中庙毁,刘、关、张、诸葛亮四人塑像的头部被砍,现庙是"文革"后重修的。

由于白帝城东依夔门,西傍八阵图(景点),三面环水,一面临山,扼水陆要津与三峡门户,地势险峻,属"夔门天下雄"的起点位置,为自古兵家必争之地,因此历代诗人纷纷临此,留下了大量作品,为白帝城争得了"诗城"美誉。而这其中最著名的诗篇,便是唐代大诗人李白的《早发白帝城》了,全诗为：

朝辞白帝彩云间,千里江陵一日还。

---

① 参邓拓：《由张飞的书画说起》、《蜀中名胜记》卷二八、(清)赵一清：《稿本三国志注补》。

两岸猿声啼不住，轻舟已过万重山。

李白此诗，以奉节白帝城为起点，虽说由白帝城到湖北江陵有千里之遥，但是由于古人坐轻舟，遇长江水急风顺，顺流而下，一夜可达。因此李诗谓"千里江陵一日还"。江陵，其前身为春秋战国时期楚国国都"郢"，今名荆州市，位于湖北省中南部。而李白此诗的文献依据，见于南北朝郦道元《水经注·三峡》所述："自三峡七百里中，两岸连山，略无阙处。重岩叠嶂，隐天蔽日。自非亭午夜分，不见曦月。至于夏水襄陵，沿溯阻绝。或王命急宣，有时朝发白帝，暮到江陵，其间千二百里，虽乘奔御风，不以疾也。""每至晴初霜旦，林寒涧肃，常有高猿长啸，属引凄异，空谷传响，哀转久绝。故渔者歌曰：'巴东三峡巫峡长，猿鸣三声泪沾裳！'"

我中学时代读李白此诗时，一直期望有朝能亲睹诗境中所描绘的长江风光，但由于是夜间通过，看不清两岸风景，只能遗憾了。此外，在过这一段江面时，也未曾听到两岸的猿声，询问当地人，据说是由于今人对于生态环境的破坏，猿类早迁，长江两岸自然也是听不到什么"猿声"了。

凌晨4时30分，船过瞿塘，泊巫山县城码头，须换船游大宁河小三峡。而所过的这一段江段，即长江三峡中最著名的头峡"瞿塘峡"。可惜也是夜间通过，两岸景观看不清楚。

所谓长江三峡，是指西起重庆市奉节县白帝城，东至湖北宜昌市南津关，全长约200公里的江段，沿途两岸奇峰对峙，峭壁连绵，一般高出江面700—800米，而江面最狭处不足百米，因此称之为峡。顺江流由西向东，依次为瞿塘峡、巫峡、西陵峡。[①] 其地跨重庆奉节与巫山，湖北巴东、秭归与夷陵。在峡内的著名工程现有三峡大坝、三峡水电站、三峡水库。

其中瞿塘峡，别名瞿塘关、夔峡，亦称夔门。西起重庆奉节县的白帝城，东至重庆巫山县的大溪镇，全长约8000米，景色最为雄峻，这是国家第五套人民币10元纸币背面的风景图案。夔门位当川东门户，是三峡峡谷的入口处，两侧高山，南名"白盐山"，北名"赤甲山"，拔地而起，高耸云天。近江两岸绝壁，陡如刀削，隔江对峙，高数百丈，宽不及百米，江面最窄处不及50米，组成了一道天然的

① 长江流过四川宜宾之后，经重庆江津至湖北宜昌段旧称"川江"，是历史上巴蜀、黔（通过乌江在重庆涪陵注入长江）通往中国东部的唯一水道。川江下游江水穿越中国大陆第二阶梯巫山山脉，形成了长江上的瞿塘峡、巫峡、西陵峡三大峡谷，该区域合称"三峡"。

石门,故有"夔门"之名。

　　夔门是长江从四川盆地进入湖北的大门,也是三峡的西口,长江上游之水由此破门入峡,奔腾呼啸,一直入海,因此素有"天下雄"之誉。我虽夜半过此,伏栏聆听,亦心惊不已。瞿塘峡虽然只有短短的8公里,但是两岸的风景多名胜,著名者有奉节古城、八阵图、鱼复塔、古栈道、风箱峡、粉壁墙、孟良梯、犀牛望月等等。当然需要指出的是,随着三峡水电站的修筑,长江水位的抬高,有的景点已淹没。

游小三峡

　　晨5时许,由巫山县码头下江轮换游船,6时30分,坐238号游船进入长江支流大宁河,前行目标是大宁河小三峡、马渡河小小三峡,游船上的导游是罗雪小姐。巫峡入口处位于游船右侧,在这里尚看不见神女峰,神女峰要在坐江轮进入巫峡后才能看见。

　　小三峡位于大宁河上,它南起巫山县,北至大昌古城,具体由龙门峡、巴雾峡、滴翠峡组成,全长共50公里。相比较而言,三峡景观胜在宏伟壮观,而小三峡景观则胜在宁静典雅。此外,由于大宁河景区开发较晚,人们的衣食住行,尚保留着古朴习俗,因此游小三峡,游人更有回归大自然的感觉。具体来说:

　　龙门峡全长约3公里,峡口两山对峙,壁如斧劈,天开一线,呈门状,因此有"小夔门"之称。入峡,则见两岸峰峦叠翠,江水湍急。但小三峡之水与长江之水的不同之处在于:长江两岸由于受人类较多活动影响,水是浑的。而步入龙门峡,由于少有人类活动踪迹,水流变清。龙门峡内的自然景观有狮守门、灵芝峰、银窝滩、抹角滩等,人文景观有古栈道遗址。但人们游龙门峡,大多以古栈道为主,一般是下船步行,观赏古栈道遗址。人们脚下走的是古栈道,而在崖壁上的连绵孔穴,也是前人修筑栈道留下的遗痕。据导游介绍:古栈道遗址全长共300公里,为现中国保持最全者,当年诸葛亮五出祁山、欲定中原时,走的即是这条路。

　　巴雾峡从乌龟滩至双龙,全长共10公里,因山高谷深、常年云雾迷蒙而得名。峡中的自然景观有猴子捞月、马归山、虎出、龙进、回龙洞、仙女抛绣球、仙桃峰、观音坐莲台、八戒拜观音等,人文景观则有悬棺。在此值得一提的还是"悬棺"现象,这是古代巴人的葬尸风俗。即位于巴雾峡末端,河东岸离水面四五米高的绝壁上有一石洞(亦可称石缝),洞中有一具黑色的棺木,俗称"铁棺材",因这具"铁棺材"的存在,巴雾峡别有"铁棺峡"之名。据导游介绍:上世纪50年代，曾有专家入洞考察"铁棺"，发现实乃黑色木棺，棺内除遗骨外，尚有铜剑等陪葬物，属战国时期巴人的悬棺葬遗迹。而类似的悬棺葬遗迹，在巫溪县东北25公里的荆州坝处，尚存24具，亦均黑棺。经过的游人，纷纷拿手中的望远镜向洞中眺望。我因眼睛近视，看不清洞中悬棺，向游人借望远镜，亦看不真切。但类似的悬棺，我后来游江西龙虎山时，在山洞两侧崖壁上见有多处，因山洞离水面较近，看得真切。"悬棺"现象显然是古代生活于中国西南地区少数民族，受到一种特殊宗教思想的影响，所产生的一种特殊尸葬风俗。耐人寻味的是：在生产力极端低下的古代，人们是用什么方法将尸体埋葬于如此陡峭的江崖上的呢？

滴翠峡是小三峡中最长、最幽深的一段峡谷，从双龙至涂家坝，全长共20公里。主要景点有水帘洞、摩崖佛像、天泉飞雨、罗家寨、绵羊滩、马渡河、登天峰、栈道、索桥、赤壁摩天、悬棺、双鹰戏屏、飞云洞等等。值得一提的是在两岸崖壁上，不时出没身材廋小而灵活的猴群。"赤壁摩天"是一片高达数百米的峭壁，形如刀削，崖上孤零零地长着几棵低矮的丛木。但群猴过此，却完全是飞檐走壁，毫不费力，还不时发出叫声，向游客扮鬼脸。据船夫介绍：小三峡原无猴群活动，是管理人员往崖壁上洒玉米、花生等食物，把猴子引来的。而如此做的目的，则是为了吸引游客。滴翠峡中另有所谓"罗家古寨"，即一片房屋已倒塌，仅余黄墙的残基。关于此寨的来历，只有请历史学家们考证了。

另据导游介绍：小三峡内有三大谜，即野人、栈道、悬棺。但据已在此掌舵40年、现年56岁的船夫说，他从来未曾见到过"野人"。看来野人仅是传说而已。至于栈道、悬棺的来历，已见前述。

游船由滴翠峡再前，便来到了大宁河的支流马渡河，在马渡河上有"小小三峡"景观，它具体是指长滩峡、秦王峡与三撑峡。小小三峡全长共15公里。与"小三峡"相比较而言，"小小三峡"河滩更浅，水更急，狭谷更窄，因此更适合于漂流，而被誉为"中国第一漂"。常有游人乘坐橡皮艇，自操桨柄于此漂流。小小三峡的自然景观，具有山奇、水清、滩险、景幽、石美的特点，游人临此，可倍感清新。就人文景观而言，小小三峡之秦王峡东岸有一个大溶洞，称"秦王洞"，据传明崇祯年间，有秦姓山贼占洞为王，鱼肉百姓，自称"秦王"，山洞因此得名。秦姓山贼后被入川的农民起义军张献忠部擒获，因此该洞又名"擒王洞"。

中午11时30分，我们坐的游船自马渡河终点返程，回返巫山县城边的大宁河渡口。游大宁河小三峡，去时是逆水而上，航速较慢，回来的时候由于是顺水，航速甚快。导游在船上对我们说：因三峡水库的修筑，2003年6月长江水位将抬高至75米，届时巫山老县城将被淹没，而启用巫山新县城。巫山新县城已在建,位于大宁河下游,面积共 3.2 平方公里,预住人口 5 万人,明年将全部迁入,届时龙门大桥将成为小三峡的新起点。

上岸后,因照相机坏了,到巫山老县城照相馆去修理,修好了,却云未修好。店主骗我花 35 元买了一次性照相机一台,告诉我可拍照 27 张。昨晚为修理照相机,在船上赔了 20 元钱,今天又赔了 35 元,另毁已摄成底片 23 张,深感现在人之不诚实。

过巫峡

返江轮上午餐。因上午参观大宁河小三峡,游船太多,在河中相阻,其他游客不能及时返还,迟拖至下午 3 时许,江轮方发往巫峡方向,算时间,估计此次三峡游活动,白天仅可看到巫峡一峡了。

巫峡西起重庆市巫山县城东面的大宁河口,东迄湖北省巴东县官渡口,全长共 50 公里,包括金蓝银甲峡和铁棺峡,峡谷以幽深曲折见长。整个峡区内奇峰突起,怪石嶙峋,烟水迷茫,宛如一道山水画廊。而峡中最著名的自然景观就是巫山十二峰了,其中又以神女峰为美,诚如唐代诗人元稹所言:"曾经沧海难为水,除却巫山不是云"。

在巫峡水域,巫山十二峰仰首可见。所谓"巫山十二峰",分别指的是位于长江北岸的登龙峰、圣泉峰、朝云峰、望霞峰(神女峰)、松峦峰、集仙峰,以及位于长江南岸的净坛峰、起云峰、上升峰、飞凤峰、翠屏峰与聚鹤峰。其海拔高度分别在 720 米(起云峰)至 1130 米(登龙峰)之间。而巫山十二峰之所以又统称"神女峰",是源自当地一则古老的神话传说,讲得是:

夏禹治水时,瑶池宫里住着西王母的第二十三个女儿瑶姬,聪敏美丽。她耐不住宫中寂寞,8 月 15 日邀请身边的 11 个姐妹,共游凡间的巫山。突见有 12 条恶龙兴风作浪,将正在治水的大禹围困。瑶姬敬佩大禹三过家门不入的精神,便相送一本《上清宝经》的治水天书,帮助大禹打败了恶龙,疏通峡道,解除了水患。久之,这十二位仙女留恋人间美好,忘记了回宫的事,便化身作十二座美丽的峰峦,耸立于巫峡两岸,而其中最美的山峰即瑶姬化身的"望霞峰"。但是关于"瑶姬"其人,史籍另有出处,此见于《巫山县志》所记:"赤帝女瑶姬,未行(嫁)而卒,葬于巫山之阳为神女。"神女峰对岸飞凤峰下现存授书台,据传是瑶姬授书夏禹处。

而现今人们坐游轮过巫峡时,看得最为真切的即望霞峰,因此又独称望霞峰为"神女峰"。而此座"神女峰"之所以知名,大致是缘于两个原因:

一是其自然美。古人有评:"峰峦上主云霄,山脚直插江中,议者谓泰、华、衡、庐皆无此奇。"①望霞峰海拔高度为 860 米,临近江崖,外形为一人形石柱突兀于青峰云霞中,每当云烟缭绕于峰顶或江畔有细雨时,人形石柱就像身披薄纱、脉脉含情的少女。其最先迎来朝霞,又最后送走晚霞,其"神女峰"、"美人峰"、"仙女峰"别名皆因此而得。

神女峰之所以知名,原因之二则是战国时楚人宋玉(约前 298 年—前 222 年)在其《高唐赋》与《神女赋》中,虚构了一个楚王与神女幽会的故事。据《高唐赋》所记:楚怀王游高唐,梦见有美妇人前来"荐枕"(同眠),相别时自称是"巫山之女也",居"巫山之阳,高丘之阻,且为朝云,暮为行雨。"梦醒后楚怀王在山下为之立庙,庙名"朝云"。此为成语"巫山云雨"的出处。而据《神女赋》所记:楚襄王(楚怀王子)与宠臣宋玉在"云梦之浦"②游猎时,夜卧也梦见了巫山神女,但提出"欢情"之请,却被拒绝,原因是神女已许身楚怀王,"怀贞亮之清","欢情未接,将辞而去",以致楚襄王"徊肠伤气,颠倒失据","惆怅垂涕,求之至曙。"(下泪流不止,苦求至天明。)此后由于宋玉《高唐》、《神女》二赋的主题被后世文人不断地演绎,纷纷前往巫山寻诗作赋,寄不遇幽怀,以致神女峰的知名度越来越高,此恰如唐代大诗人李白所云:"一枝红艳露凝香,云雨巫山枉断肠。"③

过西陵峡

下午 4 时 30 分,水面渐阔,游轮驰出巫峡,向湖北省巴东县方向前进。晚 6 时许,船过屈原故乡秭归老县城(今湖北省兴山县)。长江江面由湖北巴东至屈原故乡秭归老县城这一段,全长共约 47 公里,习惯称谓是"香溪宽谷"地带。在这一江段,紧靠江岸的悬崖峭壁逐渐隐退,宽谷内岗峦起伏,地面较平缓,沟壑纵横。这是三峡地段的主要农耕带,而巴东、秭归两县城分别位于宽谷的两端。

船过屈原故里秭归老县城稍后,过西陵长江大桥,该桥 1996 年 8 月正式通车,当时是中国跨度最大的悬索桥。船过西陵长江大桥后,便逐渐进入西陵峡区。西陵峡区西起秭归老县城东侧的长江支流香溪口处,东至湖北宜昌西北侧江段的南津关,全长共 76 公里,以宜昌市的西陵山而得名。一说其因位于古代

---

① (宋)陆游:《入蜀记·神女峰》。
② 云梦之浦,古代大湖,范围约在长江、汉水之间,后湮,洞庭湖现为其残余部分。
③ (唐)李白:《清平调》。

楚国的西塞和夷陵(宜昌古称)的西边而得名。三峡水利枢纽工程建于秭归新县城东侧的三斗坪地区(属湖北宜昌市),其位于西陵峡中段江面。而葛洲坝水利枢纽工程位于西陵峡外、湖北宜昌市北江面,中间距离为38公里(东南距宜昌市3公里)。所以西陵峡与长江水利工程是一个相关联的概念,但并不是同一个概念。

按过往的说法,西陵峡以航道曲折、怪石林立、滩多水险而闻名。它是三峡中最长的一个峡,也是三峡中最险的一个峡,其中泄滩、青滩、崆岭滩,是西陵峡中著名的三大险滩,自古有"青滩、泄滩不算滩,崆岭才是鬼门关"的说法。青滩北岸有一座"白骨塔",以堆积死难船工的尸骨而得名。但自新中国成立后,通过对川江航道的整治以及葛洲坝水利工程的建成,西陵峡的水势已趋缓,上述说法也已成为历史的记忆。

西陵峡所经著名景观包括:"三滩"(见上)与"四峡",四峡是指兵书宝剑峡、牛肝马肺峡、黄牛峡和灯影峡。其中:

兵书宝剑峡位于西陵峡西段、湖北省秭归县境内,别名"铁棺峡"、"米仓峡",传诸葛亮曾在此驻兵屯粮。该峡西起香溪河口,东至新滩,长约5千米,江面最窄处近百米。该峡得名原因为:江北岸崖壁石缝中有古代棺葬的匣状遗物,状似书卷,传为诸葛亮所藏兵书;其下有巨石直立似剑,插入江中,传为诸葛亮所铸宝剑。

牛肝马肺峡位于兵书宝剑峡东,因江北有崖,壁上有两块重叠的赭黄色岩石,形似牛肝与马肺而得名,实为地下水中生成的钟乳岩。如今"牛肝"尚完,"马肺"则于清光绪二十六年(1900年)被入侵的英国军舰轰掉了下半部,现残。

黄牛峡位牛肝马肺峡之东,因江崖陡峭的石壁似牛脊而得名,该石壁亦有"黄牛岩"称谓。过往黄牛峡江面上水急礁多,多沉船事故,李白过此曾有诗:"三朝上黄牛,三暮行太迟。三朝复三暮,不觉鬓成丝。"附近有黄陵庙,旧名"黄牛祠",传为三国时,诸葛亮入蜀时所修。

灯影峡位于黄牛峡东,因晚霞时分,崖顶的四块象形石类灯影戏(皮影)中唐僧师徒四人取经而得名。此外,灯影峡峡壁明净,月夜过此,在月光反射下的水色秀美,所以另有"明月峡"之名。

此外,西陵峡江段中尚有崆岭峡、白狗峡等称谓。由于西陵峡中多峡,而展现出了与瞿塘峡、巫峡不同的峡中套峡的独特自然风光。就人文景观而言,西陵峡所过之老秭归县城(今湖北省兴山县),是春秋战国时期楚文化的重要发祥地之一,也是爱国诗人屈原和中国四大美女之一王昭君的故里,有着丰厚的古代历史文物出土,其中以青铜器最为精美。

过西陵峡的遗憾是：所坐游轮是晚 6 时许才过秭归老县城、逐渐驰入西陵江段的，此时天色已渐暗，两岸的许多景观都已看不真切。晚 7 时 45 分，游船抵达三峡水利枢纽工程坝址，但见江堤上万盏灯火通明，众建设者在连夜施工，而江轮上游客人头攒动，争睹大坝真身，情景颇为壮观。船在三峡水利枢纽坝址停留时间较久，这主要是因为当时三峡拦江大坝已在施工之中，要走专设偏侧通道，过往船只要排队通过。

晚 11 时许，船抵葛洲坝，在此停留了约一个小时。主要原因是船过大坝时，必须通过船闸的专门机械装置将船道水位提升，而江轮过闸之后，又要逐渐将船道水位下降，使游轮平安抵达葛洲坝东北侧水位较低的江段，这一过程需要较多的时间，不得即行。

船过葛洲坝未久，深夜 12 时许抵达宜昌市码头，已有大巴接客，送至附近旅馆安歇。2 时 30 分入眠，泛舟三峡的艰难旅程终于结束。

而 2001 年 10 月间游三峡，应该说是我旅游生涯中值得永久纪念的事，因为 2003 年三峡大坝正式合拢，当年 6 月 1 日下午开始蓄水。合拢后的三峡水电站大坝高 185 米，蓄水高度 175 米（水库大坝长 2335 米），①历史上许多文人墨客吟诵过的三峡美景，已被淹没在已抬高的长江水位之下。而我是属于在一片"告别三峡"声，得以目睹老三峡全景的末批游客之一。

---

① 数据参《百度词条·三峡水利枢纽》。

登黄鹤楼（四川纪行之六）

2001 年 10 月 6 日　星期六，阴雨。

昨半夜二时许，自宜昌码头下游轮，入住附近旅馆。晨 6 时 10 分起床，早餐毕，8 时坐当地旅行社包车前往武汉市，票价 160 元整，高出预定价 50 元。中午 12 时 30 分，车抵汉阳，打的至武昌火车站，买了 15 时 35 分发往上海的火车票，将行李寄存于第二候车室售票处，打的至武汉著名景点黄鹤楼游览，时为下午 2 时。

我原定计划是自宜昌下江轮后，稍作停留，赴秭归屈原故里游览，瞻仰一下这位古代诗圣的遗迹。无奈我离家日久，下周学校还有课，必须及早返沪，只得临时调整旅游计划。由于我买的返沪火车票是下午 3 时半发车，在武汉尚可停留一个半小时，而黄鹤楼离武昌火车站甚近，这是我唯一可供选择的旅游景点。

黄鹤楼位于湖北武汉市长江南岸武昌镇的蛇山巅，濒临长江，与山西永济鹳雀楼、江西南昌滕王阁、湖南岳阳岳阳楼并称为中国的"四大名楼"。此外，它与滕王阁、岳阳楼尚有"江南三大名楼"的合称，自古享有"天下江山第一楼"的美誉。据有关记载：该楼原位于武昌江畔黄鹄矶上，初作"黄鹄楼"，由于后人讹音"鹄"作"鹤"，于是"黄鹄楼"也就成了"黄鹤楼"。

黄鹤楼的知名，源自唐代诗人崔颢的题诗：

黄鹤楼

昔人已乘黄鹤去，此地空余黄鹤楼。

黄鹤一去不复返，白云千载空悠悠。

晴川历历汉阳树，芳草萋萋鹦鹉洲。

日暮乡关何处是？烟波江上使人愁。

据说后来李白也登临此楼,放眼楚天空阔,正要提笔写诗时,却突然见到楼壁上崔颢的题诗,自愧诗不过此,只好说:"眼前有景道不得,崔颢题诗在上头",并因此辍笔。

而据有关历史传说,此故事的起典是:魏晋时期,有辛氏人家在此开酒店。一日,有一衣衫褴褛的壮汉(或作道士)来此乞酒,主人捧酒一碗送上,乞者饮罢并不付钱,日日如此。过了半年,乞者告主人曰:"我欠款多多,无法还钱,不如赠画偿还。"于是从篮中取出橘皮,在墙上画了一只黄鹤。而座中人只要拍手歌唱,墙上的黄鹤便会随之起舞。于是客人争相付钱观赏,酒店生意大昌。不出十余年,主人巨富。一日,乞者又来。主人相谓:愿巨额供养,并满足一切请求以谢相助。乞者笑答:我岂为此而来?于是自怀中取出笛子吹奏数曲,黄鹤自墙中飞下,乞者跨鹤,直入云天而去。主人为了感谢乞者的相助,便用十年经营所赚银两,在黄鹤矶上起楼一座,命名为"黄鹤楼"。这则神话传说见载于南朝学者祖冲之的《述异记》①,后被辑录在鲁迅《古小说钩沉》中;另见载于古籍《江夏县志》中所引的《报应录》。②

由于崔颢题诗使黄鹤楼知名,以致吸引历史上的文人雅客纷纷到此登临吟诵,而其中著名者如李白、白居易、贾岛、夏竦、陆游等,都曾留下了自己的作品。这一文化盛况也导致了历史上的黄鹤楼屡毁屡建,竟达30余次之多。而据有关记载:黄鹤楼的初建,始于三国吴黄武二年(223年),当时是出于军事目的,并非为了开"辛氏酒店"。此说见载唐文献《元和郡县图志》,谓:孙权始筑夏口故城,"城西临大江,江南角因矶为楼,名黄鹤楼。"③但是由于其地理位置的优越,该楼逐渐成为文人荟萃、宴客、吟诗胜地,"游必于是"、"宴必于是"的观赏名楼。黄鹤楼最后一次被毁是晚清光绪十年(1884年)八月,因汉阳门外董家坡民房起火所致,殃及城楼,仅余数千斤重宝盖铜楼鼎一架。以致我"文革"初的1967年临此时,只能在黄鹤楼的废墟上徘徊久久,品味李太白当年过此写《黄鹤楼送孟浩然之广陵》的悠远意境:

---

① 《述异记》,(南朝)齐祖冲之(429—500年)撰,见《隋书·经籍志》杂传类著录,共10卷,今佚。鲁迅《古小说钩沉》辑有佚文。
② 《江夏县志》,共4卷,(清)马仲骏纂修。清同治八年刊,光绪七年重刊。
③ 《元和郡县图志》,唐李吉甫撰,是中国现存最早的古代地理总志。因书完成于唐宪宗元和八年(813年),因此得名。——孙权自公安都鄂后立武昌郡,旋复名江夏郡,治武昌县(今鄂州市)。晋平吴(280年)后,改吴江夏郡为武昌郡,将原魏江夏郡治迁回安陆旧城。

黄鹤楼送孟浩然之广陵

故人西辞黄鹤楼，烟花三月下扬州。

孤帆远影碧空尽，唯见长江天际流。

旧黄鹤楼的大致规模是："凡三层，计高 9 丈 2 尺，加铜顶 7 尺，共成九九之数。"[①]

除上述仙人骑鹤的神话传说外，有关黄鹤楼，尚流传着吕洞宾得道升仙的传说。此说见《道藏·历世真仙体道通鉴》："吕祖以五月二十日登黄鹤楼，午刻升天而去。故留成仙圣迹。"这则神话传说产生的背景是：黄鹤楼从北宋至上世纪 50 年代，一直属道教的名山圣地，根据道家的说法是，黄鹤楼是吕洞宾传道、修行、教化的道场。

黄鹤楼的重建始于"文革"结束后的 1981 年 7 月，至 1984 年底完成。但此已非历史上的黄鹤楼旧址。重建后的黄鹤楼位于蛇山西端高观山西坡顶，海拔高度 61.7 米，正对武昌旧城司门口，位于穿越长江大桥的京广铁路和分路引桥之间的三角形地带内。而导致重建后的黄鹤楼移离旧址的原因是：1957 年 10 月落成的武汉长江大桥[②]分跨在长江南北两岸的龟山与蛇山之上，而大桥在长江南岸蛇山上的落脚点（武昌引桥），占用了黄鹤楼的旧址。

而新建的黄鹤楼，高 51.4 米，共五层，系以清代光绪旧楼为原本的钢筋混凝土仿古结构。新楼虽较黄鹤楼旧址离江岸远了些（距旧址约 1 千米），但是却较古楼要高出近 20 米。因山高楼耸，更显雄壮。在主楼周围尚建有宝塔、碑廊、山门等建筑。

来到黄鹤楼前，我先上蛇山，然后自北门攀楼登顶。举目所见，底层大厅正面墙壁，陈有表现"白云黄鹤"神话传说的巨大陶瓷壁画。四周陈列着历代有关黄鹤楼的重要文献资料。二楼大厅正墙，有用大理石镌刻的唐代阎伯瑾撰写的《黄鹤楼记》，两侧分别为反映三国名人事迹的"孙权筑城"与"周瑜设宴"的历史题材壁画。三楼大厅陈列有以壁画为形式的唐宋名人的绣像画，如崔颢、李白、白居易等，以及他们吟咏黄鹤楼的名句。值得注意的是在三楼大厅壁画中，陈有

---

① 参（唐）阎伯瑾撰《黄鹤楼记》。

② 武汉长江大桥为苏联援华 156 项工程之一，1955 年 9 月动工，1957 年 10 月 15 日正式通车。全长共 1670 米，上层为公路桥（107 国道），下层为双线铁路桥（京广铁路），桥下可通万吨巨轮。武汉长江大桥将武汉三镇连为一体，将被长江分隔的京汉铁路和粤汉铁路连为一体，形成了完整的京广铁路，促进了中国南北经济的发展。

民族英雄岳飞披甲、扶剑、登临此楼怅望北方的画像,寓意他"还我河山"的伟大政治理想。而据有关记载:绍兴四年(1134年),岳飞临鄂州(今武昌),曾在黄鹤楼登高北望中原,写下了《满江红·登黄鹤楼有感》的词句,抒发自己的爱国理想。全词为:

> 遥望中原,荒烟外,许多城郭。想当年,花遮柳护,凤楼龙阁。万岁山前珠翠绕,蓬壶殿里笙歌作。到而今,铁骑满郊畿,风尘恶。 兵安在?膏锋锷。民安在?填沟壑。叹江山如故,千村寥落。何日请缨提锐旅,一鞭直渡清河洛。却归来、再续汉阳游,骑黄鹤。

四楼大厅多小厅,陈列有当代名人的字画,供游客欣赏、选购。登上五楼大厅,步入外廊,可环视武汉三镇。此处高出江面百米,飞架南北的长江大桥就在眼前,隔江相望有高达24层的晴川饭店,脚下是汹涌东去的大江水,使人倍感雄壮。在楼顶请游人相助,留影2张而去。

下楼时穿南门而出,遇到的意外是:在山脚见到了岳飞的铜雕像。铜雕位于黄鹤楼公园东区,[①]形象是岳飞依马、勒缰、持卷,北望破碎山河的忧愤神态。据介绍:该铜雕高6.3米,重16吨,由湖北美术学院集体创作,武昌造船厂铸造。铜雕背后,另有一长达25.6米的青石浮雕,再现了岳家军驰骋疆场、大败金兀术的场面,浮雕上镌刻有岳飞书《满江红·登黄鹤楼有感》手迹。铜雕旁边矗立有岳飞手迹"还我河山"石刻。该浮雕亦由湖北美术学院集体创作,由四川省蓬溪县星花石雕厂承建。

由于我上黄鹤楼,是利用候车闲隙,匆来匆去,一时间无法理解何以在蛇山角为岳飞立雕像,又在三楼大厅为岳飞陈画像。返沪后细研岳飞生平,竟发现武昌是一座与岳飞有很深历史渊源的城市,这更增加了我对这位民族英雄的敬仰。其概况为:

绍兴四年(1134年)五至七月间,岳飞大败金朝傀儡伪齐刘豫的军队,取得了收复襄阳六郡战役的胜利,有力保卫了长江中游的安全,打开了川陕与朝廷的通道。襄阳六郡分指唐州(州治今河南唐河)、邓州(州治今河南邓县)、随州(今湖北随县),郢州(州治今湖北钟祥)、信阳军(军治今河南信阳)以及襄阳府(今湖北襄樊)。在此战中,双方参战兵力分别为:金朝30万,伪齐10万,南宋4万

---

① 景区内有岳飞亭,据介绍始建于1937年。

余。岳飞指挥的军队以少胜众,收复长江中游大片土地,为一举收复中原奠定了基础,顿时名震天下。按岳飞的本意,原想乘胜直取中原,但是朝廷却以"三省、枢密院同奉圣旨"的名义,要求岳飞班师回朝。岳飞只得率部返鄂州(今武昌)。岳飞凭借此役,年仅32岁便被封武昌郡开国侯。但岳飞并不以此为喜,他念念不忘的是北伐大业,不断上奏,要求选派精兵直捣中原,收复失地。在这一年,岳飞在鄂州(今武昌)黄鹤楼登高北望,写下了《满江红·登黄鹤楼有感》的壮词(见前)。

此后,鄂州(今武昌)成为岳家军的常驻地,一直到岳飞39岁遇害,共达七年之久。而在这七年之中,岳飞又进行了三次北伐战役,直至陷风波亭冤狱身死,使忠臣义士千古抱恨。岳飞的主要军事成就见下表:

建炎三年(1129年),金帅宗弼(金兀术)渡江南进,陷建康。当时东京开封府留守杜充降金,岳飞坚持敌后抗战,十战十捷,于次年收复建康。

绍兴四年(1134年)五月至七月,岳飞第一次北伐,大败伪齐李成军队及金与伪齐联军,收复襄阳六郡(原伪齐占据的城池)。

绍兴五年(1135年)二月至六月,岳飞率军南下洞庭湖剿灭杨幺水师,实际战斗仅用了8天。

绍兴六年(1136年)七月至八月,岳飞第二次北伐,收复陕西一带的商州全境和虢州部分地区。

绍兴六年(1136年)十一月,岳飞第三次北伐,进军至蔡州一带收兵。

绍兴十年(1140年)六月、闰六月和七月,岳飞第四次北伐,大败完颜兀术,取得郾城、顺昌大捷,在十二道金牌的催促下,被迫撤兵,十年之功,毁于一旦。

另据统计,岳飞一生中共指挥过135次战役,无一败绩,可谓古国华夏的第一"战神"。

当日下午2时30分,出黄鹤楼景区,打的至武昌火车站。下午3时许,匆匆取出寄存行李,至第一候车室买3元上楼票,3时20分进站,坐上K121次武昌发往上海的客车,侥幸抢到一个无主位,得以吟诗磨时至天明。一路所得,唯长诗《入蜀赋》一首,以记此次入川行程之艰难。顺附文后,留作纪念。此外,我2004年7月间,尚有过第二次入川经历,走的是陇海线、宝成线铁路。当时是先在四川广元市下车,走陆路登剑门关,游剑阁,赴江邮市参观李白纪念馆,过广汉市参观三星堆遗址博物馆,至成都后游武侯祠、杜甫草堂、都江堰,随后打的赴郫县参加学术会议并祭望丛祠,随后又由郫县上青城山。返成都后,坐火车返沪。这一次游览内容相当丰富,但可惜因旅游日记丢失,无法成文。当然好的是旅途中创作的数首短诗保留下来了,一并附文后以作纪念。

次日上午 10 时,火车抵上海站,打的回家,时 11 时整。旅途结束。

2019 年 6 月 28 日

附:入蜀诗篇

入蜀赋[①]

巴蜀多层峦,亘古行路难。举目无平处,雪峰似龙盘。飞涧云崖泻,险胜峨眉巅。遥望长江水,浩瀚称大观。碰开夔门东入海,三峡逶迤蛟龙穿。又有"神女"[②]倩,秀出江岭边。楚王与相会,千秋艳名传。坚有葛洲坝,截断巫山十二岚。坐拥惊涛傲天立,鬼斧神工安等闲?烈烈巴蜀风,可歌亦可镌。山川美且险,英杰亦迭现。高祖一天下,武侯开黔滇。太白啸剑阁,工部忧饥寒。又传蚕丛帝,方始知桑田。人与天争胜,往事如尘烟。结剑风尘客,泰半出其间。宝马成双对,虎视走尘寰。为国轻一己,利他无愠言。余心亦慕此,惜身近暮年。垂老出书斋,蹒跚复辛艰。手无缚鸡力,心怀民苦欢。赤县山与水,育我到今天。庸碌愧无献,守节却依然。呜呼!苟留文字利社稷,吾身虽死当无怨。

①2001 年 9 月 27 日入蜀开学术会议,时沿湘黔线抵重庆,次成都,游乐山、峨嵋,复返重庆,由水路出三峡,下宜昌,过武汉攀黄鹤楼,至 10 月 7 日方返沪,旅途吟成此赋。
②峰名。

七绝　访江邮李白纪念馆成都杜甫草堂(2004.7.10)[①]

谪仙鲠骨折强权,老杜篇篇百姓怜。

我下三巴[②]寻旧雨,清直永忆蕴心田。

① 2004 年 7 月 9 日下午访江邮李白纪念馆,7 月 10 日下午访成都杜甫草堂,赋诗为纪。
② 汉末益州牧刘璋分巴郡为巴郡、巴东、巴西三郡,合称"三巴"。此处代指四川省。

七绝　题望丛祠(2004.7.13 郫县)

争雄秦楚正言兵,治水修诚荐鳖灵。[①]

巴蜀至今思杜宇,时将血泪换真情。

①四川郫县有古蜀国望帝杜宇、丛帝鳖灵陵,始立于宋,清乾隆年间及民国八年复修。2004年7月间我赴该县参加"'邓小平理论与马克思主义中国化'理论研讨会暨第十二次全国毛泽东思想学术研讨会",晚饭后散步至此吊陵。据上古传说,时巴蜀大水,望帝杜宇荐鳖灵治水成功,蜀民受惠。望帝因此传位于鳖灵为丛帝。望帝则化为杜鹃,啼血以见诚真。

五律　晚梅(2004.7.9赴成都火车上)

疏影立南墙,寒梅正被霜。

香飘边驿路,殒灭春申塘。

少勉披星月,老疲困序庠。

纵留书著在,于世也茫茫。

七律　吊成都武侯祠(2004.7.10)

出师二表高堂镌,自古贤臣谁比肩?

赤县三分尽地利,蛮苗七纵靖南边。

托孤白帝鞠躬瘁,苦战祁山力挽艰。

天不遐龄千古恨,但余肝胆昭忠奸。

五律　登青城山寺戏题(2004.7.11)

古刹丛林间,飘零又一年。

无名称大道,有欲系仙观。

磕首求多福,焚香祈广田。

书生情亦苦,留去两烦难。

解佩令·《华夏百年词苑英华暨吟友文存》编后告吟友(2004.7.10赴成都火车上)

四年编著,炎凉甘苦。把喜怒、忧愤托付。落拓成集,寄海内、骚坛萌主。望能解,余心所属。　大同曾誓,华年不驻。笑寒酸、浮言若土。无奈填词,伴青灯,消磨残骨。几多愁,但与谁诉?

2019 年 7 月间，我与家妻赴江西宜春温泉疗养，兼登明月山、武功山，参观花明楼刘少奇故居与韶山毛泽东故居，谨记旅途所见。

第二十卷　宜春温泉疗养纪行

宜春温泉泡澡与温汤古镇
（宜春温泉疗养纪行之一）

2019 年 6 月初晨练时，我跌了一跤，虽未曾骨折，但老是不好。再加上原本有双膝退行性骨关节炎，走路常感不舒。而家妻双膝有半月板损伤，亦不利于行。家妻告诉我其单位有人在江西宜春市温汤镇买房，每年有一二个月在温泉泡澡，治疗关节炎效果甚佳。又说其单位有不少人在温汤镇租房泡澡，效果亦佳，建议我不妨一试，我欣然同意。

7 月 20 日我们自沪启程赴宜春温汤镇，26 日晚返沪，在宜春实际呆了 7 天，另去附近景区明月山、武功山、韶山旅游，所行内容颇丰。谨记所见，给有兴趣赴宜春疗养或旅游的同仁提供方便。

温汤泡澡

宜春温泉主要分布在温汤镇古井周边，据有关介绍：温泉已有 900 多年历史，源自地下 400 多米深的岩隙，分布于温汤集镇 0.8 平方公里范围内，水温常年保持在 68 至 72 摄氏度，日出水量在万吨以上。[1] 而该温泉可饮可浴，富含硒元素，此外还包含 20 多种人体所必需的微量元素，有明显的强身健体及抗癌作用，对于风湿、类风湿、肩周炎、坐骨神经痛、颈椎病、腰肌劳损等运动系统和神经系统疾病有独特疗效。[2]

由于温汤温泉有此奇效，导致近年来患有风湿、关节炎之类疾病的游客纷纷

---

[1] 一说温汤温泉已有 2000 多年历史，分布于明月山脚下的温汤镇 8 平方千米范围内，日出水量达 13000 吨，富含硒元素。附近另有洪江温泉含氡，常年水温 50℃，日出水量 1800 吨。

[2] 宜春市府网站：《只因温泉水太好，江西宜春温汤镇古井被"掏干"》(2016 年 1 月 14 日)，中国江西网。

前往疗养。我先后去过的地方有：泰轩温泉大酒店、矿疗温泉大酒店、天沐湖温泉大酒店与明月山维景国际温泉度假酒店。这些所谓的"大酒店"，均兼住宿与泡澡两项功能，但住宿费较贵，在 250 元—350 元一晚，澡票则在 100 元—170 之间。另售年票与月票，月票约 600 元一张，年票约 1000 元一张。

这些"大酒店"中的泡澡设施均含游冰池与泡池两类。泳池水或冷或温，但温度较低，泡池则含有中草药池与无中草药池两类数个，水温在 30—42 度之间，因池而异。而我泡下来的感觉是矿疗温泉大酒店与天沐湖温泉大酒店的温泉效果较佳，其中矿疗温泉大酒店归矿物局管，池内所置药物都有根据。天沐湖温泉大酒店的特点则是休息条件较佳，有一个室内温水游泳池及一个室外冷水游泳池，另有泡池数个，此外泡完澡后，有休息室供应免费水果、咖啡、奶茶等供品尝。而维景温泉酒店的特色是纳米泡池与红酒泡池的舒适感较强，但要使用游泳池，则需另付 35 元。此外，在矿疗温泉大酒店与维景温泉大酒店中，尚有"石板房"设地热设备，即房中有石板一二十条，石板通地热，温度约在三四十度之间，人躺在石板上，可温身驱寒，但时间不宜过久，否则容易中暑。

但是对于绝大多数泡澡客而言，为了节约费用，他们都不住在这些酒店之中，而是宿街上一些私人客栈内，费用两人间一晚 100 元至 150 元之间。我宿街上悦来客栈，费用是 2 人间一晚 150 元，通过老板娘内部关系搞到的澡票打 7 折，60 元至 100 元左右一张。

而更有节约者在街上古井长廊边打一桶温泉水泡脚，一桶水价为 1 元，水温在 70 度左右，用毛巾慢慢捂膝泡脚，约两个小时水凉，尚可打第二桶水，据说效果亦佳。

温汤古井与温汤镇

温汤镇古井现有两口，一口在镇上南街温汤公园内，四围有石栏阻隔，不准游人入内自由采水。关于这口井的历史，现存《温汤古井碑志》的记载是：其原位于古袁州宜春县修仁乡温汤里的禅宗寺庙定光院门前，系南宋绍定二年（1229 年）定远禅师云游温汤时发现，其行至龙坡岭，见此地群山奇秀，小溪蜿流，溪旁有温泉，涌流如珠，饮之，沁人心脾，浴之，润体肌肤，知有解毒、健身、疗疴之功效，于是集资砌泉井，修浴池，建定光寺院，使远近人们受益。根据这一记载，这口"温汤古井"已有 780 多年历史，因此号称"千年禅宗温泉"。现定光古寺已不存，古泉则保留下来了。其水温常年都有六七十度。而根据当地人的说法，该井曾经联合国专家测试,认定为:是世界上稀少的低矿化度淡温泉,富含硒和其他多种对人体有益的微量元素,目前世界开发的泉水中,属"高硒低硫"泉的只有两处,一处是法国的"埃克斯"矿泉,它属冷泉;另一处"高硒低硫"泉就是中国宜春的温汤温泉。

温汤镇的第二口古井距离第一口古井不远,现位于温汤镇河边,面积要略为小些,长方形的井面,四季都冒热气,水温亦在六七十度左右(实测为 72 度)。其位置低于地面二三米处,沿石阶而下,人们原可自由打水,现已被锁。人们如欲取水,须投硬币 1 元于井边取水箱中,届时会给水一桶。之所以要限制人们自由取水,据说是因为温汤的水源,主要是由水库灌入,经过地热的天然作用,才能流出热温泉水。温汤的最大日供水量为 9000—10000 吨之间,而 2013 年日用水量高峰已达 8300 吨。由于前来温汤泡澡的游客实在太多,导致温汤镇的年用水总量连年攀升:2013 年为 120 多万吨;2014 年为 150 多万吨;2015 年已"涨"至190 多万吨。其中,天沐温泉、维景温泉、矿疗温泉等几个著名的经营性露天泡池场所都是绝对的用水"大户",高峰期,一家大型露天泡池场所一天就能耗水3000 多吨。而时至 2016 年 1 月间,竟然出现了"井里都快没有水了,只有等水慢慢出来了,再让大家打"的现象。[①]

关于这口井的历史,见于明相严嵩编撰《正德袁州府志》"山川"卷之《宜春县·温泉》:"府城西南三十里,修仁乡温汤里定光院前,气温如汤,冬可浴,以生鸡卵放之即熟,水中犹有鱼。凡三出:一出在东岸,僧人泛为池;一出涌出江心石中,石类锅状,石上宽五六尺许,平坦可坐,游者多于此饮为乐;一出在西岸下,宋黄叔万诗:离火自天炉,温泉由地生,我来需晓吸,聊用灌尘缨"。[②]

严篙所记古井"三出","一出在东岸,僧人泛为池",当指上述温汤古井,"一出在西岸下",当指本井,而另"一出涌出江心石中",现已不知所终。

关于温汤镇的历史,是一个有趣的话题。根据当地人的说法是:温汤镇的先祖姓胡,因此镇上 90% 的人家均姓胡,镇上凡外姓人家,均为倒插门而入。胡氏先祖所居村落名"长寿村",村头有古樟木一棵,系先祖手栽,需六七人方可合围。树旁有先祖祠堂。此村又称"三无村",即无癌症、无胖墩、无近视眼患者。出自对于这一位胡氏先祖的崇敬,我 7 月 24 日自武功山下山后,特地要求司机

---

① 数据见宜春市府网站:《只因温泉水太好　江西宜春温汤镇古井被"掏干"》(2016 年 1 月 14 日),中国江西网。

② (明)严嵩编撰:《正德袁州府志》,天一阁藏本,民国涵芬楼影印本。

绕道前往瞻仰，果然见到了这棵需数人方能合抱的古樟。为了表示对这一位胡氏先祖的崇敬，我与家妻特往功德箱中投纸币 20 元。而据当地人说：这位胡氏先祖与中共总书记胡锦涛的先祖尚有着血缘关系。事情的起端是：多年前有海外华人访问中国，问起胡锦涛的先祖，胡无法回答。事后工作人员调查，竟然查到了温汤镇胡氏宗族。但可惜的是"文革"中温汤镇胡氏宗祠已毁，宗谱亦散落。

当然说胡氏宗族是温汤镇的祖居人口，并非说镇上无其他宗族居住。我所住悦来客栈旁边，即有"聂氏宗祠"建筑，上方并拉有"明月山中国传统武术青少年培训基地"条幅。每日清晨均有一群中小学生前来练武。一日练武尚未开始，但祠堂门已开，我要求入内参观，工作人员回答可以。入内所见大厅正中内墙上悬一古代官人图像，我问旁边老人此官人图是否为温汤镇聂姓人家宗祖，老人回答他是外来人口，不知道。旁边一位五六岁年纪的小女孩说：这是她们家的老祖宗。我问小女孩老祖宗当什么官？回答是当很大的官。我问老祖宗是哪一朝代的人？回答是不知道。我问老祖宗距今有多少年岁了？回答是有 5000 多岁了。我只好笑而颔之，向这位已有"5000 多岁"的温汤镇聂姓始祖鞠了一躬以示敬意，然后离去。

由于温汤镇的始祖慧眼识风水，为他们的子孙找到了"温汤"（富硒温泉）这样一块风水宝地，以致他们的子孙都能过上日出而作，日落而息，"靠水吃水"的舒坦生活。现代作家梅洁在他《宜春三吟》游记中写道："在美丽的明月山脚下的温汤镇，几乎每一户人家、每一个单位、每一个人，每天都可享受着天沐神泡的幸福，所有人家、单位的水管、浴缸、浴盆里都流淌着神奇的温汤水，劳动一天的温汤人，回到家第一件事就是沏一壶温汤茶提神，泡一个温汤浴销魂。即使在单位上班的人也可在办公室的汤缸里泡着午休。"

但是事情到了上世纪七八十年代，亦即市场经济之风吹入宜春市之后发生了变化，老祖宗的子孙们现在都由"靠水吃水"，发展到了大发"温泉财"。即有地不种，纷纷盖房造宾馆、客栈，靠出租给外地来此"澡客"赚钱。有统计数据表明：截至 2014 年，温汤集镇建成区面积从 2006 年的 0.8 平方公里发展到 3.2 平方公里，常住人口从 1200 多人增加到 7000 多人；酒店从 16 家发展到 30 多家，日接待床位达 7000 多张；特色农家乐和农家旅馆从 10 多家发展到 150 多家。[①]

这一现象不只是导致温汤镇温泉供水的紧张，游客原可自由打取的温汤古井水现必须付钱打取，而且导致了蔬菜贵、荤菜便宜的现象。以实例为证，在天

---

① 数据转引《只因温泉水太好，江西宜春温汤镇古井被"掏干"》(2016 年 1 月 14 日)，中国江西网。

沐湖真味斋饭馆,一盆青菜卖价是 24 元,量亦不多。而一盆"猪首"(蹄膀肉)只卖 40 元,给量甚大,我夫妻俩三顿饭都未吃完。我在武功山顶买一条玉米棒要价 15 元,但买茶叶蛋,10 元却能买 3 只。

而我所住悦来客栈老板娘,其母亲多年前用三万元买下了一块靠街面菜地。其夫妻俩靠经营挖土机械赚了一点"小钱",用这点"小钱"盖起了有 2 层楼 21 间房的客栈,通过租给澡客的方式赚了"大钱",而最近又用所赚的"大钱",打造起另一幢含 20 个客房的新客栈。而环视全镇的其他行业——旅游业、交运业、服务业、餐饮业等等,均是环绕着外来游客的泡澡活动展开,只可惜荒废了农业。另据有关说法:宜春市是江西省的纳税最大户,而其税收来源主要是靠温汤泡澡业,而泡澡业之所以赚钱,是因为成本低,靠水吃水,无须另行投资开发。

计我住温汤镇 7 日,泡澡 4 次,总的感觉是在温泉泡澡,对于治疗皮肤类疾病收效较显。因为我泡澡数次,原腿上因贴伤膏药所引起的过敏性红斑全消。但是对于摔伤的右腿关节来说,泡澡期间,确有放松、止痛的效果,返沪后又隐隐作痛。因此建议以后有兴趣前往疗养的同仁,如是为了治疗关节炎类疾病,不妨往上个两周、一月的时间,可能收效更大。此外有心脏类疾病的人,泡澡时间不宜过久,因为温泉水温较高,容易引起胸闷。写此文仅供有兴趣前往的游客参考。在温泉泡澡时,得诗一首,附下以作留念:

题维景温泉(2019.7.25)

石板房中沐地暖,温泉闲坐听鸣蝉。

天地悠悠人易老,真当勤勉珍少年。

2019 年 8 月 4 日

登明月山（宜春温泉疗养纪行之二）

　　温汤镇除有温泉可供游客洗沐外,周边尚有三座名山可供游客游览,即自温汤镇入山的明月山景区,自安福入山的"羊狮幕"（山名）景区,以及自芦溪入山的武功山景区。这三个景区实质上均属江西武功山景区,但因武功山山体庞大,突起三座峰头,主脉绵延 120 余公里,总面积达 970 平方公里,通贯江西省的萍乡市芦溪县、吉安市安福县、宜春市袁州区三地。其中武功山位同一山的西侧,羊狮幕位中侧,明月山位东侧。这导致了以往"一山三治"的奇特现象,各拥一峰,各争其奇,自然也是导致制度不一,流弊丛生。时至 2019 年 3 月 28 日,在江西省府的统一规划下,三方在南昌共签《江西武功山旅游经营性业务委托经营管理协议书》,规定武功山由江西省旅游局统一经营管理,始告别乱象。

　　关于羊狮幕,限于旅游时间,我未曾登临,而据去过的游客介绍,开发时间较晚,但自然景观绝美,外形类似湖南张家界。此处我仅记登明月山与武功山的所见。

　　明月山位于江西宜春市袁州区城西南 15 公里处,主峰太平山海拔 1736 米,自温汤镇打的前往需 50 元。6 月 24 日,我与家妻打的前往,上午 9 时抵山门售票处。被告知你们夫妇已年过 65 岁,均可免门票,但由于上山缆车设施不久前被暴雨冲毁,正在维修,游山者只能登临第一瀑布。我点头称是。

　　我们缓步上山,先坐了一段滑道车,再翻过一段较陡的山路后,便来到了"圣境"牌坊前。牌坊两侧有联"修竹意高远,玉泉清绵长"。此处为以往步行登山者的正路。此时家妻腿力不继,返身下山等我。我继续前行,再翻越一段较陡的山阶后,来到了"亲水栈道"前,此处左侧为清幽竹林,右侧为山涧流水,细沙叠卵,道路则是用木条建于山崖之上,险虽险,景观却是绝优。

　　亲水栈道走到尽头,为一跨越山涧的吊桥,名"晃月桥"。过桥后再攀援一段山阶,有上山滑索可坐。所谓"滑索",即将人用保险带凌空捆于一三角形的坐椅上,两腿外露下垂,通过机械传输方式将人送上高山。坐此滑索,可省减上山的体力与时间,但心脏欠佳、恐高者不宜。

下滑索后,再步行一段山路,于中午 11 时许抵达"云谷飞瀑"前。此处亦即山上管理人员所说的"第一瀑布"。举目所见,是一道宽约数米、长约百米的瀑布自头顶挂下,啸声如雷,蔚然壮观。而据查询,明月山共有五道瀑布,分别为:云谷飞瀑、玲珑瀑、鱼鳞瀑、玉龙瀑、飞练瀑。瀑布之水源自太平山顶,云谷飞瀑为第一级,落差为 119.57 米。瀑布左侧 70 余米高处的悬崖上刻有"云谷飞瀑"四字,寓意"瀑布常在烟霞中,水花总与云霓游"。而我来到第一瀑布前,虽因上山缆车已坏,无法再上行以观其他四道瀑布,但"云谷飞瀑"却是五道瀑布中最为壮观的一道,亦算不枉此行。

另据有关介绍,由云谷飞瀑继续上行,尚能见到青云栈道、"瑞庆塔"(高百米巨石,类塔,非真塔)、五显灵官庙、棋盘石(传吕洞宾曾在此下棋)、狮子峰诸胜景,最为精彩之处,则是与中国"嫦娥奔月"神话传说直接相关的景观"奔月石"、"蟾蜍石"等。这一段山路如要步行,按当地人的行速,需要三四个小时的时间。而我已年逾七旬,自感无此体力前行,且家妻又在山下等候,只得折返下山。这是人生的缺憾,但人生中亦不可能事事如意。

在此要顺便提一下有关嫦娥奔月的神话传说,因为这是明月山人的三大自豪之一,即明月山是中国神话传说"嫦娥奔月"产生的策源地。根据当地人的说法:远古英雄后羿射日救民,立有神功,王母娘娘特赐长生不老仙丹一颗。后羿不忍独食成仙,交妻子嫦娥保管。后羿徒蓬蒙侦得此事,遂起窃心。一日趁后羿外出狩猎,逼嫦娥交出取仙丹。嫦娥不允,携仙丹外逃,蓬蒙紧追不舍。嫦娥跑到一座大山上,逢神蛙两只,神蛙劝嫦娥服下仙丹。情急之下,嫦娥就着神蛙取来的山泉水,服下仙丹后,直飞月宫。一只神蛙追随其后,而另一只神蛙则留了下来,等待来寻找妻子的后羿。嫦娥飞天后,在月宫中日夜思念后羿,后羿却因无仙药升天,终老人间。嫦娥为此悲痛欲绝,伤心的眼泪滴落人间,化成了温汤土地上的温泉,滋润人心。后人为怀念嫦娥奔月事,遂将此山命名为明月山。

而使明月山人引以为自豪的另两件事为:

其一是明月山曾诞生过一位中国的皇后。根据当地人的说法是:南宋孝宗的皇后夏云姑(1133—1167 年,史称成恭皇后),是明月山下夏家坊村人。夏云姑小名明月,天生娇美,善良聪慧。绍兴十九年(1149 年)初选入宫作秀女,被宋高宗皇后看中,选为贴身侍女,后由皇后做主,许配给太子赵眘,封齐安郡夫人。隆兴元年(1163 年),孝宗赵眘即位,立夏云姑为"贤妃",次年,敕成恭皇后。而云姑为皇后之后，为乡里人做了不少好事，乡人为纪念她，把村东南的大山命名为明月山。

其二是明月山之仰山景区，系禅宗"沩仰宗"祖庭。根据当地人的说法是：唐武宗会昌元年（841年），慧寂禅师由湖南郴州来到宜春明月山之仰山，见四周有佳峰似莲叶，便搭建茅屋隐居，自号"小释迦"（世称"仰山慧寂"）。慧寂居仰山二十年，悟出的禅理是：悟境与功行当相赖以成，依此创立了禅宗五家中的第一家"沩仰宗"。因这一派禅宗发端于湖南沩山，成型于仰山，而被称作"沩仰宗"。慧寂禅师当年在仰山初建的禅寺名"栖隐寺"，后被皇帝赐名"太平兴国寺"，一度规模宏大，僧侣如云，成为中国古代佛教丛林的中心，印度、韩国、日本、朝鲜等海外僧人亦纷纷前来参学问道，留下了众多的碑碣及摩崖题刻。而随着沩仰宗的式微，栖隐寺渐毁，今仅余古寺旧址上的千年银杏，及周边山坡上百余座唐、宋、明、清时期禅僧的坟塔，被称为"仰山塔林"。

为了传扬明月山文化的荣光，近年宜春市政府在明月山脚打造了一个名为"明月千古情"的景点，景点中心建大型演艺厅一个，每天演出两场"明月千古情"歌舞，歌舞内容大致反映与当地文化相关的嫦娥奔月传说、明月皇后事迹、沩仰宗佛学成就等，另有江西瓷窑、十送红军等内容。我在离开宜春之前的7月25日下午，曾入园看了一次表演，总体感觉是质量尚可。

"明月千古情"景点位于我所住悦来客栈不远处（数百米），园内仿杭州黄龙洞设"宋城"一条街店铺，售货员须着宋装（180元一套）经营。另有各类游艺设施以及"清明上河图"动画展。园心造了一个"千古情女神"四面像，但游人多视作观音菩萨的四面像，似乎有些不伦不类。门票要180元一张，也太贵了一些。

当日下午1时，我自明月山下山，与家妻碰头午餐后，打的返温汤镇。而山脚有明月山的附属景点"二十四桥"。下午2时出租车经过时，我们要求小驻，入园参观，不意二三分钟后，天空突然浓云密布，我们只得上车急行，前往矿疗温泉洗沐，时暴雨已浇下。为补缺憾，7月26日返沪当日上午，我们又重往参观，但见园内景点正在维修，因其不久前遭山洪冲毁。就景点布局而言，基本上是依托山脚下山溪流水而设，适宜于老年人来此品茶休闲。至于园内是否真有二十四座桥，我未曾数过。而据当地人说：此景点为当地一酒店老板发了财，向政府捐了一些钱，买了一块地，依托山水，造了一些仿古建筑，内陈明清家具，以供人欣赏。

上午登明月山时，过亲水栈道得七绝一首，以作留念：

七绝　题明月山亲水栈道(2019.7.21)

两道青林细雨敲,持竹慢跨小石桥。

溪流沙浅游鱼戏,何岁重登此逍遥?

2019 年 8 月 6 日

登武功山（宜春温泉疗养纪行之三）

　　武功山位于中国江西省中西部，在地理学上，属罗霄山脉北段，距井冈山（罗霄山脉中段）不远。其主峰为白鹤峰，至高点称"金顶"，海拔 1918.3 米，据说这也是江西省的第一高峰。关于武功山的得名有二说，一说见于郦道元《水经注·庐江水》："昔禹治洪水，至此刻石纪功。"另一说是传晋代有蜀名士武氏夫妇来此修道登仙，人们谓之"武公山"。至南陈欧阳頠出兵助陈霸先（陈武帝）平定侯景之乱时，途经"武公山"求拜，得到武仙人托梦，授平乱之策。待陈武帝成就霸业后，感念武仙人相助，特赐山名为"武功"。

　　武功山的自然风光具有集峰、洞、瀑、石、云、松等于一体的特点，因此自汉晋以降，被道、佛两家选为修身养性的洞天福地。至明，由于朱元璋倡道、释二教，达到其鼎盛时期，据统计，山南、北共有庵、堂、寺、观达 100 多处。当然由于历史的沧桑，我们今日登临武功山，已看不到如此多的道观与寺庙了。

　　我登武功山的时间是 7 月 22 日。原本无登山计划，但无意中看到一则旅游广告，讲武功山就坐落在温汤镇近旁。武功山是中国道教文化名山，在历史上曾与衡山、庐山并称江南三大名山，被冠以"衡首庐尾武功中"。而我在小学读书时即知晓此山名，大致是通过一篇民间故事，讲得是有人欲上武功山寻宝，老人相告：上山共有 99 条道路，只有找到正确道路，方能寻得宝藏。因此我从小就对武功山抱有一种神秘感，见此广告后，与家妻协商，决定前往。而向旅店老板娘查询，回复武功山距离稍远，坐公交车不便，可包车前往，往返费用为人民币 400 元，司机且可在山下全程等候。我们决定包车前往。

　　当日 7 时打的出发，8 时零 5 分抵山脚售票处。而售票员相告：武功山门票 70 元整，你们夫妻俩均已年过 65 岁，无须买门票，但上山有两段缆车要坐，不能免票，可坐公园的交通车上石鼓寺缆车站，直接买上山的缆车票。我们随即坐车上山买缆车票。沿途所见，盘山公路两侧山崖上长满了芦苇状植物，芦花待放。

由此可见武功山是一座雨水充沛的山。

车抵，我在山腰石鼓寺道观闲逛，家妻则直往第一缆车站买上、下山缆车全票，票价一人单张为 70 元整。9 时许，缆车上站抵福星谷。由此须步行约一个小时，过高山吊桥"许愿桥"后，方可抵达第二缆车站。

这一带的自然风光以奇松、怪石、云海、凌空栈道著称，属武功山代表性景点。可惜要攀爬约半个小时的陡坡，家妻脚力不济退下，我独自前行。当行至凌空栈道后，无须再爬坡，路始易走。但有一处特设凸出凌空玻璃栈道，必须经过。此栈道供游人拍照而修，周边虽有扶手可扶，然俯视脚下透明的万丈深渊，亦有惊心动魄之感。

上午 10 时 10 分，我步抵第二缆车站买票，一人上、下全票为 60 元整，较第一缆车站价便宜了 10 元。下缆车后一路上行，此段路的自然景观除高山云海、时云时雾现象依旧外，两侧植被则由树木丛林逐渐替换为高山草甸。据说覆盖武功山顶的草甸有 10 万亩之多，被誉为"天上草原、人间仙境"。这成为武功山一奇，同时也见证着随着海拔的升高，植物植被变换的自然规律。

一路所行，多见有挑夫挑担上山，一担在 100—120 斤之间，担内所装为山上所售商品或驻山顶工作人员的生活必需品。挑担人的酬劳为一担 150 元，据问体强者一天可挑两担上山，而体弱者只能挑得一担。颇觉山人生活的艰辛。

由第二段缆车下车，步行至武功山顶峰金顶，约尚需一个小时的时间。一路所经，先过武功山紫极宫（俗称中庵、山神庙）。该宫是接近金顶的一处较大道观，入内所见，除正中所坐为山神像外，两侧尚陈列着数十位相貌狰狞的神像。我向当值道士请教，云是"六十甲子"。我 2017 年游广西桂林七星岩时，曾在岩洞中见过类似摆设，经向有关人员请教，知其大致原理。即按中国道教的说法，以六十甲子配中国的十二生肖。甲子为年，有其对应的神像。对某一生肖来说，六十甲子中的某些年属吉年，易成事；某些年为凶年（含本命年），叫作"犯冲"，当事人须避凶趋吉。

由山神庙再上为金顶古祭坛。所谓"金顶古祭坛"，是指一些小的道观，包括"葛仙坛、汪仙坛、冲应坛、求嗣坛"等，这些古祭坛供古今道教信奉者祈愿之用，其存在时间据说迄今已有 1700 多年（约始自东汉末）。其中葛仙坛传为东汉葛玄、东晋葛洪来此炼丹处，此后南宋文天祥书赠"葛仙观"门匾，使之知名。汪仙坛、冲应坛历史不明。求嗣坛为向山龙王求赐子嗣之处。我特地上去看了一下，入门处有一方池，传为龙王居所，有不少游客往池内投硬币求子嗣。祭台上另有功德箱，祭坛上方书有"龙王古坛"的字样。我不解求子嗣何以须向山龙王求，亦不相信在此坛中投币会求得子嗣,但为了表达对求子嗣者的良好祝愿,我特往功德箱中投入了 10 元纸币。

由求嗣坛再上遇一山亭,上书"好玩就来"四字,这四字亦可反读。我颇感有趣,恰好身边一年龄五六岁的小女孩经过,我叫道:小朋友,能否帮我拍一张照片? 小女孩应声拿起我的手机给按了张照片,然后蹬蹬蹬地追上前面大人说:"爷爷,爷爷,刚才那位爷爷让我拍了一张照片!"而这张照片也是我上武功山拍得最有意义的一张照片,每当看到这张照片,我都有返老还童的感觉。

由求嗣坛再前,便来到了白鹤观(亦名"白鹤峰庵",俗称顶庵)前,这是峙于白鹤峰顶的一座较大道观。其左侧,便是武功山的至高点"金顶"刻碑的矗立处。此时天已下起了淅沥细雨,而根据我的攀山经验,武功山下面此时一定下起了大雨。而我今日上武功山,山中气候恰如孩儿面,时晴,时雨,时阴,时雾,时而云海翻滚,而云海之上,又能见到蓝天红日。

中午 11 时 25 分,我终于攀爬至武功山界碑处,界碑正面书"武功山"三字,反面书"金顶,海拔 1918.3 米"。据说晴日临此,可以看到"万里云山齐到眼,九霄日月可摩肩"①的远景,亦可眺全山"一湖、二泉、五瀑、七潭、七岩、八峰、十六洞、七十五里景"的近观。可惜我登顶之时,时云,时雨,时雾,远近均看不真切。没想到自己已年逾七十,竟然登上了 1900 余米的高山,而当日上山的人群中,以我年龄为最长,这当是我人生中足堪自豪的事。我用手机拍照数张,又请游人替我留影数张,于 11 时 40 分下山。

此时我突感腹饥难忍,想拿出背包中的半个面包欲食。不意欲食时,发现面包已不知去处。原来我装面包的塑料袋封口已开裂,面包不知何时由裂口中丢失了。我只得在金顶界碑附近的小卖部买零食充饥,先欲买玉米棍,问价 15 元一条,我嫌贵未买。又问茶叶蛋多少钱一个,回答是 10 元 3 个,于是买了三个茶叶蛋充饥。

中午 12 时 15 分我步行至第二道缆车下站口,坐缆车下山。出缆车后,又步行 45 分钟至下山的第一道缆车下站口,当时家妻正在此处候我共同下山。而在这三刻钟的行程中,暴雨不断,尽管我手中持伞,皮鞋却被雨水灌入,有两次不得不入山亭躲雨。但下午 1 时终抵索道口时,家妻却告诉我了一个坏消息,因为打雷,缆车自动停摆,何时恢复不知。家妻帮我买热咖奶一杯、汉堡包一个权充午餐。我们只得在缆车站静候,不时听到一些年轻人的抱怨,大致是说花了几千元

---

① 民国江西代省长刘存一撰白鹤观门联。

钱来此,什么东西都没有看到。其实这些年轻人完全可以凭借自己的体力走上山顶,因为山顶当时只有蒙蒙细雨,偶尔还会变成多云天气,此外尚有旅舍可住。而我年轻时爬过很多山,从无缆车可坐。现在科学发达了,有上山缆车了,年轻人也变懒了,不愿意走路了。

至下午2时30分,暴雨已停,下山的缆车可以开动了,我与家妻、一位男青年和三位女大学生一同坐上了第一部缆车。工作人员关照,你们这部缆车是试运行。如果中途有情况停车,你们不动即可,不会有危险。男青年听罢此话,急速跳出车外。幸好我们这部缆车一直开到山脚,也未曾发生停摆事故。

下缆车后,我们坐上武功山交通车直抵山脚停车场,我们包的出租车尚在等候。据出租车司机说:山下仅下了一点小雨,由此可见武功山气候的变幻无常。

下午3时50分,出租车将我们送至温汤镇始祖居的"长寿村"参观千年古樟树。随即又送我们至"温汤古井"处泡脚,以消解一天的攀山疲劳。武功山之行,可谓收获满满。登武功山时,吟成七律一首:

七律　登武功山 (2019.7.22)

忽雾忽阴又转晴,瞬息暴雨当头倾。

时出云海在崖壁,又见奇松立山亭。

金顶巍峨祭庙古,野花烂漫草坪青。

人生七秩无多寿,秀水险峰且寄情。

2019 年 8 月 8 日

参观花明楼刘少奇故居和韶山毛泽东故居（宜春温泉疗养纪行之四）

本次宜春疗养之行，原无参观花明楼刘少奇故居和韶山毛泽东故居的计划，但一次偶然的机会得到了"温泉社区"所发的旅游广告，讲到由温汤镇前往此二处做一日游，仅需 150 元一人。而向旅店老板娘查询，云当地旅行社正在搞优惠活动，仅需 140 元（含 10 元保险费）即可，并可代我夫妇报名。而参观这两位伟人的故居，一直是我这位史学教员所向往的事，于是决定报名。

根据有关要求，7 月 24 日上午 7 时，我与家妻赴温汤镇古井街 12 号木桥集中，有旅游中巴送行，全团共 14 人，游客以上海人为主，多数为一伙来自上海浦东的老人。但导游事先关照，根据韶山当地规定，异地导游不得跟车陪同，到达目的地后，会有当地导游接车。

由温汤镇赴韶山的单程车程为 3 个小时，上午 10 时 10 分抵花明楼刘少奇故居纪念馆。据有关说明，该纪念馆于 1984 年筹建，1988 年 11 月 24 日建成，馆址距刘少奇故居约 300 米，含 8 个展室、1 个声像厅和 2 个怀念亭，主体建筑 3100 平方米。此外，与故居有一山之隔的仙基岭、白鹤岭下，尚有一处占地面积 200 多亩的刘少奇主题文化公园——花明园。

由于刘少奇故居纪念馆占地面积甚大，参观虽不收门票，但进出故居则需乘坐园内交通车约 1 个小时，参观完故居全部景点，约需 3 个小时。而开旅游中巴的司机要求大家直接入园参观刘少奇广场的纪念铜像，10 分钟即出，否则将影响参观韶山馆的进程。无奈之下，大伙只得服从。入内，见一群少先队员正在刘少奇铜像下行集体礼仪。据介绍：该铜像 1988 年 11 月 24 日落成，高 7.1 米（基座高 3.1 米，铜像高 4 米），[①]由中华全国总工会捐赠，由著名雕刻大师刘开渠、程

---

① 数据见《百度词条·刘少奇故居纪念馆》。

允贤具体雕塑。铜像广场本身占地"8000 多平方米"，①铜像由江泽民题名。

时烈日当头，我们留影数张即出。但我们由正门入，出则须走边门，要经过一条由当地人经营的、很长的手工艺品市场。该市场出售的物品大多为红色旅游纪念品，如毛泽东像章等，公开叫价是 10 元 3 只。另有印有毛泽东、刘少奇、周恩来与开国十大元帅像的绸扇。出边门后，旅游车直接发往韶山，两地的相距为 30 公里。

中午 12 时，车抵韶山市境，年青女导游小李前来接客。她先是带大伙前往附近饭店吃午餐"毛家饭"。饭菜半数近辣，但质量尚可。12 时 40 分导游带大伙上车，前往韶山毛泽东纪念馆。车上发生的一件不愉快的事是：导游要求大家每人出资 30 元买一枚毛主席纪念章，以示对韶山经济发展的支持，届时会在毛泽东铜像广场上给大家集体献上一个花篮，花篮上写上购买毛主席像章的游客的姓名，以表达示对毛主席老人家的敬意。不意几位来自上海浦东的老年游客不同意购买，表示旅游协议书上并无此条，而且他们在刘少奇故居已买了 10 元 3 只的毛主席像章。导游又说：韶山当地人是把毛主席当神一样来祭拜的，卖给你们的像章都是"开过光"的，与你们在刘少奇纪念馆买的不一样。但来自上海浦东的几位老年游客并不相信导游手中已"开光"过的毛主席像，与他们在刘少奇纪念馆所购得的 10 元 3 只的毛主席像章有任何实质之别，仍拒绝购买。结果车上只有我们夫妻二人及另三人各自出资 30 元买了毛主席像章。导游只得私下与我们买像章的人商量：承资太少，买不起花篮，能否买像章人每人给黄花 3 朵，届时在毛主席铜像前行三鞠躬祭拜礼后，再沿铜像由左至右绕走一圈以示敬仰，我们一致同意。我妻子又悄声对导游说：女儿因上班，无法到韶山来表达对毛主席老人家的敬意，能否再多付 30 元替女儿买一个"开过光"的毛主席像章，届时请多给黄花三朵，以代女儿同表对毛主席老人家的敬意？导游欣然同意。

下车之后，导游带我们 5 位已买了毛主席像章的游客赴毛泽东铜像广场，排队行祭拜礼。由于当日天气暴热，到韶山的游人不是很多，仪式很快结束。而据导游说：平时举行类似仪式，由于游人众多，起码要排半个小时的队。而其他未买像章的游客，已自行往毛泽东故居走去。

毛泽东铜像位于"毛泽东广场"的中心地带，广场本身占地面积"102800 平

---

① 数据见《刘少奇铜像广场》碑铭。

方米",包括瞻仰区、纪念区、集会区、休闲区等。[①] 据介绍：该铜像全用紫铜，高6米，1993年由南京晨光机器厂铸造。环绕着该铜像，当地广泛流传着"铜像显灵"的传说。一说当铜像被汽车运往韶山经井冈山时，汽车突然无法启动，却又检查不出毛病，直到在井冈山歇了一晚后，次日汽车启动如常。人们因此恍然大悟，原来井冈山是毛主席老人家当年闹革命的地方，毛主席老人家想在井冈山住上一晚。一说当铜像运抵韶山后，却无法吊起。一旁观望的老太太对工人说：你们把绳索扎在铜像脖子上，毛主席老人家会高兴吗？结果工人把绳索扎于铜像腋下，则迅速被吊了起来。

导游因买像章的游客太少，竟然哭了。她告诉我们：这30元钱中其实还包括自己的导游费。而我则认为这件不愉快的事之所以发生，与这位女导游年纪太轻、不会说话也有一定的关系。她如果换一个角度说：到韶山的游客需要向毛主席铜像举行一个献花篮的自愿活动，人收30元钱，参加者人赠毛主席像章一个，而拒买像章的游客或许会参加，不致将此事视作一次强买强卖的活动。

祭拜铜像仪式结束后，导游带我们向毛泽东纪念馆走去。据介绍该纪念馆筹建于1963年，1964年10月1日正式对外开放，加上后来扩建面积，占地总面积"98000平方米，建筑面积32000余平方米"[②]，包括生平展区、专题展区、旧址群等三大组成部分，旧址群内含毛泽东故居、毛泽东父母墓、毛泽东私塾旧址——南岸、毛氏宗祠、毛鉴公祠、毛震公祠以及毛泽东青年时代塑像等8个景点。而导游带我们参观的景点为文献纪念馆与实物纪念馆两个，各给时间10分钟。其中文献纪念馆内储资料较多，但通过国内媒体、图书馆资料，大多可以找到。而实物纪念馆则多放毛泽东生前使用过的衣物及其他生活用品等，其中毛泽东生前戴过的假衣领、使用过的军用水壶以及乘坐用的东风牌小汽车等等。我以为参观实物纪念馆的意义较大，因为其具有不可替代的教育性，可以使参观者感受到我国老一代革命家的朴素生活作风。

随后导游带大家前往参观毛泽东故居，给的时间是半个小时。来到毛主席故居前，见排队人数较多，要远超出赴刘少奇铜像广场的人数。

据介绍：毛主席父亲出身于贫苦农民，但生活勤俭，长于经营，逐渐成为一个有实力的富裕农民及精明商人，共建起了18间房屋供家人居住，故居前一片荷花池，也是当年毛家的土地。步入故居，我们看到了当年毛家三兄弟毛泽东、

---

① 数据见韶山纪念馆发《故居景区》。
② 数据见韶山纪念馆发《故居景区》。

毛泽民与毛泽覃的各自住房、书房、父母住房、共用空间以及牲畜房等。毛泽东故居从外表来看,似普通农房,但步入其内,则显得高大、坚固、舒适。由此足见毛泽东的父亲决非是一个普通的人,伟大领袖的天赋,在一定程度上也秉于遗传。而据介绍:毛泽东先是带其小弟毛泽覃外出革命,其父留下的产业交二弟毛泽民经营。后又返乡动员二弟将家产出售,外出参加革命。毛泽民曾于1932年3月任中华苏维埃国家银行(位瑞金叶坪)第一任行长,充分展示了他长于经营的才能,1942年9月27日被新疆军阀盛世才杀害,时年47岁。毛泽东其他为国牺牲的亲友尚包括:妹妹毛泽建,1929年牺牲,时年24岁;夫人杨开慧,1930年牺牲,时年29岁;小弟毛泽覃,1935年牺牲,时年30岁;侄子毛楚雄,1946年牺牲,时年19岁;儿子毛岸英,1950年牺牲,时年28岁。可谓满门忠烈。

下午2时10分出毛泽东故居。导游对大家说:按当地的说法,毛主席故居是"前有灶,后有灶,四面青山绕",风水极好。又对大家说:还有一个景点"毛家博物馆"要参观,这是旅游行程规定了的。但实际上我们的旅游协议中并无此条。抵达后方发现要参观的对象是"毛家食品博物馆"。

入内,先有女讲解员介绍毛家饭店创始人汤瑞仁女士(毛泽东乡邻、毛氏家族媳妇)本于"接待好毛主席的客人"信念,始于1987年以1.7元起家,先卖绿豆稀饭给游客解暑止饿,后开创"毛家饭店"、创办毛家食品企业集团的事迹。随后,她带大家参观"毛家食品博物馆"内设的用机器制造辣椒食品的过程。令人扫兴的是,当时从机器底下钻出了一只大老鼠,有工人正在追打。再后,则是女讲解员带大家赴食品销售部采购"低价"或"打折"出售的"毛家食品博物馆"(实为食品加工厂)生产、加工出的各种土特产品。尽管游客们在生产车间看到了有大老鼠窜出的扫兴事情,还是采购了不少"毛主席家乡"的食品带回。这时导游小李的表情也由悲转喜。原来她本人的职业即这家"毛家食品博物馆"的导游。而家妻自博物馆中买的是湖南腊肉,"买四送一"(约30元一包)。回沪后我品尝了一下,实在太辣,无法下咽,只得送人。

约当天下午3时许出"毛家食品博物馆",旅游中巴返回温汤镇的时间为傍晚6时20分。计用一天的时间参观花明楼刘少奇故居与韶山毛泽东故居,应该说收获是有的,亦即受到了革命传统教育。但是也有三点遗憾,不得不表。即:

一是按原定旅游计划,应该用90分钟的时间参观花明楼刘少奇故居,但组织者实际上仅给游客10分钟的时间,到刘少奇铜像广场匆匆一览便离去。而参观花明楼刘少奇故居的时间,实际是被旅游协议上所未有的参观"毛家食品博物馆"(实则安排游客购物)的时间冲掉了。这种做法的本质,是用商业文化来冲击国家政治精神，不利于社会主义精神文明建设事业的成长。

二是根据我的直观，原花明楼刘少奇故居与韶山毛泽东故居周边的大片房屋都被拆除了，建成了以故居为中心的绿地公园。仅以刘少奇故居为例，园内交通车竟然要开一个钟点的时间，而故居周边除纪念性建筑物及绿地外，几乎看不到其他房屋。我想这一定不是两位伟人故居的原貌，而是拆除了原有大量民房及占用大量民田所致。

我认为如此做法，不仅造成了国民经济用地的浪费，同时也抽空了伟人赖以成长的历史时空条件，架空了领袖与人民的关系，使参观者只能从低处仰望自己的领袖，而丧失了参观时的受教育感与亲切感。而在中国新民主主义革命史上，湖南共出了三位伟人，除毛、刘之外，还有一位是彭德怀。彭总的故居我未曾去过，不好乱加评论。但我希望一定不要因其故居的建设，而拆除周边的大批民房，因为彭老总的思想是最贴近民众的，我相信他如地下有知，一定不会因自己故居的重建，而拆除周边的大批民房。我曾参观过淮安周恩来故居，周总理生前不允许保留自己的故居以扰乡邻。在他去世后，当地政府尽管违背他生前意愿重修了故居，但周边民房都保留下来了，使参观者能对周恩来成长的环境有一个客观的了解。我认为淮安地方政府的这一做法是正确的。在此尚需指出的是：为保留革命遗址而拆除周边民房的做法，决非本文此处所举出的孤例。例如据参观者披露：遵义会议旧址周边的民房被大量拆除，而建成了绿地公园。如此做法就本质而言，不是在保护革命文物，而是在破坏革命文物，使后来的参观者无法将该文物与当时的革命环境联系起来，以达到受教育的目的。本文在此提出这一问题，是希望我国的革命文物保护者今后能尽到自己的职责，使革命文物真正能起到教育人的作用。

我的遗憾之三是：本次参观韶山毛泽东故居的主要目的，是想买一套毛泽东晚年存藏词曲磁带聆听，却未达目的。此事的经过是：毛泽东主席晚年喜听中国古代词曲，当时国家组织专家自清代的《粹金词谱》、《九宫大成》等古曲文献中，译唱了一批古词曲，并制成唱片（其中尚包括一些中国戏曲与古诗唱段），供毛主席聆听。当时这一唱片共制成 4 套，一套送毛，一套送周，一套送叶，另一套下落不明。毛泽东去世后，属于他的这一套送韶山馆存藏。鉴于这套唱片属于中华民族宝贵的传统文化艺术遗产，当时是动用举国之力加以制作的。我原以为会翻制出版，供民族共享，但事实却并非如此。为此我曾向韶山馆办公室打电话查询，回复是这套唱片如翻制，涉及版权究竟是归毛家族后人所有，还是归韶山馆所有的问题，因此一直未能处理，而日久这套唱片会有一个自然损坏过程，令人十分担心。为此,我在《上海戏剧》2004 年第 7 期上发文《毛泽东晚年存藏词曲析疑及学术意义》,呼吁抢救、翻制这一套唱片供全民共赏,但未见响应。事情已过了 15 年,我原以为这一问题早应解决,但 2019 年 7 月 24 日下午我在韶山馆文化品柜台求购时,回复却是无此唱片翻制品。适逢次日华东师范大学曹老师要在韶山参加一个"毛泽东著作版本学术研讨会",我委托他代为查询。曹老师在会上直接向韶山馆负责人查问,回复是:这套唱片现存韶山馆,但从未曾翻制过。至此,我有关购买《毛泽东晚年存藏词曲》唱片的计划已无法实现。在此,我仅借本文把所知晓的有关上述事情的经过写出来,供有能力解决这一问题的人参考。

自韶山返温汤镇后,次日上午我赴维景国际度假区温泉洗沐,下午游"明月千古情"景区。26 日上午游"二十四桥"景区,下午 4 时零 6 分坐 G1334 次高铁返沪,宜春疗养七日行结束。计在这七日中,我登明月山、武功山各一次,用一天的时间赴花明楼、韶山参观,温泉洗浴仅进行了 4 次,实未很好地休息。以后如有真欲赴宜春温汤疗养的人,我建议去的时间不妨长一些,效果可能会更好些。以上所见,供同仁参考。

2019 年 8 月 10 日

2002年7月间,我随学校支部上井冈山,参观黄洋界哨所,遍访革命领导人遗迹,兼瞻仰井冈山壮丽的自然风光,受到了深刻的党史教育。在返沪途中,我过吉安时登白鹭洲书院悼文天祥。在火车过海盐时,我中途下站访王国维旧居,游陈阁老宅与海神庙,赴海塘观潮。旅程颇丰,顺记所见。

第二十一卷 井冈山纪行

随学校支部上井冈山（井冈山纪行之一）

井冈山是中国新民主主义革命的圣山，同时也是一座自然风光优美的山。我平生两上井冈山，第一次是 2002 年 7 月间随同学校支部同志上山学习兼旅游；第二次是 2013 年四五月间，随同上海党史学界的同仁上山参加"新民主主义革命时期保持党的纯洁性"学术研讨会期间。这两次上山活动都给我留下了深刻的印象，顺记所见，以保存生活中的记忆。

2002 年 7 月 27 日，星期六，晴。

中午 12 时 30 分离家，打的至上海西站，下午 1 时，学校教师集中。此次上井冈山旅游，是由学校党委机关组队，全团共 20 人。当时上井冈山，尚无火车直达，先须坐上海发衡阳的火车，至江西新余市站下车，然后换乘中巴，经吉安市上井冈山。

下午 2 时零 5 分，所坐 1597 次客车发车，坐 6 车厢中铺，一路上读《陶渊明集》磨时。

次日，星期日，晴。

凌晨 5 时 20 分，火车抵达新余，5 时 30 分换乘中巴前往井冈山，导游小林、小周将陪同大家共度三天时间。车近吉安方向，渐入山区，见天边红日，颇为壮观。8 时 10 分，车停吉安宾馆早餐。宾馆内有毛泽东主席当年住处与他打过的乒乓球台，在导游带领下，前往瞻仰。

9 时 25 分，车出吉安宾馆，过市中心广场，见有石雕雄鸡三只。据介绍，此为象征"吉太金地中心"——吉安市、吉水县、吉安县吉祥如意。吉安市容给我的印象是：房不甚多，亦不甚高，但市容整洁，管理有序。

在车往井冈山的路上，导游陆续介绍了一些有关吉安的历史地理知识。大致为：

内战期间，吉安属井冈山老革命根据地范围，毛泽东有诗"十万工农下吉安"

可证。吉安古称庐陵、吉州,元皇庆元年(1312年)取吉阳、安成首字,合称"吉安",始有吉安地名。吉安位处江西省中部,西接湖南,居罗霄山脉中段、赣江中游段,属江西建制最早的古郡及赣文化发祥地之一,也是举世闻名的革命摇篮井冈山的所在地。

吉安去年(2000年5月)撤地建市(地级市),共有人口33万,分两区。其中,吉州区属老吉安城,清源区为新辟原农村地区。此外,吉安尚辖10县1市,包括:吉安县、新干县、永丰县、峡江县、吉水县、泰和县、万安县、遂川县、安福县、永新县以及井冈山市。辖区面积共2.53万平方公里,常住人口近500万人。

吉安市傍赣江而立,江中有岛名白鹭洲,是吉安主要风景区。白鹭洲原为沙滩,沙滩上白鹭成群,"白鹭洲"因此得名。建国后因当地人猎杀,岛上白鹭一度绝迹。去年市府颁令保护,岛上始重见白鹭。白鹭洲上有白鹭洲书院,系宋代民族英雄文天祥少年时代读书处。文天祥19岁时上岛读书,曾立江边发誓:此生若不能救民水火,当同逝水。上白鹭洲原需舟船,1969年林彪下令建"井冈山大桥",沟通了白鹭洲与吉安市的陆上交通,今游人上岛游览,已较方便。但可惜的是当年所建桥梁质量欠佳,已成危桥,限车身高度二米以下车辆,方可通过。

导游在车上相告:由吉安到井冈山,原本车程138公里,约需2小时。但因现在修路,需绕道泰和县,要多走30公里。但因这一绕道,使我们的井冈山之行能多看到一个景点,即井冈山农民领袖王佐意外遇难的地点禾河泰和桥。

过井冈山界碑，上黄洋界

（井冈山纪行之二）

过井冈山界碑

2002 年 7 月 28 日，星期日，晴。

车出吉安市过泰和桥后，渐入山区，由此前行，要走一段较长的盘山公路，方能抵达井冈山山门。举目可远远望见的，是山上树木茂密，被一团雾气环抱着。井冈山显然是一座雨水充沛的山，否则不致有此景观。而盘山公路的两侧山崖，布满了芦苇状植物，这同我当年上峨眉山时所见景观相近，这亦说明了井冈山的多雨。

一路上，导游给我们介绍一些与吉安有关的文化典故消遣。导游告诉我们：吉安多名人，当首推文天祥。吉安最有名的酒是"堆花酒"，这也是文天祥取的名，意为酒中泛白花。吉安县另有文天祥纪念馆，欢迎游客返程时参观。吉安尚是中国禅宗的重要发祥地，境内有青原山，山上有唐代古寺"净居寺"，系禅宗七祖行思（庐陵人）当年在韶州（今广东韶关）曹溪山南华寺得六祖惠能真传后，于唐神龙元年（705 年）到此创立。他的学说主张"顿悟"（又称"顿法"），被称作禅宗南宗的"青原法系"，从中后发展出禅宗曹洞、云门、法眼三派，影响远及朝鲜、日本和东南亚。青原山另有"青原书院"，属吉安最早的书院，后改称"阳明书院"，王阳明在做庐陵（吉安古名）知县时，曾在此书院讲学，所以青原山也是王阳明心学的重要发祥地之一。

中午 12 时，车抵井冈山山门，见朱德委员长 1962 年重上井冈山时，题写的"天下第一山"界碑。在此需买门票入山，价约 60 元。

中午 12 时 30 分旅游中巴发往茨坪镇，入口处又见朱德题"井岗山"界碑，我吃了一惊。此碑迹原出处为朱德 1959 年上井冈山时，为小井烈士墓题的字。因为"岗"字与"冈"字读音不一，字义也有差异。我们平时读惯了"井冈山"，那么准

925

确读法究竟该是"井岗山"还是"井冈山"呢？

我为此特地查询方后得知：此二字之异，来自当地的一个传说，讲得是清初有客籍人蓝子希者，为避战乱，迁于五指峰下一块小平地上安家。由于此处四面环山，地形似井口，村前有小溪流过，客籍人称溪为"江"，遂称此地为"井江"，称所建村落为"井江山村"。久之，因客籍人口音"江"、"岗"同音，村名遂讹作"井岗山村"。此后，又有黄氏人家迁此，认为村子不是建在山头上，而是建在山脚下，称"岗"无实，于是把村名"井岗山村"的"岗"字去"山"字头，称"井冈山村"。至此，便有了"井冈山"地名，而村前的五指峰，也开始被称作"井冈山主峰"。

按上述说法，则朱总司令所题"井岗山"界碑当属古音，而今人所呼"井冈山"当属后起音，两者都不能算错。

上黄洋界

下午 1 时 15 分，车抵茨坪镇，宿颂英山庄宾馆 206 室。颂英山庄位于井冈山市黄竹坳路 38 号，又名"歌英山庄"，它的前身是"井冈山八一宾馆"，其原先当属部队系统宾馆，用作接待因忆旧而重返井冈山的老红军战士。而自井冈山开辟为旅游景区后，宾馆的性质也开始改为民营，用以接待普通游客。

下午 1 时 30 分午餐，坐车前往参观井冈山的第一个景点黄洋界。黄洋界距茨坪西北侧 17 公里，海拔 1343 米，地势险峻，山峰陡峭，峡谷幽深，晴朗之日，常可看见苍鹰盘旋于万丈深渊之中。但在大多时间，山谷中白雾弥漫，恰似汪洋无际，因此又有"汪洋界"之名。而黄洋界之所以知名，主要源自两个原因：

一是它的自然风光壮丽，是今人游井冈山的必临景点；它又是战争年代保卫井冈山的五大哨口之一。其他四大哨口分别为：位于井冈山南侧的八面山哨口；位于井冈山西南侧的双马石哨口；位于井冈山南侧的朱砂冲哨口；位于井冈山东侧的桐木岭哨口。这五大哨口分布于茨坪镇四周，也是通往井冈山的五大险隘。而在这五大哨口中，黄洋界则是保卫井冈山最重要、最险峻的哨口。而此处所说的茨坪镇，位于井冈山主峰的北麓，是坐落于崇山中的小盆地，它既是当年坚持井冈山革命斗争的中心地带，也是现今井冈山市行政管理中心的所在地。

原因之二是从宁冈至黄洋界，有一条盘旋而上的山路，这是当年坚持井冈山革命斗争的最重要的粮食补给线，也是著名的朱总司令"挑粮小道"。而时至 2005 年 3 月正式成立的中国井冈山干部学院，据说要求每一位来校学习的学员，都必须用双腿走一遍当年朱总司令挑粮的"小道"，以示不忘革命传统。而可以肯定地说：如果没有战争年代党的领袖与人民群众以及普通士兵同甘共苦的精神,中国革命是不会获得胜利的,这样也就不会有今天新中国事业的成功。

而据有关考证,当时由宁冈挑粮上山的路线有三条:柏路线、茅坪线和大陇线(大陇镇源头村)。由这三条路爬上黄洋界都有 20 多公里。而在井冈山西北面黄洋界下,有一地名"五里横排",是当年红军从宁冈挑粮上山路线的必经路段。由五里横排挑粮至小井,路程为 12 里;而由五里横排挑粮至茨坪与大井,均为 18 里左右。① 而在 70 多年前,这条小路所在的山是光秃秃的,路是裸露的,在朱毛的亲自带头下,红军靠肩挑背驮,把 30 多万斤粮食运上了井冈山,解决了给养问题。在新中国成立后,因几次飞播造林,五百里井冈已郁郁葱葱,这条小路也被绿荫遮蔽。而在当年挑粮上山运动中,朱德身先士卒。他当时年已 42 岁,年纪偏大,又是军长,战士们执意劝阻,朱德不从,还让军需处长范树德给他做了条扁担。战士们便叫通信员朱良才晚上将朱德扁担偷藏在邻居毛四明家。早饭后,朱德欲下山却找不到扁担,十分恼火,朱良才不得已把扁担拿出来,朱德不放心,特意在扁担上写了"朱德扁担,不准乱拿"几个毛笔字。而战士们看到朱军长亲自参加挑粮,备受感动,编出了歌谣相互鼓舞。这一歌谣是:"朱德挑粮上坳,粮食绝对可靠;军民齐心协力,粉碎敌人围剿。"这根扁担迄今藏中国军事博物馆,见证着中国老一辈无产阶级革命家与人民群众同甘共苦的精神。

原因之三,黄洋界是井冈山革命斗争时期著名的"黄洋界保卫战"的发生地点。这一保卫战的发生背景是在井冈山革命斗争之初,经历了严峻的"八月失败"。

而在"八月失败"发生之际,负责守山部队却打了一个漂亮的黄洋界保卫战。其经过为:1928 年 7 月下旬,中国工农红军第四军主力在湘南行动受挫后转移至桂东,红四军前委书记毛泽东闻知后,率领原留守井冈山的第 31 团第 3 营下井冈山赴桂东接应主力,第 32 团(团长袁文才、副团长王佐,党代表陈东日)和第 31 团(团长朱云卿,党代表何挺颖)第 1 营则留守井冈山。

红军主力部队下山的情况被前来围攻井冈山的国民党湘军和赣军侦知,1928 年 8 月 30 日凌晨,他们趁浓雾漫山之机,集中 5 个团的优势兵力,准备一举攻下井冈山。而当时山上红军所能依靠的武器,除落后的枪支、弹药外,尚有长矛、砍刀等原始武器,以及熏毒竹钉、竹镰、礌石、滚木等,依壕沟据守。因为山路狭窄陡峭,两侧又设竹钉阵,敌人兵力难以展开,只能一人一人地往上爬,而当敌兵进入有效射程时,山上红军的各种火器便一齐开火,滚木、礌石下泻,敌兵难

---

① 参《百度词条·朱毛红军挑粮小道》。

以躲避,伤亡惨重。当日下午,敌兵孤注一掷冲击,山上火器将及用尽,此时,山上红军把放在留守处修理的仅有一门迫击炮调到前沿阵地助战,炮弹仅有三发,二哑一响,而这颗打响的炮弹正好击中敌军指挥所,当场炸死炸伤十多人,敌团长陈纪良亦受重伤。此时山上红军吹响了冲锋号,助战乡民则放起了假机关枪(铁桶里放爆竹)。敌指挥官误以为是红军主力回山,当夜溃逃茶陵,沿途留下数百尸体和伤号。而有关这门迫击炮及三发炮弹的来历,据当年参加过黄洋界战役的全国政协常委李立晚年的回忆:是由贺子珍的哥哥贺敏学(1904—1988 年)带了两个人在小井的一个仓库里找到的,搬到哨口上,又在俘房中找到了一个炮手,命他连发三弹,结果一炮命中。[①]

客观地说,黄洋界保卫战是井冈山革命根据地初创时期一次重要的战役,由于这次战役的胜利,井冈山革命根据地在当时艰难的反会剿战斗中站稳了脚。所以毛泽东在后来两首词作中都提到了它,其一为《西江月·井冈山》,全词为:

> 山下旌旗在望,山头鼓角相闻。敌军围困万千重,我自岿然不动。
> 早已森严壁垒,更加众志成城。黄洋界上炮声隆,报道敌军宵遁。

这首词据有关考证,当作于 1928 年 9 月间,当时黄洋界战斗参加者朱云卿(31 团团长)在 9 月 5 日前后于遂川大汾向毛泽东汇报黄洋界保卫战经过,毛方能欣然命笔。而词中所写"黄洋界上炮声隆",即指贺敏学让俘房放炮之事。毛泽东另一首词为 1965 年 5 月重上井冈山时所写的《水调歌头》,全词为:

> 久有凌云志,重上井冈山。千里来寻故地,旧貌变新颜。到处莺歌燕舞,更有潺潺流水,高路入云端。过了黄洋界,险处不须看。
> 风雷动,旌旗奋,是人寰。三十八年过去,弹指一挥间。可上九天揽月,可下五洋捉鳖,谈笑凯歌还。世上无难事,只要肯登攀。[②]

而据有关研究,这首词产生的背景是:1965 年,毛泽东离开井冈山已有 36 年,他说:"我老了,经常梦到井冈山,很想去看看。"5 月 22 日,毛泽东在江西省委领导陪同下登井冈山,在"黄洋界保卫战胜利纪念碑"前,他重述了当年战斗的

---

① 材料出处参《百度词条·贺敏学》。
② 原发《诗刊》1976 年 1 月号。

经过。[①] 而此词所说"过了黄洋界,险处不须看"句,无疑包含着对当年战斗场景的回顾。

在黄洋界上我们停留至下午 3 时 20 分。据导游介绍:在此处不只是可以看到日出、云海的壮观,同时还可以看到群峦、杜鹃花开等自然美景。黄洋界(海拔 1343 米)原有路可以直通井冈山的主峰五指峰(海拔 1856 米),但因上世纪 50 年代修水库,上五指峰的路已被淹没,现在只能遥观。我们上黄洋界所遇到的幸运是:当日无雨,晴空与云海并存,这使我们每个人都得以留下值得纪念的照片,因此兴奋不已。而就在我们离去未久,黄洋界云雾上升,晚抵的游客怕都无法拍下满意的照片了。此外,近期井冈山一直多雨,要能在黄洋界留下一张令人满意的照片,并非易事。

下黄洋界后,我们前往井冈山重要的景点五龙潭瀑布群游览,下午 3 时 50 分抵,导游要求大家 5 时 15 分在景区门口集中。

五龙潭瀑布群位于茨坪西北 7 公里的五神河上,大致是沿一条山涧的自然落差,形成五个瀑布与瀑布之下的五个山潭。瀑布约长数十米至百米不等。其分别为:碧玉潭上青龙瀑;金锁潭上黄龙瀑;珍珠潭上赤龙瀑;飞凤潭上黑龙瀑(亦称乌龙瀑);玉女潭上白龙瀑。而按当地传说:这五龙潭瀑布群是因龙王的五个女儿拒嫁玉皇,变化而成的。而在五龙瀑之下,尚有一个水帘瀑,其下有红军洞,位置隐蔽,据说能藏百人,而在当年反围剿斗争中,多有红军伤病员驻此洞养伤。

概而言之,这五龙潭瀑布群虽比不上云南黄果树瀑布壮观,但水量充沛,鸣声不绝,周边风景秀丽,亦堪称中国风景一绝。我曾攀登过中国多座名山,可以说是各擅胜场。如华山得险,泰山得势,黄山得奇,庐山得秀,而井冈山则可以说是得水。由于井冈山"得水",在艰苦的战争年代方能养得起万人大军,为新中国的建立做出贡献。

下午 4 时 50 分,我们步抵白龙潭,由此坐缆车于 5 时 15 分返公园门口。晚 6 时 10 分,旅游大巴送客至挹翠湖餐厅就餐。挹翠湖位于井冈山市中心地带,周围群山相环,景色幽静,据说为上世纪上海 30 万千瓦电组助建的人工湖。晚餐后至茨坪步行街买土特产,随后沿挹翠湖散步,晚 8 时返颂英山庄 206 室休息。吟成古风《过泰和桥》。匆匆一日,颇觉劳顿。

2019 年 8 月 16 日

---

① 赵赓:《1965 年毛泽东重上井冈山》,人民网-中国共产党新闻网,2013 年 2 月 27 日。

井冈山革命圣迹巡礼（井冈山纪行之三）

2002 年 7 月 29 日,星期一,雨转晴。

全天任务,是参观完井冈山的主要革命遗址与景点。旧云井冈山五百里,要能走遍这些景点,非得在山上住一二周的时间。但随着上世纪 80 年代以来井冈山旅游业的发展,山上公路网已修得较好,有大巴相送,一日间要走遍这些主要景点并非不可能,只是人要累些。

参观井冈山革命烈士纪念塔

晨 5 时 30 分起床,6 时 30 分与黄老师、史老师前往参观井冈山革命烈士纪念塔。

井冈山革命烈士纪念塔位于茨坪镇①东北角的山岗上,其下有国务院 1986 年 10 月 15 日的立碑,并注明其为"全国重点烈士纪念建筑物保护单位"。沿国务院立碑再上,有"革命烈士之墓",而在墓后松柏掩映下的,则是"井冈山革命先烈纪念塔"。我留意了一下碑文的写法,发现其与国务院立碑"井冈山革命烈士纪念塔"稍有差异,即一者称"烈士",一者称"先烈",这就使参观者产生了如何"名从主人"的犯难。我想,新中国成立后为死难先烈立碑无数,国务院使用的自然是泛称。但本于"名从主人"的原则,此塔仍应以使用"井冈山革命先烈纪念塔"称谓为宜。

---

① 茨坪,原井冈山山镇,现为井冈山市府所在地。1959 年 11 月,宁冈恢复县建制,以井冈山管理局的行政区域为宁冈县的行政区域,县治设茨坪,宁冈县人民委员会与井冈山管理局合署办公。1977 年 1 月 24 日,恢复井冈山管理局,为县级行政单位,由省直辖,仍治茨坪。1984 年 12 月,撤井冈山县,立县级井冈山市,隶吉安地区。2000 年 5 月,经国务院批准,将宁冈县和县级井冈山市合并,组建新的县级井冈山市,由江西省直辖,吉安市代管。本文如使用"井冈山市"的概念,则范围太广,因此仍用旧称,特此说明。

　　据有关介绍,关于此塔之建的沿革史大致如下:

　　1950 年,为缅怀在井冈山革命斗争中牺牲的先烈,原遂川县井冈山区人民政府在茨坪镇东北边山岗上建造起一座木塔,塔正面书有"井冈山革命先烈纪念塔"10 字。次年,又将木塔拆除,改建为砖木结构,在塔顶立一红军战士泥塑。

　　可能因泥塑难久经风雨,时至 1956 年,井冈山区人民政府又将砖木结构纪念塔改建为钢筋混凝土结构,在塔顶重塑一手持钢枪的红军战士钢筋混凝土雕像,塔顶的正面题字仍为"井冈山革命先烈纪念塔",题字人为原遂川中学王教导员。

　　同年,井冈山区政府将 1952 年在茨坪东山岗上红军烈士墓中安放的部分烈士遗骨,以及在小井红军医院遇难的红军伤病员中的部分遗骨迁此,在塔前重新建起一座革命烈士墓,碑铭字迹"革命烈士之墓"似仿北京天安门广场上的人民英雄纪念碑题铭。1959 年 2 月 25 日,朱总司令重上井冈山,并为该塔题词:"井冈山的斗争奠定了中国人民大革命胜利的基础。在井冈山斗争中牺牲的革命烈士们永垂不朽!"至此,该塔成为向国内外宣传井冈山的主要形象标志。

　　而时至 1972 年,该塔又经改建。改建后的塔式,塔基占地 103 平方米,底座呈 5.5×5.5 米的正方形,塔高 11 米,[①]四面均镶刻有凹形"井冈山革命先烈纪念塔"10 个大字,塔前铺有水泥地面与台阶,与红军烈士墓相连,四周树以松柏常青。这就是现今游人所能看到的"井冈山革命先烈纪念塔"的形象。而至 1986 年 10 月 15 日,国务院公布该塔为"全国重点烈士纪念建筑物保护单位",人们自然不得再改。而为了进一步开发井冈山的红色教育资源,1987 年井冈市政府又在井冈山革命先烈纪念塔附近的山头上,建起了规模更大的"井冈山革命烈士陵园"。

瞻仰井冈山革命烈士陵园

　　瞻仰完井冈山革命先烈纪念塔后,6 时 50 分我们沿着山路行至"井冈山革命烈士陵园",门口见当年在井冈山战斗过的老红军战士宋任穷 1987 年临此时的题铭。

　　井冈山革命烈士陵园位于茨坪镇北侧的北岩峰上,山体呈坐佛形,1987 年始建,同年 10 月对外开放。时至 1997 年 10 月,陵园又落成井冈山革命烈士纪念碑。陵园整体建筑包括门庭、纪念堂、碑林、雕像园、纪念碑五大部分。而据有

---

① 数据见《百度词条·井冈山革命先烈纪念塔》。

关介绍：井冈山革命烈士陵园在建筑时，借鉴了南京中山陵的风格。

步入陵园大门，过两侧花坛，沿山而上的石阶共分为两组，第一组 49 级，象征着新中国于 1949 年成立；第二组 60 级，则寓意该陵园 1987 年建成时，正值井冈山革命根据地创建 60 周年。

跨越两组石阶后，便进入了井冈山革命纪念堂。纪念堂大门上方，有横幅"井冈山根据地革命先烈永垂不朽"，系当时全国人大常委会委员长彭真 1987 年视察井冈山时所题写，纪念堂内设有瞻仰大厅、陈列室、吊唁大厅、忠魂堂等。

出纪念堂，堂后有井冈山碑林，"井冈山碑林"五字，由中国书法家协会原名誉主席、原山东省委书记舒同（1905—1998 年）题写。而舒同之所以有资格题写碑林铭，因为他也是一位老红军战士，曾参加过中央苏区第一至第五次的全部反"围剿"作战。此外，舒同的书法自"二王"入手，取各家所长，自创"舒体"被称作"七分半"①，其字体已作为一种汉字字形输入了电脑，全球通用。何香凝曾说："国共有两支笔，国民党有于右任，共产党有舒同。我更喜欢舒同。"至于碑林内所陈，共有碑石 138 块，作者大多来自党和国家领导人上井冈山时的题词；参加过井冈山斗争的老红军的题词；以及国内知名书画家、作家或名人颂扬井冈山精神的题词等。据说碑石的碑料，均来自江西玉山县的罗纹石，具有石质细腻、光滑、耐磨等特点。

出碑林，在陵园东侧山头上有井冈山雕塑园，园内有当时知名雕塑家创作的 19 尊雕像，分别为当年曾积极献身于井冈山革命斗争的毛泽东、朱德、彭德怀、陈毅、谭震林、陈正人、张子清、王尔琢、宛希先、李灿、何挺颖、王佐、袁文才、蔡协民、伍若兰、何长工、罗荣桓、滕代远、贺子珍等人。据说此园为全国第一座以革命历史人物群像为题材的雕塑园，园铭由当时全国政协副主席、参加过井冈山斗争的老红军萧克上将题写。

"井冈山革命烈士纪念碑"为陵园最后落成的建筑，位于"佛"形山体的头部，1993 年筹建，1997 年落成。碑铭使用了邓小平为纪念井冈山革命烈士，1984 年在北京时的题字。从严格的意义上来说，该纪念碑并非常人所理解的大理石碑制品，而是呈"纪念碑"型的建筑物。其占地面积为 1200 平方米，由休息室、会客室（设一楼）与展厅（设二楼），组成纪念碑的基座。基座用"将军红"大理石砌成，

---

① "舒体"，也称"七分半书"，据解释是：楷、行、草、隶、篆各取一分，颜、柳各取一分，何绍基（1799—1873 年）取半分。

高 9.7 米，①以寓意 1997 年建成，用以纪念井冈山革命根据地创建 70 周年。基座三面有浮雕，正面主题为"朱毛会师"；东侧为"红色割据"；西侧为"浴血罗霄"。基座之上有用不锈钢制作的主碑标志，造型呈"山"状，高 27 米，以寓意井冈山革命根据地创立于 1927 年，以及"星星之火，可以燎原"。纪念碑前另建有一尊"母亲"雕像，以寓意井冈山是中国革命摇篮。

上述为井冈山革命烈士陵园的概况。公允地说，该陵园当为我所见过的当代中国革命烈士纪念建筑物中的巅峰之作，当然投入经费亦巨（我不知道井冈山市政府为建设此陵园具体投入了多少钱）。而我认为在井冈山革命烈士陵园建筑群中，最具创意的还是纪念堂之设。其中充满灵性的设计包括：在大厅玻璃柜中存放着井冈山革命烈士名册；在大厅四壁嵌刻着为这一斗争献身的 15744 位烈士名录；在陈列室中悬挂着费尽心力寻找到的、曾为井冈山革命事业奋斗过的 54 位先烈遗像；在大厅中陈放着汉白玉无字碑，以示怀念为这一斗争献身而没有留下姓名的革命烈士；在大厅楼上设有"忠魂堂"，以安放老红军的灵柩。我认为其中最具灵性的设计，是在瞻仰大厅左侧陈列室中，挂有建国后去世的、曾参加过井冈山革命斗争的 51 位领导人的相片。他们当中有开创井冈山革命根据地的主要领导人毛泽东、朱德、彭德怀、陈毅等；有军队中的一大批将帅，如元帅罗荣桓，大将谭政、粟裕、黄克诚，上将陈伯钧、赖传珠、杨得志、朱良材，中将杨梅生、毕占云、张国华、谭家述，少将龙开富等；另有建国后调离军队，到党政部门担任领导职务的何长工、贺敏学、贺子珍、陈正人、彭儒、曾志等等。② 而在这些被陈列人员中，他们生前可能际遇不一，相互间有着种种个人恩怨，但是有一点是一致的，即他们曾共同为井冈山革命事业奋斗过。现在他们死后又能重聚一堂，让后人来评价他们的历史是非功过。

参观井冈山革命博物馆

参观完井冈山革命烈士陵园，时间已是不早，我们打的急返颂英山庄宾馆早餐。餐后，8 时 15 分，集体前往参观井冈山革命博物馆。

井冈山革命博物馆位于茨坪镇的中心地带，旁边有波光潋滟的挹翠湖，与井冈山的主峰五指峰的间距亦不远。据介绍，该博物馆是中国第一家地方性革命

① 数据见《百度词条·井冈山革命烈士陵园》。
② 数据及名录参《百度词条·井冈山革命烈士陵园》。

博物馆,1958 年 11 月由国家文物局投资兴建,1959 年 10 月竣工开放,这是当时全国的十大献礼工程之一。1962 年 3 月间,朱德委员长携夫人康克清(时任全国妇联副主席)重上井冈山参观博物馆,并应邀题写了"天下第一山"以及"井冈山革命博物馆"的馆标。1968 年 4 月 15 日,由于众所周知的原因,馆标改为"毛主席创建井冈山革命根据地纪念馆"。林彪事件发生后(1971 年 9 月 13 日),1972 年 1 月初,"井冈山革命博物馆"恢复旧名。

而在我们去日,入馆所见,主要为两类文物,一类为文字资料,介绍井冈山的革命斗争历史,含朱德所题写的"井冈山革命博物馆"墨宝等。[①] 鉴于展馆所藏的文字材料十分丰富,限于参观时间,无法细看。好的是这类文字材料已汇编为《说明书》一册,价 16 元。我买了一本带回,准备返沪后学习。另一类为馆藏文物,具有代表性的是:

老红军战士钟步全 1927 年的党徽(一说为帽徽)。该党徽银质,五角形,正面中间为中国共产党镰刀、斧头的党标;背面靠下角有一挂针,角内有"钟步全"三字;靠左上、下角处有"1927"字样;靠右上、下角的邻边相交处有"党"字。据介绍:1927 年,吉安东固地区的钟步全为参加由万安、曾天宇组建的工农革命军并参加武装起义,按上级要求,请银匠打制了这枚党徽,它是我党早期组织工农革命军而流传至今的一件极其罕见的文物。钟步全后在战场上牺牲,这枚帽徽是他的亲属于解放后在办理烈士抚恤证时,交给吉安县民政局的。1994 年 5 月被国家文物局专家组鉴定为国家一级革命文物。

王佐用过的青龙剑。该剑铁质,木匣,靠护手圈内一组的铜片圈两侧各有一条青龙,故称青龙剑。据介绍:1928 年春,井冈山罗浮乡成立工农暴动队时,王佐将此剑赠给暴动队副队长兼军事教官李嗣凤,李嗣凤后将此剑传给儿子李井生。1984 年 7 月,罗浮下茅坪村的尹传家对井冈山市委党史征集办公室的李春祥说:罗浮坑尾村李昆俚家还保存有王佐用过的一把青龙指挥刀。同年 10 月,李春祥到坑尾村找到李井生征集此剑,李将此剑捐赠给井冈山革命博物馆收藏。1994 年 5 月,该剑被国家文物局专家组鉴定为国家一级革命文物。

永新县泥金乡党支部会议记录本。该记录本质地为毛边纸,土黄色,长方形,线装,共 29 页。字迹分别用毛笔和铅笔书写,清晰,内容完整,记录了该党支部 1927 年 7 月至 1928 年 3 月历次会议的内容,是研究井冈山斗争时期地方党

---

① 据介绍,该手迹为 1962 年 3 月 5 日,朱德在任井冈山宾馆时,应时任中共井冈山管理局党委书记、局党委宣传部长兼井冈山革命博物馆筹备处主任林史的要求而题写的。

组织建设尤其是党内民主生活状况的重要史料。记录本中记录的段富奎及其兄段瑞奎都是共产党员,而且同为泥金乡党支部成员。记录本里还记录了段富奎多次参加协商会议、支部会议的内容。段富奎 1928 年在永新参加革命,后改名段辉亮,新中国成立后,曾任中共安徽省委统战部部长。他曾上井冈山确认此记录本为当年的原物,并回忆说:当时的党支部书记是段飞虎,他于 1928 年被反动派杀害。1928 年秋,反动派进村搜捕革命同志时,他们兄弟俩将这本记录本藏在敦伦祠堂的灵坛牌子下。解放后,乡亲们打扫牌子时发现了这个本子,后来由永新县革命纪念馆征集收藏。1965 年 8 月,井冈山革命博物馆干部周金碧等人到永新县征集文物时,永新县革命纪念馆将此文物移交给井冈山革命博物馆陈列展览。1994 年 5 月,被国家文物局专家组鉴定为国家一级革命文物。

看到这本小册子,我颇受感动,想起了小说家峻青所写《党员登记表》的情节。这见证了战争年代普通党员对党的事业的忠诚,亦望在新的历史时代中,这种精神得以传承下去。因此,我认为类似展馆的宣传重点,不应仅是强调中国革命的胜利,是某一思想方针的正确,将功绩归为个人,而是应该强调在战争年代千百万普通党员对这一事业的忠诚,是他们的流血牺牲,换得了新中国事业的胜利,并应该以此精神,培育下一代人的成长。

上午 8 时 50 分,出井冈山革命博物馆,前往大井毛泽东故居参观。

访大井与茨坪毛泽东故居

上午 9 时 35 分,抵达大井毛泽东故居。

大井是当时井冈山上大、小五井村中最大的一个,位于现井冈山市政府所在地茨坪镇西南约 7 公里处。而在大井村的中央,原有一处房屋建筑名"新屋下",面积约近千平方米,共含 44 间房、五个天井,是当时井冈山绿林领袖王佐的兵营所在地。此外,此处房屋原系井冈山村民邹氏的祖屋,因此另有"邹屋"之称。1927 年 10 月 24 日,毛泽东率领秋收起义余部上井冈山抵达这里后,王佐将此处房屋让与毛泽东居住。1928 年 5 月,朱德、陈毅率领南昌起义余部上井冈山与毛泽东会师后,亦住于此。现在井冈山市政府将这片房屋统一命名为"大井毛泽东旧居",但就性质而言,这片房屋实则为当时中共高级领导干部的集体宿舍,因为当时除毛泽东外,朱德、彭德怀、陈毅、何长工(任 32 团党代表)、滕代远等人都曾在此居住过。这片房屋现又具体划分为"大井毛泽东旧居"与"大井朱德、陈毅旧居"两部分。

其中,毛泽东居住在此片房屋的东厢房内,房屋坐北朝南,土木结构。因墙壁为白色(白墙青瓦房),当地人习惯称之为"白屋"。而后来彭德怀、滕代远[①]1928年12月上井冈山后,亦居此屋。彭德怀居住于毛泽东住房边侧西厢房,彭住房对门则为滕代远住房。1961年3月4日,经国务院批准,"大井毛泽东同志旧居"被列为全国重点文物保护单位,供中外游人参观瞻仰。

而"大井朱德、陈毅故居"距毛泽东旧居约10米,这是一座土木结构二层楼房,黄泥墙体青瓦房,有天井,占地671平方米,当地俗称"黄屋"。大门内右间是朱德住室,左间为陈毅住室。

而在"大井毛泽东旧居"中,最有名的住房当然是毛泽东本人的住房了,室内至今尚陈列着一些当年毛泽东用过的物品,如洗脸盆、毛巾、油灯等。在此屋中,毛泽东曾赠送王佐70条枪以支持他发展农民武装,王佐则回赠了500担稻谷,以给工农革命军充作军粮。而毛泽东所居院落,是客家式建筑,有一整排院落连成一体。中间是大堂,两侧各有两院,院子里有八间房(分列两排),各院还有一个大门,各院都有一条小路通向大堂。毛泽东卧室位于第二个院子,第一个院子的右首第一间房是厨房,而对称的左首第一间房原也是厨房,但由于当时居住大院的人员众多,改作了卧室。大堂的左侧有一堵泥墙,墙面上留有无数弹孔,这是当年战争留下的痕迹。1929年1月底,当红四军主力向赣南进军后,国民党军窜入大、小五井村烧杀抢掠,当时大井村的房屋基本被焚毁,"白屋"也被烧得只剩一堵残墙。新中国成立后,1960年对"白屋"按原比例重建,为了使后人不忘历史,将当年烧剩的残墙仍嵌在新筑的墙面里。

而在"白屋"大院中,尚存有其他革命遗迹。在毛泽东旧居前有一棵树,树下有块黑石头,据说这是毛泽东当年读书、读报与批文件的地方,叫"读书石"。此外,毛居室的屋后尚有两株大树,一株是红豆杉,一株为柞树,毛泽东与朱德当年经常在树下讨论工作。关于这两棵树,被当地人传得神乎其神,而称之为"神树"。据说其曾三经荣枯,第一次是1929年2月2日,随同"白屋"被一起烧毁,历仅余残根。至1949年新中国成立时,树又重新发芽。1965年毛泽东重上井冈山时,两树茂盛花开。但至1976年毛泽东故世时,两树又重新病死。而在中共十一届三中全会召开之时,这两棵树又枯木逢春,枝繁叶茂,而被人们称之为"常青树"。

[①] 滕代远(1904—1974年),1928年6月任中共湘鄂赣边特委书记。7月22日,与彭德怀、黄公略等发动和领导了平江起义,成立了中国工农红军第五军,任党代表,是湘鄂赣革命根据地的创建人之一。1928年12月初率红军主力到达井冈山,与红四军会师编为红四军第三十三团,任红四军副党代表兼团党代表。

　　关于大井朱德、陈毅的故居，据介绍原系当地群众邹安仁家的祖居。1928年5月，在中国红军第四军军部从原宁冈茅坪上迁至井冈山后，成为军部驻地与军长朱德、军政治部主任陈毅的居所。朱德常由此处出发，攀登八面山、双马石哨口，临前线检查、部署防务。1928年8月底，当湘赣两省敌军乘朱毛主力远出湘南之机，企图从黄洋界方向进攻井冈山根据地，红四军31团党代表何挺颖、团长朱云卿于此屋中厅召开连以上干部军事会议，成功地部署了黄洋界保卫战。

　　而大井朱德、陈毅故居也在"白屋"被焚的同时被烧毁（1929年2月间），江西省政府于1984年按原貌重建，并于当年公布其为省级重点文物保护单位。2006年5月，国务院公布"大井朱德、陈毅同志旧居"为全国重点文物保护单位。现朱德住房内陈列有一张竹躺椅，是朱德1962年3月重上井冈山时，在原大井乡工农兵政府暴动队队长邹文楷家中做客时，坐过的椅子。而此处所提到的邹文楷，亦是井冈山的一个传奇人物。据说当时所拿月工资为300余元（当时我的月工资为41—43元之间），任职井冈山革命委员会副主任，屡有人请其下山做官，均被拒绝，直至1978年去世。现朱德故居后，尚有邹文楷之孙所开设的饭店。

　　除上举大井朱毛故居外，在茨坪镇东山脚下尚有另一处朱毛故居，现仍统一以"茨坪毛泽东旧居"命名。该故居同住者，有朱德、陈毅、滕代远等人。朱德住屋在毛泽东住房边侧，对边为陈毅、滕代远居所。[①] 1929年1月，红四军离开了井冈山。红五军在坚持井冈山斗争期间，指挥部设在茨坪，彭德怀亦曾居此屋。

　　据有关介绍：此屋原为井冈山民李利昌的杂货铺。1927年10月27日，毛泽东率领湘赣边界秋收起义部队来到茨坪，李利昌腾出一半的房屋给毛泽东和警卫员住。这里有毛泽东卧室、警卫员室、餐厅，外间是会议室。此后直至1929年1月间朱毛红军下山之前的一年多时间里，毛泽东只要到茨坪，就在这栋房子的中厅右后间居住和办公。

　　此外，1928年4月底，朱、毛两军在宁冈县砻市会师后，成立了"工农革命军第四军"，后改称"中国红军第四军"。军部始设宁冈洋桥湖，后迁到茨坪此屋，由于朱德和陈毅主要负责部队的工作，因此此屋又成为"中国红军第四军军部旧址"。

---

① 1928年5月，朱德、陈毅率领南昌起义余部上井冈山与毛泽东会师后，亦住于此屋。1928年7月22日，滕代远与彭德怀、黄公略等发动和领导了平江起义，成立了中国工农红军第五军，1928年12月初率红五军主力到达井冈山，与红四军会师编为红四军第三十三团，滕代远任红四军副党代表兼团党代表时，亦住此屋。

此外，1928年11月6日重新组织的"中共井冈山前敌委员会"机关，也设在此屋的中厅。当时以毛泽东为书记，朱德、谭震林等5人组成井冈山前委，"前委"在这里召开过扩大会议，毛泽东多次在这里主持召开党、政、军会议，研究部署根据地的各项工作。而毛泽东在主持"前委"期间，所做的最重要工作，是在此屋中代表井冈山前委，起草了《井冈山前委对中央的报告》（即《井冈山的斗争》）一文，从理论上全面总结了创建井冈山革命根据地的经验，阐明了"工农武装割据"思想。当时井冈山的生活条件十分艰苦，按规定：毛泽东晚上办公可以点三根灯芯，但为了节约，毛泽东在起草《井冈山的斗争》这篇文章时，只点一根灯芯，而被誉为"一根灯芯点亮井冈山的斗争。"在此屋中，毛泽东还完成了四言体的《红四军布告》等文。

此外，此屋尚有"湘赣边界防务委员会"、"军官教导队"（队长梁平）、"第四军械处"等旧址称谓。屋内有"横屋"，是当时的饭厅，毛泽东、朱德、陈毅常在此处吃饭。屋后有一片奇特的"方竹"林（竹竿为方形，而非常规圆形）。据说当年毛泽东遇有不顺心事，常来此抚摸方竹，思考问题。屋内现存石制小水缸，据说是当年原物。

而时至1929年1月14日，毛泽东、朱德率红四军主力出击赣南后，国民党军一度占领井冈山，茨坪大部分房屋被敌烧毁。此屋亦在当年2月被烧毁。1961年，井冈山人按历史原貌恢复遗址，供人们参观。同年3月4日，国务院公布"毛泽东同志旧居、中共井冈山前敌委员会旧址"为全国重点文物保护单位。

而参观大井与茨坪朱毛故居，我最深的感慨首先不是故居中陈放文物的逾久，而是深感故居中所蕴含的革命精神对后人的感召与鼓舞。其中，毛泽东"一根灯芯点亮井冈山斗争"的精神已见前述，在此仅随议一下故居居住者之一何长工思想上的闪光点。

何长工[①]是井冈山根据地得以创立的奠基人之一，其一生可以用"仁者寿"三字来加以概括。1927年9月，何长工追随毛泽东参加秋收起义，上井冈山。同年10月，毛泽东派何长工打探南昌起义部队的下落。为此，他历尽千辛，南下广州，最终在广东韶关找到了南昌起义余部，为朱德上井冈山准备了条件。次年1月，毛泽东要求何长工上井冈山做王佐的工作。起初王佐极具戒心，但何长工从照顾王母着手，为王家挑水、劈柴，……最终赢得了信任，与王佐、袁文才结义为兄弟，为红旗插上井冈做出了贡献。而在袁、王被错杀后，何长工为之不平，表

① 何长工（1900—1987年），原名何坤，湖南华容人。

示："我当年代表党去谈判,他们把自己的武装交给了党,……结果愧对两位结义兄弟,如果不给人家彻底恢复名誉,我死不瞑目!"①1977 年何长工重上井冈山,因袁文才被错杀而历尽艰辛的袁妻谢梅香见到何长工时的第一句话是:"党代表,你可回来了……"何长工顿时老泪纵横。1987 年何长工去世前遗嘱:把自己的骨灰葬在井冈山,并望给袁文才、王佐塑像,立在自己的墓碑旁。这一遗愿后被组织接受,在井冈山雕塑园中,袁文才、王佐两人的塑像立于何长工塑像两侧。

1930 年 6 月何长工任红八军军长时,曾率所部协助彭德怀红五军攻打长沙。当他的军队逼近湖南老家华容时,华容县县长宋寿眉奉湖南军阀何键之命,将何长工一家老小共三十余口全部抓起来,要挟何长工退兵。此后宋寿眉在华容县城北门的泛阳洲上,将何长工妻孟素亚、5 岁长子何光球、3 岁次子何光星以及其他亲人 30 余口全部杀害,剁成肉酱,装入一口坛中。而新中国成立后,何长工任地质部副部长时,意外发现宋寿眉的儿子竟在其属内蒙古地矿部门工作。1957 年"反右"斗争扩大化时,有关部门认为宋父血债累累,主张将其子划为"右派",并请示何长工如何处置。何长工审阅相关材料后回复:宋寿眉子非右派分子,不能乱划,"不要搞冤冤相报。"办案人员不平,反问:"宋寿眉欠了你的血债,杀了你的全家,今天,我们就是要专他儿子的政。"何长工回复:"不要因为他父亲杀害了我的亲人,我们便报复他,那不是共产党人的风格,也不是共产党的政策。他是知识分子,是新中国的宝贵人才,我们还要重用他。"②

身居高位,在国家政治的特殊时期,不利用手中之权公报私仇,一切以国家利益为重。何长工的如此心胸,可能要使共产党的许多高级领导干部为之汗颜。

在此就何长工的个人品格所发的议论,想说明的是:新中国事业得以成功,首先是由于千百万先哲出自于对共产主义理想的忠诚,向着这一目标奋斗与流血牺牲的结果,而不只是由于政治路线正确的结果。而这一目标又可以细化为中国近代先哲出自对儒家大同理想的认同,而将当时传入中国的马克思主义思想与之结合的结果。因为中国的老一代人,大多受到过中国传统儒家思想的熏陶。因此当代中国的社会主义制度,在某种程度上体现了近代中国社会的发展定势,而在这一定势形成过程中,当然免不了社会动荡、流血牺牲、内乱反复与不完善之处。但一旦此定势已形成,要想加以逆转,会造成更大的社会动荡、流血牺牲、内乱与反复。因此后来人应该很好地继承先辈们的政治遗产,加以完善

---

① 开国上将陈士榘回忆。
② 易群:《何长工的宽大胸怀》,《湘潮》2006 年第 6 期。

之,这是历史交予的使命。如果完成不了这一使命,当会给当代中国社会造成无可挽回的悲剧。

井冈山的自然风光

概括地说,井冈山的自然风光以多水见长。离开大井朱毛故居后,我们上午10时15分先抵彩虹瀑布。

彩虹瀑布位于井冈山水口,是井冈山的两大瀑布之一,但较我们昨日所去的五龙潭瀑布更显壮观。它是由两块天然巨石合成一张"大嘴",把由双马石和八面山流下的两条山溪汇成一道流水,然后从嘴角溢出,沿峭壁而下,形成一道高96米、宽10余米的梯形瀑布,"水口"地名并因此而得。由于每当夏季上午8时至11时,阳光照射瀑布上呈七色彩虹,"彩虹瀑"因此得名。我们进入景点后,沿山涧而下,但见高树入云。过"碧连桥",见涧溪石滩中有"金牛戏水"石。再前,有"百跌泉",为近代名人光未然(张宪年)命名,系小瀑布。由此再前,见涧水至此三转直泻,下落深潭,雷音万丈。其下有金龟望月石、三猫戏姑石、巨狮观天石,其上有情人洞。此处为彩虹瀑景观最胜处。

出彩虹瀑景区,沿山道再下,有金鸡石景观,周边皆原始森林带,多龙形古藤。据当地传说:金鸡石,又名"炎帝水口金鸡峥",系巨大樟石,其下葬有华夏始祖炎帝,因此实际是炎帝灵柩。而灵柩之后的石峰,当地人称"神农塔",即当年神农采药尝百草处。

过金鸡石,中午11时40分抵达井冈山水库边码头。这一地带原名"井冈冲",系处于井冈山主峰"五指峰"北麓下的峡谷。其上游有水名"左溪",属赣江支流蜀水的分叉。1992年,井冈山人拦截两侧峡谷,筑起高92米的大坝以发电供应井冈山市,这样就形成了一个占地面积约48平方公里的宽阔湖面。沿湖筑起长廊,停靠游船,供人们休闲。其中第一个亭子呈狮头形,名"凌波阁",颇雅静。据说此处距湖南省炎陵县已不远。

我们在井冈山水库边长廊候人至中午12时20分,然后坐快艇游湖10分钟,上对岸五指峰下餐厅午餐。五指峰位于茨坪西南面6公里处,系井冈山主峰所在,海拔1438米,因峰峦像人手的五指而得名,为1980年版人民币百元背景所在。该峰峦由东南向西北绵亘数十公里,多原始森林,迄今杳无人迹,人只能站在隔岸的"观景台"上遥望。五指峰两侧为巨峰对峙,中间有一条深谷,谷底为龙庆河,亦名井冈山河。半山腰有"天军洞",传为当年太平天国军驻地。此外,与五指峰相望的尚有"龙庆洞"。按当地传说,此洞居有神龙与仙人。而当年红军曾在此洞历霖斗雪,坚持了四十多天游击战,因此亦名"游击洞"。

午餐后,游客们纷纷在五指峰脚摄影留念,峰下即高出湖面数十米的水库大坝,坝壁上有朱德题字"天下第一山",背景颇为雄壮。

下午1时半,旅游大巴先是将我们送达井冈山的一处茶场看茶艺表演,表演者为当地的年轻女子。据说井冈山以产"擂茶"著名,但看者众多,买者少,显然同行游客对于购买茶叶无太多兴趣。我利用闲隙吟得"夜半抱诗眠"一句,惜未成诗。下午2时25分出茶场,2时50分,抵达位于笔架山下的井冈山朱砂冲漂流场,坐橡皮艇漂流,以体验电影《闪闪的红星》中的场景:"小小竹排江中游、巍巍青山两岸走。"漂流全程约5公里,河道虽不深,谈不上有生命危险,但却具有水大浪急的特点,这是一项只适合于年轻人玩的项目。漂流时间约1个小时,我坐的橡皮艇两度险些翻船,我的衣服被水浪打湿直至胸口,在此后的旅游活动中,我对漂流再未产生过兴趣。

朱砂冲水上漂流活动至下午3时45分结束,旅游大巴将我们送达宾馆的时间为4时15分。由于晚餐时间为6时,我尚有时间赴茨坪街上的朱毛故居去瞻仰。

晚餐后,环沿挹翠湖散步约半个小时。挹翠湖,位于井冈山市茨坪镇中心位置,占地面积129亩,系上世纪上海30万千瓦电组援建的人工湖,四周环山,风景幽静雅,以"挹翠映波"意取湖名,湖心岛上设有茶室,有长堤可达。在湖心岛茶亭品茶吟诗,至晚8时10分还住处,9时45分品诗入眠。一日得诗三首:

七绝　题井冈山大井朱毛故居(2002.7.29)[①]
往岁朱毛上此山,军民抗战共辛甘。
"白厅"尚有残墙在,世上真情叹淡然。

①大井朱毛故居为当时红军领袖居所与指挥部所在。1929年井冈山失守后,房屋被烧毁,原址仅存白屋大厅(用作饭厅,俗称"白厅")的一堵残墙、毛泽东读书坐石一块及常青树两棵。白厅残墙现被砌于墙基之中,另做标志,以昭示后人。

七律　过井冈山彩虹瀑(2002.7.29)
急风扑面水沾衣,雨伞强支立不前。
瀑布千寻落涧底,雷音万鼓起深潭。

溪流九曲涛声缓，古木百叠鸟语妍。

动静相隔唯咫尺，人间始信有新天。

七律　井冈山茨坪挹翠湖湖心亭品茶(2002.7.29)

四面环山此处幽，清茶慢品少愁忧。

星河灿烂悬明月，暮色初升近早秋。

百鸟归巢蝉语寂，游人散尽灯光稠。

从来趣此无俗客，入圣超凡静里求。

2019年9月14日

告别井冈山，登白鹭洲悼文天祥
（井冈山纪行之四）

2002 年 7 月 30 日，星期二，多云。

晨 6 时 30 分起床，早餐后 8 时许，与黄老师同赴南山公园。今天是在井冈山的最后一天，上午 9 时 30 分，将走上返沪之旅，因此游南山公园，也是我们此次赴井冈山的告别之行。

南山公园位于茨坪镇南端，海拔 865 米，与建有井冈山烈士陵园的北山对称为"南山"。山脚与挹翠湖相连，近旁为茨坪朱毛故居。该公园始建于 1968 年，园内植有树种达百余种之多，其中以红豆杉为主，而成为当地的红豆杉观赏区。而在公园入口的广场，筑有工农兵雕塑，以示不忘革命传统。由山脚爬到山顶，约有 2000 米山路要走。近年该公园已重加改造，在山上修起五个仿竹亭子，以代表井冈山的五大哨口，在山顶修起庞大的火炬广场，以代表井冈山革命传统"薪火相传"。但这与我们当年所看到的景观，已有很大差异。

上午 9 时下南山，赴挹翠湖茶室品茶稍歇。9 时 30 分，坐上驶离井冈山的大巴前往新余火车站。在井冈山住了三天，总的感觉是气候多雨，几乎天天下，天时晴时阴，但好的是雨下得不大，不影响游览。

下午 1 时 30 分，车抵吉安米西大厦，安排午餐。这是吉安市粮食局所在地。餐后，给时间一个半小时，让大伙赴鹭洲东路的文山步行街自由购物，下午 3 时集中。我对购物不感趣，询问导游附近有何旅游景点可供一游？回复是：附近有白鹭洲书院，是文天祥少年时代读书处，打摩托车上岛仅需车资 10 元，可堪一游。根据导游的指导意见，我急速打的上岛。

白鹭洲位于吉安市区东面的赣江中，长 1.5 公里，宽 0.5 公里，为一梭形绿洲，由江水携带的泥沙淤积而成，江洲与岸边有 1987 年建成的白鹭洲大桥相连，上岛极为方便。上岛之后，举目所见，但见草木丰茂，尤其值得称道的是，沿岛杞柳成行,倒卧江中,对于防护水土流失,有着重要作用。

关于此岛的得名有三说:一说是因岛上竹林茂密,为百鸟栖息之所,其中尤以白鹭为多,因此得名。二说是源自唐李太白《登凤凰台》诗句:"三山半落青天外,二水中分白鹭洲。"此说见岛铭碑记。三说是此岛形似白鹭,略高于江岸,由于岛离岸较远,站在岸上远望,在视觉上似觉得岛低于江岸。但每遇洪水,江岸被淹,岛心不殁,故有"水涨白鹭浮"之说,"白鹭洲"并因此得名。个人认为该岛得名,似以三说更近情理。而后人更有依此说者,编出一个神话传说,讲得是古有白鹭仙子,因羡慕人间男女情爱,飞临于此岛化作村姑,与江边一位年青渔民结婚。后遭天谴,水淹洲渚。为拯救苍生,仙女化作白鹭,潜入水中洲底,以身子托陆洲不沉。渔夫则化作白鸳,日夕在洲上哀鸣不已。后人为纪念白鹭仙子,就把此江洲称作"白鹭洲"。

沿狭形岛前行,首先是过位于岛中央的白鹭洲中学,入门得买参观票,约 10 元一张。入校园再前,还得过一座名为"中山院"的建筑。这是一栋始建于 1925 年的民国学术机构,门口立有孙中山雕塑。据说在这一机构中,曾培养过不少民国要人。而过中山院,其后方为白鹭洲书院遗址,位于江洲的东北角。

下午 2 时抵书院门口,见门前立有文天祥铜像,像旁刻有文天祥诗句:"人生自古谁无死"。这是吉安残存的真正古建筑,建筑旁有碑:"江西省文物保护单位:云章阁、风月楼,江西省政府 1987 年 12 月 28 日公布"。也就是说该书院内现存的真正古建筑,仅余云章阁与风月楼两座古代楼阁建筑。其中:

云章阁居前,南宋原建,明代万历二十年(1592 年)重建。高 8.7 米,占地 1760 平方米,建筑面积 227 平方米。[①] 这是原书院藏书、山长讲学和就寝之处,是明万历年间复建物。在我去日,见正厅有先师孔子行教像。屋后有"文信同公"石像。而楼的上层为危室,堆放杂物。谢绝参观。

风月楼居后,南宋原建,清同治八年(1869 年)重建,占地面积 113 平方米,建筑面积 311 平方米,高 14.7 米,[②]三层,呈方形。底层称"浴沂亭",二层名"风月楼",三层曰"魁星阁"。其下层陈文天祥事迹与近代江西省其他名人事迹。上层陈古代江西名人事迹,有数十人。中层有古代书院规则等文献。过风月楼,拜读古代书院的学习规则,我深为感佩古人的认真读书与进取精神。

白鹭洲书院现占地面积不大,仅限于江岛偏东北一隅。但根据我的判断:

---

① 数据参《百度词条·白鹭洲书院》。
② 数据参《百度词条·白鹭洲书院》。

古代的白鹭洲书院面积当包括现在的白鹭洲中学以及整个的中山院面积。只是由于此后的战乱与水灾影响，白鹭洲书院才残存下来云章阁与风月楼两幢古建筑。而有关白鹭洲书院的历史见于《庐陵县志》一书所记，其大致过程为：

南宋淳祐元年（1241年），知吉州军江万里创建"白鹭洲书院"，因岛名命名书院名。记载谓："白鹭洲书院，在郡城东白鹭洲上。宋淳祐元年辛丑，知吉州军江万里建。奏于朝，置山长；理宗御书白鹭洲书院，以赐。院内立文宣王庙、棂星门、云章阁、道心堂、万竹堂、风月楼、浴沂亭、斋舍"。后增建"六君子祠"，祀程颐、程颢、周敦颐、张载、邵雍、朱熹等六人。[①] 根据这一记载：最初的白鹭洲书院建筑，应包括文宣王庙、棂星门、云章阁、道心堂、万竹堂、风月楼、浴沂亭、斋舍等建筑，后又增建了"六君子祠"，以祀二程等"六君子"。元至元十九年（1282年），书院毁于水，吉安路总管李珏修复。至正十二年（1352年）红巾军与元兵战于吉安，书院大部分毁，复遭水淹，至正十五年（1355年）重建。元末，书院又毁于战乱，明嘉靖五年（1526年）吉安知府黄宗明重修。万历二十年（1592年），吉安知府王可受扩建书院。清咸丰六年（1856年），书院被焚于太平军与清兵的激战。同治二年（1863年），吉安知府曾省三复修。

而今白鹭洲头所余，云章阁与鹭池（位岛中央），系明万历二十年（1592年）重建书院后的遗物；风月楼则为清同治二年最后一次修建书院时的遗物。时至民国三年，又在岛上建中山院、文山院、红楼等建筑，但与古建筑白鹭洲书院已无直接关系。而时至2013年，吉安市府又拨款1.8亿元对白鹭洲书院重建筑，修复了泮月池、钟鼓楼、逢源堂、道心堂、六君子祠、景贤祠、号舍、棂星门等建筑。[②] 但这已非我当年登白鹭洲书院时所见之景观。

而讲到白鹭洲书院，不能不涉及中国古代书院建设的历史。据有关记载，中国"书院"名称的出现，始自唐代贞元年间。当时官方设有丽正书院、集贤殿书院，用以收集、校勘、修订图书，供朝廷和皇帝使用，其作用类似于宫廷图书馆。[③] 时至唐末五代，读书人为躲避战乱，多退隐山林，收徒讲学，仍以"书院"名之，这样书院的性质，就演变为一种与官办学府对称的民间私办教育组织。据统计，唐代共有书院57所。至宋代，书院规模大增，共有书院711所，范围遍及全国。其中最著名的，有所谓江西庐山的白鹿洞书院、湖南长沙的岳麓书院、河南

---

① 《庐陵县志》，民国版。
② 数据见《走进白鹭洲书院》，《井冈山报》2018年11月21日。
③ 参《古代书院是干什么的？》，《文化杂谈》2019年2月19日。

商丘的应天府书院、河南登封的嵩阳书院等四大书院。民间书院形式在明、清两代继续发展，据统计：明代书院总数 2000 所左右，远超唐、宋、元三朝的总和，其中新建为 1699 所。而清代书院亦达 2000 余所之多。①

在上述书院中，有些是官办书院，即由政府承资办学，书院需要服从政府的管理。而其中的大多数书院都是由民间自行承资管理的，这些书院往往兼具教育、讲学和学术研究机构三大性质，读书形式则以自学为主。就这些书院创立的社会功能而言，除了维护名教纲常、应对科考之外，另一方面则是大兴自由讲学之风，抨击时弊，成为当时思想舆论和政治活动之场所。强调这一点是因为：

在这些书院活动中，讲学和学术研究是书院的主要职能，通常由书院主持者主讲，采用讨论式教学，学生可以边听讲边质疑。书院有时也邀请不同学派名师前来讲学和辩难。如南宋朱熹曾邀请陆九渊到白鹿洞书院讲"君子喻于义，小人喻于利"，又曾主持过著名的"鹅湖之会"。这实际上是不同学派的学术争鸣和研讨，当地官员、士绅、民众都可以自由来听讲，有时听讲者多达上千人。这种自由讲学之风，是古代中国社会存在的一种特殊学术民主风气，对当时的文化教育、学术思想以及世俗民风，都产生着极大的影响。但是这种讲学形式，有时也难免与当时政府造成对抗，其中最著名的事件，有明代江苏无锡东林书院的抨击时政，该院旨为："风声雨声读书声，声声入耳；家事国事天下事，事事关心"。为此，明政府曾先后 4 次毁禁书院，但毁而不绝。清初统治者担心书院的自由讲学之风会撼动其统治基础，严控书院活动，实行严酷的文化禁锢政策并使之官学化。顺治九年（1652 年），清政府明令禁止私人创办书院。雍正十一年（1733 年），清政府在各省城设置书院，此后各府、州、县相继创建书院。而时至第一次鸦片战争后，随着西方新式学校及其制度的引入，1901 年（光绪二十七年），光绪帝诏令全国各省的书院改为大学堂，各府、厅、直隶州的书院改为中学堂，各州县的书院改为小学堂。至此，书院退出了中国历史舞台。

概而言之，书院从它在中国产生直至消亡，实际存在了一千多年，它体现了古代中国一种特殊的学术民主氛围。而我所登临的白鹭洲书院占地面积虽小，比不上宋代四大书院的规模，但是它在中国文化史上所书写下的两大自豪却是不能不说的。

其一是它和庐山的白鹿洞书院、铅山的鹅湖书院、南昌的豫章书院齐名，合称为宋代江西的"四大书院"，保留下来了大量有关中国古代书院史的文献资料。

---

① 数据参胡乐乐：《中国古代书院的演变》，《北京日报》2018 年 9 月 29 日。

包括：明太守汪可受制定的《汪太守馆例十二条》、《白鹭洲书院馆规院规十一条》以及《罗太守馆规十三条》（清）、《孔山长学说四则》（清乾隆二十年书院山长孔兴渐制）、《王太守学规八则》（清）、《符山长课规十则》（清）、《书院章程管见二条》（清刘绎）等等。这是后人研究中国书院史的宝贵文献资料。而"文革"后的1992 年，我曾参观过复修后的庐山白鹿洞书院，修得奢华无比，这使我很难相信这就是古人读书的简朴、宁静环境。而白鹭洲书院规模虽小，但是它却保留了中国古代书院的本真，令人信服。

白鹭洲书院的自豪之二是以自己的名节精神，为古代中国社会培养出了文天祥这样的民族英雄，而文天祥闪烁今古的诗句"人生自古谁无死，留取丹心照汗青"，迄今鼓舞着中华后人为国家事业献身。

文天祥（1236—1283 年），字履善，号文山，吉州庐陵（今江西吉安县）人，南宋宝祐四年（1256 年）状元，官至右丞相兼枢密使。祥光元年（1278 年）抗元兵败被俘后，在狱中被关三年，留下激励后人的千古名作《正气歌》后，不屈而死。文天祥实际仅在白鹭洲书院学习了一年的时间，而强调该书院与文天祥的关系，是由于白鹭洲书院与上述诸多书院相比，其办学特色体现在更为重视对于学生名节精神的培育。这一办学特色具体表现为：

首先，白鹭洲书院的办学方针是以兴理学，明节义，育人才为宗旨，此如同刘辰翁（1233—1297 年）《江文忠公祠堂记》中所说："白鹭洲兴，而后斯人宿于义理；白鹭洲兴，而后言义理者畅。"此处所说的"江文忠公"，即白鹭洲书院的创始人江万里（1198—1275 年），江西都昌县人，当时为吉州（今吉安）太守，官至宰相。他是朱熹的再传弟子，所办的白鹭书院，亦以传习朱熹理学为主，他将朱熹的《白鹿洞书院揭示》，标于白鹭洲书院后供学生传习。元兵南下江西，饶州城破之日，他率子侄 180 余人投水殉国，是历史上有名的忠节之士。他以亲身实践，光大了白鹭洲书院所倡导的名节精神。

其次，白鹭洲书院的办学实践重视崇祀先贤。书院一经建立，就"上祀至圣（孔子），次及六君子（程颐、程颢、周敦颐、张载、邵雍、朱熹）"，[①]文庙额书"正谊明道"，又摹唐吴道子绘孔子像于堂中，供诸生春、秋祭与年祭，以给学生树立人格榜样，鼓励生徒见贤思齐，奋发图强。

其三是重视选择名师任教，同时重视学生的来源、质量。当时白鹭洲书院选生是"集郡中九邑俊秀，受业其中"。书院初建时没有合适人选任"山长"（书院院

---

① 见高立人点校：《白鹭洲书院志》，江西人民出版社 2008 年 9 月版。

长),江万里就亲自为诸生讲学,后又延聘名儒欧阳守道为白鹭洲书院山长,而此后接任书院山长的,也都是品高学优的一时名儒,这就使古吉州文风盛极一时,为当时国家培养了诸多人才。据有关记载:自白鹭洲书院兴,庐陵"制科飙举,名硕云蒸,几当宇内之半"。"春秋闱,科甲捷报震四乡。"①宝祐四年(1256年),金榜601名进士,其中吉州占44名,且大多数为白鹭洲书院学生,几乎占全国录取人数的群体十分之一,为全国之最,②而21岁的书院学生文天祥独中状元。当时宋理宗十分高兴地说:"此天之祥,及宋之瑞也",亲笔题写了"白鹭洲书院"匾额,悬挂在书院大门上。③ 从此,白鹭洲书院名扬全国,与庐山白鹿洞书院,铅山鹅湖书院并称江西三大书院。

而文天祥虽仅在白鹭洲书院学习了一年时间,但是该书院的办学宗旨与教育实践无疑给了文天祥以终身性影响,成就了他后来得以成为民族英雄的人格。《白鹭洲书院志》上有"刘辰翁、文天祥、邓光荐皆出其(江万里)门"的记载。文天祥后来在给江万里的信中说:"某在门墙诸孙辈行中,而所以蒙钧天造就,知爱绸缪,出乎先生之右。"④对于江万里的人格,文天祥曾盛赞:"修名伟节,以日月为明,泰山为高;奥学精言,为天地立心,生民立命。"⑤江万里投水殉国后,他没有辜负江万里的期待,立即走上了应诏勤王救国的道路,都证明了这点。从后来文天祥的政治实践来看,他崇尚诸葛亮、岳飞的人格,表示:"或为出师表,鬼神泣壮烈。"⑥他说:"惟中兴之初,先武穆王手扶天戈,忠义与日月争光,名在旗常,功在社稷,天报勋劳,克昌厥后,虽百世可知也。"⑦他又崇尚儒家的纲常思想,指出:"三纲实系命,道义为之根。"⑧就义前在衣服上留下绝笔:"孔曰成仁,孟曰取义,惟其义尽,所以仁至。而今而后,庶几无愧。"而支撑文天祥成就民族英雄形象的人格榜样与精神力量,无疑皆来自于他在白鹭洲书院学习时,所受到的教育。

因此概而言之,白鹭洲书院在中国文化史上留下的两大自豪,即保留了中国书院史的宝贵文献资料以及崇尚名节的教育理念,实为中华民族的宝贵精神文化遗产,值得后人永之加以珍惜。

---

① 见高立人点校:《白鹭洲书院志》,江西人民出版社2008年9月版。
② 数据转引杨芳华:《江万里与白鹭洲书院》,《南方文物》,2006年第4期。
③ 转引杨芳华:《江万里与白鹭洲书院》,《南方文物》,2006年第4期。
④ 尹波:《南宋臣相——江万里》,《文史知识》2000年第二期。
⑤ (宋)文天祥:《贺江左丞相除湖南安抚使判潭洲》。
⑥ (宋)文天祥:《正气歌》。
⑦ 文渊阁版《四库全书·文山集》卷八《回岳县尉》。
⑧ (宋)文天祥:《正气歌》。

　　下午 2 时 35 分,出白鹭洲书院后门"风寻梅之门",此处已处江洲的尾部,掩映在一片古木之中。立此可直面江心赣江大桥,见白鹭洲头千舟驰过,桥上车行如蚁,景色颇为壮观。而在江的西岸,是一座正维修的古迹,名"古青原台",传为原青原山祭神台,南宋初吉州太守郑作肃与尚书刘才邵曾于此作诗唱和。而当地人又以"钟鼓楼"名之,因为台中曾悬挂有明宣德年间铸造的铜钟,后毁于"文革"中。当日游白鹭洲书院,始终仅我一人。立于白鹭洲尾遥望畅想,忆文天祥为国献身事迹,心情颇感惆怅,因为这一精神也曾激励过我的少年时代。而现已年过五旬,终无所成,可谓:江流百转终奔海,人生短暂自当珍。少年有志疆场死,垂老于国无一功。特题悼文天祥七律诗一首以寄情:

七律　登白鹭洲悼文天祥(2002.7.30 吉安)[①]
飘零落拓赣江头,独步行吟白鹭洲。
草木绵延垂绿渚,烟波浩渺耸朱楼。
碑栏青史添新愤,正气悲歌勾旧愁。
欲报神州愧技短,但怀文宰赋中流。

　　①白鹭洲在江西赣江中,地属今吉安市。上有白鹭洲书院,为文天祥少年时代读书处,陈有文天祥事迹。后人在原址建白鹭洲中学,但书院旧楼二座仍存,即本诗所云之"朱楼"。

　　下午 2 时 50 分,返米西大厦,距大巴发车时间尚有 10 分钟。傍晚 6 时许,车抵新余火车站,在车站餐厅晚餐后入站,坐上 19 时零 5 分由衡阳发往上海的过路客车,位 5 车厢三组上铺。夜间品读陶渊明诗磨时。

2019 年 9 月 26 日

访王国维旧居，盐官观潮
（井冈山纪行之五）

2002 年 7 月 31 日，星期三，晴。

昨晚睡车厢上铺，空调风大，寒甚。晨 6 时起身，车已抵萧山站。早餐毕，车上读诗磨时，听人谈起海宁观潮事。久闻海宁潮涌，壮观天下，一直想前往，却挤不出专门时间。恰逢今晨火车将过海宁站，我决定中途下车一观。向车上工作人员打听有关事项，回复是海宁观潮的具体地点是在盐官，在海宁出站后，尚需打的前往。

上午 8 时 55 分，火车过海宁站，向此次带队上井冈山的沈老师讨要车票下车。我原想再约两位老师同往，无奈当时天气炎热，无人愿同行，我只得独身前往。出站后，拦住一部出租车查询打的至盐官镇费用，回复是 50 元整，且属不打表的优惠，如打表前往，你肯定不能承受。我盘算了一下，囊中尚有余资，承受得起。为了节约时间，决意打的前往盐官镇。不意中途逢当地警察拦车，要求检查身份证。我颇为紧张，回复身份证随同行李寄存于火车站，自己是中途下车前往观潮的，并出示了火车票。查车民警尚属通情，予以放行。

上午 9 时 30 分，出租车抵观潮售票处。被告知观潮须买 25 元联票一张，除观潮外，尚有盐官镇海神庙、王国维故居、陈阁老宅三处景点可供参观。又告知潮日来两次，分早潮（日潮）与晚潮（夜潮）两种，中间间隔时间在 12—13 小时之间。夜潮游客无法观赏，日潮昨日来时为下午 3 点 40 分，今日来潮时间当为下午 4 时 20 分，你可放心先游览其他景点，下午来潮前 20 分钟赶到江边即可。

根据售票人员的指导意见，我决定先前往王国维故居参观。之所以先去王居，是因为王国维是近代中国一位伟大的历史学家，对于王国维的史学成就，我一直心存敬仰。

王国维故居

王国维故居位于盐官镇西门内周家兜,距离观潮海塘约5华里路程。冒着约三十七八度的室外高温,踏着发烫的柏油路面,我上午10时步抵。

故居为二进木结构瓦房,坐北朝南,后有小院、水井、厕所,总面积约290平方米。展厅大致格局为:前厅正中置放王国维半身铜像。左偏房陈王国维遗著、手稿,另有文字介绍王国维的故乡、家世、生平以及主要学术成就。右偏房陈国内外专家、学者研究王国维的文论著作,其中重要文献有郭沫若致王国维子王登明的信函两封,内容为索要王国维遗存的金文拓片。信末署时为1972年4月4日与1972年4月27日。

参观王国维旧居给我的直观是一片萧瑟,因为房舍陈旧,管理者是一位老年工作人员,而观众仅我一人。但这却是国学大师王国维度过青少年时代的住宅,他9岁至22岁一直在此居住,共度过了十三年的岁月。向故居管理人员查询始知:此住房解放前属无业主房,产权归盐官镇房管会所有,三家无房农户向房管会租住此房。时至1983年,海宁县①文管会查出此处为王国维故居,收回维修,1985年6月经整修后,对游客开放,由中宣部部长朱穆之(1916—2015年)为之题写匾额。但此房屋基架仍为110年前的,仅门框等新换。时至1989年12月,王国维故居连同盐官海塘、海神庙被浙江省政府列为省级重点文物保护单位。

另据有关介绍,王国维父亲名王乃誉(1847—1906年),晚清秀才出身,颇具国学功底,擅长书画、篆刻,曾任溧阳县署幕僚。后因父丧归家,未再从政,在盐官开设洋杂货店谋生,有《古钱考》、《画石》、《娱庐诗集》等著作传世。② 1886年,王乃誉利用经商所得的钱财建造了此屋,命名"娱庐",全家从原居住处盐官镇双仁巷迁此。王国维时年9岁。十三年后王国维长成,游学在外,但每年仍回此小住,称旧宅为"西城小屋"。

王国维(1877—1927年),字静安,号静观,海宁盐官人,少幼随父亲学习骈散文、古诗词,16岁中秀才,初露才华。22岁赴上海《时务报》工作,工作之余在东文学社学习外文及理化,开始接触西方文化。辛亥革命后随罗振玉东渡日本,开始从事中国古代史料、古器物、古文字学、音韵学的研究,对于甲骨文、金文、汉

① 1986年11月,撤海宁县,设海宁市,属嘉兴市。
② 事迹见《海宁人物资料》第一辑、《中国近现代人物名号大辞典》(续编)。

晋简牍和唐人写本的研究用功尤多,这使之成为当时中国新兴学科甲骨文、敦煌学的重要奠基人。其著《流沙坠简序》、《殷墟书契考释序》、《宋代金文著录表》、《殷卜辞中所见先公先王考》、《殷周制度论》等,被称为"划时代"之作,后汇编为《观堂集林》20卷。王国维力主的"两重证据法",即把历史文献与出土资料密切结合、相互参证的治史方法,①受到此后学术界的普遍推崇。

1923年4月(或作6月),王国维出任清逊帝溥仪的"南书房行走",居住北京织染局10号(已拆)。为表示对清王室的忠诚,王国维以前清遗老自居,衣冠不异昔时,后脑拖辫,头戴瓜皮小帽,身穿蓝布大褂。

1925年4月,王国维应清华国学研究院主任吴宓之聘,任清华国学研究院教授,讲授《古史新证》、《尚书》、《说文》、《诗经》等课程,并研究古代史兼作西北史地和蒙古史料的整理考订,与梁启超、赵元任、陈寅恪并称"清华四大导师"。时迁居清华园西院17号、18号。

1927年6月2日,王国维自沉颐和园昆明湖而死,人们在其内衣口袋中发现遗书:"五十之年,只欠一死。经此世变,义无再辱。"关于王国维的死因有不同说法,一说为罗振玉逼债而死。此说见溥仪《我的前半生》及郭沫若的有关说法。②另说为殉清而死,即1924年11月5日,冯玉祥派京畿警卫总司令鹿仲麟、警察厅总监张璧和民意代表李石曾将溥仪逐出宫禁,"王国维萌生死志","有自杀之心,为家人严视得免",③但终以一死相报。持此说者有当时的清华校长曹云祥以及罗振玉、吴宓、鲁迅等人。而我个人认为:与其说王国维是因罗振玉逼债而死或为殉清而死,还不如说他是为自己心目中的"王道"理想破灭而死。强调这一点是因为作为中国历史上学贯中西的大师王国维,他与中国历史上另一位学贯中西的大师辜鸿铭有着同样的人生观,即在对比中西文化之后认定:中国传统儒学所阐述的"王道"思想,代表了人类的最高社会理想,较西学的"进化论"(弱肉强食)有着无可复加的优越性。而清王朝则是中国"道统"的最后代表者,所以他生前要着清服,担任溥仪的"南书房行走"。而清王室灭,他心目中的"道统"显然一并破灭,也就丧失了生的动力,最终走上了自杀之路。

然而不管王国维死因如何,他生前的史学成就是不容抹杀的,这如同郭沫若

---

① 见王国维《古史新证》:"吾辈生于今日,幸于纸上之材料外,更得地下之新材料。由此种材料,吾辈固得据以补正纸上之材料,更得地下之新材料。由此种材料,吾辈固得据以补正纸上之材料,亦得证明古书之某部分全为实录,即百家不雅训之言亦无不表示一面之事实。此二重证据法,惟在今日始得为之。"

② 郭说见《十批判书》。

③ 见《王国维故居简介》,http://baike.chinaso.com/wiki/doc-view-368077.html。

所言:"发前人所未能发,言腐儒所不敢言。"而据有关统计,王国维一生著作有62种之多,涉及哲学、文学、美学、史学、古文字学、音韵学、版本目录学、校勘学、教育学、心理学等诸多领域,是一位真正的学贯古今中西的大师。王国维曾对中国近代鸿儒辜鸿铭的英译《中庸》一书加以评论,指出辜理解上的偏差和译文上的失误,由此可见王国维西学功底之深。他在《文学小言》文中所倡导的"三级境界说",曾对后人治学产生过很大的影响,即:"古今之成大事业大学问者,不可不历三种之境界:'昨夜西风凋碧树,独上高楼望尽天涯路。'此第一境也。'衣带渐宽终不悔,为伊消得人憔悴。'此第二境也。'众里寻他千百度,蓦然回首,那人正在灯火阑珊处。'此第三境也。未有未阅第一第二阶级,而能遽跻第三境者。文学亦然。"[①]而王国维在史学方面的最大成就,则是通过对于甲骨文的研究,成功地证明了《史记》所记殷商王朝历史的可信性,此见于他的考史力作:《殷卜辞中所见先公先王考》、《殷卜辞中所见先公先王续考》以及《殷周制度论》、《殷墟卜辞中所见地名考》、《殷礼征文》、《古史新证》等。

关于成汤以后的商朝先王世系,司马迁在《史记·殷本纪》中原有明确记载,即共17世31王。但新文化运动时期,以顾颉刚为首的"古史辨派",受到"全盘西化"思潮的影响,全盘否定中国的历史文化传统,认为《史记》所记五帝、夏、商王朝的历史是根本不存在的,是"层累地造成的中国古史",由于臆造的旧史体系是与一千多年来束缚人们头脑的封建"道统"相一致的,因此,古史辨伪工作就具有扫荡长期毒害人们思想、根深蒂固的封建意识的意义。[②] 在他们的考证之下,五帝时期的治水英雄大禹竟然成了"一条虫"。由这一荒谬的结论出发,当时的疑古主义者甚至主张将中国的《二十四史》、一切线装书都付之一炬,要废汉字,中国人要改学罗马字母等。

而王国维对于中国史学的历史性贡献则在于:他是中国将甲骨学由文字学演进至史学的第一人,他将上甲微以前的殷族先祖称为先公,将上甲微以下的殷族先祖称为先王。他凭借雄厚的古文字功底,从甲骨文考证出殷墟甲骨文中所记载的商朝,从先世王亥开始,直至相土、季、王恒、上甲、大乙等21位先公、先王的名号,从而将殷王世系从甲骨文卜辞中整理清楚,证明《史记·殷本纪》中有关殷代世系记载的完整与可信性。此见于王国维的力作《殷卜辞中所见先公先王考》。而在《殷卜辞中所见先公先王续考》中,王国维又进一步纠正了《史记·殷

---

① 此说另见王国维《人间词话》,但将"三级境界",改称"三种境界"。
② 参顾颉刚、钱玄同等:《古史辨》。

本纪》中记载的错误,指出:先公上甲之后的位次,应是报乙、报丙、报丁,而《殷本纪》误作报丁、报乙,报丙;中宗是祖乙,而被误作大戊;武乙之子是文丁,而不是大丁等等。①

这一考证的直接意义,如同王国维所说:"《史记》所述商一代世系,以卜辞证之,虽不免小有舛驳,而大致不误,可知《史记》所据之《世本》,全为实录。"②而就这一考证的间接意义或深远历史影响来说,则是彻底推倒了五四以来盛行中国的"疑古辨派"所宣扬的"疑古主义"思潮,粉碎了他们在中国古史领域中所散布的以西学为中心的、全盘否定中国历史文化传统的种种谎言与谬论;间接证实了《史纪》所同样记载的商代之前夏代与五帝时代帝王世系所依据材料的可信性,从而捍卫了有五千年历史的中华古文明。

而谈到王国维的史学成就,不能不提到王国维所处历史时代的学术环境特点。王国维所处时代,由于"西学东渐"的影响,中国思想界大变,大致受到三种社会思潮的影响:一为全盘西化主义,处处以欧美为尚;二为自西方与俄国传入的马克思列宁主义;三为中国传统儒家思想。而在这三种社会思潮碰撞下,史学界也出现了三类"名家",其一是愿为政治目的出卖学术良心者;第二类系为应合时势而改变初衷者;第三类则是死抱中国传统"王道"立场,撞死南墙不肯回头者。这第三类名家的代表者有如王国维及先此的辜鸿铭,但是其学术良心却始终不改。仅以王国维论,他以死表达了其所忠于的"王道"理想,尽管这一理想是落伍的、早已被社会上大多数人所抛弃的。

作为我个人来说,当然不赞同王国维的政治立场,但是我却钦佩他的史学成就,因为首先是由于王国维的考证,后人才能最终认识到《史记》所记载的五代与夏、商历史的可信性,从而也认定中华民族是一个有着五千年文明史的伟大民族。仅从这一角度来说,王国维不愧为近代中国的一位伟大历史学家。因此,王国维旧居虽属落寞,我却认为一个真正的学人,他生前是冷寂的,死后也无须像明星、政要一般走红,只要他的学术良知不改,他的学术成就永存人间就行。因此,打心底来说,我尊重像王国维这样的学人,因为不论其政治际遇如何,却始终未曾改变自己的学术初衷,其学术研究成果是可信的。这就是我参观王国维旧居的一点体会。

---

① 参马宝珠:《新历史考证学的开山王国维》,《20 世纪的中国史学》。
② 王国维:《古史新证》。

游陈阁老宅

上午 10 时 40 分,我告别王国维故居,行数步,坐上三轮车前往陈阁老宅游览,车资 4 元。

陈阁老宅位于盐官城内堰瓦坝,为清初重臣陈元龙(1652—1736 年)的故居。陈元龙字广陵,号乾斋,浙江海宁人,康熙二十四年一甲二名进士,授编修,值南书房。后历任翰林院侍读、广西巡抚、工部尚书、礼部尚书、文渊阁大学士、文华殿大学士等职,雍正十一年,以大学士、太子太傅衔致仕,谥文简。陈元龙任职广西期间,颇有政声,善书法,著有《爱日堂文集》、《爱日堂诗集》,编纂有大型类书《格致镜原》(工程学科百科全书)。清代"大学士",民间俗称"相国"(宰相),又作"阁老"。由于陈元龙字广陵,因此民间俗称"广陵相国",其为浙江海宁人,民间又俗称"海宁相国",称其旧宅为"陈阁老宅"。

陈宅在曾祖陈与相时期,占地面积不大,初称"隅园"。① 陈与相为明代万历五年进士,其孙陈之遴后考中崇祯十年进士。入清后,陈之遴在顺治朝两度拜大学士,而陈与相之曾侄孙陈元龙则为雍正朝大学士,陈元龙之堂侄陈世馆是乾隆朝大学士。这样一来,海盐陈氏家族便出现了"一门三宰相"的盛况。又据统计:海盐陈氏家族从 16 世纪至 19 世纪末,亦即始自曾祖陈与相以降的明清两代,共出进士 31 名,举人 103 名,贡生、监生、秀才 1000 余名,三品以上在清朝国史馆立传者共 13 人。被誉为"一门三阁老,六部五尚书"、"陈半城"等等,这样便成了江南地区有名的官宦望族。

为了光大门第,陈元龙拜相后开始扩建祖宅,把大门改为竹扉,增建了"双清草堂"和"筠香馆"。经陈元龙扩建后的祖屋,占地面积约达百亩,有楼台亭榭 30 多座,园中林木大半为南宋时期遗植,颇有皇宫内院气派。陈元龙命名为"遂初园",成为当时浙西地区的园林之冠,并被列为江南四大名园之一。② 清代诗人袁枚(1716—1798 年)③曾赋诗赞其盛况为:

---

① 《海宁县、平湖县、海盐县名胜古迹简介·陈元龙故宅》,https://baike.sogou.com/v66157168.htm?fromTitle。

② 《海宁县、平湖县、海盐县名胜古迹简介·陈元龙故宅》,https://baike.sogou.com/v66157168.htm?fromTitle。

③ 袁枚,字子才,号简斋、仓山居士、随园主人。祖籍浙江慈溪,曾任清县令,乾隆朝诗人,"性灵派"代表,与纪昀并称"南袁北纪"。有诗著《小仓山房诗集》传世。

百亩池塘十亩花，擎天老树绿搓讶。

调羹梅也如松古，想见三朝宰相家。

  陈元龙 85 岁辞世，时值乾隆元年（1736 年），乾隆皇帝 25 岁。陈元龙的"遂初园"由其儿孙辈接管。乾隆皇帝下江南时，共 6 次南巡，其中 4 次驻跸①遂初园，并御赐堂匾"安澜园"，并允许安澜园仿北京圆明园建制，自此陈阁老宅称"安澜园"，名声盛极一时。而民间据此编造故事，讲陈元龙是"乾隆之父"，乾隆皇帝明则下江南，实则到安澜园祭父省母。②

  而香港武侠小说家金庸（1924—2018 年）是浙江海宁人，③自幼听到这一传说，在他的武侠小说《书剑恩仇录》中，对这一传说大加发挥，讲海宁陈世倌在康熙年间入朝为官，和当时四皇子雍亲王胤禛的关系密切，雍亲王妃和陈世倌的夫人都怀有身孕，不久生子，雍亲王得女，而陈家得男。雍亲王让陈家把男孩送入王府观看，陈家把孩子送进王府，等抱出时，陈家的儿子变成了丫头，男孩长成即乾隆帝。而陈家后又得一男孩名陈家洛，长大后成为红枪会的堂主，实即乾隆皇帝的亲弟弟。而在民间传闻中，更称雍亲王换出去的女儿，是公主"九小姐"，长大后嫁给了大学士蒋廷锡的儿子蒋溥，蒋家是常熟大姓，雍正之女所住的那栋楼被后人称为"公主楼"；陈阁老宅双清草堂的西侧有一个锁闭的门，上写"宝砚斋"三字，原为是书房，即当年男孩与女孩调包之处，甚至乾隆御题"双清草堂"匾额，也被搬出来作为此说佐证。等等。一时真假难辨。

  实则乾隆皇帝六下江南四次驻陈家的真实原因，是为了视察当时的钱塘潮灾，此有当时的乾隆御诗《观海塘·志事诗》为证："明发出庆春，驾言指海宁；海宁往何为？欲观海塘形。"因此金庸先生在《书剑恩仇录》小说的《后记》中老实告诉读者，"陈家洛这个人物是我的杜撰。"同时他还声明："历史学家孟森做过考据，认为乾隆是海宁陈家之子的传说靠不住。"

  陈阁老宅的极度辉煌，毁于咸丰十一年（1861 年）太平军与清政府战事中的一场焚火，待我去日，这座当年的宰相府第仅剩下了轿厅（老宅北大门）、东偏房

---

① 皇帝后妃外出，途中暂停小住称"驻跸"。

② 关于乾隆皇帝为汉人的说法，参野史小说《清代外史》、《清宫十三朝演义》的有关描述，谓乾隆帝在宫中常着汉服，六次下江南且住陈阁老宅的目的是为了探望亲生父母。由此认定乾隆帝是海宁陈阁老家的儿子。

③ 金庸（1924—2018 年），本名查良镛，生于浙江海宁，毕业于剑桥大学，与古龙、梁羽生合称香港"中国武侠小说三剑客"。

祠堂、寝楼(小厅三间)、双清草堂和筠香馆等残余建筑。其他"百桌厅"、"爱日堂"(已知)等主要建筑均已毁废。能见证往日辉煌的,尚有筠香馆前的小院,院子里有一棵六百多年的古罗汉松,四季长青,另有假山、流水,有曲桥南通"双清草堂",环境幽雅。余址约为三进宅建筑,占地面积 4700 余平方米,建筑面积 1100 平方米,围墙尚在,但三分之二的旧地为两家工厂所占。

陈阁老宅原本已冷落,大约是金庸的武侠小说重新唤醒了人们的记忆,前来游客不断。当地政府显然也看出了这里面的商机,已将两家工厂迁出,准备筹资重建陈阁老宅。至于老宅中原存文物《渤海珍藏》和《陈氏玉烟堂》残石,也开始重加保护。这两类残石统称《二堂法帖》,据记载是陈元龙伯祖父陈献汇刻汉魏六朝至明代书法大家手迹而成,合 30 卷。太平军攻占海宁时,以之维修城墙而散失。太平军兵败,陈家后人又重加收集,得残石约三百余块,合诸帖为一,称《烟海余珍》。时至"文革",《烟海余珍》又毁。"文革"后重加征集,仅得 200 余石,1982 年被海宁市府定为市第一批重点文物保护单位。这批余石中有雍正帝赐匾铭:"躬劳著训——雍正元年十一月十五"。有游人据此讥为:"留年荣华度过后,相府残败也如斯。"

而步入陈阁老宅,给我的直观是与武侠小说中所写的古代重臣所居深宅大院有着很大程度的区别,主要原因是旧宅占地面积太小而游人太多。但类似的"深宅大院",我在 2018 年夏随同上海新四军研究会参观常熟翁同龢旧宅时却曾看见过,即为六进大宅,高墙深阁,如果再配以护院武师队伍,当与金庸武侠小说中所描绘的情景不差太远。而我想陈阁老宅在全盛时,其规模一定要远超出常熟翁同龢的旧宅,因为连乾隆皇帝都曾四次驻跸。仅借此写出个人的参观体会,以供旅游同仁参阅。

游海神庙

约下午 1 时许出陈阁老宅,在街上小店食面一碗,前往海神庙参观。由于饭馆冷落无一食客,店老板陪我闲聊。他告诉我:盐官的生意都等着做大潮的几天,平日大街上空荡无人,而在大潮来的那几天,大街上人挤人,甚至连矿泉水都会脱销。实际上盐官潮水天天都有,我们倒希望平时多来一些游客,大潮时少来一些游客。

出饭馆,沿盐官镇小街步行一刻钟抵海神庙。海神庙位于盐官镇春熙路东端,构筑宏伟,可惜门口靠江高处,被一排民楼遮去江面,似破坏了其风水。

据有关介绍：海神庙始建于清雍正八年（1730 年）九月，时浙江总督李卫奉敕造庙，占地共 40 亩，耗银 10 万两，于雍正九年十一月竣工。其结构仿故宫太和殿建，故有"庙宫"、"银銮殿"之称，又号称"江南紫禁城"。可惜咸丰十一年，被太平军纵火烧毁大部，至光绪十一年重建，"文革"中又遭破坏。而我所见到的海神庙，是 1992 年海宁市政府拨款重修的。①

步入海神庙所见，其基本格局均属清代皇家建筑风格。即庙门座北朝南，三路并列。沿中轴线行进，依次为山门、仪门、正殿、御碑亭和寝殿。东西两轴则有斋厅、天后宫、道院、雷神殿、水仙阁等建筑。山门前有石筑广场、汉白玉石狮一对、跨街石牌坊二座。前临庆成河，上有庆成桥，桥南为草场及歌舞楼等。而其后的御碑亭六角重檐、尖顶。亭内为汉白玉御碑，阳面为雍正帝御制《海神庙记》，阴面为乾隆帝御制《御海塘记》。

而真正显示海神庙庄严的是庙中的正殿建筑，共 546 平方米，高 20 米，五柱（"楹"）、殿基四面（"陛四出"）、七级台阶、廊柱、石栏板全部是用汉白玉精琢而成，石栏板上则饰以龙虎花鸟云水花纹。

而更为奇特的是殿内所祀神像。首先，正殿祭有"宁民显佑浙海之神"，以吴英卫公伍子胥（居左）与武肃王钱镠（居右）为配祭。

有评论指出：不仅在佛、道等神祀中"查无此人"，而且细看塑像，戴珠帘皇冠，穿金色龙袍，双手握上朝令牌，一副皇帝坐殿的打扮。且殿内高悬清代四位帝皇（雍正、乾隆、嘉庆、咸丰）所赐御匾五块，以及雍正、乾隆合题的父子双皇御碑，给海神庙带来了异乎寻常的皇家气度，因此断言"海神身份"的传说，使这里蒙上了"雍正篡位"的层层迷雾。但这类猜测，实质上并无依据。雍正继位，合理合法，这取决于废太子暴虐失德与雍正精明能干，康熙未曾选错接班人。终清一代可以看到：未有在行政能力与勤政态度上能够超越雍正的皇帝，乾隆帝是靠其父积攒下来的产业（行"摊丁入亩"制），才当了六十年太平皇帝。而个人以为：殿内所祀"宁民显佑浙海之神"，实即中国民间传说中的东海龙王。

其次，正殿中以吴英卫公伍子胥与武肃王钱镠为配祀亦有其情理。伍子胥是中国民间传说中的"潮神"，传说大致情节为：吴王夫差用伍子胥谋破越，被吴王尊为"亚父"。越王勾践为求得复国的机会，用重金收买吴国的权臣太宰伯嚭（pǐ），②又献上美女西施。吴王为西施美色所惑，允许越国不亡，而让越王勾践入

---

① 1986 年海宁撤县设市。

② 伯嚭，子姓，伯氏，名嚭（pǐ），一名否，春秋后期吴国大夫。吴王夫差时任太宰，又称太宰嚭、太宰否。

吴为奴,后又放其归国,伍子胥力谏不从。越王勾践归国后,"卧薪尝胆","十年生聚,十年教训(教育国人)"①,国力复振。又极力劝吴王建邗沟出兵伐齐争霸中原,②并答应以越兵相助。吴王夫差决定挖邗沟伐齐,伍子胥力谏不从。吴王怒谏,赐"属镂"剑伍子胥,令其自杀谢罪。伍子胥死前大骂夫差昏庸亡国,并嘱咐儿子:"抉吾目悬于南门,以观越兵来伐吴。以胰鱼皮裹吾尸投于江,吾当朝暮来潮,以观吴之败。"③。而事态的发展果然如伍子胥所料。在吴王修邗沟消耗大量国力并起兵伐齐后,越王勾践趁机起兵攻吴,三战灭吴,吴王夫差自杀身死。据说伍子胥尸体投入钱塘江的那天,正是农历八月十八,而此后他日日驾素车白马驱潮而来,人们就把这一天定为"潮神"生日。而传清代以"潮神"伍子胥像配祭海神之俗始自康熙帝,因此雍正帝造海神庙,以"潮神"配祀,算不得标新立异。

伍子胥(前559—前484年),名员,字子胥,春秋末楚国人,吴国大夫、军事家,封于申,也称申胥。其父伍奢原为楚平王子建太傅,因受权臣费无极谗言,与其长子伍尚一同被楚平王杀害。伍子胥决心为父兄报仇,从楚国逃吴,成为吴王阖闾重臣。他是姑苏城(今苏州城)的实际营造者,至今苏州有胥门。周敬王十四年(前506年),伍子胥协同孙武带兵破楚都,掘楚平王尸,鞭三百,以报父兄之仇。吴王阖闾子夫差用伍子胥之谋,败越、徐、鲁、齐诸国,称霸春秋晚期。但吴王夫差终因好色、信谗、杀害忠良,导致亡国之祸。夫差临死前,要求随从用布遮住己面,表示地下羞见伍子胥。而吴国之亡,距伍子胥之死仅有9年的时间,因此伍子胥其人算得上是中国历史上一位忠良之士,民间传其为潮神,当寄托了对于其命运的同情。

而清代之所以以钱镠配祀海神庙,仍与潮神的传说有关。据说五代十国时期,钱塘江潮为害甚烈,钱塘江两岸的海塘,常是这边修好,那边已被潮水冲塌,以至于出现了"黄河日修一斗金,钱江日修一斗银"的说法。当时的吴越国君钱镠为此烦心不已。有人告诉钱镠:海塘难修,是因为钱塘江潮神作怪的缘故。而钱塘江潮神之所以能够作怪,是因为大水冲走了龙王庙。其经过为:吴国名将伍子胥秉性刚烈,屈死后投尸钱江化身为"海潮王",日日驱水为潮前来,以观吴国之败,因现今吴越国属春秋时吴国旧地。钱塘江本由东海龙王掌管,现突出

---

① 《左传·哀公元年》。

② 邗沟,即淮扬运河,是从今江苏省淮安市(中国大运河与古淮河交点)到扬州市(中国大运河与长江交点)的这段河道,全长170余公里,公元前486年吴王夫差开凿。淮扬运河是中国大运河最早开凿的河道。

③ 见《录异记》。此说又见《吴语》,作:"悬吾目于东门,以见越之入,吴国之亡也。"

海潮王与之相争，心不能平，与之大战。而伍子胥原本名将，海龙王不是对手，只得搬出水晶宫，在沿江陆上建起了9座龙王庙暂安。但伍子胥仍然愤怒难消，席卷大水，将9所龙王庙一并冲走，两岸百姓一并遭殃。龙王无奈，传来龟相相商对策。龟相献计说：潮神为恶，冲毁堤岸，淹没良田，日必不能久，建议龙王给五代吴越王钱镠托梦，用箭射潮。龙王听后大喜，托梦告知钱镠只有在潮神生日这天，万箭射潮，才能使海潮倒退，筑成海塘，拯救百姓。钱镠得梦后，认为龙王言之有理，便于农历八月十八午时三刻，派出万名弓箭手，万箭齐发射潮，而潮神措手不及，只好暂时退潮，钱镠乘机修起海塘，而立于海塘之上的海神庙也从此无恙。民众为了纪念钱王射潮的功绩，就把钱塘江海塘称为"钱王堤"。

这一则神话传说，说明历史上吴越王钱镠对于修筑钱塘海堤曾做出过重要贡献，得到了人民的怀念，从而也取得了在海神庙配祀的资格。而历史上真实的钱镠（852—932年），字具美，杭州临安人，16岁时以贩私盐为生，后入兵营，24岁时成为临安石镜镇董昌部的偏将。后梁开平二年（908年），因功被封为吴越王，龙德三年（923年），又被封为吴越国王，地域在今江苏、浙江一带。钱镠掌权之后，保境安民，兴修水利，为发展当时中国南方农业经济，做出了巨大贡献，因此是一位值得怀念的历史人物。钱镠对于修筑钱塘海堤所做出的真正贡献，是采用石囤木桩法，以石块和木桩代替以往的泥土坝，以保海塘800年不坏，是以民间立为海神陪祀。

除上举正殿配祀伍子胥、钱镠外，在海神庙正殿大厅两侧边厅中，尚陈列有与中国治水相关的许多历史人物作从祀，有趣的是其中竟有东汉民女曹娥（130—143年）。我查了一下有关曹娥的事迹，大致情况为：系上虞（在今浙江绍兴）皂湖乡曹家堡人，其父曹盱为当地巫师，能"抚节按歌，婆娑乐神"。汉安二年（143年）端午，曹盱驾船在舜江中迎潮神伍子胥时，被江水淹死，不得其尸。时曹娥十四岁，投江而死，三日后曹娥尸抱父尸出。乡人念曹娥孝节，遂改称舜江为曹娥江，并尊曹娥为水神。而自宋以降，历代帝王都褒扬曹娥孝节。元祐八年（1093年），宋哲宗敕建曹娥殿。大观四年（1110年），敕封灵孝夫人；淳祐六年，敕封纯懿夫人；元至元五年（1268年），加封慧感夫人；明洪武八年（1375年），朱元璋命官赴庙祭奠。等等。

概而言之，清朝对盐官海神庙的大肆兴修，一方面说明清代钱塘江潮为害的严重，另一方面也是为了安抚受灾民众，表示政府在此事上已尽力。从今天角度来看，清政府大修盐官海神庙实质上是一种愚民政策，因为与其把钱投入虚幻求冥冥保佑，还不如把这笔钱投入到海塘维修之中。但是修盐官海神庙祈神保佑潮灾不兴，却是与当时人们的认识水准相一致的，且给后人留下了一处可供瞻仰的古迹，因此对此事亦不必深责。

盐官海塘观潮

下午 2 时 15 分出海神庙，沿街步行 10 分钟抵盐官海塘观潮处。由于距来潮时间尚早，先在江边农民开设的茶座花 5 元钱租坐位一个，以免来潮时无席观赏。随后在海塘上闲逛，登钱塘江边的"占鳌塔"望海。而我所登临的占鳌塔是盐官镇保留下来的一座真正的古迹，其产生亦与当地民众防潮灾有关。据有关记载：

该塔始建于宋代，后毁。明代万历十四年，海宁知县郭一轮重建，至万历四十年（1612 年）陈扬明为知县时竣工，至今已有四百余年的历史。塔顶砖石上迄今铭刻有知县陈扬明的手迹："占鳌塔"。该塔高十五丈（实测 39.375 米），周围九丈六尺（实测 25.32 米），平面呈六边形，高七层，砖木结构，内壁绘有五彩壁画，在宝塔边角上悬有铜铃，风过则响。使造型显得华丽。该塔始建原为防范潮灾，由于当时人认为钱塘潮灾产生的原因，是东海鳌鱼在作怪，是以命塔名为"占鳌塔"。古文中音同意转，"占"通"战"，占鳌塔意即战鳌塔，亦可解作镇鳌塔，亦即此塔之修，是希望能镇住海中凶恶的鳌鱼，不再发生潮灾。但是由于此塔修得极其壮丽，再配以杭州湾开阔的海景，而成为文人雅士纷纷登临望潮吟诵之处，以至于清高宗乾隆皇帝亦亲临吟诵，而留下了七绝作品：

> 镇海塔旁白石台，观潮端不负斯来。
> 塔山潮信须臾至，罗刹江流为倒回。

自此，人们又称"占鳌塔"为"镇海塔"。

而在占鳌塔下的盐官海塘，则是比占鳌塔具有更悠久历史的古迹，见证着人与自然的角力。盐官海塘位于今盐官镇南门外，全长 1100 米，在 2001 年，它与海神庙一起，被国务院公布为"全国重点文物保护单位"。

据有关记载，盐官海塘发端于古代的海堤，已知情况是：从东汉到明清，钱江海塘的修筑从未间断过，海塘结构亦日臻完善。它从最初御潮能力低下的土塘，发展为修筑成柴塘、土石塘、石塘等不同阶段。至迟在晚唐时期，民众已发明了"石囤木桩"修塘法，即以石块和木桩代替以往的泥土坝。这从民间有关吴越王钱镠采用石囤木桩法修塘,保海塘 800 年不坏,而被民众尊为海神祭祀的传说中可以得到证明。而自宋以降,盐官海塘的修筑均由朝廷委派专吏统辖、督办,此见于地方志的记载。时至清代,康熙五十九年(1720 年)海潮江流改道,直逼海宁城,始筑石塘 500 余丈抗潮,石塘之内则培筑土埝。而雍正一朝 13 年间,共修筑"海宁塘工 18 次,计各类塘工(海塘工程量)54080 丈,用银 34 万余两",并启后世浙西海塘的岁修制度。[①] 而至清乾隆二年(1737 年),盐官南门外绕城"鱼鳞石塘"建成,乾隆五十九年(1794 年)海宁"鱼鳞大石塘"告竣,迄今用之。

而盐官抗潮,最终修建落成的海塘之所以称"鱼鳞石塘",是因为其技术特点在于:在塘下有承重木桩,各桩间填土夯实。塘之高者有 18 层,每层均用长 5尺、厚 1 尺、宽 1 尺 5 寸的上等条石"丁顺间砌",各层之宽度自下而上依次递减收分,相邻条石间用糯米浆和灰浆靠砌,并嵌以铁锭和铁锔,以使互相勾连巩固。石塘之后附土以支持塘身。因海塘侧面呈附梯状往上收缩,状似鱼鳞,故又名"鱼鳞石塘"。[②] 因最终落成的盐官海塘呈条石状,又称"条石海塘"。这一工程结构复杂,充分显示了中国古代工匠精湛的技艺和智慧。

概而言之,盐官是世界上修筑最早、工程量最大的海塘,它与修万里长城、大运河比肩,被誉为中国古代的三大建筑工程。盐官海塘修建的重要意义在于:海宁处于钱塘江与东海的交汇处,沿岸海塘保护着中国古代最富裕的农业地区——浙江杭(州)、嘉(兴)、湖(州)地区以及江苏的苏(州)、松(江)、常(州)地区,不受钱塘江可能性的潮涌堤坏的海水侵害,因此对于古代农业国的稳定,有着重要作用。

现存盐官海塘以占鳌塔为中心,全长 1100 米,塘面宽 10 米,为海宁海塘中历史最久、最具代表性的一段。海塘上布列规整的条石,在日光反射下如鱼鳞状反光。海塘上除占鳌塔外,尚有天风海涛亭、中山亭及镇海铁牛等清代海塘建设的遗存之物,可供游人欣赏。在此介绍值得一提的镇海铁牛的历史。据有关介绍:镇海铁牛始铸于清雍正八年,原有五座,乾隆五年(1740 年)又铸四座,牛各重 3000 斤,置于钱塘江北侧沿岸。之所以要铸,是当时人认为:水牛克水,可以使海潮不再为患。令人想不到的是:钱江潮涌的力量要大于 3000 斤重的镇海铁牛,铁牛纷纷被潮水卷走。时至新中国成立,钱塘江边仅剩下了两座铁牛,到

---

① 数据转引《每日故宫博物院资讯精选·仿北京故宫太和殿建造的海神庙你来过吗?》(2019-05-13),http://dy.163.com/v2/article/detail/EF3F4Q7Q05377KWI.html。
② 见《百度词条·盐官海塘及海神庙》;见《水利工程概论·第二讲:中国古代著名的水利工程》,中国水利水电出版社 2007 年版。

"文革"之时,又被作为"四旧"销毁。1986年6月,为了恢复旧观,当地文物部门又委托海宁机床厂重铸了两只,置于占鳌塔边侧,牛身上仍铭:"唯金克木蛟龙藏,唯土制水鬼蛇降,铸犀作镇奠宁塘,安澜永庆报圣皇"。所以这两只铁牛实为伪牛,游人切不可轻信,因为这对伪牛无丝毫的镇海之功。

下午近4时,潮水将来,我步入堤边茶座,一边品茶,一边与茶座主人闲聊。时气温甚高,摄氏37—38度,晴空无云,但江风吹拂,席棚下生凉。由于当日为小潮,堤边的观潮客仅寥寥数十人,连江边的茶座都未坐满,但是我心中却了无遗憾,因为人生之事,不可能事事如意,不管是大潮小潮,看到一次即可,更何况是此次观潮,了却了我自少年时代产生已久的一个心愿。茶座主人为当地农民,承包了江堤边一排茶座维生。他告诉我:有一年大潮来时,可能因受台风影响,突然涌起,把堤边许多观潮的游客卷入江中丧命。但是你今日来此观潮不必惊慌,因为所能看到的只是小潮。对于茶座主人的话我深信不疑,因为我知晓某女士的父亲即当年在钱江边观潮,被潮水卷入江中丧命的,以致该女士受此刺激,对旅游活动终生不感兴趣。

下午4时差5分,潮未至,但已先见天边白线。时4时15分,江水挟白线而至,但白线数处呈断续状,不能连成一片,据茶座主人说:白线不连处系江中水深处,稍后即相连。4时20分,潮至,此时江水所挟白线已完全连作一条,由远及近,汹涌澎湃,同时伴以雷音万鼓之声。而江中白线,即江中水位最高处,亦即潮头所在,高一人许。潮呈弧形,潮过则波缓,真乃天下奇观。更为厉害的是打至某处江崖又回转的潮头,激起的水花直溅岸边游人。我想当年在大潮时被卷入江中的观潮客,一定是这种回头潮所致。而若以这种潮水的力量发电,一定能产生惊人的电力。钱江潮水形成的原因是:位于杭州湾的钱塘江口呈喇叭状,每当海潮来临时,因受地形收束影响,潮头陡立,尤以北岸的海宁海盐一段为最险,于是便形成了蔚然为天下奇观的钱塘江潮。

有关钱塘江潮的壮观,古人早有记载。所谓"八月十八潮,壮观天下无。"①南宋周密在《武林纪事》中是这样描述钱江潮水的:"玉城雪岭,际天而来,大声如雷霆,震撼激射,吞天沃日,势极雄豪。"而我最早知晓钱江大潮的存在,还是在初中刚毕业时的"文革"辍学时期。当时因"破四旧",学校图书馆被一群激进学生砸毁。我与邻友(也是同校的一名初中生)前往观看,在书堆中捡了一本《中华活页文选汇编》回家阅读,书中有西汉文学家枚乘(? —约前140年)所写

---

① (宋)苏轼:《催试官考较戏作》。

《七发》一文。文章假设楚太子有病,吴客前去探望,认定楚太子的病因在于淫奢过度,非一般用药和针灸可治愈的,只能"以要言妙道说而去也"。于是分别描述了音乐、饮食、乘车、游宴、田猎、观涛等六件事的乐趣,诱导太子改变生活方式。其中的第六段是描写钱江潮水的壮观,语言极尽夸张,形容潮水的到来是:"疾雷闻百里,江水逆流,海水上潮,山出内云,日夜不止。"(涛声似百里惊雷,江水倒流,海水潮涨,山谷吞吐云气,日夜不休。)"波涌云乱,荡取南山,背击北岸。覆亏丘陵,平夷西畔。险险戏戏,崩坏陂池,决胜乃罢。"(波涌云烟,冲击南山,转击北岸。摧毁丘陵,荡平西岸。危险惊心,毁堤崩池,决胜方休。)最后是楚太子听罢这些精妙言论后,疾病"霍然而愈"。自读罢《七发》一文后,我一直想到钱塘江看潮,却又始终挤不出专门时间。而此次能得隙看钱江潮,看到的虽属小潮,我也心满意足了,因为我可以根据小潮到来,联想到大潮到来时拍山摧崖、岸上观潮客人头耸动的盛况。

下午4时25分,钱江日潮过,我开始回返海宁。4时40分,坐上盐官赴海宁南站的6路公交车,车票5元,5时30分抵海宁站。因为我手中原持返沪火车票是到上海西站的,售票员拒签,被迫又花11元,买了一张海宁抵上海新客站的5080次普快票入站。18时10分,过路车发,所坐硬座车厢极为空荡,每一个6人座围桌仅坐一人,虽无空调,打开车窗也很凉爽,我很久没有坐过如此舒适的硬座车厢了,心情极为高兴。而相比之下,卧铺车厢则显得拥挤。可能是人民生活水准提高了,贪图享乐,反而使昔年拥挤不堪的硬座车厢,变得空荡。这真是时代变迁,使人耳目一新。在火车上读陶渊明诗磨时,晚8时许车抵达上海站,晚9时返家,井冈山之行结束。

2019年10月11日

2012年5月间,华东师范大学知名教授唐莲英老师因申报国家重大社科课题"保持党的纯洁性"成功,在中国井冈山干部学院召开有关学术研讨会以推动此项研究深入,我有幸应邀出席会议,能第二次上井冈山。利用会议暇间,登杜鹃山,赴后山祭拜华夏始祖炎帝陵,并记所见。

登杜鹃山（再上井冈山纪行之一）

2012 年 5 月 1 日，华东师范大学知名教授、上海党史学会副会长唐莲英老师在中国井冈山干部学院、延安干部学院、浦东干部学院、上海市委党史研究室、南京政治学院上海分校等兄弟单位的支持下，成功申报了国家社科重大课题《保持党的纯洁性研究》。为了深入推进这一课题的研究，她决心利用这笔经费在井冈山干部学院召开一次跨省学术研讨会。参加这次会议的上海代表除唐老师所带的研究生之外，尚包括一些从事党史党建研究工作的学人。我当时虽已退休，但笔耕未停，论著《中国共产党政治哲学思想发展史研究》出版未久，[①]因此也有幸在受邀之列，出席这一重要的学术会议。

2013 年 4 月 29 日，星期一，多云转阴。当日下午 4 时匆匆晚餐，坐 136 路公交车转地铁 3 号线赴上海南站，5 时 20 分抵达，找到 8 号候车厅领取 K271 次上海到井冈山的火车票，车票已由唐老师的学生事前统一买好。被告知火车发车时间为 6 时零 7 分，约次日 8 时 30 分抵达井冈山车站，此次学术会议由上海党史学会与井冈山干部学院联合举办，会议名称是"新民主主义革命时期党的纯洁性建设"学术研讨会。火车上读《文天祥诗选》磨时。

次日，星期二，雨转阴。晨 8 时 30 分，火车正点抵达终点站，井冈山干部学院的大巴已在站台外等候接客，时天上下起小雨。此行已是我第二次上井冈山，情形之别是：我 2002 年一上井冈山时，尚未通火车，如欲上山，得先在江西新余市火车站下车，换乘汽车，经吉安市，走一段很长的山路，方能上得井冈山。而现今火车站已直修至井冈山北麓的拿山乡，距井冈山市政府所在的茨坪镇约 30 公里。这一车站的修筑，不仅方便周边遂川、永新等地的居民乘坐火车，同时也使

---

① 《中国共产党政治哲学思想发展史研究》，江西人民出版社 2009 年 11 月第一版。

我们本次上井冈山参会,省却了许多的时间。因为由新建的井冈山火车站坐汽车抵达茨坪,仅需半个小时的车程。据了解,井冈山站是新修吉衡铁路的一个中间站,东距吉安 91 公里,西距衡阳 220 公里。该铁路 2005 年 3 月全线开工建设,2007 年 4 月 18 日开通运营。而井冈山站的投入使用,见证着中国铁路运输事业的飞速发展。

上午 9 时许,接客大巴过"井冈山"界碑,情景与我初上井冈山时所见景象大致相同。上午 10 时 30 分,车抵"中国井冈山干部学院",分配住 1 号楼 13317 室,与来自上海浦东新区党建研究会的岑老师同室。

"中国井冈山干部学院"位于茨坪镇红军北路 6 号,是中央组织部本于"推进中国特色社会主义伟大事业和党的建设新的伟大工程"基本宗旨,新投资兴建的一所党校,①民间习惯称之为"井冈山党校",其与"上海浦东新区党校"一样,同属北京中共中央党校的派出机构。该校 2003 年 6 月 20 日破土动工,2005 年 3 月正式投入使用,江泽民为学院题写了院名。我初上井冈山时,该校尚未建立,而这次上井冈山,能在如此高规格的校舍住上两晚,对我来说是荣幸之至。

由于到校时间尚早,我明日在研讨会上尚有发言任务,不敢多歇,在寝室里准备发言提纲。不意下午 2 时 50 分突接通知,学院将安排与会代表统一游览笔架山,本次学术会议的组织者唐老师将担任大家的义务导游。而唐老师之所以能任此导游,是因为她 2012 年至 2013 年间,一直在井冈山干部学院担任访问学者兼授课任务,熟悉井冈山的风土人情。

下午 3 时 10 分学院派大巴将会议代表送达笔架山下,先坐了一段缆车,然后唐老师带大家一直走到山顶。笔架山距茨坪镇西南约 20 公里,位于井冈山主峰五指山西南侧,海拔 1357 米。因该山主要由中峰(扬眉峰)、西峰(望指峰)、东峰(观岛峰)三大峰组成一个"山"字形,远望如同古人用的笔架,故名"笔架山"。一说该山由十七峰峦依次排列,形同笔架,故称作"笔架山"。而井冈山干部学院之所以组织与会代表在会前优先游览笔架山,大致是基于两个原因:

一是该山自然风光壮丽,交通便捷。

据有关介绍:笔架山以扬眉峰为中心,奇石、险峰、古松、杜鹃等各具特色,有所谓"七峰"、"五奇观"、"大小松岛"等十余处景点,而其中最为著名的则是扬眉峰上的"十里杜鹃长廊"。而此处所说的"杜鹃",绝非城市中人寻常所见盆栽杜鹃花或花圃中的丛木杜鹃花,而是高六至七米的杜鹃树。这种杜鹃树,在绵延

① 见《百度词条·井冈山干部学院》。

笔架山十七峰的峰脊上都长有，其中不乏数百年树龄的老树。而其品种，又可具体区分为猴头杜鹃、云锦杜鹃、鹿角杜鹃、红毛杜鹃、江西杜鹃、井冈山杜鹃等20余类。每年4月中旬到5月底，为杜鹃树的花开季节，此时上笔架山，可见到一望无际的杜鹃花海，其颜色呈红、紫、黄、白等各色，其中又以红色为主。

由于笔架山多杜鹃，因此又名"杜鹃山"，而电影《闪闪的红星》中的革命歌曲《映山红》，即以杜鹃山上的杜鹃花为背景而创作。大概是因为这首歌唱红了杜鹃花，该花被评选为井冈山的市花与江西省的省花。2011年4月15日，井冈市政府举行了一个"杜鹃山"恢复用名的隆重揭幕仪式，当代京剧名家、《杜鹃山》主要演员柯湘的扮演者杨春霞，现场演唱了京剧《杜鹃山》中的经典唱段。

但是杜鹃山虽美，原本到此观赏却非易事，因为其藏于深山群岚之中，不是说来就能来得了的。但始自2010年8月1日，笔架山修起了上山索道，索道全长5000米，每小时可运送游客1040人，[①]可以将游客一直送达杜鹃山主峰扬眉峰下。而游客自茨坪镇乘车至笔架山索道口，约用时半个小时，再坐索道车至杨眉峰脚，约用时20分钟，再沿着修得很好的上山栈道走一段山路，边走边看，也就能够观赏到杜鹃山的美景了。由于这一便捷的交通条件，使杜鹃山成为近年来上井冈山游客的首选景点。

井冈山干部学院之所以组织与会代表在会前优先游览笔架山，原因之二则是因为该山具有传承红军文化的革命基因。强调这一点是因为：笔架山景区共包括笔架山、朱砂冲、行洲三个组成部分，总面积约达20平方公里，而笔架山索道的修建，将这三部分结为一体。因此该景区也是集井冈山自然山水、革命遗迹以及客家民俗风情为一的综合体。

其中，位于笔架峰下的朱砂冲，海拔635米，是当年井冈山革命根据地的五大哨口之一。哨口旁有一洞穴，常有朱砂水流出，"朱砂冲"因此得名。而朱砂冲近旁有一条溪流名"朱砂河"，现为井冈山水上漂流景点所在，而当年则是电影《闪闪的红星》在拍摄时，竹排漂流的取景点。

行洲位于笔架峰脚的平地上，又名"小行洲"、"行洲府"，距茨坪南13.5公里，距朱砂冲哨口5公里，其为井冈山五大哨口内的一个较大村庄。而据有关记载：清朝道光年间，有李姓人家由附近黄坳石围子徙此，行洲始有人烟。由于该地扼守通往宁冈、遂川的要道，来往行人甚多，复有商人来此开设店铺，逐渐发展

---

① 数据参《百度词条·笔架山索道》。——据介绍：笔架山索道分上、中、下三站，索道沿线设26个支架，有66个轿厢，每个轿厢设8座位。该索道据称是世界上单段驱动最长的索道。

成生意兴隆、人烟稠密的客家人居住村落,拥有丰厚的客家文化特色。而时至1927年大革命时期,始有"行洲府"之称,此见于当地民谣:"行洲府、茨坪县、大小五井金銮殿。"①而在井冈山革命斗争时期,行洲是守卫井冈山革命根据地的"南大门",毛泽东、朱德常带领红军来此开展活动,因此村中留下了诸多红军文化遗迹,其中最著名的是这里保留有当年红军写下的66幅标语,约1000余字。② 其代表性内容有:

"实现马克斯(思)主义,实现共产主义!""打倒新旧军阀! 打倒帝国主义!""红军是工人农民的军队!""建设工农兵苏维埃政府!""实行土地革命万岁!""实行保护小商人贸易!""红军是为劳苦工农谋利益的先锋队!"等等。③

需要指出的是:这些标语是目前井冈山保存最完整、最集中的红军标语群,这些标语真切反映了井冈山革命斗争时期,根据地内所施行的方针、政策,是研究这一段历史的可靠佐证资料。此外,这些标语是在1929年1月以后,井冈山革命根据地第三次反"会剿"斗争失败,在白色恐怖盛行之中,当地民众冒着生命危险保存下来的物证,他们的保存方法是:用一层黄泥把写有标语的墙面糊起来,待新中国成立后,当地民众再揭去墙面泥巴,原写于墙面上的标语仍赫然在目,而成为见证井冈山革命斗争时期的最宝贵红军文化遗产。而看着这些斑痕累累、曾经历沧桑岁月的标语,曾经的热血青年仍会感到热血偾张。为了使这些革命文物永存后世以育新人,1982年,井冈山博物馆对写有红军标语的房屋进行了复修;1988年9月,井冈山市政府将"行洲中国红军标语群"旧址列为市级文物保护单位;2000年,这一标语群又被公布为江西省重点文物保护单位。

由于笔架山拥有如此优美的自然风光,又具有如此丰厚的红军文化遗产,也就成为当代中国红色文化活动的创作源泉所在。其中最著名的作品有电影《闪闪的红星》以及革命样板戏《杜鹃山》。关于前者,是八一电影制片厂1974年10月1日在中国制作,由李昂、李俊联合执导的故事片。电影主题歌《映山红》以杜鹃山为背景拍摄,江中漂流竹排以朱砂冲河为背景拍摄,"小小竹排江中游,巍巍青山两岸走",这一歌词使人领略到当年井冈山红军战士斗争的艰苦与浪漫。关于后者,即1974年由北京电影制片摄制,由谢铁骊执导、杨春霞主演的京剧电影《杜鹃山》,仍以湘赣边界上的杜鹃山(井冈山笔架山)为背景,故事讲的是1927

① 参《江西省井冈山市地名志》。
② 数据见《行洲红军标语遗址》,中国华夏文化遗产网2015年11月19日。
③ 数据见《行洲红军标语遗址》,中国华夏文化遗产网2015年11月19日。

年9月,秋收起义之后,党代表柯湘历经艰险,把一支农民自卫军培养成革命队伍。或谓该电影借鉴了当年党代表何长工上井冈山改造王佐绿林军队的历史事实,当并非空穴来风。

当日下午5时50分,出笔架山景区,井冈山干部学院校车接返住处。回顾半日登山所见、所闻,可以说是既观赏到了井冈山的自然美景,又受到了红军文化教育。如果仅就参观者的思想所得而言,可用当下一段常用的话来表达,即"不忘初心,牢记使命。"对此,应该感谢本次学术会议组织者唐老师担任大家义务导游,所付出的艰辛劳动。我想明日唐老师主持召开的"新民主主义革命时期党的纯洁性建设"学术会议,亦当以"不忘初心,牢记使命"为出发点。当然这次登杜鹃山也有一点小小的遗憾,即上山时虽属杜鹃花期,但不久前下了一场暴雨,将已开之花打残,新花尚未开出,因此我们看到的只能是一些残花。此外,登山之时一直下着细雨,远处山景或云或雾,往往看不真切。

2013年5月1日,星期三,阴。全天召开学术研讨会议,大致情况为:上午8时至12时召开会议,中午休会。下午2时至5时30分,复会。晚7时,会议组织者唐莲英老师带领与会代表攀爬井冈山干部学院后山。

散会后约6时晚餐,晚7时许,唐老师为导游,带领与会代表攀爬井冈山干部学院后山游览。要上后山,得先过教学楼,教学楼前见陈列有巨大的木化石两块,色泽黑白相间,十分美观。估计价格不菲,询问来处,讲是来自中缅边界地区,因地壳变动生成。至于是买是赠,则不得而知了。

后山的基本布局是有山头三座(均在校园内),有一道山涧自山上流下,汇聚成潭,称"汇龙潭"、有"崇学桥"跨越潭水两侧,周边古木甚多。潭水沿地势下行,将井冈山干部学院分为东、两部分。西部为宿舍区,东部为教学区(校园坐北朝南)。我们是沿着西部教学区的山路上的后山主峰。当时虽已入夜,但山阶修得很好,两侧有路灯照明,可供伴行。山上有五亭,分别为:诚心亭、公明亭、仰日亭、步云亭、临风亭(亭上均有匾),身临每一亭中,均可俯视茨坪镇万家灯火,颇为壮观,这可以说是井冈山干部学院后山上的一道风景线。而类似景观,我只是早些年到山城重庆参加学术活动时,方曾见到过。

我们沿着后山山路登攀,先经诚心亭、公明亭,当抵达仰日亭时,天上下起了细雨,同行教师均散去。由于原说后山有五亭,而现在只登临了三亭,我有些游兴未尽,认为攀登未曾到顶。且当时天雨甚稀,我又知道此生再无机会登后山了,因此决心继续找寻。仰日亭三侧均有山阶,我往返三次,发现均为下山之路,我方知所谓"仰日亭",实为后山的至高点,是以名"仰日"。最后我沿左侧山阶下山,先后过步云亭、临风亭,来到专家楼南门,此处已是后山山脚,位于学校校园的东区(我们上山时是沿校园西区山路)。

由专家楼南门再前,便是井冈山干部学院的学员楼(学员宿舍楼)。适逢该院老师、也是我们这次学术会议的参会代表李春耕与谢建平老师在楼前闲聊。谢老师原是唐莲英老师的研究生,不知从哪儿得知我出版有个人文集《刘惠恕文存》,①内收有我 1993 年在上海市建委组织处参与上海建设系统基层党组织建设状况调查时所写的调研报告:《在转换企业经营机制过程中,影响国有企业党组织发挥政治核心作用的原因及对策研究》,向我索要,表示他正在从事企业调查工作,需要参考。李春耕老师也同时索要。我表示书可以返沪后挂号寄与,但必须告知准确通讯地址,以免我重复寄书。而返沪后,我便按这两位教师留下的地址,寄赠了拙文集,并各加赠我 2008 年主编出版的中华传统诗集《神州纪游》②各一册。而当晚攀爬后山时,我曾即兴吟七绝一首,顺给二位老师题于书扉上作念。仅记此事以保留生活中的记忆,并附诗于下:

七绝　夜攀中国井冈山干部学院后山即笔(2013.5.1)

汇龙潭险多兰馨,①仰日亭张山雨迎。

井岗更深无坦路,凌高方见万灯明。

① 汇龙潭在后山脚,水中多马兰,夏季开紫花,旁有崇学桥可跨。

晚 9 时 20 分返寝室,记日记毕,入眠。

2019 年 10 月 22 日

①《刘惠恕文存》,上海文艺出版总社百家出版社 2006 年 9 月第 1 版。
②《神州纪游》,中华诗词出版社 2008 年 12 月第 1 版。

祭炎帝陵（再上井冈山纪行之二）

2013 年 5 月 2 日，星期四，阴。上午前往炎帝陵祭祀，晚餐后开始返沪行程。

炎帝陵，当地人习惯称炎陵，但为了与"炎陵县"的地名相区别，我此处行文一律称"炎帝陵"。前往炎帝陵祭祀的想法，我产生于 2002 年第一次上井冈山之时，与当地人闲聊时被告知：在井冈山后山有一条车道直通炎陵，约半日车程可往返。我当时就想去，但当时是跟团旅游，无法挤出专门时间。而此次上井冈山开学术会议，恰逢 5 月 2 日上午安排参观黄洋界景点，晚餐后，井冈山干部学院将派校车送与会代表前往火车站，走上各自归程。而黄洋界景点我头次登井冈山时已去过，因此决定利用当日机会前往炎帝陵祭祀。

头日中午我拦住一部出租问价，司机严帅傅回答来回行程约 400 元。我开出的条件是：明日早餐后来接人，车资照付，但须在景点停留半小时至三刻钟时间，司机的午餐费由我出。严师傅一口承诺。

当日晨 5 时起床，7 时早餐，餐后打电话通知严师傅出租车前来接人，7 时 45 分严师傅车到即发，8 时 55 分车过"井冈山会师纪念碑"，稍停。

井冈山会师纪念碑位于江西老宁冈县，现属井冈山市龙市镇，是 1928 年 5 月 4 日朱德率军上井冈山与毛泽东会师之处。该碑高 19.28 米，碑座长 5 米，宽 4 米，寓意于 1928 年 5 月 4 日朱、毛两军会师的日子。① 碑身两侧是红色大理石镶嵌而成的两面巨大军旗，分别代表湘赣边界秋收起义部队和南昌起义军的两面军旗，碑铭由叶剑英题写，铭顶镶金色镰刀斧头中共党标，代表两军是在党的领导下胜利会师，碑座两侧刻有朱德题纪念会师的诗篇，正面碑文叙述了两军会师经过和伟大的历史意义，该碑文是当年参加过井冈山会师的老红军战士唐天

---

① 数据见中共井冈山市委宣传部：《井冈岁月·井冈山会师纪念碑》(2017 年 10 月 26 日)。

际书写。碑座后面有毛泽东手书"星星之火，可以燎原"题铭。据介绍：井冈山会师纪念碑始建于 1977 年 10 月，时值井冈山革命根据地创建 50 周年，至 1980 年 5 月 4 日竣工。而过井冈山会师纪念碑，是我们这次祭炎陵得以顺便浏览的一个景点。

上午 10 时，车抵炎帝陵，门票价格约 70 元。

炎帝陵位于井冈山西侧山脚约 50 公里处皇山（又名"炎陵山"）西麓，属湖南株洲市炎陵县鹿原镇，距炎陵县城西约 17 公里，门口有一株参天古柏。关于此处为炎帝陵旧址，有古文献资料可证。此始见于晋代皇甫谧所撰《帝王世纪》，谓：炎帝"在位一百二十年而崩，葬长沙。"此处炎帝埋葬地点讲得比较笼统，但南宋罗泌（1131—1189 年）在所撰《路史》书中讲得较具体，谓：炎帝"崩葬长沙茶乡之尾，是曰茶陵，所谓天子墓者。"此处显然是说"茶陵"地名是因埋葬炎帝而得。① 至于炎帝何以要葬茶陵，《路史》一书有生动说明，谓炎帝死前嘱托随从："当葬南方，视旗所立，遇峤即止。"随从按其嘱咐，沿洣水南上，几经周折，来到一个叫"峤阳岭"的地方，此处"四面崭绝，鸟道羊肠"，举目南望，则见在群山环抱之中，有一块开阔的平原，洣水三回九折，穿嶂而来，气象壮观，这块地方就是"鹿原陂"，其最终成为炎帝的安葬之处。而至南宋王象之（1163—1230 年）编著南宋地理总志《舆地纪胜》时，对炎帝埋葬地点所述更详，谓："炎帝墓在茶陵县南一百里康乐乡白鹿原"。在此需作说明的是：王象之在编《舆地纪胜》时，炎帝陵位置尚在茶陵县境。但不久之后，宋宁宗嘉定四年（1211 年）将茶陵县的康乐、霞阳、常平三个乡分离出来，建立"酃县"，由于炎帝陵在康乐乡界，自此，炎帝陵也就属于酃县了。而时至 1994 年，原酃县所属的湖南株洲市，因"邑有圣陵"（炎帝陵），遂将酃县更名为"炎陵县"。

上述为炎帝陵何以位于现今湖南炎陵县境的主要历史依据，应该说有关文献记载是可信的。在此尚需说明的是：有关炎帝陵址（或故里）另有位于陕西宝鸡、湖北随州、湖南会同、山西高平、河南柘城的不同说法，异说可参见宋代官修地理总志《元丰九域志》附录《新定九域志》等文献资料，但其历史依据均不如湖南炎陵说来得有力，而仅能说明历史上炎帝曾在这些地域活动过，因此中国历代王朝一般均将现今湖南炎陵县的炎帝陵视为正陵，来加以修葺与祭祀。

步入陵内，发现其规模要较我曾祭拜过的黄帝陵，要小了许多。而其主要设

① 一说汉高祖五年（前 202 年），因茶乡之鹿原陂有炎帝之陵，而以陵名县。一说西汉元封五年（前 106 年）茶陵始置县，属长沙国。参《百度词条·茶陵》。

置,共分五部分,大致情况为:一进为午门,系拱形石门,高约 4 米、宽 3 米,门前为朝觐广场。午门正中,树有原国家主席江泽民 1993 年 9 月 4 日题"炎帝陵"汉白玉石碑。二进为行礼亭,这是炎黄子孙祭祀始祖的地方,进深约 6 米,亭高 8 米,亭上有原全国政协副主席周培源手书"民族始祖、光照人间"匾额。行礼亭旁有碑房,收集了历代祭文残碑 8 块。三进为炎帝陵殿,宽 21.16 米,进深 16.94 米,占地 358.5 平方米,①殿门有陈云题匾"炎黄子孙,不忘始祖"。殿中花岗基石神台,有檀木神龛,龛内端坐炎帝金身祀像。四进为墓碑亭,亭中汉白玉墓碑上"炎帝神农氏之墓"7 字,为原中共中央总书记胡耀邦手书。五进为墓冢,坐北朝南,南临洣水,封土高 4.6 米,周长 50 米,②墓面石碑为清道光七年酃县知县沈道宽所书。

除上述陵园五进布局外,在炎帝陵殿中轴线东侧尚建有清式仿古建筑神农大殿,殿面宽 37 米,进深 24 米,高 19.6 米,③具体由大殿、东西配殿、连廊和两个四方亭组成。大殿正中立有炎帝石雕祀像,一手拿谷穗,一手握耒耜,雕像高 9.7 米,座长 8.9 米,宽 4.7 米。④ 雕像两侧石柱上有联语:"到此有怀崇始祖,问谁无愧是龙人。"殿左、右、后三面墙头均有石雕壁画,画的内容为歌颂炎帝的十大功德。

上述为步入炎帝陵所见景观大略。在行礼亭所见旧碑皆残,这显然是"文革"中"破四旧"的结果。但有趣的是,在炎帝陵前却有今人所立新碑多块,碑末书有"×××书记"、"×××董事长"、"×××经理"、"×××乡长"等等敬献。而在古代,有资格在炎陵立碑的只有皇帝本人及代表朝廷的政府官员,而现在却成为有钱人的特权。当然这些有钱人肯把钱花在纪念先祖上,总比随意挥霍掉好。在炎帝陵前,颇多焚香祈拜人群。为了表示我这位碌碌无为的中华后人对先祖的崇敬,特买香两柱以供,并趁无人之机,在炎帝陵前磕头三个以退。

而步入炎帝陵,给我的直观是:园陵建筑虽属仿古,但色泽甚新,缺少我曾去过的黄帝陵建筑的古旧感。而事后我查阅有关文献资料发现:炎帝陵址属旧,但其陵上建筑确为近年新起。造成这一现象的原因是:历史上的炎帝陵屡经兴废,远不如黄帝陵保存得完好。其大致过程,见于地方史《酃县志》所

---

① 数据参《百度词条·炎帝陵》。
② 数据参《百度词条·炎帝陵》。
③ 数据参《百度词条·炎帝陵》。
④ 数据参《百度词条·炎帝陵》。

记。①概况为：

炎陵坟址，在汉代已有，时值西汉末年，绿广林、赤眉军兴，当地人担心乱兵掘陵，而将陵墓夷平。至唐，佛教传入，在陵前建有佛寺"唐兴寺"，但祭陵活动不断。宋太祖乾德五年（967年）因梦，命在陵前建炎帝庙立像，诏禁樵采，置守陵五户，专司陵庙职事。此为在炎陵前立庙之始，后废。宋孝宗淳熙十三年（1186年），衡州守臣刘清之上奏称：炎帝陵前无炎帝庙，却保留唐代佛寺，于礼不合，要求废陵前唐兴寺重建炎帝庙，建议被接受。宋宁宗嘉定四年（1211年），析茶陵军之康乐、霞阳、常平三乡置酃县，此后，炎帝陵所在地鹿原陂属酃县境，隶衡州府管辖。明太祖朱元璋即位后，因炎帝陵庙残破，洪武三年（1370年），诏命重加修茸。清顺治四年（1647年），南明将领盖遇时部屯兵炎陵庙侧，炎帝陵庙遭到严重破坏。康熙三十五年（1696年），皇帝敕知县龚佳蔚重修炎陵。雍正十一年（1733年），知县张浚奉旨再修炎帝陵庙，奠定了现今炎帝陵殿"前三门——行礼亭——正殿——陵寝"的四进格局。抗战间，炎帝陵庙又遭日军破坏，时第九战区司令长官兼湖南省政府主席薛岳于1940年再次主持大修炎帝陵庙。新中国成立后，炎帝陵被列为湖南省重点文物保护单位，但1954年除夕之夜，因香客祭祀焚香烛失火，炎帝陵正殿和行礼亭被焚。"文革"期间，炎帝陵除陵墓外，地面建筑全部被夷平。时至1986年6月28日，酃县政府主持重修炎帝陵，至1988年10月竣工。重修后的炎帝陵殿，占地面积3836平方米，分为五进结构，已见前述。附属建筑尚有陵外之天使馆、鹿原亭、神农大殿、南祭祀广场、朝觐大道、龙珠桥、朝觐广场、咏丰台、龙珠大道、圣德广场等等，②这也就是我当日游览所见景观。

而祭祀炎陵，不得不回答的问题是：何以说炎帝是华夏的初祖，其与黄帝的关系又是如何？对此，古史文献虽多有记载，但因年代日久，记载常相互矛盾，我们只能从最早的两条记载来加以推论。其一是《国语·晋语》所记："昔少典娶于有蟜氏，生黄帝、炎帝。黄帝以姬水（今陕西武功漆水河）成，炎帝以姜水（今陕西宝鸡清姜河）成。成而异德，故黄帝为姬（姓），炎帝为姜（姓）。二帝用师以相济也，异德之故也。"其二为《史记·五帝本纪》所记："黄帝者，少典之子，姓公孙，名曰轩辕。生而神灵，弱而能言，幼而徇齐，长而敦敏，成而聪明。轩辕之时，神农氏世衰。诸侯相侵伐，暴虐百姓，而神农氏弗能征。於是轩辕乃习用干戈，以征

---

① 《酃县志》，清林愈蕃编，乾隆三十一年刻本，烈山书院藏版。

② 材料出处参《百度词条·炎帝陵》。

不享，诸侯咸来宾从。而蚩尤最为暴，莫能伐。炎帝欲侵陵诸侯，诸侯咸归轩辕。轩辕乃修德振兵，治五气，蓺五种，抚万民，度四方，教熊罴貔貅䝙虎，以与炎帝战於阪泉之野。三战，然后得其志。蚩尤作乱，不用帝命。于是黄帝乃征师诸侯，与蚩尤战於涿鹿之野，遂禽杀蚩尤。而诸侯咸尊轩辕为天子，代神农氏，是为黄帝。天下有不顺者，黄帝从而征之，平者去之，披山通道，未尝宁居。"

　　而从这两条史料来判断，黄帝与炎帝皆为上古帝王"少典"之后，其共同的母亲为"有蟜氏"，所以二人实为兄弟关系，炎帝为兄，黄帝为弟。但两人分别以姬水（今陕西武功漆水河，黄帝）与姜水（今陕西宝鸡清姜河，炎帝）为各自的活动中心，其中黄帝为"姬水"的部族领袖，或上古邦国的国王，号"轩辕氏"。炎帝为"姜水"的部族领袖，或上古邦国的国王，号"神农氏"。当时同时活跃于中土的尚有以蚩尤为领袖的南方邦国，号"九黎氏"（今苗族之祖）。最初是炎帝邦国的势力为大，可以号令中土各邦国。但由于神农氏"失德"，"侵陵诸侯"，而轩辕氏"修德"，这一优势逐渐转移到轩辕氏一边。黄帝与炎帝共三战，最终经"阪泉之战"（今河北涿鹿县东南）彻底战胜并兼并了炎帝部落。而蚩尤部落不服，黄帝又统领已合一的炎黄部落经"涿鹿之战"（今河北逐鹿县，属张家口市）打败了"九黎氏"部落，斩杀蚩尤，完成了上古中国的第一次统一。因为这一伟业，"诸侯咸尊轩辕为天子，代神农氏，是为黄帝。"而此后黄帝氏系凡五传，其分别为：黄帝——颛顼——帝喾——尧——舜，被称为"五帝"时代，其后开启了夏、商、周三代。而黄帝之所以能最终打败蚩尤九黎氏部落，是由于他先前已统领了炎、黄两大部落，而炎、黄两大部落原本同族，均上古帝王"少典"之后，因此此后的华夏子孙，便并尊炎、黄为中华之祖。

　　上述为见之于古文献的有关炎帝的主要事迹及其与黄帝的关系，亦即其被尊为华夏初祖的主要原因。除所述这些外，在中国古文献中，尚有有关炎帝事迹的诸多记载，如：认为炎帝，是中国上古姜姓部落的首领，其号除神农氏外，又号魁隗氏、连山氏、厉山氏、烈山氏、列山氏，别号朱襄等等，此见诸晋皇甫谧在《帝王世纪》所述："《易》称庖牺氏没，神农氏作，是为炎帝。炎帝神农氏，姜姓也。……长于姜水。……位在南方。……又曰本起烈山，或称烈山氏。……自陈营都于鲁曲阜。……在位一百二十年而崩，葬长沙。纳奔水氏女，曰听訞，生帝临魁，次帝承，次帝明，次帝直，次帝厘，次帝哀，次帝榆罔。凡八世，合五百三十年。"等等。而之后《补史记·三皇本纪》、《路史》等诸史籍均持此说。

　　在中国古代文献中，又将中国上古的许多重要发明归功于炎帝。如讲他是姜姓部落的首领，由于懂得用火而得到王位，所以以称"炎帝"；讲他制耒耜，种五谷,发明了农业经济;讲他治麻为布,民始着衣裳;讲他亲尝百草,一日中七十余毒,而发明了中医药学;讲他发明了"茶饮",始辟植茶业;讲他制作陶器和炊具,改善民生;讲他立市廛,首辟市场;讲他始作五弦琴,发明了宫、商、角、徵、羽五音。等等。

而上述说法中,颇多相互矛盾之处。在这里不能不提一下唐代史学家司马贞所著的《三皇本纪》。此文原为补司马迁所著《史记·五帝本纪》之前的缺失部分而著,中华书局标点版《史记》嫌其内容荒诞,未曾收录。但我一直认为此文为补司马迁《史记》所缺失的中国上古史中的最优秀文献,因为在司马迁著《史记》时,已认为"五帝"之前的中国文献资料杂乱,多与神话传说混在一起,"缙绅先生难言之。"而司马贞却将这些与神话传说混杂在一起的中国上古文献整理出了头绪,将其划分为"三皇"时代,即"太皞庖牺氏"时代、"女娲氏"时代与"炎帝神农氏"时代。而有关"三皇"之说,虽然最早见诸《史记·秦始皇本纪》,称"古有天皇,有地皇,有泰皇,泰皇最贵。"但此"三皇"无端可寻,只是在司马贞的《三皇本纪》发表之后,我们才能对《史记·五帝本纪》所记之前的中国上古社会状况,有一个大致的了解。而该文所记"炎帝神农氏"时代的历史如下:

> 女娲氏没,神农氏作。炎帝神农氏,姜姓。母曰女登。有娲氏之女。为少典妃。感神龙而生炎帝。人身牛首。长于姜水。因以为姓。火德王。故曰炎帝。以火名官。斲木为耜,揉木为耒,耒耨之用,以教万人。始教耕。故号神农氏。于是作蜡祭,以赭鞭鞭草木。始尝百草,始有医药。又作五弦之瑟。教人日中为市,交易而退,各得其所。遂重八卦为六十四爻。初都陈,后居曲阜。立一百二十年崩。葬长沙。神农本起烈山。故左氏称,烈山氏之子曰柱。亦曰厉山氏。礼曰。厉山氏之有天下。是也。神农纳奔水氏之水曰听妭訞。为妃。生帝魁,魁生帝承,承生帝明,明生帝直,直生帝釐,釐生帝哀,哀生帝克,克生帝榆罔。凡八代,五百三十年。而轩辕氏兴焉。其后有州、甫、甘、许、戏、露、齐、纪、怡、向、申、吕。皆姜姓之后。并为诸侯。或分掌四岳。当周室,甫侯,申伯,为王贤相。齐、许列为诸侯。霸于中国。盖圣人德泽广大,故其祚胤繁昌久长云。

从这一段记录中,除可以了解炎帝时代的创造发明外,尚可以理解二点:其一是炎帝共有八代,分别为:炎帝神农(首任炎帝)—帝魁—帝承—帝明—帝直—帝釐—帝哀—帝克—帝榆罔,其历史共530年之久。其中埋葬于现今炎陵县炎帝陵的是首任炎帝（立一百二十年崩，葬长沙）。而被黄帝打败、并最终与黄帝部落合一的是末代炎帝"帝榆罔"。其二是可以了解神农时代的社会特点是初由野蛮进入到文明的时代，如参照相关记载可知：

> 神农之世，卧则居居，起则于于，民知其母，不知其父，与麋鹿共处，耕而食，织而衣，无有相害之心，此至德之隆也。①

> 神农之法曰：丈夫丁壮不耕，天下有受其饥者；妇人当年而不织，天下有受其寒者。故身自耕，妻亲织，以为天下先其导。……奸邪不生，安乐无事而天下均平。②

综这些记载可见，神农氏时代是上古中国由母系氏族社会渐入父系氏族社会的时期，由于当时的氏族领袖炎帝始教民种五谷以为食，制作耒耜以耕耘，尝百草以为民医，治麻为衣以御寒，冶陶以为民器，制琴以为民乐，创易市以利民生，斫木以为民居，演八卦以探自然，可谓功昭日月，德被后人。他所开创的农耕文明，改变了先民茹毛饮血、以渔猎采集为生的原始生活状态，开始组织起管理人类社会的国家权力机构，最终却因南巡为民治病采药，日遇七十毒而不辍，误尝断肠草"崩葬于长沙茶乡之尾"，因此后人把他作为华夏初祖与黄帝并尊，是完全有理可循和理所应该的。

中午11时15分出炎帝陵，下午1时15分坐严师傅出租车返抵中国井冈山干部学院，下车时付上预约车费400元，严师傅突然伸手索要午餐费，我才想起昨日预约车时，曾答应过司机午餐费由我方出，连忙补加了20元。

与同行曹老师步入学院食堂时，已误吃饭时间，请食堂师傅各烧面条一碗，充作中餐。下午2时许，在宿舍13317室整理行李毕，上街闲逛。与我上一次赴井冈山的不同景象是，茨坪街头多了许多古玩店，在井冈山干部学院对门拉起了布棚，棚内专卖各类奇石，其中以木化石为主。而奇石太重，携带不便，我便入古玩店内闲逛。店老板见面打招呼的第一句话便是"领导同志"，大概店老板看我是"开国语"的，认定我是来自井冈山干部学院。见稍微好一点的端砚询价，不是几千，就是上万。可惜我这位"领导同志"是一个地道的穷教师，拿不出店老板所

---

① 《庄子·盗跖》。
② 《淮南子·齐俗训》。

要求的钱款,只好讪讪告退。换了一家古玩店后,店老板拿出了一张皇帝的诏书给我看,开价是 1000 元。诏书的字迹是今人用毛笔写上去的,在我这个外行看来,极具功力,但纸底玉玺的红色印迹却明显是用水印法印出来的,我只好实话实说,砍价为 100 元,店老板不肯割爱,我只得离去。最后我在第三家古玩店讨价还价,用 300 元买下了一个看似古旧的竹笔筒,筒上刻有古人在花树下纳凉图及一首古诗,刻款印章为"黄东雷"。返沪后我把笔筒洗了一下,开裂了好几条缝。拿去请人鉴定,回复是当代人造的仿古赝品,因为真是古代笔筒的话,用水洗是不会开裂的。

逛完古玩店后,仅下午 3 时 15 分,我赴挹翠湖茶室尖角小亭中品茶磨时,茶 3 元一杯,加花生、瓜子各一盘,也算是一次难得的享受。时见湖心有游船数艘,对面西拱桥上,偶有撑雨伞游客过路,颇有些白素贞在西湖断桥借伞的风味。总结一日旅游心得,得诗二首:

七绝　祭炎陵

尝草倡农百事先,炎陵碑记至今传。

尚留古柏凌云立,佑吾中华国脉繁。

七绝　挹翠湖品茶

游艇徐徐金鲤浮,青山淡淡雨疏疏。

闲来孤屿亭中坐,身入画图百虑无。

下午 4 时,返井冈山干部学院晚餐。傍晚 5 时 30 分,校车送客至井冈山火车站候车,坐上 18 时 10 分发车的 K272 次客车。次日上午 9 时,火车抵上海南站,晚点三刻钟,二次井冈山之行结束。总的来说,二次上井冈山,是我旅游生涯中较有意义的一次,在这次旅游活动中,我参观了当年红军战斗过的山冈杜鹃山,参加了重要的"新民主主义革命时期党的纯洁性建设"学术研讨会,并祭祀了华夏初祖炎帝陵墓,了结了我多年来的一桩心愿。

2019 年 11 月 1 日

1988 年暑期，我赴山东曲阜朝拜"三孔"（孔庙、孔府、孔林），后游鲁国故城，谒少昊陵，复攀泰山。一路所行，重在探寻古代儒文化对于后来中国社会的影响，并记旅途所见所感。

朝拜"三孔"（泰山朝圣之一）

1988 年暑期，天气连续晴朗。8 月 1 日中午，我由上海坐火车前往南京，在南京转火车，于次日晨抵达曲阜。下车后吃了一碗面条充饥。女服务员知我为山东同乡，殷勤待客，往我碗里切了许多大葱花。因离开故土已多年未曾返乡，一时能吃到家乡风味的面条，胃口顿时大开。

曲阜是孔子的故乡，也是我旅游的第一个景点。孔夫子生前在此开坛授学，创立儒家学说，以自己的人生理想，改造当时的社会思想与国家管理体系，奠定了后来中国社会的文化基石，也使此后 2000 余年的中国历史，打上了深深的儒学印迹。因此来到曲阜，我自然是先朝拜与孔子遗迹相关的孔庙、孔府与孔林。而这三处景点，当地统称作"三孔"。其中，孔庙是历代祭祀孔子，表彰儒学的庙宇；孔府，是孔子家族及后代的居所；孔林，是孔子遗体的归葬之处。我逐一访之。

访孔庙

孔庙，始建于周，完成于明清，是现今世界上两千余座孔庙中最大的一座。步入孔庙，我最先感受到的是其恢宏的气势、林立的古碑文，堪称是宫殿之城。

孔庙占地面积约 14 万平方米，三路布局，九进庭院，贯穿在一条中轴线上，左右对称排列。整个建筑群含五殿、一阁、一坛、两堂、17 座碑亭，共 466 间。这些建筑物除少数保留有先秦、汉、晋、唐、宋遗迹外，基本建于历史上的金、元、明、清和民国等各时期。庙内共存汉以来的历代碑刻 1000 多块，以及大量书、画、牌、匾等珍贵文物。[1]

而据有关记载：孔庙始建于孔子死后的第二年（前 478 年），当时是孔子弟

---

① 数据参《百度词条·三孔》。

子们在老师生前"故所居堂"中立庙,"岁时奉祀"。当时只有"庙屋三间",内藏孔子生前所用的"衣、冠、琴、车、书"。此后,历代王朝不断加以扩建,而形成今日规模。历史上对于孔庙的重要修建活动包括:东汉永兴元年(153年),桓帝下令修孔庙,派孔和为守庙官,"立碑于庙"。西晋末年修缮孔庙,"雕塑圣容,旁立十子",此为孔庙有塑像之始。唐代修孔庙5次,唐初皇帝又下诏"州、县皆立孔子庙"。北宋修庙7次,金代修庙4次,元代修庙6次,明代修庙21次,清代修庙15次。而历史上对于孔庙最大的一次修缮活动是发生于雍正二年(1724年),当时因孔庙毁于雷火,雍正帝为此调集了12个府、州、县的财力与人力,下令复修孔庙,这一工程共用时6年终成今日孔庙规模。

而步入孔庙,可供一瞻的重要建筑包括:

"金声玉振坊",系立于孔庙门前的第一座石坊,取意孟子对孔子的评价:"孔子之谓集大成。集大成者,金声而玉振之也。金声也者,始条理也;玉振之也者,终条理也"。"金声玉振"的释义是:古代奏乐始以击钟(金声),终以击磬(玉振),此四字象征孔子思想集古先贤之大成。

金声玉振坊后有一座单孔石拱桥,称"泮水桥",桥下有清流呈半圆状绕过,称"泮水"。桥后东西各立一石牌,上书"官员人等至此下马",称"下马碑"。石碑立于金明昌二年(1191年),以示古人对于孔子的尊崇。而古代皇帝祭孔时,也必须于此下辇进庙。

在泮水桥后有"棂星门",四楹三间。棂星,即灵星,又名天田星,古人认为它"主得士之庆"。古代祭天,首先要祭祀灵星,孔庙设门"灵星",意即尊孔如同尊天。

过棂星门有二坊,南为"太和元气坊",寓意孔子思想如同天地生育万物一样。北为"至圣庙坊",寓意孔子思想德侔天地、道冠古今。

顺中轴线再前,有"圣时门",出典为孟子语:"伯夷,圣之清者也;伊尹,圣之任者也;柳下惠,圣之和者也;孔子,圣之时者也。"意谓在古圣人中,孔子思想是最适合时代发展的。

过圣时门,有庭院,古柏森森,迎面3架拱桥纵跨,一水横穿,水"雍绕如壁",名"壁水",桥称"壁水桥"。

桥前(桥南)有东西二门,甬道相连,东匾"快睹门",西匾"仰高门",此是入孔庙的第二道偏门。旧时入孔庙,只有皇帝祭祀才可走"快睹门"(正门),一般人只能走"仰高门"。

过壁水桥,桥北有"弘道门",寓意《论语》中"人能弘道,非道弘人"句,以赞颂孔子阐发了尧舜禹汤和文武周公之道。此门原为明代进孔庙的大门。

再前有"大中门",原名"中和门",系宋代孔庙的大门。过大中门,即进入孔庙第四进庭院。

入大中门,迎面有"同文门"。

过同文门,院北端有高阁名"奎文阁",此为著名的孔庙藏书楼,始建于宋天禧二年(1018年),初名"藏书楼"。金章宗明昌二年(1191年)重修时,更名"奎文阁"。"奎"为星名,二十八宿之一,《孝经》称"奎主文章",后人把奎(魁)星演化为文官之首,后代帝王为赞颂孔子,便将此藏书楼命名为奎文阁。

奎文阁前有两座御碑亭,亭内外共有四块明代御碑。碑文有明宪宗朱见深楷书"朕惟孔子之道,有天下者一日不可暂缺"。俗称"成化碑"。

过奎文阁前行,大院东西各有一独立院落,名"斋宿",系祭孔人员戒斋沐浴处。其中,东院是"衍圣公"的斋宿所。而清代康熙、乾隆二帝祭孔时,亦曾在此沐浴,称"驻跸"。西院是从祭官员的斋宿所。清道光年间,有孔子71代孙孔昭薰将孔庙内宋、金、元、明、清五代文人谒庙碑130余块集中镶嵌在院墙上,改称"碑院"。

过奎文阁,为孔庙的第6进庭院,亦称"十三碑亭",因院内矗立着13座碑亭,保存着历代皇帝祭孔的"御碑"。据统计:亭内共存碑55块,系唐、宋、金、元、明、清以及民国七代所刻,碑文包括汉文、八思巴文(元代蒙古文)、满文等。各亭石碑多以赑屃为基座。赑屃形似龟非龟,传说是龙的儿子,龙生9子,各有所能,而赑屃擅负重,故用以驮碑。

"十三碑亭"院两侧,东有毓粹门,西有观德门,供行人出入,人们依照皇宫之名,又称此二门为东、西华门,系孔庙的第三道偏门。

十三碑亭北,有五门并列,居中一门称"大成门",这是入孔庙的第七道大门。"大成",语出《孟子》,谓"孔子之谓集大成",意即赞颂孔子思想达到了集古圣先贤之大成的至高境界。而此处五门大开,将孔庙分作三路:东为"承圣门",前行有"崇圣祠",祠内奉祀孔子上五代祖先;西为"启圣门",前有"启圣殿",殿内奉祭孔子父母。

中路过大成门前行有"杏坛"。杏坛传为孔子生前讲学之地,此最早见载于《庄子·渔父篇》:"孔子游乎缁帷之林,休坐乎杏坛之上,弟子读书,孔子弦歌鼓琴。"但原址欠明。宋天禧二年(1018年),孔子45代孙孔道辅监修孔庙,将正殿后移扩建,以正殿旧址"除地为坛,环植以杏,名曰杏坛。"金人后于坛上建亭,题匾,即今人所见之情景。

　　过杏坛,即"大成殿",殿内主祭孔子夫妇,并以历代先贤先儒配享从祀。而大成殿东、西两侧有房,称"两庑",是后世供奉儒家后学中成就佼佼者,有如董仲舒、韩愈、王阳明等,称"配享"。在唐代"配享"仅有 20 余人,到民国时,已多达 156 人。配享人物原为画像,金代改为塑像,明成化年间一律改为写有名字的木制牌位。其中,东庑中保存着 40 余块汉、魏、隋、唐、宋、元时的碑刻;西庑内陈列有 100 多块"汉画像石刻",这些石刻,既有神话传说中的青龙、白虎、朱雀、玄武等形象,又有反映当时社会生活的捕捞、歌舞、杂技、行医、狩猎等图像。两庑北部陈列有 584 块"玉虹楼石刻",系清乾隆年间孔子后裔孔继涑收集历代书法名家的手迹临摹精刻而成的。这望碑刻、画像石以及石刻,都是中国宝贵的文化艺术遗产。

　　而大成殿本身,则是孔庙的主殿,其与故宫太和殿、岱庙宋天贶殿,并称为东方三大殿之一。大成殿字匾出自清雍正皇帝的手书。大成殿内正中供奉孔子塑像,坐高 3.35 米,头戴十二旒冠冕,身穿十二章王服,手捧镇圭,一如古代天子礼制。两侧为四配,东位西向的是复圣颜回和述圣孔伋,西位东向的是宗圣曾参和亚圣孟轲。再外为十二哲,东位西向的是闵损、冉雍、端木赐、仲由、卜商、有若,西位东向的是冉耕、宰予、冉求、言偃、颛孙师、朱熹。四配塑像坐高 2.6 米,十二哲塑像坐高 2 米,均头戴九旒冠,身穿九章,服,手执躬圭,一如古代上公礼制。[①] 大成殿建于两层台基上,前连露台,高 2 米多,东西宽约 4.5 米,南北深约 35 米。[②] 露台是祭祀时歌舞行礼的场所,每逢孔子诞辰(农历九月二十八日),都要表演祭祀乐舞"八佾"舞。

　　在大成殿之后,为孔庙三大建筑之一的"寝殿"(另两大建筑为奎文阁、大成殿),系供奉孔子夫人亓官氏的专祠。亓官氏,礼器碑作并官氏,宋国人,19 岁嫁孔子,先孔子七年去世,孔子死后,"即孔子所居之堂为庙",亓官氏随同孔子一起被祭祀。唐代始有寝殿专祠,早期曾有塑像,清雍正火灾后重修时已易为神主牌位,上书"至圣先师夫人神位",上罩木刻神龛,龛前置供桌。亓官氏生平古籍甚少记载,直至宋大中祥符元年(1008 年),才被宋真宗追封为"郓国夫人",元至顺三年(1332 年)加封为"大成至圣文宣王夫人",明嘉靖八年(1529 年),孔子改称"至圣先师",她也被称为"至圣先师夫人"。

　　寝殿之后有明万历年间修建的"圣迹殿",位于孔庙最后的第 9 进庭院。因殿内保存有记载孔子一生事迹的石刻连环画《圣迹图》而得名。该连环画由明杨

---

① 数据参《百度词条·三孔》。

② 数据参《百度词条·三孔》。

芝作画刻石,镶嵌在殿内墙壁上,合120幅的"圣图"。其所表现的圣迹从颜母祷于尼山生孔子开始,止于孔子死后子弟筑庐墓守坟,其中有人们熟知的"宋人伐木"、"苛政猛于虎"等孔子一生的主要活动和言论,是我国第一本有完整人物故事的连环画,具有很高的历史和艺术价值。圣迹殿内另存清康熙帝手书"万世师表"石刻,字下正中为唐吴道子画"孔子为鲁司寇像"。图左另有晋顾恺之画的"先圣画像",俗称"夫子小影",据说该画为孔子存世像中最为近真的。

上述为入曲阜孔庙所见格局大略,在此需要指出的是:游曲阜孔庙除表达崇敬之情外,尚应知晓的是曲阜孔庙是天下孔庙的范式,这是曲阜孔庙在建筑学上的意义。

探孔府

出曲阜孔庙,与孔庙一墙之隔便是孔府。孔府位于孔庙西侧,旧称"衍圣公府",始建于宋代,是孔子嫡系子孙的居住之地。据有关记载,其历史大致如下:

从孔子故世至宋前,其长子长孙依孔庙世居于阙里故宅,看管孔子遗物,奉祀孔子,称"袭封宅"。而此后中国历朝帝王在尊孔、推行儒学教化的同时,开始对其子孙加官封爵,赐地建府。此始于北宋仁宗宝元年间(1038—1039年),首封孔子46代孙孔宗愿为"衍圣公"兼曲阜县令,准建府第。至此,孔子旧居改称"衍圣公府",开始身兼衙、宅合一的特点。其占地面积逐渐增至16万平方米,含九进院落,有厅、堂、楼、轩463间,成为当时中国仅次于明清宫室的最大府第。"衍圣公府"的重要职责,是世代恪守"诗礼传家"的祖训,收集历代礼器法物、孔子画像、元明衣冠、衍圣公夫妇肖像等传世,其藏品多达10万余件。此外,该府还珍藏与孔府活动相关的明清档案文书30余万件,[1]堪称是中国数量最多、时代最久的私家档案馆。

孔府建筑特点系仿孔庙格局,九进庭院亦分中、东、西三路布局。其中东路(亦称"东学"),建有孔氏家庙、沐恩堂、一贯堂及作坊等;西路(亦称"西学"),建有红萼轩、忠恕堂、安怀堂及花厅等;孔府的主体部分位于中路,前设官衙,有三堂六厅,后有内宅,具体分前上房、前后堂楼、配楼、后五间等等,最后为花园。

其中,孔府大门悬有匾"圣府",为明严嵩书。门两侧有联:"与国咸休安富尊荣公府第,同天并老文章道德圣人家"。传为清人纪昀手书。

---

① 数据参《百度词条·三孔》。

二门有竖匾"圣人之门",系明代吏部尚书、文渊阁大学士李东阳手书。

由二门入有"重光门",因悬明世宗御赐"恩赐重光"匾而得名。重光门平时不开,进出得走偏门,只有每逢孔府大典、皇帝临幸、宣读诏旨和举行重大祭孔礼仪时,重光门才会打开。由于重光门独立于三进院中,把前院和后院隔开,是以又名"塞门"。依据中国古代礼制,这样的塞门一般官宦人家是无资格建立的,只有封爵的"邦君"才有资格享受,因此《论语·八佾》谓:"邦君树塞门"。

重光门两侧的"东、西厅房",系孔府仿照朝廷"六部"所设立的六厅。

过重光门,有宽敞的正厅,即"孔府大堂",此处为"衍圣公"宣读圣旨、接见官员、申饬家法族规、审理重大案件,以及节日、寿辰举行仪式的地方。大堂正中有太师椅,椅前有狭长、高大的红漆公案,案上置有文房四宝、印盒、签筒等。大堂正中悬挂有"统摄宗姓"匾,系清世祖顺治六年(1649年)所赐谕旨。而始自宋代仁宗宝元年间,朝廷就规定曲阜县令必须由衍圣公兼任,明代以后,则规定曲阜县令必须由衍圣公保举的孔氏族人兼任。

大堂之后有一通廊与二堂相连,通廊里有一条大长红漆凳,称"阁老凳"。传明权臣严嵩被劾时,曾到孔府来托其孙女婿衍圣公向皇帝说情,衍圣公未允。此凳系当年严嵩所坐之物,故名"阁老凳"。

大堂之后为"二堂",也叫"后厅",是衍圣公会见四品以上官僚及受皇帝委托,在科考之年替朝廷考试礼学、乐学、童生的地方。室内有慈禧太后手书的"寿"字碑、"九桃图"、"松鹤图"等,传为清光绪二十年(1894年),衍圣公孔令贻携母、妻赴京为太后祝寿时赏赐的

二堂之后有"三堂",亦名"北屋"、"退厅",这是衍圣公接见四品以上官员及处理家族内部纠纷、处罚府内仆役的场所。

出三堂有院,此院的东西配房各有一进院落,东为"册房",掌管公府的地亩册契、总务和财务;西为书房,实为衍圣府的文书档案室。

三堂之后,便属孔府的内宅,亦称"内宅院"。有禁门"内宅门"与外界相隔,外人不得擅入。清帝特赐虎尾棍、燕翅镗、金头玉棍三对兵器由守门人持掌,有不遵令擅入者,严惩不贷。

为了保持内宅院与外界联系的畅通,在内宅门专设两种传事的差役,一名"差弁",一名"内传事",各十余人,轮番在门旁"耳房"内值班,随时对内、外传话。在内宅门西侧设有一个露出墙外水槽——"石流",凡挑夫担水不得进入内宅,只是把水倒入槽内,隔墙流入内宅即可。

步入内宅,正北为正厅7间,称"前上房"。系孔府主人接待直系亲属和近支

族人的客厅,举行家宴和婚、丧仪式的主要场所。房前有一"大月台",系孔府戏台。据介绍清末孔府养着几十人的戏班子,均在此台上演戏。

前上房内家具精美,多文物、古玩、瓷器,有乾隆皇帝御赐荆根床与座椅,有同治皇帝的圣旨原件等。另有一套完整的满汉餐具,共404件。据介绍孔府一餐上菜多达190道,有自己独特的菜肴"孔府菜"。室内"西里间",为孔子76代孙、衍圣公孔令贻签阅文件的地方,桌上放有文房四宝,书架上陈列有儒家经书和孔氏家谱。前上房内的东西两侧各有五间配房,是孔府收藏日用礼器的内库房和管账室。

过前上房,有小院。院内有楼称"前堂楼",系七间二层楼阁,楼内有孔子76代孙、衍圣公孔令贻及夫人陶氏的卧室,再里间,为孔令贻两个女儿的卧室。

过前堂楼有院,院内有楼称"后堂楼",亦为二层7间的阁楼,系孔子77代孙、衍圣公孔德成与夫人孙琪芳的住宅。后堂楼西另有"佛堂楼",是衍圣公烧香拜佛处。

后堂楼之后另有5间正房,叫"后五间",旧称"枣槐轩",原为衍圣公读书的处所,清末为女佣住宅。

内宅后院为孔府的后花园,旧名"铁山园",园内实无铁山,因在园西北角有几块形似山峰的铁矿石而得名。铁矿石系孔庆容在清嘉庆年间重修花园时移入的,从此他以"铁山园主人"自称。另据有关记载:该园始建于明代弘治十六年(1503年),是由当时的太子太师李东阳①亲自设计、监造的。李东阳之所以如此,是因为其女儿嫁给了孔子62代孙、衍圣公孔闻韶,成了一品公夫人。在修建完孔府和孔庙后,李东阳曾4次作诗刻铭,记此盛举。此后至明嘉靖年间,严嵩为当朝首辅时,又将自己的孙女嫁给了孔子64代孙、衍圣公孔尚贤为一品夫人。仿李东阳旧例,严嵩又帮助衍圣公扩建重修孔府和孔府花园,所以今存孔府花园,颇具品位,其占地约10余亩,颇多奇石、古木、名花、异草。

上述为入孔府所见大略。由于由古及今,孔府的布局无大变化,揭示孔府格局的重要文化价值在于:由此可推知中国古代王府布局的概况。孔府花园后面有门,出孔府后门,我往孔林行去。

朝孔林

孔林旧称"至圣林",位于曲阜城北约三、四里处,由孔府抵孔林,约需走半小

① 李东阳(1447—1516年),祖籍湖广长沙府茶陵,明朝重臣,曾任太子太师、吏部尚书、华盖殿大学士,死后赠太师,谥文正。

时的路程。孔林是孔子及其家族的专用墓地,也是中国及世界上绵延最久、规模最大、保存最为完整的一处家族墓地。而园中所葬,除孔子本人外,尚包括孔子子孔鲤、孔子孙孔伋,以及孔氏家族后人中名人如孔闻韶、孔尚任、孔令贻等等。而据有关记载,孔林的历史大致如下:

孔子卒于鲁哀公十六年(前479年)四月乙丑,被弟子葬于"鲁城北泗上"。初时是"墓而不坟"(无高土隆起),子贡始在墓周植楷树以纪念先师。此外,孔子"弟子各以四方奇木来植,故多异树,鲁人世世代代无能名者。"至秦汉,孔墓始培土填高而成坟。

随着后世孔子地位的提高及孔子后人的"从冢而葬",孔林规模日大。时至东汉桓帝永寿三年(157年),有鲁相韩勒修孔墓,在墓前造神门,另造斋宿一间,以吴初等若干户负责孔墓洒扫。当时的孔林,"地不过一顷"。而至两朝高齐时,为了纪念孔子,复于陵中植树600株。至宋宣和年间,始于孔子墓前修石仪。元文宗至顺二年(1331年),孔思凯主修林墙,并筑林门。明洪武十年(1377年),孔林扩地至3000亩。至清雍正八年(1730年),又拨银25300两大修孔林,再建多所坊门,并派专官守护,林地再扩,而成今日规模。另据有关统计数据:自汉以降,历代对孔林重修、增修13次,增植树木5次,扩充林地3次。整个孔林周垣长达7.25公里,墙高3米余,厚约1米,总面积为2平方公里,比曲阜城要大得多。孔林有树约10万余株,其中有200年以上树龄的名木9000余株,有奇花130余种。① 被形容为"墓古千年在,林深五月寒。"②是地道的天然的植物园。而前全国人大常委会副委员长郭沫若曾评价孔林为:"这是一个很好的自然博物馆,也是孔氏家族的一部编年史"。③

孔林的另一大特点是多坟冢,历代入葬孔林的孔氏后人墓达10万余座,孔子故世后2000余年,从未间断过。并因此导致园内多古碑,据统计达4000余块,可称是中国现存数量最多的碑林,被形容为:"断碑深树里,无路可寻看。"④其中除一批著名汉碑,后被移入孔庙外,其余多存林内,其中包括李东阳、严嵩、翁方钢、何绍基、康有为等一些明清书法名家题写的墓碑,因此具有很高的

---

① 数据参《百度词条·三孔》。
② (明)李东阳《谒圣林》。全为:"墓古千年在,林深五月寒。恩沾周雨露,仪识汉衣冠。驻跸亭犹峙,巢枝鸟未安。断碑深树里,无路可寻看。"
③ 转引《曲阜孔林:孔氏家族的一部生动编年史》,载《山东在线》2013年8月8日。
④ (明)李东阳《谒圣林》。全为:"墓古千年在,林深五月寒。恩沾周雨露,仪识汉衣冠。驻跸亭犹峙,巢枝鸟未安。断碑深树里,无路可寻看。"

书法价值。此外,这些碑记在一定程度上揭示了当时中国社会的政治、经济、文化发展特点以及丧葬习俗的演变,从中可考春秋之葬、秦汉之墓等等,具有重要的历史文化价值。因此,孔林于 1961 年被国务院公布为第一批全国重点文物保护单位,此后在 1994 年 12 月,又连同孔庙、孔府一起,被联合国教科文组织列入世界文化遗产名录。

孔林内现存重要景点包括神道、洙水桥、享殿、孔子墓、子贡庐墓、孔尚任墓、于氏坊等,具体情况如下:

神道。北出曲阜城门直抵孔林。道两侧为松柏,道中有坊名"万古长春坊"。明万历二十二年(1594 年)始建,"清雍正十年七月奉敕重修"。系六楹精雕的石坊,两侧蹲 12 个神态不同的石狮。坊东西两侧各有绿瓦方亭一座,亭内各立一大石碑。东碑书"大成至圣先师孔子神道",西碑书"阙里重修林庙碑"。这两块石碑分别为明万历二十二年(1594 年)、二十三年明吏郑汝璧、连标所立。

洙水桥。入"至圣林门"约 200 米有单孔石拱桥名"洙水桥",桥宽 6.6 米,长 25.24 米。[1] 洙水原为一条古河道,与泗水合流,至曲阜北分为二水。春秋时孔子讲学于洙水与泗水之间,后人因此以"洙泗"作为儒家代称。洙水后湮,人们为纪念孔子,将鲁国的护城河指为"洙水",于河上修青石雕栏桥,名"洙水桥",又于桥北立石坊,两侧各铭"洙水桥"三字,北面署明嘉靖二年衍圣公孔闻韶立,南面署清雍正十年年号。但在我去日,洙水桥下实已干涸无水,桥也成为纯粹的怀古景观。

洙水桥的始建年代不明,但据孔子 51 代孙、生活于金代的衍圣公孔元措编《孔氏祖庭广记》,其书中"孔林图"已载有此桥,此说明洙水桥的始建年代不会迟于金代。在洙水桥北东侧有四合院,称"思堂",为旧时祭孔者更衣之处,室内墙上镶嵌着后人赞颂孔林的石碑,如"凤凰有时集嘉树,凡鸟不敢巢深林"、"荆棘不生茔域地,鸟巢长避楷林风"等等。此院东有另一小院,门额为"神庖",此院是当年祭孔时,宰杀牲畜的地方。

享殿。位于洙水桥北,用以供奉孔子牌位。去享殿的甬道旁,有四对石雕,名曰华表、文豹、甪端、翁仲。华表,系墓前石柱,又称望柱。文豹,形似豹,腋下喷火,传为古代神兽,用以守墓。甪端,亦为传说中的古代神兽,头上一角,近麟,可日行 18000 里,通晓四方语言,明幽远之事,只伴明君。翁仲,石人像,传为秦代骁将,威震边塞,后为对称,改雕成文、武两人石像,文者执

---

① 数据参《百度词条·三孔》。

笏,武者按剑,称翁仲,用以守墓。享殿广5间,殿内现存清乾隆帝手书"教泽垂千古,泰山终未颓"诗句。[①]解放战争时,朱德总司令曾在此殿内召集军事会议。

孔子墓。位享殿之后,也是孔林的中心所在。墓隆起似马背,称"马鬣封"。墓周环以红色垣墙,长里许。墓前篆铭"大成至圣文宣王墓",为明正统八年(1443年)黄养正书。墓前的石台,初为汉修,唐时改用由泰山运来的封禅石筑砌。孔子墓东为子孔鲤墓,南为其孙孔伋墓,墓葬格局名"携子抱孙"。

子贡庐墓。孔子墓西的3间西屋为"子贡庐墓"处。据记载孔子死后,众弟子守墓3年离去。由于孔子去世时,子贡正出使在外,未赶上老师的葬礼,心存愧疚,在众弟子散后,子贡又独守了3年。后人为表彰子贡的孝举,在孔子坟西建屋3间,立碑一座,题为"子贡庐墓处"。此"庐墓"当作墓庐解,系专指子贡守孝时的居所,而不能理解为子贡的墓地或后世所云的"衣冠冢"。此见于北魏郦道元《水经注·泗水》条所释:"今泗水南有夫子冢,……即子贡庐墓处也。"

此外,在"子贡庐墓"近旁、享殿之后,另有一尖顶的方亭,称"楷亭"。亭内石碑上刻着一古老楷树,上书"子贡手植楷",此亦后人为表彰子贡的孝行而立。相传子贡奔丧后,将一棵楷树苗植于孔子墓旁,后成大树,清康熙年间遭雷击,起火烧死,后人遂将枯干图像刻于石上以纪。

孔尚任墓。位于孔林东北方向,墓前有碑"奉直大夫户部广东清吏司员外郎东塘先生之墓"。孔尚任(1648—1718年)是孔子64代孙、清初著名剧作家、《桃花扇》作者。这是一位在中国文化史上留下名字的人。

于氏坊。这是为清乾隆帝之女所立的纪念牌坊。据传乾隆帝女儿脸上有黑痣,算命者谓:"主一生有灾,须嫁有福之人才可免去灾祸。"事下朝中议论,谓嫁圣人后代最妥。由于当时满、汉不准通婚,乾隆帝便让女儿认大学士兼户部尚书于敏中(1714—1779年)为义父,改姓于,下嫁孔家。此坊为此而立。

步入孔林,我心情甚为激动,曾在孔子墓前、子贡庐墓旁、洙水桥畔久久徘徊,颇有一点司马迁吊孔林,"'高山仰止,景行行止。'虽不能至,然心向往之"[②]的心境。打心底说,我并不赞成儒家对先人厚葬久丧的做法,因为如此做,会消耗大量的社会财富与工作时间,并不符合现代社会精神。仅以子贡为例,他

---

① (清)乾隆帝御碑:《谒孔林酹酒碑》。
② (汉)司马迁:《孔子世家》。

是孔子最有才华的学生,如果省减这六年守孝的时间,当可为鲁国分担诸多政务。但是对于子贡以及孔子其他弟子的尊师重道、对于恩师的赤诚怀念之情,我不能不表示由衷的敬佩。而我个人认为:孔子精神之所以伟大,值得中国人民怀念,主要是取决于两点原因:

其一是因为他在人类思想史上,最早阐述了"人能弘道,非道弘人"①的人文主义的理性精神,主张用人类自我理性的进步,来改造人类社会,使之变得美好。而士人本身,则是这种精神的实践者。所谓"士不可以不弘毅",以天下为己任。② 正是在这一精神的指引下,古代中国避免了西方中世纪的宗教战争。正是在这一精神的指引下,古代中国是当时世界上知识分子唯一享有相对学术自由的国家,尽管古代中国一直尊儒学为正统,尊孔子为"大成至圣先师",但后世因反孔而死的知识分子仅明代李贽一人,且李贽是死于自杀,而按明律处置,李卓吾之罪仅是回乡编管。

其二则是孔子所阐述的人文主义精神,有着近代西方社会学说以及马克思主义传入中国之后,未曾阐发之处。因为比较马克思的有关说法可知:人是"社会动物",③要受到社会经济发展必然规律的奴役,是经济发展规律创造了人类社会。人类的历史发展在一定的阶段上只能体现为阶级社会,而"阶级斗争"与"暴力革命",是这一时期人类社会经济发展规律的体现,也只有通过这一手段("阶级斗争"与暴力革命)消灭资产阶级,建立无产阶级专政,人类才能最终实现共产主义。而"阶级斗争"学说在新中国实践所造成的悲剧,最终为十一届三中全会之后的中共中央所纠正,并明确此后中国社会应该走上"改革开放"道路,建设具有"中国特色的社会主义"制度。而孔子所创立的儒家学说,在两千多年漫长的历史长河中,逐渐成为中国文化的正统并影响到东亚和东南亚各国,成为整个东方文化的基石;它同样也可能对今后"中国特色的社会主义"精神文明建设事业,发挥积极的作用,这也就是我们今天仍须对孔子保持敬意的原因。至于今存山东曲阜的"三孔"古迹——孔府、孔庙、孔林,则是中国历代纪念孔子、推崇儒学的象征,容不得半点破坏,我们今后仍须倍加珍惜。

朝拜"三孔",我得诗一首,以志留念:

----

① 《论语·卫灵公》。
② 《论语·泰伯》。
③ ［德］马克思:《〈政治经济学批判〉导言》,《马克思恩格斯选集》第2卷。

七绝 题曲阜孔庙松(1988.8.2)

孔宅栽有万棵松,酷暑严霜不改容。
道德文章为仪表,浩然正气傲苍穹。

2019 年 12 月 4 日

"文革"中对"三孔"的破坏与沉痛教训
（泰山朝圣之二）

讲到朝拜"三孔"问题，不能不涉及"文革"中对"三孔"的破坏，因为我所朝拜的孔庙、孔府与孔林，都是"文革"后重修的产物，现在"三孔"中的绝大多数石碑，都是重修后复原的。我如对当时"三孔"的被破坏情况避而不谈，则是对于历史的不忠。而根据有关记载，"文革"中对于"三孔"的破坏经过大致如下：

1966年6月1日，《人民日报》发表社论《横扫一切牛鬼蛇神》，提出："无产阶级文化革命，是要彻底破除几千年来一切剥削阶级所造成的毒害人民的旧思想、旧文化、旧风俗、旧习惯，在广大人民群众中，创造和形成崭新的无产阶级的新思想、新文化、新风俗、新习惯。"由此，一场以红卫兵为骨干的"破四旧"运动在全国"轰轰烈烈"地展开，国内大多数名胜古迹在这一场运动中都免不了被砸毁命运，而曲阜"三孔"则是首当其冲。

曲阜县政府最初接到外地红卫兵即将前来砸"三孔"的消息，是1966年8月23日，立刻进行了一些力所能及的防范工作。他们组织曲阜一中学生在孔庙大门上贴出了"紧急行动起来，防止阶级敌人的一切破坏活动"标语，并将本来开放的孔庙东华门、西华门和南门封了起来。又用大木箱将孔府门前的石狮子整个罩起来，外面再贴上毛主席像，还写上标语。曲阜县委书记李秀公开演讲，说"三孔"是国务院明文规定的全国重点文物保护单位，破坏它，就是破坏国家财产，干扰斗争方向。许多农民也来到了孔府门前站岗。

不料，曲阜师范学院部分红卫兵行动了，他们一路高呼"打倒孔老二"、"彻底捣毁孔家店"。在孔府门前，文管会工作人员把红卫兵们拦住了。红卫兵们齐声背诵毛主席语录："凡是反动的东西，你不打，他就不倒，这也和扫地一样，扫帚不到，灰尘照例不会自己跑掉。"时任副县长的王化田站出来，指着国务院立的文物保护碑说："你们好好看看，谁要在这里搞破坏，是触犯国家法律的。"谁知他的话

333

音未落,学生们便高呼:"打倒王化田","打倒孔老二的看家狗"。①

尽管有阜师范学院红卫兵的反孔鼓动,但曲阜县委的最初防范工作还是有效的,因为阜师范学院的红卫兵当时并不敢砸"三孔"。但是事情到了 11 月间开始发生变化。据有关回忆为:

1966 年 10 月间,"中央文革组"成员戚本禹通过《红旗》杂志负责人林杰,指使北京师范大学"毛泽东思想红卫兵井冈山战斗团"负责人谭厚兰②赴山东曲阜"造孔家店的反"。1966 年 11 月 10 日,谭厚兰率 200 多北师大红卫兵抵曲阜,与曲阜师范学院红卫兵联合成立"讨孔联络站"。③ 酝酿砸"三孔"。在正式行动前,他们又请示戚本禹意见,戚转请示陈伯达。11 月 12 日,"中央文革小组"组长陈伯达从北京打来电报,指示"孔坟可以挖掉",但"孔庙、孔府、孔林不要烧掉"。同日,时任"中央文革小组"成员的戚本禹又打来电话表示:"汉碑要保留,明代以前的碑,也要保留。清碑可以砸掉。对孔庙可以改造,可以像'收租院'那样。孔坟可以挖掉。可以找懂文物的人去看一下。"④根据陈伯达与戚本禹的指

---

① 材料出处参刘炎迅:《孔子墓蒙难记:红卫兵小将捣毁中华文化命脉》,《中国新闻周刊》2010 年第 9 期。

② 谭厚兰(1937—1982 年),湖南人,女。1958 年在湘潭一中高中毕业后留校,同年入党。1961 年作为调干生保送北大政教系学习,1965 年作为调干生进入北京师范大学政教系工作,并结识了对自己人生际遇产生过重要影响、后升任《红旗》杂志副总编的林杰。1966 年最先响应北大聂元梓大字报,于当年 8 月底组织北京师范大学"毛泽东思想红卫兵井冈山战斗团",并任总负责人。当年 11 月,秉承"中央文革小组"戚本禹、林杰(一说康生)授意,以"中央文革小组"名义,组队 200 余人到山东曲阜,联合当地造反派成立"彻底捣毁孔家店革命造反联络站",砸"三孔",给国家传统文化事业造成重大损失,并砸毁国务院 1961 年立的"全国重点文物保护单位"的石碑,发给国务院抗议信。据统计,谭厚兰在曲阜共 29 天,烧毁古书 2700 余册,各种字画 900 多轴,共破坏文物 6618 件,其中有国家一级保护文物 70 余件,珍版书籍 1700 余册;砸毁包括孔子墓碑在内的历代石碑 1000 余座,捣毁孔庙,破坏孔府、孔林、鲁国故址,刨平孔坟(经陈伯达批准),挖开第 76 代"衍圣公"孔令贻的坟,对其曝尸批判。1968 年 10 月,谭厚兰到北京军区 4627 部队劳动锻炼。1970 年 6 月,被调回北师大隔离审查,受到来自各方面的清算。1975 年 8 月,审查结束,她被送到北京维尼纶厂监督劳动。粉碎"四人帮"后,1978 年 4 月,北京市公安局以反革命罪逮捕了谭厚兰。在监狱中,她自悔交代。1982 年 6 月,北京市人民检察院分院做出了对谭免于起诉的决定。1981 年,谭检查出患有宫颈癌,被保外就医。9 月,回老家湘潭治病。1982 年 11 月去世,终年 45 岁,未婚。而据说当年随同谭共同"讨孔"的骨干,大多早逝。谭厚兰实际上并未对她所犯下的砸三孔罪受到多少惩处,她的早逝只能说是因其所犯罪行,而遭到了天谴。——材料出处参《百度词条·谭厚兰》。

③ "三孔"被破坏经过参《文革对孔庙孔府孔林的破坏》(2019 年 7 月 24 日),http://www.tasenit.com/newsview.php?id=68548(太升商网)。——一说谭厚兰等来到曲阜的时间为 1966 年 11 月 9 日。

④ 参刘炎迅:《孔子墓蒙难记:红卫兵小将捣毁中华文化命脉》,《中国新闻周刊》2010 年第 9 期。——一说陈、戚做出指示的时间为 1966 年 11 月 11 日。——上述说法原出处,见于"文革"档案、《讨孔战报》以及诸多当事人回忆。另据事件见证人刘亚伟曾查阅到谭厚兰被审查时所写的交代材料,(转下页)

示精神,谭厚兰等起草了《火烧孔家店——讨孔檄文》、《告全国人民书》,制定了行动计划,并于当日下午,北京师范大学红卫兵与曲阜当地红卫兵联合成立"全国红卫兵彻底砸烂孔家店树立毛泽东思想绝对权威革命造反联络站",开始了具体的砸"三孔"准备活动。

次日(13日),孔府大门被打开,红卫兵一拥而入,开始了连续两天的砸孔府、砸孔庙活动。而试图从砸孔府、孔庙行动中获得一些实际物质利益的"工人、干部、学生,从几十里外坐着毛驴车赶来的乡下老大娘一拥而入"。[①] 他们随红卫兵们分头冲进孔庙、孔林、周公庙,砸碑、拉匾、捣毁塑像。

孔府最先被砸毁,然后红卫兵们开始了砸孔庙的"义举"。红卫兵将大成殿的"万世师表"等大匾摘了下来,拉到孔林西南角纵火烧毁。又将大成殿中的孔子像胸前贴上"头号大坏蛋"的标语,用绳子将大成殿孔子像及其他17座泥胎像拉出来,断头、腰斩、开膛、破肚。有人从孔子像中掏出了一部装帧考究、古色古香的明版《礼记》,人们又从包括颜回在内被称作是"四配"、"十二哲"的孔子门生塑像肚里掏出了线装的《周易》、《尚书》、《诗经》、《春秋》、《大学》、《中庸》、《论语》、《孟子》等古籍,扔在地上践踏、撕毁、焚烧。而挤不上神龛的红卫兵,便将那些摔落在地上的"至圣先贤们的头颅像踢足球一般地踢来踢去"。[②] 至于从塑像泥胎肚里掏出的银制内脏和古铜镜等,则被捣毁者顺手牵羊拿走了。而红卫兵如此做的理由是:"今天,'孔家店'是收藏封建主义、资本主义、修正主义四旧污垢的'三合店',是树立毛泽东思想绝对权威的大障碍。"此见于北京师范大学毛泽东思想红卫兵"井冈山战斗团"写于1966年11月的《讨孔战报》。

在砸毁了孔府与孔庙,砸断了历代碑刻,火烧了孔子塑像,摧毁了一切"代表封建主义罪恶腐朽势力"的瓶瓶罐罐之后,1966年11月15日,红卫兵在孔府大门前举行"彻底捣毁孔家店誓师大会",并砸毁了国务院1961年立在孔府门前、写有"全国重点文物保护单位"的石碑,[③]发出了给国务院的抗议信。

会后,手持铁锨、镢头的红卫兵和抽调来的农民扒坟队前往孔林进行挖坟活

(接上页)其中记述,林杰曾这样对谭厚兰说:"我给你介绍一个地方,除了大庆之外的一个好地方——山东曲阜,到孔老二的老家去造孔老二的反。"林杰接着说:"你们应当率先在文化大革命中起来造这个反。"谭厚兰当时的回答是:"……我们去,我们一定去!"

① 参刘炎迅:《孔子墓蒙难记:红卫兵小将捣毁中华文化命脉》,《中国新闻周刊》2010年第9期。
② 参刘炎迅:《孔子墓蒙难记:红卫兵小将捣毁中华文化命脉》,《中国新闻周刊》2010年第9期。
③ 一说挖孔林之日为1966年11月29日,见刘炎迅:《孔子墓蒙难记:红卫兵小将捣毁中华文化命脉》,《中国新闻周刊》2010年第9期。

动。这一活动一直持续了两天。据目击者的回忆：先是挖坟者在孔子高大的墓碑上涂满了口号，红卫兵们把一根粗绳套在墓碑的上端，人员分成两队，一队拽住一边的绳子，高音喇叭响起来："扒坟破土仪式现在开始!"巨大厚重的"大成至圣文宣王"碑被拉倒，摔在碑前的石头供桌上，断为两截。① 随后挖坟者在孔子祖孙三座坟墓(孔子坟、孔鲤墓、孔伋墓)上同时作业，由于孔子坟坚固，"革命小将们"为了更快地挖开墓穴，使用了雷管和炸药。②

而据见证者、当时还是一位13岁孩子的刘亚伟目击：坟冢上的黄土被炸得到处都是，刘亚伟站在那里，身上落满"细碎金粒子一般"的泥土。而眼前，红卫兵们正在往树上系绳子，然后将尸体吊起来，呼哧呼哧，这并不是件轻松的活儿。③ 同时还挖出了身在大陆的最后一位"衍圣公"孔令贻的墓。墓中共扒出了五具尸体，包括：孔祥珂(1848—1876年，孔子75代嫡孙)及夫人、孔令贻(1872—1915年，76代"衍圣公")及其妻、妾。尸体初出土时，还保存完整，但很快被红卫兵和农民用铁钩戳破，"尸体便像撒了气的皮球一般迅速地瘪下去"。"挖出来的几具尸体在那里放了五六天的样子，每天围观的人都络绎不绝。后来，一天晚上弄到孔林东南角的一个土坑里烧掉啦。主要是觉得每天都有很多人去看，尸体男女都有，光着身子太难看。"④另有文字描述当时情景是："尚未腐败的47年前的脸，以及身体，此刻被划破，在1966年冬日的空气中，迅速氧化，变黑。围观者是一群青年，穿着绿军装，戴着红袖标，他们是'革命无罪，造反有理'的红卫兵小将，在他们身后，拥挤着更多的穿着土布棉衣的从四面八方赶来看热闹的农民。"⑤

与当时谭厚兰挖孔坟同演的另一出闹剧是：复旦大学教授周予同因治经学"尊孔"，被千里迢迢地从上海押解到山东曲阜，逼着其亲自动手挖孔子的坟墓。当孔子的塑像被拉着游街时，周予同、高赞非等参加过1962年"孔子讨论会"的一些学者，以及当地各级领导干部被拖在后面，"为孔老二送丧"。⑥ 又据描述：当谭厚兰带领北京来的红卫兵扒孔墓时，济宁地区和曲阜县的几位领导跟在谭厚兰后面，再往后，是一大串带着高帽子的"牛鬼蛇神"。⑦ 而从北京赶来的中央

---

① 参刘炎迅：《孔子墓蒙难记：红卫兵小将捣毁中华文化命脉》，《中国新闻周刊》2010年第9期。

② 《文革中红卫兵挖掉孔子坟，为加快速度使用炸药》，凤凰卫视2012年7月10日。

③ 参刘炎迅：《孔子墓蒙难记：红卫兵小将捣毁中华文化命脉》，《中国新闻周刊》2010年第9期。

④ 参刘炎迅：《孔子墓蒙难记：红卫兵小将捣毁中华文化命脉》，《中国新闻周刊》2010年第9期。

⑤ 材料出处见《1966年孔子墓蒙难：坟冢被掘 圣贤头颅被当球踢》，人民网2014年9月28日。

⑥ 《文革中红卫兵砸毁曲阜孔子故居全过程》，凤凰网2009年3月25日。

⑦ 参刘炎迅：《孔子墓蒙难记：红卫兵小将捣毁中华文化命脉》，《中国新闻周刊》2010年第9期。

新闻电影制片厂摄影师则跑前跑后，记录下这一"破四旧"的"壮举"。

1966年11月28、29日连续两天，谭厚兰等又聚集10万人在曲阜召开"彻底捣毁孔家店大会"。大会向毛泽东发去"致敬电"，"汇报一个激动人心的消息"："敬爱的毛主席：我们造反了！我们造反了！孔老二的泥胎被我们拉了出来，'万世师表'的大匾被我们摘了下来。……孔老二的坟墓被我们铲平了，封建帝王歌功颂德的庙碑被我们砸碎了，孔庙中的泥胎偶像被我们捣毁了……"①戚本禹则代表"中央文革小组"称赞谭厚兰们"造反造得很好！"②

而据当时曲阜师范学院"毛泽东思想红卫兵讨孔战士"的实录："由红卫兵和贫、下中农组成的突击队，带着深仇大恨到了孔林。他们抡起镢头、挥舞铁锹，狠刨孔老二及其龟子龟孙们的坟墓。经过两天的紧张战斗，孔老二的坟墓被铲平，'大成至圣先师文宣王'的大碑被砸得粉碎！孔老二的七十六代孙令贻的坟墓被掘开了……孔林解放了……在毛泽东思想的光辉照耀下，获得新生了！"③而在谭厚兰等砸孔林的歪风影响下，扒坟之事并不限于孔林。当时曲阜境内的孟母林、梁公林、少昊陵、东西颜林等，都遭到严重破坏。④ 而当时掘坟之风迅速波及全国，凡史籍中有名字的人，差不多都在1966年被掘了坟。

而据统计，在谭厚兰"砸三孔"的短短数日中，孔府、孔庙、孔林共计有1000多块石碑被砸断或推倒，烧毁、毁坏文物6000多件，10万多册书籍被烧毁或被当做废纸处理，5000多株古松柏被伐，2000多座坟墓被盗掘。"文革"后国家花费了30多万元，才收回一部分被盗墓者私藏的金银财宝。⑤ 又有统计数字称：从1966年11月9日至12月7日，在曲阜的29天，红卫兵砸毁国务院1961年立的"全国重点文物保护单位"的石碑，烧毁古书2700余册，各种字画900多轴，其中包括国家一级保护文物的国宝70余件，珍版书籍1700多册。⑥ 另据曲阜县文物管理委员会1973年2月24日《关于"讨孔联络站"破坏文物情况的汇报》、《讨孔战报》以及当事人的回忆，面积3000余亩、延续了2000多年的孔氏家族墓

---

① "三孔"被破坏经过参《文革对孔庙孔府孔林的破坏》(2019年7月24日)，http://www.tasenit.com/newsview.php?id=68548(太升商网)。

② 《文革中红卫兵砸毁曲阜孔子故居全过程》，凤凰资讯2009年3月25日。

③ 《文革中红卫兵砸毁曲阜孔子故居全过程》，凤凰资讯2009年3月25日。

④ 张顺清(曲阜师范大学教授、原党委书记)：《谭厚兰曲阜"讨孔"纪实》，共识网 www.21ccom.net/article。

⑤ "三孔"被破坏经过参《文革对孔庙孔府孔林的破坏》(2019年7月24日)，http://www.tasenit.com/newsview.php?id=68548(太升商网)。

⑥ 转引王锦思：《文革破坏曲阜孔子墓调查》，搜狐网2012年1月11日。http://www.sohu.com/。

地的地下随葬品被洗劫一空。

而在这股挖坟歪风中，实际得益者为当地农民，他们疯抢墓里的陪葬品，谁来阻挡，就是一顿暴打。① 如今孔林附近的村民，对这段往事仍旧讳莫如深。当年流传着"一夜挖出个拖拉机"的说法，一些人就靠挖孔坟致富了。当时从孔家子孙的墓里挖出来的金银珠玉不计其数，银行来收金银，96 元一两，前后收了 30 多万元。一同被挖出的玉石，因为不收购，被村民视为废品，让孩子们拿去，系上绳子，在路上甩着玩耍。最有讽刺意义的是，一位曾被指派去保护孔林的村干部，后来带头领着人去挖坟致富。②

时至 1974 年，曲阜地区的反孔运动又热闹了一段时间，当年 1 月 18 日，毛泽东批发了中共中央 1974 年 1 号文件，转发由江青主持选编的《林彪与孔孟之道》，全国开始了"批林批孔"运动。这场运动开展的原因是：林彪死后，从林彪住处查抄出不少林彪抄写的与儒家思想有关联的语录，毛认为林的错误思想与其私下推崇孔孟之道有关，想借助"批林批孔"来统一全党的认识，因此对孔子思想进行了全盘否定和彻底批判。在"批林批孔"运动中，曲阜"三孔"继续受到破坏。1976 年，孔府、孔庙里举办"批林批孔"展览会，在大殿里陈展"孔子罪恶的一生"、"批判孔孟之道"等主题，吸引着"各大厂矿企业一卡车一卡车地带人来参观。"③

而对于三孔的持续破坏一直延续到 1977 年春，当时曲阜为修环城马路，要拆掉"影响城市建设"的明城墙，经国务院批复，保留了孔庙前正南门和四城角，其余城墙被拆除。同年，为迎接国务院副总理陈永贵到来，把孔庙从中间截断，开出一条鼓楼大街，12 米宽的护城河被填成 4 米，城墙基上建起了新办公楼，当时曲阜建委、商业局、四联社、中学等陆续搬了过来。④ 但此后，随着"文革"结束国内旅游业的发展，"三孔"对于曲阜经济价值的凸显，以及随着儒学在建设"中国特色社会主义"精神文明中的作用逐步显现，"三孔"开始过上"好日子"。

1979 年，国家开始拨款修复孔墓，曲阜文管会让人帮助寻找孔子墓碑以及散落民间的其他碑石，"在附近社员家里找了上百块，现在孔子墓前的碑，就是这些石块拼在一起的。"⑤1984 年，国家又拨款 1470 万元维修"三孔"，其中 248 万

---

① 参刘炎迅：《孔子墓蒙难记：红卫兵小将捣毁中华文化命脉》，《中国新闻周刊》2010 年第 9 期。
② 参刘炎迅：《孔子墓蒙难记：红卫兵小将捣毁中华文化命脉》，《中国新闻周刊》2010 年第 9 期。
③ 贾冬婷：《一个县级市的突围》，《三联生活周刊》2008 年 3 月 27 日，http://www.sina.com.cn。
④ 贾冬婷：《一个县级市的突围》，《三联生活周刊》2008 年 3 月 27 日，http://www.sina.com.cn。
⑤ 参刘炎迅：《孔子墓蒙难记：红卫兵小将捣毁中华文化命脉》，《中国新闻周刊》2010 年第 9 期。

元用于搬迁入占孔庙与孔府土地的曲阜招待所、国际旅行社、工人文化宫等 10 多个大小单位。时至 1982 年，因"三孔"的存在，曲阜被评选为中国 24 个"历史文化名城"之一，这也是当时山东省的唯一一个"历史文化名城"。时至 1994 年，"三孔"经申报成功，被联合国列入"世界文化遗产"名录。而自上世纪 80 年代起，"祭孔"活动也年年开展。此事始自 1984 年曲阜举办"孔子诞辰故里游"活动，并为此准备了一套"祭孔"仪式，"但上面来了人，说不让祭。"最后"找了一个演员"，以"文化表演"形式"祭孔"，这也是"文革"后的第一次祭孔。至 2004 年，民间祭孔活动开始改为政府公祭，中央电视台予以直播，而这一直播是经中央领导批示，并作为国庆献礼进行的。当时由曲阜市长念祭文。2005 年，以曲阜孔庙为中心，全球十几个城市联合祭孔，仪式由"清制"改为"明制"。2006 年，曲阜和台湾联合祭孔。2007 年，祭孔形式升格为省长念祭文，而从这一年起，曲阜祭孔将"家祭"与"国祭"两种形式分离开来。而祭孔活动的开展，给曲阜地方经济带来了巨大收益。仅以 2004 年为例，9 月 28 日的祭孔大典，成为曲阜旅游的最高峰，"十一"黄金周期间，游客多达 20 余万，门票收入 1000 多万元，曲阜宾馆不够，许多游客都居于邻县。①

至此，孔子也由历史的"反角"转为"正角"，完成了一个否定之否定的过程。而现今回过头来看 1966 年谭厚兰导演的砸"三孔"闹剧，其中实有诸多惨痛的历史教训可寻，仅列举如下：

其一是砸"三孔"事件造成了恶劣的国际政治影响，同时也破坏了中华民族的统一情感。

据报道：在谭厚兰挖孔坟事件发生后，1967 年 2 月 28 日，日本诺贝尔文学奖得主川端康成、曾经居住于中国东北数十年的诺贝尔文学奖候选人安部公房、三岛由纪夫等数百位作家、艺术家曾联名发表《关于"文化大革命"的声明》，要求中国当局能保护中国历代文物免遭破坏。② 据说孔林边上的孔令贻墓，迄今游人寥寥，原因是当年破坏得太厉害，而当"三孔"重修后，末代衍圣公孔德成（1920—2008 年，孔令贻子）③几经邀请，都不肯重踏故土，原因是他因祖坟被挖，心里难受。而在中华传统中，"挖祖坟"是对人的极大侮辱。而孔坟被挖的惨剧也不禁使人想起中国一位名人所说过的话：把权力传给自己的后代，因为"他们

---

① 贾冬婷：《一个县级市的突围》，《三联生活周刊》2008 年 3 月 27 日，http://www.sina.com.cn。
② 转引刘柠：《日本知识界对"文革"的反应》，《澎湃新闻》2016 年 1 月 18 日。
③ 孔德成（1920—2008 年），字玉汝，号达生，孔子第 77 代孙，袭封 31 代衍圣公，曾任台湾考试院院长。

起码不会挖我们的祖坟。"显然孔坟被挖事件，也使这位名人深受刺激。

其二是1966年曲阜"三孔"的被毁，是在中国历史上所曾发生过的前所未有的野蛮事件，此事件从反面提出了建设中华民族精神文明的迫切性问题。

仅举例证明：1279年，蒙古灭宋，1644年，满清入关，"三孔"皆毫发无损，这是因为蒙古人与满洲人虽属少数民族，但对中国古代圣贤，尚心存敬畏之心。后虽历经战乱，三孔却仍得以保存。"三孔"毁于十年动乱，由此亦可见，当一个民族丧失了对于本民族历史文化传统的敬畏之心后，会变得何等野蛮与愚昧。

其三是有无必要在现实政治斗争中，让古人代今人受过？

从当今角度看，1966年发生的"三孔"被毁事件，纯属古人代今人受过。因为上举材料已证明：谭厚兰之所以会到曲阜来砸"三孔"，是受到了当时《红旗》杂志实际负责人、"中央文革小组"林杰的指示。林杰如是说："我给你介绍一个地方，……到孔老二的老家去造孔老二的反。"①而林杰之所以做如上指示，又是受到了当时中央文革组成员戚本禹的指示，认为孔子是"万世师表"，刨孔子坟的历史使命理应由未来的教师们承包，因此要求北京师范大学红卫兵头领谭厚兰去山东曲阜"造孔家店的反"。至于谭厚兰则并非完全无头脑之人，她在正式行动前，又请示戚本禹意见，戚转请示陈伯达。11月12日，"中央文革小组"组长陈伯达从北京打来电报，指示"孔坟可以挖掉"，但"孔庙、孔府、孔林不要烧掉"。同日，时任"中央文革小组"成员的戚本禹又打来电话表示："汉碑要保留，明代以前的碑，也要保留。清碑可以砸掉。对孔庙可以改造，可以像'收租院'那样。孔坟可以挖掉。可以找懂文物的人去看一下。"②有了陈伯达与戚本禹的具体指示，谭厚兰才敢于砸"三孔"。而当时"中央文革小组"何以一定要砸"三孔"，则完全是出自为打倒政治对手刘、邓的目的，而寻找口实，以此证明自己在思想上要比刘、邓进步（而从此后发生的"批林批孔"运动中，亦可看出相似点）。但是让古人代今人受过，古人地下无口，无法自辩，有失公允。此外，即便孔子鼓吹其学说，是为了"复辟奴隶制度"，施耐庵写《水浒》，是为了宣传"投降主义"，但是他们并不妨碍今人行使其政治权力。因此对其发动无端批判，并无助于巩固现实政

---

① 参刘炎迅：《孔子墓蒙难记：红卫兵小将捣毁中华文化命脉》，《中国新闻周刊》2010年第9期。

② 参刘炎迅：《孔子墓蒙难记：红卫兵小将捣毁中华文化命脉》，《中国新闻周刊》2010年第9期。——一说陈、戚做出指示的时间为1966年11月11日。——上述说法原出处，见于"文革"档案、《讨孔战报》以及诸多当事人回忆。另据事件见证人刘亚伟曾查阅到谭厚兰被审查时所写的交代材料，其中记述，林杰曾这样对谭厚兰说："我给你介绍一个地方，除了大庆之外的一个好地方——山东曲阜，到孔老二的老家去造孔老二的反。"林杰接着说："你们应当率先在文化大革命中起来造这个反。"谭厚兰当时的回答是："……我们去，我们一定去！"

治权力,同时又使中国古文化遗产徒遭损失。此外,从当今角度看当年实践效果,也是不好的。因为在"文革"中尽管发生了孔子书被烧、"三孔"被毁以及"批林批孔"等许多事件,但多年之后,孔子书仍有人在读,而当时号召积极反孔的书却已无人问津了。因此,对于古代文化遗产的正确态度,是揭示其何以能够穿越历史时空的原因,以其真谛为现实政治服务。

其四是如何认识中国古代文化遗产的经济价值?

中国古代文化遗产具有不菲的经济价值,而当中国社会由计划经济体制转向市场经济体制之后,人们更深刻地认识到这一点。仅以"三孔"为例,在"文革"结束之后,逐渐成曲阜地区旅游经济的引领者与"摇钱树"。其过程大致如下:

随着"三孔"的修复,1979年开始收取门票,孔府、孔庙各1角,孔林5分,以后逐步递增。1988年,"三孔"门票收入为11.5万元。[①] 而借助"三孔"名义,曲阜地区的派生经济也发展起来了。上世纪80年代,当地自创的"孔府家酒"一度辉煌,1988年,它以3.6亿元拿下了央视广告的"标王",只是此后渐衰。1993年,曲阜地区根据孔子礼、乐、射、御、书、数六艺,创建了"六艺城",一度吸引了大量游客。而受此影响,当地还创立过"鲁国盛世"、"三国宫"、"西游记宫"等景点,后因生意渐淡,而改成了民俗表演场地。时至1999年,"三孔"门票收入已达5282万元。[②] 自上世纪90年代起,国家不再对"三孔"拨款,"三孔"管理者"曲阜文管会"必须从门票收入中拿出一部分来维修"三孔"和搞基建。

然而树大招风,1999年9月26日,根据曲阜市政府要求:"曲阜孔子旅游集团公司"成立,租赁"三孔"和孔子故宅、颜庙、周公庙、少昊陵以及其他景点的经营权,"三孔"管理部门每年须上交经营权使用费3000万元,这个数字每3年将递增10%,20年后不再增加。这一年(1999年),也是"曲阜市全国独创性地转让旅游资源经营权"的一年,"曲阜文物管理委员会"开始变得有名无实,不再是"三孔"的直接管理者。

而曲阜市政府为了通过"三孔"争取更大的经济效益,又南下深圳请来"华侨城"("锦绣中华"、"民俗文化村"、"世界之窗"、"欢乐谷"等著名旅游景点的投资方)共同经营"三孔"。2000年9月25日,深圳华侨城与曲阜五家企业共同成立中国"曲阜孔子国际旅游股份有限公司"。华侨城来到曲阜后,立即投资3000万元建杏坛剧场,推出大型露天广场乐舞《杏坛圣梦》,将《论语》中的四句话"学而

① 贾冬婷:《一个县级市的突围》,《三联生活周刊》2008年3月27日,http://www.sina.com.cn。
② 贾冬婷:《一个县级市的突围》,《三联生活周刊》2008年3月27日,http://www.sina.com.cn。

时习之,不亦悦乎"、"发乎情,止乎礼"、"四海之内皆兄弟"、"有朋自远方来,不亦乐乎"以歌舞形式表演出来。从 4 月到 10 月每晚演出,门票 80 元钱一张。自华侨城进驻曲阜后,其股票收入增长了十几亿元,但"水洗三孔"事件发生后,又猛跌 3 亿多元。

"水洗三孔"事件大致过程为:2000 年 12 月 6 日—13 日,"三孔"建筑物遭受不懂文物保护常识的工作人员用高压水枪冲洗,而造成 3 处古建筑群的 22 个文物景点不同程度受损,有的损坏严重。主要表现为:古建筑彩绘大面积模糊不清,有不同程度的油漆彩绘脱落现象,其中孔庙最为严重。事件发生后,国家对责任人进行了严肃处理,给予曲阜市分管文物工作的副市长颜世全行政警告处分;给予曲阜市政府党组成员、市长助理、曲阜孔子旅游(集团)有限责任公司董事长、总经理柴林庆行政记大过处分。华侨城亦于 2004 年初被迫撤出曲阜,"三孔"仍复归曲阜文物管理委员会管理。① 而在曲阜文物管理委员会的管理之下,2007 年"三孔"门票收入为 1.3 亿元(当年曲阜全市含"三孔"在内的门票总收入为 1.5 亿元)。

而由上举"水洗三孔"事件可以总结出的一条重要教训是:在新的历史时代,中国古代文化遗产即便有不菲的经济价值,但仍应注意保护好其历史文化价值,以之发挥教育后人、培育民族精神的作用,而切不可将其作为经济上的"摇钱树"来使用。否则的话,"水洗三孔"的事件会反复发生,此外,也会诱发原无古迹的地方制造假古董骗钱的事件。

其五是如何认识中国古代文化遗产的政治价值?

从历史角度来看 1966 年谭厚兰所导演的砸"三孔"闹剧,以及持续 10 年之久的"反孔非儒"运动,其所造成的恶劣政治影响是:从根基上动摇了 2000 余年来一直被中国民众所尊崇的做人以"忠孝为本"的伦理准则,而这一准则一直是古代中国社会稳定、民族团聚的黏合剂。这一伦理准则的被否定,为上世纪 80 年代随着"改革开放"运动的行进,年轻一代滋生"崇洋媚外"思想、接受西方普世价值观,创造了条件,同时也对后来的"中国特色社会主义精神文明"建设事业带来了伦理难题。而当代儒学复兴的实质是:当中国社会进入"改革开放"时代后,由于受到传入的西方价值观影响,人们在精神上,特别是年轻一代在精神层面上,出现了严重的"信仰危机"与道德滑坡现象,国家急需寻找对于国人进行伦理教育的精神武器,重振以爱国主义为内涵的中国传统道德风尚。而通过复兴

---

① 参《"水洗三孔"责任人被处理》,人民网 2001 年 5 月 17 日。

儒家学说抵制崇洋媚外思想、提振国人精神境界,成为必然选项。而正是伴随着儒学在建设"中国特色社会主义精神文明"的作用日益显现的政治背景下,国家层面对孔子及其学说的评价日益提高,这一评价基本符合当代中国社会政治的发展趋势。其基本过程如下:

毛泽东对孔子原本有着不乏公允的评价。他在延安时代与美国记者斯诺谈话时曾说:"1919年初,我和要去法国的学生一起去上海……在去南京的途中,我在曲阜停了一下,去看看孔子的墓。我看到了孔子弟子濯足的那条小溪以及圣人儿时生活过的小镇,我还看到了有历史意义的孔庙和庙旁那棵著名的树,相传是孔子亲手所植。我曾驻足在孔子著名的弟子颜回生活过的河边,也参观了孟子的出生地。"①由这段话中尚见还是北大图书馆管理员时的毛泽东,对于孔子的尊重之情。1938年10月14日,毛泽东在中共六届六中全会上指出:"从孔夫子到孙中山,我们应当总结,继承这一份珍贵的遗产。这对于指导当前的伟大的运动,是有重要的帮助的。"②1952年10月28日,已是国家主席的毛泽东第二次来到曲阜,游览了"三孔",他指出:"曲阜作为王都有八百年,创造了灿烂的文化,对后世有重大影响。特别是以孔子和孟子为代表的儒家学说,影响更大,一直是中国统治阶级的思想。"他又说:"这个孔林确有特点,不仅中国独此一家,大概全世界也找不到第二个啊!研究中国的墓葬文化,不用到别的地方,这一处就够了!"③1964年2月13日,毛泽东曾对主管教育工作的领导同志说:"孔夫子的传统不要丢。"④但时至"文革"之中,由于政治斗争因素,毛泽东对孔子的评价开始发生变化。1966年12月21日会见外宾时,当对方问起中国搞"文化大革命"的内容。毛的答复是:"抓住整个阶级斗争和还没有完成的反封建主义斗争,反孔夫子的影响。这种影响存在于大学文科如历史、哲学、文学、美术、法律等领域。他们灌输帝王将相观点,灌输资产阶级法权思想。"⑤"批林批孔"运动也正是在这一历史背景之中发生。

但即便是在"文革"之中,周恩来对孔子的态度与毛泽东仍有差异。周恩来在《谈谈青年的学习生活》(1957年3月24日)一文中曾指出:"对孔夫子就应该

① [美]斯诺:《西行漫记》。
② 毛泽东:《中国共产党在民族战争中的地位》(1938年10月14日)。
③ 转引戴永夏:《回顾部分国家领导人的曲阜"寻根"之旅》,《齐鲁晚报》2014年1月13日。
④ 《1964年毛泽东曾谈孔子:孔夫子的传统不要丢》,《北京日报》2014年9月30。
⑤ 转引陈晋:《晚年毛泽东对读书的矛盾情结》,《中共党史研究》2014年7月16日。

全面评价,对他的一些好的地方,就应该给予肯定。"①1961 年 3 月 4 日,周恩来总理以国务院名义发布了一系列文物保护法令,其中第一批全国重点保护文物单位中,就有孔庙、孔府、孔林和鲁国故城遗址。"文革"中谭厚兰一伙到曲阜砸"三孔",当曲阜县委负责人将此情况逐级汇报到国务院时,周恩来十分气愤,立即指示:"曲阜的'三孔'建筑决不许任何人破坏,要谭厚兰务必在三日内返回北京。"②由于周恩来及时制止,"三孔"才免遭更大的破坏。1969 年,周恩来顶着巨大压力,拨款 13 万元,下令修复曲阜孔庙大成殿,山东省委与曲阜县委遵照周恩来指示,于 1970 年完成了修复任务。

时至 1978 年 5 月,已是国家副主席的李先念带领国家 7 部委与 21 个省、市、自治区的 165 位领导人,到曲阜视察农田水利建设和"三孔"文物保护工作。刚到曲阜(7 日),李先念便对工作人员说:"下午的活动是拜孔","我六岁就读孔老夫子的书,还学会了作揖磕头,下午我来参观,谁不愿意来可以不来。"在视察孔庙时,李先念指示:"文物古迹是劳动人民智慧的结晶,是人类的文明,不许破坏,要管理好、利用好。对破坏文物的首要分子要严惩! 曲阜'三孔'要对外开放,可以'以孔养孔'嘛!"在视察孔林时,看到孔子墓所遭受的严重破坏,李先念非常气愤,说道:"谭厚兰破坏'三孔'文物该杀! 目前这个样子怎么让外国人看?"③李先念视察之后,曲阜县委立即组织人复修"三孔",使之大致恢复到"文革"前状况。此后,"三孔"作为旅游景点开放,观众日多,并迅速走向世界,为曲阜地区创造了可观的经济价值。

1990 年 2 月 28 日至 3 月 1 日,时任中共中央政治局常委、书记处书记的李瑞环来曲阜视察工作。他指出:"孔子是两千多年前的人,他的有些话很有道理,至今仍然适用。过去为什么搞批孔? 孔子是个伟人,批孔真是不可思议。"1999 年 10 月 9 日在纪念孔子诞辰 2550 周年大会上,李瑞环发言全面评价孔子:"孔子是中国古代伟大的思想家、教育家,他所创建的儒家学说博大精深,包括了政治、经济、哲学、伦理、教育、艺术等方面的思想和主张,构成了中华民族传统文化的基础,对于中华民族的形成、繁衍、统一、稳定和自立于世界民族之林都起了不可替代的作用,对于人类文明的进步和发展作出了极其重大的贡献,有着超越时代、超越国界的深远影响。儒学的许多重要论著,特别是做人、处事、立国的至理

① 周恩来:《谈谈青年的学习生活》(1957 年 3 月 24 日),中央文献研究室编《周恩来教育文选》,教育科学出版社 1984 年版。
② 转引戴永夏:《回顾部分国家领导人的曲阜"寻根"之旅》,《齐鲁晚报》2014 年 1 月 13 日。
③ 戴永夏:《回顾部分国家领导人的曲阜"寻根"之旅》,《齐鲁晚报》2014 年 1 月 13 日。

名言,至今还被人们广为引用。""当前,人类社会正处在世纪之交,面临着许许多多的矛盾和问题。解决这些问题,固然首先要依靠当代人的聪明才智,但也可以从古代哲人那里寻找智慧。两千多年来的历史充分证明,儒家学说可以为我们解决人类社会面临的问题提供有益的启示。我们要采取科学的态度,运用科学的方法,对儒家学说进行挖掘、整理、总结、研究,取其精华,剔其糟粕,既不抱残守旧、照搬照抄,也不数典忘祖、全盘否定。要结合新的时代情况赋予其新的意义,并使之有机地渗透到政治、经济、文化以及社会生活的方方面面,更好地为现实服务,真正做到古为今用。"①

而李瑞环 1999 年 10 月 9 日在纪念孔子诞辰 2550 周年大会上的发言,可以说是在"文革"之后代表党与政府,对孔子及整个儒家学说的一次正名。此后学界持反孔立场的一派人的意见渐息,而主张发扬中华民族优秀文化传统建设"中国特色社会主义"精神文明事业的意见逐渐被社会重视。

时至 2013 年 11 月 26 日,习近平总书记也来到曲阜视察,他给予孔子思想以高度评价。在曲阜座谈会上谈及"文革"对传统文化戕害时他指出:"对历史文化特别是先人传承下来的道德规范,要坚持古为今用、推陈出新,有鉴别地加以对待,有扬弃地予以继承。"他又说:"只要中华民族一代接着一代追求美好崇高的道德境界,我们的民族就永远充满希望。"②在座谈会上习近平闻知曲阜孔子研究院杨朝明有新著《孔子家语通解》与《论语诠解》,拿起来翻阅,并说:"这两本书我要仔细看看。"③而作为这次会议最重要的结果之一是:根据此前通过的中共十八届三中全会决议精神,④中国社会组织、中资机构等积极参与孔子学院和海外文化中心建设,把孔子思想作为中国与世界人文交流项目,积极推向了海外。

而回顾"文革"前后国家领导人对孔子评价的变化,可以得出的一条重要经验教训是:古人的政治思想是当时的产物,能够传承至今是因为经受了历史的检验。今人对其的正确态度,应该是借鉴、传承,取其精华,去其糟粕,让它为当代社会服务。今人不应该出自现实政治斗争的需要,让古人的政治思想为现实政治负责,对其无端批判之,将其书烧毁之。这种做法的荒谬性,已被"文革"之后孔子的书仍有人读、而号召"反孔非儒"的书已无人问津的事实所证明。而我

① 李瑞环:《1999 年 10 月 9 日纪念孔子诞辰 2550 周年大会上的发言》,人民网 2013 年 8 月 1 日转载。
② 《习近平在曲阜座谈会上谈及文革对传统文化戕害》,《福建日报》2013 年 12 月 5 日。
③ 《习近平在曲阜座谈会上谈及文革对传统文化戕害》,《福建日报》2013 年 12 月 5 日。
④ 《中共中央关于全面深化改革若干重大问题的决定》(2013 年 11 月 15 日正式公布)。

写此文的目的，则是衷心希望今后中国社会不再发生让古人代今人受过，以致民族优秀文化遗产遭受毁灭的惨痛事件。

2019 年 12 月 5 日

过鲁国故城，谒少昊陵（泰山朝圣之三）

1988 年 8 月 2 日,晴。

瞻仰完孔林出园,已是中午时分,尚有半日时间,可供在曲阜游览。为了节约时间,我在地摊上买了两根特大的玉米棒子,边吃边行。当地马车夫拦住我,表示下午可用马车载我游览五个景点,其中包括孔子的诞生地尼山,要价是 20 元。我嫌要价太高,决定步行。我之所以做此决定,是因为当时的月工资不高,仅五六十元。此外也是因为我低估了当地景点之间的距离。但这却是使我终生后悔的一个决定,因为我丧失了一生中仅有的一次参拜孔子出生圣地的机会。我当时的计划是通过步行方式,游览鲁国故城、少昊陵以及尼山三个景点。

我先朝鲁国故城走去。鲁国故城位于现曲阜市区的东北角,是西周至春秋战国时期鲁国都城的遗址。据记载,其始建于周成王封周公旦长子伯禽于鲁,鲁顷公二十四年(前 256 年)亡于楚,实际存在时期 900 余年,是周王朝时期诸侯国中沿用时间最久的都城之一。抗战时期,日本人曾于此发掘。新中国成立后,1958 年山东省文物管理部门曾来此挖掘,1961 年被国务院公布为全国重点文物保护单位。1977—1978 年,山东省博物馆又临此勘察和发掘。而最终确定的遗址面积约 10 万平方米,由外城和内城两部分组成。其中,外城呈不规则的长方形,东西最长约 3.7 公里,南北最宽处为 2.7 公里,四周有宽 30 米左右的城壕。[1] 至于在遗址上造仿古建筑物,设"国家考古遗址公园",成为旅游景点,则是 1994 年至 2014 年间的事了。

而我来到鲁国故城遗址时,见到的尚是一片旷野之地,有 1984 年所立的石桩标界。而来到鲁国故城遗址,真正使我吃惊的是:看到在古代青石板路面上被车轮辗压出的深深车辙,使我深感历史时光的穿越以及古代鲁都的繁华。《战

---

[1] 数据参《百度词条·鲁国故城》。

国策·齐策》曾记载当时齐都临淄的繁华景象是:"临淄之途,车毂击,人肩摩,连袵成帷,举袂成幕,挥汗成雨,家殷人足,志高气扬。"(临淄路上,车轴相击,人肩相碰,衣襟相接,举而成帷帐,挥汗如雨,家家富庶,意气飞扬。)我想当时鲁都曲阜的繁荣景象,一定不逊色于齐都临淄。

游鲁国古都,带给我的意外收获是:激起了此后我对于古文物的深深兴趣,特别是对古代齐鲁地区出土的文物。我后来在古玩摊上淘得鲁国随葬用的礼器大玉璧以及"刚卯",齐国的法化币(刀币)、①玉猪,以及反映东夷始祖少昊驾车巡游的凤鸟玉璧等等,这些古文物或许因为我是山东人,与我有缘,被我所得。待以后年老无力玩赏时,我会把它献给国家博物馆供有志于古文化研究的学人共赏。

离开鲁国古都遗址后,我向少昊陵走去,少昊陵距曲阜城东约十里,位于旧县村的东北隅。当我走了很长一段路以后,已无大路可寻,周围都是高粱地,不知所向。此时已是下午三时许,我心中甚急,只得花5元钱,请正在地边务农的一位青年农民用自行车送我至陵内。当时少昊陵因"文革"中的严重破坏,周边建筑则全无,仅余一座金字塔式的陵墓,四周砌以似汉白玉制成的长方形石块。陵坡有一定陡度,普通人难以攀上。但据青年农民相告,当地小孩经常攀爬至陵顶玩耍。而据有关记载,少昊陵始建于北宋时期,占地25亩,陵阔28.5米,高8.73米,顶高12米,状如金字塔,故有"中国金字塔"之称。② 陵墓顶有似农村土地庙状尖顶小屋,屋内供奉有石刻少昊像。另有文献载:"宋真宗幸鲁,大建宫殿,以道教守之,古树丰碑,林立栉比,金、元亦加修葺。"③此处所述的是少昊陵的成陵时间。但据我判断,此处当早有少昊坟墓,宋真宗因之成陵。

关于少昊其人,古史大致记载为:姓姬,名玄嚣、己挚,黄帝长子,上古东夷

---

① 关于该币身的第二字应读"建"还是"造",国内藏家有不同释法。"法化币"为战国中期齐国田齐时期齐威王、齐宣王(前378—前324年)为统一币制而铸行的刀形货币,俗称齐国"刀币"。币身一般长17—19公分,刀柄上有字"齐法化"、"安阳之法化"、"节墨之法化"、"簟邦法化"、"齐建(造)邦长法化"、"齐返邦长法化"等数种。其中以六字刀为珍贵,又以"齐返邦长法化"六字刀最为著名。币身面文"齐",指齐国名,亦指齐都临淄(在今山东临淄北)。"法化"二字,意指齐国标准货币。"返邦"二字,意指前279年,齐田单以奇计攻破燕军、一举收复齐国全部失地后,所铸的纪念币。关于"建(造)邦"二字,按通常释意为指前386年,田齐取代姜齐为侯,建立新政权时所铸纪念币。我收藏有两枚刀币,大币币身长35.5公分,币身书有"齐返邦长法化"六字,由于此币种传世量甚稀,堪列"古泉五十名珍"之首。小币身长14公分,上书"齐建(造)邦长法化"六字,亦属珍稀齐法化币。此二枚齐法化币,都为藏者在古玩地摊上无意间淘得。
② 数据参《百度词条·少昊陵》。
③ (明)陈镐撰,孔允植重纂:《阙里志》,浙江汪启淑家藏本。——孔允植,孔子65世孙,袭封衍圣公。

族部落首领,或谓其为五帝之首。又作少皞、少皓、少颢。古史籍亦称其为青阳氏、金天氏、穷桑、云阳氏或朱宣。母亲为嫘祖,其子名蟜极,孙为帝喾高辛氏。其都城范围,初在今山东省莒县,后迁都于今山东省曲阜市。而在中国古代神话传说,少昊为五方上帝之一,称"白帝";①又作五方天帝之一,称"西方天帝"。

关于少昊的史料记载,最早见于《世本》,按《世本》的说法:"青阳即是少皞,黄帝之子,代黄帝而有天下,号曰金天氏,少皞氏身号,金天氏代号也。""少昊黄帝之子,名契字青阳,黄帝殁,契立,王以金德,号曰金天氏,同度量,调律吕,封泰山,作九泉之乐,以鸟名官。"②

《世本》一书,又称《作世》、《世系》、《世纪》、《世牒》、《牒记》、《谱牒》等,是古代谱牒。传为周代史官所作,一说为战国赵史官所作。其书早佚,但其产生的时代要早于《史记》,其内容多被后世史书所引用,而散见于司马迁的《史记》、韦昭《国语注》、杜预的《春秋经传集解》、司马贞的《史记索隐》、张守节的《史记正义》、林宝《元和姓纂》和郑樵的《通志》等等,因此后世多辑佚本。但既为辑佚,后世有关少昊的说法不可能全无矛盾。矛盾之一是关于少昊氏的历史地位,即其是否跻身于"五帝"地位?

按司马迁的说法是:"黄帝居轩辕之丘,而娶于西陵之女,是为嫘祖。嫘祖为黄帝正妃,生二子,其后皆有天下:其一曰玄嚣,是为青阳,青阳降居江水;其二曰昌意,降居若水。昌意娶蜀山氏女,曰昌仆,生高阳,高阳有圣德焉。黄帝崩,葬桥山。其孙昌意之子高阳立,是为帝颛顼也。"③而司马迁写《五帝本纪》,以黄帝起首,世系四传,分别为:黄帝——颛顼——帝喾——尧——舜,被称为"五帝"时代,其后开启了夏、商、周三代。而唐司马贞著的《三皇本纪》,将"太皞庖牺氏"、"女娲氏"、"炎帝神农氏"划定为"三皇"。这样一来,少昊氏在中国上古史中,便丧失了五帝之一的历史地位。因此,唐张守节在其所著《史记正义》中指出:"世本以黄帝、颛顼、帝喾、唐尧、虞舜为五帝。"而唐司马贞在其所著《史记索隐》以及张守节在《史记正义》中,又引《世本》"孙氏注"称:"世本以伏羲、神农、黄帝为三皇,以少昊、颛顼、高辛、唐、虞为五帝。"

---

① 见《山海经·西山经》:"又西二百里,曰长留之山,其神白帝少昊居之。其兽皆文尾,其鸟皆文首。是多文玉石。实惟员神磈氏之宫。是神也,主司反景(反映之影)。"见《山海经·大荒东经》:"东海之外大壑,少昊之国,少昊孺帝颛顼于此,弃其琴瑟。"。

② 《世本八种》,汉宋衷注,清秦嘉谟等辑,商务印书馆1957年印本。——《世本》一书原无名,到西汉末经刘向校整后,定《世本》名,在唐代为避唐太宗李世民讳,又一度更名《系本》。

③ 《史记·五帝本纪》。

矛盾之二是少昊与黄帝的关系。关于少昊为黄帝的长子,记载当无矛盾,矛盾主要在于少昊的生母是谁?根据司马迁的说法:"嫘祖为黄帝正妃,生二子,其后皆有天下:其一曰玄嚣,是为青阳,青阳降居江水;其二曰昌意,降居若水。"意即少昊生母为嫘祖。但其他记载颇有差异。西晋皇甫谧著《帝王世纪》谓:"少昊帝名挚,字青阳,姬姓也。母曰女节。黄帝时有大星如虹,下流华渚。女节梦接意感,生少昊,是为玄嚣。邑于穷桑,以登帝位,都曲阜,故或谓之穷桑帝。地在鲁城北。"班固《汉书》谓:"方雷氏,黄帝妃,生玄嚣,是为青阳。絫祖(即嫘祖),黄帝妃,生昌意。肜鱼氏,黄帝妃,生夷鼓。嫫母,黄帝妃,生苍林。"这样一来,少昊又多了两个母亲——"女节"或者是"方雷氏",使人莫衷一是。但是古史幽远,对于少昊生母究竟是谁,我们不必细究。

关于少昊氏此后的业绩,由于记载大同小异,此处不再细考,仅结合上古神话传说,略述如下:

传少昊诞生的时,天有五凤,分呈红、黄、青、白、玄五色,落入其院,因此又称"凤鸟氏"。少年,被父亲黄帝送到东夷部凤鸿氏部落,[1]娶凤鸿氏之女为妻,成为凤鸿部落首领。始以玄鸟(燕子)为本部族图腾,后在穷桑(地域约在今江苏省沭阳县桑墟镇一带)即位部族联盟首领,成为整个东夷部落的首领。时有凤鸟(凤凰)飞来,于是改以凤鸟为图腾。未久迁都曲阜,所辖部族以鸟为名,有鸿鸟氏、凤鸟氏、玄鸟氏、青鸟氏等二十四个氏族。其中,凤凰总管百鸟,燕子掌管春天,伯劳掌管夏天,鹦雀掌管秋天,锦鸡掌管冬天。另设五鸟管理日常事务,其中,鹁鸪掌教化,鸷鸟掌军事,布谷掌建筑,鹰掌管法律,斑鸠掌言论。另设九种扈鸟掌农业。五雉(野鸡)分掌木、漆、陶、染、皮等五工。另以侄颛顼掌朝政。[2]少昊见颛顼工作辛劳,便教以弹琴。据传少昊在位十四年,卒时百岁,葬于云阳山。而据后人考证,现少昊陵墓后面的小土山,即古人所说的云阳山。少昊姬姓子孙后分化出很多姓氏,如:张、嬴、金、尹、梁、桑、秦、谭、徐、黄、江、李、赵、萧、舒、修等等,均属昊氏后代。

一说少昊氏族承大昊(又作太昊)伏羲氏(又作包牺氏)发展而来,是当时东夷部落势力的代表。黄帝时期,炎、黄族落融合,形成了早期的华夏族,华夏族以

---

① 一说黄帝于凤鸿氏部落娶女生少昊。

② 《左传·昭公十七年》郯子说:"我高祖少嗥挚之立也,凤鸟适至,故纪于鸟,为鸟师而鸟名。凤鸟氏,历正也;玄鸟氏,司分者也;伯赵氏,司至者也;青鸟氏,司启者也;丹鸟氏,司闭者也。祝鸠氏,司徒也;鴡鸠氏,司马也;鸤鸠氏,司空也;爽鸠氏,司寇也;鹘鸠氏,司事也;五鸠,鸠民者也。五雉,为五工正,利器用、正度量、夷民者也。九扈,为九农正,扈民无谣者也。"

龙为图腾。夏启破坏禅让制后，引起了东夷部落与夏王朝的对抗。此后，属东夷部落分支之商族在首领汤的带领下，重新入主中原，灭夏建商。到商纣王时，发兵打败了东夷部落，但西部周族则乘虚而入，灭商建国。周武王即位后，继续发动大规模的征东夷战争，东夷部族势力最终失败。至春秋末期，东夷族完全融入了华夏族，原先东夷族人的凤图腾也同时融入华夏文化。因此迄今华夏文化是龙、凤并尊，这两种文化元素共同构成了早期中华文化的基石。而古代的炎帝部落、黄帝部落以及以少昊为代表的东夷族部落，则共同构成了古代中华民族的基本成分。

上述为见载于古代文献中的少昊氏基本事迹，有一点是可以肯定的，即少昊是古代中国活跃于东海之滨的东夷人之祖，也可以称作是古代华夏族先祖之一。因此古人评价：少昊"能修太昊之法"，"以金德王天下"，施政"民无淫，天下大治，诸福之物毕至"，"实为五帝之冠"。[①] 这样的评价不算为过。

我当年有幸过少昊陵，曾默立以致敬。汉人曾说："少昊帝曰清。清者，黄帝之子清阳也，名挚，土生金，故为金德，天下号曰金天氏。"[②]《海外东经》云："汤谷上有扶桑，十日所浴。"其谓少昊鸟国建都之地。《尸子》（孙星衍辑本）卷上云："少昊金天氏邑于穷桑，日五色，互照穷桑。"太阳色金，显然古代少昊部族因少昊名"清阳"，有着太阳崇拜的习惯，以金为德。我后有幸购得反映古代东夷族祭日怀祖的玉璧收藏，以示对这位中华先祖的怀念。

出少昊陵，已是下午4时许，送我入陵的青年农民用自行车把我带到大路。我沿大路步行甚久，日将西沉，原欲再赴尼山瞻仰孔子出生地的计划已无法实现。我得尽早赶到泰安过夜，以不影响明日登泰山的行程。此时正好有一辆马车经过，马车夫提议送我入城，条件是收10元马车费。我欣然同意。

下午5时许抵曲阜车站，在车站附近匆匆食面条一碗充当晚餐，随后搭火车赴泰安市，在街头旅馆宿一夜，次日一早登泰山。

2019年12月11日

---

① 见《曲阜县志》。

② 《汉书·律历志·世经》。

泰山登顶（泰山朝圣之四）

　　泰山是中华民族的圣山。我曾两上泰山，这是我旅游生涯中值得纪念的事。

　　上泰山共有 4 条道可走，其一是徒步走中线，即经岱庙，过红门，上岱顶。这是上泰山最传统的路线，也是中国历代帝王上泰山封禅必走的御道，整条道路基本是直线上下。其二是自天外村（天地广场）山口入山，过环山路、竹林寺、黄溪河水库、中天门、南天门达玉皇顶，这条路基本上是现今人们坐汽车上泰山的道路，当然也有步行者，但须多走弯路。其三是自泰山西北侧桃花源山口入山，过桃花峪、环山公路、彩石溪、赤鳞鱼保护区，坐桃花源索道，经南天门达玉皇顶。这条路基本上也是现今人们坐车上泰山的道路，步行上山者须多走弯路。其四是自泰山后山东北侧天烛峰山口入山，经北天门，登玉皇顶，这条路只有小道可走。

　　我一生中两上泰山，走的都是传统登山的御道。第一次是"文革"之中的1968 年 7 月 23 日，与邻友小王同行，登山的原由是当时从家中私自拿钱欲扒货车赴黑龙江军垦农场务农戍边，而所坐货车过泰安时稍停，我们乘机下车出站，赴泰山一游。第二次上泰山是 1988 年暑期间，我要到大连市委党校参加一个有关中共党建的学术研讨会议，提前于 8 月 1 日离家旅游，8 月 2 日游曲阜孔庙，8月 3 日登泰山，当晚坐火车赴京城。到京后，游故宫、登天安门、登瀛台、游颐和园、上长城、访十三陵，随后赴大连参加学术会议。26 日坐海轮返沪。此次出行，用时近一个月，可谓豪游，但留下最深印象的，还是泰山之行。仅记所见，以飨读者。

第一次登泰山

1968 年 7 月 23 日，天气晴朗。

　　我与小王出泰安火车站时，仅凌晨 4 时许。由于时间尚早，我们只能摸黑前行，一路上听到狗吠之声不绝，有一条狗猛地朝我们身前数米的一个行人扑去，被该行人用手中的提包击退。当行经岱庙时，天色已渐明，只可惜"文革"中破坏得太厉害，"岱庙"几乎仅存地名。过岱庙后，逐渐走上登山的道路。泰山海拔1545公尺，但远看似乎并不显陡，只是给人以雄壮感。当开始攀爬时，我才感到泰山的陡峭度要胜过我曾攀爬过的庐山好汉坡，只是由于此山知名度太高，属五岳之首，古往今来攀爬的人实在太多，因此山路修得非常好，在一定程度上节省了人的体力。

而第一次上泰山，留给我们深刻印象的是上"回马岭"。因天气炎热，我们早喝完了水壶中的水，从山涧中汲水灌满水壶后继续前行。我们以为快到顶峰了，等到上了回马岭后，才发现前面还有一座更高的山峰在等着我们去攀爬。而此时一位爬山时相遇、急于登顶以便回泰安赶火车的中年人已开始回程下山，见到我们后，与我们一一握手道别，说："我这一次是没有时间登顶了，以后会抽出时间再来。"我们继续前行，遇到一老者与我们说：凡是爬泰山不能坚持到底的人，一般都是在回马岭下的山，因为只有上了回马岭，才知道爬泰山只爬了一半，前面还有一座更高的山峰在等着。听了老人的话，我们才想起刚才中年人与我们道别的地点恰在回马岭。

沿回马岭再上是中天门，沿中天门再上是南天门，南天门再上是碧霞宫。这一带是泰山的险胜之最，两面皆山，只有顶头直前一线，直奔玉皇顶，真有"一夫当关，万夫莫开"之势。玉皇顶则为泰山的至高点，这里也是泰山看日出的最佳地点。但是当我们爬上玉皇顶时，已是上午10点多钟了，自然也是看不到什么日出了。但此时在泰山顶举目四望，只见头顶蓝天纯碧，山腰半云半雾，山风吹拂不断，亦感雄壮之极。

在泰山顶吃了一碗面充作午餐后，我们下山至中天门，绕西山小道继续下行，途经黑龙潭后，抵达冯玉祥夫妇坟前。冯玉祥墓碑上刻有他写的一首诗。我们在此处稍作停留，瞻仰了冯玉祥墓碑后，直奔泰安火车站，抵达时间为下午4点多钟。计一日上下泰山所走的山路，为80多里。稍后，搭上泰安开往济南的货车，继续北上黑龙江军垦农场之行。

第一次上泰山，留给我的深刻印象是：山是青的，天是蓝的，水是洁净的，空气是清新的，这自然激起了还处于学生时代的我（我当时19岁）对于祖国壮丽河山的深爱。而多少感到遗憾的是，泰山的名胜古迹在"文革"中被破坏得太厉害，岱庙基本上被砸空，上山时不时看到被砸坏的残碑。

二登泰山，过岱庙，初识泰山神与中国古代封禅文化

1988 年 8 月 3 日，天气晴朗。

清晨 6 时许，我在泰安街头小店吃了点早餐，买了 6 个包子作干粮，开始了登泰山之旅。泰山位于泰安城北，直立高矗，晴朗日子登山，主峰清晰可见。我第二次上泰山时，已是年届四十岁的中年人，登山感觉自然也不同于学生时代了，具体地说，是开始留意沿途能见到的名胜古迹。过岱庙时，发现"文革"中被捣毁的岱庙已修复一新，特驻足瞻仰。

岱庙位于泰山南麓，俗称"东岳庙"。这是中国历代帝王举行封禅大典和祭拜泰山神的地方。而经历代修建，现存岱庙南北长 405.7 米，东西宽 236.7 米，呈长方形，周环 1500 余米，占地总面积 96000 平方米，其建筑风格类似中国古代皇宫，庙内存各类古建筑 150 余间。[①] 有关岱庙的兴建历史，参有关记载，大致情况为："秦即作畤"，"汉亦起宫"。东魏兴和三年（541 年），兖州刺史李仲璇"虔修岱像"，此为岱庙设立泰山神像之始。隋文帝开皇十五年（595 年）诏称："五岳四镇，节宣云雨，利益兆人，故建庙立祀，以时恭敬。敢有毁坏偷盗佛及天尊像、岳镇海渎神形者，以不道论。"此是人间皇权赋予泰山神权之始。唐武德七年（624 年）立制：东岳泰山，年行一祭，以立春举行。开元十三年（725 年）十一月，唐玄宗封禅泰山，日本、新罗、大食等数十国皆遣使从封，礼成后诏封泰山神为"天齐王"。此为泰山神得王号之始。宋真宗大中祥符元年（1008 年）七月，建天贶殿，诏封泰山神为"仁圣天齐王"。金、元沿之。明太祖洪武三年（1370 年）六月，以"岳渎之灵受命于上帝，非国家封号所可加"，诏去泰山神封号，改称"东岳泰山之神"。清康熙七年（1668 年），泰安大震，岱庙部分建筑毁坏，康熙十六年（1677 年）五月重修，沿至近代。时至"文革"（1966 年），岱庙内建筑全毁，1984 年以后复修。1987 年，岱庙被列入世界文化与自然遗产清单。1988 年 1 月，岱庙被列入第三批全国重点文物保护单位。

上述为有关岱庙的简史。而始自唐代，随着泰山神影响的扩大，各地于泰山以外地域纷建"泰山神"庙宇奉祀，称"行祠"。康熙十二年（1673 年），南明延平郡王郑经在东宁省城（今台湾台南）创建东岳神庙奉祀，此为"泰山神"信仰传入台湾之始。此外，约在唐宋时期，民间泰山庙会渐成规模，尤以三月二十八日之

---

① 这些碑文数据参《百度词条·岱庙》。

东岳庙会为盛。

上述为岱庙之建,对于中国民俗的影响。岱庙中现存的重要建筑包括:

遥参亭。系岱庙前庭,位于岱庙正阳门外,亦即岱庙入口第一门。鉴于古代帝王祭泰山时,先要在这里举行简拜仪式,以表示对山神的虔诚,因此此亭初名"草参亭"。明嘉靖十三年(1534年),山东参政吕经改称"遥参亭",沿用至今。

岱庙坊。位遥参亭后,亦名"玲珑坊",系清山东布政使施天裔康熙十一年(1672年)始建。

正阳门。系位岱庙坊后的两扇朱红色大门,门上镶有81个铁制馒钉,以象征岱庙的尊严,古时候只有皇帝才能从此门进入。

唐槐院。位于岱庙西侧,旧称"延禧殿院",因院内有唐植古槐,而易今名。树下有明万历年间甘一骥书"唐槐"大字碑,树西立有清乾隆帝御诗碑,

汉柏院。位于岱庙东南隅、唐槐院对面,旧称"炳灵宫"或"东宫"。因院内有古柏5株,传为汉武帝封禅时所植,而易今名。院内存历代碑碣90块。据有关记载:武帝元封二年(前109年)四月出巡东莱,过祀泰山,于泰山庙中植柏千株,此为岱庙汉柏之由来。现今在汉柏院中所存古柏五株,当为汉武帝当年上泰山时植柏所遗。

东御座。位于汉柏院北,原为清代皇帝驻跸之所,1985年辟为泰山珍贵文物陈列室。内存宋真宗御制《青帝广生帝君之赞碑》、《泰山秦刻石》残字碑等。

天贶殿。位于岱庙仁安门北,系岱庙的主体建筑,亦为中国道教主流全真派的圣地。该殿为宋真宗大中祥符元年(1008年)七月始建,元称"仁安殿",明称"峻极殿",民国始称今名。贶音况,赏赐意。相传北宋大中祥符元年(1008年)六月初六有"天书"降于泰山,宋真宗即于次年在泰山建天贶殿,以谢上天。殿内供奉泰山神"东岳大帝",并以农历六月初六为天贶节(东岳大帝生日)。此节后演为已出嫁闺女回娘家看望双亲的节日,或晒衣、晒书的日子。殿内重要文物有明代铜铸"照妖镜"一架;殿内东、西、北墙壁上绘有巨幅壁画《泰山神启跸回銮图》,这是中国道教壁画杰作。另有宋铸两个大铁桶与明代铁铸大香炉。两侧有御碑亭,内立乾隆皇帝谒岱庙诗碑。

铜亭铁塔。位于岱庙后院的东西两侧,东为铜亭,西为铁塔。铜亭又名"金阙",为明万历四十一年(1613年)铸,内祀元君铜像。"元君",道教传为王母第四女,名林,字容真,号"南极紫元夫人"或"南极元君"。此见于道教文献《云笈七签》卷九七。一说"元君"是指"斗姆元君"(万星之母)、"金母元君"(西王母)或"碧霞元君"(泰山娘娘),诸说不一。西侧的铁塔为明嘉靖年间铸,原立于泰城天书观,有13级,抗日战争中被日军飞机炸毁,现仅存3级,这是一件国耻纪念物。

岱庙碑林。系现存岱庙历代碑刻总称,合 300 余通,形制各异。其始自中国最早的刻石秦李斯小篆碑,直至现代名人题刻,时间跨度达 2000 余年。从碑的内容看,有封禅告祭、庙宇创建重修、文人题诗吟岱等等,形成了一座中国历代书法博物馆。而其中最为著名的碑刻是泰山人文景观之绝秦刻石,亦称"李斯碑"。此刻石是秦二世胡亥所下诏书,由丞相李斯以小篆字体书写刻制。碑石原在岱顶,后渐磨损,曾被盗,又追回,清代移存至山下岱庙。该碑字完整者尚存 7 个字:"臣去疾臣请矣臣",半残者三字为"斯昧死"。①

上述为岱庙概况。据学界意见,整个岱庙建筑布局,体现了作为古代农业民族的汉民族,在祭祀天、地、日、月、山川与祭祀祖先、社稷时的人文特点,其与北京故宫、山东曲阜"三孔"、承德避暑山庄之外八庙,并称为"中国四大古建筑群",值得后人永久珍惜。但是作为普通游人来说,过岱庙最需要弄清楚的还是两个问题,即:岱庙中所祭之泰山神"东岳大帝"是何方神圣? 什么是中国古代的"封禅文化",或者说为何中国历朝帝王都要到泰山来封禅? 而其中第二个问题更难回答。而强调这一点是因为"岱庙"本身即中国古代"封禅文化"的产物。

关于第一个问题,即"东岳大帝"是何方神圣的问题,根据中国民间传说,东岳大帝即西周开国战将黄飞虎,其事迹见《封神演义》中姜子牙奉太上元始天尊敕命,封战功屡立的黄飞虎为"东岳泰山天齐仁圣大帝",总管天地人间吉凶祸福。此外,中国道教另有说法,认为:东岳大帝又称"泰山君"、"五岳君",排于玉清元宫之第二位,冠五岳之首,其为盘古王的第五代孙,掌人们魂魄,主掌世人生死、贵贱和官职。而道教有关"东岳大帝"的说法,参现存岱庙的《五岳真形图》碑文,其上刻有五岳的象形符号,并给五岳山神的职司进行了分工。其中泰山神的职权最大:"主于世界人民官职及定生死之期,兼注贵贱之分,长短之事也。""东岳泰山君,领群神五千九百人,主治死生,百鬼之主帅也,血食庙祀宗伯也。"②等等。

关于第二个问题,即何为"封禅文化"的问题,一般解释是:登泰山筑坛祭天曰"封",在山南梁甫山辟基祭地曰"禅"。此见于《管子·封禅篇》以及《史记·封禅书》的有关解释。即"登封报天,降禅除地。"③《白虎通》谓:"王者受命必封禅。封,增高也。禅,广厚也。天以高为尊,地以厚为德。故增泰山之高以报天,禅梁

---

① 其中著名的碑刻尚有汉张衡《四思篇》、三国曹植《飞龙篇》、晋陆机《泰山吟》、宋米芾《第一山》、乾隆帝《登岱诗》碑等等。

② 参《鉴古论今洞明世事之——无字天书》(2019 年 11 月 19 日),http://blog.sina.com.cn/s/blog_4d618fd50102zwae.html。

③ 《史记·封禅书》。

父之址以报地。史称无怀、伏羲、神农、炎帝、黄帝、颛顼、帝喾、尧、舜，皆封泰山，禅云云（山名）。禹封泰山，禅会稽。周成王封泰山，禅社首。秦始皇封泰山，禅梁甫。汉武封泰山，禅梁甫、肃然及蒿里、石闾，修封者凡五是也。"

　　而古代帝王之所以必须要到泰山去举行封禅活动，概而言之，是由于古代儒生认为：东方为万物交替、初春发生之地，而在五岳之中，以泰山为最高，泰山为万物之始成地。有"泰山安，四海皆安"的说法。因此每临改朝换代、江山易主、久乱复平之后，帝王必须亲临泰山，向天地报告重整乾坤的伟业，同时接受天命而治理人世。因此在泰山举行封禅活动，这是古代帝王的最高大典。此如同《史记集解》所载："天高不可及，于泰山上立封禅而祭之，冀近神灵也。"而上述观念的形成，又与始于中国远古的"盘古开天辟地"的神话传说有关。此见于六朝任昉《述异记》所记：盘古氏死后头为东岳，左臂为南岳，右臂为北岳，足为西岳。盘古尸体的头向东方，而且化为东岳，泰山就成了当然的五岳之首了。依此传说，地处东方的泰山便成了"万物孕育之所"的"吉祥之山"、"神灵之宅"。受天命而王的"天子"更把泰山看成是国家统一，权力的象征。为答谢天帝的"授命"之恩，也必到泰山封神祭祀。

　　而出自上述信念，古代历朝帝王不断到泰山封禅和祭祀，并在泰山上下建庙塑神，刻石题字，而历代文人出自对泰山仰慕，亦不甘袖手，纷临赋诗撰文。最终导致泰山出现了以岱庙为代表的封禅文化。[①]

上回马岭

　　出岱庙北行，便算是走上了登泰山的山道。但由此要抵达泰山的顶峰玉皇顶，必须先得攀越泰山的第一座山峰"回马岭"，沿途所经主要景点包括：红门、孔子登临处坊、斗母宫、经石峪、壶天阁与中天门。

　　"红门"，又称"红门宫"，东临泰山中溪，因西崖有两块红石似门而得名。创建时间无考，明清时重修。庙分东西两院，东为弥勒院，原祀木雕弥勒佛像，西院为元君庙，祀道教女神元君像，中间由飞云阁相连。一宫兼容释、道，这是古代中国民间宗教信仰的奇特现象。红门宫 1966 年毁，复修后成为茶室。

　　沿红门而上过"一天门"石牌坊后，有著名的"孔子登临处"石牌坊。该坊四

[①] 据有关统计数据，自秦汉至明清，历代皇帝到泰山封禅 27 次，在泰山山体上共留下了 20 余处古建筑群，2200 余处碑碣石刻。

柱三门,坊额题有"孔子登临处"五个大字。据记载该坊为明嘉靖三十九年(1560年)山东巡抚朱衡等人所建。

过"孔子登临处"坊,有"斗母宫",古名"龙泉观",位泰山景区幽静处。该宫始建时间不明,明嘉靖年间重修。"斗母",系中国土生宗教道教所崇拜的女神,又名"斗母元君"、"斗姥"。据道教的说法:斗母是北斗众星的母亲,又是龙汉年间周御王的妃子,名叫紫光夫人,某春日在花园游赏有孕,生下七子,即北斗七星。顾名思义,古斗母宫当属道观,但不知何时,却成了尼姑庵,并一度更名"妙香院"。清光绪年间,为其全盛时间,而据宫门外《斗母宫增修记碑》所记:"凡游山妇女,宦室瀛眷,皆入庙作休息地;而冠盖之往来,亦慕名而瞻礼焉。香火之盛,为群庙冠,钟声佛号,日夕无虚。"由于游斗母宫者,多属女眷,亦偶有男子,逐渐引出绯闻,讲得是某年轻漂亮的女尼不守佛规,引得某书生不时登门,为人所唾弃。以致清光绪二十五年济南才子刘廷桂过此时,在斗母宫南西崖上题刻了"虫二"二字以相讥,"虫二",即"風月"二字拆去边框,意指斗母宫中风月无边。又赠斗母宫尼"因受"二字匾。"因受"系将"恩"、"愛"两字去心字底,意指宫中尼姑"恩爱无心",水性杨花,无德无良。

过斗母宫,沿东侧山路下行数百米,有"经石峪"景点,附近崖边又有大方石称"曝经石"。按中国民间传说,这是唐僧赴西天取回真经,又突然被佛夺走掉入水中,在此晒经之处。而其得名的真实原因是:在附近山谷溪床上的一片平坦石坪上,刻有二千余字的《金刚般若波罗蜜经》经文,现字迹可辨者有千余字。[①]

沿斗母宫再上,便来到"壶天阁"前。此处三面环山,一面被古柏遮掩,人若置壶中,当因此得名。壶天阁位于登泰山中路回马岭下,始建年代不明。明嘉靖年间称"升仙阁",乾隆十二年拓建后改称"壶天阁","文革"初毁,1979年又重建。阁内原设"三清殿",供奉道教的三位始祖——太清道德天尊、上清灵宝天尊、玉清元始天尊。[②] 整个建筑盘道而建,呈城门楼式,颇为有趣。门洞上镶石匾"壶天阁"三字,传为乾隆帝登泰山时所题。下层为石筑,由12层条石砌成,东

---

① 《金刚般若波罗蜜经》,北魏菩提流支译。

② 元始天尊,全称"青玄祖炁玉清元始天尊妙无上帝",又名"玉清紫虚高妙太上元皇大道君",是道教最高神三清之一,三清圣境指:太清道德天尊、上清灵宝天尊、玉清元始天尊,三清圣境之上曰无极大罗天。《历代神仙通鉴》称元始天尊为"主宰天界之祖"。在太元(宇宙)诞生之前便已存在,所以尊为元始。在无量劫数来临之时,用玄妙的大道来教化众生,故而尊为元始天尊。另据《道门十规》,玉清元始天尊、上清灵宝天尊、太清道德天尊,"三号虽殊,本同为一";"玄元始三炁化生,其本则一。"亦即"三清"都是大道的化身。

西宽 14.5 米,高 4.75 米;跨道拱形门洞,高 3.1 米,宽 3.5 米,总进深 7.95 米。① "壶天阁"三字,寓意道家以"壶天"为仙境之意,此见诸清嘉庆年间崔映辰题联:"壶天日月开灵境,盘路风云入翠微"。又见嘉庆间泰安知府廷璐于阁上题联:"登此山一半已是壶天,造极顶千重尚多福地"。"壶天"典出《后汉书·方术传下·费长房》,其谓:

> 费长房者,汝南人也。曾为市掾。市中有老翁卖药,悬一壶于肆头,及市罢,辄跳入壶中。市人莫之见,唯长房于楼上见之,异焉,因往再拜奉酒脯。翁知长房之意其神也,谓之曰:"子明日可更来。"长房旦日复诣翁,翁乃与俱入壶中。唯见玉堂严丽,旨酒甘肴盈衍其中,共饮毕而出。翁约不听与人言之。后乃就楼上候长房曰:"我神仙之人,以过见责,今事毕当去,子宁能相随乎? 楼下有少酒,与卿为别。"长房使人取之,不能胜,又令十人扛之,犹不举。翁闻,笑而下楼,以一指提之而上。视器如一升许,而二人饮之终日不尽。

相似记载,尚见于《神仙传》卷五《壶公》以及《云笈七签》卷二十八《二十八治·云台山治》。

由壶天阁前行,登上海拔 800 米的"回马岭",便来到中天门前。回马岭古名"石关",又名"瑞仙岩",其位于壶天阁之上(西北向),中天门之下,属登泰山路的中段。岭东有乾隆皇帝御制摩崖诗刻 3 首。该岭是游人登泰山所必须爬上的第一座险峰,在岭前有石坊,额刻"回马岭"三字。有关回马岭的来历,有不同说法。主要为三说:其一为东汉光武帝建武中元元年(56 年)登泰山封禅时,于此回马,遗名"回马岭"。其二为唐玄宗开元十三年(725 年)骑马登封泰山时,至此山势高峻,马不能上而得名。② 其三为宋真宗赵恒登封泰山至此回马。此说流传最广,见于乾隆帝十三年(1748 年)登泰山时于崖壁题刻诗:"曈昽日照紫芙蕖,石磴盘行路转徐。传是真宗回马处,当年来为奠天书。"但三说不论何说为是,其一致处则谓登泰山至此,山势陡峭,马不能前,故名。至今回马岭附近崖壁有题句"勒马回看岱岭云",足见此岭之险。

---

① 数据参《百度词条·壶天阁》。
② 参(明)萧协中著《泰山小史》,另见山东人民出版社 1986 年版《泰山导游》。

由中天门到南天门

由中天门欲上行至玉皇顶,先得攀上南天门,沿途所经景点有云步桥、五大夫松、十八盘。

"中天门"位于壶天阁北、回马岭之上,又名"二天门"。此处岭高路陡,土呈黄赤色,又名"黄岘岭",为泰山中溪发源地。黄岘岭岭巅有"中天门"石牌坊。旧传此处古代多虎,古人曾在坊东建"二虎庙",祀黑虎神,供财神赵公明元帅手持铁鞭、身跨黑虎以镇山兽像。我想孔子当年过泰山侧感慨"苛政猛于虎"的地点一定也是在这里。中天门的海拔高度为847米。由此上泰山,坡度甚陡,因此它是现泰山东西公路的交汇处、盘山公路的终点,也是索道缆车的起点。但是我当年上泰山,并无缆车可乘,只能靠腿走上去。

云步桥原名"雪花桥",为木桥,民国年间改作单孔石拱桥,跨度约十米。因此处山高林茂,常有云雾萦绕,被后人改称"云步桥"。桥畔有崖名"御帐坪",传宋真宗曾在此驻跸,故名。桥北有深壑临断崖,岱顶山涧由此而下,形成瀑布,盛雨期颇为壮观。附近有"观瀑亭"、"飞瀑岩"等景点。

过云步桥,便是"五大夫松"的位置了,松前有"五松亭"。传秦始皇统一六国后,上泰山封禅,于此遇雨,在一棵大松树下躲雨,因大树护驾有功,被封为"五大夫松"。"五大夫"原为秦国的一种爵位,此事见《史记》秦始皇二十八年(前219年)所记。以此推论,原受封的松树仅有一株。不意至明代万历年间,古松树被雷雨所毁,仅留下了地名,后世讹传松为五株。清雍正年间,有钦差丁皂保奉敕重修泰山建筑时,于此处补植了五株松树,于是便真的成了"五大夫松"。后有乾隆帝十三年(1748年)过此,御制《咏五大夫松》摩崖石刻,且立亭标志。而现今距清代又日久,"五大夫松"仅存活二株,供后人欣赏。但仍是虬枝拳曲,古意盎然,被人们误作"秦松挺秀"来加以颂扬,评定为泰安古八景之一。

过五大夫松前行,攀上对松山,便是"十八盘"了。十八盘位于对松山北,高阜之上,旧称"云门",今名"开山",基本形势为两山陡立,东为飞龙岩,西为翔凤岭,中有一线天,名"石壁谷",谷中上有"南天门",下有"升仙坊",由十八盘险路相连,南天门则峙立处于谷口,这是登泰山最为险峻的一段。具体来说,十八盘下迄开山,上达南天门,全长800余米,垂直高度400余米,有石阶1600余级,上行如登天梯,为泰山的标志性景观。而据山路特点,又有"慢十八盘"、"不紧不慢十八盘"、"紧十八盘"之说,即从五松亭开山口到"龙门坊",因山路相对较缓,称之为"为慢十八盘";从龙门坊到升仙坊山路渐陡,称之为"不紧不慢十八盘";而由升仙坊到南天门为直登天阶,又称之为"紧十八盘"。即由开山口沿山阶而登南天门,呈现出其一盘比一盘险峻,一阶比一阶陡立的路况。

　　而据有关记载:此十八盘山路并非当年秦始皇登泰山时的古道,而是因清乾隆末年旧道因天灾毁坏、改建盘道时的产物。而此"十八盘",充分展示了地理环境与人工力量结合,所产生的壮美感,因此它是泰山的重要标志性景观,而由谷底仰视南天门,真有云梯倒挂、如登天阙的感觉。

　　"南天门"又名"三天门"、"天门关",是城楼式建筑,城门有联:"门辟九霄,仰步三天胜迹;阶崇万阶,俯临千嶂奇观。"门内有殿名"未了轩",供奉东岳泰山神。南天门海拔 1460 米,位于十八盘的尽头,也是登山盘道的顶端,坐落于飞龙岩和翔凤岭之间的山口上,是泰山极顶的门户。据有关记载:南天门始建于元至元元年(1264 年),明清多次重修,新中国建立后又加重修,基本保持了清代的建筑风格。南天门的始建人为布山道士张志纯,元杜仁杰在其撰《天门铭》中称:"泰山天门无室宇尚(久)矣。布山张炼师为之经构,累岁乃成,可谓破天荒者也。"刻石现存南天门西侧的石室内,可证其事。《泰山小史》也赞张志纯建南天门积功之伟,云:"在十八盘上,高插霄汉,两山对峙,万仞中鸟道百折,危级千盘。松声云气,迷离耳目衣袂之间。俯视下界则山伏若丘,河环如绷,天地空阔,无可名状。"南天门是登上岱顶的标志,其以上区域,统称岱顶景区。

　　南天门也是中国古代神话传说中的素材来源,如《西游记》、《八仙过海》、《封神榜》、《哪吒闹海》、《宝莲灯》等神话故事中,都屡屡提及南天门。而在虚拟的道教神话中,南天门则是人界至神界("天府仙境")的入口处,泰山则代表着上天,因此岱顶即是天庭的位置所在。天庭共有东、西、南、北四大天门,此门向南,所以称"南天门",也是进入天庭的正门。南天门下面是南赡部洲,亦即东土大唐的地界。而出西天门,下面是西海,属西牛贺洲。彼处荒芜,妖怪横行,人心向佛。而出北天门,下面是北海,属北俱芦洲,极北有不周之山,是天柱所在,当年共工怒触不周山,折天柱,而引申出"女娲补天"的故事。出东天门,下面是东海,属东胜神洲,海上仙岛林立,是散仙居住的洞府,以十洲三岛最为出名。[①] 而据《山海经》所述,仙岛原由巨龟所驮,后被巨人国钓走了几个巨龟,沉了两座,仅余蓬莱岛。巨人国因此事触犯天条,被上帝处罚,身体缩小到常人大小。

---

① 参《百度词条·南天门》。

由南天门到玉皇顶，关于碧霞元君与玉皇大帝探源

而由南天门过"天街"，经"碧霞宫"，便来到泰山的顶峰"玉皇顶"，这也是游人登泰山所要走的最后一段路程。

"天街"位于岱顶之上，西起南天门，东止碧霞宫，全长约600米。此外，由南天门尚可向北行走百米，这段路称"北天街"。天街两侧，商铺林立，亦市亦街，形成了独特风格。"天街"二字，寓意其高。据传天街之设，始自西汉，其初设目的，是为上山朝拜的香客提供服务。而据明隆庆年间（1567—1572年）进士冯时可在《泰山记》一文所记："登天门，则平壤矣，市而庐者百余家。"而明士人谢肇淛（1567—1624年）在万历二十七年（1599年）游泰山所记："梯（十八盘）穷而得平壤，乃有周庐廛巷成小村落，皆衣食于元君祠也。"①由此可见此时的天街已成规模。只是当时在天街设店铺的，当皆属泰山附近的贫困小商贩，因此店铺规格狭小，设施简陋，此见于当代作家李健吾1961年留宿天街时所记："地方宽敞的摆着茶几，地方窄小的只有炕几，后墙紧贴着峥嵘的山石，前脸正对着万丈深渊。"②而这一现象直到1982年天街被大规模拓宽改造，低矮草房被拆除，建起仿古店铺，天街的旧貌方才改换。现天街新貌是：一侧是商店、饭店、旅社、文物店、旅游纪念品店等鳞次栉比，游人如织；另一侧则是悬崖峭壁，万丈深渊。这一现象一方面方便了游人的宿住，但另一方面也杀减了游人游山访古时的雅兴。

由南天门东行，走到天街尽头，便来到"碧霞宫"前。碧霞宫又名"碧霞元君祠"，民间俗称"泰山娘娘庙"、"泰山老奶奶庙"，其位于岱顶南侧，天街东首，玉皇顶下。这是道教主要女神"碧霞元君"的祖庭，也是泰山现存最大的高山古建筑群。现址南北长76.4米，东西宽39米，总面积为2979.6平方米。③该庙基本保留了明筑规模以及明代的铜铸构件，建筑风格则属清代中晚期。该庙殿内正殿神龛内供"碧霞元君"贴金铜坐像。"碧霞"意指东方的日光之霞，"元君"则为道教对女神的尊称。碧霞元君的全称是"天仙玉女泰山碧霞元君"，俗称"泰山娘娘"、"泰山老奶奶"、"泰山老母"等。中国道教认为：碧霞元君能够保佑国泰民安、五谷丰登、天下苍生平安吉祥。碧霞宫大殿左右有东、西配殿，东配殿祀"眼

① （明）谢肇淛：《登岱记》。
② 李健吾：《雨中登泰山》。
③ 数据参《百度词条·碧霞宫》。

光娘娘"(亦称"眼光老母"、"眼光圣母"),传说眼光娘娘能治疗各种疾病,保佑人们眼明心亮、身体健康。西配殿祀"送子娘娘"(亦称"送生圣母"),送子娘娘掌管人类生育之事。东、西殿之间设有香亭,供信徒祭祀碧霞元君。而在帝制时代,只有帝王大臣登临朝拜碧霞元君,碧霞宫的大殿才打开。至于平民百姓,只能在大殿外香亭中祭拜泰山娘娘,并自宫中带走一个用红布包的石膏娃娃回家,置于床头,以求泰山娘娘赐子,此行为称"拴娃娃"。关于碧霞元君与眼光娘娘、送子娘娘的关系,根据中国道教的说法是:泰山,五岳之一,五行属东,四时主春,五常主仁,主生发,《周易·泰卦》云:"天地交而万物通也",故碧霞元君亦为送子之神。根据此句意推论,碧霞元君实为一身三像,即眼光娘娘、送子娘娘皆为碧霞元君同一法身(本体)的化身。帝王大臣(政治家)求国泰民安,应祭碧霞元君;而平民百姓或个人求健康长寿,应祭眼光娘娘;求多子多福,则应祭送子娘娘。

关于碧霞宫的历史,有关记载为:初建于宋真宗大中祥符二年(1009年)。原名"昭真祠",金代称"昭真观",明弘治年间(1488—1505年)更名"碧霞灵应宫",又称"碧霞灵佑宫",其事见《清一统志·泰安府一》所记:"宋真宗东封,构昭应祠,祀天仙玉女碧霞元君。金改称为昭应观。明洪武中修。成化间改祠为宫。弘治中,名灵应。嘉靖中,名碧霞。"至清乾隆三十五年(1770年)重修后,改称"碧霞宫"(又称"碧霞祠"),沿用至今。另据有关记载,在泰山实际上曾有过三座"元君庙",其一即位于岱顶的碧霞宫,其为"元君上庙",也是现国内唯一的"碧霞元君祠祖庭"。其二为"元君中庙",也即现今泰山腰之"红门宫",此见民国十八年《重修泰安县志》所记:"红门宫,在一天门北,元君中庙也。明天启六年重修。"其三是"元君下庙",又称"碧霞灵应宫",此见文献《岱览》所记:"旧有天仙祠元君下庙也。明万历三十九年奉敕拓建,赐额'灵应宫',前后殿庑崇丽,回廊周密,中为崇台,下门四达。上设铜楼亦万历时造,号金阙,杯宇栏棚,象设皆范铜镀金为之。自顶移遥参亭。"而以此记载推论,则"元君下庙"的位置即在现泰山下岱庙门外的"遥参亭"处。时至1983年,泰山碧霞宫被国务院批准为全国21处重点道教宫观之一;1985年,这座千年古观重新交中国道教组织管理,作为宗教活动场所开放。

而今人过泰山碧霞宫,决不能仅将其作为一座普通的道观看待,更重要的是理解在古代中国有关"碧霞元君"信仰的普遍性。中国民间有着"北元君,南妈祖"的说法,指得是泰山奶奶和妈祖娘娘之间,虽然有着地域之差以及山神与海神的身份之别,但是她们同样都是救民于苦难的保护女神。中国民间有关"碧霞元君"("泰山娘娘")的信仰约始自宋代,但是随着"碧霞元君"影响的扩大,祀元君的从庙自明、清以降,逐渐推至全国各地,香火日盛,元君祭祀日也被定为每年的农历四月十八。古籍《帝京景物略》记其盛况为："后祠日加广,香火自邹鲁齐秦以至晋冀,祠在北京者,称泰山顶上天仙圣母。"这段话意大致是说:迄今中国除泰山之外,保存有元君庙的地区遍及山西省、河南省、陕西省、河北省、北京市等诸地。

而由此,又派生出另外一个问题,即中国民间有关"碧霞元君"的信仰是如何产生的?对此,近人罗香林(1906—1978年)1929年曾撰文《碧霞元君》,对其来历详加考证,而其他考证文章亦多,诸说共点无非是分为"民女得道"和"仙女下凡"两种。清人顾炎武在《日知录》卷二十五中,概况诸说为:"泰山顶碧霞元君,宋真宗所封,世人多以为泰山之女,后之文人知其说之不经,而撰为黄帝遣玉女之事以附会之;不知当日所以褒封,固真以为泰山之女也。今考封号虽自宋时,而泰山女之说则晋时已有之。"①此说极当。仅略举各说法如下:

一说为黄帝所遣之玉女。见载《玉女考》和《瑶池记》,其谓:"黄帝建岱岳观时,曾经预先派遣七位女子,云冠羽衣,前往泰山以迎西昆真人,玉女乃七女中的修道得仙者。"据明王之纲《玉女传》,又称:"泰山玉女者,天仙神女也。黄帝时始见,汉明帝时再见焉。"一说为汉代民女石玉叶修仙于泰山。此见载《玉女卷》,称:"汉明帝时,西牛国孙宁府奉符县善士石守道妻金氏,中元七年甲子四月十八日子时生女,名玉叶。貌端而生性聪颖,三岁解人伦,七岁辄闻法,尝礼西王母。十四岁忽感母教,欲入山,得曹仙长指,入天空山黄花洞修焉。天空(山)盖泰山,洞即石屋处也。山顶故有池,名玉女池;旁为玉女石像。"由此见汉晋时早有泰山神女的故事。一说系东岳大帝(泰山山神)的女儿,与泰山三郎(炳灵公)为兄妹关系。此说见文献《三教源流搜神大全》卷一所记。等等。不再列举。大概后人把所有有关"碧霞元君"的传说罗列在一起,便成为中国道教中救苦救难的女仙和现今泰山碧霞宫中一体三身的"泰山娘娘"像。

出碧霞宫,沿山阶北上百余级,便是泰山的顶峰"玉皇顶"了,玉皇顶又名"太平顶"、"天柱峰",峰顶有道观"玉皇殿",又名"太清宫",主祀玉皇大帝。玉皇殿始建年代不明,只知为明成化年间重修。神龛上匾额题"柴望遗风",说明远古帝王曾于此"燔(烧)柴祭天",望祀山川诸神。

"燔柴祭天",古代汉族祭天古礼形式之一,此见诸《礼记·祭法》所记:"燔柴于泰坛。"孔颖达疏谓:"积薪于坛上,而取玉及牲置柴上,燔之,使气达于天也。"此祭天之礼。而依古规:天子祭天,诸侯祭地。至于民间祭天活动则于正月初一——"天诞日"举行,在庭院中设香案,合家叩拜。

---

① 见陈垣:《日知录校注》,安徽大学出版社2007年版,第1404页。

玉皇殿的建筑,除玉皇庙外,尚有东西配殿等。玉皇庙主殿正中供奉中国道教中最高神"玉皇上帝"铜像,左右两边由托塔李天王和太白金星守护,东西配殿里分别供奉的是观音和财神像。

登玉皇殿,最有趣的话题还是有关玉皇大帝的来历,即中国民间的这一信仰是如何产生的?

玉皇大帝的全称是"昊天金阙无上至尊自然妙有弥罗至真玉皇上帝",此即民间信仰的"老天爷"或"天公",俗称"玉皇大帝"。根据道教经典《玉皇本行集经》[①]中的说法是:远古有光明妙乐国(亦作光严妙乐国)王子舍弃王位,在晋(普)明香严山中学道成仙,辅国救民,渡化众生("舍身堵北缺,代存万众生"),历亿万劫(约等于一百几十亿岁),终成为千古一圣玉皇大帝。全名为"太上开天执符御历含真体道真阙至尊昊天玉皇大帝",简称"玉帝"或"玉皇大帝",统理三界(上、中、下)诸天、十方世界(四维、四方、上下)、四生(胎生、卵生、湿生、化生)、六道(天、人、魔、地狱、畜生和饿鬼)中的一切祸福。因此其为道教所奉地位最高、职权最大的天神。其生日为每年夏历正月初九。这一说法为有关玉皇大帝最权威的说法,被1999年上海辞书出版社版《辞海·玉皇》条所接受。

另说见于东晋葛洪的《枕中书》,谓:"昔二仪未分,溟滓鸿蒙,未有成形。天地日月未具,状如鸡子,混沌玄黄。已有盘古真人,天地之精,自号元始天王,游乎其中。元始天王,开天辟地,治世成功以后,蜕去躯壳,一灵不昧,游行空中,见圣女太元,喜其贞洁……圣女怀孕十二年,始化生於背脊之间,言语行动常有彩云护体。"按照此说,玉皇大帝实为"盘古真人"与"圣女太元"之子,存在于始劫之先,为道炁之体,三界六道的共主。

当然关于玉皇大帝,道教还有一些其他的说法,如认为其全名为"昊天金阙无上至尊自然妙有弥罗至真玉皇上帝"、"太上开天执符御历含真体道昊天玉皇上帝"、"玉皇大天尊"、"高上玉皇"、"高天上圣大慈仁者玉皇大天尊玄穹高上帝"、"玉皇赦罪天尊"、"玄穹高上帝"等等,此处不再一一列举出处。诸家说法的一致性是认为其为道教神话传说中的天地最高主宰,其常住妙有无迹真境中,永处太玄至真上天之上。已证八身:道身、法身、本身、真身、迹身、应身、分身、化身,是道的本体。

而玉皇大帝的权限又在中国民间传说中被不断具体化,认为其是"三清"所化身的太极界第一位尊神,居住在玉清宫通明殿。上掌三十六天,三千世界,管

---

① 又名《高上玉皇本行集经》,道经,书约成于唐宋之际。

理各部道，神，佛，仙；下辖七十二地、四大部州；掌管天上诸神仙，以及凡间亿万生灵。因此尊称为玉皇大天尊玄穹高上帝。或作：掌权衡三界，统御六合，主掌八荒四海；上掌三十六天，下辖七十二地，掌管神、仙、佛、圣、人间、地府的一切事，权力无边，得元始天尊秘授赤字玉文而开天执符，主承太上无极大道之法旨而含真御历，有金阙四御辅助，北极四圣佐护，神霄九宸大帝拱卫，妙相庄严，法身无上，统御诸天，统领万圣等等。《皇经集注》称："玉皇，非一天之尊，乃万天之主，三教之宗，最上无极大天尊，玄虚苍穹高上帝。"又谓每年腊月廿五，玉皇要亲自驾銮阵圣（光临）下界，亲自巡视察看各方情况，依据众生道俗的善恶良莠来赏善罚恶。神诞之日为阴历正月初九，因此道教宫观要举行金箓醮仪，称"玉皇会"。参加醮仪的道士和道教信徒都要祭拜玉皇大帝，行"斋天"大礼，以祈福延寿。又谓天上地下的各路神仙，在这一天都要隆重庆贺，玉皇在其诞辰日的下午回銮返天宫，是时道教宫观内均要举行隆重的庆贺科仪。等等。

而中国学界的意见与上述稍左，认为"玉帝"之说，源自中国上古民间的天帝崇拜，称最高神为帝，或天帝、上帝，是权辖天上、地下、幽冥的至高神。又认为天是宇宙万物的主宰，万物生长化育的本源，所以不可不敬天畏命，顺天行道。由此推出的结论是：唯天命令君王来人间执政治民，君王必须顺应天意，方能风调雨顺，国泰民安。如违反天道，天就会降不祥之兆与灾害来加以惩罚。君王要敬畏天，就必须奉天之命治理人世，就必崇拜天，定期祭天，这不但是君王之责，也是国家的大典。因此始自商周，历朝君王每年必须举行盛大的郊祀以祭天，但只有君王才有资格祭祀。而至后世秦、汉、魏、晋、隋、唐诸代，皆有帝王举行祀天之大典。但当时所祀之天，实乃自然天，亦即"苍天"、"昊天"。

直至宋代，因为崇道，宋真宗自称梦见有神人传玉皇之命，令他"善为抚育苍生"，于是把玉皇正式列为国家的奉祀对象，大中祥符八年（1015年）上玉皇圣号曰"太上开天执符御历含真体道玉皇大天帝"。宋真宗并亲自为天造像，尊为自家祖先来祭祀。玉皇大帝的塑像或画像，至宋以后方定型，一般是身穿九章法服，头戴十二行珠冠冕旒，有的手持玉笏，旁侍金童玉女，此完全是秦汉帝王的打扮。至宋徽宗赵佶政和六年（1116年），又上玉皇尊号为"太上开天执符御历含真体道昊天玉皇上帝"。至此，原本的自然天（古代帝王所祀的皇天，中国民间称谓的"天公""老天爷"）便被人格化了，借"玉帝"这个神的形象延续了下去，并被中国道教具体神话化。

而探讨玉皇大帝信仰的起源，又不能不涉及"玉皇大帝"与"帝释天"的关系。强调这一点是因为自印度佛教传入中国后，在民间出现了"三教合一"的现象，佛教信徒常将佛教中的"帝释天"误会成道教中的玉皇大帝,并将正月初九"天帝诞辰日"当成"帝释天"的生日。但道教认为:帝释天产生于印度,与中国的玉皇大帝并无联系。帝释天和玉皇大帝也并不在同一界中,帝释天位于忉利天界,仍属天人道,而玉皇大帝乃万天帝主,统御诸天,管理法界,早已脱离轮回,超越三界六道,地位有所不同,不可混淆。由此指出:很多寺院在玉皇上帝的圣诞正月初九给"帝释天"过生日,认为"佛教的帝释天就是道教的玉皇大帝",这一做法愚痴、可笑。[1] 佛教三界纵向排列,道教三界横向排列,方式根本不同,三界之上排列方式更不同,道教乃横向螺旋上升排列,玉皇大帝早已不在三界六道中,不可相提并论。

中国道教正误之二是:反对民间给"金阙至尊道体玉皇上帝"制造诸多"配偶"与"女儿",将原本与玉皇无甚关系的神祇与玉皇牵扯到一起,以曲解道教信仰。对此,相传最多的就是将"西王母"(民间俗称"王母娘娘")、"后土皇地祇"(民间俗称"后土娘娘",与玉皇并称为"天公地母")说成是玉皇的配偶,将"七仙女"说成是玉皇的女儿等。按道教的说法是:玉皇大帝存在于始劫之先,本体是三清祖气,十方诸天变现圣境,皆有玉帝应化法身。玉皇是神明坚固不坏真空无上法身,在金阙利济群生超升彼岸,普垂教法,修道成真。玉皇大帝没有后妃也无女儿,此见诸《高上玉皇本行集经》所述。而说玉皇有"配偶"与"女儿",具是歪理邪说,不是道教信仰。

至于道教有关玉皇的这些解释能否为中国民间所接受,则是另外一个问题了,非我这"化外之人"所能说得清楚。

岱顶刻石与泰山风光

出玉皇殿,岱顶最可浏览的还是前人留下的诸多碑刻,以及壮丽的自然风光。先说几块代表性碑刻。

在玉皇殿前立有"极顶石",石上标明"泰山极顶 1545 米"。看见此碑,可使步行登顶者心生自豪。

极顶石西北侧另有"古登封台"刻碑,证明这里曾是历代帝王登封泰山时的设坛祭天之处。而据古文献《管子·封禅篇》的记载:中国远古五帝时代以及夏

---

[1] 根据佛经所述,印度"帝释天"原为摩伽陀国之婆罗门,因修布施等福德,遂生忉利天,且成为欲界天主,帝释天娶阿修罗魔鬼之女,掌管雷电与战斗。照佛教说法,任何行善积德之人,皆可转生帝释天。帝释天以人间百年为一日,寿长一千岁,即合人间三千六百五十万岁。而释迦牟尼佛未成道前就曾三十多次转生帝释天。

商周三代,已在泰山举行封禅活动。但真正有史可考的第一次封禅活动,是秦始皇二十八年(前219年)上泰山的封禅活动,此见于《史记·秦始本纪》所记:"二十八年,始皇东行郡县,上邹峄山。立石,与鲁诸儒生议,刻石颂秦德,议封禅望祭山川之事。乃遂上泰山,立石,封,祠祀。下,风雨暴至,休于树下,因封其树为五大夫。禅梁父。① 刻所立石。"而自秦始皇登泰山行封禅礼后,这一活动历朝皆未停止过,据统计:截至宋真宗,有六帝共十次曾登临泰山封禅。而自秦始皇开始到清代,先后共有13代帝王亲登泰山封禅或祭祀,另外有24代帝王遣专官祭祀72次。② 泰山封禅活动由古及清从未断绝,既说明了中国封禅文化的久远,也说明了中华民族历史的久远。

岱顶其他有价值的刻石尚包括:无字碑。立于玉皇殿山门前,高6米,宽1.2米,碑顶有石覆盖,碑上无字。因为碑上无字,而引起了后人有关立碑用意以及时间的争议。而清学者顾炎武力排众议,认定此碑为汉武帝所立。他在《日知录》中指出:"岱顶无字碑世传为秦始皇立,按秦碑在玉女池上,李斯篆书,高不过四五尺,而铭文及二世诏书咸具,不当又立此大碑也。考之,宋以前亦无此说,因取《史记》反复读之,知为汉武帝所立也。《史记·秦始皇本纪》云'上泰山,立石,封祀',其下云'刻所立石',是秦有文字之证,李斯篆是也。《封禅书》云:'东上泰山,泰山草木叶未生,乃令人上石立之泰山巅,上遂东巡海上。四月还至奉高,上泰山。'而不言石刻,是汉石无文字之证,今碑(无字碑)是也。《后汉书》亦云:'上东上泰山,乃上石立之泰山巅。'然则此无字碑明为汉武帝所立,而后之不读史者,误以为秦耳。"顾炎武此说似可成立,但不足以说明汉武功盖环宇,何以立此无字碑。我认为立此无字碑的最大可能性是唐武则天指示人所为。因为武则天以女主称帝,其例为中国所无,自知要引起世人的非议,索性立无字碑,任由后人评说其功过,此做法用意一如其在西安乾陵立无字碑一样。

"**五岳独尊**"石刻,立于玉皇顶前盘道侧。此刻石为由古及今文人游泰山留下的2200余处摩崖石刻中的代表性刻石景观,③也是游人纷纷驻足留影之处。据记载:"五岳独尊"四字楷书,是由清光绪丁未年间(1907年)泰安府宗室玉构书。

除上举碑刻外,在玉皇殿东南侧石坪(平顶峰)上,有"乾坤亭"旧址,亭中原有石碑"孔子小天下处"。相传此为当年孔子登泰山俯瞰天下处,也是在泰山留

---

① 梁甫,泰山下小山头,当即今岱庙所在位置。
② 数据参《百度词条·泰山》。
③ 数据参《百度词条·泰山》。

下的诸多与孔子有关的胜迹之一。明崇祯十年（1637年），山东御史颜继祖根据孟子名言"孔子登泰山而小天下"，在此处立碑。清康熙二十三年（1684年）于碑上建"乾坤亭"，民国年间亭毁，而在1967年的疯狂年代，该石碑被砸碎，空余碑座。时至2007年，泰山管委会利用千方搜寻到的照片，按原比例重竖复制碑，当然这已不是我1988年登泰山时所能目睹的了。

而登玉皇顶，除有玉皇殿可供瞻仰，有诸多古代遗存刻石可供欣赏之外，更令人振奋的是可举目四顾泰山极顶的壮丽自然风光。登泰山如来得早，可在"迎旭亭"（东亭）看泰山日出。登泰山如来得晚也无妨，可在"望河亭"（西亭）眺望"黄河金带"。如非早晚登临泰山也无妨，在雨日，你可以感受到云海苍茫的辽阔。在月夜，你可以看到玉盘高高挂九洲、星河倒映万峰岚的奇特景观。登岱顶之所以永远使人兴奋，是因为玉皇顶永远是傲出群峰的。

这时你也可以像2000余年前孔子登临或历代帝王祭天时一样"一览众山小"，感怀"千年礼乐归东鲁，万古衣冠拜素王"的中华独特人文精神。① 当然也可以感慨人生的短暂，所有的人都是天地间过客，其区别仅是有人在活着的时候能珍惜生命，贡献社会，因此在历史上留下了痕迹，而大多数人或得过且过，或虽想努力，但因天资平庸，或怀才不遇，或时运不济，便不能留下踪迹。我自然是属于后一种人。但我今日能登临泰山，向古圣贤表达敬意，起码证明自己尚有向善之心，不甘愿虚度华年。由此我便引出登泰山的一点体会：泰山是中华民族的圣山，所有的登临者都应该抱有一颗虔诚之心。

强调这一点是因为：中国古代无数的帝王前往泰山封禅，无数的文人雅客留下登泰山的诗文与刻石，其都在一定意义上寄托了由古及近中华民族善良向上的共同社会理想。而中华民族的历史文化之所以未曾像古代其他文明古国——埃及、巴比伦、印度、希腊一样的断绝，是由于古代中华民族把这种共同的社会理想，通过上泰山封禅或通过其他形式保留、传承了下来。这是值得后人永远珍惜、传承下去的。

而我在此之所以强调这点，是因为我感到时至当代，人们登泰山似乎已丧失了这一虔诚精神，把它当成了一种纯粹的旅游或商业活动，不珍惜历史上形成的登泰山的人文精神。我最起码能举出四例来证明这一立论：

其一是"文革"之中几乎砸毁了泰山保留下来的绝大多数文化古迹，以致今

---

① （明）戴璟：《拜谒曲阜孔庙》，全诗为"千年礼乐归东鲁，万古衣冠拜素王。泰岱巍巍垂俎豆，秋阳皓皓照宫墙。堂虚似有弦歌响，桧老真看手泽长。用世自怜经术拙，羞称弟子及门行。"

人登山看到的大多都是复制品；

其二是"文革"之后虽然修复了泰山被毁的大多古迹，但收很贵的门票，商业精神似乎压倒了弘扬泰山文化对于登山者的人文教育（培养爱国主义）作用；

其三是泰山自然环境的严重破坏。我不讲在我登山之际，周边尚有小作坊在开采泰山石破坏泰山基础一事，仅就空气而言，我第一次登泰山时，深感天青水蓝，第二次登泰山时，尽管天也是晴的，但远看总感到空气中蒙着一层雾，这一现象实质上是因周边地区工业过度开发，导致空气中工业尘埃增多造成的，极不利于泰山植被的保护；

其四是对上山游客管理的欠缺。当我登回马岭约近中天门位置时，见有四位青年设绳圈鼓动游客往圈内投钱套钱，套中，给予双倍的钱款，套不中，钱归设圈者。这其实是一种骗钱游戏，投币者永远不会赢。旁边一位不懂事的大学生连续两次揭露其假，叫围观者不要上当，而其中一位设圈青年暴怒，举起手中木棍朝大学生头上便砸。挨了一棍的大学生朝山下跑去，打人者追赶不及，回过头来又欲棒打一位附和大学生的女青年，女青年说：我什么话都没说过，你为什么要打我？同伙怕打人者闯祸，将其劝住，事态总算未再发展。我在旁边观看，心中虽有正义感，亦不敢作声，因为我已年届四十，打起架来肯定不是这四位青年人的对手。由此事亦可见当时中国社会氛围，已出现"好人怕坏人"的现象。我继续上行未久，又见一伙年轻人中的两人为一点小事争执，欲动手打架，被一位约操河南口音的中年人好心劝开。而当时正从山上下来的两位女青年说：我们怎么尽碰到坏事，昨日上山时见有人打架，今日下山时，又见人打架。由此可见当时泰山旅游管理的混乱，游人行骗、打架之事，决非个别。此实有损于泰山的"中华圣山"形象，当切实纠正之。

我当天下午2时许下的泰山，时太阳已偏西。我从岱顶欲行时，突见一对不知是恋人还是夫妻的青年男女，从我登山的反方向登上了岱顶。我惊问来处，回答是自天烛峰口（泰山后山）入的山，经北天门，登上玉皇顶。我赞其行，同时告知他们由玉皇顶沿大道下山走至泰安城，尚有40里山路，时候已不早，为了旅途安全，切不可在玉皇顶久留。

随即，我沿着上山时所走路线一直下至中天门。由中天门向西，有一条叉道经黑龙潭，可通达位于泰山西山脚的冯玉祥墓。我第一次上泰山时，下山时曾走过这条路，当地人称这条道为"西山小道"，但路要远一些。我决心重走一下这条西山小道。傍晚6时许，我经黑龙潭来到了冯玉祥墓前，瞻仰后离去。

冯玉祥（1882—1948年）是近代中国一位有爱国精神的军阀，他1932年3

月至 10 月、1933 年 8 月至 1935 年 10 月曾两次在泰山西山脚隐居，1948 年 9 月
1 日在赴苏联途中，因轮船在黑海航行时失火遇难。遵其生前遗愿，其坟 1953
年迁此。"冯玉祥先生之墓"的墓铭，是由郭沫若题写。墓左并列的是冯玉祥原
配夫人刘德贞之墓。关于冯玉祥其人，我认为是一个功过参半之人，在拙文《登
少林寺》中，就火烧少林寺一事，我有过兼带评价，此处不再赘述。仅抄录一首冯
玉祥 1940 年所做的、他自称的"丘八诗"《我》作念。

我　　冯玉祥

平民生　平民活

不讲美　不求阔

只求为民　只求为国

奋斗不已　守诚守拙

此志不移　誓死抗倭

尽心尽力　我写我说

咬紧牙关　我便是我

努力努力　一点不错

　　我由冯玉祥墓步抵泰山火车站的时间为晚间七八点钟，已是疲惫不堪，吃了
一碗面充作晚餐。这一日共走了 80 里山路。我第一次上泰山时也走了这些路，
当时仅 19 岁，除腿肌酸疼外，并不感到累。而二登泰山时，已年届四十，虽然走
完了同样多的山路，但已感体力不支、人生易老。我坐上晚间 11 时发往北京的
客车，于次日抵京游览，随后又赴大连参加学术会议。

　　二登泰山是我人生中一次重要的旅游活动，增加了对中国社会的理解。仅
录当日登山时创作的诗作一首留念。

五律　过泰山(1988.8.3)

客行东岳道，汉柏古亭前。

空壑翔飞燕，清溪长紫莲。

碧霞宫上月，千载照平川。

年岁寻常过，书生老涧泉。

2020 年 1 月 10 日

后　记

　　中国山水文学产生时间甚早,还是在孔子时代,即有"智者乐水,仁者乐山"①的说法。时至魏晋两朝时期,山水文学大盛,先是诗歌、散文绵延不绝,后来则影响了整个文人阶层的生活方式。王羲之的千古书作《兰亭序》的产生,不能说与当时文人的山水活动无关。② 时至北魏,有郦道元(466—527年)《水经注》的产生;至明代,又有徐霞客(1587—1641年)《徐霞客游记》的产生。后两部书虽被今人归为地理学著作,实亦为中国古代山水文学的巅峰之作。

　　古人的山水活动,今人叫旅游活动,已成为目前国民经济的支柱产业之一。我从青年时代即热衷于旅游活动,旅游之余,经常思考一个问题,即古人的山水文学,何以传承至今? 所得出的结论是:古人的山水文学之所以能传承至今,是因为其将被动的山水记载中,注入了当时代人的主观人文精神。此如同《传习录》所述王阳明游南镇山中时,一友人"指岩中花树问曰:天下无心外之物,如此花树在深山中自开自落,于我心亦何相关? 先生曰:你未看此花时,此花与汝心同归于寂;你来看此花时,则此花颜色一时明白起来,便知此花不在你的心外。"

　　因此我在最初的旅游活动中,只是模仿古人写一些山水纪行诗,后来兼做一些旅游日记。而在行将退休之年,重新思考这一问题,深感到要使我从弱冠至古稀所从事的旅游活动,不只是成为个人的消闲活动,就必须以文字形式揭示出这些旅游景点所蕴含的人文精神,这才能使这一活动彰显出社会价值。于是便有了本游记之作。

---

① 见《论语·雍也》。

② 东晋穆帝永和九年(353年)农历三月三日,王羲之与谢安、孙绰等文人41人,在绍兴兰亭"修禊"(去除疾病与不祥之活动仪式)时,众人饮酒赋诗,汇诗成集,王羲之即兴挥毫为此诗集作序,记述当时文人雅集盛况,而有《兰亭序》。东晋升平五年(361年),王羲之卒于会稽金庭(今浙江绍兴),葬于金庭瀑布山(又称紫藤山)。

　　本游记除少数几篇是我在职时期的产物外,其余写作时间,始于退休前夕,此已见于前言所述。但是退休之初,又为一些杂事缠身,主要是两方面的事:一是个人的三部学术著作《中国共产党政治哲学思想发展史研究》(江西人民出版社 2009 年 11 月版)、《中国近现代疆域问题研究》(世界知识出版社 2009 年 12 月版,与家兄刘恩恕合著)、《论礼的精神》(上海人民出版社 2011 年 8 月版)均有待完成。二是受上海新四军研究会委托,要主编《我与新中国 60 年》(上海辞书出版社 2010 年 11 月第一版,唐培吉共任主编)、《毛泽东新民主主义革命思想产生的历史研究》(江西人民出版社 2011 年 12 月第 1 版,唐培吉共任主编)两书,因此迟至这些杂事忙完后,我才能依据当年所记的旅游日记,提笔集中写作此著。这一写作活动终笔于 2020 年,持续了近十年。全稿完成后,经多方努力,最终在上海三联书店编辑中心张大伟老师的帮助下,得以出版,特此致谢。我在此要向张老师表达谢意的另一原因是:我的另一重要学术著作《南京大屠杀新考——兼驳田中正明的"南京大屠杀之虚构"论》也是在张老师的帮助下,于 1998 年 8 月得以在上海三联书店出版,这一著作的出版,对于我的学术生涯有着重要意义。

　　而此著得以出版,我最后还要向我的妻子表示感谢。是多年来她与我一起节衣缩食,而为此书的出版提供了资金支持。

刘惠恕
2021 年 9 月 21 日

图书在版编目(CIP)数据

神州觅胜录/刘惠恕著.一上海:上海三联书店,2022.11
ISBN 978 - 7 - 5426 - 7695 - 5

Ⅰ.①神…　Ⅱ.①刘…　Ⅲ.①游记-作品集-中国-当代
Ⅳ.①I267.4

中国版本图书馆 CIP 数据核字(2022)第 042786 号

神州觅胜录

著　　者 / 刘惠恕

责任编辑 / 张大伟
装帧设计 / 徐　徐
监　　制 / 姚　军
责任校对 / 朱　强

出版发行 / 上海三联书店
　　　　　(200030)中国上海市漕溪北路 331 号 A 座 6 楼
邮　　箱 / sdxsanlian@sina.com
邮购电话 / 021 - 22895540
印　　刷 / 上海惠敦印务科技有限公司

版　　次 / 2022 年 11 月第 1 版
印　　次 / 2022 年 11 月第 1 次印刷
开　　本 / 710 mm × 1000 mm　1/16
字　　数 / 1200 千字
印　　张 / 66
书　　号 / ISBN 978 - 7 - 5426 - 7695 - 5/I · 1762
定　　价 / 148.00 元(上下册)

敬启读者,如发现本书有印装质量问题,请与印刷厂联系 021 - 63779028